序言

文本阐释的多样性与有效性
——在"文本世界的内与外"国际学术会议开幕式上的致辞

华中师范大学文学院　戴建业

尊敬的海内外各位来宾、尊敬的校党委副书记覃红教授、尊敬的中文一流学科负责人胡亚敏教授、所有的与会代表和听众：

上午好！

在这酷热难当的盛夏时节，大家仍然勇敢地跳进武汉这座火炉来参加本次盛会，对于这种为学术"一不怕苦，二不怕死"的精神，我们学科全体同仁都深为感动，在此，请接受我对所有代表诚挚的敬意和谢意！

改革开放的这40多年来，古代文学研究从政治舞台上的吹鼓手，逐渐退隐到了"被人遗忘的角落"，表面上看它似乎越来越被边缘化了，实际上它是从被利用的工具，慢慢回归到了它的学术本位。因此，在它越来越被边缘化的同时，它也就越来越被当作学术——学术本来就是孤独寂寞的行当；也因此，这40多年来古代文学研究硕果累累，在座的各位学术名家和学术新秀，既是这些成果的见证人，也是这些成果的创造者。

每一次重大的胜利之后，我们都应该打扫战场和总结经验，以便在此基础上取得更辉煌的成就。我们古代文学学科与《文艺研究》编辑部联合主办这次国际学术研讨会，便是打扫战场的初步尝试。更何况在古代文学研究的过程中，我们学科同仁面临着许多瓶颈和困惑需要向大家请教。这次大会的宗旨是：探讨中国古代文学内部研究与外部研究的差异与通融，探究文本阐释的多样性与有效性。

中国古代文学研究，从过去的单一视角变成了现在的"多重视域"，从过去的"作品"（work）变成了现在的"文本"（text）。"多重视域"中有不少视域移植于西方，现代意义上的"文本"概念更非华夏所本有，连这次大会的名称"文本世界的内与外"也是源于西方，因为"文本世界"这一术语出自西方的"文本理论"，而把文学研究分为内部研究与外部研究则出自韦勒克之手。遗憾的是，除了包括与会的少数学术名家之外，大部分古代文学研究者对"文本"概念不甚了了，我们把"文本"当作"作品"的同一概念，用"文本"代替"作品"不过是追求时髦。不仅仅是对"文本"概念不甚了了，至少我本人对西方所有新流派、新方法、新术语都是囫囵吞枣，我曾在一本论文集的自序中说过,这几十年来"西方'历时性'的学术进程,在中国'共时性'地全面铺开,存在主义、结构主义、形式主义、精神分析、符号学、解释学、传播学、接受美学、后现代主义、后殖民主义、西方马克思主义……一个新流派还没有混到眼熟,另一个新流派就挤到前排;一种新方法还没有学会,另一种新方法就取而代之。学者们在这些新学派、新方法、新概念面前目迷五色"。各种新理论、新方法一齐涌进中国,一方面是时间太短难以消化,一方面是过于浮躁难以沉潜,我们对这些新东西的接受,基本上是采取猴子摘果子的办法——一边摘一边扔,扔到最后手头一个不剩。任何一种新的研究方法,不是理论上"知道如何"运用,便在实践中"能够如此"使用。正如写诗一样,不是你明白了平仄、押韵、对仗,就能写出优美的格律诗来。譬如被视为文学内部研究的现代语言批评,从俄罗斯形式主义到英美新批评派,引进之初古代文学学界不少学者跃跃欲试,出现了不少的论文,并留下了少数名著,但很快大家都对此兴趣索然转而抢占其他"学术高地"。从整体上来说,我们至今对俄罗斯形式主义和英美新批评仍旧似懂非懂。形式主义也好,新批评也罢,都旨在确立文学语言的独立性,追求文学批评近似于自然科学的客观性,建构一种"科学的文学研究",为此他们切断作者与作品的联系,极端地宣布"作者死亡",高调地批判作者的"意图谬误"。这种研究模式与西方的文化传统有关,从康德《纯粹理性批判》追问"我们能认识什么",到罗素《人类的知识:其范围与限度》追求"知识的确定性",他们要把所有研究都提升至"科学"的水平。我们的文化传统对此却十分隔膜,古代虽然有汗牛充栋的诗话、文话,诗话、文话虽然不乏真知灼见,但绝大多数诗话、文话作者并没有追求研究的客观性,甚至还没有明确意识到是在进行文学"研究",他们不过是兴之所至的文学消遣,是对诗文高下任心的随意褒贬。说实话,由于习惯了打一枪换一个地方,我们远没有取到形式主义和新批评的"真经"。未能取到形式主义和新批评的"真经"的另一个原因,是我们许多研究者的知识储备不足。要按形式主义和新批评的路数去研究中国古代诗歌,需要音韵、文字、音乐等知识积累,还需要懂得并能领略古代诗文的艺术技巧,然而,从电视上教授名人们露脸便丢脸的情况来看,少数教古代文学的大学教师连平仄也一窍不通。岂止是对形式主义和新批评浅尝辄止,我们对其他新方法也是在跑马圈地。

  对传统研究方法的继承和发扬,在座的各位学者做得十分出色,但不可否认在追逐现代学术转型的过程中,不少传统的述学体式已经式微甚至绝传。对此,前些年我曾在《读书》上发过一篇长文《别忘了祖传秘方》。近十几年来,萧驰阐发中国的"抒情传统",周裕锴总结"中国古代阐释学"特征,蒋寅诠释中国"古典诗学",傅道彬审视"礼乐文化和周代诗学精神",葛兆光辨析"背景与意义",与会的先生们各自正从不同路径梳理或反省传统研究方法。不过,从总体上看,我们对传统研究方法的运用,用黑格尔的话来说仍停留于"自在"的阶段,远没有达到"自为"的水平,就是说我们还没有真正的理论自觉。比如"知人论世"的研究方法用得十分普遍,可它到底具有多大的可靠性和有效性?它是否能够"切中"古典文本?就"知人"而言,我们常常是先通过作品来了解作者,再回头又以作者来分析作品,一般情况下都在进行这种"阐释的循环"。以作品来认识作者其实十分危险,人们过分地相信"文如其人"的古训,以致忘记了元好问"心画心声总失真"的提醒。试想一下,人们在夜深人静的时候,对自己的枕边人尚且言不由衷,对古代作家以诗文立命的门面话怎么可以轻信?在很多场合,语言并不是在表现自我,恰恰是在遮蔽真我。如何从纸面上的文字,读出纸背后的真情,这需要丰富的社会阅历,也需要深厚的专业功底,更需要清醒的问题意识。"知人"不易,"论世"亦难。"论世"这种方法有时候同样并不靠谱,如杜甫"会当凌绝顶,一览众山小"的目空一切,产生于富丽繁华的大唐盛世,杜牧的"叱起文武业,可以豁洪溟"这种把地球当足球踢的豪言壮语,则出现在风雨飘摇的晚唐衰世。可见,从这些诗句并不能推断"世情",从"世情"也未必能把握文本。

今天,我们有没有可能熔冶中外研究方法于一炉?有没有可能打通古代文学的内部研究和外部研究?有没有可能在研究方法多样性的前提下确保阐释的有效性?我们正期待所有专家的卓识宏论。

每一种研究方法都不可能包打天下,每一种研究方法都有其亮点与盲点,学术大家才能掌握十八般武艺,像我这样的普通学者学会一种招式就十分可观。关键是我们要有内在的坚守,不跟着风气转移而随波逐流,在古代文学阐释的实践中掌握一种研究方法的精髓,并将它运用到出神入化的程度,这种研究方法就成了我们自己的"拿手好戏"。在学术研究方法这一问题上,可以别古今,不必分中外,把哪种方法玩成了"绝活",把哪种理论推向了顶峰,哪种方法理论就属于我们自己,哪种方法理论都必须倾听"中国声音"。乒乓球起源于英国的桌球,但如今乒坛上我们打遍天下无敌手,乒乓球于是便成了我们的"国球"。

文学研究方法的多样性,正昭示了我们精神生活的丰富性。古代文本世界的内部研究与外部研究,既是一种智力活,又是一种技术活。因而,既要有功力,也得有见识,更须有才华。与会学者有的执学界牛耳,有的是学界前锋,有的是学界新秀,"人人握灵蛇之珠,家家抱荆山之玉",大家无不才学兼备,因而,过去的几十年我们干得很好,未来几十年我们将干得更好!

谢谢大家!

2018 年 6 月 28 日

目 录

序言：文本阐释的多样性与有效性
　　——在"文本世界的内与外"国际学术会议开幕式上的致辞　　戴建业 / 001

西学东渐与坚持中国文学本位立场
　　——兼论如何编写中国古代文学史　　方　铭 / 001
易代之际诗学研究的文献问题　　左东岭 / 021
诗歌史的早期建构及其学术史价值　　钱志熙 / 031
殷周变革与西周乐政体系的确立　　付林鹏 / 044
《豳风》所见"周公之东"史迹考　　曹胜高 / 056
《豳风》文图与诗赋传统的构建及演变　　许　结 / 070
"诡辞"以见义
　　——论《太史公自序》的书写策略　　程苏东 / 082
公羊学说与西汉文学的权威崇拜倾向　　韩维志 / 098
由古羌语翻译为汉文而流传的经典《白狼歌》再探　　徐希平　王　康 / 110
关于《全汉魏晋南北朝小说辑校笺证》的几点学术思考　　宁稼雨 / 116
亚文化凸起与六朝诗歌的日常生活化及审美形态的发生　　赵　辉 / 125
《木兰诗》文本经典化及评价　　柏俊才 / 140
从科举看《五经正义》在初唐影响之有限性　　安　敏 / 152
论唐诗中的蝗灾书写及其政治意义　　龙珍华 / 161
《黄鹤楼》诗案的千年偏误及其学术史的警省意义　　罗　漫 / 172
《赵后别传》考论　　李军均 / 183

文以明道:9 至 13 世纪《原道》的经典化历程	刘成国 / 199
韩愈道源观念与道统说的合理解释	王基伦 / 227
从咏史诗看中晚唐诗人的心态变迁	毛德胜 / 242
试论温庭筠骈文的艺术特质	刘青海 / 251
中国倚声填词的前世因缘	施议对 / 265
从野语俗谈到烂熳有文:北宋临济宗禅诗研究	周裕锴 / 282
论宋人对唐宋文经典名篇的建构	谭新红 / 304
灵壁兴替:宋代文学中的小县镇与大时代	李 贵 / 333
《太平广记》编纂官与学术史视野下宋初官方小说体系的构建	盛 莉 / 353

文本的"公"与"私"
　　——苏轼尺牍与文集编纂　　　　　　　　　　　　浅见洋二 / 371

"乌台诗案"的审与判
　　——从审刑院本《乌台诗案》说起　　　　　　　　朱 刚 / 389

作为宗教信徒的苏辙
　　——一个北宋官僚士大夫的信仰轨迹　　　　　　　林 岩 / 400

《集杜诗》:三重文本张力下的"诗史"建构　　　　　　侯体健 / 419

批评与课士:晚明馆课评点的特色与文化意义　　　　　连文萍 / 433

层累的文本与越界的权力
　　——明诗总集删改原作的考察　　　　　　　　　　李 程 / 455

明清"诗史"说与诗纪事著述的价值建构　　　　　　　邹福清 / 464

孔尚任《桃花扇》东传朝鲜王朝考述　　　　　　　　　程 芸 / 479

论胡应麟的小说观念　　　　　　　　　　　　　　　王 炜 / 490

李兆洛对骈文的重构及其影响　　　　　　　　　　　吕双伟 / 507

近代民族国家建构与"中国文学"观念的兴起　　　　　余来明 / 518

西学东渐与坚持中国文学本位立场
——兼论如何编写中国古代文学史①

北京语言大学中华文化研究所　方　铭

容闳(1828—1912)是中国近代著名的教育家和外交家,因为是第一个毕业于美国耶鲁大学的中国留学生而被中国人所熟悉。他对中国近代第一家现代化工厂上海江南机器制造局的建成居功至伟,同时,又促成了第一批官费赴美留学幼童成行。容闳的英文自传原书名为 My Life in China and America,即"我在中国和美国的生活",或者用现在流行的语言习惯,可以翻译为"生活在中国与美国",但 1915 年由上海商务印书馆出版的最早的中译本却取名"西学东渐记"②,以表彰他在中国近代西学东渐过程中的重要影响。

西学东渐的历史可以从明朝末年算起,指明末清初至晚清及民国初期西方近代学术思想向中国传播的历史过程。特别是晚清和民国初期,经中国香港等沿海地区及日本这些重要窗口,西方的文化大量传入中国,对中国的政治、思想、学术、技术、经济都产生了重大影响。而 20 世纪的中国古代文学史研究,也深深印有西学东渐的影子。

毫无疑问,西学东渐对中国社会的影响是巨大的,20 世纪的中国人选择向西方学习,无疑也是一个理智的选择。但是,自辛亥革命以后,由于中国社会的政治制度来自西方,而中国社会的政治倾向又左右着学术和思想的发展,所以,中国学术和思想的主导价值观和评价体系也是来自西方。经过了 20 世纪中国的多次社会动荡和剧变,越来越多的有识之士认识到了西学东渐并没有带来中国学术的繁荣,令人遗憾的是中国传统的学术体系却已经被破坏。这就促使我们思考西学东渐中我们应该学习什么样的西学,应该如何学习西学,是否有必要在西学东渐之过程中表现中国的本位立场等问题。而在中国古代文学研究领域和中国古代文学史的书写过程中,这些问题尤其需要我们关注。

---

① 中央高校基本科研业务费专项资金资助。
② 容闳:《西学东渐记》,郑州:中州古籍出版社,1998 年。

一、 20 世纪中国文学本位立场的丢失

西洋文学观念传入中国,是从京师大学堂开设中国文学史课程开始的。京师大学堂的设立,以及京师大学堂开设中国文学史课程,都是中国向西方学习的重要举措。

1898 年 6 月 11 日,清光绪皇帝载湉颁布《明定国是诏》宣布变法,7 月 3 日,批准设立京师大学堂,孙家鼐为管学大臣,许景澄为中学总教习,美国传教士丁韪良(W. A. P. Martin)为西学总教习,并批准了梁启超草拟的《奏拟京师大学堂章程》。在《奏拟京师大学堂章程》中,梁启超提出了"夫中学,体也,西学,用也"的办学方针,认为"二者相需,缺一不可,体用不备,安能成才"。① 1910 年,京师大学堂开始开办分科大学,共分经学科、法政科、文科、格致科、农科、工科、商科七科,其中经学科有诗经、周礼、春秋左传学门,文科有中国文学、中国史学学门。并把经学、理学、掌故、诸子、初等算学、格致、政治、地理、文学、体操十科设为公共课程,也叫普通学科,是所有学生都必须选修的课程。嗣后,大学专门分科将原来七科改为八科,经学科下分周易、尚书、毛诗、春秋左传、春秋三传、周礼、仪礼、礼记、论语、孟子、理学十一门课程。

在京师大学堂设立中国文学门以后,中国文学史课程的开设也就提上了学科建设的日程。1904 年京师大学堂文科教授林传甲在开设中国文学史课程的时候,就编写了《中国文学史》讲义。

林传甲在编写《中国文学史》讲义的时候,有意识地模仿和参考了日本人的中国文学史著作。林传甲在《中国文学史》讲义目录前有段说明文字,告诉我们他是遵照《京师大学堂章程》,按照日本人的学科建设方式开设中国文学史课程的。他说:"《大学堂章程》曰:'日本有《中国文学史》,可仿其意,自行编撰讲授。'按日本早稻田大学讲义,尚有《中国文学史》一帙,我中国文学为国民教育之根本,昔京师大学堂未列文学于教科,今公共科亦缺此课。传甲于优级师范生分类后,始讲历代文章源流,实为公共科之补习课也。然公共科文学,每星期三小时,分类科文学,每星期六小时,此半年之程度,实足与公共科全年程度相符。"又说:"或曰《中国文学史》义取简约,古今一律,然国朝文学昌明,尤宜详备甄采。当别撰《国朝文学史》,以资考证。传甲不才,今置身著述之林,任事半年,所成止此。"而《中国文学史》讲义开篇说:"传甲学问浅陋,僭登大学讲席,与诸君子以中国文学相切磋。……则传甲斯编,将仿日本笹川种郎《中国文学史》之意,以成书焉。"②

1905 年前后,黄人在东吴大学开设中国文学史课程,也编有《中国文学史》讲义。民国以后,20 世纪 20 年代,曾经出现了一个书写中国文学史的高峰,中国文学史著作多达数十部,作

---

① 张国有:《大学章程(第一卷)》,北京:北京大学出版社,2011 年,第 4 页。
② 林传甲:《中国文学史》,上海:上海科学书局,1914 年,第 1—2 页。

者有胡适、谢无量、曾毅、顾实、葛遵礼、王梦曾、张之纯、游国恩、胡云翼、汪剑如、欧阳溥存、蒋鉴章、谭正璧、胡怀琛、凌独见、周群玉、刘鳞生、郑振铎、穆济波、胡小石等人。

事实上,中国文学史的书写早在19世纪后期就开始了。根据研究中国文学史写作历史的学者所介绍的信息,在1904年林传甲开设中国文学史课程之前,欧洲和日本已经有大量中国文学史的著作,比如1880年俄罗斯汉学家瓦西里耶夫出版的《中国文学史纲要》,1882年日本人末松谦澄出版的《支那古文学略史》,1891年日本人儿岛献吉郎出版的《支那文学史》,1895年日本人藤田丰八出版的《支那文学史(先秦文学)》,1897年日本人古城贞吉出版的《支那文学史》,1898年日本人笹川种郎出版的《支那历朝文学史》,1901年英国人翟里斯出版的《中国文学史》,1902年德国人顾路柏出版的《中国文学史》,1903年日本人久保天随出版的《支那文学史》。①

林传甲之所以选择笹川种郎的《支那历朝文学史》作为他参考的范本,是因为上海中西书局1903年出版了笹川种郎的《支那历朝文学史》,只是书名改为《历朝文学史》了。

中国文学史的书写开始于欧洲人和日本人,中国人动手写中国文学史已经是20世纪后才发生的事情,在林传甲动手写《中国文学史》讲义的时候,欧洲人和日本人已经写成了中国文学史著作。既然林传甲之前的中国文学史著作的书写者来自西洋和深受西洋文化体系影响的日本,那么,林传甲的讲义带有西方的视角和价值特征,就不足为奇了。

林传甲的《中国文学史》讲义写成后,为了教学的需要,曾多次印刷,且《江南官报》《四川教育报》都曾转载,这说明中国文学史这门学问已经引起多方关注,它的读者有可能已经遍布整个社会,绝不限于京师大学堂。到了民国初年,上海科学书局等出版社十余次翻印这部讲义,无疑说明了这部在西洋视野影响下撰写的中国文学史,非常受当时文化人的重视。这样的盛况,正反映了20世纪初期否定中国传统文化的时代氛围。

近代中国废除科举开办新学,大学体制既取西方之用,也取西方之体。中国自觉地以西洋或者日本学者的视角来书写中国文学史,也是完全可以理解的。因此可以说,20世纪中国人书写中国文学史的时候,就把西洋的文学观念深深地渗入了中国文学史研究之中,这是不足为奇的。当然,在20世纪50年代以前,中国文学史教育并没有像后来那样成为一个影响广大的必修课程,也没有统一的文学史理论和文学史教材,西洋文学观念对中国传统的文学观念并没有取得压倒性优势,因此,学习国文的学生并没有抛弃中国传统文学的框架。从俄罗斯汉学家瓦西里耶夫的《中国文学史纲要》,到林传甲的《中国文学史》,乃至20世纪以后的中国文学史教材,其内容虽然受西方文学观念的影响,却更重视不被西方19世纪文学观念所包含的中国古代重要的经、史、诸子文献。

如果说20世纪50年代以前中国文学史教材西洋化还是实习阶段的话,到了20世纪50年代以后,中国文学史西洋化就成了一股不可阻挡的潮流,其影响一直延续到今天。

---

① 黄霖:《日本早期的中国文学史著作》,《古典文学知识》1999年第5期,第96—100页。

1954—1955年,为了普及西洋文学观念,北京大学中文系举办了由苏联文学理论家毕达可夫主持的文艺学引论课程培训,又称"毕达可夫班",这个培训班集结了当时国内许多著名大学的古代文学专家。此后,随着中国文学史教学大纲和中国文学史统编教材的强力推介,中国各个大学的古代文学研究的理论支撑就完全西方化和苏联化了。西方化的标志是以诗歌、小说、戏剧为基本文学形态,以形象性、想象性、虚构性、抒情性和形象思维为文学的基本创作特征;苏联化最主要的特征是强调阶级性、典型化,以及革命的现实主义和革命的浪漫主义创作方法。

毫无疑问,在中国传播西洋文学观念,对于中国人了解西洋文学观念,以及中国文学和世界文学建立密切交往,具有非常重要的意义。也正因此,20世纪50年代以后,中国当代文学的创作基本上西洋化了。就连中国现代文学史的撰写者也不再关注在1949年前还实际存在的中国传统文学样式。

但是,中国古代文学历来是以经学为典范,以原道、载道为价值追求,以简洁典雅的文字,表现对社会人生的思考,记叙现实中发生的人与事,以期引导社会向善。中国古代文学有数千年的历史,在20世纪之前一直独立存在着自己的写作和阅读传统,并且在没有接触西方文学理念之前,一直良好地发展着;并按照自己的运行方式,为中国的读者提供着文学消费;还有着作者和读者共同认可的社会价值,承担着作者和读者所认同的社会责任。如果局限在19世纪以来的西方文学概念的中国文学史撰写视角,就很难全面正确地了解中国古代文人的写作状态和文学发展的全景,中国文学的研究就会走上歧路。

中国古代文学传统的相对独立存在和演变,决定了西洋文学观念和中国文学实际的隔膜,当然,这种隔膜绝不意味着互相对立。作为中国古代文学研究者,既要按照我们今天所认可的现代性的原则去阐释中国古代文学,更有责任努力认识中国古代文学作为一个现实的存在的事实,如实评价中国古代文学的写作和阅读轨迹,辨析西方当代文学观念对中国古代文学阐释的有效性问题。

二、中国"文学"原初的学科概念指六经

现代汉语中作为一个学科存在的"文学",不是一个外来词汇,而是中国固有的学科,其最初历史,可以上推至春秋时代。春秋时孔子开办私学,设立德行、言语、政事、文学四科,《论语·先进》曰:"德行:颜渊、闵子骞、冉伯牛、仲弓。言语:宰我、子贡。政事:冉有、季路。文学:子游、子夏。"[①]

关于文学等四科的专业区分,以及孔子弟子十人为什么有四科的区分,过去的学者已经作

---

① 阮元校刻:《十三经注疏·论语注疏》,北京:中华书局,1980年,第2498页。

了很多研究,皇侃《论语集解义疏》云:"云德行云云者,孔子门徒三千,而唯有此以下十人名为四科。四科者,德行也,言语也,政事也,文学也。德行为人生之本,故为第一,以冠初也,而颜、闵及二冉合其名矣。王弼曰:此四科者各举其才长也,颜渊德行之俊,尤兼之矣。范宁曰:德行谓百行之美也,四子俱虽在德行之目,而颜子为其冠。云言语,宰我、子贡者,第二科也,宰我及端木二人合其目也。范宁曰:言语谓宾主相对之辞也。云政事,冉有、季路者,第三科也,冉、仲二人合其目也。范宁曰:政事谓治国之政也。云文学,子游、子夏者,第四科也,言偃及卜商二人合其目也。范宁曰:文学谓善先王典文。王弼曰:弟子才不徒十,盖举其美者以表业分名,其余则各以所长从四科之品也。侃案四科次第,立德行为首乃为可解;而言语为次者,言语君子枢机,为德行之急,故次德行也;而政事是人事之别,比言语为缓,故次言语也;文学指博学古文,故比三事为泰,故最后也。"①

王弼云"此四科者各举其才长","弟子才不徒十,盖举其美者以表业分名,其余则各以所长从四科之品",范宁曰"德行谓百行之美"、"言语谓宾主相对之辞"、"政事谓治国之政"、"文学谓善先王典文",都是切中肯綮的论点。

邢昺《论语注疏》亦曰:"言若任用德行,则有颜渊、闵子骞、冉伯牛、仲弓四人。若用其言语辨说,以为行人,使适四方,则有宰我、子贡二人。若治理政事,决断不疑,则有冉有、季路二人。若文章博学,则有子游、子夏二人也。然夫子门徒三千,达者七十有二,而此四科唯举十人者,但言其翘楚者耳。或时在陈言之,唯举从者。其不从者,虽有才德,亦言不及也。"②邢昺认为德行即任用德行,言语即言语辨说,政事即治理政事、决断不疑,文学则为文章博学,而七十二弟子之中,十人为其翘楚。此与皇侃等人的意思相近。孔子言此,正居陈邦,所以邢昺提及有人认为此言十人,为举从陈弟子。

《论语》在这里提到了孔子高足弟子十人,分属不同学科,其中文学在孔子这里,即作为一个独立学科存在,以子游、子夏为其中杰出代表。子游即言偃,子夏即卜商。孔子弟子三千,《史记·仲尼弟子列传》云:"孔子曰:'受业身通者七十有七人。'皆异能之士也。"司马贞《史记索隐》曰:"《孔子家语》亦有七十七人,唯文翁《孔庙图》作七十二人。"③孔门高足,无论为七十七人,抑或是七十二人,皆具异能,而子游、子夏在七十余异能之士中,又可以跨入前十人之列,而孔门四科,也是有充足的学科分野的根据的。

子游、子夏的异能,主要表现为一种博学六艺的修养,司马贞《史记索隐》论及子夏时云:"子夏文学著于四科,序《诗》,传《易》。又孔子以《春秋》属商。又传《礼》,著在《礼志》。"④《史记·仲尼弟子列传》并记:"孔子既没,子夏居西河,教授,为魏文侯师。"⑤而《汉书·儒林传》则

---

① 皇侃:《论语集解义疏》,台北:艺文印书馆,1996年。
② 阮元校刻:《十三经注疏·论语注疏》,北京:中华书局,1980年,第2498页。
③ 司马迁:《史记》,北京:中华书局,1959年,第2185页。
④ 同上书,第2203页。
⑤ 同上。

概括孔子治学,及整理传播六经之后,特别强调子夏教授之功绩,曰:"古之儒者,博学乎六艺之文。六艺者,王教之典籍,先圣所以明天道,正人伦,致至治之成法也。周道既衰,坏于幽、厉,礼乐征伐自诸侯出,陵夷二百余年而孔子兴,以圣德遭季世,知言之不用而道不行,乃叹曰:'凤鸟不至,河不出图,吾已矣夫!''文王既没,文不在兹乎?'于是应聘诸侯,以答礼行谊。西入周,南至楚,畏匡厄陈,奸七十余君。适齐闻《韶》,三月不知肉味;自卫反鲁,然后《乐》正,《雅》《颂》各得其所。究观古今之篇籍,乃称曰:'大哉,尧之为君也!唯天为大,唯尧则之。巍巍乎其有成功也,焕乎其有文章也!'又曰:'周监于二世,郁郁乎文哉!吾从周。'于是叙《书》则断《尧典》,称《乐》则法《韶舞》,论《诗》则首《周南》,缀周之《礼》,因鲁《春秋》,举十二公行事,绳之以文武之道,成一王法,至获麟而止。盖晚而好《易》,读之韦编三绝,而为之传,皆因近圣之事,以立先王之教,故曰'述而不作,信而好古','下学而上达,知我者其天乎'!仲尼既没,七十子之徒散游诸侯,大者为卿相师傅,小者友教士大夫,或隐而不见。故子张居陈,澹台子羽居楚,子夏居西河,子贡终于齐,如田子方、段干木、吴起、禽滑厘之属,皆受业于子夏之伦,为王者师。是时,独魏文侯好学。天下并争于战国,儒术既黜焉,然齐鲁之间学者犹弗废,至于威、宣之际,孟子、孙卿之列咸遵夫子之业而润色之,以学显于当世。"① 孔子一生所学所传,以六艺之文为首,而子夏等人所继承,正是孔子所传之六艺。

子夏于六艺之《诗》《易》《春秋》《礼》的传播皆具功绩,《论语·八佾》载孔子称赞子夏擅长《诗》三百之事,子夏问孔子曰:"'巧笑倩兮,美目盼兮,素以为绚兮。'何谓也?"孔子曰:"绘事后素。"子夏联类及立身,曰:"礼后乎?"孔子曰:"起予者商也,始可与言《诗》已矣。"② 子夏读诗,举一反三,正符合孔子"兴于诗,立于礼,成于乐"③的学习目的。

《论语·阳货》曰:"子之武城,闻弦歌之声。夫子莞尔而笑曰:'割鸡焉用牛刀。'子游对曰:'昔者偃也闻诸夫子曰:君子学道则爱人,小人学道则易使也。'子曰:'二三子,偃之言是也。前言戏之耳。'"④ 子游小孔子四十五岁,小子夏一岁。《史记·仲尼弟子列传》载曰:"孔子以为子游习于文学。"⑤ 子游任武城宰,而教民以弦歌之声,其重诗乐,于此可窥见一斑。而《论语正义》论子游之文学曰:"沈氏德潜《吴公祠堂记》曰:子游之文学,以习礼自见。今读《檀弓》上下二篇,当时公卿大夫士庶,凡议礼弗决者,必得子游之言,以为重轻。"⑥

子游、子夏明习《诗》《书》《易》《礼》《乐》《春秋》等,故被称为文学,所以,孔门四科之文学概念,范宁注曰"文学,谓善先王典文",邢昺曰"文章博学",都是明习经典,吴林伯先生《论语发微》则说得更明确,曰:"按文,六艺;文学,六艺之学,后世所谓经学。"⑦

---

① 班固:《汉书》,北京:中华书局,1962年,第3589—3591页。
② 阮元校刻:《十三经注疏·论语注疏》,北京:中华书局,1980年,第2466页。
③ 同上书,第2487页。
④ 同上书,第2524页。
⑤ 司马迁:《史记》,北京:中华书局,1959年,第2202页。
⑥ 刘宝楠:《论语正义》,北京:中华书局,1954年,第238页。
⑦ 吴林伯:《论语发微》,北京:文化艺术出版社,1989年,第136页。

就六经的文体而言，《诗经》在诗的框架中，有国风、小雅、大雅、颂诸类；《尚书》有典、谟、训、诰、誓、命六种文体，内容则涵盖典章制度、治国方略、君臣言谈、各种文告等；《周易》的文体形式可以归结为诗、文两类；《礼》属于典章制度之文，《乐》无存，《春秋》则属于叙事之文。

毫无疑问，如果说今天所谓经学，或者《诗》《书》《礼》《乐》《易》《春秋》六经，就是文学的全部，显然是荒谬的。但是，如果说《诗》《书》《礼》《乐》《易》《春秋》六经不是文学，那同样是荒谬的。

20世纪以来，许多研究文学的人都认为文学学科是一个外来概念，因此，常常认为中国古代的"文学"与我们今天所说的"文学"不是一个概念，也就是说，中国古代的"文学"不是科学的概念，或者说不是一个"学科"概念。所以，他们努力建设中国的文学史体系的时候，往往以西方19世纪的文学概念为线索，然后重构中国古代文学史。这样的观点，实际上是在思想意识深层有"西洋文化优越性"的影子，是"西方中心论"的产物。虽然说西洋文化在许多方面有重要价值，但就"文学"而言，中国固有的学科概念界限清晰，内涵丰富，传承久远。如果抛弃中国固有的"文学"学科概念，重建中国文学史体系，就难免在"去中国化"的道路上渐行渐远了。

三、 经学、诸子、辞赋构成战国文学主体

罗根泽《战国前无私家著作说》曰："遍考周、秦古书，参以后人议论，知离事言理之私家著作始于战国，前此无有也。"[①]其实证有四：一曰战国著录书无战国前私家著作；二曰《汉书·艺文志》所载战国前私家著述皆伪托；三曰《左传》《国语》《公羊传》《穀梁传》及其他战国初年书不引战国前私家著作；四曰春秋时所用教学者无私家著作。

罗根泽所谓"离事而言理"之概念，出于章学诚《文史通义》，其《易教上》云："古人不著书，古人未尝离事而言理。六经皆先王政典也。"[②]六经因事而发，不离事言理，即不空言著述。罗根泽正是以"离事言理"作为定义私人著述的根据。

战国著录书，包括《庄子·天下》，《尸子·广泽》，《荀子》中的《非十二子》《天论》《解蔽》，《韩非子·显学》，《吕氏春秋·不二》诸篇。《汉书·艺文志》之私家著作，主要指《诸子略》《兵书略》及《辞赋略》等标明作者之辞赋。而《易》《诗》《书》《礼》《乐》《春秋》为政典，即有具体与"事"相关的实用目的。《论语》《孝经》成于孔子再传弟子之手。而《国语·楚语上》载申叔时曰："教之《春秋》，而为之耸善而抑恶焉，以戒劝其心；教之世，而为之昭明德而废幽昏焉，以休惧其动；教之《诗》，而为之导广显德，以耀明其志；教之《礼》，使知上下之则；教之《乐》，以疏其秽，而镇其浮；教之令，使访物官；教之语，使明其德，而知先王之务用明德于民也；教之故志，使知废兴者而戒惧焉；教之训典，使知族类，行比义焉。"[③]这里申叔时提到了文献，除了属实践与

---

① 罗根泽：《诸子考索》，北京：人民出版社，1958年，第13页。
② 章学诚：《文史通义》，北京：中华书局，1985年，第1页。
③ 邬国义、胡果文、李晓路译注：《国语译注》，上海：上海古籍出版社，1994年，第499页。

应用课程的先王世系、法令、语言、故志、训典等外,就是《春秋》《诗》《礼》《乐》等教科书。而《论语》所载孔子之教弟子,也仅止于《诗》《书》《礼》《乐》《易》。

又《孟子·滕文公下》言及孔子作《春秋》,曰:"世衰道微,邪说暴行有作,臣弑其君者有之,子弑其父者有之。孔子惧,作《春秋》。《春秋》,天子之事也。是故孔子曰:'知我者其惟《春秋》乎!罪我者其惟《春秋》乎!'"①而《史记·孔子世家》云:"孔子……至于为《春秋》,笔则笔,削则削,子夏之徒不能赞一辞。弟子受《春秋》,孔子曰:'后世知丘者以《春秋》,而罪丘者亦以《春秋》。'"②如此,《春秋》也是孔子教育学生的教科之一。

洪迈《容斋随笔》卷十四《子夏经学》曰:"孔子弟子惟子夏于诸经独有书,虽传记杂言未可尽信,然要为与它人不同矣。于《易》则有《传》,于《诗》则有《序》。而《毛诗》之学,一云子夏授高行子,四传而至小毛公,一云子夏传曾申,五传而至大毛公。于《礼》则有《仪礼·丧服》一篇,马融、王肃诸儒多为之训说。于《春秋》,所云'不能赞一辞',盖亦尝从事于斯矣。公羊高实受之于子夏,穀梁赤者,《风俗通》亦云子夏门人。于《论语》,则郑康成以为仲弓、子夏等所撰定也。后汉徐防上疏曰:'《诗》《书》《礼》《乐》定自孔子,发明章句始于子夏。'斯其证云。"③子夏在孔门弟子中,以文学著名,他之所传,正是《诗》《书》《礼》《乐》《易》《春秋》,即所谓六艺之学。

《史记·孔子世家》曰:"孔子之时,周室微而礼乐废,《诗》《书》缺。追迹三代之礼,序《书传》,上纪唐虞之际,下至秦缪,编次其事。曰:'夏礼吾能言之,杞不足征也。殷礼吾能言之,宋不足征也。足,则吾能征之矣。'观殷夏所损益,曰:'后虽百世可知也,以一文一质。周监二代,郁郁乎文哉。吾从周。'故《书传》《礼记》自孔氏。孔子语鲁大师:'乐其可知也。始作翕如,纵之纯如,皦如,绎如也,以成。''吾自卫反鲁,然后乐正,《雅》《颂》各得其所。'古者《诗》三千余篇,及至孔子,去其重,取可施于礼义,上采契、后稷,中述殷、周之盛,至幽、厉之缺,始于衽席,故曰:'《关雎》之乱以为《风》始,《鹿鸣》为《小雅》始,《文王》为《大雅》始,《清庙》为《颂》始。'三百五篇孔子皆弦歌之,以求合《韶》《武》《雅》《颂》之音。礼乐自此可得而述,以备王道,成六艺。孔子晚而喜《易》,序《彖》《系》《象》《说卦》《文言》。读《易》,韦编三绝,曰:'假我数年,若是,我于《易》则彬彬矣。'"④尽管后代学者对孔子与六经的关系问题有各种揣测,但起码有一点是清楚的,即在孔子之前,传世的著作主要是《诗》《书》《礼》《乐》《易》《春秋》六经,而六经在春秋及战国时代的流传,也主要得益于孔子的教学活动所培养的大批学者。

《汉书·艺文志》中尚记录一些战国前人著作,包括《太公》《文子》《黄帝君臣》《杂黄帝》《力牧》《孙子》《黄帝泰素》、孔甲《盘盂》、禹《大禹》《神农》《野老》《伊尹说》《鬻子说》《师旷》《务成子》《天乙》《黄帝说》《封胡》《风后》等,其中部分著作后注释中已经标明为伪托,但这些著作在战国前未见著录或者征引,所以,作为早于六经而存在的可能性是没有的。刘勰《文心雕龙·

---

① 焦循:《孟子正义》,北京:中华书局,1954年,第266—267页。
② 司马迁:《史记》,北京:中华书局,1959年,第1944页。
③ 洪迈:《容斋随笔》,上海:上海古籍出版社,1978年,第397—398页。
④ 司马迁:《史记》,北京:中华书局,1959年,第1935—1937页。

诸子》曰:"昔风后、力牧、伊尹,咸其流也。篇述者,盖上古遗语,而战代所记者也。"①言《风后》《力牧》《伊尹》诸篇,为战国时代人根据三人传下来的资料写成的。这个观点,对于我们了解以上著作,有方法论意义。

《诸子略》及《兵书略》所载托名战国前人的著述,都不得成书于战国前。罗根泽辨《汉书·艺文志》所载战国前私家著作皆属伪托,自《诸子略》而至《兵书略》,言儒家五十二家,道家三十七家,阴阳家二十一家,法家十家,名家七家,墨家六家,纵横家十二家,杂家二十家,农家九家,小说家十五家,兵权谋十三家,兵形势十一家,兵阴阳十六家,兵技巧十六家。一一辨析,所论甚详,并解释托古风气盛行原因云:"盖托古之风既开,甲托之文武周公,乙思驾而上之,则必托之尧舜禹汤,丙又思驾而上之,则必托之神农黄帝。如积薪耳,后来居上,势必伪造古帝,虚构三皇;犹以为未足,不得不离尘寰而上天入地,于是太一(泰壹)天一(天乙),皆有著作矣。至《数术》《方技》两略,更乌烟瘴气,不可究诘(神书更多),堪注意者,班氏于《诸子略》伪托之书,概标明于注,而《兵书略》《太壹》《天一》诸书之显为依伪者反阙焉,《数术》《方技》尤不著一字。盖注以辨疑,不疑何注? 此等书赝伪荒谬,已为人所共知,无庸再辩。"②罗根泽站在近代疑古主义学风的立场上来考察战国时代的托名前代人的著作,因而对这些托名的著作用"乌烟瘴气"来形容,这显然有偏激的地方。而且,客观地说,这些杜撰,未必是出于故意的作伪,而且,这些著作中,也未必没有或多或少地保留下一些托名者的言语。但是,罗根泽关于战国前没有私家著述的结论,无疑是符合历史实际的。因为孔子之前,学在官府,凡需要文字表达的,都存于官府之中,也只有官府才有可以使用文字的知识分子存在。

在孔子的时代,六经也就意味着是一切先王典文,而善先王典文也就意味着明习六经,因此,我们就有理由相信这个"文学"学科所包容的内容充满了开放性特征。当我们进入战国时期,考察战国时期的"文学"概念时,我们就更加明确了这个学科分野的真正内涵和外延了。

战国诸子著作中经常出现"文学"一词,如《墨子》之《天志》《非命》,《商君书·外内》,《荀子》之《非相》《王制》《性恶》《大略》,《吕氏春秋·去宥》,《韩非子》之《难言》《外储说左上》《问辩》《八说》《五蠹》《显学》等。纵观这些著作中所言之"文学",一指从事文学之人,也称为文学之士,此以《韩非子·六反》所说最具代表性,曰:"学道立方,离法之民也,而世尊之曰文学之士。"③另外,"文学"一词更多的是指文学之士所明习的人文经典,此以《荀子·王制》的说法为代表,曰:"虽庶人之子孙也,积文学,正身行,能属于礼义,则归之卿相士大夫。"④

战国诸子著作,以从事文学职业者为"文学之士",这说明"文学"一词,更多的是指人文经典,而非文学之士。当然,也有以"文学"指文学之士的例子,《商君书·外内》曰:"奚谓淫道,为

---

① 吴林伯:《文心雕龙义疏》,武汉:武汉大学出版社,2002年,第196页。
② 罗根泽:《战国前无私家著作说》,北京:人民出版社,1958年,第3页。
③ 王先慎:《韩非子集解》,北京:中华书局,1954年,第318页。
④ 王先谦:《荀子集解》,北京:中华书局,1954年,第94页。

辩智者贵,游宦者任,文学私名显之谓也。"①在这里,文学即指文学之士。

战国之时,文学指人文经典时,不仅仅限于明习六艺,而指一切文章博学活动,如《墨子·天志中》云:"下将以量天下之万民,为文学出言谈也。"《墨子·非命中》云:"凡出言谈由文学之为道也,则不可而不先立仪法。"《墨子·非命下》云:"今天下之君子之为文学出言谈也。"②《荀子·非相》云:"从者将论志意比类文学邪!"《荀子·性恶》云:"今之人化师法,积文学,道礼义者为君子;纵性情,安恣睢,而违礼义者为小人。"《荀子·大略》云:"人之于文学也,犹玉之于琢磨也。……子赣、季路,故鄙人也,被文学,服礼义,为天下列士。"③《吕氏春秋·去宥》云:"一言而令威王不闻先王之术,文学之士不得进。"④《韩非子·难言》云:"殊释文学,以质性言,则见以为鄙。"⑤《韩非子·外储说左上》云:"弃田圃而随文学者,邑之半。"《韩非子·问辩》曰:"主上有令,而民以文学非之。……人主顾渐其法令,而尊学者之智行,此世之所以多文学也。"⑥《韩非子·八说》云:"博习辩智如孔墨,孔墨不耕耨,则国何得焉?修孝寡欲如曾史,曾史不战攻,则国何利焉?匹夫有私便,人主有公利。不作而养足,不仕而名显,此私便也。息文学而明法度,塞私便而一功劳,此公利也。错法以道民也,而又贵文学,则民之所师法也疑;赏功以劝民也,而又尊行修,则民之产利也惰。大贵文学以疑法,尊行修以贰功,索国之富强。不可得也。"《韩非子·五蠹》云:"儒以文乱法,侠以武犯禁,而人主兼礼之,此所以乱也。夫离法者罪,而诸先生以文学取;犯禁者诛,而群侠以私剑养。……故行仁义者非所誉,誉之则害功;工文学者非所用,用之则乱法。……然则为匹夫计者,莫如修行义而习文学;行义修则见信,见信则受事;文学习则为明师,为明师则显荣。此匹夫之美也。……而贵文学之士,废敬上畏法之民,而养游侠私剑之属。……今修文学,习言谈,则无耕之劳,而有富之实;无战之危,而有贵之尊。"《韩非子·显学》云:"藏书策,习谈论,聚徒役,服文学而议说。"⑦

凡此种种,"文学"一词所包含的内容,已远非六艺所能包容。可以说,文学之士所学习的一切人文内容,以及他们的著述、言谈,都可以归结为文学活动。刘勰《文心雕龙·时序》云"春秋以后,角战英雄,六经泥蟠,百家飙骇。方是时也,韩魏力政,燕赵任权,五蠹六虱,严于秦令。唯齐楚两国,颇有文学:齐开庄衢之第,楚广兰台之宫,孟轲宾馆,荀卿宰邑。故稷下扇其清风,兰陵郁其茂俗;邹子以谈天飞誉,驺奭以雕龙驰响;屈平联藻于日月,宋玉交彩于风云。"⑧吴林伯先生《文心雕龙字义疏证》认为,刘勰此言战国"文学",其义有三:一指经学,二指哲学,三指辞赋。孟轲受业于子思门人,子思传曾子之学,《孟子》书中,引证、论述涉及《诗》《书》《礼》《春

---

① 严万里:《商君书》,北京:中华书局,1954年,第37页。
② 孙诒让:《墨子闲诂》,北京:中华书局,1954年,第129、169、175页。
③ 王先谦:《荀子集解》,北京:中华书局,1954年,第48、290、334页。
④ 高诱:《吕氏春秋》,北京:中华书局,1954年,第195页。
⑤ 王先慎:《韩非子集解》,北京:中华书局,1954年,第14页。
⑥ 同上书,第301页。
⑦ 同上书,第326、344—347、353页。
⑧ 吴林伯:《文心雕龙义疏》,武汉:武汉大学出版社,2002年。

秋》中的内容。荀子传子夏之学,是战国大儒,传《诗》《礼》《易》《春秋》,即从虞卿受《左氏春秋》,从穀梁赤受《穀梁春秋》;从根牟子受《诗》,传毛亨,为《毛诗》,传浮丘伯,伯传申公,为《鲁诗》;而对《礼》最为专长,《荀子》言礼最多,孟轲、荀子首先是经学家。邹衍、驺奭,属诸子之学。屈原、宋玉是辞赋家。① 经学、诸子、辞赋,基本上代表了战国文学之士所从事的文学活动的主要内容,而经学、诸子著作,即使在我们今天看来,也应该是文学研究的对象。

四、 秦汉以后中国文学学科内涵的演变

　　中国古代文人称为"儒",也称为"文学",他们从事的学科可以称为"文学",他们的著作也可以称为"文学"。中国古代的文学起源于六经,六经体现了孔子的仁义之道,因此,中国古代文学在原道、征圣、宗经的旗帜下,不断发展壮大,其学科范围也不断拓展,几乎涵盖了文人的一切创作,大凡用简洁明了美丽优雅的文字记录作者的思考、认识、见闻、思想,无论是叙事、抒情还是议论,都属于文学范畴。而西方近代文学观念则强调只有小说、戏剧、诗歌是文学,文学写作必须是虚构的、想象的、形象的、抒情的写作。显然,西方近代文学观念比中国古代文学观念要狭窄,西方文学之士在社会中的影响力也较中国文学之士薄弱得多。

　　秦汉以后,"文学"的概念仍然继承战国时期的传统。如西汉桓宽《盐铁论》的论辩双方,一为丞相、御史,一为贤良、文学,《盐铁论·本议》曰:"惟始元六年,有诏书使丞相、御史与所举贤良、文学语,问民间所疾苦。"②此处文学,意味着由从事的学科决定的职业身份。

　　六朝以后,文学作为学科和职业的概念,仍然包容了文人的一切为谋道而进行的写作。

　　南朝刘勰所作的《文心雕龙》,涉及的文体包括诗、乐府、赋、颂、赞、祝、盟、铭、箴、诔、碑、哀、吊、杂文、对问、七、连珠、谐、讔、史、传、诸子、论、说、诏、策、誓、诰、令、制、戒、敕、教、命、檄、移、封禅、章、表、奏、启、谠言、封事、便宜、议、对、书、记、笺、谱、簿、录、方、术、占、试、律、令、法、制、符、契、券、疏、关、刺、解、牒、状、列、辞、谚等七十余种;和刘勰同时的萧统《昭明文选》则列有赋、诗、骚、七、诏、册、令、教、文、表、上书、启、弹事、笺、奏记、书、檄、难、对问、设论、辞、序、颂、赞、符命、史论、史述赞、论、连珠、箴、铭、诔、哀、碑文、墓志、行状、吊文、祭文等文体近四十类。这些文体,都是当时的文学之士所从事的写作活动的主要内容,也是当时被作为文学来看待的。当时的文学之士如果就其中的某些文体创作出了衔华佩实的经典文本,毫无例外都会赢得文名,被社会所推崇。

　　《旧唐书·太宗本纪》载,四年十月,"于时海内渐平,太宗乃锐意经籍,开文学馆以待四方之士"③。《旧唐书·则天皇后本纪》载:"太后尝召文学之士周思茂、范履冰、卫敬业,令撰《玄

---

① 吴林伯:《文心雕龙义疏》,武汉:武汉大学出版社,2002年,第63—64页。
② 桓宽:《盐铁论》,北京:中华书局,1954年,第1页。
③ 刘昫等:《旧唐书》,北京:中华书局,2011年,第28页。

览》及《古今内范》各百卷,《青宫纪要》《少阳政范》各三十卷,《维城典训》《凤楼新诫》《孝子列女传》各二十卷,《内范要略》《乐书要录》各十卷,《百僚新诫》《兆人本业》各五卷,《臣轨》两卷,《垂拱格》四卷,并文集一百二十卷,藏于秘阁。"①《旧唐书·穆宗本纪》载,诏:"国家设文学之科,本求才实,苟容侥幸,则异至公。访闻近日浮薄之徒,扇为朋党,谓之关节,干扰主司,每岁策名,无不先定。永言败俗,深用兴怀。郑朗等昨令重试,意在精覆艺能,不于异常之中,固求深僻题目,贵令所试成就,以观学艺浅深。孤竹管是祭天之乐,出于《周礼》正经,阅其呈试之文,都不知其本事。辞律鄙浅,芜累何多。亦令宣示钱徽,庶其深自怀愧。诚宜尽弃,以警将来。但以四海无虞,人心方泰,用弘宽假,式示殊恩。孔温业、赵存约、窦洵直所试粗通,与及第;卢公亮等十一人可落下。自今后礼部举人,宜准开元二十五年敕,及第人所试杂文并策,送中书门下详覆。"②

《宋史·太祖本纪三》载,六年十一月癸丑,"诏常参官进士及第者各举文学一人"。《宋史·地理志五》曰:"汉中、巴东,俗尚颇同,沦于偏方,殆将百年。孟氏既平,声教攸暨,文学之士,彬彬辈出焉。"③

《明史·太祖本纪二》载,十三年二月壬戌朔,"诏举聪明正直、孝弟力田、贤良方正、文学术数之士"。《明史·选举志二》载,洪武三年诏曰:"汉、唐及宋,取士各有定制,然但贵文学而不求德艺之全。前元待士甚优,而权豪势要,每纳奔竞之人,夤缘阿附,辄窃仕禄。其怀材抱道者,耻与并进,甘隐山林而不出。风俗之弊,一至于此。自今年八月始,特设科举,务取经明行修、博通古今、名实相称者。朕将亲策于廷,第其高下而任之以官。使中外文臣皆由科举而进,非科举者毋得与官。"④

《清史稿·圣祖本纪二》载,三十三年秋七月丁亥,"上求文学之臣。大学士举徐乾学、王鸿绪、高士奇及韩菼、唐孙华以对"⑤。

现在有一种流行的说法,认为中国古代文史哲不分,但这种不分不是三者共存,而是今日的历史学科、哲学学科都包容在文学学科之中。

从汉至清,文学学科不断变化。学术与文章分列,《儒林传》《文苑传》则分别代表学术家和文学家,但学术家也有诗文辞赋等文章,这也属于文学。清康熙时陈梦雷编《古今图书集成》,在六编之一的理学编有文学典,包括文体、诗赋、文学家列传等。易经、史书、地志、诸子则入经籍典,理数、义利、廉耻、学问、读书则入学行典。无疑,这里的文学已狭义化了。

文学的概念是一个历史的范畴,同时也是一个具有民族文化特征的范畴。在区分文学与非文学的界限时,不能用今天的文学概念去解构历史上存在过的文学概念,也不能用非中国的

---

① 刘昫等:《旧唐书》,北京:中华书局,2011年,第133页。
② 同上书,第488页。
③ 脱脱等:《宋史》,北京:中华书局,1977年,第40、2230页。
④ 张廷玉等:《明史》,北京:中华书局,1974年,第34、1695—1696页。
⑤ 赵尔巽等:《清史稿》,北京:中华书局,1977年,第240页。

文学概念来解构中国的文学概念。同样,用历史上存在过的文学概念规定现在或以后将要出现的文学,用中国的文学概念规定其他民族的文学概念,从而结论文学与非文学,也是非常危险的。

五、 正确认识和寻绎文学观念的变化轨迹

我们强调文学概念的历史性内容和民族性内容,并不是要否定文学之为文学在不同历史时期、不同地域的不同民族观念中应存在的共性,而是要在强调共性之时关注个性,在一般中发现特殊,从而全面地把握文学概念。

我们今天所认可的19世纪的西方文学观念,也有一个逐渐形成的过程。近代西方著名的文学理论家韦勒克与沃伦博士指出:"什么是文学?什么不是文学?什么是文学的本质?这些问题看似简单,可是难得有明晰的解答。"即承认截至今日,文学概念还相当模糊。考虑到文学在以后的不断发展,我们更不敢贸然给文学一个武断的定义。韦勒克与沃伦博士反对"认为凡是印刷品都可称为文学",或者"将文学局限于'名著'的范围之内,只注意其'出色的文字表达形式',不问其题材如何"。韦勒克与沃伦博士指出,"我们承认'虚构性'(fictionality)、'创造性'(invention)或'想象性'(imagination)是文学的突出特征",同时,"我们还必须承认有些文学,诸如杂文、传记等类过渡的形式和某些更多运用修辞手段的文字也是文学。在不同的历史时期,美感作用的领域并不一样;它有时扩展了,有时则紧缩起来",我们肯定"文学艺术的中心显然是在抒情诗、史诗和戏剧等传统的文学类型上。它们处理的都是一个虚构的世界、想象的世界。小说、诗歌或戏剧中所陈述的,从字面上说都不是真实的;它们不是逻辑上的命题。小说中的陈述,即使是一本历史小说,或者一本巴尔扎克的似乎记录真事的小说,与历史书或社会学书所载的同一事实之间仍有重大差别。甚至在主观性的抒情诗中,诗中的'我'还是虚构的、戏剧性的'我'。小说中的人物,不同于历史人物或现实生活中的人物。小说人物不过是由作者描写他的句子和让他发表的言辞所塑造的。他没有过去,没有将来,有时也没有生命的连续性"①,即文学既包括想象丰富的虚构文学,如诗、小说、戏剧,也应包括杂文、传记等运用了修辞手段而具有美感形式的文字。

韦勒克、沃伦在强调文学虚构性特征的同时,也肯定非虚构性的杂文、传记等同样具有文学品格,也应视为文学,这种观点,照顾到了历史的文学概念的复杂性。文学作品以语言文字为媒介和手段,是语言的艺术,但是,它又不仅仅是艺术,而是有意味的。沃尔夫冈·凯塞尔指出:"正如我们所见,文学作品需要通过一种语言的特别力量来表现,所以对文学作品的研究就变成了语言科学的一部分。""文学史家就算只想研究他祖国语言的作品,也必须具有一种基本

---

① 雷·韦勒克、奥·沃伦:《文学理论》,刘象愚等译,北京:生活·读书·新知三联书店,1984年,第7—14页。

的、语言学的训练,同时语言学家也只有在语言生活得最强烈的地方,就是在文学作品中进行观察,才能够有所收获。"①文学是文学史家和语言学家共同的研究对象,说明运用语言艺术表现的文学形式与其他以语言为手段的学术的亲缘关系。由于文学为了更吸引人,往往写得像现实一样,正像贺拉斯所说:"一首诗仅仅具有美是不够的,还必须有魅力,必须能按作者愿望左右读者的心灵。你自己先要笑,才能引起别人脸上的笑;同样,你自己得哭,才能在别人脸上引起哭的反应。"②

文学有时要模仿现实存在,所以与历史、传记有接近之处,而有些不是虚构的作品,为了表现得更有魅力,同样需要文学修辞。在这种情况下,文学显然难以用虚构、想象、创造等特点来描述。在文学与历史、哲学等其他学术尚未有分别的时代,这种区别的艰难便更加明显。

英国理论家特里·伊格尔顿曾经指出过以虚构或想象划分文学与非文学之缺陷,他说:"例如,你可以在虚构的意义上把它解释为'想象的'写作——写的不是真实的东西。但是,甚至稍微回想一下人们一般列入文学名下的东西,也会表明这样的解释不能成立。十七世纪的英国文学包括莎士比亚、韦伯斯特、马韦尔和密尔顿;但它也延伸到弗朗西斯·培根的论文,约翰·多恩的布道文章,班扬的宗教自传,以及托马斯·布朗爵士所写的一切。必要时甚至可以认为它包括霍布斯的《绝对权力》或克拉瑞顿的《反抗的历史》。法国十七世纪文学不仅包括高乃依和拉辛,还包括拉罗什富科的箴言,博叙埃的悼词,布瓦洛关于诗的论文,塞维尼夫人致女儿的信,以及笛卡尔和帕斯卡的哲学。十九世纪英国文学一般包括兰姆(虽然不包括边沁)、麦考莱(但不包括马克思)和密尔(但不包括达尔文和赫伯特·斯宾塞)。"③他又说:"在十八世纪的英国,文学的概念并不象今天那样有时只限于'创造的'或'想象的'写作,它指的是全部受社会重视的写作:不仅诗,而且还有哲学、历史、论文和书信。一部原文是不是'文学的'并不在于它是不是虚构的——十八世纪对新兴的小说形式究竟是不是文学十分怀疑——而在于它是否符合某些'纯文学'的标准。用另外的话说,这种看作文学的标准显然是思想意识上的:体现某个特定社会阶级的价值和趣味的写作可以算作文学;而街头民谣,流行传奇,甚至也许还有戏剧,都不可以算作文学。"④

特里·伊格尔顿关于欧洲文学观念的演变历史,对我们认识中国古代文学的学科内涵和外延有非常大的意义,他的研究使我们有理由相信,我们在研究过去的文学之时,既要立足于今日对文学概念的认识来发掘过去的文学作品的现代意义,同时,又要照顾到文学概念的历史内涵,注意一定地域、一定民族在特定时期文学的特殊性,从而全面地把握该时期的文学全貌。

中国文学的发展,虽也曾受到外来异己文学的冲击,但对文学概念的认识,却具有相对独立的观念。像英国18世纪的状况一样,小说、戏剧等具有市民特征的世俗文学,其作为文学的

---

① 沃尔夫冈·凯塞尔:《语言的艺术作品》,陈铨译,上海:上海译文出版社,1984年,第11—12页。
② 贺拉斯:《诗艺》,杨周翰译,北京:人民文学出版社,1962年,第142页。
③ 特里·伊格尔顿:《当代西方文学理论》,王逢振译,北京:中国社会科学出版社,1988年,第14—15页。
④ 同上书,第35页。

权力也曾受到过怀疑,一方面,创作小说、戏曲的文学家社会地位低下,处境艰难;一方面,小说、戏曲的作品表现出的虚构等特征为文学之士所鄙视。司马迁曰:"《禹本纪》言'河出昆仑。昆仑其高二千五百余里,日月所相避隐为光明也,其上有醴泉、瑶池'。今自张骞使大夏之后也,穷河源,恶睹本纪所谓昆仑者乎? 故言九州山川,《尚书》近之矣。至《禹本纪》《山海经》所有怪物,余不敢言之也。"①在这里,司马迁显然是委婉地批评了《禹本纪》《山海经》的荒诞。《世说新语·轻诋》注引《续晋阳秋》曰:"晋隆和中,河东裴启撰汉魏以来迄今时言语应对之可称者,谓之《语林》。时人多好其事,文遂流行。后说太傅事不实,而有人于谢坐叙其黄公酒垆,司徒王珣为之赋,谢公加以与王不平,乃云:'君遂复作裴郎学。'自是众咸鄙其事矣。"②《语林》因一事失实而受人鄙视,足见虚构的小说手法在晋人眼中尚不能被认同。又明人蒋大器在《三国志通俗演义序》中批评通俗小说之鄙俗,曰:"前代尝以野史作为评话,令瞽者演说,其间言辞鄙谬又失之于野,士君子多厌之。"③则说明在明代,通俗文学的地位,仍然还没有得到社会认同。

中国传统文学理论建立在原道、明道的基础上,注重文学的存在意义,文学是实现社会正义的重要手段,学习文学,或者创作文学作品,必须落实到有利于人生与社会环境的改善。而过去的学者认为某些小说、戏曲把娱乐性放在了第一位,因此不但不能实现这种实用目的,反而有害于人伦道德。元代学者夏伯和说:"院本大率不过谑浪调笑。"④清初汤来贺说:"自元人王实甫、关汉卿作俑,为《西厢》,其字句音节足以动人,而后世淫词纷纷继作。"⑤清余治《得一录·翼化堂条约》曰:"《西厢记》《玉簪记》《红楼梦》等戏,近人每以为才子佳人风流韵事,与淫戏有别,不知调情博趣,是何意态,迹其眉来眼去之状,已足使少年人荡魂失魄,暗动春心,是诲淫之最甚者。"⑥张九钺甚至认为:"自院本、杂剧出,多至百余种,歌红拍绿,变为牛鬼蛇神,淫哇俚俗,遂为大雅所憎。"⑦

中国古代戏曲、小说等在今天看来属主流文学形式,但它们在刚产生的时候被当时的主流文学家所轻视。这一现象与欧洲文学的历史发展若合符节,这种东西方的吻合,说明人类对文学的学科内涵的认识,经过了一个曲折、漫长的过程。所以特里·伊格尔顿指出:"事实上,我们关于文学的解释正是随着我们现在所说的'浪漫主义时期'而开始发展的。关于'文学'这个词的现代看法只有在十九世纪才真正流行。就这个词的这种意义而言,文学是历史上最近的现象:它是在大约十八世纪末某个时间发明的,乔叟或者甚至蒲柏很可能认为它极其奇怪。最

---

① 司马迁:《史记》,北京:中华书局,1959年,第3179页。
② 刘义庆:《世说新语》,上海:上海古籍出版社,1982年,第439页。
③ 罗贯中:《三国志通俗演义》,北京:人民文学出版社,1975年。
④ 夏庭芝:《青楼集志》,北京:中国戏剧出版社,1959年,第7页。
⑤ 汤来贺:《内省斋文集》,北京:书目文献出版社,1998年。
⑥ 余治:《得一录》,上海:上海人文印书馆,1934年。
⑦ 杨恩寿:《词余丛话》,北京:中国戏剧出版社,1959年。

初出现的是把文学范畴缩小到所谓的'创造性的'或者'想象性的'作品。"①

东西方文学的演变规律,让我们明白这样一个道理,就是虽然今天的文学概念不包括过去曾经作为文学存在的某些文学形式,但是,对于我们研究者来说,特别是着眼于建立文学理论体系的学者来说,我们应该把那些历史上存在过的文学形式看作是今天文学的历史,而今天的文学观念,正是在历史的演变中逐渐形成的。同时,我们也要认识到,今天我们所建立的以想象、虚构为特征的文学形式,必将有被淘汰的危险。今日虚构文学的衰落,而纪实文学及传记文学的广阔市场和前景,使我们有理由相信,文学抛弃虚构的历史,重新回到过去存在过的写作和阅读的历史中去,未尝不是可能的。

六、 中国文学史应该是中国文学历史的复原

韦勒克和沃伦在他们合作写成的文学理论著作《文学理论》中曾经对英国文学编史的历史进行回顾,指出"应当承认,大多数的文学史著作,要末是社会史,要末是文学作品中所阐述的思想史,要末只是写下对那些多少按编年顺序加以排列的具体文学作品的印象和评价",因而"只是把文学视为图解民族史或社会史的文献;而另外有一派人则认为文学首先是艺术,但他们却似乎写不了文学史。他们写了一系列互不连接的讨论个别作家的文章,试图探索这些作家之间的'互相影响',但是却缺乏任何真正的历史进化的概念"。所以,他们质疑说:"写一部文学史,即写一部既是文学的又是历史的书,是可能的吗?"②这说明文学史的写作,不是一件容易的事情。

文学史研究是对文学历史的研究,所以文学史研究就应该属于历史研究范畴。当然,我们这样说,并不是排斥文学的特殊性,因为它仍然是具有具体规定性研究对象的历史研究,是对历史的文学这一专门领域的研究,而不是对整个历史的研究。

文学史作为历史研究,首先就应该遵从历史研究的规律,就像文学研究不是文学创作一样,文学史也不是文学理论或者文学批评。按照贝特森(F. W. Bateson)的说法,文学史是考察源流问题的,认为"文学史旨在展示甲源于乙,而文学批评则在宣示甲优于乙"③。文学史就是关于甲、乙谁前谁后的问题,而文学批评和文学理论则是要宣示甲、乙谁优的问题。这个区分无疑是有价值的。

从这个区别上,我们必须承认,文学史的研究目的,首要的是复原文学的历史,这个复原,包括对文学观念的复原和文学活动的复原。所以,为欧洲文学史家所广泛接受的建立在历史

---

① 特里·伊格尔顿:《当代西方文学理论》,王逢振译,北京:中国社会科学出版社,1988年,第36页。
② 雷·韦勒克、奥·沃伦:《文学理论》,刘象愚等译,北京:生活·读书·新知三联书店,1984年,第290页。
③ 同上书,第32页。

主义基础上的文学重建论,主张"文学史家必须设身处地地体察古人的内心世界并接受他们的标准,竭力排斥我们的先入之见"①,应该是最有历史主义的科学的文学历史研究态度。

按照这个原则,我们的文学史的写作,就首先应该按照一定的时代人们的文学观念,来努力勾勒出这一时代文学发展的全貌——这个全貌当然包括勾勒出每一个作家的每一部作品所要实现的创作意图,这也是斯托尔(E. E. Stoll)等文学史家实践过的,他"在研究伊丽莎白时期的舞台艺术传统与观众的要求时,就坚持主张文学史的重要目的在于重新探索出作者的创作意图"②。同时,应该勾勒出这个时代文学的流传和文人的心态面貌等问题。也就是说,文学史研究的目的,首先不是对某个时代的文学盖棺定论,而是还原历史。因此,中国文学史的写作,首先应该是对中国文学历史的复原。

文学史研究,实际就是文学的考古工作。对于研究文学史的学者来说,研究文学史首先是复原文学历史,了解文学的历史变迁,其次才是评价这种历史面貌和历史变迁。这两个方面,共同构成文学史的写作目的,而这两个目的,复原的任务远比评价的任务重要。但我们的数以百计的文学史学者,忙于总结文学发展规律和问题变迁史,复原的工作就有了欠缺。特别是20世纪50年代提倡俗文学的口号提出后,文学研究就往往变成了今日文学观念指导下的文学观念形成史和文学文体的发生演变史,而文学史大量讲解词曲小说,使我们误以为宋以后的文学史就是词曲小说的世界,文坛的盟主不是罗贯中、施耐庵,就是曹雪芹。这样一来,一个阶段的文学历史就被篡改了,而那个阶段的文人心态,文坛面貌,就被颠覆了。

在中国古代文学的历史上,即使到了清末,处于文人上层,并受到民间文人普遍尊敬的,仍然是那些以美刺传统发挥文学光华的诗文作者,罗贯中、施耐庵、曹雪芹等人的作品,尽管很伟大,但作为作家个人,他们仍然是那个时代文学界的边缘人。

复原文学历史,应该建立在个体的复原的基础上,从个案研究走向综合研究。这个宏观的综合研究,其体现形式,就是文学史的写作。文学史当然可以是断代史的写作,也可以是通史的写作。就像断代史建立在个案的研究之上一样,通史是建立在断代史研究的基础之上的,通过文学通史的写作,最终完成了对文学的总体把握。

每一个个案应该包含无限个可以肢解的个案,每一个断代,又可以分解为无限个断代,黄仁宇的《万历十五年》如果只着眼于文学在万历十五年的作为的话,也当然是断代文学史的研究。

严格意义的中国文学通史,所指应该包括研究者对自中国文学产生起到其著作文学通史著作之前的文学的总结。由于今天中国文学的研究,有所谓古代、近代、现代、当代的区分,这样,我们就完全有理由把通史定义为古代文学这个断代意义的通史。由此可知,所谓文学通

---

① 雷·韦勒克、奥·沃伦:《文学理论》,刘象愚等译,北京:生活·读书·新知三联书店,1984年,第33页。
② 同上。

史,对于中国文学研究者来说,本来也是一个相对的和不确定的概念,只是在今天我们给它加进了一个规定性的时段而已。

如果我们承认文学史是文学的历史研究,按照这个定义,中国文学史的写作,就不是从近代开始,在中国古代历史著作体系中,特别是以《史记》《汉书》为代表的正史系统,其《艺文志》《经籍志》,以及《儒林传》《文苑传》,还有大量的列传,如《史记·孔子世家》《史记·屈原贾生列传》《汉书·司马相如传》《汉书·扬雄传》,无不是有关文学史的著作。而这些文学史著作,虽然也对文学作品和文学现象、文学家进行了综合评价,但是,它们又是以"实录"精神来写作的,所以,它们的功绩首先在复原历史。这个优良传统,应该是我们今天所应继承的。

如果我们考察最早的几种中国文学史著作,著作者在写作之初,也是秉承了复原历史的文学史本意的,如林传甲《中国文学史》在写作方法上借鉴史书体例,结合纪事本末体和通鉴纲目体,在文学对象的选择上,则包括经、子、辞、赋、史、传,体现了文学观念的历史性内容和民族性特征。1918 年出版的谢无量的《中国大文学史》强调他所谓文学,不是今天意义的纯文学史,而是包括了纯文学和今天所谓学术,以及与文学相关的文章,认为治文学史不能仅从今日之纯文学出发,必须联系当时的学术文化。[①] 胡小石《中国文学史讲稿》,则提出文学是由于生活环境受到刺激而引起情感的反应,即艺术化的语言来做具体表现。文学史的研究对象是历代各种文体,研究目的则是说明文学史的演变,而特别关注文学之间的因果联系,并且强调治史与学文的区别,认为文学史属于科学,其特点是冷静、客观、求信,注重事实的变迁,不注重价值的评估。[②]

值得注意的是,如果我们用这种与西方历史主义的文学史研究方法一致的尺度来衡量古代文学史著作,古代学者的成功范例也可以说比比皆是,一部《文心雕龙》,不但《时序》是文学史,其他各篇,与其说是文学理论著作,倒不如说是刘勰之前的一部中国文学史。其文体论和创作论中复原历史的痕迹,是不难寻绎的。后代学者指摘刘勰对陶渊明的漠视,实际这是与陶渊明当时在文坛的地位联系在一起的。陶渊明退出官场,回归田园,就意味着他的边缘化境遇。复原历史的时候,边缘化的角色,总是容易被忽略。

钟嵘《诗品》探讨五言诗流变,曰:"故知陈思为建安之杰,公幹、仲宣为辅;陆机为太康之英,安仁、景阳为辅;谢客为元嘉之雄,颜延年为辅。斯皆五言之冠冕,文辞之命世也。"[③]其关于建安、太康、元嘉诗坛领袖的论述,立足点正是在当时的历史状况。就是说,文学历史的研究,摆脱不了历史的现实面貌。在魏晋六朝之际,天下动乱,氏族势力强盛,非曹植、陆机、谢灵运这样的贵介公子,不足以在世族社会执文坛之牛耳,而陶渊明、左思这样的人才,由于没有天时地利人和,所以只能空留无奈。

既然如此,我们可以说,20 世纪初期的文学史家,以及古代的文学史学者的观点,实际都

[①] 谢无量:《中国大文学史》,郑州:中州古籍出版社,1992 年。
[②] 周勋初:《胡小石文史论丛》,南京:南京大学出版社,2008 年。
[③] 钟嵘:《诗品》,上海:上海世纪出版集团,2007 年,第 2 页。

是以他们的实践肯定文学史复原历史的责任的重要性。这个原则,无疑是放之四海而皆准的。那么,我们对文学史的评价体系,就不一定是它有怎样的哗众取宠的观点,而是首先必须考察它对历史面貌的复原的努力程度,然后再考虑通过纵横比较,给予科学的价值判断。

七、重建立足于中国文学本位的中国文学史体系

20世纪50年代后期,自从北京大学中文系1955级学生为响应"学术大跃进"而编写了一部《中国文学史》以来,各个大学为了中国文学史的教学,编写了众多中国文学史教材。这些教材为中国文学史教学做出了重要贡献,但是,却也有一个共同的不足,就是这些教材在不同程度上都以西方或者苏联的文学理论观念来对中国古代文学进行取舍和评价,对中国古代文学全貌的复原和诠释难免不周全,甚至歪曲。这样做的后果,使我们今天的中国文学史成为西方话语下的中国文学史,中国文学史教材基本上没有能力完整复原中国古代文学史的全貌,所以,公允评价中国古代文学的成绩,也就成了遥远的事情。随着中国文学研究的深入,以及中国文化立场的自觉,立足于中国文学史本位重写中国文学史,就应该是当代中国古代文学史研究学者当然的责任。

中国古代文学是中华民族优秀传统文化最重要的组成部分。研究中国古代文学,既是为了了解历史,同时,也是为了把中国古代文学家及其作品所表现出的人文关怀和人文精神贯彻到我们今天的社会活动之中。因此,建立立足于中国文学本位的文学史书写体系,就是必要的。编写中国文学史教材,就是希望通过我们的努力,构建一个以中国固有文学观念为指导的中国古代文学史体系,发掘民族传统文学的人文诉求和发展脉络及价值。这是一项艰巨而复杂的任务,却也是中华民族文化自觉和文化复兴的迫切要求。在编写立足于中国文学史本位的中国文学史体系时,应力求实现以下目标:

第一,体现中国立场。我们所编写的中国文学史,应是建立在中国固有文学观念范畴内的文学发展史,不是建立在西洋19世纪文学观念下的中国古代文学史。我们要通过对中国固有文学学科演变历程的梳理,发现中国古代文学存在和发展的规律,以此来改变在西洋文学观念中发展起来的中国现代文学和当代文学所面临的困境。

第二,体现中国视角。作为在中国固有的文学观念范畴下建立的文学史体系,就意味着必须涵盖中国古代文人写作的主要部分,我们要努力还原一个时代文学的全貌和一个作家的全貌,而不是依赖于西洋文学的三分法、四分法选择研究对象。凡是中国古代被归入"文学"的文学之士的文学活动,都应是我们研究的对象。我们要实事求是地探讨中国古代各种文体的产生、发展、变化过程。通过我们重建中国文学传统的努力,丰富世界文学的视角,寻找最终融入世界文学潮流的路径。

第三,体现中国价值。中国古代文学以六经为典范,以简洁明了的语言,记叙历史,表达思

想,抒写情志,中国古代文学有明确的原道、载道、明道的人文诉求,是把引导社会向善放在首要位置的,因此,中国文学体现了对社会发展的积极关切。

第四,体现中国方法。中国传统方法,在文学研究领域,主要体现为汉代学者所倡导的实事求是的历史观。比如西方文学史起源于神话,而现存中国文学史以六经为源头,20世纪50年代的学者构筑中国文学的神话源头,虽然工作做得多,却总难以找到实证的基础。因此,继承中国方法,在实证的基础上,体现史与论的结合,注重文学理论发展史、作者思想发展史、作品写作史、文体发展史、文学批评史的结合,注重对作品和作家的定性分析,也注重对定性过程的透明化的诠释,是复原中国古代文学史所不可或缺的途径。

第五,体现学术性。大学生要掌握文学史基本常识,更要具有学术素养。近些年,随着学科调整和大学教育普及化,中国文学史教育有去学术化的倾向,我们认为这不是方向。因此在教材编写中,应该把学术界最前沿的成果系统而提纲挈领地告诉读者,给读者提供一个很快进入学术前沿的路径,是非常必要的。

第六,体现多元性。我们编写的是中国文学史,所以,我们应该把中华各民族文明的成果尽可能网入其中,应该对现今中国版图中曾经存在过的区域政权的文学,以及历史上属于中国版图中的行政区域的文学同样给予关注,如西夏文学、大理文学、吐蕃文学等,过去很少在文学史中体现,新编的文学史应该填补这部分空白。

近年国务院学位委员会调整学科门类,艺术学已经脱离文学门,成为独立的学科门。因此,中国古代戏剧、戏曲理应归入艺术学门类的戏剧戏曲学,不应再是中国古代文学的研究对象。虽然考虑到学科惯性,仍然可以暂时把中国古代戏剧、戏曲容纳在论述范围中,但从长远看,文学与艺术学的结合,会降低文学本身的价值追求。

20世纪开始的中国文学史写作本来起始于洋人的启发,因此清理20世纪西化文学体系的影响,建立中国本位的文学史价值体系,是一个艰巨而漫长的工作。在中国古代文学史研究和书写时体现中国立场、中国视角、中国价值、中国方法,并在此基础上体现中国文学史的多元性和学术性,更是需要长期探索的。也只有建立了体现中国立场、中国视角、中国价值、中国方法的中国文学史观,才能构建一个以中国固有的文学观念为指导的中国古代文学史体系,也才能深入发掘中国传统文学的发展脉络及人文价值。

易代之际诗学研究的文献问题[①]

首都师范大学中国文学思想研究中心 左东岭

易代之际的诗学研究是一个重要的学术领域,因为无论是此时的诗学思想还是诗歌创作,均与承平时期具有较大的差异。易代之时随着政权的解体与社会的动荡,文人的思想趋于活跃,情感波动激荡,因而诗坛便呈现更为复杂多样的形态。然而,易代之际战乱的破坏与政治的剧烈变动,常常会对诗人的作品存留产生毁灭性的影响,因而在诗学研究中对其文献的研究应予以特别的关注。根据已知学界相关情况,易代之际研究中所存在诗学文献,大致存在着三方面的问题,本文将依次分析。

一、 诗歌作品散佚的问题

诗歌作品散佚,使研究者无法找到诗人的全部作品或者重要作品,从而影响对其诗学思想与诗歌整体特征的把握与评价。在历史发展过程中,诗学文献的保存是需要一定条件的,但承平时期与易代之际又是有巨大差异的。在正常的环境中,尽管诗歌作品能否流传后世也不一定全然以创作水平的高低作为唯一的条件,比如政治地位的高下与经济状况的好坏,都会影响到作品的地位与流传,但一般说来名气与水平还是大致成比例的。哪怕是布衣文人如徐渭和谢榛也都有别集传之后世,而且像陈继儒和王稚登这样的布衣诗人还名气很大,影响很广。但在易代之际情况就大不相同,以元明之际为例,有大量的诗人和诗歌作品没有流传至今。贾继用《元明之际江南诗人研究》一书中专列"元明之际失踪诗人考"一章[②],他考察了张羽《怀友诗》中的 23 位诗人,都是当时诗坛重镇吴中的有名诗人,其中一半以上的人已经被淹没在历史迷雾中,连洪武年间担任过礼部尚书的牛谅,其明初的履历也模糊不清,尤其是晚年经历更是一片空白,更不要说留下诗文别集了。接着,作者还分别考察了钱谦益《列朝诗集》、徐达左《金兰集》中所载诗人中的无考者,以及失踪的蒙古色目诗人,其数量已达百人以上。至于元明之

[①] 本文为国家社科基金重大招标项目"易代之际文学思想研究"(项目编号:14ZDB073)阶段性成果。
[②] 贾继用:《元明之际江南诗人研究》,济南:齐鲁书社,2013 年。

际到底有多少失踪诗人,现在已经无法确知。其实,当时的文人已明确意识到他们在变幻不定的政治格局中会被历史遗忘,因而想方设法使自己能够在历史上留下一丝痕迹。比如顾瑛等人在玉山草堂聚会赋诗,采用了绘画、序记及诗歌唱和的方式,并编辑成《玉山雅集》予以刊刻,终于使其流传后世,其中一些地位低下的文人如果不是厕身玉山草堂的雅集,说不定其人与诗早已被历史遗忘。有的则是采用了文人集体题画的方式留下了名字,如《寒窗风雨图》《听雨楼图》等均有几十位诗人为其题诗。尤其是前边提到的张羽《怀友诗》,虽说记述了23位诗人,但在张羽早期的弘治本《静居集》中,却仅仅留下了莘野、方彝和李讷3人,其他20人则均失传,而全诗乃是在明后期李日华《六研斋笔记》和张丑的《真迹日录》中作为诗画作品而被著录的,总算在历史的夹缝中被保存下来。因此,明代的两部题画集子《铁网珊瑚》与《珊瑚木难》就成为值得关注的搜集元明之际诗歌作品的重要文献。

前人搜集元明之际的散佚诗作,最重要的辑佚文献乃是《诗渊》与《永乐大典》,这当然是该时期很重要的文献渊薮,但是,书画题跋总集和野史笔记也是保存易代之际文献的重要资料,以前则常常为学界所忽视。其实,这类文献不仅仅能够辑录散佚作品,更重要的是它们还能保存文人雅集、集体题咏等诗歌活动原始面貌,从而成为珍贵的诗学研究文献。比如成书于明代中期的朱存理《珊瑚木难》,就保存了大量的元明易代之际的诗学文献。元明之际的诗人高启曾在其《春日怀十友诗》①中记载了余尧臣、张羽、杨基、王行、吕敏、宋克、徐贲、陈则、僧道衍、王彝等所谓的北郭十友,无疑均为当时重要的吴中诗人,但有些人已经很难找到存留的作品。其中的宋克是高启很重要的友人,因为在高启现存的作品中还保留着为其所作的传记《南宫生传》以及长篇五古《感旧酬宋军咨见寄》,可见其关系非泛泛之交。可是宋克的别集如今已荡然无存,很难再一睹其诗文作品面貌。可是在《铁网珊瑚》书品第五卷,却保存了《宋仲温诗帖》,表达宋克元明易代思想情感的三首诗也得以保留下来。其《秋日怀兄弟(二首)》曰:"秋至转相忆,萧萧木落初。如何去乡国,不见有音书。漂泊全无定,存亡半是虚。风尘几时靖,还似昔同居。""相别几多时,相思泪满衣。家贫经难久,世乱得书稀。作吏诚全拙,从军事亦非。乡心秋塞雁,尽日向南飞。"其《怀何孝廉》曰:"绝怜何有道,老节独居贫。孝义今谁及,交情久更真。清斋将十载,小隐欲终身。别后音书断,相思入梦频。"②通过这些诗,不仅可以得知宋克的生平状况和交游情况,更可以了解其进退失据的无奈和思亲怀友的感伤。更为重要的是,诗后还附录了大量与宋克赠答的诗文作品,其中就有高启的《南宫生传》《赠醉歌》《奉答感旧五十韵》、杨维桢的《庚子岁赠》、饶介的《论书赠仲温》、张宪的《赠宋克(四首)》、倪瓒的《赠宋克(三首)》、周砥的《放歌行赠宋君》、沈铉的《放歌赠宋君仲温》《诗送仲温先生迁吴》等等,这些文献的汇聚,不仅令后人目睹了宋克的交游状况,也提供了较为详细的生平信息。该组文献末尾记曰:"燕山曾焕、蜀人王燧、会稽唐愚士,洪武廿一年四月既望同观于应天府学之东斋。"说明这些文

---

① 金檀辑注,徐澄宇、沈北宗校点:《高青丘集》,上海:上海古籍出版社,1985年,第133—138页。
② 朱存理辑录,韩进、朱春峰校证:《铁网珊瑚校证》,扬州:广陵书社,2012年,第276页。

献乃是产生于较早的洪武中期,其可信度无疑是能够得到保证的。需要说明的是,这些文献并非因其内容而是因其书法才得以保存,因为当时宋克的书法名气远远大于其诗文名气,则其诗歌作品也因其书法而得以流传后世。此类文献另一保存途径则是因画而存,其中《听雨楼》就是一组书画诗文皆具备的文献集成。《听雨楼》画由著名文人画家王蒙于至正二十五年作于卢恒的风雨楼中,并由当时著名书法家周伯琦题字。然后自张雨、倪瓒开始题诗,先后有王蒙、苏大年、饶介之、钱惟善、张绅、马玉麟、鲍恂、赵俶、张羽、道衍、高启、王谦、王宥、陶振、韩奕等文人题诗词18首及文3篇,最后是永乐五年王达善对题诗文人生平小传的叙述及所作题记,时间跨越了元明之际的数十年,集中反映了当时文人的思想情感。王达善题曰:"右听雨楼诗卷,其间所载,皆一时名士,诚可宝也。然予观此卷,而人品有三:其至高者,闻而知之;其次者,事而知之;其又次者,交而知之。"①尽管文献的生成时间已经是永乐年间,但毕竟王达善与其中的作者们乃是"闻而知之""事而知之"与"交而知之"的关系,也可以说是历史的亲历者,因而也就具有了更为贴近的历史真实感,其文献价值是毋庸置疑的。

另有一种情况是诗歌作品的部分散佚,也会影响到研究的深度。比如危素和陈基,这两位元明之际的重要文人,他们在元代末年都是文坛上的重量级诗人,入明后也曾经做过明朝的官员,作品理应保存得比较完整。但是查阅现存的危素《说学斋稿》和《云林集》,以及陈基的《夷白斋稿》和《夷白集》,却完全没有入明后的诗歌作品,因而无法知道他们入明以后的创作情况。其实很难想象,这些重要的文人会在入明后就此封笔,应该是他们有意删去了自己入明后的作品。在承平时期,许多诗人可能会悔其少作,编选别集时删去早年的不成熟作品,像这样删去晚年作品的现象,大概只能出现在易代之际的特殊时期。当然,也存在与此相反的情况,就是有些作家入明之前的诗歌作品散佚了。比如宋濂的诗歌作品,自明代正德年间编成《宋学士文集》再到《四库全书》及《四部丛刊》,宋濂的诗歌作品也就200余首,这就形成了一种印象,宋濂是以散文创作为主的。但早在明人郎瑛的《七修类稿》中就说:"予尝见太史宋公濂诗四册,公亲书者也,大字如指顶,小字如芝麻,或行或楷,真有龙蟠凤舞之象,高可五寸,亦奇物也。惜为杭守张公取去。今学士集中之诗不满二百,则知遗落多矣。予家又藏公与戴九灵寄答古诗各十首,考之《九灵集》中,止得其六;而公诗集皆无之。且书乃当时吴德基,而题跋则王华川、揭少监、胡仲伸辈,而又装潢成轴,袭以文锦,安知又不为他人取乎?苟或败坏,千古埋没。"②郎瑛在此描述如此细致,说明他的确是见过这四册宋濂诗作的。但数百年过去了,人们再也没见过这个诗册。但在进入21世纪后,却有人在日本发现了在中国大陆失传数百年的这本宋濂诗集③,人们才知道收有300余首宋濂诗作的《萝山集》依然在日本内阁文库中躺着睡觉。后来黄灵庚先生将这些诗作重新收入新编《宋濂全集》中,人们才得以见到宋濂现存的全部诗作,当然也会解决许多以前没有解决的学术问题。现在要追问的是,既然宋濂的这些诗歌作品并没

---

① 朱存理纂辑,王允亮点校:《珊瑚木难》,杭州:浙江人民美术出版社,2013年,第58页。
② 朗瑛:《七修类稿》,北京:文化艺术出版社,1998年,第437页。
③ 任永安:《日本藏宋濂〈萝山集〉抄本考述》,《文学遗产》2011年第1期。

有散佚，他本人以及后来的全集编纂者为何不把它们编进《宋学士文集》中去呢？是偶尔的失收还是有意的回避？还有那十首戴良的古诗，为何在编辑戴良的别集时仅收进六首，另外四首为何漏收？这又是一个值得深思的问题。由此推测，在元代任过官职而入明朝为官的所谓"贰臣"，入明后的作品大多缺失；而元代在野文人入明为高官者，则又多隐匿其元末作品。这些问题在承平时期可能是不大会遇到的。

二、诗歌作品真伪混杂的问题

易代之际的诗歌作品真伪混杂现象突出，必须进行认真的辨析与甄别，方可保证研究的可靠性。在易代之际，由于文人生活的漂泊不定以及政治形势的动荡混乱，往往使保存其作品的方式与条件极为恶劣与特殊。因而古今作品、时人作品等他人创作的作品往往会混杂在一些诗文别集中，从而造成真伪混杂的状况。比如在孙蕡《西庵集》中，收有一首其临刑时所作的五言绝句："鼍鼓三声急，西山日又斜。黄泉无客舍，今夜宿谁家？"①许多人也都将其作为孙蕡的作品，但其实这是五代人的诗作。赵翼曾曰："明董穀《碧里杂存》载：孙蕡为蓝玉题画，被诛，临刑口占云……太祖闻之，曰：'有此好诗而不奏，何也？'遂诛监刑者。按此诗乃五代时江为所作。……今乃移之仲衍，何耶？岂仲衍被刑时诵此诗以寓哀，闻者不知，遂以为仲衍自作，而董穀因记之耶？"②历史的记载往往有模棱两可之处，说孙蕡临刑吟诗，就可以作两种理解，吟自己的诗和吟他人的诗，如果误将吟他人之诗为自吟之诗，也就会导致对作品作者的误解。其实，在元代末年，有许多诗人别集中夹杂有唐人诗歌作品，在使用这些文献时应该认真加以鉴别。否则便可能发生张冠李戴的错误。

更为严重的是，还存在着别集全书的真伪问题。其中最为突出的便是聚讼数百年而不休的郑思肖《心史》案。作为宋元之际的南宋遗民郑思肖，居然将自己怀念故国、不屈新朝的诗文别集藏于深井之中以待后人发现，以表明自己的坚贞气节。当然，古人立志著书并藏之名山以待后人的行为并非仅郑思肖一人所有，著名的司马迁、李卓吾都有过这种想法，而且李卓吾的史学著作之一就叫作"藏书"。但令人称奇的是，直到400年后的崇祯十三年，才从苏州承天寺的井中发现了由密封铁函保藏着的署名郑所南的这部《心史》著作，并被人刊刻出来。随后就是成群的文人为其作序，在明末引起了巨大的轰动效应。这的确过于巧合，明代即将灭亡，历史将要重演，此时此刻表达遗民情怀的《心史》被应时发现，然后成为明清易代的真正历史起点。于是，过于的巧合引来了许多名家对其真实性的怀疑，自《四库提要》以来，可以说质疑之声不绝于耳。尽管陈福康教授花费了10多年的时间撰写了《井中奇书考》③一书，对其出井经

---

① 文渊阁四库全书本《西庵集》卷七。
② 赵翼：《陔余丛考》，石家庄：河北人民出版社，2003年，第474页。
③ 陈福康：《井中奇书考》，上海：上海文艺出版社，2001年。

过以及刊刻过程进行了详实的考辩,也提供了不少有力的证据,从而使该书真伪的研究向前推进了不少,但要真正成为定谳可能还为时尚早。仅仅这样一部书就牵扯出如此多的问题,而要从整体上解决易代之际的文献真伪问题,可谓任重而道远。

另有更多也更复杂的问题乃是同时代人作品的真伪混杂问题。那些尚未引起重视的诗文别集暂且不说,就拿元明之际最为著名的吴中四杰来说,他们可能是研究此一时期诗歌创作绕不开的作家群体,但目前对其文献的整理考辩还难言理想。高启是学界研究用力最大的作家,但对其别集的版本系统及流传状况依然眉目不清。比如同名的《缶鸣集》共有三个不同时期的本子,而且内容、性质区别甚大,可许多人在使用时却并不加以区别,近来何宗美教授曾花功夫做过一些梳理,对此颇有推进①。问题更大的是张羽的《静居集》,其版本源流与作品收录简直就是一笔糊涂账。先说作品误收问题。在张羽研究中,学界早就发现其中混杂了元代一位和尚释英的大量诗歌作品,杨镰先生就指出,张羽的诗集中混入了大量释英诗作,经其比对结果是:"《静居集》存诗725首,95首重见于释英《白云集》中;而《白云集》三卷本,存诗仅102首,除最初三首及接近结尾的三首,几乎整集与《静居集》共有。"②但问题依然没有解决,因为这其中不仅存在着《静居集》和《静庵集》的版本关系问题,而且还存在《白云集》不同版本的问题。现存释英《白云集》有知不足斋本、四库全书本、武林往哲遗著本、日本应安七年刻本等,于是也就有了《静居集》误收释英诗作95、113、80和104首的不同说法。近来汤志波由于在日本看到了和刻本《白云集》,并对各本进行了认真比对,发现和刻本不仅收录150首为最多,而且《静居集》所误收的释英诗作均见于《白云集》,因而得出了144首的新结论,这才算把误收的数量基本弄清楚了。③下一步的工作应该是剔除释英诗作,对比《静居集》与《静庵集》的文字异同,再参校各种不同版本,整理出一个比较完善的本子,然后对于张羽的诗歌体貌及成就的研究,才算有了比较可靠的文本依据。就此而言,元明易代之际诗学研究的文献考察,显然还在起步阶段,其工作可谓任重而道远。

同时,对于现存作品的全面整理与考辩,以保证研究文献的可靠性,也至关重要。如何划分易代之际的诗文作家,历来都有着见仁见智的不同理解。比如宋濂与戴良同属于金华学派的主要代表学者与作家,同出于黄溍之门,又一同经历了元明易代之变,但宋濂被归为明朝开国文臣之首,而戴良却被定性为元朝之遗民。其实,戴良(1317—1383)不仅比宋濂(1310—1381)小七岁,而且比宋濂晚谢世两年。之所以会出现如此的历史判断,原因很清楚,那就是宋濂早在元至正十九年就归顺了朱明政权,并最终成为明朝廷的翰林学士承旨这样的重臣,而戴良则始终不肯屈服归顺新朝,因而二人的朝代归属也就基本为历史学界与文学史界所认可。但有的作家就颇费思考并存有争议,比如关于《屏岩小稿》到底归于宋代还是归于元代的问题,迄今尚无定论。该书最早见于《文渊阁四库全书》,《四库提要》曰:"观光字直夫,东阳人。其始

---

① 何宗美:《〈四库全书总目〉的官学约束与学术缺失》,北京:人民文学出版社,2017年。
② 杨镰:《元代文学及文献研究》,北京:中华书局,2015年,第23页。
③ 汤志波:《明初张羽诗集考辩》,载赵敏俐主编《中国诗歌研究第十三辑》,北京:社会科学文献出版社,2016年。

末未详。集中有《和仇山村九日吟》,而《晚春即事》诗中有'杜鹃亡国恨,归鹤故乡情'句,盖宋末元初人。又有《甲子岁旦》诗。考景定五年为甲子,元泰定元年亦为甲子。诗中有'岁换上元新甲子'句,以历家三元之次推之,上元甲子当属泰定。观其《除夕即事》中称'明朝年八十',则得寿颇长,其时犹相及也。诗多穷途之感,盖不遇之士。惟《赠谈命姚月壶》诗,有'试把五行推测看,广文官冷几时春'句,其殆曾为学官欤?"①四库馆臣之所以将张观光列为元人,显然是根据他入元时间很长和曾担任元代官职这两条所作出的认定。民国初年胡宗楙将其收入《续金华丛书》中,并撰跋语曰:"《屏岩小稿》者,元张观光之所著也。观光字直夫,东阳人,郡志、邑志均未载,四库则已著录,称其始末未详。考其诗,定为宋末元初时人,曾为学官,得寿颇长,并称其吐属婉秀,以吟咏擅名云云。余按《吴礼部集》卷十四有《张屏岩文集序》,言屏岩当宋季年,以《诗》义为浙士第一,入太学,才二十有六岁。中朝例授诸生官,独以亲老丐归,得婺学教授。杜门深居,沉潜经籍,所著述皆本性情义理,粹然一出于正。崖以诗人目之,殆未深知屏岩之行实耳。是编有诗无文,故名《屏岩小稿》。"②胡宗楙的贡献在于他在《四库提要》的基础上,又发现了吴师道的《张屏岩文集序》,大致弄清了张观光的在世时间,因此后来杨讷在编撰《元史研究资料汇编》时,就将《屏岩小稿》一并收入,而且用的就是《金华丛书》本,至此问题似乎已经得到了解决。其实不然,杨镰所撰《全元诗》依然并未收张观光的诗作,原因就是他经过认真比对发现,署名黄庚的《月屋漫稿》与《月屋樵吟》和署名张屏岩的《屏岩小稿》居然是同一部书,经过详尽分析考证,他得出结论说:"黄庚、张观光诗集,应该是明人依据元诗文献,组合重编的伪书,甚至包括个别张观光的佚诗。"③然而问题至此依然没有解决,因为杨镰已经考证出其中的《书怀》一诗乃是张观光所作,而且其中还有可能包含张观光的其他诗作,则对《屏岩小稿》的考证工作依然有继续下去的必要。就元诗整体论,缺少几首张观光诗作也许无碍大局,但从易代之际的诗学研究来说,就有较为重要的影响。吴师道《张屏岩文集序》有如下记载:"当宋季年,以《诗》义第浙士第一,入太学,才二十有六,英华之气发于文辞,同时辈流固望而敬之矣。未几国亡,随其君北迁,道途之凄凉,羁旅之郁悒,闵时悼己,悲歌长吟,又有不能自已者焉。方中朝例授诸生官,独以亲老丐归,遂得婺学教授。改调,时年甫强仕,即陈情辞禄,以遂志养。……闻公常嘱以吴某无他求,必许其周旋。见则自延之庄坐,竟日谈学馆旧游及留燕时事。尝出数编相示,每读一篇已,辄言其所作之故。盖公平居,人未尝见其面也。藐焉不才,负公期待,衣冠道尽,风流日微,故书之以致其拳拳之思,有不知其僭矣。"④张观光曾随君北迁,有亡国之痛,后又入元为官,旋又归隐,他是宋元易代的亲历者,而且具有"悲歌长吟"的诗作表达。但其晚年似乎颇感孤独,希望通过吴师道进行自我心迹的表白,其经历的复杂性绝非常人所能比拟,因而对于他的诗作的整理与考辨以及其本人朝代归属的研究就是具有重要学术价值的。

---

① 永瑢等:《四库全书总目提要》,北京:中华书局,1983年,第1426页。
② 杨讷:《元史研究资料汇编(第七册)》,北京:中华书局,2015年,第687页。
③ 杨镰:《元代文学及文献研究》,北京:中华书局,2015年,第7页。
④ 邱居里等点校:《吴师道集》,长春:吉林文史出版社,2008年,第325页。

从便于研究的角度看，以后有必要设立易代之际的新的文献类型，以容纳该历史时期的相关史料。其实，像张观光这样的文人，无论归之于宋代或元代可能都是存有疑问的，而将其作为易代之际的作家可能更为合适。关键是要考辩其行迹与现存的诗作并弄清其情感经历，才是至关紧要的。

三、别集整理编撰的原则问题

易代之际作家作品的研究，从文献使用有效性的角度，创作时间是必须关注的首要原则。因为易代之前与易代之后往往成为易代之际作家创作阶段划分的重要界限，其思想观念、创作目的及审美风格均会发生较大的变异，因而在进行别集整理时就应该更重视其诗歌作品的时间归属因素，故在整理过程中底本的选择就应依据时间原则加以定夺。但在实际操作时却往往忽视了此一原则。比如浙江古籍出版社出版的《刘基集》整理本①，就存在这方面的问题。该书选用《四部丛刊》初编本所收影印隆庆本《太师诚意伯刘文成公集》为底本，并用明初本《覆瓿集》《犁眉公集》、成化本《诚意伯刘先生文集》及《列朝诗集》等作为校补本，而完全未提《四库全书》本。按照一般古籍整理原则，首选《四部丛刊》本当然是对的，而四库本一向被学界所不齿。但具体到作为易代之际的作家刘基来说情况却并非如此。因为《四部丛刊》所收的隆庆本是按文体编排的本子，符合明人以体分卷的编辑习惯，但其缺陷则是完全打乱了原来作品的时间顺序，依据该本就会影响到元明易代创作状况的认知。尽管整理者用星号标出了入明之后所作诗文《犁眉公集》中的作品，但显然是一种舍近求远的下策。而《四库全书》本《诚意伯文集》却是依据较早的成化本为底本，其最大特点就是依据刘基早期的各种小集按时间顺序进行排列，并保持了原来小集的名称，则其创作的时间线索一目了然。从研究易代作家的角度看，刘基作品的《四库全书》本较之《四部丛刊》本更有研究价值。当然，最理想的还是应以成化原本作为研究的版本依据，比如最近中华书局影印出版的《稀见明史研究资料五种》，正是选择的明成化六年的戴用、张僖刻本，还原了刘基别集的早期面貌。另外国家图书馆出版社的再造善本第二期中又影印了刘基的《覆瓿集》，就向原貌更推进了一步。

与此相近的情况还有宋濂别集的整理，罗月霞主编的《宋濂全集》的出版，使得宋濂的别集有了第一部现代整理点校本，为学界的宋濂研究提供了极大的方便，尽管这个本子在主编署名、文句点校乃至作品搜集方面还存在着种种的不足，但有一点依然值得肯定，就是它基本是按照宋濂早期小集的次序编排而成的，依次为《潜溪集》《潜溪后集》《銮坡前集》《銮坡后集》《翰苑续集》《翰苑别集》《芝园前集》《芝园后集》《芝园续集》《朝京稿》等，而将辑补的诗文作品列于后边，其时间线索清晰可见。正如该书前言所说：该书"以北京图书馆藏明洪武初年所刻《潜溪

---

① 林家骊点校：《刘基集》，杭州：浙江古籍出版社，1999年。

前集》《潜溪后集》和明正德九年张缙所刻《宋学士文集》为底本,在文集编纂体例上力图恢复原貌。因为北图藏本《潜溪》两集是目前国内所见最早的宋濂著作的版本,而张缙刻本不仅是目前所见最早的汇刻本,而且在体例上最接近宋濂各个单刻文集的原始面貌。"①而此处所言的原始面貌最为核心的要素,便是以时间先后排列宋濂的诗文作品。至人民文学出版社又新编《宋濂全集》②时,从搜罗作品的完备程度看,较之罗月霞整理本有了很大的改观,特别是宋濂诗集《萝山集》的列入,大大增加了作者诗歌作品的数量,为宋濂的诗歌研究提供了新的文献,其贡献之大毋庸讳言。但有一点却较之罗月霞主编本有了极大的倒退,就是整理者的编纂主旨从恢复宋濂文集的原始面貌转向了搜集作品之全的辑佚之功,因而采用了依文体分卷的编撰方式,将所有小集拆散,分类编入各卷之中。这种编排方式固然符合明代人的习惯,而且在现代的古籍整理中也属于常规编辑方式,依一般通则看本无可议之处,然而如果从易代之际的诗学研究而言,乃是极不方便、极欠思量的。依本人之见,凡是整理易代之际作家的诗文别集,如果作者原来存有依时间顺序的小集,就应按照时间顺序予以编排,力争恢复其原貌;如果没有小集存在,或者从各种总集中勾稽所得,也应该采用编年的形式予以编辑。其实,目前不少学者在整理元明之际的诗人别集时,已经关注到此种编纂方式,比如李军在点校戴良《九灵山房集》时,就选择了乾隆三十七年刻本为底本,点校者特意交代选择该刻本的原因,该本之编辑原则为:"原编自《山居》迄《越游》,诗文类次,时地皆可寻按。目录与题文少异者,编成于先生殁后,今不敢易也。题序纪传遵其旧,而益其所无。"经过这种比勘,编者得出结论说:"故乾隆本的正文部分,其收录诗文数量及全书编次,与正统本均无二致。"③可知乾隆刻本的主要优点是最接近初刻本正统本,而正统本的好处即在于"诗文类次,时地皆可寻按。"而这恰恰是研究戴良这位易代作家最为重要的时间线索。

  与上述原则相关的是,学者在使用易代之际的别集文献进行研究时,对于起关键证据作用的诗歌作品应该有明确的时间意识,并对作品创作时间进行认真的考辩。尽管承平时期的诗歌作品研究也会关注到时间因素,以探索其创作体貌的变化过程,但一般说来时间划分即使出现一些小的出入也不会对研究带来颠覆性的影响。易代作家则不同,有时不同年份甚至不同月份的创作都会展现出不同的面貌。同时,有些相近的思想情感出现在不同时段又会具有不同的价值意义,有时候稍有不慎便会导致错误的结论。比如戴良曾有《题栖碧山人卷》的诗作:"都邑集豪右,山林遗隐沦。隐沦端可慕,豪右何足陈。少小悟斯理,出处故绝人。杖策托幽栖,抗志辞垢氛。阴谷掇丹黄,阳冈望白云。对绶不敢绾,临符宁肯分。晚节婴世务,薄言走风尘。投耒袭珪组,解褐纡缙绅。始愿竟难毕,俯仰悲此身。"④有人论及明初遗民之复杂心态,

---

① 罗月霞主编:《宋濂全集》,杭州:浙江古籍出版社,1999 年,第 4 页。
② 黄灵庚编辑校点:《宋濂全集》,北京:人民文学出版社,2014 年。
③ 李军、施贤明点校:《戴良集》,长春:吉林文史出版社,2009 年,第 7—8 页。
④ 同上书,第 26 页。

曾引该诗为证,认为寄托了他们"世事难料、盛衰无常的感慨"。① 但作者在此明显失考。本诗见戴良《山居稿》,而此小集乃戴良元末创作之结集,对此李军《戴良集》前言中已明确指出:"至正二十二年之前,戴良基本在自己的家乡一带生活,故这一时期的诗文命名为《山居稿》。"② 可知该诗应作于至正二十二年之前,其所表达的感情乃是元末文人普遍拥有的隐逸心态,而与明初政治毫无关系。像这样的时间因素,作者若稍加留意即不难弄清,无奈一时马虎了事,遂铸成望文生义之错误。作为一部史学著作,出现这样的错误实属不该。在易代之际的诗歌研究中,面对庞杂的文献,考究作品的具体作年乃是必须面临的艰巨任务。

倘若要进入易代之际的诗学研究领域,的确需要具备许多基本的学术素养,诸如文史兼通的能力、宽阔通融的学术视野、多元达观的价值立场、驾驭复杂局面的概括能力、敏锐鲜活的审美味觉等等,但最为基础的依然是对材料的广泛搜集与全部占有。没有扎实的文献准备,其他一切均为空中楼阁。张晖在写作其《帝国的流亡》这部南明诗学研究著作时,曾介绍其文献准备情况:"首先,以谢国桢《增订晚明史籍考》为基础,从大量的明清之际的史籍中甄别出哪些人曾出仕南明。其次,考察曾出仕南明的文人如今是否还有诗文集存世,若有存世,则需进一步判断其诗文集中的作品是否写于南明时期。再次,浏览存世的地域文学总集,考察其中是否保存一些南明时期的作品。最后,泛览地方志、各类地方文献及书信日记等史料,若有保存在史籍中的零章片简,尽量予以抄录。如此下来,可以明确考知的南明诗人有近百家之多。"③《帝国的流亡》这部书因作者的突然病逝而成为未完成之作,却留下了一个"南明诗人存诗考"的完整附录,显示了作者对于文献搜集的重视以及从事此项工作的细致勤勉,说明了易代之际诗学研究中文献整理的重要。

其实,就易代之际诗学研究的整体而言,学者们所面对的远比张晖所从事的工作更为复杂繁重。文献的散佚是每一位从事该领域研究的学者都必须处理的第一步工作,大量的文献可能沉睡于世界各地,相信像宋濂《萝山集》那样失而复得的珍稀文献绝非个案,在浩如烟海的明清文献中,应该保存着相当多尚未发现的易代之际的有用文献,需要学者们带着敏锐的文献意识去做悉心的探寻与梳理。在广为搜集散佚文献的同时,还应对搜集到的文献进行仔细的辨伪工作,搜集文献的原则应为力求其全,而辨析文献的原则则是力求其真,像张羽《静居集》那样真伪参半的情况,在易代之际的别集文献中会时常遇到。可以说在使用这些文献时,随时都会遇到危险的文献陷阱,稍不留意便会遭到颠覆性的打击。整理易代之际的诗学文献更是任重而道远的艰巨工作,因为易代之际的文献能够保持原貌的很少,有不少诗人别集都经过明代中期以后的重新编辑甚至是后人的辑佚之作,或者至今仍保存在《诗渊》《玉山雅集》这样的诗歌总集中,要将这些诗歌作品重新予以编年重组,其学术难度可想而知。更为重要的是,在易

---

① 展龙:《元明之际士大夫政治生态研究》,北京:人民出版社,2013年,第473页。
② 李军、施贤明点校:《戴良集》,长春:吉林文史出版社,2009年,第6页。
③ 张晖:《帝国的流亡》,北京:中国社会科学出版社,2014年,第2页。

代之际诗学研究的过程中,要时刻保持一种认定作品创作时间的学术习惯,当研究者面对每一篇作为重要证据的文献时,都应考订其创作时地,弄清其文献生成背景,把握其创作主旨,将自己的研究建立在文献扎实、论证精细的基础之上,从而才能得出经得起推敲的稳妥并有新意的学术结论。

诗歌史的早期建构及其学术史价值

北京大学中国语言文学系　钱志熙

中国古代诗歌史古代时期的建构,是现代形态古代诗歌史研究的重要基础。所谓现代的诗歌史建构,是指近现代引进西方的文学观念尤其是关于诗歌及诗歌史的观念以后的中国古代诗歌史建构。事实上它的许多基本史料与观点,是取资于古代时期的建构成果的。但古代时期诗歌史研究的整体及统系,也因此而被相当程度地淹没和遮蔽了。所以有重新呈现的必要。

我认为古代时期的诗歌史建构大体可分为两大段:一段是从远古到两汉时期的诗歌史的早期建构,这个时期文人诗歌的创作传统尚未确立,诗歌史建构主要是依附于乐学、经学及史学等学术形态中,从某种角度来说呈现出一种与现代学术有所接近的客观性研究的特点;另一段则是魏晋以降文人诗创作传统确立之后,随着文人诗系统的发展而逐渐形成的诗歌史建构。这一段的诗歌史建构,除了前期如钟嵘、刘勰等人的诗歌叙述采用较为客观的学术研究的形态外,后来的主体是与同期诗歌创作的问题紧密联系的一种作家建构的诗歌史。即拿钟、刘两家,甚至如南朝至唐初的正史"文苑传"来讲,其呈现为客观形态的诗歌史叙述,其实也都是着眼当时的诗歌创作问题的。所以我们说这种专门著述形式的诗歌史,仍属于文人诗歌史建构的范畴。

本文的论题,主要集中在中国古代诗歌史的早期建构方面,希望尽量完整地呈现早期诗歌史建构的整体面貌,厘清早期诗歌史建构所依存的多种学术形态,寻找中国古代关于诗歌及诗歌史的一些重要观念与观点发生与发展的历史事实。如果能够为现代的诗歌史建构提供某种对比,并有助于勘清现代诗歌史建构对早期诗歌史建构的继承与变异,则未始不是一种学术上的基础工作。

一

对于诗歌的史的意识究竟发生于何时,恐怕是一个难以回答的起源论问题。某种意义上说,与追问诗歌的起源一样复杂。同时,诗歌史又不等同一般的诗歌理论。它应该是比一般的诗歌理论与诗歌艺术意识更为后起的一种属于意识与理论形态的东西。我们知道,中国古代最早的成体系的诗歌理论是《尚书·尧典》的"诗言志"说,但在那里面却看不到任何对于"诗"的史的认识。当然,我们不能因此就说那个时代完全缺乏对诗歌的史的知识与意识。因为当一种文化事物有相当的积累与时间经历后,自然就会发生一种史的知识与意识。但是我们所要寻找是一种呈现为观点或称理论的形态的"诗歌史"知识。同样,在周代兴盛的诗教,即太师教诗的活动中,对诗的历史知识的传授,也应该是其中一部分。《周礼·春官大宗伯》与《礼记·乐记》主要是记载了乐教时代音乐及歌诗的制度与事实,《乐记》更是对包括诗歌在内的"乐"生于人心之感物而发的发生原理做了探讨。这些文献中虽然没有系统的乐史与诗史的建构,但也提到像"先王作乐"这样的重要观念,如《礼记·乐记》:"昔者舜作五弦之琴,以歌《南风》。夔始制乐,以赏诸侯。"又如其记载尧、黄帝、舜、禹及殷周历代的乐章及意义:"《大章》,章之也。咸池,备矣!《韶》,继也。《夏》,大也。殷周之乐尽矣!"[1]并有"五帝殊时,不相沿乐"的对于历代音乐发展的看法。[2] 这些思想,尤其是"先王作乐"这样的观念,与圣人作诗一样,代表了古代儒家对于乐章起因的看法,奠定了后来诗歌史建构中以王道教化为基本价值的评价标准。

正如早期诗论多寄寓于乐论之中,早期的带有萌芽性质的诗史叙述也是寄寓于乐史之中的。《吕氏春秋·仲夏纪》不仅是早期最具系统的乐论著作,同时也是最早的乐史。其中《大乐》开篇即云"音乐之所由来者远矣",实为后世音乐史、诗歌史追溯源头理论的首倡。不仅如此,《音初》一篇还系统地追溯了四方音即四方歌曲的起源,其建构乐史的意识极为明确。其基本的观点是这样的:夏后氏孔甲的《破斧之歌》"实始为东音";夏禹妻涂山氏女之妾的《侯人兮猗》之歌"实始作南音",并且,作者认为《周南》《召南》正是从它发展出来的;护卫周昭王南征有功的辛余靡封侯于西翟,取殷人思故处之歌以传播于西山,作者认为这是"实始作为西音"者,后来"秦缪公取风焉,实始作为秦音",亦即十五国风中的《秦风》;北音之始,则为有娀氏二佚女所作的《燕燕之歌》。在这一篇追溯四方音之始的文章中,作者原始要终,分别为《诗经》中的"二南"及《秦风》寻找到渊源。其事实虽若不可考证,但作为一种诗歌史建构的意图是很明确的。我们不能不说这是最早的系统建构诗歌史的文本。不仅如此,《吕氏春秋·仲夏篇》各篇用侈乐、古乐、适音等观念来评衡古今的各种音乐,虽然基本的性质在于建立一种理想的音乐,但事实上也是建构音乐史必不可少的价值标准。它们与《乐记》的"先王之乐"等概念一样,同样也是诗歌史的价值标准。

"先王之乐"以及王者制礼作乐等观念,也是儒家对于音乐与诗歌的基本史观。以孔孟为代表的儒家崇礼乐,诵诗书,《论语·述而》记载:"子所雅言,《诗》、《书》、执礼,皆雅言。"司马迁《史记·孔子世家》认为:"孔子之时,周室微而礼乐废,诗书缺。"孔子因此而"正乐":

---

[1] 阮元校刻:《十三经注疏·礼记正义》,北京:中华书局,1980年,第1534页。
[2] 同上书,第1530页。

> 孔子语鲁大师:"乐其可知也。始作翕如,纵之纯如,皦如,绎如也,以成。""吾自卫反鲁,然后乐正,雅颂各得其所。"①

孔子又删诗 3 000 余篇为 300 篇:

> 古者诗三千余篇,及至孔子,去其重,取可施于礼义,上采契后稷,中述殷周之盛,至幽厉之缺,始于衽席,故曰"关雎之乱以为风始,鹿鸣为小雅始,文王为大雅始,清庙为颂始"。三百五篇孔子皆弦歌之,以求合韶武雅颂之音。礼乐自此可得而述,以备王道,成六艺。②

司马迁认为孔子是周代诗教与诗学的继承者,并且是《诗经》的整理者。他的删诗说,成为《诗经》学中的一个聚讼纷纭的问题。清代诗经学家陈乔枞等人认为司马迁属于鲁诗派学者,他关于"始于衽席"的看法以及《关雎》为周衰之诗,也是属于鲁诗的观点。四始之说,很可能也是鲁诗派的说法。但无论如何,我们看到这样一个事实,司马迁作为一个史家,不同于一般的学者,他叙述的原则是要体现事实的完整性。同时,他所叙述的孔子的删诗行为,包含了文献编纂与经典选择的意义。而且从他的叙述中,也可以看出孔子对于诗的历史的认识,虽然这个认识是以一种伦理原则"礼义"为基本的裁断标准的,但它无疑也是一种诗歌史的建构。即,孔子整理诗三百篇,实质上应该是一种诗史的建构。这种诗史建构,无疑是汉儒评价《诗经》的各部分及各个具体作品的标准。

二

儒家本着先王之乐、王者制礼作乐等观念,提出了"王者之迹熄而《诗》亡"的看法,可以说这是我国古代第一个明确的诗歌史观点。《孟子·离娄章句下》:

> 孟子曰:王者之迹熄而《诗》亡,《诗》亡然后《春秋》作。晋之乘,楚之杌,鲁之春秋,一也。其事则齐桓晋文,其文则史,孔子曰:其义则丘窃取之矣!"③

关于"《诗》亡然后《春秋》作",竹添光鸿《左传会笺·总论》引钱锜之论云:

> 孟子曰:王者之迹熄而诗亡,诗亡然后春秋作。朱子因国风,终于陈灵,在鲁宣公时,

---

① 司马迁:《史记》,北京:中华书局,1959 年,第 1936 页。
② 同上书,第 1937 页。
③ 焦循撰,沈文倬点校:《孟子正义》,北京:中华书局,1987 年,第 572 页。

鲁颂亦皆僖公时所作,故释诗亡为雅亡。夫〈风〉与颂不得谓之非诗。且孟子何不直云雅亡,而泛言诗亡乎。今就本文思之,东迁之初,政教号令虽不行,而王者之泽尚存。是非美刺犹在人心。迨后百年,王泽无复存矣。故王者之迹熄。王泽既不存,则人心之好恶亦不正,而是非美刺之诗绝不复闻。故曰王者之迹熄而诗亡,孔子生于鲁襄公二十一年,去诗之亡已数十年。及周游列国,道不能行,退而终老,去诗亡又数十年。乃作春秋,记善恶,存褒贬,以代诗之是非美刺。故曰诗亡然后春秋作。如此则诗亡之义显。而作春秋之大义,亦昭然可见矣!①

钱氏这里是把"王者之迹熄而《诗》亡"作为早期诗史中的一个重要事实来考述。"《诗》亡然后《春秋》作",并不局限于诗歌史内部,而是跨越到另一制作领域。由《诗》到《春秋》,它们之间的联系,并非同文体内部的继承,而是孔子取《诗》之是非美刺之义而作《春秋》。这应该是接近孟子的原意的。联系到后来班固《汉书·艺文志·诗赋略》所说的"学《诗》之士逸在布衣,而贤人失志之赋作"的观点,可知早期建构的诗史并不局限于诗歌文体界囿内,而是突破了诗歌内部,在《春秋》及赋中寻找其继续发展的脉络。这样一种带有大文学史特点的诗史建构及其所包含的事实,迄今都未得到有效的阐述。无论是"《诗》亡然后《春秋》作",还是"学《诗》之士逸在布衣,而贤人失志之赋作",都是侧重于意义之传承与递嬗,而忽略了体制与形式的隔阂。不同文体、不同述作之间,是可以有这种跨越体制与形式隔阂的意义与方法之传承。这是文学史发展的规律之一。而中国古代在大文学观乃至在文化的整体中建构文学史、诗史的传统,可以说在早期的乐史、诗史的建构中就已显示其端倪。孟子所说的"《诗》亡",班固所说"学《诗》之士逸在布衣",如果属于事实,应该在诗歌史的叙述中有所呈现。

以王道之盛衰为诗道之盛衰的诗史建构方式,在《毛诗·大序》里发展为风雅正变之说。《毛诗·大序》先是正面地阐述"先王以是经夫妇、成孝敬、厚人伦、美教化、移风俗"的王道诗学,用来解释风、雅、颂的发生机制及作用。然后根据这同一原则,解释变风、变雅产生的原因:

  至于王道衰,礼义废,政教失,国异政,家殊俗,而变风变雅作矣!国史明乎得失之迹,伤人伦之废,哀刑政之苛,吟咏情性以风其上,达于事变而怀其旧俗者也。②

班固《汉书·礼乐志》继续发挥这一观点:

  周道始缺,怨刺之诗起。王泽既竭,而诗不能作。王官失业,雅颂相错,孔子论而定之,故曰:"吾自卫返鲁,雅颂各得其所。"③

---

① 竹添光鸿:《左传会笺》,台北:广文书局,1967年,第7页。
② 阮元校刻:《十三经注疏·毛诗正义》,北京:中华书局,1980年,第270页。
③ 班固:《汉书》,北京:中华书局,1962年,第1042页。

根据孟子的说法,孔子生存于诗亡之世。他继承王官诗学的工作,一是作《春秋》,寻求在另一种著述中传承诗学是非美刺的功能;一是正乐,并编纂"诗三百"的文本。前述司马迁有孔子删诗之说。班固似乎没正面的接受删诗之说,而退回到《论语》中孔子的自述。然而就孔子所作的这两件事情来看,他应该对王道诗学的变化之迹已经有所论定。后儒如孟子、汉代诸家,正是踵承孔门之说而建构以王道为核心义理的风雅正变的诗歌史。

郑玄的《诗谱序》,是他为《诗经》所做的一个史谱,可以说是孔、孟至汉儒诸家诗歌史学之集大成。在这里,他第一次提出了诗歌的起源问题:

> 诗之兴也,谅不于上皇之世?大庭、轩辕,逮于高辛,其时有亡,载籍亦蔑云焉。《虞书》"诗言志,歌永言,声依永,律和声"。然则诗之道,放于此乎?①

《尚书·尧典》确立了"诗言志"之说,《毛诗·大序》又加以"在心为志,发言为诗"的解说,并且加上"情动于中而形于言"。这不仅是一种诗歌本体论,同时也是一种诗歌发生说。郑玄"诗之兴也,谅不于上皇之世",正是依据这一发生原理做出的推想,在其中当然也包含了圣人作诗的思想。重要的不是结论本身,而第一次提出了诗歌史起点的问题,从这里可以看出汉儒将"诗"作为独立的创造事物的发生、发展历史的正面把握的意图。而他根据《虞书》之说,具体地确定诗道仿于虞舜之世,则体现了汉儒实事求是的学术精神。其后他叙述了夏、商、周三代的诗歌历史,完全是依据《诗经》作品的:

> 有夏承之,篇章泯弃,靡有孑遗。②

按夏代诗歌之存者,如《吕氏春秋·音初》所载《涂山氏之歌》、夏后孔甲《破斧之歌》,以及屈原《离骚》所说"启九辩与九歌兮",皆是。而郑氏不举。可见其对于诗的范围,是局于风雅颂的,没有将其扩大到歌谣方面。虽然他在叙述诗歌发生时,具备了整体的诗歌史观,但在具体的诗歌史叙述中,又被局囿在经典的视野中。这与班固的诗歌史建构分裂为经典与非经典两部分一样,反映了汉儒诗史观上的一种局囿。有关商代的诗歌,他也只注意到《商颂》:

> 迹及商王,不风不雅。何者?论功颂德,所以将顺其美;刺过讥失,所以匡救其恶。各为其党,则为法者彰显,为戒者著明。③

这是解释商代只有颂的原因。大概是颂只有美,而风、雅则美刺兼具。一在于劝,即"将顺其

---

① 阮元校刻:《十三经注疏·毛诗正义》,北京:中华书局,1980年,第262页。
② 同上。
③ 同上。

美";一在于谏,"刺过讥失"。他们目的是一样的。商专颂美,而为刺讥,其道亦足。

> 周自后稷播种百谷,黎民阻饥,兹时乃粒,自传于此名也。陶唐之末中叶,公刘亦世修其业,以明民共财。至大王、王季,克堪顾天。文武之德,光熙前绪,以集大命于厥身。遂为天子父母,使民有政有居。其时诗,风有《周南》《召南》、雅有《文王》《鹿鸣》之属,及成王、周公致太平。制礼作乐,而颂声兴焉。盛之至也。本之由此风雅而来,故皆录之,谓之诗之正经。①

这是论述文王、武王时期的诗歌,认为《国风》中的《周南》《召南》及《大雅》中的《文王》《鹿鸣》等是这个时期的诗歌。它们同时也是文王制礼作乐的主要成果。这应该是周诗的最核心的部分,也是儒家构建的诗歌史的核心。称它们是"正经",应该是汉儒的说法。《诗大序》有变风、变雅之说,它们是风雅之变。所以后来又有正风、正雅之说,也就是郑玄所说的"正经"。

> 后王稍更陵迟,懿王始受谮亨齐哀公,夷身失礼之后,邶不尊贤。自是而下,厉也,幽也,政教犹衰,周室大坏。《十月之交》《民劳》《板》《荡》,勃尔俱作,众国纷然,刺怨相寻。五霸之末,上无天子,下无方伯,善者谁赏,恶者谁罚,纪纲绝矣!故孔子录懿王、夷王时诗,及陈灵公淫乱之事,谓之变风雅。以为勤民恤功,昭事上帝,则受颂声,弘福如彼;若违而弗用,则被劫杀,大祸如此。吉凶之所由,忧娱之渐萌,昭昭在斯,足作后王之鉴,于是止矣。②

这一段是叙述周衰至春秋时期的变风变雅之作。与《诗大序》中叙述变风变雅的一段文字意思相近。但郑玄叙述得更具体,而《大序》是概括的叙述。其主要的内容,也是概括于《毛诗》的各篇小序。总结郑玄的诗史的基本观点,诗兴于上皇之世,然大庭、轩辕不见于载籍,现在可以考见的诗道之始在《虞书》"诗言志"之说。自此之后夏诗不存,商仅颂,至周代方才有完整的风、雅、颂,而因王道之盛衰,又由正风、正雅而演为变风、变雅。最后一个观点,据郑玄所说,是来自孔子。也就是说,郑玄《诗谱序》是对从孔子到汉儒诸家的诗史的一个集成。

郑玄的这个诗歌史叙述体系及方法,对后来的诗歌史及一般的文学史叙述,影响很大。这里最重要的一点是,郑玄第一次对《诗经》史做了系统的叙述,他同时还追溯到诗歌的起源,延伸到普遍的诗歌史的领域。古代对诗歌起源的追溯,多是引用郑玄此说,少有发展。其实《吕氏春秋》已经追溯诗歌的起源,有四方音之始的说法。但由于《吕氏春秋》主要是着重于"歌"与

---

① 阮元校刻:《十三经注疏·毛诗正义》,北京:中华书局,1980年,第262页。
② 同上书,第263页。

"乐"这样的概念,与"诗"这个概念有距离,所以它的起源说影响不大。事实上,中国古代关于诗歌起源的问题,基本上停留在这样的结论上,一直到近代西方的诗歌起源论引进来之后,才有进一步的探讨。

三

诗歌史的早期建构,进入汉代后开始以一种自觉、独立的史学意识出现。这一成就,是与汉代史学的发达直接联系在一起的。司马迁《史记》从历史的角度叙述孔子在《诗经》整理与研究方面的成就,又以人物传记的方式叙述屈原的创作,开后世文苑传之先例。班固则从文化史与文献学的角度,对《诗经》、《楚辞》、汉赋、乐府歌诗做了叙述。两家先后相继,奠定了局部的诗歌史。史家本着"实事求是",并且还有"通古今之变"的自觉的历史意识,初步建立了诗歌史的脉络。经学家郑玄的诗论,融合史家与经学两方面的成果,作《诗谱》并序,第一次建构历时的《诗经》内部的诗歌史,由《诗经》诗歌史的局部推及整体诗歌史。王逸的《楚辞章句》并序,也是采用历史考证、实事求是的方法来评论屈原作品,比较多地吸收了《毛诗·大序》的变风、变雅理论,充分地肯定了楚辞作品突出的个体抒情特点,在诗歌抒情理论方面做出重要的发展,对后世的影响也是十分深远的。

与司马迁相比,班固的诗学思想趋向于保守。但作为史家,他对诗赋源流的探讨,以及对诗歌文献的整理,贡献是相当大的。班固《汉书》的《礼乐志》及《艺文志·诗赋略》是有关于先秦至汉代的诗歌史及诗乐关系的最重文献。前者在我们今天的学术分野里,属于文化史的范围;后者则属于文献目录学的范围。这样,我们也可以说,班固的诗论是从文化史与文献目录学中引发出来的。这再次告诉我们,中国古代的诗歌理论与批评,是从多种学术体制中产生的。我们说,歌谣古诗及《诗经》、《楚辞》、乐府,它们都是一些固定的东西,但在早期的诗学发展中,它们是被放在不同的学术与文化的体制中被关注的。其中唯一缺乏的,恰是立足诗歌自身立场的诗歌创作与批评的体制。如果从诗歌本身的立场来说,《诗经》、《楚辞》、乐府歌辞,当然应该放在一个整体中论述。所以,班固的诗论中,横亘着经典与非经典这样一对重要概念。他对《诗经》的阐述,是一种经典论。他对《楚辞》与乐府的阐述,才是一种正常的诗歌批评与诗歌史研究。

班固对于诗歌史的史料,采取两种著录的方式。对作为儒家经典之一种的《诗经》,他放在《艺文志·经·诗》部里。《汉书·艺文志》六艺部分对《诗》类文献有一个总按:

> 《书》曰:"诗言志,歌咏言。"故哀乐之心感,而歌咏之声发。诵其言谓之诗,咏其声谓之歌。故古有采诗之官,王者所以观风俗,知得失,自考正也。孔子纯取周诗,上采殷,下取鲁,凡三百五篇,遭秦而全者,以其讽诵,不独在竹帛故也。汉兴,鲁申公为《诗》训故,而

齐辕固、燕韩生皆为之传。或取《春秋》，采杂说，咸非其本义。与不得已，鲁最为近之。三家皆列于学官。又有毛公之学，自谓子夏所传，而河间献王好之，未得立。①

又《汉书·食货志》：

> 孟春之月，群居者将散，行人振木铎徇于路，以采诗，献之大师，比其音律，以闻于天子。故曰：王者不窥户牖而知天下。②

与司马迁删诗说相对，班固叙述了在汉儒中影响很大的"采诗"说，此说应该也是战国至汉代流行的说法。《礼记·王制》有"天子五年一巡守……命太师陈诗以观民风"，《孔丛子》亦言："古者天子命史采诗谣，以观民风。"何休《公羊传》"宣公十五年"解诂："男女有所怨恨，相从而歌。饥者歌其食，劳者歌其事。男年六十，女年五十无子者，官衣食之，使之民间求诗。乡移于邑，邑移于国，国以闻于天子。故王者不出牖户，尽知天下所苦，不下堂而知四方。"

采诗之说在诗歌史建构上的一个重要的意义，就是诗出于歌谣之说，并包含着诗的本体在于歌谣这样的思想。然而，这在《毛诗》体系中并不突出。关于《诗经》，尤其是其中的风诗的发生，就有圣贤作诗与风诗出于歌谣的不同说法。汉人因为熟稔汉代乐府出于歌谣这个事实，所以普遍地接受采诗的说法。这是诗歌史的建构与当代诗歌实践相呼应的一个例子。因为采诗观风的说法，也强调诗歌创作出于人们自然讴吟的事实，于是有何休的"有所怨恨"而作歌、"饥者歌其食，劳者歌其事"之说。这都是直接可以在《诗经》的作品中得到印证的，是汉儒在《诗经》批评上的一个发展。采诗说奠定了后宋代朱熹一派的风诗出于"里巷歌谣"之说。此说在现代《诗经》学中得到了强化，又与各种现代的诗歌发生说合流，成为现代学者解释《诗经》尤其是风诗的基本学说。

四

汉代诗歌史的建构，虽然由于经典与非经典这一核心意识的横亘，使得整体的诗歌史难以完全建立，但已经开始脱离音乐史的整体，达到相对独立的品格。与先秦儒家主要面对《诗经》一种来建构诗歌史不同，汉代史家所面对是《楚辞》、汉代辞赋、乐府这样几种新的对象。所以，如何将先秦时期确立的王道诗学的观念发展到《诗经》之外几种诗歌的史学建构，就是汉代史家诗歌建构的新课题。

---

① 班固：《汉书》，北京：中华书局，1962年，第1708页。
② 同上书，第1123页。

司马迁处于武帝时期楚辞学兴盛的背景,对屈原作品做出很高的评价,奠定诗歌史上诗骚并提的基础。比起他对《诗经》的评论,他有关《楚辞》的评论更能体现他在诗歌方面的真知灼见,更具诗歌学的意义。《史记》论《楚辞》:

> 屈平疾王听之不聪也,谗谄之蔽明也,邪曲之害公也,方正之不容也,故忧愁幽思而作《离骚》。离骚者,犹离忧也。夫天者,人之始也;父母者,人之本也。人穷则反本,故劳苦倦极,未尝不呼天也;疾痛惨怛,未尝不呼父母也。屈平正道直行,竭忠尽智以事其君,谗人间之,可谓穷矣。信而见疑,忠而被谤,能无怨乎?屈平之作《离骚》,盖自怨生也。《国风》好色而不淫,《小雅》怨诽而不乱。若《离骚》者,可谓兼之矣。上称帝喾,下道齐桓,中述汤武,以刺世事。明道德之广崇,治乱之条贯,靡不毕见。其文约,其辞微,其志洁,其行廉,其称文小而其指极大,举类迩而见义远。其志洁,故其称物芳。其行廉,故死而不容。自疏濯淖污泥之中,蝉蜕于浊秽,以浮游尘埃之外,不获世之滋垢,皭然泥而不滓者也。推此志也,虽与日月争光可也。
>
> 太史公曰:余读《离骚》《天问》《招魂》《哀郢》,悲其志。适长沙,观屈原所自沉渊,未尝不垂涕,想见其为人。及见贾生吊之,又怪屈原以彼其材,游诸侯,何国不容,而自令若是。读《鵩鸟赋》,同死生,轻去就,又爽然自失矣。①

从这段评论中可见,司马迁强调《离骚》的抒情性,尤其是"怨"的合理性,"屈平之作《离骚》,盖自怨生也。"司马迁从屈原遭遇的困境,即"信而见疑,忠而被谤"来解释《离骚》创作的原因,充分强调诗歌抒情性。同时,他也是在中国文学理论的历史上第一位明确肯定个体抒情的合理性的学者。孔子论诗有兴观群怨之说,第一次将怨作为诗的一种本质性功能提出来。孟子与高子之间,也曾经对诗的怨的问题产生过不同的看法。司马迁可以说是孔子诗可以怨思想的发展者。并且,其对怨的合理性的强调,达到了中国古代美学思想在这方面的一个高度。这对中国古代抒情诗学是一个重要的贡献。但更重要的是他概括《楚辞》艺术特点的结果,《九章·惜诵》:"惜诵以致愍兮,发愤以抒情。"司马迁在文学理论方面另一个重要看法,即发愤著书之说,影响更大:

> 夫诗书隐约者,欲遂其志之思也。昔西伯拘羑里,演《周易》;孔子厄陈蔡,作《春秋》;屈原放逐,著《离骚》;左丘失明,厥有《国语》;孙子膑脚,而论兵法;不韦迁蜀,世传《吕览》;韩非囚秦,《说难》《孤愤》;《诗》三百篇,大抵贤圣发愤之所为作也。此人皆意有所郁结,不得通其道也,故述往事,思来者。②

---

① 司马迁:《史记》,北京:中华书局,1959年,第2482、2530页。
② 同上书,第3300页。

司马迁的发愤之说,正来自《九章·惜诵》"发愤以抒情",同时又接受了孔子的思想。《史记·孔子世家》载孔子之自叙云:"其为人也,学道不倦,诲人不厌,发愤忘食,乐以忘忧,不知老之将至。"《史记·伯夷列传》说到善恶报应之说不实时也有"发愤"之论:"或择地而蹈之,时然后出言,行不由径,非公正不发愤,而遇祸灾者,不可胜数也。余甚惑焉,傥所谓天道,是邪非邪?"可见司马迁的发愤,是一种文学正义之论。即正义之士遭遇困境,无所控诉,发之于文学之中。这种思想对文学精神的揭示,比起前人要深刻得多。但他与"言志说""抒情说""诗可以怨"之说的一脉相承关系,经过我们这样梳理,正可一目了然。

司马迁上述诗论的卓越之处,还在于他把《离骚》提高到与《国风》《小雅》一样高的地位,并且认为兼有两者之长。"《国风》好色而不淫,《小雅》怨诽而不乱。若《离骚》者,可谓兼之矣。"这事实上是说《离骚》继承并发展了《国风》《小雅》的艺术。这个思想的开放性是相当突出的。我们知道,在中国古代的文学批评中,对《诗经》是整体肯定的,对于《楚辞》虽然重视它的艺术,但对其伦理上的雅正价值,一直是有所质疑的。司马迁为什么会形成这样的比较开放、先锋的文学思想呢?一般认为是其遭遇促成的,但是我们也看到,比起班固,司马迁更多地继承了两汉大一统之前的思想自由的传统。

与司马迁论定《楚辞》品格,并从品格方面将其与《国风》《小雅》纳入诗歌史体系不同,班固以比较实证的方法,对《楚辞》在汉代传承历史做了这样的叙述:

> 始楚贤臣屈原被谗放流,作《离骚》诸赋以自伤悼。后有宋玉、唐勒之属,慕而述之,皆以显名。汉兴,高祖王兄子濞于吴,招致天下娱游子弟,枚乘、邹阳、严夫子之徒,兴于文、景之际。而淮南王安都寿春,招宾客著书。而吴有严助、朱买臣,贵显汉朝,文辞并发,故世传《楚辞》。①

后来王逸在《楚辞章句·九辩序》中也交代了《楚辞》名义的由来及其部分历史:

> 宋玉者,屈原弟子也。闵惜其师忠而放逐,故作《九辩》以述其志。至于汉兴,刘向、王褒之徒咸悲其文,依而作词,故号为"楚词"。亦采其以立义焉。②

结合班、王两家之说,《楚辞》的发展历史可以说已经得以比较完整的呈现。

班固对于诗歌史的建构的一个贡献,是关于诗亡而赋作的看法,将辞赋系统与诗歌接续起来,建立了赋出于古诗这样一个诗歌史观点。其《诗赋略》言:

---

① 班固:《汉书》,北京:中华书局,1962年,第1668页。
② 王逸注,洪兴祖补注:《楚辞补注》,北京:中华书局,1983年,第182页。

> 传曰:"不歌而诵谓之赋,登高能赋可以为大夫。"言感物造耑而材知深美,可与图事,故可以为列大夫也。古者诸侯卿大夫交接邻国,以微言相感,当揖让之时,必称《诗》以谕其志,盖以别贤不肖而观盛衰焉。故孔子曰"不学《诗》,无以言"也。春秋之后,周道浸坏,聘问歌咏不行于列国,学《诗》之士逸在布衣,而贤人失志之赋作矣。大儒孙卿及楚臣屈原离谗忧国,皆作赋以风,咸有恻隐古诗之义。
>
> 其后宋玉、唐勒;汉兴,枚乘、司马相如,下及扬子云,竞为侈丽闳衍之词,没其风谕之义。是以扬子悔之,曰:"诗人之赋丽以则,辞人之赋丽以淫。如孔氏之门人用赋也,则贾谊登堂,相如入室矣,如其不用何!"①

《诗赋略》为刘向所著的《七略》的一种,班固将删其要,收入《艺文志》,所以也可以说是刘向、班固两家的思想。上述这段话中追溯赋的源流,将其与春秋时代士大夫的赋诗、引诗制度联系起来,认为诗学是士大夫的一种基本技能,即所谓的"聘问歌咏"。这种诗教作用,造就了士大夫的文学功底,尤其是造就了一批"学诗之士"。这些学诗之士,正是贤人失志之赋的作者来源。这就将文学史中很重要的一个环节梳理出来了。除了这个之外,班固在讨论赋的基本方法时,还提出了"赋者古诗之流"这个看法。这就在作者与文体两方面,都将辞赋与《诗经》联系起来了。

班固《两都赋序》中提出"赋者古诗之流"这个重要看法,与其在《诗赋略》中的观点一致:

> 赋者古诗之流也,昔者成康没而颂声寝,王泽竭而诗不作。大汉初定,日不暇给。至于武宣之世,乃崇礼官、考文章,内设金马石渠之署;外兴乐府协律之事。以兴废继绝,润色鸿业。是以众庶悦愉,福应尤盛;白麟、赤雁、芝房、宝鼎之歌,荐于郊庙。神雀、五凤、黄龙、甘露之瑞,以为年纪。故言语侍从之臣,若司马相如、吾丘寿王、东方朔、枚皋、王褒、刘向之属,朝夕论思,日月献纳。而公卿大臣御史大夫倪宽、太常孔臧、太中大夫董仲舒、中正刘德、太子太傅萧望之等,时时间作。或以抒下情而通讽喻,或以宣上德而尽忠孝,雍容揄扬,著于后嗣,抑亦雅颂之亚也。故孝成之世,论而录之。盖奏御者千有余篇,然后大汉之文章,炳焉与三代同风。②

班固"昔者成康没而颂声寝,王泽竭而诗不作"是继承了孟子的观点。某种意义上说,孟子关于王泽竭而诗不作,诗亡而春秋作的观点,是最早的一个文学史式的叙述。班固认为赋的兴起,是诗教的余泽,并且在文体的渊源上认为"赋出于古诗"。

赋出古诗,是汉人基本的诗史观念。王逸的《楚辞章句》是第一个系统的《楚辞》评论文本。

---

① 班固:《汉书》,北京:中华书局,1962年,第1756页。
② 萧统编,李善注:《文选》,北京:中华书局,1977年,第21页。

他强调"《离骚》之文,依《诗》取兴,引类譬谕。"即赋出于古诗的具体说法。又其解淮南小山《招隐士》篇时说"八公之徒":"著作篇章,分造辞赋,以类相从,故或称小山,或称大山。其义犹《诗》有《小雅》《大雅》也。"也是用赋出古诗的理论,为其寻溯渊源。

五

　　班固梳理诗歌史乃至文学史的一个基本脉络,是古诗、辞赋、乐府诗歌,认为辞赋出于古诗。因为辞赋是一种文人文学,文人是熟知文献、继承诗书礼乐的,所以讨论辞赋的起源,势不能不追溯渊源到《诗经》。在班固之前,《史记》已经将屈原的《离骚》与《国风》《小雅》联系起来讨论,认为《离骚》是继承《国风》《小雅》的。因为屈原虽是楚国大夫,但楚在当时已经接受中原文化,屈原"博闻强志,明于治乱,娴于辞令。人则与王图议国事,以出号令;出则接遇宾客,应对诸侯"。我们拿《左传》中的贤士大夫与屈原相对照着看,发现屈原正是长于行人诗学的春秋战国时代贤士大夫之流。所以班固说"学诗之士,逸在布衣",这个学诗之士的群体,当然也包括屈原在内。屈原作《橘颂》《天问》,是四言雅颂体的变化。而其《离骚》与《九歌》《九章》,则是直接使用楚国歌诗之体,加以发展。所以,司马迁与班固,都将屈原作为《诗经》的继承者,而宋玉等人则是屈原的继承者。屈、宋则构成辞赋的祖先。但汉人辞赋与《楚辞》相比,变化很大。所以扬雄又提出"诗人之赋丽以则,辞人之赋丽以淫"的看法。这样,整个从《诗经》到两汉的诗歌史的主要观点,就建立起来的。当然,我们后来所建构的文学史,没有完全依照司马迁、班固、扬雄等人的观点来叙述与评论。这里面探讨的空间是很大的。

《汉书·礼乐志》中还记载了汉代乐府及其诗歌的来源:

　　初,高祖既定天下,过沛,与故人父老相乐,醉酒欢哀,作"风起"之诗,令沛中僮儿百二十人习而歌之。至孝惠时,以沛宫为原庙,皆令歌儿习吹以相和,常以百二十人为员。文、景之间,礼官肄业而已。至武帝定郊祀之礼,祠太一于甘泉,就乾位也;祭后土于汾阴,泽中方丘也。乃立乐府,采诗夜诵,有赵、代、秦、楚之讴。以李延年为协律都尉,多举司马相如等数十人造为诗赋,略论律吕,以合八音之调,作十九章之歌。以正月上辛用事甘泉圜丘,使童男女七十人俱歌,昏祠至明。夜常有神光如流星止集于祠坛,天子自竹宫而望拜,百官侍祠者数百人皆肃然动心焉。①

《汉书·艺文志·诗赋略》:

---

① 班固:《汉书》,北京:中华书局,1962 年,第 1045 页。

> 自孝武立乐府而采歌谣,于是有代赵之讴,秦楚之风,皆感于哀乐,缘事而发,亦可以观风俗,知薄厚云。①

班固没有将乐府歌辞提高到足以与《国风》《楚辞》相提并论的位置,这与汉儒整体贬低汉武帝采俗乐的行为是有关系的。《史记》作者处于乐府兴盛之世,却基本上不加叙述。班固从礼乐文化与文献这两个角度注意到乐府及其歌辞,承认其是"感于哀乐,缘事而发",尝试将其纳入儒者推崇的"采诗"体系中,并且强调其有"观风俗、知厚薄"的功用。

汉儒建构诗歌史,班固之贡献最大。班固通过对《诗经》、《楚辞》、乐府、辞赋几大类的整理,并且通过将采诗、学诗之士失职逸在布衣而赋作,赋出于古诗,以及汉武帝立乐府采诗可以观风俗、知得失等观念的勾连,在他的话语体系中,其实也建立了一个完整的诗歌史。当然这个诗歌史的建构是以强调政教儒家诗教思想为基本立场的。

小结

早期诗歌史建构,发源于礼乐文化,依借于"先王之乐""王道"等基本的观念之中。至儒家区分风雅正变、孟子提出"王道之迹熄而诗亡",正式确立了儒家一派的诗史建构。汉代经学家、史学家引而申之,并且由《诗经》为对象的单一的经典诗歌史建构,扩大到《楚辞》、汉赋、乐府这几种重要的诗歌类型中。虽然其中仍然模亘着经典与非经典这一观念局限,妨碍了整体诗歌史的建构,但脱离了对乐史的依附,并且在经典与非经典,辞赋、乐府与《诗经》之间,建构起一种史的联系。可以说,在诗歌史的建构上已经达到很自觉的意识。某种意义上,比之后世文人自身建构诗歌史,史学意识更为自觉。其对古代时期中国诗歌史建构的奠定作用,不容忽略。其方法与具体的结论,对于今天重新建构早期诗歌史,也是必须重新审视与取资的传统学术资源。

---

① 班固:《汉书》,北京:中华书局,1962 年,第 1756 页。

殷周变革与西周乐政体系的确立[①]

华中师范大学文学院 付林鹏

王国维在考察殷周制度时,曾得出结论,认为殷周之际的政治文化发生了剧烈变革,而"殷周间之大变革,自其表言之,不过一姓一家之兴亡与都邑之移转;自其里言之,则旧制度废而新制度兴,旧文化废而新文化兴"[②]。王氏所谓殷周制度之剧烈变革,正是通过西周初年的"制礼作乐"实现的。关于"制礼作乐",传统的说法以为是由周公完成的,很多文献如《礼记·明堂位》《逸周书·明堂解》《尚书大传》等都有明确记载。可以说,周公的"制礼作乐",既属于一种新的政治制度的构建[③],又是一种新的文化价值系统的确立。不过,以往之研究,更关注"制礼",而忽略"作乐",抑或是将"作乐"视为"制礼"的一部分。有鉴于此,我们试图以周初的乐制改革为背景,探讨西周乐政体系的形成过程。

一、"修商人典"与周初乐制

在武王克商之前,先周的文化制度并不发达。尽管在文王时,周的势力范围已经达到"三分天下有其二"(《论语·泰伯》),但其文化积淀仍不能跟"大邦殷"相提并论。故周初的礼乐制度,很大程度上是因袭殷商之礼乐而来。《逸周书》有《世俘解》一篇,是较为可信的文献。其中就提到周武王告于周庙曰:"古朕闻文考修商人典,以斩纣身,告于天、于稷。"[④]是说在周文王时,周人就曾主动学习殷商的礼乐之典,并以之作为举行典礼的依据。

考之文献,在周公制礼作乐之前,周初所行诸礼,确实是有殷礼的影子。最典型的例子,如周公营建洛邑,举行落成典礼时,成王"肇称殷礼,祀于新邑,咸秩无文"(《尚书·洛诰》),就以殷礼来祭天。而前引《逸周书·世俘解》也载武王克商之后,曾在周庙祭祀众祖先:"王烈祖自

[①] 本文为国家社科基金青年项目"两周乐政与乐官的文学活动研究"(项目编号:15CZW011)阶段性成果。
[②] 王国维:《殷周制度论》,载《观堂集林》,北京:中华书局,1959年,第453页。
[③] 钱穆在《周公与中国文化》一文中认为:"古人所谓周公之制礼作乐,若以近代人观念转释之,其主要工作,实不啻为一种新的政治制度之创建。"见钱穆:《中国学术思想史论丛(卷一)》,合肥:安徽教育出版社,2004年,第85页。
[④] 黄怀信等:《逸周书汇校集注(修订本)》,上海:上海古籍出版社,2007年,第442页。

太王、太伯、王季、虞公、文王、邑考以列升,维告殷罪。"①这时的祭祀尚不分嫡庶,其中太伯、虞公皆太王子,邑考为武王兄,于武王属旁系,不同于后代宗法制之严格区分嫡庶和长幼之别,王国维就认为这里"太伯、虞公、邑考与三王并升,犹用殷礼"②。更为可贵的是,《世俘解》还详细记录了典礼中的用乐情况,具体如下:

> 辛亥,荐俘殷王鼎。武王乃翼矢珪、矢宪,告天宗上帝。……籥人九终。王烈祖自太王、太伯、王季、虞公、文王、邑考以列升,维告殷罪。籥人造,王秉黄钺正国伯。
>
> 壬子,……籥人造,王秉黄钺正邦君。
>
> 癸丑,……籥人造,……王奏庸大享一终,王拜手稽首。王定,奏其大享三终。
>
> 甲寅,谒我殷于牧野。王佩赤白旂。籥人奏,武王入,进《万》,献《明明》三终。
>
> 乙卯,籥人奏《崇禹生开》三钟终,王定。……
>
> 若翼日辛亥,祀于位,用籥于天位。③

不可否认,这一记载的细节较为简略,且杂用各种礼仪,表明周初的礼乐文化尚处于不确定的状态之中④。具体到乐制方面,也多见"殷制"的影子:

其一,就典礼所用乐器而言,主要有籥和庸两种。其中,籥是具有周部族色彩的传统乐器,对此我们已有专文论述⑤,不再赘述。而庸则是典型的殷商乐器,关于这点,不管是从传世文献,还是到出土文物,都可以找到证据。在传世文献方面,《诗经》中有"庸鼓有斁,万舞有奕"(《商颂·那》)的说法;至于出土文物方面,据李纯一研究,庸就是过去一直被视为铙的一种铜制乐钟,考古发掘多见于河南地区的殷王室成员和贵族墓葬,是商王朝特有的乐器,主要用于祭祀⑥;而且甲骨文中,也屡见"庸奏"或"作庸"等记载,如《合集》3256:"王乍(作)用(庸)奏。"《合集》31022 也载:"万叀美奏,又正。叀庸奏,又正。"或用以祭祀祖先,或用于祈雨等仪式,等等⑦。

那么,庸既为典型风格的殷商乐器,为何被用于周初的仪典中?其来源,大概有二。第一,商末乐官"奔周"时带入。据《史记·殷本纪》载商末时,"纣愈淫乱不止。……殷之大师、少师乃持其祭乐器奔周"⑧。《周本纪》也载:"居二年,闻纣昏乱暴虐滋甚,杀王子比干,囚箕子。太

---

① 黄怀信等:《逸周书汇校集注(修订本)》,上海:上海古籍出版社,2007年,第424页。
② 王国维:《殷周制度论》,载《观堂集林》,北京:中华书局,1959年,第471页。
③ 黄怀信等:《逸周书汇校集注(修订本)》,上海:上海古籍出版社,2007年,第421—441页。
④ 过常宝:《制礼作乐与西周文献的生成》,北京:中国社会科学出版社,2015年,第41页。
⑤ 付林鹏:《〈周礼·籥章〉与周部族的岁时活动》,《民族艺术》2014年第3期。
⑥ 李纯一:《中国上古出土乐器综论》,北京:文物出版社,1996年,第105—109页。
⑦ 陈致:""万舞"与"庸奏":殷人祭祀乐舞与《诗》中三颂》,《中华文史论丛》2008年第4期。
⑧ 司马迁:《史记》,北京:中华书局,1959年,第108页。

师疵、少师彊抱其乐器而奔周。"①前言"持其祭乐器",后言"抱其乐器",均证明这些乐官将殷商的乐器带到周地,而庸作为贵重的金奏乐器,很可能就在其列。第二,武王克商后抢掠的战利品。在牧野之战后,周王朝的军队将商王朝贵重物品抢掠一空,主要是玉器和青铜器,并将之分给有功将士。故《尚书》中曾有《分器》一篇,据《书序》:"武王既胜殷,邦诸侯,班宗彝,作《分器》。"②《史记·周本纪》也载武王克商之后,"封诸侯,班赐宗彝,作《分殷之器物》。"③可惜此篇已佚,仅留其篇目。不过,据学者黄铭崇研究,在西周早期的墓葬中,确实存在"分器"现象。他发现在西周初期,王朝控制区域内的周系贵族墓葬中,出土的青铜礼器都是分器时所得的晚商器物④。而考古发现也印证了周初对商庸的使用,在今陕西竹园沟十三号墓地曾出土过一件庸,其兽面纹与商代的庸几无二致,故学者将其年代判定为商代晚期到西周早期⑤,这件庸很可能就来自分器所得。贵族墓葬尚且如此,可以推测周王室拥有更多的晚商乐器。

不过,考虑到《世俘解》所载典礼,发生在武王克商后的第 50 天⑥,战利品的分配和使用能否在如此短时间内完成,尚有存疑。故典礼中的"奏庸",更可能是殷之太师、少师携带而来的"祭乐器"。

其二,典礼中所用的乐歌和乐舞,主要有"籥人九终"、《万》《明明》和《崇禹生开》等。这里面,既有周人新创者,如《明明》,如黄怀信等就认为"言献,盖属新编"⑦;又有承自前代者,如"籥人九终"、《万》《崇禹生开》三种。其中,"籥人九终"和《崇禹生开》承自夏代,《万》则可能承自殷商。关于前者,我们曾有过详细讨论,而后者则语焉不详⑧,现加以补充:

万舞之起源,相传在虞夏时期就已存在,但其文献来源颇有值得推敲之处。如《大戴礼记·夏小正》载:"二月……丁亥,万用入学。"⑨传为夏书的《武观》有"万舞翼翼"(《墨子·非乐上》引)之语。虽然这些文献记载的真实性越来越被学者认可,但仍有后代记录的痕迹,不能视为最确凿的证据。而万舞作为殷商的重要舞蹈形式之一,不但传世文献中有记载,如《诗经》载:"奏鼓简简,衎我烈祖。……庸鼓有斁,万舞有奕。"(《商颂·那》)王维堤就据此判断万舞是

---

① 司马迁:《史记》,北京:中华书局,1959 年,第 121 页。
② 阮元校刻:《十三经注疏·尚书正义》,北京:中华书局,1980 年,第 193 页。
③ 司马迁:《史记》,北京:中华书局,1959 年,第 126—127 页。
④ 黄铭崇通过对西周早期完整墓葬中出土的铜器铭文、铜器的酒器与食器的比例、同出陶器、墓葬形制等进行综合分析,认为在安阳—郑州—上蔡一线以西的墓葬中,铭文内容得以清楚判断者,都属于"典型分器墓"。其特性包括:墓中出土的青铜器与晚商器在风格上无法区分;墓中器物的铭文都有日干和族徽,显示原器主为商贵族,且来自不同的族氏与个人,等等。见黄铭崇:《从考古发现看西周墓葬的"分器"现象与西周时代礼器制度的类型与阶段(上篇)》,载"中研院"历史语言研究所集刊第 83 本第 4 分》,台北:"中研院"历史语言研究所,2012 年,第 617 页。
⑤ 方建军、蒋咏荷:《陕西出土音乐文物》,西安:陕西师范大学出版社,1991 年,第 70 页。
⑥ 李学勤:《〈世俘〉篇研究》,《史学月刊》1988 年第 2 期。
⑦ 黄怀信:《逸周书校补注译(修订本)》,西安:三秦出版社,2006 年,第 198 页。
⑧ 付林鹏:《〈周颂·有瞽〉与周初乐制改革》,《古代文明》2013 年第 1 期。
⑨ 王聘珍:《大戴礼记解诂》,北京:中华书局,1983 年,第 30—31 页。

商族的传统祭祀乐舞①；另外，还可以从甲骨文中找到大量证据，如《合集》31033"甲午，叀万舞大吉"，就是作为舞蹈名的辞例；而且在甲骨文中，"万"还可以作为乐师的名称，如《合集》28461"呼万舞"、《合集》30028"惟万呼舞有大雨"等。陈致则通过这些记载，对商周时的万舞形式进行了探讨，认为《世俘篇》中所用的万舞，采用的就是商人的音乐形式②。

其三，在奏乐程式上，也借鉴了殷商的乐制。我们知道，周人"制礼作乐"后，雅乐乐制是高度程式化的。虽然因贵族身份的差异，奏乐的规模和程序的繁简会有所不同，但用乐的次序是相对固定的，王国维的《释乐次·天子诸侯大夫士用乐表》就很能说明问题③。以天子所用乐次为例，往往以金奏开始，接着升歌《清庙》，然后下管《象》，再舞《大武》或《大夏》，最后以金奏终。其实，这一乐次本就是损益商代乐制而来。关于商代乐制，陈致曾以《诗经·商颂·那》为范本加以概括，认为其次序包括：金奏—管—合乐—大舞—升歌—乱④。由此可见，殷周乐制的最大区别是：周之升歌在前，而商之升歌在后。

反观《世俘篇》中乐制，记载非常简略，还处于不稳定的状态。因是连续几天举行典礼，其用乐也并不相同。记载最详细的是甲寅日的典礼用乐，可以用来对比殷商乐制。现结合陈致的研究⑤，列表如下：

《诗经·商颂·那》	猗与那与 置我鞉鼓 奏鼓简简 衎我烈祖	汤孙奏假 绥我思成 鞉鼓渊渊 嘒嘒管声	既和且平 依我磬声 于赫汤孙 穆穆厥声	庸鼓有斁 万舞有奕 我有嘉客 亦不夷怿	自古在昔 先民有作 温恭朝夕 执事有恪	顾予烝尝 汤孙之将
《那》诗所见乐次	以鼓起节奏 [金奏]	管声加入 [管]	磬声加入 [合乐]	庸与万舞 [合乐] [大舞]	歌祖德 [升歌]	乱
《逸周书·世俘》所见乐次	王奏庸大享一终 [金奏]	籥人奏 [管]		进《万》 [大舞]	献《明明》三终 [升歌]	

故可知，《逸周书·世俘解》所载的仪典用乐，多非周人原创，而是兼用了夏、商乐制，并以殷制为主。之所以承袭夏制，是基于地缘和政治上的认同。在西周早期，周人就屡以"有夏"自居，其目的是通过继承夏人的文化传统，来抗衡殷商的正统地位。而借用殷制，则是出于文化上的屈服。通过考古发现可知，河洛地区的殷民族在音乐文化上是远远领先于辟处一隅的"小邦周"的，故周人不得不学习和反思先进的殷商音乐文化，来建构自己的乐政体系。

---

① 王维堤：《万舞考》，《中华文史论丛》1985年第4辑。
② 陈致：《从礼仪化到世俗化：〈诗经〉的形成》，上海：上海古籍出版社，2009年，第75页。
③ 王国维：《释乐次》，载《观堂集林》，北京：中华书局，1959年，第103—104页。
④ 陈致：《说"夏"与"雅"：宗周礼乐形成与变迁的民族音乐学考察》，载《诗书礼乐中的传统：陈致自选集》，上海：上海人民出版社，2012年，第277页。
⑤ 同上。

二、 殷鉴意识与周初作乐

《逸周书》中还有《大聚解》一篇，记载武王克殷之后，向周公咨询，以拟定建国大纲之事。其中就有对礼乐制度进行构建的设想：

> 维武王胜殷，抚国绥民，乃观于殷政，告周公曰："呜呼！殷政总总，若风草，有所积，有所虚，和此如何？"周公曰："闻之文考……立君子以修礼乐，立小人以教用兵。"①

这一方面说明，周初治国大纲的确定，是由武王和周公共同拟定的，只不过因武王早逝，其中很多的具体措施都未及实施，到周公摄政时才一一确立；另一方面又说明，周代礼乐制度之确立，是从对"殷政"的反思开始的，所谓"我不可不监于有夏，我不可不监于有殷"（《尚书·召诰》）是也。也说明"殷鉴"意识是周政确立的基础之一。

商周易代之际，周人不管是在军政实力上，还是在文化传统上，都明显落后于殷商。而牧野一役，周人在人数占劣势，天象、征兆等都不利的情况下，仍能够一战而克"大邦殷"，就不得不使周人对"殷政"，特别是商纣的行为进行反思，以免重蹈覆辙。在《尚书·周书》《诗经·大雅》《逸周书》等传世文献中，都可以看到周人对殷商亡国的总结和反思，这些文献均认为殷商之所以亡国，主要在于商纣自身的骄奢淫逸和制度性的原因。② 而归结到音乐制度方面，这些文献却未明载。好在《史记·周本纪》提到武王"乃作《太誓》，告于众庶"一事，在这一版本的《太誓》③中，有商纣对音乐制度进行破坏的记载：

> 今殷王纣乃用其妇人之言，自绝于天，毁坏其三正，离逷其王父母弟，乃断弃其先祖之乐，乃为淫声，用变乱正声，怡说妇人。④

纣王对殷商音乐制度的破坏，主要是"断弃其先祖之乐，乃为淫声，用变乱正声"。"断其先祖之乐"一方面导致了殷商祭祀系统的崩溃，因商人祭祀"尚声"，先祖之乐被废弃，祭祀传统自然也遭到破坏，从而成为商纣最大的罪状之一；另一方面，则导致了执掌传统祭乐的太师、少师持其"祭乐器"奔周，同时为周公的"制礼作乐"提供了正面借鉴和反面样本。故西周乐政体系的建

---

① 黄怀信等：《逸周书汇校集注（修订本）》，上海：上海古籍出版社，2007年，第390—400页。
② 宫长为、徐义华：《殷遗与殷鉴》，北京：中国社会科学出版社，2011年，第56—65页。
③ 此版本《太誓》记载的内容与今本《尚书·泰誓》有所不同，但据梁玉绳的意见，司马迁所见之《太誓》可能是伏生所传，亦较可信。见梁玉绳：《史记志疑》，北京：中华书局，1981年，第84页。
④ 司马迁：《史记》，北京：中华书局，1959年，第121页。

立,很大程度上是在对殷代乐制的反思和借鉴中完成的。

首先,有感于纣王"断弃其先祖之乐"所造成的离心离德,周人最先完善的是自己的祭乐系统。这包括新创和承袭两方面。新创方面,周公主要制作了《大武》和《三象》之乐:

> 武王即位,以六师伐殷,六师未至,以锐兵克之于牧野。归,乃荐俘馘于京太室,乃命周公为作《大武》。
>
> 成王立,殷民反,王命周公践伐之。商人服象,为虐于东夷,周公遂以师逐之,至于江南,乃为《三象》,以嘉其德。①

关于《大武》和《三象》,因古代文献语焉不详,且多有龃龉之处,历来纠缠不清。贾海生系统梳理了相关文献,认为周公在摄政六年制礼作乐时,先制作了表现武王武功的武舞《象》和表现周公、召公分职而制的文舞《酌》,合称《大武》;而在摄政七年洛邑告成时,为祭祀文王,又制作了表现文王武功的武舞《象》。这三套乐舞都是根据具体历史事实制作的,旨在表现周王朝的文治武功,实际上就是《吕氏春秋》所说的《三象》。②

承袭方面,周公则系统整理了历代的"先王之乐",并赋予其新的文化功能。据《周礼·春官宗伯》载,乐官之长大司乐负责以乐舞教国子。这些乐舞包括《云门大卷》《大咸》《大韶》《大夏》《大濩》《大武》六者,被称为六代之乐,属于周代雅乐体制的核心内容。六代之乐中除《大武》是周人所制之外,其余均承自先圣王,相传《云门大卷》是黄帝之乐,《大咸》是帝尧之乐,《大韶》是帝舜之乐,《大夏》是夏禹之乐,《大濩》是商汤之乐。据《吕氏春秋·古乐》记载,这些乐舞在其创作之初,是有其原生功能的,或用以殷荐上帝,或用以昭明祖功。但周公在制礼作乐时,却将其体系化,用于不同的祭祀之中,如舞《云门》以祀天神、舞《咸池》以祀地示、舞《大韶》以祀四望、舞《大夏》以祭山川、舞《大濩》以享先妣。故周公通过将六代乐舞"分乐而序"的方式,用于不同的祀典之中,这不但几乎整合了周代的所有祭礼,更对六代乐舞的原始功能进行了改造,赋予了其新的道德意义和仪式功能。

其次,借助于殷乐官的"持其祭乐器奔周",周人还在此基础上确立了新的乐人系统和器乐体系。这首先表现在乐人的选择上,周人全盘吸收了殷商的瞽矇系统。通过对《逸周书·世俘解》考察可以发现,周初的乐官系统是以"籥人"为主体的,完全不见瞽矇的影子。但在《周礼》记载的周代乐人系统中,却有大量盲人乐官的存在:

> 大师,下大夫二人。小师,上士四人。瞽矇:上瞽四十人,中瞽百人,下瞽百有六十人。视瞭三百人。③

---

① 高诱注:《吕氏春秋》,上海:上海古籍出版社,2014年,第107页。
② 贾海生:《周公所制乐舞通考》,《文艺研究》2002年第3期。
③ 杨天宇撰:《周礼译注》,上海:上海古籍出版社,2004年,第264—265页。

如果算上瞽矇之长大师、小师，光盲人乐官就有300多人，再加上辅助瞽矇的视瞭，就有600多人，占整个乐官系统的一半还多。这说明在"制礼作乐"之后，瞽矇代替籥人成为了乐官系统的主体。演奏主体的更换，正是周公作乐的重要举措。在《诗经·周颂》中，有《有瞽》一篇①，就专门记载了瞽矇是如何走上西周的音乐舞台的。其开篇即云："有瞽有瞽，在周之庭。"之所以强调瞽矇"在周之庭"，恰恰说明瞽矇乐官非周人所固有，《韩诗外传》卷三就说这些瞽矇是"纣之余民也"②，魏源也认为周庭的瞽矇是"太师疵、少师彊抱乐奔周之俦"③。瞽矇为殷商乐官的重要组成部分，这在传世文献中可以找到证据，如《礼记》中就提到了名为"瞽宗"音乐机构："瞽宗，殷学也。"（《礼记·明堂位》）既名为"瞽宗"，当是以瞽矇为主要人员组成的机构。后这一机构也被周人继承，《周礼·春官》就载大司乐"掌成均之法，以治建国之学政……凡有道者、有德者，使教焉，死则以为乐祖，祭于瞽宗"④。则瞽宗又是祭祀"乐祖"的场所。

其二，就器乐体系而言，《有瞽》一诗也提到大量乐器："设业设虡，崇牙树羽，应田县鼓，鞉磬柷圉，既备乃奏，箫管备举。"⑤既包括具体的乐器，如应田、悬鼓、鞉、磬、柷、圉、箫、管等；又包括乐器的配套和装饰系统，如业、虡、崇牙、树羽等。这其中，有的属于前代乐器，如李黼平《毛诗紃义》说："柷、圉、鞉、磬见《虞书》《商颂》，夏筍虡、殷崇牙见《明堂位》，亦不可谓无他代乐器也。"⑥有的则是周人的全新创制，如陈奂云："至成王之世，始克大同，乃作己乐。树羽县鼓，皆先王所未有也。"⑦故周人对前代乐器既有继承，又有损益。举例来说，业、虡本是悬挂钟磬的木架，业是横架，虡为竖架。据记载，两者在夏代时就已经存在。后商人加以继承，增加了崇牙，崇牙就是业上用以悬挂乐器的木钉。这些都被周人继承过来，并加以改造，为崇牙增加了新的装饰——树羽，故《礼记·明堂位》有"夏后氏之龙簨虡，殷之崇牙，周之璧翣"之说，据郑玄注："周又画缯为翣，戴以璧，垂五采羽于其下，树于簨之角上，饰弥多也。"⑧又如悬鼓，则是周人对前代乐器的全新改造，据《礼记·明堂位》："夏后氏之鼓足，殷楹鼓，周县鼓。"⑨不可否认，传统文献难免有后代修饰的痕迹，好在出土器物也给了我们与之相类的结论。据方建军考证："西周的体鸣乐器有青铜制造的庸、镛、鎛、甬钟、钲、铎、钮钟、铃和石制的磬等九种，而气鸣乐器则有骨笛、铜角、埙和骨箫等四种。其中击奏乐器庸、镛、鎛、磬和吹奏乐器笛、埙等都是殷商乐器品种的延续和发展，而甬钟、钮钟、钲、铎、铜角和骨箫则是西周时期新出现的乐器品

---

① 此篇的创作时间，据孔颖达解释："谓周公摄政六年，制礼作乐，一代之乐功成，……诗人述其事而为此歌焉。"（阮元校刻：《十三经注疏·毛诗正义》，北京：中华书局，1980年，第594页）如果此说可信，则证明《有瞽》是纪念周公"制礼作乐"成功所创作的诗篇，因而具有标志性意义。
② 许维遹：《韩诗外传集释》，北京：中华书局，1980年，第93页。
③ 魏源：《诗古微》，载《魏源全集》，长沙：岳麓书社，2004年，第583页。
④ 阮元校刻：《十三经注疏·周礼注疏》，北京：中华书局，1980年，第787页。
⑤ 阮元校刻：《十三经注疏·毛诗正义》，北京：中华书局，1980年，第594—595页。
⑥ 阮元、王先谦编：《清经解（第7册）》，上海：上海书店，1988年，第653页。
⑦ 陈奂：《诗毛氏传疏（下）》，上海：商务印书馆，1933年，第24页。
⑧ 阮元校刻：《十三经注疏·礼记正义》，北京：中华书局，1980年，第1491页。
⑨ 同上。

种。"①也证明了西周器乐体系对殷商器乐体系的继承和发展。

最后,周人还在损益殷商乐制基础上,构建了新的乐制体系。包括三个方面:

一是在奏乐程式上,上文所引王国维的《释乐次》已经做了系统总结,但其所用材料,多据三礼、《左传》等,可能是雅乐体制成熟时期的用乐情况,并非周公作乐之初的情形。好在《周颂·有瞽》中已经初步确立了西周的乐次,如"应田县鼓,鞉磬柷圉"指的就是金奏,"既备乃奏,箫管备举"指的是管奏,"喤喤厥声,肃雝和鸣"则属于合乐②。然因诗歌创作的跳跃性,未见有升歌和舞的部分。但大致可以判断,西周的乐次是借鉴了殷商先王之乐的乐次,但也有所调整和完善。

二是用乐等次上,周人借鉴商人的编庸制度,确立了与政治身份相绑定的乐悬制度。乐悬制度是西周乐政的重要内容,其具体形式:"正乐县之位:王宫县,诸侯轩县,卿大夫判县,士特县。"(《周礼·春官·小胥》)需要指出的是,这里记载的是成熟形态的乐悬制度。而根据考古材料可以发现,周代的乐悬制度是渐次形成的。在西周早期,周人的工作主要表现在两个方面,钟体的改造和编列数目的增加。前者即将钟口向上的庸钟,改造为钟口向下的甬钟,这就将殷庸的植列变为了周甬悬列,为乐悬制度的形成创造了单体条件;后者则由殷庸的三件组编列转换成周甬的四件组编列,进而向八件组及更高组编列,为乐悬制度的完善形成了编列基础。③

三是乐律选择上,有别于殷商乐器中的五音音阶结构,周人不用商音,如在《周礼·春官·大司乐》记述中,三大祭祀的用乐,只有宫、角、徵、羽四声,唯独无商声。同样,音乐学家通过对西周出土甬钟的测试,发现西周的编钟具备四声音阶的结构特点,即西周时期的编钟都是一钟双音结构,而每种两音之间都是小三度的音程关系,分别构成音阶中的角徵、羽宫音④。这表明,周人对"商声"始终保持着一种戒慎的态度。

不过,需要特别指出的是,周公的制礼作乐并非一蹴而就的,而是经历了较长的历史时段。传世文献虽一再强调周公的"制作"之功,但考古所见却提供了与之不同的景象,即西周早期的礼乐制度仍然受殷商文化的影响很大。而真正属于西周的礼乐制度,可能要到恭王时代才最终确立。⑤ 因而周公制作的最大功绩,一在于奠定了礼乐文化的务实基调,使之成为西周封邦建国的政治依据;二在于扭转了殷商文化的神秘主义色彩,发展出具有人文主义特征的雅乐文化。

---

① 方建军:《商周乐器文化结构和社会功能研究》,上海:上海音乐学院出版社,2006年,第51页。
② 陈致:《说"夏"与"雅":宗周礼乐形成与变迁的民族音乐学考察》,载《诗书礼乐中的传统:陈致自选集》,上海:上海人民出版社,第277页。
③ 张法:《铃—庸—钟演进的政治和文化关联》,《中国文艺评论》2016年第9期。
④ 蒋定穗:《试论陕西出土的西周钟》,《考古与文物》1984年第5期。
⑤ 黄铭崇:《从考古发现看西周墓葬的"分器"现象与西周时代礼器制度的类型与阶段(下篇)》,载《"中研院"历史语言研究所集刊第84本第1分》,台北:"中研院"历史语言研究所,2013年,第17—18页。

三、"乐以昭德"与西周乐政体系的精神品格

周初的乐政改革,基于殷商而言,虽然在制度上有所损益,但在精神品格方面却发生了翻天覆地的变化。徐复观就认为:"周之克殷,乃系一个有精神自觉的统治集团,克服了一个没有精神自觉或自觉得不够的统治集团。"①

众所周知,"乐"在商人的宗教文化和政治生活中地位非常显赫,明显高于"礼"。这在《礼记》中多有表述,如"殷人尚声,臭味未成,涤荡其声,乐三阕,然后出迎牲。声音之号,所以诏告于天地之间也"(《礼记·郊特牲》),又如"殷人尊神,率民以事神,先鬼而后礼"(《礼记·表记》)。用王齐洲的话来说:"殷人'先鬼而后礼'也可以理解为'先乐而后礼','乐'先于'礼'也重于'礼','礼'是在'乐'的引导下并通过'乐'来实现的。"②可以说,这种说法是可信的。

然而在周公制礼作乐之后,这一状态发生了改变,"乐"开始为"礼"所统摄,这主要表现在两个方面:一是言"礼"多兼及"乐",如马一浮在就提出过"六艺该摄一切学术"的观点,并认为"六艺之道……言礼则摄乐"③;二是"乐"是服务于"礼"的,如郑玄观察周代礼乐关系时曾得出的结论:"凡用乐必有礼,用礼则有不用乐者。"④《周礼·地官·大司徒》中更有"乐礼"的说法,所谓"以乐礼教和,则民不乖"是也,据贾公彦疏:"此乐亦云礼者,谓飨燕作乐之时,舞人周旋皆合礼节,故乐亦云礼也。"⑤由此可见,周人扭转了殷人"先乐而后礼"的情形,开始强化"礼"之形式和作用,使"乐"成为"礼"之附庸和重要构成元素,从而形成我们所说的乐政体系⑥。

关于周公"制礼作乐"的价值意义,据春秋时鲁国的太史克说:"先君周公制周礼曰:则以观德,德以处事,事以度功,功以食民。"(《左传·文公十八年》)这一说法,虽然是后代追记,但考虑到鲁为周公封国,且又出自史官之口,应该是有其来历的,可以代表周公制礼作乐之初衷。之所以将"作乐"也涵括在内,是因为这里说得是"礼",就是包括摄"乐"之"礼"。晋国的赵衰也有类似说法:"礼乐,德之则也。"(《左传·僖公二十七年》)两说可以互证,均将礼乐视为道德之准则。不过,需要指出的是,这里的"德",正如晁福林所言,是属于"制度之德"⑦,而非后来所认为的个人的精神品行之德。换句话说,周公的"则以观德",主要着眼于政治层面,目的在于通过具有等级性和仪式性的礼、乐行为来昭显周人的道德准则。

---

① 徐复观:《中国人性论史》,上海:上海三联书店,2001年,第18页。
② 王齐洲:《中国古代文学观念发生史》,北京:人民文学出版社,2014年,第159页。
③ 马一浮:《复性书院讲录》,南京:江苏教育出版社,2005年,第174页。
④ 阮元校刻:《十三经注疏·礼记正义》,北京:中华书局,1980年,第1384页。
⑤ 阮元校刻:《十三经注疏·周礼注疏》,北京:中华书局,1980年,第703页。
⑥ 关于"乐政体系"的具体阐述见付林鹏:《"绝地天通"与先秦乐政体系的起源》,《民族艺术》2018年第2期。
⑦ 晁福林在考察先秦"德"之观念演进时,认为"德"经历过三个阶段,一是天德、祖宗之德;二是制度之德;三是精神品行之德。其中,周代的"德"主要是宗法分封之德、制度之德。而在周人看来,制度体现着道德,道德规范着制度,两者合二而一。见晁福林:《先秦时期"德"观念的起源及其发展》,《中国社会科学》2005年第4期。

翻检先秦文献，屡见周人以礼、乐昭德的记载。如鲁大夫臧哀伯就提出，作为国君要做到"昭德塞违"和"昭令德以示子孙"。具体来说：

> 君人者，将昭德塞违，以临照百官，犹惧或失之，故昭令德以示子孙。是以清庙茅屋，大路越席，大羹不致，粢食不凿，昭其俭也。衮、冕、黻、珽、带、裳、幅、舄、衡、紞、纮、綖，昭其度也。藻、率、鞞、鞛，鞶、厉、游、缨，昭其数也。火、龙、黼、黻，昭其文也。五色比象，昭其物也。钖、鸾、和、铃，昭其声也。三辰旂旗，昭其明也。夫德，俭而有度，登降有数，文、物以纪之，声、明以发之，以临照百官。百官于是乎戒惧，而不敢易纪律。①

臧哀伯为春秋前期人，去西周尚未远，而且他的这番言论还受到过周内史的称赞②，足以证明其说言之有据，可视为后人对周初礼乐制作的理论揭示。他所说的"昭德"诸项，皆属于"礼"之范围，无怪乎有学者就以"德礼体系"来概括周礼的精神实质③。

不过，以上例证，虽然也提到了乐的某些细节层面，即"钖、鸾、和、铃，昭其声也"，但着眼点更多是在周礼，而非周乐。文献中也有对周乐的功能意义和精神品格进行详细阐释的，如《国语·鲁语下》载鲁叔孙豹聘于晋，晋悼公以飨礼待之，其间有奏乐之事，悼公先让乐工奏《肆夏》《文王》各三篇，叔孙豹不拜；至奏《鹿鸣》之三篇，叔孙豹则三拜之。对于叔孙豹"舍其大而加礼于其细"的行为，晋悼公不解，故使人问之。叔孙豹对曰：

> 寡君使豹来继先君之好，君以诸侯之故，贶使臣以大礼。夫先乐金奏《肆夏樊》《遏》《渠》，天子所以飨元侯也；夫歌《文王》《大明》《绵》，则两君相见之乐也。皆昭令德以合好也，皆非使臣之所敢闻也。臣以为肄业及之，故不敢拜。今伶箫咏歌及《鹿鸣》之三，君之所以贶使臣，臣敢不拜贶。夫《鹿鸣》，君之所以嘉先君之好也，敢不拜嘉。《四牡》，君之所以章使臣之勤也，敢不拜章。《皇皇者华》，君教使臣曰"每怀靡及"，诹、谋、度、询，必咨于周。敢不拜教。臣闻之曰："怀和为每怀，咨才为诹，咨事为谋，咨义为度，咨亲为询，忠信为周。"君贶使臣以大礼，重之以六德，敢不重拜！④

此事虽发生在春秋时期，但叔孙豹为鲁国贤臣，曾提出过"三不朽"之说，鲁国又保存有周之礼乐，可见叔孙豹的说法也是言之有据的，大致符合西周的真实情形。而其对飨礼奏乐的理论阐释，也说明了周人在作乐时，同时赋予了其一定的功能意义和精神品格。这表现在：其一，周乐的演奏呈现出一定的等级特征，如《肆夏》之三是"天子所以飨元侯"之乐，《文王》之三是"两君

---

① 杜预注，孔颖达等正义：《春秋左传正义》，上海：上海古籍出版社，1990年，第92—96页。
② 《左传·桓公二年》载臧哀伯劝谏后，桓公不听。"周内史闻之曰：'臧孙达其有后于鲁乎！君违不忘谏之以德。'"
③ 郑开：《德礼之间：前诸子时期的思想史》，北京：生活·读书·新知三联书店，2009年，第75页。
④ 徐元诰撰：《国语集解》，北京：中华书局，2002年，第178—180页。

相见之乐",《鹿鸣》之三是"君之所以贶使臣"之乐,层次分明,不得僭越;其二,周乐演奏的目的在于"昭令德",如韦昭释"《文王》之三"云:"《文王》《大明》《绵》,《大雅》之首,《文王》之三也。三篇皆美文王、武王有圣德,天所辅祚,其征应符验著见于天,乃天命,非人力也。周公欲昭先王之德于天下,故两君相见得以为乐也。"①晋悼公奏乐不合其礼,固然说明晋国君臣已经不懂周乐背后的象征意义,但叔孙豹的说法却还原了西周礼乐制作的功能所在,即通过礼乐的示范作用,将德的观念注入到西周的政治关系和等级秩序之中,成为周人赖以生存的意识形态品格。

据晁福林的意见,周代的制度之德,主要表现为宗法分封之德②。而乐政模式的建构及与之相配的意识形态建设,也主要是以这两者为中心展开的。

先说分封之德,《左传·定公四年》载周初封建,言之甚详,其言分封之目的在于"选建明德,以蕃屏周",形式则是通过"分器"及对守职之人的分配,将各诸侯国纳于周王室的宏观调控之下,形成不同的治理模式。而所分之器,主要是礼器和乐器。就乐器而言,曾分给康叔"大吕",分给唐叔"密须之鼓"和"沽洗"。据孔颖达疏:"周铸无射,鲁铸林钟,皆以律名名钟。知此大吕、沽洗皆钟名也。其声与此律相应,故以律名焉。"③而乐器的分配仅是西周乐制的物质显现形态,相信周公在分封之初,也确定了各诸侯国的用乐体制和演奏规模,如鲁国作为周公之封国,就可以"世世祀周公以天子之礼乐"(《礼记·明堂位》),显示出其在分封诸侯国中的特殊地位。除此之外,上引叔孙豹论飨礼用乐也是典型例证,其所言"天子所以飨元侯""两君相见之乐""君之所以贶使臣"之语,固然是为了反映周乐的等级特征。但也从侧面印证了这些乐制的设计,是为了处理天子与诸侯以及分封诸侯之间的政治关系。

再说宗法之德,如果说分封强调了天子与各诸侯国之间的等级差异,重点在于体现"尊尊"之德,那么宗法则重视对各不同阶层之间差异的弥合,重点在于体现"亲亲"之情。陈来就认为:"周代的礼乐文化实际上是以居住在城邑的贵族宗族共同体为基础而发展起来的。"④礼乐文化既然是以贵族宗族共同体为基础发展而来,必然会服务于宗法伦理。具体到"乐"之层面,主要表现为周人以"乐德"培育国子及对"德音"的推崇。如《周礼·春官》载大司乐"掌成均之法",负责"以乐德教国子",而"乐德"主要包括六部分,即"中、和、祗、庸、孝、友"。据郑玄注:"中犹忠也。和,刚柔适也。祗,敬。庸,有常也。善父母曰孝,善兄弟曰友。"⑤此"六德"多非个体的内在之德,更像是宗族共同体对个体的制度性要求。

为此,周人又提出了"德音"的概念。"德音"屡见于先秦早期文献。据统计,仅《诗经》中就有 12 例之多,不过后代对其解释却莫衷一是。郑开通过详细考察,认为要正确理解"德音"概

---

① 徐元诰撰:《国语集解》,北京:中华书局,2002 年,第 179 页。
② 晁福林:《先秦时期"德"观念的起源及其发展》,《中国社会科学》2005 年第 4 期。
③ 阮元校刻:《十三经注疏·春秋左传正义》,北京:中华书局,1980 年,第 2135 页。
④ 陈来:《古代宗教与伦理:儒家思想的根源》,北京:生活·读书·新知三联书店,2009 年,第 355 页。
⑤ 阮元校刻:《十三经注疏·周礼注疏》,北京:中华书局,1980 年,第 787 页。

念,一是要放到政治、宗教语境中,二是要放到社会语境中。就前者而言,"德音"就是礼乐语境中的制度性话语,乃是行于庙堂之上的礼乐。① 可以说,这种解释基本抓住了问题的实质。在周人的礼乐体系中,"德音"又是乐的代称。而后代儒家在挖掘"德音"的内涵时,往往关注其中蕴含的伦理之德。如《礼记·乐记》载子夏言:"然后圣人作为父子、君臣,以为纪纲。纪纲既正,天下大定。天下大定,然后正六律,和五声,弦歌诗颂,此之谓德音;德音之谓乐。"②《文王世子》也载:"登歌《清庙》。既歌而语以成之也,言父子、君臣、长幼之道,合德音之致,礼之大者也。"③这些记载虽出自后代儒家之语,但"德音"却是周人一以贯之的追求。《左传·昭公十二年》通过右尹子革之口,追溯西周祭公谋父为劝谏周穆王所作《祈招》之诗,其首句即云:"祈招之愔愔,式昭德音。"据日人竹添光鸿解释是"言王宜听愔愔之乐以自明其德音,而不放逸也"④。

综上所述,周初之作乐,是出于"殷鉴"意识,以殷商的音乐文化为主要参考对象的。故在乐制上,虽有所继承和损益,而在精神品格方面,却产生了翻天覆地的变化。换句话说,西周乐政体系的形成,扭转了殷商音乐文化的宗教意义,强化其与政治、伦理之关系,从而建构了一套完整的政治伦理秩序,确立了以"德"为意识形态的治国理念。

---

① 郑开:《德礼之间:前诸子时期的思想史》,北京:生活·读书·新知三联书店,2009年,第109—131页。
② 阮元校刻:《十三经注疏·礼记正义》,北京:中华书局,1980年,第1540页。
③ 同上书,第1410页。
④ 竹添光鸿:《左氏会笺》,成都:巴蜀书社,2008年,第1832页。

《豳风》所见"周公之东"史迹考

陕西师范大学文学院　曹胜高

现存文献对《豳风》最早的阐释，出自《左传·襄公二十九年》所载季札观乐事。季札先言《王风》为"美哉！思而不惧，其周之东乎！"乃谓周王室东迁洛邑；又言《豳风》"美哉，荡乎！乐而不淫，其周公之东乎！"则明确《豳风》是随周公东迁而至洛。季札论乐之辞，见于聘礼之中。① 鲁之公族皆为周公之后，陪同季札观乐者为精通礼乐的叔孙穆子。季札所言又为鲁史官录之，显然其所论合乎史实。故其所谓"周公之东"，是言周公将《豳风》传之洛邑。② 《毛传》《郑笺》释"周公之东"为周公东征，遂将《豳风》诸篇皆置于周公东征的历史背景中进行解释，认为其中多体现成王对周公的误解以及周公惊惧不安之辞，与季札所言的"美""荡"的音乐特征有所不同。《豳风·七月》所描述的物候与农事，可知其正按照仲春、中秋、祈年和蜡祭的祀社之礼的结构篇章③，《豳风·鸱鸮》则保存着周人由豳迁岐的史料④。我们可以从《豳风》其余篇章的内证中对周公之东的史事进行考订，并在此基础上观察《豳风》如何体现了"周公之东"，观察这些篇章的生成机制，对《豳风》的生成进行深入的分析。

一、《东山》与豳师东征的宜社之歌

豳为周之故地，自公刘至于亶父，周族长期居住于豳，从《七月》所赋的物候、农事，可见周族居豳期间已经建立武装，形成完备的农政系统。⑤ 古公亶父率领周族再迁岐下时，豳地一度让于犬戎。后王季北伐，豳地光复，被作为周之军事堡垒，与商为界，备有重兵。从西周铭文来

---

① 曹胜高：《由聘礼仪程论季札观乐的性质》，《黄钟》2013 年第 2 期。
② 刘敞认为周公之封地在鲁，其所居成周为王畿，"畿内诸侯，上系于王，不得国别风也"。在他看来，鲁为伯禽封国，周公不在鲁，《七月》言豳地风俗，只能系之于豳。见刘毓庆等撰：《诗义稽考》，北京：学苑出版社，2006 年，第 1492 页。
③ 曹胜高：《社祀用乐与〈豳风·七月〉的生成机制》，待刊。
④ 曹胜高：《〈鸱鸮〉与"武丁戡周""实始翦商"史事考》，《文学遗产》2017 年第 2 期。
⑤ 刘操南：《〈诗·豳风·七月〉所咏的历史社会现实释证》，《杭州大学学报》1993 年第 3 期。刘操南先生通过考证《豳风·七月》所见史料，认为《七月》实为豳公所作，意在敬授民时，教民稼穑。周公制礼作乐时，保留此诗的目的，乃此诗言周族居豳四季的劳作时令，一如汉之《四民月令》，可供农夫传唱使用。

看，豳师作为西周唯一的京师之外的驻军，作为周王室直接控制的精锐部队，至少存在了两个世纪。厉宣时期，文献不见有豳师记载，猃狁能够长驱直入，可能与豳师撤防而西北门户洞开有关。①

孙作云先生认为在伐纣之前，周公曾作为豳地的军监，管理居豳的军队②。武王伐商时，以"太公望为师，周公旦为辅"③，太公望统领诸侯之师，周公统帅着周族军队，协同作战。周族的军队由周公、召公二人统领，武王即位时，"周公把大钺，召公把小钺，以夹王"，二公作为武王的左膀右臂护卫之。武王伐商成功之后曾在豳地大会诸侯。《史记·周本纪》言"武王征九牧之君，登豳之阜，以望商邑"，《逸周书·度邑》载之为："维王克殷国，君诸侯，乃厥献民征主九牧之师，见王于殷郊。"④九牧，为九方诸侯之长，武王在商周交界的豳地大会诸侯，发现殷商势力仍在而周之兵力不足以控制天下，便彻夜难寐。《史记》记载周公听说武王忧心而病时，"周公旦即王所"，《逸周书》言之为"遂命一日，维显畏弗忘。王至于周，自鹿至于丘中，具明不寝。王小子御告叔旦，叔旦亟奔即王"⑤，显然周公旦并不在周地，其能"即""亟奔"到周王身边，说明其当在关中。于是武王与周公旦遂定下营洛之计，将周之战略纵深延展到中原地区，以便于周之兵力能抵达殷之腹地，以控制商之遗民。这是"周公之东"总的战略背景。

武王尚未开始营洛便去世，随后发生了三监之乱。在这样的背景下，周公不得不率豳师东征，而将关中军事管辖权交给召公处理。《豳风》所录《东山》之歌，便是豳师东征时的宜社之事。

按《毛序》的理解，《东山》乃"周公东征也。周公东征，三年而归，劳归士，大夫美之"；《破斧》也是"美周公也，周大夫以恶四国焉"，汉儒将二诗系于周公之时，辅以说解，视之为周公部属的讽喻之作。朱熹的弟子们却认为《东山》的小序"中间插'大夫美之'一句，便知不是周公作矣"，朱熹给出的解释是："《小序》非出一手，是后人旋旋添续，往往失了前人本意，如此类者多矣。"⑥勉强坚守小序之说。此后，郑方坤《经稗》、朱彝尊《读豳诗书后》进行了解读，认为该诗出于士卒之口的特征越来越清晰，而周公所作的意味便越来越淡薄。崔述亦认为此诗"毫无称美周公一语，其非大夫所作显然；然亦非周公劳士之诗也。细玩其词，乃归士自叙其离合之情耳"⑦，言四章分别言东征、思乡、念家、凯旋之事，非周公之作。左宝森觉得该诗"劳来慰勉，和畅欢欣，而无一话一言，哀怜军士，于向者争战之苦，死伤之人，置若忘之，徒为此欢愉之词，是欺军士也，周公岂忍出此？"⑧乃军士写征战凯旋之后的愉悦之情。

---

① 雷晋豪：《周道：封建时代的官道》，北京：社会科学文献出版社，2011年，第310页。
② 孙作云：《说豳在西周时代为北方军事重镇—兼论军监》，《河南师大学报》1983年第1期。
③ 司马迁：《史记》，北京：中华书局，1959年，第120页。
④ 皇甫谧撰，宋翔凤、钱宝塘辑，刘晓东校点：《逸周书》，沈阳：辽宁教育出版社，1997年，第37页。
⑤ 同上。
⑥ 黎靖德：《朱子语类》，北京：中华书局，1986年，第2114页。
⑦ 崔述：《读风偶识》，载《崔东壁遗书》，上海：上海古籍出版社，1983年，第208页。
⑧ 左宝森：《说经呓语》，北京：北京出版社，1997年，第726页。

从诗作文本来看,《东山》四章开篇皆以出征起兴,以归来为应,分别叙述三年军征之辛苦。其中最能表明诗作所作之环境者,乃是"烝在桑野""烝在栗薪"之句。所言之"烝",前者《毛传》释为"窴",《郑笺》释为"久",认为"烝在桑野"为士卒蜷缩在桑野之中;后者《毛传》释为"众"、《郑笺》释为"尘",认为"烝在栗薪"乃将苦瓜堆在薪草之上。皆迂而不训之辞,已引起后世学者之费解。朱熹言之为"发语声"①,杨慎理解为"麻"②,不用毛、郑之解。

其实,烝为周之祀礼,其以牲为祭。《礼记·月令》载孟冬之月要举行"大饮烝",郑玄注:"十月农功毕,天子、诸侯与其群臣饮酒于大学,以正齿位……烝谓有牲体为俎也。"③烝祭以牲体为祭品。《国语·鲁语下》载鲁文伯之母敬姜言:"自庶士以下,皆衣其夫。社而赋事,蒸而献功,男女效绩,愆则有辟,古之制也。"烝祭有岁末报功之意。《国语·周语中》亦载周定王之言曰:"禘郊之事,则有全烝;王公立饫,则有房烝;亲戚宴飨,则有肴烝。"烝祭使用广泛,郊祀之全烝,是以整个牲体作为祭品;房烝以半解之牲体升于大俎;肴烝是煮熟牲体进行节解,连肉带骨置于俎上。从周制来看,军旅之中常在重大军事活动之前举行烝祭。《国语·周语上》载仲山父之言:"狝于既烝,狩于毕时。"是言先行烝礼,之后举行秋猎。烝为祭祀方式,"烝在桑野""烝在栗薪"便是在桑野以栗薪举行烝祭。④

我们可以继续考察桑野、栗薪的具体地点。首章言秋收之后换装东征,至于桑野。桑野,《穆天子传》载周穆王"钓于渐泽,食鱼于桑野。……东至于房,西至于□丘,南至于桑野",桑野为穷桑之野,泛指化外之地,《东山》中则专指征伐所至的东方之土。《淮南子·地形训》:"自东北方曰和丘,曰荒土。东方曰棘林,曰桑野。"若再具体一些,或为商汤祷雨之桑林。《吕氏春秋·诚廉》记载周武王曾"使保召公就微子开于共头之下,而与之盟曰:'世为长侯,守殷常祀,相奉桑林,宜私孟诸。'为三书,同辞,血之以牲,埋一于共头之下,皆以一归"。桑林为宋国祀地望之处,为殷商祭祀的重地,"烝在桑野"是言士卒东征至殷商旧地,在桑林之野举行宜社之祭,以表明周师占领了殷祭祀之所。

栗为周之社树。《论语·八佾》中宰我曾言:"夏后氏以松,殷人以柏,周人以栗。"栗为周之社树,社树是为神之神木,《庄子·人间世》言:"不为社者,且几有翦乎!"意谓若不为社木,其常被翦伐,或析为薪木。可见,社木不能轻易砍伐⑤。若依郑注,为思妇取栗为柴薪,"粗者曰薪,细者曰蒸"⑥,显然与烝祭不合。若"烝在栗薪"是言思妇在周之社中进行祭祀,以祈祷征夫生还,那么,第一章言出征在外的士卒在桑野祭祀;第三章言思妇进行烝祭,既言时间流逝之快,

---

① 朱熹:《诗集传》,北京:中华书局,1958年,第94页。
② 杨慎:《升庵经说》,北京:中华书局,1985年,第78页。
③ 阮元校刻:《十三经注疏·毛诗正义》,北京:中华书局,1980年,第1381页。
④ 《礼记·王制》亦载:"天子诸侯宗庙之祭,春曰礿,夏曰禘,秋曰尝,冬曰烝"。后世遂认为春礿、夏禘、秋尝、冬烝为四时享祖之礼。见阮元校刻:《十三经注疏·礼记正义》,北京:中华书局,1980年,第1335页。
⑤ 《晏子春秋》载古谚"社鼠不可熏去",吴则虞《晏子春秋集释》注引《籀金·社稷篇》:"谗佞之人,隐在君侧,不能去之,由社树鼠穴,不忍熏之。"言鼠以社树为穴,不能伐树而灭之,只能采用烟熏之法,使之远遁。见吴则虞编著:《晏子春秋集释》,北京:中华书局,1962年,第470—471页。
⑥ 阮元校刻:《十三经注疏·周礼注疏》,北京:中华书局,1980年,第746页。

二者分别已两年,又以征夫思妇祀社形成章法对应;第四章言第三年仲春,士卒凯旋,未有家室者得以新婚,有家室者更喜重逢。

《东山》中两次提到的烝祭,一为行军途中,一为居家冬祭。军事行动中的社祭,为宜社。《尚书·泰誓上》:"类于上帝,宜于冢土。"冢土即封土为社。《大雅·绵》载公刘迁豳之后,"乃立冢土,戎丑攸行",《毛传》言:"冢土,大社也。"《郑笺》亦言:"大社者,出大众将所告而行也。"①大社用于聚众、大役等事。《周礼·春官宗伯·大祝》言:"大师,宜于社,造于祖,设军社,类上帝。"重大军事活动先宜社。《尔雅》言:"起大事,动大众,必先有事乎社而后出,谓之宜。"社主为土地之主,战前宜社,是向社主祈求土地不失。《礼记·大传》记载武王伐商,曾祭天、祀社、享祖,然后出师:

> 牧之野,武王之大事也。既事而退,柴于上帝,祈于社,设奠于牧室。②

祈于社,正是在太公建议下而立的周社中祭祀,以求土地之主的护佑,这便是后世所谓的"宜社"。西周重要作战,载社主而行,用于行军过程中随时祭祀当地社主,以求护佑,是为军社。周公东征,军社随军东行,士卒行至桑野举行宜社之祭;思妇在家乡祀社,两相呼应,全诗以"烝在桑野"与"烝在栗薪"两个场景,点明了征夫、思妇相思的场合,并以此作为场景转换的枢纽,以时空的转换来联结全诗。

由此来看,周公率豳师东征,载豳之社主而行,既求社主护佑,又表明不胜不还。士卒在桑林举行宜社之礼,显示周族占领殷商部族祀地祭祖之所,表明彻底战胜了周部族。

二、《破斧》为东征告社之凯乐

按照《毛序》的理解,《破斧》的主旨为"美周公也,周大夫以恶四国焉",并将其中的破斧及缺斨、锜、銶比为"礼义,国家之用",以其毁伤喻国家之毁伤。《郑笺》进一步解释为"破毁周公,损伤成王"。胡承珙则认为《郑笺》解释的困境在于:"喻周公者不变,而喻成王者屡变欤?笺不如传明矣!"③觉得前后有些抵牾。崔述倒是支持《郑笺》的说法,不过却认为:"东征三年,为日久矣,斧破斨缺,则其人之辛勤可知。……不得以'我'属之大夫,而谓'斧'为周公,'斨'为成王也。"并认为此诗乃"东征之士自述其劳苦,绝无称美周公一语……"④,指出此诗与周公无涉,即便有某些联系,也是士卒与周公一样劳而不怨,基本否定了《毛序》的看法。

---

① 阮元校刻:《十三经注疏·毛诗正义》,北京:中华书局,1980年,第511页。
② 阮元校刻:《十三经注疏·礼记正义》,北京:中华书局,1980年,第1506页。
③ 胡承珙:《毛诗后笺》,合肥:黄山书社,1999年,第720页。
④ 崔述:《丰镐考信录》,载《崔东壁遗书》,上海:上海古籍出版社,1983年,第208页。

后代学者多信从汉儒经解,虽对某些说解有所疑虑,出于宗经,不敢遽然否定,仍强曲为说解。程颐《伊川经说》便言:"斧也,斨也,以及锜銶,皆人之所用。建国封亲、制典礼、立政刑,皆为天下之用,犹人之有器用也。"其不能断定锜、銶的具体形制,只能笼统地说以此喻国事。明清学者释《破斧》,便集中精力考证斧、斨、锜、銶四者名物形制,如于鬯认为"锜銶为斧柄"①,钱大昕认为"斧、斨、锜、銶皆民间所用,非兵器,故《毛传》以斧斨切于民用,喻国家之有礼义。今以征伐所用,失其意矣"②,认为《破斧》以斧子之日钝为喻,言百姓在周公东征过程中的艰辛,认定此诗无涉军事之成败,乃言百姓之得失。

要想解开《破斧》的主旨,有三个路径:

一是考察《破斧》之歌的由来,观察其感情基调。《吕氏春秋·音初》言《破斧》之歌所成甚早:

> 夏后氏孔甲田于东阳萯山,天大风,晦盲,孔甲迷惑,入于民室。主人方乳,或曰:"后来,是良日也,之子是必大吉。"或曰:"不胜也,之子是必有殃。"后乃取其子以归,曰:"以为余子,谁敢殃之?"子长成人,幕动坼橑,斧斫斩其足,遂为守门者。孔甲曰:"呜呼!有疾,命矣夫!"乃作为《破斧》之歌,实始为东音。③

《音初》中列出了东西南北四方音乐之始,代表了战国学者对于音乐来源的基本认知。其中,孔甲的《破斧》作为东方音乐的经典之作,其音乐形式必然在战国有所保留,方才具有说服力,作为吕不韦及其门客用于解释音乐来源的依据。也就是说,假定战国学者普遍不知道《破斧》的来历,甚至没有听说过孔甲与《破斧》之歌的关系,《吕氏春秋》便不可能以此为据而言之。更何况,其曾"布咸阳市门,悬千金其上,延诸侯游士宾客有能增损一字者予千金"④,可知其中的历史典故既非杜撰,也非随意为之,当有所据有所本。这样一来,我们就可以推断《豳风·破斧》与孔甲《破斧》之歌,要么毫无关系,要么有着某种相关性。既然孔甲的《破斧》被视为东音之始,也就是说其作为名曲,历代流传而为战国学者所熟知,那么,编写周乐的太师及乐官不可能不熟知,编写《诗经》文本的学者也不可能不熟知,其仍然以"破斧"命名,至少不忌讳该诗与孔甲《破斧》之歌的关系。

我们进一步来观察孔甲《破斧》之歌的用意,在于感慨东阳之子没有福分得到孔甲的恩惠。孔甲即便给予他照顾,他也因为无妄之灾胈足而只能作守门之官,孔甲所言的"命矣夫"是《破斧》之歌的音乐基调。《豳风·破斧》三章结尾,皆用"哀我人斯"感慨之,亦有悲夫天命之意。王引之曾言:"《毛传》曰:将,大也。家大人曰:大与美义相近。《广雅》曰:将,美也。首章言将,

---

① 于鬯:《香草校书》,北京:中华书局,1984年,第268页。
② 钱大昕:《潜研堂文集》,上海:商务印书馆,1935年,第71页。
③ 高诱注:《吕氏春秋》,上海:古籍出版社,2014年,第118—119页。
④ 司马迁:《史记》,北京:中华书局,1959年,第2510页。

二章言嘉,三章言休,将、嘉、休,皆美也。将、臧声近,亦孔之将,犹言亦孔之臧耳。"①言周公在东征中体恤士卒,士卒亦有感慨天命之意。这样来看,即便《豳风·破斧》的歌词与孔甲《破斧》有一定差别,但其感情基调是一致的,也就是说,《豳风·破斧》很有可能受到孔甲《破斧》的影响,经过改编之后而列入《豳风》,二者皆为士卒生死无常的天命之叹。

二是可以深入讨论斧、斨、锜、銶的喻义。汉儒对上述名物的考证,多据《诗序》言周公东征入手,认为斧、斨、锜、銶四者皆为斧之组成部分。从《豳风·七月》来看,斧、斨为两种农具:"蚕月条桑,取彼斧斨。以伐远扬,猗彼女桑。"从1989年江西新干县大洋州出土的兽面纹窄刃青铜斨来看,其形制很类似于后世木匠所用之锛,用于横向削平木材,其方孔在顶。斧则用于纵向劈开木材,其孔在侧。锜,《毛传》云:"凿属曰锜……木属曰銶",《释文》引《韩诗》亦云:"銶,凿属也。"后世不明其意,遂笼统解释为一种"凿木"的工具,乃是固守《毛传》之解而不明其义。查《诗经》所见锜有两例,《召南·采蘋》中有"于以盛之?维筐及筥。于以湘之?维锜及釜",认为锜为三足釜,与釜一起作为祭器。《方言》:"鍑,北燕朝鲜洌水间或谓之錪,或谓之鉼。江淮陈楚之间谓之锜。"②锜本为炊具,《左传·隐公三年》载君子之言曰:"涧、溪、沼、沚之毛,苹、蘩、蕰、藻之菜,筐、筥、锜、釜之器,潢污、行潦之水,可荐于鬼神,可羞于王公,而况君子结二国之信?"是言锜之用途,既可以日用,也可以作为祭器使用。銶,亦为工具,《管子·轻重乙》言载齐桓公之言:"一农之事必有一耜、一铫、一镰、一鎒、一椎、一铚,然后成为农。一车必有一斤、一锯、一釭、一钻、一凿、一銶、一轲,然后成为车。一女必有一刀、一锥、一箴、一鉥,然后成为女。"言銶为作车必备的工具。其形制后世不明,《毛传》简单解释为凿。《墨子·备穴》中有:"斧金为斫,屎长三尺,卫穴四。为垒,卫穴四十,属四。为斤、斧、锯、凿、鑺,财自足。为铁校,卫穴四。"其中的"鑺",吴钞本作"躩。"《说文》:"躩,大鉏也。"孙诒让《墨子间诂》认为阙、銶一声之转,疑"銶"即"躩"。镢,作为农具,用于锄草,战时可改造为兵器,《六韬·军用》:"荣镢刃广六寸,柄长五尺以上,三百枚。"其中的"荣镢",是大锄一样的工具。

斧、斨、锜、銶,平时作为百姓生活用具,战时可以作为作战工具使用。《破斧》以"既破我斧"起兴,又言缺斨、锜、銶等,实言长期作战,所携带兵器已经残缺,以喻周公东征时作战艰辛,战斗惨烈。在此背景下得以存活并凯旋,实属不易,随后所言"哀我人斯",便是感慨死里逃生的幸运。

三是还能进一步辨析《破斧》的作时与作地。诗本出于乐,乐则施于礼。早期《诗经》的诸多诗作,多出于礼乐。《破斧》明言周公东征,又言战争之惨烈,感慨生而归,故《破斧》当为周之凯乐。按照周制,作战之后,"若师有功,则左执律,右秉钺,以先,恺乐献于社。若师不功,则厌而奉主车"③。战胜之后,以凯乐献于社。周公东征,"诛管叔,杀武庚,放蔡叔。收殷余民,以

---

① 王引之:《经义述闻》,南京:江苏古籍出版社,1985年,第141页。
② 扬雄记,郭璞注:《方言》,北京:中华书局,1985年,第43页。
③ 阮元校刻:《十三经注疏·周礼注疏》,北京:中华书局,1980年,第839页。

封康叔于卫,封微子于宋,以奉殷祀。宁淮夷东土,二年而毕定。诸侯咸服宗周",是继武王伐商之后的第二次大战凯旋,其必作凯乐以献于社。《吕氏春秋·古乐》又载周公平定东南作《三象》,是为象舞①,即融合前代歌舞而编成的大型凯乐,用为太社凯乐。而《破斧》言百姓相怜之辞,又收入豳风,当为豳师士卒在凯旋献乐于民社之用。

周之社制,亦分王、诸侯、大夫以下三个层级:

> 王为群姓立社,曰大社。王自为立社,曰王社。诸侯为百姓立社,曰国社。诸侯自为立社,曰侯社。大夫以下成群立社,曰置社。②

太社、国社、里社为公社,周王祀太社以礼敬天下之地;诸侯祀于国社,乃祀其封土;百姓祀于里社,乃祀所居土地。③ 公社之外,王、侯又立私社,王社祀王畿之土,为王族祈福;诸侯祀于侯居之地,为家族祈福。大夫以下无私社,只置民社,为百姓祈福所用。周公凯旋而作的《三象》之舞,显然用于太社之祀。豳师的士卒还于家中,感谢民社赐福而回还。《破斧》感慨死生由命,是为凯旋士卒报社之辞,故录入《豳风》而位次其四。

三、《伐柯》为祀高禖之辞

周制,仲春之月,天子命民社,然后率后妃以太牢之礼祀高禖神。《礼记·月令》言:"玄鸟至,至之日,以大牢祠于高禖。天子亲往,后妃帅九嫔御,乃礼天子所御,带以弓韣,授以弓矢,于高禖之前。"周族居豳期间,便在春分祭祀高禖神。蔡邕认为祀高禖的目的,在于求子孙:"盖为人所以祈子孙之祀。玄鸟感阳而至,其来主为孚乳蕃滋,故重其至日,因以用事。契母简狄,盖以玄鸟至日有事高禖而生契焉。"④并认为《商颂·玄鸟》《天问》所言正是简狄祀高禖而生契。《大雅·生民》所载姜嫄履大人迹而生后稷,亦出于高禖之祀。闻一多先生认为:"上云禋祀,下云履迹,是履迹乃祭祀仪式之一部分,疑即一种象征的舞蹈。所谓'帝'实即代表上帝之神尸。神尸舞于前,姜嫄尾随其后,践神尸之迹而舞,其事可乐,故曰'履帝武敏歆',犹言与尸伴舞而心甚悦喜也。'攸介攸止',介,林义光读为'愒',息也,至确。盖舞毕而相携止息于幽闲之处,因而有孕也。"⑤认为姜嫄祈子于高禖,遂孕而生后稷。

---

① 《墨子·三辩》言:"武王胜殷杀纣,环天下自立以为王,事成功立,无大后患,因先王之乐,又自作乐,命曰象。"见吴毓江撰,孙启治点校:《墨子校注》,北京:中华书局,1993年,第61页。
② 阮元校刻:《十三经注疏·礼记正义》,北京:中华书局,1980年,第1589页。
③ 《礼记·祭法》注:"大夫以下,谓下至庶人也。大夫不得特立社,与民族居百家以上,则共立一社,今时里社是也。"见阮元校刻:《十三经注疏·礼记正义》,北京:中华书局,1980年,第1589页。
④ 蔡邕:《月令章句》,载范晔撰,李贤等注《后汉书》,北京:中华书局,1965年,第3107—3108页。
⑤ 闻一多:《神话与诗》,载《闻一多全集》,北京:生活·读书·新知三联书店,1982年,第73页。

周以先妣姜嫄为禖神。《毛传》在解释《閟宫》时曾言:"先妣姜嫄之庙,在周常闭而无事。孟仲子曰:是禖宫也。"①周人以姜嫄庙为禖宫,则姜嫄作为周之先妣,是周人推崇的媒神。按照卢植注所言:"玄鸟至时,阴阳中,万物生,故于是以三牲请子于高禖之神。居明显之处,故谓之高。因其求子,故谓之禖。以为古者有媒氏之官,因以为神。"高禖神居住于高丘、高台或者高山之上,故言之为高,而禖神则为本民族的先妣神,商为简狄,周为姜嫄,祀高禖之神的目的在于祈子,祀以太牢,实以太牢祀先妣,是为高禖之祀。

《伐柯》,《毛传》释为:"美周公也,周大夫刺朝廷之不知也。"此诗文辞皆言求媒之事,与周公无涉,故黄震就批评朱熹认为此诗为"东人喜见周公之辞"②,认为其解释难通。此诗句子较简,首章以"伐柯"起兴,言欲伐枝条,必须凭借于斧;若要祈子,则必须仰仗高禖。二章言"我觏之子,笾豆有践",言祈子得愿,实笾豆以祭祀之。

汉代祈子得愿,亦有禖祝之辞。《汉书·武五子传》记载武帝29岁得戾太子据,"甚喜,为立禖,使东方朔、枚皋作禖祝。"立禖,即立禖神以祭之,颜师古认为:"祝,禖之祝辞。"汉武帝得子祀禖神,命文学侍从东方朔、枚皋作禖祝之辞。③ 枚皋所作之辞今已不存。《仪礼·冠礼》保存的加冠礼之祝辞:"旨酒令芳,笾豆有楚。咸加尔服,肴升折俎。承天之庆,受福无疆。"其中的"笾豆有楚",言礼器排列整齐。《小雅·伐木》亦有"笾豆有践",言祭器排列整齐。故《伐柯》中的"我觏之子,笾豆有践",正是陈祭品之盛,以向媒氏祈子。

由此来看,《伐柯》前有《东山》《破斧》言周公东征,后有《九罭》《狼跋》言冬季宗庙之祀,《毛传》及后世的学者多认为其与周公有关,此当为周公居洛期间祀高禖之辞。

四、《九罭》言岁末始渔之礼

《九罭》,《毛传》解释为:"美周公也,周大夫刺朝廷之不知也。"认为此诗乃作于周公平殷之后,成王"未恳迎之",周大夫作此诗以讽刺。这种说法意识到了《九罭》所描写的情感,是挽留周公居洛。《郑笺》亦认为:"此是东都之人欲留周公之辞。……若以公归,我则思之,王无使我思公而心悲兮。"孔颖达解释说:"东都之人言已将悲,故知是心悲念公也。"④毛、郑、孔三人皆注意到此诗乃东都臣民挽留周公之辞,并将之系于周公平殷之乱后,有讽刺成王之义。朱熹便不同意,认为此诗若为责君之辞,"何处讨宽厚温柔之意?"又言:"后之说《诗》者,悉委曲附会之,费多少辞语,到底鹘突!某尝谓死后千百年须有人知此意。"⑤他感慨《九罭》的题旨难解,

---

① 阮元校刻:《十三经注疏·毛诗正义》,北京:中华书局,1980年,第614页。
② 黄震:《黄氏日钞》,载永瑢、纪昀等纂修《景印文渊阁四库全书》(第707册),台北:台湾商务印书馆,1983年,第46页。
③ 《汉书》卷五一《枚乘传》记载为:"武帝春秋二十九乃得皇子,群臣喜,故皋与东方朔作《皇太子生赋》及《立皇子禖祝》,受诏所为,皆不从故事,重皇子也。"
④ 阮元校刻:《十三经注疏·毛诗正义》,北京:中华书局,1980年,第400页。
⑤ 黎靖德:《朱子语类》,北京:中华书局,1986年,第2116页。

主要是他围绕《毛传》兜圈子,难以明白本事而曲为说解。

要解开《九罭》,就要合理利用其中的物象与名物制度进行考释。诗之为文,常以感物起兴开篇,其感物者,触景生情,从《逸周书·夏小正》《逸周书·时训解》《礼记·月令》等描写来看,三代百姓对物候之感知,远比后人细微,其依照时令生产生活、采用祭品,亦较后世分明。诗中所描写之物候及其采摘捕捞之事,亦按照时令安排而为之,研究《诗经》中之时节、物产,当观察其于时令系统之契合,便可理清诗中所言之情形与时令之关系,进而观察所写内容与相关礼仪程序的内在关联,明晓该诗的作意,以及其在周礼、周乐中的使用方式。

从文本来看,最能给我们提供物候信息的是首章的"九罭之鱼,鳟、鲂"①、二三章起兴的"鸿飞遵渚""鸿飞遵陆"②。九罭,为细密的小网,只用于大规模的捕鱼活动。史料所载周制,不允许随意使用细网捕鱼。如《国语·鲁语上》载宣公夏滥于泗渊,里革断其罟而弃之,并进行了教诲:

> 古者大寒降,土蛰发,水虞于是乎讲眾罶,取名鱼,登川禽,而尝之寝庙,行诸国,助宣气也。鸟兽孕,水虫成,兽虞于是乎禁罝罗,猎鱼鳖以为夏犒,助生阜也。鸟兽成,水虫孕,水虞于是禁罝里麓,设阱鄂,以实庙庖,畜功用也。且夫山不槎蘖,泽不伐夭,鱼禁鲲鲕,兽长麑麌,鸟翼鷇卵,虫舍蚳蝝,蕃庶物也,古之训也。今鱼方别孕,不教鱼长,又行网罟,贪无艺也。③

里革批评鲁宣公在夏天用网捕鱼,并指出周在春夏秋三个季节禁止用网罟捕鱼,只有在大寒来到之后,方才可以用网捕鱼,用以祭祀宗庙。从《礼记·月令》来看,里革所讲的"取名鱼,登川禽,而尝之寝庙",即季冬时节天子"命渔师始渔,天子亲往,乃尝鱼,先荐寝庙"。其中提到的鳟、鲂,是河洛地区名贵水产。陆机《毛诗疏义》言:"鲂鰥,今伊、洛、济、颍鲂鱼也。广而薄脆,甜而少肉,细鳞,鱼之美者也。"④《陈风·衡门》便言:"岂其食鱼,必河之鲂。"张衡《七辩》亦言:"巩洛之鳟,割以为鲜。"⑤以二者为美味。南宋李梅亭《代章监仓谢卫安抚状》提到:"九罭之鱼,鳟鲂即遄归于周室。千里之马骐骥,会交献于燕庭。"⑥认为九罭这类大规模的捕鱼是在冬季,其中鳟、鲂是用于王室的祭祀。

《逸周书》中的《时训解》《月令解》,以及《礼记·月令》均有季冬之月、小寒之节的物候为"雁北乡,鹊始巢,雉雊,鸡乳",这样来看诗中"鸿飞遵渚""鸿飞遵陆"的描写,正是大雁北飞的情形描写。周以季冬始渔,雁北向又为小寒的物候,故《九罭》所写乃是季冬始渔仪式。

《九罭》中提到的"衮衣绣裳",透露出了主祭者的身份。《左传·桓公二年》载臧哀伯之言:

---

① 阮元校刻:《十三经注疏·毛诗正义》,北京:中华书局,1980年,第399页。
② 同上。
③ 左丘明:《国语》,长春:时代文艺出版社,2009年,第94页。
④ 李昉等撰:《太平御览》,北京:中华书局,1960年,第4163页。
⑤ 严可均辑:《全后汉文》,北京:商务印书馆,1999年,第562页。
⑥ 李梅亭:《代章监仓谢卫安抚状》,载郑福田等编《永乐大典》,呼和浩特:内蒙古大学出版社,1998年,第3000页。

"衮、冕、黻、珽、带、裳、幅、舄、衡、紞、纮、綖,昭其度也。"确认周之服制有严格的等级。其中的衮,乃"画卷龙于衣"①,是王、公专用的章服。陆德明《经典释文》:"天子画升龙于衣上,公但画降龙。"②惟有王、公能服衮衣。

绣裳只有王能用之。《周礼·考工记》言:"五采备,谓之绣。"绣裳为五彩修成的下衣。按照《周礼·春官宗伯》的制度描述,王所执镇圭,缫藉五采五就;公执桓圭、侯执信圭、伯执躬圭,缫皆三采三就;子执谷璧、男执蒲璧,缫皆二采再就。《荀子·正论》言天子"衣被则服五采,杂间色,重文绣,加饰之以珠玉"云云,五采为天子专用之色。若此,"我觏之子,衮衣绣裳"所描写的只能是具有王身份的人,《毛传》据此认为此为写周成王的装束。

既然"九罭之鱼""鸿飞遵渚""鸿飞遵陆"等物候描写,已经暗示此诗写季冬始渔,那么,"衮衣绣裳"的服制是否暗示主祭者参加冬祭活动呢?

从文献记载来看,王公只有在朝会、享祖与受封时才穿着衮衣绣裳。《逸周书·世俘》载武王伐商之后举行的一系列仪式,采用不同的服制。壬子日,武王服衮衣矢琰格庙,即着衮衣祭祀先祖。③《周礼·春官宗伯·司服》亦载:"王之吉服,祀昊天上帝,则服大裘而冕;祀五帝亦如之;享先王,则衮冕;享先公、飨射,则鷩冕;祀四望山川,则毳冕;祭社稷五祀,则希冕;祭群小祀,则玄冕。……公之服,自衮冕而下,如王之服。侯伯之服,自鷩冕而下,如公之服。"是言周王在祭天时用十二章衮服,祭先王时用九章衮服,公在朝聘及助祭时可服九章衮服,其使用同于王。这样来看,王、公在荐庙之时着衮衣,而绣裳只有王才能使用,如此,诗中的"衮衣绣裳"指代的是周成王,而其中的"公"指代的是周公。

从《尚书》相关史料来看,成王并不愿意居洛。成王七年(前1036年)十二月,周公还政于成王时,亟劝成王居洛以治天下。成王却执意回丰镐执政,《洛诰》记载了周公苦口婆心的劝告与成王的坚持:

王曰:"公定,予往已。公功肃将祗欢,公无困哉!我惟无斁其康事,公勿替刑。四方其世享。"

周公拜手稽首曰:"……孺子来相宅,其大惇典殷献民,乱为四方新辟,作周恭先。曰:'其自时中乂,万邦咸休,惟王有成绩。'予旦以多子越御事,笃前人成烈,答其师作周孚先。考朕昭子刑,乃单文祖德。……"

戊辰,王在新邑,烝,祭岁。文王骍牛一,武王骍牛一。王命作册逸祝册,惟告周公其后。王宾杀禋咸格,王入太室,裸。王命周公后,作册逸诰,在十有二月。

惟周公诞保文、武受命,惟七年。④

---

① 刘熙:《释名》,北京:中华书局,1985年,第71页。
② 陆德明:《经典释文》,北京:中华书局,1983年,第74页。
③ 皇甫谧撰,宋翔凤、钱宝塘辑,刘晓东校点:《逸周书》,沈阳:辽宁教育出版社,1997年,第32页。
④ 张绍德:《解读尚书》,济南:齐鲁书社,2018年,第209—212页。

这段话详细记载于《洛诰》,可见成王与周公的战略分歧已经公开化。在成王表达了坚决回宗周执政之后,周公还以武王的遗愿为依据,劝成王留下来。虽然成王按照周公所制礼乐举行了郊天、在太庙祭祀文王、武王之后,便立即返回丰,暂时让周公继续居洛。成王回到镐京之后,立即在丰镐立先祖高圉庙,并在八年(前1035年)践阼亲政当月,便"命鲁侯禽父、齐侯伋迁庶殷于鲁"①。当初,周公营造洛邑时,曾迁殷之多士于洛,用于监视殷民。成王践阼后立刻命伯禽、姜伋率领殷民东迁至鲁,实乃有意削弱周公及长子伯禽在洛邑的势力。成王九年(前1034年)正月,成王用《勺》舞在丰镐祭祀宗周太庙,这标志着成王在丰镐重新建立了一套祭祀系统,废弃了周公在洛邑已经建立成的郊祀、太庙之制,表明成王彻底放弃了以洛邑为都城的可能。

周公还政于成王之后,继续居洛治理三年。成王十年(前1033年)迁回丰,直至去世。司马迁认为周公居丰的三年中,"北面就臣位,窟窟如畏然",心怀惊惧,甚至一度发生"人或谮周公,周公奔楚"②之事,可见成王亲政后对周公抱有强烈的戒备。原因在于周公至死坚持建都洛邑是正确的选择,并坚信周之都城早晚会迁到洛邑。《史记·鲁周公世家》记载:

> 周公在丰,病,将没,曰:"必葬我成周,以明吾不敢离成王。"周公既卒,成王亦让,葬周公于毕,从文王,以明予小子不敢臣周公也。③

成王并不尊重周公葬于成周的遗愿,而是将之葬于毕,即雍州咸阳北十三里之毕原上,令其陪伴周文王。这一做法表明,成王对周公都洛的做法极不认同,且双方的分歧到了不可调和的地步。成王彻底掌握政局之后,不再顾虑周公的遗愿,以重建祭祀系统来表明周不再考虑都洛邑。

从传世史料来看,成王于七年季冬,在洛邑主持文王、武王之祀,然后周公还政于成王。故此诗当为七年成王荐庙、周公助祭之时。其中所言的"公归无所,于女信处""公归不复,于女信宿"④之言,便是洛邑百姓期望周公能居留于洛。郑玄认为"时东都之人欲周公留不去,故晓之云:公西归而无所居,则可就女诚处是东都也。今公当归复其位,不得留也。"⑤表达了洛邑臣民希望周公留居东都。他们知道周公一旦回丰,即便依然位列三公,便再无可能回东都执政。末章所言"是以有衮衣兮,无以我公归兮,无使我心悲兮"⑥,正是周公臣属对周公的挽留之辞。既然《豳风》本为反映"周公之东"的一组诗作,周公去世之后便不再续作,此诗当为成王七年季冬荐庙之辞。

---

① 方诗铭、王修龄:《今本竹书纪年辑证》,上海:上海古籍出版社,2005年,第245页。
② 司马迁:《史记》,北京:中华书局,1980年,第1520页。
③ 同上。
④ 阮元校刻:《十三经注疏·毛诗正义》,北京:中华书局,1980年,第399页。
⑤ 同上。
⑥ 同上。

五、《狼跋》与伯禽初烝文王之礼

　　《狼跋》的主题,最令学者困惑。《毛传》《郑笺》《孔疏》皆以为其描写周公摄政期间内外交困,周公自顾不暇。这种说法认为"狼跋"乃比喻周公,公孙为成王,此诗有成王挽留周公之意。这种理解引起了后世学者的困惑,他们对诗中以狼跋形容周公感到匪夷所思,强为说解并试图转圜之。姚际恒就认为传统的解释皆不合理,"大抵此等处不能详求,亦不必详求耳"①,觉得此诗无论如何解释,皆无法通解,就在于为何以狼来比喻周公呢?

　　其实,要解开此诗,可结合周礼、周制进行考订。一是从冕服制度来考察"赤舄"的使用。《释名·释衣服》:"履,礼也。饰足所以为礼也。复其下曰舄,舄,腊也,行礼久立地,或泥湿,故复其末下,使干腊也。"舄为特制的鞋子。《大雅·韩奕》记述了周成王赐命韩侯时的衮服:"王锡韩侯,淑旗绥章,簟茀错衡,玄衮赤舄。"玄衮、赤舄为侯服。《牻既铭》记载周王赐命牻时言:"易女玄衮衣,赤舄。敬夙夕,勿法朕令。"此外,在《吴方彝盖》《师展鼎》《断虎毁》中,也将衮衣赤舄作为赏赐的配套物品。②《周礼·天官冢宰》所载"屦人"之职,"掌王及后之服屦,为赤舄、黑舄、赤繶、黄繶,……凡四时之祭祀,以宜服之。"从周之服制来看,衮服赤舄为周王祭祀的礼服。③ 其中的"几几",《毛传》云:"赤舄,人君之盛屦也。几几,绚貌。"是色彩最为斑斓的祭服。

　　二是辨析"公孙"的含义。公孙,《毛传》认为豳公之孙成王,在于认为赤舄是王的装束。依周世系表,亶父传王季、王季传文王、文王传武王、武王传成王,亶父率众迁至岐下,周立国之后追封其为太王亶父。王季是周武王追尊先祖季历,故"公孙"释为豳公之孙则可,言为成王则谬。马瑞辰认为公孙是周公,俞樾进一步阐释为周公为王季之孙:"盖诸侯不敢祖天子,故不推本先王谓之王孙,而推本先公谓之公孙,此诗人立言之得体也。其后成王以周公为有勋劳于天下,赐之天子之礼乐,祀帝于郊,配以后稷。"④这是根据《毛传》解释而衍生的阐释。周制,王之嫡长子为太子,庶子为公子,公子之孙为公孙。周祖文王、武王及周公皆不能称"公孙"外,周公之子及武王之庶子则可称公孙。

　　三是考察"硕肤"的含义。公孙硕肤,一般解释为"公孙高大肥美",欧阳修言硕肤乃"犹言肤革充盈也"⑤,认为"公孙硕肤"是描写周公体壮肤美,亦宗《毛传》的解释。《大雅·文王》有"殷士肤敏,祼将于京"之句,赵歧认为是"殷之美士,执祼鬯之礼,将事于京师,若微子者",认为是宾

---

① 姚际恒:《诗经通论》,北京:中华书局,1958年,第171页。
② 郑忠仁:《西周铜器铭文所载赏赐物之研究:器物与身分的诠释》,载潘美月、杜洁祥《古典文献研究辑刊》,新北:花木兰文化出版社,2013年,第176页。
③ 汉明帝"初服旒冕,衣裳文章,赤舄绚履,以祠天地",并由此将赤舄作为天子礼服。见范晔撰,李贤等注:《后汉书》,北京:中华书局,1965年,第3662页。
④ 俞樾:《茶香室经说》,载《春在堂全书》,南京:凤凰出版社,2010年,第36页。
⑤ 欧阳修:《诗本义》,载永瑢、纪昀等纂修《景印文渊阁四库全书(第70册)》,台北:台湾商务印书馆,1983年,第217页。

客以裸鬯献祭。其注："肤,大。敏,达也。"①硕、肤二字同义,不可如此连用,肤或可另有解释。

值得注意的是,在冬猎之后的献兽之礼,采用肤祭,即将肉切碎作为祭品。馈食礼中,"雍人伦肤九,实于一鼎",郑玄注:"伦,择也。肤,胁革肉,择之取美者。"②便是选取最为精美的肋间之肉,切块装入鼎中祭祀。公食大夫礼时,"同俎,伦肤七,肠胃肤,皆横诸俎垂之"。郑玄注:"伦,理也,谓精理滑脆者。"③伦肤七,便是选取动物身上最为精美的肉切碎,分为七份作为祭品。而肠胃肤,则是将肠胃切碎。在馈食礼中,肤是为最常用的祭品:"尸俎,右肩臂臑肫胳,正脊二。骨横脊。长胁二。骨短胁。肤三。……祝俎……肤一;……阼俎……肤一;佐食俎……肤一;若有公有司私臣,皆殽脀,肤一,离肺一。"④在祭祀的不同阶段使用不同数量的肤祭,使用数量常常超过其他祭品,"肤九而俎亦横"⑤。在佐食时,则"设俎牢髀,横脊一,短胁一,肠一,胃一,肤三,鱼一横之"⑥。可以说,肤是最常用的祭肉分解方式。有时专门设置特肤,作为祭祀专用的祭品,如《仪礼·少牢馈食礼》中所言的"特肤当俎北端",《公食大夫礼》所言的"肤以为特"等。这样来看,"硕肤"有可能是赞美祭品丰盛。

四是结合周制考察"狼跋其胡,载疐其尾""狼疐其尾,载跋其胡"⑦的历史现场。《狼跋》以狼起兴,写狼前后不得顾的窘境。《尔雅·释言》:"跋,躐也。疐,跲也。"狼只有在被置于栏槛之中,才会前踩其胡,后履其尾,被困于一隅而无法挣脱。也就是说,《狼跋》的作者即便是简单的触景生情,也是看到了狼为困兽时的情形,才有如此的句子。《周礼·天官冢宰·亨人》言冬天狩猎,便是以狼为捕猎对象:"兽人掌罟田兽,辨其名物。冬献狼,夏献麋,春秋献兽物。"冬猎时,掌管猎场的官吏要献狼以供围猎。《穆天子传》记载周穆王冬狩:"仲冬丁酉,天子射兽,休于深蘜,得麋麕豕鹿四百有二十,得二虎九狼,乃祭于先王,命庖人熟之。"将狩猎之的狼虎等烹熟以祀先王。《周礼·夏官司马·大司马》列举四季田猎之后举行祭祀之礼,春祭社、夏享礿、秋祀祊、冬享烝。其中的冬猎之后"致禽馌兽于郊",举行郊天仪式,由先祖配享。这样一来,《狼跋》开篇的场景是写冬季狩猎之后献兽于郊,公孙着盛装而进行肤祭。

那么《狼跋》中的公孙可能是谁呢?其祭祀的历史现场为何?《礼记·王制》言"天子祭天地,诸侯祭社稷",郊祀天地,只能由周王(天子)举行。《礼记·郊特牲》又言:"诸侯不敢祖天子。"诸侯不经过周王允许,不能祭祀前代先王,尤其是文王。冬季狩猎之后的享烝之礼,便是献兽享于文王。周公摄政期间,可以在洛邑举行季冬献兽之礼,可以郊祀之礼,以文王配祭。⑧ 但

---

① 阮元校刻:《十三经注疏·毛诗正义》,北京:中华书局,1980 年,第 2719 页。
② 同上书,第 1198 页。
③ 同上书,第 1081 页。
④ 同上书,第 1192—1193 页。
⑤ 同上书,第 1199 页。
⑥ 同上书,第 1203 页。
⑦ 同上书,第 400 页。
⑧ 马端临《文献通考·宗庙考》曾言:先公曰:"成周之制,不惟镐京有庙,岐周、洛邑皆有焉。于周受命,自召祖命,是岐周有庙也。盖岐是周之所起,有旧庙在焉。周公城洛邑祀文王,是洛邑有庙也。盖营洛而特为庙焉。先王立庙未有无故者,亦未尝立两庙于京师。"见马端临:《文献通考》,上海:商务印书馆,1936 年,第 831 页。

还政于成王之后,依照规制不能再祭祀文王。成王十一年,周公薨后,天现灾异,"成王乃命鲁得郊祭文王"①,鲁获得了郊祀文王的权力。也就是说经过周成王授权,周公的子孙可以郊祀文王,即在郊祀时以文王陪祭。按照周制,十一年秋天成王授权鲁得以郊祀文王之后,最近的时祭,便是当年冬狩后的献禽于郊,以文王配享。这当是鲁国的首次郊祀文王,由文王之孙、周公之子伯禽以公孙身份主持,其着玄衮赤舄的侯服,以熟食肤祭文王。《狼跋》当时成王十一年冬狩之后,肤祭文王的场景,其辞录而为歌,为《豳风》所作最晚的作品。

六、结语

　　《豳风》所录七篇作品,《七月》为周族居豳所作,《鸱鸮》反映了周族自豳迁岐之事。周制,诸侯国君亲征,载社主遂行,设为军社,便于随时祭祀。周公率豳师东征,救乱、克殷、践奄,载豳社社主遂行作战,原先用于豳社祭祀的《七月》《鸱鸮》便随军社之祀传至东方。东征过程中形成了《东山》《破斧》,也成为豳师祀社之曲。周公居洛建侯卫,营成周,率豳师常守洛邑,豳风传至洛邑。周公营建洛邑新都后,制礼作乐,形成了周郊祀之礼。其中,郊天用《昊天有成命》《思文》《天作》,烝祭则用《丰年》《潜》,其祀社之乐为《载芟》,祈谷之乐为《噫嘻》等②,收入周之雅、颂,为朝廷之音、宗庙之音。成王亲政之后,并没有使用周公在洛邑所立的太社太庙,反而在丰镐重设太庙以祭祖、立太社以祀地。这样一来,周公在洛邑所营之太社,只能降格为侯社,即周社,而乐仍用为《豳风》。成王八年,令伯禽率领其部族及居住洛邑的殷民迁至鲁地居住,周社随之迁鲁,《豳风》仍用为鲁之周社祭祀用乐,而入鲁。

　　周社四时击鼓吹豳之诗、雅、颂,正在于周社源出于豳社。其四时祀社的乐歌,则取用随周公东迁的豳社之乐。《周礼·春官宗伯·龠章》所言四时击鼓吹诗,就《七月》而言,其一诗三体,八章分别分为诗、雅、颂。《七月》本为豳地四时祀社之乐,其仲春用前三章,仲秋用中三章,是为风;祈年用第七章,是为雅;蜡祭用第八章,是为颂。此乃周族居豳时周乐之雏形。

　　就《豳风》而言,则七篇依其性质亦分为风、雅、颂,若按照四时之祀,则可以整体分为豳诗、豳雅、豳颂。周族在迁岐时所作的《鸱鸮》、豳师东征间作的《东山》《破斧》,以及营洛之后的《伐柯》等,皆用于春、秋祀社,可与《七月》合为豳诗。而《九罭》言季冬始渔之祭,其近于雅;《狼跋》为烝尝文王之礼,其近于颂。由此来看,《豳风》本为豳地旧乐,周公率豳师东征,豳社旧乐东传。周公救乱、克殷、践奄、营周以及遭成王误解、逝后被追封之事皆在诗篇中有所体现,是为史实上的"周公之东",赖周公而形成了《豳风》七篇。季札观乐时闻歌豳所言"周公之东",正是从中听出了《豳风》随周公东迁而不断完善的过程。

---

① 司马迁:《史记》,北京:中华书局,1980年,第1523页。
② 郑杰文主编:《先秦经学学术编年》,南京:凤凰出版社,2015年,第36—40页。

《豳风》文图与诗赋传统的构建及演变①

南京大学文学院 许 结

汉人确立"赋体"并陈论批评时,已将"赋"与"诗"紧密连接在一起,形成了具有源流意识的"诗赋传统",然其"诗",指《诗经》。随着汉赋作为"一代文学之胜"的崛起,在赋体衍化过程中,尤其是东汉迄魏晋,辞赋创作出现了"赋的诗化"与"诗的赋化"现象,是溢出《诗经》范畴的更为广泛的诗赋领域,呈现出技法与风格的融通。尽管如此,《诗经》在赋域中的主旨功能仍始终隐显于中,致使历代赋论或以赋渊承于《诗》旨而美其义,或以赋丢失《诗》旨而抑其体,或以赋超越《诗》域而美其辞,或以赋归复《诗》志而明其本。在此承变过程中,《豳风图》的绘制与围绕其"图像"创制出的《豳风图赋》,为此课题打开一个文、图互访的新视阈,由此反思赋史,则可于中探寻古老话语"赋者,古诗之流"的旨趣,以及其在演变过程中由抽象到具象的意义。

一、《豳风图赋》:文图个案启示

在中国古代文图关系史上,魏晋以降迄至唐宋迄清,《诗经图》的绘制以及围绕其图像的语象文本甚多,然与"赋体"有关的创作,却凸显于《豳风图》的绘制与《豳风图赋》的书写。就赋史而论,这一现象出现很迟,直至清代才有围绕《诗经》之《豳风图》而题写的 15 篇《豳风图赋》②。而这一滞后的创作是否有助于开解"诗赋传统"这一问题,并由此追溯一段创作历程,有必要先录几则清人赋文如次:

---

① 本文为国家社科基金重大项目"辞赋艺术文献整理与研究"(项目编号:17ZDA249)、国家社科基金重点项目"辞赋与图像关系研究"(项目编号:16AZW008)成果。
② 除去各本重复者,《本朝馆阁赋前集》辑钟衡一篇《豳风图赋》(叶抱崧等编:《本朝馆阁赋前集》,载郭英德、踪凡主编《历代赋学文献辑刊(第 38 册)》,北京:国家图书馆出版社,2017 年,第 257—259 页),《同馆赋钞》辑赵柄一篇《豳风图赋》(王家相辑:《同馆赋钞》,载郭英德、踪凡主编《历代赋学文献辑刊(第 67 册)》,北京:国家图书馆出版社,2017 年,第 451—454 页),《同馆赋钞二集》辑巫宜禊、赵先雅两篇《豳风图赋》(王家相辑:《同馆赋钞二集》,载郭英德、踪凡主编《历代赋学文献辑刊(第 108 册)》,北京:国家图书馆出版社,2017 年,第 477—479、565—567 页),《赋海大观》辑连瑞瀛、刘琨、邓士宪三篇与无名氏两篇《豳风图赋》(鸿宝斋主人编:《赋海大观(第 6 册)》,北京:北京图书馆出版社,2007 年,第 141—143 页),《历代辞赋总汇》辑魏允迪、彭邦畴、杨荣、浦曰楷(仅存摘句)、钱福昌、赵新六篇《豳风图赋》(马积高主编:《历代辞赋总汇》,长沙:湖南文艺出版社,2014 年,第 11125、14014、14405、15171、16630、18527 页)。

万古农桑之计,七篇衣食之谋。……看挥洒兮淋漓,画工克绚;信谋猷之具备,稼事维艰。方今圣天子万几就业,九宇乂安,宸念时廑夫宵旰,民情悉泯夫暑寒。俗劝则农桑克务,恩覃而雨露承欢。人安耕凿之天,不知不识;帝策治平之业,其慎其难。(钱福昌《豳风图赋》)①

昔者元公初基,冲王当宁。宴处宫廷,不分禾黍。……恐忘后稷之勤,将坠公刘之绪。乃作《豳风》一篇,使瞽矇朝夕讽诵于王所。后世令主,古训有思。……遂召画工而图此,示艰难不可以不知。其图乎农事也……其图乎蚕事也……披此图也……如见豳馆之几筵,如遇豳民于陇亩。……今考为此图者,前有阎立本之墨妙,后有赵孟𫖯之笔道。塔失不花,册并流播;林君子奂,卷亦长留。此由元英宗之留心稼穑,明宣德之寄意田畴。然岂若我皇上不待箴警而自关民瘼,郅治永著于千秋。(杨荣《豳风图赋》)②

若夫《豳风》之有图也,……谁欤作者,司马绍先阎立本而传;亦有继乎,林子奂为赵孟𫖯之亚。莫认寻常藻绘,须知意重心长;未谙家室绸缪,请鉴笔耕墨稼。(赵新《豳风图赋》)③

阅读上引赋文,可谓同心而异词,同心者在追寻《豳风》"诗"与"图"之本义,即知稼穑艰难;异词则从不同的侧面演绎了诗、图故事。这其中有几层意思值得考述:

其一,在赋中作者反复提及"今圣天子""我皇上"等赞语,是赋家致用观中借古以喻今的写作特征。落实清人咏《豳风图》赋以颂德的历史节点,正是乾隆帝曾令沈源、唐岱合笔《豳风图》一轴,郎世宁、沈源、唐岱绘《豳风图》一轴,以及周鲲画、张照书《豳风图》一卷。又有《御制豳风图并书》一册,梁诗正题跋谓:"既以积岁之功为《诗经》全图,复念《豳风·七月》陈王业之艰难,所言农夫女红,趋世附时,勤力务本,尤为亲切有味。"④由此可见,《豳风图》历朝均有绘制,而在赋史上一直到清朝才出现多篇《豳风图赋》创作,实与乾隆《御笔诗经图》(三十册)以及对《豳风》诗的赞述有极大的关联。

其二,由清人上溯前朝,《豳风图》的制作已为《诗经图》中的一个重要创作题材。前引杨荣赋文中"前有阎立本之妙墨"与赵新赋文中"司马绍先阎立本而传"的相关描述,所展示的正是这一图绘的历史。据张彦远《历代名画记》记载,晋明帝司马绍有《豳风图》,唐人阎立本绘制其图,继后南宋人马和之与元人林子奂《豳风图》最著名。马图取材《七月》诗,分十七段,十七个情节,画幅中央为农耕者;右幅则在秀丽风景中,有劳作者,有游走山水者;左幅则有奏乐赏音,饮酒怡情的场景,呈现出宏大的农蚕耕织图画。⑤ 林图两卷,由"七月流火"等五部分组成,有

---

① 马积高主编:《历代辞赋总汇》,长沙:湖南文艺出版社,2014年,第16630页。
② 同上书,第14405页。
③ 同上书,第18527页。
④ 吴璧雍:《从诗经图发展史看清代乾隆〈御笔诗经图〉》,《故宫学术季刊》1999年第3期。
⑤ 马和之:《豳风七月图》,北京:故宫博物院。

解缙、张肯、申时行、凝远等人题跋，如朱彝尊《经义考》记载："吴宽曰：国初林子奂作《豳风图》,……学士解公又各疏其大略而总题之。"①该卷端首有乾隆御笔"王业始基"四字。至于《豳风图》的传播，文字记录甚多，如《元史·高宜传》载英宗时"塔失不花以《豳风图》呈进"②；明宣宗朱瞻基"阅内库书画，得元赵孟頫所绘《豳风图》，赋诗一章。命侍臣书于图右，而揭诸便殿之壁"③；以及宋濂《恭题〈豳风图〉后》谓"臣濂侍经于青宫者十有余年，凡所藏图书，颇获见之。中有赵魏公孟頫所画《豳风图》，前书《七月》之诗，而以图继其后。皇太子览而善之，谓图乃方帙，恐其开阖之繁，当中折处丹青易致损坏，命良工装褫作卷轴，以传悠久，屡下令俾臣题其末"④。这些文献均记述了《豳风图》在清乾隆前的流传情况。

其三，画师绘制的《豳风》图像与赋家颂赞之文，尤其是对其首诗《七月》的重视，究其原旨自宜回访《豳》诗本义。考《豳风》七篇，分别是《七月》《鸱鸮》《东山》《破斧》《伐柯》《九罭》《狼跋》，《七月》居首，最为要紧，以致后世绘《豳风图》，多为《七月图》（如马和之所绘）。有关《豳风·七月》的创作背景及思想主旨，《诗·豳风·疏》引《毛序》曰："陈王业也。周公遭变故，陈后稷先公风化之所由，致王业之艰难也。"所言"周公遭变"，指周公因管、蔡流言，辟居东都事。"陈王业"，则指周公辅佐年幼的成王，劝其戒逸勤农以固本。又，《汉书·地理志》载："昔后稷封斄，公刘处豳，太王徙岐，文王作酆，武王治镐，其民有先王遗风，好稼穑，务本业，故《豳》诗言农桑衣食之本甚备。"⑤又据《史记·刘敬传》"公刘避桀居豳"⑥，可知《豳风》诗直接公刘传统，喻示周人开辟之"好稼穑，务本业"的"大业"。对此，王安石《诗义钩沉》有较为形象的说法：

> 仰观星日霜露之变，俯察昆虫草木之化，以知天时，以授民事。女服事乎内，男服事乎外。上以诚爱下，下以忠利上。父父子子，夫夫妇妇，养老而慈幼，食力而助弱，其祭祀也时，其燕飨也节，此《七月》之义也。⑦

这又由《七月》一诗，推扩于天地人伦之节度，已具社会教化的普遍意义。因此，历代画师绘饰与大臣进呈《豳风图》，乃至皇帝（如元英宗、明宣宗、清高宗）对"图"的重视甚至题咏，虽个中不乏图画形象及展示诗意的艺术性，如彭邦畴《豳风图赋》谓"群推妙手，曹衣吴带之风"，然主旨仍在对上讽颂其勤政爱民，对下则重在劝课农桑。由此再看围绕《豳风图》的赋家创作，不仅认为图示"王政"较"罄筮""矇诵"更为形象、直接，而且无不阐明"莫认寻常藻绘，须知意重心长"（赵新《豳风图赋》）的治国理政的深意。

---

① 朱彝尊：《经义考》，载纪昀编纂《影印文渊阁四库全书（第 678 册）》，北京：北京出版社，2012 年，第 511 页。
② 宋濂等撰：《元史》，北京：中华书局，1976 年，第 3615 页。
③ 傅恒等撰：《乾隆玉批纲鉴》，合肥：黄山书社，1996 年，第 6347 页。
④ 罗月霞主编：《宋濂全集》，杭州：浙江古籍出版社，1999 年，第 1124 页。
⑤ 班固撰，颜师古注：《汉书》，北京：中华书局，1962 年，第 1642 页。
⑥ 司马迁：《史记》，北京：中华书局，1959 年，第 2715 页。
⑦ 王安石著，邱汉生辑校：《诗义钩沉》，北京：中华书局，1982 年，第 111 页。

如果从《豳风图赋》回观《豳风图》，再上溯汉人"古诗之流"说，可得一启示，即这一诗赋关联的文图个案，是《诗》义入赋的再阐，也是赋家经学思维的重新演绎。

二、"古诗之流"：写赋用《诗》商榷

考论赋史，清人《豳风图赋》对《豳风图》的诠释，要在以赋文解《诗》"图"而明其"义"，追溯本原，无疑在汉人以《诗》衡赋的经学思维，或者说汉人评赋重《诗》。汉人以《诗》评赋，最经典的是班固《两都赋序》引述的"赋者，古诗之流也"，将赋体与《诗》三百篇结缘，成为后世赋学批评的一条主线。前贤释"流"二义，一则流裔，有传承或支流的意思；二则流别，即类别或同类的意思。结合《汉书·艺文志》"儒家者流""道家者流"，当取第二义更切合，即赋与《诗》属同类。由此思路，可见汉人以《诗》衡赋非辨"体"以考"源"，乃尊"体"以尚"用"。汉人以《诗》衡赋的批评，皆从功用上来，例如司马迁评司马相如赋"虽多虚辞滥说，然其要归引之节俭，此与《诗》之风谏何异"①，班固《两都赋序》继"古诗之流"分两扇以明赋之用，即"或以抒下情而通讽谕，或以宣上德而尽忠孝"②，皆此统绪。但观"讽谏""雅颂"诸说，多抽象之词，如何以赋体书写《诗》的传统而使之具象化，后世的《诗》图赋如《豳风图赋》以题图的方式呈现，诚为例证。然追溯到汉代，其具象化则是赋体摘句用《诗》之法。因此，探讨后世的《诗》图及赋的互文，宜先了解汉人《诗》赋互文以取义。

汉赋用《诗》在引"词"与取"义"两端，然引词之本质，仍在取义③。就汉赋引风诗来看，其涉及"二南"及诸国风，其中《豳风》诗义占较为显著的地位。例如班彪《北征赋》未及《豳风》诗，但言及公刘之德，却取《豳》诗之义。如谓：

> 乘陵岗以登降，息郇邠之邑乡。慕《公刘》之遗德，及《行苇》之不伤。彼何生之优渥，我独罹此百殃？故时会之变化兮，非天命之靡常。④

赋中"慕《公刘》之遗德"语虽明引《诗·大雅》篇名，却潜用了《豳风》悯农勤政之义。据《文选》李善注："《汉书》右扶风栒县，有豳乡。《诗》豳国，公刘所治邑也。栒与郇同。豳与邠同。"⑤又《毛诗序》："《公刘》，召康公戒成王也。成王将莅政，戒以民事，美公刘之厚于民，而献是诗也。"《郑笺》："公刘者，后稷之曾孙也。夏之始衰，见迫逐，迁于豳，而有居民之道。成王始幼少，周

---

① 司马迁：《史记》，北京：中华书局，1959年，第3073页。
② 萧统编，李善注：《文选》，北京：中华书局，1977年，第21页。
③ 许结、王思豪：《汉赋用〈诗〉的文学传统》，《中国社会科学》2011年第4期。
④ 萧统编，李善注：《文选》，北京：中华书局，1977年，第142—143页。
⑤ 同上书，第142页。

公居摄政,反归之,成王将莅政,召公与周公相成王,为左右。召公惧成王尚幼稚,不留意于治民之事,故作诗美公刘,以深戒之也。"①《史记·周本纪》:"公刘虽在戎狄之间,复修后稷之业,务耕种,行地宜……周道之兴自此始,故诗人歌乐思其德。"《索隐》:"即《诗·大雅》篇'笃公刘'是也。"②"及《行苇》之不伤"之《行苇》虽亦《大雅》篇名,然颂公刘之德,与《豳风》意通。清人赵翼《陔余丛考》"汉儒说诗"谓:"《行苇》,班叔皮《北征赋》曰……王符曰:'行苇勿践,公刘恩及草木,牛羊六畜且犹感德。'是汉儒皆以为公刘之诗。"③

与之不同的是张衡《定情赋》,取《豳》诗之词,却延伸其义。如谓:

大火流兮草虫鸣,繁霜降兮草木零。秋为期兮时已征,思美人兮愁屏营。④

其错综兼取《豳风·七月》"七月流火,九月授衣"、《离骚》"惟草木之零落兮,恐美人之迟暮"、《卫风·氓》"将子无怒,秋以为期"、《九章·思美人》"思美人兮,揽涕而竚眙"词语,以宣发一种违时凄凉的人生情绪。与此相同,汉末繁钦《愁思赋》云"零雨蒙其迅集,潢淹汩以横流。听峻阶之回溜,心沉切以增忧。嗟王事之靡盐,士感时而情悲。愿出身以徇役,式简书以忘归",取词《豳风·东山》"我来自东,零雨其濛。我东曰归,我心西悲",与《郑笺》"归又道遇雨濛濛然,是尤苦也"⑤同义,是用《诗》词,借《诗》情,以表达赋者忧愁苦闷之意。当然,赋家于《诗》用词取义,又合赋文情境,如张衡《东京赋》"春日载阳,合射辟雍"一段文字,首取《豳风·七月》"春日载阳,有鸣仓庚"语,以开启书写天子和诸侯臣子于阳春三月在辟雍宫举行大射之礼,而具授时行政的颂美之意。所以汉赋引取《诗》义,既有拟效,也有利用,这又取决于《诗》对赋的原始约制与赋于《诗》的脱缰现实。

从辞赋的创作与批评的发展导向看,这种脱缰于诗教的现实突出表现在三方面。一是"华词说"。如葛洪《抱朴子·外篇·钧世》谓:"《毛诗》者,华彩之辞也,然不及《上林》《羽猎》《二京》《三都》之汪秽博富也……同说游猎,而叔畋、卢铃之诗,何如相如之言上林乎?并美祭祀,而《清庙》《云汉》之辞,何如郭氏《南郊》之艳乎?"⑥比较《诗》与汉晋赋,赞述华词,已为批评趋势。尽管赋论批评也尝兼顾《诗》义与赋词,提倡"丽词雅义",但赋家创作所必须的"铺采摛文"导致的对"丽词"的追求以及评论的赞美,显然游离了《诗》义。二是"比类说"。汉赋创作体物叙事,具有明确的兼物与事的比类意识,所以溢出《诗》教的比类批评成为赋学史一明显趋势,如曹丕《答卞兰教》所言"赋者,言事类之所附"⑦,已启端绪;后世如袁枚《历代赋话序》"古无志

---

① 阮元校刻:《十三经注疏·毛诗正义》,北京:中华书局,1980年,第541页。
② 司马迁:《史记》,北京:中华书局,1959年,第112—113页。
③ 赵翼:《陔余丛考》,北京:中华书局,1963年,第30页。
④ 张衡著,张震泽校注:《张衡诗文集校注》,上海:上海古籍出版社,1986年,第268页。
⑤ 阮元校刻:《十三经注疏·毛诗正义》,北京:中华书局,1980年,第396页。
⑥ 杨明照:《抱朴子外篇校笺(下)》,北京:中华书局,1991年,第70—75页。
⑦ 陈寿撰,裴松之注:《三国志》,北京:中华书局,1959年,第158页。

书,又无类书,是以《三都》《两京》,欲叙风土物产之美……必加穷搜博访,精心致思之功"①,这种对赋体呈现的"物类"与"事类"的强调或彰显,在客观上淡褪了汉人写赋本《诗》的理义。三是"图像说"。对赋的拟画批评,始于刘勰《文心雕龙·诠赋》评赋"写物图貌,蔚似雕画",而结合《文心雕龙》中的论绘语如"写气图貌,既随物以宛转"(《物色》),以及评述文章与图画的关系如"绘事图色,文辞尽情"(《定势》)、"立文之道,其理有三:一曰形文,五色是也"(《情采》)②,其中"随物""图色"与"形文",亦与赋体契合。因为赋似图画的一个描写原则就是构象,所以清人刘熙载《赋概》比较诗与赋的不同谓"赋取穷物之变",并将赋体与诗体比较以陈说:"赋起于情事杂沓,诗不能驭,故为赋以铺陈之。"③这种图像化批评在古代大量的赋学评点中反复出现,同样成为赋论史的一个导向,并在近世论赋撰述中得到系统的强化。例如张世禄说:"吾国文字衍形,实从图画出,其构造形式,特具美观。词赋宏丽之作,实利用此种美丽字形以缀成。"④也正因为赋宜展示事物,朱光潜承续前人赋与画的批评,在《诗论》中提出看法:"抒情诗较近于音乐,赋则较近于图画……诗本是'时间艺术',赋则有几分是'空间艺术'。"⑤这或许是论赋图像化的极致,却正因其以表象的视觉掩盖了内在的思考,这也导致了对赋用《诗》本义的游离。

由华词、比类、图像三种论赋批评看其脱缰于《诗》教的现象,又启示另一批评视角,即由以赋为图的批评再到用赋解《诗》图的创作,这正是赋体图像化批评在文、图关系中对《诗》义的回归。这或许可从古人对赋体"华词"与"比类"的批评中得到印证。试举两则评赋语:

> 诗有六义,其二曰赋……逐末之俦,蔑弃其本,虽读千赋,愈惑体要;遂使繁华损枝,膏腴害骨,无贵风轨,莫益劝戒。⑥
>
> 议者谓古无志乘,爰尊京都,志乘既兴,兹制可废。蒙窃惑焉……爰奋藻以散怀,期无戾于古诗之旨。⑦

前一则就赋之"华词"而论,后一则直接针对"比类"批评,然其思想指向无不归复《诗》义,是对赋创作与批评脱缰于《诗》轨的纠正与反思。与比较单调的赋论尊《诗》的话语相比,清人围绕《诗经图》具有集聚特征的题图赋书写,其对汉人"古诗之流"说的追摹及形象化的阐发,是否有更丰富的创作论的意义?对其构建与局限的审检,尚须归复于比附《诗》义的赋教传统。

---

① 浦铣著,何新文等校证:《历代赋话校证》,上海:上海古籍出版社,2007年,第3页。
② 刘勰著,范文澜注:《文心雕龙注》,北京:人民文学出版社,1958年,第693、530、537页。
③ 刘熙载:《艺概》,上海:上海古籍出版社,1978年,第99、86页。
④ 张世禄:《中国文艺变迁论》,上海:商务印书馆,1933年,第62页。
⑤ 朱光潜:《诗论》,北京:生活·读书·新知三联书店,1984年,第225页。
⑥ 刘勰著,范文澜注:《文心雕龙注》,北京:人民文学出版社,1958年,第134—136页。
⑦ 程先甲:《金陵赋》,清光绪二十三年傅春官刻本。

三、王政话语：聚焦赋教主旨

追寻赋为"古诗之流"的渊源，存在着诗赋互文取义的特点，无论是从先秦的"赋诗"到楚汉的"作赋"，皆统合于王政话语。以周朝"瞽矇"为例，一则如《周礼·春官》谓"瞽矇，掌播鼗、柷、敔、埙、箫、弦、歌，讽诵诗"①，一则如《国语·周语》谓"天子听政，使公卿至于列士献诗，瞽献曲，史献书，师箴，瞍赋，矇诵，百工谏"②，包括诗、赋在内的讽诵审音，为其职能，均属王政的"乐教"。迨"天子失官"，继诸侯卿大夫交接邻国称《诗》喻志（赋诗言志），所谓"春秋之后，周道浸坏，聘问歌咏不行于列国，学《诗》之士逸在布衣，而贤人失志之赋作矣。大儒孙卿及楚臣屈原离谗忧国，皆作赋以风，咸有恻隐古诗之义。其后宋玉、唐勒，汉兴枚乘、司马相如，下及扬子云，竞为侈丽闳衍之词，没其风谕之义"③。这既说明"贤人失志"赋游离于王政、"侈丽闳衍"赋丧失了《诗》义，又喻示了汉代赋家从创作主体意识上对《诗》义的归附以及赋属王政话语的再造。刘熙载《艺概·赋概》云：

> 古人赋诗与后世作赋，事异而意同。意之所取，大抵有二：一以讽谏，《周语》"瞍赋矇诵"是也；一以言志，《左传》赵孟曰"请皆赋以卒君贶，武亦以观七子之志"，韩宣子曰"二三子请皆赋，起亦以知郑志"是也。④

这与前引《汉志》说法相契，即赋之"言志"所衔接的时代变迁是"贤人失志之赋"的楚赋，属"衰世之文"，"言志"切合的是东周"风、雅"之诗的衰变意识；由此逆向上推，"喻志"（言志）衔接"讽谏"时代的"瞍赋矇诵"，体现的则是"赋"参与"王政"以代"王言"的意义。班固《两都赋序》论汉赋直继周室"成、康没而颂声寝，王泽竭而诗不作"，而谓"或以抒下情而通讽谕，或以宣上德而尽忠孝，雍容揄扬，著于后嗣，抑雅颂之亚也"⑤，正与《毛诗序》所言"雅者，正也，言王政之所由废兴"相契，既是"大汉继周"的典型表述，也是赋为"古诗之流"的具体呈现。

而从文图关系看赋、图与《诗》的互动，《豳风图》及其题赋仅为个案，然其所包含的文艺史的意义却不限于此。汉人以"一代文学"之赋衔接周诗，而唐人又以"一代艺术"之图衔接周诗，有着汉、唐帝国王政话语的意义。如前引《历代名画记》所载晋明帝司马绍有《豳风图》，唐人阎立本绘制其图为后世所本，宋元以降大量绘作的出现，成为《诗经图》蔚然行世的一大创作传

---

① 阮元校刻：《十三经注疏·周礼注疏》，北京：中华书局，1980年，第797页。
② 徐元诰撰，王树民等点校：《国语集解》，北京：中华书局，2002年，第11页。
③ 班固：《汉书》，北京：中华书局，1962年，第1756页。
④ 刘熙载：《艺概》，上海：上海古籍出版社，1978年，第95页。
⑤ 萧统编，李善注：《文选》，北京：中华书局，1977年，第21—22页。

统。值得注意的是,唐代以行王政为标志的图像呈现,具有共相的特征,即指向周朝的王政(周德),例如唐初太宗朝阎立本绘《豳风图》之于《诗经·豳风》,又绘《职贡图(王会图)》之于《逸周书·王会篇》,唐玄宗朝宋璟上《无逸图》之于《尚书·无逸》等,而围绕诸图后世又创制出大量的《豳风图赋》《王会图赋》与《无逸图赋》,绝非偶然现象。至于唐代贞观十七年太宗命阎立本于凌烟阁绘二十四功臣图像,以及太宗为秦王时及玄宗朝两度绘制十八学士图,皆以图像彰显功德,盛况空前。当然,犹如《豳风图》初绘于东晋明帝司马绍,《职贡图》亦初绘于梁元帝萧绎,且学士图也始绘于南朝,所以前人对唐代图绘的草创性有质疑,如赵翼《陔余丛考》卷十九《图画学士不始于唐太宗》即以《十八学士图》为例,认为:"《封氏闻见记》,唐太宗为秦王时,使阎立本图秦府学士杜如晦等一十八人,褚亮为赞,世所传《十八学士图》是也。然《南史·王亮传》,齐竟陵王子良开西邸延才俊,以为士林,使工图其像。《北史·魏收传》,齐孝昭帝起玄洲苑,画收于阁上。则图画学士,六朝时已有之,太宗特仿而为之耳。《翰林盛事》,开元中拜张说等十八人为学士,于东都上阳宫含象亭图其形,系以御赞,此又仿太宗故事。"①尽管唐人绘图取效南朝,但根据史述均不关注偏安一隅的前朝,而是赞美当朝的创造,尤其是围绕这些图像的歌咏,包括赋颂,也无不以唐图为宗,即赞美唐太宗之本事及"阎立本之妙墨",以彰显盛世气象与王政话语。究其因,如张彦远《叙画之源流》所言"留乎形容,式昭盛德之事;具其成败,以传既往之踪。记传所以叙其事,不能载其容;赋颂有以咏其美,不能备其象。图画之制所以兼之也"②,即唐人赞述图画彰显王政的特殊性与重要性,《诗经图》的兴盛正与这种图像尊经义以明政教的思想相关。缘此,宋濂《画原》叙绘画史谓:

> 古之善绘者,或画《诗》,或图《孝经》,或貌《尔雅》,或像《论语》暨《春秋》,或著《易》象,皆附经而行,犹未失其初也。下逮汉晋齐梁之间,《讲学》之有图,《问礼》之有图,《烈女仁智》之有图,致使图史并传,助名教而翼群伦,亦有可观者焉。世道日降,人心浸不古若,往往溺志于车马士女之华,怡神于花鸟虫鱼之丽,游情于山林水石之幽,而古之意益衰矣。③

据史载,明洪武九年(1376 年)冬十一月,宋濂跋赵孟頫《豳风图》并上呈皇太子,《豳风图》的功用正与他的论绘思想统一,是经义化的王政理想。因此,王应麟《玉海·艺文》载录《无逸图》引《崔植传》:"长庆初,穆宗问贞观、开元治道。植曰:玄宗即位,得姚、宋纳君于道。璟尝手写《无逸》,为图以献,劝帝出入观省以自戒。其后开元之末朽暗,乃易以山水图,稍怠于勤。今愿陛下以《无逸》为元龟。"④此以山水图易经图导致"怠于勤"的荒政,也是宋濂之说游情山林水石而"古意"益衰的思想所本。

---

① 赵翼:《陔余丛考》,北京:中华书局,1963 年,第 380 页。
② 张彦远著,俞剑华注释:《历代名画记》,上海:上海人民美术出版社,1964 年,第 4 页。
③ 俞剑华编著:《中国历代画论大观》,南京:江苏凤凰美术出版社,2017 年,第 1—2 页。
④ 王应麟:《玉海》,载纪昀编纂《影印文渊阁四库全书(第 944 册)》,北京:北京出版社,2012 年,第 490—491 页。

清人围绕《豳风图》的绘制而创作的《豳风图赋》,正是赋教的王政话语。如赞颂"周德",彭邦畴《豳风图赋》称"昔周公之作此诗也,当宁垂绅,端书搢笏。绍列圣之衣言,补冲人之衮阙。谷推后稷之播时,谋溯公刘之贻厥。由邰室之居歆肇祀,配美《思文》;洎豳居之陟巘降原,祥呈《长发》。铺张祖德,俾子孙恪守高曾;敬授人时,愿耕作毋荒岁月";誉美"时政",则如钱福昌《豳风图赋》"方今圣天子万几兢业,九宇乂安,宸念时廑夫宵旰,民情悉泯夫暑寒"的夸饰。观清人题图赋以"清德"追奉"周德",亦如汉赋、唐图之比肩"周德",是赋德观肇始于汉人"大汉继周"的传统。而以《豳风图赋》为个案反映的清人赋德观,又聚焦于清高宗乾隆朝,要在"祖德"正统与"王政"气象两大视点,似可以乾隆御制的《盛京赋》以及产生之影响作一旁证。读《盛京赋》,一在述祖德以树立皇清圣统。先看乾隆八年癸亥冬十月(即作赋时)谕王公宗室所说:"满洲、蒙古、汉人,皆有一定之礼,即以汉人文学而论,朕所学所知,即在通儒,未肯多让。"①一面强调继承祖宗制度的重要,一面又提及对汉文学习堪比通儒,是借用赋体这一汉人论证圣统合法性的文学样式,来强调祖宗盛德。再看《盛京赋序》开篇即标举"三心",即"父母之心""祖宗之心"与"天下之心",并以为"以祖宗之心为心居其要",这既与其赋以祭祖为主旨相合,也是强调满人入主中土的正统性与合法性。二在写形胜以彰显王政气象。如赋叙盛京之建立"天命十年,相险宅中,谓沈阳为王气所聚,乃建盛京……于是乎左挟朝鲜,右据山海,北屏白山,南带辽水……东尽使犬之部,朔连牧羊之鄙。启我潆洄之厚,扩我俄朵之址。高燥坤湿,原田每每,走大野而拱太室者万有余里",在赋末颂诗复谓"于铄盛京,维沈之阳。大山广川,作观万方。虎踞龙盘,紫县浩穰。爰浚周池,爰筑长墉,法天则地,阳耀阴藏"②,其所述绝非盛京一地。如果对读《清史稿·地理志》记述清王朝经圣祖、世宗拓疆后"逮于高宗,定大小金川,收准噶尔、回部,天山南北二万余里毡裘浑酪之伦,树颔蛾服,倚汉如天。自兹以来,东极三姓所属库页岛,西极新疆疏勒至于葱岭,北极外兴安岭,南极广东琼州之崖山,莫不稽颡内向,诚系本朝。于皇铄哉!汉、唐以来未有也"③,可见乾隆写赋的襟怀与意旨。而赋中呈现的颂"祖德"、明"王政",正切合诸家《豳风图赋》歌颂周公赞述祖德与周王授时行政的思想主旨。

四、回归文本:诗赋传统反思

研读诸家《豳风图赋》,既是对《豳风图》画面的解析(这是题图赋的表征),也是对历史文本的回归,重点在对《诗》义的演绎(这又是赋家创作的赓《诗》传统)。然而在赋家作《豳风图赋》叙写历史本事并揭橥现实意义时,从赋(文)图关系观测其中的思想信息,又尝与两种赋、图汇

---

① 《大清高宗纯皇帝实录(卷二〇二)》,载《清实录(第11册)》,北京:中华书局,2008年,第595页。
② 陈廷敬、张廷玉:《皇清文颖》,载纪昀编纂《影印文渊阁四库全书(第1449册)》,北京:北京出版社,2012年,第345—350页。
③ 《清史稿》,北京:中华书局,1976年,第1891页。

叠,分别是围绕《耕织图》《无逸图》而创作的《耕织图赋》《无逸图赋》,亦即杨荣《豳风图赋》所言"盖比宋璟之《无逸图》而尤觉周详,与楼璹之《耕织图》而堪永久"。《耕织图》指南宋高宗朝临安府于潜县令楼璹所编制的图集,共45幅图画(耕图21幅,织图24幅),每图均配以五言八句诗以述其义。有关楼璹编制《耕织图》的最初文献,当为其侄楼钥《跋扬州伯父〈耕织图〉》,对此,后世转述亦多,如明人王增祐《耕织图记》认为此图"使居上者观之,则知稼穑之艰难,必思节用,而不殚其财,时使而不夺其力,清俭寡欲之心油然而生,富贵奢靡之念可以因之而惩创矣!在下者观之,则知农桑为衣食之本,可以裕于身而足于家,必思尽力于所事而不辞其劳,去其放辟邪侈之为而安于仰事俯育之乐矣!"①这种谏上与劝下的双重功用,正切合于赋家以赋继诗的上德与下情的美刺观。观清人围绕《耕织图》而创制的十余篇《耕织图赋》②,其"先知稼穑之艰难"取词《尚书·无逸》,律赋官韵字尝与《无逸图赋》《豳风图赋》共用,可知大义。虽然清以前也有类似的赋作,如明人何孟春的《晚耕图赋》等,但作为耕织图题材的群体赋作,仍在清代,其因是清圣祖康熙帝曾亲为《御制耕织图》,如连瑞瀛《豳风图赋》序称"圣祖廑念民依惓惓",再于赋文推衍"灵苗秀发,当知稼穑艰难;瑞茧香凝,须识蚕桑利倍"之义③。故清人围绕此而兴起的《耕织图赋》又与《豳风图赋》相同,乃同一文化背景下的王政书写。

相较而言,《豳风图》与《无逸图》以及相关赋作的关联更值得申述。据史载,唐玄宗时宋璟上《无逸图》,宋真宗、仁宗时又有孙奭、王洙呈图与书,以戒淫佚,勤政本。于是赋家围绕其事与图以骋辞,如陈普《无逸图赋》云:

> 维叔旦……虑君德之不勤,乃《无逸》而作书。远引商哲,近陈祖谟,进艰难之药石,攻耽乐之痛疽……有若臣璟,图而献之……出入起居,莫不观省……遗虎患于渔阳,溅鹃血乎峨嵋……后人哀之而不鉴之者多矣,周公岂我欺也哉!④

其赋教源于《书》教,一如《豳风图赋》之源《诗》教,敦俗勤勉,劝课农桑,既为立人之则,更是为政之本。缘此,《书》之《无逸》与《诗》之《豳风》(以《七月》为中心)的结合,不仅在众多的诗文中呈现,而且这一现象在赋域中尤为明显,如沈鲤《嘉禾赋》的"契七月之精蕴,领无逸之真诠"⑤、方回孙《无逸图赋》的"《豳风》之诗,表里乎《无逸》"⑥、彭邦畴《豳风图赋》的"在治忽观古人之象,创始有虞;先稼穑知小民之依,如陈《无逸》"⑦,互文取义,既为惯例,实属经典。这不仅在

---

① 王增祐:《耕织图记》,载楼璹《耕织图》,日本狩野永纳刻本。
② 马积高主编《历代辞赋总汇》收录清人《耕织图赋》作者15位,赋15篇,分别是黄达、顾堃、吴廷燮、陈沆、蔡家轩、陆桂林、吴大昌、李文安、黄士瀛、姚济雯、赵新、毕子卿、邓方、严炯、袁杰。另有李恩绶《楼璹上耕织图赋》一篇。
③ 鸿宝斋主人编:《赋海大观(第6册)》,北京:北京图书馆出版社,2007年,第141页。
④ 陈普:《石堂先生遗集》,载《续修四库全书》编委会编《续修四库全书(1321册)》,上海:上海古籍出版社,2013年,第502页。
⑤ 马积高主编:《历代辞赋总汇》,长沙:湖南文艺出版社,2014年,第6656页。
⑥ 同上书,第4305页。
⑦ 同上书,第14014页。

于前贤以为《无逸》与《豳风》皆周公所作,而更重要的是二者的义理相宜,赋家取二图兼二义以成颂,成就其以《诗》《书》(经义)入赋的当世性与经典化。

回归《豳风图赋》的文本,其由对图像的题叙而勘进于"咨民生之本务,敷王政之宏猷"(彭邦畴《豳风图赋》)的义理阐发,显然改变了汉人赋作引《诗》以及"古诗之流"的言说方式,而落实到《诗》的具体篇章(如《七月》)与赋的独立单元(题《诗》图)的专题化书写,使诗赋传统经历了由抽象到具象的过程。例如扬雄《长杨赋》述汉成帝元延二年冬"行幸长杨宫,纵胡客大校猎",开篇寄讽,假"子墨客卿"问"翰林主人"谓:"盖闻圣主之养民也,仁霑而恩洽,动不为身。今年猎长杨……此天下之穷览极观也。虽然,亦颇扰于农民"①;张衡《东京赋》写正月"农祥晨正""天子籍田",二月"出行东岳,劝勉耕稼"②,以及授时颁政、用财取物的叙写,皆系乎农时"月令",是在"体国经野"的宏大书写中寄讽或颂,虽契合于《七月》诗的"稼穑之艰难",却是用《诗》"奏雅"的点到即止。再看《豳风图赋》的作者,其眼光首在《豳风图》的功用何在。如彭邦畴在赋中申述"别具深心,董策贾书之旨",指的是董仲舒所上之策,贾谊所陈之论,皆与《豳风》所及"王政"相埒,是王朝立国安民之本,其引入赋域,已将汉赋抽象的"讽谏""雅颂"或"诗人之赋",通过主题明确的全面铺展而具体彰显出来了,可谓是赋为"古诗之流"文本化的一种创作实践。

从"赋者,古诗之流"到《豳风图赋》,揭示了诗赋关联的创作与批评现象,在赋学视野中,这一现象很少被人关注。推勘其因,从文图关系而论,是中国古代文人赋与文人画渐为其创作主流的意识决定的;从文化传统来看,则与赋与图之"经义"内涵的丢失有关,当然也包括对此类题图赋鉴赏价值的质疑。因此,反思诗赋文学传统,赋史上长期存在的"涂饰经义"与"赋体自在"的矛盾,也存在于《豳风图赋》价值的评估中,并决定了这类经图赋存在价值的历史困惑。如果落实到赋体文本,这种矛盾有三点值得一提。一是贵游与民本的矛盾。楚汉辞赋的发生,皆缘于宫廷,尤其是汉赋队伍的形成,源自汉廷言语侍从制度,所以观其创造,无非是贵游文学,这也决定了赋家以游戏为衣表,以讽谏为骨里的尚文倾向,以及由此导致的"欲讽反谀"的创作结果③。而《豳风·七月》诗折射的是"民为邦本"的思想,叙写劳作以悯时艰,虽汉人经义归于公刘之事、周公之德,但其艰辛生活很难体现于贵游之赋,以致作为题图赋的《豳风图赋》也只能是某种经义的涂饰。二是赋体与诗义的矛盾。刘勰《文心雕龙·诠赋》谓"赋者,铺也,铺采摛文,体物写志",林纾释"铺采摛文"为"立赋之体",释"体物写志"为"达赋之旨"④。赋体之"铺"虽由诗文衍化而来,却达到极致,而赋旨源于《诗》三百,却因"体物"之铺又减损"写志"之义,从赋史的意义看即前人批评赋家好为"侈丽闳衍之词";从赋论上看,为调和这种矛盾刘

---

① 扬雄著,张震泽校注:《扬雄集校注》,上海:上海古籍出版社,1993年,第117页。
② 张衡著,张震泽校注:《张衡诗文集校注》,上海:上海古籍出版社,1986年,第135—143页。
③ 简宗梧:《汉赋源流与价值之商榷》,台北:文史哲出版社,1981年,第28—40页;简宗梧:《从汉到唐贵游活动的转型与赋体变化之考察》,《中国古典文学研究》1999年第1期,第59—78页。
④ 林纾著,范先渊校点:《春觉斋论文》,北京:人民文学出版社,1959年,第49页。

勰则在《文心雕龙·夸饰》中提出"若能酌《诗》《书》之旷旨,翦扬、马之甚泰,使夸而有节,饰而不诬,亦可谓之懿也"①。其酌取《诗》旨本身即在丧失赋体之美,而复以铺陈之词叙写《诗》之直谏与旷旨,恰是《豳风图赋》缺少阅读美感的原因。三是呈像与明理的矛盾。《豳风图》与《无逸图》均属"经图",与文人化的诗赋图不同,要则在义理,呈像为手段,虽然题图赋是转述图像,但因其所述图像的不丰富而导致其转述的贫乏,沦为以繁缛文词对经义的诠解。

因此,与文人化创作的《洛神赋》《赤壁赋》相比,后者的图像以及题咏更以画面感与抒情性为人们关注与钟爱,而《豳风图赋》对《诗》义的汲取,则多体现于借古言今的政治教喻。

---

① 刘勰著,范文澜注:《文心雕龙注》,北京:人民文学出版社,1958年,第609页。

"诡辞"以见义
——论《太史公自序》的书写策略

北京大学中国语言文学系　程苏东

《太史公自序》历来是《史记》评点与研究者看重的篇目,围绕其篇章结构、行文体例、史料真伪及其所见司马迁家族背景、个人经历、著述动机、思想倾向等问题展开的研究甚为全面[①],而20世纪以来高步瀛、来新夏等学者先后为该序加以笺证、讲疏[②],更为我们研读此序廓清了诸多疑惑。不过,如同多数经典文本一样,《太史公自序》的问题似乎是言说不尽的。作为一篇题名为"自序"的文本,序文何以不采用第一人称的写法,而是以"太史公"这种第三人称的方式进行叙述？这里的"太史公"究竟是对父亲的尊称？是出自后人改笔？还是司马迁有意为之？与司马迁在多数传记中表现出的流畅、贯通的叙事风格不同,《太史公自序》颇存前后重复、矛盾、割裂之处,甚至有学者认为今本《自序》系由两篇文本拼接而成[③]。至于序文对于《春秋》《国语》《孙子兵法》《吕氏春秋》等成书时间、背景的描述,梁玉绳在《史记志疑》中已据《史记》本传逐一加以辩误[④]。此外,如果将《自序》与其所援据的《国语》《孝经》等文本做细致比对,可以发现序文不乏重要的删改,有的已经改变了其原始材料的意旨。作为提挈全书的纲领,这些文本现象究竟是后人改窜所致[⑤],还是司马迁本人的疏漏,亦或是他有意为之的"诡辞"[⑥],这显然关系到我们对《史记》书写立场和语言风格的把握。事实上,对于《史记》的阅读者而言,如何界定这一文本的性质是常常引起学界争议的问题,甚至"太史公书"与"史记"的不同题名,本身已经揭示出《史记》的生成与传播、书写意趣与"期待视野"(horizon of expectation)之间的微妙差异[⑦]。

[①] 见程余庆：《历代名家评注史记集说》,西安：三秦出版社,2011年,第1477—1497页；张新科等主编：《史记研究资料萃编》,西安：三秦出版社,2011年,第684—688页。
[②] 高步瀛：《史记太史公自序笺证》,《女师大学术季刊》1930年第1期；来新夏：《〈太史公自序〉讲义》,《中国典籍与文化论丛》2013年第15辑,第135—189页。
[③] 方苞：《又书太史公自序后》,载《方苞集》,上海：上海古籍出版社,1983年,第60页；梅显懋：《〈史记·太史公自序〉中当有东方朔代撰〈序略〉考论》,《古籍整理研究学刊》2013年第2期,第1—6页。
[④] 梁玉绳：《史记志疑》,北京：中华书局,1981年,第1472页。
[⑤] 此说崔适推举最力。见崔适：《史记探源》,北京：中华书局,1986年,第224—229页。
[⑥] 李笠：《史记订补》,民国十三年瑞安李氏横经室刻本。
[⑦] 见李纪祥：《〈史记〉之"家言"与"史书"性质论》,载《〈史记〉五论》,台北：文津出版社,2007年,第93—107页。

《史记》经历了司马氏父子两代人数十年的酝酿与修撰,期间二人命运也发生了巨大的变化,这一切都使得《史记》的撰述动机显然不可简单归为一体。此外,尽管私家著述之风在战国中后期已然开启,但在秦汉帝国的文化制度与舆论氛围中,私人书写仍然是一种颇具风险而易招谤的行为,更何况是对于"国史"的书写。司马迁将如何为其著述赢得合法性,这也是值得关注的问题。总之,《自序》内部及其与传记、书表之间的差异显示出司马氏对于国家、历史、圣统、家族、个人等多个问题复杂甚至矛盾的看法。在汉帝国的文化氛围中,司马迁将如何在《自序》中塑造《史记》的文化价值,他又是从何处借鉴这种书写方式,这些即是本文尝试讨论的问题。

一、"世典周史":史官家族的自我认知与塑造

司马迁在《自序》的第一部分着重叙述了其"世典周史"的家族传统,这使得其著述行为常被置于这一背景中进行理解[1]。不过,王国维、徐朔方等通过对周、汉职官制度的考察已经指出[2],周代"太史"的核心职能本非史策的撰述,西汉官制中的"太史令"也无著史之责,甚至后代负责国史撰修的职务在西汉根本尚未产生[3],因此,《史记》并非官修史书,而是一部典型的私人著述[4],所谓"司马氏世典周史"不是一般的事实陈述,而是司马氏父子对于其家族传统的一种自我认知,是司马迁为其撰述动机确立的第一个立足点。但问题在于,一方面,先秦以来文献中有关"司马"一职的记述似乎从来与书写事务毫无关联;另一方面,就《自序》而言,除了其父司马谈以外,司马迁也无法举出哪怕一位曾经典史的家族祖先。显然,无论这一说法是否有据,对于司马迁来说,其真正掌握的可以佐证此说的史料是非常有限的。在这样的情势下,司马迁为何仍反复强调其史官家族的身份,他又如何在"文献不足征"的情况下实现这种身份塑造,正是我们感兴趣的问题。

《自序》中相关叙述如下:

> 昔在颛顼,命南正重以司天,火正黎以司地。唐虞之际,绍重、黎之后,使复典之,至于夏商,故重黎氏世序天地。其在周,程伯休甫其后也。当周宣王时,失其守而为司马氏。司马氏世典周史。惠襄之间,司马氏去周适晋。晋中军随会奔秦,而司马氏入少梁。

---

[1] 见刘知几:《史通·史官建置》,载《史通通释》,上海:上海古籍出版社,2009年,第284页;司马贞:《补史记序》,载司马迁《史记》,北京:中华书局,2013年,第4019页。
[2] 王国维:《太史公行年考》,载谢维扬、房鑫亮主编《王国维全集·第八卷》,杭州:浙江教育出版社,2009年,第331页;徐朔方:《司马迁不是史官,也不是世袭史官的后嗣》,载《史汉论稿》,南京:江苏古籍出版社,1984年,第76页;亦可见李纪祥:《〈太史公书〉由"子"之"史"考》,载《〈史记〉五论》,台北:文津出版社,2007年,第8—14页。
[3] 朱希祖:《史官名称议》,载《中国史学通论·史馆论议》,北京:中华书局,2012年,第180页。
[4] 见钱穆:《太史公考释》,载《中国学术思想史论丛(三)》,北京:生活·读书·新知三联书店,2009年,第32页。

> 自司马氏去周适晋，分散，或在卫，或在赵，或在秦。其在卫者，相中山。在赵者，以传剑论显，蒯聩其后也。在秦者名错，与张仪争论，于是惠王使错将伐蜀，遂拔，因而守之。错孙靳，事武安君白起。而少梁更名曰夏阳。靳与武安君坑赵长平军，还而与之俱赐死杜邮，葬于华池。靳孙昌，昌为秦主铁官，当始皇之时。蒯聩玄孙卬为武信君将而徇朝歌。诸侯之相王，王卬于殷。汉之伐楚，卬归汉，以其地为河内郡。昌生无泽，无泽为汉市长。无泽生喜，喜为五大夫，卒，皆葬高门。喜生谈，谈为太史公。①

这段材料显然分为两个部分，以"司马氏世典周史"为界，前一部分主要援据《国语·楚语》，又见于《史记·历书》②，属于战国秦汉时期流传较广的公共性史料。通过下文的论述可以知道，这种直溯至五帝的族源叙述属于春秋、战国时期流行的古史重构的一部分，本身并非可靠的谱牒文献。后一部分则是距离司马迁时代较近的家族史料，应当具有一定的私密性和较强的可靠性。这两段叙述在时间上存在较大的时间跨度，前者彰显出家族辉煌的早期历史，但重点皆在司马氏命氏之前，到西周中后期命氏之后反而变得笼统模糊，甚至不能举出哪怕一个具体的人物。后者则详细可靠，但在时间上已入战国后期，二者之间的时间空档显示出司马迁掌握的这份家族谱牒显然已经无法追溯到其命氏之初。包括司马谈在内，入汉以后的司马氏族人对于家族早期历史的记忆显然已经非常有限，因此不得不依赖于《楚语》中观射父的一段叙述，而这段叙述原本非但不是为了梳理司马氏的家族源流而作，甚至叙述者对其家族祖先的部分行为还颇加揶揄。对于特别强调史料的可靠性，同时着意渲染其史官家族辉煌传统的司马迁来说，这种文本取材上的拮据感是可以想见的。不过，无奈于近世可考的家族祖先担任的均是与书写事务毫无关联的军职或其他低级事务性职官，《楚语》中的这段材料仍成为司马迁塑造其家族文化传统的唯一依据：

> 昭王问于观射父，曰："《周书》所谓重、黎实使天地不通者，何也？若无然，民将能登天乎？"
> 对曰："非此之谓也。古者民神不杂。民之精爽不携贰者，……在男曰觋，在女曰巫。……于是乎有天地神民类物之官，是谓五官，各司其序，不相乱也。……及少皞之衰也，九黎乱德，民神杂糅，不可方物。夫人作享，家为巫史，无有要质。民匮于祀，而不知其福。烝享无度，民神同位。民渎齐盟，无有严威。神狎民则，不蠲其为。嘉生不降，无物以享。祸灾荐臻，莫尽其气。颛顼受之，乃命南正重司天以属神，命火正黎司地以属民，使复旧常，无相侵渎，是谓绝地天通。其后，三苗复九黎之德，尧复育重、黎之后不忘旧者，使复典之。以至于夏、商，故重、黎氏世叙天地，而别其分主者也。其在周，程伯休父其后也，当

---

① 司马迁撰，裴骃集解，司马贞索引：《史记》，北京：中华书局，2013 年，第 3961—3962 页。
② 同上书，第 1495—1496 页。

宣王时,失其官守而为司马氏。宠神其祖,以取威于民,曰:'重实上天,黎实下地。'遭世之乱,而莫之能御也。不然,夫天地成而不变,何比之有?"①

观射父的整段论述旨在解释《周书·吕刑》"乃命重、黎,绝地天通,罔有降格"句,核心目的则是为了消除楚昭王对于"民能登天"的困惑。观射父的论述围绕"民神不杂"这一主线展开,在上古时期,具有神性的巫祝事务与人间的民政事务由不同的职官分别掌理,这一传统随着九黎乱德而崩坏,所谓"民神杂糅",不仅狎污之人玷染神职,普通的民政事务也与巫祝祷祠纠缠不清。正是基于这一乱象,颛顼乃重新确立了"政教分离"的管理体制,由重典天官而掌神务,由黎任地官而掌民事,这就是所谓的"绝地天通"。但这一传统在三苗之乱中再度衰绝,直至以尧舜为代表的华夏中央政权重新建立,这一制度才得以恢复。可以说,如何处理"民神"关系,成为区分华夏与蛮夷的一个重要标志,而"各司其序""无相侵渎""别其分主"等正是观射父对华夏政治传统最精要的概括。

在论述了"绝地天通"的实际内涵后,观射父又对昭王所谓"民能登天"之说的产生过程进行了梳理,正是在这一语境中,司马氏作为这一"谣言"的始作俑者被提及,所谓"重实上天,黎实下地"之说不过是失其官守后的司马氏为了自神其祖而编造的神话。值得注意的是,在观射父的语境中,司马氏出自重氏还是黎氏本无关紧要,因此他在叙述中也未言及。但对于援用这段材料的司马迁而言,司马氏的族源实为最关键的问题,《自序》引司马谈之说,以为其家族"自上世尝显功名于虞夏,典天官事",而司马迁在叙述中也呼应了观射父所谓"民神不杂"的政治传统:"太史公既掌天官,不治民。"显然在《自序》的叙事逻辑中,司马氏家族只能源出司天的重氏一支,而非司民的黎氏一支,对此司马氏父子亦应有自觉的认知。但在《自序》对于《国语》的援引中,我们却看到司马迁似乎有意模糊重、黎二氏分掌天、地的职务划分,在观射父的叙述中颇为关键的"无相侵渎""别其分主"两句均被删去,而《史记·天官书》在梳理"昔之传天数者"时也一反《国语》之文,明确将"重、黎"二氏并举②。司马贞《史记索隐》认为这是司马迁有意为之:

  重司天而黎司地,是代序天地也。据《左氏》,重是少昊之子,黎乃颛顼之胤,二氏二正,所出各别,而史迁意欲合二氏为一,故总云"在周,程伯休甫其后",非也。然后案彪之序及干宝皆云司马氏,黎之后是也。今总称伯休甫是重黎之后者,凡言地即举天,称黎则兼重,自是相对之文,其实二官亦通职。然休甫则黎之后也,亦是太史公欲以史为己任,故言先代天官,所以兼称重耳。③

---

① 徐元诰:《国语集解》,北京:中华书局,2009年,第512—516页。
② 司马迁撰,裴骃集解,司马贞索引:《史记》,北京:中华书局,2013年,第1594页。
③ 同上书,第3961—3962页。

所谓司马氏为黎氏之后的说法始见于司马彪《续汉书·天文志》:"司马谈,谈子迁,以世黎氏之后,为太史令。"①这一说法颇为可怪,"以世黎氏之后,为太史令"似乎显示"世黎氏之后"与"为太史令"之间存在某种因果关系,但前文已言,即便司马氏父子担任太史令与其家族早期守官有某种关联,这种关联也应当指向司天的重氏,《续汉书》的说法显然是无法成立的。实际上,司马迁在叙述其族姓起源时只能援据《国语·楚语》这样的语类文献,难以想象到司马彪、干宝的时代会有新的文献来证明司马氏实为黎氏之后。因此,司马迁合言重、黎的做法应非明知其源出黎氏而攀附重氏,而是对于司马氏究竟出于重、黎之中的哪一支根本无法确定。按照司马谈"司马氏世主天官"的说法,司马氏只能源出重氏,但司马迁无法在缺少文献依据的情况下妄造族史,如此,在叙述中有意模糊重、黎二支官守的写法也就成为司马迁近乎唯一的选择了。

那么,司马迁何以特别强调其史官家族的传统呢? 我们认为,这需要将其置于秦汉时期文本书写的历史背景中加以理解。学者在讨论《史记》中"太史公曰"的体例时,常感到"太史公"这一尊称似非司马迁本人口吻,故不少学者认为除《太史公自序》中以"太史公"尊称司马谈者以外,其余指司马迁本人的"太史公曰"都是东方朔、杨恽或褚少孙所补②。但一方面这些说法大多晚出,且在《史记》的行文中也颇存反例,此钱大昕、王国维、朱希祖、钱穆等均已考定③;另一方面更忽略了西汉前期私人著述这一行为所面临的压力。笔者在《书写文化的新变与士人文学的兴起》一文中曾经梳理过先秦时期从以宫廷为中心的公共书写到私学中的"语录"书写,再到士人个体著述的发展历程。④ 在这一过程中,私人著述的萌发处于一种紧张的文化氛围之中,其压力一方面来源于以官方为中心的公共书写传统——孟子在描述孔子作《春秋》时已经提出所谓"《春秋》,天子之事"的问题⑤,传统的书写属于国家行政管理体制的一部分,无论是各种数据、信息的记录与保存,还是高级贵族言行的记录编辑,抑或国家史事的整理,以及诏册、训诰、盟誓等仪式性文本的书写,都是王权政治的重要实现方式。在这种背景之下,不仅私人著述缺少其政治上的合法性,在实际的文本复制与流通过程中也缺乏相应的渠道。另一方面,由于孔子倡导"述而不作",这也在儒家传统中塑造出了"慎言""不作"的文化气氛,孟子对于"好辩"的自我开解,荀子在《正名》篇中对于"辩说"之必要性的反复申述⑥,实际上都意在塑

---

① 范晔:《后汉书》,北京:中华书局,1980年,第3214页。
② 桓谭以为"太史公"之题署出自东方朔,韦昭认为《史记》之称"太史公"者为杨恽所加,方苞则认为"太史公"为褚少孙所补。见司马迁撰,裴骃集解,司马贞索引:《史记》,北京:中华书局,2013年,第581页;方苞:《又书太史公自序后》,载《方苞集》,上海:上海古籍出版社,1983年,第60页。
③ 钱大昕:《与友人书》,载《潜研堂文集》,上海:上海古籍出版社,1989年,第608—609页;王国维:《太史公行年考》,载谢维扬、房鑫亮主编《王国维全集·第八卷》,杭州:浙江教育出版社,2009年,第331页;朱希祖:《太史公解》,载《中国史学通论·史馆论议》,北京:中华书局,2012年,第60—65页;钱穆:《太史公考释》,载《中国学术思想史论丛(三)》,北京:生活·读书·新知三联书店,2009年,第31—32页。
④ 见程苏东:《书写文化的新变与士人文学的兴起——以〈春秋〉及其早期阐释为中心》,《中国社会科学》2018年第6期,第137—143页。
⑤ 焦循:《孟子正义》,北京:中华书局,1987年,第446—461页。
⑥ 王先谦:《荀子集解》,北京:中华书局,1988年,第422页。

造个人言说与书写的合法性。这种文化气氛在战国后期曾一度松弛,一方面王权已无力限制私人著述的展开,另一方面诸子学派的兴盛也为私人著述的传播提供了便利的渠道。但这一传统在秦帝国保守的文化管理制度下再度受到打击,而汉初"尊儒""尊孔"的一系列行为也重新加强了孔子"述而不作"的文化影响力,这一点在东汉王充的《论衡·对作》中仍然有鲜明的体现:"圣人作,贤者述,以贤而作者,非也。"①"作"是圣人的特权,自贤人以下只有阐述圣经的权力,没有独立书写的权力。而为了给自己的著述赢得合法性,王充一方面强调其书是"论"而非"作",另一方面则采用两种比附的方式来阐明其书写并非妄作,一是将其比附为解经之章句,即所谓"祖经章句之说,先师奇说之类";二则是将其比附为官方文书:"上书奏记,陈列便宜,皆欲辅政。今作书者,犹上书奏记,说发胸臆,文成手中,其实一也。"②由于官方文书具有毋庸置疑的书写合法性,因此,王充试图通过将私人论著比附于官书,为其个人著述赢得生机。

了解了秦汉时期的这种文化政策与氛围,我们对于司马迁特别强调其"史官家族"的背景,及其在叙述中反复强调职官与书写之间的关系就有了新的理解角度。除了在整个文本书写中均使用"太史公"这一职衔发声以外,《自序》还多次提及职官与著述之间的关系:

> 余为太史而弗论载,废天下之史文,余甚惧焉!
>
> 主上明圣而德不布闻,有司之过也。且余尝掌其官,废明圣盛德不载,灭功臣世家贤大夫之业不述,堕先人所言,罪莫大焉!
>
> 百年之间,天下遗文古事靡不毕集太史公。③

这里司马迁特别使用了"有司之过"这一说法,强调其职务与著述之间的密切联系,而"天下遗文古事靡不毕集太史公"的说法也进一步强化了其整理、著述的必要性和迫切性,尽管这一说法本身也是一种夸张与自饰。此外,在"书"的部分,《天官书》也一反《礼书》《封禅书》等书表均以事类命名的通例,将其塑造为一种职务性的书写。这些"官书化"的自我形塑某种程度上也可以被视作早期私人著述对于传统宫廷文本的一种模仿——对于《史记》的书写来说尤其如此,毕竟与诸子论说不同,《史记》并非司马迁的个人议论,而是关于国家历史的一种叙述,毫无疑问将介入国家意识形态的形塑。因此,尽管撰写史书并非"太史令"的职守,但司马迁却有意借助这一身份为其著述赢得合法性。

事实上,在司马迁之前的文本书写历史中,似乎从未出现所谓"自序"的体例④。作为一种旨在贯通全书的文章体式,"序"显然是在"书"这一文本层级初步建立起来之后才得以出现的,

---

① 黄晖:《论衡校释》,北京:中华书局,1990 年,第 1180 页。
② 同上书,第 1181、1182 页。
③ 司马迁撰,裴骃集解,司马贞索引:《史记》,北京:中华书局,2013 年,第 3973、3977、3998 页。
④ 关于司马迁之前序的历史,见车行健:《从司马迁〈史记·太史公自序〉看"汉代书序"的体制——以"作者自序"为中心》,《中国文哲研究集刊》2000 年第 17 期,第 265—268 页。

其目的在于将主题各异、体裁不同,甚至原本独立流传的"篇"整合为有机的统一体。这种文体在春秋晚期至战国时期出现,最初的代表便是相传出自孔子的《书序》《序卦》等,王充《论衡·须颂》言:

> 问说《书》者:"'钦明文思'以下,谁所言也?"曰:"篇家也。""篇家谁也?""孔子也。"然则孔子鸿笔之人也。自卫反鲁,然后乐正,《雅》《颂》各得其所也。鸿笔之奋,盖斯时也。……①

这里王充所谓"篇家",应是指缀篇成书之人,即言孔子作《书序》正有连缀诸篇而成一书之意。《书序》共百篇,这一数目本身也具有一定的象征性,显示《书序》确实是伴随《书》文本的整理而出现的。不过,《书序》《诗序》《序卦》等都是后人对前人典籍整理时所加,真正具有"自序"性质的文本似始于《吕氏春秋·序意》,若将其与《太史公自序》相比,可以看出两个文本之间具有一个重要的共同点,那就是二者均以第三人称的方式进行书写:在《吕氏春秋·序意》中,著述者始终是"文信侯"而非"我",除了直接引语以外,两篇序言都完全不见任何第一人称的口吻,而这种"他者化"的自序书写方式在两汉文本中十分普遍,例如《淮南鸿烈·要略》中的"刘氏"、《汉书·叙传》中的"班固"、《论衡·自纪》中的"王充",这些序言的书写者似乎都有意将自己与文本中的言说主体加以区分。更进一步,《史记》中"太史公曰"的体例显然受到《左传》中"君子曰"的影响,而在后代的文化语境中,一个书写者自称为"君子"似乎也显得不够谦逊,但在《左传》的书写时代,如果不是借助于"君子"之口,书写者本人又将以何种身份、姿态参与到文本的表达之中呢?简言之,在战国秦汉的文化环境中,"作者"虽然已经出现②,但在当时的文化语境中仍然不具有足够的合法性,"作者"尚不具有足够的自信在其私人著述中以"我"的名义陈述己见。从"君子"到"太史公",事实上都是书写者塑造的一种面具,是早期私人著述"公共化"的一种尝试。

司马谈在遗嘱中特别强调汉武帝封禅的历史性意义,"今天子接千岁之统,封泰山",显示出其对于汉朝恢弘帝业的期许。而司马迁在回应壶遂质疑时,也再次强调了其所处历史时代的特殊性:"获符瑞,封禅,改正朔,易服色,受命于穆清,泽流罔极,海外殊俗,重译款塞,请来献见者,不可胜道。"在这样的认知中,《史记》的撰述也就不仅是所谓"有司"的日常职守,更是以文本的形式成就大汉盛世的必要途径,用王充《论衡》中的概念,是可谓"恢国"③。总之,《自序》对于司马氏史官家族传统的塑造,既展现了《史记》撰述的合法性,更凸显出这一行为与新兴帝国的建立之间的内在联系,正是在这个意义上,《史记》才有可能在正统史学观念建立之后被追溯为"正史"之祖。

---

① 黄晖:《论衡校释》,北京:中华书局,1990年,第847页。
② 见程苏东:《也谈战国秦汉时期"作者"问题的出现》,《文艺评论》2017年第8期,第4—10页。
③ 黄晖:《论衡校释》,北京:中华书局,1990年,第824页。

二、"扬名于后世":书以致孝

在论述了"恢国"的著述理想之后,司马迁又借助于其父的临终嘱托引出了《史记》著述的又一意旨,那就是关于"致孝"的问题:

> 且夫孝始于事亲,中于事君,终于立身。扬名于后世,以显父母,此孝之大者。夫天下称诵周公,言其能论歌文武之德,宣周召之风,达太王王季之思虑,爰及公刘,以尊后稷也。①

这段话显然化用自《孝经》中的两章:

> 子曰:夫孝,德之本也,教之所由生也。复坐,吾语汝。身体发肤,受之父母,不敢毁伤,孝之始也;立身行道,扬名于后世,以显父母,孝之终也。夫孝,始于事亲,中于事君,终于立身。(《孝经·开宗明义章第一》)
>
> 子曰:天地之性人为贵。人之行莫大于孝,孝莫大于严父,严父莫大于配天,则周公其人也。昔者周公郊祀后稷以配天,宗祀文王于明堂以配上帝。是以四海之内各以其职来祭,夫圣人之德又何以加于孝乎?(《孝经·圣治章第九》)②

《自序》中"且夫孝"至"孝之大者"系直接援据《孝经·开宗明义章》,强调"扬名"为孝之大者,这一点也是《孝经》的核心立意之一——"孝"不仅体现为对于父母的赡养与顺从,更体现为人子自我价值的实现,只有真正实现自我价值,名垂千古,使父母显扬于后世,才是最大的"孝"德。这里对于"孝"的理解显然已经较传统基于家庭内部伦理的"孝德"有了明显的拓宽,反映出《孝经》试图以"孝"统摄整个儒学义理的一种尝试。关于这一问题,《孝经·广扬名章》也有进一步论述:"君子之事亲孝,故忠可移于君;事兄悌,故顺可移于长;居家理,故治可移于官。是以行成于内,而名立于后世矣。"③通过将"孝德"与"忠""顺"的勾连,不仅"孝"成为贯穿家国天下的一体化道德,忠臣孝子也可由此获得不朽的名声,而《圣治章》则具体举出周公的例子来论证"立身行道"与"孝"之间的密切关系。我们注意到,如果说《金縢》塑造出周公作为武王之弟的"悌"德的话,那么,在《孝经》以外的战国秦汉文献中,几乎没有以"周公"为"孝子"的论述,甚至有关周公与文王之间父子关系的记述也非常有限。在儒家圣人谱系之中最具"孝"德者,历来

---

① 司马迁撰,裴骃集解,司马贞索引:《史记》,北京:中华书局,2013年,第3973页。
② 李隆基注:《孝经注疏》,上海:上海古籍出版社,2009年,第3—5、43—44页。
③ 同上书,第69页。

非虞舜莫属,但《孝经》恰恰推周公为至孝,显然其对于"孝"的理解与传统孝道有所不同,这就是所谓"严父莫大于配天"的命题。《孝经》认为,由于周公建立起一整套礼乐祭祀制度,并在其郊祀、宗祀制度中以始祖后稷配天,以父亲文王配上帝,其父、祖由此获得至高无上的尊荣,而周公也就自然成为至孝之典范。

类似的说法又见于《礼记·中庸》:

> 子曰:武王、周公,其达孝矣乎! 夫孝者善继人之志,善述人之事者也。春秋修其祖庙,陈其宗器,设其裳衣,荐其时食。宗庙之礼,所以序昭穆也;序爵,所以辨贵贱也;序事,所以辨贤也;旅酬下为上,所以逮贱也;燕毛,所以序齿也。践其位,行其礼,奏其乐,敬其所尊,爱其所亲,事死如事生,事亡如事存,孝之至也。郊社之礼,所以事上帝也;宗庙之礼,所以祀乎其先也。明乎郊社之礼,禘尝之义,治国其如示诸掌乎!①

这段论述虽然没有提及"严父",但其通过将礼乐祭祀与"孝"相勾连,从而论证"孝治天下"这一观念的思路与《孝经》如出一辙,汉儒平当在解释《孝经·圣治》时即将《中庸》的这段论述加以融会,以为"夫孝子善述人之志。周公既成文武之业而制作礼乐,修严父配天之事,知文王不欲以子临父,故推而序之,上极于后稷而以配天"②。总之,《中庸》与《孝经》对于周公"孝"德的塑造均立足于他建立礼乐祭祀制度的伟业。

有趣的是,《自序》在化用《孝经》文本时,一方面沿用其以"周公"为孝德典范的叙述,但其对于周公孝德的具体论述却与《孝经》大为不同。司马谈避而不谈《孝经》中强调的"严父莫大于配天",转而强调周公"歌文武之德,宣周召之风,达太王王季之思虑,爰及公刘,以尊后稷"的成就。从"文武之德""周召之风"等说法可知,这里司马谈所言显然是围绕《诗经》展开的,郑玄《诗谱序》曾经勾勒出《诗经》"正经"所见周人早期历史:

> 周自后稷播种百谷,黎民阻饥,兹时乃粒,自传于此名也。陶唐之末,中叶公刘,亦世修其业,以明民其财。至于太王、王季,克堪顾天,文武之德,光熙前绪,以集大命于厥身,遂为天下父母,使民有政有居。其时《诗·风》有《周南》《召南》,《雅》有《鹿鸣》《文王》之属。及成王、周公致太平,制礼作乐,而有颂声兴焉,盛之至也! 本由《风》《雅》而来,故皆录之,谓之诗之正经。③

从后稷到公刘、太王、王季,再到文、武之德,以及《周南》《召南》,郑玄所言周人先公先王谱系与司马谈所言惊人一致,原因正在于二者都是基于《生民》《公刘》《緜》《皇矣》《文王》《下武》《周南》《召

---

① 阮元校刻:《十三经注疏·礼记正义》,北京:中华书局,1980年,第1629页。
② 班固:《汉书》,北京:中华书局,1962年,第3049页。
③ 阮元校刻:《十三经注疏·毛诗正义》,北京:中华书局,1980年,第262—263页。

南》等一系列诗篇勾勒而成的。由于周公被视为"制礼作乐"之人,这里的"作乐"自然也包括了《诗》文本的最初编定,因此,司马谈完成了对于周公"孝之大者"的论证,而周公的"孝德"也就从《中庸》《孝经》中的"制礼"变为这里的"歌诗",究其实而言,也就是"著述"。这样一来,对于司马迁而言,"著述"不仅是实现其"史官家族"传统的义务,更是其身为人子成就孝德的必由之路了。总之,这段论说看似只是对《孝经》的援用,但实际上却蕴含了精妙的文本改造策略,值得关注。

此外,这里司马谈特别提到"扬名"的问题。章学诚和余嘉锡在论及战国之前无私家著述时,都涉及著述以"显名"的问题①,二者对此均持批评性的态度,认为战国以前士人并无显名的观念,因此在著述中也并无题名之俗,至汉人始欲借著述以显名,故私家著述于是蜂起,而骋词臆说之弊亦由此而生。不过,我们注意到,《左传》中已经有"太上有立德,其次有立功,其次有立言"的说法②,此所谓"立"者,正是立其名于后世也,可见至晚在春秋时期,已经出现了借言说以显名的观念。而据笔者管见,明确提出"著述"以"显名"者,似乎正是《史记》。司马迁述及孔子"作《春秋》"的心理动机时,特别强调其对于"没世而名不称"的忧虑:

> 子曰:"弗乎弗乎,君子病没世而名不称焉。吾道不行矣,吾何以自见于后世哉?"乃因史记作《春秋》……③

我们知道,《孟子》《公羊传》《春秋繁露》等战国、汉初文献都曾言及孔子"作《春秋》"的动机问题,其中惧乱世而作《春秋》、"道穷"而作《春秋》均是流传较广的说法,但在司马迁的叙述中,"作《春秋》"又与"显名"联系起来。事实上,孔子"没世而名不称"的感叹见于《论语·卫灵公》,并无具体语境,而司马迁将其置于孔子晚年撰述《春秋》之际,这显然是有意进一步丰富孔子作《春秋》的动机。

类似的叙述又见于《伯夷列传》,但系从反面切入:

> "君子疾没世而名不称焉。"贾子曰:"贪夫徇财,烈士徇名,夸者死权,众庶冯生。""同明相照,同类相求。""云从龙,风从虎,圣人作而万物睹。"伯夷、叔齐虽贤,得夫子而名益彰。颜渊虽笃学,附骥尾而行益显。岩穴之士,趣舍有时若此,类名堙灭而不称,悲夫!闾巷之人,欲砥行立名者,非附青云之士,恶能施于后世哉?④

孔子关于"称名"的话在这里再次被援据,而司马迁由此揭示出一个令人颇感悲剧的事实:尽管

---

① 章学诚著,叶瑛校注:《文史通义校注》,北京:中华书局,1985年,第194页;余嘉锡:《古书通例》,载《目录学发微·古书通例》,北京:中华书局,2009年,第201页。
② 阮元校刻:《十三经注疏·春秋左传正义》,北京:中华书局,1980年,第1979页。
③ 司马迁撰,裴骃集解,司马贞索引:《史记》,北京:中华书局,2013年,第2340页。
④ 同上书,第2574页。

伯夷、叔齐、颜渊等穷士高洁自守,但这些都不足以让他们名垂千古,真正让他们得以显名的,是他们得到了孔子的称许,而更进一步,孔子的称许之所以被后人所铭记,除了因为他圣人的身份,也是因为这些言语被弟子所记录、整理,传于后世。司马迁由此认识到著述与显名之间的密切关系,而这一点在王充《论衡·书解》中同样有所体现:

> 周公制礼乐,名垂而不灭;孔子作《春秋》,闻传而不绝。周公、孔子,难以论言。汉世文章之徒,陆贾、司马迁、刘子政、扬子云,其材能若奇,其称不由人。世传《诗》家鲁申公,《书》家千乘欧阳、公孙,不遭太史公,世人不闻。夫以业自显,孰与须人乃显?夫能纪百人。孰与廑能显其名?①

司马迁与王充对于"显名"的热衷符合汉代士人文化的基本特点。而通过对于《孝经》的改造,《自序》成功地将"著述"与"扬名"以及"孝"结合起来。在这一逻辑关系中,"著述"不仅是司马迁对于他热衷国史的父亲未尽事业的继承,甚至也成为了普遍意义上的孝子对于其父祖、家族应尽的一种义务,是人子致孝的一种重要方式。可以想象,在注重孝德的汉代,这样的论述无疑将进一步为司马迁的著述行为赢得合法性。

三、"唯唯否否":难言的圣统

《太史公自序》对于"继圣"的书写同样令人影响深刻。边家珍认为司马迁在叙述其早期经历时已经显示出对孔子的比附②,"厄困鄱、薛、彭城"的叙述很容易让读者联想起孔子"厄于陈蔡"的著名经历,而对于这一问题的明确阐述见于其父子对于"五百年"这一特殊时间节点的关注中。在序文中,这一话题首先由司马谈引出:

> 幽厉之后,王道缺,礼乐衰,孔子修旧起废,论《诗》《书》,作《春秋》,则学者至今则之。自获麟以来四百有余岁,而诸侯相兼,史记放绝。③

这段论述与其前文关于"扬名于后世"的论述看起来稍显脱节,话题又回到了其史官家族的著史传统中。这里司马谈提到"自获麟以来四百有余岁"的说法,而裴骃已经指出,从西狩获麟的鲁哀公十四年(前481年)至司马谈去世的元封元年(前110年),实际上仅隔371年④,司马谈

---

① 黄晖:《论衡校释》,北京:中华书局,1990年,第1151—1152页。
② 边家珍:《论司马迁〈史记〉创作与〈春秋〉学之关系》,《浙江学刊》2014年第1期,第89页。
③ 司马迁撰,裴骃集解,司马贞索引:《史记》,北京:中华书局,2013年,第3973页。
④ 同上。

精于天算,显然不可能犯如此低级的算术错误,这里的"四百有余岁"显然是有意牵合所谓的天数"五百"。而仅仅过了三年,在太初改历这个特殊的时间点上,司马迁又以复述的口吻再次援引父亲的遗嘱,而在言及孔子至今的年岁时,司马迁再次作了微妙的调整:

> 太史公曰:"先人有言:'自周公卒五百岁而有孔子。孔子卒后至于今五百岁,有能绍明世,正《易》传,继《春秋》,本《诗》《书》《礼》《乐》之际?'"①

与前文相比,司马迁将计时的起始点改为孔子去世之年,这就比获麟又晚了两年,当公元前479年,而司马迁说这句话的时间点是太初元年(前104年),二者相隔375年,仍然远远不足所谓"五百"之数。但正如崔适所言,这是"所谓断章取义,不必以实数求也"②。司马迁在《天官书》中说到:"夫天运,三十岁一小变,百年中变,五百载大变,……为国者必贵三五。"③既然《史记》的撰述在时间上被置于孔子没后五百岁这一特殊的时间节点上,司马迁对于其著述动机的描述也就由司马谈本人所强调的"史记放绝"进一步提升为"绍明世,正《易》传,继《春秋》,本《诗》《书》《礼》《乐》之际"。我们知道,司马谈的儒学背景主要来自杨何《易》学,其对于《春秋》似无专门研习,而司马迁本人受到董仲舒《春秋》公羊学的深刻影响,因此司马氏父子对于孔子"作《春秋》"之文化内涵的认知应是相当不同的。我们不清楚司马迁是否有意保留其父本人遗嘱与其复述之间的差异,故此不避重复,先后两次援引这段话,但从他最终呈现的文本看来,显然司马谈只是希望司马迁继承孔子"著史"的传统,而司马迁则将这种鼓励进一步提升为对于孔子"六艺"之学的全面继承,而这一点在他与壶遂的对话中得到了明确体现。

壶遂虽然实有其人,但《自序》中"太史公"与"壶遂"的这段对话在形式上颇具有赋体的意味,壶遂具有挑战性的提问与司马迁洋洋洒洒的回应,与汉赋中典型的问对形式非常相似,而这段问对中最精彩的笔法出现于"唯唯否否"这一节。关于此处的"唯唯",晋灼解释为"谦应也",也就是表示接受,但钱锺书先生认为,这里的"谦应"实为虚应,所谓"不欲遽否其说,姑以'唯'先之,聊减峻损之语气"④,来新夏先生用其说⑤。但"唯唯"在《史记》及汉代文献中所见颇多,均表示应承之意,除《自序》以外,并无承接"否否"的用例,而在战国秦汉文献中表示否定的用例中,也没有见到先以"唯唯"加以虚应者,钱氏所举郭象注、《儒林外史》文例则与西汉相隔悬远,恐不足为据。结合整段问对,笔者认为,《自序》的这种写法并非为了显出司马迁对于壶遂的"礼貌",相反是为了塑造太史公在听到壶遂提问后的一种尴尬与窘迫。在"不然"之后的回护之词中,我们看到至少有两处表述令人困惑,其一是所谓"《春秋》采善贬恶,推三代之德,

---

① 司马迁撰,裴骃集解,司马贞索引:《史记》,北京:中华书局,2013年,第3974页。
② 崔适:《史记探源》,北京:中华书局,1986年,第226页。
③ 司马迁撰,裴骃集解,司马贞索引:《史记》,北京:中华书局,2013年,第1595页。
④ 钱锺书:《管锥编》,北京:中华书局,1986年,第393页。
⑤ 来新夏:《〈太史公自序〉讲义》,《中国典籍与文化论丛》2013年第15辑,第159页。

褒周室,非独刺讥而已也"。《春秋》固然不仅只有讥刺,但无论是公羊学,还是穀梁学、左氏学,都找不到所谓"褒周室"的文例。以司马迁本人最为熟悉的公羊学而言,《春秋》本有新周、王鲁之意,故其所褒者,或为霸主而能代王行仁义之事,或为亲鲁、尊鲁之与国,司马迁所谓"褒周室"之说无法在公羊学中找到依据,反倒是"上无明天子,下无贤方伯"的说法屡见于《公羊传》,而《史记·孔子世家》在概括《春秋》大义时也明确称"推此类以绳当世。贬损之义"①。其二则是所谓"君比之于《春秋》,谬矣"一句。据上文可知,将《史记》与《春秋》相比、有所谓"继《春秋》"之说者原本不是壶遂而正是太史公本人,而《自序》述其作《十二诸侯年表》之旨时亦云:"幽厉之后,周室衰微,诸侯专政,《春秋》有所不纪;而谱牒经略,五霸更盛衰,欲睹周世相先后之意,作《十二诸侯年表》第二。"②作年表以补《春秋》所未纪者,这不正是"继《春秋》"的体现吗?因此,这里司马迁对于《春秋》的切割与其上文对于《春秋》大义滔滔不绝的陈述形成了鲜明的反差,颇让人忍俊不禁。在这样的问对中,太史公显得唐突、窘迫,甚至略显圆滑,但值得思考的是,这一切恰恰是司马迁刻意呈现出来的③。

孔子、《春秋》对于《史记》具有全面的影响,司马迁在《自序》篇末谈到这部书的读者——"俟后世圣人君子",似乎他并不希求当世的知音,而将这种期待指向后世,这显然是受到《公羊传·哀公十四年》传文"制《春秋》之义,以俟后圣"④的影响。而从《史记》全书的结构来看,无论是"十二本纪"与"春秋十二公"之间的刻意比附,还是在"十二本纪"的框架下对于《项羽本纪》《吕后本纪》的设计,乃至《陈涉世家》《孔子世家》的体例安排,以及全书记事截止时间点("至于麟止")的设定,都只有在"继《春秋》"这一意旨之下才可以得到理解:司马迁显然不是简单地陈述历史、编撰史文⑤,他将著述理解为一种高度个人化的行为——就如同孔子作《春秋》而"子夏之徒不能赞一辞"⑥,无论这一文本最终给他带来声誉还是毁谤,这都是完全反映司马迁个人历史观、价值观的文本。在壶遂的逼问下,司马迁最终又回到了其父亲所言的"恢国"主题,但学者已经指出,这不过是"惧谤"之辞⑦。事实上,汉初士人还常常处在对于"圣人"的怀想之中,但在儒家所塑造的"圣人"谱系中,圣人的出现同时也意味着巨大的危机与变革,身处帝国盛世,这样的变革显然是讳莫如深的话题。因此,"圣统"虽令人神往,但在现实制度中已经成为禁脔。《自序》用一种自我揶揄的方式巧妙地揭示出西汉初期士人对于这一问题的矛盾

---

① 司马迁撰,裴骃集解,司马贞索引:《史记》,北京:中华书局,2013 年,第 2340 页。
② 同上书,第 3981—3982 页。
③ 见陈正宏:《史记精读》,上海:复旦大学出版社,2005 年,第 214 页。
④ 阮元校刻:《十三经注疏·春秋公羊传注疏》,北京:中华书局,1980 年,第 2354 页。
⑤ 刘知几即对司马迁《项羽本纪》《陈涉世家》等的设置颇存质疑:"项羽僭盗而死,未得成君,求之于古,则齐无知、卫州吁之类也。安得讳其名字,呼之曰王者乎?……诸侯而称本纪,求名责实,再三乖谬。""世家之为义也,岂不以开国承家,世代相续?至如陈胜起自群盗,称王六月而死,子孙不嗣,社稷靡闻,无世可传,无家可宅,而以世家为称,岂当然乎?夫史之篇目,皆迁所创,岂以自我作故,而名实无准。"(刘知几著,浦起龙通释:《史通通释》,上海:上海古籍出版社,2009 年,第 34、38 页。)
⑥ 司马迁撰,裴骃集解,司马贞索引:《史记》,北京:中华书局,2013 年,第 2341 页。
⑦ 程余庆:《历代名家评注史记集说》,西安:三秦出版社,2011 年,第 1483 页。

心态,着实令人玩味。

四、"发愤之所为作"

随着太史公与壶遂问对的结束,司马迁已经完整地介绍了其文本撰述的基本意图,尽管"恢国"与"继圣"是存在矛盾的一对立意,但通过时间上的先后安排,以及"太史公曰"与"壶遂"之间的问对,司马迁将二者巧妙地并置于文本之中。"恢国"是文本合法性的来源,而"继圣"则成为作者"欲盖弥彰"的内心向往①,在这之后,"于是论次其文"的叙述显示序文对于书写动机的记述至此将告一段落了。

但令人意外的是,就是在《史记》的编撰过程中,司马迁遭遇了人生中最大的困境,促使他再次为《自序》注入一种特别的表达诉求——"郁结"后的愤怒。《自序》中最初提到这种情绪是在司马谈临死之前,"发愤且卒",当然,司马迁在那里并未将其与"著述"结合起来,而在经历宫刑之辱后,司马迁对于"著述"的功能又有了另一番理解,他列举了一系列的经典文本,包括《诗》《书》《易》《春秋》四经,以及《离骚》《国语》《孙子兵法》《吕氏春秋》《韩非子》五种个人著述。在这里,司马迁再次展现出其不同寻常的书写策略,与前文称"伏羲至纯厚,作《易》八卦。尧舜之盛,《尚书》载之,礼乐作焉。汤武之隆,诗人歌之。《春秋》采善贬恶,推三代之德,褒周室"不同,这些经典被赋予了另一番面貌:"夫《诗》《书》隐约者,欲遂其志之思也。昔西伯拘羑里,演《周易》;孔子厄陈蔡,作《春秋》……《诗》三百篇,大抵贤圣发愤之所为作也。"关于圣贤"发愤"作诗,《自序》在述及《鲁周公世家》之旨时言:"依之违之,周公绥之;愤发文德,天下和之。"②这里的"愤发文德"似是《金縢》篇所载周公被谤而作《鸱鸮》之事,而汉代《诗》学中流行的"美刺"说也的确将大量风、雅诗视为讥刺之作③。不过,学者也注意到,除了《离骚》以外,这里司马迁对于几部个人著述成书时间的记述与其在相关人物本传中所言有所不同,对此梁玉绳在《史记志疑》中已一一驳正④,但正如李笠所言:"此以困扼著书之意运事连类,多属诡辞。如左丘失明,不韦迁蜀,韩非囚秦,皆以意近为之,非实录也。"⑤高步瀛、来新夏均赞同其说。显然,又见于《报任安书》的这段叙述并非司马迁的无意疏漏,而是他尝试通过一种个性化的叙述方式来重新塑造"书写"的文化内涵。这一点学者已有深入论述,本文不再赘论。

---

① "欲盖弥彰"系来新夏先生语,见来新夏:《〈太史公自序〉讲义》,《中国典籍与文化论丛》2013年第15辑,第158页。
② 司马迁撰,裴骃集解,司马贞索引:《史记》,北京:中华书局,2013年,第3986页。
③ 此说亦与《史记·孔子世家》中"删诗"之说略合:"及至孔子,去其重,取可施于礼义,上采契后稷,中述殷周之盛,至幽厉之缺,始于衽席。"司马迁撰,裴骃集解,司马贞索引:《史记》,北京:中华书局,2013年,第2333页。关于汉代《诗》学的"美刺说",见张毅:《说"美刺"——兼谈鲁、齐、韩、毛四家诗之异同》,《南开学报》2002年第6期,第65—71页。
④ 梁玉绳:《史记志疑》,北京:中华书局,1981年,第1470页。
⑤ 李笠:《史记订补》,民国十三年瑞安李氏横经室刻本。

五、结语

　　《太史公自序》以时间为序结构全篇,通过十年的跨度将恢国、致孝、继圣与发愤这四种完全不同的著述意图串联在一起。在这四个部分,司马迁选择了完全不同的叙述方式,但其共同点则是对于既有文献或史事高度个人化的运用,而这一点也与《史记》全书的书写风格相一致。《史记》中虽然有大量的"依赖性文本"(高本汉语),但这些文本同样丰富、精彩地体现出司马迁的书写艺术与个人魅力,这也给我们带来一个问题——司马迁为何敢于如此大胆地剪裁史料,甚至不惜牺牲史料的真实性来达成其表达诉求呢?

　　考虑到司马迁著述的文化背景,笔者认为这与其所受《春秋》公羊学的影响有关。与传统的史策书写强调"直书"不同,在战国以来关于"孔子作《春秋》"一事的阐释中,逐渐发展出一种看重书写者个人表达意图的路向。《孟子》在论及孔子与《春秋》之关系时,认为"其事则齐桓晋文,其文则史","其义则丘窃取之"[1],似乎孔子只是文本的截取者和阐释者,文本本身仍是由史官书写而成。但在《公羊传》中,"其词则丘有罪焉耳"[2],孔子已经成为《春秋》文本的书写者,而这一点在战国至汉初公羊学中得到了进一步的发展,以致于出现了"史"与"义"之间关系的颠覆,书写者不再是据"史"而取"义",而是据"义"以书"史"。《春秋繁露·俞序》在描述《春秋》的书写方式时,特别指出孔子"假其位号以正人伦,因其成败以明顺逆,故其所善,则桓文行之而遂,其所恶,则乱国行之终以败"[3]。这一表述非常有趣,不是孔子根据历史事件的成败来表达他的好恶,反而是孔子依照他对历史人物、事件善恶性质的判定来决定他们最终的成败,甚至当史事与书写者的表达意图存在差异或矛盾时,居于文本中心的书写者也有权力借助于特定的书写技巧("辞")来重塑史事,这就是《春秋繁露》所言的"诡辞"之法:

　　　　难纪季曰:"《春秋》之法,大夫不得用地。又曰:公子无去国之义。又曰:君子不避外难。纪季犯此三者,何以为贤?贤臣故盗地以下敌,弃君以避难乎?"曰:"贤者不为是。是故托贤于纪季,以见季之弗为也。纪季弗为而纪侯使之可知矣。《春秋》之书事时,诡其实以有避也。其书人时,易其名以有讳也。故诡晋文得志之实,以代讳避致王也。诡莒子号谓之人,避隐公也。易庆父之名谓之仲孙,变盛谓之成,讳大恶也。然则说《春秋》者,入则诡辞,随其委曲而后得之。"[4]

---

[1] 焦循:《孟子正义》,北京:中华书局,1987年,第574页。
[2] 阮元校刻:《十三经注疏·春秋公羊传注疏》,北京:中华书局,1980年,第2320页。
[3] 苏舆:《春秋繁露义证》,北京:中华书局,1992年,第163页。
[4] 同上书,第82—83页。

《公羊传·庄公三年》:"秋,纪季以酅入于齐。纪季者何?纪侯之弟也。何以不名?贤也。何贤乎纪季?服罪也。"①以纪季为贤者,能服罪而存宗庙,故不书其名。然而《繁露》中问难者认为,纪季以大夫之位、公子之尊、君子之号而擅以酅入齐,似不合《春秋》大义,故对其贤名有所质疑。对此,《玉英》指出,经中所书"纪季"实为诡辞,能以酅入齐,保纪之宗庙不毁者,非纪侯而不能为。然而欲存宗庙,则不得不服罪;服罪,则不能不蒙辱。《春秋》欲贵纪侯之能存宗庙,又欲免其蒙辱,故易其辞而书"纪季",这就是所谓"诡其实以有避"。

在解释了这一个案之后,《玉英》进一步系统地提出了《春秋》尚"诡辞"的书写特点。在公羊学的阐释体系中,无论是史事本身,还是其中涉及的人物,均可以通过讳笔、移辞等书写方式的运用予以改变,甚至这种"诡辞"的书写方法正是孔子"因史记作《春秋》"的精妙所在。《春秋繁露·竹林》在论及《春秋》读法时即言:"辞不能及,皆在于指,非精心达思者,其孰能知之。……见其指者,不任其辞。不任其辞,然后可与适道矣。"②从根本上说,"辞"只是"指"的载体,当"指"的表达诉求高于"辞"时,不仅书写者不必为"辞"所拘,阅读者也不应执辞而索义,这与孟子提出读《诗》应"以意逆志"的思路颇有相近之处。

作为早期私人著述的典范,公羊学关于"因史记作《春秋》"的一系列阐释不仅在取义的层面深刻影响了司马迁③,而且在书写方式的层面对司马迁产生了直接的影响④。《自序》中对于司马氏"世典周史""世守天官"等家族传统的塑造,对于《孝经》所言周公孝道的重塑、"五百年"之数的提出,以及对于《春秋》《吕氏春秋》《韩非子》等撰述动机的重塑,都是"诡辞"以见义的典型书例⑤,这些也应当成为我们理解《自序》乃至《史记》全书时需加以留意的。

---

① 阮元校刻:《十三经注疏·春秋公羊传注疏》,北京:中华书局,1980年,第2225页。
② 苏舆:《春秋繁露义证》,北京:中华书局,1992年,第50—51页。
③ 邵晋涵《史记提要》认为:"今考之,其叙事多本《左氏春秋》,所谓古文也,秦汉以来故事,次第增叙焉。其义则取诸《公羊春秋》……其文章体例则参诸《吕氏春秋》而稍为通变。"见邵晋涵:《南江诗文钞》,道光十二年仁和胡敬刻本。关于《史记》与公羊学之关系,见阮芝生:《论史记中的孔子与春秋》,《台大历史学报》1999年第23期,第38—40页;陈桐生:《〈史记〉与春秋公羊学》,《文史哲》2002年第5期,第53—57页。
④ 关于《史记》对于《公羊传》叙事手法的借鉴,见李秋兰:《〈史记〉叙事与〈公羊〉书法之继承与新变》,《国文学报(高师大)》2012年第16期,第82—95页;边家珍:《论司马迁〈史记〉创作与〈春秋〉学之关系》,《浙江学刊》2014年第1期,第89—91页。
⑤ 关于司马迁"诡辞"以见义的书写方式,见伍振勋:《圣人叙事与神圣典范:〈史记·孔子世家〉析论》,《清华学报》2009年第2期,第227—259页;汪春泓:《〈史记·越王句践世家〉疏证——兼论〈史记〉"实录"与"尚奇"之矛盾》,《华东师范大学学报》2018年第1期,第79—88页。

公羊学说与西汉文学的权威崇拜倾向

华中师范大学文学院 韩维志

作为西汉意识形态主体的公羊学,对权威的强调,是其重要特色。公羊学所强调的权威,既包含政治权威即皇权,也包含思想权威和经典权威。本文仅探讨思想权威(圣人)与经典权威(五经)对西汉文士的思想影响。

一

崇拜权威,是儒家的传统。孔子称"君子有三畏:畏天命(何晏集解:顺吉逆凶,天之命也),畏大人(何晏集解:大人,即圣人,与天地合其德),畏圣人之言(何晏集解:深远不可易知测,圣人之言也)"①。荀子也循着孔子的议论,提出"尊圣"的要求:"道出乎一。曷谓一?曰:执神而固。曷谓神?曰:尽善挟洽之谓神。万物莫足以倾之之谓固。神固之谓圣人。圣人也者,道之管也,天下之道管是矣,百王之道一是矣。故《诗》《书》《礼》《乐》之归是矣。《诗》言是,其志也;《书》言是,其事也;《礼》言是,其行也;《乐》言是,其和也;《春秋》言是,其微也。"②荀子之所以尊圣,是因为圣人既"神"且"固",是"一"与"道"的体现。而经典因为是圣人的发明,是天道的载体,因而也具有了神圣性质:"学恶乎始?恶乎终?曰:其数则始乎诵经,终乎读《礼》……故《书》者,政事之纪也;《诗》者,中声之所止也;《礼》者,法之大分,群类之纲纪也,故学至乎《礼》而止矣。夫是之谓道德之极。《礼》之敬文也,《乐》之中和也,《诗》《书》之博也,《春秋》之微也,在天地之间者毕矣。"③葛兆光认为,荀子在儒家五经传授系统里当处于"枢轴的地位"。④ 确实,荀子整理、钻研经典并通过广收门徒的方式将五经传播开去,这些荀门弟子人数众多,他们通过阐发经典而渐渐控制了学术话语权,从而张大了儒学。

孔子和荀子确立了儒家圣人崇拜与经典崇拜的基本立场。先秦时期的儒生认为,世间所

---

① 阮元校刻:《十三经注疏·论语注疏》,北京:中华书局,1980年,第2522页。
② 梁启雄:《荀子柬释》,上海:商务印书馆,1936年,第85—86页。
③ 同上书,第6—7页。
④ 葛兆光:《中国思想史(第一卷)》,上海:复旦大学出版社,1998年,第266页。

有的真理都已经被先圣们说完了——先圣们代天立言,其智慧凝结于五经之中,因此,后人已经没有什么可以发表的了。基于此种认识,孔子提出了"述而不作"的理论,即:学者当满足于在古人的字里行间发现真理,他不必煞费苦心地言前人所未曾言,唯一留给他能够做的,是一再地重复先圣的真知灼见。但对于学者而言,他在研读古代经典的同时,总是会有些自己的心得,这些心得属于"作"的范畴内,是不方便发表的。于是,他便很自然地以宗圣尊经为旗号,打着"述"的幌子而实际行"作"的事实。这种偷梁换柱的做法,对于有些学者而言是不自觉的,但对于另一部分学者而言则是自觉的。冯友兰认为,最早打出"述而不作"旗号的孔子,就是最早的以"述"为"作"的行家里手。孔子在尊崇古圣先贤及其经典的同时,赋予了六经以新的精神和内涵。"此种精神,此种倾向,传之于后来儒家,孟子、荀子及所谓七十子后学,大家努力于以述为作,方构成儒家思想之整个体系"①。

董仲舒之前儒生们的这套述作秘诀,对于圣人与经典的权威的确立,对于儒生借以阐发自己的真实看法,都意义重大。儒学在其经典化的进程中,"七十子后学"做出的贡献最大。七十子后学是一个含混的概念,他们虽然互相攻讦,但大体上都坚持三点共识:"第一,他们都坚持礼乐的仪式与象征的作用,所以一面传授礼乐制度的知识,一面阐发礼乐文化的意义。第二,他们都比较多地凭借古代的典籍,作为思想阐释和理解的文本。第三,他们比较注重历史的依据,他们有一个尧、舜、禹、汤、文、武的历史传说系统,凡是需要,他们常常会反身在历史中寻找不容置疑的根据。"②儒生,就是按照七十子后学的这三条原则,来展开自己的论述的。

董仲舒承顺孔子、荀子的意见,提出奉法天道,取法圣人与经典的主张:"天者,群物之祖也,故遍覆包涵而无所殊,建日月风雨以和之,经阴阳寒暑以成之。故圣人法天而立道,亦溥爱而亡私,布德施仁以厚之,设谊立礼以导之。春者,天之所以生也,仁者君之所以爱也;夏者,天之所以长也,德者君之所以养也;霜者,天之所以杀也,刑者君之所以罚也。"③在其《春秋繁露》的"楚庄王"条,董仲舒再一次提出奉天法古的紧迫性:"虽有巧手,弗修规矩,不能正方圆;虽有察耳,不吹六律,不能定五音;虽有知心,不览先王,不能平天下。然则先王之遗道,亦天下之规矩、六律已。故圣者法天,贤者法圣,此其大数也。"圣人法天以立道,造作六经以施惠世人。六经是圣人体道的结晶,是天意的显现,因而具有神圣的性质。圣人悟道之后,本着泽惠苍生的博爱理念,以六经来施惠于万民。而普通民众也只有在圣人和其经典的引导之下,才有可能接近天道。在《春秋繁露》的"玉杯"条,董仲舒如此论述六经对民众开化的不同的作用:"君子知在位者之不能以恶服人也,是故简六艺以赡养之:《诗》《书》序其志,《礼》《乐》纯其美,《易》《春秋》明其知。六学皆大,而各有所长:《诗》道志,故长于质;《礼》制节,故长于文;《乐》咏德,故长于风;《书》著功,故长于事;《易》本天地,故长于数;《春秋》正是非,故长于治人。"董仲舒就是这样,一步步地确立了儒家六经的普世真理地位,促使整个的汉代社会膜拜六经。六经之中,《春

---

① 冯友兰:《中国哲学史(上册)》,上海:华东师范大学出版社,2000年,第57页。
② 葛兆光:《中国思想史(第一卷)》,上海:复旦大学出版社,1998年,第182页。
③ 班固:《汉书》,北京:中华书局,1962年,第2515页。

秋》经尤其是重中之重："《春秋》，义之大者也。得一端而博达之，观其是非，可以得其正法；视其温辞，可以知其塞怨。是故，于外道而不显，于内讳而不隐。"①董仲舒之所以特别赞赏《春秋》，除了基于本学派的立场而势必如此之外，还因为"孔子作《春秋》，上揆之天道，下质诸人情，参之于古，考之于今。故《春秋》之所讥，灾害之所加也；《春秋》之所恶，怪异之所施也。书邦家之过，兼灾异之变，以此见人之所为，其美恶之极，乃与天地流通而往来相应，此亦言天之一端也"②。他的弟子司马迁也在《史记》书末的《太史公自序》里，转述了董仲舒对《春秋》的推崇："周道衰废，孔子为鲁司寇，诸侯害之，大夫壅之。孔子知言之不用，道之不行也，是非二百四十二年之中，以为天下仪表。贬天子，退诸侯，讨大夫，以达王事而已矣。子曰：我欲载之空言，不如见之于行事之深切著明也。夫《春秋》，上明三王之道，下辨人事之纪，别嫌疑，明是非，定犹豫，善善恶恶，贤贤贱不肖，存亡国，继绝世，补敝起废，王道之大者也。"

董仲舒认识到"天"的重要性，因而要求世人在一切方面法天；因为法天，就必须取法最能得天道之正的圣人以及圣人思想的载体——经典。在董仲舒这里，他推崇圣人和五经，是为了服务于政治需求。但他的这些思想却对汉代以后中国文学思想的建构，发生了影响。古代中国最伟大的文论家刘勰，在其体大思精的《文心雕龙》中，将最重要的首三篇分别命名为"原道""征圣"和"宗经"，其文论思想的核心就完全是来自董仲舒的上述理论。

经典的神圣化，是一个渐进的过程。董仲舒在此过程中起到了极大的作用，但也要清醒地认识到：汉武帝虽然下诏罢黜百家独尊儒术，看似完成了儒学国家意识形态化的工作，但他对儒学的利用，远远大于他对儒学发自内心的尊崇。宣帝声称武帝以来的所谓"汉家制度"，一直是以杂霸王道为特色，即以法家为内核而以儒学为缘饰的治术。元帝上台，才算作是真正开始了儒学独尊的进程。在这一背景下，五经得到了真正的重视，变身为帝国的经典，成为国家思想文化领域真正的核心并发挥了无所不在的巨大作用。儒学得到真正的推重，使得五经切实地进入到社会各个阶层。余英时认为，元帝以后的儒学，"在汉代的效用主要表现在人伦日用的方面，属于今天所谓文化、社会的范畴"③。西汉人的精神气质因为儒家仁义礼智信等伦理道德的浸染而渐趋君子化，西汉社会的风俗文化因为统治阶层强力推广儒学而渐趋醇厚化。由此，儒学真正地统一了学术界、思想界，并进而成为帝国的意识形态，"而对绝对权威的经典的解释之学也由此成了中国知识精英思想中知识的来源与真理的凭据：在经典及其注释中人们可以获得所有的知识，在经典及其注释中真理则拥有了所有的合理性"④。

西汉末年的匡衡，由一介布衣，凭借儒学素养而位居人臣之极——丞相之位，他对于自己的进身之阶——儒学经典，有着发自内心的虔敬之情。在给成帝的奏疏中，他评价六经乃是"圣人所以统天地之心，著善恶之归，明吉凶之分，通人道之正，使不悖于其本性者也"。熟读经

---

① 苏舆：《春秋繁露义证》，北京：中华书局，1992年，第14页。
② 班固：《汉书》，北京：中华书局，1962年，第2515页。
③ 余英时：《士与中国文化》，上海：上海远东出版社，1994年，第141页。
④ 葛兆光：《中国思想史（第一卷）》，上海：复旦大学出版社，1998年，第414页。

典,可收奇效:"故审六艺之指,则天人之理可得而和,草木昆虫可得而育,此永永不易之道也。"①匡衡对儒家经典的推崇,代表了西汉中后期思想界和学术界普遍的意见,班固在《汉书·儒林传》中对这一时期学术思想进行总结,道出了儒生们普遍的心声:"六艺者,王教之典籍,先圣所以明天道、正人伦、致至治之成法也。"西汉人的这种经典崇拜意识是如此的普遍、如此的深刻,甚至在一百多年以后,还有遥远的回声。东汉后期儒生王符总结般地继续发表着和前汉人相似的意见:"天地之道,神明之为,不可见也。学问圣典,心思道术,则皆来睹矣。此则道之材也,非心之明也,而人假之,则为已知矣。是故索物于夜室者,莫良于火;索道于当世者,莫良于典。典者,经也,先圣之所制,先圣得道之精者以行其身,欲贤人自勉以入于道。故圣人之制经以遗后贤也,譬犹巧倕之为规矩准绳以遗后工也。昔倕之巧,目茂圆方,心定平直,又造规绳矩墨以诲后人,试使奚仲、公班之徒,释此四度,而傚倕自制,必不能也。凡工妄匠,执规秉矩,错准引绳,则巧同于倕也。是故倕以其心来制规矩,后工以规矩往合倕心也。故度之工,几于倕矣。先圣之智,心达神明,性直道德,又造经典以遗后人。试使贤人君子,释于学问,抱质而行,必弗具也……是故圣人以其心来就经典,(后人)往合圣心。故修经之贤德,近于圣矣。《诗》云:高山仰止,景行行止。"②王符的总结很到位,他以打比方的方式来说明经典不仅仅是天道的体现,也是人间治道的来源。他引《诗经》"高山仰止,景行行止"八字作结,表达了对神圣经典的无限仰慕。

正是因为对五经过度崇敬,导致西汉学者较少发明,而是将毕生精力倾注在笺注五经和背诵师说上。马宗霍经仔细比对前、后《汉书》的《儒林传》和《艺文志》及相关学者传记,发现汉儒说经之书名目繁多,有:传、故、解故、故训传、微、说、说义、记、章句、注、通、笺、学、释、删、难、解、条例、训旨、异同、谱学、图学等等。汉儒说经,讲求"注不破经",即始终维护经典的正确性,这一说经的准则,确保了五经的神圣性和权威性。在汉儒看来,他们面对的五经,不是可以批评的研究对象,而是要努力探求出个中奥秘的宗教信仰。至于以背诵师说为自己意见的弊端,班固在《汉书·艺文志》中有一针见血的评论:"后世经传既已乖离,博学者又不思多闻阙疑之义,而务碎义逃难,便辞巧说,破坏形体,说五字之文至于二三万言,后进弥以驰逐。故幼童而守一艺,白首而后能言。安其所习,毁所不见,终以自蔽,此学者之大患也。"颜师古注谓:"为学之道,务在多闻,疑则阙之,慎于言语,则少过也。……苟为僻碎之义,以避他人之攻难者,故为便辞巧说,以析破文字之形体也。……桓谭《新论》云:秦近君能说《尧典》,篇目两字之说至十余万言;但说'曰若稽古'三万言。"这是经典崇拜的极致,也是儒学发展由盛而衰的标志。

西汉末叶的扬雄,则将五经崇拜发扬到极致。扬雄对于圣人和经典,崇拜到近乎迷信。他崇拜孔子,称"仲尼之道,犹四渎也,经营中国,终入大海;他人之道者,西北之流也,纲纪夷貉,

---

① 班固:《汉书》,北京:中华书局,1962 年,第 3343 页。
② 王符著,汪继培笺,彭铎校正:《潜夫论笺校正》,北京:中华书局,1985 年,第 11—14 页。

或入于沱,或沦于汉"①。他心仪圣人,不敢自比孔子,于是自比于孟子:"震风凌雨,然后知夏屋之为帡幪也;虐政虐世,然后知圣人之为郛郭也。古者杨、墨塞路,孟子辞而辟之,廓如也。后之塞路者有矣,窃自比于孟子!或曰:人各是其所是而非其所非,将谁使正之?曰:万物纷错,则悬诸天;众言淆乱,则折诸圣。或曰:恶睹乎圣而折诸?曰:在则人,亡则书,其统一也。"②正是因为他极度尊崇五经,于是模仿五经而造作出自己的新经,"以为经莫大于《易》,故作《太玄》;传莫大于《论语》,作《法言》"③。他创作的《太玄》和《法言》当然无法和《周易》与《论语》相比,其友人刘歆就毫不客气地评价二书只配拿去覆盖酱缸。但值得思索的是,作为一代经学大师和辞赋大家的扬雄,他的这种看似疯狂的行为背后所隐含的文化内蕴。圣人崇拜和经典崇拜在元帝、成帝时代业已成型,上至皇帝,下至群氓,更无论像扬雄、刘向这样的大学者,全社会都匍匐在圣人和五经面前。圣人的意见、五经的陈说,是那个时代文人学士思想仓库的主要内容,他们的知识因而是单向度的,是狭隘的。这就造成了他们在言情达意时,更多的不是考虑如何表述自我,而是挖空心思琢磨如何再现圣人和经典的陈说。

二

在西汉的儒生们看来,圣人和经典已经将宇宙间所有的真理都道尽。这两大权威,不仅仅在理论层面具有无可辩驳的指导意义,更因为其对现实的高度关注而成为永不过时的、可以指导现实政治的秘钥。他们因此而对这两大权威顶礼膜拜,以权威的意见为自己的评判标准。因为圣人崇拜和经典崇拜,西汉的儒生普遍失去了独创意识,他们以重述圣人的意见、复制经典的说教来代替自己的意见——有时候是"替换"自己的意见。

西汉儒生的保守、复古意识,使得他们的创作缺乏个人特质。这种现象产生了依经立论这一文论模式。翻检西汉各种文体的文本可以发现:依经立论,是一种被文人学士所普遍采用的言说方式。皮锡瑞对此归纳为:"元、成以后,刑名渐废。上无异教,下无异学。皇帝诏书,群臣奏议,莫不援引经义,以为依据。国有大疑,辄引《春秋》为断。"④例如,武帝时张汤为廷尉,每次判决大案,"欲傅古义,乃请博士弟子治《尚书》《春秋》,补廷尉史,平亭疑法"⑤;宣帝时张敞为京兆尹,每当朝廷有大议题,敞"引古今,处便宜,公卿皆服"⑥;宣帝五凤中,匈奴大乱,朝臣多建议乘机举兵灭之。萧望之对曰:"《春秋》,晋士匄帅师侵齐,闻齐侯卒,引师而还,君子大其

---

① 扬雄撰,李轨、柳宗元注:《扬子法言》,北京:中国书店,2018年,第285—286页。
② 同上书,第51—52页。
③ 班固:《汉书》,北京:中华书局,1962年,第3583页。
④ 皮锡瑞:《经学历史》,北京:中华书局,1959年,第103页。
⑤ 班固:《汉书》,北京:中华书局,1962年,第2639页。
⑥ 同上书,第3222页。

不伐丧。以为恩足以服孝子,谊足以动诸侯。前单于慕化乡善,称弟,遣使请求和亲,海内欣然,夷狄莫不闻。未终奉约,不幸为贼臣所杀,今而伐之,是乘乱而幸灾也,彼必奔走远遁。不以义动兵,恐劳而无功。宜遣使者吊问,辅其微弱,救其灾患,四夷闻之,咸贵中国之仁义。如遂蒙恩,得复其位,必称臣服从,此德之盛也。"上从其议,呼韩邪单于于是内属①;哀帝宠爱董贤,以武库兵送其宅邸,于是毋将隆奏议:"古者诸侯方伯得颛征伐,乃赐斧钺。汉家边吏,职在距寇,亦赐武库兵,皆任其事,然后蒙之。《春秋》之谊,家不臧甲,所以抑臣威,损私力也。今贤等便僻弄臣,私恩微妾,而以天下公用给其私门,契国威器共其家备,民力分于弄臣,武兵设于微妾,建立非宜,以广骄僭,非所以示四方也。孔子曰:'奚取于三家之堂!'臣请收还武库。"②正是因为经典和圣人的权威性得到了全社会的认可,武帝之后的文人学士、重臣武将才敢于征引经典来指导时政,这是政治上"依经立论"的体现。

西汉文士喜征引经典,喜依经立论,是出于通经致用的学术追求和有效服务时政的终极目标。西汉是今文经学的天下,今文经学最突出的特质,即是通经致用。这种意识在现实中的反映,便是儒生积极干预时政。他们或是提出自己的美政设计,或是对时政弊端进行批评,而在进行这些工作时,能否让统治者认可自己的意见或是至少不至于引祸上身,是这些儒生首先要考虑的问题。正是服务于这样的目的,儒生们援引经典,或是用来增加自己意见的正当性、权威性和说服力,或是用来文饰自己的意见以避免可能遭到的来自皇帝的打击报复。这些现实的考虑,都进一步助长了西汉中后期奏议引经据典、依经立论风气的形成和普及。依经立论这种现象的出现,是外在的和内在的两重因素共同促成的。

外在的因素,是皇帝的鼓励提倡。翻检《汉书》可以发现,自武帝之后的历代西汉皇帝,在面对天灾人祸等重大变故时,往往要召见大臣、文士以听取对策建议。在这些重大的场合,皇帝在提问时,往往要求对方根据"经义"——儒家经典的理论,来对现实存在的问题进行解答。例如,成帝元延元年七月,因为天现异象,成帝下诏,谓"乃者日蚀星陨,谪见于天,大异重仍,在位默然,罕有忠言。今孛星见于东井,朕甚惧焉。公卿、大夫、博士、议郎,其各悉心,惟思变意,明以经对,无有所讳"③。

而所谓的内在的因素,则是儒生因为发自内心地崇拜、虔信儒典,而在回答策问或上疏言事时,以旁征博引经典的方式,或是用来加强自己言说的力度和可信度,或是托经典以讽谏。这种情况的依经立论,也是始于武帝统治时期,而董仲舒的《天人三策》是最典型的样本。在《天人三策》中,董仲舒征引经典多达十一次。董仲舒之后的儒生、大臣,以董仲舒的奏议为样本,在对策和奏疏中极力援引经典,依经立论。班固在《汉书·眭两夏侯京翼李传》文末的赞语对此现象评价道:"汉兴,推阴阳,言灾异者,孝武时有董仲舒、夏侯始昌,昭、宣则眭孟、夏侯胜,元、成则京房、翼奉、刘向、谷永,哀、平则李寻、田终术,此其纳说时君著明者也。察其所言,仿

---

① 班固:《汉书》,北京:中华书局,1962 年,第 3279—3280 页。
② 同上书,第 3264 页。
③ 同上书,第 304 页。

佛一端,假经说谊,依托象类,或不免乎'亿则屡中'。"很显然,班固对于这些经师动辄假借经典来敷衍陈说自己意见的做法并不满意,所以引《论语》孔子批评子贡"不受命而货殖焉,亿则屡中"的话来讥刺董仲舒等经师,"言仲舒等亿度,所言既多,故时有中者耳,非必道术皆通明也。"①尽管有这样的弊病,自董仲舒以来,汉儒的这些奏议,因经义,称往古,宣传王道政治,寻究灾异根由,渐渐成为风气,形成了典重沉稳有余而生气灵动不足的整体风格。

元帝时期的经学大家刘向在其《条灾异封事》里,批评"谗邪之所以并进者,由上多疑心"这一时政弊端:"既已用贤人而行善政,如或谮之,则贤人退而善政还。夫执狐疑之心者来谗贼之口,持不断之意者开群枉之门。谗邪进则众贤退,群枉盛则正士消。故《易》有《否》《泰》,小人道长,君子道消。君子道消,则政日乱,故为《否》。否者,闭而乱也。君子道长,小人道消。小人道消,则政日治,故为《泰》。泰者,通而治也。《诗》又云:'雨雪麃麃,见晛聿消。'与《易》同义。昔者鲧、共工、驩兜与舜、禹杂处尧朝,周公与管、蔡并居周位,当是时,迭进相毁,流言相谤,岂可胜道哉。帝尧、成王能贤舜、禹、周公而消共工、管、蔡,故以大治,荣华至今。孔子与季、孟偕仕于鲁,李斯与叔孙俱宦于秦,定公、始皇贤季、孟、李斯而消孔子、叔孙,故以大乱,污辱至今。故治乱荣辱之端,在所信任;信任既贤,在于坚固而不移。《诗》云:'我心匪石,不可转也。'言守善笃也。《易》曰:'涣汗其大号。'言号令如汗,汗出而不反者也。今出善令,未能逾时而反,是反汗也;用贤未能三旬而退,是转石也。《论语》曰:'见不善如探汤。'今二府奏佞谄不当在位,历年而不去。故出令则如反汗,用贤则如转石,去佞则如拔山,如此望阴阳之调,不亦难乎。"②刘向在这一段文字里,为了说明奸佞的危害,而征引尧舜时代与西周初期的历史人物为佐证,要求元帝远离弘恭、石显,这些历史人物典故都出自《尚书》《诗经》。他又征引《周易》《论语》的相关论述,来加强自己论说的力度。因此,他的奏疏显得气势磅礴、针对性极强。

成帝时期的名儒、丞相匡衡,在成帝诏问如何应对日蚀、地震的异变时,上疏作答:"臣窃考《国风》之诗,《周南》《召南》被贤圣之化深,故笃于行而廉于色。郑伯好勇,而国人暴虎;秦穆贵信,而士多从死;陈夫人好巫,而民淫祀;晋侯好俭,而民畜聚;太王躬仁,邠国贵恕。由此观之,治天下者,审所上而已。今之伪薄忮害,不让极矣。臣闻教化之流,非家至而人说之也。贤者在位,能者在职,朝廷崇礼,百僚敬让。道德之行,由内及外,自近者始,然后民知所法,迁善日进而不自知。是以百姓安,阴阳和,神灵应,而嘉祥见。《诗》曰:'商邑翼翼,四方之极;寿考且宁,以保我后生。'此成汤所以建至治,保子孙,化异俗而怀鬼方也。今长安,天子之都,亲承圣化,然其习俗无以异于远方,郡国来者无所法则,或见侈靡而放效之。此教化之原本,风俗之枢机,宜先正者也。"③为了论证天子在教化万民这一重大问题上应采取的正确对策,匡衡在这段简短的文字里,塞满了郑伯、秦穆、陈夫人、晋侯这些经典里的正反两方面古人例证,以及烦琐罗列的《诗经》篇章、诗句。和此前的董仲舒、刘向的奏疏相比,匡衡文章针砭时弊的尖锐性大

---

① 班固:《汉书》,北京:中华书局,1962 年,第 3195 页。
② 同上书,第 1943 页。
③ 同上书,第 3335 页。

大地降低了,但文本的经典化程度却明显提升了。

西汉自武帝以后,儒学渐渐超越百家,成为帝国意识形态。儒家的五经因此备受尊崇,五经所表述的经义成为真理。儒生通过广泛征引经典、经义,使得五经与西汉的时政密切关联在一起,它因而对那一时期的时政、制度、思想、文化、艺术、文士心态影响深巨。经典的神化,必然影响文士的思维方式,再进而影响他们的创作心理,最后,这种影响以独特的文本形式展现在世人面前,即广征博引、依经立论的特质。至于具体的经典征引情况,王启才在其著作《汉代奏议的文学意蕴与文化精神》一书中,通过统计分析,得出的结论是:"大致来说,汉武帝罢黜百家独尊儒术前,奏议中征引经典较少,而且宽泛。之后,以《诗》《书》《礼》《易》《春秋》五经为主,外加《论语》《孝经》,其中《诗》云、孔子曰、《书》《春秋》征引的频率最高。西汉末至东汉时期,谶纬流行,灾异类奏疏中多征引《春秋》《周易》甚至一些纬书。"①汉儒引经据典、依经立论的方式是多样的:"既有明引,也有暗用;有的奏议是先明己意,再引经典印证;有的是用经典作为判定是非的标准;有的是暗用经典,以经典敷衍文意,处处用经典说话;有的是广泛征引多个经典中的某一类论述如灾异等,为自己现实中的目的(谏君、打击奸邪、打击对手)服务。"②

在深入考察两汉奏议文章的基础上,王启才将这一奇特文学现象在汉代繁盛的根本原因归纳为:"在汉代经学与政治相结合或以经术为缘饰的情况下,奏议征引经籍、依经立义是必然的,因为汉代君臣的经学素养都比较好,奏议的作者、受文对象都有崇圣意识,帝王有意识地以经学作为统治思想的基础,提倡经学,尊崇经术,设立学校,诱以利禄。臣子也能自觉地学习经术、运用经术,在奏议中依经立义,在经书中寻找根据,别是非,寻对策,并且认为,只有这样立论才可靠,结论才服人。"③

除了这些奏对文章,司马迁的《史记》在某种意义上也可以理解为是"依经立论"的成果。

在司马迁的《报任安书》和《太史公自序》两篇文章里,司马迁毫不避讳自己对孔子编撰的编年史书《春秋》的景仰。他的创作《史记》,就是要继承《春秋》传统,通过叙写历史事件和历史人物来褒贬是非,成就自己的"一家之言"。司马迁也确实做到了这一点,该书以"不虚美,不隐恶"的实录精神得到了历代评论者的肯定。但是,不和谐音总是存在的,例如班彪就批评司马迁:"论议浅而不笃,其论术学,则崇黄老而薄五经;序货殖,则轻仁义而羞贫穷;道游侠,则贱守节而贵俗功。此其大敝伤道,所以遇极刑之咎也。"④相较于班彪的恶毒批评,班固的意见相对公允,他称赞司马迁"据《左氏》《国语》,采《世本》《战国策》,述《楚汉春秋》,接其后事,讫于天汉,其言秦汉详矣"。对于司马迁"采经摭传,分散数家之事,甚多疏略,或有抵梧"的缺陷,也能理解:"亦其涉猎者广博,贯穿经传,驰骋古今,上下数千载间,斯以勤矣。"但在创作主旨这一核心问题上,他的批评与其父是一样的:"是非颇缪于圣人。论大道则先黄老而后六经,序游侠则

---

① 王启才:《汉代奏议的文学意蕴与文化精神》,北京:人民出版社,2009年,第121页。
② 同上书,第122页。
③ 同上书,第124页。
④ 范晔撰,李贤等注:《后汉书》,北京:中华书局,1965年,第1325页。

退处士而进奸雄,述货殖则崇势利而羞贱贫,此其所蔽也。"①班彪父子对司马迁的负面评价,自有其深刻的思想根源。司马迁在《史记》里体现的思想,基本是儒家的,但也不可否认,其中含有一些道家、法家的成分,所以,他的"依经立论"并不纯粹。随着武帝之后儒学的一统化倾向越来越明显,司马迁这一不够正统的特点渐渐被放大,因而不能被保守正统的儒生所理解,攻讦自然不可避免。司马迁思想不主一家的特质和儒学在西汉中后期的稳步壮大这两点,是扬雄批评他"爱奇"和班彪父子对他恶评的真正原因。

司马迁在汉代的遭际,有力地说明了,武帝之后的西汉学坛与文坛,经典崇拜无处不在,依经立论成为文士们共同的文章结撰方式。文士们的这种依经立论意识,有时是自觉的,更多的时候则是不自觉的自发自动的行为,而这恰恰证明了儒学思想的普及化与意识形态化的进程在提速。

三

圣人崇拜与经典崇拜,对于西汉文学,产生了两个后果,除了上述的依经立论,其第二个后果是模拟文风的盛行。

因为笼罩一切的天人学说将道提升到宇宙本原的地位,因而导致体现天道的圣人和五经成为不可怀疑的真理。在这一语境下,五经不仅仅是真理的来源,同时也必然是西汉儒生思想阐发与文艺创作的最高范本。而在现实层面上,西汉五经崇拜导致原始儒学演变为经学,经师们言说的方式也必然对众多的士子们的思维方式产生了影响,从而间接地影响到文士们的文艺创作。许结认为,整个西汉文坛模拟风气盛行的思想实质,是西汉中期开始因天命观影响下致用精神消歇,而开始向两个方面转化:一是"文学对政治、利禄的依附",二是"与政治、利禄联系密切的经学章句之学的兴起"②。

前文已述,西汉时期的儒学盛行,始于武帝时期而成于宣、元、成、哀、平时期。宣帝以后的西汉社会,将儒学视作是国家的意识形态、个人修身治学的源头和根本。于是,士子入仕的最佳路径,就是先钻研经典。而从武帝时期开始,对于学者研习经典就已经有了明确的要求:研习国家认可的学术——后来所谓的今文十四博士。唯有如此,其学问才会得到国家的承认,才可以顺利进入仕途。《尚书》大家夏侯胜因为经学成就突出而得到时人认可,官至太子太傅,因受诏撰《尚书》《论语说》而被皇帝赏赐黄金百斤,他"年九十,卒官。赐冢茔,葬平陵,太后赐钱二百万,为胜素服五日,以报师傅之恩。儒者以为荣"。夏侯胜生前死后,因其学术造诣,备极哀荣。他曾不无得意地指示学者入仕捷径:"士病不明经术。经术苟明,其取青紫如俛拾地芥

---

① 班固:《汉书》,北京:中华书局,1962年,第2738页。
② 许结:《汉代文学思想史》,南京:南京大学出版社,1990年,第179页。

耳。学经不明，不如归耕。"①西汉后期竟然有这样的俚语俗谚流行民间："遗子黄金满籝，不如一经。"所以，无怪乎班固在《汉书》中一再感慨功名利禄四字腐蚀了儒学的纯洁性："自武帝立五经博士，开弟子员，设科射策，劝以官禄，讫于元始，百有余年，传业者浸盛，支叶蕃滋，一经说至百余万言，大师众至千余人。盖禄利之路然也。"②对最后点睛的一句，颜师古注谓："言为经学者则受爵禄而获其利，所以益劝。"所以，西汉士子对经典之学的看法，在虔诚膜拜的基础上，又掺入了世俗功利的考量。对于立志入仕、博取荣名的年轻士子来说，研习哪门经典、师从哪位名师，是关乎自己一生仕途前途的重大事件。

之所以有这样的考量，原因即在于经学内部的势力的不均衡以及各门学问在现实政治中的地位差别。前文已述，西汉时期的学坛，大体上分为古文经学和今文经学两大派。古文经学在西汉始终处于受打压的状态，国家也不予承认，所以，西汉时期的古文经学除了在帝国晚期短暂被立为官学外，大部分时间里只能流行民间。古文经学各派不能立为官学，极大地阻碍了它的流传范围。相反地，今文经学的《诗》《书》《礼》《易》《春秋》，共有十四家被立为官学，这就是"今文十四博士"。这十四家学问，各有经师主持，传习者众多，流传最广泛，研习者入仕最容易。但在今文十四家的内部，为了争夺学术的正统地位和政治的主导地位，也斗争得很激烈。每一家都有自己独特的师承体系和学说体系，这就是所谓的"师法"。晚清今文经学大师皮锡瑞有一个著名的论断："前汉重师法，后汉重家法。"他认为，"先有师法，而后能成一家之言。师法者，溯其源；家法者，衍其流"③。西汉人要求学者恪守师法。在师法的授受过程中，教师严格选择弟子，然后将本学派历代相传的经义传授给弟子；而弟子也要刻苦背诵，务必将师傅所传的学问一字不漏地记住，一字不漏地再传给自己的弟子。说是"一字不漏"，绝非虚言，任何对师傅传授内容的随意更动——即便是对错误进行改正，都会被视作是任意妄为的非圣无法行为，都会受到严厉的指责。之所以如此，与皇帝的倡导密切相关。武帝采纳儒学为帝国学术思想的唯一正统，最根本的原因是要在政治大一统的情势下整合思想界，统一帝国臣民的思想。所以，皇帝以"称制"的方式解决学术思想的纷争，以达到亲自掌控学术的最终目的。皇帝为了稳定政局，就必须稳定思想界和学术界，而稳定思想界和学术界，就必须去除异己的成分，以此来控制臣民的思想。体现在学术界，就是鼓励师徒授受过程中的绝对忠于师说，不允许出自任何理由的任何的改易和创新。对于一个学子而言，他"幼童而守一艺"，花毕生的时间和精力来记忆即可，他只要盲从师说即可，他没有提出自己新见的权利。对于那些违背师说的学者，皇帝以皇权加以斥黜。最典型的一个例证，是宣帝时有人荐举孟喜为博士，了解到孟喜曾改易师法，宣帝于是拒绝了这项提名。

所以，师法影响下的学问，讲求的是墨守成规，反对的是创新发现。班固讥讽"后世经传既

---

① 班固：《汉书》，北京：中华书局，1962年，第3159页。
② 同上书，第3620—3621页。
③ 皮锡瑞：《经学历史》，北京：中华书局，1959年，第131页。

已乖离,博学者又不思多闻阙疑之义,而务碎义逃难,便辞巧说,破坏形体,说五字之文,至于二三万言。后进弥以驰逐,故幼童而守一艺,白首而后能言。安其所习,毁所不见,终以自蔽",其对象正是今文经学各派,班固称这是"学者之大患也",对今文经学束缚学子身心的重大弊端,可谓痛心疾首。① 确实,蹈循师说,既使得经学日趋琐碎从而窒息了经学,也造成了学界循规蹈矩、墨守成规的不良风气,从而扼杀了创新与活力。在这样的学术氛围笼罩之下,因循和模拟成为人们赞誉的能事,学者著书和文士创作都不以创新寡少为耻,反都以因循模拟为荣。周勋初先生在其《王充与两汉文风》一文中,详细探讨了两汉文风重模拟这一现象及其主要成因——经学附会之习。② 该文附录的《两汉模拟作品一览表》详尽地陈列了两汉作品的因袭、模拟情况,直观地再现了两汉创作真实的一面。据此我们可以发现,西汉的学者和文士最感兴趣的模仿对象是五经和文学类的传世经典。并且,这种模仿的风习,在武帝之前还很少见,武帝之后渐呈增加态势。而无论就学术模仿而言还是就文学模仿而言,扬雄的模仿规模和模仿所达到的水平,都是他人无法企及的。所以,有必要以扬雄为经典个案进行分析。

扬雄身兼经学大师而文学大师两种身份。据《汉书》本传,少年时期的扬雄显露出了迥异于常人的特质:"少而好学,不为章句,训诂通而已,博览无所不见。为人简易佚荡,口吃不能剧谈,默而好深湛之思,清静亡为,少耆欲,不汲汲于富贵,不戚戚于贫贱,不修廉隅以徼名当世。家产不过十金,乏无儋石之储,晏如也。自有大度,非圣哲之书不好也。非其意,虽富贵不事也。顾尝好辞赋。先是时,蜀有司马相如,作赋甚弘丽温雅。雄心壮之,每作赋,常拟之以为式。"从这些介绍来看,扬雄在少年时期便已经奠定了他一生的志趣、爱好:无心仕宦与富贵,雅好经典与文章。并且他的学术追求和同时代大多数人完全不一样,"不为章句,训诂通而已,博览无所不见",他追求的应该是孔孟的原始的儒学,而非汉代章句饾饤的今文经学。此外,他对辞赋的热爱以及对偶像的模仿,也在少年时期的辞赋创作上显露无遗。

《汉书》本传称扬雄作赋喜模拟司马相如:"蜀有司马相如,作赋甚弘丽温雅。雄心壮之,每作赋,常拟之以为式。"的确,扬雄对司马相如辞赋创作所达到的水平,有着发自内心的钦敬。在《答桓谭书》中,他对司马相如的赋作给予了极高的评价,称:"长卿赋不似从人间来,其神化所至邪?大谛能读千赋,则能为之。谚云:伏习象神,巧者不过习者之门。"③扬雄认为司马相如的辞赋造诣达到了神而化之的境界,认为要达到与相如类似的成就,就必须经由刻苦的学习、认真的揣摩。事实上,扬雄也以自己的创作实践,履行了自己"伏习象神"的模拟准则。他几乎亦步亦趋地仿作了司马相如的每一篇赋作,他的模仿,追求的是惟妙惟肖的相似度:从赋作的内容,到语言,再到思想情感,都尽可能地与原作相近。

但是,仅有模仿而无突破,则终究必然落入二流。他歆羡相如赋的"神化""不似从人间

---

① 班固:《汉书》,北京:中华书局,1962 年,第 1723 页。
② 周勋初:《文史探微》,上海:上海古籍出版社,1987 年,第 1—22 页。
③ 根据严可均考证,这段文字在《西京杂记》《新论》《北堂书钞》《艺文类聚》中有不同的流传版本。严可均所采用的文字,来自杨慎《赤牍清裁》。见严可均:《全上古三代秦汉三国六朝文》,北京:中华书局,1958 年,第 411 页。

来",表明了他骨子里的自卑和底气不足。学者对扬雄赋作模拟过度的批评,从未断过。相较于那些简单粗暴的否定意见,徐复观则从学理的高度对扬雄赋作模拟风格予以解答。徐复观认为,扬雄的赋作并非简单的模仿,他的赋也有其创新之处。扬雄充分利用了自己身为经学大师的深厚学养积累,将学问应用到辞赋的创作中去,以学问取代了才情。如果将司马相如和扬雄的赋作放到一起比对,则二者的区别就很容易看出来:相如是凭借着自己的天才想象力和创新力来构造大赋,而扬雄则是在模拟相如的基础上"以学力地思索为主"①。扬雄作赋,取法天人,在《法言·问神篇》中他以自问自答的方式表达了自己取法经典、文必艰深的意见:"或问:圣人之经不可使易知欤?曰:不可。天俄而可度,则其覆物也浅矣;地俄而可测,则其载物也薄矣。大哉,天地之为万物郭,五经之为众说郛。"扬雄认为,天地为万物之郭,五经为众说之郛。旧注的解释是"莫有不在其内而能出乎其外者",因为万物都在天地与五经的笼罩之下而"不能出其域"。因为天地深厚不可测度、五经意蕴丰富不可想象,所以,取法二者的文章,也必须是佶屈聱牙、古奥难懂的。正是基于这一理解,扬雄在赋作里大量征引经典到了炫耀学问的程度,而为文的关键——作家个人的才思却告阙如。对此,刘勰早有批评,他赞赏司马相如、王褒以前的赋作家"多俊才而不课学",否定扬雄、刘向以后的赋家"颇引书以助文"。刘勰的意见是公允的,毕竟,文学的本质是性灵,而不是掉书袋,更不是优孟衣冠。但在西汉经典崇拜的文化氛围中,扬雄模拟经典的做法却得到了汉代那些后来者的肯定。班固、张衡,沿着扬雄开创的模拟之路继续前行,在将大赋推向极致的同时,也将大赋引入了无法回头的死胡同。

  因为复古、模拟,文士的创造力大大衰减了。从大赋的退化开始,模拟之风渐渐浸染所有文体,西汉极盛时期那种精力弥漫、自信昂扬的文章渐渐被词卑意弱、经典满纸、叠床架屋的经典赝品所取代。元帝以后的西汉文士,他们面对着较之贾谊、晁错、董仲舒、司马相如等人更为严峻的内政外交困境,但他们已经失去了那种雄大的胸襟和高远的眼光以及沉着坚定的信念,反而向复古靠拢,趋向个人内心的省察而非努力建立外在的事功。在他们看来,既然经典可以解决一切难题,那么,学子只要考虑如何从经典的字里行间寻找出解决时政弊端的秘钥即可,亦即依靠经典就可以解决一切。在这样的恶性循环中,经学和文学一道,渐趋僵化。但是,"文学'有一变,必有一弊,弊极而变又生焉'(纪昀《冶亭诗介序》)。西汉文学之弊,缘于经学之弊;而弊极生变。文学之变亦缘于经学之变,刘向、刘歆父子至扬雄、桓谭思想的递进,正说明了这一点。而此思想递进之本身,又奏响了模拟文风中的衰变曲"②。

---

① 徐复观:《两汉思想史(卷二)》,台北:学生书局,1985年,第472页。
② 许结:《汉代文学思想史》,南京:南京大学出版社,1990年,第184页。

由古羌语翻译为汉文而流传的经典《白狼歌》再探

西南民族大学文学与新闻传播学院 徐希平 王 康

一、《白狼歌》作者及其创作背景

东汉时期载入史册的《白狼歌》是一首古羌语翻译为汉文而流传的经典组诗。

所谓《白狼歌》，由《远夷乐德歌》《远夷慕德歌》《远夷怀德歌》三首诗组成，"白狼歌"为其统称。这三首诗最初被收录在东汉刘珍《东观汉记》中，当时并未冠之以"白狼歌"的名称。后人根据史书中的一段记载而称之。据《后汉书·南蛮西南夷传》云："永平中，益州刺史梁国、朱辅好立功名，慷慨有大略。在州数岁，宣示汉德，威怀远夷。自汶山以西，前世所不至，正朔所未加。白狼、槃木、唐菆等百余国，……举种贡奉，称为臣仆。辅上疏曰：'……今白狼王唐菆等慕化归义，作诗三章……有犍为郡掾田恭与之习狎，颇晓其言，臣辄令讯其风俗，译其辞语，并上其乐诗。……帝嘉之，事下史官，录其歌焉。"①此为最早叙述《远夷乐德歌》等三诗及其本事的记载。由于后人对这段记载的理解不尽相同，故各家对这三首诗作的称谓，也就有所差异。其中主要的有以下有四种：其一曰"白狼歌"，方国瑜、陈宗祥等先生持此说；其二曰"白狼王歌"，董作宾等先生持此说；其三曰"白狼慕汉歌"，王静如等先生持此说；其四曰"笮都夷歌"，庄星华等先生持此说。但鉴于史载《远夷乐德歌》等三诗，皆为"白狼王唐菆等"所作，故这里暂从《白狼歌》之说。

《白狼歌》为"白狼王唐菆等"所作的说法，已为今学术界所公认。但白狼王与唐菆是否系同一人，却似有两种不同的意见。一种观点认为：白狼王即是唐菆，如庄星华就把唐菆视为《笮都夷歌》(即《白狼歌》)的作者。② 另一种则认为：白狼王与唐菆各为一人，并不是同一人，如中华书局版标点本《后汉书》，就将"今白狼王唐菆等慕化归义作诗三章"句读标点为"今白狼王、唐菆等慕化归义，作诗三章"，将其作为两人。我们认为，后者的观点可能更为近似。据该版本

---

① 范晔：《后汉书》，上海：上海古籍出版社，1986年，第292页。
② 庄星华选注：《历代少数民族诗词曲选(上)》，呼和浩特：内蒙古人民出版社，1985年，第2页。

《后汉书·南蛮西南夷传》记载:"益州刺史梁国朱辅,好立功名,慷慨有大略。在州数岁,宣示汉德,威怀远夷。自汶山以西,前世所不至,正朔所未加。白狼、槃木、唐菆等百余国,户百三十余万,口六百万以上,举种奉贡,称为臣仆。"唐菆与白狼并列,可见皆同属汶山笮都地区众多小国,似乎不宜以唐菆为白狼王之名。

当然,关于白狼王与唐菆是否确为一人,还可以进一步考察。

白狼,是东汉时生活在笮都地区的一个少数民族部落的名称,关于笮都的地望,学术界曾有多种说法。晋常璩《华阳国志》、宋乐史《太平寰宇记》、明顾祖禹《读史方舆纪要》等书认为笮都的地望,大致可以划定在邛崃山以西的广大地区;清人黄沛翘主张巴塘说;近人江应梁、岑仲勉等主张凉山地区说;丁骕主张青海玉树说;向达主张云南丽江说;冉光荣等主张甘孜藏族自治州东南部说;陈宗祥等则进一步指出,笮都的中心当在今四川汉源一带。①

据现代一些学者研究,白狼当属于古代羌人的一支。东汉时,白狼等部落因居处笮都,故史书又称其为"笮人"或"笮都夷"。《后汉书·南蛮西南夷传》曰:"笮都夷者,武帝所开,以为笮都县。其人皆被发左衽,言语多好譬类,居处略与汶山夷同。"冉光荣等据此指出:"在牦牛羌地区尚有笮人,……原则上亦应属羌人的范畴。他们分布在今汉源、盐边、冕宁、盐源等地。……从地望上讲,把笮人视之牦牛羌的组成部分是可以成立的。"②此外方国瑜《彝族史稿》亦认为:《白狼歌》"是古代羌人的语言记录"。虽然近人在《白狼歌》语言研究上提出的不同看法还较多,如有的认为白狼语是"彝语的前身";有的认为是"古代的纳西语";有的认为"与藏语最近";也有的认为与"普米语、西夏语相近"。但我们认为方国瑜先生的意见是可取的,即"白狼歌是古代羌语",它之所以"与现在彝语、纳西语、普米语、藏语和西夏语都很相同或相近",是"由于这几种语言是同源的",也就是说这几个民族在古代存在着一定的渊源关系。近年黄懿陆用当今云南壮族沙支系(自称布越、布侬、布雅侬,简称越)语言比较,认为其壮语汉记与东汉语言一致,因而提出《白狼歌》是地地道道越人歌谣的观点③,其实仍未超出方国瑜先生所提出西南地区多种民族语言与古羌语言同源的范畴。

《后汉书·南蛮西南夷传》记载了《白狼歌》创作流播的过程:

> 辅上疏曰:"臣闻《诗》云:'彼徂者岐,有夷之行。'传曰:'岐道虽僻,而人不远。'诗人诵咏,以为符验。今白狼王唐菆等慕化归义,作诗三章。路经邛崃大山零高坂,峭危峻险,百倍岐道。襁负老幼,若归慈母。远夷之语,辞意难正。草木异种,鸟兽殊类。有犍为郡掾田恭与之习狎,颇晓其言,臣辄令讯其风俗,译其辞语。今遣从事史李陵与恭护送诣阙,并上其乐诗。昔在圣帝,舞四夷之乐;今之所上,庶备其一。"帝嘉之,事下史官,录其歌焉。④

---

① 陈宗祥、邓文峰:《〈白狼歌〉研究述评》,《西南师范大学学报》1979 年 4 期。
② 冉光荣等:《羌族史》,成都:四川民族出版社,1985 年,第 97 页。
③ 黄懿陆:《东汉〈白狼歌〉是越人歌谣》,《广西民族研究》2001 年 3 期。
④ 范晔:《后汉书》,北京:中华书局,1965 年,第 2855 页。

文本世界的内与外

这段文中,可知朱辅在上疏中详细介绍了白狼王唐菆等"慕化归义"的情况。为了学习中原地区生产经验和文化,东汉明帝永平年中(58—75年),唐菆一行从筰都出发,"路经邛来大山零高坂,峭危峻险,百倍岐道。禭负老幼,若归慈母",翻山越岭,路宿百日,来到当时东汉首都洛阳。中原地区的兴盛景象,给他们留下了美好的印象;东汉政府的热情款待,更使他们感受到了祖国大家庭的温暖,为此,"白狼王唐菆等"怀着"慕化归义"的心情,创作了《白狼歌》颂诗三章,下面是诗歌原文:

远夷乐德歌

大汉是治(堤官隗权)①,与天意合(魏冒逾糟)。
吏译平端(罔译刘脾),不从我来(旁莫支留)。
闻风向化(征衣随旅),所见奇异(知唐桑艾)。
多赐缯布(邪毗堪补),甘美酒食(推泽攸远)。
昌乐肉飞(拓拒苏便),屈申悉备(局后仍离)。
蛮夷贫薄(倭让龙洞),无所报嗣(莫支度由)。
愿主长寿(畅洛僧鳞),子孙昌炽(莫稺角存)。

远夷慕德歌

蛮夷所处(倭让反以),日入之部(且交陵悟)。
慕义向化(绳动随旅),归日出主(落且栋洛)。
圣德深恩(圣德渡诺),与人富厚(魏菌渡洗)。
冬多霜雪(综邪流蕃),夏多和雨(作邪寻螺)。
寒温时适(藐浮泸离),部人多有(菌补邪推)。
涉危历险(辟危归险),不远万里(莫受万柳)。
去俗归德(术叠附德),心归慈母(仍落孳模)。

远夷怀德歌

荒服之外(荒服之仪),土地垟埆(犁籍怜怜)。
食肉衣皮(坐苏邪犁),不见盐谷(莫砀麤沐)。
吏译传风(罔译传征),大汉安乐(是汉夜拒)。
携负归仁(踪优路仁),触冒险陕(雷折险龙)。
高山歧峻(偷狼藏撞),缘崖磻石(扶路侧禄)。

---

① 今存汉文《白狼歌》,是经吏译田恭翻译过的作品,因此,它除其汉文歌辞正文外,还有一套与之相应的白狼语汉字记音。这套记声,分别附于每句歌辞的正文后面。例如,"大汉是治"为歌辞的正文,"堤宫隗权"便是其白狼语的汉字记音,下同。

本薄发家（息落服淫）。百宿到洛（理沥发洛）。
父子同赐（捕范菌毗），怀抱匹帛（怀稿匹漏）。
传告种人（传宣呼敕），长愿臣仆（陵阳臣仆）。

歌词内容充实而感人，作者以炽热的感情，畅诉了自己赴洛阳之行的感受及其投身祖国怀抱的感动。远在东汉以前，羌汉等各族人民就共同生息在祖国西南部的广袤土地上。他们相互交往，彼此"习狎"，逐步建立起了深厚的友谊。及至东汉明帝永平年中，汉臣梁国朱辅等人来益州做官后，又不遗余力"威怀远夷，宣示汉德"。中原地区先进的政治、经济和文化，对渴望改变自己"贫薄"面貌的白狼等部落，产生了强大的吸引力："闻风向化""慕化归义"。正是这种渴求上进的力量，促使他们做出了"去俗归德""携负归仁"，投身祖国怀抱的决定。"大汉是治，与天意合。吏译平端，不从我来。"这短促而有力的词句，不仅表述了白狼等部落对中原王朝的归附之意，而且也道出了他们赞同祖国统一，民族团结，共赴强盛的心声。诗篇还反映了白狼等部落当时的生活情况，以及他们崇尚先进文化，并欲努力学习的精神。公元1世纪中叶，生活在笮都一带的白狼等部落，虽然尚处于"土地墝埆。食肉衣皮，不见盐谷"的生产阶段，但他们并不掩饰自己的"贫薄"，更不安于这样的生活。当他们从东汉吏译的口中，听闻到祖国内地的物质文化已相当发达的消息后，便自然产生了"闻风向化""慕义向化"等想法。可以说白狼等部落的首领，不惜"触冒险陕"，"涉危历险"，有"缘崖蹯石。本薄发家，百宿到洛"的目的，绝不仅仅是为了领取一点东汉皇帝的恩赐，而是为了学习中原地区的先进文化，寻找"去俗归德"、脱贫赴强的妙方。

二、《白狼歌》艺术特色及其影响

作为一组畅抒情怀的民族古歌，《白狼歌》在艺术上有着自己的民族特色。《后汉书·南蛮西南夷传》还特别记载了有关原母语语言创作和翻译的过程："今白狼王唐菆等慕化归义，作诗三章。……远夷之语，辞意难正。草木异种，鸟兽殊类。有犍为郡掾田恭与之习狎，颇晓其言，臣（即朱辅）辄令讯其风俗，译其辞语。"从这段零碎的历史记载中，我们可以看出《白狼歌》的原辞，最初是用民族语言来创作的，这本身就使它具备了浓郁的民族特色。后来，此歌被田恭译为汉文后，其辞原有的民族特色，已被折去了许多，关于这一点，人们只要把汉文《白狼歌》的歌辞正文，与其白狼语的汉字记音作一详细比较，即可看出。尽管如此，我们从《后汉书》中所载的汉文《白狼歌》中，仍可体味到一些古代羌人的民族气息。只是汉文《白狼歌》中的民族特色，较之原作来说要显得残碎和隐晦、曲折一些罢了。丁文江先生认为，《白狼歌》是先由作者用"白狼文"写出后，才又由田恭译为汉文的。丁先生的这个意见，可供参考，同样有待于进一步研究。我们以为，当时的白狼唐菆等笮都羌人是否有可以书写的文字尚难考证，而下层官员田恭"与之习狎,颇晓其言",可知笮都羌人能够进行口语对话交流。因此对于唐菆吟唱的歌词,田恭能够听懂并按原声记音,同时又再次翻译为汉语。这一过程,唐章怀太子李贤《后汉书》注释中说得更加具体:"《东观记》载其歌,并载夷人本语,重译训诂为华言,今范史所载者是也。今录《东观》夷言,以为此注也。"这是一段难得的早期民族语言翻译为汉语的珍贵史料,亦即为今天《后汉书·南蛮西南夷传》所载《白狼歌》汉字记音的资料来源,朱辅、田恭、东观史官、范晔、李贤等人共同为保存这段民族语言文学和文化交流的史料做出贡献,具有尤为重要的意义。

汉文《白狼歌》中残存的民族特色,一方面表现在民俗风情的叙写上,如"荒服之外,土地墝埆。食肉衣皮,不见盐谷"等,这同其他一些史书中有关古代羌人"所居无常,依随水草,地少五谷,以产牧为业"①、"男女衣裘褐、被毡。畜牦牛、马、驴、羊以食,不耕稼。地寒,五月草生,八月霜降。无文字,候草木记岁"②等记载是相吻合的。另一方面则表现在民族性格的展现上,例如"携负归仁,触冒险陕。高山岐峻,缘崖蹈石。本薄发家,百宿到洛"这些歌辞虽是叙写笮都羌人在赴洛阳途中所遇到的种种艰难险阻,但也渗透着古代羌人那种吃苦耐劳、不惧困难、刚强勇毅的民族精神。再如,"蛮夷贫薄,无所报嗣。愿主长寿,子孙昌炽",这是一种较为特殊的致谢方式,它既表达了笮都羌人对东汉王朝热情款待的感激之情和祝愿之意,同时,也体现了古代羌人淳朴、耿直的民族性格。

诗歌是语言的艺术。《白狼歌》歌辞本语在艺术上的另一个特点,在于它最初是"用生动的口语和富于表达力的习语与成语"③创作的。如前所述,我们今天所见到的汉文《白狼歌》歌辞,是经吏译田恭翻译过的文本,因此,它的口语化色彩已被大大削弱。然幸好田恭在将此歌译为汉文时,又注意作了白狼语的汉字记音,这就为后人探索这组民族古歌的语言特色,提供了依据。

据现代一些学者的研究,"此歌本语"的"原话大多是一些当时的白狼国广大群众的口语和成语"。④ 也正因为如此,它才较之其汉语译文,在语言风格上显得更加通俗、朴实、自然,富有生活气息和民族特色;在表情达意上,也更为生动活泼、凝练准确,能恰当地表现出作者的思想与情感。例如,"大汉是治,与天意合"一句中的"与天意合",其白狼语记音为"魏冒逾糟"。而"魏冒逾糟"就是当时白狼部落口头习语——"jɛr mr siatia tsa"(意为"我们一致同意")的一种汉字记音。据邓文峰、陈宗祥先生研究:"魏冒逾糟"的古音构拟当为"ηi—woi mau diwo tsau",它与羌语支普米语玉姆土话中的"jɛr mrsiaiia isa"的音十分相近。"jɛr mr siali～isa"是现代普米人(东汉时属古羌系统)开会时习用的一句口语,意为"我们一致同意"。现在普米人开会,当通过某项决定或采纳某种合理的意见时,大家就会高声说:"jɛr mr siatja tsa。"⑤在这

---

① 范晔:《后汉书》,上海:上海古籍出版社,1986 年,第 292 页。
② 欧阳修:《新唐书》,上海:上海古籍出版社,1986 年,第 670 页。
③ 邓文峰、陈宗祥:《〈后汉书·笮都夷传·白狼歌〉歌辞本语试解》,《民族调查研究》1985 年 1、2 合期。
④ 同上。
⑤ 同上。

里,原歌辞作者用"魏冒逾糟"这一口头习语,来承接"大汉是治"(大汉治理着我们),既准确凝练地表述了自己对祖国统一的赞同之意,又生动地传达出了古代羌人坦直、朴实的民族性格。因而让人体味起来,有一种"清水出芙蓉,天然去雕饰"的感觉。此外,《白狼歌》中还有许多辞句,如"闻风向化""甘美酒食""无所报嗣""荒服之外"……从其白狼语记音来看,也都是一些口头化的日常用语,其鲜明的民族民间口语特色由此可见一斑。

如上所述,今存汉文《白狼歌》是经田恭之手翻译而成的,因此,它作为一种特殊的艺术载体,实际上已融合了羌、汉两个民族的文化与智慧,是羌、汉语言文学与文化相互交流的结晶,故在中华民族的文化史上占有特殊的地位。自东汉刘珍将其辑入《东观汉记》后,历代学者对它都颇为注重,"刘宋范晔将其译文收载于《后汉书·筰都夷传》,唐代李贤注《后汉书》时,复将'夷言'汉字记音补入",此后"宋代王钦若、杨亿等编订的《册府元龟》、郑樵著《通志》,明代解缙总编《永乐大典》,清《嘉定府志》,《云南备征志》等均录此歌"。19世纪末,卫礼(Wylie)"将《后汉书》译成英文,《白狼歌》也就流传于全世界了"①。

对于《白狼歌》的研究,是从明、清时代开始的,前人对《白狼歌》的研究,大致可归为四类:一是以歌辞的白狼语汉字记音,来同我国西南诸少数民族语言作对比研究;二是对白狼部落的地望探索;三是歌词的校勘;四是从文学的角度来探讨《白狼歌》的基本内容和艺术成就。从事这些研究的学者,古今不断,中外皆有。一组言仅88句(含"夷言"记音)的民族古歌,能引起人们如此浓厚的研究兴趣,可见它在中华文化史上有多么重大的价值和影响。

---

① 陈宗祥、邓文峰:《〈白狼歌〉研究述评》,《西南师范大学学报》1979年第4期。

关于《全汉魏晋南北朝小说辑校笺证》的几点学术思考

南开大学文学院 宁稼雨

《全汉魏晋南北朝小说辑校笺证》获得 2017 年国家社科基金重大项目立项。下面将该项目选题缘起、研究现状梳理及其提升空间,以及本项目工作基本方案等几个方面问题的基本设想公之同好,就正方家。

一、选题缘起

汉魏晋南北朝是中国小说的起步和雏形时期,这些小说是反映汉魏晋南北朝历史的重要文献。这个时期的小说虽然已经初步具备小说文体的基本要素(情节、人物、虚构),但因为先秦时期作为"九流十家"之末小说家的子部附庸属性,小说文体的叙事功能受到子部说理功能惯性掣肘难以顺利生长。这个尴尬处境使得唐代之前的小说一直不同程度受到各种社会和文类要素的裹挟制约,未能迅速全面步入真正文学体裁意义上的正轨。这样的生存状态和生长过程一方面使其内容更加具有多方面的历史认识价值,因而不容忽视;另一方面,其自身在文献典籍中的边缘化位置造成其自身界限模糊、作品散佚严重。于是,这部分文献本身特殊的历史认识价值与作品整体散佚严重之间的矛盾也就形成了本课题生成的基本理由。同时,作为中国小说史深入研究需求,其雏形时期小说作品整体原貌的复原也是必不可少的重要环节。

据项目负责人前期研究所认定的"六朝小说"文体概念范围界限及其所著《中国文言小说总目提要》所拟《全汉魏晋南北朝小说全目》初步统计[①],项目所涉"全汉魏晋南北朝小说"作品数量为 169 种。其中有传本辑本者 26 种,其余 143 种作品多年罕受关注,多数湮没无闻。这就更加彰显了汉魏晋南北朝小说的文献整理挖掘抢救工作的必要性和紧迫性。因年代久远,汉魏晋南北朝小说文献本身大量散佚失传,同时,可以用来辑录这些小说散佚材料的原始文献数量也比较有限。

[①] 见宁稼雨:《六朝小说概念的"Y"走势》,《山西大学学报》2007 年第 3 期;宁稼雨:《中国文言小说总目提要》,济南:齐鲁书社,1996 年。

断代总集文献编纂研究是中国古籍整理研究的重要组成部分。目前，从先秦到清代，各个朝代的断代分体文献总集编纂研究基本均有归宿，遗漏的盲点较少，投标课题"全汉魏晋南北朝小说"是其中之一。

二、研究现状梳理及其提升空间

横向看汉魏晋南北朝断代文体文献全编的挖掘整理情况：散文方面已有严可均《全上古三代秦汉三国六朝文》（中华书局1965年版），诗歌方面已有逯钦立在近人丁福保所辑《全汉三国晋南北朝诗》基础上所作《先秦汉魏晋南北朝诗》（中华书局1983年版）。近年已经获得立项的国家重大社科立项选题中，也有包括汉魏六朝集部和诗话等诗文方面项目，说明汉魏晋南北朝断代文学文献整理已经进入国家层面社科立项的关注视域。

纵向看历代文言小说总集选本和类书辑录情况：从唐代开始陆续出现文言小说选本总集，类书中也开始注意辑录小说材料；到宋代形成相当规模，其中有代表性的文献为《太平广记》《类说》《绀珠集》等；明清以来很多丛书中含有一定数量汉魏晋南北朝小说文献，但多属与其他类别或时代合编丛书，除了一些单编断代小说丛书如《晋唐小说畅观》时间和文体范围与竞标课题基本覆盖吻合外，还有一些通代小说专门丛书如《古今说海》《五朝小说》《笔记小说大观》《说库》《古今说部丛书》等也含有汉魏晋南北朝小说文献。此外，历代还有部分与本课题范围时代吻合的存世小说单刻本。这些宝贵的文献遗产都是今天进行本课题工作的重要基础资源。

现代有关汉魏晋南北朝小说文献辑录整理工作始自鲁迅《古小说钩沉》（编入1938年版《鲁迅全集》第八卷），之后有徐震堮等选编的《汉魏六朝小说选》（上海古典文学出版社1956年版）之类汉魏晋南北朝小说选本，但篇幅相当有限。台湾和大陆分别重新编辑出版过以"笔记小说"命名的跨代丛书（台湾新兴书局《笔记小说大观丛刊》1962年版，河北教育出版社《历代笔记小说集成》1995年版），其中含有汉魏六朝部分。上海古籍出版社于1986年出版李剑国《唐前志怪小说辑释》，1999年出版《汉魏六朝笔记小说大观》（"历代笔记小说大观"之一）；文化艺术出版社1997年出版陈文新《六朝小说》；吉林文史出版社2006年出版韩格平主编《魏晋全书》；北京燕山出版社2011年出版张国风《太平广记会校》；中华书局2017年出版熊明《汉魏六朝杂传辑校》；其中都不同程度含有汉魏晋南北朝小说文献。另外，中华书局和一些地方出版社曾以丛书或单本形式整理出版过若干汉魏晋南北朝小说校注整理本，其中比较重要的是余嘉锡、徐震堮、杨勇三位前辈学者的《世说新语笺疏（校笺）》，中华书局"古小说丛刊"（"古体小说丛刊"）共约出版26种（内含汉魏六朝10种），20世纪80年代文化艺术出版社曾出版刘叶秋先生主编"历代笔记小说丛书"（其中含汉魏六朝小说7种），均为整理作出有益积累。

20世纪90年代全国高校古委会曾有过编纂《全古代小说》的动议，也做过一些部署，但大多搁浅,完成出版者只有李时人《全唐五代小说》(中华书局 2014 年 8 月版)。相比之下,作为全面反映汉魏晋南北朝小说文献全貌的《全汉魏晋南北朝小说辑校笺证》还是一个重要空白需要填补。

以上研究成果为汉魏晋南北朝小说文献挖掘整理研究奠定一定基础,但均为选本、单本或丛编,非汉魏晋南北朝小说文献总集全编,而且除《世说新语》和个别作品外,其余整理工作均未采用笺证方式。下面将已有成果略加陈述,评骘得失。

1. 鲁迅《古小说钩沉》从大约 80 种唐前类书和各种相关文献中,对 36 种已经亡佚小说所存佚文进行了全面挖掘,并对所收作品进行了较为详尽的校勘,为后人在此基础上继续加深拓宽眼界奠定了重要基础,并提供了有效方法路径。该书对本课题关于已经亡佚作品研究具有重要的辑佚和校勘参考价值。

2. 台湾新兴书局《笔记小说大观丛刊》和河北教育出版社《历代笔记小说集成》收书都在 2 000 种以上,数量巨大,其中含有本课题时间范围汉魏晋南北朝时段作品分别在 80 种左右,均为影印本,对选定"全汉魏晋南北朝小说总目"有重要参考作用。

3. 上海古籍出版社《汉魏六朝笔记小说大观》收书 21 种,覆盖本课题范围,均为简注本,对本课题选目工作有一定参考作用。

4. 陈文新《六朝小说》收汉魏六朝小说共 36 种,覆盖本课题范围,均为简注本,对投标项目选目工作有一定参考作用。

5. 李剑国《唐前志怪小说辑释》收唐前志怪小说 44 种,其中一半以上为已佚作品,且考据充赡,笺释广博,对本课题辑佚、笺证工作有重要参考作用。

6. 韩格平《魏晋全书》收魏晋时期约 1 200 位作家作品,内容涵盖经史子集。其中含有传本存世作品 4 种,为辑校本,对本课题作品辑录校勘和笺证工作均有参考作用。

7. 张国风《太平广记会校》在汪绍楹校注《太平广记》的基础上,又使用汪绍楹没有用过的宋本及其他重要《太平广记》相关原始文献,重新对《太平广记》进行校勘,发现解决很多文献校勘问题。《太平广记》所收 400 多种文献中,覆盖本课题汉魏晋南北朝小说作品者上百种,将对本课题校勘工作产生重要作用。

8. 熊明《汉魏六朝杂传辑校》辑录汉魏六朝杂传作品共 300 多种,用功较深。其中约十分之一与投标课题所涉汉魏晋南北朝小说有关,将对本课题相关作品的辑佚校勘产生重要参考作用。

9. 中华书局《古小说丛刊》为单本古小说整理丛刊,迄今共出版 26 种,其中 10 种为本课题所涉汉魏晋南北朝部分,将对本课题所涉相关作品的辑校工作产生参考作用。

10. 文化艺术出版社《历代笔记小说丛书》,亦为单本笔记小说丛刊,其中 7 种为本课题所涉汉魏晋南北朝部分,均为简注或辑校本,将对本课题所涉相关作品的辑校工作产生参考作用。

11. 余嘉锡《世说新语笺疏》参考引用大量相关史料,对《世说新语》原文和刘孝标注相关史实和人物关系进行了详尽笺疏。该书不仅会对本课题所涉《世说新语》一书的笺证工作具有重要参考作用,而且其笺疏方法也将为本课题整体的笺证工作提供重要方法参考作用。

以上已有成果在汉魏晋南北朝小说文献挖掘整理方面已经取得了很多成绩,但从今天本课题工作要求的角度衡量,还存在相当的不足和提升空间,主要表现为:

其一,部分以"小说"冠名成果对"汉魏晋南北朝小说"缺乏必要的文体范围界定,导致所收作品范围庞杂,有些甚至连《管子》《孔子家语》《三国志辩误》《曲海总目提要》都作为小说揽入,需要合理规范。

其二,有的成果只是单本整理,有的成果为某一题材类型整理,有的成果只是该时段小说选本,尚无在明确小说文体概念限定下涵盖投标课题时段全部作品的系统整理工作。

其三,有的成果对已有传本缺乏必要的版本比对校勘,有的甚至不交代版本来源,也有的只是选择普及通行版本(如《笔记小说大观》)影印,缺乏版本学术质量。

其四,很多亡佚作品没有受到应有关注,未列入整理工作当中,用本课题学术目标要求衡量,存在重大的工作缺口(课题负责人前期研究统计投标课题169种作品中有143种亡佚)。有些成果虽然整理了部分亡佚作品,但工作尚未尽善尽美。具体表现为所用辑佚原始文献不够充分,如《永乐大典》《渊鉴类函》《古今图书集成》等重要类书和其他古籍文献没有使用,造成很多作品佚文的漏失漏校。

其五,除《世说新语》和个别作品外,本课题所涉范围其他作品多为全书的辑校工作,缺少笺证工作成果,从而给投标课题中其余所有作品都提出了除辑校工作外的笺证工作任务。

三、弥补已有成果空缺的提升工作目标

鉴于已有成果以上缺失,本课题计划用"全""准""清""精"四个字作为弥补解决已有研究成果缺失提升空间的工作目标:

"全"的含义表现在以下三个方面:

首先是所涉作品数量的齐全。作为与严可均《全上古三代秦汉三国六朝文》、逯钦立《先秦两汉三国魏晋南北朝诗》文体不同,但性质相同的大型断代分体总集文献整理工作,本课题"全汉魏晋南北朝小说"首先要求作品数量的齐全。据本课题投标人前期研究成果初步预算,投标课题"全汉魏晋南北朝小说"共有作品169种,其中有传本者26种,其余143种没有完整传本。从以上对已有成果的描述介绍看,已有成果对于这169种小说均未能达到全部揽入和全部进行辑校笺证工作的程度。本课题将在这169部作品数量的基础上,进一步研究核实确认其底数,力争最大程度上实现本课题"全汉魏晋南北朝小说"全部作品数量的零遗漏。

其次是每部作品相关文献材料的齐全。这里的文献资料包括现有传本所有相关版本的齐全(包括各种流传版本之外散见于其他文献中该书引文材料的齐全)、亡佚作品佚文材料挖掘

钩沉的齐全、全部作品笺证工作所需材料的齐全等。已有成果虽然在这方面已经有了相当重要的积累，但距离课题的任务要求还有很大缺口，这是本课题重要的工作任务所在。本课题组在课题重要工作环节"汉魏晋南北朝小说"文献搜集和辑佚工作方面有长期积累和雄厚基础。课题竞标人在《中国文言小说总目提要》和《中国志人小说史》二书中，曾对相关汉魏晋南北朝169种小说的文献资源和辑佚途径做过系统的考证辨析，《六朝笔记小说拾遗》一文也对相关亡佚作品的文献下落做出深入考证。两位子课题负责人分别编撰过《魏晋全书》和《太平广记会校》，其内容范围大致覆盖了竞标课题全部工作内容，为本课题组进入竞标课题工作奠定了坚实的基础。

再次是课题全部工作成果种类的齐全。资料完备是一个专业学科领域得以深入拓展的先决条件和成熟标志，所以一个完整的专业领域需要系统的资料暨数据化工程。从中国小说研究领域来看，已故学者朱一玄先生整理出版了多种古代小说资料，构建了中国小说资料学学科体系。但其中文言小说部分基本付之阙如。后来有侯忠义先生编辑过《中国文言小说参考资料》，程国赋教授编辑出版过《隋唐五代小说研究资料》（上海古籍出版社2005年版），为文言小说研究的资料工程填补了一些空白。本课题组在文言小说资料工程，尤其是汉魏晋南北朝小说资料系统工程方面具有长期积累，本课题能在原有基础上建立更大规模的汉魏晋南北朝小说资料工程体系。本课题负责人曾主编《六朝小说学术档案》（武汉大学出版社2011年版），全面汇总了汉魏晋南北朝小说研究的各种信息资料。鉴于已有成果或零散，或单选的情况，本课题将力求打造形成"全汉魏晋南北朝小说"研究成果的系列立体工程，除主体成果《全汉魏晋南北朝小说辑校笺证》之外，在工作过程中将同时生成《全汉魏晋南北朝小说叙录》《全汉魏晋南北朝小说研究论文集》《全汉魏晋南北朝小说研究资料汇编》等大型辅助性系列成果，所有辅助性成果和主体成果都将汇入课题最终成果之一"全汉魏晋南北朝小说数据库"中，形成全汉魏晋南北朝小说研究文献的集大成所在。

"准"的含义表现在以下方面：

首先是工作范围界定的准确。本课题"全汉魏晋南北朝小说辑校笺证"首先在名称使用和时间范围、文体范围上有明确的规定，这就需要对"汉魏晋南北朝小说"这一概念从文体学角度做科学界定。从《文心雕龙》以来，中国古代文学理论虽然不乏专门的文体论，但主要集中在诗文等传统主流意义上的文体辨析。因为社会歧视的缘故，小说戏曲之类文体问题没有得到应有的关注研究。在中国小说文言和白话两大语体系统中，白话通俗小说的文体特征和界限基本比较明确清晰，其长篇体制为章回小说，短篇体制为话本小说，一般不会造成与其他文体混淆难辨的情况。而文言小说的情况就相当复杂。在唐代传奇产生之前，除个别杂传作品篇幅较长（如《燕丹子》）之外，多数汉魏晋南北朝小说在文体上普遍采用笔记体。而笔记体并非小说所独有，很多杂记与考辨类著作（如《古今注》《容斋随笔》等）也使用笔记体。这就出现一个如何在科学的"小说"文体观念指导下，在所有使用笔记体写作的文献中正确遴选和划定"小说"文体标准的问题。同时，本课题所从属的文言笔记小说不但本身界限模糊，而且古今理解的小说文体概念也相去甚远。这一情况给近现代以来汉魏晋南北朝小说大型文献整理带来的困惑和不利影响就是范围界限模糊,各种文本文类混杂的严重事实。某些已有成果在范围界定方面存在不同程度问题,收书庞杂的遗憾,原因大抵在此。

本课题组对于准确科学界定"汉魏晋南北朝小说"名称和范围这一重要基础问题有着长久思考和深厚积累。1996年,课题负责人出版《中国文言小说总目提要》,首先面临的就是如何从文体学角度科学界定"文言小说"概念范围问题。该书提出的理念思路是"今古兼顾",具体操作程序是,在充分尊重古人"小说"观念的基础上,用今人的小说文体观念对其进行遴选过滤,将完全没有小说叙事要素的杂考杂记类别除,同时还注意吸收古人小说视域之外含有今人小说文体要素的作品。[①] 这样一来,一方面尊重和保留了古人在"小说"这一文体概念上的基本内核,同时,将其中与今人"小说"概念完全相左的因素剔除,从而形成今古小说概念对接融合的态势,并为文言小说的科学研究奠定了学理的基础。在此基础上,本课题组又将这一成果理念用于汉魏晋南北朝小说。2002年,本课题组投标人出版《六朝小说文体与文化研究》(教育部九五社科规划项目),首先完成的工作就是对"六朝小说"概念进行科学界定。《六朝小说界说》一文在吸收《中国文言小说总目提要》关于文言小说概念界定成果的基础上,针对六朝小说的实际情况,提出了六朝小说"Y"走势的学说,即六朝小说实际存在两条线索,一条是六朝至唐代人自己通过史志书目小说家门类著录表达出来的小说文体概念,另一条是用今人的小说文体概念去衡量六朝文献中六朝人小说视域之外的文献。这两部分都应该成为厘定遴选汉魏晋南北朝小说的双重收录和文体界定范围。而"Y"下半部分的单线则是指徐震堮先生所讲的宋代以后中国小说概念的相对明确清晰,具体是指从宋人修《新唐书·艺文志》开始,史志小说家类将完全没有小说故事因素的书清除出去,同时又把之前一直被列入史部杂史杂传类《搜神记》一类志怪小说纳入子部小说家类。[②] 这样,"六朝小说"这一概念就在学理的层面得到明确阐述,后人对于"六朝小说"的概念也就有了明确清晰的范围。本课题将在以往基础上,继续深入挖掘探讨汉魏晋南北朝小说文体界限,即用今人文体学意义上的小说文体概念要素,以情节和人物为主,适当考虑用虚构等文学要素来衡量把握汉魏晋南北朝小说作品标准。这将为本课题提供文体学角度准确科学意义上的名称范围界定依据。

其次是校勘工作的准确。作为古籍整理工作的重要工作环节,校勘工作的目的就是尽最大可能准确恢复古籍内容的原貌。已有研究在这方面有些重要积累,可以为竞标课题提供帮助,但也还有提升弥补的空间。从总体上看,已有成果文字校勘和断句标点工作都比较严谨准确,为本课题校勘工作提供重要的参考材料。但同时我们也发现,这些成果无论是在文字异同校勘,还是断句标点,都不同程度地存在问题。在吸收以上成果校勘断句成绩的同时关注发现其相关问题,根据课题组和学界研究成果纠正其失误,也是投标课题的重要工作内容。本课题

[①] 宁稼雨:《文言小说界限与分类之我见》,《明清小说研究》1998年第4期。
[②] 宁稼雨:《六朝小说界说》,《中国语文论译丛刊》1996年第2期。

组在竞标课题重要工作环节"汉魏晋南北朝小说"文献校勘工作方面有长期积累和基础。子课题负责人之一整理编纂过《太平广记会校》，著有《太平广记版本考述》。在全面掌握《太平广记》版本(尤其是汪绍楹校注《太平广记》未使用的宋本)的基础上，对涵盖大量汉魏晋南北朝小说的《太平广记》进行了深入校勘，是21世纪小说文献校勘研究的重大成果。另一子课题负责人曾主持编纂全国高等院校古籍整理研究工作委员会"十五"期间重点科学研究项目《魏晋全书》辑校工作，其中涵盖魏晋时期小说文献。以上两项积累是本课题组在文献校勘方面的积累和准备，有条件顺利完成本课题的文献校勘工作。

"清"的含义主要表现在以下方面：

首先是主体成果体例结构清楚。作为一部大型分体断代文献总集的辑校笺证工作，体例结构的严谨清晰是应有之义。已有成果有些结构编排混乱，有的上百册的历代笔记小说总集，其第一册竟然是清代作品，而汉魏六朝作品却置于第几十册；有的则是在同一册内将不同朝代作品混编，未免有杂乱无章之嫌。本课题组在汉魏晋南北朝小说整体结构方面有过系统研究和深入考虑。课题投标人所著《中国文言小说总目提要》第一编为"唐前(先秦至隋)"，该编完全覆盖投标课题任务范围。该编按题材内容不同分为"志怪""传记""杂俎""志人""谐谑"等五类，本课题将在这一工作的基础上，将投标课题体例结构编排继续完善细化。具体方法是，课题主体成果按时代先后顺序分为《全两汉小说》《全三国小说》《全西晋小说》《全东晋小说》《全南朝小说》《全北朝小说》六卷，力求全书结构框架清晰，排列顺序明确。

其次是具体工作程序明确清晰。与已有成果规模和工作性质相比，本课题工程浩大，工作程序繁多，专业性、学术性强，它将包括从确定文体界限范围，到确定全部作品选目，到文献材料挖掘搜集，到全部作品文字校勘(含断句)，到内容笺证，到资料文献汇集和数据库建设等，每个环节都具有相对的独立性和专业性，又相互关联，需要从整体上预先设计好明确清晰的工作路线，尤其是工作凡例。本课题组在各个工作环节均有过工作经验和成果积累，课题负责人编撰过《中国文言小说总目提要》《先唐叙事文学故事主题类型索引》《六朝小说学术档案》，子课题负责人分别编纂过《魏晋全书》和《太平广记会校》，对汉魏晋南北朝小说整体情况比较熟悉，在相关工作程序方面具有丰富经验和实践积累。课题组将在其基础上制定全面系统和深入细致的工作凡例、工作路线，力争把投标课题的整体构想落实到每一个工作细节中。

再次是全部成果的编排设计清晰。已有成果因规模有限，基本谈不上大型成果编排设计问题。作为国家社科基金重大项目，本课题工程浩大，成果较多，合理编排使全部工作成果既各司其职，又能成为整体系统结构中的单元，是本课题最后工作程序的重要工作任务。本课题计划将最终所有成果分为主体成果(《全汉魏晋南北朝小说辑校笺证》)、资料工作成果(《全汉魏晋南北朝小说研究论文集》《全汉魏晋南北朝小说研究资料汇编》)和数据库成果(《全汉魏晋南北朝小说数据库》)。形成一个主体成果与副产品成果相互参照使用，并以数据库建设为更大程度上的使用效能提供便捷方式。

"精"的含义主要表现在以下方面：

首先是"精校"。校勘工作是古籍整理工作的核心和重中之重，是恢复古籍原貌最必要的工作环节。校勘工作的质量决定古籍整理工作的质量。古籍整理工作不但要做到"准确"，更要做到"精确"。就是娴熟利用校勘工作各种基本方法，在各种校勘方法交替融汇使用过程中尽最大可能地把校勘对象的原貌是非问题落实解决，成为定案。

其次是"精笺"。笺证工作是古籍整理的高级形式。如果说校勘工作解决的是古籍外部文字真实复原问题的话，那么笺证工作解决的是古籍内在意蕴的正确理解解读问题。文字的真实复原是有其外在衡量评判标准的，但内在意蕴解读相比之下却更加深入，更加无形，但也更加重要。好的笺证不但能够释疑释义，而且能够让相关问题形成一个完整的问题链条，帮助读者全面深入理解文献内容和深层问题。而笺证工作一旦出现失误，却可能以讹传讹，贻误后人。所以，笺证工作对于精准的要求更需要严格。笺证本来是汉代以来经学传统的文献整理工作形式，从古籍整理的历史情况看，以往笺证工作对象主要用于经史子集中重要经典文献。已有研究成果中有关汉魏六朝小说文献整理研究采用笺证一类形式的主要是几部关于《世说新语》的笺证成果（余嘉锡《世说新语笺疏》、徐震堮《世说新语校笺》、杨勇《世说新语校笺》）。余书重在史实辨析疏通，徐书重在语词典故书证、杨书重在诸书文字堪比疏解。此外，李剑国《唐前志怪小说辑释》涉及材料相当丰富，具有一定的笺疏功能。以上诸书能为汉魏晋南北朝小说笺证工作提供线索和帮助。但因规模数量有限，还有巨大的工作缺口。同时，这些笺疏成果也还程度不同地存在问题，需要在笺证工作中辨析澄清。本课题组在竞标课题笺证方面有相当的准备和积累。课题投标人曾出版《魏晋风度》《世说新语与中古文化》《六朝小说的文体与文化研究》《魏晋士人人格精神——世说新语的士人精神史研究》等著作。这些研究工作不仅从材料和史实方面全面深入了解了与竞标课题笺证工作相关的历史文化背景，有些研究已经进入到笺证工作的实体环节当中。如在研究中通过《世说新语》故事原文所涉"五碗盘""麈尾"等器物源流的溯源考辨，对《世说新语》36门类名称的考辨溯源和文化内涵解读分析等，已经具有笺证的功能作用。《唐前叙事文学故事主题类型索引》涵盖近3000个故事的各种文献来源和参考文献，也将为竞标课题笺证工作提供丰厚积累。把课题组和学界有关汉魏晋南北朝历史文化的诸多研究成果消化移用于投标课题笺证工作中，是本课题计划突破的工作重点难点，如果成功，也将是本课题最终成果的一大亮点。

四、本课题工作的学术与社会价值

古籍整理的重要工作之一就是系统挖掘整理特定时段文体现存和已经亡佚的古代文献，而在整理恢复一个时代文体文献全貌基础上对其进行校勘和笺证研究又尤为重要。本课题对投标课题所涉"汉魏晋南北朝小说"概念有科学清晰的文体学概念范围界定意识和学术规范操作积累，并且能够在科学概念指导下将以往零散的研究成果进行系统整合和有效逻辑编排，对竞标课题有清晰完整的环环相扣系统工作路线：从文体范围界定到文献搜集、选目、校勘、笺证、提要、资料数据库建设等一系列全过程工作方案。完成本课题对于为文言小说探索辑校笺证工作学术经验，抢救中国古籍文献，恢复汉魏晋南北朝小说全貌，证明中国文化典籍曾经有过的一个品种类型的全貌，爬梳廓清汉魏晋南北朝小说内容相关历史文化背景问题，填补汉魏晋南北朝文学文献整理研究空白，扩大汉魏晋南北朝小说传播影响等都具有重要文献价值。

本课题不但是古代文献研究本身的需要，同时也必将影响带动整个汉魏晋南北朝小说史、文学史和文化史研究走向深入。一个时代文体文献的系统完整程度往往与其相关其他研究的科学深入程度具有直接的因果联系。本课题的完成能提供系统完整的汉魏晋南北朝小说断代文体文献辑佚、校勘及其相关问题梳理笺证，其成果将成为汉魏晋南北朝小说所有各单篇作品具有较大学术含量的规范版本，势必会对包括小说研究在内的整个汉魏晋南北朝文学研究，乃至整个中国小说史研究和汉魏晋南北朝历史文化研究产生重要的积极影响和推动作用。

十八届三中全会以来，党中央提出要"建设社会主义文化强国，增强国家文化软实力"，习近平同志提出要"创造中华文化新辉煌"。恢复祖国历史文化遗产，抢救历史文化典籍，都是实实在在的文化构筑搭建工程。作为文化强国和文化软实力的硬件证明，本课题的研究将成为这一宏伟大厦的重要组成部分。

2017年新年伊始，中共中央办公厅、国务院办公厅印发了《关于实施中华优秀传统文化传承发展工程的意见》。其中"重点任务"第一条"深入阐发文化精髓"明确提出"加强中华文化典籍整理编纂出版工作"。本课题就是贯彻落实这些任务的具体体现。课题将以学术研究的方式，力图辨析恢复中国古代小说曾经有过的起步时代整体全貌，同时疏证澄清这些小说文献文本与汉唐时期各种文献之间的各种深层问题，从历史文化角度来把握这些小说作品蕴含的意义。这对于当今彰显中国传统文化的实力，实现中国文化伟大复兴事业，具有重要的正面鼓舞推进作用，同时也是创造中国梦等号召，在古代文学文献学学术研究领域的具体落实。

亚文化凸起与六朝诗歌的日常生活化及审美形态的发生[①]

中南民族大学文学与新闻传播学院　赵　辉

在文学的文化研究中,学界多从主流文化的角度去揭示礼乐政治文化对文学影响,而大多忽略了亚文化——日常生活文化对文学的深刻作用。但中国自东汉晚期起,文人的日常生活文化与主流的政治礼乐文化的价值取向在很大程度上发生背离;文学成了文人日常生活的重要部分,被文人日常生活化了;故日常生活对文学的作用有时比主流文化更深刻。从亚文化——日常生活文化去研究中国某些文学现象,不仅会对中国文学现象的发生产生更深入的认识,而且对认识中国文学的特质也大有帮助。故本文将从亚文化——日常生活文化这一视角,去考察六朝诗歌创作的生活行为性质与审美形态的发生,以期引起学界在中国文学研究时,对亚文化——日常生活文化这一视角的关注。

一、 六朝亚文化——日常生活文化的凸起

社会文化可以分为主流文化和亚文化两个层次。主流文化代表着政治及其意识形态,其倡导、实践主体主要为政治、思想家和以政治身份出现时的个体。亚文化是社会流行的生活态度和行为文化,包括民情风俗,处于整个文化形态的底层。亚文化的实践主体,涵盖了社会所有的阶层,包括帝王将相、一般官员、文人和普通百姓,实践主体多以个体日常生活身份出现。主流文化整体上对亚文化发展方向具有决定性作用;但亚文化也具有较强的独立性,甚至与主流文化的价值取向完全背离。这尤其在政治与意识形态分离以及主流文化被弱化时最为突出。

汉代,儒家礼乐文化占有绝对的统治地位。礼乐文化是政治、经济、文学艺术和日常生活行为准则,甚至影响服饰、生活器具,规定着人们的日常生活的政治价值取向,将个体和家庭的日常生活当作一种政治行为。儒家提倡的"修身、齐家、治国、平天下"即是这一文化建构的集

[①] 本文为教育部重大攻关课题"中国文学谱系研究"(项目编号:11JZD034)中期成果。

中体现。它强调以礼乐道德去消除人性所具有的对安逸、享乐的追求,如孟子、荀子等都看到了情、色、声、味爱好是人的本性,却不曾给其留下存在的余地。《孟子·尽心下》说:"口之于味也,目之于色也,耳之于声也,鼻之于臭也,四肢之于安佚也,性也。"但他同时认为性之外还存在"命",即仁义礼智和天道,君子应遵从"命"而"不谓性"。① 《荀子·王霸》说:"夫人之情,目欲綦色,耳欲綦声,口欲綦味,鼻欲綦臭,心欲綦佚。"但是,若是顺任这耳目之欲和声色之好自由发展,则会"淫乱生而礼义文理亡"。② 可见他们认为美食、美服、淫乐、声色、安逸等等,是对国家政治有害而无益的。故这些生活追求都是礼乐道德文化反对的。

到汉末魏晋,玄学、道教和佛教同时兴起,打破了儒家礼乐这一主流文化一统天下的局面,如《晋书》卷九一载:"有晋始自中朝,迄于江左,莫不崇饰华竞,祖述虚玄,摈阙里之典经,习正始之余论,指礼法为流俗,目纵诞以清高,遂使宪章弛废,名教颓毁。"③ 这种情况,到梁时虽有改善,但儒学却依然只有平民的地位,失去了汉代的辉煌。这一文化格局的确立,彻底改变了儒家礼乐文化的日常生活价值取向,导致魏晋"人的觉醒"。于是,原本处于亚文化状态中的日常享乐生活文化在六朝泛起,强烈冲击着礼乐文化的生活价值取向,形成了一股巨大的潮流。

玄学的核心思想本源于老庄的自然哲学。玄学认为自然是宇宙的根本法则,不可违背。世界万物以自然为性,性可因而不可为;人为万物之一,故也应"因其本性,令各自得"④,应该率性而行。于是,做官而取利禄,吃喝玩乐,乃至于放诞淫秽,都成了合于自然的存在。如向秀《难嵇叔夜养生论》说:"有生则有情,称情则自然。若绝而外之,则与无生同,何贵于有生哉!且夫嗜欲、好荣恶辱、好逸恶劳,皆生于自然。……且生之为乐,以恩爱相接,天理人伦,燕婉娱心,荣华悦志,服飨滋味,以宣五情;纳御声色,以达性气,此天理之自然,人之所宜、三王所不易也。"⑤ 认为人若不能顺任性情,享受生活,便如同草木,故尧舜也不认为享受生活有什么不对。

道教在六朝的发展过程中,也吸收了儒家的礼乐教化思想,但道教的价值取向却指向了个体成仙和日常生活。它的斋醮符箓道法,目的都不外乎消灾去祸。如《太平经》卷一百二谓:"人欲去凶而远害,得长寿者,本当保知自爱自好自亲,以此自养,乃可无凶害也。"⑥ 因而,道教关注的也是人的日常生活,实为人的日常生活观念的宗教化。

佛教在六朝声势远超道教。佛教认为世界皆空,人生皆苦,人们应去除"惑识"、清净"六根"。但它和庄子强调寡欲一样,目的在怎样去除人生精神的痛苦和烦恼,与老庄和玄学告诉人们"怎样生活更好"的目的却是一致的。所以,佛教宣扬的西方极乐世界,就是一个美妙无比的生活境界。《无量寿经》《佛说阿弥陀佛经》都对此有所描绘,如方立天所谓:

---

① 朱熹:《四书章句集注》,北京:中华书局,1983年,第369页。
② 王先谦:《荀子集解》,北京:中华书局,1988年,第434页。
③ 房玄龄:《晋书》,北京:中华书局,1974年,第2346页。
④ 郭庆藩辑:《庄子集释》,北京:中华书局,1961年,第873页。
⑤ 严可均:《全上古三代秦汉三国六朝文》,北京:中华书局,1958年,第3752页。
⑥ 王明:《太平经合校》,北京:中华书局,2014年,第480页。

> 在极乐世界里，国土以黄金铺地，所用一切器具由无量杂宝、百千种香共同合成，到处莲花香洁，鸟鸣雅音。……众生没有任何痛苦，享受着无限的欢乐，比如"若欲食时，七宝钵器自然在前……百味饮食，自然盈满"（无量寿经），"衣服饮食，花香璎珞，缯盖幢幡，微妙音声，所居舍宅，宫殿楼阁，称其形色高下大小，……随意所欲，应念即至"（同上）。①

这不就是现实中世家大族优裕的生活情景吗！而事实上南朝僧侣的生活与世俗没有两样。晋释道恒《释驳论》就批评当时的僧侣"聚畜委积，颐养有余"②。佛教寺庙是"堂庑周环，曲房连接，轻条拂户，花蕊被庭。至于大斋，常设女乐。歌声绕梁，舞袖徐转，丝管寥亮，谐妙入神。……得往观者，以为至天堂"③。可见，佛学的最终价值还是指向了生活的享乐。故宋代理学家朱熹说："待度得天下人各成佛法，却是教得他各各自私。……佛说万理俱空，吾儒说万理俱实。从此一差，方有公私义利之不同。"④说佛教看空一切，实际上是教人只顾自私自利。

六朝的文化格局带来了文人生活文化的转型。六朝是一个士族社会，士族拥有强大的经济实力和丰富的日常生活享乐资源，具有崇高的政治社会地位，领导着社会风尚。故当他们的生命价值转向于日常生活享受时，人生行乐的思潮便在整个社会迅速漫延开来。

战国两汉，人生行乐的观念便已萌芽。不仅杨朱，汉代杨恽《报孙会宗书》亦曰："人生行乐耳，须富贵何时？"有了以行乐取代功名的意识。六朝文人虽不少"心存魏阙"，但他们的心态却有如孙绰为刘惔所作之诔——"居官无官官之事，处事无事事之心"⑤，身在官场，心在闲适。又如阮籍"遗落世事，虽去佐职，恒游府内，朝宴必与焉"；谢鲲"不徇功名，无砥砺行，居身于可否之间"⑥；张季鹰更公开宣扬："使我有身后名，不如即时一杯酒！"毕茂世也说："一手持蟹螯，一手持酒杯，拍浮酒池中，便足了一生。"⑦陶渊明"性本爱丘山"，对功名了无意思，他在《怨诗楚调示庞主簿邓治中》中说："吁嗟身后名，于我若浮烟。"因"不堪吏职"，弃官归田，虽然生活常是"夏日长抱饥，寒夜无被眠"，但他却怎么也不愿再回官场。齐梁时，高官显贵也不泛人生行乐的意识。江淹曾对他的子弟曰："吾本素宦，不求富贵，……人生行乐耳，须富贵何时。"⑧陈周弘直为朝廷要员，对于享乐却直言不讳，说："好生之情，曾不自觉，唯务行乐，不知老之将至。"⑨甚至帝王也有着超然政治而行乐的思想，如梁元帝虽主张"止足"，却也没有忘记"人生行乐"。可见，在六朝士大夫人生行乐的观念已漫延于整个社会。

但受玄学和佛教人生哲学的影响，六朝文人的享乐与先秦两汉有了很大的改变。先秦两

---

① 方立天：《佛教哲学》，北京：中国人民大学出版社，1986 年，第 143 页。
② 严可均：《全上古三代秦汉三国六朝文》，北京：中华书局，1958 年，第 4812 页。
③ 周祖谟校释：《洛阳伽蓝记校释》，北京：中华书局，2010 年，第 42 页。
④ 黎靖德：《朱子语类》，北京：中华书局，1986 年，第 379 页。
⑤ 同上书，第 1992 页。
⑥ 同上书，第 1377 页。
⑦ 徐震堮：《世说新语校笺》，北京：中华书局，1984 年，第 397 页。
⑧ 姚思廉：《梁书》，北京：中华书局，1973 年，第 251 页。
⑨ 姚思廉：《陈书》，北京：中华书局，1972 年，第 310 页。

汉社会享乐更多注重物质生活。如杨朱认为"人之生也奚为哉？奚乐哉？为美厚尔，为声色尔"，人生有"丰屋美服，厚味姣色。有此四者"，便不需要再求其他。① 因老庄认为过多的欲望会给人带来生命的伤害，在养生方面应更注重生命和生活的自由自在。故战国以来，社会生活态度朝着两种方向发展：一是注重物质的享受，二是追求闲适率性。魏晋时期，玄学肯定了对功名的追求和物质生活的享受，也肯定了生活的闲适率性。故六朝以来的文人的日常生活文化也与此前有很大不同。

六朝士族生活，当然少不了对丰屋、美服、厚味、声色的追求。如傅咸谓："卫公云：'酒色之杀人，此甚于作直。'坐酒色死，人不为悔。"②梁贺琛说："今之燕喜，相竞夸豪，积果如山岳，列肴同绮绣，露台之产，不周一燕之资，而宾主之间，裁取满腹，未及下堂，已同臭腐。又歌姬舞女，本有品制，二八之锡，良待和戎。今言妓之夫，无有等秩，虽复庶贱微人，皆盛姬姜，务在贪污，争饰罗绮。"③但是，魏晋玄学虽然肯定物质生活的享受，而日常生活已不再局限于服食滋味、声色狗马，而是更多的具有了率性和闲适优游的内涵。

所谓率性，就是不受外在的任何拘束。魏晋时期，在率性思潮的影响下，文人大多以己性作为行事的标准。嵇康作《山巨源绝交书》，说自己不愿做官是因为官场的人伦礼法有"七不堪"，包括"卧喜晚起，而当关呼之不置"，"素不便书，又不喜作书"而要作书，"不喜俗人，而当与之共事"等。而《世说新语·任诞》中有关的大量记载，正是魏晋士大夫这一生活风尚极致反映。所谓闲适优游，就是不关世事，自在逍遥。即便为官，也是如孙绰诔刘惔所说"居官无官官之事，处事无事事之心"；萧均对孔圭所谓"身处朱门而情游江海；形入紫闼而意在青云"④。就六朝文人而言，追求生活的闲适优游是一种普遍的社会风尚，如孝怀帝"冲素自守，门绝宾游，不交世事，专玩史籍"；《晋书·王衍传》说王衍"口不论世事"⑤；郑冲"位阶台辅，而不预世事"⑥；王延之"时时见亲旧，未尝及世事，从容谈咏而已"⑦；南齐王偃"不以世事关怀"。

六朝人率性闲适生活的追求，大多以个人情趣为中心。而他们的情趣，更多是优游中的诗酒文咏生活。如《晋书》卷三四载羊祜"乐山水，每风景，必造岘山，置酒言咏，终日不倦"；同书卷七九载谢安"与王羲之及高阳许询、桑门支遁游处，出则渔弋山水，入则言咏属文，无处世意"；《南史》卷五三载萧统"引纳才学之士，赏爱无倦。恒自讨论坟籍，或与学士商榷古今。继以文章著述，率以为常"；陶渊明《饮酒诗序》说自己"无夕不饮。顾影独尽，忽焉复醉。既醉之

---

① 杨伯峻：《列子集释》，北京：中华书局，1979年，第219—220页。
② 房玄龄：《晋书》，北京：中华书局，1974年，第1326页。
③ 姚思廉：《梁书》，北京：中华书局，1973年，第544页。
④ 李延寿：《南史》，北京：中华书局，1975年，第1038页。
⑤ 房玄龄：《晋书》，北京：中华书局，1974年，第1236页。
⑥ 同上书，第992页。
⑦ 李延寿：《南史》，北京：中华书局，1975年，第653页。

后,辄题数句自娱"①;《南史》卷二六载宋袁粲"虽位任隆重,不以事务经怀。独步园林,诗酒自适";同书卷四三载南齐桂阳王铄"遇其赏兴,则诗酒连日";《陈书》卷三四《文学传》载阮卓"退居里舍,改构亭宇,修山池卉木,招致宾友,以文酒自娱"②;《陈书》卷六载陈"后稍安集,复扇淫侈之风。宾礼诸公,唯寄情于文酒"。

当时文人的这种生活风气,就如《金楼子》卷四所说"名士抑扬于诗酒之际,吟咏于啸傲之间",但这种生活情趣绝不止于名士。受南朝风习影响,北朝亦出现了这种日常生活思潮,如《北史》卷三六载尚书令江总"唯事诗酒";同书卷四五载梁祐"从容风雅,好为谈咏,常与朝廷名贤,泛舟洛水,以诗酒自娱"。

六朝也存在没有声色厚味的文咏生活,如陶渊明。但更多是诗酒文咏也涵盖了厚味和声色等方面的物质追求,诗文之咏与声色、厚味大多融为一体。石崇的《金谷诗序》,记自己常在金谷涧别庐"与众贤,共送往涧中,昼夜游晏,屡迁其坐,或登高临下,或列坐水滨,时琴瑟笙筑,合载车中,道路并作。及住,令与鼓吹递奏,遂各赋诗,以叙中怀。或不能者,罚酒三斗"③。可见不少诗酒生活离不开酒肉和歌舞美女。

六朝文人的诗酒生活很多是和新乐结合在一起的。新乐本和情色融为一体,被视为礼教大防,如班固《白虎通义》卷二谓:"郑声淫何?……男女错杂,为郑声以相悦怿,故邪僻声,皆淫色之声也。"④汉代新乐已经流行,至六朝文化更多肯定了声色的享受,故六朝社会对新乐有着普遍喜爱。曹操《善哉行》"朝日乐相乐,酣饮不知醉。悲弦激新声,长笛吹清气",表现出对新声的极大兴趣。故《文心雕龙·乐府》说:"魏之三祖,……志不出于淫荡,辞不离于哀思,虽三调之正声,实韶夏之郑曲也。"《晋书》卷二二载,柴玉、左延年之徒"以新声被宠",卷二三说"魏晋之世","尤发新声",知那个时代的文人,多沉溺于郑声之中。石崇《思归叹·序》说自己"家素习技,颇有秦赵之声",自己并造"新声而播于丝竹"。成公绥作《琴赋》,也有"遂创新声"之句。傅玄《正都赋》这样描写当时的乐舞场面:"抚琴瑟,陈钟簴,吹鸣箫,击灵鼓,奏新声,理秘舞,乃有材童妙妓,都卢迅足。"潘岳的《笙赋》也对新乐表现了欣赏之情:"新声变曲,奇韵横逸。萦缠歌鼓,网罗钟律。烂熠爚以放艳,郁蓬勃以气出。"嵇康《琴赋》这样描写音乐场景,"进御君子,新声憀亮";"拊弦安歌,新声代起"。以上这些记载中,都可看出他们对新乐郑声的热爱。

南北朝社会喜爱的依然是新声。《南齐书》卷三三说齐时"朝廷礼乐多违正典,民间竞造新声杂曲";陈后主"每引客宾对贵妃等游宴,则使诸贵人及女学士与狎客共赋新诗,互相赠答,采其尤艳丽者以为曲词,被以新声"⑤。风习之行,直接影响到徐陵编《玉台新咏》这部艳歌集。

---

① 逯钦立:《先秦汉魏晋南北朝诗》,北京:中华书局,1983年,第997页。
② 姚思廉:《陈书》,北京:中华书局,1972年,第472页。
③ 严可均:《全上古三代秦汉三国六朝文》,北京:中华书局,1958年,第3301页。
④ 陈立撰,吴则虞点校:《白虎通疏证》,北京:中华书局,1994年,第97页。
⑤ 姚思廉:《陈书》,北京:中华书局,1972年,第472页。

他在《集序》说:"至如东邻巧笑,来侍寝于更衣;西子微颦,得横陈于甲帐。陪游馺娑,骋纤腰于结风;长乐鸳鸯,奏新声于度曲。"①《旧唐书》卷二九谓:"宋、梁之间,……人谣国俗,亦世有新声。后魏孝文、宣武,用师淮、汉,收其所获南音,谓之《清商乐》。"清商乐,也就是新乐。

由上可见,六朝文人的日常生活文化虽也有对于声色、服饰、滋味、丰屋等物质生活的追求,但更多将山水游赏、诗酒文咏和女色厚味融合在一起。故六朝虽也有人维护礼乐文化,醉心于仕途,但随着文化格局的演化,享乐的生活文化已全面泛起。于是诗酒文咏、游乐和声色,都成了文人的日常生活追求。士大夫的政治身份和个体日常生活身份的分离,导致了社会政治文化与亚文化形态的日常生活文化价值完全背离。士人的人格、心理、价值都呈现出分裂的两面性特征:庙堂之上,他们高论政治和礼乐道德的担当;走出庙堂,便相拥歌妓舞女,享受着由政治身份得到的丰厚俸禄和偎红倚翠的生活。

二、 六朝诗歌的日常生活化分析

中国的文学是作者自身生活的一部分。故文人生活格局的演变,必然导致这一时期诗文格局的演变。在先秦两汉的礼乐制度中,诗文只是政治教化的工具,诗与礼乐是结合在一起的,乐从属于礼,诗从属于乐,故《乐记》说"礼乐刑政,其极一也"。孔子强调"志之所至,诗亦至焉;诗之所至,礼亦至焉;礼之所至,乐亦至焉"②。诗的这一礼乐属性,决定了诗"经夫妇,成孝敬,厚人伦,美教化,移风俗"的政治教化工具的价值取向。汉代主流文学价值取向受经学作用,依然是班固所说的"抒下情而通讽谕","宣上德而尽忠孝",主流文学创作的主体身份依然是依附于皇权的政治官员,其行为性质更多具有行政行为属性。

不可否认,六朝诗歌作者的社会身份依然首先是政治官员,也有人继承了儒家文学思想。但六朝文人在很大程度上将政治与日常生活分离开来,目光聚焦于个人的日常生活,将诗视为因日常生活需要而存在,加上新乐盛行,故这一时期的诗歌创作都转向对自身日常生活的关注,不再将诗乐视为政治教化的工具。诗歌便基本上脱离了政治,从此前的以政治及其教化为中心到以文人个体的日常生活为中心,而与政治少有着瓜葛,使得这一时期的文学基本被文人日常生活化。故其诗文基本上主要用于宴饮、纪游、交际、娱乐和抒写日常生活情感等,包括了文人日常生活的各个方面。

六朝诗歌创作的这种格局,应该说始于东汉末年,魏晋时已形成气候。试分析六朝陆机、陶渊明、谢灵运、鲍照、谢朓、沈约、江淹、庾信等代表诗人创作的行为性质及其诗歌内容便可得出清晰的结论。

---

① 徐陵编,吴兆宜注:《玉台新咏》,成都:成都古籍书店,第 1 页。
② 阮元校刻:《十三经注疏·礼记正义》,北京:中华书局,1980 年,第 1616 页。

表 11-1 六朝代表诗人创作行为性质及内容分析表

作者	诗歌总数	郊庙 约占5.7%	纪行 约占25.4%	人际交往 约占23%	乐府 约占19.4%	杂诗 约占21.5%	咏物 约占5%
陆 机	115		12	28	52	23	
陶渊明	125		47	17		61	
谢灵运	101		53	16	18	14	
鲍 照	208		54	26	84	39	5
谢 朓	165	11	42	53	31	13	15
沈 约	250	65	37	42	51	41	14
江 淹	116		23	30	2	61	
庾 信	253		70	95	21	35	32
总 计	1 333	76	338	307	259	287	66

上表是根据逯钦立《先秦汉魏晋南北朝诗》所做的不完全统计。其中,杂诗包括拟诗、绍古,诸如陶渊明的《杂诗》以及一些无法确定为何而作而又非乐府之类的诗歌。纪行之类的诗包括登、观、游、过、宴集、阅读所感(如陶渊明《读山海经》),还有《学某某体》等之类的诗。交际类诗包括赠、答、问、答、送别、示、悼、应制、应诏等之类的诗。纪行和交际类诗歌都是日常生活性质的行为,二者有交叉的地方,如送别诗本身是因送别行为所作,也可以归入纪行之类。咏物诗既有日常生活中感物之作,也有朋友聚会时的游戏之作,如谢朓的《同咏坐上玩器》《同咏坐上所见一物》,所以这类诗也可完全视为日常生活行为的产物。从上表可以看出,纪行、人际交往和咏物超过总数的50%。

乐府诗和杂诗,因诗题没有标明为何而作,似乎难以确定主体创作的行为性质;但通过它们抒写的内容,很多基本可以确定是为什么作的。故对乐府和杂诗的日常生活行为性质还须做大致分析。

六朝的乐府诗,确有些涉及政治、军事,如陆机的《从军行》《苦寒行》《饮马长城窟行》、鲍照的《代出自蓟北门行》都与边塞有关,多展示边塞将士的生活之苦;谢朓的《隋王鼓吹曲》中的《元会曲》《钧天曲》《郊祀曲》和《永明乐(十首)》,本是他和萧子良等进献齐武帝的乐歌,有不少歌功颂德之作。但上述几位文人的诗歌中,这类诗歌屈指可数。六朝乐府的题目与内容多是对应的,如《门有车马客行》多写故乡之思,《饮马长城窟行》则多写边关,《相逢行》多写道路与人相逢,《挽歌》全是悼念死者和感慨生命暂短,《采莲曲》多写江南女子采莲之事,《白纻歌》多咏男女欢愉之事,《日出东南隅行》不出路见美人,《燕歌行》多写悲秋之情。这类诗多写日常生活之事,在乐府诗中占很大的比重。乐府诗中,还有一类明显是作者感物、感事之作,有着纪行的性质。如鲍照《松柏篇》,据其序为病中读《龟鹤篇》有感而作;鲍照《代阳春登荆山行》《吴歌(三首)》《采菱歌(七首)》《代夜坐吟》《代春日行》等,谢朓《隋王鼓吹曲》中的《送远》《泛水》《登山》等,沈约的《襄阳蹋铜蹄歌(三首)》等等,不仅是写日常生活之事,而且有明显的感物而作性质;谢朓《同沈右率诸公赋鼓吹曲名(二首)》《同谢谘议咏铜爵台》《同赋杂曲名》《同王主簿有所思》,根据标题的"同"字,都可以肯定是与同僚闲暇时的同题咏唱;谢朓《咏邯郸故才人嫁为厮养卒妇》则不外日常生活的感事而作。《古今乐录》说沈约的《四时白纻歌(五首)》,为武帝命作,武帝还为每首续后两句,知此诗也是他们诗酒生活的产物。可见乐府诗中有不少纪行之作,大多是日常生活化的文学。

杂诗所作也更多是日常生活行为。拟诗为对某些诗有兴趣模仿而作,本是诗酒生活行为,内容也大多是日常生活。如《古诗十九首》都是日常生活的咏叹,陆机的 12 首拟《古诗十九首》之作自然也不离这些内容,《诗》中的《轨迹未及安》《惆怅怀平素》《石龟尚怀海》,也可见作者的生活情景。陶渊明有杂诗 61 首,其中《停云》自注为"思亲友",《时运》为"游暮春"而作。他的《杂诗(十二首)》《拟古(九首)》和《读山海经(十三首)》,有些记日常生活行为,如《荣荣窗下兰》《仲春遘时雨》《迢迢百尺楼》《日暮天无云》《种桑长江边》《白日沦西阿》,根据诗的内容,可确定为日常生活行为的产物;《读山海经》写读书所感,读书也是日常生活行为;其他的诗,都是人生遭遇的感慨,自然不失为日常生活书写。鲍照杂诗中有《拟古诗(八首)》《绍古辞(七首)》《学刘公干体诗(五首)》《拟阮公夜中不能寐诗》《学陶彭泽体诗》,肯定是诗酒生活的产物,而《咏秋诗》《秋夜诗(二首)》《冬至诗》《冬日诗》显然为日常生活有感而作。沈约的杂诗中,如《赤松涧》《八关齐》《古意》《效古》《织女赠牵牛》《春咏》《伤春》《秋夜》《八咏诗》等都不外乎感物之作,《怀旧诗(九首)》则是悼念友人之作。江淹《杂体诗(三十首)》,都为学此前著名作家文体而作,《效阮公诗(十五首)》可视为学阮籍《咏怀》之作,兼抒日常生活情怀;《清思诗(五首)》则在抒写人生道理。可见,这杂诗所作绝大部分为日常生活行为,内容也多为日常生活。

据上表,乐府诗和杂诗约占 41%。而据上面的分析,乐府和杂诗为日常生活行为和内容的诗最少可占 80%,即 430 多首,占诗歌总数的 32% 之多。纪行、人际交往、咏物诗加上乐府诗和杂诗中日常生活行为和内容诗,约占 1 333 首诗歌的 80% 以上。当然,在那些赠、和,尤其是应诏诗,如谢灵运的《三月三日侍宴西池诗》、鲍照《侍宴覆舟山诗》、谢朓《侍宴华光殿曲水奉敕为皇太子作诗》、沈约《从齐武帝琅琊城讲武应诏诗》,因言说对象为帝王,也免不了对帝王的歌颂。但这类诗,如沈约《侍游方山应诏诗》却只写景,无一字歌德。故可以说,六朝的诗歌创作,已基本上摒弃了《毛诗序》的政治教化价值取向,完全转向了日常生活。

三、 日常生活追求与诗歌审美情趣的确立

六朝诗歌的日常生活化,使诗歌创作与日常生活融为一体,其价值取向直接指向了作者生活自身。于是,日常生活追求也就开始支配诗歌的审美趋向,生活追求自然也成了诗歌审美的追求;士大夫日常生活对情、色、声、味的追求,便转化为情、色、声、味相融的美学追求。

以情、色、声、味论诗文,魏晋就已开始,但将其融为一体来讨论诗文,最早为刘勰、钟嵘。刘勰的《文心雕龙》论文,情、色、声、味齐全,如《情采》谓:"立文之道,其理有三:一曰形文,五色是也;二曰声文,五音是也;三曰情文,五性是也。五色杂而成黼黻,五音比而成韶夏,五情发而为辞章,神理之数也。"①刘勰认为虽情为"文之经","繁采寡情,味之必厌";却也要以形色寄意,方能"深文隐蔚",有"文外之重旨","余味曲包"②。即文章既要有情感,也要有辞采,声音婉转,如五色相配,五音调和,这是为文的自然之理。钟嵘的《诗品序》认为诗之美在"滋味",有"滋味"方为好诗。所谓"滋味",就是"文已尽而意有余","味之者无极,闻之者动心"。而诗要有"滋味",则当一是要有情感,能够"意悲而远,惊心动魄","感荡心灵";二是要"因物喻志","寓言写物",如"鳞羽之有龙凤","女工之有黼黻",也就是要有形象色彩。他虽不太认可诗文须有四声,但也认为,"文制本须讽读,不可蹇碍,但令清浊通流,口吻调利",音韵协调。萧绎曾说:"至如文者,惟须绮縠纷披,宫徵靡曼,唇吻遒会,情灵摇荡。"③"绮縠纷披"即谓文应有丝绸一样色彩,"宫徵靡曼"即是就声音和谐而言,"情灵摇荡"即是谓文要以情动人。可见六朝在审美方面非常强调将情融入色、声、味之中,使其产生视觉、听觉、嗅觉和味觉的立体审美效果。而将情、色、声、味日常生活范畴转化为诗歌审美的追求,应当是时日常生活对情、色、声、味追求的直接结果。

　　首先,六朝文学重情受到了当时社会任情风尚和日常生活中新乐弥漫的直接作用。魏晋玄学曾有过"圣人有情无情"的讨论,最终圣人有情论得到普遍认可。如王弼认为,圣人与常人不同的是他们茂于神明,但和常人一样都具有"五情","不能无喜怒哀乐以应物"④。他如桓范、向秀、张邈等都认为情缘于自然,"人生而有情"。于是,社会刮起了任情之风,如王衍丧幼子,悲不自胜,说:"情之所钟,正在我辈。"⑤

　　但六朝诗歌主情这一主张,更直接的影响应来自日常生活用以娱乐的新乐。这一是新乐内容以情色为主,表现着文人享乐的生活情趣,本质上适应着日常生活娱乐的需要。二是新乐采用七声音阶,即在五声音阶的基础上加入变宫、变徵,12个半音齐备,构成了完整的半音音阶,而且可以旋宫转调,较五声音阶更富于表现力,更便于表现各种情感。清商乐被认为是最便于表现悲苦之情的曲调,是新乐很有代表性的曲调。如《韩非子·十过》载师旷说,表现悲伤之情清商"不如清徵",而清徵又不如清角。清商、清徵、清角谓之"清",是因为它们比商、徵、角高半个音,为变声。这些变声的运用,可以更丰富细腻地表现人的情感。故《宋书》卷一九载王僧虔说:"今之《清商》,……务在噍危,不顾律纪,流宕无涯,未知所极,排斥典正,崇长烦

---

① 王运熙、周锋:《文心雕龙译注》,上海:上海古籍出版社,2012年,第212页。
② 同上书,第266—268页。
③ 萧绎:《金楼子》,载永瑢、纪昀等纂修《景印文渊阁四库全书(第848册)》,台北:台湾商务印书馆,1986年,第853页。
④ 陈寿撰,裴松之注:《三国志》,北京:中华书局,1959年,第795页。
⑤ 房玄龄:《晋书》,北京:中华书局,1974年,第1237页;赵辉:《六朝社会文化心态》,北京:文津出版社,1996年,第173—212页。

淫。"①所以,新乐较雅乐更具有感染力,如《汉书·外戚列传上》说李延年"每为新声变曲,闻者莫不感动";张衡《南都赋》说:"弹筝吹笙,更为新声,寡妇悲吟,鹍鸡哀鸣,坐者凄欷,荡魂伤精。"正因为新乐具有更强的表现力而产生强烈的感染力,加上它带有情色的内容,故魏文侯听雅乐时昏昏欲睡,听新乐则不知疲倦。

《文心雕龙·乐府》说,"诗为乐心,声为乐体";歌辞配合曲调,诗乐"表里而相资",乐与诗相互生发。故淫艳的曲辞,不可能产生雅正的音调。新乐不仅歌辞新奇,曲调都很浮靡,叫人心魂飞驰,以至于"拊髀雀跃"。诗是乐的附庸,故雅乐和新乐的不同价值取向,也带来了两个乐系诗歌价值取向的差异。

魏晋以来,任情日常生活文化思潮的兴起带来了新乐流行。而生活中新乐的盛行及其对情感的充分表现,直接导致了"诗缘情"的新价值观念的产生。此前人们虽然也承认诗乐"发乎情",但主张"止乎礼义"。到魏晋,社会对对诗文情感表现有了非常的重视,如《与兄平原书》说:"《答少明诗》,亦未为妙,省之如不悲苦,无恻然伤心言。"②认为诗以悲苦伤心为妙,与陆机《文赋》所说"诗缘情而绮靡"的价值取向一致。

陆机"诗缘情"观念的产生,当与他对新乐的体验和接受有着明显的因果关系,他也深受当时的日常生活文化和新乐思潮影响。其创作如臧荣绪在《晋书》中的评价,"新声妙句,系踪张、蔡";刘勰《文心雕龙·体性》篇亦说其"情繁"。陆机《文赋》论文,多以乐予以说明——如说遣言要注意词采,就应如同"音声之迭代"才成乐章,"凄若繁弦"("繁弦"凄美动人,显然是就新乐而言,如明李之藻《頖宫礼乐疏》卷五说"繁弦凄急,衰世之音");说到文章佳句单出的毛病,他以"缀《下里》于《白雪》"为喻;说到素材不多,事少难成文时,他比方为"偏弦之独张,含清唱而靡应"("偏弦"即单弦,清唱,即无乐器伴奏);说若文章妍、蚩相混,则如"下管之偏疾,故虽应而不和"(意谓堂下吹奏管乐,偏于一声,虽和升歌的演奏相应,但不和谐);谓言无真实情感,就"如弦幺而徽急,故虽和而不悲"("弦幺"也作"幺弦",《钦定四库全书总目》卷一百二十八谓"幺弦侧调,不入正声","徽急"即琴音急促,此句意谓,文章无真实情感,徒有新声急促的旋律,虽然节奏和谐,却不能像新乐那样悲凉);"或奔放以谐合",亦是以乐为喻。陆机论文辞,"清虚以婉约,每除烦而去滥。阙大羹之遗味,同朱弦之清汜。虽一唱而三叹,固既雅而不艳"。"烦""滥"如前所言,都是谓新乐音声繁杂,情感表现没有分际;"同朱弦之清汜"是说如同雅乐质朴。这句话意思是文章质朴,如同去除了新乐的烦、滥,就像雅乐一样虽雅而不艳,没有味道。在谈文章构思及表现异同时,他也是借乐语来说其总的原则,"犹舞者赴节以投袂,歌者应弦而遣声",即如同舞者按节而展舞袖,歌唱者按旋律唱出声调。

在陆机看来,若"六情底滞",文思就会"兀若枯木,豁若涸流",而文章无情,不能"凄若繁弦","虽和而不悲",或者"雅而不艳",除烦去滥,便会"阙大羹之遗味"。可知,陆机深受新乐的

---

① 沈约:《宋书》,北京:中华书局,1974年,第553页。
② 严可均:《全上古三代秦汉三国六朝文》,北京:中华书局,1958年,第2041页。

影响。从他对新乐审美价值取向的肯定,对文学情感表现的强调,知他的"诗缘情说"当是在继承屈原"发愤抒情说"的基础上,充分吸收新乐话语而提出的一个诗学命题。"诗缘情"之"情"更多超越了礼乐政治,指向了人的日常生活情感,具有哀而伤、乐而淫特征。

可见,处于亚文化形态用于日常生活娱乐的新乐对"诗缘情"观念的产生,起到了非常直接的作用。没有社会普遍对新乐的追求和新乐流行带来的对新乐情感表现特征的认识,便不会有六朝诗歌无情便无味这一观念的普遍强调。

其次,对声律的追求源于日常生活音乐和诗歌日常生活娱乐。诗歌对声的追求,本质是对诗歌音乐性的追求。而诗歌的音乐性诉诸于人的听觉,核心内涵是声律的和谐。六朝时,沈约将四声八病应用于诗文的写作,认为诗文应"五色相宜,八音协畅,由乎玄黄律吕,各适物宜。欲使宫羽相变,低昂互节,若前有浮声,则后须切响。一简之内,音韵尽殊,两句之中,轻重悉异"[①]。声律得到前所未有的强调,被当作为诗作文的一个极为重要的元素。

音律由对音乐享受的追求转变为诗歌的审美追求,是从司马相如和陆机开始。司马相如曾说作赋应"一宫一商"为"赋之迹"。宫、商都是音乐调名,"一宫一商",也就是说赋应具有音乐性。陆机在《文赋》强调文章应"音声之迭代",认为声调高低失宜,就会有声韵的不流利。但对诗文声韵的自觉强调,当与四声的发现和六朝文笔之辨有密切关系。周颙从佛经的诵读中发现四声,沈约将其运用到文学的创作,认为"妙达此旨,始可言文",将声韵作为区分文与笔的关键标准。刘勰《文心雕龙》也将"声文"作为"立文之道"之一,并有《声律》一章专门论述文章声韵的重要性。萧绎在《金楼子·立言》中亦谓:"至如文者,惟须绮縠纷披,宫徵靡曼,唇吻遒会,情灵摇荡。"所谓"宫徵靡曼,唇吻遒会",即是说文必须音韵和谐,便于咏诵,也将声韵和谐作为文的关键元素。

将声韵的和谐作为文学一个重要的审美标准,固然与四声的发现和对文的认识有密切关系,但实质是对诗歌音乐性的追求,这与诗歌作为文人日常生活重要方面和将诗歌用于日常生活娱乐不无关系。

诗乐原本一体,汉以来的乐府诗大多如此。六朝人在日常生活中多以歌乐进行娱乐。而音乐之妙,不仅在情色,也在于音乐的和谐。配乐之诗,适应着音乐婉转悠扬的需要,其音节声律的和谐就具有非常重要的意义。《魏庆之词话》载李清照说:"盖诗文分平侧,而歌词分五音,又分五声,又分六律,又分清浊轻重。……如押上声则协,如押入声则不可歌矣。"[②]尽管不是所有的歌的歌词都合乎格律,但歌要如萧绎所说"宫徵靡曼,唇吻遒会",歌诗的音节合乎声律是有着重要意义的。而沈约将四声用之于诗,当与他对音乐的深入了解不无关系。沈约作《宋书·乐志》四卷,且也常作乐歌,如《隋书·乐志》载梁武帝"即位之后,更造新声。帝自为之词三曲,又令沈约为三曲,以被管弦"[③];《古今乐录》载,"武帝改西曲,制《江南上云乐》十四曲,

---

① 沈约:《宋书》,北京:中华书局,1974 年,第 1779 页。
② 魏庆之:《诗人玉屑》,北京:中华书局,2007 年,第 672 页。
③ 魏徵等:《隋书》,北京:中华书局,1973 年,第 305 页。

《江南弄》七曲……又沈约作四曲:一曰《赵瑟曲》,二曰《秦筝曲》,三曰《阳春曲》,四曰《朝云曲》,亦谓之《江南弄》"①。他还有65首郊庙歌辞,51首乐府,而且这些乐府中有不少是艳词,如《三妇艳》《四时白纻歌(五首)》,都和《六忆诗》内容差不多。可知沈约对音乐有深入了解,对新乐相当熟悉。故他阐释诗歌的四声,依然采用音乐的术语,如"宫羽相变"。宫调相当于音乐简谱的1,羽音相当于音乐简谱的6。若对应四声商调,1为平声,羽音6相当于去声。乐的五声当然非新乐所独有,但新乐的七声音阶包含了五声音阶。七声音阶各调式之间转换过渡也更少顿挫,旋律更为婉转。故沈约将四声用于诗文,当也受到了乐律的启发,是将音乐旋律调式转换到了诗歌。

中国古代,诗歌咏诵是文人诗酒生活的一个重要方面。诗乐分离后,诗歌依然用于咏诵,如《三国志》卷二一注引《魏略》载曹植"诵俳优小说数千言";《晋书》卷九二载谢尚"与左右微服泛江,会宏在舫中讽咏,声既清会,辞又藻拔,遂驻听久之,遣问焉,答云'是袁临汝郎诵诗'";《陈书》卷三四载阴铿"五岁能诵诗赋,日千言";《南史》卷一九载,武帝闻咸阳沦没,"登城北望,慨然不悦,乃命群僚诵诗";《孔雀东南飞》云"十六诵诗书"。可见,那时诵诗诵文不仅在宴饮之时。而古代之诵具有歌的性质,只是少了乐器的伴奏,如郑注《礼记正义》卷二十"春诵夏弦"谓"诵,谓歌乐也",孔疏云"歌乐者,谓口诵歌乐之篇章,不以琴瑟歌也"②。

诗文咏诵具有音乐的旋律,婉转悠扬,自然会产生更强的乐感,也更具娱乐价值。"宫徵靡曼,唇吻遒会",更能使受众"情灵摇荡"。所以,在很大程度上是六朝文人的诗酒音乐生活,将四声引向了诗歌,将音乐的旋律之美转化为诗歌的音韵之美。

再次,目欲五色到感物色而动,再到诗歌形象色彩的追求。对色的追求,人们很容易将色理解为女色,但在中国古代,色的追求也包含着各种色彩。《荀子·王霸》说:"人之情,口好味而臭味莫美焉;耳好声而声乐莫大焉;目好色而文章致繁妇女莫众焉。"③荀子所说的好色,便包含着女色和色彩两个方面。故对色的追求,包含对女色和色彩两方面的追求。

色彩富丽一直是六朝人们生活的追求。神仙是汉以来人们崇拜的对象。而神仙生活在魏晋人看来,与生活境地的五色是联系在一起的,如张华《博物志》卷一说昆仑山是神物仙人的聚居之地,其云气和流水都是五色的。现实之中,人们也将色彩华丽视作美好富贵生活的一个方面,如《晋书》卷八六载张骏"起谦光殿,画以五色,饰以金玉,穷尽珍巧";《南史》卷七七载阮佃夫"妓女数十,艺貌冠绝当时。金玉锦绣之饰,宫掖不逮";《抱朴子·外篇·喻蔽》谓:"五色聚而锦绣丽。"锦绣因色彩的繁富而形成,故生活物品多锦绣之饰,也就是对色彩富丽的追求。所以,对色追求的核心是视觉形象和华丽色彩的形色错杂。以色彩作为诗文的审美元素应该说有悠久的文化渊源。"文"最早的含义,人们多依《易·系辞下》"物相杂,故曰文"和《说文》"错画也,象交文"之说。甲骨文中的"文"字,是"立人身上有文身",故甲骨学家断其义为"文身"。

---

① 郭茂倩:《乐府诗集》,上海:上海古籍出版社,1998年,第560页。
② 阮元校刻:《十三经注疏·礼记正义》,北京:中华书局,1980年,第1405页。
③ 王先谦:《荀子集解》,北京:中华书局,1988年,第137页。

"文"的原始意义本有色彩、文饰两方面,故古有"五色成文"之说,《韩诗外传》卷五有"重色而成文"之语。可见色彩与"文""文章"概念的产生具有密切关系,司马相如说作赋须"合纂组以成文,列锦绣而为质",与"文章"概念的产生有内在脉络的一致性。

魏晋以来,文采成为日常生活品评人物的一个重要标准。成公绥《天地赋》说"色表文采",一是就人物才华而言,同时也是就作者诗文辞藻宏富而言。又如《晋书》卷三六载,张华"辞藻温丽"而受世人赞誉;同书卷五四载陆机"天才秀逸,辞藻宏丽",深受张华赏识,葛洪赞其文"犹玄圃之积玉","弘丽妍赡,英锐漂逸",为"一代之绝";《梁书》卷三三载刘孝绰"辞藻为后进所宗,世重其文,每作一篇,朝成暮遍,好事者咸讽诵传写,流闻绝域"。知六朝普遍对文章藻饰予以推崇,并将其作为"文"和"笔"的一个重要的区分标准,如萧绎说"文"除情灵摇荡和宫徵靡曼外,再就是"绮縠纷披";刘勰将五色而形成"形文"作为为文的三个标准之一。故可以说,以"色"作为诗文的审美追求,原本是由日常生活中对于色彩的追求而转化为六朝诗文的审美情趣。

但六朝文人生活格局的改变,也使得六朝文人对色彩的追求在传统五色的基础之上融入了自然物色。"物色",亦即自然景物色彩。《文心雕龙·物色》说"《雅》咏棠华,或黄或白;《骚》述秋兰,绿叶紫茎;凡擒表五色,贵在时见"①;萧统《答玄圃园讲颂启令》"银草金云,殊得物色之美"②。黄、白、绿、紫、银色的草,金色的云,加上自然风声,便有了声色的蕴含。故李善注《文选》"物色"赋曰:"有物有文曰色。风虽无正色,然亦有声。"③范文澜注《文心雕龙·物色》谓:"盖物色犹言声色。"④可见,"物色"有着色彩华丽的内涵,与传统文化中对色彩的追求有着相同的内在脉络。

六朝将物色作为审美对象,同样与六朝文人的日常生活有密切关系。六朝文人日常生活情感活动丰富,又大多性爱山水,故对自然物色特别敏感,面对四时物候,总免不了情灵摇荡。陆机在《文赋》说:"遵四时以叹逝,瞻万物而思纷。悲落叶于劲秋,喜柔条于芳春。"物色触发人们的情感,在想象过程中,情与物色相融,"情曈昽而弥鲜,物昭晰而互进",形成"藻思绮合,清丽千眠;炳若缛绣,凄若繁弦"的意象和"音声之迭代""五色之相宣"的美学特色。钟嵘《诗品序》在谈感物而作时说,人们在嘉会和离群时想起亲戚朋友和故乡,贬谪之臣和远离故乡的人们以及魂逐飞蓬的将士、在外衣单的游子、秋霜中盼望丈夫的思妇等,目击"春风春鸟,秋月秋蝉,夏云暑雨,冬月祁寒"之"四候",便会情灵摇荡,陈诗长歌以释其情,而这"嘉会寄诗以亲,离群托诗以怨",游子的思乡和思妇的思夫等,都不外乎日常生活。故可以说,是六朝文人的日常生活情趣,导致了六朝诗文审美在传统对色彩的追求之上,发展出对于物色表现的审美特征。

值得注意的是,六朝对物色的审美追求,同时也强化了传统以赋比兴所形成的形象来表现

---

① 周振甫:《文心雕龙今译》,北京:中华书局,1986年,第416页。
② 严可均:《全上古三代秦汉三国六朝文》,北京:中华书局,1958年,第3060页。
③ 萧统编,李善注:《文选》,上海:上海古籍出版社,1986年,第581页。
④ 范文澜:《文心雕龙注》,北京:人民文学出版社,1958年,第695页。

情感的审美取向。如《文心雕龙·物色》讨论的是情景问题,同时也是阐释情感表现的形象问题。如其所言,诗人因景物而产生情感活动,思维"流连万象之际,沉吟视听之区";故作品当是"写气图貌","随物以宛转",写出书写对象的形态声貌,如"灼灼状桃花之鲜,依依尽杨柳之貌,杲杲为出日之容,瀌瀌拟雨雪之状,喈喈逐黄鸟之声,喓喓学草虫之韵"。故物色既是指自然景物,同时也指形象,如《文镜秘府论·论文意》"文章是景,物色是本,照之须了见其象也"①,所谓"见其象",即是说见其形象。

最后,饮食之味与诗文之味。饮食之味本与诗文之味风马牛不相及。但因饮食为人类天天之必需,故味觉的感受也就特别深刻,不时使味觉的感受移位,产生了以味感来评价其他事物的现象。

以味感评价诗文,当是由早期以味感来评价言论发展的结果。以味感来评价人物言论,大概始于司马迁。《史记》卷一〇二载冯唐说汉文帝复魏尚为云中守,司马迁评曰:"冯公之论将率,有味哉,有味哉!"又卷一二〇赞郑庄以言荐人说"诚有味其言之也",师古注曰"有味者,其言甚美也"②。魏晋以来,人们赞美他人的话说得好,也常以"味"为喻,如《晋书》卷七六记魏明帝说谢鲲"其言虽未足令人改听,然味之不倦"。但不管是司马迁评冯唐、郑庄,还是魏明帝赞谢鲲,都是就其言的义理而言,与钟嵘所说的"滋味"相去甚远。但是,中国古代有将言视为文的传统,故他们以味评人言论,却为以味感来评价诗文做了充分的铺垫。

明确以味感评价诗文,大概始于刘宋时的王微。他说,"且文词不怨思抑扬,则流澹无味。文好古,贵能连类可悲"③,将诗文的情感表现作为了有味的关键因素。而随着士大夫对文学的重视和文学自身的发展以及四声用之于诗文,到齐梁时,不仅以味来论诗文的情况日益普遍,而且味的内涵也有了质的转变。

这一时期,刘勰及同时的钟嵘、稍后的萧绎,都有对诗文之味的论述。刘勰和钟嵘不仅继承了王微将情感作为诗文之味关键元素的观念,而且掺入了形色、声音的元素,如《文心雕龙·情采》谓"繁采寡情,味之必厌",《明诗》说"张衡怨篇,清典可味"。但是,诗文只有情感而没有形色、文采,也会寡味。他在《宗经》中说,唯有"辞约而旨丰,事近而喻远。是以往者虽旧,余味日新",所谓"事近而喻远",即是说情感应该以形色来表现,不能直露。故刘勰在《隐秀》篇中强调,诗文应该讲求含蓄,将情意寄寓于形象之中,使其"义生文外",方能"使玩之者无穷,味之者不厌"。除此之外,诗文之味也与采丽、简练和声韵有密切关系,如《史传》说班固"赞序弘丽,儒雅彬彬,信有遗味";《声律》谓"声画妍蚩,寄在吟咏,吟咏滋味,流于字句"。钟嵘也认为,诗文应该以比、兴、赋的手法抒情写意,而不直接表达思想情感,方能"文已尽而意有余";但仅注意形色还不能使诗文产生味,而应"宏斯三义,酌而用之",并"干之以风力,润之以丹采",方能"使味之者无极,闻之者动心"。他虽然对诗文讲求四声有微词,但他并没有否定声音也是味的要

---

① 陈伯海主编:《唐诗学文献集粹》,上海:上海古籍出版社,2016年,第73页。
② 同上书,第2324页。
③ 沈约:《宋书》,北京:中华书局,1974年,第1667页。

素之一,如他评张协的诗"文体华净,少病累。又巧构形似之言,……调采葱菁,音韵铿锵,使人味之亹亹不倦"①。

由上可知,以味评价诗文,经历了一个由评价人物之言而转向诗文,由重视人物之言的义理而转向诗文情、形色、声音、文采相融的一个过程。因形色、声音尤其是情感与日常生活有着非常密切的关系,而诗歌已经日常生活化了,故日常生活的这种审美价值取向也就自然而然转换为诗文的美学价值取向。是诗歌的日常生活化,带来了诗歌的日常生活审美化。在文学艺术中,一定的审美价值取向规定了一定的艺术方式,而一定艺术方式则是为一定的审美价值取向的实现服务的。六朝诗歌以日常生活中的情、声、色、味作为审美取向,而这一审美价值取向的实现方式也与此密切相关,那就是将情感抒写放在极重要的位置,通过物色形象对其进行表达,并辅以和谐的音声,从而实现"文已尽而意有余"的滋味境界。六朝以来,诗文功能有一定发展,内容题材更加多元,风格更加多样,但不管是哪种风格,雄浑、劲健、高古也好,飘逸、旷达、豪放也罢,都无不体现着这由情、声、色(情感美、画面美、声韵美)相融而形成的意境之美。

---

① 周振甫:《诗品译注》,北京:中华书局,1998年,第46—47页。

《木兰诗》文本经典化及评价

陕西师范大学文学院　柏俊才

《木兰诗》,又称《木兰辞》,自其产生、流播之后就受到后人的喜爱,拟作不绝如缕,好评如潮,如"古质有逼汉、魏处,非二代所及也"[①]、"事奇语奇,卑靡时得此,如凤凰鸣,庆云见,为之快绝"[②]、"《木兰诗》一篇,足够压倒南北两朝的全部士族诗人"[③]等。流传至今的《木兰诗》是经过无数文人加工润色而形成的佳作,这已为学术界所认可。至于如何加工润色,则从未有学人问津。今试结合所见资料,分析其加工润色的过程,并探究其经典文本的形成和评价,以促进对其艺术性的深刻认识。

一、《木兰诗》流传与润色

《木兰诗》写于何时?这是一桩学术悬案,历来众说纷纭,莫衷一是。刘跃进先生《中国古代文学通论·魏晋南北朝卷》[④]、吴云先生《20世纪中国文学研究·魏晋南北朝》[⑤]、王文倩、聂永华先生《20世纪〈木兰诗〉成诗年代、作者及木兰故里研究综述》[⑥]、王文倩、聂永华先生《〈木兰诗〉成诗年代、作者及木兰故里百年研究回顾》[⑦]、宁稼雨、张雪先生《20世纪以来〈木兰诗〉成诗年代及木兰故里研究述评》[⑧]等文章已对其研究成果进行了综述,大致有汉代、北朝、北魏、南朝、隋代、唐代六说。《木兰诗》最早见于释智匠《古今乐录》。据王应麟《玉海》记载,"《古今乐录》十三卷,陈光大二年僧智匠撰,起汉迄陈"[⑨],则《木兰诗》当写定于陈光大二年(568年)之前。北朝乐府民歌《折杨柳枝歌》第三、四首中有"不闻机杼声,只闻女叹息""问女何所思,问女

---

① 胡应麟:《诗薮》,北京:中华书局,1958年,第42页。
② 沈德潜:《古诗源》,北京:中华书局,1963年,第279页。
③ 范文澜:《中国通史》,北京:人民出版社,1964年,第662页。
④ 傅璇琮、蒋寅:《中国古代文学通论》,沈阳:辽宁人民出版社,2005年,第417—420页。
⑤ 张燕瑾、吕薇芬:《20世纪中国文学研究》,北京:北京出版社,2001年,第608—614页。
⑥ 王文倩、聂永华:《20世纪〈木兰诗〉成诗年代、作者及木兰故里研究综述》,《华北水利学院学报》2006年第4期。
⑦ 王文倩、聂永华:《〈木兰诗〉成诗年代、作者及木兰故里百年研究回顾》,《商丘师范学院学报》2007年第1期。
⑧ 宁稼雨、张雪:《20世纪以来〈木兰诗〉成诗年代及木兰故里研究述评》,《河北师范大学学报》2013年第3期。
⑨ 王应麟:《玉海》,京都:中文出版社,1977年,第1989页。

何所忆"①,这与《木兰诗》中的诗句相合。因此,《木兰诗》作于北朝是较为可信的。今所见《木兰诗》具有北魏民歌情调,作者当为民间艺人,其姓名已不可考。随着南北文化交流,《木兰诗》在南朝陈时传入江南,并被收录于释智匠《古今乐录》。《古今乐录》早已散佚,故难考知《木兰诗》最初之文本形态。

初唐时期吴兢《古乐府》亦收录《木兰诗》。吴兢是初唐史学家和藏书家,据其所著《西斋书目》载,家藏图书多达 13 000 余卷,其中很有可能就有释智匠《古今乐录》。吴兢据《古今乐录》对古乐府诗歌进行整理,并对乐府古题一一注解,今传有《乐府古题要解》一书。明汲古阁本《乐府古题要解》未提及《木兰诗》,足见《木兰诗》并非乐府古题,而是即事创作的乐府诗。吴兢《古乐府》不久亡逸,南宋曾慥《类说》重新收录《古乐府》。曾慥是南宋道教学者,其编撰的《类说》一书收录 200 余种图书,对中国古代图书的保存与校勘均有重要的意义,故《四库全书总目》给予较高评价:"南宋之初,古籍多存,慥又精于裁鉴,故多所甄录大都遗文僻典,可以裨助多闻。又每书虽经节录,其存于今者以原本相校,未尝改窜一词。"②其所收录的《古乐府》很可能就是吴兢原著,《木兰诗》极有可能就是吴兢所见之版本。然曾慥距吴兢的时代已过了五六百年,其间舛误在所难免。《古乐府》(明天启六年岳钟秀刻本)所收录的《木兰诗》文本差异较大,如"问女何所思""女亦无所思""东市买骏马,西市买鞍鞯,南市买辔头,北市买长鞭"等句均无;而且语言较质朴,艺术更粗糙些,如"但闻女叹息"较"唯闻女叹息"更口语化,"朔气传金甲"不如"朔气传金柝"凝练;有些表达上却更准确,如"卷中有爷名"较"卷卷有爷名"为优,"暮宿黑山头"比"暮至黑山头"较为贴切。

中唐时期出现了韦元甫从江南民间采集的《木兰诗》。郭茂倩《乐府诗集》云:"《古今乐录》曰:'木兰不知名,浙江西道观察使兼御史中丞韦元甫续附入。'"③孙洙《古文苑》、冯惟讷《古诗纪》(四库本)、陆时雍《古诗镜》(四库本)、陈祚明《采菽堂古诗选》(续修四库全书本)等书题注与此略同。这段文献标点恐有误,《古今乐录》成书于南朝陈代,怎么可能记唐人韦元甫之事,显然是后人将郭茂倩之语杂入《古今乐录》,故正确的标点应是"《古今乐录》曰'木兰不知名',浙江西道观察使兼御史中丞韦元甫续附入"。《古今乐录》有"木兰不知名"之说,故郭茂倩才有了"《木兰》一曲,不知起于何代也"④之叹。韦元甫从民间采集《木兰诗》一事,黄庭坚《题乐府〈木兰诗〉后》亦云"唐朝方节度使韦元甫得于民间"⑤。韦元甫未有朔方节度使之任,故此处所载有误。笔者以为,"朔方节度使"当为"淮南节度使"之误。据《旧唐书·代宗纪》载,"(大历三年春正月)浙西团练观察使、苏州刺史韦元甫为尚书右丞""(大历三年六月)以尚书右丞韦元甫扬州大都督府长史,兼御史大夫,充淮南节度观察等使""(大历六年)八月乙卯,淮南节度使韦

---

① 郭茂倩:《乐府诗集》,北京:中华书局,1979 年,第 363 页。
② 永瑢等:《四库全书总目》,北京:中华书局,1965 年,第 1061 页。
③ 郭茂倩:《乐府诗集》,北京:中华书局,1979 年,第 373 页。
④ 同上书,第 362 页。
⑤ 黄庭坚:《豫章黄先生文集》,载《四部丛刊初编(第 640 册)》,上海:商务印书馆,1922 年,第 2 页。

元甫卒"①。则韦元甫采集《木兰诗》的时间在大历三年至六年间（768—771）。《木兰诗》在南朝陈代已在江南传播，韦元甫任浙江西道都团练观察使期间得知此诗，将其抄录，流传于世，并拟作一首。郭茂倩将这二首诗收入《乐府诗集》，前一首题署曰"古辞"，即指流传江南的《木兰诗》；后一首是韦元甫拟作，亦即题注云"浙江西道观察使兼御史中丞韦元甫续附入"。后人不察，遂将二首诗都系于韦元甫名下。李昉《文苑英华》（四库本）、刘克庄《后村诗话》、王世贞《艺苑卮言》、高棅《唐诗品汇》（四库本）、李攀龙《古今诗删》均题《木兰诗》于韦元甫名下，现代学者罗根泽、黄震云亦承其说而考证《木兰诗》之作时②，遂造成了不应有的误解。韦元甫采自民间的《木兰诗》，最早收录于郭茂倩《乐府诗集》。二十一卷本《古文苑》（宋端平三年常州军刻淳祐六年盛如杞重修本）在"木兰不用尚书郎"后注云"《乐府》作'欲与木兰赏，不愿尚书郎'"，今存最早的宋本《乐府诗集》（中华再造善本）此句作"木兰不用尚书郎"，注云"一作'欲与木兰赏，不愿尚书郎'"，则今本《乐府诗集》所收录之《木兰诗》已非韦元甫所采自民间原貌。

自宋代起至清代，收录《木兰诗》的文献增多，异文亦层出不穷，虽然我们今天难以考知《木兰诗》之最初形态，但根据这些异文，可以窥见《木兰诗》加工、润色的过程。

"唧唧何力力"是目前唯一可考的《木兰诗》原始文本形态。"唧唧复唧唧"一句，《文苑英华》作"唧唧何力力"。"力力"是魏晋南北朝习用语，如《晋明帝太宁初童谣》"恻恻力力"③、《地驱歌乐辞》"侧侧力力"④等。《地驱歌乐辞》共有四首，郭茂倩《乐府诗集》引《古今乐录》云"'侧侧力力'以下八句，是今歌有此曲"⑤，则前后二诗产生的时间不同，由各自风格来看，前二首为北朝民歌，后二首为南朝民歌，"侧侧力力"属南朝民歌，亦即《古今乐录》所云"今歌"。《折杨柳枝歌》第三、四首亦有云"敕敕何力力，女子临窗织。不闻机杼声，只闻女叹息""问女何所思，问女何所忆。阿婆许嫁女，今年无消息"⑥，这二首诗均属北朝作品。"唧唧何力力"很可能是《木兰诗》最初的语言形态，特别是《折杨柳枝歌》第三、四首有许多与《木兰诗》重合的句子，是时人模仿创作的力证。

"力力"作为象声词在唐代已经很少使用，唐诗中唯李绅《闻里谣效古歌》"唧唧力力烹鸡豚"⑦一例。李绅是唐代新乐府诗创作主要成员之一，其"效古歌"之"古歌"，当指《木兰诗》。"唧唧""力力"均为象声词，但含义含混不清，"唧唧何力力"与"唧唧力力烹鸡豚"之意不尽相同，故吴兢《古乐府》将"唧唧何力力"润色为"促织何唧唧"，孙洙《古文苑》、蔡正孙《诗林广记》、朱胜非《绀珠集》等收录《木兰诗》与此同。室外蟋蟀声、屋内机杼声与木兰叹息，渲染出哀伤幽

---

① 刘昫等：《旧唐书》，北京：中华书局，1975年，第288—298页。
② 罗根泽：《乐府文学史》，北京：东方出版社，2012年，第128页；黄震云：《〈木兰诗〉作者考》，《徐州教育学院学报》1988年第4期。
③ 郭茂倩：《乐府诗集》，北京：中华书局，1979年，第1245页。
④ 同上书，第367页。
⑤ 同上。
⑥ 同上书，第370页。
⑦ 彭定求等：《全唐诗》，北京：中华书局，1960年，第5466页。

怨的氛围，为木兰替父出征奠定了情感基调，这一改动境界全出。唐宋人喜好用"唧唧"来拟虫鸣声，如孟郊《秋怀》"吟虫相唧唧"①、元稹《酬郑从事四年九月宴望海亭次用旧韵》"唧唧不异秋草虫"②、白居易《闻虫》"暗虫唧唧夜绵绵"③、欧阳修《秋声赋》"但闻四壁虫声唧唧"④等。继而清人顾景星指出，楚地方言呼促织为唧唧，"楚人呼促织为唧唧。按：《木兰诗》'唧唧复唧唧'一作'促织何唧唧'，俚词有之，衍为乐府"⑤。因此，"促织何唧唧"再被郭茂倩《乐府诗集》修改为"唧唧复唧唧"，何汶《竹庄诗话》（四库本）、左克明《古乐府》（元至正刻明修本）、冯惟讷《古诗纪》、钟惺《古诗归》（续四库本）、陆时雍《古诗镜》、高棅《唐诗品汇》、李攀龙《古今诗删》、曹学佺《石仓历代诗选》、陈祚明《采菽堂古诗选》、王闿运《八代诗选》、张玉穀《古诗赏析》（清乾隆三十七年刻本）等收录《木兰诗》与此同。这一改动加重了语气，有回环往复之美。

"可汗""天子"几句是《木兰诗》传至南朝之后首次润色。二十一卷本《古文苑》在"可汗问所欲"之"可汗"下注云："唐时蕃夷称天子为可汗。"这是后人认为《木兰诗》作于唐代的来源之一，如冯惟讷《古诗纪》、陆时雍《古诗镜》均云："《古文苑》作唐人《木兰诗》。"这实际上是误解。北魏国君称可汗，有史为证，"后魏乐府始有北歌，即《魏史》所谓《真人代歌》是也……今存者五十三章，其名目可解者六章……其不可解者，咸多'可汗'之辞……北虏之俗，呼主为可汗……知此歌是燕、魏之际鲜卑歌"⑥。《真人代歌》150章，是现知北魏较早的鲜卑族乐歌，其中多有"可汗之辞"，是北魏国主称"可汗"的文学凭证。《木兰诗》中"可汗大点兵""可汗问所欲"二句提及"可汗"，符合北魏文学创作之习惯。至于"归来见天子，天子坐明堂"二句却曰"天子"，不称"可汗"，笔者疑此二句中两个"天子"亦为"可汗"，为了避免过多重复，改"可汗"为"天子"。"归来见天子，天子坐明堂"用顶真的手法，这是南朝民歌习见之诗歌艺术，也是《木兰诗》传至南朝后被文人加工润色的明证。

"不闻爷娘唤女声，但闻黄河流水鸣溅溅"亦是多次加工润色的结果。杜甫《兵车行》"爷娘妻子走相送"，王洙注引彦辅云"杜元注云，古乐府云'不闻爷娘哭子声，但闻黄河之水流溅溅'"⑦。既然是杜甫原注、古乐府，则杜甫见到的《木兰诗》当是吴兢《古乐府》所收录的。然吴兢《古乐府》中《木兰诗》此二句却是"不闻爷娘唤女声，但闻黄河水溅溅"。《旧唐书》载杜甫卒于永泰二年（766年），韦元甫卒于大历六年（771年），二人几乎是同时代人，韦元甫从民间采集的《木兰诗》此二句为"不闻爷娘唤女声，但闻黄河流水鸣溅溅"，则杜甫见到的或许是《木兰诗》更早的版本。由"子"到"女"，反映出汉语语汇逐渐丰富的过程。南北朝之际，"子"有儿子、女儿之意，随着"女"字的出现，"子"方专指儿子。而且"唤女"比"哭子"更符合情境，描绘出父母

---

① 彭定求等：《全唐诗》，北京：中华书局，1960年，第4206页。
② 同上书，第4634页。
③ 同上书，第4854页。
④ 李逸安：《欧阳修全集》，北京：中华书局，2001年，第257页。
⑤ 顾景星：《唧唧词》，载《清代诗文集汇编》，上海：上海古籍出版社，2010年，第176页。
⑥ 刘昫等：《旧唐书》，北京：中华书局，1975年，第1072页。
⑦ 王洙、赵次公：《分门集注杜工部诗》，载《四部丛刊初编（第992册）》，上海：商务印书馆，1922年，第80页。

对木兰日思夜想痛苦之情状。从杜诗自注"但闻黄河之水流溅溅"到吴兢《古乐府》"但闻黄河水溅溅",到宋本《乐府诗集》"但闻黄河流水鸣溅溅",其艺术性不断凝练提升。后人在此基础上继续润色,终成"但闻黄河流水鸣溅溅"这样艺术性较高的诗句。

"万里赴戎机,关山度若飞,朔气传金柝,寒光照铁衣"四句对仗精工,互文见义,声律和谐,艺术成就很高。宋代严羽首次指出此四句类似唐人语,"《木兰歌》最古,然'朔气传金柝,寒光照铁衣'之类,已似太白,必非汉魏人诗也"[①]。严羽此评,经杨维桢《铁崖古乐府》、梅鼎祚《古乐苑衍录》、宋翔凤《过庭录》等典籍转引,产生了较大的影响。若将此四句诗与崔融《关山月》"万里度关山,苍茫非一状"[②]、杜审言《赠苏味道》"边声乱羌笛,朔气卷戎衣"[③]、孙逖《夜到润州》"城郭传金柝,闾阎闭绿洲"[④]、刘禹锡《和令狐相公入潼关》"寒光照旌节,关路晓无尘"[⑤]、李白《送白利从金吾董将军西征》"抗手凛相顾,寒风生铁衣"[⑥]等唐人诗歌相比,有似曾相识之感,然清丽圆转过之。故胡应麟称"惟'朔气''寒光',整丽流亮类梁陈"[⑦];谢榛亦认为"能于古调中突出几句,律调自不减文姬笔力"[⑧],若"通篇较之太白,殊不相类"[⑨]。可见此四句是唐人对《木兰诗》加工润色的结果。

"欲与木兰赏,不愿尚书郎"是《木兰诗》较早的语言形态之一。九卷本《古文苑》(宋刻本)"木兰不用尚书郎"下注云"《乐府》作'欲与木兰赏,不愿尚书郎'";宋本《乐府诗集》"木兰不用尚书郎"下注云"一作'欲与木兰赏,不愿尚书郎'"。冯惟讷《古诗纪》、高棅《唐诗品汇》、张玉穀《古诗赏析》均承袭宋本《乐府诗集》。则"欲与木兰赏,不愿尚书郎"很可能是韦元甫从民间采集到的诗句,然后保存在《乐府诗集》中。后代文人加工润色,将二句合并为一句,写成"木兰不用尚书郎"这样的名句。

"愿借明驼千里足"是段成式之臆改。段成式《酉阳杂俎》云:"驼,性羞。《木兰篇》'明驼千里脚',多误作'鸣'字。驼卧,腹不帖地,屈足漏明,则行千里。"[⑩]段成式从骆驼生活习性入手,辨析"鸣驼"为时人误会,当为"明驼"。段成式之说影响颇大,南宋魏庆之看到《乐府诗集》承《酉阳杂俎》亦改为"明驼","'愿驰千里足',郭茂倩《乐府》'愿借明驼千里足',《酉阳杂俎》作'愿驰千里明驼足'"[⑪]。笔者查阅四库本、中华书局点校本《酉阳杂俎》,并无"愿驰千里明驼足"之句。然宋本《乐府诗集》、左克明《古乐府》、冯惟讷《古诗纪》、高棅《唐诗品汇》、陈

---

① 郭绍虞:《沧浪诗话校释》,北京:人民文学出版社,1961年,第216页。
② 彭定求等:《全唐诗》,北京:中华书局,1960年,第764页。
③ 同上书,第738页。
④ 同上书,第1193页。
⑤ 同上书,第4031页。
⑥ 同上书,第1799页。
⑦ 胡应麟:《诗薮》,北京:中华书局,1958年,第42页。
⑧ 谢榛:《四溟诗话》,北京:人民文学出版社,1961年,第83页。
⑨ 同上书,第16页。
⑩ 段成式:《酉阳杂俎》,北京:中华书局,1981年,第160页。
⑪ 魏庆之:《诗人玉屑》,北京:中华书局,2007年,第347页。

祚明《采菽堂古诗选》录《木兰诗》均有注曰："段成式《酉阳杂俎》云：'愿借明驼千里足。'"明人杨慎继续阐发段成式之意，试图为"明驼"寻找证据，"唐制，驿置有明驼使，非边塞军机不得擅发"①。于是后人纷纷以唐设明驼使为据，力证《木兰诗》为唐代诗篇，孰不知这是以讹传讹所致误。今传收录《木兰诗》诸种文献中，何汶《竹庄诗话》、钟惺《古诗归》、张玉榖《古诗赏析》仍作"愿借明驼千里足"，李昉《文苑英华》作"愿得鸣驼千里足"，其余诸本均作"愿驰千里足"。从段成式看到的"鸣驼千里脚"到"愿驰千里足"，虽略有艺术加工，仍保持了质朴的民歌情调。

"爷"字是宋代以后所改。钱大昕云："古人只用'耶'字……梁世未尝有'爷'字也。《玉篇》：'爷，以遮切。俗为父爷字。'《木兰诗》'阿爷无长男''卷卷有爷名'，本当作'耶'字。杜子美《兵车行》：'耶娘妻子走相送'自注云：'《古乐府》"不闻耶娘哭子声，但闻黄河之水流溅溅。"'即是引《木兰诗》。初不作'爷'，可证《木兰诗》'爷'字乃后人所改。"②钱大昕是清代著名的汉学家，以重训诂考定见长。他从文字学的角度考证，认为南北朝至唐代无"爷"字，只有"耶"字。宋人程大昌亦云："今人不以贵贱呼父皆为耶，盖传袭已久矣。"③由此知，宋代仍称父为"耶"，而非"爷"。因此，《木兰诗》中"卷卷有爷名""阿爷无大儿""从此替爷征""旦辞爷娘去""不闻爷娘唤女声""爷娘闻女来"几句中"爷"字本应作"耶"，宋代之后始改为"爷"。今传收录《木兰诗》的诸多文献中，如孙洙《古文苑》、王闿运《八代诗选》（光绪七年四川尊经书局刻本、光绪十六年江苏书局刻本），全诗所有"爷"字均作"耶"字。

综合以上异文考察来看，《木兰诗》作于北魏，传至南朝后，经过南朝、隋唐文人的润饰，方成为今天所看到的形态。学术界著名的文史专家很早就已经注意到这个问题，如刘大杰先生在20世纪40年代就指出"经了隋、唐人的修饰，在文字上加了一些华美的辞藻"④，游国恩先生亦云"在流传过程中，它可能经过隋唐文人的润色"⑤，曹道衡先生也说"经南朝人和唐人润饰，最后成为今天的《木兰诗》"⑥等，遗憾的是从未有人详加考察罢了。这种润色，使《木兰诗》应有的民歌情调愈来愈淡，文人气息越来越浓厚。同时，不同时期的文人加工，也使《木兰诗》前后矛盾之处颇多，明人安磐就曾感慨道："予反复其词，中间有可疑处。'壮士十年归'，'归来见天子'，唐制无十年征戍之兵，而一卒之微，未必得见天子，可疑者此也。有矛盾处，既曰'归来见天子，天子坐明堂'，是汉人矣；又曰'可汗问所欲'，则是蕃人矣。既为可汗，可汗之制，安有尚书郎之名哉？自相矛盾者此也。况'同行十二年'，言动起居，岂无一事足以发露？'不知木兰是女郎'未必然也，岂寓言者欤。"⑦

---

① 王大淳：《丹铅总录笺证》，杭州：浙江古籍出版社，2013年，第176页。
② 钱大昕：《恒言录》，载《嘉定钱大昕全集（第8册）》，南京：凤凰出版社，2016年，第76页。
③ 程大昌：《演繁露》，明嘉定三十年程煦刻本。
④ 刘大杰：《中国文学发展史》，上海：上海人民出版社，1976年，第255页。
⑤ 游国恩：《中国文学史》，北京：人民文学出版社，1963年，第306页。
⑥ 曹道衡、沈玉成：《南北朝文学史》，北京：人民文学出版社，1991年，第431页。
⑦ 安磐：《颐山诗话》，载永瑢、纪昀等纂修《景印文渊阁四库全书（第1482册）》，台北：台湾商务印书馆，1986年，第461页。

二、《木兰诗》经典文本的形成

《木兰诗》在北魏时期写成,经隋、唐文人加工润色,在流播中逐渐为人们所接受。历来收录《木兰诗》的文献甚夥,异文现象极为普遍,那么究竟以何者为是?或者说,哪一种文献才是《木兰诗》的经典文本?这需进一步仔细探究。

从《木兰诗》的传播来看,宋代是其高峰,《文苑英华》《乐府诗集》《古文苑》《绀珠集》《类说》《竹庄诗话》等全文收录了《木兰诗》。在这几种文献中,《类说》《文苑英华》《乐府诗集》极为重要,因为后代《木兰诗》的异文基本上都是来自这三种文献。笔者试图通过比较来说明,只有《乐府诗集》所收录的《木兰诗》才是经典的文本。

吴兢《古乐府》是目前所知最早收录《木兰诗》的文献,然此书早佚,今仅见于南宋曾慥《类说》中。若就明天启六年岳钟秀刻本《类说》来看,所收《木兰诗》文字质朴,多用俗字,如"兵帖""我爷""但闻""金甲""伴伴"等,甚至也出现了一些不应有的错误,如"阿姨闻妹来"等,其艺术性难以与今天所见《木兰诗》媲美。而且无"问女何所思""女亦无所思""东市买骏马,西市买鞍鞯,南市买辔头,北市买长鞭"六句,故此版本不可能成为《木兰诗》传世经典。

《文苑英华》成书于北宋雍熙三年(986年),《乐府诗集》成书的时间较《文苑英华》略晚。如果将《乐府诗集》(中华再造善本丛书宋刻本)与《文苑英华》(中国国家图书馆藏明抄本)《木兰诗》比较,异文有八处。《乐府诗集》有五处文字来自《古乐府》,却没有采自时代较近的《文苑英华》,表现出郭茂倩谨慎校勘的学者风范。其余三处异文是郭茂倩在《古乐府》与《文苑英华》之间的选择与加工润色。主要体现在:

第一,摒弃了毫无根据的传说,如"愿驰千里足"。"愿驰",《文苑英华》作"愿得鸣驼"。"鸣驼"出自本文前引段成式《酉阳杂俎》,无稽可考,故郭茂倩直接采用了《古乐府》"愿驰千里足"句,避免了不应有的错误。

第二,选取较为凝练的语句,如"火伴皆惊忙"。本句《文苑英华》作"火伴惊忙忙"。"惊忙"写出了同行伙伴看到一个相貌魁梧的将军变成如花似玉的女子后惊慌失措的窘相,而"惊忙忙"却没有这个意思,故"皆惊忙"较"惊忙忙"为优。又如"可汗问所欲,木兰不用尚书郎",《文苑英华》作"可汗欲与木兰官,不用尚书郎"。"可汗问所欲"较"可汗欲与木兰官"简洁准确。获胜归来的木兰已不是无名小卒,职位亦不低,只有"问所欲",才符合当时情境,"可汗欲与木兰官"则显得突兀。这两句诗一问一答,两个主语,"不用尚书郎"缺少主语,故《乐府诗集》选用了《古乐府》"木兰不愿尚书郎"句,又将"不愿"更为《文苑英华》的"不用"。因为相较之下,"不用"较"不愿"态度更坚决些,表现了木兰辞官的坚定与回乡心情的急切。

第三,选取南北朝时期的习用语,如"当窗理云鬓"。"云鬓",《文苑英华》作"云发"。"云鬓"与"云发"均可泛指头发,从广义上讲没有什么不同。据笔者统计,描写女子盛美如云的头发,南北朝文人更喜欢用"云鬟",如江淹《征怨诗》"独枕凋云鬟,孤灯损玉颜"①、沈约《乐将殚恩未已应诏诗》"云鬟垂宝花,轻妆染微汗"②等,故郭茂倩径取《古乐府》"当窗理云鬟"。

第四,纠正了《木兰诗》在传抄过程中出现的错误,如"雄兔脚扑朔,雌兔眼迷离"。"扑朔",《文苑英华》与《古乐府》均作"朴握",明人方以智解释道:"朴握言朴朔也,汉呼兔为没鼻。《说楷》云:'兔名,朴握见《古文苑》。'一作'朴朔',东坡诗'寒窗暖足来朴握',《古乐府·木兰篇》'雄兔脚朴朔,雌兔眼迷离'。"③苏轼诗"寒窗暖足来朴握"宋人赵次公注曰"扑渥,兔也。《木兰歌》:'雄兔脚扑朔,雌兔眼迷离。'扑朔,一本作'扑渥'"④由此知,"朴握"或"扑渥"是兔子的名称,那么"雄兔脚朴握"句意不通。有感于此,郭茂倩便将"朴握"改为"扑朔",在传抄的过程中也有将"扑"误作"朴"的。"迷离",《文苑英华》与《古乐府》均作"弥离"。明人周婴《卮林》云:"《古乐府·木兰词》:'雄兔脚扑朔,雌兔眼迷离。'迷离,亦作'弥离'。《庄子》:'支离疏者,颐隐于齐,肩高于顶,会撮指天,五管在上,两髀为胁。'司马彪注:'形体支离不全貌。'"⑤"弥离"是形体不全的样子,则"雌兔眼迷离"句意不通。"扑朔",扑腾的意思;"迷离",模糊而难以分辨清楚,《木兰诗》以此来区分雌雄双兔。此外,《文苑英华》"阙山度若飞"之"阙山"系"關山"抄写之误,"着我旧时裳"之"着"是"著"的俗体字,《乐府诗集》都进行了纠正。

因此,《乐府诗集》所收录的《木兰诗》是经典文本。《乐府诗集》的版本众多,据尚丽新先生汇总共有 21 种,"从南宋到近代,《乐府诗集》的版本基本依宋本→元本→汲古阁本的顺序递传"⑥。笔者查阅了《乐府诗集》宋刻本、元至正元年(1341 年)集庆路儒学刻明修本、元至元六年(1269 年)刻本、汲古阁本、四库全书本、文学古籍刊行社 1955 年刊本,发现其所收录的《木兰诗》完全一致。800 余年间屡次雕刻与印刷,甚至没出现一处异文或错别字,真不愧是传世经典。

自《乐府诗集》之后,《木兰诗》亦出现不少异文,然均难以撼动《乐府诗集》的经典文本。如"唯闻女叹息"之"唯"的"口"字旁《古文苑》作"厶",显然是传抄之误,古今均无这个字。笔者查阅《古文苑》其他几个版本,丛书集成本、钱熙祚《补守山阁丛书》光绪本作"维",四库本、李锡龄《惜阴轩丛书》光绪本作"惟"。"维"字义丰富,仅为"唯"的异体字时,方与句意合。那么,"维""惟""唯",哪一种符合作品原貌呢?成书年代较早的《乐府诗集》《文苑英华》均作"唯",则"维""惟"是传抄之误。又如"火伴皆惊忙","惊忙",冯惟讷《古诗纪》、高棅《唐诗歌品汇》、李攀龙《古今诗删》、曹学佺《石仓历代诗选》、钟惺和谭元春《古诗归》、沈德潜《古诗源》、张玉榖《古诗赏析》等均作"惊惶"。"惊惶"既有"惊惶"之义,又有"急忙"之义,写出了同伴看到恢复女儿装

---

① 逯钦立:《先秦汉魏晋南北朝诗》,北京:中华书局,1983 年,第 1568 页。
② 同上书,第 1648 页。
③ 方以智:《通雅》,清乾隆四十六年刻本。
④ 王文诰:《苏轼诗集》,北京:中华书局,1982 年,第 349 页。
⑤ 周婴:《卮林》,载《四部丛刊初编(第 344 册)》,上海:商务印书馆,1922 年,第 168 页。
⑥ 尚丽新:《〈乐府诗集〉版本述略》,《西北师范大学学报》2004 年第 3 期。

的木兰后惊慌失措之情状，"惊惶"却不具有如此丰富之意，故吴兢《古乐府》、郭茂倩《乐府诗集》均作"惊忙"。中华书局《中国古典文学基本丛书·乐府诗集》在《出版说明》中自称"用文学古籍刊行社的宋本影印本作底本，用汲古阁本校"①。然乔象钟先生在整理《木兰诗》时，全然不顾《乐府诗集》宋本、汲古阁本、文学古籍刊行社1955年刊本"惊忙"之经典文字，却将底本作"惊（忙）[惶]"，并校注曰："惊（忙）[惶]：据同上改。"②"同上"，指《古诗纪》。该书屡次重印，产生了很大的影响，然终究不能改变《木兰诗》经典文本的魅力。

《木兰诗》经典文本形成之后，后人新增之题注与注释将该诗的理解引向迷雾。冯惟讷《古诗纪》《木兰诗》题下注云："《古文苑》作'唐人《木兰诗》'。"查阅《古文苑》，并无明确标注唐人作《木兰诗》，只有二十一卷本《古文苑》在"可汗问所欲"之"可汗"下注云"唐时蕃夷称天子为天可汗"，方始有《古诗纪》《古文苑》作'唐人《木兰诗》'"之说。收入中华书局《中国古典文学基本丛书·乐府诗集》中的《木兰诗》，在诗后校注云："《诗纪》卷九六题注有'《古文苑》作唐人《木兰诗》'句。"③《古诗纪》的题注影响了很多人，从而误导后人将《木兰诗》的写作时间确定为唐代。张玉穀《古诗赏析》在《木兰诗》题下注云"《名胜志》：'木兰村，在湖广黄州府治北六十里。其上有木兰将军冢。木兰者，朱氏女，诈为男子，代父西征'"④。张玉穀将方志引入《木兰诗》题注中，引导人们确认《木兰诗》本事是黄州府朱木兰代父西征之事。同治《黄陂县志》收录明张涛《题建木兰山将军庙》、佚名《木兰古传》、明王霁《木兰将军传》、清杨廷蕴《木兰将军序》等文章为朱木兰立传，演绎《木兰诗》故事。明屠达《登木兰山记》、清闻政《游木兰山记》以游记的形式，再次确认朱木兰就是《木兰诗》的主人公。张玉穀的题注，启示后人利用方志研究《木兰诗》，从而使《木兰诗》的探究更加迷离徜恍。沈德潜《古诗源》在《木兰诗》后注云："唐人韦元甫有《拟木兰诗》一篇，后人并以此篇为韦作，非也。韦系中唐人，杜少陵《草堂》一篇，后半全用此诗章法矣。断以梁人作为允。"⑤沈德潜对《木兰诗》的作者为韦元甫之说进行了辨析，澄清了讹传之误，却提出了"梁人作"的新说。张玉穀转引乃师之说后云："诗中用'可汗'字，木兰当是北朝人，而诗则南朝人作也。"⑥沈德潜和张玉穀《木兰诗》为"南朝人作"的说法，又将人们带入了另一误区。这些题注与注释引发了后代无数纷争，但由于都是在《木兰诗》经典文本上新增的，对其本事与作时的研究不是确凿的证据。

《木兰诗》自北魏写定后，经过南朝、隋唐文人的润色与加工，收入《乐府诗集》时形成经典文本。这一文本已为历代文人所接受，尽管经历了几百年刻版印刷，并未出现新的异文，显现出人们对这一经典的喜爱与重视，终成"千古杰作"⑦。

---

① 郭茂倩：《乐府诗集》，北京：中华书局，1979年，第6页。
② 同上书，第375页。
③ 同上。
④ 张玉穀：《古诗赏析》，北京：中华书局，2017年，第518页。
⑤ 沈德潜：《古诗源》，北京：中华书局，1963年，第279页。
⑥ 张玉穀：《古诗赏析》，北京：中华书局，2017年，第520页。
⑦ 同上。

三、《木兰诗》的评价

《木兰诗》在北魏时期写成,经后代文人加工润色,在流播中逐渐为人们所接受。历代收录与评价《木兰诗》的文献不胜枚举,从中不难窥见古人对诗歌总体评价。

首先,对《木兰诗》乐府诗性质确认。最早收录《木兰诗》之释智匠《古今乐录》,未言及其诗歌性质。初唐人吴兢将《木兰诗》收入《古乐府》中,然其所著《乐府古题要解》却未对《木兰诗》解题,这就使《木兰诗》的性质含混不清。元稹《乐府古题序》云:"乐府等题,除《铙吹》《横吹》《郊祀》《清商》等词在《乐志》者,其余《木兰》《仲卿》《四愁》《七哀》之辈,亦未必尽播于管弦明矣。"①元稹从乐府与音乐的关系上,首次明确了不入乐的《木兰诗》为乐府诗。严羽在《沧浪诗话》中论及古代诗体时云:"《选》有汉武《秋风词》,乐府有《木兰词》。"②自元稹、严羽之后,古人收录或评价《木兰诗》时均曰"古乐府"。

其次,对木兰忠孝节勇精神的肯定与高扬。接受美学认为,"作品在给读者审美感觉刺激的同时,也能在道德领域内向读者发出召唤,对读者原有的道德观念发起冲击"③。读者在阅读《木兰诗》的时候,为木兰替父从军的忠孝理念所感染,自然而然肯定其行为。韦元甫不是《木兰诗》的第一个读者,却是首个拟作者,他的《木兰歌》描写了木兰从征的原因、驰骋疆场、屡建军功、辞赏还家等故事情节,结尾满怀激情地写道:"世有臣子心,能如木兰节。忠孝两不渝,千古之名焉可灭。"④"忠孝两不渝"是对《木兰诗》的首次评价,同时也为诗歌思想性定下了基调。二十一卷本《古文苑》云:"若木兰者,亦壮而廉矣。使载之《烈女传》,缇萦曹娥将逊之,蔡琰当低头愧汗,不敢与比肩矣。"⑤作者认为,与替父从军、驰骋沙场的木兰相比,缇萦救父、曹娥投江略为逊色,抛弃两个儿子返回中原的蔡琰则愧不敢当。所谓"壮而廉",就是威武雄壮而有节操。由"忠孝两不渝"到"壮而廉",完成了对《木兰诗》思想内涵的揭示,古人浩如烟海的评价均未超出其范围。

再次,质朴自然、明白如话而富有表现力的语言。《木兰诗》在唐代为大多数文人所接受,化用其诗句或用木兰意象者数不胜数,杜甫就是一例。《荆溪林下偶谈》"子美草堂诗"条云:"子美《草堂诗》云'旧犬喜我归,低徊入衣裾。邻舍喜我归,沽酒携胡芦。大官喜我来,遣骑问所须。城郭喜我来,宾客隘村墟',盖用《木兰诗》云'爷娘闻女来,出郭相扶将。阿姊闻妹来,当户理红妆。小弟闻姊来,磨刀霍霍向猪羊'。"⑥杜甫喜爱《木兰诗》民歌语言,自然而然地将其

---

① 冀勤:《元稹集》,北京:中华书局,1982年,第254页。
② 郭绍虞:《沧浪诗话校释》,北京:人民文学出版社,1961年,第72页。
③ 朱立元:《接受美学》,上海:上海人民出版社,1989年,第268页。
④ 彭定求等:《全唐诗》,北京:中华书局,1960年,第3055页。
⑤ 章樵:《古文苑》,宋端平三年常州军刻淳祐六年盛如杞重修本。
⑥ 《荆溪林下偶谈》,载陶宗仪等编《说郛三种》,上海:上海古籍出版社,1988年,第11页。

运用到《草堂诗》创作之中。自宋代开始,陆续有文人从理论层面概括《木兰诗》的语言特点。苏轼云:"《列女传》蔡琰二诗,其词明白感慨,颇类《木兰诗》,东京无此格也。"①苏轼评价蔡琰诗歌真伪时,间接地赞美了《木兰诗》语言"明白感慨"的特点。南宋薛季宣云:"其词意质朴,不加藻缋,自有迈往不群之气,真北朝人语也。"②薛季赞扬《木兰诗》质朴无华的语言,还高度评价其"迈往不群"的气势。明人谢榛云《木兰词》云'问女何所思,问女何所忆。女亦无所思,女亦无所忆''东市买骏马,西市买鞍鞯,南市买辔头,北市买长鞭',此乃信口道出,似不经意者,其古朴自然,繁而不乱。若一言了问答,一市买鞍马,则简而无味,殆非乐府家数。"③"信口道出,似不经意者""古朴自然,繁而不乱"都是对《木兰诗》的极高评价。明人李东阳《麓堂诗话》云:"质而不俚,是诗家难事。乐府歌辞所载《木兰词》,前首最近古。唐诗,张文昌善用俚语,刘梦得《竹枝》亦入妙。至白乐天令老妪解之,遂失之浅俗。其意岂不以李义山辈为涩僻而反之,而弊一至是,岂古人之作端使然哉?"④李东阳将张籍(文昌)、刘禹锡(梦得)、白居易(乐天)诗歌中使用俚语情形进行对比研究,肯定了《木兰诗》语言"质而不俚"的特点。古人的这些评价都指出了《木兰诗》的艺术魅力在于民歌语言。

第四,高超的叙事手法。南宋刘克庄云:"《焦仲卿妻诗》……《木兰诗》……《乐府》惟此二篇作叙事体,有始有卒,虽词多质俚,然有古意。"⑤刘克庄在对《焦仲卿妻》与《木兰诗》的评价中,首次确立了"叙事体"理念,后人多有从叙事层面继续阐发《木兰诗》的艺术成就。《古诗归》云:"'昨夜见军帖……卷卷有爷名',此等叙法不详不妙。'暮至黑水头……但闻燕山胡骑声啾啾',琐琐路程中代写离家顾恋如诉。尤妙在语带香奁,无男子征戍气。'阿姊闻妹来',补阿姊、小弟关目始妙。'雄兔脚扑朔……安得辨我是雄雌'四语倒在后咏叹一番。木兰机警英烈之气在纸上矣,未可以闲闲比喻读之。"⑥谭元春从详、略两个方面分析了《木兰诗》的叙事艺术,认为无论详、略都各臻其妙。陈祚明云:"《木兰诗》首篇甚古,当其淋漓,辄类汉魏,岂得以唐调疑之……此诗章法脱换,转掉自然。凡作长篇不可无章法,不可不知脱换之妙。此诗脱换又有陡然竟过处,无文字中含蓄多语,弥见高老。"⑦陈祚明认为《木兰诗》在叙事方面主要运用了脱换法。何谓脱换法?清人钮琇在《觚剩续编》中专列"脱换法"条进行诠释:"'寄愁天上,埋忧地下',本仲长统语,而陈卧子《秋怀》则曰:'不信有天常自醉,最怜无地可埋忧。'是知不论何语,一经脱换,便成佳句。"⑧由此知,脱换法犹如黄庭坚之夺胎换骨法,即以己意化用前人诗

---

① 苏轼:《仇池笔记》,上海:华东师范大学出版社,1983年,第7页。
② 薛季宣:《浪语集》,载永瑢、纪昀等纂修《景印文渊阁四库全书(第1159册)》,台北:台湾商务印书馆,1986年,第232页。
③ 谢榛:《四溟诗话》,北京:人民文学出版社,1961年,第83页。
④ 李东阳:《麓堂诗话》,载丁福保《历代诗话续编》,北京:中华书局,1983年,第1375页。
⑤ 刘克庄:《后村诗话》,北京:中华书局,1983年,第6页。
⑥ 钟惺、谭元春:《古诗归》,载《续修四库全书》编委会编《续修四库全书(1589册)》,上海:上海古籍出版社,2002年,第507—508页。
⑦ 陈祚明:《采菽堂古诗选》,载《续修四库全书》编委会编《续修四库全书(1591册)》,上海:上海古籍出版社,2002年,第321页。
⑧ 钮琇:《觚剩续编》,载《续修四库全书》编委会编《续修四库全书(1177册)》,上海:上海古籍出版社,2002年,第107页。

句。这是创作手法,不是叙事艺术,亦非陈祚明本意。陈祚明结合《木兰诗》阐述了脱换法:"自辞爷娘过下黄河,生出辞黄河,过下至黑山,此所谓脱换法。以人则爷娘为主,以地则黑山为主,入一黄河介于其间,甚无谓却甚变幻,再提爷娘唤女,总写木兰思亲之孝。不复序木兰功业,以三四壮语写去,亦脱换法。"①据此,所谓脱换法实如古诗文启承转合之"转"。"东市买骏马,西市买鞍鞯,南市买辔头,北市买长鞭"几句是写木兰代父出征之准备,接下本应承接"关山度若飞。朔气传金柝,寒光照铁衣。将军百战死,壮士十年归"十年艰苦征战生活。然而作者在"东市"四句与"关山"六句间插入"旦辞爷娘去,暮宿黄河边,不闻爷娘唤女声,但闻黄河流水鸣溅溅。旦辞黄河去,暮至黑山头,不闻爷娘唤女声,但闻燕山胡骑鸣啾啾"八句,看似闲笔,却渲染出一日千里的行军之苦与木兰思亲之孝,这就是陈祚明所说的"脱换法"。古人这些评价都指明了《木兰诗》的叙事技巧。

以上四个方面代表了古人评价主体,同时也抓住了《木兰诗》艺术之精髓。今人之评论,多从排比、复沓、夸张、对偶等修辞方面继续探究,分析这首"千古杰作"之艺术魅力。在浩如烟海的中国古代文学作品中,很少如《木兰诗》一般引发如此广泛而深入的讨论。究其原因在于其高超的艺术性掩盖了诗歌本事,诗歌艺术研究似乎有穷尽,而本事却有无限可延展性。《木兰诗》写定于北魏时期,经过历代文人的加工润色,逐步形成艺术性较高的文本,"事奇语奇,卑靡时得此,如凤皇鸣,庆云见,为之快绝"②。

---

① 陈祚明:《采菽堂古诗选》,载《续修四库全书》编委会编《续修四库全书(1591 册)》,上海:上海古籍出版社,2002 年,第 321 页。
② 沈德潜:《古诗源》,北京:中华书局,1963 年,第 279 页。

从科举看《五经正义》在初唐影响之有限性

华中师范大学文学院 安 敏

修定于初唐时期的《五经正义》集合了当时诸多大儒、政客的思想观念、治学成果,虽历时长、过程复杂,但是既体现了应运时代而生的宏大经义精神,使得处于对立状态的南学与北学碰撞交融;又沿袭了经世致用的传统,在士人进入仕途的考察体系中发挥了重要的作用。"(永徽四年)三月壬子朔,颁孔颖达《五经正义》于天下,每年明经令依此考试。"[①]对于它的地位,日本京都大学东方文化研究所经学文学研究室《毛诗正义校定资料解说》如是说:"作为中国精神发展史之资料,《正义》颇具价值。首先,无庸辞费,《正义》乃是对作为中国人实践规范之'五经'及汉、魏人加诸其上之注给予明确解释,此种解释超越其他注释,而成为一最具势力者。此种势力之形成,乃因五经之字句自汉代以来即不断被反覆讨论,至此书遂达一稳定之呈现。"[②]

毋庸置疑,《五经正义》于其时乃至之后的地位都不容小觑,但是,理想的预设与实际达成之间并不总是一致的。它在初唐时期的影响并不如预期的那么全面和深入,这与初唐科举考试的实际息息相关。

一、明经取士不敌门第出身

从初唐科举取士的实际情况看,科举取士仍然是不敌门第擢定的。唐初沿袭隋朝的科举制度,相对于仅以出身、血缘、门第、家世作为选才标准的用人制度来说的确是进步的,也能在一定程度上改变世族门阀集团对社会政治的绝对垄断,也会有效地避免"世胄蹑高位,英俊沉下僚"[③]的不公,但是初唐政局还是由关陇贵族集团所掌控,新兴地主、庶族子弟短时间内还无法彻底改变历史沉积下来的参与政治权利上的不公。这样的不公体现在统治者对权贵集团的倚重和扶持上,单以人才的培养和选拔来讲就是有偏重的:唐高祖"既即位,又诏秘书外省别立

---

① 刘昫等:《旧唐书》,北京:中华书局,1975年,第71页。
② 张宝三:《五经正义研究》,上海:华东师范大学出版社,2010年,第905页。
③ 逯钦立:《先秦汉魏晋南北朝诗》,北京:中华书局,1983年,第733页。

小学，以教宗室子孙及功臣子弟"①。与科举息息相关的中央官学中弘文馆、崇文馆、国子学、太学、四门学所招收的学员亦都是有一定品级官员的子弟，在人数上的规定也是比较严格的。这些相关规定明显是有倾向性的，给权贵之士进入仕途铺平了道路。所以吕思勉先生说："则唐人之于学校，迄未忘情也，然其效终不可睹。"②与此相对应的，"贵胄子弟，多有不专经业"③、"贵游子弟，必思捷足先据其处"致"选举且不能平"④的现象也就不足为奇了。对此，当权者其实也是有清醒认识的，官至吏部侍郎的魏玄同特上疏说明自己的顾虑"贵戚子弟，例早求官，髫龀之年，已腰银艾，或童丱之岁，已袭朱紫。弘文、崇贤之生，千牛、辇脚之类，课试既浅，艺能亦薄，而门阀有素，资望自高"⑤。不仅如此，科举考试成绩的判定亦存在不公的现象。与制举需要糊名不同的是，唐初的常举是无需糊名的。既然如此，当然就有了"得举者，不以亲，则以势；不以贿，则以交"⑥、"盖有司选士，非贿即势，上失天心，下违人望，非为官择吏，乃为人择官"⑦的现象。参加应试之人为了提高声望，增加中选的可能性，不得不"献策干时，高谈王霸，炫才扬己，历诋公卿"⑧，失却了科举考试选拔人才的初衷。即使是有幸得以中选，在最终所担任的官职上也是有等级区别的。《新唐书·选举志》记"凡秀才，试方略策五道，以文理通粗为上上、上中、上下、中上，凡四等为及第。凡明经，先帖文，然后口试，经问大义十条，答时务策三道，亦为四等"⑨。关于这里所提到的秀才和明经科考试的等级设置问题，据侯力《关于唐初科举制度的几个问题》的研究：

> 唐前期，秀才和明经及第几无甲、乙等第。以丙、丁第而论，秀才及第，获正八品下即为佳品；明经及第，得正九品下亦为上品。而进士及第分甲、乙二等，甲第，从九品上，而唐前期进士甲第者绝少。进士乙第则仅为从九品下。与门荫入仕定品相比较，唐代门荫入仕定品，从一品子的正七品上到七品以下，九品以上及勋官五品以上子的从九品下分列十等。⑩

侯力随后举唐初李义府、娄师德、陈元敬、王璿四人初入官身份为例，说明都是授的九品左右的官职，由此得出"唐初科举士人的入仕，不论是制度涵定，还是实际操作，都是在低'品'位上运

---

① 刘昫等：《旧唐书》，北京：中华书局，1975年，第1163页。
② 吕思勉：《隋唐五代史》，上海：上海古籍出版社，2005年，第1062页。
③ 王溥：《唐会要》，上海：上海古籍出版社，2008年，第1659页。
④ 吕思勉：《隋唐五代史》，上海：上海古籍出版社，2005年，第1062页。
⑤ 刘昫等：《旧唐书》，北京：中华书局，1975年，第2851页。
⑥ 王定保撰：《唐摭言》，上海：上海古籍出版社，2012年，第43页。
⑦ 欧阳修：《新唐书》，北京：中华书局，1975年，第4346页。
⑧ 董诰等：《全唐文》，北京：中华书局，1983年，第1997页。
⑨ 欧阳修：《新唐书》，北京：中华书局，1975年，第1161页。
⑩ 侯力：《关于唐初科举制度的几个问题》，《求索》1997年第6期，第118页。

作"①的结论。而与此对应的,则是通过门荫入仕的多占据高"品"位的不平。如此看来,初唐的科举在很大程度上仍然受门第出身的制约,在高品位者并不都是通史明经之辈,在低品位的通史明经之人所能起的作用也是有限的。故而,《五经正义》在现实中受重视的程度就大打折扣了。

二、 明经考试仅侧重《五经正义》的政治解读

从初唐进士、明经科考试的实际内容来看,虽然以《五经正义》为载体,但本质上测试的还是个人对仁礼精神实质的传承和化用经义指导为政的决策能力。虽然进士、明经科的考试科目在发生变化,如最初只进行试策,唐高宗调露二年的明经、进士考试加帖经,进士科还要另加杂文;后增加《老子》《孝经》为考试内容;武周长寿二年,武则天停考《老子》,增加了由她亲自撰写的《臣范》;唐中宗神龙二年重拾《老子》,停《臣范》……无论内容上如何调整,总体的原则还是看试子如何通过经史的学习把握其内在的治世精神。在这些考试的项目之中,试策是一直保有的科目,也是"承担唐代科举精神实质及其职责功能最为得力的试项"②。虽然将唐代的科举考试都归为"以策取士"有笼统而论的嫌疑,毕竟从玄宗朝进行诗赋取士开始,唐代的科举情况在发生着微妙变化,但是以"以策取士"来概括初唐的情况还是符合历史实际的。

针对进士和明经科考的性质,唐人相关试策可以划分为经策、子史策、时务策等,通过试策着重考察试子对经史子集的博览程度以及对于国计民生、历史政治的看法。关于初唐进士科的试策,我们现在能看到的有收录于《全唐文》中的上官仪的两道试策③,分别是《对求贤策》《对用刑宽猛策》④。单看题目,我们就知道这两道试策一论人才选择问题、一论刑法宽猛问题,都是围绕政治治国方面而谈的。再来看明经科考试,虽然明经科为唐代常选项目的重要组成,但是唐代明经科试策文本传世很少。1964 年,新疆吐鲁番阿斯塔那 27 号唐墓出土了唐写本《论语郑氏注》,其中一些文字残片是以问对形式呈现的。有学者推测这些很可能就是唐代的经义对策残片⑤,然证据不足难以确定。目前所见比较完整的唐代明经策问文本为《文苑英华》所收,如德宗朝曾多次知贡举的权德舆主持贡举考试时所出的试题《明经诸经策问七道》《策问明经八道》等。这些材料有些局限性,如只有问,没有对;再如没有收录初唐的明经策问文本。但是聊胜于无,通过这些材料我们还是可以一窥明经策问的内容偏向。下面,我们就以

---

① 侯力:《关于唐初科举制度的几个问题》,《求索》1997 年第 6 期,第 118 页。
② 陈飞:《唐代试策考述》,北京:中华书局,2002 年,第 3 页。
③ 徐松撰、赵守俨点校:《登科记考》,北京:中华书局,1984 年,第 11—12 页。《登科记考》将此试策文系于贞观元年,作进士策。然二策的确切制作时间及其所属科目,尚待进一步考实。
④ 李昉等:《文苑英华》,北京: 中华书局,1966 年,第 2573、2547 页。
⑤ 王素:《唐写〈论语郑氏注〉对策残卷与唐代经义对策》,《文物》1988 年第 2 期,第 56—62 页。

权德舆的几篇试策来进行说明:

> 问:孔圣属词,丘明同耻。裁成义类,比事系年。居体元之前,已有先传;在获麟之后,尚列余经。岂脱简之难征,复绝笔之云误?子产,遗爱也,而赂伯石;叔向,遗直也,而戮叔鱼。吴季札附子臧而吴衰,宋宣公舍与夷而宋乱?阵为鹅鹳,战岂捷于鱼丽;诅以犬鸡,信宁优于牛耳?子所习也,为予言之。①

> 问:三代之弊,或朴或薄;六经之失,或愚或诬。夫以殷周之理道,诗书之述作,施于风俗,岂皆有所未至耶?辍祭纳书,诚为追远;执戈桃茢,无乃伤恩。何二者之相反耶?两楹坐奠,叹有切于宗予;九龄魂交,孰能移于与尔。何二者之不一耶?山节藻棁,豚肩狐裘,皆大夫也,又何相远耶?檀弓袒免,子游衰麻,何如直谅而忠告之耶?各以经对。②

第一则材料为《〈春秋〉第一问》。首先问的是《春秋》与《左传》出现诸多不同之处的编撰问题,借此了解考生对《春秋》《左传》的熟悉程度。接着就《春秋》《左传》所记的历史史实进行提问:仁爱的子产曾贿赂伯石,正直的叔向曾不徇私情,谏韩宣子杀死了自己贪赃枉法的弟弟叔鱼。这两人都是为政的典范,学子应该通过典籍好好学习,谈谈自己的体会。与此相对应,权德舆又特别挑出史书所记两事发问:吴公子季札为守节辞受王位,仿效曹国的子臧而逃出吴国,却引起了吴国的衰乱;宋宣公放弃自己的儿子立弟弟和为国君是否是宋国动乱的原因呢?这样的问题引发试子深入辩证地思考,告诉他们以不拘小节之态度应对现实行政的问题,不能僵化地拘守仁义之途。其实,对于吴季札让位的史实,权德舆曾经有过明确的解读:"以吴之存,而季子亡之;以让之废,而季子全之……贪以之廉,暴以之仁。"③最后权德舆针对打仗所用的战阵与效果之间的关系、祭祀所用祭品与祭祀态度之间的关系发问。总的来说,这则材料反映了出题者检测考生熟悉经义、活用经义、以史为鉴的能力的倾向。

第二则材料是《〈礼记〉第二问》。要求以《礼记》的本文来应答,同样先考察的是考生对《礼记》内容的熟悉度。《唐六典》就明确指出了相关要求:"其明经各试所习业,文、注精熟,辨明义理,然后为通。"④再来看考察的具体问题,出题者先总结了夏商周三代在礼教问题上的缺陷,无论是少礼还是礼仪繁琐均不利于天下治理。因此,出题者提出了第一个问题:如果能综合用商周之礼来进行治理,用《诗》《书》之精神来教化风俗,则礼教的问题有何达不到的呢?接着,出题者对君王在臣子死后吊丧时体现的不同态度、孔子与周武王遵守礼教的方式不一、管仲和晏婴在奢简之礼的态度上相差甚远等问题进行提问,试图要考生在历史的基础上思考礼治的具体实施问题。

---

① 李昉等:《文苑英华》,北京:中华书局,1966年,第2426页。
② 同上。
③ 权德舆著,霍旭东校点:《权德舆文集》,兰州:甘肃人民出版社,1999年,第279页。
④ 李林甫等撰,陈仲夫点校:《唐六典》,北京:中华书局,1992年,第45页。

由以上两则材料分析，我们可以发现明经科这些试策并非是对具体经文文字的解读，而是挖掘经文所载历史与体现的精神气质、处事原则等，为现实问题提供理论指导。如此看来，初唐科举取士的最终落脚点还是在现实政治问题，而不在经学意识、文学意识等问题。所以在修习经史的过程中，学子们的关注点不可避免地会集中在经义的政治解读方面，这当然会限制对《五经正义》的全面解读。

三、明经考试的发展影响《五经正义》的整体接受

从考试的方式及其发展来说，自选所修经书的方式和帖经形式的日益僵化也影响《五经正义》的整体接受，使得经史的修习"误入歧途"。通过《新唐书·选举志》的相关记载我们知道考生可以根据自身修习情况选择所考的经书，这给予了举子一定的操作空间，使他们偏向选择那些相对文少的经书来修习。这一问题直到开元年间都没有很好地解决，有李元瓘的上疏为证：

> 《三礼》《三传》及《毛诗》《尚书》《周易》等，并圣贤微旨。生人教业，必事资经远，则斯道不坠。今明经所习，务在出身，咸以《礼记》文少，人皆竞读。《周礼》经邦之轨则，《仪礼》庄敬之楷模，《公羊》《穀梁》，历代崇习，今两监及州县，以独学无友，四经殆绝……①

李元瓘对两监及州县学生员修习经书的偏向问题表示担忧。他认为《三礼》《三传》等都是表现圣贤之旨的重要经典，不可荒废任何一家。但因为科举考试可选所考经书，所以当然大家都会选择属于大经又文少的《礼记》而放弃意义同样重大的《周礼》《仪礼》《公羊传》和《穀梁传》。如此一来，通过明经科考来选通经致世之才的目标就会大打折扣。赵匡在《举选议》中也对主考官出题随意，不设范围，导致学习者只论大概，只解决一些不切实际问题的现象进行抨击，"九流七略，书籍无穷，主司问目，不立程限，故修习之时，但务钞略，比及就试，偶中是期，业无所成，固由于此……明经读书，勤苦已甚，既口问义，又诵疏文，徒竭其精华，习不急之业"②。

其实，对于这些科举考试中的问题，当权者也是有清醒认识，并且试图采取措施进行调整。如唐高宗永隆二年就曾经颁布过《严考试明经进士诏》，指出了举子仅仅只试策会造成的问题——"学者立身之本，文者经国之资。岂可假以虚名，必须征其实效。如闻明经射策，不读正经，抄撮义条，才有数卷"③。因为当时明经考试只试策，举子们为了虚应考试，往往并不认真习读和把握九经经义，只是在策问时堆砌一些经义，所习不过数卷，所选明经之士不过徒有虚名而已。为了解决这一问题，高宗提出了解决方案："自今已后，考功试人，明经每经帖试，录十

---

① 杜佑：《通典》，杭州：浙江古籍出版社，1988年，第83页。
② 董诰等：《全唐文》，北京：中华书局，1983年，第419页。
③ 宋敏求：《唐大诏令集》，北京：中华书局，2008年，第549页。

帖得六已上者。"①这样,明经科于试策前加帖经的规定就正式确定下来。本来加试帖经是为了考察举子对经文的熟悉程度,敦促考生全面修习经典,掌握经义,不至偏习或虚应,以保证所选之人"必才艺灼然,合升高第者"②,但帖经考试的形式还是显得比较僵化。按照杜佑的《通典》考察,帖经的具体做法是:

> 以所习经掩其两端,中间开唯一行,裁纸为帖,凡帖三字,随时增损,可否不一,或得四、得五、得六者为通。③

也就是说帖经的考试类似补充填空题,出题者将经文中的某一部分隐去,让考生去补充完整。这些被隐去的文字字数不一。考生为了应对帖经,当然就必须通过记诵的方式全面习读经书。但是通过这种方式只能考察考生的记诵能力,无关其他。而且大多数考生在几年里专背几部经书还是可以保障的,帖经考试很难有区分度。所以发展到后来,出题者故意会出一些偏异之题以迷惑考生,以保证明经科的"选拔特性"。《通典》中就对此现象进行过记载:

> 后举人积多,故其法益难,务欲落之,至有帖孤章绝句,疑似参互者以惑之。甚者,或上抵其注,下余一二字,使寻之难知,谓之"倒拔"。既甚难矣,而举人则有驱联孤绝、索幽隐为诗赋而诵习之,不过十数篇,则难者悉详矣。其于平文大义,或多墙面焉。④

考生为了应对那些孤僻的帖经试题,将关注的点放在了经文的孤绝之处,偏离了修习经义的大旨。对此问题,国子祭酒杨玚也曾上疏云:"窃见今之举明经者,主司不详其述作之意,曲求其文句之难,每至帖试,必取年头月日,孤经绝句。且今之明经,习《左传》者十无二三,若此久行,臣恐左氏之学,废无日矣。"⑤由于明经考试帖试之教条、僵化的考试方式,杨玚担忧左氏之学的衰败。就连唐玄宗也指责举子:"进士以声韵为学,多昧古今;明经以帖诵为功,罕穷旨趣。"⑥对此,《通典》中就表达了不适合用帖经来考察选拔人才的观点,理由是"夫人之为学,帖易于诵,诵易于讲,今日问之,令有讲释,若不精熟,如何应对?此举其难者,何用帖为?且务于帖,则于义不专,非演智之术,固已明实。夫帖者,童稚之事,今方授之以职,而待以童稚,于理非宜"⑦。清人顾炎武也说:"帖试之法,用纸帖其上下文,止留中间一二句,困人以难记。年头

---

① 宋敏求:《唐大诏令集》,北京:中华书局,2008 年,第 549 页。
② 同上。
③ 杜佑:《通典》,杭州:浙江古籍出版社,1988 年,第 83 页。
④ 同上。
⑤ 刘昫等:《旧唐书》,北京:中华书局,1975 年,第 4820 页。
⑥ 董诰等:《全唐文》,北京:中华书局,1983 年,第 344 页。
⑦ 杜佑:《通典》,北京:中华书局,1988 年,第 428 页。

如'元年''二年'之类,月日如'十有二月乙卯'之类。如此则习《春秋》者益少矣。"[①]通过对以上材料的考察,我们可以发现帖经的考试非但没有解决举子偏习某经、不究经义的问题,还使他们在偏习的路上越走越窄:他们将大量精力放在了经文孤章绝句的形式之上,更不利于对《五经正义》的整体把握了。

除开以上所说三个方面外,从与初唐科举制相配合的学校教育来看,经史的考察要求与学校的教育规定也并非完全一致——《唐六典》中曾对国子监教授的诸经版本做过具体规定:"《周易》,郑玄、王弼《注》;《尚书》,孔安国、郑玄《注》;《三礼》《毛诗》,郑玄《注》;《左传》,服虔、杜预《注》;《公羊》,何休《注》;《穀梁》,范宁《注》;《论语》,郑玄、何晏《注》;《孝经》《老子》,并开元《御注》。旧令:《孝经》,孔安国、郑玄《注》;《老子》,河上公《注》。"[②]从《唐六典》中提到开元《御注》来看,此规定应该不是初唐时情况的反映。但是"旧令"二字又隐约包含了这一规定的历史延续性。如果事实情况如此,那么《五经正义》实际的独尊地位就值得怀疑了,学校修习的是更为广泛全面的注家注说。由此,我们可以进一步推论,《五经正义》等初唐的官方"制作"并没有达到它们被预设的位置。

由上分析可知,在唐初所构建的选人用人的理想蓝图中,《五经正义》可说是重要构成,而在实际的科举考试之中,《五经正义》出现了地位被弱化、解读被政治化和形式化的现象。这种现象从某种程度上与初唐文风变革滞后的情况暗合。

四、《五经正义》影响之有限性与文风变化之滞后性

初修于唐太宗朝的《五经正义》包含了不少文论思想,如文质之论、比兴之论等,参与建构了非常理想化的文学境界:南北融合背景下的文质彬彬思想。这一理想既是对前代文学思想的继承,也体现了新时代的特点。然而,《五经正义》影响上的有限性延缓了初唐君臣追求文学理想的实际步伐,亦在一定程度上削弱了初唐文风抗击南朝余习的力量,保持了文学理想与文学现实之间的距离,促成了初唐文风变化滞后的局面。

一方面唐太宗在《帝京篇序》中总结了文学的标准,树立了雅正的文学观念,"故观文教于六经,阅武功于七德,台榭取其避燥湿,金石尚其谐神人,皆节之于中和,不系之以淫放"[③]。另一方面唐太宗君臣并没有及时地推行他们的主张,仍受绮艳文风的影响。太子初立之时,散骑常侍刘洎认为应该引导太子学习太宗风范,广习书翰,以承尊贤重道之旨,遂向唐太宗上书三条,其中第二条这样说道:

---

① 顾炎武著,黄汝成集释:《日知录集释》,上海:上海古籍出版社,2006年,第1463页。
② 李林甫等撰,陈仲夫点校:《唐六典》,北京:中华书局,1992年,第558页。
③ 彭定求等:《全唐诗》,北京:中华书局,1960年,第1页。

加以暂屏机务,即寓雕虫。综宝思于天文,则长河韬映;摛玉字于仙札,则流霞成彩。固以锱铢万代,冠冕百王,屈、宋不足以升堂,钟、张何阶于入室。陛下自好如此,而太子悠然静处,不寻篇翰,臣所未谕二也。①

虽然这一条材料主要还是从正面肯定唐太宗的文才,但是我们却能从中感受到唐太宗对文辞雕琢之功的推崇和偏爱。正因为有此偏好,所以唐太宗亲作反映宫廷生活的宫体诗,还非常赏识崇尚丽藻华词、语言技巧娴熟的上官仪,"每遣仪视草,又多令继和"②。不仅唐太宗表现了对南朝文风的因袭,他的重臣们亦未跳出南朝文风的影响,如曾公然谏阻唐太宗传播宫体诗的虞世南就"善属文,常祖述徐陵,陵亦言世南得己之意"③。编撰《北齐书》的李百药在父亲与朋友的集会上彰显了自己的才华,当时"父友齐中书舍人陆义、马元熙尝造德林宴集,有读徐陵文者,云'既取成周之禾,将刈琅邪之稻',并不知其事。百药时侍立,进曰:'《传》称"鄅人藉稻"。杜预《注》云"鄅国在琅邪开阳。"'又等大惊异之"④。这一方面体现了李百药对典故的熟悉,另一个方面也反映了他对徐陵诗文的熟悉。十八学士之一的褚亮"年十八,诣陈仆射徐陵,陵与商榷文章,深异之"⑤。徐陵是与庾信齐名的宫体诗的代表作家,初唐的这些重臣要么熟读其诗文,要么以之为典范,要么深受其褒赞,可见这些重臣受南朝文学影响的程度之深。所以我们就能理解他们在实际的诗歌创作中重辞藻、喜雕饰、内容单薄的原因了。

贞观君臣的诸多创作产生在文会宴集之时,《旧唐书》记杨师道"退朝后,必引当时英俊,宴集园池,而文会之盛,当时莫比。雅善篇什,又工草隶,酣赏之际,援笔直书,有如宿构。太宗每见师道所制,必吟讽嗟赏之"⑥。那么,杨师道与英俊们所制、唐太宗所嗟赏的诗歌究竟如何,我们且举三诗以窥一斑:

  伏枥丹霞外,遮园焕景舒。行云泛层阜,蔽月下清渠。亭中奏赵瑟,席上舞燕裾。花落春莺晚,风光夏叶初。良朋比兰蕙,雕藻迈琼琚。独有狂歌客,来承欢宴余。(褚遂良《安德山池宴集》)⑦

  上路抵平津,后堂罗荐陈。缔交开狎赏,丽席展芳辰。密树风烟积,回塘荷芰新。雨霁虹桥晚,花落凤台春。翠钗低舞席,文杏散歌尘。方惜流觞满,夕鸟已城闉。(上官仪《安德山池宴集》)⑧

---

① 刘昫等:《旧唐书》,北京:中华书局,1975 年,第 2610 页。
② 同上书,第 2743 页。
③ 同上书,第 2565 页。
④ 同上书,第 2571 页。
⑤ 同上书,第 2578 页。
⑥ 同上书,第 2383 页。
⑦ 彭定求等:《全唐诗》,北京:中华书局,1960 年,第 452—453 页。
⑧ 同上书,第 505 页。

文本世界的内与外

平阳擅歌舞,金谷盛招携。何如兼往烈,会赏叶幽栖!已均朝野致,还欣物我齐。春晚花方落,兰深径渐迷。蒲新节尚短,荷小盖犹低。无劳拂长袖,直待夜乌啼。(刘洎《安德山池宴集》)[①]

杨师道被封安德公,常邀约当时英才宴集赋诗。《全唐诗》就录有岑文本、刘洎、褚遂良、杨续、许敬宗、上官仪等所赋《安德山池宴集》。以上我们所选的三首正是这个系列的代表。从这三首诗所写内容看,无非是描绘文会宴集的自然景致和交流氛围,无非是引用典故以逞才使气、歌颂盛事以应景抒情,没有太多的紧密联系社会的内容,诗歌的语言明显是经过了有意识地雕琢,这些都明显地受到南朝诗歌的影响。所以,虽然唐太宗君臣通过修《五经正义》、修史书等力图完成文学理想境界的理论建构,但是在创作实践上却仍深深地受南朝文风影响。理论与实践的脱节也造成了此期文学面貌相较前代并未有太大改变。他们所建构的文学理想,直到陈子昂之后才逐步地呈现出改变唐代文风的力量!

---

① 彭定求等:《全唐诗》,北京:中华书局,1960 年,第 452 页。

论唐诗中的蝗灾书写及其政治意义

湖北第二师范学院文学院 龙珍华

唐代自然灾害频发,给唐代社会带来极大影响,学界有关唐代灾害的历史研究成果颇丰,而对于唐代灾害的文学研究却尚嫌不足。事实上,唐代除了大量诏书、奏议,以及辞赋、散文对自然灾害进行文学书写外,在唐代诗歌中也有大量书写灾害之作。唐代文化精神影响下的生命热情,功业激情中对于社会政治的关注,以及灾害所造成的民生苦难等,均可激发唐人对于灾害诗歌的创作欲望。唐诗中有关灾害表现的内容非常丰富,水旱、蝗疫、风霜、寒冻等各种灾害类型几乎均有涉及,如高适的水灾诗《东平路遇大水》、白居易的旱灾诗《夏旱》及寒冻灾害诗《村居苦寒》、元稹的风灾诗《遭风二十韵》以及韩愈的疾疫诗《谴疟鬼》等等,不一而足。其中,有多首涉及蝗灾的作品,对于唐代蝗灾也进行了诗化反映。

一、唐代的蝗虫灾害与唐人的灾害思想

唐代自然灾害发生次数最多的是水旱灾害,而蝗灾与水旱灾害关系密切,民谚中有所谓"先涝后旱,蚂蚱(蝗虫)成片"的说法,即水、旱、蝗三者之间存在关联。蝗灾虽非唐代主要灾害类型,但其出现的次数也不少,危害程度也不比水旱等灾害小,破坏力甚至远超水旱灾害。明徐光启《农政全书》指出:"凶饥之因有三:曰水,曰旱,曰蝗。地有高卑,雨泽有偏被。水旱为灾,尚多幸免之处;惟旱极而蝗,数千里间草木皆尽,或牛马毛幡帜皆尽,其害尤惨,过于水旱也。"[2]蝗灾影响范围极其广泛,所到之处草木皆尽,颗粒无收。故蝗灾往往是导致唐代饥荒的最重要、最直接的原因,也是引起晚唐农民起义、导致唐帝国走向覆亡的直接诱因。

据统计,唐代289年的统治时期,发生蝗灾的年份就有42个,大约平均7年发生一次蝗灾[3],往往对社会经济及政治诸方面产生巨大影响。如初唐太宗贞观二年(628年)六月,"京畿

---

[1] 本文为湖北省社会科学基金一般项目"唐代自然灾害与诗歌研究"(项目编号:2017060)阶段性成果。该成果得到湖北第二师范学院信息传播伦理研究所支持。
[2] 徐光启撰,石声汉校注:《农政全书校注》,上海:上海古籍出版社,1979年,第1299页。
[3] 阎守诚:《唐代的蝗灾》,《首都师范大学学报(社会科学版)》,2003年第2期。

旱,蝗食稼"①;盛唐玄宗"开元三年(715年)七月,"河南、河北蝗。四年夏,山东蝗,蚀稼,声如风雨"②,蝗虫"蚀稼"情景令人心惊魄动。唐代中后期由于连年旱灾与长期动乱,水利失修,农田荒芜,自然环境恶化,更是发生了几次大规模蝗灾。如德宗兴元元年(784年)秋,"螟蝗自山而东际于海,晦天蔽野,草木叶皆尽"③,"历河朔而至太原,自淮、沂而被洛汭,虫螟为害"④;关中灾情尤重,"田稼食尽,百姓饥,捕蝗为食,蒸曝,飏去足翅而食之"⑤。而持续时间最长、涉及范围最广的当属德宗贞元元年(785年)及文宗开成元年(836年)、二年、三年、五年等连年发生的蝗灾。其中,贞元元年夏季爆发的大蝗灾,"东自海,西尽河、陇,群飞蔽天,旬日不息,所至草木叶及畜毛靡有孑遗,饥馑枕道,民蒸蝗,曝,飏其翅足而食之"⑥,受灾范围涉及整个黄淮海平原,为害时间长,损害极重,影响极大。在唐代诗人的创作中,也可见这种严重自然灾害的诗化表现,以及天灾人祸中民生状态的悲惨写照,在唐代诗歌宝库中留下了极为沉重的一笔,如《全唐诗》所录戴叔伦的《屯田词》、白居易的《捕蝗》、皮日休的《奉和鲁望徐方平后闻赦次韵》等等。

虽然蝗灾在唐朝每个历史时期都有发生,盛唐也无例外,但在唐诗中,关于蝗灾的书写却多集中在中晚唐,其缘由除了蝗灾是一种次生灾害,且唐人多以文章书写外,也与唐代前期政治相对清明,统治者励精图治,抗灾救灾措施得力有关。初盛唐即使有蝗灾发生,也许并未造成太大损害,社会影响较小,农业生产与经济损失也不是很大,所以诗人几乎没有将此作为诗歌创作的重要题材。加之唐代前期处于社会上升时期,士人精神普遍乐观,且受唐初雅颂诗风影响,初盛唐时期水旱灾害尚见诸诗笔,而蝗灾则较少涉及。

对于灾害发生的原因,唐代社会普遍继承了汉代天人感应思想基础上的灾害天谴观念,认为灾害的发生,乃因政道不行,即狄仁杰所云"政不行而邪气作。邪气作,则虫螟生而水旱起"⑦,天降灾害是为"谴告人君,觉悟其行",令其"悔过修德"⑧。故灾害发生后,统治者一般都会采取祈禳弭灾及修德理政等多种方式来消除灾害⑨,如贞元元年(785年),德宗朝廷"遍祈百神"以禳关中蝗灾⑩。因受佛道等宗教文化的影响,唐代禳灾活动中不乏佛道的影子。据《宋高僧传》记载,唐咸通七年(866年),苏州吴县发生蝗灾,"时民人吴延让等率耆艾数十百人诣像前焚香泣告,即日虫飞越境焉"⑪。蝗灾发生后,吴县百姓吴延让等人到灵岩寺的灵岩和尚画像前"焚香泣告",当天蝗虫便越境而去,其结果虽属偶然,却说明唐代民间存在佛教禳灾的

---

① 刘昫等:《旧唐书》,北京:中华书局,1975年,第1363页。
② 欧阳修、宋祁:《新唐书》,北京:中华书局,1975年,第939页。
③ 同上。
④ 王钦若等编,周勋初等校订:《册府元龟》,南京:凤凰出版社,2006年,第1155页。
⑤ 刘昫等:《旧唐书》,北京:中华书局,1975年,第1365页。
⑥ 欧阳修、宋祁:《新唐书》,北京:中华书局,1975年,第939页。
⑦ 刘昫等:《旧唐书》,北京:中华书局,1975年,第2890页。
⑧ 班固:《白虎通德论》,上海:上海古籍出版社,1990年,第41页。
⑨ 龙珍华:《论唐诗中的灾害书写》,《江汉论坛》2017年第12期。
⑩ 刘昫等:《旧唐书》,北京:中华书局,1975年,第350页。
⑪ 赞宁撰,范祥雍点校:《宋高僧传》,北京:中华书局,1987年,第458页。

历史事实,以及唐代祈禳弭灾形式的多样化。但总体而言,这些禳灾形式均未脱离天人感应思想的影响。而唐太宗为民吞蝗的禳灾行为,则是唐代帝王灾害天谴思想的具体表现。

古代君王自认为上天之子,德配天地,而统辖四方,故在封建社会里,人们往往将灾害、灾异与帝王之德或皇权的合法性联系起来,历代帝王面对自然灾害与天象灾异也往往会引咎自责,所谓"万方有罪,罪在朕躬"①,甚至下罪己诏书,自觉承担起弭灾责任。唐代帝王也不例外,其中最典型的莫过于唐太宗"吞蝗"一事。《旧唐书·五行志》载:"贞观二年六月,京畿旱,蝗食稼。太宗在苑中掇蝗,咒之曰:'人以谷为命,而汝害之,是害吾民也。百姓有过,在予一人,汝若通灵,但当食我,无害吾民。'将吞之,侍臣恐上致疾,遽谏止之。上曰:'所冀移灾朕躬,何疾之避?'遂吞之,是岁蝗不为患。"②后世对太宗吞蝗细节也多有敷衍,但基本事实没有出入,即太宗为民吞蝗消灾。其细节的真实虽难确考,但大体应当属实。后世甚至有人为太宗立庙,将其当作禳蝗的神祇进行祭拜,如清《山西通志》载:长子县有唐太宗庙,"在东南隅古城故址,今名南高庙,元至正六年有蝗,土人以帝尝吞蝗,立祠祷焉"③。

在灾害频发的唐代社会,吞蝗之举虽有政治作秀之嫌,但确实体现了唐太宗的民本思想,及其德政理念,同时也反映了唐人对汉代以来灾害天谴论思想的继承,以德禳灾的救灾思想在客观上也起了一定积极作用。当然,除了迷信禳灾,唐代君臣也曾积极灭蝗。史载玄宗时,姚崇根据"蝗既解飞,夜必赴火"的特性,采取"夜中设火,火边掘坑,且焚且瘗"④的方法,组织人力进行大规模灭蝗,收效颇著。但姚崇灭蝗却受到朝中大臣非议,"皆以驱蝗为不便",其中黄门监卢怀慎云:"蝗是天灾,岂可制以人事?外议咸以为非。又杀虫太多,有伤和气。今犹可复,请公思之。"⑤卢怀慎的看法在当时颇为典型,但姚崇依然坚决灭蝗,体现出明显的人本思想与科学精神。

可以说,唐人对自然灾害的认识总体来说既有浓厚的天人感应迷信观念,同时也具有一定的唯物色彩,两者虽相矛盾,却也相互依存,这是中国古代社会对于灾荒认识的一个较为普遍的现象。⑥太宗吞蝗与姚崇灭蝗,不仅体现了唐代迷信与科学并举的救灾方式,也使太宗与姚崇作为积极消除蝗灾的德政榜样,成为诗人笔下明君贤臣的典范而影响深远。

二、"吞蝗"与"驱蝗":唐诗蝗灾书写的政治内涵

由上可知,由于汉儒阴阳五行学说与天人感应思想成为了唐人解释与推占灾害的理论

---

① 刘宝楠:《论语正义》,北京:中华书局,1990年,第758页。
② 刘昫等:《旧唐书》,北京:中华书局,1975年,第1363页。
③ 觉罗石麟等:《山西通志》,载永瑢、纪昀等纂修《景印文渊阁四库全书(第548册)》,台北:台湾商务印书馆,1983年,第112页。
④ 刘昫等:《旧唐书》,北京:中华书局,1975年,第3023—3024页。
⑤ 同上书,第3024—3025页。
⑥ 靳强:《唐代社会灾荒观初探》,《湖北社会科学》2012年第4期。

文本世界的内与外

与工具,故唐代统治集团内部一直存在着捕蝗与放蝗之争,普遍认为蝗虫作为天灾,其根源为政德有失,"当修德以禳之,恐非人力所能蠲灭"①。唐诗中也往往将自然灾害与人事政治相关联,其中唐太宗"为民吞蝗"典故的运用更体现出明显的政治意义。如白居易《捕蝗》云:

> 捕蝗捕蝗谁家子,天热日长饥欲死。兴元兵后伤阴阳,和气蛊蠹化为蝗。始自两河及三辅,荐食如蚕飞似雨。雨飞蚕食千里间,不见青苗空赤土。河南长吏言忧农,课人昼夜捕蝗虫。是时粟斗钱三百,蝗虫之价与粟同。捕蝗捕蝗竟何利,徒使饥人重劳费。一虫虽死百虫来,岂将人力定天灾。我闻古之良吏有善政,以政驱蝗蝗出境。又闻贞观之初道欲昌,文皇仰天吞一蝗。一人有庆兆民赖,是岁虽蝗不为害。②

元和四年(809年),白居易追忆了德宗兴元、贞元初的蝗灾及其所带来的巨大民生灾难,认为兴元兵乱有伤阴阳,使邪气作而蝗虫生,蝗灾的发生乃上天对政道之失的谴告,人力难除天灾,故统治者只有行"善政"才能"驱蝗",并举唐初太宗的吞蝗以及汉代良吏之善政驱蝗等事例,强调德政消灾的重要性。可见"吞蝗"弭灾的太宗在其时已是"以政驱蝗"的德政典范,并成为蝗灾书写中的一大典故。而诗中"良吏"指汉代卓茂,其事见《后汉书·卓茂传》:"平帝时,天下大蝗,河南二十余县皆被其灾,独不入密县界。督邮言之,太守不信,自出案行,见乃服焉。"③白诗所言反映了时人对于蝗灾科学认知虽有欠缺,但当时已有人力灭蝗举措,即地方长吏采取以粟价回购蝗虫的措施鼓励灭蝗,白居易以为不行善政,吏治腐败,捕蝗反而会成为农民一大负担,从而强调了以德驱蝗代替人力灭蝗的禳灾思想。

白居易的"以政驱蝗"在唐人灾害思想中是较为普遍的观念,在《赠友五首·其三》中,白居易更具体表达了对于改革酷政,实施良政的期望:"吾闻国之初,有制垂不刊。庸必算丁口,租必计桑田。不求土所无,不强人所难。量入以为出,上足下亦安。兵兴一变法,兵息遂不还。使我农桑人,憔悴畎亩间。谁能革此弊,待君秉利权。复彼租庸法,令如贞观年。京师四方则,王化之本根。长吏久于政,然后风教敦。"④如果撇开白居易所提出的改革两税法、复辟唐初所实行的租庸调制的利弊不谈,诗中所表现出的对于唐初政治的美好想象,也反映出唐人对于恤民善政的向往。其中贞观时"不求土所无,不强人所难"的善政与如今"剥我身上帛,夺我口中粟"(白居易《杜陵叟》)的苛政形成了鲜明对比,所以和谐之治即为"量入以为出,上足下亦安",而非"使我农桑人,憔悴畎亩间"。

白居易"以政驱蝗"的社会理想在晚唐薛能《升平乐》十首中,则具体化为一幅和乐美好的

---

① 刘昫等:《旧唐书》,北京:中华书局,1975年,第3149页。
② 彭定求等:《全唐诗》,北京:中华书局,1960年,第4694—4695页。
③ 范晔:《后汉书》,北京:中华书局,1965年,第870页。
④ 彭定求等:《全唐诗》,北京:中华书局,1960年,第4677页。

盛世长卷。① 薛能第一诗首便言"正气绕宫楼,皇居信上游"②,即组诗中所描述的种种升平景象,均因"正气"使然,而此"正气"既可理解为阴阳和谐、和气冲融之"瑞气",也可理解为社会之公正,朝政之清明,环境之和谐。这种和谐景象依赖于政治之清明,其立意全在首句,其余内容皆为此敷衍。有了"正气",人们和谐相悦,康乐自足,甲子凶年都可变为丰年,而且"奇技皆归朴,征夫亦服田"③,民风淳朴,社会太平,既无兵戈之乱,亦无天灾之虞。因而虫蝗不为害,夷狄不为患,史笔书祥瑞,匹夫"事清朝","文章惟反朴,戈甲尽生尘"④,一派和乐融融的盛世景象。这既是唐人的政治理想,又何尝不是古代士人所普遍想象的社会理想蓝图?

薛能的盛世想象在杜甫的诗歌中,却成为具体形象的美好追忆。杜甫《忆昔二首·其二》云:

忆昔开元全盛日,小邑犹藏万家室。稻米流脂粟米白,公私仓廪俱丰实。九州道路无豺虎,远行不劳吉日出。齐纨鲁缟车班班,男耕女桑不相失。宫中圣人奏云门,天下朋友皆胶漆。百余年间未灾变,叔孙礼乐萧何律。⑤

杜诗中所谓"百余年间未灾变"之说,虽有颂美之嫌,但与历史事实也基本相符。开元盛世时并非没有出现自然灾害,而是因为玄宗前期勤政清明,兴修水利,重农兴稼,生态环境良好,御灾能力较强,即使偶然遇上自然灾害,也不致于出现重灾。如开元二十二年(734年)、二十五年(737年)、二十六年(738年)及天宝三载(744年)等出现的几次蝗虫灾害,害虫因有天敌鸟雀食之,故均未为灾。⑥ 加上男耕女桑,百姓安居乐业,"公私仓廪俱丰实",社会保障与赈灾措施完善,遇灾亦无太大后顾之忧。同时,如前所述,玄宗开元年间在贤臣姚崇的辅佐下积极救灾,蝗灾发生后,更采取科学方法极力灭蝗,才使蝗害未成灾变。杜甫此诗既反映了安史乱后人们对于开元盛世的怀念,同时也蕴含政治清明则无灾变的灾害思想。

可以说,杜甫与薛能之诗既反映了唐人的政治理想,也表现出唐人天人感应的灾害观念。而薛能笔下的政治理想在晚唐罗隐《送前南昌崔令替任映摄新城县》一诗中,却被现实击得粉碎。诗云:

---

① 彭定求等:《全唐诗》,北京:中华书局,1960年,第405—406页。
② 同上书,第405页。
③ 同上书,第406页。
④ 同上。
⑤ 同上书,第2325页。
⑥ 据《新唐书》载,"开元二十二年八月,榆关蚂蚁虫害稼,群雀来食之,入平州界,有群雀来食之,一日而尽。二十六年,榆关蚂蚁虫害稼,群雀来食之。"(欧阳修、宋祁:《新唐书》,北京:中华书局,1975年,第904页)据《旧唐书》载,"(开元)二十五年,贝州蝗食苗,有白鸟数万,群飞食蝗,一夕而尽。明年,榆林关有蚂蚁食苗,群雀来食,数日而尽。天宝三载,贵州紫虫食苗,时有赤鸟群飞,自东北来食之。"(刘昫等:《旧唐书》,北京:中华书局,1975年,第1364页。)

> 五年苛政甚虫螟,深喜夫君已戴星。大族不唯专礼乐,上才终是惜生灵。亦知单父琴犹在,莫厌东归酒未醒。二月春风何处好,亚夫营畔柳青青。①

此诗为送人任职之作,开篇却脱口而言"五年苛政甚虫螟",指责统治者的苛政对于百姓的伤害甚至超过了虫蝗之灾,对百姓苛政之痛给予同情,并表达了对新政为民的期望,指出执政者不能只注重礼乐等政治形式,还必须要有顾惜民生、为民谋福的政治理念。诗中还以"宓子贱治单父,弹鸣琴,身不下堂而单父治"②为典,虽为饯行溢美之辞,但既有礼贤善才之意,也表示执政者有行黄老之术、宽民简政之必要。须知苛政对于屡遭天灾与兵乱,以致民不聊生的晚唐社会来说,无疑雪上加霜,对百姓之伤害已远超蝗虫之灾所带来的损伤。

唐懿宗咸通十年(869年)制曰:"动天地者莫若精诚,致和平者莫若修政。……暴政烦刑,强官酷吏,侵渔蠹耗,陷害孤茕,致有冤抑之人,构成灾沴之气。"③在唐人灾害思想中,酷吏苛政是蝗虫之灾发生的根本原因,因酷吏苛政会导致"冤抑之人",从而"构成灾沴之气",使得和气不复,而蝗蟹横行。故韩愈《郓州谿堂诗》所云"孰为邦蟊,节根之螟"④,亦将螟蝗之灾与恶政之害作类比,以草木节根之螟为喻,指出邦蟊为害之重。因此,苛政既是致灾根源,则良吏宽政于百姓言便是最好的弭灾举措和生活保障。

唐代人民对于良吏的崇拜在禳除蝗灾的行为中可见一斑,面对蝗虫灾害,唐人往往以古代良吏作为灭蝗祭祀的对象。晚唐汪遵《密县》即云:"百里能将济猛宽,飞蝗不到邑人安。至今间里逢灾沴,犹祝当时卓长官。"⑤"卓长官"即前述汉代名吏卓茂,其"性宽仁恭爱",任密县(今河南新密)县令期间,"劳心谆谆,视人如子,举善而教,口无恶言,吏人亲爱而不忍欺之。……数年,教化大行,道不拾遗"⑥。天下大蝗时,以其善政而使蝗虫"独不入密县界",因而深得百姓爱戴、官吏信服,其去世后,密县百姓于县城东门外为之立衣冠冢,建卓茂祠,受后世官民奉祀祭拜。唐人在遇到蝗虫等灾害发生时,也将卓茂作为禳除灾害的祷祝对象。此诗虽赞卓茂以善政而治,以教化而行,以致道不拾遗,蝗不入境的历史功德,实则也反映了卓茂之善政对唐人弭灾思想的巨大影响,以致卓茂成为唐人祷祝祛灾的神祇。"至今间里逢灾沴,犹祝当时卓长官"二句,既是唐人对卓茂以德政驱蝗行为的肯定,更是天灾人祸下的晚唐百姓对于良吏的渴盼,对善政的期望。

唐代民间歌谣中亦可见百姓对于良吏善政驱蝗的肯定。《全唐诗补编·全唐诗续拾》所录《邺下百姓为张嘉祐歌》曰:"张公张公清且明,蝗虫避境□成,正晴□雨□晴。"⑦张嘉祐为开元

---

① 彭定求等:《全唐诗》,北京:中华书局,1960年,第7604页。
② 陈奇猷校释:《吕氏春秋校释》,上海:学林出版社,1984年,第1441页。
③ 刘昫等:《旧唐书》,北京:中华书局,1975年,第667页。
④ 彭定求等:《全唐诗》,北京:中华书局,1960年,第3867页。
⑤ 同上书,第6956页。
⑥ 范晔:《后汉书》,北京:中华书局,1965年,第869—870页。
⑦ 陈尚君:《全唐诗补编》,北京:中华书局,1992年,第1679页。

名相张嘉贞之弟,曾官至右金吾将军,于相州刺史任期间为邺下之治创下政绩,并有通鬼神之说。这首歌谣可见于《全唐文》卷三九六开元尉迟士良《周太师蜀国公碑阴记》①中,虽有缺字,但其大意尚约略可见,反映了邺下百姓对良吏的崇拜及其善政驱蝗的弭灾思想。然而,晚唐政治的腐败,竟使"以(德)政驱蝗"的天灾观念有时也成为一种政治欺骗手段。据史载,"乾符二年,蝗自东而西蔽天"②。这次蝗灾所过之处皆成赤地一片,可京兆尹杨知至竟奏"蝗入京畿,不食稼,皆抱荆棘而死","宰相皆贺"③。此"蝗不食稼"说明蝗虫有意不食庄稼,并非如开元、天宝年间被鸟雀天敌所灭,而是"抱荆棘而死",这显然含"以(德)政驱蝗"之意。由历史记载来看,太宗之德表现为政治清明、勤政忧民,甚至为民移灾而不惜吞蝗,因以德感天而致蝗不为患,其中具有明显的积极意义。可是僖宗乾符二年(875年)的"蝗不食稼",却显然是杨知至的造假行为。也许是太宗的德政使百姓能安然度过蝗灾,但僖宗朝的苛政与吏治腐败所带来的却是万劫不复的末世灾难。

可以说,晚唐统治者的苛政与旱蝗等自然灾害是导致黄巢起义爆发的直接原因。史载:"黄巢,曹州冤句人,本以贩盐为事。乾符中,仍岁凶荒,人饥为盗,河南尤甚。"④在懿宗与僖宗朝更替之际,关东连年发生水旱蝗等严重自然灾害。乾符元年(874年)正月丁亥,翰林学士卢携上言:

> 臣窃见关东去年旱灾,自虢至海,麦才半收,秋稼几无,冬菜至少,贫者硙蓬实为面,蓄槐叶为齑,或更衰羸,亦难收拾。常年不稔,则散之邻境;今所在皆饥,无所依投,坐守乡间,待尽沟壑。其蠲免余税,实无可征;而州县以有上供及三司钱,督趣甚急,动加捶挞,虽撤屋伐木,雇妻鬻子,止可供所由酒食之费,未得至于府库也。⑤

广泛而严重的灾害,使农稼常年不稔,引起普遍饥荒,百姓只得食草而生,甚至坐以待毙。而政府财力日下,救灾无力甚或无心救灾,在灾民难以自存的情况下,非但不加以抚恤赈济,反而苛敛赋税,极尽盘剥,使灾民雪上加霜,难以生存。所以说,严重的天灾背后往往有其人祸之因,政府抗灾无为,救灾无力,便会加重灾害发生的频率与程度,而吏治的腐败又使皇帝的救灾敕令如一纸空文,甚至上下相瞒,匿灾不报。如乾符中,陕州观察使崔荛"自恃清贵,不恤人之疾苦。百姓诉旱,荛指庭树曰:'此尚有叶,何旱之有?'"⑥地方官吏对灾情的熟视无睹,使百姓无处控诉,最终激起民变,爆发起义,故史谓"懿、僖当唐……以昏庸相继。乾符之际,岁大旱蝗,

---

① 董诰等:《全唐文》,北京:中华书局,1983年,第4039页。
② 欧阳修、宋祁:《新唐书》,北京:中华书局,1975年,第940页。
③ 司马光:《资治通鉴》,北京:中华书局,1956年,第8181页。
④ 刘昫等:《旧唐书》,北京:中华书局,1975年,第5391页。
⑤ 司马光:《资治通鉴》,北京:中华书局,1956年,第8168—8169页。
⑥ 刘昫等:《旧唐书》,北京:中华书局,1975年,第3404页。

民愁盗起,其乱遂不可复支"①。乾符年间连续发生的严重旱蝗灾害,正是唐末农民起义的直接诱因。恰在飞蝗蔽日,"所过赤地",而朝臣皆贺"蝗不食稼"的乾符二年,被天灾人祸逼得走投无路的农民终于奋起反抗,爆发了中国历史上历时最久、影响最大的农民起义,为大唐帝国敲响了丧钟。

对于黄巢起义爆发的原因,唐京西都统郑畋在中和元年(881年)二月的讨巢檄文中指出:"近岁螟蝗作害,旱暵延灾,因令无赖之徒,遽起乱常之暴。虽加讨逐,犹肆猖狂。"②而蝗旱灾害虽是黄巢起义的直接诱因,但唐末"昏庸相继"的政治腐败则是其根本缘由。人祸甚于天灾,正体现了唐诗蝗灾书写中的政治内涵。

三、 规劝与讽谏:唐诗蝗灾书写的批判意义

对于"人祸"的揭示,是中晚唐蝗灾书写的重要主题,诗人往往将灾害发生的原因归于统治者的政道之失,将天灾的发生与政治腐败相关联,从而具有明显的现实批判与政治教化意义。在唐诗的其他灾害书写中,"为民吞蝗"的太宗也常被当作德政榜样,而引为现实批判的重要典故。如刘叉《雪车》云:

> 腊令凝绨三十日,缤纷密雪一复一。孰云润泽在枯荄,阛阓饿民冻欲死。死中犹被豺狼食,官车初还城垒未完备。……官家不知民馁寒,尽驱牛车盈道载屑玉。载载欲何之,秘藏深宫以御炎酷。……天子端然少旁求,股肱耳目皆奸匿。依违用事佞上方,犹驱饿民运造化防暑阤。吾闻躬耕南亩舜之圣,为民吞蝗唐之德。未闻垆孽苦苍生,相群相党上下为蟊贼。庙堂食禄不自惭,我为斯民叹息还叹息。③

刘叉在书写雪灾时,即以太宗吞蝗之旧事入诗。诗人眼见饥寒交迫、兵荒马乱中的民生灾难,以及官吏"不知民馁寒"、不恤民生的残酷现实和农夫的苦难,愤然指出"天子端然少旁求","股肱耳目皆奸匿",希望唐皇要提防奸臣的蒙蔽与谄媚。此诗不仅写出底层百姓的深重苦难,且于民生疾苦的悲悯中体现出一定的现实批判精神。诗人对狼狈为奸、尸位素餐的贪官污吏给予了严厉批判,还以"躬耕南亩"的先圣,和"为民吞蝗"的太宗作为理想明君与德政典范。作者将太宗与舜帝相提并论,可见太宗"吞蝗"恤民之德在唐人心中所产生的巨大影响,以及作为一代明君的政治垂范。

---

① 欧阳修、宋祁:《新唐书》,北京:中华书局,1975年,第281页。
② 刘昫等:《旧唐书》,北京:中华书局,1975年,第4635页。
③ 彭定求等:《全唐诗》,北京:中华书局,1960年,第4444页。

前述白居易《捕蝗》诗题注为"刺长吏也",诗人追忆了德宗兴元、贞元初的蝗灾,也引太宗吞蝗一事进行现实讽喻。① 兴元、贞元年间不仅有旱蝗之灾,饥馑枕道之难,且有兵戈之乱,皆为白氏所亲历,对此陈寅恪先生《元白诗笺证稿》指出:"夫兵乱岁饥,乃贞元当时人民最怵目惊心之事。乐天于此,既余悸尚存,故追述时,下笔犹有隐痛。"② 此诗可与唐史互证,反映了兴元、贞元年间的蝗虫灾害及其巨大影响。"雨飞蚕食千里间,不见青苗空赤土"二句极写蝗虫之灾,可与史书"晦天蔽野,草木叶皆尽"之说相印证。然而灾害发生后,百姓还要受到苛政的奴役,地方官吏的捕蝗政策不过是"徒使饥人重劳费",反而成为饥民沉重的负担,以德政驱蝗才是长远之计。诗人以"刺长吏"为创作目的,体现了白居易"以歌生民病,愿得天子知"的诗教观念及其现实批判精神。

在据为戴叔伦所作的《屯田词》中也书写了类似灾害情形。诗曰:"春来耕田遍沙碛,老稚欣欣种禾麦。麦苗渐长天苦晴,土干确确锄不得。新禾未熟飞蝗至,青苗食尽余枯茎。捕蝗归来守空屋,囊无寸帛瓶无粟。十月移屯来向城,官教去伐南山木。驱牛驾车入山去,霜重草枯牛冻死。艰辛历尽谁得知,望断天南泪如雨。"③ 诗歌先写干旱以致蝗灾的发生,再写蝗灾给人们所造成的巨大灾难。其中"新禾未熟飞蝗至,青苗食尽余枯茎"的灾害情形令人触目惊心,即庄稼尚未成熟,田间的青苗就被蝗虫吃空了,只剩下一片光秃秃的枯茎。诗人以沉重的笔墨写农民的生活艰辛:一贫如洗的饥民不仅要承担捕蝗、屯田、伐木等沉重劳役,而且连养家糊口的耕牛也在霜寒灾害中被活活冻死。诗人对于农民的疾苦可谓感同身受,因为牛在农业社会里,确为农民赖以生存的基础与根本劳力,其处境之艰难困苦可想而知。结尾"望断天南泪如雨"一句,将绝望中农民的一筹莫展与无限伤痛写得真切感人,令人不忍卒读。农民之苦不仅在于自然蝗灾,更在于地方官吏的苛政,天灾与人祸相比,人祸甚而过于天灾。就此诗而言,亦可见白居易的"以政驱蝗"不仅是唐人灾害天谴思想观念的体现,同时也是极具现实批判意义的恤民主张与仁政理想。其对于蝗虫灾害的认知虽不科学,但实为"时代囿人,贤者不免,亦未足深责也"④。

据上述白、戴诗所述灾害内容亦可发现,自然灾害常呈连发状态,旱蝗霜冻等自然灾害的相继出现,往往带来极大民生灾难,加之地方官吏的压迫,农民生活在天灾人祸的双重压力之下,被逼至生活绝境而苦不堪言。从白、戴蝗灾诗中,可见其悯农情怀,正因为看到了自然灾害所带来的民生苦难,才使其"下笔犹有隐痛",对时弊才能砭肌入里。

晚唐时期,诗人们笔下亦时见现实批判的锋芒,如曹邺《奉命齐州推事毕寄本府尚书》一诗

---

① 史载,德宗兴元、贞元年间蝗灾频发,白诗所书乃其亲身所历,据考,"贞元元年乐天年十四,时在江南,求其所以骨肉离散之故,殆由于朱泚之乱。而兴元贞元之饥馑,则又家园残废之因"。(陈寅恪:《元白诗笺证稿》,北京:生活·读书·新知三联书店,2001年,第187页。)
② 陈寅恪:《元白诗笺证稿》,北京:生活·读书·新知三联书店,2001年,第188页。
③ 彭定求等:《全唐诗》,北京:中华书局,1960年,第3071页。因此诗"未见唐宋元选集、类书引录,难辨真伪",蒋寅《戴叔伦诗集校注》将此诗列入"备考部分"。见蒋寅:《戴叔伦诗集校注》,上海:上海古籍出版社,2010年,第218、222页。
④ 陈寅恪:《元白诗笺证稿》,北京:生活·读书·新知三联书店,2001年,第188—189页。

即对晚唐社会现实进行了深刻揭露与批判。有人说曹邺诗歌是晚唐社会的一面镜子①,此诗便是代表作之一。诗人在漂泊不定的政治生涯中,对于官吏对百姓的压迫剥削深恶痛绝,故以州民之口揭示现实的黑暗,"州民言刺史,蠹物甚于蝗"②,指出地方官吏对民众的压榨与伤害,甚至比蝗虫天灾更为严重。此诗与其《官仓鼠》《怨诗》③等作一样,对社会弊病的揭示入木三分。

晚唐兵戈之乱加上自然灾害频发,农民所遭受的剥削便更为惨重,贪官污吏一如官仓之鼠。在苛捐杂税的压榨下,百姓甚至颠沛流离、无以为生,所以人们认为,天灾为时有,人力难回天,苛政既是压在百姓身上的沉重枷锁,也是导致天灾发生的罪魁祸首,即"暴政烦刑"和"强官酷吏",致生冤抑而"构成灾沴之气"。诗人将批判矛头直指地方官吏,指出人祸甚于天灾,可谓不无道理。因此强官酷吏往往令百姓深恶痛绝,晚唐诗僧贯休的《酷吏词》即云:

> 霰雨濛濛,风吼如劚。有叟有叟,暮投我宿。吁叹自语,云太守酷。如何如何,掠脂斡肉。吴姬唱一曲,等闲破红束。韩娥唱一曲,锦段鲜照屋。宁知一曲两曲歌,曾使千人万人哭。不惟哭,亦白其头,饥其族。所以祥风不来,和气不复。蝗乎蟊乎,东西南北。④

借老叟之口愤怒谴责了唐末贪官污吏欺压百姓的暴行,指出贪官污吏的奢侈与挥霍实为搜刮民脂民膏的结果,官吏的享乐正是建立在百姓的辛劳与痛苦的基础上,而正是酷吏苛政,使得阴阳失和,祥瑞不作,蝗虫肆虐。

由上可见,与中唐蝗灾书写中以"为民吞蝗""以政驱蝗"的德政偶像进行温和的规劝讽谏不同,晚唐诗人对于现实的批判更为尖锐而深刻。在这些灾害书写中,诗人们既讽刺批判了贪官污吏的苛政暴行,也体现了他们关于蝗灾等自然灾害发生原因的政治考量。

四、余论

综上,自然灾害并非单纯的自然现象,除环境气候因素外,任何灾害的发生其实都包含着一系列社会问题。在唐代社会"以(德)政驱蝗"的思想观念中,可见善政之于减灾抗灾的积极意义,以及恶政之于加重灾变的消极影响。正如古人所言,唐初政治清明,统治者勤政忧民,以

---

① 屠建平:《曹邺的诗歌:晚唐社会的一面镜子》,《古典文学知识》2005 年第 3 期。
② 彭定求等:《全唐诗》,北京:中华书局,1960 年,第 6864 页。
③ 曹邺《官仓鼠》云:"官仓老鼠大如斗,见人开仓亦不走。健儿无粮百姓饥,谁遣朝朝入君口。"其《怨诗·其四》云:"手推呕哑车,朝朝暮暮耕。未曾分得谷,空得老农名。"二诗对于官吏盘剥百姓的讽刺同样写得入木三分。(彭定求等:《全唐诗》,北京:中华书局,1960 年,第 6866、6862 页。)
④ 彭定求等:《全唐诗》,北京:中华书局,1960 年,第 9308 页。

德治天下，以致"虫蝗初不害"，"百余年间未灾变"，而唐末由于"昏庸相继"的统治，加之天灾频仍，致使民不聊生，"民愁盗起"，而朝纲难振，"不可复支"。有唐一代的封建统治就这样在天灾与人祸的双重摧毁下最终走向覆亡，给大唐历史留下无尽遗憾，也给后人留下深刻教训。

康德曾经说过，"有两样东西，人们越是经常持久地对之凝神思索，它们就越是使内心充满常新而日增的惊奇和敬畏：我头上的星空和我心中的道德律"[1]。这体现了人类作为自然之物，对于无法超越自然规律的绝对限制的一种理性认知，以及"作为一个理智者"，在其"人格无限地提升"中，对于这种绝对限制的超越。[2] 这种超越也是人类赤裸裸地面对自然灾害时所表现出来的人性光辉。对于自然灾害，人类至今无法尽免其害，因为人类能力的极限无法超越自然。但正如《周易》所言"天行健。君子以自强不息"[3]，人性的光辉使人们敢于面对灾害，通过总结灾害教训，努力减少甚至消除灾害，并且通过对灾害的文学书写，不断进行反思，以实现对自然绝对限制的最终超越。如此，唐诗中的蝗灾书写旨在时时唤起人们"心中的道德律"，以人类的理智去面对自然和天灾，具有永恒的现实意义。

---

[1] 康德：《实践理性批判》，邓晓芒译，北京：人民出版社，2003年，第220页。
[2] 同上书，第221页。
[3] 李道平：《周易集解纂疏》，北京：中华书局，1994年，第38页。

《黄鹤楼》诗案的千年偏误及其学术史的警省意义

中南民族大学文学与新闻传播学院　罗　漫

唐诗名作《黄鹤楼》，无论是在盛唐时代的诗作中，还是在崔颢本人的诗作中，起初还只是一篇明显带有诗艺缺陷的作品。但是，从晚唐五代韦庄编《又玄集》开始，已经一路走高并逐渐万众围观，如今颇有直登奥林匹斯山顶的趋势。王安石、严羽、金圣叹、纪晓岚、高步瀛等等一系列唐诗研究的名家大家以非为是的偏误理解，持续出现于宋代以后的专著、杂记、论文与普及读物之中，不断发展为非正常影响的知识错案，迄今未见终止迹象。为了使崔颢《黄鹤楼》的诗碑高耸入云，古今传播者有意无意或人云亦云将唐代诗人中名气最大、牌子最响的李白，苦心设计并精雕细刻成驮碑的赑屃。原创版《黄鹤楼》的初始形态及其知识来源，则由唐人普遍周知的澄明，逐渐走入知识界集体陌生的浑浊与暗黑。考察《黄鹤楼》由草地冲向神坛的历程，除去可以领略思想歧路的另类风景之外，无论是对唐诗研究，还是对文学史乃至整个学术史研究，都具有标本性质的参考价值与警省意义。

一、黄鹤三叠传天下，李白沉冤八百年：李白曾经"眼前有景道不得"吗？

"昔人已乘黄鹤去，此地空余黄鹤楼。黄鹤一去不复返，白云千载空悠悠。"清朝之后流传本崔颢《黄鹤楼》诗的前四句，由于连续三次的"黄鹤"重叠而脍炙人口，广为传播，可谓"黄鹤三叠传天下"。与之相关的"美丽的传说"是自认是太白星精下凡的高傲的李白，读了这首《黄鹤楼》，竟然一改往日狂态，无比谦逊实则无可奈何地慨叹："眼前有景道不得，崔颢题诗在上头。"[①]再后来，李白的这一"美丽情操"，就被后起的诗评家命名为"古人服善"的典型[②]，赢得"为哲匠敛手"[③]、"太白废笔，虚心可敬"[④]等等的海量点赞。点赞的目的，都是合力抬升流传版

[①] 阙名《该闻录》，较早见于曾慥《类说》卷十九引。曾氏系两宋之际道教学者、诗人。见周勋初主编：《唐人轶事汇编》，上海：上海古籍出版社，1995年，第603页。
[②] 刘克庄：《后村先生大全集》，载金涛声、朱文彩《李白资料汇编》，北京：中华书局，2007年，第574页。
[③] 傅璇琮主编：《唐才子传校笺》，北京：中华书局，1987年，第202页。
[④] 钟惺、谭元春：《古诗归》，明万历四十五年刻本。

《黄鹤楼》的无二身价,并尽量贬低李白相关诗作的声誉,直至漠然乃至公然取缔李白"三叠凤凰""三叠鹦鹉""三叠梁王""四叠黄鹤"的原创贡献。近代一个云南学人许印芳(1832—1901),在其著作《律髓辑要》中,俨然以古今第一诗法通人的口吻痛贬李白:"唐人变体律诗,古法(笔者按:指首句为"昔人已乘黄鹤去"的《黄鹤楼》诗法)如是,读者讲解未通,心目迷炫。有志师古,从何下手?兹特详细剖析,以示初学。若欲效法此诗,但常学其笔意之奇纵,不可慕其词调之复叠。太白争胜,赋《凤凰台》《鹦鹉洲》二诗,未能自出机杼,反袭崔诗格调,东施效颦,贻笑大方,后学当以为戒矣!"①极度鄙视李白的心态,几乎到了无以复加的境界。

　　文学的艳丽往往与历史的素颜相去甚远。根据目前所能搜集到的与《黄鹤楼》相关的全部五种唐诗文献,《黄鹤楼》的首句,一律是"昔人已乘白云去",没有一种是"昔人已乘黄鹤去"。也就是说,"三叠黄鹤"在唐代尚未出现,根本不存在李白模仿崔颢的"三叠黄鹤"而创作"三叠凤凰""三叠鹦鹉"的《登金陵凤凰台》和《鹦鹉洲》的问题。历史的真相恰恰相反,是流传版《黄鹤楼》的"三叠黄鹤"模仿了李白的"三叠凤凰"尤其是"三叠鹦鹉"!大约从北宋中期开始,直至当今的大众与专家,在传播和欣赏李白"废笔"的快意想象中,不自觉集体"合谋",台上台下合演"李白蒙冤八百年"的误读悲剧!李白低声下气的"临场弃权",根据本人研究,只是宋代民间文人以贬抑李白为文学手段,爆炒与抬升《黄鹤楼》的名气及地位而编撰的民间故事。因为从《黄鹤楼》在天宝三载(744年)被选入《国秀集》算起,直至南唐被北宋所灭的公元975年,总共231年间,完全没有任何文献记载过李白在黄鹤楼上自动弃权的"轶事"。

　　所以,南宋学者计有功(约1126年前后在世)的《唐诗纪事》表示怀疑:"《黄鹤楼》诗:'昔人已乘白云去,此地空余黄鹤楼。黄鹤一去不复返,白云千载空悠悠。晴川历历汉阳树,春草萋萋鹦鹉洲。日暮乡关何处是?烟波江上使人愁。'世传太白云:'眼前有景道不得,崔颢题诗在上头。'遂作《凤凰台》诗以较胜负。恐不然。"②只要留心引文的第一句就会发现:直至南宋,计有功所见的《黄鹤楼》文本,首句仍然是"昔人已乘白云去"。也许因为这一点,民间文学没有影响这位学者的理性思考,尽管没有叙说"恐不然"的理由,但他根据崔颢诗"四句"之中出现"两云两鹤",与李白诗"凤凰台上凤凰游,凤去台空江自流","两句"之中出现"三凤二台"并不相同,所以才会表态"恐不然"。清代的唐诗选家沈德潜,尽管极力推崇流行版《黄鹤楼》,但也主张李白的《凤凰台》没有模拟崔颢的《黄鹤楼》:"从心所造,偶然相似,必谓摹仿司勋,恐属未然。"③"偶似"属于局部的无心相似,"摹仿"则是整体的有心相仿。专门研究崔颢的傅璇琮先生认为,"《黄鹤楼》载于《国秀集》,即作于天宝三载以前。则颢之游江南当在开元中"④,开元一共29年,"开元中"则是以开元十五年(727年)为中点的前后十年之间。根据相关史实,我们得知,李白在开元十五年或十六年,也就是崔颢创作《黄鹤楼》的那段时间,曾经写过《黄鹤楼

---

① 方回:《瀛奎律髓汇评》,上海:上海古籍出版社,2005年,第25—26页。
② 计有功:《唐诗纪事》,上海:上海古籍出版社,1987年,第311页。
③ 沈德潜:《唐诗别裁集》,北京:中华书局,1975年,第187页。
④ 傅璇琮主编:《唐才子传校笺》,北京:中华书局,1987年,第202页。

送孟浩然之广陵》:"故人西辞黄鹤楼,烟花三月下扬州。孤帆远影碧空尽,唯见长江天际流。"四句之诗三句写景,如果李白此诗早于崔颢之作,就不存在李白在崔颢之后登上黄鹤楼头纵览江天之景而仰读崔颢题诗的问题;如果李白此诗晚于崔颢之作,就不存在李白"眼前有景道不得"的问题。总之,此诗无论早于还是晚于崔颢之作,都证明李白曾在黄鹤楼以千古丽句描写了"眼前"之景!这一事实足以证伪李白在崔颢诗前"有景道不得"的极其自卑的文学性描述。更何况终唐之世,没有一个文人记录过崔颢诗的首句作"昔人已乘黄鹤去",更没有一个文人记录过李白"眼前有景道不得"。

文学故事永远属于"美丽的谎言",如何美丽就如何叙说,美丽就好,"吸睛指数"愈高,流传就愈快愈广。不妨试想:"李白认输了!"这将是多大的诗学冲击波!如果接受者、研究者以历史的真实来苛求文学的美丽,那么错误的就不是文学的创造者。支撑这一观点的有力佐证还有:唐人阎伯瑾创作于唐代宗永泰元年(765年)四月二十九日的《黄鹤楼记》,距离所谓"黄鹤楼诗案"的生发期(暂且定于开元中即727年)可能不足40年。文章说:黄鹤楼"上倚天汉,下临江流",可以"赏观时物,会集灵仙"。当时的鄂州(今武昌)刺史穆宁"或逶迤退公(绕道下班),或登车送远,必于是极长川之浩浩,见众山之垒垒。王室载怀,思仲宣之能赋;仙踪可揖,嘉叔伟之芳尘。乃喟然曰:'黄鹤来时,歌城郭之并是;浮云一去,惜人世之俱非。'"[①]请注意:阎文说"浮云一去",没有说"白云一去","白云黄鹤"特定组合的"黄鹤楼标志"尚未成型,《黄鹤楼》诗的艺术魅力还没有后人推想的那样高不可及,因此未被提及。"眼前有景道不得,崔颢题诗在上头"的"李白之叹",更是远远没有酝酿。

目前学术界需要解决的是:如果说"乘白云"是原创版的真币,"乘黄鹤"是山寨版的假币,那么,假币又是哪一位高手"高仿"出来的?又是如何驱除真币的?直到今天,许许多多的《黄鹤楼》诗的阅读者、朗诵者、选编者、注释者、鉴赏者、教学者以及黄鹤楼景点的旅游者、导游者、管理者,甚至学术界古典文学的专业研究者、选校者,都在毫无疑虑地高度认可、高调销售这张假币。此外,唐诗学术界还需进一步追问:这张假币占领市场的优势是什么?其市值凭什么一路飙升,直至坐上"唐人七律第一"[②]、"唐诗第一"[③]的"宙斯级"帝座了呢?

二、"昔人已乘白云去"是原创版《黄鹤楼》诗的本体真相

美国逻辑学家 D. Q. 麦克伦尼在其名著《简单的逻辑学》中认为:"真相有两种基本形态,

---

① 阎伯瑾:《黄鹤楼》,载董诰等《全唐文》,太原:山西教育出版社,2002年,第2658页。
② 严羽《沧浪诗话》言:"唐人七言律诗,当以崔颢《黄鹤楼》为第一。"见何文焕《历代诗话》,北京:中华书局,2004年,第699页。
③ 王兆鹏先生等著《唐诗排行榜》,用唐诗选本统计的方法,以入选率与受评率为考察点,证得崔颢《黄鹤楼》为唐诗第一,所取文本即"昔人已乘黄鹤去"。见王兆鹏:《唐诗排行榜》,北京:中华书局,2011年,第1页。

一为本体真相,一为逻辑真相。其中,本体真相更为基础。所谓本体真相,指的是关乎存在的真相。某个事物被认定是本体真相,如果它确实是,则必然存在于某处。桌上有一盏灯,这是本体真相,因为它确实在那里,而不是幻象。本体真相的对立面是虚假的幻象。"①"昔人已乘白云去"是崔颢诗原创版的本体真相,因为它确实存在于所有流传至今的涉及《黄鹤楼》诗的唐诗文献之中,具体如下:殷璠编《河岳英灵集》卷下《黄鹤楼》、芮挺章编《国秀集》卷中《题黄鹤楼》、韦庄编《又玄集》卷上《黄鹤楼》、五代后蜀韦縠编《才调集》卷八《黄鹤楼》、佚名编《唐诗丛抄》卷中《登黄鹤楼》。前四种见今人傅璇琮等编撰的《唐人选唐诗新编》,后一种见今人徐俊纂辑的《敦煌诗集残卷辑考》。以上五种记载,已经穷尽目前存世的载有《黄鹤楼》诗的唐诗文献,诗中文字略有小异,但起首之语"昔人已乘白云去",诸本完全一致。证明"昔人已乘白云去"是崔颢《黄鹤楼》诗原创版的本体真相,在目前有着无可动摇的、坚不可摧的文献证明。

五代之后,除极个别选本之外,"昔人已乘白云去",依然是宋、金、元、明四朝诗学文献所录《黄鹤楼》诗的首句,而且没有异文。再举宋人十种、金人二种、元人三种、明人二种共十七种文献为证:(1)宋李昉等《文苑英华》卷三一二《登黄鹤楼》②,(2)宋乐史《太平寰宇记》卷一一二《鄂州·江夏县》引《登黄鹤楼》③,(3)宋王象之《舆地纪胜》卷六七《鄂州下》引《黄鹤楼》④,(4)《舆地纪胜》卷六七《鄂州下》引王得(一作德)臣《黄鹤楼》诗⑤,(5)宋祝穆《方舆胜览》卷二八引《黄鹤楼》⑥,(6)宋曾慥《类说》卷一六引《该闻录》《题黄鹤楼》⑦,(7)宋胡仔《苕溪渔隐丛话·前集》卷五"李谪仙"引《该闻录》《题武昌黄鹤楼》⑧,(8)《苕溪渔隐丛话·后集》卷一七"唐人杂纪下"引《题黄鹤楼诗》⑨,(9)宋计有功《唐诗纪事》卷二一《黄鹤楼》⑩,(10)宋佚名《锦绣万花谷·后集》卷二四"楼"部引《黄鹤楼》⑪,(11)金元好问《唐诗鼓吹》卷四崔颢《黄鹤楼》⑫,(12)金王朋寿《增广分门类林杂说》卷一二《神仙下篇》引崔影(崔颢)题诗⑬,(13)元方回《瀛奎律髓》卷一崔颢《登黄鹤楼》⑭,(14)元杨士弘《唐音》卷四崔颢《黄鹤楼》⑮,(15)元吴师道《礼部诗

---

① D. Q. 麦克伦尼:《简单的逻辑学》,杭州:浙江人民出版社,2013年,第22页。
② 李昉等:《文苑英华》,北京:中华书局,1966年,第1603页。
③ 乐史:《太平寰宇记》,北京:中华书局,2007年,第2279页。
④ 王象之:《舆地纪胜》,成都:四川大学出版社,2005年,第2415页。
⑤ 同上书,第2416—2417页。
⑥ 祝穆:《方舆胜览》,北京:中华书局,2003年,第498页。
⑦ 周勋初:《唐人轶事汇编》,上海:上海古籍出版社,1995年,第603页。
⑧ 胡仔:《苕溪渔隐丛话》,北京:人民文学出版社,1962年,第30页。
⑨ 同上书,第123页。
⑩ 计有功:《唐诗纪事》,上海:上海古籍出版社,1987年,第311页。
⑪ 《锦绣万花谷》,扬州:广陵书社,2008年,第1854页。
⑫ 元好问:《唐诗鼓吹》,清修竹斋刻本。
⑬ 李剑国:《唐前志怪小说辑释(修订本)》,上海:上海古籍出版社,2011年,第616—617页。
⑭ 方回:《瀛奎律髓汇评》,上海:上海古籍出版社,2005年,第24—25页。
⑮ 杨士弘:《唐音评注》,保定:河北大学出版社,2006年,第401页。

话》引崔颢《黄鹤楼诗》①,(16)明高棅《唐诗品汇》卷二崔颢《黄鹤楼》②,(17)明铜活字本《唐五十家集·崔颢集》之《黄鹤楼》③。

既然上举(没有全举也没必要全举)宋、金、元、明多达十七种的诗学文献尤其是明版《崔颢集》,都作"昔人已乘白云去",而且没有异文,可见《黄鹤楼》诗的原态在宋、金、元、明四朝基本没有变化。此外,我想在这里重点介绍宋代的第四个证据:北宋与王安石(1021—1086)同时代的著名学者、政治家、文学家、湖北安陆人王得臣(1036—1116),生前做过鄂州、黄州知州,著有《江夏辨疑》一卷和《江夏古今纪咏集》五卷(均轶)、《麈史》三卷等等,说明他学养深厚并且对江夏文史尤其是专门对涉及黄鹤楼的历史与诗文具有独到的研究,他的《江夏辨疑》也为《苕溪渔隐丛话》引用(如上举第七例)。王得臣涉及黄鹤楼的诗(《全宋诗》失收)具体是:"昔人已乘白云去,旧国连天不知处。思量费子真仙才,从他浮世悲生死。黄鹤一去不复返,光阴流转忽已晚。"其中第一句和第五句直接是崔颢的原诗,第一句是"白云去"而非"黄鹤去"。

总之,只凭上引宋、金时代(金与南宋略处于同时段)的十二个证据,已经足够证明关于《黄鹤楼》诗的那些真真假假的传说,以及清代以后多数诗评家们坚信该诗首句应作"黄鹤去"的一系列海阔天空的议论,都是由于完全不追踪、不正视、不深思原始文献和相关诗学文献,再加上格外自恃才华,沉迷于追寻预设目标造成的。因为一旦预设目标,就会瞄准预设目标搜寻并坚信特定证据甚至唯一证据,进而排除更大视野中不利于预设目标的其他多重证据,最终可能导致曲解事实,甚至对事实视而不见,抛弃"有理有据"的原则,只认"理"不认"据",刑侦学上的许多冤假错案就是这样形成的。环绕崔颢《黄鹤楼》而产生的疑案、错案、冤案,也是由于同样的原因,再加上一批又一批地倾注阐释者的艺术想象力而重叠铸定的。例如清乾隆《唐宋诗醇》对李白《登金陵凤凰台》的"御批"即是如此:"崔颢题黄鹤楼,李白见之,去不复作,至金陵登凤凰台,乃题此诗。传者以为拟崔而作,理或有之。"④这种"理或有之"的"理",就是只求自圆其说不必印证事实(所谓"传者以为")的逻辑真相。用专业话语来说就是:"逻辑真相仅仅是关乎命题的真理性。更宽泛地说,它是在我们的思维和语言中自动呈现出来的真相。"仅仅由思维和语言自动呈现的真相,既可能与"存在的真相"即本体真相相一致,也可能不一致。

三、"昔人已乘黄鹤去"与山寨版《黄鹤楼》诗的逻辑真相

无可讳言,清季至今广泛流行的"昔人已乘黄鹤去",确属虚假幻象。不过,这个幻象的生成,又是从晚唐以后阅读者与研究者试图追寻"乘白云"与"乘黄鹤"的逻辑真相而衍生的。

---

① 高步瀛:《唐宋诗举要》,北京:中国书店,2011年,第541—542页。
② 高棅:《唐诗品汇》,上海:上海古籍出版社,2012年,第715页。
③ 《唐五十家集·崔颢集》,上海:上海古籍出版社,2012年,第216页。
④ 乾隆:《唐宋诗醇》,北京:中国三峡出版社,1997年,第119页。

逻辑真相有两种：一种是某种说法自圆其说并且经过仔细查对又与事实完全相符的逻辑真相（思想与实际相符，其本质已经与本体真相无别），另一种是思想虽然与实际不符却能在一定语境下自圆其说的逻辑真相（思想只与思想相符）。麦克伦尼指出："确认真相就是要达到主观与客观的统一。"比如说"狗在车库里"，如果"仅仅在大脑中反思狗啊、车库啊，或者其他相关概念，是无助于我解决这个问题的，我得亲自到车库去看看"。"决定命题真假的依据是现实情况，而逻辑真相是建立在本体真相的基础之上的。"①笔者深感遗憾的是，所有主张"昔人已乘黄鹤去"的古今学人，一概没有"亲自到"大唐的"诗库"去看看，更没有下大功夫、下深功夫去弄懂原诗前四句的事实关系与逻辑关系，就直接宣布他们根据前后文语境融会贯通而得出的逻辑真相只能是"昔人已乘黄鹤去"，否则就"不通"和"前言不搭后语"。一些顶级学者如金圣叹、纪晓岚、沈德潜、高步瀛等人，走的正是大步偏离或故意抛弃"思与实相符合"的所谓"思与思相融贯"的路径。这里不妨以高步瀛的观点为例："起句为乘鹤，故下云空余，若作白云，则突如其来，不见文字安顿之妙矣。后世浅人见此诗起四句三黄鹤一白云，疑其不均，妄改第一黄鹤为白云，使白云黄鹤两两相俪，殊不知诗之格局绝不如此（观太白《鹦鹉洲》诗可知）。"②这就属于典型的"思与思相融贯"，只强调文本的逻辑性，不惜扭曲和颠倒历史事实（虽然出于无心），有意推衍出（实际上就是虚构出）海市蜃楼般的诗学见解。偏偏就对原创版"昔人已乘白云去"的铁定事实，故意地、完全地视而不见。究其原因，则是这类学者仅仅知道"仙人乘黄鹤"，全然不知"仙人乘白云"。也有极少的例外，只知"仙人乘白云"，不知"仙人乘黄鹤"。金代吴师道《礼部诗话》云："崔颢《黄鹤楼诗》题下自注（按'自注'之说不确）云：'黄鹤乃人名也。'其诗曰：'昔人已乘白云去，此地空余黄鹤楼。'云'乘白云'，则非'乘鹤'矣。"③将"黄鹤"当作人名，"黄鹤楼"就成了"黄鹤这个人建的楼"或"黄鹤家的楼"，属于典型的对"仙人乘黄鹤"的陌生，亦即违背常识的错误。事实是：传说中的两类仙人同时也是两拨仙人，既"乘白云"也"乘黄鹤"，不能非此即彼。古今相关研究者显然并未充分知晓这一古典知识即道教常识，一些重大学术偏误才会一再发生！逻辑学家指出："逻辑，生于常识，却又高于常识。逻辑思维的出现以及对非逻辑思维的避免，都根植于常识的某一面。常识是对日常生活中显而易见的事物的敏锐洞悉。""常识更接近本源，服务于推理的基本原则。"④在某种意义上甚至可以说，不懂常识就是不懂逻辑，违反常识就是违反逻辑，反之亦然。当然，比常识和逻辑更为重要的是事实。对于"乘白云"而成仙的早期道教常识的陌生及排斥，造成明清直至今日大批高智商唐诗学者的系列接受偏误与智力浪费。

明末清初学者唐汝询著有《唐诗解》，直接在山寨版《黄鹤楼》首句之下批评："黄鹤，诸本多作白云，非。"⑤尽管他承认"诸本多作白云"这一事实，但又颠倒是非，以对为错，不过语气还算

---

① D. Q. 麦克伦尼：《简单的逻辑学》，赵明燕译，杭州：浙江人民出版社，2013年，第23页。
② 高步瀛：《唐宋诗举要》，北京：中国书店，2011年，第542页。
③ 同上书，第541—542页。
④ D. Q. 麦克伦尼：《简单的逻辑学》，赵明燕译，杭州：浙江人民出版社，2013年，第118页。
⑤ 近人高步瀛《唐宋诗举要》卷五《七言律诗·崔颢》注云："黄鹤去一作白云去，非是。"这正是受到金圣叹等人的误说影响所致。

平和。到了金圣叹那里，出语和态度已经极端激烈，《贯华堂选批唐才子诗》卷三说：

> 此即千载喧传所云《黄鹤楼》诗也。有本乃作"昔人已乘白云去"，大谬！不知此诗正以浩浩大笔连写三"黄鹤"字为奇耳。且使昔人乘白云，则此楼何故乃名黄鹤？此亦理之最浅显者。至于四之忽陪白云，正妙于有意无意、有谓无谓。若起首未写黄鹤，已先写一白云，则是白云、黄鹤两两对峙。黄鹤固是楼名，白云出于何典耶？且白云既是昔人乘去，而至今尚见悠悠，世则岂有千载白云耶？不足当一噱已！①

金圣叹对前人的诗文点评，常常闪现出一个思想家的独特神彩，可惜这一段评语却尽显他的短板，至少有七个错误：其一，指责"昔人已乘白云去""大谬"，其实正是他自己大谬；其二，说"有本乃作"白云而不是唐汝询所说的"诸本多作白云"，完全不知唐人旧本的真相②；其三，只凭才气想当然认为"此诗正以浩浩大笔连写三'黄鹤'字为奇耳"，完全不下功夫去了解何以会有"乘白云"的知识源流；其四，只粗略认为"白云、黄鹤"是"两两对峙"，未加细分二者还是两两衔接、两两交错，甚至是大圈的、外圈的"白云故事"包裹内圈的、小圈的"黄鹤故事"③；其五，由于不懂白云、黄鹤分属不同的成仙故事，陷入"且使昔人乘白云，则此楼何故乃名黄鹤"的常识误区；其六，只知"黄鹤固是楼名"，完全不知"白云出于何典"，误认为"四之忽陪白云，正妙于有意无意、有谓无谓"；其七，认为"白云既是昔人乘去，而至今尚见悠悠，世则岂有千载白云耶？不足当一噱已"。令人遗憾更值得深思的是，金圣叹这一"融贯说"不仅表面上没有自成一体，而且阐释愈多，离事实愈远，观点愈荒谬。难怪近人施蛰存在《唐诗百话》中批评"有意无意、有谓无谓"之说是"无以自解""故弄玄虚"，其中"世则岂有千载白云"之问更是"近于无赖"："依照他的观点，昔人既已乘白云而去，今天的黄鹤楼头就不该再有白云了"。清光绪年间的陈廷焯最瞧不起金圣叹的诗词评论："金圣叹论诗词，全是魔道。""圣叹评传奇，虽多偏谬处，却能独具手眼。至于诗词，直是门外汉！"④

四、"白云""黄鹤"的不同源典与共同的求仙意旨

事实真像金圣叹所言那样思与实、词与物严重背离吗？没有。因为"乘白云""乘黄鹤"分属两个不同的成仙事件。"乘白云"是先秦成仙传说；"乘黄鹤"起源于何时已难确考，但仙人子

---

① 金圣叹：《贯华堂选批唐才子诗》，沈阳：万卷出版公司，2009 年，第 152—153 页。
② 高步瀛：《唐宋诗举要》，北京：中国书店，2011 年，第 542 页。
③ 施蛰存《唐诗百话》正确指出："这四句诗，如果依照作者的思维逻辑来排列，应该写成：昔人已乘白云去，——白云千载空悠悠。黄鹤一去不复返，——此地空余黄鹤楼。"（施蛰存：《唐诗百话》，上海：华东师范大学出版社，1996 年，第 177 页。）
④ 陈廷焯：《白雨斋词话》，载唐圭璋《词话丛编》，北京：中华书局，1986 年，第 3899 页。

安与黄鹤的联系,最早记载于西汉刘向的《列仙传》卷下,南朝时才开始将子安与黄鹤楼相牵合。《列仙传·陵阳子明》云:"子安死,人取葬石山下。有黄鹤来,棲其塚边树上,鸣呼子安云。"李白诗《登敬亭山南望怀古赠窦主簿》的"黄鹤呼子安"即用此典①——不少人将"子安"引作"王子安",于典无据,李白另诗《江上吟》也说"仙人有待乘黄鹤"。有必要郑重提醒的是:通过电子文档检索,可以确证唐诗中将仙人与"乘黄鹤"三字连用,李白是原创者!宋代出现的"昔人已乘黄鹤去"的"乘黄鹤",也有可能是吸纳了李白的思维成果。由于古代鹤、鹄不分,所以梁萧子显撰《南齐书·州郡志·郢州》云:"夏口城据黄鹄矶,世传仙人子安乘黄鹄过此上也。边江峻险,楼橹高危,瞰临沔汉。"②欧阳询撰《艺文类聚》卷六三引《述异传》亦云:"荀瓌,字叔伟。寓居江陵,憩江夏黄鹄楼上。望西南有物飘然,降自云汉,俄顷已至,乃驾鹤之宾也。鹤止户侧,仙者就席。羽衣虹裳,宾主欢对,辞去。跨鹤腾空,眇然烟灭。"③产生于盛唐时代的两个唐诗选本《河岳英灵集》和《国秀集》,属于当时人读当下诗,对于"乘白云""余黄鹤""黄鹤一去""白云千载"这种"白云包裹黄鹤"的两桩事件与时间,丝毫不存在理解的障碍,所以没有将"白云"改为"黄鹤",为唐代后出的三个选本奠定了"昔人已乘白云去"的正确文本。今天,当我们研判《黄鹤楼》的本体真相及其演变始末的时候,首先应当向唐代学者们的严肃态度,表达后代学子的庄严敬意与由衷谢意!

现代学人与读者对于"仙人乘鹤"比较熟悉,但对"仙人乘云"及其来源则相对陌生。原来唐玄宗时代是道教发展的辉煌顶点,明皇的谥号"玄宗"及明皇在开元二十八年十月赐予杨玉环的道号"太真"就双双具有浓烈的道教色彩,连当时原本是佛徒的贺知章也改变身份当道士。玄宗即位之后即大兴道教,自称梦见老子,醒来画出图像再复制若干幅,分赐天下开元观,并由朝廷拨款在全国普开宴会以示庆祝。又在开元二十九年正月,"制两京、诸州各置玄元皇帝庙(老子庙)并崇玄学(崇玄学是教学机构名称),置生徒,令习《老子》《庄子》《列子》《文子》,每年准明经例考试"④。紧接着,又在天宝初"下诏求明庄、老、列、文四子之学者"⑤。而被尊为《南华真经》的《庄子》,其《天地篇》有云:"夫圣人……千岁厌世,去而上仙,乘彼白云,至于帝乡。"⑥可见"圣人乘白云"就是"去而上仙",实现由人而仙的超凡梦想。有时也用"厌世""成仙""乘彼白云"来美化人类的死亡并隐喻死者成为仙人,宋之问《桂州黄潭舜祠》的"帝乡三万里,乘彼白云归"即是此意:"归"指回归帝乡即天上。

"昔人已乘白云去",不仅求仙意旨蕴涵其中,而且将《庄子·天地篇》的"人乘白云去"全都派上用场了。对此,施蛰存在《唐诗百话》另有看法:"此句中的'白云',正是用了西王母赠穆天子诗中的'白云'典故,金圣叹不会不知道",西王母原诗是:"白云在天,丘陵自出

---

① 李剑国:《唐前志怪小说辑释(修订本)》,上海:上海古籍出版社,2011年,第612—613页。
② 萧子显:《南齐书》,北京:中华书局,1997年,第74页。
③ 欧阳询:《艺文类聚》,上海:上海古籍出版社,1999年,第1130—1131页。
④ 刘昫等:《旧唐书》,北京:中华书局,1997年,第72页。
⑤ 同上书,第877页。
⑥ 郭庆藩:《庄子集释》,北京:中华书局,2004年,第421页。

(笔者按:'丘陵自出'即'出自丘陵'。《礼记·孔子闲居》亦云:'天降时雨,山川出云。')。道里悠远,山川间之。将(保养)子无死,尚复能来。"施先生认为此诗"亦以白云起兴,希望穆天子能再来"。尽管施说不无启发意义,但《庄子》当时的地位远远高于《穆天子传》,何况西王母的诗中文字,也远远不如《庄子》的"去而上仙,乘彼白云"更为贴近"昔人已乘白云去"的文字组合及其求仙意识。早在中唐,《黄鹤楼记》的"仙踪可揖,嘉叔伟之芳尘",已经误解崔颢"乘白云"的用典是荀瑰了。至北宋,著名学者胡仔同样认为崔颢误用了隋代郎蔚之《图经》所说费祎成仙之后"驾黄鹤,返憩于此,因以名楼"的典故。他据《蜀志》考证,费祎为人所害,不得善终,"安有驾鹤而憩此者也"?"苕溪渔隐曰:'崔颢〈题黄鹤楼〉诗,亦以为费祎升仙之地,承袭谬误,不复考证,故其诗云:"昔人已乘白云去,此地空余黄鹤楼。黄鹤一去不复返,白云千载空悠悠。"'"①胡仔将"乘白云"与"乘黄鹤"合二为一了,他说崔颢"承袭谬误"是不能成立的。

  我想说明的是,崔颢之后的一些学者之所以渐渐遗忘"昔人已乘白云去"的典故正源,原因正与道家学说的知名度与影响力的起伏波动亦即总体的不断式微密切相关。唐玄宗亲手掀起了狂热崇奉道家与道教的全国性浪潮,流传至今的一些唐人小说,也都出现了明皇迷恋仙术的著名桥段。其中,境界情致最为美丽奇幻者莫过于《云笈七签》卷一一三所引中唐人卢肇的小说《罗公远》:"罗公远八月十五日夜,侍明皇于宫中玩月。公远曰:'陛下莫要月宫中看否?'帝唯之。乃以拄杖向空掷之,化为大桥,桥道如银。与明皇升桥,行若十数里,精光夺目,寒气侵人,遂至大城。公远曰:'此月宫也。'见仙女数百,皆素练霓衣,舞于广庭。上问其曲名,曰:'《霓裳羽衣》也。'乃密记其声调。旋为冷气所逼,遂复蹑银桥回,反顾银桥,随步而灭。明日召乐工,依其调作《霓裳羽衣曲》,遂行于世。"②同卷下一篇《罗方远》更直接说"明皇方留意神仙"。③ 明乎此,再看白乐天《长恨歌》的"骊宫高处入青云,仙乐风飘处处闻""渔阳鼙鼓动地来,惊破霓裳羽衣曲""忽闻海上有仙山……其中绰约多仙子。中有一人字太真,雪肤花貌参差是",海上仙山的幻情幻景虽属虚构,亦与玄宗生前的追仙热情高度契合。《老子》《庄子》既然在唐代尤其是玄宗时代被极力推崇,当时的读书人当然不会陌生"千岁厌世,去而上仙,乘彼白云,至于帝乡"的说法。诗人们也不只是崔颢一人运用这个典故,南朝梁沈约在《和王中书白云诗》中云:"白云自帝乡,氛氲屡回没。"盛唐人王翰也在《龙兴观金箓建醮(景龙二年)》中写道:"泰山岩岩兮凌紫氛,中有群仙兮乘白云。"④岑参《感遇》诗也说:"昔来唯有秦王女,独自吹箫乘白云。"此后,中唐刘禹锡的《三乡驿伏睹玄宗望女几山诗,小臣斐然有感》,更是直接点出"乘白云"而仙去与玄宗追求成仙迷恋长生不老有关:"开元天子万事足,唯惜当时光景促。三乡陌上望仙山,归作霓裳羽衣曲。……天上忽乘白云去,世间空有《秋风词》。"也有将"乘

---

① 胡仔:《苕溪渔隐丛话后集(卷一七)》,北京:人民文学出版社,1962年,第123页。
② 张君房编:《云笈七签》,北京:中华书局,2003年,第2466页。
③ 同上书,第2467页。
④ 此为王翰诗逸句,载《全唐诗·补遗一》。见陈贻焮主编:《增订注释全唐诗》,北京:文化艺术出版社,2007年,第1209页。

白云"说成"望白云"的,如盛唐李峤的七绝《送司马先生》云:"蓬阁桃源两处分,人间海上不相闻。一朝琴里悲黄鹤,何日山头望白云?"即指司马先生今日一别成仙之后,何日乘白云而归来。

从岑参诗的"昔来唯有秦王女",可以推知崔颢诗的"昔人"就是古人,亦即庄子笔下"千岁厌世"的"圣人"。崔颢同时讲述两个古人成仙的故事:战国人"乘白云"而成仙,汉以后人"乘黄鹤"而成仙,黄鹤(已)一去不复返,白云(亦)千载空悠悠。如果按照事件发生的顺序,应当是先述白云故事,次述黄鹤故事:"昔人已乘白云去(古),白云千载空悠悠(今)。//黄鹤一去不复返(古),此地空余黄鹤楼(今)。"崔颢遇上了押韵的困难,不得已打破正常的思路与结构,"天上乘白云而仙去→地上空有黄鹤楼→地上乘黄鹤而仙去→天上空有白云悠悠"。客观地说,这种非常态的叙述方式:外圈是顺时针叙述,内圈是逆时针论述,严重妨碍了文气的流畅和表达的清晰,干扰了读者接受信息的次序,增加了接受信息的难度。更何况《庄子》"乘白云而仙去"的素材,与诗题"黄鹤楼"素无牵涉,除了黄鹤楼上方的天空也会有白云悬浮(此一景象任何高楼都会出现)之外,满带仙气的"白云"与"黄鹤楼"两不相干。此外,"昔人已乘白云去"和"白云千载空悠悠"两句,也没有清晰表达天空与白云的多层关系:昔人当时只是乘去一片白云,而不是乘去全部白云;此后,天空依然不断产生无数白云而"千载空悠悠"。

正因为原创版《黄鹤楼》存在先天的艺术缺陷,所以,当王安石这位胆大、才大、官亦大的唐诗选家在《王荆公唐百家诗选》中故意干出偷天换日的勾当,将第一句改造成"昔人已乘黄鹤去","智造"并"倾销"山寨版的《黄鹤楼》之时,对原创版不熟悉、不关心的读者大众,不但觉察不出山寨版的异样和不妥,反而觉得王安石版《黄鹤楼》"更合逻辑""更加顺畅""更加好记",而且时间越靠后,山寨版就越流行,直至几乎完全取代原创版。比如在清康熙四十六年(1707年)略后扬州书局本《全唐诗》中,《黄鹤楼》首句还以"白云"为正文,"黄鹤"为异文①;但在50多年后的清乾隆二十八年(1763年)教忠堂重订本《唐诗别裁集》中,首句完全变成"昔人已乘黄鹤去",不再有任何异文,"白云"消失得无影无踪了。同年,选诗更精粹、书价更低廉、流传更广远的孙洙、徐兰英伉俪合编的《唐诗三百首》也开始问世,《黄鹤楼》编为卷六"七言律诗"第一首,文字与《唐诗别裁集》一字不差亦无异文。

至此,"白云""黄鹤"并存的局面彻底被"黄鹤"独霸,山寨版完胜原创版,取得畅行天下并独行天下的资格而几乎无人质疑。就连纪晓岚这样的绝世聪明人,也以是为非、以非为是:"改首句'黄鹤'为'白云',则三句'黄鹤'无根。"纪昀的智者之虑终有几失:第一,不知白云、黄鹤乃是作为两条成仙的平行路径而出现;第二,不知"此地空余黄鹤楼,黄鹤一去不复返"是"黄鹤一去不复返,此地空余黄鹤楼"的逆叙;第三,不知逆叙的原因是崔颢诗中必须尽快出现标题关键词亦即全诗主题词"黄鹤楼"并以之押韵;第四,只知"改首句'黄鹤'为'白云',则三句'黄鹤'无根",不知如果依照他的思路,"改首句'白云'为'黄鹤'",第四句"白云"照样无根! 遗憾在《黄

---

① 彭定求等:《全唐诗》,上海:上海古籍出版社,1986年,第305页。

鹤楼》的接受史上，类似失误的智者远非纪昀一人。时至今日，学界评价甚高的《唐宋诗举要》和《唐诗汇评》，《黄鹤楼》的文本也完整承袭《唐诗别裁集》和《唐诗三百首》。此而下之的无数唐诗选本，人云亦云，自然纷纷驱除"白云"而替补"黄鹤"，举目所见，侧耳所听，普天之下，几乎处处"昔人已乘黄鹤去"了。

《赵后别传》考论

华中科技大学人文学院　李军均

一、问题的提出:《赵后别传》的真伪、文本与小说史意义

《赵后别传》,后世一般称为"赵后外传"或"赵飞燕外传"或"飞燕外传",一般署名为汉代伶玄。

关于《赵后别传》的真伪,宋人已提出"伪书"之说,明人或以之为真,但皆未作文献之确证。宋人陈振孙《直斋书录解题》中提出"伪书"说,题解言:"称汉河东都尉伶玄子于撰。自言与扬雄同时,而史无所见。或云伪书也。然通德拥髻等事,文士多用之;而祸水灭火一语,司马公载之《通鉴》矣。"①对此,明人胡应麟曾有考辨,言《赵后别传》"称河东都尉伶玄撰。宋人或谓为伪书,以史无所见也。然文体颇浑朴,不类六朝。祸水灭火事,司马公载之《通鉴》,诚怪。如以诗文士引用为疑,则非悬解语也。玄本传自言见诎史氏,当是后人所加"②。所谓"非悬解语",是批评陈振孙因为文士多用"通德拥髻"的典故而惑于《赵后别传》之真伪。或许胡应麟认为《赵后别传》确为汉代伶玄所作,如其曾言"杨用修谓唐小说不如汉,而举伶玄《赵飞燕传》(笔者按:即《赵后别传》)中一二语为证"③。又其将小说分为六类时,以《赵后别传》为传奇之首,依举例逻辑,胡应麟应认为《赵后别传》成书于汉代。④

清人则考定《赵后别传》为伪书。如姚际恒直言《赵后别传》乃"好事者为之"⑤。《四库全书总目》以《赵后别传》"其文纤靡,不类西汉人语""前汉自王莽刘歆以前,未有以汉为火德者"等综合因素,判定《赵后别传》为伪托之书。⑥ 周中孚《郑堂读书记》则进一步指出"其文固不类西汉体,其事亦不能为外人道也。在文士展转援引,本属常事,而司马公反引其最纰缪之语以

---

① 陈振孙撰,徐小蛮、顾美华点校:《直斋书录解题》,上海:上海古籍出版社,1987年,第195页。
② 胡应麟:《少室山房笔丛》,北京:中华书局,1958年,第416页。
③ 同上书,第377页。
④ 同上书,第374页。
⑤ 姚际恒著,顾颉刚校点:《古今伪书考》,北京:朴社,1933年,第21页。
⑥ 永瑢等:《四库全书总目》,北京:中华书局,1965年,第1216页。

入史籍,则失考之甚矣",提出《赵后别传》"当出于北宋之世,故《通鉴》已引及之"的结论。[①]《赵后别传》为伪书,诚谓定论。对此,现当代学者也多有补证,如朱东润先生从汉代仅称《史记》为《太史公书》的史实,确证"伪书"说[②]。

《赵后别传》"伪书"说已然确定,但其为何时何人伪作,学界则多有论证,概而言之,主要有如下诸说:东汉至三国或晋宋说[③]、两晋说[④]、东晋或南朝说[⑤]、六朝说[⑥]、六朝唐初说[⑦]、隋至晚唐说[⑧]、唐代说[⑨]、唐宋说[⑩]、晚唐至北宋说[⑪]、北宋说[⑫]。上述诸说,或有详尽之考证,或为只言片语之断言,或为综采各家之说而推出大体之结论。如唐代说,钱锺书是从该书体式推断,高罗佩更是仅作断语。如此,《赵后别传》的成书时间亟待深入考求。

又,现有《赵后别传》较为完整的文本,皆为明清人刊刻抄写流传下来的,其文本型态大体可分为两种,主要区别在有无"伶玄自叙""桓谭云""荀勖校书奏语"三段文字及书名差异与题署有无。"伶玄自叙"等三段文字的有无,不仅可以引导读者对《赵后别传》文本性质的不同认知,亦足以影响对该书成书时间的断定。同时,书名的差异及题署的有无,在一定程度上也有相同之影响。因此,无论是考求《赵后别传》的成书时间,还是挖掘或发现其文本属性,亟需确证其早期文本型态。

此外,若《赵后别传》成书于唐代,则《赵后别传》与中唐时《莺莺传》《霍小玉传》等传奇小说至少有两方面的共同点:其一是文章体式相同,艺术表现力相近,此为钱锺书所揭橥;其二是爱欲题材的书写,且爱欲书写的情感取向基本指向女性人物,《赵后别传》中是飞燕姊妹,《莺莺传》中是崔莺莺,《霍小玉传》中是霍小玉,《李娃传》中是李娃,《长恨歌传》中是杨贵妃,等等。如此,则《赵后别传》与《霍小玉传》等中唐小说间的共性,是否隐藏着共时并荣抑或前后相生的关系?如有,则其关系何以生成?本文将对这些问题做进一步探讨。

[①] 周中孚:《郑堂读书记》,上海:商务印书馆,1937年,第1243—1244页。
[②] 朱东润著、陈尚君编:《中国传叙文学之变迁·八代传叙文学述论》,上海:复旦大学出版社,2015年,第215页。
[③] 李剑国《秦醇〈赵飞燕别传〉考论——兼议〈骊山记〉〈温泉记〉》提出东汉至晋宋间说。见李剑国:《古稗斗筲录:李剑国自选集》,天津:南开大学出版社,2004年,第330—331页。李剑国在"传奇之首〈赵飞燕外传〉"一文中倾向认为《飞燕外传》成书于东汉。见李剑国:《"传奇之首"〈赵飞燕外传〉》,《古典文学知识》2004年第1期。熊明《〈赵飞燕外传〉考论——兼论汉魏六朝杂传对唐人传奇的孕育与启导》一文与李剑国之观点及其论证大体相近。见熊明:《〈赵飞燕外传〉考论——兼论汉魏六朝杂传对唐人传奇的孕育与启导》,《古籍研究》2005年第2期。
[④] 薛洪勣:《传奇小说史》,杭州:浙江古籍出版社,1998年,第33页。
[⑤] 侯忠义:《汉魏六朝小说简史》,太原:山西人民出版社,2005年,第18—19页。
[⑥] 郭希汾:《中国小说史略》,载陈洪主编《民国中国小说史著集成(第2卷)》,天津:南开大学出版社,2014年,第120页。
[⑦] 陈文新:《文言小说审美发展史》,武汉:武汉大学出版社,2007年,第46—47页。
[⑧] 程毅中:《唐代小说史》,北京:人民文学出版社,2003年,第20—22页。
[⑨] 钱锺书:《管锥编》,北京:中华书局,1986年,第965—966页;高罗佩著,李零等译:《中国古代房内考——中国古代的性与社会》,北京:商务印书馆,2007年,第297页。
[⑩] 鲁迅:《中国小说史略》,北京:人民文学出版社,1973年,第182页。
[⑪] 林于弘:《〈赵飞燕外传〉成书及版本传承比较研究》,《"国立中央图书馆"台湾分馆馆刊》1992年第3期。
[⑫] 此说为清人周中孚《郑堂读书记》最早提出,昌彼得沿承其说。见昌彼得:《说郛考》,台北:文史哲出版社,1979年,第227页。

二、《赵后别传》的流播与早期文本型态

对《赵后别传》早期文本型态的考索,核心问题有三:其一,明清人刊刻抄写之《赵后别传》文本是否伪撰?其二,如非伪撰,明清人刊刻抄写之《赵后别传》文本所据为何?其三,明清人刊刻抄写之《赵后别传》文本是否保留了其早期文本型态?要解决这三个问题,笔者认为首先要对《赵后别传》在明前传播进行量化的描述和分析,从而清理出《赵后别传》流播的文本样态,其次是对明前所流播的文本样态进行挖掘,并与明清时《赵后别传》的文本型态进行整合性考察,从而发现其早期文本型态及隐藏的意义指向。

《赵后别传》的早期流播,大体可分为宋前与宋代及其后两个阶段。就现有可查证资料而言,宋前《赵后别传》流播,仅少量见于诗文的用典,所包含的文本型态信息有限。至宋代,该书流播的文献型态丰富起来,主要有四种,即较为常态化的诗文用典、书目和书志的著录、类书和选本的节录或选录、原本和改编本的抄写或刊刻。故宋时《赵后别传》的文本型态信息亦丰富起来。

宋前及北宋早期的书目或书志,如《隋书·经籍志》《旧唐书·经籍志》《崇文总目》《新唐书·艺文志》等,皆未著录《赵后别传》。最早著录《赵后别传》的书志是晁公武(1105—1180)的《郡斋读书志》,至晚清,主要有21部书目或书志著录《赵后别传》。著录简况列为表16-1如下:

表16-1 宋代至晚清21部书志书目著录《赵后别传》简况表①

书目	类属	书名与卷数	题署	备注
郡斋读书志	史部传记类	《赵飞燕外传》一卷	汉伶玄	解题涉及"伶玄自叙""桓谭云""荀勖校书奏语"
直斋书录解题	传记类	《飞燕外传》一卷	汉伶元②	解题涉及"伶玄自叙""桓谭云""荀勖校书奏语"
遂初堂书目	杂传类	《赵飞燕外传》		
文献通考	史部传记	《飞燕外传》一卷	见于考释	考释全录《郡斋读书志》《直斋书录解题》解题

---

① 表中各书目版本依序分别为四部丛刊三编影宋淳祐本、清武英殿聚珍版丛书本、清海山仙馆丛书本、清浙江书局本、清乾隆武英殿刻本、明抄本、明嘉靖四十三年杜晴江刻本、明徐象枟刻本、清知不足斋丛书本、清宋氏漫堂钞本、清光绪至民国间观古堂书目丛刊本、清文渊阁四库全书本、清嘉庆钞本、清钱氏述古堂钞本、清道光八年味经书屋钞本、清乾隆武英殿刻本、清嘉庆文选楼刻本、清光绪刻本、民国师石山房丛书本、民国本、民国吴兴丛书本。
② 陈梦雷编《古今图书集成》之《理学汇编》中《宋史·艺文志》《国史经籍志》题署"伶元",分别见《经籍典》卷一七《经籍总部汇考》十七之二十、《经籍典》卷二五《经籍总部汇考》二十五之九。又《理学汇编·经籍典》卷四一〇《史学部汇考》六之十四《文献通考》引《郡斋读书志》亦是"伶元"。

续 表

书目	类属	书名与卷数	题署	备注
宋史·艺文志	史类传记类	《赵飞燕外传》一卷	伶玄	
晁氏宝文堂书目	子杂	《赵飞燕外传》		
宋史新编	史类传记类	《赵飞燕外传》一卷	伶玄	
国史经籍志	传记列女	《飞燕外传》一卷	伶玄	
世善堂藏书目录	史类稗史野史并杂记	《赵飞燕外传》一卷	伶元	
澹生堂藏书目	史部别传	《赵飞燕外传》一卷		子部所著录《汉魏丛书》细目有《飞燕外传》,《古今逸史》《四十家小说》细目有《赵飞燕外传》,《古今说钞》细目有《赵飞燕别传》
百川书志	史传记	《赵飞燕外传》一卷	伶玄	解题为"汉江东都尉伶玄子干撰"
千顷堂书目	类书类	《赵飞燕外传》	伶玄	著录在《古今汇说》六十卷条目下
绛云楼书目	史部记类	《赵飞燕外传》		
钱遵王述古堂藏书目录	女史	《飞燕外传》一卷	伶玄	
传是楼书目	史部列女	《飞燕外传》一本		子部小说家著录陈纂《葆光录》三卷一本,解题言"又一部附《洛阳名园记》《赵飞燕传》《高力士传》一本";又子部小说家著录明代毛晋编《津逮秘书》崇祯本有《飞燕外传》一本
四库全书总目	子部小说家类存目	《飞燕外传》一卷	汉伶元	内府藏本,解题中交代"撰末有伶元自序"
天一阁书目	子部杂家类	《赵飞燕外传》一卷		著录在《杂书》九册条目下
天禄琳琅书目后编				明版子部所著录《汉魏丛书》细目有"次伶元《赵飞燕外传》一卷",《四十家杂说》细目有"次《赵飞燕外传》"
汉书艺文志拾补	子部小说家	《飞燕外传》	伶元	
八千卷楼书目	子部小说家类	《飞燕外传》一卷	汉伶玄	解题为"汉伶玄撰。龙威秘书本、汉魏丛书本、古今逸史本"
郑堂读书记	子部小说类杂事	《飞燕外传》一卷(汉魏丛书本)	旧题汉伶元	解题中交代"别本有元自序"

至于类书、选本等,宋代之前未有见收录或选录《赵后别传》者。成书于南宋绍兴六年(1136年)或略前的《绀珠集》①,是最早节录《赵后别传》者。该书编纂者或为朱胜非,其内容"杂出于诸子百家之说"②。此后,另有《类说》《海录碎事》《锦绣万花谷》《事文类聚》等宋人所编类书或选本有节录《赵后别传》。曾慥《类说》,成书于南宋绍兴六年(1136年);叶廷珪《海录碎事》,成书于南宋绍兴十九年(1149年);《锦绣万花谷》成书于南宋淳熙十五年(1188年),编纂者名已佚。这四部书成书时间前后相差约60年。这四书对《赵后别传》的节录或详或略,但综合起来含蕴了有关《赵后别传》书名、署名、文本型态的丰富信息,兹将相关信息统计列为表16-2如下:

表16-2 宋代四部类书或选本中《赵后别传》文本型态信息统计表③

类书名 \ 节录简况	书名	题署	细目数	文字详略	其他
绀珠集	赵后外传	伶玄	11	略	节录"伶玄自叙"
类说	赵后外传	伶玄	17	详	录"伶玄自叙"
海录碎事	赵后外传	伶玄	17	略	节录"伶玄自叙"
	飞燕外传		3		
锦绣万花谷	赵后外传	伶玄	4	略	节录"伶玄自叙"
	飞燕外传		3		
	赵飞燕外传		1		

至于《赵后别传》较为完整的刊刻或抄写本,现未见明前本,而清代本皆来自明代本。《赵后别传》明代本主要有《顾氏文房小说》本、《艳异编》本、《古今逸史》本、《汉魏丛书》本、《说郛》(涵芬楼)本、《西汉文纪》本、《绿窗女史》本、《说郛》(宛委山堂)本等八种。顾元庆《顾氏文房小说》初刻印于明正德嘉靖间,现存明嘉靖本,顾元庆"在吴中为藏书前辈,非特善藏,而又善刻,其标题《顾氏文房小说》者,皆取古书刊行,知急所先务矣"④,其中古书多宋元旧本,版本价值高。《艳异编》约编成于明嘉靖年间,《古今逸史》《汉魏丛书》《西汉文纪》《绿窗女史》编成于明万历年间。《说郛》(涵芬楼)本所据虽系明万历间等抄本,但系近人张宗祥整理而成;《说郛》(宛委山堂)本系明人陶珽重辑,但仅存清代顺治间刊本。⑤故两种《说郛》本不予考虑。兹将明代六种《赵后别传》的文本型态相关要素,列明为表16-3如下:

---

① 昌彼得:《说郛考》,台北:文史哲出版社,1979年,第227页。
② 王云五:《景印罕传本绀珠集序》,载《王云五全集19序跋集编》,北京:九州出版社,2013年,第399—401页。
③ 《绀珠集》《海录碎事》《锦绣万花谷》三书皆据清文渊阁四库全书本,《类说》据北京图书馆古籍珍本丛刊第62册影印明天启六年(1626年)岳钟秀刻本。另本表统计时,不涉及原书所署出处有误条目,如《海录碎事》中"九回香"条误署出处为唐人段成式《酉阳杂俎》,并未统计入表。
④ 黄丕烈撰,余鸣鸿、占旭东点校:《黄丕烈藏书题跋集(上)》,上海:上海古籍出版社,2015年,第311页。
⑤ 陶宗仪等编:《说郛三种》,上海:上海古籍出版社,1988年,第2页。

表 16-3　明代 6 种《赵后别传》文本型态信息统计表①

丛书名 \ 详情	书名	题署	①伶玄自叙 ②桓谭云 ③荀勖校书奏语	备注
顾氏文房小说	赵飞燕外传	汉江东都尉伶玄	皆有	伶玄自叙中自称所撰书名为《赵后别传》，未收秦醇《赵飞燕别传》
艳异编	赵飞燕外传	无	皆无	同卷秦醇《赵飞燕合德别传》自序中称《飞燕外传》名为《赵后别传》
古今逸史	赵后外传	汉潞水伶玄	皆有	伶玄自叙中自称所撰书名为《赵后别传》，未收秦醇《赵飞燕别传》
汉魏丛书	赵飞燕外传	汉潞水伶玄	皆无	未收秦醇《赵飞燕别传》
西汉文纪	赵飞燕外传	伶玄	皆有	伶玄自叙中自称所撰书名为《赵后别传》，卷五据秦醇《赵飞燕别传》收赵飞燕《奏笺成帝》及《成帝答》
绿窗女史	赵飞燕外传	汉伶玄	皆无	同卷秦醇《赵后遗事》自序中称《飞燕外传》名为《赵后琐事》

根据上述三表，结合具体文献，可追原《赵后别传》早期文本型态的编例、书名、题署和"伶玄自叙"等要素。

首先，《赵后别传》早期文本型态中，至迟在北宋，一般署名为汉代伶玄，且有其自叙与正文相伴流传，明代的刊刻本中有删改"伶玄自叙"的现象。上述三表中，有十五部书目著录《赵后别传》的著者为伶玄（或伶元），除《直斋书录解题》《文献通考》《四库全书总目》《郑堂读书记》外，其余九部书目对著者为汉代伶玄这一说法没有异议，即未置疑《赵后别传》的成书年代。《遂初堂书目》等六部书目未曾交代著者名。应补充的是，尤袤《遂初堂书目》虽未提及著者名与成书年代，但其类目中"传记类"与"本朝传记"并列②，故可推知尤袤认为《赵后别传》成书于宋代之前。至于"伶元"与"伶玄"，两者无差，"元"乃避"玄"讳而改。③ 此外，宋代流传的《赵后别传》文本，应有"伶玄自叙""桓谭云""荀勖校书奏语"与正文相伴。如晏殊《寒食东城作》诗中有"荒田野草人间事，谁向令玄泪满衣"句，即典出"伶玄自叙"。曾慥《类说》录"伶玄自叙"，晁公武《郡斋读书志》解题④、陈振孙《直斋书录解题》解题⑤，皆提及"伶玄自叙""桓谭云""荀勖校

---

① 表中各书所据版本依序为明正德嘉靖间顾元庆刊本（北京图书馆古籍珍本丛刊本）、《玉茗堂摘评王弇州先生艳异编》明刻本、明万历间吴中珩重订刊本（哈佛大学汉和图书馆藏）、明万历年间程荣刻本（现有吉林大学出版社 1992 年版）、清文渊阁四库全书补配清文津阁四库全书本、心远堂藏板明崇祯时期刊本（哈佛大学哈佛燕京图书馆藏）。
② 尤袤：《遂初堂书目》，上海：商务印书馆，1935 年，第 7、10—11 页。
③ 周广业：《经史避名汇考》，上海：上海古籍出版社，2015 年，第 689 页。
④ 晁公武：《昭德先生郡斋读书志》，涵芬楼景印宋淳祐本。孙猛校该书时，将"令"改为"伶"，见孙猛校正：《郡斋读书志校证》，上海：上海古籍出版社，1990 年，第 374 页。
⑤ 陈振孙：《直斋书录解题》，清朝武英殿聚珍版丛书本。徐小蛮等点校《直斋书录解题》改"元"为"玄"，见陈振孙撰，徐小蛮、顾美华点校：《直斋书录解题》，上海：上海古籍出版社，1987 年，第 175 页。

书奏语"。又,《顾氏文房小说》《古今逸史》《西汉文纪》所刊《赵后别传》,皆有"伶玄自叙""桓谭云""荀勖校书奏语"。其中顾元庆《顾氏文房小说》覆刻宋元旧本时"不轻易变动原书格式"①,其所刊《赵后别传》可能即为宋元旧本。

其次,《赵后别传》早期文本型态在流传过程中,自宋以来,先后有"赵后别传""赵后外传""赵飞燕外传""飞燕外传"之名,且后出之"赵飞燕外传""飞燕外传"名渐渐取代"赵后别传""赵后外传"之名,可能为原名或早期之名的"赵后别传"名渐隐不彰。

再次,《赵后别传》的编例是单篇为卷的形式。如 21 种书目著录《赵后别传》的编例,一般是一卷,仅《传是楼书目》为一本。卷是中国古代图书形态的计量单位,和图书正文的首尾长度及其载体有关。一般而言,卷大于篇②。著录为一卷,则《飞燕外传》无疑是以单篇为卷的方式流传。而《传是楼书目》著录《飞燕外传》编例为一本,也可证明此点。如《传是楼书目》子部小说家著录陈纂《葆光录》编例为三卷一本,则该书目"本"即是今时"册"的概念。

综上,《赵后别传》早期文本型态,大体为《顾氏文房小说》本所承继,其书名应为"赵后别传",题署一般为汉代伶玄,有"伶玄自叙""桓谭云""荀勖校书奏语"与正文本相伴流传,其中"伶玄自叙"应为著者自撰,而"桓谭云""荀勖校书奏语"则可能为后人伪撰。现有明代其他各本《赵后别传》皆有删改,不仅有对不影响故事主体的"伶玄自叙"等副文本的删削,如《艳异编》本、《汉魏丛书》本、《绿窗女史》本;还有对故事正文本字词的删改,如《艳异编》的编者王世贞曾笔削《飞燕外传》③。此种删改,不仅影响对《赵后别传》文本性质的认知,也会影响对该书成书年代的判断。如曾慥《类说》中"宜主合德"条形容飞燕合德姊妹容颜为"绝色",然明代各刊刻本为"出世色"。因《赵后别传》成书于唐代(详见下文考证),唐人避唐太宗李世民偏讳④,故当以"绝色"为是;如为"出世色",则与成书唐代说相违忤。

三、《赵后别传》的文本语境与成书时间

细考《赵后别传》的文本型态及其生成语境,将相关文本内证与唐人社会风习及唐人诗文用典等外证结合,可考知《赵后别传》的成书上限不早于唐朝立国(618 年),下限为不晚于唐宪宗元和四年(809 年)。

首先,从真腊国的历史可证《赵后别传》成书不早于隋朝。据现有史料记载,真腊以独立之国身份与中国交通,始于隋朝,且真腊之名亦始见于《隋书》。隋前真腊乃扶南属国,在中国史

---

① 周勋初:《钟山愚公拾金行踪》,上海:复旦大学出版社,2016 年,第 307 页。
② 马刘凤、曹之:《中国古书编例史》,武汉:武汉大学出版社,2015 年,第 101—108 页。
③ 王世贞《弇州四部稿》卷一三二"赵飞燕外传"条:"外传文芜杂,盖稍为笔削之耳。"见王世贞:《弇州四部稿》,明万历刻本。
④ 周广业:《经史避名汇考》,上海:上海古籍出版社,2015 年,第 396—411 页。

籍中虽有记载,但并非真腊之名,如《后汉书》即称为"究不事"。① 约在贞观年间的早期,真腊兼吞扶南国。② 故出现"真腊"国名的《赵后别传》,其成书时间必不早于隋朝。

其次,《赵后别传》中所叙器物,如汉成帝之"文犀簪"、赵合德贺礼中之"文犀辟毒箸"③,合于初盛唐时之器物文化。隋朝之前的中国,犀角多为异域所贡,犀角及其制品多用于通灵、辟邪、入药与日常配饰。④ 初盛唐时,犀角制品成为象征身份与地位的器物,如犀簪为帝王所佩戴之物。⑤ 唐文宗太和六年(832年),一品、二品官始能佩戴通犀制品,三品官能佩戴花犀斑犀制品。⑥ 又,初盛唐时,皇室贵胄盛行以犀角制作之日常器物显耀恩宠与社会身份,如唐玄宗赐安禄山犀头匙箸以示恩宠⑦;杨玉环厚赐安禄山,物品中有"犀角梳篦刷子"⑧;欧阳通自重其书法,以犀角为笔管⑨;张易之为显母亲之贵盛,为之织犀角簟⑩。杜甫《丽人行》诗中有"犀箸厌饫久未下"句,以写杨氏姐妹的贵盛与奢靡。张鷟《游仙窟》为显仙窟中十娘身份贵盛,其豪奢宴席描写中有"觔则兕觥犀角"语。⑪ 就此而言,《赵后别传》中之"文犀簪""文犀辟毒箸"等器物的文化指向,合于初盛唐之际器物文化。

再次,《赵后别传》中真腊所朝贡之不夜珠、万年蛤,合乎唐人的异域想象。历史上真腊国朝贡隋唐两朝的方物,除《册府元龟》中记载永徽二年(651年)献驯象、天宝九载(750年)献犀牛外,未见隋唐两朝其他史料有详尽记载。真腊曾为扶南属国,真腊国的方物不会超出扶南国方物范畴。据姚思廉《梁书》卷五四《诸夷》载,扶南国出产金、银、铜、锡、沉木香、象牙、孔翠、五色鹦鹉等方物。此外,《晋书》卷九七《四夷传》中载扶南贡赋晋朝有金、银、珠、香,杨衒之《洛阳伽蓝记》卷四"永明寺"条则载扶南出明珠。现有汉魏至唐宋史料中,扶南和隋唐时的真腊进献中国的方物主要是白雉、犀牛及其角、古贝、驯象及其牙、琉璃、珊瑚等及其制品,未见言及"不夜珠"和"万年蛤"。如有进献,史书必然记载,因二物有"光彩皆若月,照人亡妍丑,皆美艳"⑫

---

① 见《隋书·真腊传》、《旧唐书·真腊传》、《新唐书·真腊传》、马端临《文献通考·四裔考(九)》等。相关史料另可参见《中国古籍中的柬埔寨史料》(陈显泗、许肇琳、赵和曼等编:《中国古籍中的柬埔寨史料》,郑州:河南人民出版社,1985年)第一部分"东汉至南北朝中国古籍有关扶南的记载",《中国古籍中有关柬埔寨资料汇编》(陆峻岭、周绍泉编注:《中国古籍中有关柬埔寨资料汇编》,北京:中华书局,1986年)第一编"扶南"。另《"扶南""真腊"辩》(克洛德·雅克著,杨保筠译:《"扶南""真腊"辩》,《东南亚纵横》1994年第1期)一文亦可参。
② 吕思勉:《隋唐五代史(上册)》,南京:江苏人民出版社,2014年,第93页。
③ 《顾氏文房小说》本《飞燕外传》为"文犀簪",明天启六年刻本《类说》为"文犀箸",影印文渊阁四库全书本《类说》为"文犀簪",明天启六年《类说》"箸"为"簪"之误。
④ 谢弗著,吴玉贵译:《唐代的外来文明》,北京:中国社会科学出版社,1995年,第189—191页。
⑤ 马端临:《文献通考》,北京:中华书局,1986年,第1013—1014页。
⑥ 王溥:《唐会要》,北京:中华书局,1955年,第573页。
⑦ 段成式:《酉阳杂俎》,北京:中华书局,1981年,第3页。
⑧ 姚汝能撰:《安禄山事迹》,上海:上海古籍出版社,1983年,第11页。
⑨ 张鷟:《朝野佥载》,北京:中华书局,1979年,第67页。
⑩ 同上书,第69页。
⑪ 张文成撰,李时人等校注:《游仙窟校注》,北京:中华书局,2010年,第11页。
⑫ 曾慥:《类说》,北京图书馆古籍珍本丛刊第62册影印明天启六年岳钟秀刻本,第20页;《顾氏文房小说》,北京图书馆古籍珍本丛刊第84册影印明顾元庆刻本,第394页。

的特质,属于特异之物。不过,真腊进献唐朝的方物中,应有珍珠、蛤屑一类物品,如唐中宗神龙二年(706年),真腊遣使上表奏请到文单采光明珠等物进献①。在真腊国中,蛤屑(或香蛤)乃是贵重之物,如张鷟《朝野佥载》记载真腊国风俗,"有客,设槟榔、龙脑香、蛤屑等,以为赏宴"②。由此可见,"不夜珠""万年蛤"二物,乃《赵后别传》著者基于现实的异域想象之物。

再次,《赵后别传》中赵合德贺赵飞燕登位的礼物③,多是异域所贡方物的中原文化制品,与唐朝的文学书写相合。如沉水香莲心碗,"莲心"在汉语中谐音"连心""怜心",是中国人情感的文化隐喻,萌生于六朝民间,在初盛唐诗歌中开始大量使用,故即便沉水香是异域贡物,但莲心碗必为国人制品。尤应注意的是,《游仙窟》所写十娘家中各类豪奢器物、《安禄山事迹》中唐玄宗与杨玉环厚赐安禄山之物,与《飞燕外传》中赵合德奏书中所言器物非常相类。由此可见,三书的文学书写语境相合。又,钱锺书先生认为《赵后别传》"章法笔致酷似唐人传奇",可与《会真记》《霍小玉传》方驾。④ 所谓"章法笔致",是从文法着眼,亦是文学语境的相合。

《赵后别传》的成书下限,不晚于唐宪宗元和四年(809年)。程毅中先生从李商隐(约813—约858)《可叹》诗用赵飞燕姊妹与赤凤私通的典故,提出该书的"撰写至晚也该在唐代了"⑤。《赵后别传》在中唐时即为人所熟悉,并用作文学典故。如白居易(772—846)《红线毯》诗,陈寅恪先生笺证《红线毯》时曾笼统指出"披香殿"用《赵后别传》故事,但未作推论⑥。据《汉书·外戚传第六十七》《三辅黄图》《西京杂记》相关记载,历史上的赵飞燕姊妹居处于昭阳殿,汉成帝为之进行过奢靡营造。⑦ 至于披香殿,唐前未见将之与飞燕姊妹关联的记载与书写。至唐代,诗人李白(701—762)作《阳春歌》诗,有"披香殿前花始红,流芳发色绣户中。绣户中,相经过。飞燕皇后轻身舞,紫宫夫人绝世歌"句⑧,从而使披香殿与赵飞燕姊妹有了字面上的关联。李白此诗作于天宝二年(743年),写披香殿是为呈现长安城的春色与繁华,将赵飞燕之舞态与汉武帝宠爱的李夫人绝世善歌并题,并无批评之意,唯末句似微讽唐玄宗。但李白《阳春歌》诗中的披香殿,乃唐高祖李渊所建。⑨ 与李白《阳春歌》不同,白居易《红线毯》诗中披香殿乃汉朝所建,是借汉成帝为赵飞燕营造豪奢器物与宫殿来讽刺现实。如《赵后别传》写汉成帝为讨赵合德欢心,诏命益州以三年贡赋营造以沉水香饰的七成锦帐;又有汉宣帝披香博士淖方成,言赵飞燕姊妹必祸水灭火。由此可知白居易《红线毯》诗中"披香殿"典,源于《赵后别

---

① 王钦若等编,周勋初等校订:《册府元龟》,南京:凤凰出版社,2006年,第1868页。
② 张鷟:《朝野佥载》,北京:中华书局,1979年,第40页。欧阳修等《新唐书》卷222《南蛮下》所述基本相同,但进献之物为"蛤"。见欧阳修、宋祁:《新唐书》,北京:中华书局,1975年,第6301页。
③ 《顾氏文房小说》,北京图书馆古籍珍本丛刊第84册影印明顾元庆刊刻本,第394页。曾慥《类说》中26物相同,仅修饰语和量词略有差异。
④ 钱锺书:《管锥编》,北京:中华书局,1986年,第965—966页。
⑤ 程毅中:《唐代小说史》,北京:人民文学出版社,2003年,第22页。
⑥ 陈寅恪:《元白诗笺证稿》,北京:生活·读书·新知三联书店,2001年,第249页。
⑦ 见班固:《汉书》,北京:中华书局,1962年,第3989页;何清谷校注:《三辅黄图校注》,西安:三秦出版社,1998年,第153、155页;葛洪撰:《西京杂记》,西安:三秦出版社,2006年,第45—46页。
⑧ 詹瑛主编:《李白全集校注汇释集评》,天津:百花文艺出版社,1996年,第513—516页。
⑨ 刘昫等:《旧唐书》,北京:中华书局,1975年,第2629页。

传》。白居易《红线毯》诗是其所作《新乐府》50 首之一,作于唐宪宗元和四年(809 年),白居易时任翰林学士兼左拾遗。① 因而,《赵后别传》必成书于白居易作《新乐府》前,也即唐宪宗元和四年(809 年)前。

又,《赵后别传》"太后使理昭仪"句中之"理"字,按语义应为"治",实为避唐高宗李治之偏讳而用"理"。但元和元年(806 年),宪宗批准了礼仪使关于"已迁之庙则不讳""高宗、中宗神主上迁……依理不讳"的奏折,故此后高宗李治之偏讳可避,亦可不避。②《赵后别传》依然避讳,或成书于此年之前。

综上,笔者主张,在没有其他更为直接史料前,将《赵后别传》成书系于初盛唐间是较为合理的。

四、《赵后别传》的书名流变与文本意义指向

古人为自己创作作品的命名,一般而言,凝聚着文化内涵与文体观念。③ 故某一作品在流传过程中书名的变迁,既体现了后之改名者对该作品认知的观念变迁,也是不同时代文化的符码凝聚。同时,对文本的读者接受,命名也影响甚或规约着读者的阅读意义指向。《赵后别传》一书,在流传的过程中,另有"赵后外传""赵飞燕外传""飞燕外传"等命名。《赵后别传》书名变易的历史轨迹及其文化符码意义的探求,不仅有利于厘清《赵后别传》自身的文本历史,还可烛照《赵后别传》流播变迁中的阅读意义指向。

《赵后别传》一书原名如题,或该书早期流播时书名如题。成书于唐朝立国(618 年)至唐宪宗元和四年(809 年)之间的《赵后别传》,不见录于隋唐史志及《崇文总目》,堪称"小说之渊海"的《太平广记》亦未收录是书。现有史料中,秦醇《赵飞燕别传》小序中最早提及《赵后外传》,其文言:"余里有李生,世业儒。一日,家事零替,余往见之,墙角破筐中有古文数册,其间有《赵后别传》,虽编次脱落,尚可观览。余就李生乞其文以归,补正编次,以成传,传诸好事者。"④ 秦醇所言"古文"《赵后别传》,李剑国先生认为是假托之词,是秦醇参考《赵后别传》进行重新创作的伪饰。⑤ 事实上,秦醇确曾阅读并熟悉旧题伶玄之《赵后别传》,其所假托者在于李生家见到"古文"《赵后别传》之事,此种行为是小说家的自饰。秦醇大约生活在北宋仁宗时期(1010—1063),此时期前后,托名伶玄之《赵后别传》即颇为流行,如晏殊、苏轼、司马光诸人皆

---

① 见朱金城:《白居易年谱》,上海:上海古籍出版社,1982,第 44—47 页;王拾遗:《白居易生活系年》,银川:宁夏人民出版社,1981 年,第 70—74 页。
② 周广业:《经史避名汇考》,上海:上海古籍出版社,2015 年,第 411—420 页。
③ 程国赋:《论明清小说书名所体现的文学观念》,《文艺理论研究》2017 年第 3 期,第 66—77 页;程国赋:《中国古代小说命名刍议》,《文艺研究》2011 年第 11 期,第 45—53 页。
④ 刘斧编:《青琐高议》,上海:古典文学出版社,1958 年,第 67 页。
⑤ 李剑国:《秦醇〈赵飞燕别传〉考论——兼议〈骊山记〉〈温泉记〉》,《固原师专学报》2002 年第 1 期,第 1—9 页。

有阅读,并在他们的诗文创作乃至编撰《资治通鉴》时有所引用。秦醇所著《赵飞燕别传》中,写汉成帝窥浴、以丹药御赵合德至脱精而亡,几与托名伶玄之《赵后别传》同,故前者必是依据后者之再创作。由此可见,秦醇之言"古文"《赵后别传》,实乃《赵后别传》以此名播行于世。

又,宋代流传《赵后别传》文本中之"伶玄自叙"亦可证实此论。现存各本"伶玄自叙"中,皆言《赵后别传》为伶玄所作,且其自言书名为"赵后别传"。如曾慥《类说》所录"伶玄自叙",《顾氏文房小说》本、《古今逸史》本、《西汉文纪》本、《说郛》(涵芬楼)本等各种明清刊刻本或抄本中的"伶玄自叙",无不言书名为"赵后别传"。尤其是曾慥《类说》体例,"略仿马总《意林》,每一书各删削原文,而取其奇丽之语,仍存原目于条首。……南宋之初,古籍多存,慥又精于裁鉴,故所甄录,大都遗文僻典,可以裨助多闻。又每书虽经节录,其存于今者以原本相较,未尝改窜一词"①。其所录"伶玄自叙"大体保留了《赵后别传》文本原貌。故《赵后别传》原名应如题。但曾慥编《类说》时,其所见《赵后别传》本书名已改为"赵后外传"。"伶玄自叙"应是《赵后别传》原著者伪托时有意为之,因而《四库全书总目》《郑堂读书记》辨考《赵后别传》时,皆录引"伶玄自叙"之内容以证《赵后别传》为伪托之书,足证"赵后别传"乃北宋人所常见书名,并为时人所认可。

司马光(1019—1086)《资治通鉴考异》录引"赵后外传"之名②,或为偶然之误,或"赵后外传"之名在北宋中后期渐为人所接受。如《海录碎事》所载"伶玄自叙",文中伶玄自称所撰书名是"赵后外传",且节录《赵后别传》时,有17条标出处为《赵后外传》,3条出处标为《飞燕外传》,正可见《赵后别传》之"飞燕外传"书名晚出于"赵后外传"书名的事实。又,明万历年间吴琯、吴中珩所编《增订古今逸史》③,收《赵后别传》一书,其书名为"赵后外传",其所刊或据宋本《赵后外传》。

北宋末至南宋时,"赵飞燕外传""飞燕外传"之名渐盛,如《锦绣万花谷》所节录"伶玄自叙",文中伶玄自称所撰书名是"飞燕外传"。《郡斋读书志》著录书名为"赵飞燕外传",《直斋书录解题》著录书名则是"飞燕外传"。明代《赵后别传》的刊刻本和抄本,如《顾氏文房小说》《艳异编》《汉魏丛书》《西汉文纪》《绿窗女史》及两种《说郛》本,书名皆为"赵飞燕外传",亦可证实此趋势。需说明的是,《艳异编》、《说郛》(涵芬楼本)、《绿窗女史》、《说郛》(宛委山堂本)同卷皆收录秦醇《赵飞燕别传》,但前两者《赵飞燕别传》小序称"赵后别传",后两者《赵飞燕别传》小序则称"赵后琐事",此应是传录舛讹造成的。

"赵后别传""赵后外传""赵飞燕外传""飞燕外传"四书名,皆由传主身份名(赵后、赵飞燕或飞燕)联缀传体名(别传、外传)而成。"赵后别传""赵后外传"二名,从传体言无本质差异。

---

① 永瑢等:《四库全书总目》,北京:中华书局,1965年,第1061页。
② 司马光:《资治通鉴考异》,四部丛刊影芬楼影宋刻本;司马迁:《资治通鉴》,北京:中华书局,2011年,第1013页。
③ 该书凡例有言:"是编所书,不列学官,不收秘阁,山镌冢出,几亡仅存,毋论善本,即全本亦稀,毋论刻本,即抄本多误。故今所集幸使流传,少加订证,何从伐异党同,愿以抱残守阙云耳。"

清人吴曾祺在《文体刍言》中曾定义别传、外传,言:"别传之作,多因其人已有传,别举一二事以补其佚","外传之体,与别传略同。小说家多有此种文字。如《飞燕外传》《太真外传》是也。更有谓之内传者,名殊而实相似"①。两者皆是本传(或曰正传)的补充。宋人大体也是如此认知别传与外传文体,如张齐贤言:"撷旧老之所说,必稽事实;约前史之类例,动求劝诫。乡曲小辨,略而不书;与正史差异者,并存而录之,则别传、外传比也。"②故从"赵后别传"到"赵后外传",虽有"别传"与"外传"之别,但并非文体认知变化,乃是前人易混用"别传"与"外传",如《青琐高议》红药山房钞本卷七有秦醇《赵飞燕别传》,但正题为"赵飞燕外传",下注则言"别传叙飞燕本末"。

不过,书名分别是"赵后外传""赵飞燕外传""飞燕外传"的《赵后外传》文本,其中"伶玄自叙"中伶玄自称书名为"赵后别传"。此种存在不同版本中的显见不同,未见刊刻者、抄写者修正,也未见文献学家以之为谬。这种习以为常的现象,与《赵后别传》在两宋时较为广泛的影响并不相称。但将传主身份名与传体名两者的变化统合考察,则这种转变无疑重构着《赵后别传》文本的阅读意义。这可以从宋人对《赵后别传》征引之意蕴的变化来解释。"赵后"是基于政治制度的社会身份符码,其意义指向是汉代皇室的政治生活;"飞燕"或"赵飞燕"则是基于生命个体的命名符码,其意义指向是作为个体存在的生活际遇与情感世界。因而,"赵后别传""赵后外传"之名,指向的是在本传之外"别举一二事以补其佚",因而具有征实的史传传统意义。如司马光修《资治通鉴》,即从《赵后别传》中撷取了两段文字。③"赵飞燕外传""飞燕外传"之名,则突出传主的个体身份,更多指向飞燕姊妹的生活际遇及荒田野草之悲。如洪迈(1123—1202)曾言:

> 东坡谓废兴成毁不可得而知。予每读书史,追悼古昔,未尝不掩卷而叹。伶子于叙《赵飞燕传》,极道其姊弟一时之盛,而终之以荒田野草之悲,言盛之不可留,衰之不可推,正此意也。④

综上可知,"赵后别传"应是原书名或早期书名之一,北宋中后期至南宋逐渐出现"赵后外传""赵飞燕外传""飞燕外传"之名,且后出之名呈取代原名趋势。同时,书名的嬗替,在一定程度上规约着《赵后别传》文本的阅读意义指向,即基于政治身份命名的史性消解,进而张扬了飞燕姊妹个体命运遭际的生命隐喻。

---

① 吴曾祺:《涵芬楼文谈》,上海:商务印书馆,1933年,第113—114页。
② 张齐贤:《洛阳搢绅旧闻记》,上海:商务印书馆,1939年,第1页。
③ 赵合德进宫及披香博士淖方成语事、赵氏姊妹私奸及赵合德语事。见司马迁:《资治通鉴》,北京:中华书局,2011年,第1013、1019—1020页。
④ 洪迈撰,孔凡礼点校:《容斋随笔》,北京:中华书局,2005年,第905页。

五、《赵后别传》的爱欲叙事与文体轨范

笔者曾撰文指出,《赵后别传》是中唐传奇兴起的先声。① 在此再略为申述之。

百年来小说学史研究,一般以《古镜记》《游仙窟》《补江总白猿传》为初盛唐时传奇小说经典文本。但唐传奇文体的认知,是欧化小说观指引下阅读经验的理论总结,是对中唐单篇传奇小说群体现象的抽绎。② 且"唐代传奇小说鼎盛时期的作品,或者说足以代表唐代传奇小说面貌和水平的作品,其内容主要是言情"③。然《古镜记》等三篇文本不仅未建构中唐传奇文体轨范,且从叙事内容而言也未形成接续。《古镜记》《补江总白猿传》并不以言情为主,其文体为"述异志怪之体"与"家世仕履"之年表叙事体的结合④,追求历史叙述的整饬时序,与中唐传奇追求文采与意想的艺术叙事并不相通。至于《游仙窟》,虽被郑振铎誉为"文学史上的第一部有趣的恋爱小说"⑤,但实则并非传奇体,其"通篇用骈体,唐传奇中罕有此格""非小说正格"⑥。而《赵后别传》,以飞燕姊妹的爱欲为叙事旨归,抒写著者的荒田野草之悲,是典型的言情之作,其文体形式也与中唐单篇传奇相类。

现有《赵后别传》的"伶玄自叙",虽是副文本,但并非简单交代《赵后别传》著者的身份、创作缘起与文不盛传的因由,其中还有强烈的自我形象建构和情感的发抒。在"自叙"中,"伶玄"的形象非常鲜明,不仅才、学、识兼具,且知音、旷达而高标至于不与扬雄交往,能明辨"得幸太守"的班躅之罪而"撮辱之"。但更为重要的是,"伶玄"是一个"有风情"能"淫于色"的"慧男子",因而能欣赏有才色而知书的妾樊通德,能体悟到樊通德讲述赵飞燕姐妹故事中的情性,能有"荒田野草之悲",能深于情而忍于情,并应妾樊通德之请而撰《赵后别传》。这段"自叙",从文体而言,可谓是一篇独立的抒情显志的自叙文。考察先秦至唐的自叙文(包含"自序文")的变迁,先秦至西汉时期是较单一介绍客观事由的自叙文形态,从东汉到唐代则抒情显志而自我型构的自叙文形态愈益丰富。自叙文的这一变迁,实质是一种抒情传统的构建。反观"伶玄自叙",交代故事讲述者樊通德的身份是"嬺之弟子不周之子",其故事来源已是多重讲述,其间则隐含对故事真实性的舍弃。又交代樊通德是著者之妾的身份,其以"占袖,顾视烛影,以手拥髻,凄然泣下,不胜其悲"形容樊通德伤情之态,就不再是一种简单的客观书写,而是要消解汉成帝与赵

---

① 李军均、徐嘉忆:《论爱欲叙事与唐传奇的文体建构》,《华中科技大学学报(社会科学版)》2018 年第 3 期。
② 关于中唐单篇传奇的文体见李军均:《论中唐单篇传奇的文体建构》,《文艺理论研究》2017 年第 1 期。
③ 石昌渝:《中国小说源流论》,北京:生活·读书·新知三联书店,2015 年,第 188 页。
④ 汪辟疆校录:《唐人小说》,上海:上海古籍出版社,1978 年,第 10 页。
⑤ 郑振铎:《插图本中国文学史》,北京:人民文学出版社,1957 年,第 381 页。
⑥ 李剑国:《唐五代志怪传奇叙录》,天津:南开大学出版社,1993 年,第 137 页。关于《游仙窟》的评价,学界有与此迥异之看法,认为《游仙窟》"可以说是中国古代小说艺术真正走向成熟的标志"。见张文成撰,李时人等校注:《游仙窟校注》,北京:中华书局,2010 年,第 31 页。)

飞燕姐妹这一历史架构的叙事宏大,从而借樊通德之口发抒"荒草野田之悲"的个体情怀。如此,则"伶玄自叙"并不仅仅是《赵后别传》叙事主体的依附,而是《赵后别传》文本除"燕昵之语""闺帏媟亵"之事(言语层次、形象层次)外的叙事意旨的必要交代(意蕴层次的构成),从而能引导后之接受者的文本阅读。

从"伶玄自叙"中著者寄寓可知,《赵后别传》必非史传或传统小说之作,而是新兴的传奇体之先路。缪荃孙在《醉醒石》序中说"至唐而歧小说、传奇为二类。或向壁虚造,或影射时政"①。缪荃孙此言十分强调唐代新出的传奇文体与传统小说的文类区别,即传统小说在一定程度上可以作为史料使用,但唐代新出的传奇文则并不能作为史料使用。在缪荃孙之前,四库馆臣纪昀曾批评蒲松龄《聊斋志异》云:"《聊斋志异》盛行一时,然才子之笔,非著书者之笔也。虞初以下,干宝以上,古书多佚矣。其可见完帙者,刘敬叔《异苑》、陶潜《续搜神记》,小说类也;《飞燕外传》《会真记》,传记类也。《太平广记》,事以类聚,故可并收。今一书而兼二体,所未解也。小说既述见闻,即属叙事,不比戏场关目,随意装点。伶玄之传,得诸樊嬺,故猥琐具详;元稹之记,出于自述,故约略梗概。……今燕昵之词、媟狎之态,细微曲折,摹绘如生。使出自言,似无此理;使出作者代言,则何从而闻见之?又所未解也。"②这一批评,其实也是着眼于传奇体与传统小说的分野。又鲁迅提出"文采"与"意想"以区别唐代传奇文与其他文体的区别③,鲁迅的"意想"和纪昀、缪荃孙判然"小说"与"传奇"的标准是相通。以上述标准来衡量《赵后别传》,其当是典型的传奇体。因而邓乔林纂辑《广虞初志》录《赵后别传》,评点云:

古人叙丽人、丽事者,无出此传右矣!"以辅属体"二句,妙极,形容谓为"温柔乡"。曰:"吾老是乡矣!不能效武皇帝求'白云乡'也。"语语琼绝千古。"温柔乡"三字,亦甚奇。帝度自谓隃胜之,然温柔乡故不及白云。但帝乡,实境;武帝乡,幻境也。昭仪入浴兰室一段描写,曲尽厥巧。肤体光发占烧烛,拟比肤色,艳之极矣!侍儿白昭仪,至帝赐侍儿金,使得无言,是一段;私婢不豫约,中至帝袖金逢私婢,辄牵上赐之,是一段。侍儿贪金,至夜从帑益百余金,又一段。一步进一步,描写帝爱窥昭仪景象。千载如见。即陆探微写生,殆不及也。昭仪得此传文,骨虽朽,其貌犹存。宇宙快事,有此人便当有此文,谁谓不然。④

---

① 丁锡根编著:《中国历代小说序跋集》,北京:人民文学出版社,1996年,第799页。
② 盛时彦:《〈姑妄听之〉跋》,载纪昀《阅微草堂笔记》,杭州:浙江古籍出版社,2015年,第317页。
③ 见鲁迅《中国小说史略》第八篇《唐之传奇文(上)》:"幻设为文,晋世固已盛,如阮籍之《大人先生传》,刘伶之《酒德颂》,陶潜之《桃花源记》《五柳先生传》皆是矣,然咸以寓言为本,文词为末,故其流可衍为王绩《醉乡记》,韩愈《圬者王承福传》,柳宗元《种树郭橐驼传》等,而无涉于传奇。传奇者流,源盖出于志怪,然施之藻绘,扩其波澜,故所成就乃特异,其间虽亦或托讽喻以纾牢愁,谈祸福以寓惩劝,而大归则究在文采与意想,与昔之传鬼神明因果而外无他意者,甚异其趣矣。"(鲁迅:《中国小说史略》,北京:人民文学出版社,1973年,第212页。)
④ 汤显祖等原辑:《中国古代短篇小说集》,北京:人民日报出版社,2011年,第158页。

此段评点文字所揭櫫的《赵后别传》的文采妙处，与中唐时期的《莺莺传》《霍小玉传》《李娃传》等单篇传奇相比，毫不逊色。①

就《赵后别传》文本而言，其所具有的叙事水平和语言艺术确实达到了一定高度。一般而言，一种成熟文学文体的形成，必然要有一个孕育期；而一种成熟文学文体的个体出现，伴随它的必然是一种群体现象。基于此，本文认为，《飞燕外传》应是综合缀合唐前所有赵飞燕姊妹的文学母题，成书于初盛唐的传奇体小说，其著者有意伪托"伶玄"进行的传奇创作，进而假借赵飞燕姊妹与汉成帝之生命际遇，书写"荒田野草之悲"。至于该文是否指向初盛唐时的宫闱秘事，本文不能也不拟发覆。由此不妨下一断语，中唐单篇传奇的兴起，应为《赵后别传》的接续。

六、余论

《赵后别传》对唐代传奇兴起的影响，首先是爱欲题材的示范作用。在古代中国，爱欲大体是消极的，应该被压制。然而初盛唐以《赵后别传》《游仙窟》为典范的爱欲书写及时代社会风习②，令中唐士人能直面被压抑的爱欲，并发现基于人之生命本性的爱与欲，进而形成丰富的生命体验。如《离魂记》中"(王)宙与倩娘常私感想于寤寐"，《莺莺传》中张生见崔莺莺后被"至情"的需要所征服，《霍小玉传》言李益"每自矜风调，思得佳偶，博求名妓"，《李娃传》中郑生"苟患其不谐，虽百万，何惜"之情。然而，缘于门第观念与仕进需求的功利性婚姻，也带来爱欲主体的情感压抑与扭曲。如《霍小玉传》中与表妹卢氏之婚约带给李益的困顿③，《李娃传》中李娃劝慰郑生"君当结媛鼎族，以奉蒸尝。中外婚媾，无自黩也"与郑生"子若弃我，当自到以就死"之言，皆可说明基于人本性之爱欲与基于现实需求之婚姻的冲突，以及这种冲突带给人的情感的伤害。④ 如此丰富的生命体验，必然会影响文学书写的向度。

其次是《赵后别传》的爱欲模式对中唐单篇传奇的影响。《赵后别传》的爱欲模式书写，既有色欲之爱，也有情、性融合，同时还有男女间基于社会关系的性别紧张所带来的矛盾冲突，并最终形成个体化情感的发抒。中唐单篇传奇爱欲模式有三种：一种是以爱为主的爱欲融和，故能克服外界施于爱欲的挫折而有美丽结局，如《离魂记》《任氏传》《李娃传》《柳氏传》等；一种是以欲为主导的爱欲遇合，故尔遭遇挫折时会出现如始乱终弃等的结局，如《莺莺传》等；一种欲

---

① 李均军：《传奇小说文体研究》，武汉：华中科技大学出版社，2007年，第141—190页。
② 至迟在开元天宝间就已形成士人狎妓与浮华之风习。据《开元天宝遗事》载："长安有平康坊，妓女所居之地。京都侠少，萃集于此，兼每年新进士以红笺名纸游谒其中。时人谓此坊为'风流薮泽'。"（王仁裕：《开元天宝遗事》，北京：中华书局，2006年，第25页。）
③ 《霍小玉传》："未至家日，太夫人以与商量表妹卢氏，言约已定。太夫人素严毅，生逡巡不敢辞让，遂就礼谢，便有近期。卢亦甲族也，嫁女于他门，聘财必以百万为约，不满此数，义在不行。生家素贫，事须求贷，便托假故，远投亲知，涉历江淮，自秋及夏。"
④ 陈弱水：《从〈唐晅〉看唐代士族生活与心态的几个方面》，《新史学》1999年第2期，第1—27页。

爱分离而终至交恶,如《霍小玉传》等。无论是何种模式下的男女两性关系,男性皆是主导者,爱欲故事是否有美满结局皆由男性及其背后的男权所决定。同时,在中唐单篇传奇中,爱欲的书写与社会群体价值的建构并未形成文本结构的冲突,反而是一种融合。

  再次是《赵后别传》的文本结构模式对中唐单篇传奇的影响。从文本的言语结构层次而言,《赵后别传》毫无疑义为中唐单篇传奇提供了前置范本。同时,其形象结构层次与意蕴结构层次也为中唐单篇传奇提供了借鉴对象。叙事文体的形象结构层次与意蕴结构层次,最能体现在叙事的场景中,而叙事场景的设置,也能区分传奇体与传记体、传统小说体。钱锺书对此有过论述,云:"古人编年、纪传之史,大多偏详本事,忽略衬境,匹似剧台之上,只见角色,尽缺布景。夫记载缺略之故,初非一端,秽史曲笔姑置之。撰者已所不知,因付缺如;此一人耳目有限,后世得以博稽当时著述,集思广益者也。举世众所周知,可归省略;则同时著述亦必类其默耳而息,及乎星移物换,文献遂难征矣。小说家言摹叙人物情事,为之安排场面,衬托背景,于是挥毫洒墨,涉及者广,寻常琐屑,每供采风论世之资。"[①]钱锺书这段话点明,现代意义的小说文体具有得天独厚的叙事优势,即小说文体巨大的呈现功能使之能够自由地转换叙事时间与空间,而完成这种转换乃在于叙事空间转换而形成的场景设置,尤其是在自然场景、社会场景和叙事人物活动场景三者中,又以叙事人物活动场景更能体现小说的虚构意识。《赵后别传》凭借自身文本结构模式与传记体、传统的小说体形成区隔。相比于前代之叙事文体,《赵后别传》是初盛唐时期出现的新的叙事文体,因而必然吸引中唐单篇传奇小说著述者的注意并被取资借鉴。

  综合这三方面的影响,中唐单篇传奇小说对传奇体的建构与独立也就水到渠成了。

[①] 钱锺书:《管锥编》,北京:中华书局,1986年,第303—304页。

文以明道：9 至 13 世纪《原道》的经典化历程

华东师范大学古籍研究所　刘成国

作为《韩愈文集》中的"命根"①,《原道》是中国古代文学史、思想文化史上最经典的篇章之一。1954 年,陈寅恪先生发表《论韩愈》一文,高度推崇韩愈在唐宋思想文化转型中的承上启下之功,将其历史功绩归纳为:建立道统证明传授之渊源;直指人伦,扫除章句之繁琐;排斥佛老,匡救政俗之弊害;呵诋释迦,申明夷夏之大防;改进文体,广收宣传之效用;奖掖后进,期望学说之流传。② 其中前五点,即与《原道》密切相关。理学家程颐认为,自孟子以后截止北宋,只有《原道》一篇,"要之大意尽近理"③。同时在散文史上,《原道》也长期享有"古文之祖"的崇高地位。不过,《原道》的这种经典地位,并非一蹴而就,而是在漫长的历史进程中,由士人精英、国家意识形态、科场文化等多方建构而成。以下试图追溯 9 至 13 世纪《原道》经典化的历程,呈现出在这一历程中,围绕《原道》而激发的种种文学、思想、文化新变。

一、走向经典

《韩愈文集》中,共有五篇文章以"原"名题,分别是《原道》《原性》《原毁》《原人》《原鬼》。通常认为,这五篇文章作于唐德宗贞元十九年(803 年)韩愈贬谪阳山前后,是他有感于张继来书,深思熟虑地扶树教道之作。④ 其中《原道》一篇,尤其堪称韩文代表,于后世影响深远。

在文章中,韩愈首先以"仁义"来界定儒家之道,并与老子之道划清界限:

---

① 茅坤:《唐宋八大家文钞》,载永瑢、纪昀等纂修《景印文渊阁四库全书(第 1383 册)》,台北:台湾商务印书馆,1983 年,第 107 页。
② 陈寅恪:《论韩愈》,《历史研究》1954 年第 2 期,第 105—114 页。
③ 程颢、程颐著,王孝鱼点校:《二程集》,北京:中华书局,2004 年,第 37 页。
④ 关于《原道》的写作时间与背景、意旨见罗联添:《韩愈〈原道篇〉写作的年代与地点》,载《唐代文学研究论集(下册)》,台北:学生书局,1989 年,第 443—452 页;张清华:《韩愈的道、道统说及〈五原〉的写作时间辨析》,《韩山师范学院学报》2005 年第 4 期;刘真伦:《五〈原〉的创作与道统的确立——兼论韩愈阳山之贬与文风之变》,《周口师范学院学报》2006 年第 1 期;方介:《韩愈五原作于何时——兼论韩愈道统说之发展时程》,《台大中文学报》2010 年第 33 期。

> 博爱之谓仁,行而宜之之谓义,由是而之焉之谓道,足乎己无待于外之谓德。仁与义为定名,道与德为虚位。故道有君子有小人,而德有凶有吉。老子之小仁义,非毁之也,其见者小也。坐井而观天,曰天小者,非天罪也。彼以煦煦为仁,孑孑为义,其小之也则宜。其所谓道,道其所道,非吾所谓道也。其所谓德,德其所德,非吾所谓德也。凡吾所谓道德云者,合仁与义言之也,天下之公言也。老子之所谓道德云者,去仁与义言之也,一人之私言也。①

文章继而追溯儒家之道创自三代圣王,包涵广大,是社会秩序、文明形成、历史发展的基础。此道在古代圣王、孔子、孟子之间传承。孟子之后,由于秦朝暴政,以及佛、老异端的干扰,儒道衰微不振,导致生民"不闻圣人仁义之说","穷且盗焉"。欲改变这一状况,须恢复先王之道,排斥佛、老二教,"人其人,火其书,庐其居"。

无论在内容还是形式上,《原道》都体现出强烈的开拓与创新,洋溢着韩愈炽热的卫道精神。它首次运用散体单行的形式,避开当时已趋圆熟的"论"体,而选择以"原"名篇,来论述一个儒道本原、异化或衰微、回归与重振的三部曲。它首次提出了一个儒道传承的完整谱系,对儒道的内涵做出清楚界定,并首次拈出《大学》中"正心诚意而将有为",来与佛、道的清净寂灭对峙,进而主张一种激烈的排佛举措。

《原道》问世后,一些韩门弟子及古文家,如中唐李翱、皇甫湜、赵德、林慎言,晚唐五代孙樵、皮日休、陆龟蒙、沈颜、孙郃等,接受了道统说,并顺理成章地将韩愈置于其中,与孟子、扬雄并称。② 这样,从上古圣王,中由孔、孟、荀、扬,直至韩愈,就构成了一个完整的传道谱系。

不过,从现存文献看,《原道》在中、晚唐远未取得"经典"地位。这或许因为中、晚唐的主流文化依然是一种文学文化,它的核心特征为综合和兼容,尤其体现在三教关系中。③ 在社会生活和群体秩序方面,士人遵循儒家的社会伦理规范;而在个体心灵、内在信仰层面,则往往从佛教和道家中寻求精神解脱。④ 身处此种文化氛围之浸染,《原道》激进的反佛立场显得相当偏执而突兀。比如,韩愈的好友兼古文同道柳宗元、刘禹锡,就表示出与《原道》迥异的

---

① 韩愈著,马其昶校注:《韩昌黎文集校注》,上海:上海古籍出版社,1986年,第13页。
② 赵德《昌黎文录序》:"昌黎公,圣人之徒欤……所履之道,则尧、舜、禹、汤、文、武、周公、孔、孟、扬雄所授受服行之实也,固已不杂其传。"(董诰等:《全唐文》,北京:中华书局,1983年,第6276页。)林简言《上韩吏部书》:"去夫子千有余载,孟轲、扬雄死,今得圣人之旨、能传说圣人之道,阁下耳。"(董诰等:《全唐文》,北京:中华书局,1983年,第8280页。)
③ 关于中唐文人文化的研究见包弼德著,刘宁译:《斯文:唐宋思想的转型》,南京:江苏人民出版社,2017年,第45—185页;邓百安:《危机中的变革:捍卫中唐文人文化》,纽约:纽约大学出版社,2002年;龚鹏程:《唐代思潮》,北京:商务印书馆,2007年,第225—240页。
④ 钱穆曾指出:"唐代人物,一面建功立绩,在世间用力;一面求禅问法,在出世间讨归宿。始终是分为两扇的人生观。"(钱穆:《中国学术思想史论丛(卷五)》,合肥:安徽教育出版社,2004年,第6页。)陈弱水则将唐代士人的心态和思想格局概括为一种典型的"外儒内释"。(陈弱水:《柳宗元与中唐儒学复兴》,载《唐代文士与中国思想的转型》,桂林:广西师范大学出版社,2009年,第268—280页。)

倾向。① 晚唐由古入骈的文学巨匠李商隐,则对以《原道》为核心的排佛卫道系列论述,进行了犀利批评。② 至于一般的士人群体,不妨接受禅宗的"传灯"说,可对同属权力谱系话语、以排佛为标的的儒家道统,也很难认可。

五代文坛,骈文复盛,古文衰微,甚至于《韩愈文集》都已流失散佚,难睹全貌③。现存的五代文献,未见明确针对《原道》的评论或引述。④ 明显秉持骈体文学观而反对复古的《旧唐书》史臣,虽然认可韩愈的古文创作"务反近体,抒意立言,自成一家……世称韩文焉",但并不承认他的儒道传承之功,反予指责:"然时有恃才肆意,亦有鳌孔、孟之旨……又为《毛颖传》,讥戏不近人情,此文章之甚纰缪者。"⑤

洎赵宋开国,结束了五代几十年的干戈扰攘,文教重启。《韩愈文集》从断壁残垣中被发现,逐渐流行于世。柳开、王禹偁这两位宋初古文领袖,已经开始运用《原道》中的儒道谱系话语。仁宗即位后,古文运动在历经真宗朝的萧条后重振,士人群体中的"尊韩"思潮蔚然成风。⑥《韩愈文集》经过柳开、穆修、刘烨、尹洙、欧阳修等人的校勘整理,也已经完整面世。⑦《原道》一文在士人群体中开始引起广泛共鸣,逐渐走向经典。

仁宗朝天圣至嘉祐初的三十多年间(1023—1056),是《原道》经典化历程中的关键时刻。它被士人推崇为排斥异端、文以明道的典范,与《孟子》《荀子》《法言》等相提并论,共同羽翼六经。韩愈本人则厕身于孔子之后的"五贤"行列,身系道统之传,如石介曰:

> 孟轲氏、荀况氏、扬雄氏、王通氏、韩愈氏五贤人,吏部为贤人而卓。不知更几千万亿年复有孔子,不知更几千数百年复有吏部。孔子之《易》《春秋》,自圣人以来未有也;吏部《原道》《原仁》《原毁》《行难》《对禹问》《佛骨表》《诤臣论》,自诸子以来未有也。呜呼,至矣!⑧

> 圣贤之道无屯泰。孟子、扬子、文中子、吏部,皆屯于无位与小官,而孟子泰于《七篇》,扬

---

① 柳宗元于天台宗颇有好感,曾明确表示不赞成韩愈排佛。(柳宗元:《柳宗元集》,北京:中华书局,1979年,第673页。)刘禹锡则对《原道》中道统话语,不以为然。(刘禹锡著,瞿蜕园笺:《刘禹锡集笺证》,上海:上海古籍出版社,1989年,第942页。)
② 李商隐:《上崔华州书》,载李商隐著,刘学锴、余恕诚校注《李商隐文编年校注》,北京:中华书局,2002年,第108页;刘成国:《9—12世纪的道统前史考述》,《史学月刊》2013年第12期。
③ 韩集在五代的流传情况,比较模糊。刘真伦认为:"晚唐五代众多的文学选本中,仅《又玄集》选录韩诗两首,表明了韩文在这一时期的衰微。"(刘真伦:《韩愈集宋元传本研究》,北京:中国社会科学出版社,2004年,第27页。)
④ 《旧五代史》中,仅卷一二七《马裔孙传》提及后周马裔孙"慕韩愈之为人,尤不重佛","生平以傅奕、韩愈为高识"。(薛居正:《旧五代史》,北京:中华书局,2016年,第1942—1943页。)
⑤ 刘昫等:《旧唐书》,北京:中华书局,1975年,第4204页。
⑥ 顾永新指出:"最晚在天圣中,尊韩在北宋的士人阶层中已经初成风气。"(顾永新:《北宋前中叶的尊韩思潮》,载《北大中文研究(第1辑)》,北京:北京大学出版社,1998年,第160页;杨国安:《宋代韩学研究》,北京:中国社会科学出版社,2006年,第17—44页。)
⑦ 北宋前期韩集的校勘整理见刘真伦:《韩愈集宋元传本研究》,北京:中国社会科学出版社,2004年,第25—26页;杨国安:《宋代韩学研究》,北京:中国社会科学出版社,2006年,第196—212页。
⑧ 石介著,陈植锷点校:《徂徕石先生文集》,北京:中华书局,1984年,第79—80页。

子厚于《法言》《太玄》,文中子厚于《续经》《中说》,吏部厚于《原道》《论佛骨表》十余万言。①

石介,字守道,号徂徕先生,宋学开山之一,与孙复、胡瑗一起被后世尊为"宋初三先生"。他是仁宗朝古文运动的先锋、"尊韩"思潮的倡导者,其卫道之炽热,辟佛之激烈,不逊色于韩愈。《原道》即充当了他排斥异端的理论根据。他甚至认为,由于韩愈排佛之难远过孟子,《原道》在儒家典籍中的重要性也在《孟子》之上:

> 《书》之《洪范》,《周礼》之六官,《春秋》之十二经,《孟子》之七篇,《原道》之千三百八十八言,其言王道尽矣。箕子、周公、孔子之时,三代王制尚在,孟子去孔子且未远,能言王道也,不为艰矣。去孔子后千五百年间,历杨、墨、韩、庄、老、佛之患,王道绝矣。虽曰《洪范》、曰《周官》、曰《春秋》、曰《孟子》存,而千歧万径,逐逐竞出,诡邪淫僻、荒唐放诞之说,恣行于天地间,无有御之者。大道破散消亡,睢盱然惟杨、庄之归,而佛、老之从。吏部此时能言之为难,推《洪范》《周礼》《春秋》《孟子》之书则深,惟箕子、周公、孔子、孟轲之功,则吏部不为少矣。余不敢厕吏部于二大圣人之间,若箕子、孟轲,则余不敢后吏部。②

石介对佛老的抨击,尤其强调夷夏之辨和伦理纲常,如谓"夫佛、老者,夷狄之人也,而佛、老以夷狄之教法乱中国之教法,以夷狄之衣服乱中国之衣服,以夷狄之言语乱中国之言语"③,"灭君臣之道,绝父子之亲,弃道德,悖礼乐,裂五常,迁四民之常居,毁中国之衣冠,去祖宗而祀夷狄"④。这与《原道》中视佛教为"夷狄之法",教唆民众"子焉而不父其父,臣焉而不君其君,民焉而不事其事",是一脉相承的。至于石介对佛教的措置应对,也沿袭了《原道》的激烈粗暴,欲将之逐出中国、摒弃四夷:"或曰:'如此,将为之奈何?'曰:'各人其人,各俗其俗,各教其教,各礼其礼,各衣服其衣服,各居庐其居庐。四夷处四夷,中国处中国,各不相乱,如斯而已矣。则中国,中国也;四夷,四夷也。'"⑤

在石介的引领下,仁宗朝士人纷纷接受了《原道》中的排佛立场,开始大张旗鼓,诋斥佛教。陈善《扪虱新话》卷十一:"退之《原道》辟佛老,欲'人其人,火其书,庐其居',于是儒者咸宗其语。"⑥其中欧阳修的地位最为崇高,影响也最为深远。叶梦得《避暑录话》卷上:

---

① 石介著,陈植锷点校:《徂徕石先生文集》,北京:中华书局,1984年,第223页。
② 同上书,第78页。
③ 同上书,第71页。
④ 同上书,第61页。
⑤ 同上书,第117页。关于石介排佛见徐洪兴:《思想的转型——理学发生过程研究》,上海:上海人民出版社,1996年,第364—368页。
⑥ 上海师范大学古籍整理研究所编:《全宋笔记(第5编第10册)》,郑州:大象出版社,2012年,第87页。蒋义斌指出:"在讨论宋代排佛的声浪中,应该注意韩愈古文的鼓动力。宋代排佛论者,往往是因为喜爱韩愈的文章,而引发排佛的情绪。"(蒋义斌:《宋代儒释调和论及排佛论之演进》,台北:台湾商务印书馆,1988年,第12页。)

> 石介守道与欧文忠同年进士,名相连,皆第一甲。国初诸儒以经术行义闻者,但守传注,以笃厚谨修表乡里。自孙明复为《春秋发微》,稍自出己意。守道师之,始唱为辟佛、老之说,行之天下。文忠初未有是意,而守道力论其然,遂相与协力,盖同出韩退之。①

据此,作为仁宗朝古文领袖,欧阳修起初并未有明确的排佛之意,因受同年好友石介之影响,故相与协力排佛。他立足于人情常理,批评佛教"佛言无生,老言不死,二者同出于贪"②;佛教徒"坐华屋享美食而无事"③,擅于"动摇兴作"④,诱民为非,弃绝人伦;"彼为佛者,弃其父子,绝其夫妇,于人之性甚戾,又有蚕食虫蠹之弊"⑤。他庆历年间排佛的代表作《本论》,即模仿《原道》而撰。⑥ 只是,欧阳修对待佛教的举措,远较韩愈、石介温和。他不主张"人其人,火其书,庐其居",而强调儒家须修政教之本以胜之:"今尧、舜、三代之政,其说尚传,其具皆在。诚能讲而修之,行以勤而浸之以渐,使民皆乐而趣焉,则充行乎天下,而佛无所施矣。《传》曰'物莫能两大',自然之势也,奚必曰'火其书'而'庐其居'哉!"⑦

除石介、欧阳修外,仁宗朝前期以排佛著称的古文家还有李觏、章望之、黄晞等。张舜民《镡津明教大师行业记》曰:"庆历间……当是时,天下之士学为古文,慕韩退之排佛而尊孔子。东南有章表民(望之)、黄聱隅(晞)、李泰伯(觏),尤为雄杰,学者宗之。"⑧他们沾丐于《原道》,或援引其中"六民"说以为排佛的理论基础,或对其中"人其人"的做法予以调整。如李觏对《原道》相当服膺,尝谓"孟氏荀扬醇疵之说,闻之旧矣,不可复轻重"⑨。他针对仁宗前期财政之困窘,提出富国之策在于"殴游民而归之",佛教徒即为当殴之冗者:"古者祀天神,祭地祇,享人鬼,它未闻也。今也释老用事,率吾民而事之,为缁焉,为黄焉,籍而未度者,民之为役者,无虑几百万。广占良田利宅,媮衣饱食,坐谈空虚以诳曜愚俗。此不在四民之列者也。"⑩李觏强调,"缁黄存则其害有十,缁黄去则其利有十。"他认为《原道》提出的排佛举措"言之太暴,殴之亡渐",难免扰民,转而主张"止度人而禁修寺观者,渐而殴之之术"⑪。细绎其理论基础,则仍然脱胎于《原道》。⑫

---

① 上海师范大学古籍整理研究所编:《全宋笔记(第 2 编第 10 册)》,郑州:大象出版社,2006 年,第 281 页。
② 欧阳修著,李逸安点校:《欧阳修全集》,北京:中华书局,2001 年,第 2295 页。
③ 同上书,第 870 页。
④ 同上书,第 568 页。
⑤ 同上书,第 291 页;更详细的阐述见刘子健:《欧阳修的学术与政事》,台北:新文丰出版社,1984 年,第 115 页。
⑥ 孙奕《履斋示儿编》卷七曰:"公(欧阳修)以文章独步当世,而于昌黎不无所得。观其词语丰润,意绪婉曲,俯仰揖逊,步骤驰骋,皆得韩子之体,故《本论》似《原道》。"(孙奕著,侯体健点校:《履斋示儿编》,北京:中华书局,2004 年,第 103 页。)
⑦ 欧阳修著,李逸安点校:《欧阳修全集》,北京:中华书局,2001 年,第 292 页。
⑧ 释契嵩著,林仲湘校注:《镡津文集校注》,成都:巴蜀书社,2014 年,第 3 页。
⑨ 李觏著,王国轩点校:《李觏集》,北京:中华书局,2011 年,第 337 页。
⑩ 同上书,第 143—145 页。
⑪ 同上书,第 145—146 页。
⑫ 其他如强至《祠部集》卷三《卖松翁》:"群雄驰骋尚谲诈,轲以仁义游六国。时乎释老肆分籍,愈以《原道》破群惑。"(永瑢、纪昀等纂修:《景印文渊阁四库全书(第 1091 册)》,台北:台湾商务印书馆,1983 年,第 29 页。)

《原道》在仁宗朝前期之所以流行,并遽然被提高至文以明道的经典地位,远远超过《韩愈文集》中其他篇章,当非偶然。这与仁宗朝前期抑制佛教的政策,以及政治变革的呼声有关。

　　如前所述,自问世以来,《原道》在三教并重的中晚唐其实颇惹非议。北宋开国后,太祖、太宗、真宗三朝意识形态以模仿唐代为基调,在崇尚儒家文教同时,对佛、道二教均有扶持。如宋太祖于开宝四年(971年)派人赴益州开雕《大藏经》。宋太宗曾普度僧尼,大规模营寺造塔,建立译经院、印经院。真宗佞道之余不忘崇佛,尝撰《崇释论》论儒、释"迹异道同"。仁宗佛教造诣颇深,曾与多位佛教大德来往,探讨义理,并撰《佛牙赞》《景祐天竺字源序》等文,谄神佞佛。① 在帝王支持下,佛教势力在真宗朝后期急剧膨胀②,随之引发了严重的社会治安、财政民生等系列问题。仁宗即位后,陆续有朝臣上奏,请求抑制佛教。③ 天圣五年(1027年),范仲淹上书执政,请求停止修建寺院,限制度僧,约束僧徒游方,并将此视为变革更张的重要措施,"斯亦与民阜财之端也"。其立论基础,便是《原道》中的"六民"说,以佛教徒不事生产,耗费民食,导致物贵民困:"盖古者四民,秦汉之下,兵及缁黄,共六民矣。今又六民之中,浮其业者不可胜纪,此天下之大蠹也。士有不稽古而禄,农有不竭力而饥,工多奇器以败度,商多奇货以乱禁,兵多冗而不急,缁黄荡而不制,此则六民之浮不可胜纪,而皆衣食于农者也,如之何物不贵乎?如之何农不困乎?"④

　　范仲淹不是单纯的排佛论者。⑤ 他请求抑制佛教势力,主要着眼于国计民生,将佛教视为国家财政困难的根源之一。稍后,由于与西夏开战,宋廷财政愈形窘迫,三冗问题凸现。宝元二年(1039年),权三司度支判官宋祁上疏论三冗三费,将"僧道日益多而不定数"视为三冗之一,将"道场斋醮"、京师寺观视为"三费"中的两费,请予抑制裁减。⑥ 在巨大的财政压力下,仁

---

① 北宋前期佛教政策见笠沙雅章著,方建新译:《宋朝的太祖和太宗》,杭州:浙江大学出版社,2006年,第165—186页;汪圣铎:《宋代政教关系研究》,北京:人民出版社,2010年,第1—90页。
② 《宋会要辑稿》道释一:"国初,两京、诸州僧尼六万七千四百三人,岁度千人……(天禧五年)僧三十九万七千六百一十五人,尼六万一千二百三十九人。景祐元年……僧三十八万五千五百二十人,尼四万八千七百四十二人。庆历二年……僧三十四万八千一百八人,尼四万八千四百一十七人。(徐松辑,刘琳等点校《宋会要辑稿》,上海:上海古籍出版社,2014年,第9979—9980页。)
③ 李焘《续资治通鉴长编》卷一百二:"(天圣二年十二月丙寅),权判都省马亮言:'天下僧以数十万计,间或为盗,民颇苦之。请除岁合度人外,非时更不度人,仍自今毋得收曾犯真刑及文身者系帐。'诏可。"(李焘:《续资治通鉴长编》,北京:中华书局,2004年,第2370页。)《宋会要辑稿》道释一:"(天圣)四年正月,开封府以长宁节,请放试到僧、尼、道士、女冠、童行,及诸禅院拨放者三百八十九人,止放三百人。宰臣王曾等言:'剃度太多,皆堕人游手之人,无益政化。'张知白曰:'臣任枢密日,尝断劫盗,有一火之中全是僧徒者。'仁宗曰:'自今切宜渐加澄革,勿使滥也。'"
④ 范仲淹:《上执政书》,载范仲淹著,李勇先、王蓉贵点校《范仲淹全集》,成都:四川大学出版社,2002年,第216页。
⑤ 关于范仲淹与佛教的关系见黄启江:《从范仲淹的释教观看北宋真仁之际的儒释关系》,载《北宋佛教史论稿》,台北:台湾商务印书馆,1997年。
⑥ 《续资治通鉴长编》卷一二五宝元二年十二月癸卯:"时陕西用兵,调费日蹙,祁上疏论三冗三费曰:'……何谓三冗?天下有定官,无限员,一冗也。天下厢军不任战而耗衣食,二冗也。僧道日益多而无定数,三冗也。三冗不去,不可以为国。请断自今日,僧道已受戒具者姑如旧,其方著籍为徒弟子者悉还为民,勿复岁度。而州县寺观留若干,僧道定若干,后毋得过此数……何谓三费?一曰道场斋醮,无日不有,或七日,或一月,或四十九日。各挟主名,未始暂停。至于蜡、蔬、膏、面、酒、稻、钱、帛,百司供亿,不可赀计……二曰京师寺观,或多设徒卒,或增置官司,衣粮所给,三倍他处。帐幄谓之供养,田产谓之常住,不徭不役,坐蠹齐民。而又别饰神祠,争修塔庙,皆云不费官帑,自募民财,此诚不逞罔上之尤者……请一切罢之,则二费节矣。'"

宗被迫调整佛教政策,如景祐元年(1034年)闰六月,"毁天下无额寺院"①;康定元年(1040年)八月,"罢天下寺观以金箔饰佛像"②。庆历四年(1044年)六月,开宝寺灵宝塔火灾,仁宗遣人于塔基掘得旧瘗舍利,内廷看毕,再命送还本寺,许令士庶烧香瞻礼。谏官余靖极力谏止:

> 臣观今天下,自西陲用兵以来,国帑虚竭,民间十室九空。陛下若勤劳罪已,忧人之忧,则四方之民安,咸蒙其福矣。如其不恤民病,广事浮费,奉佛求福,非所望于当今。且佛者方外之教,理天下者所不取也。割黎民之不足,奉庸僧之有余,且以侈丽崇饰,甚非帝王之事。③

正是在佛教势力膨胀、用兵西夏、朝廷财政危机严重等严峻的社会问题刺激下,北宋的精英士大夫们将《原道》拈出褒扬,从中汲取解决当代困境的思想资源。盖《原道》之作,本身就"具有特别时代性,即当退之时佛教徒众多,于国家财政及社会经济皆有甚大影响"。它将汉代以后帝国秩序之混乱,治道之不振,归结于佛教入侵所导致的民生凋敝、经济萧条和伦理失范,"实匡世正俗之良策"④。这为仁宗朝前期抑制佛教势力的发展以解决财政危机,以及效法先王的政治变革,提供了一个合法化论证,可供仿效。以上所举石介、孙复、欧阳修、李觏、余靖等人,既是庆历革新的参与者,又是儒学复兴的领导者。他们对《原道》的推崇,对佛教的排斥,除了财政方面的务实考虑外,也体现出一种深沉的文化忧患意识、本位心理。这尤其弥漫于石介的《中国论》《怪说》、欧阳修的《本论》等文中。而追根溯源,则与《原道》一脉相承,"因释迦为夷狄之人,佛教为夷狄之法,抉其本根,力排痛斥"⑤。正如葛兆光所指出:

> 他们再一次重新发掘历史资源,发现了韩愈以及新思路的存在……他们在原有的传统中发掘着历史记忆,在这种历史记忆中,他们凸显着历史时间、地理空间和民族群体的认同感。他们在原来的典籍中获取历史资源,在这些资源中,他们试图建构一个可以与种种异端相对抗的知识与思想体系。⑥

《原道》中的道统谱系话语,为北宋士人提供了新型的价值标准和行为依据,被他们广泛接受。或用于排斥异端、树立自己学派的合法性;或用于日常交游,用以构建社会网络,建立群体认同。

---

① 脱脱等:《宋史》,北京:中华书局,1977年,第198页。
② 李焘:《续资治通鉴长编》,北京:中华书局,2004年,第3034页。
③ 同上书,第3633页。
④ 陈寅恪:《论韩愈》,《历史研究》1954年第2期,第105—114页。
⑤ 同上。
⑥ 葛兆光:《理学诞生前夜的中国》,《中国史研究》2001年第1期。

《原道》所揭橥的道统谱系，具有排斥与建构两种功能。通过树立一个圣贤谱系，并把自己（或师友）列入其中，可以申明本人学说在儒学传统中的合理性、合法化；而那些没有列入谱系中的前贤或时辈，则被视为儒学中的异端，或处于次要地位。我们在北宋文献里，追溯到至少有四五十位著名士人，曾经完整或片断地运用《原道》中的道统话语。他们基本沿袭了《原道》中的儒道传承模式而有所新变，即：……尧舜—文王、武王、周公—孔子—孟子……荀子……扬雄……王通……韩愈……。① 其中，"—"部分是韩愈提出的谱系；"……"部分则为诸家根据自身学术建构以及对儒学传统的体认，认识不同。至于韩愈之后的空位，北宋士人有时以身自任，表明本人在这一谱系中的地位，从而为本学派在儒家传统中争取正统地位。另一种常见的情形是属之于师友，表明归趋之意。

　　众所周知，北宋儒学自仁宗一朝焕发出全新生机，各个学派纷纷涌现，儒学思想呈现出一种多元开放的格局。《原道》中的道统谱系，为这些学派争取正统地位提供了新颖的话语表述方式。程颐固然以此种话语形态来表明理学的独特地位，如谓："周公没，圣人之道不行；孟轲死，圣人之学不传。道不行，百世无善治；学不传，千载无真儒。……先生（程颢）生千四百年之后，得不传之学于遗经。……圣人之道得先生而后明，为功大矣。"② 其他士人也未尝不然。日本学者土田健次郎将此种现象称为"继承绝学观念的普遍性"③。这种为各家学说争取正统地位的话语功能，是《原道》在北宋中期获得经典化的重要原因。

　　此外，在士人社会交游和人际网络的构建上，《原道》中的道统话语也发挥着微妙作用。在宋代士人广泛的社交活动中，如干谒、走访、行卷、投贽等，道统话语可以为宾主双方提供一种新型的身份认同方式，让干谒者在志于圣人之道的幌子下，正大光明地向对方表明诉求，并且为一些身处逆境的士人，提供一种崇高价值观念的支持和归属感。道统话语固有的"派系"属性，对于士人间师生关系的形成、师友传承的纽带，也提供了一种高明的话语修辞。④

　　从文体角度看，以《原道》为首的《五原》开创了一种新型的文章议论方式——原体。现存的唐代文章中，韩愈之前尚无以"原"名篇者。再往前追溯，尽管《淮南子》卷一有《原道》，刘勰《文心雕龙》中有《原道》篇，但二者均为学术著述中的一个片段、部分，并非独立成篇的文章，且后者以骈文出之。⑤ 直到韩愈《五原》，方以追溯本原的方式论述一些宏大抽象的命题，剖析现

---

① 北宋道统话语也发生了一些变异，如话语重点更加倾向于对儒学传统的清理和学派自身合理性的申明，攘佛色彩相对弱化；一种以儒、释调和为取向的谱系话语初露端倪，等等。（刘成国：《9—12世纪的道统前史考述》，《史学月刊》2013年第12期。）
② 程颢、程颐著，王孝鱼点校：《明道先生墓表》，载《二程集》，北京：中华书局，2004年，第640页。
③ 土田健次郎著，朱刚译：《道学之形成》，上海：上海古籍出版社，2010年，第37页。
④ 刘成国：《9—12世纪的道统前史考述》，《史学月刊》2013年第12期。
⑤ 韩愈自称："非三代两汉之书不观。"此言虽不可尽信，但迄今为止，现存文献中尚无证据表明他曾提及、评论或引用过刘勰及《文心雕龙》，自然难以在《原道》和《文心雕龙》之间建立影响的链条。有学者认为："韩愈未曾对刘勰及《文心雕龙》有过评论，至少现存文献无法钩稽出相关的直接证据。但没有直接论述，并不意味着韩愈与《文心雕龙》没有关系。"继而论述《文心雕龙》对韩愈思维方式的影响，似涉穿凿。见雷恩海：《一种隐性文学现象之考察——以〈文心雕龙〉思维方式对韩愈的影响为例》，《文学评论》2010年第5期。其实，《文心雕龙》中《原道》篇，只是为文章寻求一个终极的根源——道，并非所原者即道。

状,指出症结,从而承担、分化了"论"体文的某些特殊功能。徐师曾《文体明辨序说·原》:"按字书云:'原者,本也,谓推论其本原也。'自唐韩愈作'五原',而后人因之,虽非古体,然其溯原于本始,致用于当今,则诚有不可少者……其题或曰原某,或曰某原,亦无他义。"①随着《原道》的日益流行与渐受推崇,"原"体在仁宗朝获得众多士人的模仿,如孙冲《原理》、贾同《原古》、尹洙《原刑》、石介《原乱》、欧阳修《原弊》、释契嵩《原教》《广原教》《原孝》《论原》、张方平《原蠹》、李觏《孝原》《原文》《原正》、胡瑗《原礼》、蔡襄《原赏》、司马光《原命》、王安石《原性》《原教》《原过》、潘兴嗣《原谏》、孙洙《明堂原》《封禅原上》、李清臣《法原》《势原》等。以上作者均为古文名家,他们的参与写作,标志着一种新型文体逐渐定型。其所谓的原均为一些相对抽象、宏大的概念或社会问题,如礼、乐、人、性、道等等;其表述则围绕着本原、异化、回归而展开。

仁宗嘉祐五年(1060年)七月,《新唐书》修成,其中《韩愈传》赞曰:

> 当其所得,粹然一出于正,刊落陈言,横骛别驱,汪洋大肆,要之无抵牾圣人者。其道盖自比孟轲,以荀况、扬雄为未淳,宁不信然?……昔孟轲拒杨、墨,去孔子才二百年。愈排二家,乃去千余岁,拨衰反正,功与齐而力倍之,所以过况、雄为不少矣。自愈没,其言大行,学者仰之如泰山、北斗云。②

试与五代《旧唐书·韩愈传》所谓"时有恃才肆意,亦有盭孔、孟之旨""文章之甚纰缪者"相比,对韩愈的评价可谓云泥悬殊。这个论断,可以视为仁宗朝"尊韩"思潮的一个官方总结。③ 而《原道》则被特地拈出予以表彰,认为足以和孟子、扬雄的著述相提并论:"其《原道》《原性》《师说》等数十篇,皆奥衍闳深,与孟轲、扬雄相表里而佐佑六经云。"④《原道》文以明道的经典地位,已经初步确立。

二、 质疑和批判

就在仁宗朝的古文家们配合朝堂上陆续实施的各项抑制佛教政策时,以韩愈《原道》《谏佛骨表》等为理论旗帜进行排佛运动时,佛教徒立刻敏锐地觉察到这一思想趋势,并迅速展开反击。其代表人物是明教大师契嵩。

契嵩,俗姓李,字仲灵,自号潜子,藤州镡津人。七岁出家,十三得度落发,十四岁受具足

---

① 徐师曾认为,"原体"与一般的论说文无甚差异,"至其曲折抑扬,亦与论说相为表里,无甚异也"。(徐师曾:《文体明辨序说》,北京:中华书局,1962年,第132页。)笔者并不认同,因另有专文讨论"原体",此处不赘。
② 欧阳修、宋祁:《新唐书》,北京:中华书局,1975年,第5269页。
③ 杨国安认为:"以正史中的热情歌颂为标志,韩愈的地位得到了官方认可。而元丰年间韩愈晋爵为昌黎伯,从祀于孔子,不过是庆历新韩思潮的余波而已。"
④ 欧阳修、宋祁:《新唐书》,北京:中华书局,1975年,第5265页。

戒,云门第四世弟子。仁宗庆历年间,契嵩以古文著《辅教编》,阐明儒、释一致,试图调和二教。嘉祐元年(1056 年),随着排佛浪潮的高涨,契嵩的护教行为更趋积极,在上书仁宗、公卿大臣请求护法的同时,撰写了《非韩子》三十二篇,严厉批评古文家排佛的精神领袖韩愈,试图为排佛之举釜底抽薪。其诋韩的策略,即力辨韩愈仅为文词之士,并未真正领悟圣人之道:

> 刘昫《唐书》谓韩子"其性偏僻刚讦",又曰:"于道不弘。"吾考其书,验其所为,诚然耳。欲韩如古之圣贤,从容中道,固其不逮也,宜乎识者谓韩子第文词人耳。夫文者,所以传道也;道不至,虽甚文,奚用? 若韩子议论如此,其道可谓至乎? 而学者不复考之道理中否,乃斐然徒效其文。①

《原道》作为韩愈文以明道的代表作,"宋代儒学复兴之肇基""儒佛对抗的交烽重点"②,遂名列《非韩子》第一篇,成为契嵩重点批判的对象。

针对《原道》中"博爱之谓仁"至"道与德为虚位"六句,契嵩首先指出,既然道与德为虚位,则《原道》之名不妥:"道德既为虚位,是道不可原也,何必曰《原道》?《舜典》曰:'敬敷五教。'盖仁义,五常之谓也。韩子果专仁义,目其书曰《原教》可也,是亦韩子之不知考经也。"③继而,契嵩旁征博引儒家中《曲礼》《说卦》《论语》《系辞》《礼运》等经典,指斥韩愈故意颠倒道德仁义的次序,置仁义于道德之前。然后再引《系辞》中"一阴一阳之谓道,继之者善也,成之者性也。仁者见之谓之仁,智者见之谓之智,百姓日用而不知,故君子之道鲜矣",《说卦》中"昔者圣人之作《易》也,将以顺性命之理。立天之道曰阴与阳,立地之道曰柔与刚,立人之道曰仁与义",《中庸》"天命之谓性,率性之谓道,修道之谓教",等等为据,力证圣人之道,绝不止于仁义而已,而是"天地万物莫不与之"。"是道德,在《礼》则中庸也、诚明也,在《书》则《洪范》皇极也,在《诗》则思无邪也,在《春秋》则列圣大中之道也"④。韩愈将儒家之道德,仅仅局限于日常伦理行为之仁义,乃"(忘)本略经",只能愈辨愈惑。⑤

《原道》中最犀利的排佛利器是"六民说",即以士、农、工、商为四民,儒者主教,而佛老为冗:

> 古之为民者四,今之为民者六;古之教者处其一,今之教者处其三;农之家一,而食粟之家六;工之家一,而用器之家六;贾之家一,而资焉之家六。奈之何民不穷且

---

① 释契嵩著,林仲湘校注:《镡津文集校注》,成都:巴蜀书社,2014 年,第 382 页。
② 洪淑芬:《儒佛交涉与宋代儒学复兴》,台北:大安出版社,2008 年,第 132 页。
③ 释契嵩著,林仲湘校注:《镡津文集校注》,成都:巴蜀书社,2014 年,第 320 页。
④ 同上书,第 322 页。
⑤ 同上书,第 323 页。

盗也!①

契嵩则以为,"古今迭变,时益差异,未必一教而能周其万世之宜也"②。自周、秦以后,时益浇薄,人心益伪,仅凭儒家已无法满足教化之需,佛教应时而出,"欲其相与而救世",决非空耗民食之冗。唐贞观、开元年间,天下大治,佛、老益盛,即是明证。③

至于《原道》所揭橥的儒家道统谱系"斯吾所谓道也,非向所谓老与佛之道也。尧以是传之舜,舜以是传之禹,禹以是传之汤,汤以是传之文、武、周公、孔子,孔子传之孟轲。轲之死,不得其传焉",契嵩则予以尖锐质疑:周公孔子、孔子孟子相去百年,"乌得相见而亲相传禀耶?哂韩子据何经传,辄若是云乎?"另据《论语》等儒家典籍,禹、汤所传,亦"未闻止传仁义而已","至于汤、文、武、周公、孔子、孟子之世,亦皆以中道、皇极相慕而相承也"。《原道》中的道统谱系,无论是传承方式,还是所传内容,均与儒家经传扞格。最后,契嵩得出结论:《原道》徒守人伦之理,昧于大道。④

以外在的仁义行为、规范来界定儒家之道,的确是《原道》的特色所在。它是汉唐儒学外向礼教经世传统的沿袭,同时也契合中唐以后兴起的天人相分思潮。契嵩凭借着深厚的佛学心性素养,深入到儒学内部,从儒家经典中挖掘不同的思想传统,如《中庸》《大学》《系辞》对天道、心性的诸多论述,来凸显"道德"的形而上意义,批判韩愈仅以仁义界定道德是"小之也",未得儒家真谛。这是《原道》问世以来,所遭受到的最严峻、最深刻的批判。此后直至南宋以后,宋代儒、释两教对韩愈及《原道》的批评,义理方面均未超出契嵩之阃域,无非有所损益而已。

契嵩的生卒年代与欧阳修相同,两人各具极高的古文造诣。不同的是,欧阳修继承韩愈的衣钵,以平易流畅的文风推进宋代古文运动,契嵩则以古文操戈入室,力攻韩愈的文章、经术及出处进退。⑤ 他对于《原道》的批判,具有重要的学术思想史意义。在经历了中晚唐短暂的天人相分思潮后,北宋中期以后的学者又试图重新绾结天人分裂,为儒家伦理行为、价值观乃至政治制度,寻求一个超越的宇宙本体依据,从而为秩序寻求一个更加牢固的基础。它不仅仅是外在的、超越的,而且根植于人的本性中,具有内在的心性根源。契嵩对《原道》的批判,开启了这一思想史转变的契机,促使北宋儒学向本体与心性两个层面做更深的探寻。

契嵩的批判,在仁宗嘉祐、英宗治平年间产生了极大反响,许多排佛论者由此戛然而止,转而趋之好之。陈舜俞《镡津明教大师行业记》曰:

---

① 韩愈著,马其昶校注:《韩昌黎文集校注》,上海:上海古籍出版社,1986年,第14页。
② 释契嵩著,林仲湘校注:《镡津文集校注》,成都:巴蜀书社,2014年,第327页。
③ 同上书,第328—329页。
④ 同上书,第331—332页。
⑤ 相关研究见洪淑芬:《儒佛交涉与宋代儒学复兴》,台北:大安出版社,2008年,第123—163页;黄启江:*Ch'i-sung as a Critic of Confucianism Represented by Han Yu*,《汉学研究》第16卷第1期;钱穆:《中国学术思想史论丛(卷五)》,合肥:安徽教育出版社,2004年,第35—36页。

> 仲灵独居,作《原教》《孝论》十余篇,明儒释之道一贯以抗其说。诸君读之,既爱其文,又畏其理之胜而莫之能夺也,因与之游。遇士大夫之恶佛者,仲灵无不恳恳为言之,由是排者浸止,而后有好之甚者,仲灵唱之也。①

值得一提的是,这种批评很快便以对话方式,编入到北宋治平年间徐君平所撰《韩退之别传》②中,以更为通俗的媒介广泛传播:

> 子之不知佛者,为其不知孔子也,使子而知孔子,则佛之义亦明矣。子之所谓:"仁与义为定名,道与德为虚位"者,皆孔子之所弃也。愈曰:"何谓也?"大颠曰:"孔子不云'志于道,据于德,依于仁,游于艺'?盖道也者,百行之首也,仁不足以名之。周公之语六德,曰知、仁、信、义、中、和。盖德也者,仁义之原,而仁义也者,德之一偏也。岂以道德而为虚位哉?子贡以博施济众为仁,孔子变色曰:'何事于仁?必也圣乎?'是仁不足以为圣也。"③

唐宪宗元和十四年正月,韩愈因谏佛骨被贬潮州。其间,他曾与僧人大颠交往,赞其"能外形骸以理自胜,不为事物侵乱",并"留衣服为别"④。之后,佛教徒中逐渐流传韩愈晚年信佛,甚至虚构出他受大颠点化而证悟佛法。《韩退之别传》即在此传说基础上踵事增华。文中大颠对《原道》的驳斥,正是从仁义道德的次序入手,引证儒家经典,点出韩愈"不知孔子",这明显是抄自契嵩。不同的是,契嵩《非韩子》中的雄辩滔滔、论端锋起,被一种诙谐、幽默、调侃的机锋所取代,最终韩愈"瞠目而不收,气丧而不扬,反求其所答,忙然有若自失",在大颠面前俯首敛眉。在南宋以后的禅林道场中,《韩退之别传》以其特有的戏谑风格风靡一时,在某种程度上颠覆了韩愈的卫道形象,解构了《原道》的文本。⑤钱锺书认为:"盖辟佛而名高望重者,如泰山之难摇,大树之徒撼,则释子往往不挥之为仇,而反引之为友。……释子取韩昌黎、胡致堂而周内之,亦正用吞并术。"⑥可谓得之。

大约从仁宗至和、嘉祐之际开始,随着儒学复兴的深入发展,庆历之际兴起的儒学各派逐渐走出对韩愈的亦步亦趋,心模手仿,对其诗文写作、学术思想、人品道德展开了与契嵩相似的质疑和批判。⑦ 总体而言,这些质疑和批判,主要集中于两个方面。一、韩愈汲汲于富贵,戚

---

① 释契嵩著,林仲湘校注:《镡津文集校注》,成都:巴蜀书社,2014年,第3页。
② 《韩退之别传》的作者,一直饶有争议。承杭州市社科院魏峰兄赐示徐君平墓志铭,知作者为徐君平,字安道,为王安石高足。
③ 洪淑芬:《儒佛交涉与宋代儒学复兴》,台北:大安出版社,2008年,第211页。
④ 韩愈著,马其昶校注:《韩昌黎文集校注》,上海:上海古籍出版社,1986年,第212页。
⑤ 洪淑芬以为,《韩退之别传》中"韩愈参禅问道"之公案话头的流行,是丛林道场"尊韩"的体现(洪淑芬:《儒佛交涉与宋代儒学复兴》,台北:大安出版社,2008年,第183—184页)。非也。
⑥ 钱锺书:《谈艺录》,北京:中华书局,1984年,第383—384页。
⑦ 这些儒者中,有些曾受契嵩影响。如文同《新刻石室先生丹渊集》卷一○《送无演归成都》:"曾读契嵩《辅教编》,浮屠氏有不可忽。"(《宋集珍本丛刊(第9册)》,北京:线装书局,2004年,第168页。)

戚于贫贱,不能固贫①,无异庸人②,"好名"③,"畏死"④。人品道德,颇可挑剔。二、进而与韩愈的学术思想相联系,怀疑其学问根底,认为这反映了韩愈性命之学的不足,并进一步得出他由文见道、"倒学"的评价:"愈之视杨、墨,以排释、老,此愈之得于孟子者也。至于性命之际,出处致身之大要,而愈与孟子异者,固多矣。故王通力学而不知道,荀卿言道而不知要,昌黎立言而不及德。"⑤"退之晚来为文,所得处甚多。学本是修德,有德然后有言,退之却倒学了。因学文日求所未至,遂有所得。"⑥与此相关的则是韩愈性三品说,混淆才、性,不足定论。⑦韩愈本质上是一文人,不知圣人之道⑧,"韩愈之于圣人之道,盖亦知好其名矣,而未能乐其实"⑨。

作为韩愈文以明道的代表作,《原道》成为众矢之的,尤其是开篇八句。如二程批评曰:"恻隐固是爱也。爱自是情,仁自是性,岂可专以爱为仁?……退之言'博爱之谓仁',非也。仁者固博爱,然便以博爱为仁,则不可。"⑩"(韩愈)只云'仁与义为定名,道与德为虚位',便乱说。"⑪《原道》中的道统谱系,则遭到司马光从根本上的冲击、颠覆:

> 足下书所称引古今传道者,自孔子及孟、荀、扬、王、韩、孙、柳、张、贾,才十人耳。若语其文,则荀、扬以上不专为文;若语其道,则恐韩、王以下,未得与孔子并称也。若论学古之人,则又不尽于此十人者也。孔子自称述而不作,然则孔子之道,非取诸己也,盖述三皇五帝三王之道也。三皇五帝三王,亦非取诸己也,钩探天地之道以教人也。故学者苟志于

---

① 《司马光集》卷六八《颜乐亭颂》:"韩子以三书抵宰相求官,《与于襄阳书》谓先达后进之士,互为前后,以相推授,如市贾然,以求朝夕刍米仆赁之资,又好悦人以铭志而受其金。观其文,知其志,其汲汲于富贵,戚戚于贫贱如此,彼又乌知颜子之所为哉!"(司马光著,李文泽点校:《司马光集》,成都:四川大学出版社,2010年,第1401页。)

② 《欧阳修全集》卷六九《与尹师鲁第一书》:"每见前世有名人,当论事时,感激不避诛死,真若知义者。及到贬所,则戚戚怨嗟,有不堪之穷愁形于文字,其心欢戚无异庸人,虽韩文公不免此累。"

③ 程颢、程颐《河南程氏遗书》卷一八:"退之正在好名中。"

④ 张舜民《史说》:"马文渊有言:'……韩退之潮阳之行,齿发衰矣,不若少时之志壮也,故以封禅之说迎宪宗……退之非求富贵者也,畏死尔。"(吕祖谦编,齐治平点校:《宋文鉴》,北京:中华书局,1992年,第1498页。)

⑤ 王令著,沈文倬点校:《王令集》,上海:上海古籍出版社,2011年,第266页。

⑥ "倒学"之说,肇自吴孝宗,被二程吸纳。吴曾《能改斋漫录》卷八:"程正叔云……然此意本吴子经耳。子经《法语》曰:'古之人好道而及文,韩退之学文而及道。'子经名孝宗,欧阳文忠公尝有诗送吴生者也。荆公与之论文甚著,临川人。"

⑦ 《河南程氏遗书》卷一九:"扬雄、韩愈说性,正说著才也。"《苏轼文集》卷四《扬雄论》:"韩愈者又取夫三子之说,而折之以孔子之论,离性以为三品……圣人之论性也,将以尽万物之天理,与众人之所共知者,以折天下之疑。而韩愈欲以一人之才,定天下之性,且其言曰'今之言性者,皆杂乎佛、老'。愈之说,以为性之无与乎情,而喜怒哀乐皆非性者,是愈流入于佛、老而不自知也。"(苏轼撰,孔凡礼点校:《苏轼文集》,北京:中华书局,1986年,第110—111页。)

⑧ 《杨时集》卷二五《与陈传道序》:"若唐之韩愈,盖尝谓世无仲尼,不当在弟子之列,则亦不可谓无其志也。及观其所学,则不过乎欲雕章镂句,取名誉而止耳。然则士固不患不知有志乎圣人,而特患乎不知圣人之所以学也。"(杨时著,林海权点校:《杨时集》,北京:中华书局,2018年,第666页。)

⑨ 苏轼《韩愈论》:"韩愈之于圣人之道,盖亦知好其名矣,而未能乐其实。何者?其为论甚高,其待孔子、孟轲甚尊,而拒杨、墨、佛、老甚严。此其用力,亦不可谓不至也。然其论至于理而不精,支离荡佚,往往自叛其说而不知。"(苏轼撰,孔凡礼点校:《苏轼文集》,北京:中华书局,1986年,第114页。)

⑩ 程颢、程颐著,王孝鱼点校:《二程集》,北京:中华书局,2004年,第182页。

⑪ 同上书,第262页。

道,则莫若本之于天地,考之于先王,质之于孔子,验之于当今。四者皆冥合无间,然后勉而进之,则其智之所及、力之所胜,虽或近或远、或小或大,要为不失其正焉。舍是而求之,有害无益矣。彼数君子者,诚大贤也,然于道殆不能无驳而不粹者焉。足下必欲求道之真,则莫若以孔子为的而已。夫射者必志于的,志于的而不中者有矣,未有不志于的而中者也。彼数君子者与我皆射者也,彼虽近,我虽远,我不志于的,而惟彼所射之从,则亦去的愈远矣。①

韩愈自称因读扬雄书而尊信孟子,因读孟子书而知孔子之道,而荀子之书也与孔子之道相合。三人大醇小疵,与孔子之道最终一脉相通,故可以位列道统谱系中。② 其中隐含之义,则是凡、圣有间,士人修业进德,不能一蹴而就,不妨先向道统中的诸贤学习,逐渐靠近圣境。司马光则以为,孟子、荀子、韩愈等人不足以继承儒家之道,与其效仿他们,不如直接学习孔子。又《原道》之"道",虽系先王所创,却与天地自然无关。而司马光则以为孔子之道来自先王,而先王则"钩探天地之道以教人"。这其实对《原道》乃至整个唐宋古文运动理论预设,予以质疑甚至否定。据题注,此书作于仁宗嘉祐二年(1057 年)九月二十四日,正与契嵩非韩同时。

北宋后期苏门高足张耒继承苏轼的观点,认为韩愈"以为文人则有余,以为知道则不足"。他最核心的论证,便是《原道》前八句所言不当:

> 然则愈知道欤? 曰:愈未知也。愈之《原道》曰:"博爱之谓仁,行而宜之之谓义,由是而之焉之谓道。"果如此,则舍仁与义而非道也。"仁与义为定名,道与德为虚位。道有君子有小人,德有吉有凶。"若如此,道与德特未定,而仁与义皆道也。是愈于道本不知其何物,故其言纷纷异同而无所归,而独不知子思之言乎?"天命之谓性,率性之谓道,修道之谓教。"曰性、曰道、曰教,而天下之能事毕矣。礼乐刑政,所谓教也,而出于道;仁义礼智,所谓道也,而出于性。性则原于天。论至于此而足矣,未尝持一偏曰如是谓之道,如是谓之非道。曰定名,曰虚位也,则子思实知之矣。愈者择焉而不精,语焉而不详,而健于言者欤?③

张耒的指摘,其实是沿袭契嵩。他以儒学中的《中庸》传统,来抨击《原道》仅以外在行为言仁,忽略了性与天道,的确不无道理。

以上诸人,皆为有宋一代文化巨子。他们的批判,并非欲彻底否定韩愈,而是在高度崇

---

① 司马光著,李文泽点校:《司马光集》,成都:四川大学出版社,2010 年,第 1237—1238 页。
② 韩愈著,马其昶校注:《韩昌黎文集校注》,上海:上海古籍出版社,1986 年,第 37 页。
③ 张耒著,李逸安点校:《张耒集》,北京:中华书局,1990 年,第 677—678 页。

敬①的同时,企图超越《原道》,往本体论和心性论方向研精覃思,致广大而极精微。这与契嵩对《原道》的批判,有着根本不同。在这方面,北宋新学领袖王安石体现得最为明显。

王安石早年诗文创作出入韩愈之藩篱,对之极为推崇,尝谓"自孔子之死久,韩子作,望圣人于百千年中,卓然也"②,"时乎杨墨,已不然者,孟轲氏而已;时乎释老,已不然者,韩愈氏而已。如孟韩者,可谓术素修而志素定也,不以时胜道也。惜也不得志于君,使真儒之效不白于当世,然其于众人也卓矣"③。王安石中年以后,则欲跨越中唐古文诸家,直溯孔、孟,故讥讽韩愈"力去陈言夸末俗,可怜无补费精神"④。又曰:"他日若能窥孟子,终身何敢望韩公"⑤,"韩公既去岂能追,孟子有来还不拒"⑥。这种行为,绝非仅仅如钱锺书所云"拗相公之本色"⑦,而是"晚年所学有进,不欲仅以文章高世,而岂有意于贬韩子哉"⑧。这反映了北宋中期儒家中的一流学者,已不甘心再受《原道》之笼罩,而力图超越。其《答韩求仁书》曰:"扬子曰:'道以道之,德以得之,仁以人之,义以宜之,礼以体之,天也。合则浑,离则散,一人而兼统四体者,其身全乎?'老子曰:'失道而后德,失德而后仁,失仁而后义,失义而后礼。'扬子言其合,老子言其离,此其所以异也。韩文公知道有君子有小人,德有凶有吉,而不知仁义之无以异于道德,此为不知道德也。"⑨此中已鲜明体现出一种欲统摄诸家、融汇贯通的学术取向。

因此,以上种种质疑和批判,并未从根本上撼动《原道》的历史地位,逆转其经典化进程。《原道》中的排佛卫道,代表了一种儒家本位主义立场,后世任何自居于儒家正统的学派,都难以抹杀其合法性、必要性。如理学创始人二程兄弟,尽管自许继承了孟子之后千年不传之道,将韩愈排除在道统外,也不得不承认"韩愈亦近世豪杰之士。如《原道》中言语虽有病,然自孟子而后,能将许大见识寻求者,才见此人。至如断曰:'孟氏醇乎醇。'又曰:'荀与扬择焉而不精,语焉而不详。'若不是他见得,岂千余年后便能断得如此分明也?"⑩"孟子论王道便实……

---

① 欧阳修被称为宋代韩愈,自不待言。苏轼则对韩愈极为推崇,称其"文起八代之衰,而道济天下之溺"。(苏轼撰,孔凡礼点校:《苏轼文集》,北京:中华书局,1986年,第509页。)司马光也认可韩愈之排佛,并非一概否定:"世称韩文公不喜佛,常排之。余观其《与孟尚书书》论大颠云:'能以理自胜,不为事物侵乱。'乃知文公于书无所不观,盖尝遍观佛书,取其精粹而排其糟粕耳。不然,何以知不为事物侵乱,为学佛者所不悦?今之学佛者,自言得佛心,作佛事,然曾不免侵乱于事物,则其人果何如哉?"(司马光著,李文泽点校:《司马光集》,成都:四川大学出版社,2010年,第1409—1410页。)关于北宋诸家尊崇韩愈之言论见钱锺书《谈艺录》,北京:中华书局,1984年,第62—65页;杨варли安国:《宋代韩学研究》,北京:中国社会科学出版社,2006年,第17—38页;顾永新:《北宋前中叶的尊韩思潮》,载《北大中文研究(第1辑)》,北京:北京大学出版社,1998年。
② 王安石:《临川先生文集》,北京:中华书局,1959年,第811页。此文作于宋仁宗庆历六年(1046年),具体考证见刘成国:《王安石年谱长编》,北京:中华书局,2018年,第158页。
③ 王安石:《临川先生文集》,北京:中华书局,1959年,第885页。此文作于仁宗庆历二年,具体考证见刘成国:《王安石年谱长编》,北京:中华书局,2018年,第109页。
④ 王安石:《临川先生文集》,北京:中华书局,1959年,第372页。
⑤ 同上书,第264页。
⑥ 同上书,第181页。
⑦ 钱锺书:《谈艺录》,北京:中华书局,1984年,第62—65页。
⑧ 蔡上翔:《王荆公年谱考略》,载詹大和等著,裴汝诚点校:《王安石年谱三种》,北京:中华书局,1994年,第282页。
⑨ 王安石:《临川先生文集》,北京:中华书局,1959年,第763—764页。
⑩ 程颢、程颐著,王孝鱼点校:《二程集》,北京:中华书局,2004年,第5页。

孟子而后,却只有《原道》一篇,其间语固多病,然要之大意尽近理。"①随着经典化的进展,《原道》逐渐成为一种恪守本位、与异端划清界限的象征、符号,每当儒学面临佛、老冲击时,便会被卫道者当作圣物一般顶礼膜拜。谢薖《适正堂记》:

> 然今之世,学释、老者竞非吾儒,其言汪洋浩渺,足以骇世绝俗。而儒者反取释老之言,以明六艺之学。呜呼!安得孟轲、扬雄、韩愈之徒出而排之,使吾圣人之道廓如也。吾友吴迪吉作楼于其居第之西,其下辟以为堂,图孔子、荀卿、扬雄之像于其间,又取韩愈《原道》之书写于其壁,而名其堂曰"适正"。盖取扬雄《法言》所谓适尧、舜、文王为正堂者也。迪吉属予为记,且使道其名堂之意。余谓迪吉:"子坐于中堂,瞻数子之容而思其学,观《原道》之书而详其义,则尧、舜、文王之道参乎其前矣。"②

吴迪吉生活于北宋后期。他将孟子、扬雄等像绘于堂上,并将《原道》文本书之于壁,再请谢薖撰文记之。这一系列的行为,极富象征性地表明了他坚守儒家、拒斥异端的价值取向、学术立场。圣贤图像与《原道》文本,作为一种隐喻符号而承担了吴迪吉这位儒家士人的精神寄托:微斯人,吾谁与归?

同样重要的是,《原道》对儒学史的叙述,在北宋后期获得官方认可,被纳入朝廷意识形态的建构中。这主要表现在孔庙从祀制度上。与唐代相比,宋代孔庙制度一个最深刻变化,便是接受了《原道》中的道统说,将传道谱系中的各位贤人,以明道之儒(区别于汉唐郑玄等传经之儒)的身份从祀孔庙,并分别封以公、伯爵位。神宗元丰七年(1084 年)五月,从礼部林希议,诏:"自今春秋释奠,以邹国公孟轲配食文宣王,设位于兖国公之次。荀况、扬雄、韩愈以世次从祀于二十一贤之间,并封伯爵:况,兰陵;雄,成都;愈,昌黎。"③由此,《原道》中的儒道传承谱系,通过孔庙从祀、配享而被制度化、意识形态化,一直延续到清末。这也不妨视为北宋朝廷对《原道》经典地位的认可。

三、 经典铸就

南渡以后,《韩愈文集》的整理笺注异常兴旺,出现了若干搜罗宏富、校勘精细的笺注本,如樊汝霖《韩集谱注》、严有翼《韩文切证》、祝充《音注韩文公文集》、王伯大《别本韩文考异》、文谠

---

① 程颢、程颐著,王孝鱼点校:《二程集》,北京:中华书局,2004 年,第 37 页。
② 谢薖:《竹友集》,载杨守敬主编《续古逸丛书》,扬州:广陵书社,2001 年。
③ 李焘:《续资治通鉴长编》,北京:中华书局,2004 年,第 8291 页。作为国家祭典之一,孔庙从祀制由东汉以下逐渐成形,至唐玄宗开元年间开始完整运作。相关研究见黄进兴:《学术与信仰》,载《优入圣域》,西安:陕西师范大学出版社,1998 年,第 329—334 页。

《详注昌黎先生文集》、魏仲举《五百家注昌黎文集》、廖莹中《东雅堂昌黎集注》等。① 它们引证丰富,注释详尽,为《原道》的广泛流行提供了坚实的文本基础。

南宋的学术版图则发生了巨变。王安石新学不再是朝廷正统意识形态,而理学则日益壮大。作为一代理学宗师,朱熹对《原道》的评价被其门人后学奉为圭臬,影响深远。

朱熹"自少喜读韩文"②,早年即立志校勘《韩愈文集》,直至晚年去世前方穷几十年之功完成《韩文考异》,用力甚勤。他继承、总结了北宋各家的质疑、批评,将韩愈彻底驱逐出道统谱系,但同时又不得不承认《原道》确系由文见道之作:

> 孟轲氏没,圣学失传,天下之士背本趋末,不求知道养德以充其内,而汲汲乎徒以文章为事业。……韩愈氏出,始觉其陋,慨然号于一世,欲去陈言以追《诗》《书》六艺之作,而其弊精神、糜岁月,又有甚于前世诸人之所为者。然犹幸其略知不根无实之不足恃,因是颇泝其源而适有会焉,于是《原道》诸篇始作……则亦庶几其贤矣。然今读其书,则其出于诙谐戏豫,放浪而无实者自不为少。若夫所原之道,则亦徒能言其大体,而未见其有探讨服行之效……至于其徒之论,亦但以剽掠僭窃为文之病,大振颓风、教人自为为韩之功。则其师生之间、传受之际,盖未免裂道与文以为两物,而于其轻重缓急、本末宾主之分,又未免于倒悬而逆置之也。③

"其弊精神、糜岁月,又有甚于前世诸人之所为者",这是批评韩愈本质上不脱文人习气;"颇泝其源而适有会焉,于是《原道》诸篇始作",这是承认韩愈于儒道确有所见,《原道》即是代表作;"所原之道,则亦徒能言其大体,而未见其有探讨服行之效",这是批评韩愈虽能见道,但缺少践履操持之实;"裂道与文以为两物,而于其轻重缓急、本末宾主之分,又未免于倒悬而逆置",此即程颐"倒学""由文见道"之引申发挥。可见朱熹继承了北宋诸家之说,将韩愈牢牢界定在"文人"的身份,无预道统。正所谓"考其平生意向之所在,终不免于文士浮华放浪之习,时俗富贵利达之求"④。

朱熹也批评《原道》以爱言仁,仅得其用,而遗其体⑤;又批评"《原道》中举《大学》,却不说'致知在格物'一句"⑥。但整体上,他承认《原道》于儒道确有发明:"退之《原道》诸篇,则于道

---

① 相关研究见刘真伦:《韩愈集宋元传本研究》,北京:中国社会科学出版社,2004 年,第 25—27 页;杨国安:《宋代韩学研究》,北京:中国社会科学出版社,2006 年,第 239—242 页。
② 朱熹著,朱杰人等点校:《朱子全书(第 24 册)》,上海:上海古籍出版社,2002 年,第 3905 页。
③ 朱熹著,朱杰人等点校:《朱子全书(第 23 册)》,上海:上海古籍出版社,2002 年,第 3374—3375 页。
④ 同上书,第 3283 页。
⑤ 《朱子语类》卷一三七:"器之问'博爱之谓仁'。曰:'程先生之说最分明……要之,仁便是爱之体,爱便是仁之用。'蒋明之问:'《原道》起头四句,恐说得差。且如博爱之谓仁,爱如何便尽得仁?'曰:'只为他说得用,又遗了体。'"(黎靖德:《朱子语类》,北京:中华书局,1986 年,第 3270—3271 页。)
⑥ 黎靖德:《朱子语类》,北京:中华书局,1986 年,第 3271 页。

之大原,若有非荀、扬、仲淹之所及者"①,"如《原道》之类,不易得也"②,"《原道》其言虽不精,然皆实,大纲是"③。这种评价较之二程并无多少新意,只是由于朱熹崇高的历史地位以及理学成为王朝的意识形态,遂对后世产生了巨大影响。南宋晚期理学家真德秀编选《文章正宗》,即贯彻了朱熹的评价。书中选录《原道》,承认其传道有功,只注释文章的史实、典故等,对修辞、技巧则不予置评。篇末又附程、朱二人对《原道》之评价,强调必须参考二人之说,方可理解此篇大旨。

南宋时期,儒学内部对《原道》的批评整体上明显减弱。尽管不时有一些企图融汇儒释的学者对《原道》发出微词,质疑其中的传道谱系④,可针对这些批评的辩护,也与日俱增,如杨万里即为《原道》中"道与德为虚位""人其人,火其书,庐其居"两个最惹争议的问题辩解。他指出,"道德"有名而无形。无形,指道德是一套价值观念,"惟其有名,圣人之所以实之以用世也;惟其无形,异端之所以入之以欺世也"。所谓"道与德为虚位",并非指道德的内涵为虚,而是指由于道德是一种无形的价值观念,所以倘若"天下既安而侈心生焉","玩以为常",不知践履服行,则佛教异端便可乘虚而入,以其价值观来把持天下。杨万里把道德比喻成"巨室",指出韩愈将儒家仁义确定为道德的内涵,"而后道德之虚位,可得而实矣"⑤。他进而将"天下之入于佛老"者分为三类:士大夫中"好焉者",以为借助佛教"可以悟性命而超死生";普通士民中"畏焉者",侥幸于借助福田利益超脱轮回报应;其他"愚夫细民之惰者、无能者、废疾者、鳏寡孤独者",则羡慕佛教徒"不业而食,不劭而居"从而依附其教,此为"利焉者"也。针对前者,《原道》中提出须"人其人,火其书,庐其居"以去之;针对民之"利焉者",《原道》则提出恢复先王之道,"鳏寡孤独废疾者有养也";针对"畏焉者",韩愈的《与孟简书》《吊武侍御书》中则力破福田之妄。⑥ 杨万里将《原道》置于韩愈的排佛事业整体中予以考察,凸现其意义,是对以往批评者的委婉回应。

南宋后期大儒黄震则对北宋以来对《原道》的主要批评,逐一反驳。这些批评包括《原道》以博爱言仁,以道德为虚位,只提及《大学》"正心诚意"却不及"格物致知",《原道》中传"道"内容及方式等等。黄震认为,以上批评主要来自二程语录,但"决非程氏之言"或为"程子一时偶然之言"。程颐门人中沾染佛学者,如上蔡谢氏(良佐),托附二程语录,批评《原道》,"发为异说","吹毛求疵",其目的是"欲阴为异端报仇"。倘若稽以孔、孟之说,则《原道》与之契合,"不

---

① 朱熹著,朱杰人等点校:《朱子全书(第23册)》,上海:上海古籍出版社,2002年,第3283页。
② 黎靖德:《朱子语类》,北京:中华书局,1986年,第3260页。
③ 同上书,第3270页。
④ 如南宋范浚《范浚集》卷一五《题韩愈原道》:"韩愈《原道》以为尧传舜,舜传禹,至汤、文、武、周公、孔子、孟轲。轲之死,不得其传。呜呼!愈诚知道者,而略子思耶?《原道》而不知有子思,则愚;知有子思而不明其传,则诬。愚与诬,皆君子所不取。愈诚知道者耶?"(范浚:《范浚集》,杭州:浙江古籍出版社,2014年,第181页。)刘子翚《屏山集》卷一《圣传论·孟子》:"圣贤相传一道也,前乎尧、舜,传有自来。后乎孔、孟,传固不泯。韩子谓'轲死不得其传',言何峻哉……莘门圭窦,密契圣心,如相授受,政恐无世无之。孤圣人之道,绝学者之志,韩子之言何峻哉!"(永瑢、纪昀等纂修:《景印文渊阁四库全书(第1134册)》,台北:台湾商务印书馆,1983年,第377页。)此皆沿袭北宋余论,无甚新见。
⑤ 杨万里著,辛更儒笺校:《杨万里集笺校》,北京:中华书局,2007年,第3409—3410页。
⑥ 同上书,第3411—3412页。

可非也"。黄震高度肯定了《原道》文以明道的典范地位:"自昔圣帝明王所以措生民于理,使其得自别于夷狄、禽兽者,备于《原道》之书矣。孔、孟没,异端炽,千有余年,而后得《原道》之书辞而辟之,昭如矣"①,"自孔孟殁,异端纷扰者千四百年。中间惟董仲舒'正谊''明道'二语,与韩文公《原道》一篇,为得议论之正"②。

黄震,字东发,庆元慈溪人,宝祐四年(1256年)登进士第。其学博而能醇,专崇朱子,"然于朱子成说亦时有纠正,不娓娓姝姝务墨守"③。他为《原道》所作的辩解,相当中肯。平心而论,程颐、朱熹等理学家对韩愈及《原道》的批评,大都基于本学派的独特学术思路,属于后见之明,偏离了《原道》写作时的历史语境、思想氛围。黄震提出"学者无以其语出于《程录》而遽非《原道》,必以孔孟之说而稽之,则于读《原道》几矣",是一项高明的策略,既未得罪师门,又凸现出《原道》的价值所在。钱穆认为:"北宋儒学复兴,靡不尊韩,直至二程而其说始变。……下逮朱子,晚岁亲校《韩集》,于昌黎可谓偏有所嗜,然亦每讥韩公为文人。……至东发乃始畅发之,几乎依据《原道》非议《遗书》,此在伊洛以下理学传统中洵可谓未有之创举也。"④

从以上为《原道》极力申辩、曲为维护的议论中,可以看出南宋儒学对《原道》的评价渐趋一致,其经典地位已经稳定,故而对于其经典化历程中所遭遇的各种非议予以驳斥。《原道》是文以明道的典范,这几乎成为南宋主流学术思想文化的共识,即便是至高无上的皇权,也难以扭转。李心传《建炎以来朝野杂记》乙集卷三《原道辨易名三教论》:

> 淳熙中,寿皇尝作《原道辨》,大略谓三教本不相远,特所施不同,至其末流,昧者执之而自为异耳。以佛修心,以道养生,以儒治世可也,又何惑焉。文成,遣直殿甘昺持示史文惠。史公时再免相,侍经席也。史公奏曰:"臣惟韩愈作是一篇,唐人无不敬服,本朝言道者亦莫之贬。盖其所主在帝王传道之宗,乃万世不易之论。原其意在于扶世立教,所以人不敢议。陛下圣学高明,融会释、老,使之归于儒宗,末章乃欲以佛修心,以道养生,以儒治世,是本欲融会而自生分别也。《大学》之道,自物格、知至而至于天下平,可以修心,可以养生,可以治世,无所处而不当矣,又何假释、老之说邪?陛下此文一出,须占十分道理,不可使后世之士议陛下,如陛下之议韩愈也。望陛下稍窜定末章,则善无以加矣。"程泰之时以刑部侍郎侍讲席,亦为上言之,于是易名《三教论》。⑤

孝宗一向钟情于佛教,"博通内典"⑥,佛学造诣颇深,并以佛教护法自居。淳熙八年(1181年),

---

① 黄震:《黄氏日钞》,载永瑢、纪昀等纂修《景印文渊阁四库全书(第708册)》,台北:台湾商务印书馆,1983年,第467页。
② 同上书,第18页。
③ 钱穆:《中国学术思想史论丛(卷六)》,合肥:安徽教育出版社,2004年,第1页。
④ 同上书,第14页。
⑤ 李心传著,徐规点校:《建炎以来朝野杂记(乙集卷三)》,北京:中华书局,2000年,第544页。
⑥ 叶绍翁著,冯锡麟点校:《四朝闻见录(甲集)》,北京:中华书局,1989年,第31页。孝宗之崇佛见汪圣铎:《宋代政教关系研究》,北京:人民出版社,2010年,第226—240页。

他撰写《原道辨》反驳韩愈的排佛论,显然是体会到《原道》对佛教的巨大威胁,有感而撰。其观点并不新颖,无非是唐代"以佛修心,以道持身,以儒治世"三教分工论之翻版,而北宋太宗、真宗也曾持有。但此文居然遭到前宰相史浩、刑部侍郎程大昌的反对,不得不易名为《三教论》。

史浩,字直翁,南宋名相,《宋史》卷三九六有传。他对佛教其实并无恶感,其文集中有多篇与佛教徒唱酬之什。他之所以对孝宗所撰《原道辨》提出异议,主要是考虑到《原道》宣扬的儒家之道已经是朝廷正统意识形态,"所主在帝王传道之宗,乃万世不易之论,原其意在于扶世立教,所以人不敢议"。倘若此文颁行,势必会助长佛教气焰,动摇《原道》这一面反佛赤帜,引起莫大争端:"臣恐陛下此文一出,天下后世有不达释老之说而窃其皮肤以欺世诳俗者,将撼陛下之言,以为口实,靡然趋风,势不可遏。"①《原道》作为坚持儒家文化本位的一种象征、一个典范,轻易撼动不得。

士大夫精英们的推崇、批评,或创作中的模仿、学术中的借鉴,乃至朝廷意识形态的建构,通过注释、序跋、史评、语录、笔记、书信等各类书写体裁,引领风气之先,推动思潮转换,将《原道》一步步推向经典。但《原道》经典地位的最终铸就,尚有赖于南宋科场文化催生的各类看似不登大雅之堂的科举参考用书。作为士人社会流动、改变命运的一种主要途径,科举考试在南宋的竞争变得异常激烈。随着印刷技术的提高,图书出版的繁荣,以通过考试为目的的各类参考书广泛刊刻流传,如类书、古文选本、时文选本等。② 它们在上层权力文化精英与下层普通民众士人之间,搭建起沟通的桥梁,将精英阶层推许的《原道》经典,广泛地传播、普及,而这又转而强化了《原道》的经典地位。正如吴承学先生所指出:"中国古代文学经典形成的重要而独特的条件之一,是通过选本即通过对作品的删述、汇编和价值阐释,达成形成经典的目的。……比起西方的理论阐释,选本的重要和独特之处更为明显。此外,如评点、引用、类书的采用、史书经籍志或艺文志、目录学的记录和评价等等,也是中国古代文学具有自身特色的几种经典形成方式。"③

第一类,古文选本。南宋几种重要的古文选本《古文关键》《崇古文诀》《文章轨范》《古文集成》等,都是为士人参加科举考试而编写的入门读物④,它们均选录《原道》。与之前或同时刊刻的各种韩愈的文集、选本不同,这几种选本不仅提供《原道》的文本、词语异文、注释训诂等,而且利用圈点涂抹等新型文学批评方式,对《原道》的用词、造句、修辞、构思,结构上的抑扬、开阖、奇正、起伏等艺术技巧,进行详细点评,剖析无遗。如被称为评点第一书的吕祖谦《古文关键》,于卷首冠有"总论看韩文之法":"第一,看大概、主张;第二,看文势、规模;第三,看纲目、关键"⑤,"看韩文法:

---

① 史浩:《鄮峰真隐漫录》,载永瑢、纪昀等纂修《景印文渊阁四库全书(第1141册)》,台北:台湾商务印书馆,1983年,第612页。
② 刘祥光:《印刷与考试:宋代考试用参考书初探》,《"国立"政治大学历史学报》2000年第17期。
③ 吴承学、沙红兵:《中国古代文学的经典》,《中山大学学报》2004年第6期。
④ 南宋古文选本的兴起与科举之关系见祝尚书:《论宋代时文的以古文为法》,《四川大学学报(哲学社会科学版)》2007年第4期;王明强:《科举时文"以古文为法"与古文之复兴》,《江苏社会科学》2011年第2期;林岩:《南宋科举、道学与古文之学——兼论南宋知识话语的分立与合流》,《中山大学学报(社会科学版)》2013年第6期。
⑤ 吕祖谦:《古文关键》,载永瑢、纪昀等纂修《景印文渊阁四库全书(第1351册)》,台北:台湾商务印书馆,1983年,第6页。

简古，一本于经。学韩文简古，不可不学他法度。徒简古而乏法度，则朴而不文"①。卷三选入《原道》全文，予以评点涂抹——特别点出文中 17 个"为之"字，以示醒目；于"奈之何不穷且盗也"旁批曰："好句法"；于"甚矣，人之好怪也"旁批曰："接有力"。② 其特色是集中作形式技巧的批评，而不涉及儒家之道。"既是对全文要有一个整体的把握，也要具体考察其章法、布局、结构，分析各段落如何铺叙，各段落之间如何响应，研究其遣辞造句、起结、剪裁、转折等文字功夫。"③

吕祖谦弟子楼昉所编《崇古文诀》"大略如吕氏《关键》"④，卷八亦选《原道》，题下评曰："词严意正，攻击佛老，有开阖纵舍，文字如引绳贯珠。"⑤ 南宋晚期谢枋得所编《文章轨范》于韩文尤所用心，"所录汉、晋、唐、宋之文凡六十九篇，而韩愈之文居三十一"⑥。如卷四录《原道》：

> 博爱之谓仁，五字句。行而宜之之谓义，七字句。由是而之焉之谓道，八字句。足乎己无待于外之谓德。十字句○开端四句，四样句法，此文章家巧处。仁与义为定名，道与德为虚位。上句长，此两句短，便顿挫成文。⑦

《原道》开首六句，最惹争议。诸家所评，一向都集中于其内涵，即何为仁义，何为道德，何为虚位，韩愈之界定妥否。谢枋得则完全从修辞入手，着眼于这六句的句法、句势之美感，堪称创举。又如评"为之师"至"其亦不思而已矣"一段，也不评价这些措施的妥当与否，而是拈出抉发其句法、章法顿挫之妙："此一段连下十七个'为之'字，变化九样句法，起伏顿挫，如层峰叠峦，如惊涛巨浪，读者快心畅意，不觉其下字之重叠。此章法也。"⑧

尽管早在 11 世纪，宋祁即已留意到《原道》的艺术创新，"韩退之……《原道》等诸篇，皆古人意思未到，可以名家矣"⑨。黄庭坚也强调"文章必谨布置"，"每见后学，多告以《原道》命意曲折"⑩。但宋、黄二人皆点到为止，无甚发挥，对《原道》的艺术特色作仅作整体印象式品评。而以上几种古文选本中的评点，从整体式把握，转向对《原道》的语言、句式、结构等进行细致入微的剖析。在巨细无遗的呈现出《原道》的艺术特色时，也为初学者传授技巧作法，指点创作的具体途径、入门轨辙。这种金针度人式的普及工作，诚然不免琐碎细杂之嫌，也难入大家法眼⑪，但

---

① 吕祖谦：《古文关键》，载永瑢、纪昀等纂修《景印文渊阁四库全书（第 1351 册）》，台北：台湾商务印书馆，1983 年，第 718 页。
② 同上书，第 723—725 页。
③ 吴承学：《现存评点第一书——论〈古文关键〉的选编、评点及其影响》，《文学遗产》2003 年第 4 期。
④ 永瑢等：《四库全书总目》，北京：中华书局，1965 年，第 1698 页。
⑤ 楼昉：《迂斋先生标注崇古文诀（卷八）》，北京：北京图书馆出版社，2005 年，第 24 页。
⑥ 永瑢等：《四库全书总目》，北京：中华书局，1965 年，第 1703 页。
⑦ 谢枋得：《叠山先生批点文章轨范》，北京：北京图书馆出版社，2005 年，第 1 页。
⑧ 同上书，第 3 页。
⑨ 宋祁：《宋景文公笔记》，载上海师范大学古籍整理研究所编《全宋笔记（第 1 编第 5 册）》，郑州：大象出版社，2003 年，第 56 页。
⑩ 胡仔：《苕溪渔隐丛话前集（卷十）》，北京：人民文学出版社，1962 年，第 63 页。
⑪ 《朱子语类》卷一百三十九："因说伯恭所批文，曰：'文章流转变化无穷，岂可限以如此？'某因说：'陆教授谓伯恭有个文字腔子，才作文字时，便将来入个腔子做，文字气脉不长。'先生曰：'他便是眼高，见得破。'"

它把《原道》中艰苦的构思、艺术新创,条分缕析,使之变成一种古文写作的常识和技巧,并借助科举场域"以古文为时文"的观念,使之广泛传播,从而极大地拓展了《原道》的传播、授受,使之从精英群体的高头大章,走向平民化。

第二类,应付科举考试的各种学习类书。宋代自神宗熙宁三年(1070年)以后,科场上重视以策、论取士,催生了类书的繁荣:"宋自神宗罢诗赋、用策论取士,以博综古今,参考典制相尚,而又苦其浩瀚,不可猝穷,于是类事之家,往往排比联贯,荟粹成书,以供场屋采掇之用。"[①]这些类书从浩瀚的典籍中,将考生所需要的各种知识、文献分门别类地予以纂集,以适应策、论写作中引喻论证之需。现将南宋几部重要科举应试类书征引《原道》列表如下:

表 17-1 南宋六部类书征引《原道》表

类书	作者	卷数	类别	征引《原道》中文字
群书会元截江网	佚名	三十四	异端类	自"老子之小仁义"至"人其人,火其书,庐其居,庶乎其可也"
		三十五	诸子类	《新唐书韩愈传》、两宋诸儒评韩愈及《原道》
记纂渊海	潘自牧	五十	"论议部"之"任情不任理"	责冬之裘者曰:曷不为葛之易也?责饥之食者曰:曷不为饮之易也。
		七十九	"性行部"之"疾恶"类	人其人,火其书,庐其居。
		九十八	"识见部"之"闻见浅狭"类	老子之小仁义,非毁之也,其见者小也。坐井而观天,曰天小者,非天罪也。
事文类聚	祝穆	别集卷五	韩退之文	其《原道》《原性》《师说》数十篇,皆奥衍宏深,与孟轲、扬雄相表里,而佐祐六经云。
事类备要	谢维新	外集卷十七	刑法门	是故君者出令者也……以事其上则诛。
		外集卷三十二	玺绶门	相欺也,为之符玺以信之。
		外集卷三十五	服饰门	是责冬之裘者曰:曷不为葛之易也。
		外集卷六十中	锦绣门	夏葛而冬裘,渴饮而饥食。其事殊,其所以为智一也。今其言曰:曷不为太古之无事?是责冬之裘者曰:曷不为葛之易也。
新笺决科古今源流至论	林駉	后集卷一	韩门	《原道》一篇扶持名教,与轲书相表里。《进学解》《师说》等作,精粹入道理,不下刘向。
		后集卷八	排异端	《原道》一篇,名教砥柱。《佛骨》一疏,群疑冰释。障百川而东之,回狂澜于既倒者,昌黎之功也。
历代名贤确论	佚名	卷八十八	评骘人物	历代对韩愈的评价,包括《原道》

---

① 永瑢等:《四库全书总目》,北京:中华书局,1965年,第1151页。

作为普通士人的日常工具书,学习、应试时的必备参考资料,以上类书按照某些主题,将《原道》中的文字分门别类,割裂挦撦。这种作法饾饤琐屑,断章取义,将《原道》文本分拆离析,不成片段。不过,通过这种方式,《原道》更容易成为士人一般性的知识储备和文学常识,在写作时可以随手拈来,左右逢源。经典真正成为日用。

　　第三类,时文选本。时文,即科场应试之文。① 那些成功通过各级考试的科举时文,对于一心企望登第的士人而言,诱惑极大;阅读、模仿时文,无疑是一种最稳妥、快捷、高效的考试速成方式。时文选本的刊刻,自北宋前期即已有之,至南宋时随着科举应试人数的巨增,其需求更大,其刊刻流传更加广泛。② 在鱼龙混杂的各类时文选本中,魏天应编、林子长笺注的《论学绳尺》被视为"最适合考生学习揣摩科场论体文的参考书,最能反映南宋科场论体文的体制形态"③,很适合考察此类选本如何参与到《原道》经典化形塑中。此书"编辑当时场屋应试之论,冠以论诀一卷。所录之文,分为十卷,凡甲集十二首,乙集至癸集俱十六首。每两首立为一格,共七十八格。每题先标出处,次举立说大意,而缀以评语,又略以典故分注本文之下"④。全书所选南宋时文有150余篇,上自南宋绍兴二年(1132年),下迄理宗咸淳四年(1268年),文章作者,多为南宋历届科考之省元、亚魁、状元或舍魁、太学私魁、太学公魁等。圈点批抹,形式兼备,有总批、眉批、旁批等。

　　在《论学绳尺》中,至少有30位作者曾征引《原道》。其中,有两篇的论题直接出自《原道》,即陈傅良《博爱之谓仁》、黄九鼎《定名虚位如何》,全文即围绕论题展开议论。也有时文直接评论《原道》观点之得失,如卷七载方澄孙《庄骚太史所录》:"异时因文以见道,《原道》中数语,君子许焉。然后世终不以为得六经、孔孟之正传者,盖愈之学虽正,而其文终出于变,则亦秦汉而下之文杂于其心,足为之累者多耳。"⑤更多的时文,则或是直接引用、化用《原道》中的词汇、语句,如卷三载文及翁《文帝道德仁义如何》:"世之人主,惟患其天资之不本于仁且厚也。夫苟一本于仁且厚,则由是而之之谓道,足已无待于外之谓德,事合乎宜之谓义。"⑥此出自《原道》首四句。卷五载高起潜《仁义礼智之端如何》:"绝灭之学,惨于老氏。"⑦此出自《原道》"老子之言道德,吾有取焉耳。及搥提仁义,绝灭理学,吾无取焉耳。"又或是学习《原道》中的字法、句法、文法,如卷三载丁应奎《太宗文武德功如何》:"噫!其亦幸而太宗之天终定也,其亦不幸而太宗

---

① 关于宋代时文内涵的演变见朱瑞熙:《宋元的时文——八股文的雏形》,《历史研究》1990年第3期;罗时进:《唐宋时文考论》,《文艺理论研究》2004年第4期。
② 刘祥光《宋代的时文刊本与考试文化》:"宋人一旦走上了考进士的路,其生活即免不了读、写时文……阅读时文是如此重要,它成为士人的'习性'……阅读时文成为士人的一个标记,无论他们有无崇高的理想,毕竟出仕是或曾是他们的重要目标。"(刘祥光:《宋代的时文刊本与考试文化》,《台大文史哲学报》2011年第75期。)
③ 张海鸥、孙耀斌:《〈论学绳尺〉与南宋论体文及南宋论学》,《文学遗产》2006年第1期。
④ 永瑢等:《四库全书总目》,北京:中华书局,1965年,第1702页。
⑤ 魏天应编,林子长笺:《论学绳尺》,载永瑢、纪昀等纂修《景印文渊阁四库全书(第1358册)》,台北:台湾商务印书馆,1983年,第422页。
⑥ 同上书,第177页。
⑦ 同上书,第292页。

之天未纯也。"注曰:"'幸不幸'三字,学韩《原道》文。"①卷二载方岳《圣人道出乎一》:"圣人之为天下也,其具则礼乐刑政、典章文物,其伦则君臣父子、夫妇朋友,其教则仁义礼乐、孝慈友悌,其位则宗庙朝廷、州闾乡党。其所酬酢,其所经纶,盖有万之不齐也。"注曰:"以下数句说圣人之道,是学韩《原道》文法。韩《原道》:'其文诗书易春秋,其法礼乐刑政,其民士农工贾,其位君臣父子师友宾主昆弟夫妇,其服桑麻,其居宫室。'"②

据笔者统计核对,以上30多位作者,对《原道》的征引、化用高达90多处。《原道》被这些公魁、私魁、状元、省元等科场达人的运用,真可谓寻奢殆尽,体无完肤。这一方面说明,《原道》已经在南宋时文写作中成为士人心摹手追的文章典范;另一方面,这些成功的应试范文借助于选本形式,在南宋科举社会中发挥着巨大的传播效应、示范效果,又转而深化、强化着《原道》的经典地位。经典的铸就跨越了南宋士人中各个阶层。

四、断裂与恢复

以上所述,空间上仅止于南宋150余年统治的淮河以南区域。至于先后在女真、蒙古统治下的北方中国,《原道》的经典化则经历了一个从突然断裂到逐渐恢复的坎坷历程。绍兴和议后(1141年),金源与南宋形成南北对峙之势,地理悬隔,而学风、文风亦颇不同。所谓"程(颐)学盛于南,苏(轼)学盛于北"③。正当理学在南宋逐步兴起并蔚为大观时,北方金源流行的则是与程学势如水火的苏轼、苏辙之学。前者力排佛、老异端,后者则以融汇儒、释、道为特色。金源统治百年间,苏文、苏诗、苏词风靡文坛,儒林中则普遍弥漫着"三教同源""三教归一""三教同功"的思想,对士人的影响广泛而深远。④ 单就儒、释关系而言,由于新道教在北方的异军突起,势力之盛足可凭凌儒家,有些士人为应对其冲击,转而与佛教寻求合作,"对南宋理学家严格排斥佛老的言说有所抵制,认为这将自剪羽翼"⑤。在以上学术思想背景下,主张激烈辟佛的《原道》,在金源一代的评价、影响,自然与在南宋不可同日而语。从借才异代至国朝文派,直至贞祐南渡后,金源诸位大儒、著名文士,如宇文虚中(1079—1146)、蔡松年(1107—1159)、蔡珪(?—1174)、王寂(1128—1194)、党怀英(1134—1211)、王庭筠(1151—1202)、李纯甫(1177—1223)、杨云翼(1170—1228)等等,大都曾出入三教,

---

① 魏天应编,林子长笺:《论学绳尺》,载永瑢、纪昀等纂修《景印文渊阁四库全书(第1358册)》,台北:台湾商务印书馆,1983年,第181页。
② 同上书,第140页。
③ 翁方纲:《石洲诗话(卷五)》,北京:人民文学出版社,1981年,第153页。
④ 《石洲诗话》卷五:"尔时苏学盛于北,金人之尊苏,不独文也,所以士大夫无不沾丐一得。"相关研究见胡传志:《"苏学盛于北"的历史考察》,《文学遗产》1998年第5期;周良霄:《程朱理学在南宋、金、元时期的传播及其统治地位的确立》,《文史》1993年第37辑。
⑤ 邱轶皓:《吾道——三教背景下的金代儒学》,《新史学》2009年第4期,第59页。

为文则兼师欧（阳修）、苏（轼），对《原道》均甚少提及。金末文坛领袖王若虚（1174—1243）所著《滹南遗老集·文辨》，是金源评论韩愈及其文章最丰富、最重要的文献，从中可窥一代风气。

《文辨》共四卷，136条，其中42条评论韩文。此书特色，在于"尊苏轼而于韩愈间有指摘"①。尊苏是金源一朝之风气，而指摘韩愈，则体现了金源文人面对这位文化巨人的微妙态度。一方面，即使被奉为圭臬的苏轼，对韩愈也崇敬有加，誉之为"文起八代之衰，道拯百世之溺"；另一方面，韩愈激烈的排佛态度，使得这些出入儒释的文人、儒士难免尴尬。他们采取的应对策略，或者是有意或无意地回避、曲解；又或者在勉强认可韩愈开拓性地位的同时，百般挑剔。王若虚即如此。在整体上，他肯定韩愈的古文成就："为诗而不取老杜，为文而不取韩、柳，其识见可知也。"②在此前提下，则对韩文的文体、文势、立意、遣词、用句等进行全方位地指摘批评。③ 如评《伯夷颂》曰"止是议论散文，而以颂名之，非其体也"④；评《樊少述墓志》中"其可谓至于斯极者矣"曰"'斯极'字殊不惬。古人或云'何至斯极者'，言若是之甚耳，非极至之极也"⑤；评《猫相乳说》云"'猫有生子同日者，其一母死焉，有二子饮于死母。母且死，其鸣咿咿。''母且死'一句赘而害理。'且'字训'将'也"⑥。对于韩愈为人，王若虚不仅沿袭北宋诸儒"不善处穷"的陈调，更以《潮州谢表》劝宪宗封禅为其"罪之大者"⑦。具体到《原道》，则谓"寒然后为之衣，饥然后为之食。木处而颠，土处而病也，然后为之宫室。三'然后'字，慢却本意"；又云"'责冬之裘者曰：曷不为葛之易？责饥之食者曰：曷不为饮之之易？''葛之''饮之'，多却'之'字"；又谓"退之《原道》等篇，末云作《原道》……犹赘也"⑧。对于韩愈的道统说，也予以驳斥："韩退之尝曰：孟氏醇乎醇，荀、扬大醇而小疵。以予观之，孟氏大醇而小疵，扬子无补，荀卿反害，不足论醇疵。"⑨细究王意，恐不止对韩愈仅仅"间有指摘"，而是对北宋以来形成的韩愈在儒道传承及古文运动中的崇高地位，提出质疑和挑战，转而以苏轼代之："韩愈《原道》曰：'孟轲之死，不得其传'。其论斩然，君子不以为过……韩愈固知言矣，然其所得亦未至于深微之地，则信其果无传也。"⑩这其实已隐然将韩愈逐出孟子后的传道谱系了。

直到金源贞祐南渡（1214年）后，随着国势日颓，儒林中要求重建思想秩序和重估儒学价值的诉求日趋高涨。⑪ 文坛上在"尊苏"主流之外，一股宗韩之风才开始隐约出现。至金末元

---

① 永瑢等：《四库全书总目》，北京：中华书局，1965年，第1421页。
② 王若虚：《文辨四》，载王若虚著，胡传志、李定乾校注《滹南遗老集校注》，沈阳：辽海出版社，2006年，第424页。
③ 王永：《〈滹南遗老集·文辨〉韩愈批评论》，《江苏大学学报（社会科学版）》2014年第6期。
④ 王若虚：《文辨二》，载王若虚著，胡传志、李定乾校注《滹南遗老集校注》，沈阳：辽海出版社，2006年，第395页。
⑤ 同上书，第398页。
⑥ 同上书，第399页。
⑦ 王若虚著，胡传志、李定乾校注：《滹南遗老集校注》，沈阳：辽海出版社，2006年，第330页。
⑧ 王若虚：《文辨二》，载王若虚著，胡传志、李定乾校注《滹南遗老集校注》，沈阳：辽海出版社，2006年，第394页。
⑨ 王若虚著，胡传志、李定乾校注：《滹南遗老集校注》，沈阳：辽海出版社，2006年，第343页。
⑩ 同上书，第533页。
⑪ 包弼德将之称为"金代儒学复兴运动"，并指出它与唐宋古文运动极为类似。见包弼德：《寻求共同基础》，林岩、黄艳林译，载张三夕主编《华中学术（第六辑）》，武汉：华中师范大学出版社，2012年。

初,韩愈的地位越来越重要,成为士人写诗作文的重点师法对象①,《原道》作为儒学正统的经典意义重新凸现。例如,金源后期文坛盟主、儒林领袖赵秉文(1158—1232),早年为文尊崇欧、苏,素喜佛学,然"颇畏士论,又欲得扶教传道之名,晚年,自择其文,凡主张佛老二家者皆削去,号《滏水集》,首以中和诚诸说冠之,以拟退之原道性"②。《滏水集》以《原教》为压卷第一篇,是现存金代文献中仅见的原体之作。而以中和诚诸说冠于文集之首,以拟《原道》,这正是对《原道》文以明道、排斥异端的经典象征性之肯定。

自蒙古灭金至元朝灭宋近50年间(1234—1279),北方文坛上的宗韩群体逐渐壮大。金、元之际最杰出的文学家元好问(1190—1257),视韩愈为唐宋文坛之巨擘,"正大卓越,凌厉百家,唐宋以来,莫与之京"③;并自称"九原如可作,吾欲起韩欧"④。与元齐名的杨奂(1186—1255)"作文……以蹈袭剽窃为耻"⑤,曾删集韩文成《韩子》十卷,又撰《韩子辨》,"配合《韩子》,在竖立韩愈道统、文统地位的同时,对长期盛行于北方的苏学进行清算"⑥。其他如雷渊(1184—1231)、郝经(1223—1275)、魏初(1232—1292)、阎复(1236—1312)、姚燧(1238—1313)、卢挚(1242—1314)、张之翰(1243—1296)、元明善(1269—1322)、张养浩(1270—1329)等著名士人均以韩文为典范,予以不同程度的仿效,试图以韩文之雄浑奇古,矫苏文之率易流滑之弊。刘祁(1203—1250)、王恽(1227—1304)等人亦以学韩为标榜,"引韩以矫苏",蔚然成风。尽管诸人所得深浅不一,风格各异,但基本已实现创作典范从宗苏至韩、柳、欧、苏多元化的转变。

此期随着赵复北上(1235年),南宋理学也开始全面北传,并与金源地区原有的理学余绪合流。一批服膺理学的文士、儒者,试图整合理学与古文两大传统,文、道并重,遂援引韩愈为同道。⑦ 被南宋理学家驱出道统的韩愈,又被重新纳入,成为孟子与北宋理学五子之间传道的中介,而《原道》文以明道的经典意义,也随之凸显。在此过程中,大儒郝经(1223—1275)与有力焉。

郝经字伯常,蒙元著名政治家、理学家、文学家。他曾拜元好问为师,早年即喜韩文,尝撰《赠韩愈礼部尚书制》,对韩愈推崇备至。身处金、元易代之乱世,郝经虽信奉理学,却反对空谈道德性命,而注重儒学之经世实用,强调"道贵乎用,非用无以见道也"⑧。他主张士人当以济民为己任,不拘小节,出仕行道;并身体力行之,于金源亡后积极仕元,为忽必烈出谋划策。以

---

① 高桥幸吉:《金末文人对韩门文学的接受——以李纯甫、赵秉文为中心》,载《唐代文学研究(第13辑)》,桂林:广西师范大学出版社,2010年,第739—760页。
② 刘祁:《归潜志》,北京:中华书局,1983年,第106页。
③ 吴文治编:《韩愈资料汇编(第2册)》,北京:中华书局,1983年,第612页。
④ 元好问著,姚奠中主编:《元好问全集》,太原:三晋出版社,2013年,第12页。
⑤ 同上书,第438页。
⑥ 魏崇武:《论蒙元初期散文的宗韩之风》,《西南民族大学学报(人文社会科学版)》2012年第2期。
⑦ 金代文士中,王郁(1204—1233)较早揭橥此种主张,欲绾合韩、柳文辞与程、朱性理为一,以矫苏之弊:"尝欲为文,取韩、柳之辞,程、张之理,合而为一,方尽天下之妙。"(刘祁:《归潜志》,北京:中华书局,1983年,第24页。)
⑧ 郝经著,秦雪清点校:《郝文忠公陵川文集》,太原:山西人民出版社,2006年,第343页。

此种出仕哲学为标准,他对韩愈作出了崭新的评价。例如,韩愈曾三次上书宰相求官,两宋诸儒普遍视为韩愈道德上的瑕疵,以及心性修养不足、缺乏道德践履之反映。郝经却认为,韩愈此举并非戚戚贫贱而汲汲富贵的躁举轻进,而是为了行道济民,不以一身之私而忘天下之忧患。这与北宋范仲淹居丧言事、先天下之忧而忧的精神是一致的。① 他进而高度评价韩愈在儒学传承中攘斥异端、力挽狂澜的功绩,以为"立圣人之道者,莫如韩文公",足以与北宋周敦颐、邵雍、二程等并立道统。② 甚至于被理学家视为不传之秘的孔孟心学,湮没千年后,也是由韩愈发其端绪,继而由理学家揭示本源:

> 颜夭曾始传,心授相世及。《大学》宏纲举,《中庸》性理切。浩气有孟轲,六经复为七。向微三大贤,圣统几废绝。尔来一千年,晦没无人说。韩李端绪开,伊洛本根揭。③

这恐怕是程颐、朱熹等难以接受的。

在此种思想语境中,作为韩愈扶树教道的名篇,《原道》顺理成章被抬升为辅助六经之作:"不读《易》《诗》《书》《语》《孟》,不见圣人之功。知圣人者,孟子而下,惟韩文公为最。《原道》一篇,详且尽焉。"④类似的褒扬,在北宋初期的尊韩思潮中曾由石介等古文家提出,但在蒙元时期的思想文化语境中,则被赋予了新的内涵,即《原道》与宋代理学经典著作《通说》《太极图》《西铭》等共同辅助六经,同为文以明道的典范:

> 异端起而杨、墨出,故孟子辞而辟之。圣学失其传,故子思作《中庸》;孟子没而道学不传,故韩子作《原道》;科举极盛不适用,而言不成章,浮淫鄙俚之极,故周子作《太极图》《通书》。圣经虽存,而诂训乖缪,义理昏昧,故二程、朱、张辈为之注解。⑤
>
> 邪说兴而大道废,议论胜而文气卑,其来久矣……若《原道》《原人》《太极图说》《通书》《西铭》等作,方可称继三代者。⑥

一些理学家也模仿《原道》进行写作,把两宋以来业已成熟的"原"体继续推进完善,如胡祗遹(1227—1295)撰《原心》《原教》,吴澄(1249—1333)撰《原理》,吴师道(1283—1344)撰《原士》等。

截止 14 世纪,《原道》"文以明道"的经典性,已经体现在士人的儒学启蒙教育中。出生于

---

① 郝经著,秦雪清点校:《郝文忠公陵川文集》,太原:山西人民出版社,2006 年,第 347—348 页。
② 同上书,第 367 页。
③ 同上书,第 33 页。
④ 胡祗遹:《紫山大全集》,载永瑢、纪昀等纂修《景印文渊阁四库全书(第 1196 册)》,台北:台湾商务印书馆,1983 年,第 189 页。
⑤ 同上书,第 338 页。
⑥ 程钜夫:《雪楼集》,载永瑢、纪昀等纂修《景印文渊阁四库全书(第 1202 册)》,台北:台湾商务印书馆,1983 年,第 207 页。

13世纪末的谢应芳(1295—1392),便以诗歌形式极具象征地表现出《原道》的经典意义所在:"六经家业愧无传,教儿只读《原道》篇。有怀欲得语同志,东飞恨不生双翅。牛鬼蛇神虽孔多,青天白日奈人何。愿言正己斥邪说,始终一念坚如铁。寸膏欲澄千丈浑,厥功有无宜莫论。"①虽谦称六经不传,但以《原道》教儿,亦足以排斥牛鬼蛇神等异端学说,捍卫儒家正统。经历了近500年的曲折历程后,《原道》的经典化最终融汇了南宋、金源两条不同的空间轨迹,在大一统的元朝得以确立。

以上追溯了《原道》在9至13世纪的经典化历程。大致而言,北宋时期《原道》的经典化,主要聚焦点于它所原之"道"的内涵及传承谱系。南宋时期,这一进程则转移至"文"的方面。关于韩愈所原之"道"的认识渐趋一致,而《原道》的形式技巧则借助于科举文化的推动,成为士人古文写作的圭臬与范式。《原道》的经典化绝非是一个单纯的时代审美问题,而是文学审美与学术思想、国家意识形态、科场文化相互纠结、共同发力的结果。这一过程,首先由士人群体中"创造性的少数"精英所发起,继而被纳入朝廷意识形态的建构中,最终在科举文化场域中,《原道》的经典化地位得以铸就。

至于在金源统治下的北方中国,《原道》的经典化进程则出现断裂,呈现出不同空间轨迹。直至金、元易代之际,随着文坛上尊韩之风的兴起、理学的北上,《原道》的经典地位才逐渐得以确立。

就《原道》本身而言,它涵盖了中国文化史上"正统与异端""帝国的兴衰"等多重宏大主题,足以吸引各个时代、各个群体的关注。它首次以散体单行的形式,以一种崭新的言说方式,通过追溯本原,为历史的起源、发展、变异、衰落提供了一个全面的叙述,并将根本原因归咎于异端的侵扰而导致儒家正统价值观念的湮没,继而提出了相应举措,发掘出新的思想应对因子。这就为中唐以后儒学的反思重建和政治变革,提供了合法化论证,指明了方向。它那激烈的排佛举措,表现出坚守儒家文化本位、对抗佛道异端的毫不妥协。凡此种种,都是《原道》被奉为经典的文本机制。一旦遭遇相似的历史情景,这种独特的文本机制,便会激发出一代又一代关于正统—异端对峙的历史想象,以及回归本原的变革诉求。

---

① 谢应芳:《龟巢稿》,载《丛书集成续编·集部(第110册)》,上海:上海书店,1994年,第471页。

韩愈道源观念与道统说的合理解释

台湾师范大学国文系 王基伦

一、前言

隋朝末年,王通(584—617)提出了"学者博诵云乎哉?必也贯乎道。文者苟作云乎哉?必也济乎义"①的主张。他认为读书必须能贯乎道,他的"道"主要是指来自儒家思想的一般原则,运用在人世生活间,这与他强调作文必须能济乎义的观点相通。他的说法在当时未获得重视,但仍然有些影响。②

周武后神功二年(698年),有一篇佚名的《曲阜县令盖畅墓志铭并序》,言及盖畅"乾封二年,授雍州富平丞。丁忧,解。咸亨四年,授兖州曲阜令。……久居吏职,非其所好,秩满,归家不仕,以文史自娱,著《道统》十卷,诚千古之名作,一代之良才"③。这则资料中正式出现"道统"一词,而且由一位文人官吏提出,可知唐朝人心中隐然有此一观念。可惜原书早佚,不得其详。

近年又有学者提出"道统"一词最早出现于南宋秦桧(1091—1155)《宣圣七十二贤赞像记》的说法,该文写于孝宗绍兴二十五年(1155年),发现自明代吴讷(1372—1457)的文集。文中以"道统"来指称古代周文王、孔子(前551—前479)传承至宋徽宗、宋高宗的关系,属于政治权威公领域的理解。此说证明了后来朱熹(1130—1200)在南宋孝宗淳熙八年(1181年)提出来将"道统"大步迈向私领域的解说,有其思想史上的重大意义。④ 对比可知,盖畅、秦桧的说法

---

① 王通:《文中子》,台北:广文书局,1965年,第15页。
② 王夫之论"儒者之统"时说:"江东为衣冠礼乐之区,而雷次宗、何胤出人佛、老以害道,北方之儒较醇正焉。流风所被,施于上下,拓拔氏乃革面而袭先王之文物;宇文氏承之,而隋以一天下;苏绰、李谔定隋之治具,关朗、王通开唐之文教,皆自此昉也。"(王夫之:《读通鉴论》,北京:中华书局,1974年,第498页。)
③ 《曲阜县令盖畅墓志铭并序》,载吴钢《全唐文补遗》,西安:三秦出版社,1995年,第351页。有关此文的讨论见叶国良:《唐代墓志考释八则》,《台大中文学报》1995年第7期,第56—59页。
④ 李卓颖、蔡涵墨、邱逸凡:《新近面世之秦桧碑记及其在宋代道学史中的意义》,《宋史研究论丛》2011年第12辑,第1—57页。

并未引起较大回响,知之者鲜少。

事实上,在初唐至盛唐时期,随着佛教、道教的弘扬兴盛,人们开始注意"道"的本源以及如何传承的问题。他们认为宗教上的经义是事物的本源,称之为"道源",一种知识之源。王昌龄(698—757)《武陵开元观黄炼师院三首》"暂因问俗到真境,便欲投诚依道源"①,柳宗元(773—819)《送文畅上人登五台遂游河朔序》:"今有释文畅者,道源生知,善根宿植,深嗜法语,忘甘露之味,服道江表,盖三十年"②,都是明显的例证。

韩愈(768—824)对应佛、老之学的昌盛情形,提出了传承儒家思想文化的"道统"谱系。他以回归孔、孟知识图景的方式来"明先王之道"③,极力升格孟子(前372—前289)的地位,把"道"提高到形而上学的高度,由此凸显"仁义"的传授渊源。这对北宋以后的学术环境启迪甚巨。陈寅恪(1890—1969)认为:"综括言之,唐代之史可分为前后两期,前期结束南北朝相承之旧局面,后期开启赵宋以降之新局面,关于政治社会经济者如此,关于文化学术者亦莫不如此。"④多数学者同意此观点,认为中唐以后到北宋时期,形成了一种新型文化,傅乐成(1922—1984)也依据陈寅恪说法延伸出唐、宋文化的最大的不同点:"大体说来,唐代文化以接受外来文化为主,其文化精神及动态是复杂而进取的","到宋,各派思想主流如佛、道、儒诸家,已趋融合,渐成一统之局,遂有民族本位文化的理学的产生,其文化精神及动态亦转趋单纯与收敛。南宋时,道统的思想既立,民族本位文化益形强固,其排拒外来文化的成见,也日益加深"⑤。根据上述,唐、宋文化有比较大的差异,而新型宋代文化的形成,渊源自中唐的思想文化。在这里面,韩愈提倡的"道"的观念及由此延伸出来的"道统"说,与他所领导的古文运动,起了很大的作用。

因此,我们需要讨论一个问题:唐代韩愈和同时期的古文家如柳宗元、李汉(835年前后)等人究竟如何看待"道"的问题,他们所谓的"道"究竟指向什么内容? 当我们判别出唐代古文家的"道"的含义时,就能理解他们所谓的"道统"旨趣所在,也能看出北宋以后学者的不同观念。经由上述讨论,预期对唐代古文家"道统观"之建立能做些深入的诠释,从而解释明白后人对韩愈曲解的相关问题。

二、 韩愈的"道"与"道统"的具体含义

中唐韩愈、柳宗元领导了文学史上著名的古文运动,他们明确地将"道"与"文"联结起来,

---

① 王昌龄著,李国胜校注:《王昌龄诗校注》,台北:文史哲出版社,1973年,第200页。
② 柳宗元:《柳宗元集》,北京:中华书局,1979年,第668页。
③ 韩愈撰,朱熹校:《朱文公校昌黎先生文集》,载《四部丛刊正编(第34册)》,台北:台湾商务印书馆,1979年,第3页。
④ 陈寅恪:《论韩愈》,载陈美延、陈琉求主编《金明馆丛稿初编》,北京:生活·读书·新知三联书店,2001年,第332页。
⑤ 傅乐成:《唐型文化与宋型文化》,载《汉唐史论集》,台北:联经出版公司,1977年,第380页。

自此以下,"道"与"文"两者之间的互动关系屡被提起,受到世人看重。

安史之乱发生于玄宗天宝十四载(755年),七年之后结束。韩愈面对国家迅速衰败的政局,一生崇奉儒学,排斥佛老,不遗余力。他倡导以复兴儒学运动为主轴的古文运动,于是写下《原道》。此文开端就说:

> 博爱之谓仁,行而宜之之谓义,由是而之焉之谓道,足乎己而无待于外之谓德。仁与义为定名,道与德为虚位。①

这段话杂糅了先秦诸子多家思想,其中"博爱"类似墨子的"兼爱",与儒家强调"推己及人"②、"亲亲而仁民,仁民而爱物"③有差等的"仁爱"不同;其中将道、德、仁、义分四项来说,出自《老子》第三十八章,与孔子说"杀身成仁"(《论语·卫灵公》)、孟子说"舍身取义"(《孟子·告子上》)将"仁""义"视为"全德"的说法不同。④ 虽然如此,韩愈主张"原道",这与孔子"志于道"(《论语·述而》)的理念相合,韩愈认为"道"可以落实在日常生活之间,这与孔子说"士志于道,而耻恶衣恶食者,未足与议也"(《论语·里仁》)的说法相符。让超越性的"道"落实于人伦道德规范之中,可说是《原道》一文的宗旨。儒家还有"人能弘道,非道弘人"(《论语·卫灵公》)的说法,韩愈也大力弘扬儒家的道统:

> 曰:斯道也,何道也? 曰:斯吾所谓道也,非向所谓老与佛之道也。尧以是传之舜,舜以是传之禹,禹以是传之汤,汤以是传之文、武、周公,文、武、周公传之孔子,孔子传之孟轲,轲之死,不得其传焉。荀与扬也,择焉而不精,语焉而不详。由周公而上,上而为君,故其事行;由周公而下,下而为臣,故其说长。⑤

这个尧、舜、禹、汤、文、武、周公、孔子、孟子代代相传的道统,虽已于《孟子》书中略见雏形⑥,但亦可说是上承汉代扬雄(前53—18)之说。扬雄说"孔子习周公者也"⑦,又称许孟子辟杨、墨,自比于孟子(《法言·吾子》卷第二)。故韩愈述道统时增添周公、孟子,乃更加完备。韩愈《重

---

① 韩愈:《韩昌黎文集校注》,上海:上海古籍出版社,1998年,第13页。
② 朱熹:《朱文公文集》,台北:台湾商务印书馆,1979年。
③ 朱熹:《孟子集注》,载朱熹《四书集注》,台北:学海出版社,1976年,第218—219页。
④ 朱熹《四书集注》首先指明"仁者,本心之全德"。近人谢无量《中国哲学史》也认为:"仁可以兼智勇,智勇不能兼仁,故仁为全德之名也。"他进而认为:"仁者实为天理之至纯,可以总括人心之全德者。"冯友兰《中国哲学史》认为"仁"为全德之名,统摄众德,包含孝、礼、忠、信、直等德目的含义。
⑤ 韩愈:《韩昌黎文集校注》,上海:上海古籍出版社,1998年,第18页。
⑥ 《孟子·尽心下》:"孟子曰:'由尧、舜至于汤,五百有余岁,若禹、皋陶则见而知之,若汤则闻而知之。由汤至于文王,五百有余岁,若伊尹、莱朱则见而知之,若文王则闻而知之。由文王至于孔子,五百有余岁,若太公望、散宜生则见而知之,若孔子则闻而知之。由孔子而来至于今百有余岁,去圣人之世若此其未远也,近圣人之居若此其甚也,然而无有乎尔? 则亦无有乎尔!'"朱熹:《四书集注》,台北:学海出版社,1976年,第218—219页。)
⑦ 扬雄:《法言》,台北:台湾商务印书馆,1979年,第1页。

答张籍书》(《昌黎集》卷一四)、《与孟尚书书》(《昌黎集》卷一八)等文,反复申明孔子到孟子、扬雄一路相承下来的道统观念。① 一般人常注意到这段文字圣贤相继不绝的统绪说法,却忽略了后面"由周公而上,上而为君,故其事行;由周公而下,下而为臣,故其说长"这几句话所代表的含义,那就是国君们立功行事,臣子们立言著说,这与前文提到的落实于人伦生活之间是互相呼应的。《原道》一文末尾主张"人其人,火其书,庐其居。明先王之道以道之……",则更是以激烈的手段提倡儒家的圣人之道为生活于世间的唯一标准。

韩愈在《答尉迟生书》中说:"夫所谓文者,必有诸其中,是故君子慎其实,实之美恶,其发也不掩,本深而末茂,形大而声宏,行峻而言厉,心醇而气和;昭晰者无疑,优游者有余,体不备不可以为成人,辞不足不可以为成文。"(《昌黎集》卷一五)在《答李翊书》中说:"始者非三代、两汉之书不敢观,非圣人之志不敢存,……行之乎仁义之途,游之乎《诗》《书》之源,无迷其途,无绝其源,终吾身而已矣。"(《昌黎集》卷一六)又在《题哀辞后》(801年作)说:"思古人而不得见,学古道,则欲兼通其辞。通其辞者,本志乎古道者也。"(《昌黎集》卷二二)这表明他学习古代圣人之道,读圣人经典,是为了充实学养,这有助于习写古文;而习写古文的目的,是为了复兴古道。复兴古道、学写古文,二者相辅相成。

柳宗元在《答韦中立论师道书》也提出"文者以明道"(《柳集》卷三四)的主张,《报崔黯秀才论为文书》又说:"圣人之言,期以明道,学者务求诸道而遗其辞。辞之传于世者,必由于书。道假辞而明,辞假书而传,要之,之道而已耳。"(《柳集》卷三四)韩、柳都认为读书作文的终极目标是为了传扬"道",这是"文"的重大功能。稍后,韩愈的弟子李汉也在编纂《韩昌黎集》时提出"文者,贯道之器也"②的说法,"道"与"文"合一,成为唐代古文运动的核心议题。

值得注意的是,韩愈在《进学解》一文中历数三代、两汉以来的圣贤典籍,从《尚书》《春秋》讲到扬雄、司马相如(前179—前117)(《昌黎集》卷一二)。在《送孟东野序》一文又提出自唐尧、虞舜以下历代善鸣者的代表人物,从庄周(约前350—约前270)、屈原(约前339—约前278)、司马迁(约前145—前86)、司马相如、扬雄,一直讲到唐代陈子昂(661—702)以下的代表作家(《昌黎集》卷一九)。他的心目中似乎有一个源自儒家经典的文学家统绪。韩愈说:

> 唐之有天下,陈子昂、苏源明、元结、李白、杜甫、李观,皆以其所能鸣。其存而在下者,孟郊东野,始以其诗鸣。其高出魏、晋,不懈而及于古,其他浸淫乎汉氏矣。从吾游者,李翱、张籍,其尤也,三子之鸣信善矣。抑不知天将和其声,而使鸣国家之盛邪?抑将穷饿其身,思愁其心肠,而使自鸣其不幸邪?三子者之命,则悬乎天矣。其在上也,奚以喜?其

---

① 孙昌武明确指出:韩愈虚构出"道统论","在一些重要方面还受到佛教的影响,以至偷运了佛教的唯心主义宗教哲学内容。……而他把'道统'做为世界的本体,也显然受到佛教,主要是华严宗的影响。"(孙昌武:《唐代文学与佛教》,西安:陕西人民出版社,1985年,第14页。)
② 李汉:《昌黎先生集序》,载韩愈撰,朱熹校《朱文公校昌黎先生文集》,台北:台湾商务印书馆,1979年,第1页。

在下也,奚以悲?东野之役于江南也,有若不释然者,故吾道其命于天者以解之。①

他将所有善鸣者纳入文学写作群体,这里显然扩大了"道"的解释。由此可知,文学写作表现出来的具体内容,不再局限于狭义的儒家思想,而是能表现时代精神、有所寄托之言。

葛晓音说:"韩、柳变历代文人奉行的'达则兼济''穷则独善'的立身准则为'达则行道''穷则传道',并肯定了穷苦怨刺之言在文学上的正统地位,扭转了以颂美为雅正的传统文学观。"②为了说明这一点,葛晓音评韩愈《送孟东野序》又说:

> 《送孟东野序》一文称孟郊是善鸣者,又将陈子昂、元结、苏源明、李白、杜甫、李观、李翱、张籍等复古的同道与之并提,指出一个擅长文辞而有道的作家,总会通过他的诗文来反映时代的盛衰治乱,使他的名声传于后世。只是不知他将讴歌国家之盛明还是哀叹个人的不幸,这要取决于时代的发展和作家的遭际。这说明鸣国家之盛固然是明道,哀叹个人的不遇,为道德才学之士不得其位而鸣不平,同样是明道。③

把这个意思扩大来说,"明道""行道"蕴含了"达者"在其位应该关心社会现实,也包括了"穷者"自鸣其心志,共同反映时代的心声,这都是"明道"的表现。

罗宗强认为,韩愈"道"的具体内容就是"仁义","仁义的具体内容,最主要之点就是圣人施博爱而臣民行其所宜。……在当时这样做,目的有两个:一是反佛老,二是反藩镇割据,强化中央政权。"④据此,罗宗强说:

> 从以上两点看,韩愈确实给儒家传统文学观的明道说加入了与当时政治生活密切相关的内容,完全改变了他的前辈们那种空言明道的性质。⑤

关于上述言论,吕正惠明确表示:"我个人完全赞同罗宗强的解说。大部分人都误解了唐、宋古文家,以为他们只是'空言明道';其实不论是韩愈、柳宗元,还是欧阳修、王安石、苏轼,在他们所写的实用文章和个人感怀作品中,到处充满了对现实政治的关怀,以及对具体生命的感受,这些都是'明道'的具体表现。所以'文以明道',翻成现代话,应该是,以儒家博爱的精神关心现实、关心具体生命,并以文学加以表现。"⑥叶国良也说:"'道',据《论语》中所见孔子的诠释,

---

① 韩愈:《韩昌黎文集校注》,上海:上海古籍出版社,1998年,第235页。
② 葛晓音:《论唐代的古文革新与儒道演变的关系》,载《汉唐文学的嬗变》,北京:北京大学出版社,1990年,第174页。
③ 同上书,第175页。
④ 罗宗强:《隋唐五代文学思想史》,上海:上海古籍出版社,1986年,第237—238页。
⑤ 同上书,第244—245页。
⑥ 吕正惠:《韩愈〈师说〉在文化史上的意义》,载罗联添教授八秩晋五寿庆论文集编辑委员会《罗联添教授八秩晋五寿庆论文集》,台北:学生书局,2011年,第195—196页。

既指抽象的道理，也指具体的言行。那么，文章家既可以写发挥抽象道理的文章，更可以写表扬善人的文章，因为具体的言行也是'道'。"①可见唐、宋古文家对"道"的理解有其一致性，"道"是具体生活言行的展现，不仅是周、孔之道，或是朴质无华的古文而已。

与韩愈同声相和的柳宗元、李汉等古文家，他们对"道"的解释与韩愈相近，"道"就是儒家之道，是"文"的根本。柳宗元首先提出"明道"一词，他在《送元十八山人南游序》说明"道"的含义："……悉取向之所以异者，通而同之，搜择融液，与道大适，咸伸其所长，而黜其奇衺，要之与孔子同道，皆有以会其趣，而其器足以守之，其气足以行之。"(《柳集》卷二五)这里明确地提出了融合异端文化的原则——伸长黜奇，具体作法是会通，会通的标准是"孔子之道"。在贞元十五年(799年)，柳宗元写下《柳公行状》赞美柳浑说："凡为学，略章句之烦乱，采摭奥旨，以知道为宗；凡为文，去藻饰之华靡，汪洋自肆，以适己为用。"(《柳集》卷八)罗宗强指出："既是'以适己为用'，当然也就强调了情性，而并非强调明道。"②柳宗元看出"文"的主导力量，有其自身的独立价值。故他说：

> 本之《书》以求其质，本之《诗》以求其恒，本之《礼》以求其宜，本之《春秋》以求其断，本之《易》以求其动，此吾所以取道之原也。③

这段引文中，柳宗元既指出了"五经"是文学写作的"道源"这一特征，也认为本于"五经"可以寻获创作的方法，进而获得"质""恒""宜""断""动"等写作风格的效果。按照他的想法，"道"即是文学创作之源，这是中国古代文学创作理论中辩证思维的展现。如柳宗元《杨评事文集后序》云：

> 文有二道：辞令褒贬，本乎著述者也；导扬讽谕，本乎比兴者也。著述者流，盖出于《书》之谟、训，《易》之象、系，《春秋》之笔削，其要在于高壮广厚，词正而理备，谓宜藏于简册也。比兴者流，盖出于虞、夏之咏歌，殷、周之风雅，其要在于丽则清越，言畅而意美，谓宜流于谣诵也。兹二者，考其旨义，乖离不合。故秉笔之士，恒偏胜独得，而罕有兼者焉。④

此处柳宗元认为文虽二道，然皆起源于经，故"五经"为"道源"，亦即文章写作之总源。"五经"都被纳入"文"的范围内，尤其著述之文可以叙述，可以议论，要写得言词严正，道理充分，正足以证明柳宗元认为"以文明道"即是"以道为文"，"道"与"文"二者相辅相成，可以并存。

柳宗元《零陵三亭记》曾经说过："邑之有观游，或者以为非政，是大不然。夫气烦则虑乱，

---

① 叶国良：《中晚唐古文家对"小人物"的表彰及其影响》，载罗联添教授八秩晋五寿庆论文集编辑委员会《罗联添教授八秩晋五寿庆论文集》，台北：学生书局，2011年，第443页。
② 罗宗强：《隋唐五代文学思想史》，上海：上海古籍出版社，1986年，第248页。
③ 柳宗元：《柳河东集》，上海：上海古籍出版社，2008年，第543页。
④ 同上书，第371—372页。

视壅则志滞。君子必有游息之物,高明之具,使之清宁平夷,恒若有余,然后理达而事成。……在昔裨谌谋野而获,宓子弹琴而理。乱虑滞志,无所容入。则夫观游者,果为政之具欤?"(《柳集》卷二七)这段话饶富趣味。柳宗元明确地提示众人,当政者从事观游的活动,足以平心静气,这是养志的工夫,并不是毫无作为。由此推知,所谓的施行仁政、实践儒家之道,并不是每日案牍劳形,皓首穷经一生,而是优游自在于日常生活中。生活中的百事百物都可以陶冶性情,都可以写入文章之中,因而他们都是"道"的具体落实。就这点来说,韩愈、柳宗元,以及后来的欧阳修(1007—1072)等人,他们都在生活中实践了儒家之道,并没有走上经学家注疏章句之学,或是道学家谈论心性命理之学,而主要是以文学家的生命型态,在现实生活中传承儒家圣贤之道。他们的观念是十分相近的。

柳宗元去世后不久,李汉在编纂《韩昌黎集》时,直接称扬韩愈的作法是"文以贯道"。他在《昌黎先生集序》先说明《易》《春秋》《诗》《书》《礼》的内容"皆深矣乎";而后用大量文字强调韩愈"日记数千百言,比壮,经书通念晓析。酷排释氏;诸史百子,皆搜抉无隐。……日光玉洁,周情孔思,千态万貌,卒泽于道德仁义,炳如也";因此,韩愈能领导唐代古文运动,以写作古文的方式复兴儒家之道,"洞视万古,愍恻当世,遂大拯颓风,教人自为。时人始而惊,中而笑且排,先生益坚,终而翕然随以定。呜呼!先生于文,摧陷廓清之功,比于武事,可谓雄伟不常者矣!"依据李汉的说法,韩愈先有深厚的儒家思想的学养,沉浸于仁义道德之中,而后才能提倡写古文以复兴古道。这其中有一大段艰辛的努力过程。由此亦可知,李汉从韩愈身上看到的"文以贯道"作法,基本意义与柳宗元的"文以明道"说相近,都是主张"道"是儒家之道,"道"为学养,"文"为发用,二者互动互补;"文"在传扬"道"的过程中具有很大的主动话语权。就字面看来,"贯道"比"明道"的语气更强,李汉对韩愈的称颂也比柳宗元的夫子自道之言来得更有力量。

陈弱水《唐代文士与中国思想的转型》一书的"总说"指出:

> 从文学与文化关系的角度观察中唐思想的变局,韩、柳等人所领导的古文运动,有以下四个值得提出的特点。第一,在文学思想上,明确把"文"与"道"联系在一起,在此,"道"就是儒道,全无他意。第二,尽管仍然存在要求文章臣属于"人文"的呼声,一般不强求泯除文学与其他文化要素的界限,文学的独特性受到肯定。第三,文章写作和儒家复兴有分离的迹象,对于儒道的探索往往独立于文学论说。第四,兴起了一个同时反映文学和思想变化方向的概念:"古"。①

这段话说明了中唐韩、柳领导的古文运动影响十分深远。韩、柳确立以儒家之道为古文写作的核心力量,文章写作和儒学复兴都必须追求复古。不过,这里指出"文章写作和儒家复兴有分离的迹象",这点延续到北宋,产生了不同的效用。

---

① 陈弱水:《唐代文士与中国思想的转型》,桂林:广西师范大学出版社,2009年,第49页。

三、 北宋初期"道""文"对举观念的萌生

从唐代到宋代,古文运动和新儒学运动继续沿承下去。以古文家为系统的文学理论大致认为"文"是生活意义的展现,文可以阐明"道"。渐渐地,文章写作和儒学复兴有分离的迹象,这在初起时,不是来自道学家的说法,而是源自中唐以来思想变局的发展。将"道""文"分别讨论,始于北宋初期的柳开(948—1001)。柳开"文章为道之筌"的说法,开启了周敦颐(1017—1073)"文以载道"之说,他们把"文"比喻为车子,当作工具,"道"比喻为车子所承载的货物,如果车子没有载货,车子就没有发挥效用了,由此强调"道"的主导性。① 北宋道学家兴起,理学思想渐成气候,他们认为"道"是文学不可缺少的本质要素,所有文章必须"以道论文"。稍后的二程(程颢、程颐)由周敦颐"文以载道"之说转而为"作文害道"之论,《伊川语录》载:

> 问:"作文害道否?"
> 曰:"害也。凡为文不专意则不工,若专意则志局于此,又安能与天地同其大也。《书》云:'玩物丧志',为文亦玩物也。……古之学者,惟务养情性,其他则不学。今为文者,专务章句,悦人耳目;既务悦人,非俳优而何?"
> 曰:"古者学为文否?"
> 曰:"人见六经,便以为圣人亦作文,不知圣人亦摅发胸中所蕴,自成文耳。所谓'有德者必有言'也。"
> 曰:"游、夏称文学,何也?"
> 曰:"游、夏亦何尝秉笔学为词章也? 且如'观乎天文以察时变,观乎人文以化成天下',此岂词章之文也!"②

二程举出"玩物丧志"之言,作为"作文害道"说的佐证。他区分古、今治学之异,认为古人是"有德者必有言"(《论语·宪问》第十四),当代文人努力写文章是没有必要的。郭绍虞(1893—1984)指出周敦颐与二程的不同:"(周敦颐)把'不知务道德而第以文辞为能者'说成'艺焉而已',表示出重道轻文之意。不过他还说,'美则爱,爱则传',并不曾否认文辞饰言的作用,所反对的只是'徒饰'而已。到了程颐就变本加厉地提出了'作文害道',并发挥了'有德者必有言'的主张,认为文是可以不学而能的。于是道学家之所谓文,只成为讲义语录的文字纪录,而与

---

① 王基伦:《中唐入北宋时期古文家的"道统"说》、《北宋古文家继承"道统"而非"文统"说》,载《宋代文学论集》,台北:学生书局,2016年,第15—20、38—45页。
② 程颢、程颐:《二程语录》,载张伯行辑《正谊堂全书(第3册)》,台北:艺文印书馆,1966年,第61页。

文学绝缘了。所以此后主张载道说的道学家,和主张贯道说的古文家经常发生理论上的冲突。"①这段话颇为重要,因为他不只指出了二程变本加厉之处,也指出道学家主要发展语录体文字,日渐与文学脱钩。

二程还有一个明确的主张,那就是区分读书人的身份,以及读书治学的途径有高下之分:

> 古之学者一,今之学者三,异端不与焉。一曰文章之学,二曰训诂之学,三曰儒者之学。欲趋道,舍儒者之学不可。②

又说:

> 今之学者有三弊,一溺于文章,二牵于训诂,三惑于异端。苟无此三者,则将何归?必趋于道矣。③

这里把读书人分成三类,认定写文章者、作注疏者,都有可能远离圣贤之道,真正要登堂入室,还是必须从义理之学入门。程颐认为文章不假外求,心中有德的人,自然能写出好文章,故而他很排斥沉溺于写作文章的"学者"。众所周知,二程曾说过这样的话:"且如今言能诗,无如杜甫,如云:'穿花蛱蝶深深见,点水蜻蜓款款飞',如此闲言语,道出做甚?某所以不尝作诗。"(《二程语录》卷一一)④这样的言论说明,程颐完全忽略了文学的本质与特性。

随着北宋五子的出现,理学被大力讲求,"道"与"文"对举分立的现象更加明显。罗立刚说:"出于坚定的卫道之心,为维护道统的尊严,以周敦颐、邵雍(1011—1077)、张载(1020—1077)、二程为代表的道学先生们便变得越来越纯粹,甚至有以道废文的倾向。历代文学家皆不在其视野之内,……甚至出现了'文以害道'的极端思想——'文''道'相融共存的思想不能见容于道学家。"⑤通过道学家的解释,让我们明了"道"与"文"的对举分立,与道学的兴盛发展紧密地结合在一起。⑥

后来南宋道学家与北宋道学家几乎口径一致地说出同样的话来,譬如陆九渊(1139—

---

① 郭绍虞:《通书文辞·说明》,载《中国历代文论选(中册)》,上海:上海古籍出版社,2009年,第61页。
② 程颢、程颐:《二程语录》,载张伯行辑《正谊堂全书(第3册)》,台北:艺文印书馆,1966年。
③ 同上。
④ 此处程颐虽然如此说,但是二程仍然写文章,可惜他们的门生不察,不再从事文章之学,甚至鄙视学写文章。钱穆形容北宋理学人物的著作说:"若论文章之学,亦惟明道、伊川两人尚有文集得传世。"(钱穆:《朱子学提纲》,载《朱子新学案》,台北:东大图书公司,1986年,第16页。)
⑤ 罗立刚:《史统、道统、文统——论唐宋时期文学观念的转变》,上海:东方出版中心,2005年,第141页。于此补充说明一点,罗立刚所谓"随着宋人理性的成熟……",这样的叙述方式不太妥当,因为道学家带来的不仅是"理性"的层面,反而也有"非理性"的"极端思想",对后世产生了不少负面的作用。
⑥ 到了南宋,最能代表道学家的立场对古文家进行严厉批评者,首推朱熹。关于这方面的讨论见王基伦:《古文家继承"道统"而非"文统"说》《朱熹的文学意图初探》,载《宋代文学论集》,台北:学生书局,2016年,第47—54、107—127页。

1193)也引用过孔子的话说:"'有德者必有言',诚有其实,必有其文。实者,本也;文者,末也。今人之习,所重在末,岂惟丧本,终将并其末而失之矣。"① 他所批判的对象是当时读书人的心态。同时期朱熹与弟子陈文蔚(1210年前后)有一段极富盛名的对话:

> 才卿问:"《韩文》李汉《序》头一句甚好。"曰:"公道好,某看来有病。"
> 陈曰:"'文者,贯道之器。'且如六经是文,其中所道皆是这道理,如何有病?"
> 曰:"不然。这文皆是从道中流出,岂有文反能贯道之理?文是文,道是道,文只如吃饭时下饭耳。若以文贯道,却是把本为末,以末为本,可乎?其后作文者皆是如此。"②

从这段文字观之,陈文蔚认为六经和韩文所说的道理相同,对此,朱熹并未反驳;而朱熹反驳的意见,集中在"文"皆是从"道"中流出,"文"不能"贯道"。朱熹曾指责韩愈"未免裂道与文以为两物"③,只是写文章,故朱熹最不满意古文家的地方,在于古文家抬高了"文"的地位,"文"具有阐释"道"的主动性,如此一来,"道"反而落居下风了。他以道学家的眼光看待文学创作,以义理为根本,文章为末务,所执着的是本末先后的次序问题。

四、唐宋古文家"道统"地位的确立

当"道统""文统"并举的概念出现以后,道学家以道统传承者自居,慢慢地就排斥了古文家也能继承道统的说法了。最早是由二程提出了"作文害道"说,后来在朱熹建立的道统谱系中,给予二程相当高的位置。

朱熹算是较能欣赏文学作品的道学家,他曾经说:

> 韩退之则于大体处见得,而于作用施为处却不晓。……缘他费工夫去作文,所以读书者,只为作文用。……而于经纶实务不曾究心,所以作用不得。④

据此可知,朱熹对于古文家韩愈者流,一方面肯定其文章,另一方面否定其对道体的认识不足,以及不关心经纶实务。韩愈一生撰作《师说》(《昌黎集》卷一二)、《张中丞传后叙》(《昌黎集》卷一三)、《争臣论》(《昌黎集》卷一四)、《平淮西碑》(《昌黎集》卷三十)、《论佛骨表》(《昌黎集》卷三九)等,要说他不关心国计民生之事,恐怕说不过去。古文家既传扬了儒家之学,又兼顾了文

---

① 陆九渊:《与吴子嗣》,载《象山先生全集》,台北:台湾商务印书馆,1979年,第4页。
② 黎靖德:《朱子语类》,北京:中华书局,1986年,第3305—3306页。
③ 朱熹:《朱文公文集》,台北:台湾商务印书馆,1979年,第4页。
④ 黎靖德:《朱子语类》,北京:中华书局,1986年。

学写作的兴趣,这有何不可呢?

欧阳修《记旧本韩文后》说:"孔、孟皇皇于一时,而师法于千万世;韩氏之文没而不见者二百年,而后大施于今,此又非特好恶之所上下,盖其久而愈明,不可磨灭,虽蔽于暂而终耀于无穷者,其道当然也。"(《欧集》卷七三)这里把孔、孟、韩愈并提,而且肯定韩文上承孔、孟,影响至今,是因为他在思想内容上的表现。苏洵《上欧阳内翰第二书》也说:"自孔子没,百有余年而孟子生;孟子之后,数十年而至荀卿子。荀卿子后乃稍阔远,二百余年而扬雄称于世;扬雄之死,不得其继,千有余年而后属之韩愈氏。韩愈氏没三百年矣,不知天下之将谁与也?"(《嘉祐集》卷一二)这段话受到韩愈的道统观念影响而来,也肯定韩愈位在道统之列。

苏轼(1037—1101)也曾经夸赞韩愈"文起八代之衰,道济天下之溺"(《经进集》卷五五《韩文公庙碑》),"文至于韩退之,……而古今之变、天下之能事毕矣"(《经进集》卷六十《书吴道子画后》)。这些对韩愈的赞美,是北宋文人常有的说法。苏轼在《六一居士集叙》中历叙道统,强调孔子、孟子之后,"学者以愈配孟子,盖庶几焉。愈之后三百余年而后得欧阳子,其学推韩愈、孟子,以达于孔氏;著礼乐仁义之实,以合于大道。其言简而明,信而通,引物连类,折之于至理,以服人心,故天下翕然师尊之。自欧阳子之存,世之不说者哗而攻之,能折困其身,而不能屈其言。士无贤不肖,不谋而同曰:'欧阳子,今之韩愈也。'"(《经进集》卷五六)文中又说:"欧阳子论大道似韩愈。"从这段文字来看,苏轼认为孔子、孟子、韩愈、欧阳修一路延续下来,继承的是道术、大道,不可能视文章为道学之附庸,而去认同载道说。王水照也指出:苏轼《祭欧阳文忠公文》以"斯文有传,学者有师"称许欧阳修(《苏轼文集》卷六三),"斯文有传"即典出《论语·子罕》,言孔子以传承文王"斯文"自誓。斯文,原指礼乐制度,苏轼这里实指儒道和古文。① 故知在唐、宋古文家心目中,恒有一道统观念存在。

苏轼的弟弟苏辙撰写《欧阳文忠公神道碑》,文中历叙文王、孔子、子思、孟子、孙卿以来的文学传统,认为"惟韩退之一变复古,……及公(欧阳修)之文行于天下,乃复无愧于古"。因而结语写道:"于乎! 自孔子至今,千数百年。文章废而复兴,惟得二人焉,夫岂偶然也哉!"(《欧集》附录卷二)这篇文章结合了"道"与"文"的角度,肯定韩、欧阳二人继承了道统,写出好文章。尽管当时北宋道学开始兴起,道学家人数日益增多;但是古文家们自行坚守道统,肯定韩愈、欧阳修都位在道统之列的立场,清晰可见。

朱熹始终不愿意将"道统"的地位让与古文家,因而另创"文章正统"一词,于《答巩仲至》的书信中说:

> 文章正统在唐及本朝,各不过两三人,其余大率多不满人意,止可为知者道耳。②

---

① 王水照:《北宋的文学结盟与尚"统"的社会思潮》,载孙钦善、曾枣庄、安平秋、倪其心、刘琳主编《国际宋代文化研讨会论文集》,成都:四川大学出版社,1991年,第268页。
② 朱熹:《朱文公文集》,台北:台湾商务印书馆,1979年。

这里虽未明确讲出对象是谁,但韩愈、柳宗元、欧阳修、曾巩等人是最有可能获得他肯定的,至于苏轼,或许也是被肯定的对象之一。我们看到朱熹对古文家的一些肯定之语,其实已经说明了古文家在儒家六经之道方面的努力成果是不容抹杀的。

朱熹在《答徐载叔》的书信中说:"所喻学者之害,莫大于时文,此亦捄弊之言。然论其极,则古文之与时文,其使学者弃本逐末,为害等尔。但此等物如淫声美色,不敢一识其趣。……"(《朱集》卷五六)实则,韩愈《答崔立之书》(《昌黎集》卷一六)、欧阳修《记旧本韩文后》(《欧集》卷七三)、苏轼《答李端叔书》(《经进集》卷四七)等都有反对时文而坚持学习古文的主张。换言之,学习写古文与学习写时文二者的效果不同,尤其在于能否弘扬儒道的差异上;而朱熹将二者等同并列,仍是把道与文对举并立,把古文、时文皆视作"文"的领域,进而强调"道"先"文"后的次序考虑而已。归根结底,道学家担心学写古文者不能弘扬儒道,这是多余之举;他们真正担心的问题是,学写古文者不会再进入道学家之门。假设朱熹也不能否认古文家,只不过是在先后次序上打转,那么北宋古文家能复兴儒道,已经毋庸置疑。

可惜的是,道学家为了维护自己占有"道统"的地位,不断地排拒古文家。宋代道学家虽然对韩愈的道统说有所称道,却由于形上素养的不足,批判韩愈的道统学说存在着明显的理论局限,不肯承认韩愈的道统学说是道学的源头。朱熹在《大学章句序》记叙孟子去世之后,"俗儒记诵词章之习,其功倍于小学而无用;异端虚无寂灭之教,其高过于大学而无实"[①]。由此证明二程能上承孟子之学,诸子百家不在其间。在《中庸章句序》又明言:"盖自上古圣神继天立极,而道统之传有自来矣","尧之所以授舜也,……舜之所以授禹也,……自是以来,圣圣相承,若成汤、文、武之为君,皋陶、伊傅、周、召之为臣,既皆以此而接夫道统之传。"之后孔子传至孟子,孟子之后异端兴起,有赖"程夫子兄弟者出,得有所考,以续乎千载不传之绪,得有所据,以斥夫二家似是之非"[②]。更明确揭示"道统"说,且是孟子之后由二程兄弟接手,显然着重于道学而非文章。朱熹认定程氏兄弟为道统的直接承续者,从而确立了道学在儒家道统传续的整个谱系中的正宗与主导地位,也取得了道统乃至整个儒学系统中的话语权。自然而然更进一步,剔除了唐宋古文家在道统传续的整个谱系中的位置。事实上,朱熹的道统观念与韩愈《原道》相近,接续道统,排斥佛、老,这些作法古文家与道学家并无二致,只是朱熹认定"道统"只在道学家身上,而在提出"文章正统"说以后,虽然间接地肯定了古文家的部分努力,但是另一方面更把"道统"地位从古文家身上转移到道学家身上了。

根据今人的研究,在宋代,书院与科举关系还是比较密切的。李弘祺云:"书院的设立本来一般都是为了提倡一套治学的理想,要学者追寻所谓的'为己之学',不应以考科举为目标。但是这个说法始终只是一种理想,实际上并没有付诸实现的历史背景。"[③]又刘海峰说:"过去多数学者都认为书院与科举的关系是疏离的,或者说书院具有反科举的传统,但近年来的研究成

[①] 罗立刚:《史统、道统、文统——论唐宋时期文学观念的转变》,上海:东方出版中心,2005年,第140—141页。
[②] 同上。
[③] 李弘祺:《书院与科举关系研究·序》,载李兵《书院与科举关系研究》,武汉:华中师范大学出版社,2005年,第1页。

果已开始动摇这一定论。"①据此可知,书院实际是为了考取功名而设,道学家在书院讲学时不断强调继承"道统"而非古文家,其中目的之一可能是为了拉拢更多学生走入道学,避免他们走入古文写作以求取功名。就现存资料看来,写作古文者似多在家学习,书院大多讲求道学教材,讲经义、策论,而不从八家古文写作入门。这也助长了"道统"只往道学家身上发展。

明代古文家茅坤(1512—1601)编纂《唐宋八大家文钞》时,肯定唐宋八大家的地位;到了清代张伯行(1651—1725)再次编纂《唐宋八大家文钞》时,袭用原书而又补订之。他一生服膺程、朱之学,喜读濂、洛、关、闽诸大儒之书,生命性格亦近于朱子之说。譬如在这本书中,收录曾巩文章最多,显然是跟上道学家的脚步,肯定曾巩文合乎儒家之道。② 他在《道统录·原序》提出道统观念时,认为"自伏羲始,孔子系《易》,……无非为道统所属也"③。然而他认为唐宋八大家只是"文章蔚兴,固不敢望六经,而彬彬乎可以追西汉之盛"。因此不当在道统之列。并且说:

> 余故选其文而论之,不特以资学者作文之用,而穷理格物之功,即于此乎在。盖学者诚能沿流而溯其源,究观古圣贤所以立言者,则由六经、四子而下,惟有周、程、张、朱五夫子之书,可以上接尧、舜、禹、汤、文、武、周公、孔、曾、思、孟之心传,兼立德、立言、立功,以不朽于万世者。夫岂唐、宋文人之所及也哉!④

这段话很明显地认为宋代五夫子接续了孔、孟以来的道统,道统说的创始人韩愈,以及始终自认一生在复兴儒家古道的欧阳修、曾巩等人,完全被排除在外了。

此后,有以"道统"为书名者,如不著撰人的《道统图赞》⑤《春秋道统》⑥等。明代以后,又有以"文统"为书名者,如明代赵鹤(1496 年进士)所编之《金华文统》、明代童养正编之《史汉文统》皆是⑦。然而这些只是搜集文章的书,不具有道统论述的意义。清朝初年汪琬(1624—1691)《王敬哉先生集序》云:

> 嗣后陵迟益甚,文统、道统于是歧而为二,韩、柳、欧阳、曾以文,周、张、二程以道,未有汇其源流而一之者也。其间厘别义理之丝微,钻研问学之根本,能以其所作进而继孔子

---

① 刘海峰:《书院与科举关系研究·序》,载李兵《书院与科举关系研究》,武汉:华中师范大学出版社,2005 年,第 1 页;李弘祺:《宋代官学教育与科举》,台北:联经出版公司,1994 年;刘海峰:《科举学导论》,武汉:华中师范大学出版社,1970 年;吴万居:《宋代书院与宋代学术之关系》,台北:文史哲出版社,1991 年。
② 张伯行:《唐宋八大家文钞》,台北:艺文印书馆,1966 年。全书共 19 卷,而选录曾巩文共计七卷,其他各家选文至多三卷,比重不同,明显肯定曾巩文多过其他各家。
③ 张伯行:《道统录》,台北:艺文印书馆,1966 年,第 1 页。
④ 张伯行:《唐宋八大家文钞》,台北:艺文印书馆,1966 年,第 2 页。
⑤ 永瑢等:《四库全书总目提要(册 2)》,台北:台湾商务印书馆,1983 年,第 310 页。
⑥ 永瑢等:《四库全书总目提要(册 1)》,台北:台湾商务印书馆,1983 年,第 604 页。
⑦ 永瑢等:《四库全书总目提要(册 5)》,台北:台湾商务印书馆,1983 年,第 136、182 页。

者,惟朱徽国文公一人止耳。傥微文公论说之详,辨晰之力,则向之晦者几何而不熄,向之乱者几何而不渐灭荡尽也,然则使孔子之文踰数十传不坠,盖文公之力居多。[①]

由此可见,"文统""道统"二分并举的观念流传不衰,到了清朝初年更是明显地以朱熹传扬孔子的学术文章,排除古文家在道统之列。这样的诠释太过简化,完全不适用于宋代古文家的文化环境,与古文家写作古文的志趣背道而驰,而且很容易让人误解道学家继承了道统,那些文学家就自然而然没有继承道统了。

五、结语

经由上述的讨论,可以明了唐、宋以来的古文家与道学家都有崇古、尊圣、宗经的主张,但是重点有同有异。他们的相同点都是"道胜于文",充实内在涵养而后能写文章;不同点则是道学家认为古文家先文后道,甚至学文弃道,古文家其实并非如此。韩愈领导的古文运动,旨在复兴儒家之道,同时提倡古文的写作,因此他们重视"道""文"合一,"道""文"并重,甚至时有重"道"轻"文"、先"道"后"文"的主张。因此古文运动的核心主张在于"明道""贯道",古文运动的关注重心在"道",同时也不轻视"文"。这个观念,为北宋古文家所继承。

唐、宋古文运动的核心主张在于"明道""贯道",古文家认为孔子、孟子、韩愈、欧阳修一脉相承,可见古文家早已建立了儒家道统在"我"身上的共识,认为自己是在饱读儒家经典之后,以深厚的学养而写文章。古文家不会一再重述"道"对文的具体影响,这是因为他们关心实务多于空言事理,是一种文人的共同习惯。但绝不能因此认定古文家为文必然弃道,或说他们"空言明道",这显然与事实不符。朱熹认为唐朝、宋朝各有两三人合乎"文章正统",这正好说明了古文家实能与儒家之道相结合,古文家从来没有置身于道统之外,也因此古文写作有其重要的价值。

宋初"道""文"开始分途。二程提出"玩物丧志""作文害道"之说,是很偏颇的言论,这种说法会造成道学家与文学家无法沟通、对话,道学研究者与古文写作绝缘。二程、朱熹常常批评古文家是"倒学",作文时再"讨个道来",这些说法恐非实情。韩愈《答尉迟生书》说:"夫所谓文者,必有诸其中,是故君子慎其实,……体不备不可以为成人,辞不足不可以为成文。"(《昌黎集》卷一五)朱熹批评韩愈不重视经纶实务,这说法并不公允。再者,道学家常在有意无意之间把当时"专务章句,悦人耳目""雕章镂句,夸多斗靡"的写作乱象,怪罪到古文家的身上。其实古文家对此乱象也抱持反对的意见。古文家反对写作时文,这与道学家视古文与时文为一物,并不相同。

[①] 汪琬:《尧峰文抄》,载《汪琬全集笺校》,北京:人民文学出版社,2010年,第1430—1431页。

郭绍虞说：唐代开始出现"贯道说"（以笔为文），唐学重在文；至宋代则出现"载道说"（以"学"为文），宋学重在道。① 他更扼要地点出："唐人主文以贯道，宋人主文以载道。……贯道是道必借文而显，载道是文须因道而成，轻重之间，区别显然。"② 他发现中唐入北宋时期，"贯道说"到"载道说"这里面起了微妙的转变。然而，郭绍虞指称"唐人主文以贯道，宋人主文以载道"的说法，与事实不符。这不是时代的区隔，而是从中唐到北宋时期，有一段渐进地变化的过程。到了北宋道学家兴起之后，与古文家日趋矛盾对立，加入了作家身份立场不同的因素，造成了严重的区隔。问题不在古文家身上，不论唐代或宋代的古文运动，都十分一致，他们都重视"道"，主张"文以明道"，韩、柳、李汉等人的基本路线是相同的。

在前述"道统"与"文统"之建构中，我们观察到古文家与道学家都有崇古、尊圣、宗经的主张，但是重点有同有异。他们的相同点都是"道胜于文"，不同点则是道学家认为古文家先文后道，甚至学文弃道，古文家其实并非如此。

综上可知，不论是道学家或是古文家，都能弘扬儒家学说，继承儒家圣贤代代相传的"道统"。北宋古文家从来没有置身于道统之外，写作古文即是提倡古道，道统从未离他们远去，古文也因此享有崇高的地位。只将古文家列入"文统"之列，而不提他们也继承了"道统"，很容易让人误以为古文家重"文"而轻"道"，忽略了他们维护道统观念所做的努力。

---

① 郭绍虞：《文学观念与其含义之变迁》，载《照隅室古典文学论集》，台北：丹青图书公司，1985 年，第 100—104 页。
② 同上书，第 100 页。

从咏史诗看中晚唐诗人的心态变迁

华中师范大学文学院 毛德胜

明人胡应麟曾在《诗薮》中论及盛、中、晚唐诗风变迁时说过一段话:"盛唐句如'海日生残夜,江春入旧年';中唐句如'风兼残雪起,河带断冰流';晚唐句如'鸡声茅店月,人迹板桥霜',皆形容景物,妙绝千古,而盛、中、晚界限斩然。故知文章关气运,非人力。"[①]这段话是很有见地的,作者敏锐地感受到了盛唐、中唐、晚唐诗风之间的差异。不过胡应麟据此认为文章关气运,非人力,这话应该说只对了一半,文章关气运不错,但非人力则有些偏颇。其实诗风的变迁固然与时代环境有关,也就是与胡应麟所谓的气数和运势有关,但也与诗人的心态密不可分。时代变了,诗人的心态变了,诗风才会发生改变。胡应麟的判断依据是盛唐、中唐、晚唐诗人所写景物中透露出的气息不同,盛唐的生意、中唐的衰飒和晚唐的悲凉完全是不同的气象,但我们要知道一切景语皆情语,景物描写的不同其实反映的是诗人心境的不同。从盛唐到中唐,从中唐到晚唐,变化的不仅是社会的局势,更是诗人的心情心境。从中晚唐咏史诗中,我们也能部分感受到诗人这种心态的变化。

一、 从外放到内敛

唐诗的发展进入中唐以后,诗风开始发生明显的变化,这一点早已被诗论家所察觉并引起关注。如陆时雍在《诗镜总论》中便说:"中唐诗近收敛,境敛而实,语敛而精。势大将收,物华反素。盛唐铺张已极,无可复加,中唐所以一反而之敛也。"[②]这话总体不错,但中唐诗歌之内敛,并非因为盛唐铺张已极,无可复加,而是因为时代的剧变导致诗人心境的逼仄,也即是内敛并非他们主动求变,而是为形势所迫,被动生变。心态的改变才是诗风改变的内在原因。

初盛唐诗人的心态是积极乐观、昂扬进取的,他们大多为自身所处的这个时代感到激动自豪,为自身的满腹才华感到骄傲自信。所以初盛唐诗人给我们的感受大多都是"狂人"。当初

---

① 胡应麟:《诗薮》,上海:上海古籍出版社,1958年,第59页。
② 陆时雍:《诗镜总论》,载丁福保《历代诗话续编》,北京:中华书局,1983年,第1417页。

唐陈子昂吟出"前不见古人,后不见来者,念天地之悠悠,独怆然而涕下"(《登幽州台歌》)的诗句时,我们已经看到了一个独立苍茫的伟岸形象,其孤独与狂傲地挺立于天地之间,似乎在等待一个伟大的时代的到来。陈子昂没有失望,他心目中的盛世在其死后不久就如期而至。而代表这个盛世的歌者就是李白。"大鹏一日同风起,扶摇直上九万里。假令风歇时下来,犹能簸却沧溟水"(《上李邕》),作为盛唐之音最杰出的代表,李白的诗歌给世人展现了盛唐时代的自信、骄傲、狂放、激情、进取、热烈和永不放弃的精神,所以连唐玄宗都希望用他来妆点盛世。可以说,李白的狂放与激情是个人的,也是时代的,在这么一个催人奋进的时代里,没有人愿意甘守寂寞,连所谓"红颜弃轩冕,白首卧松云。醉月频中圣,迷花不事君"(李白《赠孟浩然》)的孟浩然都说"欲济无舟楫,端居耻圣明。坐观垂钓者,徒有羡鱼情"(《望洞庭湖赠张丞相》),可见时代激情多么富有感召力。大诗人杜甫在后人的心目中是深沉内敛的,可他也曾说出"读书破万卷,下笔如有神。赋料扬雄敌,诗看子建亲。李邕求识面,王翰愿卜邻。自谓颇挺出,立登要路津"(《奉赠韦左丞丈二十二韵》)这等壮气的话,可见那个时代诗人的内心是多么骄傲。他们的情感是外放型的,充满了大气与傲气,与盛唐热情奔放、开拓进取的时代气息相吻合。但进入中唐之后,这种充满激情的时代气息逐渐消失了,继而代之的是萧寒冷峻、凄迷衰飒的时代氛围。诗人们再也没有了狂傲的底气和进取的热情,他们的情感变得内敛,充满了寒气与怨气。诗风也因此变得清冷与纤巧。贺裳在《载酒园诗话又编》评李益诗中说:"中唐人故多佳诗,不及盛唐者,气力减耳。雅淡则不能高浑,雄奇则不能沉静,清新则不能深厚。至贞元以后,苦寒、放诞、纤缛之音作矣。"①中唐诗人气力不及盛唐诗人,这一点是显而易见的,而苦寒、放诞、纤缛的诗风均是诗人内心失去明朗与自信的结果。并且这种心态的改变一直持续到整个唐代结束。从中唐到晚唐,诗人无论如何也恢复不到初盛唐诗人的那种乐观与自信的状态了。

这种由外放到内敛的心态转变不仅体现在诗人的写景观物上,也体现在他们的咏史作品中。初盛唐诗人咏史大多取材于一些催人奋进的历史题材,那些君臣遇合的美好故事,那些建功立业的前代先贤,那些洒落不羁的风流人物等让他们感到振奋,也加强了他们迫切希望立功扬名的信念。但中晚唐诗人似乎更愿意吟讽那些亡国的故事,悲叹那些失落的英雄,同情那些悲剧的人物,夫差、项羽、韩信、陈后主、隋炀帝、西施、王昭君……这些人物频繁出现在他们的诗作中,也就看得出他们内心的悲戚。甚至是历史上的功成名就者,他们也会用一种"异样"的眼光去审视。总之,他们习惯用一种消极的眼光打量一切人事。

韦庄《上元县》言:"南朝三十六英雄,角逐兴亡尽此中。有国有家皆是梦,为龙为虎亦成空。残花旧宅悲江令,落日青山吊谢公。止竟霸图何物在,石麟无主卧秋风。"逐鹿的英雄,兴亡的家国,风流的人物都成旧梦,唯余空漠。石麟无主,秋风无情,留下的只有无尽的伤感。这当然不是说他们内心完全没有雄心壮志,只是说他们更多时候已经没有了那种张扬的激情。

---

① 贺裳:《载酒园诗话又编》,载郭绍虞编《清诗话续编》,上海:上海古籍出版社,1983年,第340页。

他们的目光不再专注于外在的事功之上,不再像初盛唐诗人那样对功业充满热烈的追求,虽然他们也渴望建功立业,但是他们并没有那种舍我其谁的自信,也没有那种不达目的不罢休的勇气,他们总不免沉浸在对往日美好的回忆之中,对现实则是一种悲愤而又无可奈何的态度。

在现实的剧变面前,他们在观察,在反思,在总结,在建议,但他们却没有那种冲动的激情,频繁吟咏历史从某种程度上来说是对现实的一种消极应对,因为在现实面前感到无能为力就只能在历史中寻找寄托。初盛唐诗人虽然也吟咏历史,但他们并不沉迷于历史,不会在历史上消耗他们过多的热情,他们关注的重心在锐意进取之上,而中晚唐诗人由于进取的意识大大消减,所以更多注重经营内心。咏史诗越往后越趋向于对故事的迷恋,本身就说明他们是在借历史消遣时日,吟玩性情,也说明他们的内心正变得越来越琐碎深微。

二、 从自信到怀疑

初盛唐诗人内心往往充满了自信,对时代自信,对个人自信,哪怕面临困难和挫折,也不能消解他们的信心。他们内心充满了远大的理想,并且有着为实现这一理想而奋斗的热情。在咏史的过程中,也多表现出对前人不朽功业的赞美和向往,以此激励自身像他们一样努力奋斗。但到了中晚唐时代,诗人的这种自信心开始减退了,他们依然会羡慕前人的丰功伟业,但更多的时候只是一种"临渊羡鱼"的状态,他们没有信心自身也能取得那样的功业。况且,他们很在乎建功立业之后的结局,像文种、韩信、李广等人的故事让他们对功业产生了迟疑,他们没有了那种为了建功立业而一往无前的决心和勇气,在现实面前,总有些瞻前顾后,畏首畏尾,他们对历史、对现实、对未来都表现出了一种怀疑的态度。

当然,如果再细一点来分析,中唐诗人虽然也怀疑现实,但他们终究还包含着希望,对未来依旧充满期待。如殷尧藩《金陵怀古》:"黄道天清拥珮珂,东南王气秣陵多。江吞彭蠡来三蜀,地接昆仑带九河。凤阙晓霞红散绮,龙池春水绿生波。华夷混一归真主,端拱无为乐太和。"金陵作为六朝古都,因为在此定都的王朝大多极为短暂,所以历来诗人于此不免感慨历史兴亡的迅疾。所谓"六朝如梦鸟空啼",它给人带来的多是悲叹与感伤。但殷尧藩此诗却一反常态,写出了金陵之地的承平气象。虽然诗有粉饰升平的意思,但通过它,我们能看到诗人的内心还是有着一番美好图景的,并不都是衰败之气。我们可以理解其为诗人内心对唐王朝的美好希望,虽然这种希望越来越渺茫,但中唐诗人终究还是有着更多期待的。他们骤临乱世,虽不免错愕、惊慌、失望、悲叹,但终究还没有完全失去信心。所以刘禹锡相信"会有知兵者,临流指是非"(《观八阵图》),他甚至能从衰败中看到兴旺,"不知何日东瀛变,此地还成要路津"(《汉寿城春望》),表现出对破败的汉寿城未来再度兴盛的一种期待。这当中反映出刘禹锡虽然意识到了衰败,但他并没因此消沉。"沉舟侧畔千帆过,病树前头万木春"(《酬乐天扬州初逢席上见赠》),"莫道桑榆晚,为霞尚满天"《酬乐天咏老见示》,刘禹锡身上这种豁达乐观的态度也源于他对自身、对社会的希望尚未完全泯灭,我们不能单纯将此归结为刘禹锡性格豪放。要知道晚唐性格豪放的人也不少,比如杜牧,亦算是倜傥不羁之人,可是他的《赤壁》说"东风不与周郎便,铜雀春深锁二乔",后人多从中看到杜牧善于翻案,认为他翻得新,翻得巧,这本身没错,可我们也不能忽略在这新巧背后所反映出的杜牧的内心对于历史机缘巧合的感慨。这就说明杜牧对于历史的发展并不是信心十足的,他很看重历史发展过程中的偶然因素,其实也是强调世间万事的不可捉摸,他对很多事情并没有那种必定如此的信念。

当然,在晚唐时代,没有信心的并不只是杜牧而已,很多诗人都有这种感受。这从他们的咏史中也可以感觉出来。比如"吕望当年展庙谟,直钩钓国更谁如。若教生在西湖上,也是须供使宅鱼"(罗隐《题磻溪垂钓图》),"男儿未必尽英雄,但到时来即命通。若使吴都犹王气,将军何处立殊功"(罗隐《王濬墓》),这两首诗一咏吕尚,一咏王濬,虽然看起来毫不相干,但它们之间有一个共同点,那就是都在强调时运的重要性。吕尚辅佐周文王、周武王建立了不世的基业,其成功的经历堪称后代励志的典范,但在罗隐看来,吕尚的成功也是因为他恰逢其时,恰逢其地,并假设如果吕尚生在西湖边,那么也只能碌碌一生。同样,王濬楼船伐吴,为西晋建立大功,可在罗隐眼中,那也不过是他的运气好,因为吴国气脉已尽,所以他才趁势建立大功,如果不是吴国本已该绝,王濬根本就不可能立下这等奇功。这就等于说,吕尚也好,王濬也罢,他们的成功只是因为运气好。

我们当然不否认每个人的成功中都或多或少有些运气的成分,但如果把所有的成功都归结为运气,那就是否定个人的主观能动作用。换而言之,就是否定个人奋斗的价值,个人的成功与否,其实命运早已注定,个人的努力是起不了太大作用的。历史无法假设,我们没办法验证吕尚当年如果生在西湖会是什么样的命运,但我们知道,如果不是吕尚的努力和才华,即便他受到文王重用赏识,他也不会成功。毕竟历史上被统治者重用的人不少,但像吕尚这样获得成功的却少之又少。我们也没办法考证如果王濬不伐吴,吴国是不是也会自然灭亡。但我们知道,王濬灭吴也并不是顺手牵羊,毫不费力那般简单。而在罗隐看来,这一切都要归于时运,至于个人的努力是微不足道的。这就充分说明他对人生的不自信。他缺乏主宰自我命运的信心,只是简单地将一切归为无法捉控的时运,对于国家社会和人生都充满了一种怀疑的态度。

所以,在晚唐诗人咏史的过程中,我们充分感受到了他们对于历史偶然性的推崇。这在初盛唐诗人咏史的过程中是很少见的。将历史发展过程中的偶然因素置于重要的地位,就意味着在他们看来历史的兴衰成败,个人的荣辱得失往往不可预测,也是无法把控的,没有什么必然的胜败。像汪遵、胡曾等人的咏史诗中,大量使用"不是……就……"这种形式,这就表达出他们认定历史人事往往充满侥幸的心理。如"不缘伯乐称奇骨,几与驽骀价一齐"(汪遵《吴坂》),"若非先主垂三顾,谁识茅庐一卧龙"(汪遵《咏南阳》),"当时不得将军力,日月须分一半明"(汪遵《樊将军庙》),"当时未入非熊兆,几向斜阳叹白头"(胡曾《渭滨》),"不是子卿全大节,也应低首拜单于"(胡曾《河梁》),"不是咸阳将瓦解,素灵那哭月明中"(胡曾《大泽》)等这类的诗句,让人感觉历史发展中的人事多有偶然,历史的发展也好,个人的发展也好,很多时候充满运气和巧合的成分。

显然,这种对历史态势的怀疑也源于个人现实发展的不自信。他们已经失去了把握未来的信心,而更多地把希望寄托在飘忽渺茫的命运之上。他们对于国家、个人的未来发展持有一种深深的怀疑态度,这是中晚唐咏史诗向我们传达的又一信号。

三、 从庄重到佻巧

一般情况下,咏史诗不同于普通抒情遣兴之作,它是一件很庄重的事情。诗人咏史,往往基于现实的责任感和使命感,有着较严肃的创作初衷和目的,不管是匡时济世也好,是自鸣不平也好,其目的不外乎要实现一个读书人的价值。所以自班左以来,咏史诗不管是"直书其事"还是"兼咏怀抱",都有一种深沉博大的情怀,显得庄重严肃。

不过到了中晚唐后,随着整体诗风的变化,咏史诗也呈现出新的特征,其中一点就是它开始变得诙谐活泼了,这一点我们在前面就已经提到过。在中晚唐之前的咏史诗中,不管是仰慕还是批评,是赞颂还是讽刺,诗人的情感都是非常严肃的,他们的目的不在这些历史人事本身,他们只不过要借此表达自己内心的某种观念或情感而已。因为他们有一种济时而起的强烈愿望,有一种体国安民的伟大抱负,所以他们的一切行动,包括作诗都与此相关。可以说,儒家这种功业价值观支撑着他们要成为一个志向高远、情趣高尚的人,他们有着远大的目标,有着强大的使命感,自然就不会在意那些调风弄月、闲吟雅玩之事,作诗也会呈现出一种持义正大的特征,庄重沉稳,不带任何纤巧之色。但中晚唐诗人则不同,因为内心建功立业的价值观开始消减,所以他们失去了支撑自我的强大动力。他们作诗咏史,虽然虽有借古鉴今的现实用意,但其实他们已经失去了那种积极参与的主人翁意识。说到底,他们对于国家、社会和自我都意兴阑珊,作诗很多时候也不过为了消遣心中的不平或者打发无聊的闲暇时光而已。由于内心的责任感和使命感逐渐消解,所以他们身上缺乏一种雅量和大气,没有矜重之感。儒家强调"温而厉,威而不猛,恭而安",就是要求谦和、矜重、安详,但中晚唐诗人遭逢世变,已经失去了这种气度,他们往往显得尖刻、轻躁、焦虑,其实还是因为功业价值观的消解而导致的不自信。因为心态的改变,所以对待历史人事的态度也会相应发生变化。其中很重要的一点就是他们失去了对历史人事的敬畏和尊崇感,哪怕是那些帝王将相,在他们眼中也和寻常人士一样,被他们嘲弄、调侃。虽然换一种方式吟咏历史,能产生不一样的讽刺效果,但这样有时也给人讥刺太甚,尖酸刻薄,不够厚道的感觉。

比如前面提到的张祜《集灵台》、李商隐《龙池》,取材都是唐玄宗与杨贵妃姊妹的情事,其意都是讽刺唐玄宗的荒淫,应该说主题是深刻的。中唐以后这类咏唐玄宗与杨贵妃之事的作品很多,从各个角度进行吟讽的都有,世人并没有觉得有什么不妥。可是张祜和李商隐的这几首诗却有人批其不够庄重,有猥亵之嫌,沈德潜甚至干脆称此为"轻薄派"。其原因在哪儿呢?我们先看张祜的《集灵台》二首,第一首讽刺唐玄宗为掩天下人之耳目,故意将杨贵妃度为道士,实则要据为己有之丑态。唐玄宗虽然为了杨贵妃不惜背负乱伦的骂名,但作为一国之君,他总归还要顾些脸面,所以搞了一出明修栈道暗度陈仓的把戏,说是掩天下人之耳目,其实谁都知道这是欲盖弥彰。不过因为他是皇帝,是一国之君,所以虽然大家都知道,但不管出于什么目的,彼此都心照不宣,不去说破它,而张祜在此却偏偏要捅破这层窗户纸,等于是让世人看清唐玄宗和杨贵妃的丑陋行径。第二首则是讽刺唐玄宗和虢国夫人的暧昧情事。虢国夫人是杨贵妃的妹妹,唐玄宗纳杨贵妃已经是乱伦丑剧,和杨贵妃的妹妹又纠缠不清更是荒唐无耻了。这种事情在当时本是人尽皆知,虢国夫人既然"平明骑马入金门",如此高调,显然也不在乎世人的眼光。可是当事人不在乎,国人在乎,尤其唐玄宗是一国之君做出如此荒唐之举,终究不是一件光彩的事,所以唐代文人都尽量回避这一话题。而张祜作诗却将它晒在天下人面前,让你想装聋作哑都不行。这就是有意要揭短,而且是揭皇帝的短。虽然他作诗之际,唐玄宗和杨贵妃姊妹早已不在人世,不过这入骨的讽刺若是当事人地下有知,估计都会觉得羞愧。这也是后世有人认为其刺讥太过的原因。同样,李商隐的《龙池》讽刺唐玄宗耽于女色,但他的重心在于刺其乱伦。本来唐玄宗纳自己的儿媳为妃确实是一件乱伦之事,虽然李唐王朝在此之前也不是没有先例,但怎么说这都是一件丑事,本着"为尊者讳"的原则,很多诗人在吟咏李杨二人情事的时候都有意淡化了这层关系,白居易甚至还专门为此不惜涂抹史实,称"杨家有女初长成,养在深闺人未识"(《长恨歌》),把杨贵妃打扮成了一个没有任何情史的深闺少女。可李商隐偏偏在这首诗中重点突出李杨二人的乱伦情事,用"薛王沉醉寿王醒"来突出杨贵妃本是寿王妃的事实,这等于有意"揭丑"。讽刺唐玄宗荒淫可能现代人都可接受,或许因为中国历史上荒淫的皇帝太多,大家对此已没有什么具体的概念。而在那个时代,张祜、李商隐却用诗将唐玄宗的荒淫放在聚光灯下,让众人看得一清二楚。俗话说君子不揭人短,可是张祜、李商隐这相当于刻意揭短,似乎有失君子之风。这应该就是沈德潜等人不能接受的原因。

  当然并不是所有人都像沈德潜那样用道德的标准来评判诗歌,事实上绝大多数诗评家都认为上述咏史诗写得好,称其得"风人之旨"。客观来看,这类诗歌写得含蓄委婉,有无穷想象之空间,而且具有强烈的批判力度,乃是非常出色的咏史作品。我们并不像沈德潜那样认为其写得"轻薄",而是肯定其婉而深的讥刺风格。不过有一点我们还是要看到,这类诗歌在吟咏历史人事的时候已向着更深更细的方向发展,他们对于那些历史细节更加用心,有时甚至因为对历史本身的故事过于迷恋,导致有窥私的嫌疑。就上面所举张祜、李商隐的诗来看,他们以乱伦为重点讽刺唐玄宗,选点比较新巧,关注艳情,则又不免轻佻之嫌。就此说诗人不够厚道,似乎不太公平,毕竟诗人的创作目的乃是借古讽今,意在长远,并非刻意炫人耳目,其用意是深刻的,目的是雅正的,所以自非登徒子可比。但这种佻巧的讽刺风格,也确实让我们看到了中晚唐文人内心的轻躁与愤怒。无论是关注私闱艳事,还是嘲弄古人,这种态度在某种程度上反映出他们已缺乏足够的耐心和宽容,开始变得有些世俗。

四、从壮盛到卑微

  毫无疑问,初盛唐诗人内心大多充满了壮盛之气,在那个生机蓬勃的时代里,无论诗人本身的性格性情如何,都会或多或少受到熏染。就拿王维来说,前期的王维充满了积极向上的乐观精神,这从他的《少年行四首》中就可以明显感受出来;后期的王维醉心佛教,性格恬静,与世无争,其自称"晚年唯好静,万事不关心"(《酬张少府》),又加之经历了安史之乱的沧桑,身负供职伪朝的污迹,晚年于功名事业早已心灰意冷,可即便如此,他尤能写出"九天阊阖开宫殿,万国衣冠拜冕旒。日色才临仙掌动,香烟欲傍衮龙浮"(《和贾舍人早朝大明宫之作》)这等大气的诗句。这就是所谓的盛唐气象,虽然历经沧桑,但犹不失气度。更不用说作为盛唐之音的杰出代表李白了。其诗往往呈出一种横睨一世,笑傲古今的豪情。比如他的《梁甫吟》:"长啸梁甫吟,何时见阳春?君不见,朝歌屠叟辞棘津,八十西来钓渭滨。宁羞白发照清水,逢时吐气思经纶。广张三千六百钓,风期暗与文王亲。大贤虎变愚不测,当年颇似寻常人。君不见,高阳酒徒起草中,长揖山东隆准公。入门不拜逞雄辩,两女辍洗来趋风。东下齐城七十二,指挥楚汉如旋蓬。狂客落魄尚如此,何况壮士当群雄!我欲攀龙见明主,雷公砰訇震天鼓。帝旁投壶多玉女,三时大笑开电光,倏烁晦冥起风雨。阊阖九门不可通,以额扣关阍者怒。白日不照我精诚,杞国无事忧天倾。猰貐磨牙竞人肉,驺虞不折生草茎。手接飞猱搏雕虎,侧足焦原未言苦。智者可卷愚者豪,世人见我轻鸿毛。力排南山三壮士,齐相杀之费二桃。吴楚弄兵无剧孟,亚夫哈尔为徒劳。梁甫吟,声正悲。张公两龙剑,神物合有时。风云感会起屠钓,大人嵼屼当安之。"全诗纵横捭阖,挥洒自如,席卷古今,奇幻莫测。虽然意在悲愤自我的怀才不遇,但所咏古人古事,丝毫不显卑弱,反而有一种比肩古人甚至凌迈古人的豪气。

  但可惜中晚唐文人已难再现这种盛世豪情了。他们内心充满了对现实的失望,对自身的悲哀,对于未来失去了坚定的信念和强烈的信心,所以作诗也便显得"气骨顿衰"。"气骨顿衰"虽则是胡应麟为评大历诗风而发,但它足以代表整个中晚唐诗风的大势。综合整个中晚唐诗歌发展态势来看,虽然中间也不乏一些豪壮之作,但骨力的衰弱是大势所趋,咏史诗当然也不例外。这时期的诗人咏史已经没有比肩古人的豪情,他们多数时候只沉浸在对往昔的悲叹之中,很少有对未来的展望,更没有对未来成功的信心。

  同样是咏历史人物,盛唐诗人比较喜欢写那些杰出人物由贫贱到发达的过程,以此表达自我终有一日也会像他们一样青云直上的信心。比如上述所引李白《梁甫吟》,他在诗中列举了吕尚和郦食其两个历史人物的故事。吕尚50岁在棘津做小贩,70岁在朝歌当屠夫,80岁时还在渭水边垂钓,可即便如此,一旦他遇到文王,便尽展平生之志,建立了不朽的功业;郦食其原来不过是一个看管里门的下贱小吏,但在秦末乱世之中,以三寸不烂之舌游说列国,还说服齐王率72城降汉,成为楚汉相争中的决定性人物。他们的经历说明即便处身下贱,但一样可以建立丰功伟业。所以李白说:"大贤虎变愚不测,当年颇似寻常人","狂客落魄尚如此,何况壮士当群雄"。意谓不要因为英雄人物落魄或出身下贱便瞧不起,有朝一日他们一定会出人头地。说的虽然是古人,但用意却在自己,表达了自己虽然现在落魄潦倒,但终究有一天也会像他们一样建立丰功伟绩的志向。再如高适的《咏史》:"尚有绨袍赠,应怜范叔寒。不知天下士,犹作布衣看。"引用须贾与范雎的故事,感慨须贾有怜寒之心而无识才之眼。据《史记·范雎蔡泽列传》记载:范雎曾因家贫事魏中大夫须贾,后随须贾一起出使齐国。齐王赏赐范雎金十斤及牛酒,须贾知道后以为范雎通齐,归告魏相。魏相大怒,严惩范雎,意欲置之于死地,受尽屈辱。范雎通过说通看守之人得以逃命,更名张禄。后来范雎逃到秦国,得到重用,成为秦相。但因为更名易姓,所以魏国并不知道张禄就是范雎,还以为范雎已死。后来魏派须贾出使秦国,范雎知道后,故意穿着破烂的衣服,装作贫贱的样子偷偷地跑去见须贾。须贾见到范雎,一方面吃惊他还活着,另一方面又同情他的不幸,就赠给他一件绨袍。也正是这件绨袍,让范雎看到了须贾的故人之情,所以他亮明身份,历数须贾的三宗罪后,放须贾回到了魏国。① 高适咏此事讽刺须贾不能识人,不知范雎乃是天下雄杰之士,终究会出人头地,还以为他自始至终都会以布衣的身份贫贱一生。其目的无非告诉世人,自己虽然暂处贫贱,但终究会像范雎一样令天下人侧目,并对世俗之人不识雄才表示不满。

而从李白、高适所咏吕尚、郦食其、范雎等人物故事来看,这些历史人物大都出身贫贱,但最终都取得了辉煌的成功,诗人也正是通过他们的故事要向天下人宣告,虽然我暂时落魄,但迟早也要建立一番丰功伟业。这就是盛唐人的盛气,是他们不甘贫贱的信心。

和盛唐诗人不同,中晚唐诗人比较喜欢写那些杰出人物由功成到身败的过程,以此表现人生祸福无常的悲哀。前面我们已经提及,中晚唐诗人喜欢吟咏范蠡、项羽、韩信、刘备、诸葛亮等历史人物故事,他们虽然都取得了显赫的功绩,但人生结局并不圆满。诗人所在意的不是他们如何取得成功,而是悲悼他们的失败结局。这当中,范蠡看起来似乎能够得以全身远祸,结局并不是很坏,但要知道范蠡辅佐越王勾践灭吴,建立了大功,按说功成名就,应当享受荣华富贵,可最后他为了保命,不得不选择离开,这也是一种无奈之举。范蠡的笑傲五湖烟月只是不得已的选择,并非出自本愿。陆龟蒙《范蠡》诗云:"平吴专越祸胎深,岂是功成有去心。勾践不知嫌鸟喙,归来犹自铸良金。"意即范蠡并不是功成想离开,只是因为勾践不能容人,所以不得不离开,这样自然也算不上结局圆满了。所以从这些英雄的历史人物身上,中晚唐诗人更多看到的是凄凉落幕的结局,而不是他们如何发迹的过程。

事实上,到了晚唐后期,随着社会衰败的加剧,朝野人人自危,文人就更看不到希望。虽然他们都自视才华在身,可更多时候常常以侯嬴、朱亥、冯谖,甚至孟尝君门下那些鸡鸣狗盗之徒自比,这就相当于认定了自我所处位置的卑下。其意思无非想要说明,虽然自己并非显要之人,但只要给予机会,终究能发挥自己的重要作用。这在事实上已经失去了初盛唐的锐气与盛

---

① 见司马迁:《史记》,北京:中华书局,1975年,第2401—2414页。

气,在他们的潜意识里,并没有将自己当作可以经天纬地的人才来看待,只能作为可备一时之需的专门人才来看待。

两相对比,我们可以看到,同样看历史英雄人物,盛唐人是从低往高看,中晚唐人是从高往低看。就譬如同样是看太阳,盛唐人喜欢看日出的过程,中晚唐人喜欢看日落的过程,其间的盛衰之气自是一目了然。中国人讲阴阳二气,如此来看,盛唐人内心更多壮盛之气,即便遭遇坎坷,也绝不放弃;中晚唐诗人内心多卑微之气,无论顺逆,总无舍我其谁的气概,没有高蹈奋发的豪情。当然,我们这里讨论的是整体的状况,并不否认中晚唐诗人的竞进之念和初盛唐诗人的恬退之心,毕竟人心是复杂的,不能用一种持续不变的方式去界定,但时代环境的影响在置身其中的诗人身上终归会留下深刻的印痕。初盛唐与中晚唐诗人的心态毕竟有着很大的区别,这在他们的咏史诗中也会得到反映。

试论温庭筠骈文的艺术特质

北京语言大学中华文化研究院 刘青海

温庭筠的骈文创作,在晚唐与李商隐、段成式齐名,当时号曰"三十(才)六(子)"①。不过其骈文存世不多,且十之八九为书启。故历来的研究者,对其骈文重视不够,也缺少专门的研究。本文具体探讨在晚唐骈文复兴的背景下温庭筠四六的用典和对仗艺术,比较温庭筠启与李商隐状,辨其同异。首次指出后期温启对"哀矜"风格的自觉追求,揭示其创作风格背后的特殊生活经历及其与徐庾骈文在创作观念和审美倾向上的渊源关系。

一、 温庭筠启与李商隐状的比较

《新唐书》以为温、李、段三人的骈文在晚唐时已有"三十六体"之称,这固然是对《旧唐书》的一种误解。但这种误解之所以产生,却正是因为温、李、段的文风确实有近似的一面,例如"爱用典故、长于刻琢字词、巧于音律安排"②等等。换句话说,虽然在晚唐时并没有出现"三十六体"这样一个名号,但《新唐书》将三人的骈文风格并称,符合读者对三人文风的一般印象,故易于将它作为一个可靠的事实加以接受。而欧阳修、宋祁等《新唐书》的修撰者,也正是基于这

---

① 《旧唐书·文苑传下》:"商隐能为古文,不喜偶对。从事令狐楚幕,楚能章奏,遂以其道授商隐。自是始为今体章奏,博学强记,下笔不能自休,尤善为诔奠之辞。与太原温庭筠、南郡段成式齐名,时号三十六。文思清丽,庭筠过之。而俱无操持,恃才诡激,为当涂者所薄,名宦不进,坎壈终身。"(刘昫:《旧唐书》,北京:中华书局,1987年,第5078页)《新唐书·文艺传》:"商隐初为文瑰迈奇古。及在令狐楚府,楚本工章奏,因授其学。商隐俪偶长短,而繁缛过之。时温庭筠、段成式俱用是相夸,号三十六体。"(欧阳修、宋祁:《新唐书》,北京:中华书局,2003年,第5792—5793页)但三人何以并称"三十六",旧史语焉不详。南宋王应麟《小学绀珠》卷四云:"三人皆行第十六。"(王应麟:《小学绀珠》,北京:中华书局,1985年,第159—160页)王应麟南宋人,或有所本。近人刘麟生《中国骈文史》、瞿兑之《中国骈文概论》皆承此说。晚唐五代诗文笔记,并无有一例称李、温、段三人之排行者。单以李商隐而论,其祖父李叔卿、父亲李嗣都是独子。若论同祖兄弟的排行,义山既为长子,则可呼为李大。退一步而言,纵使三人排行都为十六,若不为通行之称呼,或为时人所熟知,那么这"三十六(体)"的名,史书岂有不加以解释者?近莫道才根据王钦若《册府元龟》卷七一八《幕府部·才学》"时号三才"和同书卷七百七十七《总录部·名望第二》"时号三才子"的记载,认为"三十六"乃"三才子"之误(莫道才:《新旧唐书李商隐传"三十六(体)"为"三才子"讹误考》,载朱崇先主编《古典文献学理论探索与古籍整理方法研究》,北京:民族出版社,2013年,第158—165页)。此说应是可信的。
② 葛兆光、戴燕:《晚唐风韵》,北京:中华书局,2004年,第163页。

一印象，方在不经意间对《旧唐书》的文本做了如此误读。我们今天在研究温庭筠、段成式的骈体文时，也常常会援引《新唐书》此论。不过，由于宋初西昆体风行，欧阳修、宋祁等人又是古文家一派，他们对于这三家的印象不免笼统，甚至带有某种偏见，这是今天的研究者需要加以警惕的。

温庭筠留下来的骈体文约40首，除《榜国子监》和《答段成式书七首》《答段柯古赠葫芦笔管状》之外，其余都是干谒陈情之启。这和李商隐骈文的分布很不一样。李商隐所留骈体文有300余首，其中陈情干谒者十不居一。李商隐自言"自大和七年后，虽尚应举，除吉凶书，及人凭倩作笺启铭表之外，不复作文"，因为行卷呈送的贵人对其文"有置之而不暇读者，又有默而视之，不暇朗读者；又有始朗读，而中有失字坏句不见本义者"①。考之其文，此言并非标榜，而是属实的。当然，温集中干谒陈情之启尤多，主要和他屡试不第的经历有关。其《上吏部韩郎中启》寄希望于吏部侍郎韩琮向时宰韩休举荐自己，"然后幽独有归，永托山涛之分；赫曦无耻，免干程晓之门"②。程晓在曹魏齐王曹芳时任黄门侍郎，曾作《嘲热客诗》，讽刺当时热衷交游、攀附权贵之辈。可见温庭筠干谒陈情，乃是不得已为之。总之欲究飞卿之骈文，不能不以其启文为先。

温庭筠（801③—866④）一生不第。现存启23首，其中包括代作4首，全都是干谒陈情之作。

表20-1　温庭筠启表⑤

篇名	对象	写作时间	备注
上首座相公启	温造⑥	大和八、九年	
谢襄州李尚书启	李翱⑦	大和九年八月至开成元年七月	九年八月，李翱任检校礼部尚书充山南东道节度使，代王起。次年七月，殷侑代之

---

① 李商隐著，冯浩详注，钱振伦、钱振常笺注：《樊南文集》，上海：上海古籍出版社，1988年，第442页。
② 刘学锴：《温庭筠全集校注》，北京：中华书局，2007年，第1213页。
③ 温飞卿生年，史籍失载。可考者唯《感旧陈情五十韵献淮南李仆射》之"嵇绍垂髫日，山涛筮仕年。琴樽陈席上，纨绮拜床前"数句。夏承焘《温飞卿系年》、顾学颉《〈感旧陈情五十韵献淮南李仆射〉诗旧注辩误》考李仆射为李德裕，并据其仕历，考温庭筠生年约为宪宗元和七年（812年）。陈尚君《温庭筠早年事迹考辨》认为，"既娇排虚翅，将持造物权。万灵思鼓铸，群品待陶甄。视草丝纶出，持纲雨露悬。法行黄道内，居近翠华边""耿介非持禄，优游是养贤。冰清临百粤，风靡化三川。委寄崇推毂，威仪压控弦。梁园提毂骑，淮水换戎旃"两段，与李德裕仕历多龃龉，而与李绅吻合。陈文又据诗中自注"余尝忝京兆荐，名居其副"，考定该诗最早当作于会昌元年春末，而此时李德裕已入相半年，不宜复称仆射。陈文由此据李绅仕历，考温庭筠生年为德宗贞元十七年（801年），可从。
④ 温庭皓《唐国子助教温庭筠墓志》末署"咸通七年"（陈思编：《宝刻丛编（第3册）》，北京：中华书局，1985年，第251页），可知温飞卿卒年。
⑤ 本表之各启的写作对象与系年，若非特别注明，一依刘学锴《温庭筠全集校注》。为免烦琐，不一一出注。
⑥ 牟怀川：《关于温庭筠生平的若干考证和说明》，《上海师范大学学报》1985年2月；胡耀震：《关于温庭筠〈上首座相公启〉的系年问题》，《山西大学学报》1995年10月。
⑦ 陈尚君：《温庭筠早年事迹考辨》，《中华文史论丛》1981年第2辑。

续表

篇名	对象	写作时间	备注
上萧舍人启（代）	萧邺	大中五年七月至六年七月	萧邺大中五年七月至六年七月任中书舍人，仍充翰林学士
上学士舍人启二首	萧邺	约大中六年	
上蒋侍郎启二首	蒋系	大中六年	温庭筠在京应试
上裴相公启	裴休	大中六年四月以后	裴休大中六年四月入相，大中十年带平章事出镇宣武
上盐铁侍郎启	裴休	大中六年八月稍前	时裴休以兵部侍郎领盐铁转运使，行将拜相
上封尚书启	封敖	大中六年岁暮	封敖大中二年典贡部
上杜舍人启	杜牧	大中六年冬	牧大中六年授中书舍人，同年十二月卒
上吏部韩郎中启	韩琮	大中七年	韩琮大中五年任户部郎中，其时韩休入户部侍郎充诸道盐铁转运使，琮为休下属。温庭筠进士不第，欲韩琮荐其于韩休
为人上裴相公启	裴休	约大中九年四月	
上崔相公启（代）	崔铉	大中九年以前	崔铉大中三年至九年在朝为相
上裴舍人启	裴坦	大中十年贬尉前夕	
上萧舍人启	白敏中	大中十三年十二月	题承前误。时白敏中重拜相，尚未启程归京。温尚在襄阳徐商幕
上宰相启二首	不详①		其二首与《上令狐相公启》同有"十七年之铅椠"句，故二启当作于同一年
上令狐相公启	令狐绹	咸通二年②	时令狐楚移镇宣武
谢纥干尚书启	不详	咸通二年	时在江陵，任荆南节度使萧邺幕府
为前邕府段大夫上宰相启	不详	咸通五年三月以后	段文楚大中九年至十二年、咸通二年七月至三年二月，两为邕管经略使
上崔大夫启	不详		
投宪臣启（代）	不详		

其中最早的作品，是大和末写给礼部尚书李翱的谢启：

　　某启。某栎社凡材，芫乡散质。殊无绩效，堪奉恩明。曷当紫极牵裾，丹墀载笔。顾循虚浅，实过津涯。岂知画舸方游，俄升于桂苑；兰肩未染，已捧于芝泥。此皆宠自升堂，荣因著录。励鸿毛之眇质，托羊角之高风。日用无穷，常仰生成之德；时来有自，宁知进取

---

① 刘学锴《温庭筠全集校注》卷一一疑为杜审权（大中十三年末之后任陕虢观察使）或夏侯孜（咸通元年十月之前任陕虢观察使）。
② 陈尚君《温庭筠早年事迹考辨》以"宣武求才"之"武"指武宗，系于大中四年之后。

253

之规。竞惕彷徨,莫知所喻。末由陈谢,攀恋空深。(《谢襄州李尚书启》)①

温庭筠之作,短短百余字,熔自谦、感激、愧谢诸多情感于一炉。全篇一共二十句,除末四句之外,全为工整的骈对。八联之中,又有两联隔句对(分别为四五对、四六对)。从形式上看,是极度的骈俪化。就对仗而言,也极为精工,如"励鸿毛之眇质,托羊角之高风",化用《庄子·逍遥游》成句,自然入妙。将此启与作于大和七年的李商隐谢状对读:

  伏蒙仁恩,赐借太原日所著歌诗等。伏以四丈,翊戴大君,仪刑多士,郁为邦彦,早司国钧。盛烈殊勋,已光于帝载;徽音清论,复播于仁谣。尚或研美二南,留情四始,峻标格而山联太华,鼓洪涛而河到三门。望绝攀跻,理无揭厉。足使清风知愧,白雪怀羞。纵金悬而谁得求瑕,但纸贵而莫不传写。

  某者顷虽有志,晚无成功。雅当画虎之讥,徒有登龙之忝。淮邸凤叨于词客,梁园早厕于文人。每至因事寄情,寓物成命,无不搦管兴叹,伏纸多惭。思迟已过于马卿,体弱复逾于王粲,岂可思当作赋,任窃言诗?空怀博我之恩,宁发起予之叹。谨当附于经史,置彼缣缃,永观大匠之宏规,长作私门之秘宝。伏惟特赐照察。(《上令狐相公状二》)②

细读不难发现,除了状文开头、结尾的二三散句之外,李商隐此状全由对句组成,单论骈俪化的程度,比温《启》更高。但实际的阅读感受,则是李文更加自然和富于变化。这主要是后者句法多变,除一般的四字对、六字对之外,还有大量的七字对、八字对穿插其间。虚词的使用也较温庭筠更加灵活,温《启》中的虚词有点像词的领字,多提起一联;而李《状》中的虚词在领起一联之外,还广泛地运用于对句的构造。如此,句法既灵活多变,又以虚词或句首斡旋,在句中疏宕,故李《状》读之文气更为舒缓,虽全为对句,而颇觉自然。相对而言,温《启》却微嫌气局急促。

上述写法,在温庭筠的启文中是一种常态。如其咸通二年写给纥干相公的谢启:

  某启。某材谢梗楠,文非绮组。间关千里,仅为蛮国参军;荏苒百龄,甘作荆州从事。宁思羽翼,可励风云?岂知持彼庸疏,栖于宥密。回顾而渐离缁垢,冥升而欲近烟霄。荣非始图,事过初愿。此皆扬芳甄藻,发迹门墙。邱门用赋之年,相如入室;楚国命官之日,宋玉登台。一日光阴,百生辉映。末由陈谢,伏用竞惶。(《谢纥干相公启》)③

---

① 刘学锴:《温庭筠全集校注》,北京:中华书局,2007年,第1080页。
② 李商隐著,冯浩详注,钱振伦、钱振常笺注:《樊南文集》,上海:上海古籍出版社,1988年,第649—650页。
③ 刘学锴:《温庭筠全集校注》,北京:中华书局,2007年,第1084页。

也是二十句,无一句不对仗。十联之中,也包含两联隔句对(四六、六四对各一)。除"回顾"二句为七字对外,其余都是四六句。从李商隐、温庭筠到郑准,四六确实是朝着越来越骈俪化的方向在发展。李商隐在《樊南甲集序》中的自嘲和"今日唯观对属能"的感慨,应该正是有感于这一趋势。

温庭筠启文的代表作是《上蒋侍郎启二首》:

> 某闻有以疏贱而间至贵者,古人之所讥笑;有以单外而蕲末契者,君子之所就戒。何则?无因以至,岂庸辨其妍媸;有为而然,曾不计于能否。有谈嘲异状,诡激常姿,希彼顾赡,斯为炫造。则亦受嗤于识者,见诋于通人者矣。
>
> 抑又闻三月而行,士人之常准;十年乃字,女子之常期。永为干世之心,厥有后时之叹。某寻常爵里,谬嗣盘盂。离方遁圆,因陋成寡。亦尝研穷简籍,耽味声诗。颇识前修之懿图,盖闻长者之余论。颉愚自任,并介相忘。质文异变之方,骊翰殊风之旨。粗承师法,敢坠缇绷。
>
> 伏以侍郎宏继济之机谋,运搜罗之默识。思将菲质,来挂平衡。遂扬南纪之清源,谨效东皋之素谒。越石父彼何人也,凤佩遗文;赵台卿敢欺我哉,敬承余烈。辄以常所为文若干首上献。①

这一篇句法灵活多变,不刻意追求句法的整饬,像"有以疏贱而间至贵者,古人之所讥笑;有以单外而蕲末契者,君子之所就戒",节奏铿锵有力,谓之散文亦可;"越石父彼何人也,凤佩遗文;赵台卿敢欺我哉,敬承余烈",句法极为健举。温氏这种风格,与前举李《状》是很接近的。

前述李商隐骈文有运散入骈的特点,这与令狐楚骈文的影响及六朝文的传统有关,也与李商隐早年创作古文的经历有关。温庭筠的整个文学创作和六朝渊源极深,其乐府与南朝有很深的渊源关系,他自言其诗歌创作是"味谢氏之膏腴,弄颜生之组绣"(《上蒋侍郎启二首·其二》),骈文也主要取法六朝徐庾。另外,据其《谢襄州李尚书启》云"此皆宠自升堂,荣因著录",自言是李翱的弟子,李翱因此推荐他到东宫任职,成为庄恪太子的游伴。李翱是著名的古文家,其《答朱载言书》将天下人对于文章的观点分成六派,所谓"天下之语文章有六说焉",而主骈者与主散者各居其一——"其溺于时者,则曰文章必当对;其病于时者,则曰文章不当对",他认为不免"皆情有所偏,滞而不流,未识文章之所主也"②。他既"以时世之文,多偶对俪句,属缀风云,羁束声韵,为文之病甚矣,故以雄词远志,一以矫之",甚至不惜"磔裂章句,䃣废声韵"③,并因此而招致裴度的批评。李翱于温庭筠是文章前辈,又非通家之好,其提携温庭筠的缘故,当然是赏识其才华。现在看来,温庭筠主要是以写作近体诗、风花词和八韵律赋而著称

---

① 刘学锴:《温庭筠全集校注》,北京:中华书局,2007 年,第 1089 页。
② 董诰等:《全唐文》,上海:上海古籍出版社,1995 年,第 2840 页。
③ 同上书,第 2419 页。

的。但若如此,恐怕是不太可能得到反对骈文的李翱的垂青。温庭筠以门人自命,他早年有没有从李翱学过古文呢?由于文献的缺失,今已无从考察。但可以肯定的是,他并非李翱所批评的"曰文章必当对"的"溺于时者"。相反,他创作了大量的古文,并结集为《干馔子》三卷。陈振孙《直斋书录解题》卷一三将其著录于小说家类。晁公武《郡斋读书志》卷三下:"序谓语怪以悦宾,无异馔味之适口,故以'干馔'命篇。"①《干馔子》虽然不是韩愈所谓"明道"之作,然"元和之风尚怪"②,当时提倡古文的白居易、元稹等人都有创作传奇的经历。李翱对于温庭筠的欣赏,这也许是其中的一个方面。又温氏《上裴相公启》自叙早年志业:"占数辽西,横经稷下,因得仰穷师法,窃弄篇题。思欲纽儒门之绝帷,恢常典之休烈。"《书怀百韵》亦云:"奕世参周禄,承家学鲁儒。"讲究师法,又重五经,崇儒学,属于韩愈"文道论"一派的思想。可见他早年从李翱学古文,也是有可能的。这样看来,他和李商隐一样,也曾有过学道求古的经历。这也从一个侧面反映了中唐古文运动影响之深远,故晚唐杰出之士如李商隐、杜牧、温庭筠都无一不受此风气的影响。这实为研究晚唐古文与骈文升降的一重要课题,值得更深入地发掘。

二、后期"惟以哀矜为主"的风格特征

温庭筠后期的骈文创作,一部分作品如《谢纥干尚书启》,对早年精工整练的风格有进一步发展,已见前述。不过,从现存的作品来看,这种风格是比较次要的。现存温启集中创作于大中六年到咸通二年之间,内容多抒写自己孤寒的出身和艰难处境,希图对方能予援手,往往备极哀辞。正如他自己在《上宰相启二首》所言,"略忘腼冒之辜,惟以哀矜为主","不无凄恻之怀,岂只羁离为主"③。李商隐《闻著明凶问哭寄飞卿》"何因携庾信,同去哭徐陵",以庾信比温庭筠,虽为用典,对于其哀矜的风格应该也有一定的认识。著明为会昌进士卢献卿,"作《愍征赋》数千言,时人以为庾子山《哀江南》之亚"④,司空图曾为作注。义山诗以"昔叹谗销骨"起,温庭筠和卢献卿一样,终生没有摆脱"谗销骨"的处境,义山对此自是深知。故闻卢献卿之死讯,而欲与飞卿同哭之。本节所讨论的哀矜风格,也和温氏此种处境有关。

温庭筠《上宰相启二首》投献的对象为谁,尚不能遽定。然启文有"卫馆遗孤,常闻出涕;山阳旧曲,不独伤心"之句,可知温庭筠早孤,此前还曾得其照拂。又云"三千子之声尘,曾参讲席;十七年之铅椠,夙预玄图",似乎还曾列其门墙。既有此旧谊,故庭筠对自己孤寒的身世与穷困的处境直书无讳。启文先称美时相泽被天下,伤己独"分作穷人,甘为弃物。岁华超越,京洛风尘。忽尔号咷,非同阮籍;泫然沾洒,不为杨朱。略忘腼冒之辜,惟以悲哀为主"。以下说

---

① 晁公武:《昭德先生郡斋读书志》,上海:商务印书馆,1933年,第244页。
② 李肇、赵璘撰:《唐国史补因话录》,上海:古典文学出版社,1957年,第57页。
③ 刘学锴:《温庭筠全集校注》,北京:中华书局,2007年,第1138页。
④ 孟棨:《本事诗·征咎第六》,载丁福保《历代诗话续编》,北京:中华书局,1983年,第20页。

己虽出望族，但一门之中，荣枯有异，故"更就洪钧，来呈琐质"。"虽戴逵之弟"六句，是说其人已颇提携族中兄弟，而己犹望其援手。下面将己之困苦与众之荣乐双行夹写，以见己穷困，颇能动人：

> 虽戴逵之弟，志尚无闻；而何准之兄，恩辉已遍。岂宜苟希河润，更望余波。投骥尾以容身，执豚蹄而望岁。然则迹同袁子，质异山郎。梓柱云楣，独居蜗舍；绮襦纨袴，已卧牛衣。若乃清旦问安，长筵称寿。貂珰毕集，少长俱来。膏沐之余，则飞蓬作鬟；银黄之末，则青草为袍。莫不顾影包羞，填膺茹叹。①

族亲居华堂广厦（梓柱云楣），己则蜗舍；族亲着绮襦纨袴，己则"牛衣"。此种贵贱不同的失落，较杜少陵"同学少年多不贱，五陵衣马自轻肥"（《秋兴八首》其三）②要更深一层。盖兄弟之亲甚于朋友，兄弟之间贵贱相隔，较朋友之间贵贱相隔，也更加难为情。故下文极写每逢"清旦问安，长筵称寿"这样少长咸集的场合，贵显者身着貂珰，腰配银印，膏沐鲜润，意气昂昂；而己则屈身末座，身着青袍，鬓发如蓬，形容憔悴。将自己穷苦之处境写得极其真切，也极引人哀怜。

其二首末一段尤凄恻：

> 倘张禹尊高，犹为戴荣说《礼》；郑元严毅，便令服慎闻《诗》。敢叹朝饥，诚甘夕死。加以旅途劳止，末路萧条。不无凄恻之怀，岂只羁离为主。仰瞻旌旆，如望蓬瀛。③

这是说，自己若有机会列于门墙，岂敢再感叹今日的饥寒，纵然即刻死去，亦属甘心。"旅途劳止"之外，又加以"末路萧条"，是说自己实处穷途末路。当此离别之际（对方要入京为相），更多身世之感。末言仰瞻其仪仗森严，如望蓬岛瀛洲。盖蓬莱瀛洲乃海上仙山，在虚无缥缈之间，而为世人所向往。如此形容，正见其极望其援引，私心又不敢抱太大的希望，确实是声情凄恻。

温庭筠大中六、七年在京投献之启，困穷之外，另一个重要主题是鸣冤。《旧唐书》言温庭筠"自至长安，致书公卿间雪冤"④。可见当时雪冤之书甚多，颇为时人所知。不过，现存的启文中有鸣冤内容的仅两首，且都是写给裴休的，投献时间大抵在大中六年八月裴休拜相前后。《旧唐书·宣宗纪》载：大中六年四月，"以礼部尚书诸道盐铁转运等使裴休可本官同平章事"⑤。裴休拜相在八月，《上盐铁侍郎启》既言"今者俯及陶镕，将裁品物"，则是拜相诏令已下、尚未履新之际，故写作时间当在六年八月稍前。裴休与温庭筠父祖当有旧交，故启云"亦有

---

① 刘学锴：《温庭筠全集校注》，北京：中华书局，2007年，第1138页。
② 杜甫撰，仇兆鳌注：《杜诗详注》，北京：中华书局，1979年，第1487页。
③ 刘学锴：《温庭筠全集校注》，北京：中华书局，2007年，第1138页。
④ 刘昫等：《旧唐书》，北京：中华书局，1987年，第5078页。
⑤ 同上书，第630页。

河南撰刺,征彼通家"。因此温庭筠首次向其投献,即蒙礼遇,启文所谓"达姓字于李膺,献篇章于沈约,特蒙俯开严重,不陋幽遐。至于远泛仙舟,高张妓席,识桓温之酒味,见羊祜之性情"。首次投献的时间,当在大中四年裴休以礼部侍郎知贡举之前,故接言应试落第,"既而哲匠司文,至公当柄。犹困龙门之浪,不逢莺谷之春"。现在裴休将入相,故又献启陈情,期其拔擢。以上是《上盐铁侍郎启》的写作背景。温庭筠意识到所谓"谣诼"让自己"攀援之路断",预感到仕途可能再无希望,不能不为之深惧而四处鸣冤。从启文来看,裴休对其家世、处境都颇为了解,故作者尽情地抒写,吐露衷情,文字也不尚用典,多用白描:

> 遂使幽兰九畹,伤谣诼之情多;丹桂一枝,竟攀援之路断。岂直牛衣有泪,蜗舍无烟。此生而分作穷人,他日而惟称饿隶。①

寥寥数语,无多渲染,写出自己仕进路绝、一门寒饿的处境,其惨痛之情,有在文字之外者。下文寄希望于对方拜相之后的提携,更是凄凉断绝,如:

> 倘一顾之荣,将回于咳唾;则陆沈之质,庶望于骞翔。永言进退之涂,便决荣枯之分。如翩翻贺燕,巢幕何依;觳觫齐牛,衅钟将远。苟难窥于数仞,则永坠于重泉。空持拥篲之情,不识叫阍之路。②

将个人的生死、荣枯,全系于对方一念之间,感情诚挚,字字血泪,在温庭筠集中,可谓第一等的文字。

紧接着的《上裴相公启》,作于裴休拜相以后。文章说自己"至于有道之年,犹抱无辜之恨。斯则没为疠气,来挠至平;敷作冤声,将垂不极",此即所谓鸣冤也。下文披陈肝胆,叙述自己早年曾习文学道,再抒写自己因穷求禄,反遭中伤的不幸遭际:

> 自顷爱田锡宠,镂鼎传芳。占数辽西,横经稷下。因得仰穷师法,窃弄篇题。思欲纽儒门之绝帷,恢常典之休烈。……岂期杜挚相倾,臧仓见嫉。守土者以忘情积恶,当权者以承意中伤。直视孤危,横相陵阻。绝飞驰之路,塞饮啄之涂。射血有冤,叫天无路。此乃通人见愍,多士具闻。徒共兴嗟,靡能昭雪。③

《上盐铁侍郎启》"幽兰九畹,伤谣诼之情多;丹桂一枝,竟攀援之路断",于"谣诼"本身是一言带过,笔墨集中于"攀援之路断"之困穷处境的描写。这里则很具体地写到了"杜挚相倾,臧仓见

---

① 刘学锴:《温庭筠全集校注》,北京:中华书局,2007年,第1152页。
② 同上。
③ 同上书,第1109页。

嫉。守土者以忘情积恶,当权者以承意中伤。直视孤危,横相陵阻。绝飞驰之路,塞饮啄之涂"。杜挚因反对变法而倾轧商鞅,臧仓因畏惧失宠而嫉妒孟子,两人都是君主近臣。温庭筠用此二典,当有所指。"守土"一联,刘学锴认为守土者指大和末淮南节度使牛僧孺,当权者"或指与牛僧孺为一党之宰相李宗闵"[①]。李宗闵在大和八年十月至九年六月间为相,可备一说。要之,启文所说"守土者"和"当权者"都尚在权位,故温庭筠至今"射血有冤,叫天无路"。而温之蒙冤,时人多有知者,也不必指斥姓名。后文复援引玄宗朝事,以刘幽求、苏颋期裴休;再叙自己进退维谷的处境,以期得其照察,有所拔擢:

某进抱疑危,退无依据。暗处囚拘之列,不沾涣汗之私。与煨烬而俱捐,比昆虫而绝望。则是康庄并轨,偏哭于穷途;日月悬空,独郵于丰蔀。[②]

相比《上盐铁侍郎启》的凄恻陈情,本篇也不遑多让。此言自己遭此谗毁,进退失据,困如拘囚之徒,不沾朝廷寸恩,将与灰烬同捐,像昆虫一样寂寞绝世。康庄大道上众车并驰,己则独哭于穷途;日月悬空之光明,己则独蔽于黑暗。

以上是对温启后期"惟以哀矜为主"的风格特质的论述。晚唐温李齐名,李之善于述哀,人所共知;温启之"哀矜"风格则少有学者注意。其原因当然很多,其中一个方面是善于述哀为李商隐诗文共有的特点,温之"哀矜"则主要表现于启文,而温庭筠在晚唐两宋基本是词名掩盖了诗名,文名更次之。故其启文"哀矜"的一面,就更不为后世所留意。其实,述"哀"是晚唐文学的一个重要主题,不仅温李,杜牧诗文中也有不少这方面的内容,例如其《阿房宫赋》云"前人不暇自哀而后人哀之,后人哀之而不鉴之,亦使后人复哀后人也",就是著例。这也是晚唐文学作为衰世之文学的一个特点。

三、 温庭筠四六的对仗和用典

温、李、段三人并称,而温庭筠尤以才思敏捷而著称。尤袤《全唐诗话》云:

庭筠才思艳丽,工于小赋,每入试,押官韵作赋,凡八叉手而八韵成,时号温八叉。多为邻铺假手,日救数人,而士行玷缺,缙绅薄之。李义山谓曰:"近得一联云:'远比召公,三十六年宰辅。'"温曰:"何不云'近同郭令,二十四考中书。'"宣宗尝赋诗,上句有"金步摇",未能对,遣求进士对之。庭筠乃以"玉条脱"续也。宣宗赏焉。又药名有"白头翁",温以

---

① 刘学锴:《温庭筠全集校注》,北京:中华书局,2007年,第1109页。
② 同上。

"苍耳子"为对。他皆类此。①

温庭筠为李商隐"远比召公,三十六年宰辅"所对"近同郭令,二十四考中书",程杲《孙梅四六丛话后序》举之,以为"比事皆成绝对"②。关于这一联,最早的记载见于孙光宪《北梦琐言》:

> 温庭云,字飞卿,或云作筠,与李商隐齐名,时号曰温李。李谓温曰:"近得一联句云'远比召公,三十六年宰辅',未得偶句。"温曰:"何不云'近同郭令,二十四考中书'?"③

孙光宪北宋初人,相去未久,即为传言,亦可见当时此联颇为流传④。且见温李二人并称,温之才捷,而李之才缓也。故温有"八叉"之号,李有"獭祭鱼"之传闻。

《太平广记》卷一七四引《尚书故实》,记载了另一个有关温庭筠敏捷善对的故事:

> 会昌毁寺时,分遣御史检天下所废寺及收录金银佛像。有苏监察者不记名,巡检两街诸寺,见银佛一尺以下者,多袖之而归,人谓之"苏扛佛"。或问温庭筠:"将何对好?"遽曰:"无以过'密陀僧'也。"⑤

密陀僧是中草药名,姓氏"苏""密"相对,表动作的"扛"和"陀(驮)"对,"佛"和"僧"对,不可谓不工。难得的是不假思索,脱口而出,这正有赖于才思敏捷和博学多识。温庭筠才华横溢,除了传统的诗赋创作,精通音律,"能逐弦吹之音,为侧艳之词"(《旧唐书·文苑传》)。又好小说野史,《新唐书·艺文志·小说类三》著录其"《干馔子》三卷,又《采茶录》一卷"⑥,亦可见其性好杂学旁收,腹笥之富。

温庭筠的才思敏捷表现于骈文,即对仗和用典都极工巧,且予人毫不着力的印象。如其《上萧舍人启》叙述党项之为患边庭:

> 属者边塞失和,羌豪傲扰;烟尘骤起,烽燧相连。犬牙秦雍之疆,蚕尾河汾之地。⑦

---

① 尤袤:《全唐诗话》,北京:中华书局,1985年,第78页。
② 王水照编:《历代文话》,上海:复旦大学出版社,2007年,第4227页。
③ 王云五主编:《四六丛话》,上海:商务印书馆,1937年,第443页。
④ 此联见于李商隐《端午日上所知衣服启》:"商隐启:右件衣服等,弄杼多疏,纫针未至。浼李固之奇表,累王衍之神锋。敢恃深恩,窃陈善祝。伏愿永延松寿,常庆蘉宾。远比召公,三十六年当国;近同郭令,二十四考中书。肝膈所藏,神明是听。仰尘尊重,实用兢惶。谨启。"(李商隐著,冯浩详注,钱振伦、钱振常笺注:《樊南文集》,上海:上海古籍出版社,1988年,第442页。)
⑤ 李昉等:《太平广记》,北京:中华书局,1961年,第1291页。
⑥ 欧阳修、宋祁:《新唐书》,北京:中华书局,2003年,第1546页。
⑦ 刘学锴:《温庭筠全集校注》,北京:中华书局,2007年,第1220页。

"犬牙"一联,言关中之地犬牙交错,形容党项势力在当地盘根错节,形势极为复杂,又侵扰内地,如同蛋尾,荼毒河汾之地。以"犬牙"对"蛋尾","犬""蛋"属动物对,"牙""尾"都是身体的一部分,这样的对仗是极工的。并且在句中,"犬牙"和"蛋尾"都属于名词活用。类似的例子还有《上吏部韩郎中启》:

> 故人为累,仅得猪肝;薄技所存,殆成鸡肋。①

"猪肝"对"鸡肋",不仅字面极工,并且都用《后汉书》典。出句用东汉闵仲叔事:闵有节士之称,客居安邑,老病家贫,不能得肉,日买猪肝一片,屠者或不肯与。安邑令闻,敕吏常给焉。仲叔知之,不肯以口腹累安邑,遂去。② 对句用魏王曹操事:操攻刘备不利,有还军之心,故以"鸡肋"为军令,官署不明其意。主簿杨修曰:"夫鸡肋,食之则无所得,弃之则如可惜,公归计决矣。"③温庭筠以闵仲叔自比,言仅得故人微薄资助。诗文创作的才能又如同鸡肋,不足以猎取功名,连活口都困难。又如:

> 投骥尾以容身,执豚蹄而望岁。(《上宰相启二首》)④

"骥尾"语出《史记·伯夷列传》:"颜渊虽笃学,附骥尾而行益显。"⑤这是将对方比作千里马,希望能够托庇其人,得以存身足矣。"豚蹄"语出《史记·滑稽列传》:"今者臣从东方来,见道旁有禳田者,操一豚蹄,酒一盂,祝曰:'瓯窭满篝,污邪满车,五谷蕃熟,穰穰满家。'臣见其所持者狭而所欲者奢,故笑之。"⑥此承上句,言己如同农夫持一豚蹄而祈望丰收,所持甚少,而所望于对方甚大。两个典故皆出《史记》,各有所喻,而传情达意,莫不如意,这对于作者的腹笥和裁剪文句的能力都要求很高。

温庭筠似乎很擅长此事,集中似此等锻炼工巧之对句颇多,不烦一一论析:

> 梓柱云楣,独居蜗舍;绮襦纨袴,已卧牛衣。(《上宰相启二首》)
> 枯鱼被泽,病骥追风。(《上学士舍人启二首》)⑦
> 在蜀郡而惟希狗监,溯河流而未及龙门。(《上学士舍人启二首》)
> 韦曜名方,即求鸡木;傅玄佳致,别染龟铭。(《答段成式七首》)

---

① 刘学锴:《温庭筠全集校注》,北京:中华书局,2007年,第1215页。
② 范晔:《后汉书》,北京:中华书局,1982年,第1740页。
③ 同上书,第1789页。
④ 刘学锴:《温庭筠全集校注》,北京:中华书局,2007年,第1138页。
⑤ 司马迁:《史记》,北京:中华书局,1996年,第2127页。
⑥ 同上书,第3198页。
⑦ 刘学锴:《温庭筠全集校注》,北京:中华书局,2007年。

> 蜗睅伤明，对兰缸而不寝；牛肠治噉，嗟药录而难求。(《答段柯古赠葫芦管笔状》)①

上述例子，就内容的表达而言，用典极工；就字面而言，则无一不是极为工切的名物对。这是很难的，但对温庭筠来说却似乎信手拈来，这和他腹笥极丰而才思敏捷是分不开的，故其所用典故，也有在今天看来极为生僻、一时不易索其出处的。在当时或许不甚为病，对今天的读者来说，就不免有些隔阂。在这方面李商隐要好一些，因为其骈文总的来说抒情性更强，读者偶尔遇见一二僻典，也基本不会影响对全文的理解或由此成为阅读的障碍。

和李商隐相比，温庭筠似乎更嗜用典。五代南唐刘崇远《金华子杂编》所载温庭筠和段成式的逸事也能说明这一点：

> 段郎中成式，博学精敏，文章冠于一时。著书甚众，《酉阳杂俎》最传于世。牧庐陵日，常游山寺，读一碑文，不识其间两字。谓宾客曰："此碑无用于世矣，成式读之不过，更何用乎？"客有以此两字遍谘字学之众，实无有识者，方验郎中之奥古绝伦焉。……为庐陵顽民妄诉，逾年方明其清白。乃退隐于岘山。时温博士庭筠方谪尉随县，廉帅徐太师商留为从事，与成式甚相善，以其古学相遇。常送墨一铤与飞卿，往复致谢，遁搜故事者九函，在《禁集》②中。③

温庭筠集中所存《答段成式书七首》，即《金华子杂编》所提到的"往复致谢"之作。这些作品主要展现了作者的博学和裁剪对句的能力，可以说是用典和对仗技能的一次展示，带有某种炫技的性质。二人往返争胜，终究温更胜一筹。故段成式《与温飞卿书》其六云"飞卿博穷奥典，敏给芳词。吐水千瓶，有才一石"，又《与温飞卿书》其七"韫牍遍穷，缄筠穷索，思安世簏内，搜伯喈帐中"④，对温庭筠的博学深表钦佩。姑举温书一首以见概：

> 庭筠白：节日僮干至，奉披荣诲，蒙赍易州墨一挺。竹山奇制，上蔡轻烟。色夺紫帷，香含漆简。虽复三台故物，贵重相传；五两新胶，干轻入用。犹恐于潜旷远，建业尪羸。韦曜名方，即求鸡木；傅玄佳致，别染龟铭。恩加于兰省郎官，礼备于松楥介妇。汲妻衡弟，所未窥观；《广记》《汉仪》，何尝著列。矧又玄洲(阙)上苑，青琐西垣。仇字犹新，疑签尚整。帐中女史，犹袭清香；架上仙人，常持缥帙。得于华近，辱在庸虚。岂知夜鹤频惊，殊惭志业；秋虫屡绾，不称精研。惟忧瘠物虚投，蜡盘空设。晋陵虽坏，正握铜兵；王诏徒深，

---

① 刘学锴：《温庭筠全集校注》，北京：中华书局，2007年。
② 当为"襟集"之误，即《汉上题襟集》，乃温庭筠、段成式、余知古等人的唱和集。
③ 刘崇远：《金华子杂编》，北京：中华书局，1985年，第2—3页。
④ 刘学锴：《温庭筠全集校注》，北京：中华书局，2007年，第1074、1077页。

谁磨石砚。捧受荣荷,不任下情。庭筠再拜。①

一篇之中,除首尾交代语外,全为对句。其中正对如"色夺紫帷,香含漆简""瘠物虚投,蜡盘空设",反对如"三台故物,贵重相传;五两新胶,干轻入用",言对如"恩加于兰省郎官,礼备于松楹介妇",事对如"晋陵虽坏,正握铜兵;王诏徒深,谁磨石砚"。此外还有借对如"韦曜名方,即求鸡木;傅玄佳致,别染龟铭""帐中女史,犹袭清香;架上仙人,常持缥帙",当句对如"汲妻衡弟,所未窥观;《广记》《汉仪》,何尝著列"。就技巧而论,确实当得起段成式"博穷奥典"的赞美。不过,此等作品,除了炫耀才华之外,实在没有太多的价值。

从以上论述来看,温庭筠的书启之文基本上是以四六对为主,崇尚用典,但就语言风格来看,却毫无其词和赋的华艳。不仅如此,温庭筠的书启和赋虽然都属于骈体文的范畴,但书启是典型的四六,而赋虽然也全篇对仗,却风格艳丽,且对句灵活多变,显然深受六朝宫体文学的影响。例如其《锦鞋赋》:

阛里花春,云边月新。耀粲织女之束足,燕婉嫦娥之结璘。碧繶细钩,鸾尾凤头。鞻称雅舞,履号远游。若乃金莲东昏之潘妃,宝屦临川之江姬。萄蔔非寿陵之步,妖蛊实苎萝之施。罗袜红菓之艳,丰跗皓锦之奇。凌波微步瞥陈王,既蹀躞而容与;花尘香迹逢石氏,倏窈窕而呈姿。擎箱回津,惊萧郎之始见;李文明练,恨汉后之未持。

重为系曰:瑶池仙子董双成,夜明帘额悬曲琼。将上云而垂手,顾转盼而遗情。愿绸缪于芳趾,附周旋于绮榻。莫悲更衣床前弃,侧听东晞佩玉声。②

张仁青说"飞卿之文,婉转动宕,不如义山,而句之坚卓过之,藻采秾丽,亦足相埒"③。这样的评价固然不错,但藻采秾丽,并非飞卿之文的普遍风格,反而是一种特例。例如同为赋体的《再生桧赋》,虽然也描写生动,但总的风格是典正得体的:

桧有再生之瑞,天符圣运之兴。挺松身而鳞皴迥出,布柏叶而香蔼相承。隋道既穷,则没身于乱土;唐朝将建,故发德于休征。原夫日将兴而幽暗皆明,君应期而纤微必表。生于枯朽,证受命于败德之时;长则繁华,示宝祚于延庆之兆。想夫拔陈根而已茂,耸修干以方妍。凌朝而还宜宿露,向晚而尤称新烟。以状而方,生莫之枯杨若此;以理而喻,易叶之僵柳昭然。效殊祥以示后,愿众瑞而居先。嘉其擢本旁荣,抽条迥秀。历朱夏而弥盛,冒霜雪而不朽。应昌业于龙潜之际,岂曰无心;彰圣德于虎视之前,孰云虚受。徒观夫载

---

① 刘学锴:《温庭筠全集校注》,北京:中华书局,2007年,第1053页。
② 同上书,第1042页。
③ 张仁青:《中国骈文发展史》,杭州:浙江大学出版社,2009年,第372页。

光紫府,效祉皇家。竦亭亭之柯叶,擢郁郁之辉华。可以播之于万古,可以流之于四遐。是知历数归唐,祯祥启圣。何厚地之朽木,报上天之明命。残阳未落,宫庭之林薮忽生;明月初悬,玉砌之桂华复盛。矧夫贞节独异,高标自持。散芳气而微风乍动,入重阴而宿鸟犹疑。盖天所赞也,亦神以化之。客有生遇明时,身蒙至德。穷胜负于朕兆,慕休祥于邦国。敢献赋以扬荣,遂布之于翰墨。①

李调元尤其欣赏"以状而方,生羹之枯杨若此;以理而喻,易叶之僵柳昭然"一联,以为"以史对经,铢两悉称"②,又有"天骨开张,刊落浮艳"③之评,正指出此文在风格上与其词体有别,也迥别于《锦鞋赋》为代表的宫体风格。

总的来说,温庭筠的骈文以书启为主,精于对仗和用典。启文中的部分陈情之作,善于述哀,而不以丽辞偶语为尚,是集中第一等的文字。他的献赋之作《再生桧赋》风格雅正,而《锦鞋赋》则极为绮艳华美,这说明他对于六朝赋的传统极为熟悉,同时重视文章之用,故献赋之作以典雅为尚,而游戏之作则不妨以绮靡为工。其书启之作,也可以从这方面来理解。一般的应酬作品,写作风格极为洗练。只有在特殊情况下需要以情动人时,才调用较多的艺术手段来表现。

---

① 刘学锴:《温庭筠全集校注》,北京:中华书局,2007 年,第 1037 页。
② 所谓以史对经,盖出句用《易·大过》"九二:枯杨生稊,老夫得其女妻"。对句"易叶之僵柳",不详出典。
③ 李调元:《赋话》,北京:中华书局,1985 年,第 24 页。

中国倚声填词的前世因缘

澳门大学中国语言文学系　施议对

前世与今生,这是个时间概念。佛家说三生,有前生、今生和来生。白居易《赠张处士山人》云:"世说三生如不谬,共拟巢许是前身。"俗世也讲三生,比如"未卜三生愿,频添一段愁"(《红楼梦》第一回)。本文借以演说中国倚声填词的前世与今生,同样将其当作一个时间概念。不过,这仍需要一个前提,先得看看,何谓倚声填词?为之确立义界,知道其确实存在,方才能够断定其前世与今生。现在,为便于叙述,就先说结论,而后再作论证。即先为倚声填词确立义界,看看这究竟是怎么一回事。这一问题,如不加以包装,我以为倚声填词包括两个方面之所指:一方面,凡是今日所说的词,无论其具有多少个别名,诸如乐章、乐府以及长短句等等,都可统称为倚声填词;另一方面,所谓倚声填词,指的是依据乐曲乐音所填制的歌词,例如温庭筠所谓"能逐弦吹之音,为侧艳之词"①,其以文辞(侧艳之词)的字声,追逐乐曲的乐音(弦吹之音),就是倚声填词。两个方面之所指,一个包括所有,较为笼统;一个有其专指,具特别意义,说明这是中国倚声填词的标志。倚声填词,这是温庭筠的创造。演说倚声填词,断定中国倚声填词的前世与今生,当以之为标志。有此标志,即可断言:温庭筠之前,为中国倚声填词的前世;自温庭筠起,为中国倚声填词的今生。当今之下,中国倚声填词的前世已经过去,而今生仍在延续。中国倚声填词的前世与今生这一时间概念,其内涵及外延,既相对固定,又依据倚声填词自身的发展、演变,不断充实与延伸。这是本课题所当说明的问题,也就是刚刚所说的结论。

以下准备论述三个问题:词的起源问题、词学观念问题以及词学科目问题。

先说温庭筠及其作为倚声填词标志的问题。温庭筠,原名岐,字飞卿,太原祁(今山西祁县)人,世称温助教、温方城,生当晚唐。往上推移,一直到隋,将近300年,为中国倚声填词的前世。这是中国倚声填词发生、发展的一个时间段。这一时间段,情况较为复杂,许多问题至今仍然存有异议。现暂不说温庭筠作为中国倚声填词标志的理由,而先说其作为中国倚声填词标志所具有的特别意义,即温庭筠出现,对于词体生成问题、词学观念问题以及词学科目确立问题的探讨所提供的启示。

---

① 刘昫等:《旧唐书》,北京:中华书局,1975年,第5079页。

一、史观：词体生成的三个阶段

词体生成问题，包括词体发生、发展及定型等问题，头绪纷繁，颇难把握。尤其是初成之时应当如何断定、处于何种状况，更是不易追寻。以下依据歌词合乐过程歌词作者处理词与乐关系的方式、方法及模式，试将词体生成归纳为三个阶段：虚声填实阶段、依曲拍为句阶段、以字声追逐乐音阶段。

（一）虚声填实阶段

沈括《梦溪笔谈》云：

> 诗之外又有和声，则所谓曲也。古乐府皆有声有词，连属书之，如曰贺贺贺、何何何之类，皆和声也。今管弦之中缠声，亦其遗法也。唐人乃以词填入曲中，不复用和声。①

朱熹《朱子语类》云：

> 古乐府只是诗，中间却添许多泛声，后来人怕失了那泛声，逐一声添个实字，遂成长短句。今曲子便是。②

沈括说和声，乃谓诗以外所添加的声音，亦即乐府歌诗乐曲中复叠演唱的声音。此复叠演唱声音，如贺贺贺、何何何之类，乃诗之外所添加，只表示声音，未有实际意义。朱熹说泛声，谓古乐府只是诗，其声亦演唱时所添加，同样也只表音，并未表意。沈括、朱熹所说，指明诗之外添加和声或泛声，乃乐府演唱的方法。唐时歌诗合乐，沿用此法。而当唐人直接以字词填入曲中，即"逐一声添个实字"，就不再使用和声了。

这是中国倚声填词发生、演变的第一个阶段。一般文学史家说词的起源大多于此立论。但是，这一时间段究竟应当如何断限？所谓古乐府与今曲子又是如何推演？当中仍有一些状况未能获知。尤其是虚声填实的实际事例以及乐府遗法的规则及运用等问题，至今仍缺乏直接的事证。为见证从古乐府到今曲子演变的这段历史，掌握从和声、泛声的添加到"逐一声添个实字"的状况，下文以《汉铙歌》《江南弄》及《竹枝》为例，对这段时间歌词合乐状况试加推断。

---

① 沈括著，胡道静校证：《梦溪笔谈校证》，上海：上海古籍出版社，1987年，第232页。
② 黎靖德：《朱子语类》，北京：中华书局，1986年，第3333页。

1. 从《汉铙歌》到《江南弄》，看乐府演唱的方式、方法与模式

由于时序递嬗，人事更迭，今传乐府文本，大多仅存其辞而无其声。例如郭茂倩《乐府诗集》（卷十六）所载《汉铙歌》十八曲，除《有所思》仍保留"妃呼豨"这一可能兼带表音功用的词语外，歌诗之外被称作叠字散声的字词，包括乐工记语等等，多已不见踪迹。但相对于《汉铙歌》，萧衍《江南弄》的年代并不那么久远，其于表演之时所运用叠字散声状况，亦即辞与声的配搭方式、方法与模式，有较为完整的记录。

《汉铙歌》和《江南弄》，同为乐府歌诗，相对而言，一古一今。探知今之《江南弄》合乐演唱状况，必将有助于了解古之《汉铙歌》合乐演唱状况。依据《乐府诗集》所载，试将《江南弄》七曲辞与声的文本格式标识如下：

江南弄
《古今乐录》曰："《江南弄》（三洲韵），和云：'阳春路，娉娉出绮罗。'"
众花杂色满上林。
舒芳耀绿垂轻阴。
联手蹙蹀舞春心。
舞春心。
临岁腴。
中人望，
独踟蹰。

龙笛曲
《古今乐录》曰："《龙笛曲》，和云：'江南音，一唱直千金。'"
美人绵眇在云堂。
雕金镂竹眠玉床。
婉爱寥亮绕红梁。
绕红梁。
流月台。
驻狂风，
郁徘徊。

采莲曲
《古今乐录》曰："《采莲曲》，和云：'采莲渚，窈窕舞佳人。'"
游戏五湖采莲归。

发花田叶芳袭衣。
为君艳歌世所希。
世所希。
有如玉。
江南弄,
采莲曲。

凤笙曲
《古今乐录》曰:"《凤笙曲》,和云:'弦吹席,长袖善留客。'"
绿耀克碧雕琯笙。
朱唇玉指学凤鸣。
流速参差飞且停。
飞且停。
在凤楼。
弄娇响,
间清讴。

采菱曲
《古今乐录》曰:"《采菱曲》,和云:'菱歌女,解佩戏江阳。'"
江南稚女珠腕绳。
金翠摇首红颜兴。
桂棹容与歌采菱。
歌采菱。
心未怡。
翳罗袖,
望所思。

游女曲
《古今乐录》曰:"《游女曲》,和云:'当年少,歌舞承酒笑。'"
氛氲兰麝体芳滑。
容色玉耀眉如月。
珠佩婐𡜧戏金阙。
戏金阙。
游紫庭。

舞飞阁。
歌长生。

朝云曲
《古今乐录》曰："《朝云曲》，和云：'徙倚折耀华。'"
张乐阳台歌上谒。
如寝如兴芳晻暧。
容光既艳复还没。
复还没。
望不来。
巫山高，
心徘徊。

上录萧衍《江南弄》七曲，每曲皆有和声及叠字。和声随声应和，长短有节，除《朝云曲》外，皆为三、五言句，如《江南弄》(三洲韵)和声有云"阳春路，娉婷出绮罗"。叠字互相勾连，前后呼应，如《江南弄》之"……舞春心。舞春心"；《龙笛曲》之"……绕红梁。绕红梁"；《采莲曲》之"……世所希。世所希"；《凤笙曲》之"……飞且停。飞且停"；《采菱曲》之"……歌采菱。歌采菱"；《游女曲》之"……戏金阙。戏金阙"以及《朝云曲》之"……复还没。复还没"。从整体结构上看，七曲每篇三七言句，四三言句。七言句，句句押韵，三言句转韵。齐整中的不齐整，不齐整中的齐整，错落有致。从局部组合上看，每篇第三个七言句为全篇为单句，如"联手踆踥舞春心"，以"舞春心"收，所接三言句以顶真格接上，并领起下文。全篇的和声与叠字，其排列、组合，皆有规范，既整齐划一，又精密衔接。乐府歌诗合乐演唱已形成固定的方式、方法与模式。

2. 从《江南弄》到《竹枝》词，看歌词合乐的方式、方法与模式

从时序递嬗看，《汉铙歌》与《江南弄》，其所谓古与今，相对于其后兴起的合乐歌词例如《竹枝》，皆为古。以今证古，由今之乐府见证古之乐府；援古证今，由古之乐府探知今之乐府的演进轨迹。以下以皇甫松、孙光宪《竹枝》为例，对这一轨迹加以探寻。

竹枝，唐教坊曲名，又名"巴渝辞""竹枝词""竹枝子"。单调，十四字，二句、二平韵；又一体为单调，二十八字，四句、三平韵。万树《词律》收录皇甫松及孙光宪所作十四字体及二十八字体。

皇甫松《竹枝》曰：

芙蓉并蒂竹枝一心连女儿

> 花侵隔子竹枝眼应穿女儿①

孙光宪《竹枝》曰：

> 门前春水竹枝白蘋花女儿
> 岸上无人竹枝小艇斜女儿
> 商女经过竹枝江欲暮女儿
> 撒抛残食竹枝饲神鸦女儿②

《词律》云：

> 竹枝之音，起于巴蜀。唐人所作，皆言蜀中风景。后人因效其体，于各地为之。非古也。如白乐天、刘梦得等作本七言绝句，皇甫子奇亦有四句体。所用竹枝、女儿乃歌时群相随和之声，犹采莲曲之有举棹、年少等字。他人集中作诗，故未注此四字。此作词体，故加入也。③

竹枝之音，指巴渝一带民歌。表演时以笛、鼓伴奏，歌者扬袂睢舞，以曲多者为贤。所注"竹枝""女儿"，"枝"与"儿"叶韵，乃歌时群相随和之声，是为和声。大致一人唱"门前春水"，众和"竹枝"；又唱"白蘋花"，众和"女儿"。于齐整七言句加和声，不仅应和乐曲乐音，而且在字面上亦互相取叶。皇甫松另一《采莲曲》之有"举棹""年少"，"棹"与"少"叶韵，亦同此例，即其"举棹""年少"皆和声也。采莲时，女伴甚多，一人唱"菡萏香莲十顷陂"，余人齐唱"举棹"和之。④

从《江南弄》到《竹枝》词，由古到今的演进，合乐演唱的方式、方法与模式，一脉相承。这是倚声填词发生、发展的第一阶段，词体生成阶段。这一阶段，声家依据合乐歌词是否兼备长短句法以及是否带有和声，作为词与非词的标志。

（二）依曲拍为句阶段

唐文宗开成三年（838年），白居易为太子少傅分司东都，刘禹锡为太子宾客亦分司东都。刘禹锡《忆江南》题称："和乐天春词，依《忆江南》曲拍为句。"《忆江南》，原名"谢秋娘"，传乃李

---

① 万树：《词律》，上海：上海古籍出版社，2013年，第62页。
② 同上。
③ 同上。
④ 刘永济：《唐五代两宋词简析》，上海：上海古籍出版社，1981年。

德裕为亡妓谢秋娘所作①,后因白居易有"能不忆江南"句而改名。单调,二十七字,五句、三平韵,中间七言二句,宜对仗,入宋加一叠成五十六字体。其句法、韵叶,包括平仄组合,均有定格,乃一形式、格律完全定型的词调。白居易《忆江南》三首,以江南春色为主题,表达其留连光景的心情。刘禹锡和乐天,非步其韵,乃和其意,即借江南春色叙写其惋惜春去之意。依曲拍为句,表示以文句应和乐句。和虚声填实一样,刘、白所作也是歌词与乐曲的一种配搭。但此时,歌词与乐曲的配搭,乃以句为单位,而非以篇。以篇为单位,如《竹枝》词,无论十四字体或二十八字体,用以合乐,七言句仍然为七言句,只是加上和声而已;以句为单位,乃一句一拍,径自入乐,相对于虚声填实,其配搭已无外部协调印记。依曲拍为句,歌词由齐整(齐言)到不齐整(杂言),句法变化,歌法亦相应变化。如此前以和声、泛声方式行之,此时则不用借助和声与泛声。

龙榆生利用齐言、杂言句法变换原则,将刘、白所作看作是五、七言律、绝拆散后的重组。如原有五、七言律、绝,合乐时保留其两个七言对句,其余拆为三言、五言,而后仍运用歌词原来的平仄安排加以重组。重组后的歌词,句法改变,平仄组合规则未变。龙榆生曾指出:"这样解散五七言律绝的整齐形式,而又运用它的平仄安排,变化它的韵位,就为后来'倚声填词'家打开了无数法门,把文字上的音乐性和音乐曲调上的节奏紧密结合起来,促进了长短句歌词的发展。"②并曾断言,《忆江南》这一词调"除起为三字句外,实割五、七言绝句之半为之"③。龙榆生在字格上从无形到有形的推断,便于理解,但将问题说得过于绝对,将事情坐实便显得不可行。因任何一首绝句,四句话、二十八个字,割取其半,无论如何都成不了一首其中有一七言对句的《忆江南》。何况刘、白之时,词体新形式已经创立。歌词合乐,既无用依傍,亦无需在现成的五、七言律、绝中讨生活。

较之虚声填实阶段,此时歌词创作,始创多于传旧。合乐应歌,既可以胡夷里巷之曲直接入乐,其歌法亦随着句法变化而发生变化。这就是由歌诗之法向歌词之法的转变。这一转变,在歌词之外有无和声,成为辨别其是否乃倚声所填的词的标志。但所谓歌词之法并非自刘、白之时起,亦并非以歌词之法取代歌诗之法。合乐应歌的过程,两种歌法并用。并且可以断言:歌诗之法与歌词之法的分别,至刘、白之时方才清楚显现。或者说,歌词之法,至刘、白而确立。这是倚声填词发生、发展的第二阶段,是为词体定型阶段。

(三) 以字声追逐乐音阶段

经由第一阶段、第二阶段,歌词合乐的方式、方法以及歌词的来源及途径,既多变化,亦相

---

① 段安节:《乐府杂录》,北京:中华书局,1985年。
② 龙榆生:《词曲概论》,上海:上海古籍出版社,1980年,第17页。
③ 龙榆生:《令词之声韵组织》,载《龙榆生词学论文集》,上海:上海古籍出版社,1997年,第166页。

对稳定。词体由不定声到定声,由不定型到定型,已渐形成固定格式,但仍未与近体律、绝脱离干系。亦即此时,合乐歌词仍然与诗同科。直至温庭筠出现,词之为词,方才与诗异途。

温庭筠"士行尘杂,不修边幅。能逐弦吹之音,为侧艳之词"。其以文辞(侧艳之词)的字声,追逐乐曲乐音(弦吹之音),亦即以文字的语言应和音乐的语言。这是以字为单位元的合乐方式,将乐曲的乐音构成落实到字格上。中国文学史上,词之所谓填者,自此开始。温庭筠出,中国倚声填词方才独立成科,在文学史上与歌诗处于对等地位。这是温庭筠作为中国倚声填词标志的依据。

以字声应和乐音,这是中国倚声填词发生、发展的第三阶段。

二、 史识:词的起源、词学观念以及词学科目的确立问题

通过对以上三个阶段的描述,中国倚声填词作为一有机体的生成状态,亦即其发生、发展及定型,脉络已较清晰地得以呈现。但三个阶段之第一、第二两个阶段,并无绝对的先后次序,古与今的界限亦非截然分开。这是站在今天立场,凭借今天的想象,推断以往的人物及事件。相关推断,牵涉到词的起源、词学观念以及词学科目的确立问题,须进一步加以探研。

(一) 词的起源问题

词的起源问题,是千百年来无法回避的一个话题。但众说纷纭,莫衷一是。到底今天所说的词,是怎么产生的呢?论者从六朝、隋末,一直说到唐朝的初、盛、中、晚。各有各的理由。到目前为止,仍很难推导出一个可以作为定论的意见来。相关讨论,以时代论,有六朝说、隋末说、初唐说、盛唐说、中唐说、晚唐说;以作者论,有民间说、文人说;以文体论,有乐府说、诗余说;以词乐关系论,有和声说、泛声说……种种说法,对于词体的产生,似乎皆未能论定。

20 世纪 80 年代,撰著《词与音乐关系研究》,笔者曾大胆地作出独家论断,提出以"两个标志,一个长过程"为原则,探测词的起源问题。两个标志,一个是句法的标志,一个是歌法的标志;一个长过程,指词体的发生、发展,需要一个实践的过程。依据这一原则,通过一系列论证,笔者将词体发生的时代,断定于初盛唐间。大约经过 20 年,到了 2000 年,笔者的这一说法被划归为初盛唐间说。有学者称:"词起于初盛唐间说,此说以郑振铎、叶鼎彝、阴法鲁、施议对等人为代表,是本世纪关于词的起源问题影响最大的一种说法。"[1]这是学界有关词起源问题的论断,可供参考。

依据上文所述,有关词的起源问题,尚有二事须提出讨论。一是关于《江南弄》与《竹枝》词

---

[1] 杜晓勤:《二十世纪唐五代词研究概述》,载《二十世纪中国文学研究》,北京:北京出版社,2001 年,第 1297 页。

是否合适进入词林问题,另一是《渔歌子》是否应当被排除于词林之外问题。以下试以"两个标志,一个长过程"为原则,尝试加以探讨。

1. 《江南弄》与《竹枝》词的身份认同

沈括、朱熹依据古乐府合乐演唱之遗法,以虚声填实说词体的生成,词学史上主张这一说法者,称其为乐府起源说,或者和声说、泛声说。相关论者或依据句法、句式,将《江南弄》定性为词;或依据和声之有无,将不带和声的《竹枝》词,排除于词林之外。先说句法、句式,再说和声的运用问题。

杨慎云:

> 梁武帝《江南弄》云:"众花杂色满上林。舒芳耀彩垂轻阴。连手蹀躞舞春心。舞春心。临岁腴。中人望,独踟蹰。"此词绝妙。填词起于唐人,而六朝已滥觞矣。其余若美人联锦、江南稚女诸篇皆是。乐府具载,不尽录也。①

杨慎说《江南弄》乃绝妙好词。既全篇照录,并特别指出,其余各篇如"美人联锦"(别作"美人绵眇")、"江南稚女"皆是,谓即与首章同一格式。杨慎所作定性,显然以句法、句式为依据。这是杨慎主张词体起源于六朝乐府的凭证。

梁启超说《江南弄》,为其定性,同样着眼于句法、句式。如曰:"凡属于《江南弄》之调,皆以七字三句、三字四句组织成篇。七字三句,句句押韵。三字四句,隔句押韵。"并且断言:"似此严格的一字一句,按谱制调,实与唐末之倚声新词无异。"②

杨慎、梁启超均依句法、句式,为《江南弄》之作为词中一员提供依据。认定六朝时代所出现《江南弄》,已具备作为词体身份的条件。

至于和声运用问题,其有与无,在不同时间段、不同语境,具有不同意义。如在虚声填实阶段,和声是歌词合乐的凭据,也是合乐生成歌词究竟为诗或者为词的一个辨别标志;而在依曲拍为句阶段,和声则成为辨别歌诗之法与歌词之法的标志。

例如《竹枝》与《竹枝词》,白居易、刘禹锡均有所作,并多为七言四句的齐言歌诗。同样的标题、句法、句式,却有不同的身份认同。《词律》《词谱》收录皇甫松、孙光宪二人所作《竹枝》,并以之为正体,而未收录刘禹锡、白居易所作《竹枝》词。《词律》称"原无和声",《词谱》指"俱拗体七言绝句"。皆不认同其词体身份。这是以和声之有无作为标志,对于合乐生成歌词究竟为诗或者为词所作的判断。即有和声,是为词;无和声,则非也。但是,在依曲拍为句阶段,以句为单位,直接合乐,和声之有无,表示依傍或者无依傍,对于合乐生成歌词的身份却有不同的判

---

① 杨慎:《词品》,载唐圭璋《词话丛编》,北京:中华书局,1986年。
② 梁启超:《中国之美文及其历史》,载《饮冰室合集》,北京:中华书局,1989年,第178页。

断。即有和声,非为词;无和声,是为词。

以上论者,一以形式格律,证实《江南弄》的词体身份,谓不止一篇,其余诸篇句法、句式及韵叶都归一律,已具备作为倚声新词的条件;一以词之外添加和声,证实《竹枝》词的演唱,符合古乐府遗法,符合歌词身份。二者论断,各有依据,但都未必尽合词体生成的实际状况。就格式看,《江南弄》和《竹枝》词,"字之多寡有定数,句之长短有定式,韵之平仄有定声"[①],将其定性为词,无可厚非。但这仅仅是一个标志,句法的标志。判断合乐生成歌词之究竟为诗或者为词,于格式之外,还得看歌法,看其是歌诗之法,还是歌词之法,这是判断合乐生成歌词究竟为诗或者为词的另一标志,歌法的标志。以两个标志,为《江南弄》和《竹枝》词定性,二者均不合词体身份,并非严格意义上倚声所填的词。这就是说,在虚声填实阶段,《江南弄》和《竹枝》词,虽具词的格式,并曾合乐应歌,但其所施行,仍为歌诗之法,尚未能认同其词体身份。

那么,从《江南弄》到《竹枝》词,所谓虚声填实,又当如何理解呢?这一时间段,向上可推至隋,向下延长至中、晚唐,属于虚声填实阶段。上文以《江南弄》和《竹枝》词为例,对这一时间段词体的生成状况作了一番描述。《江南弄》和《竹枝》词,一为早起事证,一为晚起事证,二者虽并非完全合符词体的身份,但其合乐歌唱的事实和经验,相信有助于对这一段历史的理解。这是依"两个标志,一个长过程"的原则,对于合乐歌词的词体身份所作验证。

2.《渔歌子》的身份认同

唐大历九年(774年)秋,张志和到湖州拜访颜真卿。大约于此时,张志和作《渔歌子》五首。五首体调如一,可以参校。进入词林,又名"渔父""渔父歌""渔父乐"。单调,二十七字,五句四平韵,中间三言两句,例用对偶;双调,五十字,仄声韵。张志和所作为单调,不带和声,而于每首最后一句中的第五个字用"不"字。这一个"不"字,入声,读作去声。这是以吴地民歌直接入乐之一事证。

其曰:

> 西塞山前白鹭飞。桃花流水鳜鱼肥。青箬笠,绿蓑衣。斜风细雨不须归。
> 钓台渔父褐为裘。两两三三舴艋舟。能纵棹,惯乘流。长江白浪不曾忧。
> 霅溪湾里钓渔翁。舴艋为家西复东。江上雪,浦边风。笑着荷衣不叹穷。
> 松江蟹舍主人欢。菰饭莼羹亦共餐。枫叶落,荻花干。醉宿渔舟不觉寒。
> 青草湖中月正圆。巴陵渔父棹歌连。钓车子,橛头船。乐在风波不用仙。

上列《渔歌子》五首,一为仄句起、平句结,"西塞山前"是也;一为平句起、仄句结,"霅溪湾里"及"松江蟹舍"二首是也;其余二首,则一为平句起、平句结,一为仄句起、仄句结。一调四体,乃不

---

① 王奕清等:《钦定词谱》,北京:中国书店,1983年,第5页。

变中的变。但无论仄句起、平句结,还是平句起、仄句结,千变万化,其中仍有一个固定字眼不变,这就是每首最后一句中的第五个字。这一个字,一般宜用去声。这又是变中的不变。就形式、格律而言,自张志和起,《渔歌子》一调在句法上已形成一定的格式规范。

依据《渔歌子》的形式规范,现将张志和所作五首中第一首格式标识如下:

张志和《渔歌子》,因颜真卿等人的推广,一时应和者众。不仅在本邦,而且在他邦,凡所应和,均依其形式规范行事。宋代坊间所刊《金奁集》收录《渔歌子》十五首,未著作者名姓。其中,结句第五字用"不"字的有五首。

其曰:

五岭风烟绝四邻。满川凫雁是交亲。风触岸,浪摇身。青草灯深不见人。
极浦遥看两岸花。碧波微影弄晴霞。孤艇小,信横斜。那个汀洲不是家。
洞庭湖上晓风生。风触湖心一叶横。兰棹快,草衣轻。只钓鲈鱼不钓名。
舴艋为船力几多。江头雷雨半相和。珍重意,下长波。半夜潮生不奈何。
偶然香饵得长鲟。鱼大船轻力不任。随远近,共浮沉。事事从轻不要深。

以上《渔歌子》和作五首,"五岭风烟""极浦遥看"及"舴艋为船",仄句起、仄句结,依"青草湖中"一体;"洞庭湖上"及"偶然香饵",平句起、仄句结,依"雪溪湾里""松江蟹舍"一体。宋以后所作,多依"西塞山前"一体。

弘仁十四年(823年),日本嵯峨天皇以张志和《渔歌子》为蓝本所作《渔歌子》五首,于歌词最后一句第五个字用"带"字(去声),与原唱之用"不"字,为其奇处相合。

其曰:

江水渡头柳乱丝。渔翁上船烟景迟。乘春兴,无厌时。求鱼不得带风吹。
渔人不记岁月流。淹泊沿洄老樟舟。心自效,常狎鸥。桃花春水带浪游。
青春林下度江桥。湖水翩翩入云霄。烟波客,钓舟遥。往来无定带落潮。
溪边垂钓奈乐何。世上无家水宿多。闲钓醉,独棹歌。洪荡飘飘带沧波。
寒江春晓片云晴。两岸花飞夜更明。鲈鱼脍,莼菜羹。餐罢酣歌带月行。

嵯峨天皇和作,"江水渡头"一首,仄句起、平句结,依"西塞山前"一体;"渔人不记"及"青春林下",平句起、平句结,依"钓台渔父"一体;"溪边垂钓"及"寒江春晓",平句起、仄句结,依"雪溪湾里"及"松江蟹舍"一体。

此外,有智子内亲王和作《渔歌子》二首,于歌词的同一位置,用"送"字(去声),亦与原唱的奇处相合。

其曰:

白头不觉何人老,明时不仕钓江滨。饭香稻,苞紫鳞。不欲荣华送吾真。
春水洋洋沧浪清。渔翁从此独濯缨。何乡里,何姓名。潭里闲歌送太平。

有智子和作,一平句起、仄句结,依"雪溪湾里"及"松江蟹舍"体;一仄句起、仄句结,依"青草湖中"一体,均有依据。唯一首首句不用韵,与原唱及诸和作有意异。

又,滋野贞主和作五首,虽有"窘涩之处",但每首结句的同一位置,用"入"字(作去声用),同样亦与原唱相合。

其曰:

渔父本自爱春湾。鬓发皎然骨性闲。水泽畔,芦叶间。弩音远去入江边。
微花一点钓翁舟。不倦游鱼自晓流。涛似马,湍如牛。芳菲霁后入花洲。
潺湲绿水与年深。棹歌波声不厌心。砂巷啸,蛟浦吟。山岚吹送入单衿。
长江万里接云霓。水事心在浦不迷。昔山住,今水栖。孤竿钓影入春溪。
水泛经年逢一清。舟中暗识圣人生。无思虑,任时明。不罢长歌入晓声。

滋野贞主和作,"渔父本自"一首,仄句起、平句结,依"西塞山前"一体;"水泛经年"一首,仄句起、仄句结,依"青草湖中"一体;其余三首,平句起、平句结,依"钓台渔父"一体。

从形式格律上看,《渔歌子》之原唱与和作,一调四体,无论哪一种体式,其中的变换,都未曾突破原有的格式规范。例如"西塞山前"体与"雪溪湾里"体,一仄句起、平句结(仄仄平平仄仄平,平平仄仄仄平平),一平句起、仄句结(平平仄仄仄平平,仄仄平平仄仄平),两两相较,格式全反,但这只是两种体式之间起句与结句位置互换,《词律》称"数位互用"①,起句与结句自身固有平仄组合规则并未曾变。亦即只是句法改变,句式未变。句法、句式,二者不能混淆。句有百法,句式只有两种:律式句和非律式句。律式句诗词共享,非律式句词用诗不能用。和五、七言律、绝一样,《渔歌子》的句式,七言或三言,皆为律式句。就句法而言,其变与不变,既

---

① 万树《词律》曰:"今虽音理失传,而词格具在,学者但宜依仿旧作,字字恪遵,庶不失其中矩矱。旧谱不知此理,将古词逐字臆断,平谓可仄,仄谓可平。夫一调之中,岂无数位可以互用,然必无通篇皆随意通融之理。"

与五、七言律、绝无异,亦与按谱填词所形成格式无异,帮助《渔歌子》形式格律符合按谱填词的格式规范。这是从句法上对于《渔歌子》身份认同的验证。

以下说歌法,即其合乐应歌的方法、方式及模式问题。就目前情况看,《渔歌子》之合乐应歌,尽管仍缺少一定的文献依据,但有两个方面的事例仍可提供研讨。一为《渔歌子》本身带有歌腔,这是合乐应歌的凭借;另一为《渔歌子》最后一句第五个字为固定字眼,这是合乐应歌所留下的音乐印记。由于带有歌腔,张志和《渔歌子》流传日邦,嵯峨天皇及其臣子遂有应和之作;而流传本邦,则因曲度不传,苏轼等一班文士只好沿用《渔歌子》成句,添字扩作《浣溪沙》或者《鹧鸪天》,以相应和。这是《渔歌子》曾经合乐应歌的外证。由于留下印记,即其最后一句第五个字用去声,表示乐曲格式需要强调的地方,也就是乐曲音律吃紧之处。这是《渔歌子》曾经合乐应歌的内证。以此为前提,进而看其合乐应歌的方法、方式及模式,所谓不带和声,无复依傍,帮助《渔歌子》合乐,其所施行已非歌诗之法,而是歌词之法。由歌词之法,推断《渔歌子》已是一般意义上所说倚声新词。这是从歌法上对于《渔歌子》身份认同的验证。

3. 辨伪与认真

以上依句法标志与歌法标志,从辨伪与认真两个不同角度,对《江南弄》《竹枝》词以及《渔歌子》的词体身份加以验证。《江南弄》与《竹枝》词,尽管在格式上已与一般意义上所说倚声新词无异,但因其合乐所施行为歌诗之法,而非歌词之法,仍非严格意义上的倚声新词;而《渔歌子》既具倚声新词的格式规范,其合乐所推行又为歌词之法,乃严格意义上的倚声新词,不应被排除于词林之外。这是以"两个标志,一个长过程"为原则所作的论断。

(二) 词学观念问题

词学观念问题,是对于词的看法、态度问题,包括对于词的性质的认识和判断,是史观和史识的一种体现,同时也是一种评价标准。例如词为艳科,就是一种看法、态度,一种认识和判断,也就是一种观念。据谢桃坊先生研究,词为艳科是 20 世纪的人讲的话,并非出自宋人之口。但笔者一直以为,词为艳科仍然是宋人的观念,这是自温庭筠起就确立的观念。

《旧唐书》温庭筠传称:"(温庭筠)能逐弦吹之音,为侧艳之词。"这两句话,说明温庭筠的创造包括两个方面——声学与艳科,也说明倚声填词乃由体现格律形式的声学与体现思想内容的艳科所构成。温庭筠之"逐弦吹之音",指的是歌词文辞与乐曲乐音的配搭,表示词之所谓填者,自温庭筠起。这是在声学上的创造,以文辞字声加以体现。至其作"侧艳之词",指的是思想内容方面的创造,以艳之质性加以体现。而此处之所谓艳者,其性质乃以一个侧字加以限定,谓其为侧艳。侧者,旁也,不正曰仄,不中曰侧,说明是一种不正的艳。类似郑卫之音相对于华夏正声,温庭筠词所体现的艳,依孔夫子所见,当为邪艳。侧与正,或者邪与正,向来被用作考量作者品级的一个尺度,自诗三百以来皆如是。就诗教传统看,所谓"士行尘杂,不修边幅",温庭筠当时之被视作异类,应与其所作侧艳之词有关;而就文体创造看,所谓"同能不如独胜"①,在文学史上,温庭筠却因此而成为花间之首,成为中国倚声填词史上一位标志性人物。这应是温庭筠当时所想象不到的。因此,声学与艳科,便成为千年词学的两个关键词。

大致而言,温庭筠在声学与艳科两个方面的创造,对于倚声填词性质的确定以及后来者观念的确立,都曾发挥决定性的作用。入宋,词的性质并无改变,中国倚声填词仍然由声学与艳科构成。但宋人对于词的观念,亦即对于倚声填词所采取的态度,却经常处在矛盾的状态当中。30年前,笔者曾说:宋代道学空气极其浓厚,宋代词人往往表现出双重人格——戴上面具作载道之文、言志之诗,卸下面具写言情之词。② 可见宋人对于作为艳科的词,虽有共同的喜好,却仍然持以不同的态度。例如,柳永奉歌儿舞女的芳旨填词(吴世昌语),以"白衣卿相"自命,天下歌之;苏轼将词看作诗之裔,又未尝短于情,只好将填词当作余事之余事。此类言论与行为,就是不同观念、不同态度的体现。宋之后,所谓小道、末技,亦当作如是观。

李清照著《词论》,提出两个概念:乐府与声诗。以之代表两种不同的乐歌品种,即盛行于唐开元、天宝间的歌词(乐府)与歌诗(声诗)。其谓"别是一家,知之者少",既为歌词正名,谓其乃新时代的乐府,并以之与声诗对举,揭示其有别之处。其有别之处为协音律与主情致两个方面,既是对于歌词有别于歌诗的帮助,亦表示对于声学与艳科的理解。

以上说观念问题,表示对于倚声填词的看法和态度,也表示对于倚声填词性质的认识和判断。声学与艳科两个方面,是倚声填词在内容和形式两个方面特性的体现,为千年词学的确立奠定基石。千百年来,但凡言词者,皆不能离开这一话题。

(三) 词学科目确立问题

科目的确立,既是分期、分类的结果,又是辨别源与流的体现。但科目并不等同于学科。从科目的确立到学科的创置,是从词学的自觉到自觉的词学的一个过程。温庭筠的出现,方才为过程的开始。其时,词学已经自觉,亦即已与诗歌分离,但自觉的词学仍未出现。就温庭筠而言,他对于中国倚声填词的贡献,除了上文所说词体性质的确认和词学观念的确立,还在于他的出现,令得原来与诗同科的词终于独立成科。也正因为如此,中国倚声填词方才以一种独立的文体在中国文学史上占据一定的位置。

由词与诗同科,到另立一体,倚声填词的这一秘密,是由夏承焘先生揭示出来的。夏承焘先生《唐宋词字声之演变》一文称:

---

① 冯金伯《词话萃编》:"温李齐名,然温实不及李。李不作词,而温为花间鼻祖,岂亦同能不如独胜之意耶。"(唐圭璋:《词话丛编》,北京:中华书局,1986年。)
② 施议对:《词与音乐关系研究》,北京:中华书局,2008年,第143—145页。

词之初起,若刘、白之《竹枝》《望江南》,王建之《三台》《调笑》,本蜕自唐绝,与诗同科。至飞卿以侧艳之体,逐管弦之音,始多为拗句,严于依声。往往有同调数首,字字从同;凡在诗句中可不拘平仄者,温词皆一律谨守不渝。①

温庭筠之前将近300年,从隋末一直到晚唐,词之所以为词,界限未明。乐府与声诗,尚无明确的划分。温庭筠"以侧艳之体,逐管弦之音",究竟如何将歌词从歌诗中分离出来?在这段论述中,夏承焘先生明确指出,是在同一词调、同一位置,通过字声的运用、变化以及句式的运用、变化,将歌词从歌诗中分离出来。从而,令其成为中国诗歌的另一品种,亦即另一独立文体。

例如,温庭筠《定西番(三首)》:

汉使昔年离别,攀弱柳,折寒梅。上高台。千里玉关春雪,雁来人不来。羌笛一声愁绝,月徘徊。

海燕欲飞调羽,萱草绿,杏花红。隔帘栊。双鬓翠霞金缕,一枝春艳浓。楼上月明三五,琐窗中。

细雨晓莺春晚,人似玉,柳如眉。正相思。罗幕翠帘初卷,镜中花一枝。肠断塞门消息,雁来稀。

夏承焘先生指出:《定西番(三首)》共一百五十字,无一字平仄不合。而且,三首当中,每首八句,拗句占其四。夏承焘先生的举证,说明温庭筠已分平仄,而且多用拗句。这是歌词有别于歌诗并从歌诗中分离出来的事证。

夏承焘先生将温庭筠歌词中的这种事证,概括为二:一指字声,谓其无一字平仄不合,这是以文辞的字声应和乐曲乐音的意思;另一指句式,谓其"多为拗句,严于依声",而且同调数首,一律谨守不渝,这是词中拗句的运用。此二者即为歌词独立成科的标志。夏承焘先生的论断,是一种识见的体现。两个方面,有迹可循,有案可考,并非泛泛之谈。20世纪五代词学传人中,具有这一识见,并为之明确揭示者,应只有夏承焘先生一人。不过,在《唐宋词字声之演变》一文,夏承焘先生以为温庭筠所辨字声仅在平仄,犹未尝有上去之分,亦尚有可斟酌之处。如夏承焘先生谓温庭筠《菩萨蛮(十五首)》之两结,四声错出,未能一律,说明他尚未从通变这一关节上立论。

盛配先生以夏承焘先生阳上作去、入派三声之说为指导考订词律,编纂《词调词律大典》。于词律考订过程,盛配先生发现,唐宋词字声,除阳上可以作去、入可分派平上去三声外,尚有可通变之处。比如上阴去作上,入作阳平转去,上可代平,平可代上,其可替代范围非常宽广。

---

① 夏承焘:《唐宋词字声之演变》,载《唐宋词论丛》,上海:古典文学出版社,1956年,第53—54页。

因此，盛配先生发明四声通变原则。以一声变多声，为词调定律。例如，温庭筠《菩萨蛮（十五首）》之两结处，并非如夏承焘先生所说，四声错出，未能一律，而是两结皆用拗，并且一律以"去平平去平"格式出现。

以下是温庭筠《菩萨蛮（十五首）》的其中四首：

小山重叠金明灭。鬓云欲度香腮雪。懒起画蛾眉。弄（去）妆梳洗（非去声）迟。照花前后镜。花面交相映。新帖绣罗襦。双（非去声）双金鹧（去）鸪。

水精帘里颇黎枕。暖香惹梦鸳鸯锦。江上柳如烟。雁（去）飞残月（作去）天。藕丝秋色浅。人胜参差剪。双鬓隔香红。玉（作去）钗头上（去）风。

凤凰相对盘金缕。牡丹一夜经微雨。明镜照新妆。鬓（去）轻双脸（阳上作去）长。画楼相望久。栏外垂丝柳。音信不归来。社（去）前双燕（去）回。

牡丹花谢莺声歇。绿杨满院中庭月。相忆梦难成。背（去）窗灯半（去）明。翠钿金厣脸，寂寞香闺掩。人远泪阑干。燕（去）飞春又（去）残。

据盛配先生研究，温庭筠《菩萨蛮》前后两结尾句中，六十个用去声处，二十四处为去声，如弄、鹧、雁、上、暂、信、送、梦、镜、鬓、鬓、社、燕、背、半、燕、又、泪、绣、燕、杏、卧、凤、画；二十七处用以通变，如月（作去）、玉（作去）、别（作阳平转去）、月（作去）、满（阳上作去）、雨（阳上作去）、满（阳上作去）、玉（作去）、马（阳上作去）、绿（作去）、觉（作去）、脸（阳上作去）、不（作去）、驿（作去）、雨（阳上作去）、得（作阳平转去）、落（作去）、无（阳平作去）、倚（阳上作去）、薄（作阳平转去）、满（阳上作去）、凭（阳平作去）、欲（作去）、绿（作去）、点（阳上作去）、晚（阳上作去）、罗（阳平作去）；仅九处非去声，即洗、双、晓、此、锦、晓、草、秋、此。用去声处，包括通变，二十四加二十七，得百分之八十五。

盛配先生的统计说明：温庭筠《菩萨蛮》前后两结尾句五个字的字声完全符合"去平平去平"格式规定的只二十四处，未及其半，但加上通变，二十七处所谓作去、转去者，计五十一处，占总数百分之八十五。这也就是说，温庭筠《菩萨蛮》前后两结尾句五个字的字声基本符合"去平平去平"格式规定。

盛配先生以四声通变原则，证实温庭筠《菩萨蛮（十五首）》前后结尾句，皆可以"去平平去平"格式规定加以规范。这是一个重要发现。这一发现，是历史的论定。既为夏承焘先生论温飞卿"多用拗句，严以依声"提供实证，亦为夏承焘先生所作词至飞卿而独立成科的历史论断提供依据。

（四）小结：史观与史识

中国倚声填词作为一种有机体，其生成状况，于不同时间段有着不同的呈现。对其整体的把握与关照以及各个不同时间段的分析与判断,乃一定史观与史识的体现。第一阶段,虚声填实,大致依据沈括、朱熹的论断进行推测,并且借助两个并非完全符合词体身份的事证以为事证。其起止时间未能断限,在假定时间段亦未有合适事证可为论定。在尚未有足够文献资料的情况下,所谓大胆的假设,对于初起之时倚声填词生成状况的了解应有所助益。第二阶段,依曲拍为句,其起止时间同样未能断限,并且与第一时间段,亦互相重叠,但其关键人物及重大事件已出现,歌诗之法与歌词之法,已有明确的分野。歌词合乐,基本已成定局。第三阶段,以字声追逐乐音,标志人物出现,倚声填词作为一种有机体正式登场。

三个阶段,人物与事件,构成倚声填词的生成历史。就整体而言,或虚声填实,或依曲拍为句,皆为体现词与乐的配合;而就各个时间段而言,或以篇为单位入乐,或以句为单位入乐,各有不同的方法、方式与模式。

至此,中国倚声填词前世因缘的相关问题,包括起源、性质以及独立成科诸问题,均已交代清楚。其来龙去脉,可以下图加以展示。

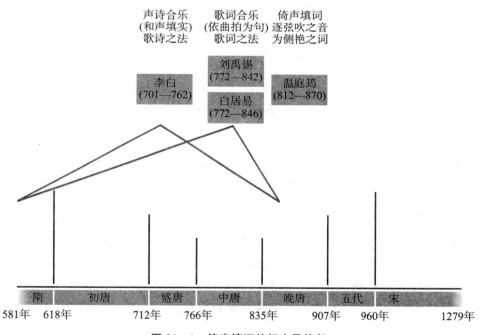

图 21-1　倚声填词的标志及缘起

从野语俗谈到烂熳有文：北宋临济宗禅诗研究

四川大学文学与新闻学院　周裕锴

在宋代诗歌史的拼图中，佛教诗歌是一个不可或缺的板块。然而迄今为止，佛教诗歌尚未纳入各种宋代诗歌史的书写范围，这不能不说是一种遗憾。近年来学界在宋代僧诗整理方面已取得重要成果，除了《全宋诗》所收数量庞大的僧诗之外，又有朱刚、陈珏整理的《宋代禅僧诗辑考》、许红霞整理的《珍本宋集五种》（全为禅僧诗文集）等禅宗诗集出版问世，从文献角度为佛教诗歌板块打下了坚实的基础。本人承担教育部重点基地项目"宋元佛教文学史（诗歌卷）"，尝试对宋代佛教诗歌板块作一粗略的扫描，而本文的内容就是其中部分章节。本文出于仓促之间，错谬不少，在此特就教于大方之家。

一、 临济宗风穴一系禅诗

在晚唐五代时期，临济宗的禅法以"棒喝"为主要特色，这可以说把禅宗"不立文字"的精神推向极点。"棒喝"的本意，乃在于祖师为了打破参学者对语言的迷信和幻想，故意以一种极端的手段来打断参学者正常的理路言诠，使之在一瞬间以超出常情的直觉体验直接悟道。"棒喝"的流行自然是对语言的反动，也意味着对诗僧苦吟的反动。所以晚唐五代的临济宗禅师虽然也有偈颂一类的唱道作品，但大抵如同法眼文益禅师所指责的那样"以歌颂为等闲，将制作为末事。任情直吐，多类于野谈；率意便成，绝肖于俗语。自谓不拘粗犷，匪择秽孱，拟他出俗之辞，标归第一之义"（《宗门十规论》）。缺乏典雅的诗意。

临济义玄的四世法孙风穴延沼（896—973），是临济宗入宋的第一代禅僧。据《罗湖野录》卷上记载，延沼有偈颂曰：

五白猫儿爪距狞，养来堂上绝虫行。分明上树安身法，切忌遗言许外甥。①

---

① 释晓莹：《罗湖野录》，北京：中华书局，1985年，第22页。

《正法眼藏》《古尊宿语录》《五灯会元》等禅籍作谷隐蕴聪上堂说法之语,然而蕴聪为延沼法孙,此乃说法时引延沼偈颂,如《联灯会要》卷十二即称蕴聪"示众,举风穴颂云"。这首诗以五白猫儿比喻禅门得道高僧,不仅能拒斥邪魔外道,而且有安身立命之法。然而,其禅悟只属于他自己,不能直接传递给参禅者。正如猫儿上树之法,不得传给外甥老虎,陆游《嘲畜猫》诗自注"俗言猫为虎舅,教虎百为,惟不教上树"(《剑南诗稿》卷三十八)。延沼以"俗言"为喻,正是所谓"拟他出俗之辞,标归第一之义"的作风。

直到北宋太宗、真宗时期,延沼的弟子首山省念(926—993)的偈颂仍非常粗犷朴野,如他的《传法纲要偈》:"咄哉巧女儿,撺梭不解织。贪看斗鸡人,水牛也不识。咄哉拙郎君,巧妙无人识。打破凤林关,穿靴水上立。"

这种情况大约到了汾阳善昭才发生了一些改变。善昭(946—1023),太原人,俗姓俞,嗣法于首山省念,住持汾州太子院,足不出户30年,卒谥无德禅师。善昭虽算不上有诗心诗才,但他的偈颂开始有了讲究文采的倾向。今存《汾阳无德禅师语录》三卷,保留了大量的偈颂,其中最著名的是《颂古百则》。颂古这种以韵文形式赞颂古德公案的文体虽非创始于善昭,然而善昭《颂古百则》的规模,仍具有典范性,引领了禅门以诗颂为佛事的一代新风气。其后云门宗的雪窦重显、曹洞宗的投子义青和天童正觉、临济宗的虚堂智愚作《颂古百则》,临济宗的白云守端、保宁仁勇、径山宗杲、东林士珪作《颂古百一十则》(见《大慧普觉禅师年谱》),皆以善昭肇其端。

善昭的颂古比临济祖师的偈颂稍显文雅,比如这则祖师公案:"二祖问达摩:'请师安心。'摩云:'将心来,与汝安。'祖云:'觅心了不可得。'摩云:'与汝安心竟。'"善昭颂曰:

九年面壁待当机,立雪齐腰未展眉。恭敬愿安心地法,觅心无得始无疑。①

这虽然算不上好诗,但毕竟用相对典雅的语言叙述了达摩为二祖安心这一公案的主要内容和意义。善昭《颂古百则》最爱使用一种七言六句的形式,如颂云门北斗里藏身公案曰:

藏身北斗最分明,只为人多见不精。巧妙妄陈心意解,却如平地作深坑。昏灯日昼何曾易,青竹黄花满地生。②

这与七言绝句和七言律诗都不同,是善昭根据所颂内容的多少而自己选择的句式。

除了《颂古百则》之外,善昭还创作了不少七言歌行,如《行脚歌》《不出院歌》《自庆歌》《德学歌》《翫珠歌》《住山歌》《广智歌》《了义经歌》《是非歌》《鱼鼓歌》《拄杖歌》《一字歌》《屏风歌》

---

① 朱刚、陈珏:《宋代禅僧诗辑考》,上海:复旦大学出版社,2012年,第159页。
② 同上。

《山僧歌》等等，较全面地反映了禅僧的衣食住行参禅乐道的情怀。又如他依照禅宗传统题材所作《十二时歌》：

> 鸡鸣丑，百福庄严莫自守。开门大施济饥贫，英俊还须师子吼。平旦寅，颙颙端坐自安神。四句百非都不著，四明照出道中人。日出卯，不用思量作计校。人来远近少知音，不肯休心任烦恼。食时辰，钟鼓分明唤主人。随方应供福人天，万德庄严是正因。禺中巳，更莫多求乐余事。三乘五性梦中尘，灵光直出如来智。日南午，直性分明异今古。回光普照勿亲疏，不信依前受辛苦。日昳未，平等舒光照天地。江海高山总不妨，这个分明智中智。晡时申，万别千差识取真。一正百邪俱不起，十力圆通号世尊。日没酉，诸行无常不长久。经行坐卧不生心，便是余家真道友。黄昏戌，寂静安禅功已毕。了了通身六道光，错解还同漆中漆。人定亥，一念不生无障碍。道合天机性宛然，妙旨玄通观自在。夜半子，大智圆通无彼此。迷悟还如镜上尘，尘镜俱亡更何事。①

禅门的《十二时歌》，大抵有两种基本写作倾向——一种是托名梁释宝志的《十二时颂》，只是借助十二时辰来劝化说理，与各时辰的生活日程联系并不密切，如"食时辰，无明本是释迦身。坐卧不知元是道，只么茫茫受苦辛。认声色，觅疏亲，尽是他家染污人。若拟将心求佛道，问取虚空始出尘"。虽曰"食时"，但并没有"食"的描写。另一种是赵州从谂的《十二时歌》，说理成分减少，生活气息浓厚，展示不同时辰的生活内容和精神状态，如"食时辰，烟火徒劳望四邻。馒头馎饪前年别，今日思量空咽津。持念少，嗟叹频，一百家中无善人。来者只道觅茶吃，不得茶噇去又嗔"，所写皆与"食时"有关。由此可见，善昭的《十二时歌》，主要是仿效宝志《十二时颂》，多禅语理语，而缺乏形象性的描写，艺术价值不高，相对于赵州和尚的《十二时歌》，在文学上毋宁说是一种倒退。

然而，善昭另一组五律《拟寒山诗》，则多少弥补了《十二时歌》的缺陷。《大正藏》第四十七卷载《汾阳无德禅师语录》将其《拟寒山诗》通排为一首，考其体制，并与《寒山诗》相对照，应为十首五言律诗：

> 雨落田中湿，风摇树上寒。时人鏖肆去，山翁屋里眠。似醉人难识，如痴两鬓班。白颜猱叫处，惊出一双猿。
>
> 好是住汾阳，犹连子夏冈。西河莲藕熟，南国果馨香。野客争先采，公侯待后尝。仲尼不游地，唯我独消详。
>
> 红日上东方，霞舒一片光。皎然分万象，精洁涌潮冈。蝶舞丛花折，莺啼烟柳茂。孰能知此意，令我忆南阳。

---

① 朱刚、陈钰：《宋代禅僧诗辑考》，上海：复旦大学出版社，2012年，第181页。

  余家路不遥,金界示金桥。香岭丛花拆,烟岚日上销。清凉千谷静,紫府万贤高。我笑寒山笑,丰干脚下劳。
  无德住西河,心闲野兴多。太虚宽世界,海岳蹙江波。独坐思知己,声钟聚毳和。欲言言不尽,拍手笑呵呵。
  百福庄严相,从头那路长。云生空里尽,雨落满池塘。春鸟喃喃语,秋鸿役役忙。孰能知此意,独我化汾阳。
  方种巧升腾,须知一点真。古今研至理,明暗示余尘。虏塞风霜急,长空雨露频。天台山里客,却与我相邻。
  历劫何曾忘,长年只么闲。蓼花芳浦岸,松韵响溪间。三岛云开静,五峰雨霁山。古今常不昧,金界碧霄看。
  寂寂虚闲处,人疏到此来。透窗明月静,穿户日光开。鹤聚庭前树,莺啼宇后台。同心谁得意,举目望天台。
  全体是寒山,唯能向此眠。捉猿高岭上,放虎石溪边。花拆香风递,松分细雨穿。疏林竹径重,将谓是神仙。①

  组诗主要表现的是禅僧的山居生活和心境,说理更多让位于自然景物描写,"雨落田中湿,风摇树上寒""蓼花芳浦岸,松韵响溪间""透窗明月静,穿户日光开"以及"花拆香风递,松分细雨穿",竟然有几分诗僧炼字的功夫。当然,即便如此,善昭这组诗的整体诗艺仍显得质朴稚嫩,语词意象颇为重复,如"雨落""花拆""金界""莺啼"等等,不过,也许这正是他《拟寒山诗》的神似之处,因为《寒山诗》意象重复也比比皆是。

  善昭还写了一些咏物诗,借物说理,如《竹杖》:"一条青竹杖,操节无比样。心空里外通,身直圆成相。渡水作良朋,登山堪倚仗。终须拨太虚,卓在高峰上。"竹杖是禅僧游方行脚的工具,这首诗前四句咏竹之"体",后四句咏杖之"用",体用合一,物我交融。其表现方式是直截了当的著题而咏,而不是深婉隐曲的比兴,体现了其诗一贯的语言特点。

  总体说来,善昭在宋代诗坛的意义,不在于他的诗歌艺术有多么的高明,而在于改变了临济宗不立文字的"棒喝"传统,开创了临济宗以文字说禅的新局面。其《颂古百则》《十二时歌》《拟寒山诗》等都具有示范意义。

  善昭的法嗣楚圆(986—1039),号慈明,全州清湘人,俗姓李,与杨亿、李遵勖为方外友,晚住持湖南石霜山。《慈明四家录》中收有他几十首偈颂,其中有与驸马都尉李遵勖的唱酬,也有以禅门公案为题的颂古,还有一些以禅门旨诀为对象的偈颂,如临济宗的《三玄三要颂》、曹洞宗的《五位颂》,皆为谈禅说理的作品。值得注意的是,楚圆的《十二时歌》并未追随其师说理的路子,而是直接表现禅僧当下的日常生活,在形式上也颇有独创性:

---

① 朱刚、陈钰:《宋代禅僧诗辑考》,上海:复旦大学出版社,2012年,第172—173页。

> 鸡鸣丑,梦里逢人莽莽卤。平旦寅,觉来路上弄精魂。日出卯,烜赫光阳影里坐。食时辰,食饱还知是病因。禺中巳,买卖论量入市肆。日南午,万象分明作笑具。日昳未,张公吃酒李公醉。晡时申,醒来端坐醉醺醺。日入酉,茅蓬竹户硬撑拄。黄昏戌,日落西山狐未出。人定亥,老鼠床前作群队。夜半子,一轮明月苏噜哩。①

随着十二时的流动,展现各时辰的行住坐卧,语言简练,颇能见出作者的个性。据《禅林僧宝传》记载,楚圆性格豪放,不守禅门规矩,"忽绳墨""不事事,慢侮少丛林",这首《十二时歌》中的"入市肆""醉醺醺"之类的描写,可看作自供状。楚圆的《牧童歌》,更表现出自由自在、无拘无束的禅门本色:

> 牧牛童,实快活,跣足披蓑双角撮。横眠牛上向天歌,人问如何牛未渴。回面观,平田阔,四方放去休阑遏。八面无拘任意游,要收只在索头拨。小牛儿,顺摩挱,角力未充难提掇。且从放在小平坡,虑上高峰四蹄脱。日已高,休吃草,捏定鼻头无少老。一时牵向圈中眠,和泥看伊东西倒。笑呵呵,好不好,又将横笛顺风吹,震动五湖山海岛。倒骑牛,脱布袄,知音休向途中讨。若问牧童何处居,鞭指东西无一宝。②

"牧牛"是禅宗有关修行的著名隐喻,"牛"比喻人的心性,"牧"比喻禅学的修持。唐代马祖道一问弟子石巩怎么牧牛,石巩说:"一回入草去,便把鼻孔拽来。"百丈怀海教导弟子大安说:"如牧牛人,执杖视之,不令犯人苗稼。"这首诗写了如何索头收放、捏定鼻孔的牧牛行为,而更突出了牧牛童自身的快活心态,跣足披蓑,横眠牛背,四方放去,八面无拘。用形象描写代替议论说理,这是高过善昭之处。楚圆还有一首《入京舟中作》:

> 长江行不尽,帝里到何时。既得凉风便,休将橹棹施。③

借舟行顺风扬帆的情景,表达了无心任运、佛法无用功处的禅理。

楚圆的同门芭蕉谷泉,是一个狂放不羁、颇有个性的禅僧。谷泉,泉州人,出家后不守戒律,任心而行,拜谒汾阳善昭,密受记莂;南归湘中,登南岳衡山,住懒瓒岩,移住芭蕉庵;嘉祐中卒,年九十二。谷泉好作歌颂,作品散见《建中靖国续灯录》《禅林僧宝传》《禅宗颂古联珠通集》《罗湖野录》《云卧纪谈》等。他的偈颂不拘声律,句式自由,七言歌行尤有代表性,如《大道歌》:

> 狂僧性本落魄,到处随缘栖泊。都来些子行装,棹下谁能管着?曲竹杖,凹木杓,独行

---

① 朱刚、陈钰:《宋代禅僧诗辑考》,上海:复旦大学出版社,2012年,第187—188页。
② 同上书,第187页。
③ 同上。

独坐还独酌。时人不会狂僧意,将谓狂僧虚造作。布直裰,纸衲被,破绽谁能管得伊。禅客相逢皆哂笑,律师遇着大不喜。迎风坐,向日睡,也胜时人盖锦被。腾腾兀兀且延时,落落魄魄长如醉。面懒洗,头懒剃,行住更无些济济。不但千峰与万峰,恣意纵横去还止。或淫房,或酒肆,拍手高歌更无虑。人人咄骂遮狂颠,莫怪颠狂只如是。游方广,入圣寺,半千小儿皆周措。只解观空卧白云,争似狂僧韬神思。时人更问有也无,低头拈个山枣子。颂曰:落落魄魄,居山居郭。莽莽卤卤,是今是古。拍手大奇,颜回彭祖。①

这首歌行是谷泉的代表作,可看作他自由自在、随缘任运的行道宣言,禅林以此称他为"泉大道"。他所谓的"大道",无非是"独行独坐"的落落寡合,"直裰衲被"的褴褛破败,"腾腾兀兀"的饮酒昏睡,"恣意纵横"的随意去留,"懒洗懒剃"的狂放垢污,"淫房酒肆"的自由出入,即"落落魄魄""莽莽卤卤",总之一副懒而狂的形象。除了开头的四句六言诗以及结尾"颂曰"以下的六句四言诗,这首歌行的主体部分是若干"三三七七七"句式为单元的组合,其句式模仿唐永嘉玄觉大师的《证道歌》。不过,谷泉这首《大道歌》在宣传的宗教内容上却与《证道歌》大异其趣,他走的是宝志、万回、寒山、拾得、懒瓒、布袋和尚一类狂僧的路子。谷泉的另一首《落魄歌》中有"丰干老汉骑虎出,路逢拾得笑哈哈,却被寒山咄咄咄"几句,就可看出他的"大道"取向。这种狂僧形象虽特色鲜明,但总体说来在宋代禅僧队伍中还是一种异类。

北宋临济宗还有几位禅师的诗偈值得一提。金山昙颖(989—1060),钱塘人,俗姓丘,博通内外典,谒谷隐蕴聪禅师,默契其旨。他晚年住金山龙游寺,号达观,与欧阳修、刁约等士人交游,有诗行于世。昙颖曾撰写《五家传》,又作《宗门五派》诗五首:

法眼一宗枝,玄沙是祖师。直须明自己,不可阙修持。问里分宾主,言中绝路岐。若论端的事,打瓦了钻龟。

云门嗣雪峰,机与睦州同。理出千差外,言归一句中。九秋残叶雨,三月落花风。常见波斯说,虾蟆咬大虫。

偏正互纵横,迢然忌十成。龙门须要透,鸟道不堪行。石女霜中织,泥牛火里耕。两头如脱得,枯木一枝荣。

沩山与仰山,机暗独言难。飞鸟开双翼,明珠转一盘。方圆虽可并,起坐不相干。手舞暨足踏,徒劳逞舌端。

临济好儿孙,多将棒喝论。不能明妙用,只是学空言。欲动先携杖,临行又扑盆。便超斯见解,野鸭裹馄饨。②

---

① 朱刚、陈钰:《宋代禅僧诗辑考》,上海:复旦大学出版社,2012年,第189页。
② 同上书,第194—195页。

五首五言律诗,分别展现了法眼、云门、曹洞、沩仰、临济等宗门五派的渊源和纲要,并对学各宗者提出警示。法眼宗出自玄沙师备,"直须明自己",即所谓"句里已彰自己,心空法了";云门宗出自雪峰义存,"言归一句中",指云门的"透法身句",即"藏身北斗中";曹洞宗主张偏正回互,不犯正位,语忌十成,有"枯木花开劫外春"之说;沩仰宗以画圆相为"暗机",又有"作势"的交谈方式,以手舞足蹈等各种动作象征禅法;临济宗的特点则是以棒喝代替"妙用"。昙颖告诫学者,若是不明这些禅法的内在精神,只是模仿其表面形式,就只能是"徒劳逞舌端","只是学空言"。这五首诗的语言很有特点,既有宗门术语,如"宾主""偏正""机暗"等;又有俚词俗谚,如"打瓦了钻龟""虾蟆咬大虫""野鸭裹馄饨";还有清词丽句,如"九秋残叶雨,三月落花风""飞鸟开双翼,明珠转一盘"。昙颖能将各种不同风格语言组合起来,构成平仄协调、对仗谨严的律诗,足可见出其文学修养。《宋高僧诗选》收其《小溪》一首,也很有特色:"小溪庄上掩柴扉,鸡犬无声月色微。一只小舟临断岸,趁潮来此趁潮归。"此诗善写静谧之境,情韵悠长,而且含有随缘任运的人生哲理。

首山省念的另一法孙浮山法远(991—1067),嗣法叶县归省禅师,赐号圆鉴,晚住舒州浮山。《建中靖国续灯录》卷二十九载有法远一首奇诗,题为《禅将交锋歌》:

禅将交锋看作家,还同敬德遇金牙。机锋迅速人难辨,纵横擒纵智徒夸。善藏锋,巧回互,把断要津谁敢指。香象咆哮海岳摧,师子謦呻凡圣惧。或探竿,或把火,照耀乾坤验作者。拟议之时宾主分,闪电之间换甲马。势如龙,健如虎,左旋右转夺旗鼓。临机照破铁门关,决烈冲开金锁户。文彩彰,风骨露,设使全提未为据。撒星佩印落荒郊,点的啮镞涉西土。看作家,终不误,任是铦刀解遮护。吹毛晃耀七星分,金镜光霞八方顾。影草中,藏部队,匝地风云迷向背。单刀透出万机前,双明送入千峰会。载趒跄,重管带,匹马单枪呈作解。虽然带甲上桥来,早被定唐批急赛。按镆铘,全举令,照用同时谁敢并。忿怒那吒失却威,骞驮佉罗口目瞪。立股肱,赞元首,解定乾坤平万有。画鼓连挝两阵收,拍马将军唱好手。①

自中晚唐以来,宗门已出现以战喻禅的零星词语,如"箭锋相值""吹毛剑""单刀直入""啮镞之机""仗镆铘剑""斩将安营""破关"等等,然而尚未出现这样一首全面描写禅家勘辨问答、机锋相接的长篇歌行。诗中将禅门主客双方比作交战的对手,经过多次交手,最后提正令的祖师终于收服挑战的禅客。值得注意的是,歌行的主体部分,仍是使用永嘉玄觉《证道歌》的"三三七七七"句式。

与"以战喻禅"相类似,诗坛也是自杜甫之后出现了"以战喻诗"的现象,在中唐白居易、元稹、刘禹锡等人手中进一步发扬,到了宋代,"以战喻诗"更成为士大夫之间诗歌唱酬的惯常伎

---

① 朱刚、陈钰:《宋代禅僧诗辑考》,上海:复旦大学出版社,2012年,第197页。

俩。与法远同时而稍晚的郑獬(1022—1072),就曾写过《戏酬正夫》这样一首描写诗坛大战的长篇歌行(见《郧溪集》卷二十六),这种禅苑与诗坛相对应的文学现象,非常值得玩味。

楚圆的法嗣翠岩可真(？—1064),福州人,于楚圆言下大悟之后,爽气逸出,机辩迅捷。《续古尊宿语要》天集收《翠岩真禅师语》,黄庭坚作序。可真善诗,除了《语要》中所收《鲁祖面壁》等九首《颂古》以外,《嘉泰普灯录》《人天眼目》《禅宗颂古联珠通集》还有诗颂若干。最具巧思的是《爆竹》一诗：

小小身材不可欺,个中消息许谁知。灰头土面无人识,会有惊群动众时。①

这首诗可算得上他的自画像,借咏爆竹毫不起眼的外形和令人震惊的威力,表达了自己超群出众的一腔豪情。

北宋中叶临济宗最重要的诗僧要数西余净端。净端(1031—1104),字明表,湖州归安人,俗姓丘,丛林称之为"端师子"。他是谷隐蕴聪的法孙,龙华齐岳的法嗣,属临济宗南岳下十一世。王安石、章惇、吕惠卿等留神内典的大臣都非常欣赏他的偈颂。刘焘撰《端禅师行业记》称他："素不学诗,应声成偈,天然自韵,咸有可观,脍炙人口,多能道之,或以比寒山、拾得。"今存《湖州吴山端禅师语录》二卷,偈颂二百多首。净端平生喜欢唱圆禅师的《渔父词》"本是潇湘一钓客,自东自西自南北"(《禅林僧宝传》卷十九)。他也有渔歌乐道的经历,"自号安闲和尚,芒鞋筇杖,遇溪山胜处,披蓑戴笠,行歌《渔父》"。甚至他的辞世,也是"歌《渔父》数声,一笑整衣,趺坐而化"(《行业记》)。净端有两首《渔父词》讴歌渔父生活：

斗转星移天渐晓,蓦然听得鹈鹕叫。山寺钟声人浩浩。木鱼噪,渡船过岸行官道。轻舟再奈长江讨,重添香饵为钩钓。钓得锦鳞船里跳。呵呵笑,思量天下渔家好。

浪静西溪澄似练,片帆高挂乘风便。始向波心通一线。群鱼见,当头谁敢先吞咽。闪烁锦鳞如闪电,灵光今古应无变。爱是憎非都已遣。回头转,一轮明月升苍弁。②

这两首词用的《渔家傲》词调,属于禅宗乐道歌的类型。在词里,方外寺庙与渔父的自由生活相比,都显得俗气而拘束,渔家作为人世间的解脱游戏而受到净端的最高礼赞。净端另有两首《赞净土》,也是用《渔家傲》词牌：

七宝池中堪下钓,八功德水烟波渺。池底金沙齐布了。羡鱼鸟,周回旋绕为阶道。白鹤孔雀鹦鹉噪,弥陀接引毫光照。不是修行何得到？一般好,西方净土无烦恼。

---

① 义堂周信：《贞和类聚祖苑联芳集》,佛书刊行会。
② 萧枫主编：《唐宋词全集》,北京：中国文史出版社,2001年,第619页。

> 一只孤舟巡海岸,盘陀石上垂钓线。钓得锦鳞鲜又健。堪爱美。龙王见了将珠换。钓罢归来莲苑看,满堂尽是真罗汉。便爇名香三五片。梵香献。原来佛不夺众生愿。①

词中虽然仍以渔钓生活为主线,但所有的意象都在喻示佛教净土的概念:江湖成了"七宝池",烟波变为"八功德水","鱼鸟"无非"众生","莲苑"即是"净土",渔父"下钓"有如"弥陀接引","钓得锦鳞"恰似修成"罗汉"。如果说乐道词中的禅理表现是"兴"的方法的话,那么喻理词则采用了"比"的手段。

二、 黄龙派诸家诗

石霜楚圆禅师门下弟子众多,而最知名的是慧南和方会。慧南晚年住洪州分宁黄龙山,开出黄龙一派。方会晚年住袁州杨歧山,开出杨歧一派。

慧南(1002—1069),信州玉山人,俗姓章,年少出家,参究诸方,从楚圆禅师开悟。他先后开法于同安、归宗、黄檗、黄龙,门下得大法者七十九人。慧南常问参学者三个问题:"人人尽有生缘处,那个是上座生缘处?""我手何似佛手?""我脚何似驴脚?"三十余年,示此三问,参学者多不能契其旨,天下禅林目为"黄龙三关"。慧南曾自己作《三关颂》回答这三个问题:

> 生缘有语人皆识,水母何曾离得虾。但得日头东畔上,谁能更吃赵州茶?
> 我手何似佛手?禅人直下荐取。不动干戈道出,当处超佛越祖。
> 我脚驴脚并行,步步踏着无生。会得云收月皎,方知此道纵横。②

第一颂是说,参悟"生缘",在于理解人生的命运由各种因果链条决定,如水母依赖虾才能生存一样;而人生短暂无常,太阳东升之时,已看不到当年吃赵州茶的人。第二颂说,我手与佛手本无区别,凡圣无二,只须直下顿悟本心,并以不立文字的方式表达出来,就可超越佛祖。第三颂说,我脚与驴脚并行,意味着我与畜类在"无生"性空上一致,即南泉普愿禅师所说"向异类中行",像畜类一样无思虑,离语言。明乎此便能廓清心灵迷雾,在世间自由纵横。除此之外,慧南又作《三关总颂》:

> 生缘断处伸驴脚。驴脚伸时佛手开。为报五湖参学者。三关一一透将来。③

---

① 萧枫主编:《唐宋词全集》,北京:中国文史出版社,2001年,第619页。
② 释道泰:《禅林类聚》,上海:商务印书馆,1923年。
③ 同上。

慧南的四首颂,形式自由,第一颂和总颂是七言四句,第二、三颂则是六言四句,不求统一。颂虽然也使用了一些意象语言,如水母、虾、日头、干戈、云月等,但其意不在意境营造,而在借以说禅理,且遵循了禅门颂古"绕路说禅"的原则。

《禅宗颂古联珠通集》中收罗了慧南的弟子东林常总、宝峰克文、景福顺禅师以及临济宗各派禅师二十人(另有云门宗禅师一人)所作《三关颂》,由此可见,"三关颂"不仅是黄龙派师徒相传的写作题材,也成为临济宗乃至禅林的颂古传统之一。常总(1025—1091),延平尤溪县人,俗姓施。元丰三年(1080 年)诏革庐山东林律寺为禅院,郡守以常总为第一代住持,先后赐号广惠大师、照觉禅师。常总的《三关颂》曰:

> 佛手才开古鉴明,森罗无得隐纤形。朝朝日日东边出,多少行人问丙丁。
> 驴脚伸时动地轮,大洋海底播红尘。唯余庭际青青柏,一度年来一度春。
> 垂问生缘何处来,到家禅客绝纤埃。毗卢刹海周游也,休说峨眉与五台。

常总并不以工诗闻名,然而这三首颂显然在诗艺上比乃师慧南高明。第一首喻佛手为明镜,能照森罗万象,而众多行人不知"我手原似佛手",亦能照亮万象。"丙丁"二字用禅典,《景德传灯录》卷二十五金陵报恩院玄则禅师问:"如何是佛?"文益禅师答曰:"丙丁童子来求火。"丙丁童子本来就是火,却向外求火,比喻不知自身本有佛性。第二首"大洋海底播红尘",海底无尘,而言有尘,这是"不可能事物喻",表示不可思议。"庭际青青柏"也是用禅典,即有僧问赵州和尚:"如何是祖师西来意?"答曰:"庭前柏树子。"第三首用华严周遍含容思想,表明峨眉、五台本无区别,四海一家,到处都是禅客的生缘所在。常总的颂是标准的七言绝句,平仄合律,语言典雅,诗意更为流畅。元丰七年,苏轼途经庐山时,曾与常总讨论"无情说法"的问题,受其启悟,并呈偈示之,得常总印可,后世禅籍因此将其视为常总的法嗣。就此三首颂来看,常总应当也有基本的文学素养。

景福顺(1009—1093),西蜀人,慧南的大弟子。先后住持景福、上蓝、香城等禅寺,皆非名刹。苏辙贬谪筠州时,曾跟从景福顺问道。据惠洪《冷斋夜话》卷六记载,景福顺对惠洪称说桂林僧景淳"诗意苦而深",并举其诗如:"夜色中旬后,虚堂坐几更。临溪猿不叫,当槛月初生。""后夜客来稀,幽斋独掩扉。月中无旁立,草际一萤飞。"称其"有深意"。可见顺禅师也是懂诗的僧人,特别欣赏清寒幽深之诗。顺禅师的《黄龙三关颂》,更像雪窦重显的《颂古》,充满诗意:

> 长江云散水滔滔,忽尔狂风浪便高。不识渔家玄妙意,偏于浪里颭风涛。
> 南海波斯入大唐,有人别宝便商量。或时遇贱或时贵,日到西峰影渐长。
> 黄龙老和尚,有个生缘语。山僧承嗣伊,今日为君举。为君举,猫儿偏解捉老鼠。

前两首颂,完全不提"佛手""驴脚"二字,第一首写风浪中的渔父生活,赞渔父越遇狂风巨浪越是出没于江上,其中不知有何玄妙之意,大概是暗喻参禅者越是遇到三关的阻隔,越发想将其参透。第二首以波斯商人到大唐卖珠宝为喻,遇贱遇贵,各有其价格,说明黄龙三关因人而设,视根性利钝而关有通塞。正如慧南所说:"已过关者,掉臂径去,安知有关吏?从吏问可否,此未透关者也。"(《禅林僧宝传》卷二十二《黄龙南禅师传》)

慧南弟子中最有文学修养的应数宝峰克文。克文(1025—1102)陕府阌乡人,俗姓郑。他少喜读书,游学四方,后毁衣冠,年二十五,试所习,剃发受具足戒,得为僧。克文学佛教经论,无不臻妙,从慧南得悟禅旨,历住筠州大愚、圣寿、洞山。元丰末,王安石舍宅第为报宁寺,以克文为开山第一祖,朝廷赐号真净大师。后住归宗、宝峰,退居云庵,有语录六卷、偈颂一卷存世。据粗略统计,克文今存偈颂诗歌二百八十余首,如果算上上堂说法的四句以上类诗的韵语,那数量更为可观。先来看看克文《颂黄龙和尚垂示佛手驴脚生缘》:

我手何似佛手?翻覆谁辨好丑。若非师子之儿,野干谩为开口。
我脚何似驴脚?隐显千差万错。欲开金刚眼睛,看取目前善恶。
人人尽有生缘处。认着依前还失路。长空云破日华开。东西南北从君去。

这三首颂在形式上完全继承了慧南的衣钵,由两首六言和一首七言组成。我手和佛手翻覆之间,谁能看出差别?"师子之儿"喻指得老师禅髓的弟子,能辨别我手和佛手是好是丑。"野干"是一种似狐而小的肮脏动物,《长阿含经》有偈曰:"野干称师子,自谓为兽王。欲作师子吼,还出野干声。"此处喻指未能得道的禅人。我脚是人之脚,驴脚是畜生之脚,只有具备金刚眼睛,知道何为善恶,才能见出果报,区别人道和畜生道。一旦明白自己来时之路,知道前身的生缘,那么就无论东南西北皆是自己的家乡。克文的颂比乃师慧南的颂显得朴实,却算不上精彩。

临济宗诸禅师的《黄龙三关颂》,其形式有点类似于宋代士大夫的"同题竞作",如同欧阳修、梅尧臣、刘敞、司马光、曾巩等人唱和王安石的《明妃曲》,各自按照自己对生缘、佛手、驴脚的理解进行阐释,或继承演绎,或翻案出新,不一而足。其实,《禅宗颂古联珠通集》里的众多颂古,也可看作各种公案的"同题竞作",这是一个非常有趣的宗教文学现象。

更能表现克文禅观的是《法界三观六颂》之四,生动地概括了北宋部分禅僧所持有的生活态度:

事事无碍,如意自在。手把猪头,口诵净戒。趁出淫坊,未还酒债。十字街头,摆开布袋。

法界三观是指"色空无碍""理事无碍""事事无碍"。克文的颂共有六首,而后来的禅籍称引时往往只提及此颂,可见其特殊的代表性。虽然此颂的行为带有禅宗二祖慧可的影子,"或入诸酒肆,或过于屠门,或习街谈,或随厮役"(《景德传灯录》卷三),不过,慧可之目的在于"韬光混迹",而克文所言却强调"如意自在"。"手把猪头,口诵净戒"的形象,可在其弟子惠洪《冷斋夜话》中找到相应的记载——王中令平定蜀地,见一僧能饮酒食肉,且自言能赋诗,于是命其赋《食蒸豚》诗,僧操笔立成,诗曰:"嘴长毛短浅含膘,久向山中食药苗。蒸处已将蕉叶裹,热时兼用杏浆浇。红鲜雅称金盘钉,软香真堪玉箸挑。共把胆根来比并,胆根只合吃藤条。"此僧又吃肉,又作诗,无视佛教的清规戒律,正是"如意自在"的态度。克文上堂说法有言:"佛法门中有纵有夺。纵也,四五百条花柳巷,二三千所管弦楼。夺也,天上天下,唯我独尊。"(《古尊宿语录》卷四十二《宝峰云庵真净禅师住洞山语录》)也就是说,只要顿悟本心,明白"情与无情,同一无异"的道理,就可以出入花柳巷,上下管弦楼,置身淫房酒肆也无妨。在此,早期禅宗那种"孤峰顶上,盘结草庵"的自耕自足,被城镇游方僧"十字街头,解开布袋"的浪荡无羁所代替。这也是宋代禅诗受城市经济繁荣、市民文化发达的影响之一。

克文除了以偈颂赞扬古德公案之外,还常常与参禅问道的士大夫诗歌相唱酬。如写给苏辙的两首诗:

才淹居亦弊,道在不为贫。未洒傅岩雨,且蒙颜巷尘。旷怀随处乐,大器任天真。半夜东轩月,劳生属几人。(《苏子由辟东轩有颜子陋巷之说因而寄之》)

达人居处乐,谁谓绩溪荒。但得云山在,从教尘世忙。文章三父子,德行二贤良。却恐新天子,无容老石房。(《寄绩溪苏子由》)

元丰三年,苏辙贬官筠州,克文住筠州洞山,二人交往频繁。苏辙曾为克文作《洞山文长老语录叙》。第一首诗题中"有颜子陋巷之说",见苏辙所作《东轩记》。诗意赞美苏辙虽遭贬谪而能保持乐观旷达,如颜回居陋巷箪食瓢饮而不改其乐,并预言苏辙终能像傅说一样得到君王的重用。第二首作于元丰末年,苏辙任绩溪县令,其时神宗皇帝已驾崩,新天子哲宗即位,克文不仅称赞苏辙达观的生活态度,而且高度评价三苏的文章德行,相信新天子不会让他长久沉沦下僚。这两首诗表达了克文对士大夫的鼓励期待,而其出发点更像是站在入世的儒家立场。又如他的《寄荆南高司户五偈》之五:

男儿丈夫志,开凿自家田。莫逐云门语,休依临济禅。人人元具足,法法本周圆。但作主中主,门门日月天。

高司户,名高荷,字子勉,名列《江西宗派图》,是江西派诗人之一,黄庭坚曾与他唱酬论诗。这首诗偈是克文与高荷论禅之作,主张参禅须独立自主,证悟自身具足的佛性,莫倚他人门户。这与他考证《圆觉经》"一切众生皆证圆觉"的观点是一致的(见谢逸《圆觉经皆证论序》)。值得注意的是,克文这种强调"男儿丈夫志,开凿自家田"的参禅态度,有可能对宋人以禅喻诗产生了影响,如吴可(字思道)《学诗诗》:"学诗浑似学参禅,头上安头不足传。跳出少陵窠臼外,丈夫志气本冲天。"(《诗人玉屑》卷一)思路与之如出一辙。

尤其值得注意的是,克文的诗偈中有五言排律和七言排律各一首,这在"以歌颂为等闲,将制作为末事"的禅宗写作传统中是极为罕见的,即使是在讲究"烂熳有文,精纯靡杂"的法眼宗歌颂里也找不到先例。如《净头端上人求洗涤之说因而成偈》:

段食共滋养,皆名有漏身。焉知大小事,不昧往来人。历历随闻见,惺惺应屈伸。变通元自在,鉴照本天真。由逐江湖客,耻为尧舜臣。所依投旅舍,妄计困风尘。病故嫌王膳,饥仍预国民。既能分皂白,须解别疏亲。朽宅虺蛇会,浮泡屎尿陈。何妨观秽恶,却要灭贪嗔。除垢超凡果,谈空入圣因。迦文教虽旧,释子道应新。革屣排朱户,禅衣挂绿筠。摄心彰戒定,弹指觉坑神。吐唾防涂壁,抛筹怕动邻。为僧当异俗,学佛便行仁。伏忍冤憎尽,兴悲鸟兽驯。汲汤宜让伴,盥手忌淋垠。受用生惭愧,供承识苦辛。阶砖同镜面,瓦宇若鱼鳞。狼籍欣欢少,光明赞叹频。桶盆还次第,灰土最精淳。塞鼻奢红枣,迎宾炽绛唇。去骄终远害,习慢必遭迍。匾器易盈满,旷怀忘贱贫。沙门修慧命,菩萨振慈纶。总具如莲性,谁偏可意珍。莫迷臭皮袋,苦海枉沉沦。

全诗共二十八韵,即二十八联,除了首尾两联外,其余各联皆对仗工整。净头,指寺院中扫地洗厕之僧,掌管一切除秽之事,此诗用典雅整饬的诗句,将洗涤秽恶的劳动与忍辱除垢的修行联系起来,寓教于诗。这种五言排律,禅僧甚少措手,《古今禅藻集》卷十一只收了德洪二首,而德洪就是惠洪,为克文的嫡传弟子,这足可见惠洪所倡"文字禅"乃渊源有自。克文更值得称道的是《石笕二十韵》:

带月眠霜磨复琢,南康匠者好规模。引回鹿野灵源水,泻入梵宫香积厨。宜作奇祥当圣代,永为盛事在元符。依依数里松萝下,往往诸方佛刹无。左折右盘何缭绕,高来低去更萦纡。屈伸宛若苍虬活,栽剪分明碧玉俱。解逐方圆称上善,能随甜苦任殊途。既成蔬饭鸣犍椎,还奉林僧洗钵盂。及物泠泠离洞府,漱湍瑟瑟近帘隅。禅堂客喜滋茶味,祖席人传美画图。澄湛池塘荣菡萏,清凉肺腑饮醍醐。调和口腹功非小,荡涤尘埃德不孤。遐迩溪山同掩映,朝昏鸟兽共欢呼。屯云坳里龙抬首,贮雪岩前虎踞躯。夹道栽杉根渐着,傍根种竹叶微苏。桥横深涧优游也,亭起危峦悦望乎。佛手开时惭潦倒,马蹄踏处愧疏愚。贤将世子勤其力,则与清师忘所劬。千载石门凭沃润,万家檀越赖霑濡。辄将长句伽陀赞,谁谓江河壮帝都。

石笕,是引水用的长石槽。这首咏物诗,从石笕的制作、形状、功能等各方面层层铺叙,特别歌颂它所引清水对于禅林僧众的意义。这首诗是七言排律,写作难度极大,文士中如杜甫、苏轼偶有所作,尚不多见,至于唐宋禅僧选此体作诗者,今只见《古今禅藻集》卷十一收仲殊《题惠山翠麓亭》一首,仅八韵,篇幅不及克文此诗一半。此诗铺陈排比,摹状况喻,平仄协律,对偶精工,不光有佛禅词汇如"香积厨"之类,也有"德不孤"这样的儒家话头。这岂但是以文字为禅,简直是以才学为诗,完全突破了禅宗"不立文字"的传统。

  慧南的另一弟子是祖心,祖心及其弟子惟清、悟新、善清先后住持黄龙山,是临济宗黄龙派的中坚力量。祖心(1025—1100),南雄州始兴县人,俗姓邬。继其师慧南住持黄龙山十三年,赐号宝觉大师,晚号晦堂。有《黄龙晦堂心和尚语录》(一作《宝觉祖心禅师语录》)传世。祖心诗虽不算多,却不乏佳作。如《退居即事》:

  不住唐朝寺。闲为宋地僧。生涯三事衲。故旧一枝藤。乞食随缘去。逢山任意登。相逢莫相笑。不是岭南能。

这首诗作于辞退黄龙院住持之时。诗为五律,风格朴素自然,没有晚唐五代诗僧五律苦吟的痕迹。"三事衲"指僧衣,"一枝藤"指拄杖,退居后披着衲衣,拄着手杖,四处游方,随缘乞食,逢山遇寺,任意参访。自己虽有岭南口音,却不是当年那个六祖慧能,只是一个普通和尚而已。许𫖮《彦周诗话》评论道:"此诗深静平实,道眼所了,非世间文士诗僧所能仿佛也。"正指出了诗中看破浮名、平实朴素的内在精神。又如七律《和明长老游灌谿》:

  灌溪溪水碧沉沉,到者谁人测浅深。流古递今犹劈箭,逗山穿石若鸣琴。当头有路宁容足,四面无门岂定心。往事欲寻寻不得,黄花翠竹谩垂阴。

临济宗祖师义玄的弟子志闲禅师住鄂州灌溪,人称灌溪和尚。这首纪游诗充满了禅理的双关和隐喻——"浅深"既指溪水,也指道行。"劈箭"二字出志闲禅师公案,僧问:"如何是灌溪?"师曰:"劈箭急。"(《五灯会元》卷十一)颈联"当头有路""四面无门"既是写游山之实,又有意使用禅门习语,而"头""足""面""心"四个身体名词对仗极为工整,巧妙自然。末句的"黄花翠竹"则暗用禅门熟语"青青翠竹尽是法身,郁郁黄花无非般若"。如此一来,游灌溪的经历便成了一次参禅访道的过程。

  祖心的高足死心悟新、灵源惟清也能诗,但不满意"未忘情之语",所作不多。惟清(?—1117),字觉天,洪州武宁县人,俗姓陈,自号灵源叟,赐号佛寿禅师,继祖心住持黄龙,晚年退居昭默堂。惟清与悟新皆是黄庭坚方外密友,从祖心问道。黄庭坚贬谪黔州,致书悟新,言及昼卧忽然觉悟之事。惟清以偈寄之曰:

  昔日对面隔千里,如今万里弥相亲。寂寥滋味同斋粥,快活谈谐契主宾。室内许谁参化女,眼中休自觅瞳人。东西南北难藏处,金色头陀笑转新。

这首偈为黄庭坚的觉悟感到高兴,相隔万里却如同对面谈笑一般,"金色头陀"是用世尊拈花、迦叶微笑的故事,也就是禅宗常说的"如来有密语,迦叶不覆藏",觉悟之后东西南北到处都是佛法所在。黄庭坚次韵唱和一首:

> 石工来斲鼻端尘,无手人来斧始亲。白牯狸奴心即佛,龙睛虎眼主中宾。自携瓦去沽村酒,却着衫来作主人。万里相看常对面,死心寮里有清新。

黄诗表达了与惟清、悟新二禅师亲密无间、心灵契合的感情,因为二僧的启迪,自己终于明白即心即佛的道理,明白随处作主、立处皆真的禅旨。三人之间的交往成为丛林津津乐道的盛事,释晓莹评曰:"黄公为文章主盟。而能锐意斯道。于黔南机感相应。以书布露。以偈发挥。其于清、新二老道契可概见矣。"(《罗湖野录》卷一)

三、 杨歧派诸家禅诗

楚圆门下的方会禅师晚年住江西袁州杨歧山,开创杨歧派。方会(992—1049),袁州宜春人,俗姓冷,住袁州杨歧山,迁潭州云盖山。有《杨歧方会和尚语录》《杨歧方会和尚后录》各一卷传世,有诗颂二十余首。方会本人的诗颂无甚特色,而他的弟子白云守端却善于借诗说禅。

守端(1025—1072),衡阳人,俗姓葛,一作周。参方会禅师而得悟,为其法嗣,属南岳下十二世。年二十八住持庐山圆通寺,移住舒州法华,迁住白云山海会寺。《白云守端禅师广录》卷三载其诗偈七十余首,同书卷四载其颂古一百一十则。守端曾在《室中二题序》中说明自己作诗的缘起:"庵中无事间,或吟兴瞥然而来,因得'应真不借''涉流转物'二题。虽文字之势,寄诗家之作,以其题意,实自于吾宗,可曰山偈而矣,庶知我者同之。"由此看出,守端有时候会像诗人一样"吟兴"突然迸发,但他声称,虽然文字形式是诗家之作,而其内容却是关于佛理。其中最著名的《蝇子透窗》:

> 为爱寻光纸上钻,不能透处几多难。忽然撞着来时路,始觉从前被眼瞒。

这首诗的题材取自唐代古灵神赞禅师的一则公案:古灵神赞原在福州大中寺受业,后行脚到洪州,遇百丈怀海禅师而开悟。悟后回到本寺。一日,见他的受业师在窗下看经书,而一只蜂子想钻出纸窗外,便说:"世界如许广阔,不肯出;钻他故纸,驴年去!"并作偈曰:"空门不肯出,投窗也大痴。百年钻故纸,何日出头时。"白云守端的偈,在这则公案的基础上,又增加了新的意义。"寻光"喻指对佛性的追求,"纸上钻"喻指误入语言文字的歧途,"来时路"喻指本心、自性,"被眼瞒"喻指佛教所谓事障、理障、言语障。守端还有一首《因雪》诗,也很有意味:

琼花一夜满空山,天晓皆言好雪寒。片片纵饶知落处,奈缘犹在半途间。

这首诗以雪拟人,开出咏雪新境界。前两句写景,其实暗用禅门公案。《庞居士语录》卷上:"士乃指空中雪曰:'好雪片片,不落别处。'有全禅客曰:'落在甚处?'士遂与一掌。"而"在半途"三字的出现,更将这首咏雪诗变成了谈禅诗。"在半途"是禅门习语,意味着功夫不到家,觉悟不彻底。前面称赞的"好雪寒",好高洁高寒的境界,最终却不过是"落在半途"而已。诗借咏雪而告诫禅僧,须知向上一路,切勿落在半途中,修行而不懈怠,觉悟定须彻底,方能透脱。

前面说过,山居诗是禅宗重要写作传统之一。守端有《法华山居十首》七言绝句,饶有诗意,试看两首:

崖泉长逸草堂鸣,每到中宵分外清。远势自然能断续,谁夸品弄玉琴声。
梅雨经旬不暂停,晴来万里豁然青。山轩何事添余兴,依旧分明列翠屏。

前一首写夜里山间的泉声,叮咚断续,清脆悦耳,胜似人弹玉琴。然而"远势"二字似乎又有所寓,泉之"远势"莫非禅之"远势",越远越清。后一首写久雨后的天晴,碧空辽阔,群山如翠屏列于轩窗前,为人助兴。如果说前一首表现了音乐之声的话,那么后一首则描绘了图画之美,而"余兴"的"兴"字,更能想象作者的诗心。这些山居诗应该就是守端"吟兴瞥然而来"的产物吧。

至于守端的一百一十首颂古,几乎全为七言绝句,古绝、律绝皆有。其中大多数都穿插有宗门熟语和佛教术语,然而也有少量纯用意象语言的作品,如颂"外道问佛"公案:

万丈寒潭澈底清,锦鳞夜静向光行。和竿一掣随钩上,水面茫茫散月明。

虽然这首颂很可能脱胎于船子和尚的《拨棹歌》"千尺丝纶直下垂,一波才动万波随。夜静水寒鱼不食,满船空载月明归",写月明静夜的垂钓,但是船子和尚是钓鱼而不得,表现的是"不计功程便得休"的潇洒,而守端颂古则是将佛比喻为渔父,外道比喻为锦鳞,以锦鳞被渔父和竿钩上,比喻外道被佛所折服。结句"水面茫茫散月明"的描写,已不在于说理或喻理,而完全是一种诗意场景的展现,澄澈空明,余味无穷。

守端的同门保宁仁勇禅师,四明人,俗姓竺。幼年为僧,通天台教,初依雪窦重显,后为杨歧方会法嗣,住金陵保宁禅院。今存《保宁仁勇禅师语录》一卷,杨杰作序。各禅籍收其诗偈颂古七十余首,《嘉泰普灯录》卷二十九收他的《山居》诗五首,皆为五律,诗风与守端颇有不同,如下面这首:

林下无余事,高眠足旷怀。舀将锅里粥,抽出灶中柴。坐久慵移榻,人来捱上阶。门前千万仞,谁肯度悬崖?

诗中不着意写山中风景，而重在表现山居生活的"居"。中间两联生动自然，语言不费力，刻画出山僧简朴的生活与平常无事的态度。

据大慧宗杲所说，白云守端谢事圆通，约保宁仁勇夏居白莲峰，作颂古一百一十篇，有"提尽古人未到处，从头一一加针锥"之语（《大慧普觉禅师年谱》）。"提尽古人未到处"二句，见于《白云守端禅师语录》卷三《送勇藏主还明》。然而，今存守端和仁勇的颂古都远未达到一百首，当有不少亡佚。值得注意的是，仁勇很可能是用《渔家傲》词作禅宗颂古的首创者。《彊村丛书》本《山谷琴趣外编》收《渔家傲》四首，题词云："江宁江口阻风，戏效宝宁勇禅师作《古渔家傲》。王环中云：庐山中人颇欲得之。试思索，始记四篇。"可见，这四首颂古词是模仿宝宁勇（即保宁仁勇）禅师而作。日本学者神田喜一郎推测仁勇的《渔家傲》应为八阕，黄庭坚也模仿了八阕，不过"始记四篇"，忘了一半（《神田喜一郎全集》第六卷）。遗憾的是，仁勇的《古渔家傲》颂古没有保存下来。但无论如何，其后黄庭坚、惠洪、李彭、宗杲、慧远、无际道人、借庵珪、少林妙崧等有临济宗法脉的禅人，都用《渔家傲》颂古德公案，而仁勇之作应为其滥觞。

仁勇有弟子日益禅师，住湖州上方寺，有诗行于世。《建中靖国续灯录》《禅宗颂古联珠通集》收其颂古五十首。日益的颂古中有几首值得注意：

> 露头露面便相酬，惯出人前不怕羞。自是奴奴肌骨好，不施红粉也风流。
> 八十婆婆学画眉，风流意比少年时。若无明镜分妍丑，尽道不劳红粉施。
> 拂拂山香满路飞，野花零落草离披。春风无限深深意，不得黄莺说向谁？
> 一轮明月照潇湘，更不逢人问故乡。自是天涯惯为客，任他猿叫断人肠。

第一首颂丹霞访庞居士公案，写灵照女的问答，然而写女性的"肌骨""风流"，再加上"奴奴"这样艳词中常用的女性自称，很难看出这是古德公案的题材。第二首颂沩山送镜与仰山公案，也用"画眉""风流""红粉"这样的字眼，将古德公案改造为女性题材。这种以女性风流喻禅理的现象，从北宋中叶开始，逐渐成为禅门风气，而在临济宗杨歧派禅人身上表现尤为突出。第三首颂长沙景岑游山公案，纯粹是咏春天美景的诗，特别是后两句，词风旖旎而情韵深婉，没有半点禅语。第四首颂大随文殊普贤总在这里公案，简直就是一首天涯漂泊的游子之诗。这些诗可脱离公案背景而存在，因为它们自身完全具备独立的诗性审美价值。

守端的弟子五祖法演禅师也能诗。法演（1024？—1104），绵州巴西人，俗姓邓。年三十五出家，初往成都讲席，习《百法》《唯识论》。后出川，遍叩诸方禅师，谒白云守端，领悟禅旨，于是为其法嗣。先后住持舒州四面山、白云山、太平寺以及黄梅五祖山（东山），有《法眼禅师语录》三卷传世。法演的《投机颂》很有名：

> 山前一片闲田地，叉手叮咛问祖翁。几度卖来还自买，为怜松竹引清风。

所谓"投机",是指参禅者与老师机缘投合,即受到老师的启发而大彻大悟。法演在守端门下时,举"僧问南泉摩尼珠"公案以问老师。守端叱之,法演领悟,汗流被体,乃献这首《投机颂》。这首颂完全使用比兴手法,借田地说心性,借买卖说悟迷,"叉手叮咛",形象生动,"松竹清风",意象优美。更重要的是,法演避开了"摩尼珠"喻自性的传统书写,用更生活化、世俗化的田地买卖,传达出自己的个人体验。所以这首诗颂表现的禅理虽然古已有之,却因其独特新颖的叙说方式而为禅林传诵。

与上方日益禅师相似,法演也试用艳词颂古,如下面这首颂"马大师日面佛月面佛"公案:

丫鬟女子画蛾眉,鸾镜台前语似痴。自说玉颜难比并,却来架前着罗衣。

据《古尊宿语录》卷一记载,马祖临终前,寺院里的监事问:"和尚近日尊候(贵体状况)如何?"马祖曰:"日面佛,月面佛。"表面看来,这个玉颜美女的行为跟马祖的公案了不相干,但仔细玩味,颂古与公案之间可能存在着某种隐喻关系。日面与月面,是佛的形相的两面,如同女子的真容与镜容,佛在形相美好方面与女子具有共同点。马祖弥留之际提及"日面佛月面佛",或许是没有意义的哆唎之语,却是他对自己提倡的"即心即佛"的坚守,正如一个对镜梳妆的女子,即便是喃喃痴语,也无非是对镜中容貌的自恋。

令人感兴趣的是,法演不仅颂古用艳词,而且启发参禅者也用小艳诗。著名的例子是其弟子克勤禅师的悟道因缘。克勤(1063—1135),字无着,彭州崇宁人,俗姓骆。先后住持成都昭觉、澧州夹山、潭州道林、金陵蒋山、东京天宁、镇江金山、云居等,赐号佛果、圆悟,卒谥真觉禅师,属临济宗杨岐派南岳下十四世。克勤早年依法演为侍者,其时会部使者解印还蜀,诣法演作礼,问佛法大意。法演曰:"不见小艳诗云:'频呼小玉元无事,只要檀郎认得声。'"使者惘然。克勤旁侍聆听,忽大悟,曰:"今日去却膺中物,丧尽目前机。"于是呈上投机偈曰:

金鸭香销锦绣帷,笙歌丛里醉扶归。少年一段风流事,只许佳人独自知。

克勤悟到的是:对于参禅的人来说,"声"本身是没有价值的,需要参究的是"声"中蕴藏的体验和感觉,如少妇洞房中唤檀郎的深情。这首偈要表达的正是对禅的理解。偈表面是写风流狎客寻花问柳的艳事,放纵于锦绣帷中,沉湎于笙歌丛里,而实际上是比喻禅客在纷繁的"色界""欲界"中求道。禅经验好比男女欢会时的快感,其微妙的感觉非当事人不能理解,无法用语言说与他人,只有心下自省。

克勤住持夹山时,曾评唱雪窦重显禅师《颂古百则》,门人纂集为《碧岩录》十卷。克勤自己也好举古德公案而颂之,今存《圆悟佛果禅师语录》二十卷,就收有颂古八十多首。大约是受重显颂古的影响,克勤的颂古也形式多样,句式活泼:

> 大冶烹金，忽雷惊春。草木秀发，光辉日新。不费纤毫力，擒下天麒麟。全成杀活得自在，千古照耀同冰轮。话作两橛，句中眼活。龙头蛇尾，以指喻指。撞着露柱瞎衲僧，塞断咽喉无出气。拟议寻思隔万山，咭嘹舌头三千里。
>
> 大用不拘，今古规模。倒拈蝎尾，平捋虎须。若非深辩端倪，何以坐观成败。俊处颖脱囊锥，高来卷舒方外。孤峰顶上浪滔天，正令当行百杂碎。咄。
>
> 春兰与秋菊，一一各当时。底处无回互，怨谁分髓皮。风来鸟已觉，露重鹤先知。为问何能尔，渠侬初不知。

第一首是杂言诗，四言、五言、七言夹杂，转韵两次。第二首则是四言、六言和七言夹杂，最后以一字"咄"结尾。第三首是五言律诗，在克勤颂古中极为罕见，然而即使是作为五律，克勤书写也非常随意，以至于颈联和尾联都以"知"字押韵，不避重复。总体而言，克勤的颂古有意追求禅门语言活杀自在的风格，很多句子来自宗门习语和民间俗语，如"杀活得自在""句中眼活""撞着露柱""捋虎须""孤峰顶上浪滔天""回互"之类，与重显用诗歌意象语言暗示禅理的手法不太相同，在艺术上显得较为粗糙。

克勤的诗风可能受到唐代白话诗人王梵志的潜在影响。据《云卧纪谈》卷上记载：

> 建炎三年元日，圆悟禅师在云居，尝曰："隐士王梵志颂：'城外土馒头，馅草在城里。每人吃一个，莫嫌没滋味。'而黄鲁直谓：'已且为土馒头，当使谁食？'由是东坡为易其后两句：'预先着酒浇，使教有滋味。'然王梵志作前颂，殊有意思，但语差背。而东坡革后句，终未尽余兴。今足成四韵，不唯警世，亦以自警：'城外土馒头，馅草在城里。着群哭相送，入在土皮里。次第作馅草，相送无穷已。以兹警世人，莫开眼瞌睡。'"圆悟遂手写以遗一书记。

所谓"土馒头"代指坟墓，"馅草"本指馒头馅，此代指人身，为土馒头中的尸体。王梵志原诗不合逻辑，受到黄庭坚的质疑，苏轼为之改写后两句。克勤重新对原诗作了改写增补，多加上四句，写世上之人将连续不断地作"土馒头馅草"的残酷现实，而惊醒世人当精进修行，莫浑浑噩噩睡过一世。改后的诗颂，比王梵志原诗更为完善，更具劝世的意义。关于苏、黄对王诗的质疑改写，已见于惠洪《冷斋夜话》卷十，该书在宣和年间已成书，克勤应当是读《冷斋夜话》有感而补作此诗。

除了小艳诗外，五祖法演还用"倩女离魂"的故事启示参学者。如普融知藏至五祖山参见法演，法演举"倩女离魂"的话头问他，普融当下契合禅机，向法演呈上投机偈：

> 二女合为一媳妇，机轮截断难回互。从来往返绝踪由，行人莫问来时路。

"倩女离魂"的故事最早见于唐人陈玄祐小说《离魂记》,是关于衡州张镒的女儿倩娘与其外甥王宙相恋的故事。二人被迫分离,倩娘抑郁成病,魂魄离体,与王宙同往四川,同居五年。后来倩娘思乡心切,王宙与其一道回家,房中卧病在床的倩娘与离魂合为一体。这个爱情故事被改编成说话、诸宫调、杂剧等形式,在民间广为流传。当法演将"倩女离魂"的故事放置于禅学背景之下时,其爱情色彩已完全淡化,剩下的只是形神分离(离魂)的佛教观念,参禅者可以从中体悟关于妄与真、形骸与自性、有情与无情的关系等等诸多精微的禅理。普融偈中体现的禅理是:既然"二女合为一媳妇",那么一切真妄、形神、你我的区别完全消失,不存在回互不回互的问题,这是一个绝对无差别境界。

法演其他几位弟子也都善诗颂。慧勤(1059—1117),舒州怀宁人,俗姓汪。住持舒州太平寺八年,宗风大振。政和二年,诏住东京智海院,赐号佛鉴禅师。今存偈颂一百三十余首,多见于《禅宗颂古联珠通集》。该书卷九马祖"即心即佛"公案,慧勤颂曰:

美如西子离金阁,娇似杨妃倚玉楼。犹把琵琶半遮面,不令人见转风流。

直接将马祖道一禅师比喻成绝代美女西施和杨玉环,描绘其娇美之态,并引用白居易《琵琶行》的诗句,称赞其半遮半露更加风流。这哪里是在颂马祖公案,分明是一篇短章《丽人行》,而后两句"半遮面"的姿态,隐然与马祖公案中"即心即佛""非心非佛"的两可答案具有形而上的对应性。这种表现手法,正是法演门下借艳诗以说禅的一贯作风。

总体而言,慧勤的偈颂比克勤富有文采,更近于诗。《人天眼目》卷一收其《四料拣颂》四首,可见其一斑:

瓮头酒熟人皆醉,林上烟浓花正红。夜半无灯香阁静,秋千垂在月明中。
莺逢春暖歌声滑,人遇平时笑脸开。几片落花随水去,一声长笛出云来。
堂堂意气走雷霆,凛凛威风搠霜雪。将军令下斩荆蛮,神剑一挥千里血。
圣朝天子坐明堂,四海生灵尽安枕。风流年少倒金樽,满院桃花红似锦。

"四料拣"意为四种选择,是临济宗祖师义玄禅师的禅法:"有时夺人不夺境,有时夺境不夺人,有时人境俱夺,有时人境俱不夺。"(《镇州临济慧照禅师语录》)慧勤这四首颂分别歌咏这四种情况。第一首酒熟人醉,烟浓花红,暗示"夺人",而秋千月明的场景,则暗示"不夺境"。第二首莺歌声滑,落花流水,暗示"夺境",而人笑脸开,长笛声来,暗示"不夺人"。第三首雷霆霜雪,将军神剑,暗示"人境俱夺"的威严斩绝。第四首四海太平,桃花似锦,暗示"人境俱不夺"的和煦慈悲。四首颂皆能以形象喻示禅理,特别是第一首,非常富有诗意,"秋千垂在月明中",境界宁静优美。

龙门清远禅师是法演的另一得意弟子。清远(1067—1120),蜀之临邛人,俗姓李。元祐三年,清远二十一岁,从法演于舒州太平寺。然而法演将迁海会寺,清远嫌海会寺太荒僻,不能了己大事,于是作偈告辞曰:"西别岷峨路五千,幸携瓶锡礼高禅。不材虽见频挥斧,钝足难谙再举鞭。深感恩光同日月,未能踪迹止林泉。明朝且出山前去,他日重来会有缘。"法演以偈送别曰:"皖伯台前送别时,桃花如锦柳如眉。明年此日凭栏看,依旧青青一两枝。"清远偈为七律,感愧自己为钝根,不堪随法演住山林荒僻之地。法演偈为七绝,写春景而暗含来日的期待。从师徒两人告辞、送别偈来看,皆具有良好的作诗修养。清远离开海会寺后,遇到灵源惟清禅师,得其点拨,重回海会,跟从法演七年,终于领悟宗旨。后住持舒州龙门寺十二年,道风大振,有旨移住和州褒禅山,赐号佛眼禅师。有《舒州龙门佛眼禅师语录》,见于《古尊宿语录》卷二十七至三十四。佛眼清远与佛果克勤、佛鉴慧勤,号称五祖法演门下"三佛"。清远有一首偈颂《美容可观》:

　　一别海山中,十年春草绿。相思在方寸,颜容皎如玉。音书杳不来,桃李繁且熟。唯有意中人,使我眉头蹙。

《嘉泰普灯录》卷二十九收此偈为《标指》五首之一,所谓"标指",据清远自己解释说:"诸佛出世,无法示人;祖师西来,无道可指。唯谈自悟,是谓顿门。若尚筌蹄,必难话会。然则忘其方便,迷者难以进途,标指示人,或有可晓。"其意旨当然是谈禅,但表面看起来是写对远人的苦苦相思。诗风自然无华,颇近唐诗人韦应物,而其清丽婉转之处,则有几分南朝乐府诗的味道。

清远的同门师兄道宁也善诗。道宁(1053—1113),歙州婺源人,俗姓汪,世称宁道者。大观年间,住持潭州开福寺,唱法演之道,法席为湖湘之冠。有《开福道宁禅师语录》存世。道宁有一首《重阳》诗曰:

　　重阳黄菊未成花,落帽无劳忆孟嘉。但得青山长在眼,不妨流水去无涯。

白云守端有《九日菊》诗曰:"金蕊丛丛带露新,采来烹茗赏佳晨。浮杯何必须宜酒,但有馨香自醉人。"(《白云守端禅师广录》卷三)道宁这首诗自称是"效颦"其祖师,而实际上是对守端诗的翻案。守端所咏为已盛开之金蕊,道宁所咏乃九日菊未成花。孟嘉落帽是九日诗中常用的典故,而此诗则因僧人无帽可落,故曰"无劳忆孟嘉",这又是一重翻案。"但得青山"二句,旷达高远,韵味悠长,诗境超越其师祖。道宁另一首咏物诗《苦笋竹》:

　　迸破莓苔地,亭亭出短篱。箨随风雨解,根有岁寒期。凤管终须奏,渔竿莫可窥。倘容常守节,定见化龙时。

这首五言律诗虽算不上佳作,但以竹喻志,岁寒守节,表达了艰难求道的决心,与士大夫咏竹诗的精神相通。

  总体而言,临济宗禅诗从北宋初期的粗鄙朴拙,逐步过渡到北宋后期的文采风流,"不立文字"之禅渐变为"立文字"之禅,这是与禅宗外部环境的变化即"宋之尚文"的社会风气分不开的。在宋代诗歌史的拼图中,禅宗诗歌是一块不可忽视的板块。拙文在此仅尝鼎一脔,略作介绍,希望有更多学者来关注这一文学现象。

论宋人对唐宋文经典名篇的建构

武汉大学文学院 谭新红

一、引言

在文学经典研究中,如何确认经典是关键。学术界确认经典大致有三种方法,一是自己认定,如陈文忠《唐诗经典接受史研究》就选取了《春江花月夜》《江雪》《寻隐者不遇》等共十五首唐诗,分别研究唐诗经典接受史、唐诗经典阐释史、唐诗经典影响史、唐诗经典比较接受史、唐诗经典诗学沉思史。二是通过数据统计确认文学经典,如王兆鹏、刘尊明《历史的选择——宋代词人历史地位的定量分析》采集词人的词作量、词集版本量、词话评点数、今人研究数、古今词选入选数等五个方面的数据,对宋代词人的影响力进行量化衡定。① 其后王先生又与他人合作而成《寻找经典——唐诗百首名篇的定量分析》《宋词经典名篇的定量考察》,并出版了《唐诗排行榜》《宋词排行榜》,仍然是用定量分析的方法,以历代选本、评论、20世纪研究论文、文学史著作和网络链接作为引用的统计数据,从而得出名篇的排名,寻找历代读者所认定的经典名篇及经典诗人。用定量统计的方法来确认文学经典的尝试颇能反映作品经历历史检验成为经典的历程,尤其是此一方法特别有利于针对某一代某一文体的经典的综合考察,因此影响很大,有多位学者用统计的方法来确认经典,如郁玉英《宋词经典的生成及嬗变》②、王顺贵《历代宋诗选本与"江西诗派"的经典化》③、黄英《陆游诗歌五十首经典名篇的考察》④、王骞《宋诗经典及其经典化研究》⑤等就都是按照这一模式进行。第三种方法是充分重视批评家的意见。不少学者注意到了经典与名篇的关系,如聂珍钊《文学经典的阅读、阐释和价值发现》云:

---

① 王兆鹏、刘尊明:《历史的选择——宋代词人历史地位的定量分析》,《文学遗产》1995年第4期。
② 郁玉英:《宋词经典的生成及嬗变》,北京:中国社会科学出版社,2016年。
③ 王顺贵:《历代宋诗选本与"江西诗派"的经典化》,《社会科学战线》2017年第3期。
④ 黄英:《陆游诗歌五十首经典名篇的考察》,硕士学位论文,江西师范大学,2011年。
⑤ 王骞:《宋诗经典及其经典化研究》,博士学位论文,武汉大学,2012年。

> 文学经典是就文学修养而言的,不是就文学趣味而言的。作为文明社会中人类知识结构、文化和道德修养的必读之书,文学经典的价值不是由读者的多寡、流行的程度、销售的数量以及个人喜好决定的。对于某些文学经典,即使除了从事专业研究的人阅读而外很少有其他人阅读,但是却不影响它们作为经典存在。……这就说明,读者和销售的数量可以作为畅销小说的标准,然而却不是经典小说的证明。①

孙琴安《经典与名篇》云:

> 现在我们常把经典一词与一些名篇连用或混用,如经典名篇或名篇经典。仿佛经典即名篇,名篇即经典。其实,严格说来,经典与名篇还是有区别的。有些仅是名篇而非经典;有些仅是经典而非脍炙人口的名篇;有些既是经典又是代代相传的名篇。不是所有的文学名篇都能称为经典的。②

二者都论述了经典与名篇的区别。也就是说,不一定接受的人多、影响大的作品就是经典。因此,到底如何确认经典还有继续探讨的必要。

曾有学者认为在确认经典时,应该充分重视批评家的意见。刘象愚《经典的解构与重建》即云:

> 经典的形成是一个漫长而复杂的过程,它要经过反复不断地被阅读、被解释、被评价,然后才被确认为经典。在这些过程中,那些具有经典或大师地位的学者或批评家具有决定性的作用。此外教育因素在经典形成和建构过程中也极为重要。没有教育机构一代又一代的传授,经典的形成也是难以想象的。③

此说甚是。在文学经典化过程中,批评家的评论是宣传作家作品最直接、最有效的方式。法国学者安伯托·艾柯在其《阅读故事》中说,所有的文章都会拥有双重读者模式:天真的读者与批判的读者。天真的读者是浅显地、漫不经心地阅读文章的读者,而批判的读者则是在重读文章的同时,将意义效果联系起来思考的读者。历代文学批评家可谓"批判的读者",正是他们在阅读作品时,认真考索作品的本事、品评作品得失、考察作家生平、论述作家风格,在作家作品的经典化历程中发挥了关键性的作用。张若虚《春江花月夜》长时间默默无闻,虽然也曾被《乐府诗集》《唐诗品汇》等收录,但泯然于众多诗歌之中,没有什么名气。直到清末王闿运评价说"孤篇横绝,竟为大家",才一下子奠定了《春江花月夜》经典地位的基础。后来闻一多盛赞此诗为

---

① 聂珍钊:《文学经典的阅读、阐释和价值发现》,《文艺研究》2013年第5期。
② 孙琴安:《经典与名篇》,《光明日报》2016年6月24日。
③ 刘象愚:《经典的解构与重建》,《中国比较文学》2006年第2期。

"诗中的诗,顶峰上的顶峰",进一步确立了《春江花月夜》的经典地位。类似的例子有很多。

还有很多学者注意到了文学史对文学经典化的作用,如佛克马、蚁布思《文学研究与文化参与》云:"文学经典是精选出来的一些著名作品,很有价值,用于教育,而且起到了为文学批评提供参照系的作用。"①江宁康《文学经典的传承与论争》云:"文学经典的构成需要学术界和教育界的共同认可,所以一部作品的经典地位常常是以编入权威的文学选集和进入大学讲坛为标志的。"②南帆《文学史与经典》亦云:"文学史通常存在一个经典体系。某种程度上可以说,文学史的叙述即是将一系列的经典连缀为一个体系。这样的体系包括一批作品篇目,包括这些作品的成就判断以及它们相互之间的联系。……对于多数学生来说,没有在文学史上露面的作品等于不存在。"③每部文学史都有一个经典体系。能称得上经典的文学作品,除了在艺术上具有相当的代表性和影响力,它还应该是具有文学史意义的。

以上学者的成果可以说从理论上论述了以历代批评家的意见为主、结合文学史来确认文学经典是一条可靠的途径,笔者先后发表的两篇论文《论宋词"绝唱"》④、《唐诗"绝唱"刍议》⑤则可以说是初步实践了这一文学经典的确认方式。这两篇论文从历代词话诗话中搜集被誉为"绝唱"的唐诗宋词,对唐诗宋词的经典研究进行了新的探索。本文将以唐宋文作为观照对象,从宋代文话中搜集被宋代批评家高度赞誉的唐宋散文,对其创作队伍、评判者及评判标准进行探讨,进一步推进古代文学的经典化研究。之所以将唐宋文合在一起研究,主要是便于考察唐宋八大家这一文学群体。

二、 被宋人奉为经典的唐宋文

阿尔维托·曼谷埃尔在《阅读史》曾说:

> 阅读的历史亦不符合各文学史的年代学,因为对某一位特别作家的阅读历史常常不是以那位作家的处女作开始,而是以作者的一名未来读者开始:藏书癖者莫里斯·海涅和法国超现实主义者将德·萨德侯爵从受谴的色情文学书架中拯救出来,在此之前,萨德的著作在那里尘封了一百五十多年;威廉·布莱克在遭受两个世纪的漠视后,到了我们的时代,因凯恩斯爵士和弗莱的热忱,使他的作品成为每一个学院的必修课程。⑥

---

① 佛克马、蚁布思著,俞国强译:《文学研究与文化参与》,北京:北京大学出版社,1996 年,第 50 页。
② 江宁康:《文学经典的传承与论争》,《文艺研究》2007 年第 5 期。
③ 南帆:《文学史与经典》,《文艺理论研究》1998 年第 5 期。
④ 谭新红:《论宋词"绝唱"》,《安徽师范大学学报》2015 年第 2 期。
⑤ 谭新红:《唐诗"绝唱"刍议》,《兰州大学学报》2016 年第 4 期。
⑥ 阿尔维托·曼谷埃尔著,吴昌杰译:《阅读史》,北京:商务印书馆,2002 年,第 25 页。

这说明在文学作品的接受历程中,需要一位关键人物率先评判该作品,发现其价值,挖掘其意义,进而引起后来者进一步的研究兴趣直至确定作品的经典地位。很多时候这位关键人物的一家之言,只要足够精彩、足够准确,就足以确定被评判作品的经典地位了,如王闿运之于《春江花月夜》。在唐宋文的接受过程中,宋代批评家在很多时候就充当了"关键人物"这样一种角色。他们是创作高手,又勤于研究,同时也是一流的批评家,他们的意见对唐宋文经典的建构发挥了至关重要的作用,因此,在研究唐宋文经典的时候首先要注意的就是宋人的意见。

在唐宋文接受过程中,有不少作品曾被宋代批评家赞誉为"奇绝""最妙"等,这犹如王闿运评价《春江花月夜》"孤篇横绝"一样,将该作品在文坛上的地位空前地提高了。只有既具有杰出的艺术成就又具有深远影响的作品,才配有"奇绝""最妙"之类的美誉。因此,我们首先要将凡是在接受史中被宋人赞为"奇绝""最妙"等的唐宋文搜集出来,成为研究唐宋文经典的基础。那么,在千余年的接受史中,究竟有多少篇唐宋文得到了宋人的赞誉呢?通过翻检王水照《历代文话》[①],发现共有119篇唐宋文得到了宋代批评家的高度评价,详见下表:

表 23-1 宋代批评家高度评价的 119 篇唐宋文

序号	篇名	作者	出处	评者	评语
1	殿中少监马君墓铭	韩愈	崇古文诀	楼昉	叙事有法,辞极简严,而意味深长,结尾绝佳,感慨伤悼之情见于言外
2	送孟东野序	韩愈	崇古文诀	楼昉	曲尽文字变态之妙
3	毛颖传	韩愈	崇古文诀	楼昉	笔事收拾得尽善,将无作有,所谓以文滑稽者,赞尤高古,是学《史记》文字
4	欧阳生哀辞	韩愈	崇古文诀	楼昉	纡余曲折,曲尽其妙
5	送穷文	韩愈	崇古文诀	楼昉	机轴之妙,熟读方见
6	答李翊书	韩愈	崇古文诀	吕本中	最见为文养气妙处
7	伯夷颂	韩愈	黄氏日抄	黄震	奇绝
8	释言	韩愈	黄氏日抄	黄震	再三宛转,文法极妙
9	祭裴太常	韩愈	黄氏日抄	黄震	奇绝
10	原毁	韩愈	文章轨范	谢枋得	曲尽人情,巧处、妙处在假托他人之言辞,摸写世俗之情状
11	送王含秀才序	韩愈	文章轨范	谢枋得	此序只从"醉乡记"三字得意,变化成一篇议论,此文公最巧处
12	送李愿归盘谷序	韩愈	东坡志林	苏轼	唐无文章,只《盘谷序》一篇

---

① 王水照编:《历代文话》,上海:复旦大学出版社,2007年。

续表

序号	篇名	作者	出处	评者	评语
13	平淮西碑	韩愈	余师录	孙觉	孙学士觉喜论文,谓退之《淮西碑》叙如《书》,铭如《诗》
14	上兵部李侍郎书	韩愈	黄氏日抄	黄震	形容文章之妙,公实道胸中之自得者
15	答尉迟生书	韩愈	黄氏日抄	黄震	形容文章之妙,公实道胸中之自得者
16	上于頔相公书	韩愈	黄氏日抄	黄震	形容文章之妙,公实道胸中之自得者
17	与李翱书	韩愈	西塘集耆旧续闻	陈鹄	最见为文养气妙处
18	滕王阁记	韩愈	荆溪林下偶谈		退之《滕王阁记》云:"文列三王之右,与有荣焉。"此特退之谦辞。如退之《记》,固宜传;三王,如勃之《序》,虽载人口而绮丽卑弱乃尔,其余可知也
19	东池戴氏堂记	柳宗元	崇古文诀	楼昉	大手笔
20	捕蛇者说	柳宗元	崇古文诀	楼昉	抑扬起伏,宛转斡旋,含无限悲伤凄惋之态
21	愚溪诗序	柳宗元	崇古文诀	楼昉	宛转纡徐,含意深远,……屡变而不可诘,此文字妙处
22	封建论	柳宗元	崇古文诀	楼昉	文字绝好
23	先圣文宣王庙碑	柳宗元	崇古文诀	楼昉	此文所以不可及者,以其是柳州文宣王庙,更移在他州不得
24	钴姆潭记	柳宗元	怀古录	陈模	退之亦未必能及
25	段太尉逸事状	柳宗元	黄氏日抄	黄震	文高事覈,曲尽其妙
26	愚溪对	柳宗元	黄氏日抄	黄震	文极精妙
27	谪龙说	柳宗元	黄氏日抄	黄震	文极佳
28	声赋	张咏	习学记言序目	叶适	词近指远,弘达朗畅,异乎《鸣蝉》《秋声》之为,盖古今奇作,文人不能进也
			四库全书总目	梁周翰	一百年不见此作
29	竹楼记	王禹偁	与王观复书	王安石	王荆公称《竹楼记》胜欧阳公《醉翁亭记》
			黄氏日抄	黄庭坚	荆公称《竹楼记》胜《醉翁亭记》,山谷主之
30	岳阳楼记	范仲淹	后山诗话	陈师道	用对语说时景,世以为奇
			崇古文诀	楼昉	首尾布置与中间状物之妙,不可及矣
31	吉州学记	欧阳修	习学记言序目	叶适	尽其变态,……后鲜过之矣
			荆溪林下偶谈		和平而工者也

续 表

序号	篇名	作者	出处	评者	评语
32	丰乐亭记	欧阳修	习学记言序目	叶适	尽其变态，……后鲜过之矣
			荆溪林下偶谈		感慨而好者也
33	醉翁亭记	欧阳修	崇古文诀	楼昉	此文所谓笔端有画，又如累叠阶级，一层高一层，遂旋上去都不觉
			黄氏日抄	黄震	以文为戏者也
34	祭苏子美文	欧阳修	崇古文诀	楼昉	卓荦俊迈
35	送徐无党南归序	欧阳修	崇古文诀	楼昉	转折过换妙
36	论尹师鲁墓志	欧阳修	怀古录	陈模	未尝作文，而文字亦自然好
37	春秋论	欧阳修	怀古录	陈模	平淡中下冷语，人都不觉，……极有味
38	正统论	欧阳修	怀古录	陈模	平淡中下冷语，人都不觉，……极有味
39	苏子美集序	欧阳修	荆溪林下偶谈		纯乎感慨
40	纵囚论	欧阳修	履斋示儿编	孙奕	第一句便道尽题意而尽善尽美
41	鸣蝉赋	欧阳修	黄氏日抄	黄震	《蝉声赋》《秋声赋》之脱洒，《病暑赋》《憎苍蝇赋》之布置，皆当成诵
42	秋声赋	欧阳修	崇古文诀	楼昉	模写之工，转折之妙，悲壮顿挫，无一字尘涴
			黄氏日抄	黄震	《蝉声赋》《秋声赋》之脱洒，《病暑赋》《憎苍蝇赋》之布置，皆当成诵
43	病暑赋	欧阳修	黄氏日抄	黄震	《蝉声赋》《秋声赋》之脱洒，《病暑赋》《憎苍蝇赋》之布置，皆当成诵
44	憎苍蝇赋	欧阳修	黄氏日抄	黄震	《蝉声赋》《秋声赋》之脱洒，《病暑赋》《憎苍蝇赋》之布置，皆当成诵
45	族谱引	苏洵	崇古文诀	楼昉	议论简严，字数少而曲折多。非特文章之妙，可以见忠厚气象
46	张益州画像记	苏洵	崇古文诀	楼昉	词气严重有法度
47	审势	苏洵	崇古文诀	楼昉	看他笔势句法，回护转换，救首救尾之妙。纵横之习，亦见于此
48	仲兄文甫字说	苏洵	崇古文诀	楼昉	状物最妙，所谓大能使之小，远能使之近，此等文字，古今自有数
49	管仲论	苏洵	崇古文诀	楼昉	老泉诸论中，惟此论最纯正。开阖抑扬之妙，责得管仲最深切。意在言外

续表

序号	篇名	作者	出处	评者	评语
50	木假山记	苏洵	崇古文诀	楼昉	首尾不过四百以下字,而起伏开阖,有无限曲折,此老可谓妙于文字者矣
51	送石昌言使北引	苏洵	崇古文诀	楼昉	议论好,笔力顿挫而雄伟,曲尽事物情状
52	上欧阳公书	苏洵	西塘集耆旧续闻	陈鹄	最见为文养气妙处
53	名二子说	苏洵	崇古文诀	楼昉	字数不多而宛转折旋,有无限意思。此文字之妙
54	明论	苏洵	崇古文诀	楼昉	此等意脉,自《战国策》来,曲尽事情
55	上韩枢密书	苏洵	崇古文诀	楼昉	议论精切,笔势纵横,开阖变化,曲尽其妙。辞严气劲,笔端收敛顿挫,十分回翰精神。深识天下之势。而议论颇从《韩非》《孙武》等书来
56	春秋论	苏洵	文章轨范	谢枋得	此文有法度,有气力,有精神,有光焰,谨严而华藻者也。读得《孟子》熟,方有此文章
57	袁州州学记	李觏	文章轨范	谢枋得	本朝大儒作学记多矣,三百年来人独喜诵《袁州学记》,非曰笔端有气力,有光焰,超然不群。其立论高远宏大,不离乎人心天理,宜乎读者乐而忘倦也。叶水心云:"为文不足关世教,虽工无益也。"可与知者道
58	拟岘台记	曾巩	习学记言序目	叶适	尽其变态,……后鲜过之矣
			崇古文诀	楼昉	状物之妙,非常人可及
59	道山亭记	曾巩	习学记言序目	叶适	尽其变态,……后鲜过之矣
60	答李沿书	曾巩	仕学规范	吕本中	最见抑扬反复处
61	相国寺维摩院听琴序	曾巩	崇古文诀	楼昉	法度之文,妙于开阖,可以观世变。自欧、曾以前有此等议论,至二程则粹矣
62	抚州颜鲁公祠堂记	曾巩	崇古文诀	楼昉	议论正,笔力高,简而有法,质而不俚
63	秃秃记	曾巩	黄氏日抄	黄震	记孙齐溺嬖宠杀子之事,文老事严,尤卓然为诸记之冠,视班马史笔殆未知其何如耳
64	谏院题名记	司马光	崇古文诀	楼昉	首尾二百来字而包括无余。识治体,明职守,笔力高简如此,可以想见其人
65	谢宰相表	王安石	习学记言序目	叶适	最工,为近世第一
66	信州兴造记	王安石	习学记言序目	叶适	尽其变态,……后鲜过之矣

续表

序号	篇名	作者	出处	评者	评语
67	桂州新城记	王安石	习学记言序目	叶适	尽其变态,……后鲜过之矣
			崇古文诀	楼昉	法度森严,词意涵蓄,其褒荆公处,亦兼有抑扬,不轻易下一语
68	潭州新学诗并序	王安石	崇古文诀	楼昉	笔力高简,百来字中有多少回旋委折,真所谓以一当百者
69	新田诗并序	王安石	崇古文诀	楼昉	往复宛转,含无限意思,真文字之妙
70	读《孟尝君传》	王安石	崇古文诀	楼昉	转折有力,首尾无百余字,严劲紧束而宛转凡四五处,此笔力之绝
71	推命对	王安石	黄氏日抄	黄震	言贵贱天之所为,但当力于仁义。文极工,当写读
72	汴说	王安石	黄氏日抄	黄震	诋富贵人宠术士者。文甚工
73	芝阁记	王安石	黄氏日抄	黄震	实贬题而寄兴以及其大者,意味无穷,犹为诸记中第一
74	祭束向	王安石	黄氏日抄	黄震	言其才而不遇,文皆精妙
75	超然台记	苏轼	习学记言序目	叶适	奔放四出,其锋不可当,又关纽绳约之不能齐,而欧、曾不逮也
76	放鹤亭记	苏轼	习学记言序目	叶适	奔放四出,其锋不可当,又关纽绳约之不能齐,而欧、曾不逮也
77	筼筜偃竹记	苏轼	习学记言序目	叶适	奔放四出,其锋不可当,又关纽绳约之不能齐,而欧、曾不逮也
78	石钟山记	苏轼	习学记言序目	叶适	奔放四出,其锋不可当,又关纽绳约之不能齐,而欧、曾不逮也
79	三马赞	苏轼	仕学规范	吕本中	记不传之妙。学文者能涵泳此等语,自然有入处
80	韩文公庙碑	苏轼	容斋随笔	洪迈	刘梦得、李习之、皇甫持正、李汉,皆称诵韩公之文,各极其挚。及东坡之碑一出,而后众说尽废
			履斋示儿编	孙奕	"匹夫而为百世师,一言为天下法。"又一句道尽昌黎之道义矣
			黄氏日抄	黄震	词绚云锦,气蠹霄汉,振古一奇绝也
			黄氏日抄	黄震	非东坡不能为此,非文公不足以当此,千古奇观也
			文章轨范	谢枋得	后生熟读此等文章,下笔便有气力,有光彩。……奇绝,皆刻意苦思之文也
81	温公墓志铭	苏轼	怀古录	陈模	其神道碑极好。看其彼详此略,叙事变处
82	徐州莲华漏铭	苏轼	崇古文诀	楼昉	坡公最长于物理上推测到义理精微处,妙于形容而引归吏身上尤佳

续表

序号	篇名	作者	出处	评者	评语
83	徐州上皇帝书	苏轼	习学记言序目	苏轼 吕本中	自惜其文,所谓"故纸糊笼箧"者,吕氏数语余,叹其抑扬驰骤开阖之妙,天下奇作也
84	上曾丞相书	苏轼	黄氏日抄	黄震	真善喻,而相天下士莫此为切也
85	范增论	苏轼	文章轨范	谢枋得	此是东坡海外文字,一句一字增减不得。句句有法,字字尽心。后生只熟读暗记此一篇,义理融明,音律谐和,下笔作论,必惊世绝俗
86	秦始皇扶苏论	苏轼	文章轨范	谢枋得	文法尤妙
87	司马温公神道碑	苏轼	文章轨范	谢枋得	后生熟读此等文章,下笔便有气力,有光彩。……奇绝,皆刻意苦思之文也
88	表忠观碑铭	苏轼	文章轨范	谢枋得	后生熟读此等文章,下笔便有气力,有光彩。……奇绝,皆刻意苦思之文也
89	九成台铭	苏轼	浩然斋雅谈	杨时	其文精妙
90	赤壁赋	苏轼	余师录	王正德	子瞻诸文皆有奇气,至《赤壁赋》髣洁屈原、宋玉之作,汉唐诸公皆莫及也
			怀古录	陈模	《赤壁赋》大概是乐极悲生。大凡文字言昼则及夜,言夜则及昼。文字理致相生,当如此
			文章轨范	谢枋得	此赋学《庄》《骚》文法,无一句与《庄》《骚》相似。超然之才,绝伦之识,不能为也。潇洒神奇,出尘绝俗,如乘云御风而立乎九霄之上,俯视六合,何物茫茫,非惟不挂之齿牙,亦不足人其灵台丹府也
91	黄楼赋	苏辙	荆溪林下偶谈		卓然可以传不朽
92	上枢密韩太尉书	苏辙	崇古文诀	楼昉	胸臆之谈,笔势规摹,从司马子长《自叙》中来,从欧阳公转韩太尉身上,可谓奇险
93	胡宗元诗集序	黄庭坚	黄氏日抄	黄震	山谷文之畅达变化,可压卷者也
94	王定国文集序	黄庭坚	黄氏日抄	黄震	山谷文之畅达变化,可压卷者也
95	小山集序	黄庭坚	黄氏日抄	黄震	山谷文之畅达变化,可压卷者也
96	庄周内篇论	黄庭坚	黄氏日抄	黄震	(黄庭坚)杂著以《庄周内篇论》为第一
97	书《洛阳名园记》后	李格非	崇古文诀	楼昉	文字不过二百字,而其中该括无限盛衰治乱之变。意有含蓄,事存鉴戒,读之令人感叹
98	赋郭子仪单骑见虏	秦观	履斋示儿编	孙奕	押险韵而意全,若此乃为尽善
99	黄楼赋	秦观	荆溪林下偶谈		卓然可以传不朽

续 表

序号	篇名	作者	出处	评者	评语
100	黄楼铭	陈师道	荆溪林下偶谈		卓然可以传不朽
101	答李推官书	张耒	崇古文诀	楼昉	曲尽作文之妙
102	书《韩退之传》后	张耒	崇古文诀	楼昉	议论新,亦有所感之言。……此实天下之至论,非但为退之发也
103	陈汤论	张耒	崇古文诀	楼昉	千余年论议不决之事,自出意见为之折衷区处,如身预其间而目击其事者,非特文字之妙也
104	议赏论	唐庚	崇古文诀	楼昉	议论精确,文词雅健,意有含蓄,能发明他人所不能到
105	永州玩鸥亭记	汪藻	黄氏日抄	黄震	语意极工
106	三高祠记	汪藻	黄氏日抄	黄震	极佳。……宛转感慨,千古可作也
107	上皇帝万言书	胡寅	崇古文诀	楼昉	贯穿百代之兴亡,晓畅当今之事势。气完力壮,论正词确,当为中兴以来奏疏第一
108	上高宗封事	胡铨	崇古文诀	楼昉	论正词严,谊形于色。晦翁谓可与日月争光,信哉!
109	三忠堂碑	周必大	履斋示儿编	孙奕	第一句便道尽题意而尽善尽美者
110	诞皇孙贺重华宫	周必大	履斋示儿编	孙奕	字字破的,篇篇出奇。只在首联,其题意粲然;靡所不载,可谓文中虎也
111	乞致仕	周必大	履斋示儿编	孙奕	字字破的,篇篇出奇。只在首联,其题意粲然;靡所不载,可谓文中虎也
112	谢复益国公	周必大	履斋示儿编	孙奕	字字破的,篇篇出奇。只在首联,其题意粲然;靡所不载,可谓文中虎也
113	贺陈右相	周必大	履斋示儿编	孙奕	字字破的,篇篇出奇。只在首联,其题意粲然;靡所不载,可谓文中虎也
114	贺王德言除工部侍郎	周必大	履斋示儿编	孙奕	字字破的,篇篇出奇。只在首联,其题意粲然;靡所不载,可谓文中虎也
115	贺直院杨给事	周必大	履斋示儿编	孙奕	字字破的,篇篇出奇。只在首联,其题意粲然;靡所不载,可谓文中虎也
116	谢刘守再送朱墨钱	周必大	履斋示儿编	孙奕	字字破的,篇篇出奇。只在首联,其题意粲然;靡所不载,可谓文中虎也
117	易传后叙	杨万里	怀古录	陈模	诚斋云:"文章妙处在感慨。"樽斋:"(诚)斋《易传后叙》胜《前叙》,以其感慨。"
118	醉乐亭记	叶适	黄氏日抄	黄震	记未及古今政教,尤佳
119	吕子阳老子说序	叶适	黄氏日抄	黄震	此序识到理明,尤水心文之绝特者,可以成诵,故表出之

三、统计分析

(一) 唐宋文经典名篇的创作队伍

由表一可知,共有 25 位作家的 119 篇唐宋文得到了宋人的高度评价。下面我们对这 25 位作者进行统计分析(请看下表):

表 23-2 唐宋文经典作家作品统计

作家	数	作家	数	作家	数	作家	数	作家	数	作家	数
韩愈	18	苏轼	16	欧阳修	13	苏洵	12	王安石	11	柳宗元	9
周必大	8	曾巩	6	黄庭坚	4	张耒	3	苏辙	2	秦观	2
汪藻	2	叶适	2	张咏	1	王禹偁	1	范仲淹	1	李觏	1
司马光	1	李格非	1	陈师道	1	唐庚	1	胡寅	1	胡铨	1
杨万里	1										

25 人中,唐代作家只有韩愈、柳宗元 2 人,宋代作家占了 23 人,这一方面表明韩愈和柳宗元两人成为宋人创作的取法对象,另外也说明了宋人对自己创作成就的高度自信。

在这份榜单中,韩愈以 18 篇文章高居赞誉排行榜的榜首,这与他在宋代的崇高地位是分不开的。韩愈在宋代文坛的地位非常高,从苏洵开始奠定其经典作家的伟大地位,苏洵在《上欧阳公书》中说:

> 韩子之文,如长江大河,浑浩流转,鱼鼋蛟龙,万怪惶惑,而抑绝蔽掩,不使自露,而人望见其渊然之光、苍然之色,亦自畏避,不敢迫视。[①]

苏轼在《书吴道子画后》中说:"故诗至于杜子美,文至于韩退之,书至于颜鲁公,画至于吴道子,而古今之变天下之能事毕矣。"还说杜甫的诗、韩愈的文和颜真卿的书法"皆集大成者也"[②],这一举奠定了韩愈经典作家的地位。陈师道《后山诗话》亦云:"杜之诗法,韩之文法也。诗文各有体,韩以文为诗,杜以诗为文,故不工尔。"将韩愈的创作方法视为最高典范。二人的评价确立了韩愈唐宋古文第一人的崇高地位。

[①] 曾枣庄、刘琳:《全宋文(第 43 册)》,上海:上海辞书出版社,2006 年,第 26 页。
[②] 陈师道:《后山诗话》,载何文焕《历代诗话》,北京:中华书局,2004 年,第 309 页。

柳宗元在宋代的地位虽然没有韩愈那么高，但也是备受推崇。李朴《书柳子厚集》云：

> 子厚文辞淳正，虽不及退之，至气格雄绝，亦退之所不及。①

《黄氏日抄》读文集二亦云：

> 柳以文与韩并称焉。韩文论事说理，一一明白透彻，无可指择者，所谓贯道之器非欤？柳之达于上听者，皆谀辞；致于公卿大臣者，皆罪谪后羞缩无聊之语，碑碣等作，亦老笔与俳语相半；间及经旨义理，则是非多谬于圣人。凡皆不根于道故也。惟纪志人物，以寄其嘲骂；模写山水，以舒其抑郁，则峻洁精奇，如明珠夜光，见辄夺目。此盖子厚放浪之久，自写胸臆，不事谀，不求哀，不关经义。又皆晚年之作，所谓大肆其力于文章者也。故愚于韩文无择，于柳不能无择焉。而非徒曰并称。然此犹以文论也。若以人品论，则欧阳子谓"如夷夏之不同"矣。欧阳子论文，亦不屑称韩、柳，而称韩、李，李指李翱云。②

从中均可见出宋人对韩、柳的态度。因此《仕学规范》作文卷四说："韩退之文浑大广远难窥测，柳子厚文分明见规摹次第。初学者当先学柳文，后熟韩文，则工夫自易。"③

表二前八名依次为韩愈、苏轼、欧阳修、苏洵、王安石、柳宗元、周必大、曾巩，除了周必大外，余下的七位都是后世所谓"唐宋八大家"的成员。宋人不仅奠定了唐人韩愈、柳宗元的地位，而且开始确立欧、曾、王、苏的历史地位。范仲淹堪称欧阳修的第一知音，他在《尹师鲁集序》中说：

> 予观《尧典》、舜歌而下，文章之作，醇醨迭变，代无穷乎。惟折末扬本，去郑复雅，左右圣人之道者难之。近则唐贞元、元和之间，韩退之主盟于文，而古道最盛。懿、僖以降，寖及五代，其体薄弱。皇朝柳仲涂起而麾之，髦俊率从焉。仲涂门人能师经探道、有文于天下者，多矣。洎杨大年以应用之才，独步当世。学者刻辞镂意，有希髣髴，未暇及古也。其间甚者，专事藻饰，破碎《大雅》，反谓古道不适于用，废而弗学者久之。洛阳尹师鲁，少有高识，不逐时辈，从穆伯长游，力为古文。而师鲁深于《春秋》，故其文谨严，辞约而理精，章奏、疏议，大见风采。士林方耸慕焉，遽得欧阳永叔，从而大振之，由是天下之文一变，其深有功于道欤？④

---

① 王水照编：《历代文话（第 1 册）》，上海：复旦大学出版社，2007 年，第 379 页。
② 同上书，第 659 页。
③ 同上书，第 323 页。
④ 曾枣庄、刘琳：《全宋文（第 18 册）》，上海：上海辞书出版社，2006 年，第 392 页。

这是宋人关于唐宋古文运动发展状况最早也是最精准的描述,同时他也确立了欧阳修完成北宋古文运动的领袖地位。稍后的苏洵更是将欧阳修与孟子、韩愈相提并论,他在《上欧阳公书》中说:

> 执事之文章,天下之人莫不知之。然窃自以为洵之知之特深,愈于天下之人,何者?孟子之文,语约而意尽,不为巉刻斩绝之言,而其锋不可犯。韩子之文,如长江大河,浑浩流转,鱼鼋蛟龙,万怪惶惑,而抑揭蔽掩,不使自露,而人自见其渊然之光、苍然之色,亦自畏避,不敢迫视。执事之文,纡余委备,往复万折,而条达疏畅,无所间断,气尽语极,急言竭论,而容与闲易,无艰难辛苦之态。此三者皆断然自为一家之文也。①

苏洵将欧阳修与孟子、韩愈相提并论,确立了欧阳修一代文宗的历史地位。

到了南宋,韩、柳、欧、曾、王、苏作为学习的典范,开始在一篇文献中同时出现,王应麟《玉海·辞学指南》卷一记载吕祖谦的话云:"先择《史记》、《汉书》、《文选》、韩、柳、欧、苏、曾子固、王介甫、陈无己、张文潜文,虽不能遍读,且择其易见、世人所爱者诵之","先读秦汉、韩、柳、欧、曾文字以养根本"②。叶适《习学记言序目》皇朝文鉴一亦云:"文字之兴,萌芽于柳开、穆修,而欧阳修最有力,曾巩、王安石、苏洵父子继之,始大振。"③这为后来明人"唐宋八大家"之说的提出打下了基础。

从表二可知,被宋人高度评价的119篇唐宋文中,"唐宋八大家"有87篇,占总数的73%。另有32篇为17位文人创作,人均约2篇。17人中,有的因诗名而影响到文名,如王禹偁等;有的因词名影响到文名,如秦观等。他们在文学史著作中多出现在诗词部分,文学史编写者论述文时,或是简略提及,或是干脆不提。实际上他们的文在宋代曾得到过很高的评价。如王禹偁,叶适《习学记言序目》皇朝文鉴三即云:"王禹偁文,简雅古淡,由上三朝未有及者,而不甚为学者所称,盖无师友论议之故也。"④黄庭坚也曾高度评价秦观的文,他在《与王观复书》中说:"文章盖自建安以来,好作奇语,故其气象衰薾,其病至今犹在,唯陈伯玉、韩退之、李习之,近世欧阳永叔、王介甫、苏子瞻、秦少游乃无此病耳。"⑤将秦观的文与欧阳修、王安石、苏轼的文相提并论,评价可谓高矣!因此,今后我们应该充分重视这17位作家的散文成就。

(二)唐宋文经典的评判者

从表一可知,对唐宋文作出价值评判的是如下17人:王安石、孙觉、苏轼、黄庭坚、陈师道、

---

① 曾枣庄、刘琳:《全宋文(第43册)》,上海:上海辞书出版社,2006年,第26页。
② 王水照编:《历代文话(第1册)》,上海:复旦大学出版社,2007年,第921页。
③ 同上书,第244页。
④ 同上书,第278页。
⑤ 同上书,第311页。

杨时、吕本中、朱熹、吕祖谦、叶适、孙奕、楼昉、黄震、谢枋得、陈鹄、陈模、王正德。17人中有7人为北宋人，10人为南宋人。这些人的社会地位如何？他们的文学创作成就怎么样？是否具有高超的审美鉴赏能力？只有了解清楚这些问题，才能判断他们对唐宋文的评价是否有效，才能判断他们对唐宋文的经典化是否能发挥关键性的作用。下面我们主要通过相关材料考察这17人在当时评论界的话语权。

王安石贵为当朝宰相，又文誉甚高，谁如果能得到他的赏识，则立马增重于世。苏轼就曾请王安石提携秦观：

> 向屡言高邮进士秦观太虚，公亦粗知其人。今得其诗文数十首，拜呈。词格高下，固无以逃于左右，独其行义修饬，才敏过人，有志于忠义者，某请以身任之。此外，博综史传，通晓佛书，讲习医药，明练法律，若此类，未易以一二数也。才难之叹，古今共之，如观等辈，实不易得，愿公少借齿牙，使增重于世，其他无所望也。①

苏轼希望王安石能提携秦观，使他早日成就文名，可见王安石在当时舆论界的影响力甚至要超过苏轼。

孙觉乃北宋名宦，曾任湖州、庐州、苏州、福州、亳州、扬州、徐州、南京等七州知州，是胡瑗、陈襄的学生，苏轼、王安石、苏颂、曾巩的好友，也是黄庭坚的岳父、秦观的老师。《宋史》有传。苏轼《孙觉除吏部侍郎制》说他："文学论议，烛知本原。谏省东台，久从践历。"也是一位富有学识、精于评判的文学人士。

苏轼是继欧阳修之后世所景仰的人物。宋神宗熙宁十年（1077年），苏轼从密州徙知徐州时，词人秦观为了结识他，专门在苏轼途经之地彭城守候，并赠之以诗云："我独不愿万户侯，惟愿一识苏徐州。"②表达了极其虔诚的结识之心。秦观也正是在成为"苏门"文人以后才名满天下的。晁补之年轻时也以文投苏轼："（补之）十七岁从父官杭州，倅钱塘山川风物之丽，著《七述》以谒州通判苏轼。轼先欲有所赋，读之叹曰：'吾可以阁笔矣！'又称其文博辩隽伟，绝人远甚，必显于世，由是知名。"晁补之正是因为得到了苏轼"其文博辩隽伟，绝人远甚，必显于世"的评价后，才开始知名于世的。

黄庭坚是江西诗派领袖，陈师道、吕本中是江西诗派重要成员，均精于论诗品文。朱熹是宋代著名的思想家、哲学家和诗人，他精研古今文章，《朱子语类》对唐宋古文大家的艺术特色、写作技巧及思想意境等都有深刻准确的探讨。吕祖谦、叶适是南宋著名文人，他们在作家作品经典化历程中发挥着巨大的作用，这从刘敞的事例中可以略窥一二：

---

① 秦镛编，秦瀛重编，吴洪泽校点：《淮海先生年谱》，载吴洪泽、尹波主编《宋人年谱丛刊》，成都：四川大学出版社，2003年，第3182页。
② 同上书，第3177页。

> 刘原父文醇雅,有西汉风。与欧公同时,为欧公名盛所掩,而欧、曾、苏、王亦不甚称其文。刘尝叹:"百年后当有知我者!"至东莱编《文鉴》,多取原父文,几与欧、曾、苏、王并,而水心亦亟称之,于是方论定。①

刘敞的散文写得醇雅而有情致,文气笔力有西汉之风,然文名为欧阳修所掩,加之没有得到同时代的欧、曾、王、苏这几位散文大家的称赏,故文名不显。百余年后,方因先后得到吕祖谦、叶适的极力推奖而名声大振,可见吕祖谦、叶适等人的评价对文人经典地位的确立有多么重要的作用。

楼昉早年曾从吕祖谦学习,为文汪洋浩博,长于史学,著有《宋十朝纲目》《中兴小传百篇》《东汉诏令》《崇古文诀》等。楼钥《举冯端方江畴楼昉状》称他"少负俊声,记问该洽,居有乡曲之誉,文有制诰之体"。黄震为学宗周敦颐、程颢、程颐及朱熹,《四库全书总目》卷九十二子部二评其《黄氏日抄》时云:"盖震之学朱,一如朱之学程,反复发明,务求其是,非中无所得而徒假借声价者也。"评价甚高。谢枋得是南宋末年著名的爱国文人,胡一桂《叠山先生行实》曾评价说:"枋得平生无书不读,为文章高迈奇绝,汪洋演迤,自成一家,学者师尊之。"余下的几位"发现者"孙奕、陈鹄、陈模、王正德,名气虽然没有前面所言诸人大,但无不对散文深有研究,他们的评论也会对作家作品经典价值的发掘发挥应有的作用。

从以上分析可知,这些评价者多为社会名流、意见领袖,他们的观点往往能够引领大众,为唐宋文的经典化发挥关键性的作用。

四、宋人评价标准探析

姚鼐《古文辞类纂》将文的体类分为13类:论辨、序跋、奏议、书说、赠序、诏令、传状、碑志、杂记、箴铭、颂赞、辞赋、哀祭。这一分类虽然并不周圆,但大体得宜,因此为后世所认可。本文所涉119篇唐宋文分别属于如下类别:论辩18篇,序跋13篇,奏议4篇,书说19篇,赠序6篇,传状2篇,碑志9篇,杂记26篇,箴铭3篇,颂赞5篇,辞赋10篇,哀祭4篇。《古文辞类纂》13类中,除了诏令类没有作品被宋代评论家高度评价外,其他12类均有作品被他们高度赞誉,其中杂记类、书说类、论辩类、序跋类、辞赋类被赞誉的作品都非常多,可见这几类均易于写出名篇佳作来。宋人为什么对这些作品称誉有加呢?他们的评价标准又是什么呢?这是本节所要讨论的主要问题。

与论诗主张"平易""平淡"不同,宋人评文喜用"奇"字,如陈师道《后山诗话》说范仲淹《岳阳楼记》"世以为奇",楼昉《崇古文诀评文》评苏辙《上枢密韩太尉书》"可谓奇险",黄震《黄氏日

---

① 王水照编:《历代文话(第1册)》,上海:复旦大学出版社,2007年,第569页。

抄》读文集一评韩愈《祭裴太常》"奇绝",黄震《黄氏日抄》读文集一评苏轼《韩文公庙碑》"振古一奇绝",等等。可见"奇"是宋人判断作品是否为佳作的一大标准。

从流传下来的资料看,宋人论文主"奇"主要有如下数端:语奇、意奇、构思奇、结构奇。陈师道《后山诗话》云:

> 范文正公为《岳阳楼记》,用对语说时景,世以为奇。①

所谓"对语"当指对偶句,《岳阳楼记》中有很多写风景的名对,如"衔远山,吞长江""日星隐曜,山岳潜形""沙鸥翔集,锦鳞游泳""长烟一空,皓月千里""浮光跃金,静影沉璧"等,不仅对仗工整,而且绘景如画,无愧"奇作"美誉!此乃语奇之例。

叶适《习学记言序目·皇朝文鉴一》云:

> 张咏《声赋》,词近指远,弘达朗畅,异乎《鸣蝉》《秋声》之为,盖古今奇作,文人不能进也。②

张咏《声赋》曾被宋初古文运动的先驱之一梁周翰誉为"一百年不见此作"③,张咏本人也非常自负④。张咏在《声赋序》中说:"《声赋》之作,岂拘模限韵,春雷秋虫之为事也?盖取诸声成之文,王化之本,苟有所补,不愧空言尔。"明言此赋乃有补王化而作。他在赋中说:"忠良是旌,息嗟吁之声;不肖是黜,息滥谬之声;均物恻隐,息哀怨之声;厚施薄敛,息流亡之声;四人是别,息浇竞之声;狴犴是理,息冤枉之声;道德是守,息兵革之声;人劳是恤,息雕斲之声;小人是远,息邪佞之声;正音是奏,息滋懑之声。"所赋者非自然之声而是人之声,所赋之情亦非无病呻吟而是关乎朝堂民瘼,故叶适《习学记言序目》评价说:"词近指远,弘达朗畅,异乎《鸣蝉》《秋声》之为,盖古今奇作,文人不能进也。"意即语言虽然浅近,含义却很深远。此乃意奇之例。

谢枋得《文章轨范评文》云:

> (苏轼)《潮州韩文公庙碑》。后生熟读此等文章,下笔便有气力,有光彩。东坡平生作诗不经意,意思浅而味短,独此诗与《司马温公神道碑》《表忠观碑铭》三诗奇绝,皆刻意苦思之文也。⑤

---

① 陈师道:《后山诗话》,载何文焕《历代诗话》,北京:中华书局,2004年,第310页。
② 王水照编:《历代文话(第1册)》,上海:复旦大学出版社,2007年,第245页。
③ 《四库全书总目》卷一五二集部五《乖崖集十二卷附录一卷》云:"其《声赋》一首,穷极幽渺,梁周翰至叹为'一百年不见此作'。则亦非无意于为文者。特其光明俊伟,发于自然,故真气流露,无雕章琢句之态耳。"
④ 田况《儒林公议》卷上:"又尝作《声赋》,虽未能高致绝俗,然豪迈有理致。朋游有劝咏以《声赋》贽先达者,咏曰:'取一第乃欲用吾《声赋》耶?'其自负如此。"
⑤ 王水照编:《历代文话(第1册)》,上海:复旦大学出版社,2007年,第1052页。

这是从横向比较的角度来突出苏轼此文的卓越。洪迈《容斋随笔》卷八《论韩文公》云:"刘梦得、李习之、皇甫持正、李汉,皆称诵韩公之文,各极其挚。及东坡之碑一出,而后众说尽废。"则是从纵向比较的角度强调苏轼此碑的重要性。此文开篇云:"匹夫而为百世师,一言而为天下法。"起笔不凡。通篇叙述韩愈一生道德功业文章,而归本于养气,一气浑成,脉络清晰。谢枋得说此文"刻意苦思",杨慎《三苏文范》卷十五引林次崖云此碑"自始至末,无一懈怠",均是从构思慎密奇巧的角度而言的。此乃构思奇之例。

叶适《习学记言序目》皇朝文鉴三云:

> 苏轼《徐州上皇帝书》,自惜其文,所谓"故纸糊笼箧"者,吕氏数语余,叹其抑扬驰骤开阖之妙,天下奇作也。①

此文气势起伏奔放,结构铺展有度,收合自如,故叶适称其为"天下奇作"。此乃结构奇之例。

宋人论文主"奇"的评判标准继承的主要是唐人的观点。韩愈《答李翊书》云:"惟陈言之务去。"故其行文,力求奇崛。韩愈的学生皇甫湜也主张"奇",他的《答李生书》三篇反复论辩"奇"与"常"在文章中的关系。他说:"夫意新则异于常,异于常则怪矣;词高则出于众,出于众则奇矣。"又说:"夫文者非他,言之华者也,其用在通理而已,固不务奇,然亦无伤于奇也。"《四库全书总目》卷一百五十集部三《皇甫持正集六卷提要》曾说皇甫湜文"与李翱同出韩愈,翱得愈之醇,而湜得愈之奇崛"。宋人既以韩愈为最高典范,作文评文自然求奇。

"宋人生唐后,开辟真难为。"虽然难为,宋人却也不愿意完全萧规曹随,他们在论文主"奇"的同时,又开辟出新的甚至可以说与"奇"相反的评判标准——平淡。苏轼《与二郎侄》云:"凡文字,少小时须令气象峥嵘,采色绚烂,渐老渐熟乃造平淡;其实不是平淡,绚烂之极也。"黄庭坚《与洪驹父二》亦云:"学工夫已多,读书贯穿,自当造平淡,且置之,可勤董、贾、刘向诸文字,学作议论文字,更取苏明允文字读之。古文要气质浑厚,勿太雕琢。"他们追求自然而不事雕琢,如曾巩《与王介甫第一书》云:"欧公更欲足下少开廓其文,勿用造语及摸拟前人,请相度示及。欧云:孟、韩文虽高,不必似之也,取其自然耳。"黄庭坚《答王观复书》云:"文章成就,更无斧凿痕,乃为佳作耳。"《仕学规范》作文卷一记徐积语云:"凡人为文,必出诸己而简易,乃为佳耳。为文正如为人,若有辛苦态度,便不自然。"②宋人这一评文标准与他们论诗的标准有相互借鉴之处。

如何才能写出奇绝、奇妙的作品呢?也就是说,要写出一篇佳作来,需要满足哪些要求呢?我们先看对这个问题有通盘考虑的几种观点:

李鹰《答赵士舞德茂宣义论宏词书》:

---

① 王水照编:《历代文话(第 1 册)》,上海:复旦大学出版社,2007 年,第 271 页。
② 同上书,第 308 页。

文章之不可无者有四：一曰体，二曰志，三曰气，四曰韵。述之以事，本之以道，考其理之所在，辨其义之所宜，卑高巨细，包括并载而无所遗，左右上下，各有若职而不乱者，体也。体立于此，折衷其是非，去取其可否，不狗于流俗，不谬于圣人，抑扬损益，以称其事，弥缝贯穿，以足其言，行吾学问之力，从吾制作之用者，志也。充其体于立意之始，从其志于造语之际，生之于心，应之于言，心在和平，则温厚尔雅，心在安敬，则矜庄威重，大焉可使如雷霆之奋，鼓舞万物，小焉可使如脉络之行，出入无间者，气也。如金石之有声，而玉之声清越，如草木之有华，而兰之臭芬芳，如鸡鹜之间，而有鹤清而不群，犬羊之间，而有麟仁而不猛，如登培塿之邱，以观崇山峻岭之秀色，涉潢污之泽，以观寒溪澄潭之清流，如朱弦之有余音，太羹之有遗味者，韵也。文章之无体，譬之无耳目口鼻，不能成人。文章之无志，譬之虽有耳目口鼻，而不知视听臭味之所能，若土木偶人，形质皆具而无所用之。文章之无气，虽知视听臭味，而血气不充于内，手足不卫于外，若奄奄病人，支离憔悴，生意消削。文章之无韵，譬之壮夫，其躯干梧然，骨强气盛，而神色昏瞀，言动凡浊，则庸俗鄙人而已。有体有志有气有韵，夫是谓成全。①

《荆溪林下偶谈》卷二：

为文大概有三：主之以理，张之以气，束之以法。②

《余师录》卷二：

（张芸叟云：）凡人为文，言约而事该，文省而旨远者为嘉。③

《玉海·辞海指南》卷四：

凡作文字，先要知格律，次要立意，次要语赡。所谓格律，但熟考总类可也。所谓立意，如学记泛说尚文，是无意也，须就题立意，方为亲切。柳子厚《柳州学记》说"仲尼之道，与王化远迩"，此两句便见岭外立学，不可移于中州学校也。所谓语赡，如韩退之《南海神庙文》"乾端坤倪，轩豁呈露"一段、老苏《兄涣字序》说风水一段是也。虽欲语赡，而不可太长，谓专事言语。不可近俗，如青编中对圣贤语、黄卷上从古人游之语皆是。不可多用难字熟看韩柳欧苏，先见文字体式，然后遍考古人用意下句处。④

---

① 曾枣庄、刘琳：《全宋文（第132册）》，上海：上海辞书出版社，2006年，第124页。
② 王水照编：《历代文话（第1册）》，上海：复旦大学出版社，2007年，第558页。
③ 同上书，第368页。
④ 同上书，第1006页。

综合以上几种观点，我们尝试归纳要想成为佳作的几个关键要素：体、气、意、法。事实上，宋人在评价作品是否为佳作时也正是从这几个要素入手。

（一）体

体即体制，指作品的体裁、格调。刘勰《文心雕龙·附会》云："夫才童学文，宜正体制，必以情志为神明，事义为骨髓，辞采为肌肤，宫商为声气。"詹锳义证："（体制）包括体裁及其在情志、事义、辞采、宫商等方面的规格要求，也包括风格。"宋人评文颇重体制。黄庭坚《书王元之竹楼记后》云：

> 或传王荆公称《竹楼记》胜欧阳公《醉翁亭记》，或曰此非荆公之言也。某以谓荆公出此言未失也。荆公评文章，常先体制，而后文之工拙。盖尝观苏子瞻《醉白堂记》，戏曰："文词虽极工，然不是《醉白堂记》，乃是《韩白优劣论》耳。"以此考之，优《竹楼记》而劣《醉翁亭记》，是荆公之言不疑也。①

王安石论文，首重体制，也就是说什么样体裁的文应该有该体裁独特的规格要求。

姚鼐《古文辞类纂》将文的体类分为13类，每一类都有它自己的要求，这在宋人评文时也多有体现，如陈模《怀古录》云：

> 墓志铭乃纳诸圹中者，要之只是叙出处大概，使其有好处，人自知之，却不必夸大。神道碑却要笔力，发出他平生好处，张皇幽眇。盖碑是揭诸道傍者，体制当然。东坡做《温公墓志铭》，其神道碑极好。看其彼详此略，叙事变处。②

就说明了墓志铭与神道碑不同的要求与写法。又如《玉海·辞海指南》卷四：

> 又须作一册编体制转换处，不拘古文与今时程文，大略编之。如《喜雨亭记》"亭以雨名，志喜也"，柳《文宣王庙碑》"仲尼之道，与王化远迩"，似此之类，此作记起头体制也。欧公《真州发运园记》中间一节，此记中间铺叙体制也。柳《万石亭记》附零陵故事之类，此记末后体制也。③

通过典范告诉我们杂记应该如何开篇，中间如何铺叙，结尾如何宕开。叶适《习学记言序目·

---

① 曾枣庄、刘琳：《全宋文（第106册）》，上海：上海辞书出版社，2006年，第182页。
② 王水照编：《历代文话（第1册）》，上海：复旦大学出版社，2007年，第526页。
③ 同上书，第1006页。

皇朝文鉴三》云：

> 韩愈以来，相承以碑志序记为文章家大典册，而记，虽愈及宗元，犹未能擅所长也。至欧、曾、王、苏，始尽其变态，如《吉州学》《丰乐亭》《拟岘台》《道州山亭》《信州兴造》《桂州新城》，后鲜过之矣。若《超然台》《放鹤亭》《筼筜偃竹》《石钟山》，奔放四出，其锋不可当，又关纽绳约之不能齐，而欧、曾不逮也。①

则是说杂记亦可四面出击。《玉海·辞海指南》卷三云：

> 西山先生曰："表章工夫最宜用力。先要识体制，贺、谢、进物，体各不同，累举程文，自可概见。前辈之文惟汪龙溪集中诸表皆精致典雅，可为矜式，录作小册，常常诵之。其他亦须遍阅。"②

真德秀认为表章应该写得精致典雅，其中的不同小类如贺、谢、进物等的体制又各自不同。《玉海·辞海指南》卷三亦云："进书一门，诸书体制各不同。玉牒乃纪大事之书，国史乃已成纪传之书，实录乃编年之书，宝训则分门，日历则系日，会要则会粹，各是一体。若出《进玉牒表》，须当纯用玉牒事，不可以他事杂之。举此一端，其余皆然。若泛滥不切，可以移用，便不为工矣。"③是说进书之表应该只涉及该书相关内容，而不容旁涉。孙奕《履斋示儿编》文说卷二云：

> 世传北狄来祭皇太后文，杨大年捧读，空纸无一字，即自撰曰："惟灵巫山一朵云，阆苑一团雪，桃源一枝花，秋空一轮月。岂期云散雪消，花残月缺？伏惟尚享。"时仁皇深喜其敏速。志祖案：钱詹事大昕云："大年卒于天禧四年，其时仁宗未即位也。章献之崩，则大年死已久矣。其词轻艳，不可施于母后，此委巷无稽之谈，而季昭采之，误矣。"欧阳文忠公奉母夫人丧归庐陵，道过临江，李观以著作佐郎知清江县，太守命作祭文，应声而成曰："孟轲亚圣，母教之也。夫人有子如轲，虽死何憾！尚享。"公听之甚悲感，且击节称赏。二者虽皆祭文，然体律简古，词意超绝，真得尹师鲁止用五百字可记之法，使施之他文，无不可者，故表而出之。④

告诉我们祭文用语不能轻艳，风格必须简古，要使人读之能生悲感。《玉海·辞海指南》卷二云：

---

① 王水照编：《历代文话（第1册）》，上海：复旦大学出版社，2007年，第279页。
② 同上书，第970页。
③ 同上书，第971页。
④ 同上书，第447页。

作制只读今时程文,则或委靡;专学前辈文字,则或不合。今之体制要当用今体制,问取古人属对亲切、众所易见者依仿之可也,其他皆然。①

制书应该属对亲切,语言不应生僻委靡,而应该是人所易见者。

陈师道《后山诗话》云:"退之作记,记其事尔,今之记乃论也。少游谓《醉翁亭记》亦用赋体。"汪藻亦云:"今世缀文之士虽多,往往昧于体制。"②都对其时体制不明的现象提出了批评。陈模《怀古录》则云:"后山云:'退之作记,记其事,今之记乃论也。'盖言其体制。然亦不可拘于体制。若徒具题目兴造之由,而无所发明,则滔滔者皆是。须是每篇有所发明,有警策过人处,方可传远。只如东坡作《宝绘堂记》,却反说爱画者自是一病。作《思堂记》却说有所思便不好。都是后面略略收归来题目,便捉缚他不住。《众妙堂记》只说梦起,《盖公堂记》只说乡人有病痞者起,凡数百言,只于后面一两行说作堂之意,此等又岂可以律以常体?又如《赤壁赋》二,自我作古,又岂可律之以《楚辞》拍调?杜诗云:'一洗万古凡马空。'当以此法论。"③认为体制固然重要,但文句精炼扼要而含义深切动人才是关键,不然也只是平庸之作。

(二) 气

《孟子》云:"我善养吾浩然之气。"强调了养气之于精神主体人格修养的重要性。曹丕《典论·论文》则最早提出了"文以气为主,气之清浊有体,不可力强而致"的文气说。其后,"气"成为文人谈艺最重要的一个概念。韩愈在《答李翊书》中说:"气水也,言浮物也;水大而物之浮者大小毕浮。气之与言犹是也,气盛则言之长短与声之高下者毕宜。"认为气盛对文学有重要的作用,这超越了曹丕的先天决定论。

到了宋代,人们将气与文更加紧密结合起来。苏辙《上枢密韩太尉书》云:"辙生好为文,思之至深。以为文者气之所形,然文不可以学而能,气可以养而致。"④说气对文有决定性的作用,而气可以通过后天培养获得,这对韩愈之说又是一种超越。到了南宋,张镃《仕学规范》作文卷一仍然强调养气的重要,并阐明气对作品风格的影响:"人当先养其气,气全则精神全。其为文则刚而敏,治事则有果断,所谓先立其大者也。故凡人之文必如其气。班固之文可谓新美,然体格和顺,无太史公之严。近世孙明复及徂徕公之文,虽不若欧阳之丰富新美,然自严毅可畏。"⑤在这种背景下,宋人评价具体作品时多主气,强调精神、气象、力量。张镃《仕学规范》作文卷一载张咏言云:"文章优劣,本乎精神,富贵高卑,在乎形器。"⑥他们将此视为作品是否

---

① 王水照编:《历代文话(第1册)》,上海:复旦大学出版社,2007年,第938页。
② 同上书,第921页。
③ 同上书,第523页。
④ 张镃《仕学规范·作文》卷一云此语为苏轼作,误。
⑤ 王水照编:《历代文话(第1册)》,上海:复旦大学出版社,2007年,第308页。
⑥ 同上书,第306页。

为佳作的一个重要条件,如《黄氏日抄》读文集一云:

> 东坡作《韩文公庙碑》,词绚云锦,气蠹霄汉,振古一奇绝也。①

楼昉《崇古文诀评文》评苏洵《族谱引》:

> 议论简严,字数少而曲折多。非特文章之妙,可以见忠厚气象。不可草草看过。②

楼昉《崇古文诀评文》评苏洵《张益州画像记》:

> 词气严重有法度。说不必有像,而亦不可以无像,此三四转奇甚。③

此外如楼昉《崇古文诀评文》评贾谊《政事书》"文气笔力则当为西汉第一"④,评苏洵《送石昌言北使引》"议论好,笔力顿挫而雄伟,曲尽事物情状"⑤,评王安石《潭州新学诗并序》"笔力高简,百来字中有多少回旋委折,真所谓以一当百者"⑥,评王安石《读〈孟尝君传〉》"转折有力,首尾无百余字,严劲紧束而宛转凡四五处,此笔力之绝"⑦,评司马光《谏院题名记》"笔力高简"⑧,评曾巩《抚州颜鲁公祠堂记》"议论正,笔力高,简而有法,质而不俚"⑨,等等,就都是以精神气度作为评价标准的。

气有正邪之分,宋人论文主正气诚心。《仕学规范》作文卷三云:

> 李格非善论文章,尝曰:"诸葛孔明《出师表》、刘伶《酒德颂》、陶渊明《归去来词》、李令伯《乞养亲表》,皆沛然如肺肝中流出,殊不见斧凿痕。是数君子在后汉之末、两晋之间,初未尝欲以文章名世,而其词意超迈如此,是知文章以气为主,气以诚为主。"⑩

《荆溪林下偶谈》卷二亦云:"文虽奇,不可损正气;文虽工,不可掩素质。"⑪

---

① 王水照编:《历代文话(第 1 册)》,上海:复旦大学出版社,2007 年,第 629 页。
② 同上书,第 489 页。
③ 同上。
④ 同上书,第 464 页。
⑤ 同上书,第 490 页。
⑥ 同上书,第 487 页。
⑦ 同上书,第 488 页。
⑧ 同上书,第 481 页。
⑨ 同上书,第 498 页。
⑩ 同上书,第 317 页。
⑪ 同上书,第 558 页。

不同性格的人所秉之气也不同,多数人往往只能得其一端,凭此一端已能创作出不错的作品了,然犹不足以创作出伟大的作品来。要想写出伟大之作,必须兼有天地之奇气。李朴《送徐行中序》云:

> 文章者,天地之奇气,造物者常啬于与人,故愚者终身而不得,智者得其幽微之思,勇者得其果敢之气,辨者得其玲珑之声,巧者得其藻绘之容。是数者虽能得而不能尽,然犹足以取高于斯世。盖必有兼是数者之才,而后得其纯全中正之气,经纬五藏,雕镂万化,明以寓物象之形容,幽以露鬼神之奇怪,小而歌咏乎虫鱼鸟兽之情,大而羽翼乎礼乐刑政之具,随时抑扬,为歌颂讥刺之音,以舒发其权愉、愁叹、堙郁之志,而终始出入于仁义,为禹稷之《谟》、伊周之《训》、箕子之《畴》、伏羲之《易》、孔子之《春秋》,而天地之蕴始尽矣。①

说的就是这个道理。

(三)意

是否体制分明、正气充盈就一定是好作品了呢?不一定,还要有好的立意才行。谢枋得《文章轨范评文》云:

> 本朝大儒作学记多矣,三百年来人独喜诵《袁州学记》,非曰笔端有气力,有光焰,超然不群。其立论高远宏大,不离乎人心天理,宜乎读者乐而忘倦也。叶水心云:"为文不足关世教,虽工无益也。"可与知者道。②

谢枋得认为,《袁州学记》之所以卓尔不群,主要不是因为它笔力超群,而是因为立论高远宏大。所谓"立论",也就是文章之意,包括文章的主旨、感情等。早在北宋,苏轼就继承孔子的观点,完美诠释了"辞"与"意"的关系,他在《与谢民师推官书》中说:

> 孔子曰:"言之不文,行而不远。"又曰:"辞达而已矣。"夫言止于达意,即疑若不文,是大不然。求物之妙,如系风捕影,能使是物了然于心者,盖千万人而不一遇也,而况能使了然于口与手者乎?是之谓辞达。辞至于能达,则文不可胜用矣。③

表面上看是强调文辞,实际上"辞达"的对象就是意,没有"意","辞达"也就没有任何意义。苏

---

① 王水照编:《历代文话(第1册)》,上海:复旦大学出版社,2007年,第379页。
② 同上书,第1058页。
③ 曾枣庄、刘琳:《全宋文(第87册)》,上海:上海辞书出版社,2006年,第336页。

轼在这里强调的是要将文辞与意旨有机地结合起来。

受此影响,宋人论文多重视意旨的表达与情感的抒发,如楼昉《崇古文诀评文》评李格非《书〈洛阳名园记〉后》云:

> 园囿何关于世道轻重,所以然者,兴废可以占盛衰,盛衰可以占治乱。盛衰不过洛阳,而治乱关于天下。斯文之作,为洛阳非为园囿;为天下非为洛阳也。文字不过二百字,而其中该括无限盛衰治乱之变。意有含蓄,事存鉴戒,读之令人感叹。①

评苏洵《名二子说》云:

> 当字数不多而宛转折旋,有无限意思。此文字之妙。观此老之所以逆料二子之终身,不差毫厘,可谓深知二子矣。与《木假山记》相出入。②

评苏洵《明论》云:

> 此等意脉,自《战国策》来,曲尽事情。③

宋人评文不仅强调意,而且还要求含意深远,兴味无穷,如《黄氏日抄》读文集六评王安石《芝阁记》云:

> 实贬题而寄兴以及其大者,意味无穷,犹为诸记中第一。④

楼昉《崇古文诀评文》评柳宗元《愚溪诗序》云:

> 只一个"愚"字,旁引曲取,横说竖说,更无穷已。宛转纡徐,含意深远,自"不愚"而入于"愚",自"愚"而终于"不愚",屡变而不可诘,此文字妙处。⑤

不仅重意,亦重情。如楼昉《崇古文诀评文》评柳宗元《捕蛇者说》云:

---

① 王水照编:《历代文话(第1册)》,上海:复旦大学出版社,2007年,第508页。
② 同上书,第491页。
③ 同上。
④ 同上书,第772页。
⑤ 同上书,第476页。

> 犯死捕蛇，乃以为幸，更役复赋，反以为不幸，此岂人之情也哉？必有甚不得已者耳。此文抑扬起伏，宛转斡旋，含无限悲伤凄惋之态。若转以上闻，所谓"言之者无罪，闻之者足以戒"。①

陈模《怀古录》云：

> 欧文好者，说得情好，且如《昼锦堂记》，文字却犹不及。至如说韩公乃从来富贵，其所以荣者，在名垂后世之类，说得情出。退之《盘谷叙》好者，不只是文字，却亦说得情好。故欧苏之文更不下艰辛之字，多只是情好。韩柳多只是文好，说得情好处少。②

就是对情的强调。

（四）法

宋人作文重视文法，曾巩就曾让陈师道将《史记》中的《伯夷传》读一年，然后琢磨其文法。③ 他们评论作品时也注意文法，比如他们会称赞文章的结构铺展有度、收放自如，如楼昉《崇古文诀评文》评曾巩《相国寺维摩院听琴序》云：

> 法度之文，妙于开阖，可以观世变。自欧、曾以前有此等议论，至二程则粹矣。④

评苏洵《木假山记》云：

> 首尾不过四百以下字，而起伏开阖，有无限曲折，此老可谓妙于文字者矣。其终盖以三峰比父子三人。⑤

评苏洵《管仲》云：

> 老泉诸论中，惟此论最纯正。开阖抑扬之妙，责得管仲最深切。意在言外。⑥

---

① 王水照编：《历代文话（第1册）》，上海：复旦大学出版社，2007年，第476页。
② 同上书，第525页。
③ 同上书，第221页。
④ 同上书，第497页。
⑤ 同上书，第490页。
⑥ 同上。

他们还关注文章的开篇与结尾以及中间的转折之处,如楼昉《崇古文诀评文》评范仲淹《岳阳楼记》云:

> 首尾布置与中间状物之妙,不可及矣。然最妙处在临了断遣一转语,乃知此老胸襟宇量,直与岳阳洞庭同其广大。①

评欧阳修《送徐无党南归序》"转折过换妙"②,评苏洵《审势》"看他笔势句法,回护转换,救首救尾之妙。纵横之习,亦见于此"③。

宋代评论家对作品的语言表达十分重视。他们有时以语言的简严与否判断作品的高下,如楼昉《崇古文诀评文》评韩愈《殿中少监马君墓铭》云:

> 叙事有法,辞极简严,而意味深长,结尾绝佳,感慨伤悼之情见于言外。三世皆有旧,故其言如此。退之所作墓志最多,篇篇各有体制,未尝相袭。④

谢枋得《文章轨范评文》评苏轼《范增论》云:

> 此是东坡海外文字,一句一字增减不得。句句有法,字字尽心。后生只熟读暗记此一篇,义理融明,音律谐和,下笔作论,必惊世绝俗。此论最好处在方羽杀卿子冠军时,增与羽比肩事义帝一段,当与《晁错论》并观。⑤

所谓"辞极简严",所谓"一句一字增减不得",都是说这些名篇佳作的语言简洁而严谨。

宋代评论家有时以语言的自然流畅来评判作品,如《仕学规范》作文卷一评欧阳公《答徐秘校书》云:

> 所寄近著尤佳,论议正宜如此。然著撰苟多,他日更自精择,少去其繁,则峻洁矣。然不必勉强,勉强简节之,则不流畅,须待自然之至,如其当宜在心也。⑥

陈模《怀古录》云:

---

① 王水照编:《历代文话(第1册)》,上海:复旦大学出版社,2007年,第481页。
② 同上书,第486页。
③ 同上书,第489页。
④ 同上书,第471页。
⑤ 同上书,第1049页。
⑥ 同上书,第307页。

前辈云,文章只如作家书方是。韩退之《祭十二郎文》,其叙情虽已自然,然犹有做作处。至如欧公《论尹师鲁墓志》,未尝作文,而文字亦自然好。盖欧公晚年收敛之文字多如此。樽斋云:"韩、柳尚可学,欧文则难学。"盖韩、柳以其做作,有迹可寻,而欧文则自然之中有许多佳处,故难学。①

欧文好处多在于冷语。如《春秋论》云:"甚高之节,难明之善,亦何望于《春秋》欤!"又如《正统论》"是不然也,各于其党也"。此等是冷语。又如东坡"封建非圣人意也",后又曰:"封建非圣人意也,势也。"亦是冷语。但欧文平淡中下冷语,人都不觉。人不晓者,则以为此等语似冗长,可以去之,却不知极有味。但今为文者,文势到此,自然下冷语方好,却不可勉强学他。欧文中间拙处,他却不是不会作好语,但他不作,故意下此等拙语。譬如王右军写字,或作一两笔拙笔时,却拙得来好。②

《黄氏日抄》读文集七评黄庭坚《胡宗元诗集序》《王定国文集序》《小山集序》时说:

皆山谷文之畅达变化,可压卷者也。③

流畅自然与否比繁简与否更加重要。繁与简不关涉优劣,惜墨如金还是用墨如泼,有时是创作的需要,有时则是作家的风格所致。而文笔是流畅自然还是滞涩难通则关系到作品的好坏,因此很多评论家都以自然流畅作为评判标准,如黄庭坚《与王观复书》云:"当以理为主,理得而辞顺,文章自然出群拔萃。观杜子美到夔州后诗,韩退之自潮州还朝后文章,皆不烦绳削而自合矣。"④张镃《仕学规范》作文卷一载徐积语云:"文字须浑成而不断续,滔滔如江河,斯为极妙。若退之近之矣,然未及孟子之二一。"⑤所谓"辞顺"就是要求语言通顺流畅,所谓"浑成",是说作品自然,浑然一体,不见雕凿的痕迹。

除了简洁严谨、流畅自然外,宋人论文还认为语言以和平为高。《荆溪林下偶谈》卷三云:

和平之言难工,感慨之词易好,近世文人能兼之者,惟欧阳公。如《吉州学记》之类,和平而工者也;如《丰乐亭记》之类,感慨而好者也。然《丰乐亭记》意虽感慨,辞犹和平;至于《苏子美集序》之类,则纯乎感慨矣。乃若愤闷不平如王逢原,悲伤无聊如邢居实,则感慨而失之也。⑥

---

① 王水照编:《历代文话(第1册)》,上海:复旦大学出版社,2007年,第526页。
② 同上。
③ 同上书,第778页。
④ 同上书,第311页。
⑤ 同上书,第308页。
⑥ 同上书,第568页。

其说显然来自韩愈《荆潭唱和诗序》："和平之音淡薄,而愁思之声要妙;欢愉之词难工,而穷苦之言易好也。"作品善用虚词也成为评判标准,楼昉《崇古文诀评文》评李斯《上秦皇逐客书》即云:"此先秦古书也。中间两三节,一反一覆,一起一伏,略加转换数个字,而精神愈出,意思愈明,无限曲折变态,谁谓文章之妙不在虚字助词乎?"①

除了结构、语言外,修辞的高妙与否也是宋人考评文章是否为佳作的一项重要指标,如楼昉《崇古文诀评文》评欧阳修《醉翁亭记》"此文所谓笔端有画,又如累叠阶级,一层高一层,遂旋上去都不觉"②,评苏洵《仲兄文甫字说》"状物最妙,所谓大能使之小,远能使之近,此等文字,古今自有数"③,评曾巩《拟砚台记》"状物之妙,非常人可及,自有抚州,即有此风景。隐于前日而显于今者,以今日有台而前日无台也。台成而景现,则此台之胜,不言可知"④。这都是从善于描写状物的角度来说的。《黄氏日抄》读文集四评苏轼《上曾丞相书》则云:

> 谓"鬻千金之璧者,不于肆;坐五达之衢,呶呶自以为希世之珍,则其所鬻者可知矣"。愚谓此真善喻,而相天下士莫此为切也。何近世士大夫钻刺其门者为上宾,而靖退自将者略不过而问耶?呜呼!此千金之璧不可得而见,珍其所珍,非吾之所谓珍也。⑤

则是说苏轼文善用比喻。

体、气、意、法四者得其一,已不失为名篇佳作,若能四美兼备,则尽善尽美而堪称经典了。在宋代评论家心目中,本朝已有不少作品称得上这种经典,如楼昉《崇古文诀评文》评苏洵《上韩枢密书》云:

> 议论精切,笔势纵横,开阖变化,曲尽其妙。辞严气劲,笔端收敛顿挫,十分回斡精神。深识天下之势。而议论颇从《韩非》《孙武》等书来。⑥

谢枋得《文章轨范评文》评苏洵《春秋论》云:

> 此文有法度,有气力,有精神,有光焰,谨严而华藻者也。读得《孟子》熟,方有此文章。⑦

---

① 王水照编:《历代文话(第1册)》,上海:复旦大学出版社,2007年,第460页。
② 同上书,第483页。
③ 同上书,第490页。
④ 同上书,第498页。
⑤ 同上书,第709页。
⑥ 同上书,第491页。
⑦ 同上书,第1049页。

文本世界的内与外

楼昉《崇古文诀评文》评胡寅《上皇帝万言书》云：

> 贯穿百代之兴亡，晓畅当今之事势。气完力壮，论正词确，当为中兴以来奏疏第一。[①]

评王安石《桂州新城记》云：

> 法度森严，词意涵蓄，其褒荆公处，亦兼有抑扬，不轻易下一语。[②]

这种集成性的评论将作品推向了声誉的顶端，为其经典化奠定了坚实的基础。

[①] 王水照编：《历代文话（第1册）》，上海：复旦大学出版社，2007年，第508页。
[②] 同上书，第487页。

灵璧兴替：宋代文学中的小县镇与大时代

上海师范大学人文学院　李　贵

一、引言：关注宋代基层县镇的地方书写

空间已成为并将继续成为人文社科关注的焦点和热点。任何存在都处于一定的"空间"（space）之中，但并非每个抽象的空间都会成为具备标记的具体"地域"（locality）和"地方"（place）。在"空间"向"地方"的转变过程中，档案、文学（包括历史书写）、绘画、影视等文本对"地方"的建构、形塑起着关键作用，文本的描述直接构筑了"地方性"（placeness）。晚近英美"新文化地理学"关注文本在地方性形成中的作用，其所谓"文本"即指文学作品、学术专著、电影、音乐、广告、新闻、网络和其他媒体等[①]。

就宋代文学而言，以往研究的地方书写多是大城市、大区域，对县邑、驿铺、市镇等基层小地方的文学文本缺乏关注。史学界对基层的研究较广泛，但着力处多在经济史、政治史、法制史等领域，鲜见文学视角。事实上，在宋代乃至整个中国帝制时代，县制在地方行政体系中占据非常重要的地位，县承担着基层政权的职能，是整个国家行政体系运行的基石。另外，宋代也处于中国市镇制度的嬗变期，镇的职能由军事转变为经济，是乡村商品经济活动的集中场所、政府赋税征收最前沿的基层机构。因此，基层区域的文学书写更能体现普通人的日常生活、地方风貌和历史变迁，需要进行文学分析。

在宋代众多的县镇中，宿州灵璧（今安徽省宿州市灵璧县）是一个典型的基层区域。灵璧县本为零壁镇，后升为县，以灵璧石著称于世，北宋灭亡后被金占领，是南宋使臣使金必经之地，两宋涉及灵璧的文学作品丰富多样。本文即以宋代的灵璧书写为对象，探究宋代文学如何建构基层的地方特征、作家如何通过地方理解世界和自我，以及市镇兴替过程中呈现的时代变迁，从而深化对宋代文学史和社会文化史的认识。

[①] 唐顺英、周尚意：《浅析文本在地方性形成中的作用——对近年文化地理学核心刊物中相关文章的梳理》，《地理科学》2011年第10期。

二、从宋零壁镇到金灵璧县：小市镇与大时代

唐代有灵璧驿，但无法明确其所在。《太平广记》有吹笛者"许云封"一节，出《甘泽谣》，其文载：

> 贞元初，韦应物自兰台郎出为和州牧，非所宜愿，颇不得志。轻舟东下，夜泊灵璧驿。①

按韦应物仕履，当今学者考证甚明，并无刺和州（今安徽省马鞍山市和县）事②，此乃小说家言。文中"灵璧驿"已不明其所在③。

北宋的灵壁县，则班班可考，系由淮南东路宿州虹县零壁镇发展而来。

自北宋设立的灵壁与秦汉灵壁并非同一地点。《史记·项羽本纪》载："汉卒皆南走山，楚又追击至灵壁东睢水上。汉军却，为楚所挤，多杀，汉卒十余万人皆入睢水，睢水为之不流。"张守节《史记正义》引唐《括地志》："灵壁故城在徐州符离县西北九十里。"④知秦汉之灵壁在符离的西北方向，在睢水边上。北宋后期孔平仲咏史诗《灵壁东》"麋兵大战灵壁东，血流争波入海红"⑤，即咏此楚汉战争的故地旧事。

与此相反，宋代的灵壁（零壁）则在符离的东南方向，位于汴水边上。《太平寰宇记·河南道·宿州》载，当时宿州领县四——符离、虹县、蕲县、临涣，州治在符离，楚汉战争的灵壁旧城则在符离县西北八十里⑥。此书撰成于雍熙末至端拱初（约986—989），主要反映宋初太平兴国时期（976—984）的政区建制，未专门载灵壁的名称和建制。但《续资治通鉴长编》真宗天禧元年（1017年）三月辛酉条下载，"宿州言灵壁镇蝗虫生"⑦。则至迟在天禧元年以前，北宋已有专门建制的灵壁镇。

反映元丰年间（1078—1085）政区建制的《元丰九域志》"淮南东路·宿州（治符离县）"下云："县四。望，符离。望，蕲。紧，临涣。中，虹。"下记虹县的位置和范围："州东一百八十里。四乡。新马、通海、零壁三镇。有朱山、汴河、淮水、广济渠。"⑧这是零壁镇首次出现在地理总

---

① 李昉等编，张国风会校：《太平广记会校》，北京：北京燕山出版社，2011年，第3097页。
② 傅璇琮主编：《唐才子传校笺》，北京：中华书局，1989年，第173—181页。
③ 有学者定此灵璧驿位于淮南道的宿州境内，但未加考证，盖依今天的安徽宿州市灵璧县逆推。见李德辉：《唐宋时期馆驿制度及其与文学之关系研究》，北京：人民文学出版社，2008年，第16页。
④ 司马迁：《史记》，北京：中华书局，1982年，第322—323页。
⑤ 孔文仲、孔武仲、孔平仲著：《清江三孔集》，载《宋集珍本丛刊（第16册）》，北京：线装书局，2004年，第637页。
⑥ 乐史：《太平寰宇记》，北京：中华书局，2007年，第327—328页。
⑦ 李焘：《续资治通鉴长编》，北京：中华书局，1985年，第2052页。
⑧ 王存著，王文楚、魏嵩山点校：《元丰九域志》，北京：中华书局，1984年，第193—194页。

志的文本之中。

据此记载,零壁镇所属的虹县有汴河、淮河及广济渠流经,交通便利,位置重要,零壁镇的地位也随之确立。苏轼《零壁张氏园亭记》(详见下文)说此园"因汴之余浸,以为陂池",明言零壁在汴河岸边;又说张氏"筑室艺园于汴、泗之间",则零壁镇位于汴水之北、泗水之南。汴河是联系黄河、淮河、长江三大水系的大纽带,贯通南北的大动脉,对北宋的漕运起着至关重要的作用。今之历史地理学家推测,汴河开通以后,宿州和虹县相距过远,往来船只须在中途停靠过夜,停泊地点选择在位置适中、又是运河两岸唯一有石质山丘的南麓,即今天灵璧县城所在的位置。该地逐渐出现为过往船客服务的店家,有桥相连,取名零壁。①

此地又名献齿头。南宋周辉使金,尝宿灵壁县,其《北辕录》云:"灵壁旧为镇,亦名献齿头。"②日本入宋僧成寻在日记里记载,熙宁五年(1072年)九月廿五日,晚宿泗州通海镇,次日,过三十八里,到宿州虹县。第三天:

廿七日,天晴。寅四点,出船。卯三点,得顺风飞帆,终日驰船。酉四点,过七十三里,至史头县大桥下宿。……廿八日……过四十五里,至静安镇宿。③

"史头县"所指地点不明,从其位于虹县和静安镇(故址在今宿州市埇桥区大店镇)之间判断,当为零壁镇;"史头"或为"献齿头"之音讹④。成寻言在零壁境内的河道上"得顺风飞帆,终日驰船",真实而生动地记叙了零壁在交通方面的重要地位。

至和三年(1056年)春末,梅尧臣从扬州出发往汴京,中经泗州,至零壁时作《至灵壁镇于许供奉处得杜挺之书及诗》,加之此前的《阻浅挺之平甫来饮》⑤,详细记叙了淮河、汴水行舟的宜忌,从中可见零壁地理位置重要、过往船只繁忙、官员文士多途经的真实情状。

韦骧《宿零壁驿》诗透露出官府在零壁设立驿站的消息⑥。吕本中《舟行次灵壁二首》则可窥见零壁的商业、交通信息:

往来湖海一扁舟,汴水多情日自流。已去淮山三百里,主人无念客无忧。
小市荒桥贯浊河,故人虽在懒谁何。只因远地经过少,更觉新年坐卧多。⑦

---

① 李孝聪:《唐宋运河城市城址选择与城市形态的研究》,载侯仁之主编《环境变迁研究(第4辑)》,北京:北京古籍出版社,1993年。
② 周辉:《北辕录》,载上海师范大学古籍整理研究所编《全宋笔记(第5编第9册)》,郑州:大象出版社,2012年,第194页。
③ 成寻著,王丽萍校点:《新校参天台五台山记》,上海:上海古籍出版社,2009年,第255页。
④ 前引李孝聪文分析"史头县"也说:"从前后行程推考,当指灵璧,时尚未升县。"
⑤ 朱东润:《梅尧臣集编年校注》,上海:上海古籍出版社,1980年,第873、855页;朱东润:《梅尧臣传》,载《朱东润传记作品全集》,上海:东方出版中心,1999年,第169—175页。
⑥ 韦骧:《钱塘韦先生文集》,载丁丙《武林往哲遗著》,扬州:广陵书社,1985年,第20页。
⑦ 吕本中:《东莱先生诗集》,日本内阁文库藏宋乾道刻本,第11—12页。

其一表明零壁距离淮河边临淮县之淮山大约三百里;其二反映出零壁跨汴河两岸,商业、交通均发达,汴河终年浑浊。

得益于独特便利的地理优势,这个运河边上的小镇日渐繁盛。熙宁十年(1077年),零壁一镇的商税岁额就高达2156贯632文,比它所从属的虹县2042贯894文还要高①;盐额也达到1588贯747文,在宿州所辖柳子、蕲泽、静安、零壁、荆山、西故、新马、通海和桐墟共九镇中位居第三②。零壁镇的交通和商业地位如此重要,以致北宋政府加强了该镇的监镇设置。元祐七年(1092年),苏轼上《乞罢宿州修城状》,反对将零壁镇升级为县,披露了零壁镇的官吏配置众多而强大③。由于零壁镇地处交通要道,商业经济繁荣,朝廷为了加强控制,不仅派遣初级命官出任该镇镇官,而且从虹县抽掉县尉和弓箭手,加强武装力量,零壁镇的繁盛景象于此可见④。

苏轼《乞罢宿州修城状》针对的是将零壁镇升级为县的动议。早在七年前,朝廷已有此举措。综合《宋会要辑稿》《续资治通鉴长编》等宋代历史文本的记载⑤,以及苏轼此状,可知哲宗元祐元年(1086年)四月,户部主张将零壁由镇升为县,朝廷同意,七月,复为镇;元祐七年,又出现将零壁升为县的提案,苏轼上奏反对,但亦知事难中辍,最终朝廷仍准许零壁再次升为县;徽宗政和七年(1117年),零壁改名为"灵壁"⑥(从土之"壁"何时改作从玉之"璧"则难以确定)。

是年正是徽宗大兴土木、搜罗奇珍建设艮岳的一年,来自零壁的奇丽灵石深得徽宗喜爱,零壁改名为灵壁(后作灵璧)当与此直接相关。明代的舆地志在解释秦汉灵壁故城与宋代零壁县镇之关系时引用当地文献说:"地志云:'旧为零壁镇,取其音同而名之也。宋元祐中升县,易零为灵,以县产磬石,珍之如璧,故名。'"⑦这个古驿站在宋代不再零丁孤单,已发展成为灵异如璧之地。

自此,在反映北宋末政和之制的《舆地广记》中,灵壁就正式被作为淮南东路宿州的一个管辖县而被著录:宿州"今县五",含符离、蕲县、临涣、虹县、灵壁。⑧ 这是灵壁作为一个建制县第一次出现在地理总志的文本之中,也是最后一次出现在宋朝地理总志的文本之中。

北宋灭亡,灵壁成为金国的统治区域,灵壁等宿州区域自此成为南宋人心中的沦陷"故

---

① 徐松辑,刘琳等校点:《宋会要辑稿》,上海:上海古籍出版社,2014年,第6321页。
② 同上书,第6468页。
③ 张志烈等主编:《苏轼全集校注》,石家庄:河北人民出版社,2010年,第3513—3514页。
④ 陈振:《关于宋代"镇"的几个问题》,《中州学刊》1983年第3期。
⑤ 徐松辑,刘琳等校点:《宋会要辑稿》,上海:上海古籍出版社,2014年,第9385、9516、9528—9529页;李焘:《续资治通鉴长编》,北京:中华书局,1985年,第9310、9898、11207页。
⑥ 《宋史·地理志》:"元祐元年,以虹之零壁镇为县,七月,复为镇。七年二月,零壁复为县。政和七年,改零壁为灵壁。"(脱脱等:《宋史》,北京:中华书局,1977年,第2179页。)
⑦ 曹学佺:《大明一统名胜志》,载《原国立北平图书馆甲库善本丛书》,北京:国家图书馆出版社,2014年,第1673页。
⑧ 欧阳忞:《舆地广记》,台北:文海出版社,1963年,第371—373页。

国"。《金史·地理志·南京路·宿州》下记有"灵壁"县,解释云:"宋元祐元年置。"①同书卷二七《河渠志·漕渠》又载,金宣宗元光元年(1222年),"时又于灵壁县潼郡镇设仓都监及监支纳,以方开长直沟,将由万安湖舟运入汴至泗,以贮粟也"②。可见直到金朝后期,灵壁的重要水运地位仍不稍减。地方还是同一个地方,只是归属的国族已经变异。

金朝对灵壁的统治与中原王朝相比有同有异。一方面,金朝也重视族长在乡村中的治理作用,如元好问记述,"灵壁北四十里,地名潼山,有南华观。庄子之后余二百家,族长以行第数之,有二千人,又有二千九翁之目。官给杖印,主词讼"③。这是相同的一面。另一方面,金朝实行严格的保伍制,要求民众必须聚居,不可散居独处,如1169年(南宋孝宗乾道五年,金世宗大定九年),楼钥使金,十二月初二日记:"饭后乘马行八十里,宿灵壁。行数里,汴水断流,人家独处者皆烧拆去。闻北房新法,路旁居民尽令移就邻保,恐藏奸盗。违者焚其居。"④这是相异的一面。

时移世易,小镇零壁从镇到县,从宋朝灵壁县到金国灵壁县,一个基层镇县见证了王朝兴衰和国族更替。

三、张园兰皋亭:灵壁"地方性"的最早建构

由于灵壁地处南北交通要冲,北宋士人时常路过,写下作品;即使未曾涉足,也会因其著名的兰皋亭而提及。在灵壁诸多地方元素中,首先被宋代文学建构起来的标志性景观是张氏兰皋园亭。最早明确书写张园的是欧阳修。其《于役志》载,景祐三年(1036年)五月廿一日,贬夷陵(今湖北宜昌)县令;廿六日,众亲友到汴水岸边送别,武平、损之等"皆来会饮";六月初三:

> 过宿州,与张参约泊灵壁镇,游损之园。会余有客,住宿州,参先发,叙灵壁,待余不至,乃行。晚次灵壁,独游损之园。⑤

武平是胡宿的字。损之谓谁? 从《于役志》五月日记看,欧阳修、胡宿、损之在汴京时相过从,关系密切。损之在零壁有私家园林,且名声在外,故欧阳修舟过宿州时要与张参相约共游,即使晚至零壁,仍要独游。欧集另有《题张损之学士兰皋亭》诗,记夜游之事。则损之姓张,职事为学士,其私家园林有亭名兰皋⑥。

---

① 脱脱等:《金史》,北京:中华书局,1975年,第598页。
② 同上书,第686页。
③ 元好问著,常振国点校:《续夷坚志》,北京:中华书局,2006年,第52页。
④ 楼钥:《北行日录》,载《攻媿先生文集》,中华再造善本影宋刻本,第12页。
⑤ 欧阳修:《欧阳文忠公集》,中华再造善本影宋庆元二年周必大刻本,第2页。
⑥ 冈本不二明以为此张损之系张大有,见冈本不二明:《夷陵への旅——欧阳修『于役志』を読む》,《人文》1992年。其说实误。按张大有字损之,长沙人,其里籍、仕履均与灵壁、学士无涉。

据此，胡宿（995—1067）《寄题兰皋亭》诗亦系为零壁张氏园亭而作①。人不到而犹寄题，足见兰皋亭名动当时。

与欧阳修同时的宋祁有《兰皋亭》诗，题下自注"张学士充别墅"②。按宋祁曾出知淮南各地，《有诏换淮阳》自述"比出淮上守，今移寰内州"③，多次经过宿州，《答宿州王素都官》回忆"当年弛镫避清尘，此地联麾喜故人"④。则此兰皋亭即系宿州零壁张氏园亭，张学士充与欧阳修所记张损之学士乃同一人，张学士名充，字损之，语出《老子》，字与名互相补充，符合取名表字的原则。北宋后期，黄裳作《灵壁游张学士园》，许景衡有《过灵壁阻雨不得游张园二绝》，知张氏兰皋亭又名张学士园、张园。

距欧阳修的记载四十多年后，张充之子张硕成了兰皋亭的主人，园林仍称张氏园。元丰二年（1079年）三月，苏轼作《灵壁张氏园亭记》，自称经过张氏园亭时：

> 肩舆叩门，见张氏之子硕。硕求余文以记之。维张氏世有显人，自其伯父殿中君，与其先人通判府君，始家灵壁，而为此园，作兰皋之亭以养其亲，其后出仕于朝，名闻一时。推其余力，日增治之，于今五十余年矣。⑤

张氏的父辈自别处迁居零壁，张氏创为此园以奉养至亲，名兰皋亭，传至其子张硕，逆推五十多年，正好是张充生活的时代，则文中所谓张氏亦即张充。

贺铸的记录堪作佐证。其《游灵壁兰皋园》诗序云："集贤张校理治此园以奉亲，因名兰皋。戊辰二月，余舟行次灵壁，访张氏子硕，于园中诸亭壁间，得故人东莱寇元弼三四诗。"⑥此戊辰乃元祐三年（1088年），在苏轼作记后十年。苏轼明言邀请者是"张氏之子硕"，贺铸也直接说集贤院校理张氏创治兰皋园，他往访的是"张氏子硕"，则张硕乃张氏子无疑⑦。

张氏之子张硕请苏轼作记时尚未入仕。据《乌台诗案》载，苏轼作记当年七月，国子博士李宜之状告苏轼，提及："昨任提举淮东常平，过宿州灵壁镇，有本镇居止张硕秀才，称苏轼与本家撰《灵壁张氏园亭记》。"⑧既称"秀才"，则只是一般的科举应举者，尚未中式⑨。

---

① 胡宿：《文恭集》，武英殿聚珍版丛书本，第5页。
② 宋祁：《景文集》，广雅书局影武英殿聚珍版，光绪二十五年，第6页。
③ 宋祁：《景文宋公集》，日本宫内厅书陵部藏宋刻残本，第1页。
④ 同上书，第2页。
⑤ 张志烈等主编：《苏轼全集校注》，石家庄：河北人民出版社，2010年，第1163页。
⑥ 贺铸：《庆湖遗老诗集》，宜秋馆校刊宋人集乙编，1916年，第8页。
⑦ 孔凡礼《苏轼年谱》卷一八据此材料判断"知硕官集贤校理"，系误读文本。见孔凡礼：《苏轼年谱》，北京：中华书局，1998年，第432页。
⑧ 朋九万：《东坡乌台诗案》，载《丛书集成初编（第785册）》，第3页。
⑨ 胡宿有"吴几复张硕……并可加骑都尉张太初可加轻车都尉制"，论者以为此张硕乃苏轼为之作记的张硕，亦误。见昌彼得等编：《宋人传记资料索引》，台北：鼎文书局，1984年，第2306页；张志烈等主编：《苏轼全集校注》，石家庄：河北人民出版社，2010年，第1165页。盖胡宿与欧阳修、张硕父亲等为同辈，卒于治平四年（1067年），而十多年后灵壁张硕犹未中举，故与胡宿制文中之张硕绝非同一人。

灵璧兴替：宋代文学中的小县镇与大时代

又，张方平所撰李迪神道碑文，载宰相李迪（971—1047）次女嫁"祠部员外、集贤校理张充"①，与此灵璧张充当系同一人。则兰皋亭主人张氏的家族拥有很高的地位和名望，无怪四方士人要纷至沓来。

至此可知，灵璧张氏园，有亭名兰皋，故以亭名园，称兰皋亭，或称张学士园、张园，系集贤校理、学士张充创治之私家园林。张充字损之，乃宰相李迪的女婿，逐步增建园林，远近闻名，传至其子张硕。从景祐到元祐，张园历经欧阳修、宋祁、苏轼、贺铸等重臣名家游览、书写而声名远扬。

遍考两宋文献，宋代共有18位作者、22题28篇作品明确描写了灵璧张园②，除两宋之交的杜绾外均为北宋时人，北宋的张园书写可谓作者众多，作品丰富，体裁多样，内容广泛。试列简表如下：

表 24-1　北宋张园书写作品表

作者	题目	体裁	出处
欧阳修	于役志	行记	《欧阳文忠公集》卷一二五
	题张损之学士兰皋亭	五律	《欧阳文忠公集》卷五六，第 7b 页
胡宿	寄题兰皋亭	七律	《文恭集》卷五
宋祁	兰皋亭	五排	《景文集》卷二一
曾巩	过灵璧张氏园三首	七绝	《曾巩集》卷八，中华书局 1984 年版，上册，第 135 页
刘攽	灵璧张氏园亭二首	五律	《彭城集》卷一二，《景印文渊阁四库全书》本③，第 1096 册，第 116 页
刘挚	宿州灵璧张氏园亭舟过始知之	七律	《忠肃集》卷一九，《四库全书》本，第 1099 册，第 665 页
王安礼	题灵璧兰皋张氏园亭	七律	《王魏公集》卷一，《豫章丛书》本，第 106 册，第 4b 页
苏轼	灵璧张氏园亭记	记	《苏轼全集校注·苏轼文集校注》卷一一
	留题兰皋亭	七律	《苏轼全集校注·苏轼诗集校注》卷二五，第 4 册，第 2763 页
	兰皋园奇石题名	题名	张邦基《墨庄漫录》卷一，中华书局 2002 年版，第 40 页
蒋之奇	兰皋园奇石题名	题名	张邦基《墨庄漫录》卷一，中华书局 2002 年版，第 40 页
黄裳	灵璧游张学士园	七律	《演山先生文集》卷八，《宋集珍本丛刊》影清钞本，第 24 册，第 725 页

---

① 张方平：《大宋故文定李公神道碑铭并序》，载《宋集珍本丛刊（第 6 册）》，北京：线装书局，2004 年，第 168 页。
② 强至有《丙午岁与府中诸君重游张氏园慨然成诗》，考诸强至生平，此丙午岁当英宗治平三年（1066 年），时在北城（今河北大名）或永兴军（治今陕西西安）韩琦幕府，均与灵璧张氏园无涉。见强至：《强祠部集》，载《丛书集成初编（第 2 册）》，第 106 页。
③ 台湾商务印书馆，1983 年影印本，以下简称《四库全书》本。

续 表

作者	题目	体裁	出处
李之仪	题兰皋	七律	《姑溪居士文集》卷四,《宋集珍本丛刊》影清钞本,第26册,第772页
李之仪	戏子微兼次韵陈君俞寄题兰皋	七律	《姑溪居士文集》卷四,《宋集珍本丛刊》影清钞本,第26册,第772页
陈某(字君俞)	寄题兰皋	七律	诗已佚,见上引李之仪诗题
贺铸	游灵壁兰皋园	五古	《庆湖遗老诗集》卷三
刘跂	题张氏园亭二首	五律	《学易集》卷三,《四库全书》本,第1121册,第550—551页
谢逸	和陈倅灵璧莹中二首	七律	《溪堂集》卷五,《豫章丛书》本,第111册,第1a—b页
许景衡	过灵壁阻雨不得游张园二绝	七绝	《横塘集》卷六,《四库全书》本,第1127册,第215页
吴师礼	兰皋园张园奇石题名	题名	张邦基《墨庄漫录》卷一,第40页
杜绾	灵壁石	笔记	《云林石谱》卷上,《丛书集成初编》本,第1页

上述作品从不同方面描述了兰皋亭的特点和美景,共同建构起这一地标景观。苏轼的《灵壁张氏园亭记》描述得最为简要清晰:

> 道京师而东,水浮浊流,陆走黄尘,陂天苍莽,行者倦厌。凡八百里,始得灵壁张氏之园于汴之阳。其外修竹森然以高,乔木蓊然以深。其中因汴之余浸,以为陂池;取山之怪石,以为岩阜。蒲苇莲芡,有江湖之思;椅桐桧柏,有山林之气;奇花美草,有京洛之态;华堂厦屋,有吴蜀之巧。其深可以隐,其富可以养,果蔬可以饱邻里,鱼鳖笋茹可以馈四方之客。①

文字虽短,却描述出张园的六大优点:其一,距京师八百里,位于汴河之北,对长途跋涉的人是极大安慰;其二,园外竹木茂盛,周边环境优美;其三,园中陂池活水,山石怪奇;其四,花草树木生机勃勃;其五,亭台楼阁等园林建筑多姿多彩;其六,张园物产丰饶,主人热情好客。后世总结中国古典园林的造园三要素为山水(包括假山、园石、湖池溪涧)、花木(各种植物)和建筑②,苏轼对张园内部的概括描述与之若合符契。

通过上述作品,无法亲游张园的读者也能复原出园林实况。园中假山叠秀,奇石竞巧,多列灵壁巧石,各高一二丈许,最奇者名曰"小蓬莱"。有静态的百亩清池,有动态的溪濑涯涧。奇花异草来自各地,春桂秋菘四时不断。红花倚墙并蒂,绿树翻槛交柯。曲径通幽,游园尽日。

---

① 张志烈等主编:《苏轼全集校注》,石家庄:河北人民出版社,2010年,第1163页。
② 刘天华:《园林美学》,昆明:云南人民出版社,1989年,第212页。

阶砌留花叶,亭轩隐林山。农地肥沃,楼阁崔嵬。除了视觉享受,还满足听觉、嗅觉。鸟啼蛙鸣,水流石响。嗅觉美则来自花、草、果、蔬、香及酒。

古典造园名著《园冶·借景》认为:"夫借景,林园之最要者也。"①在作家们的笔下,张园尤善于借景。利用居于水边的有利条件,引汴河水入园,造溪围池,源头活水,事半功倍。再起亭台楼阁,即可开阔视野、扩展空间。园外借景,见水边芳草轻浪,天上晴云夜月,江中船帆烟波,周围修竹乔木。园内借景,见窗含霁景烟姿,帘拂晨香露气。虚实相生,小中见大,由此而获得象外之象、景外之景。②

张园的自然环境不仅有山林江岸,又加田园风光。此地有农地田野,物产丰富。曾巩诗中描写得最为具体:梨枣累累,麦粟丰收,鹑兔争肥,高粱酿酒。主人悠闲自适,客人在园中盘桓竟日,尽兴醉归。他甚至说灵壁已不需设置馆驿迎宾,行人直接到张园即可受到款待。《园冶》卷一《相地》最推崇的造园基地是山林地和江湖地,同时也喜爱村庄地和郊野地。张园可谓集四种基地于一身,既得山水林泉之乐,复具田园郊野之趣,出世啸傲之情和入世生活之味兼而有之,堪称"完全的风景"③。加上主人热情好客,宾主琴酒自怡,曲水流觞,诗文唱酬,园林风景之上,独具一种人文气息。

完全的风景,人文的气息,正是宋人对园林的理想追求。欧阳修《酬张器判官泛溪》说园林之美要丰富多样、变化多端,兼具人文交游。④ 而王安礼《题灵壁兰皋张氏园亭》描述的兰皋园亭完全符合:

> 池塘脉脉春泉动,亭馆阴阴夏木凉。砌叶乱风摇月色,檐枝留雪宿年芳。四时气象谁长见,一夜追游我太忙。从此与君携酒后,梦魂应不隔沧浪。

园中一年四季景色不同,典型而富于变化,身处其中的士人自由随意地交往,尽得隐逸之趣,充分满足了知识人的人生追求。张园因此吸引众多士人前来游玩、书写,成为灵壁的标志性景观,首次确立了灵壁的"地方性"。南宋以后人提到灵壁,首先会想到灵壁石,而在北宋末期徽宗大兴花石纲之前,外地人提到灵壁,首先会设想张园如何⑤;若路过灵壁却不能游览张园,则要心生怨念、引以为憾⑥。

中国古典园林的发展在北宋进入成熟期,洛阳园林尤为繁盛,耸动天下。画家郭熙在画论

---

① 计成著,陈植注:《园冶注释(卷三)》,北京:中国建筑工业出版社,1988年,第247页。
② 关于园林的借景见宗白华:《中国美学史中重要问题的初步探索》,载《宗白华全集(第3卷)》,合肥:安徽教育出版社,1994年,第475—479页;陈从周:《建筑中的"借景"问题》,载《梓翁说园》,北京:北京出版社,2004年,第207—214页。
③ 主张"美是生活"的车尔尼雪夫斯基在《现代美学概念批判》中说:"没有村落和田地,没有畜群和牧童,我们的风景也就不完全。"(辛未艾译:《车尔尼雪夫斯基论文学(中卷)》,上海:上海译文出版社,1979年,第33页。)
④ 欧阳修:《欧阳文忠公集》,中华再造善本影宋庆元二年周必大刻本,第1页。
⑤ 前揭谢逸《和陈倅灵壁寄莹中二首》其二首句即想象"风揽张园万木摇",原注"灵壁有张氏园"。
⑥ 前揭许景衡《过灵壁阻雨不得游张园二绝》其一云"何须风雨遮来客,应怕莓苔有展痕";其二是对早年游览张园的回忆和如今的怀恋,"当年诗酒早盘桓,无数萧萧碧玉竿。雨箨风梢如好在,故应知我转头看"。

名著《林泉高致》里道尽宋代文人士大夫对自然山水美的强烈渴求,揭示一个难题:世人或因地僻路遥,或因齐家治国,难以满足亲近山水之愿,但"林泉之志,烟霞之侣,梦寐在焉"。他认为山水画解决了这个矛盾,使人足不出户即可欣赏山水之美①。然而,绘画只是二维平面,既不能让观者身处风景之中,也不能提供完整的感官享受,更不能让观者与风景互动。真正很好地解决"郭熙难题"的不是绘画,而是塑造真实风景空间的人工园林。② 欧阳修在给张园主人张充写信时表达了对园林的强烈向往:

> 湖园野趣,近郡所无,梦寐在焉,何尝忘也! 若得偶逃罪责,归老其间,遂养慵拙,何胜幸也!(《答张学士书》)③

前代文人渴盼的是归隐山林,欧阳修念兹在兹的却是归老园林,前者是自然风景,后者是人文艺术。郭熙和欧阳修都用了"梦寐在焉"一语,前者概括的是世人对自然风景的普遍愿望,后者表达的则是宋人对人文艺术的时代理想。园林是宋代知识人栖息身心之地,也是挥洒艺文之所。小县镇灵壁的张园塑造了大自然,陶冶了参观者和书写者,书写者的作品则反过来建构了张园。风景与书写之间呈现一种互动关系。

张园是一个人工产物,是园主人根据时代文化主潮和个体美学视角,对真实的自在之物进行规划、改造的结果。书写者从个人遭际、当下情绪和意识形态出发,去发现、欣赏、选择、描写风景。没有这些多重书写,张园不可能广为人知,其面貌美感不可能完整动人,更不可能在荒废后依旧为人所知,达到不朽。宋代文学建构起张园,也建构了基层县镇灵壁。阅读张园书写,就如同在观看灵壁风光。最早赋予灵壁以"地方性"的是北宋的张园书写。

四、地方与自我:灵壁与苏轼

无论是园主人的设计,抑或书写者的描写,都是对灵壁的构造。在此过程中,北宋文人士大夫对张园的爱好和书写体现出一种群体趋同。而苏轼在其中又认识到自身与他人的差异,通过灵壁这个地方发现了自我的身份认同(identity)。

苏轼一生先后三次经过灵壁。元丰二年(1079 年)三月,苏轼自徐州移知湖州,途中游览张园,应张硕请,作《灵壁张氏园亭记》,在交代作记缘起、描写园林美景后,荡开一笔,发挥

---

① 郭思编:《林泉高致集》,载永瑢、纪昀等纂修《景印文渊阁四库全书(第 812 册)》,台北:台湾商务印书馆,1983 年,第 573 页。
② 刘天华:《园林美学》,昆明:云南人民出版社,1989 年,第 21—22 页。
③ 欧阳修:《欧阳文忠公集》,中华再造善本影宋庆元二年周必大刻本,第 8 页。按此简答复张学士有关湖园野趣之论,前一简云前日舟次专访张学士,对方不在,略见其子,与前引《于役志》记独游张园相合,故此张学士当即张充。

议论:

> 古之君子,不必仕,不必不仕。必仕则忘其身,必不仕则忘其君。譬之饮食,适于饥饱而已。然士罕能蹈其义、赴其节。处者安于故而难出,出者狃于利而忘返。于是有违亲绝俗之讥,怀禄苟安之弊。今张氏之先君,所以为其子孙之计虑者远且周,是故筑室艺园于汴、泗之间,舟车冠盖之冲,凡朝夕之奉,燕游之乐,不求而足。使其子孙开门而出仕,则跬步市朝之上;闭门而归隐,则俯仰山林之下。于以养生治性,行义求志,无适而不可。故其子孙仕者皆有循吏良能之称,处者皆有节士廉退之行。盖其先君子之泽也。①

仕隐矛盾一直是中国士人的心结,宋人又普遍具有范仲淹所谓"进亦忧,退亦忧"的忧患意识。苏轼也认为出处的选择是人生的重大问题,如何做到在政治上完成个体的社会使命,同时在道德上又保持个体人格的独立与完整? 受到张氏园林的启发,他指出,"隐于园"可以缓解这种紧张,人生的出处原则应该是适可而止,不必强求。正如王水照所分析,苏轼在"不必仕,不必不仕"的议论中,着重以"不必仕"来自警自戒,反映出他追求自适的人生理想②。苏轼总结道,园林既能在物质层面"养生治性",又能在精神层面"行义求志",最终达致"无适而不可"的境界。栖居园林是解决矛盾的途径,自适心性则是个体人生的目的。因此他期盼将来能"买田于泗水之上而老焉"。

人文地理学提出,"地方"是安全的,"空间"是自由的。人们都想依赖地方的安全而又追求空间的自由,这就是如同"家"一般的地方。地方乃生物所需感觉价值的中心所在,具有安全性和稳定性,关涉停驻和休憩,指向"价值"和"归属"。③ 苏轼通过游览张园,指出其意义,确立了自身的身份归属和价值追求,从内心深处认同了灵璧的地方感受。"地方不仅是世界上的一种事物,也是认识世界的一种方式",通过这种方式,"我们决定突出什么、贬低什么",这就涉及地方与认同的联系。地方是身份认同的创造性生产的原材料,而不是身份的先验标签。④ 灵璧张园为苏轼发现自我、确定认同提供了思考的场所和契机,他在这里强调不用强求出仕的原则,表露自持自适的人生理想。所谓自由,不是随心所欲,而是自我主宰。他越深入内在,对灵璧及张园的地方认同感就越强烈,因此渴望能在灵璧北边买田归隐,以便"南望灵璧","岁时往来于张氏之园"。南宋吕午、文天祥作亭记时都曾指出苏轼此记中园亭与自我认同之间的关系。⑤

---

① 张志烈等主编:《苏轼全集校注》,石家庄:河北人民出版社,2010 年,第 1163 页。
② 王水照:《苏、辛退居时期的心态平议》,载《王水照自选集》,上海:上海教育出版社,2000 年。
③ 段义孚著,潘桂成译:《经验透视中的空间与地方》,台北:"国立"编译馆,1998 年,第 1—4、173—191 页。
④ Tim Cresswell, *Place: An Introduction* (Oxford: Wiley-Blackwell, 2015), pp. 18 - 20, 71.
⑤ 吕午《摇碧阁记》将方元美之摇碧阁与张园相比拟,引用苏轼"行义求志,无适不可"之论,阐述方元美营造此阁"得非有见于坡翁记张氏之意乎?"见吕午:《竹坡类稿》,载《北京图书馆古籍珍本丛刊(第 89 册)》,北京:书目文献出版社,1990 年,第 287—288 页。又文天祥《萧氏梅亭记》描叙喜爱萧元亨梅亭之情,亦引苏轼对张园之爱作对比。见文天祥:《文山先生全集(卷九)》,载《四部丛刊》,第 9—11 页。

纵观苏轼的一生，他从未找到这样的居处，这篇表露人生理想的亭记却成为其"乌台诗案"的一大罪状。据前引《东坡乌台诗案》载，国子博士李宜之抓住苏轼的上述议论大肆发挥，指控苏轼扰乱取士之法、教人无忠君之义、亏大忠之节、废为臣之道，显涉讥讽，须深挖以治罪。苏轼终获罪入狱。

在没有言论自由的政治空间里，写作是危险的。但出狱后的苏轼仍不停止对灵壁的书写、对心迹的表露。元丰八年（1085 年）正月，苏轼离开泗州北行，途次灵壁，作诗《留题兰皋亭》：

> 雪后东风未肯和，扣门迁客夜经过。不知旧竹生新笋，但见清伊换浊河。无复往来乘下泽，聊同语笑说东坡。明年我亦开三径，寂寂兼无雀可罗。

"东坡"典出白居易，"三径"典出陶渊明。作者决意熔铸陶、白二贤的人生态度，开出自身的生活境界，既不必钟情仕宦，又不致贫寒困顿，而是隐于田园、自适卒岁。张园先是激活、继而强化了苏轼的自我认识。

元祐七年（1092 年），苏轼本在知扬州任上；八月，兵部尚书除命下，以兵部尚书、龙图阁学士除兼侍读，离扬州至京师赴任；九月，途经宿州，上《乞罢宿州修城状》，反对将灵壁升为县，理由是该镇现有治理机构、人员已足以维持，无需添置一县，升格为县只是本镇豪民为了个人私利而煽动欺骗，导致下层百姓被迫缴纳钱物，甚为扰民。这体现出他对处于沉重负担下的百姓的同情，以及对欺上压下的官吏豪族的愤慨。苏轼解释，他之所以上奏反对将灵壁镇升作灵壁县，以及宿州展筑外城，实因此乃本人"前任部内公事，而改镇作县，又系兵部所管"，这是他职责所在。其实也反映出他对灵壁的深厚感情和强烈认同，故虽深知"改镇作县事，系已行之命，兼构筑廨宇，略已见功，恐难中辍"，仍知其不可而为之，即此事直接关涉其自我认同。

苏轼与灵壁相互影响。一方面，他与北宋其他士人共同书写从而建构起灵壁这个"地方"。尤其是《灵壁张氏园亭记》一文，深受士大夫和普通读者喜爱，其精神主旨及行文笔法皆广受推崇，垂范百代，在文学建构张园及灵壁的过程中作用突出，后世因此在灵壁造东坡祠以纪念，甚至有"张氏之园，得坡公一游，而世始藉藉焉，有所品目"①之评。另一方面，苏轼通过灵壁认识了自我、确立了身份认同，辨别出自身与他人的差异究在何处，在群体的共同性中强调个体的独特性，并践行终身。"生活就是在某个地方生活，认知首先是认知人所在的地方。"②苏轼对灵壁的地方认知是他本人的一种生命体验，通过认识灵壁而认识自我。以往学术界在研究苏轼与地方的关系时，多据其晚年自述而聚焦于黄州、惠州、儋州，本文所论若不虚，则尚应关注宿州灵壁的根源性、奠基性作用。

---

① 张江裁：《灵壁苏东坡祠记》，《同声月刊》1944 年。
② Edward S. Casey, *How to Get from Space to Place in a Fairly Short Stretch of Time*, by S. Feld & K. Bassoeds, *Senses of Place* (Santa Fe: School of American Research Press, 1996), p. 18.

五、尤物：灵壁石、个体及天下

灵壁石由来已久，至宋代更是声名鹊起，臻于极盛。两宋有关灵壁石的文献异常丰富，难作定量分析，以下试择要作定性描述，以见灵壁石在宋代文献中的多种面相，呈现出个体玩好与家国天下交织的状况，两宋围绕灵壁风物的书写也建构起人们对灵壁的地方印象。

首先，皇帝的持续征采和围绕"花石纲"的多重书写将灵壁石的地位推到至尊。

北宋真宗、仁宗时期，江淮地区就有大批花石被发运使征运至京师以讨好皇帝。[①] 徽宗之前，灵壁石虽已闻名，但尚未被过分倚重。哲宗绍圣年间（1094—1098），叶梦得落第返乡，道经灵壁，发现茶肆多有求售奇石者，"公私未之贵，人亦不甚重"，他购得其一，长尺许，价仅当八百。[②] 至徽宗，营建御花园主景"艮岳"，大兴花石纲，令朱勔等人大肆搜刮"灵壁、太湖、慈溪、武康诸石，二浙奇竹、异花、海错"[③]，持续二十多年，劳民伤财，民怨沸腾，终引起民众造反。灵壁石亦因之盛极一时。苏轼侄孙苏元老谓："灵壁之石，天下奇玩也，盖仅有岩穴处耳，徒以其近于中都，故取重当世。"[④]道出了最高统治者的偏嗜与灵壁石的极盛之间的直接对应关系，此即所谓"上有所好，下必甚焉"。

围绕花石纲和艮岳的书写形成三类。第一类是对其中的花石极力描摹赞美，歌功颂德，虚构太平盛世之象，以徽宗为典型。据说，政和建艮岳时，"灵壁贡一巨石，高二十余丈，舟载至京师，毁水门楼以入，千夫昇之不动"。有人进言："此神物也，宜表异之。"徽宗乃亲笔题字表彰："庆云万态奇峰。""仍以金带一条挂其上，石即遂可移，省夫之半，顷刻至苑中。"[⑤]宣和四年（1122年），徽宗作《御制艮岳记》，明言"设洞庭、湖口、丝溪、仇池之深渊，兴泗滨、林虑、灵壁、芙蓉之诸山，取瑰奇特异瑶琨之石"。又命李质、曹组各制赋呈进，并令二人共同完成《艮岳百咏诗》。李质赋中有"灵壁之秀，发于淮之北"[⑥]之语。灵壁奇石之名遂在朝野上下传诵。

第二类是批评花石纲扰民，以灵壁石为题材讥时刺上，以晁说之为典型。其《灵壁石有未上供者狼藉两岸》诗云：

凤凰山石与石殊，敕使督贡倾舳舻。擎空不数碧菡萏，媚日宁顾女珊瑚。但识天囷箫

---

① 程民生：《宋徽宗花石纲之渊源》，《中州学刊》1987年第5期。
② 叶梦得：《岩下放言》，载上海师范大学古籍整理研究所编《全宋笔记（第2编第9册）》，郑州：大象出版社，2012年，第339—340页。
③ 陈均著，许沛藻等点校：《皇朝编年纲目备要》，北京：中华书局，2006年，第718—719页。
④ 苏元老：《龙洞记》，载陈显远《汉中碑石》，西安：三秦出版社，1996年，第118页。
⑤ 王明清：《挥尘录》，上海：上海书店，2009年，第234页。
⑥ 同上书，第56—59页。

韶底,岂期汴岸沙砾余。炀帝锦帆几来往,曾不得汝恨何如。①

凤凰山在灵壁县境内。首联言灵壁石与众不同,徽宗令官吏搜求进贡,舳舻相接。颔联谓官吏为迎合圣意,一心只想着采石运石。颈联指为了给朝廷上贡,灵壁的石场过度开采,导致环境破坏。尾联以隋炀帝当年未得灵壁石,反衬宋徽宗溺石误国。全诗的批评大胆直露,将作为玩好的灵壁石直接与天下兴亡相联系。

邓肃诗案亦与此相关。艮岳告成后,太学生邓肃向徽宗进呈《花石诗十一章并序》及《进花石诗状》,开篇描述了从东南各地络绎不绝给御花园运送奇石的盛况,中间批评官吏借机大肆扰民、中饱私囊,最后劝说徽宗应以天下为家,安抚民众,与民同乐②。邓肃因此被用事者逐出太学,贬归乡里,亦由是名震一时③。当时江公望亦有诗讽谏,全诗已佚,仅在刘克庄《跋江民表三贤帖》里见到残句:

余旧诵江公谏书,知其为邹、陈辈人尔。后见其《题艮岳》云:"春光吴地减,山色上林深。"比之邓肃《花石纲诗》,彼刻露而此含蓄矣。④

清翁方纲则比较说:

"春光吴地减,山色上林深",此江公望民表题艮岳句。刘后村跋云:"比之邓肃《花石纲诗》,彼刻露而此含蓄矣。"然《栟榈集》中《花石诗》,气格亦自远大,不减少陵。⑤

江公望以东南风光减退、宫苑风景增色来批评花石纲扰民,委婉含蓄;邓肃的诗、序和状篇幅宏大,用语刻露直接而气格远大。二人皆在历史上留下浓重一笔。

第三类是在北宋灭亡后借花石纲中灵壁石的遭遇来感叹历史变迁,抒发兴亡遗恨。金兵侵入汴京,百姓争相涌入寿山艮岳避难。蜀僧祖秀因得在其中"周览累日",惊叹"括天下之美,藏古今之胜,于斯尽矣",翌年再游,已被民众损毁,"太湖、灵壁之石"自难逃厄运⑥。张淏综合历史资料和徽宗、祖秀诸作,撰《艮岳记》,中云:"金人犯阙,大雪盈尺,诏令民任便斫伐为薪。

---

① 晁说之:《嵩山文集》,载《四部丛刊》,第 34 页。
② 邓肃:《栟榈先生文集》,载《宋集珍本丛刊(第 39 册)》,北京:线装书局,2004 年,第 706 页。
③ 邓肃献诗被贬一事,当在艮岳完成的宣和四年,而非《宋史·徽宗本纪》所载宣和元年。见王兆鹏、张静:《邓肃传》,载《宋才子传笺证·词人卷》,沈阳:辽海出版社,2011 年,第 410—411 页。
④ 曾枣庄、刘琳主编:《全宋文(第 329 册)》,上海:上海辞书出版社,2006 年,第 351 页。
⑤ 翁方纲:《石洲诗话》,载郭绍虞编《清诗话续编》,上海:上海古籍出版社,1983 年,第 1430 页。
⑥ 祖秀:《华阳宫记》,载永瑢、纪昀等纂修《景印文渊阁四库全书(第 382 册)》,台北:台湾商务印书馆,1983 年,第 687—689 页。

是日,百姓奔往,无虑十万人,台榭宫室,悉皆拆毁,官不能禁也。"①奇石的命运跟随国族的命运而起落兴废。

当南宋使者北行过灵壁,兴亡之感尤其强烈。乾道五年(1169 年),楼钥随团出使金国,在汴河灵壁段见到"西去两岸皆奇石,近灵壁东岸尤多,皆宣、政花石纲所遗也";在开封城外,"河中有乱石,万岁山所弃也"②。作为北宋太平盛世象征的灵壁奇石被随意遗弃,家国沦落,一至于此。又有《灵壁道傍怪石》诗,写路边奇石曾显赫一时,"只今零落荒草中,万古凄凉有遗恨"③,停步太息。绍熙四年(1193 年),许及之出使贺金主生辰,途中作《灵壁道傍石》诗:

花石纲成国蠹盈,贼臣卖国果连城。陵迁谷变犹横道,反作傍人座右铭。④

灵壁石的遭际折射出天翻地覆的历史巨变,时刻警醒着后人。

其次,文化权威的赏玩推扬带动了全社会对灵壁石的收藏热潮,米芾和苏轼是其中的关键人物。

米芾搜藏灵壁石研山(砚山)的故事在两宋是一个热点话题,在后世更演变为传奇。蔡绦记载,南唐李后主宝爱一研山,"径长尺踰咫,前耸三十六峰,皆大如手掌,左右则引两阜坡陀,中凿为研"⑤。南唐亡后,辗转为米芾所得,米芾晚年在镇江以此砚与苏仲恭之弟交换,换得一古宅,砚归苏氏,终被征入禁中⑥。

米芾另有一方灵壁砚石,其传奇源自楼钥等人的作品。楼钥《陈顺之灵壁石砚山》诗序:

陈顺之吏部灵壁石砚山,中有双涧,低处为砚。下米元章题云:"唐弘文馆校书李群玉有诗,南唐李重光故物也。"蒋教授文会有诗,次韵。⑦

从唐代李群玉为之赋诗,到南唐李后主宝爱,到北宋米芾,再到南宋陈顺之,此灵壁石砚山历经数百年,传藏不绝,经米芾收藏、品题后更是耸动天下。南宋蒋文会、楼钥的吟咏突出了这段历史。楼钥诗云世人皆欲得此天然灵壁石砚,米芾费尽心力始能如愿,"米氏研山"在士大夫之间流为传奇。

---

① 李濂著,周宝珠、程民生点校:《汴京遗迹志》,北京:中华书局,1999 年,第 61 页。
② 楼钥:《北行日录》,载《攻媿先生文集》,中华再造善本影宋刻本,第 12、20 页。
③ 同上书,第 12 页。
④ 北京大学古文献研究所编:《全宋诗》,北京:北京大学出版社,1998 年,第 28439 页。
⑤ 蔡绦:《铁围山丛谈》,载上海师范大学古籍整理研究所编《全宋笔记(第 3 编第 9 册)》,郑州:大象出版社,2012 年,第 237 页。
⑥ 蔡肇《得奇石于岘山》:"君不闻米家砚山入禁中,蕞尔卷石谁为容?"(北京大学古文献研究所编:《全宋诗》,北京:北京大学出版社,第 13657 页。)
⑦ 楼钥:《北行日录》,载《攻媿先生文集》,中华再造善本影宋刻本,第 13 页。

米芾研山在南宋末期归于天台戴觉民及其族人。元揭傒斯《砚山》诗序对宋末以前研山流传的记述与楼钥相同,其称研山后归天台戴觉民及其族人①,亦有周密的多种著述作为旁证②。宰相贾似道觊觎此奇石的材料则再次加深了灵璧石的传奇色彩。两宋围绕米氏研山的事件及其作品极大地推动了赏玩灵璧石的热潮。

苏轼对灵璧石的喜爱亦传为佳话。据前引《墨庄漫录》载:

> 宿州灵璧县张氏兰皋园一石甚奇,所谓小蓬莱也。苏子瞻爱之,题其上云:"东坡居士醉中观此,洒然而醒。"子瞻之意,盖取李德裕平泉庄有醒醉石,醉则踞之,乃醒也。蒋颖叔过,见之,复题云:"荆溪居士暑中观此,爽然而凉。"吴右司师礼安中为宿守,题其后云:"紫溪翁大暑醉中读二题,一笑而去。"张氏皆刻之石,后归禁中。

这方张园灵璧石"小蓬莱",经苏轼品题,引起众人效仿,身价倍增。另据苏轼《书画壁易石》自述:

> 灵璧出石,然多一面。刘氏园中砌台下,有一株独巉然,反复可观,作麋鹿宛颈状。东坡居士欲得之,乃画临华阁壁,作丑石风竹。主人喜,乃以遗余。居士载归阳羡。元丰八年四月六日。③

苏轼有浓厚的嗜石兴味,欣赏天然怪石的"坚姿"与"秀色"④,以上灵璧石中,"小蓬莱"的奇、刘氏园石的丑,皆中其耽玩之心。苏轼对灵璧石的品题自然造成很大的社会影响。

再次,宋人对灵璧石的研究、品鉴、吟咏在全社会传播了它的声名,确立了它的形状、质料、意气、比德等多方面标准,灵璧石作为观赏石的美学风格从此成熟定型。北宋末期,饶节《向居卿所藏灵璧石歌》云:"灵璧之石妙天下,奇姿异质穷变化。"⑤已道出灵璧石耸动天下的名声和奇幻变化的性状。南宋前期,陆游反复赞扬灵璧石乃名动宇宙的"尤物"⑥,则借助出自《左传·昭公二十八年》的语典高度肯定了灵璧石的殊绝之处。范成大《小峨眉》诗序:"近得灵璧古石,绝似大峨正峰,名之曰小峨眉。东坡常以名庐山,恐不若此石之逼真也。作《小峨眉歌》以夸之。"亦在诗中夸灵璧石为"尤物",甚且许为天下第一:"太湖未暇商甲乙,罗浮天竺均鸿毛。"⑦

既是尤物,遂引发全社会追捧热潮。曾几《吴甥遗灵璧石以诗还之》⑧自称往复百封书信,

---

① 揭傒斯:《砚山诗》,载李梦生标校《揭傒斯全集》,上海:上海古籍出版社,1985年,第115页。
② 周密反复说"米氏研山后归宣和御府,今在台州戴觉民家",实将两方砚石混而为一。见周密:《云烟过眼录》,十万卷楼丛书本,第36页;周密:《志雅堂杂钞》,粤雅堂丛书本,第21页。
③ 张志烈等主编:《苏轼全集校注》,石家庄:河北人民出版社,2010年,第7922页。
④ 周裕锴:《苏轼的嗜石兴味与宋代文人的审美观念》,《社会科学研究》2005年第1期。
⑤ 北京大学古文献研究所编:《全宋诗》,北京:北京大学出版社,1998年,第14541页。
⑥ 钱仲联校注:《剑南诗稿校注》,上海:上海古籍出版社,1985年,第1698、3537页。
⑦ 范成大:《石湖居士集》,载《宋集珍本丛刊(第48册)》,北京:线装书局,2004年,第468页。
⑧ 北京大学古文献研究所编:《全宋诗》,北京:北京大学出版社,1998年,第18510页。

只为一片灵璧石。曹勋《山居杂诗九十首》①其三八比较众多名石,最推崇灵璧石。宰相贾似道命人将定武《兰亭序》缩小字刻于灵璧石上,号"玉板兰亭"②;儒学家魏了翁以灵璧石向虞刚简祝寿③。灵璧石在达官贵人圈里已然是高雅奢侈品。

比至南宋,博物类、考辨类著作最终确立了灵璧石的崇高地位和赏鉴标准。前引博物学家杜绾的《云林石谱》是中国第一部论石专著,开篇即专列灵璧石,详载其产地、采法、声色形质、奇闻轶事及注意事项。程大昌《演蕃露》卷三"怪石"一则,考察贡品"怪石"与戏玩"奇石"之异同,特别标出"今世所玩如灵璧、太湖之石"④。赵希鹄专门论述古玩器物的著作《洞天清录集》,乃玩家鉴藏指南,《怪石辨》一辑,首列"灵璧石"一则,描述其特异之处及辨伪之法,特别使用了触觉⑤,令人印象深刻。

最后,南宋的灵璧石书写蕴含着故国之思及恢复之志。南宋失去了对灵璧的控制,人们对故国的思念常常通过灵璧石表现出来。如:

> 几朵连峰峻,千年古镜浮。气分灵璧秀,声逐泗滨流。笑我成孤影,从渠老一丘。山川多胜地,击拊叹中州。⑥
> 一自风尘没泗滨,英遗何敢漫嶙峋。崩腾直自天边落,拳握空夸席上珍。⑦

胜地落入异族手中,虽有尤物可鉴,亦徒增国土沦丧之痛。王居安(号方岩)得到一方灵璧石,名碧云,友朋吟咏唱和。释居简《方岩侍郎得灵璧一峰名碧云》痛惜南宋只剩半壁江山:"坡陁巨璞韬玄质,壤断房尘天半壁。"⑧戴复古《灵璧石歌为方岩王侍郎作》感慨:"今到方岩有灵璧,我来欲作灵璧歌。击石一唱三摩挲,秋风萧萧淮水波。中分南北横干戈,胡尘埋没汉山河。泗滨灵璧今如何,安得此石来岩阿。郁然盘礴中原气,对此令人感慨多。"⑨诗人多发山河之叹、故国之思。

故国之思化为恢复之志。张孝祥作长诗《赋王唐卿庐山所得灵璧石》,描述灵璧石乃天帝遣下凡间的"神物",奇形异质,历数千年,随着连年战乱、中原陷落,神物亦难以寻觅。诗人希望将王世杰(字唐卿)所得之灵璧石进献南宋皇帝,以敦请朝廷任用贤良,收复失地,一统天下,

---

① 北京大学古文献研究所编:《全宋诗》,北京:北京大学出版社,1998年,第21203页。
② 周密:《癸辛杂识》,北京:中华书局,1988年,第86页。
③ 魏了翁:《虞万州生日》,载《宋集珍本丛刊(第76册)》,北京:线装书局,2004年,第682页。
④ 程大昌:《演蕃露》,中华再造善本影宋刻本,第10—11页。
⑤ 赵希鹄:《洞天清录集》,读画斋丛书本,第21页。
⑥ 袁说友:《灵璧蹲石》,载北京大学古文献研究所编《全宋诗》,北京:北京大学出版社,1998年,第29934页。
⑦ 赵蕃:《周愚卿求所藏灵璧石名堆云》,载北京大学古文献研究所编《全宋诗》,北京:北京大学出版社,1998年,第30716页。
⑧ 北京大学古文献研究所编:《全宋诗》,北京:北京大学出版社,1998年,第33056页。
⑨ 同上书,第33461页。

到时再用灵璧石奏乐颂德。① 有闲阶级的"玩意"至此被寄寓了北伐主张和天下重任。

灵璧石本是国家宗庙的礼乐神器,到宋代成为个体娱目怡情的日常玩好,声名臻于极盛,广受朝野各界喜爱推举。由于宋徽宗的花石纲事件以及南宋对灵璧领土的最终丧失,灵璧石又涉及国家、天下的兴亡。苏轼《宝绘堂记》指出:"君子可以寓意于物,而不可以留意于物。寓意于物,虽微物足以为乐,虽尤物不足以为病;留意于物,虽微物足以为病,虽尤物不足以为乐。"②宋代文学所呈现的灵璧石,就是这样一种关涉个体、家国、天下的"尤物",而灵璧石由此取代张园,成为徽宗朝以后人们对灵璧的第一认知。

六、断流:灵璧与南宋人的故国之思

南宋建立初期,灵璧、虹县等宿州区域成为宋金政权反复争夺的战略要地。

绍兴九年(1139年)正月,宋金和议成,金还南宋河南、陕西之地。四月,郑刚中随楼照前往陕西宣谕,作《灵璧驿有方公美少卿留题戏和于壁》:

> 君把使旌临洛水,我参枢幕过潼关。秋风想见吹归骑,先看淮南第一山。③

此时灵璧在南宋治下,诗人的心情是愉快的,尚能以诗为戏。南宋失去灵璧之后,这种心情再难觅踪影。

1163年,南宋孝宗发动"隆兴北伐",宋军相继收复灵璧、虹县、宿州州城,后在符离被金军击败,史称"符离之战",宋金议和。1206年,宋宁宗发起"开禧北伐",宋军相继收复泗州、虹县、灵璧等处,旋在进攻宿州州城等地时受挫,最终全线失败,宋金再次议和,灵璧自此一直是金国的统治区域,直到金国灭亡,被蒙元占领。王阮《和戴倅韵寄苗侯》:

> 灵璧归师愤已平,黄河戍役又虚声。人言万事总由命,天设五材难去兵。国有典刑元老在,地无形势大江横。西风若得淮南信,烦致空山慰客情。④

灵璧一失,大势已去,恢复无望,尽是悲痛失望之情。

灵璧是宋金之间南北往来的必经之路,南宋使者过此常多发故国之思。楼钥使金北行,途中作《灵璧道傍怪石》,沉叹兴亡遗恨,已见前述;又有《灵璧道中》诗:

---

① 张孝祥著,徐鹏校点:《于湖居士文集》,上海:上海古籍出版社,1980年,第10页。
② 张志烈等主编:《苏轼全集校注》,石家庄:河北人民出版社,2010年,第1122页。
③ 郑刚中:《北山集》,载永瑢、纪昀等纂修《景印文渊阁四库全书(第1138册)》,台北:台湾商务印书馆,1983年,第255页。
④ 王阮:《义丰文集》,载《宋集珍本丛刊(第63册)》,北京:线装书局,2004年,第382—383页。

高丘祠汉祖,荒草葬虞姬。垓下空陈迹,鸿沟怆近时。膏腴满荆棘,伤甚黍离离。①

在灵璧境内多见古墓陈迹,北宋的膏腴之地如今遍生荆棘,灵璧引起的是黍离之悲。

南宋使者对汴河灵璧段断流的记述充满象征意味。楼钥《北行日录》卷上载,十二月初二,"宿灵璧,行数里,汴水断流","淮北荒凉特甚。灵璧两岸人家皆瓦屋,亦有小城,始成县";初三日,"宿宿州。自离泗州,循汴而行,至此河益堙塞,几与岸平,车马皆由其中,亦有作屋其上"。这是乾道五年(1169年)冬天的环境变迁。八年后,淳熙四年(1177年),周辉随张子正使金,二月初二,"晚宿灵璧县,汴河自此断流。自过泗,地皆贫瘠,两岸奇石可爱"②。春天的汴河断流愈加严重,灵璧一带土地依旧贫瘠荒芜。又过十多年,绍熙四年(1193年)六月,许及之使金,有《灵璧坝》诗:

入泗行来汴似渠,坝成灵璧水全枯。汴流可遏从渠遏,思汉人心遏得无?③

即使在夏天的丰水季节,汴河灵璧段依然完全干涸。人心思汉或出自想象,河水全干则有目共睹。水流易枯,故国难归,随着宋朝彻底失去灵璧,灵璧汴河也全部断流,二者之间似乎有着某种对应象征的关系。

断流的灵璧寄寓着南宋人的故国之思,南宋文学在书写灵璧时为北宋招魂,使者的故国之行几乎成为凭吊之行。如果说,灵璧在南宋具有"地名的时代政治象征"的意义④,那么,"灵璧断流"则更具体地象征着南宋的政治现实:通贯南北的大动脉被彻底切断,回不去的故国,日渐黯淡的未来。《夷坚志》有《毕令女》故事,建炎元年(1127年),灵璧县令毕造长女死后将要复活,却为次女所坏,终致失败。⑤ 这一人鬼婚恋故事反映出南宋人对故国灵璧的怀念,也隐喻着宋廷对灵璧的权属变迁:管辖——沦陷——收复——再度沦陷——彻底失去。

七、结语:文学对地方史的意义

文学中的人地关系是双向的。文化地理学家指出:"文学作品不能简单地视为是对某些地区和地点的描述,许多时候是文学作品帮助创造了这些地方。"⑥宋代文学与灵璧的关系即是

---

① 楼钥:《攻媿集》,载永瑢、纪昀等纂修《景印文渊阁四库全书(第1152册)》,台北:台湾商务印书馆,1983年,第352页。
② 周辉:《北辕录》,载上海师范大学古籍整理研究所编《全宋笔记》(第5编第9册),郑州:大象出版社,2012年,第194页。
③ 北京大学古文献研究所编:《全宋诗》,北京:北京大学出版社,1998年,第28435页。
④ 刘珺珺:《许及之北征组诗中地理信息的诗学解读》,《中国典籍与文化》2011年第4期。
⑤ 洪迈著,何卓点校:《夷坚志》,北京:中华书局,1981年,第237—239页。
⑥ 迈克·克朗著:《文化地理学》,杨淑华等译,南京:南京大学出版社,2005年,第40页。

如此。作为一个实体空间,灵璧是由当地官民建设的,其物质形态和日常生活是自然、政治和文化交互作用的结果。但作为一个"地方",灵璧是由宋代文学建构起来的,空间被赋予意义,其在王朝更迭、宋金对峙时期的转型变化也在这些作品里丰富多样地呈现出来。北宋的张园(兰皋亭)书写最早赋予灵璧以"地方性",苏轼的作用尤为显著。纵贯两宋的灵璧石书写呈现出个体玩好与家国天下交织的状况,灵璧石成为一种关涉个体、家国、天下的"尤物"。南宋文学在书写灵璧时为北宋招魂,寄寓故国之思,反复出现的"灵璧断流"意象是压抑的政治现实的象征。这个北宋小县镇的兴替,见证了两宋大时代的变迁。

宋代文学创造了灵璧,也表现出文人士大夫的自我认识。这些丰富的作品,其作者、时段、体裁、目的和效果各不相同,彼此不是相互替代,而是相互交叉,通过文本互涉互补最终创造出一个复杂的意义网络——文学空间,包含了地理、历史、社会、文化和自我,属于"第三空间"[①]。这是人类的文化经验,能保存历史记忆,将空间时间化。宋代的灵璧业已消逝,但宋人的书写已将它融入读者的记忆,并传之久远。只要这些作品不朽,宋代灵璧也将永存。因此,不能只关注地理如何影响文学,也要细读文学如何界定地方。

宋代文学的灵璧书写对基层地域的研究也有特殊意义。地方史研究近年渐成热点[②],落实到具体案例,重点关注的对象是地方志。但宋代方志有时过于追求意义世界,反而不强调地方个体信息的特殊性,甚至在编纂时出现消解地方特征的"去地方化"现象[③]。相反,文学的基层书写充满地方细节和多重面相,构造出一个充满文化感和历史感的立体"地方",又反过来影响人们对同一空间的现实认知和历史记忆,其间的人地关系是相互定义的,无疑直接决定着对地方社会历史的整体性把握。宋代文学对灵璧县镇的建构就是这样的典型个案。虽然由于资料缺乏,灵璧本地作家的作品岁久难觅,但以上外来游览者、途经者的叙咏和未曾涉足者的想象,以及全社会围绕灵璧风物而展开的书写,共同构筑起关于灵璧的地方话语,在本土人文献阙如的情况下具有无可替代的作用,对了解宋代基层、理解作家自我、观察小县镇投射出的大时代变迁以及感知生活细节都有重要意义。

[①] 索亚指出,传统的"第一空间视角和认识论"主要关注空间形式的实在物质性,"第二空间视角和认识论"视空间为人类精神意识所构想、再现出来的形式,前者强调空间的真实性,后者强调空间的想象性。而他所谓的"第三空间"是二者的重组,对二者既吸纳又超越,是一种"真实和想象"交织的空间(Edward W. Soja, *Thirdspace: Journeys to LosAngeles and Other Real-and-Imagined Places* (Malden, MA: Blackwell, 1996), pp. 6、10—11.)。
[②] 复旦大学历史地理研究中心、哈佛大学哈佛燕京学社编:《国家视野下的地方》,上海:上海人民出版社,2014年。
[③] 陆敏珍:《宋代地方志编纂中的"地方"书写》,《史学理论研究》2012年第2期。

《太平广记》编纂官与学术史视野下宋初官方小说体系的构建

江汉大学人文学院　盛　莉

一、引言

　　《太平广记》是宋初官方编纂的一部大型类书，全书绝大部分的文本都符合今人小说观念，具有鲜明的故事性。但是，《太平广记》的故事文本也传达出各种知识信息、社会秩序。并且编纂官在征引群书、搜集奇说的过程中又形成了对传统"小说"经典的承继与再造，显示了对各种"小说"信息的择选加工。故而《太平广记》的整体文本面貌是故事性、知识性和经典性三者并存，《太平广记》不仅具有可供娱乐、以资谈柄的功用，还体现出官方文化重建中的知识取向。[①] 基于此，本文尝试探讨《太平广记》编纂官与学术史视野下《太平广记》小说体系的构建。

　　需要指出的是，《太平广记》编纂官将小说置于传统学术体系内理解其知识功用乃至抬高小说位序的做法实承继中晚唐而来。如《太平广记》引书之一，韦绚《嘉话录序》谈到小说用于"解释经史之暇"[②]。《太平广记》引用篇目最多的《酉阳杂俎》[③]，则真正从理论提出到创作实践上开始将小说引入传统儒家学术体系，其序云：

> 夫《易》象一车之言，近于怪也；诗人南箕之兴，近乎戏也。固服缝掖者肆笔之余，及怪及戏，无侵于儒。无若《诗》《书》之味大羹，史为折俎，子为醯醢也。炙鸮羞鳖，岂容下箸乎？固役而不耻者，抑志怪小说之书也。成式学落词曼，未尝覃思，无崔骃真龙之叹，有孔

[①] 《汉书·艺文志》《隋书·经籍志》都将小说附于子部九家，《太平广记表》则将《太平广记》作为"九流"承绪，亦可"启迪聪明，鉴照古今"，将《太平广记》所代表的"小说"纳入官方学术谱系中。见李军均、曾垂超：《宋代小说思想三题》，《文艺研究》2010 年 7 月。

[②] 韦绚《刘宾客嘉话录序》："是岁长庆元年春。蒙丈人许措足侍立，解衣推食，晨昏与诸子起居，或因宴命坐。与语论，大抵根于教诱，而解释经史之暇，偶及国朝文人剧谈，卿相新语，异常梦话，诙谐谑卜祝，童谣佳句。即席听之，退而默记……"（《唐五代笔记小说大观》，上海：上海古籍出版社，2003 年，第 792 页。）

[③] 《酉阳杂俎》被《太平广记》收录 608 篇，为《太平广记》引书篇目之冠。

璋画虎之讥。饱食之暇,偶录记忆,号《酉阳杂俎》,凡三十篇,为二十卷,不以此间录味也。①

"固服缝掖者肆笔之余,及怪及戏,无侵于儒",这隐然将"及怪及戏"作为儒家传统文学之外而又能有裨儒家学术的文学文本。段成式将志怪小说比作"炙鸮羞鳖",并单独同经、史、子之味相比较,说明其认为志怪小说具有可独立与经、史、子三部相比较的知识功用,志怪小说本就可以内植于儒家学术体系中。

《酉阳杂俎》《嘉话录》代表了中晚唐文人对小说在经、史、子、集四部中知识位序和功能的一种认识,这种认识在随后的五代十国时期同儒家文人的学术追求进一步结合。《太平广记》引书之一的《北梦琐言》也将小说比拟经纬②,序引《尚书·禹贡》和《左传》解题《北梦琐言》书名中"北梦"一语缘由,并释"琐言"为"琐细形言"。孙光宪的"琐言"内涵不再囿于"街谈巷议",而更关注事物的广泛博杂。"虽非经纬之作,庶勉后进子孙,俾希仰前事,亦丝麻中菅蒯也"实俨有将小说比拟经纬之用,"小说"是散缀于传统经典中的琐细形言,与儒家经典知识的传播繁荣形成内在良好的学说生态。

唐五代文人趋奉小说进入儒家学术解释体系之势也引起了一些国家统治者的担忧。如与孙光宪同一时期的南唐后主李煜表达了帝王对小说侵入儒家传统学术领域的批评。徐铉《御制杂说序》载李煜语:

> 尝从容谓近臣曰:"卿辈从公之暇,莫若为学为文;为学为文,莫若讨论六籍。游先王之道义不成,不失为古儒也。今之为学,所宗者小说,所尚者刀笔,故发言奋藻,则在古人之下风,以是故也。"③

李煜的"讨论六籍"指研习以儒家六经为代表的主流学术,即便对经典原文和注疏所涉及的事功"致用"之学无法领悟,至少也能成为精于经义训诂的"古儒"。然而,南唐文臣多有以小说的博闻多学替代六经原典之学,这使李煜颇为担忧。即如徐铉、汤悦、张洎这样的大儒,也不以经学见长。

李煜所尚之"儒"显然不同于段成式《酉阳杂俎序》中以"及怪及戏"共植于儒家学术体系的"固服缝掖之儒"。他并未完全将六籍经义与现实的政治实践、日常应用乃至人事思考贯通起

---

① 段成式:《酉阳杂俎序》,载《唐五代笔记小说大观》,上海:上海古籍出版社,2003年,第557页。
② 孙光宪《北梦琐言序》:"厥后每聆一事,未敢孤信,三复参校,然始濡毫。非但垂之空言,亦欲因事劝戒。……《禹贡》云:'云土梦作乂。'《传》有'畋于江南之梦'。鄙从事于荆江之北,题曰《北梦琐言》,琐细形言,大即可知也。虽非经纬之作,庶勉后进子孙,俾希仰前事,亦丝麻中菅蒯也。通方者幸勿多诮焉。"(《唐五代笔记小说大观》,上海:上海古籍出版社,2003年,第1803页。)
③ 曾枣庄、刘琳主编:《全宋文(第二册)》,上海:上海辞书出版社,2006年,第183页。

来。但他将小说与"刀笔"并列,显然,其小说含义已隐含着偏于日常实用的知识学说。

五代十国,南唐虽偏居江南,却以承续唐祚自居,用儒学治理天下。李煜看低小说和刀笔所代表的文学体系,正是在中唐以来以文学为中心的学术体系建构里继续维护儒道统绪的重要性,然而这一体系并未能真正将文学与政事结合起来。①

真正将文学与政事结合起来的是在中原后周基础上建立起来的宋王朝,一个重要特征是官方将小说纳入为学治国的学术解释体系中。如太祖"欲武臣尽读书以通治道"②,自身亦"闻人间有奇书,不吝千金购之",喜读奇书,欲广闻见③,此类书籍自包含小说在内。太宗亦喜读书,推崇赵普"及至晚岁,酷爱读书。经史百家,常存几案,强记默识,经目谙心。硕学老儒,宛有不及。既博达于古今,尤雅善于谈谐"④,赵普的"谈谐"显然属于小说的内容。⑤

此外,宋初官方开始将小说引入解释世界秩序的途径里。王溥之子王贻孙引《渤海国记》释民间拜礼即是极好的例证⑥,意味着小说具有传统儒家经典学说所不具备的民间日常知识体验。宋初官方知识、皇王学说也表现出对小说的引入,最值得注意的是宋太宗的《逍遥咏》注释中引入小说知识⑦。太宗雅好吟咏,有《逍遥咏》十卷,乃以诗歌阐释道家义理,其诗皆有太宗本人注解⑧,部分注释近于小说内容。宋太宗比较熟识和喜爱神仙道教的小说内容,这显然是《太平广记》成书的重要原因之一。

综合以上可知,宋初官方承继中晚唐文人对小说与传统学术体系内经史关联的思考,通过扩大小说进入各种知识学说体系的解释途径,来重新构建新的政治文化秩序。《太平广记》编纂官正是在此背景下以"小说"为视角和载体⑨,编纂《太平广记》一书。介于此,本文下面将从两点展开论述,一是从《太平广记》编者的职能角度探讨《太平广记》编纂官的人员组成及职责分工;二是通过探讨编纂官的学术体系与《太平广记》的知识系统认识《太平广记》在"小说"层面体现出的知识内涵。

---

① 张德建:《学术三分与唐宋以来新学术思想体系的建立》,《社会科学家》2015 年第 12 期。
② 脱脱等:《宋史》,北京:中华书局,1977 年,第 11 页。
③ 李焘:《续资治通鉴长编》,北京:中华书局,1985 年,第 171 页。
④ 李攸:《宋朝事实》,台北:台湾商务印书馆,1986 年,第 29 页。
⑤ 唐人多有编纂"谈谐"之作,如《尚书故实》序称聆记宾护尚书河东张公言语尤异、诙谐者;《博物志》自序云"但资笑语,抑亦粗显箴规"。《尚书故实》《博物志》皆为《太平广记》引书。
⑥ 脱脱等:《宋史》,北京:中华书局,1977 年,第 8802 页。
⑦ 如宋太宗七律《逍遥咏》其二〇"黄帝乘龙岂是非(原注:黄帝铸鼎于荆,既成,有龙垂髯而下,黄帝因遂之上升于仙。又岂非也)",又如《逍遥咏》卷三二"十洲隐大神仙子(原注:海内有十洲,其上皆有真人游处)",此前唐代《初学记》和《艺文类聚》均引用汉代小说家的《虞初周说》传达对世界的认识,但唐代帝王诗歌中尚未见以小说内容自为注解。
⑧ 王禹偁《小畜集》卷二十《谢赐御制逍遥咏秘藏诠表》提到《逍遥咏》中的注释由宋太宗本人所作。
⑨ "小说"一语涵盖的知识内容、文本要素自汉以来即丰富多变。入宋以后,"小说"所指向的知识场阈和文体系统仍处于开放状态。宋初官方有以"小说"指称《太平广记》——"太宗皇帝始则编小说而成《广记》"(真宗《册府元龟序》),也有以"野史、小说"指称《太平广记》——"先是帝阅类书,门目纷杂,遂诏修此书。兴国二年三月,诏昉等取野史、小说集为五百卷"(《玉海》卷五四引《会要》),南宋人还有称《太平广记》所收作品为"野史、传记、故事、小说"。可见宋代"小说"含义有广义和狭义之分。本文讨论的宋初官方"小说"含义据真宗《册府元龟序》,取广义之说,即包含野史、故事、传记等在内的"小说"概念。据此,《太平广记》所收绝大部分作品基本上可认定为宋初官方"小说"概念涵盖的知识文本。

二、《太平广记》编纂官的人员组成及职责分工

关于《太平广记》编纂官,宋代王应麟的《玉海》对《太平广记》的成书有较详细的记载。《玉海》卷五四云:

> 《实录》:"太平兴国二年三月戊寅,诏翰林学士李昉、扈蒙、左补阙知制诰李穆、太子少詹事汤悦、太子率更令徐铉、太子中允张洎、左补阙李克勤、右拾遗宋白、太子中允陈鄂、光禄寺丞徐用宾、太府寺丞吴淑、国子寺丞舒雅、少府监丞吕文仲、阮思道等十四人,同以前代《修文御览》《艺文类聚》《文思博要》及诸书分门编为一千卷;又以野史传记小说杂编为五百卷。八年十一月庚辰,诏史馆所修《太平总类》一千卷,宜令日进三卷,朕当亲览焉。自十二月一日为始,宰相宋琪等言曰:'天寒景短,日阅三卷恐圣躬疲倦。'上曰:'朕性喜读书,颇得其趣,开卷有益,岂徒然也?'因知好学者读万卷书非虚语耳。十二月庚子书成,凡五十四门(《书目》云:'杂采经史、传记、小说,自天地事物迄皇帝王霸分类编次。'),诏曰:'史馆新纂《太平总类》一千卷包括群书,指掌千古,颇资乙夜之览,何止名山之藏用?锡嘉称以传来裔,可改名《太平御览》。"……《会要》:"先是帝阅类书,门目纷杂,遂诏修此书。兴国二年三月,诏昉等取野史小说集为五百卷(五十五部,天部至百卉)。三年八月书成,号曰《太平广记》(二年三月戊寅所集,八年十二月庚子成书)。六年诏令镂版(《广记》镂本颁天下,言者以为非学者所急,墨板藏太清楼)。二书所命官皆同,唯克勤、用宾、思道改他官,续命太子中允王克正、董淳、直史馆赵邻几预焉。"①

《玉海》所载《太平广记》纂修官名单除多出中途退出的李克勤、徐用宾、阮思道三人外,其余皆同明谈恺刻本《太平广记》中所列纂修官名单。

谈本《太平广记》是目前现存各种《太平广记》的源头,影响广泛,但张国风先生认为谈本《太平广记表》里纂修官名单并非宋本《太平广记》原貌。《太平广记会校》据野竹斋抄本列出纂修官名单如下:

> 将仕郎守少府监丞　　臣　吕文仲
> 将仕郎守太府寺丞　　臣　吴淑
> 朝请大夫太子中赞善舍柱国赐紫金鱼袋　臣　陈鄂
> 中大夫太子左赞善大夫直史馆　　臣　赵邻几

---

① 王应麟:《玉海》,南京:江苏古籍出版社,1987年,第1030—1031页。

朝奉郎太子中允赐紫金鱼袋　　臣　董淳

朝奉大夫太子中允赐紫金鱼袋　　臣　王克贞

朝奉大夫太子中允赐紫金鱼袋　　臣　张洎

承奉郎左拾遗直史馆　　臣　宋白

通奉大夫行太子率更令上柱国赐紫金鱼袋　　臣　徐铉

金紫光禄大夫行太子少詹事上柱国陈县男食邑三百户　　臣　汤悦

朝散大夫行左补阙知制诰充史馆修撰判馆事上柱国赐紫金鱼袋　　臣　李穆

翰林学士朝奉大夫中书舍人赐紫金鱼袋　　臣　扈蒙

翰林学士中顺大夫尚书户部侍郎知制诰上柱国陇西县开国男食邑三百赐紫金鱼袋
臣　李昉①

从《玉海》卷五四编纂官名单来看,野竹斋抄本所载编纂官名单基本反映了当时《太平广记》编纂人员的官衔和主次顺序。需要指出的是,《玉海》卷五四在论述《太平御览》编纂官名单次序时,将张洎、李克勤排在宋白前面,《太平广记表》中,宋白与张洎相邻。由此可推断,张洎在《太平广记》编纂组中的分工职责也应不低于宋白。

《太平广记表》所录编纂官有三人带史馆馆职。分别是李穆的"史馆修撰判馆事"、宋白的"直史馆"、赵邻几的"直史馆"。李穆的"史馆修撰判馆事"授于太平兴国三年冬,在《太平广记》成书之后。宋白"预修《太祖实录》,俄直史馆,判吏部南曹"②,宋白参修《太祖实录》在太平兴国三年春正月③,则宋白是在太平兴国三年春之后方得"直史馆"一职。

从成员官衔来看,《太平广记》编纂官并非全以史馆专职修书官为任命,还选取了一些文学侍臣。因此,判定《太平广记》编纂官的职责分工不能仅以其馆职带衔为据,还需参考北宋其他官修活动,以《续通典》《宋真宗御集笺解》《宋会要》《宋仁宗实录》四书修撰为例:

咸平三年十月,上命翰林学士承旨宋白、起居舍人知制诰李宗谔修《续通典》,以秘阁校理舒雅,直集贤院李维、石中立、王随为编修官,直秘阁事杜镐为检讨官。④

词臣杨亿、钱惟演、盛度、薛映、王曙、陈尧咨、刘筠、晏殊、宋绶、李行简请出《御集》,笺解其义。诏亿等并同注释,宰相寇准都参详,参知政事李迪同参详,直馆、校理二十八人充检阅官,成一百五十卷。⑤

崇宁以后,置编修国朝会要所、详定九域图志所二局于秘书省。《会要》以从官为编

---

① 李昉等编,张国风会校:《太平广记表》,载《太平广记会校》,北京:北京燕山出版社,2011年,第1—2页。
② 脱脱等:《宋史》,北京:中华书局,1977年,第12998页。
③ 同上书,第57页。
④ 程俱:《麟台故事》,载朱易安、傅璇琮等主编《全宋笔记(第2编第9册)》,石家庄:河北教育出版社,2013年,第229页。
⑤ 同上书,第232页。

修,余官为参详,修书官为检阅文字,与祖宗时异。祖宗时,《会要》已有检阅文字官,然林希以检阅文字而诏俾同编修,则知检阅文字官不编修,编修官乃下笔耳。崇宁反是。①

淳熙十五年五月二十三日,诏实录院修《高宗皇帝实录》,复置实录院。庆元元年五月诏实录院权增置检讨官三员。白劄子言:"……只如仁宗一朝四十二年之中,事迹可谓繁夥,然自嘉祐八年十二月奉诏修撰,至熙宁二年,书已告成首尾,才阅六年。而当时修撰官止王珪、贾黯、范镇、冯京。检讨官止宋敏求、吕夏卿、韩维、陈荐、陈绎,前后秉笔不出此九人而已。"②

以上史料表明北宋修书选任纂修官较多,除总领其事的官员外,还有执笔的编修官(修撰官)与负责搜集、检阅资料与校对文字的检讨官(检阅文字官)。编修官与检讨官的区别为宋初"检阅文字不编修,编修官乃下笔耳",至崇宁则检阅文字官亦俾同编修。《太平广记表》录编纂官十三人,加上中途退出的四人,共有十七人参与编纂。

北宋前期官与差遣分离也体现在《太平广记表》所列纂修官名单的排列上,纂修官的次序非全按官员本官品阶设置,还参照文学声望、纂修职事之重要性及任职年资进行排列。《太平广记表》的撰写者李昉本官虽为正四品下的"户部侍郎",但职事官为正三品"翰林大学士",职责等同"监修",李昉撰《太平广记表》时自谦列衔于最后,亦有压轴之意。扈蒙本官"中书舍人",正五品上,列衔亦有"翰林大学士",其在纂修官名单里紧随李昉,职责当等同"提举"即副监修。

《太平广记表》所录纂修官本官官阶在太子中舍、秘书寺丞以上的有李昉、扈蒙、徐铉、张洎、王克贞、董淳、赵邻几、陈鄂。李穆虽本官左补阙,但差遣知制诰,与翰林学士对掌外制、内制,职事重要,其位次紧随扈蒙。汤悦官太子少詹事,不掌实事,实为文臣迁转官职,其散官官阶为"金紫光禄大夫",章服品级正三品,在《太平广记表》纂修官名单中位次紧随李穆。宋白本官左拾遗,从八品上,却以其参修《太祖实录》得授直史馆。

从李穆至陈鄂九人,或为高级文学侍臣,或为朝官,或历预纂修重任,是《太平广记》编修官与检讨官的核心成员。

又《枫窗小牍》卷上载:

> 太宗命儒臣辑《太平广记》,时徐铉实无编纂。《稽神录》,铉所著也。每欲采撷,不敢自专,辄示宋白,使问李昉,昉曰:"徐率更以博信天下,乃不自信,而取信于宋拾遗乎?讵有率更言无稽者,中采无疑也。"于是此录遂得见收。③

---

① 程俱:《麟台故事》,载朱易安、傅璇琮等主编《全宋笔记(第2编第9册)》,石家庄:河北教育出版社,2013年,第238页。
② 陈骙:《南宋馆阁续录》,载永瑢、纪昀等篆修《景印文渊阁四库全书》。
③ 袁褧:《枫窗小牍》,载《丛书集成初编》,北京:中华书局,1985年,第2页。

《太平广记》编纂官与学术史视野下宋初官方小说体系的构建

由上可知,徐铉在参修《太平广记》初期还不是编修官,而应是负责搜集资料的检讨官。后因献书《稽神录》,得李昉赞肯,成为可以下笔编修的编修官。徐铉每欲采撷辄示宋白,说明宋白也是编修官之一。《玉海》卷五四记载张洎纂修《太平御览》时,将张洎排于宋白之前,《太平御览》和《太平广记》编纂组人员基本相同,故张洎应也是《太平广记》的编修官之一。可以判定为《太平广记》编修官的是李穆、汤悦、徐铉、宋白、张洎五人。

王克贞、董淳、赵邻几中途加入。关于董淳,《宋史·王溥传》载其显德六年冬为直史馆、左拾遗,与扈蒙、王溥等参与编修《世宗实录》。太平兴国三年二月,董淳判吏部南曹。① 宋白太平兴国三年春授直史馆,判吏部南曹。董淳后周曾任直史馆,太平兴国三年二月亦为吏部南曹,则其可能仕同宋白,为《太平广记》编修官之一。

值得注意的是,《太平广记表》的纂修官名单里,始终参与《太平广记》编纂的陈鄂按自左至右顺序排于王克贞、董淳、赵邻几三人之后。陈鄂本官太子中舍,官阶还略高于王克贞、董淳、赵邻几,其被排于赵邻几后,当同陈鄂的编纂职事略低于前者有关。宋初官制官、职、差遣分离,馆阁职高者参修时亦有差遣次于馆阁职低者。② 据此,陈鄂应为《太平广记》检讨官之一。

《太平广记表》纂修官名单里剩下的吴淑、吕文仲二人官阶低下,邻于陈鄂,应为检讨官。中途退出的四名编纂官,据《玉海》卷五四记载《太平御览》纂修官的叙次,推断其纂修《太平广记》的职责——李克勤列于宋白之前,或为编修官;徐用宾列于陈鄂之后,或为检讨官;舒雅列于吴淑之后,或为检讨官;阮思道位次最后,为检讨官。③

《太平广记》编纂官之职责分工整理见下表:

表 25-1 《太平广记》编纂官职责分工表

姓名	入宋前所仕	列衔	本官品阶	编纂分工	迁改去住	备注
李昉	后周	翰林学士(差遣正三品)中顺大夫("中顺大夫"四字讹)尚书("尚书"二字衍)户部侍郎(本官)知制诰(差遣)上柱国(勋十二转正二品)陇西县开国男食邑三百(加封名号)赐紫金鱼袋(不及三品服紫带"赐"字)	正四品下	等同"监修"	太平兴国三年正月己酉,李昉、扈蒙、宋白、董淳、赵邻几修《太祖实录》	李昉于太平兴国三年八月任户部侍郎,"尚书"二字衍。"中顺大夫"不见《宋史》一书,唯《金史·百官志》载:"正五品上曰中议大夫;中曰中宪大夫;下曰中顺大夫。"知"中顺大夫"始置于金

---

① 《续资治通鉴长编》卷一九"太平兴国三年"载"丁巳,诏:'州县官批书南曹所给历子,敢漏一事者殿一选,三事者降一资。虽所部无其事,令式所合者亦着其无,以相参验。'从判吏部南曹董淳之请也。"(李焘:《续资治通鉴长编》,北京:中华书局,1985年,第422页。)
② 如咸平三年诏修《续通典》,秘阁校理舒雅为编修官,直秘阁事杜镐却为检讨官。见度俱:《麟台故事》,载朱易安、傅璇琮等主编:《全宋笔记(第2编第9册)》,石家庄:河北教育出版社,2013年,第229页。
③ 《福建通志》卷四十七云:"阮思道,字元恭,建阳人,举南唐进士,归宋为史馆检讨。"

续表

姓名	入宋前所仕	列衔	本官品阶	编纂分工	迁改去住	备注
扈蒙	后周	翰林学士(差遣正三品)朝奉大夫(文散官正五品上)中书舍人(本官)赐紫金鱼袋(不及三品服紫带"赐"字)	正五品上	等同"提举"(副监修)		
李穆	后周	朝散大夫(文散官从五品下)行左补阙(本官)知制诰(差遣)充史馆修撰判馆事(贴馆职)上柱国(勋十二转正二品)赐紫金鱼袋(不及三品服紫带"赐"字)	从七品上	编修官		《宋史·李穆传》载李穆于"太平兴国三年冬"加史馆修撰、判馆事,"面赐金紫"
汤悦	南唐	金紫光禄大夫(文散官正三品)行太子少詹事(东宫官,兼官)上柱国(勋十二转正二品)陈县男食邑三百户(加封名号)	东宫官正六品(当为文官迁转官职)	编修官		
徐铉	南唐	通奉大夫(文散官正四品下)行太子率更令(东宫官,兼官)上柱国(勋十二转正二品)赐紫金鱼袋(不及三品服紫带"赐"字)	东宫官从四品上(当为文官迁转官职)	编修官		《宋史·徐铉传》卷四四一载徐铉太平兴国初直学士院,程俱《麟台故事》卷二载太平兴国七年,徐铉受诏编纂《文苑英华》时任"给事中、直学士院"①
宋白	宋	承奉郎(文散官从八品上)左拾遗(本官)直史馆(贴馆职)	从八品上	编修官		
张洎	南唐	朝奉大夫(文散官正五品上)太子中允(本官)赐紫金鱼袋(不及三品服紫带"赐"字)	正五品下	编修官		
王克贞	南唐	朝奉大夫(文散官正五品上)太子中允(本官)赐紫金鱼袋(不及三品服紫带"赐"字)	正五品下	或为编修官	中途加入	
董淳	后周	朝奉郎(文散官正六品上)太子中允(本官)赐紫金鱼袋(不及五品服绯带"赐"字)	正五品下	或为编修官	中途加入	
赵邻几	后周	中大夫(文散官从四品下)太子左赞善大夫(本官)直史馆(贴馆职)	正五品下	或为编修官	中途加入	
陈鄂	南唐	朝请大夫(文散官从五品上)太子中赞善舍("太子中舍",本官)柱国(勋十一转从二品)赐紫金鱼袋(不及三品服紫带"赐"字)	"太子中舍",正五品上	检讨官		宋代不见"太子中赞善"一职,疑为"太子中舍"误

---

① 程俱:《麟台故事》,载朱易安、傅璇琮等主编《全宋笔记(第2编第9册)》,石家庄:河北教育出版社,2013年,第229页。

续表

姓名	入宋前所仕	列衔	本官品阶	编纂分工	迁改去住	备注
吴淑	南唐	将仕郎（文散官从九品下）守太府监寺（本官）	宋前期无职事，元丰新制后从八品	检讨官		
吕文仲	南唐	将仕郎（文散官从九品下）守少府监丞（本官）	宋前期无职事，元丰新制后从八品	检讨官		
李克勤	疑为入宋文臣①	左补阙（本官）	从七品上	或为编修官	中途退出	
徐用宾	不详	光禄寺丞（本官）	从六品上	或为检讨官	中途退出	
舒雅	南唐	国子寺丞（本官）	从六品下	或为检讨官	中途退出	"国子监"又称"国子寺"，《宋代官制辞典》"国子监丞"条注明："宋前期或用作文臣迁转官阶，或以本监学官兼国子监丞，兼领钱谷出纳之事。"②
阮思道	南唐	少府监丞（本官）	宋前期无职事，元丰新制后从八品	检讨官	中途退出	

十七名参与纂修《太平广记》的官员，九人确定来自南唐，约占总人数53%；五人确定来自后周，约占总人数29%。《太平广记》纂修官有超过一半来自南唐，其中编修官四人，检讨官五人，来自南唐的检讨官占编纂组检讨官总人数的83%。这一数字昭示《太平广记》的引用书目，绝大部分由来自南唐的编纂官搜检得来。

据《麟台故事》卷五记载：

> 淳化初，诏自今游宴宣召直馆，案《南宋馆阁录》载此事在淳化元年二月。其集贤、秘阁校理并令预会。先是，帝宴近臣于后苑，三馆学士悉预，李宗谔任集贤校理，阁门吏第令直馆赴会，宗谔献诗叙其事，故有是诏。议者以为直馆、修撰、校理之职，名数虽异，职务略

---

① 《续资治通鉴长编》卷一七八"至和二年二月丁酉"载云："丁酉，录濠州团练判官李克勤子惟一为太庙斋郎。克勤自陈归朝岁久，历官无他过也。"（李焘：《续资治通鉴长编》，北京：中华书局，1985年，第4308页。）
② 龚延明编著：《宋代官制辞典》，北京：中华书局，1997年，第345页。

同,阁门拒校理不得预宴,盖吏之失也。①

此则材料说明宋初直馆、修撰、校理诸职"名数虽异,职务略同",虽有官衔高下之分,所担任的实际修书工作大略相同。又,关于北宋馆阁"校定",李更以为"实际涵盖了文字校勘与内容的查考、修订"②。结合这两点推断,宋初担任搜检资料与校对文字的检讨官,也担负修书工作中内容的初步编定、查核。《太平广记》的检讨官将引书搜检并编定内容后,再交编修官进一步确定篇目和修改文字。这也解释了前述徐铉初无编纂时,却能指定《稽神录》为引书,并多次采撷篇目以示宋白。因此,《太平广记》编纂组里来自南唐的检讨官当承担了全书绝大部分内容的初编工作,对《太平广记》的知识文本面貌起到了决定性作用。

三、 编纂官的学术体系与《太平广记》的知识系统

南唐累世好儒,"如韩熙载之不羁,江文蔚之高才,徐锴之典赡,高越之华藻,潘佑之清逸,皆能擅价于一时。而徐铉、汤悦、张洎之徒,又足以争名于天下。其余落落,不可胜数。故曰:江左三十年间,文物有元和之风,岂虚言乎"③。"元和之风"指唐代元和时期的文化艺术精神,元和之际亦是"小说"创作盛期,值得注意的是这一时期的小说创作涌现了大量仕人。仕人创作小说,并逐渐形成风尚,仕人作者中,位高为相者如李德裕、牛僧孺,入翰林馆阁者如刘悚、钟辂、卢肇、段成式、康骈、王仁裕等。乃有出现家族几代创作小说者,如《宣室志》作者张读,其高祖张鹜著《游仙窟》《朝野佥载》,祖父张荐著《灵怪集》,外祖牛僧孺著《玄怪录》,皆为小说名家。小说呈现出与官方知识、文化交融之势。

宋初文物制度袭唐而立,南唐徐铉、汤悦、张洎入宋后,又将元和、长庆所代表的文学时风引入宋代文坛。《太平广记》编纂官的"小说"编纂意识绝非一蹴而就,乃是根植于唐五代以来仕人小说创作的知识体系中。关于唐五代以来的仕人小说,可从《太平广记》所引唐五代仕人引书窥见一斑。兹以卢锦堂博士《〈太平广记〉引书考》④卷首所列引用书目见于历代书志303种为参考,笔者统计今存全部(含辑佚)唐五代仕人引书有81种,占引用书目见于历代书志者的比例近27%。

在今存(含辑佚)唐五代仕人所著全部81种引书里,《太平广记》引用超过100篇以上的引书依次是《酉阳杂俎》(608篇)、《朝野佥载》(400篇)、《广异记》(303篇)、《北梦琐言》(249篇)、

---

① 程俱:《麟台故事》,载朱易安、傅璇琮等主编《全宋笔记(第2编第9册)》,石家庄:河北教育出版社,2013年,第256页。
② 李更:《宋代馆阁校勘研究》,南京:凤凰出版社,2006年,第101页。
③ 马令:《南唐书》,载《丛书集成初编》,北京:中华书局,1985年,第89页。
④ 卢锦堂:《〈太平广记〉引书考》,载潘美月、杜洁祥主编《古典文献研究辑刊(三编第2册)》,新北:花木兰文化出版社,2006年。

《稽神录》(213 篇)、《宣室志》(202 篇)、《玉堂闲话》(161 篇)、《摭言》(135 篇)、《广古今五行记》(131 篇)、《国史补》(131 篇)。此外,引用 2—10 篇的有 20 部,引用超过 20 篇的有 40 部,引用仅 1 篇的有 10 部,主要为别集、类书、地理书和历书。

上述仕人引书代表着《太平广记》编纂官对唐五代以来官方文人小说的择取。从引录篇目排名来看,《太平广记》编纂官的"小说"择取主要包括两类:第一类是以《酉阳杂俎》《广异记》《稽神录》等为代表的志怪小说类;第二类是以《朝野佥载》《北梦琐言》《玉堂闲话》为代表的杂史、故事类。其中,《酉阳杂俎》被引录 608 篇,远超其他引书,排名《太平广记》引书第一。

推其原因,当与《太平广记》编纂官的学术体系有关。

来自南唐的编纂官大多喜神仙异人、志怪传奇,如徐铉不喜释氏而好神怪,著有志怪小说《稽神录》。其他南唐入宋的编纂官,亦多博学广闻,好奇述异。如张洎好方士之说,曾与潘佑共买鸡笼山前古冢地数十顷以为别墅①;王克贞"以文学受知太宗"②;吕文仲则精通书史和文字学③;吴淑尝献《九弦琴五弦阮颂》,太宗赏其学问优博,又作《事类赋》《说文五义》《江淮异人录》《秘阁闲谈》等④;舒雅"好学,善属文,与吴淑齐名",追慕神仙胜迹⑤。另一由南唐入宋的文臣乐史撰有《绿珠传》《杨太真外传》等著名小说。

反观来自中原北方的《太平广记》编纂官,则其学术体系主要体现在经史领域。如李穆从王昭素学《易》,王昭素"博通《九经》,兼究《庄》《老》,尤精《诗》《易》,以为王、韩注《易》及孔、马疏义或未尽是,乃著《易论》二十三篇"⑥。宋白"善谈谑","聚书数万卷,图画亦多奇古者。尝类故事千余门,号《建章集》"⑦。宋白的"善谈谑"涵盖了"言说"场阈中生成的文本内容,具有以资谈柄、语怪娱宾之用。⑧《建章集》所收为故事,属于"小说"知识体系中偏于史学的一类。又赵邻几曾补《会昌以来日历》二十六卷,另著《鲰子》一卷、《六帝年略》一卷、《史氏懋官志》五卷。⑨ 亦属于尤擅史学的学者。

比较《太平广记》来自南北两方编纂官的学术体系,来自南唐的编纂官其学术体系博杂奇异,与李煜批评的南唐文臣多以小说代替传统六经之学的治学路径相合,近于《酉阳杂俎》一类。《太平广记》检讨官绝大部分来自南唐,故引用《酉阳杂俎》篇目甚夥,《太平广记》的整体知识风貌受南方编纂官学术体系影响较大。

---

① 李焘:《续资治通鉴长编》,北京:中华书局,1985 年,第 308 页。
② 《江西通志》,载永瑢、纪昀等纂修《景印文渊阁四库全书》。
③ 脱脱等:《宋史》,北京:中华书局,1977 年,第 9871 页。
④ 同上书,第 13040—13041 页。
⑤ 同上书,第 13041 页。
⑥ 同上书,第 12808 页。
⑦ 同上书,第 13000 页。
⑧ 唐五代人多有资谈柄、语怪娱宾等记言记事之作,更有以"话""谈""言"等题名书名。如韦绚《嘉话录》为韦绚长庆元年至白帝城,投谒刘禹锡,或因宴,命坐与语论,记当时所话以资谈柄。康骈《剧谈录》据其自序称为"避乱山中,叙他日之游谈。亦观小说家流,聊以传诸好事者"。孙光宪《北梦琐言》"厥后每聆一事,未敢孤信,三复参校,然始濡毫"。以上诸书皆为《太平广记》引书。
⑨ 脱脱等:《宋史》,北京:中华书局,1977 年,第 13010 页。

小说从边缘知识、日常知识开始逐渐渗入儒家主流学术的解释体系里。然而,小说要真正进入官学解释体系,仍必须参与到指导国家政治的知识实践中。宋代国家政权初建时,新王朝的文化重构具有更多政治实践性,《太平广记》编纂官在参与儒学领域的重构中注重将经学与政治实践相贯通。如编纂官陈鄂开宝九年受诏删定陆德明《尚书释文》,以陆德明释文用古文尚书,陈鄂尽去古文。此外,陈鄂开宝年间还参与撰写《开宝通礼》,本唐开元礼而损益之。

来自南唐的编纂官里,徐铉堪为领袖。徐氏精通小学,著有《三家老子音义》,解经思想或循唐人学风。关于汉唐注疏,北宋中期儒学改造运动的领袖人物欧阳修《论删去九经正义中谶纬劄子》斥之为:

> 号为正义,凡数百篇。自尔以来,著为定论,凡不本正义者谓之异端,则学者之宗师,百世之取信也。然其所载既博,所择不精,多引谶纬之书,以相杂乱,怪奇诡僻,所谓非圣之书,异乎正义之名也。①

以欧阳修所斥正义中"所载既博,所择不精,多引谶纬之书,以相杂乱,怪奇诡僻"的内容来说,已近于"小说"中的博物志怪。秦汉大儒如公羊、董仲舒皆读《山海经》以博物。而志怪的学术性主要表现为博物与方术的知识性内容。② 就此点而言,汉唐注疏里部分博闻怪奇的解说已属于"小说"的知识内容。③

宋初经学风尚仍承接汉唐注疏而来,以六艺为代表的官方儒学重要功能之一是指导国家政治,肯定国家政权的合法性。这种儒学为新王朝构建合法性的政治功能自然也指示于李昉、徐铉等宋初馆职词臣面前。《太平广记》的编纂正是宋初文化重建的重要活动之一。如前所述,中晚唐文人对小说与经史的关联已有更深入的思考和拓展,又以行卷、资谈笑、垂训戒等为纂述意图,这其实可追溯至秦汉以来小说学术政教价值的认识上,有学者指出《汉书·艺文志》著录小说家的小说都是用来从政干禄的④。因此,导源于《汉书·艺文志》的官方正统小说观念具有学术政教内涵,《太平广记》编纂官的小说观念亦表现出鲜明的学术政教色彩。在构建新国家政权的知识学说里,《太平广记》的知识系统表现出两大特征:一是对政权合法性的表

---

① 欧阳修:《论删去九经正义中谶纬劄子》,载《欧阳修全集》,北京:中华书局,2001年,第1707页。
② 王昕:《论志怪与古代博物之学——以"土中之怪"为线索》,《文学遗产》2018年第2期。
③ 如《尚书正义序》引《帝王世纪》云:"神农母曰女登,有神龙首感女登,而生炎帝,人身牛首。黄帝母曰附宝,见大电光绕北斗枢星,附宝感而怀孕,二十四月而生黄帝,日角龙颜。少昊金天氏,母曰女节,有星如虹下流,意感而生少昊。颛顼母曰景仆,昌意正妃,谓之女枢,有星贯月如虹,感女枢于幽房之宫,而生颛顼。"(孔安国传,孔颖达正义:《尚书正义》,上海:上海古籍出版社,2007年,第5页。)又如《礼记正义》解说"各以其方色与其兵"引《隐义》云:"'东方用戟,南方用矛,西方用弩,北方用楯,中央用鼓,所以有所讨者,以日食阴侵阳,示欲助天子讨阴也。亦备非常。'以彼非正经,故不取也。"(郑玄注,孔颖达等正义:《礼记正义》,上海:上海古籍出版社,1997年,第1394页。)
④ 如王齐洲先生认为《汉书·艺文志》是从"辨章学术,考镜源流"的角度著录小说家,其判断标准是政教学术,而非文学或文体。文章并指出"而无论黄老道家或方士,他们准备的这些小说并不是供自己审美娱乐,而是'持此秘术,储以自随,待上所求问,皆常具也'。"(王齐洲:《学术之小说与文体之小说——中国传统小说观念的两种视角》,《上海大学学报(社会科学版)》2013年第3期。)

达,二是日常人事知识的增加。关于前者,主要体现在三方面:

首先是在引书的选录上具有承接《汉书·艺文志》以来官方小说统序的特征。

《汉书·艺文志》"小说家类"录著述15家,其中《虞初周说》在西汉较有影响,是符合今人小说观念的作品。① 班固注明依托之书有两部:《宋子》18篇,班固注"孙卿道宋子,其言黄老意";《鬻子说》19篇,班固注"后世所加"。疑为依托之书的有5家:《伊尹说》27篇,班固注"其语浅薄,似依托也";《师旷》6篇,班固注"见《春秋》,其言浅薄,本与此同,似因托之";《务成子》11篇,班固注"称尧问,非古语";《天乙》3篇,班固注"天乙谓汤,其言非殷时,皆依托也";《黄帝说》40篇,班固注"迂诞依托"②。另有两家记录史事,分别是《青史子》57篇,班固注"古史官记事也";《周考》76篇,班固注"考周事也"③。从《汉书·艺文志》"小说家"类著述来看,小说的作者可为方士、史官,或者依托。内容可迂诞,或记史事,这里面当包含了不少类似《山海经》的志怪传说和方士养生之说。其"小说"的知识特征除了故事性、传奇性外,还具有解说性和知识性,而且大部分的作品具有虚构的色彩。这同《太平广记》文本的整体知识特征基本一致。

《隋书·经籍志》小说类收书25部,其中收录《古今艺术》《杂书钞》《座右法》《鲁史欹器图》《器准图》《水饰》等文体形态为杂说短记的专业书,表现出学术评价的需要。相比之下,《旧唐书·经籍志》小说类收书14部,数量虽少于《隋书·经籍志》,但将《隋书·经籍志》小说类中杂说短记的专业书予以删除,却是在学术政教、表达形态上更接近《汉书·艺文志》"小说家"诸子杂家之流,即强调小说文本的叙事性。《旧唐书·经籍志》小说类亦不以依托迂诞为病,增录博物小说的代表作《博物志》。

概而言之,《太平广记》的"小说"文本基本延续《汉书·艺文志》"小说家"、《隋书·经籍志》"小说类"和《旧唐书·经籍志》"小说类"这一官方小说统序而来,在承接《虞初周说》这类"稗官小说"知识文本特征的基础上④,《太平广记》增加了大量博物的知识性内容。

释、道经典著作也被予以收录,如《神仙传》《列仙传》以及杜光庭的《墉城集仙录》《神仙感遇传》《录异记》是《太平广记》引用道教经典的范例,《法苑珠林》是《太平广记》引录的佛教类书经典。《汉书》《后汉书》《三国志》《晋书》《宋书》《南史》《北史》等各类官方正史以及杂史、杂传、文人小说,与释、道二家代表人物的知识学说进行交汇,表现出三教合流思想下"小说"经典的一统与扩展。

其次,五代十国政权下代表学者的小说均被《太平广记》收录,一统于宋初小说的知识版图中。

如徐铉的《稽神录》被《太平广记》收录达213篇。徐铉是南唐著名学者,入宋后与李昉交

---

① 王齐洲:《〈汉书·艺文志〉著录之〈虞初周说〉探佚》,《南开学报(哲学社会科学版)》,2005年第3期。
② 班固:《汉书》,北京:中华书局,1962年,第1744页。
③ 同上。
④ 洪适《盘州文集》卷四有诗《还李举之〈太平广记〉》:"稗官九百起《虞初》,过眼宁论所失诬。午枕黑甜君所赐,持还深亏一瓶无。"

游甚厚,也是宋初文坛和馆职词臣中的引领者。又如《玉堂闲话》作者王仁裕系五代名臣,其《王氏见闻录》被《太平广记》收录31篇。《太平广记》引用王仁裕《玉堂闲话》《王氏见闻录》二书篇目共计192篇。王仁裕曾于后汉乾祐二年知贡举,是年,李昉与王溥、范质皆为同榜进士①。作为王仁裕的门生,《太平广记》总编纂官李昉曾在其师故后作有《周故太子少师王公神道碑》,《太平广记》引录王仁裕著述较多,与王仁裕在五代宋初的政治、学术影响力有关。此外,《北梦琐言》的作者孙光宪是五代宋初的著名学者,乾德元年,孙光宪劝继冲举三州之地归顺宋朝。宋太祖嘉其功,授孙光宪黄州刺史,"时宰相有荐光宪为学士者,未及召,会卒"②。成书于太平兴国三年八月的《太平广记》引录孙光宪的《北梦琐言》竟达249篇,似未受到孙光宪《续通历》于宋初被诏毁事件的影响③。

《太平广记》收录了北方中原学者和南方诸降国代表学者的小说,其内容体系融合了南北学风,初步呈现出宋代学术丰富性和开放性的特点。作为《太平广记》南方编纂官的代表人物,徐铉提出:

> 君子之道,发于身而被于物,由于中而极于外。其所以行之者,言也;行之所以远者,文也;然则文之贵于世也,尚矣,虽复古今异体,南北殊风,其要在乎敷王泽,达下情,不悖圣人之道,以成天下之务,如斯而已矣。④

"南北殊风,其要在乎敷王泽,达下情,不悖圣人之道,以成天下之务"。可见,作为"文"的一种,小说在宋初也承载着重要的政治功能。

最后,《太平广记》小说体系的构建表现出以谶纬感应、阴阳灾异指导国家政治的特点。《太平广记》设有"征应""定数""感应""谶应""梦""妖妄""妖怪""精怪""宝""草木""龙""狐""蛇"等类目,通过大量谶纬感应、祥瑞灾异的故事解释天人之道、皇权政治。这同汉代用谶纬解经和《春秋》学推阴阳以说灾异的政治理念殊途同归。小说在五代宋初已渐侵传统儒学领域,成为一种新的治学方式。《太平广记》通过收录大量征应、定数、感应、妖妄等故事,对儒家人文政治的教化理念进行了更浅显和生活化的阐说。

"为了保持某种事物的稳定性并且把生活的风险减少到最低限度,那些满足于现存的事物秩序的人,极其可能把当前偶然出现的重要情境确立为绝对的和永恒不变的。然而,只要他们

---

① 汪国林:《李昉事迹补辨》,《西昌学院学报(社会科学版)》2014年第1期。
② 脱脱等:《宋史》,北京:中华书局,1977年,第13956页。
③ 推其原因可能有三点:一、从《钓矶立谈》《资治通鉴》等书均引用《续通历》内容来看,《续通历》虽曾遭查禁,但不久后即解禁。又宋太祖欲在孙光宪晚年召其为学士,因此,诏毁《续通历》只是宋初一统政治思想行动中的一环,孙光宪本人的政治学术地位并未受此事太大影响。二、和吴及南唐的关系是孙光宪所事荆南对外关系的最重要组成部分。《钓矶立谈》征引《续通历》盛赞李璟的"圣表闻于四邻"之语,是知孙光宪将南唐中主李璟亦奉为天子。三、《北梦琐言》是五代人笔记中唯一大量记录五代时事的闻见录。
④ 曾枣庄、刘琳主编:《全宋文(第二册)》,上海:上海辞书出版社,2006年,第196页。

不诉诸所有各种不切合实际的概念和神话,他们就无法做到这一点。"①《太平广记》中"征应""定数""感应""谶应""梦""妖妄""妖怪"等不切合实际的概念无疑是宋初稳定国家秩序活动中大力推行的知识学说。这种政治功能甚至在南宋末期被官方推升至"夫有六经为之正,有《广记》为之变,括洪荒而无外,秉仁义而不惑"②的高度,直以《太平广记》为儒家六经之辅翼。

《太平广记》知识系统的另一特征是日常人事知识的增加。全书 500 卷,共分 92 个大类,239 个小类。类目名称涉及人或日常人事的有:

卷次	类目	卷数
卷第 164	名贤(讽谏附)	(1 卷)
卷第 165	廉俭(吝啬附)	(1 卷)
卷第 166—卷第 168	气义	(3 卷)
卷第 169—卷第 170	知人	(2 卷)
卷第 171—卷第 172	精察	(2 卷)
卷第 173—卷第 174	俊辩(幼敏附)	(2 卷)
卷第 175	幼敏	(1 卷)
卷第 176—卷第 177	器量	(2 卷)
卷第 178—卷第 184	贡举(氏族附)	(7 卷)
卷第 185—卷第 186	铨选	(2 卷)
卷第 187	职官	(1 卷)
卷第 188	权幸	(1 卷)
卷第 189—卷第 190	将帅(杂谲智附)	(2 卷)
卷第 191—卷第 192	骁勇	(2 卷)
卷第 193—卷第 196	豪侠	(4 卷)
卷第 197	博物	(1 卷)
卷第 198—卷第 200	文章	(3 卷)
卷第 201	才名(好尚附)	(1 卷)
卷第 202	儒行(怜才、高逸附)	(1 卷)
卷第 203—卷第 205	乐	(3 卷)
卷第 206—卷第 209	书	(4 卷)
卷第 210—卷第 214	画	(5 卷)
卷第 215	算术	(1 卷)
卷第 216—卷第 217	卜筮	(2 卷)

---

① 卡尔·曼海姆著:《意识形态和乌托邦——知识社会学引论》,霍桂桓译,北京:中国人民大学出版社,2013 年,第 94 页。
② 曹枣庄、刘琳主编:《全宋文(第三〇八册)》,上海:上海辞书出版社,2006 年,第 56 页。

卷第 218—卷第 220	医	（3 卷）
卷第 221—卷第 224	相	（4 卷）
卷第 225—卷第 227	伎巧（绝艺附）	（3 卷）
卷第 228	博戏	（1 卷）
卷第 229—卷第 232	器玩	（4 卷）
卷第 233	酒（酒量、嗜酒附）	（1 卷）
卷第 234	食（能食、菲食附）	（1 卷）
卷第 235	交友	（1 卷）
卷第 236—卷第 237	奢侈	（2 卷）
卷第 238	诡诈	（1 卷）
卷第 239—卷第 241	谄佞	（3 卷）
卷第 242	谬误（遗忘附）	（1 卷）
卷第 243	治生（贪附）	（1 卷）
卷第 244	褊急	（1 卷）
卷第 245—卷第 252	诙谐	（8 卷）
卷第 253—卷第 257	嘲诮	（5 卷）
卷第 258—卷第 262	嗤鄙	（5 卷）
卷第 263—卷第 264	无赖	（2 卷）
卷第 265—卷第 266	轻薄	（2 卷）
卷第 267—卷第 269	酷暴	（3 卷）
卷第 270—卷第 273	妇人	（4 卷）
卷第 274	情感	（1 卷）
卷第 275	童仆奴婢	（1 卷）
卷第 276—卷第 282	梦	（7 卷）
卷第 389—卷第 390	冢墓	（2 卷）

以上共有 49 个大类名称涉及人或日常人事，约占《太平广记》总类目的 53%，这还不包括散见于其他类目中涉及日常人事的篇目。《太平广记》引书的搜检和篇目内容由检讨官承担了大部分工作。检讨官大半来自南唐，为学为文"所宗者小说，所尚者刀笔"，对小说内涵的理解十分重视日常知识，这是《太平广记》全书日常人事内容占据比例较大的重要原因。这一知识学说体系与初唐于志宁之子于立政个人所撰《类林》的类目已比较接近[①]，只是《太平广记》类目包涵的人事内容更丰富繁多。《类林》是私撰类书的代表，更注重民间日常知识、实用知识和传统

---

① 唐雯：《〈类要〉的基本面貌研究》，上海：上海古籍出版社，2012 年，第 43 页。

道德规范,具有指导民间日常生活的实践意义。《太平广记》增加日常人事内容,以人名为篇名的体例似源于《类林》《事林》《事森》等私撰类书。①

官修类书一般承担对已知世界所有知识学说进行分类的责任,私撰类书则只需根据某一部分使用人群的需要将知识进行集中。《太平广记》对私撰类书类目体例和内容的借鉴表明在"小说"这一概念所指称的知识学说系统里,宋初官方对世界秩序的建构开始借由民间向上传达。

四、余论

《太平广记》编纂官主要由来自中原的后周旧臣和南唐降臣组成,其中,来自南唐的编纂官承担了绝大部分的引书搜检和篇目纂修工作,因此,《太平广记》可谓更多体现了来自南唐编纂官的小说思想。南唐入宋文人中,徐铉与李昉交好。徐铉采撷《稽神录》不敢自专,向宋白、李昉请示,李昉"讵有率更言无稽者,中采无疑也"的答复,说明《稽神录》也是在经历了其他学者对其"真实性"的质疑后才得以入选为《太平广记》的重要引书。②

《稽神录》收录神鬼精怪、奇物异人和灵验感应,从书名来看,此书似有承袭干宝《搜神记》之意。《搜神记序》述纂书意图云:

> 及其著述,亦足以发明神道之不诬也。群言百家,不可胜览;耳目所受,不可胜载。今粗取足以演八略之旨,成其微说而已。③

《搜神记序》中的"八略"当指文献内容的一种分类,梁启超先生认为"小说学"在中国"殆可增七略而为八,蔚四部而为五者"④,李剑国先生解释《搜神记序》中"演八略之旨"是"发挥佛典道书的大旨"⑤。此二说皆指出"八略"与中国古代学术史中的知识分类相关。干宝著《搜神记》未必有为小说开辟新学术流派之意,但借搜神述异阐明中国古代知识信仰中的神道不诬、阴阳变化之意显矣。《稽神录》的纂书意图当近于《搜神记》,入选《太平广记》的重要原因是李昉欣赏徐铉学术之"博","博"是儒家学术思想的重要特征⑥。《稽神录》里神鬼奇异这类边缘民间知识被引入《太平广记》,表明宋初官方小说体系已具备包容各类边缘知识和日常知识的开放性。

---

① 唐雯:《〈类要〉的基本面貌研究》,上海:上海古籍出版社,2012年,第47页。
② 笔者统计,《稽神录》入选《太平广记》多达213篇,在《太平广记》所引唐五代仕人引书中排名第五。
③ 干宝:《搜神记序》,北京:中华书局,1979年,第2页。
④ 梁启超:《梁启超全集》,北京:北京出版社,1999年,第172—173页。
⑤ 李剑国:《唐前志怪小说史》,北京:人民文学出版社,2011年,第369页。
⑥ 儒家治学倡导博闻多学,此类言论多矣,如《论语·阳货》引孔子论学《诗》可以"多识于鸟兽草木之名",孔颖达等敕撰的《礼记正义序》云"博物通人,知今温古,考前代之宪章,参当时之得失,俱以所见,各记旧闻"。

需要指出的是，徐铉《稽神录》受到时人"言无稽"的批评。随后，太平兴国六年诏令《太平广记》镂本颁天下，又有言者"以为非学者"所急，以致收《太平广记》墨板藏太清楼。① 这些说明，《太平广记》小说观念下所涵盖的部分神鬼怪异知识能否被纳入宋初官方正统学术体系在当时还存在争议。北宋文人对此持不同态度，如欧阳修《归田录》仿李肇《国史补》作，戒言鬼神报应②；苏轼则喜读《太平广记》，《东坡志林》记载各种杂说史论，亦不乏神鬼报应、奇闻异说，其知识体系具有博杂的特点。

　　然而，《太平广记》的小说体系是在宋初官方学术史视野下构建的，这意味着《太平广记》传达的"小说"观念具有学术内涵和示范性。一些文人撰述类书时借鉴《太平广记》的体系和内容。《太平广记》编纂官吴淑为徐铉之婿，著有《江淮异人录》《秘阁闲谈》，所作《事类赋》注文多为小说内容。又陈彭年为徐铉弟子，晏殊师事陈彭年，实为徐铉再传弟子。晏殊编纂《类要》一书，所设部类遍及天、地、人、事、物各部，包括"符命""神祇"等门目，引书中即有《太平广记》和《事类赋》。③ 历太宗、真宗、仁宗三朝的晁迥编纂《法藏碎金录》也屡次提及借鉴《太平广记》的内容。馆职词臣除晏殊、苏轼外，晁补之、宋敏求、高似孙、曾慥、王应麟、陆游、洪适、刘克庄等人俱读过《太平广记》。

　　可以认为，《太平广记》编纂官将小说所代表的各种知识文化内涵和文本表述形态进一步引入宋代文人的知识体系中，这或许能一定程度地解释随后各种北宋学者笔记纷出的原因，但是这一由学术史视野所构建的小说体系在后来两宋的推行传播中出现官方和民间接受的分化，官方文人对《太平广记》内容的理解和取用也出现不同的走向，对于这点，限于本文论题，笔者今后将另行撰文以作探讨。

---

① 王应麟：《玉海》，南京：江苏古籍出版社，1987年，第1031页。
② 欧阳修《归田录》云："唐李肇《国史补序》云：'言报应，叙鬼神，述梦卜，近帷箔悉去之；纪事实，探物理，辨疑惑，示劝戒，采风俗，助谈笑，则书之。'余之所录大抵以肇为法，而小异于肇者，不书人之过恶。"（朱易安、傅璇琮等主编《全宋笔记（第1编第5册）》，石家庄：河北教育出版社，2013年，第269页。）
③ 唐雯：《〈类要〉的基本面貌研究》，上海：上海古籍出版社，2012年，第49—50页。

文本的"公"与"私"
——苏轼尺牍与文集编纂

大阪大学文学研究科　浅见洋二

文学作品的文本不能独立存在,其生成、接受、传播离不开人类群体及由之构成的社会。换句话说,文学文本存在于纷繁复杂的社会关系网中。虽然我们很难洞悉复杂多样的社会关系,在此笔者不揣谫陋,试从"公"与"私"的角度切入,也就是把文学文本存在的社会圈、关系网分为公共领域和私人领域来思考问题。如果分别用一句话来表示,可以说前者是以皇帝为顶点,及在其权力统制下的官僚士大夫群体构成的社会圈、关系网;后者是日常生活中能交流思想、分享心情的亲密友人构成的社会圈、关系网。

在中国近代以前文学文本的制作、交换、传承过程中,公共社会与私人空间有怎样的联系,又是怎样相互影响的? 从这一视点出发,本文主要着眼于北宋苏轼的"书简(尺牍)"作品,并将之与苏轼文集的编纂情况联系起来,对文本的存在形态作一考述。

一、 文集与书简

首先来确认文集(诗文集)这一概念。文集是诗文作品的汇集,文学作品的集合体,大体分为别集和总集。这里所说的别集,是收录个人文学作品的文集。那么,对于一个个文学文本来说,文集意味着什么,发挥着怎样的作用?

文学作品的文本是极其不稳定的。文人创作作品,草稿首先被作者或其周边的亲友保存。然而若放置不管,多数情况下原稿应会散佚。也就是说,这类文学作品还未得到社会的认可,就消失在历史长河中。《史记·司马相如传》里有一段记载,展现了文学文本的宿命:

> 相如既病免,家居茂陵。天子曰:"司马相如病甚,可往从悉取其书;若不然,后失之矣。"使所忠往,而相如已死,家无书。问其妻,对曰:"长卿固未尝有书也。时时著书,人又取去,即空居。长卿未死时,为一卷书,曰有使者来求书,奏之。无他书。"其遗札书言封禅

事,奏所忠。忠奏其书,天子异之。①

风靡一世的文学大家司马相如,去世后除《封禅书》外,其他作品均散佚。由此可见,文学文本是非常脆弱、极易散佚的不稳定的存在。正是文集给这些文学文本提供了一个面向社会的载体,并使之得以流传后世。换言之,文学文本之所以成为一种具有社会性、历史性的存在,是因为文集为文本提供了安身保全之所。可以说,一个文本最初只是私人领域的草稿,后来通过"文集",变成了公开面向大众的文学文本,即开始属于公共领域,真正具有社会性和历史性。这种转变过程,大致如下图所示:

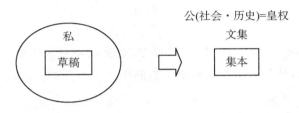

图 26-1 文本的转变过程

需要注意的是,在近代以前的中国,所谓延伸在私人领域之外的公共领域,其实是以皇帝(帝王)为顶点,被皇帝的权威、权力所统筹控制的空间范围。从私人领域向公共领域传送输出的文本,原则上都被强制性地要求服从于皇权统制,前文所引的《司马相如传》的记叙就明显地反映了这一点。本来司马相如的文学作品很可能就此停滞于私人领域,所背负的命运就是消失在社会历史长河中,但是将这些文学作品抽引出来推向社会的不是别人,正是皇帝,之后作品才得以流传后世。一般情况下,文学文本只有处于皇帝的统制下,才算真正脱离私人空间,实现向公开领域的转变。

再次重申,文集是使文本立足于公共空间最好的载体。在司马相如等西汉文人的传记中,还没有明确记载关于文集也即别集的编纂情况。在后汉文人的传记中,才开始出现颇多关于文人著作的收集情况的记载。可以说,后汉时才明确出现了收集、整理个人文学作品的活动。如《后汉书·东平宪王苍传》有关于东平宪王刘苍遗留作品情况的记载:

明年正月薨,诏告中傅,封上苍自建武以来章奏及所作书、记、赋、颂、七言、别字、歌诗,并集览焉。②

上段文字提到的"集览"是把各种文学文本收集到一起以供阅览。虽然此时别集的名称还未成立,但是收集文本的实际活动已经出现了。

---

① 司马迁:《史记》,北京:中华书局,1959 年,第 3063 页。
② 范晔:《后汉书》,北京:中华书局,1965 年,第 1441 页。

在上述刘苍传的记事中值得注意的是，皇帝发布诏令把刘苍的文学文本编纂成文集，之后其作品才得以在社会历史中留存。在文集的成立期，上述记事如实记载了给文学文本提供公共存在场所的是皇帝，类似的记事在《司马相如传》中亦有所见。

以下，试举六朝及唐代文集编纂之例。

作为六朝时的例子，首先来看三国时蜀国诸葛亮的文集编纂情况。《晋书·陈寿传》："（陈寿）撰《蜀相诸葛亮集》，奏之。"①陈寿将诸葛亮的作品编纂成集后上奏朝廷。另《三国志·蜀书·诸葛亮传》载有诸葛亮集的目录，紧接着还录有陈寿将集子呈奏朝廷时的上表，上表中明确记载了陈寿是奉朝廷命令编纂诸葛亮集的②。接着来看南朝宋鲍照的文集编纂情况。《鲍氏集》卷首所附虞炎《鲍照集序》载：

> 身既遇难，篇章无遗，流迁人间者，往往见在。储皇博采群言，游好文艺，片辞只韵，罔不收集。③

鲍照去世后，其作品的文本散落各地。齐永明年间，文惠太子（后来的文帝）萧长懋命虞炎收集、编纂了鲍照的文集。

再来看唐代骆宾王的情况。《旧唐书·骆宾王传》云：

> 敬业败，伏诛，文多散失。则天素重其文，遣使求之。有兖州人郗云卿集成十卷，盛传于世。④

骆宾王曾参加徐敬业的叛乱，后因兵败被杀，导致其诗文文本大多散佚。武后命人搜求其作品，之后由郗云卿编成十卷文集。此外还有李泌之例，梁肃《丞相邺侯李泌文集序》载：

> 既薨之来载，皇上负扆之暇，思索时文，征公遗编，藏诸御府。⑤

---

① 房玄龄：《晋书》，北京：中华书局，1974年，第2137页。
② 陈寿：《三国志》，北京：中华书局，1959年，第929页。
③ 鲍照：《鲍氏集》，载《四部丛刊》，毛斧季校宋本。
④ 刘昫等：《旧唐书》，北京：中华书局，1975年，第5007页。关于《骆宾王集》，陈振孙《直斋书录解题》云："其首卷有鲁国郗云卿序，言宾王光宅中广陵乱伏诛，莫有收拾其文者，后有勅搜访，云卿撰焉。"（徐小蛮、顾华美点校《直斋书录解题》，上海：上海古籍出版社，1987年，第467页。）另外，《新唐书·骆宾王传》载有"敬业败，宾王亡命，不知所之。中宗时，诏求其文，得数百篇"（欧阳修、宋祁《新唐书》，北京：中华书局，1975年，第5742页），命令收集骆宾王诗文的并非武后，而是中宗。《直斋书录解题》在上述语句之后，还指出骆宾王文集另有别本"蜀本"流传于世，在所附序文中有"中宗朝诏令搜访"之句。原先是奉武后之命编纂的，或许是因政治上的顾虑而改成了中宗。见吴夏平：《唐代文人别集国家庋藏制度及相关文学问题》，载《中国唐代文学学会第19届年会暨唐代文学国际学术研讨会论文集（下册）》，第230—244页。
⑤ 李昉等：《文苑英华》，北京：中华书局，1965年，第3624页。

李泌去世后的第二年,皇帝命人收集他的遗编,藏于宫中府库。

最后来看皎然之例。《皎然集》所附于頔《吴兴昼上人集序》云:

> 贞元壬申岁,余分刺吴兴之明年,集贤殿御书院有命征其文集,余遂采而编之,得诗笔五百四十六首,分为十卷,纳于延阁书府。①

于頔接到集贤院发布征求皎然文集的命令后就收集其诗文,编成十卷,又被纳入宫中书库。②

诸葛亮、鲍照、骆宾王、李泌、皎然,无论是谁,在他们的作品文本被收集、整理编成文集之时,皇帝或朝廷的意思发挥了决定性的作用。中国自古就有帝王或朝廷收集、管理书籍的传统。换而言之,天下的书籍是为了供帝王"御览",文集(别集)也不例外。当然,并非所有的文集都是为了供皇帝"御览"而编的,但这样的实例其实并不多见。鉴于统治者皇帝在中国公共的言论空间拥有至高无上的权威、权力,应从如下前提来考虑问题:所有的文本在编入文集时,或多或少会考虑到皇帝的眼光。传统上中国文人的理想是,诗应该被当作"采诗"的对象。在这种情况下,可以说皇帝(王)是这些诗的最终读者。

接下来看书简(尺牍)的情况。中国自古就把书简("书")视为一种文体,历代文人持续创作了各种形式、内容的书简作品。关于这一文体的特性,学界所论颇多,一句话难以说尽。现代辞典中,书简被定义为"一种(向某个特定对象)记录并传递思想、信息等的应用文书",此定义也基本适用于中国古代。

但是,以"记录并传递思想、信息等的应用文书"这一说法作为定义,却显得极为单薄。极端地说,这个定义能适用于任何文体。但是书简(尺牍)被这样简单定义,其文体特性是否还存在?归根结底,书简这种文体的独特性稍显薄弱,其文本形式与内容也并非别具一格。如果是像诗歌这样的韵文文体,可以在韵律形式方面彰显独特性;即便是散文,像诏书、檄文这种文体也可以从文书的作用、功能方面彰显各自的独特性,但是在书简中,这样明确而突出的特征并没有得到体现。《文心雕龙》将"书"置于各类文体之末,这种安排也许正是"书"缺少文体独特性的一个反映。

尽管如此,书简终究有书简的特性,也因此才能穿越历史长河被广泛书写。笔者认为对于书简来说,最重要的必要条件之一就是"私密性"。当然不能一概而论,公开性强的书简也是存在的。但是总体来说,发信者和收信者之间进行私密性质的交谈,这一要素在书简中能明确地体现出来。《文心雕龙·书记》里提出"辞若对面"一词,可以作为书简的特征之一。写信人和收信人的"对面",可以认为指的是书信所具备的"对话"功能,如西汉司马迁《报任少卿书》、杨恽《报孙会宗书》等。这些均是被朝廷问罪之人互相交换的书简,所以在当时应是秘密进行的

---

① 皎然:《吴兴昼上人集》,载《四部丛刊》,江安傅氏双鉴楼藏景宋写本。
② 关于唐代由集贤院等国家机构收集、管理别集之事,见吴夏平:《唐代文人别集国家皮藏制度及相关文学问题》,载《中国唐代文学学会第 19 届年会暨唐代文学国际学术研讨会论文集(下册)》,第 230—244 页。

交流。司马迁在《报任少卿书》中为李陵辩护,陈述其功绩,而天子(武帝)却不理解、不赏识,司马迁就此写道:"适会召问,即以此指推言陵之功,欲以广主上之意,塞睚眦之辞,未能尽明。明主不晓,以为仆沮贰师,而为李陵游说,遂下于理。"①"明主不晓",这样的说法恐怕不能被毫无顾忌地公开发表,所以可以认为这是私下里进行的对话。再看杨恽,《汉书》中有如下记述:"会有日食变,驷马猥佐成上书告恽'骄奢不悔过,日食之咎,此人所致'。章下廷尉案验,得所予会宗书,宣帝见而恶之。廷尉当恽以大逆无道,腰斩。"②据此可知,有个名叫成的养马官向皇帝上书告发杨恽,说日蚀这一天谴就是因其骄奢而导致的。之后杨恽的这封《报孙会宗书》,也被当作告发他的证据提了出来。宣帝看后大怒,杨恽也因此贾祸。这些记录如实地展现了书简这种文体的性质——原本是一种隐蔽的书写,并不显露于世间。司马迁的《报任少卿书》也好,杨恽的《报孙会宗书》也好,无论是创作还是阅读,原本就具有私密性,甚至有的时候很可能就这样一直不见天日,最终消失在历史的黑暗中。然而优秀的书简往往会被推向社会,穿越历史动荡的洪流呈现到世人眼前。上述的两篇书简就因为被收录到了《汉书》本传和《文选》之中,其生命才得到了永恒,文本由私密性转向公众性的过程也得以完成。

一般认为,在中国历史上,个人著述的整理与保存开始于后汉。以上文所引《史记》传记资料为据,前汉司马相如并未整理、保存自己的作品,因此也未能使其作品留传后世。然而后汉的知识分子的情况则不同。在《后汉书·列传》中,相关人物著书情况的记录有很多。可以想见,当时别集的编纂工作已经开始实行,尽管"集"这个概念是稍后才确立的。在编纂别集这一动向中,书简渐渐作为一种独立的文体被整理、保存。《后汉书·列传》中有很多记录能体现此点:

固所著《典引》、《宾戏》、《应讥》、诗、赋、铭、诔、颂、书、文、记、论、议、六言,在者凡四十一篇。③

所著诗、赋、碑、诔、铭、赞、连珠、箴、吊、论、议、《独断》、《劝学》、《释诲》、《叙乐》、《女训》、《篆艺》、祝文、章表、书、记凡百四篇传于世。④

所著诗、颂、碑文、论、议、六言、策文、表、檄、教、令、书、记凡二十五篇。⑤

这些传记里均出现了"书"(书简)这一文体名。可以说,这体现了一种文体认知的倾向:具有私密性质的"书"类文本也被认为是可以收入到文集中的,即使文集这种承载文本的"容器"本身具有公开性、社会性。

---

① 萧统编,李善注:《文选》,上海:上海古籍出版社,1986 年,第 1859 页。
② 班固:《汉书》,北京:中华书局,1962 年,第 2898 页。
③ 范晔:《后汉书》,北京:中华书局,1965 年,第 1386 页。
④ 同上书,第 2007 页。
⑤ 同上书,第 2279 页。

后汉的知识分子、文人的文集编撰实态已不得而知,他们是否亲自参与文集的编纂亦不详。但能明确判定的是,在鲁迅所言"文学的自觉时代"的魏晋时期,文人亲自编纂文集这一现象已经出现。此后从六朝到唐代,知识分子、文人编纂文集的自觉不断加深,这种意识在宋代文人那里也得到了继承和发展。唐宋时期的文集中,能明确判定是文人自编的几个代表性例子有:白居易《白氏文集》、欧阳修《居士集》、苏轼《东坡集》等。此外,虽然不是文人自编,但是可以看作是按照"自编"的标准被编成集的例子有苏轼《东坡后集》、黄庭坚《豫章先生文集(山谷内集)》等等。前者由苏轼之子苏过编成,后者由黄庭坚外甥洪炎集得,可以说都是作者去世后不久经其亲属之手作成的,相对来说是能够强烈地反映出作者生前意志的文集。翻阅上述文集可知,集内都设有"书"这一别类,其所占卷数大概是文集的一到三卷不等。以下列出各文集中的总卷数和书简卷数:

> 白居易《白氏文集》七十一卷,"书"二卷
> 欧阳修《居士集》五十卷,"书"三卷
> 苏轼《东坡集》四十卷,"书"三卷
> 苏轼《东坡后集》二十卷,"书"一卷
> 黄庭坚《章先生文集(山谷内集)》三十卷,"书"一卷

由此可知,书简已被看作是一个独立的文体,在文集中也占有了一定位置。①

二、"书"与"尺牍"的分离、区别

第一节对中国文集的编纂历史进行了简单概述。接下来拟对宋代尤其是苏轼文集的编纂及所收书简情况进行考察。

在考察宋代所编文集中书简的处理问题时,应该明确一个宋代特有的、值得关注的现象,即"书"与"尺牍"的分离与区别。即使二者都被通称为"书简",但是其形式和内容是多种多样的。虽然有形形色色的分类方式,但是宋代尤其是南宋,作为一种文集编纂的方法,"书"和"尺牍"的区分才真正变得明确("尺牍"有各种各样的称呼,其中也混杂着被称为"书简"的篇章,本文采用最具普遍性的"尺牍"这一称呼来进行论述)。那么,这两者有何差异?以下就此问题作一梳理。

首先最根本的差异在于,"书"是强调公共(社会)性质的书简;与之相对,"尺牍"则是强调

---

① 如果从广义上思考书简的话,除了"书",还需要注意其他几个文体——若按《文选》的文体分类来看,还有"上书""启""笺""奏记"等。这些都是面向皇帝、高官等身居上位之人来创作或寄出的,所以相对"书"来说,其官方性、公开性、社会性更强。本该对这些类型的书简作一些探讨,但本文暂且不作讨论,可作为今后的研究课题。

私密(私人)性质的书简。从篇幅长短来说,"书"多是长篇,而"尺牍"则多是短篇。从信息内容、语言表达等方面来看,"书"更为典雅正式,"尺牍"则通俗随意。换而言之,"书"陈述的是非日常的、特殊的内容,"尺牍"记录的则是日常的内容。再往细处说,在题目的表示方法上两者也存在差异,"书"类书简的题目上就有明确的"书"字,而"尺牍"一类则不在题目中附"书"字,这样的特征清晰可见。

到了宋代,公开性的书简"书"和私人性的书简"尺牍"被区分开来,是由于当时"尺牍"开始作为书简的一个类别登上了文集编纂的舞台。就像由于近体诗的登场,人们才开始区分古体诗和近体诗一样。然而"尺牍"新登场的说法,似乎也不太准确。这种书简其实原本就存在,只是并未以明确而固定的姿态呈现在历史的表面。东晋王羲之因是书法名家之故,有颇多书简遗存,他可以说是个例外。古时"尺牍"消失在历史的黑暗中似乎就是宿命。而到了宋代,尤其是南宋,尺牍作为一种文体的价值得到了认可,相关文本也被大量保存,并在文集中占据了一席之地。

以下,结合苏轼文集的例子对上述内容作一阐释。当初,苏轼的自编文集《东坡集》以及接近自编文集的《东坡后集》中仅收录"书",并未收录所谓的"尺牍"。也就是说,作者苏轼自身并没有打算把"尺牍"推向社会,也不期望让它留存历史。在苏轼文集中设立与"书"不同的分类"尺牍",或者说尺牍被收入苏轼文集是在南宋。而能够确认此点的是苏轼文集,即《东坡外集》八十六卷。钱谦益、余嘉锡等学者认为此书编纂于南宋,现存明万历重刊本。[①]《东坡外集》中除了有"书"二卷外,还有"小简"(即"尺牍")十九卷。这种将"书"和"尺牍"分开收录的编纂方式在此后也被继承,例如明代所编《东坡续集》十二卷[②]中除"书"一卷外,还有"书简"四卷;同样编于明代的《三苏全集·东坡集》八十四卷[③]中除"书"二卷外,还有"尺牍"十二卷。这些苏轼的"尺牍",均是原来被埋没的、未收于文集的文本,由后人辑录进去的。可以说"尺牍"类的书简是作为辑佚、补遗的对象,进而逐步浮上历史表面的文本群。[④]

在南宋,"尺牍"作为辑佚、补遗的对象,亦可见于苏轼以外的文人集中。例如,周必大等人所编《欧阳文忠公集》有"书简"十卷,李彤所编《山谷外集》有"书"一卷,黄䇓所编《山谷别集》有"书简"八卷,其中收集汇编的文本都是"尺牍"(其中虽用"书""书简"之语,但实际上是"尺牍"类的作品)。

以上对南宋以来私人性的书简"尺牍"成为文集辑佚对象的问题进行了考察。那么,苏轼的书简,特别是"尺牍"类作品具备怎样的特质,作为文本在文集中又占有怎样的位置?也许研究者都有各自不同的问题设定方法,在此笔者拟在最近出版的拙论《言论统制下的文学文

[①] 刘尚荣:《〈东坡外集〉杂考》,载《苏轼著作版本论丛》,成都:巴蜀书社,1988年;祝尚书:《宋人别集叙录》,北京:中华书局,1999年,第430页。
[②] 《东坡七集》,成化年间刊《四部备用》本。
[③] 《三苏全集》,京都:中文出版社,1986年。
[④] 再者,与上述这些文集不同,还有一种含括大量尺牍的书简专集在很早就已被编成,例如《东坡先生往还尺牍》十卷(上海图书馆藏元刻本)、《东坡先生翰墨尺牍》八卷(纷欣阁丛书本)等现存至今,均是以南宋坊刻本为源头的书简专集。

本——以苏轼的创作活动为中心》①的基础上略陈一得之见。

三、苏轼与尺牍——私密文本

上文提到了汉代司马迁、杨恽都是罪人之身。回顾中国文学史，除此之外还有为数众多的被问罪之人。这些人多是由于官场的权力争斗而获罪，其中有很多冤案。从结果上看，被投牢入狱的文人并不少，左迁、被贬的文人更是不胜枚举，如屈原、曹植、嵇康、陆机、潘岳、谢灵运、江淹、骆宾王、陈子昂、沈佺期、刘长卿、李白、韩愈、柳宗元等。中国文学史，仿佛也带有"罪人的文学史"色彩。接下来所举北宋时期的苏轼，就是典型之一。

苏轼因言论诽谤朝廷而被问罪、投狱，然后遭贬。元丰年间（1078—1085）被贬黄州（所谓的乌台诗祸），之后绍圣年间（1094—1098）又被贬惠州、儋州。在这样的境遇下，苏轼认识到自己是罪人之身，例如元丰二年，在因乌台诗祸入狱之际所作《十月二十日，恭闻太皇太后升遐。以轼罪人，不许成服，欲哭则不敢，欲泣则不可，故作挽词二章》②诗，就以"罪人"自称。另外，苏轼自称"楚囚"的例子也有很多，即把自己比作春秋时代被晋囚禁的楚国钟仪。例如元丰三年，在被贬黄州途中于陈州所作《陈州与文郎逸民饮别，携手河堤上，作此诗》云：

此身聚散何穷已，未忍悲歌学楚囚。③

同时期所作《子由自南都来陈三日而别》云：

夫子自逐客，尚能哀楚囚。④

另外还有绍圣二年，被贬惠州之作《闻正辅表兄将至，以诗迎之》云：

人言得汉吏，天遣活楚囚。⑤

同时期所作《正辅既见和，复次前韵，慰鼓盆，劝学佛》云：

---

① 浅见洋二著，李贵、赵蕊蕊等译：《文本的密码——社会语境中的宋代文学》，上海：复旦大学出版社，2017年，第20—66页。
② 张志烈等主编：《苏轼全集校注》，石家庄：河北人民出版社，2010年，第2098页。
③ 同上书，第2113页。
④ 同上书，第2115页。
⑤ 同上书，第4617页。

> 我亦沾霜渥,渐解钟仪囚。……犹胜嵇叔夜,孤愤甘长幽。①

此外,苏轼还在其他诗和书简中反复陈说自己所犯之"罪"。若说苏轼的言论、创作活动是他背负着罪人的影子进行的也毫不过分。

上述背负着罪人影子的苏轼,在从事言论、创作活动时有怎样的顾虑?据前文所提拙论《言论统制下的文学文本——以苏轼的创作活动为中心》的考察,简单地说就是抑制公开的言论、创作活动,即自我控制、自主规范言论。这是自古以来被问罪或者有被治罪嫌疑的知识分子、文人的传统处世姿态。用《论语·宪问》的话来说,就是"辟(避)言"或"言孙(逊)"。此外,还有"慎言""谨言""闭口""噤口""绝口""慎口""钳口""咋舌""结舌"等多种类似的说法。苏轼自己也常用"慎言""闭口""结舌"等语,尽力在公共场合停止或减少自己的言论和创作。

然而,另一方面苏轼也在与关系密切的亲友秘密地进行诗歌、书简(尺牍)交流。有幸的是这些交流信件得以流传,所以我们现在也能阅读到苏轼乌台诗祸之后秘密创作的众多诗作。像这样在亲友之间形成的私密的文学圈内(类似一种"地下文坛")流传的文学文本,就是前揭拙论中所说的"私密文本"。在此,试举苏轼在两封书简中提到自己的诗文是以一种私密文本的形态被创作和阅读的例子。如元丰三年苏轼在黄州写给李之仪的书信《答李端叔书》云:

> 得罪以来,深自闭塞。……辄自喜渐不为人识,平生亲友无一字见及,有书与之亦不答,自幸庶几免矣。……自得罪后,不敢作文字,此书虽非文,然信笔书意,不觉累幅,亦不须示人。必喻此意。②

元丰六年,同样是在黄州写给陈章的书信《与陈朝请》云:

> 某自窜逐以来,不复作诗与文字。所谕四望起废,固宿志所愿,但多难畏人,遂不敢尔。其中虽无所云,而好事者巧以酝酿,便生出无穷事也。切望怜察。③

这些都记叙了苏轼作为罪人停止了文学作品的创作。《答李端叔书》中写虽然将此书信送出,但正如"不须示人"所言,苏轼并不希望将它展示于公众之前。他也在书简中多次反复提到类似的话语。这些都表明了苏轼所写的书简是作为一种"私密文本"来交换的。另外在《与陈朝请》中,苏轼陈述了自我控制言论、抑制创作活动的理由——"好事者巧以酝酿",也就是说诽谤之人会牵强附会他的作品,给他捏造罪名。

---

① 张志烈等主编:《苏轼全集校注》,石家庄:河北人民出版社,2010 年,第 4646 页。
② 同上书,第 5345 页。
③ 同上书,第 6281 页。

四、尺牍与诗词

  如果阅读这些作为"私密文本"来进行交流的苏轼的书简,特别是"尺牍"类的文章,会发现这些书信其实多与诗赋、词等联结在一起。当然这种形式的交流自古就有,举一个例子来说,晋代卢谌有篇题为《赠刘琨一首并书》的作品,就是把诗歌和书简一起寄给友人刘琨的。刘琨收到后作《答卢谌诗一首并书》,同样用诗歌和书简来回复卢谌。另外,晋代帛道猷有《与竺道壹书》传世,此书简云:

  始得优游山林之下,纵心孔释之书,触兴为诗,陵峰采药,服饵蠲疴,乐有余也。但不与足下同,日以此为恨耳。因有诗曰:"连峰数千里,修林带平津。云过远山翳,风至梗荒榛。茅茨隐不见,鸡鸣知有人。闲步践其径,处处见遗薪。始知百代下,故有上皇民。"①

  这书简中包含了他创作的诗歌。由此可以窥见,在文人间的诗歌交流上,书简承担着传递诗歌文本的重要作用。通过苏轼的尺牍,我们能更为详细地看到文学文本在文人间互相交换时的实际状态。
  以下试举苏轼在尺牍中附添诗歌,或者在赠诗时附上尺牍送至亲友的部分例子。元丰六年,苏轼在黄州写给蔡承禧的《与蔡景繁十四首》其十一云:

  小诗五绝,乞不示人。②

元丰六年,写给钦之(未详)的《与钦之》云:

  轼去岁作此赋,未尝轻出以示人,见者盖一二人而已。钦之有使至,求近文,遂亲书以寄。多难畏事,钦之爱我,必深藏之不出也。③

元丰七年,在泗州写给王巩的《与王定国四十一首》其十六云:

  今日景繁到泗州,转示十二月二十三日所惠书并新诗六首、妙曲一首,大慰所

---

① 慧皎著,汤用彤校注,汤一玄整理:《高僧传》,北京:中华书局,1992年,第207页。
② 张志烈等主编:《苏轼全集校注》,石家庄:河北人民出版社,2010年,第6166页。
③ 同上书,第8557页。

怀。……黄师是遣人往南都,故急作此书,仍和得一诗为谢,他未暇也。①

元丰八年,在去登州途中写给杨景略的《与杨康功三首》其三云:

> 今日忽吟《淮口遇风》一篇,粗可观,戏为和之,并以奉呈。②

绍圣二年,在惠州写给曹辅的《与曹子方五首》其三云:

> 公劝仆不作诗,又却索近作。闲中习气不除,时有一二,然未尝传出也。今录三首奉呈,览毕便毁之。③

另外,同年写给程之才的《与程正辅七十一首》里也有为数众多的类似记载。例如:

> 辄已和得白水山诗,录呈为笑。并乱做得香积数句,同附上。④
> 兄欲写陶体诗,不敢奉违,今写在扬州日二十首寄上、亦乞不示人也。⑤
> 二诗以发一笑,幸读讫便毁之也。⑥
> 老弟却曾有一诗,今录呈,乞勿示人也。⑦
> 不觉起予,故和一诗,以致钦叹之意,幸勿广示人也。⑧
> 并有江月五首,录呈为一笑。⑨

以上所举尺牍言及的诗作大多知道题目,把这些知题之作的题目依次列出,如下:《与蔡景繁》所言五首绝句为《南堂五首》;《与钦之》所言赋为《赤壁赋》;《与王定国》所言和诗为《次韵王定国南迁回见寄》;《与杨康功》所言和诗为《追作淮口遇风诗,戏用其韵》;《与程正辅》其九所言《白水山诗》为《次韵正辅同游白水山》,所言"香积数句"为《与正辅游香积寺》,其二十一所言《和陶二十首》为《和陶饮酒二十首》,其二十六所言"二首诗"为《追饯正辅表兄至博罗,赋诗为别》《再用前韵》,其三十五所言诗为《碧落洞》,其三十七所言"和诗"为《次韵程正辅游碧落洞》,

---

① 张志烈等主编:《苏轼全集校注》,石家庄:河北人民出版社,2010年,第5701页。
② 同上书,第6153页。
③ 同上书,第6448页。
④ 同上书,第5960页。
⑤ 同上书,第5976页。
⑥ 同上书,第5982页。
⑦ 同上书,第5999页。
⑧ 同上书,第6002页。
⑨ 同上书,第6038页。

其五十九所言诗为《江月五首》。在这些诗中,除《和陶饮酒二十首》外,其他均收于《东坡集》和《东坡后集》。苏轼和陶诗的作品流传状况稍显特殊,均被收于《和陶诗集》(苏轼去世后不久编成)。南宋施元之、顾禧、施宿对苏轼诗所作的注释《注东坡先生诗(施注苏诗)》卷四十一亦将其收录。以上这些诗作均是苏轼自认为有价值,并积极主动、努力去保存的作品。

阅读苏轼的尺牍会发现,除诗赋之外,词(诗余)也常与尺牍结合在一起作赠答交流。例如元丰四年,在黄州写给朱寿昌的《与朱康叔二十首》其二十云:

  章质夫求琵琶歌词,不敢不寄呈。①

元丰四年,写给章楶的《与章质父三首》其一云:

  承喻慎静以处忧患。非心爱我之深,何以及此,谨置之座右也。《柳花》词妙绝,使来者何以措词。本不敢继作,又思公正柳花飞时出巡按,坐想四子,闭门愁断,故写其意,次韵一首寄去,亦告不以示人也。《七夕》词亦录呈。②

元丰五年,写给陈轼的《与与陈大夫八首》其三云:

  比虽不作诗,小词不碍,辄作一首。今录呈。③

元丰五年,在黄州写给苏不疑的《与子明兄一首》云:

  近作得《归去来引》一首寄呈,请歌之。④

其中《与朱康叔》所言词为《水调歌头》(昵昵儿女语),《与章质父》所言词为《水龙吟·次韵章质夫杨花词》和《渔家傲·七夕》,《与子明兄》所言词为《哨徧》(为米折腰)。与诗歌不同,词因体裁特性,内容甚少涉及政治话题。也许正因如此,文人们考虑到填词相对安全,不容易被问罪,《与陈大夫》就明确表达了此观点⑤。另外,与诗赋不同,这些词并没有被看作正统的文学作品,所以《东坡集》和《东坡后集》并未收录。但是,这些词作得以保存和传承下来,因为存在一

---

① 张志烈等主编:《苏轼全集校注》,石家庄:河北人民出版社,2010年,第6491页。
② 同上书,第6097页。
③ 同上书,第6251页。
④ 同上书,第6623页。
⑤ 关于此点见王兆鹏、徐三桥:《苏轼贬居黄州期间词多诗少探求因》,《湖北大学学报》1996年第2期,第90—93页;尚永亮、钱建状:《贬谪文化在北宋的演进及其文学影响——以元祐贬谪文人群体为论述中心》,《中华文史论丛》2010年第3期,第187—227页。

些与文集（正集）的编纂方式不同的本子，如南宋傅干为苏词所作的注本等。

前文所举晋代帛道猷《与竺道壹书》，是在书简中直接写入自作诗歌。这种情况在苏轼的尺牍中亦有同样的例子。例如元丰四年，苏轼在贬谪地黄州写给王巩的《与王定国四十一首》其十四云：

> 耕荒田诗有云："家童烧枯草，走报暗井出。一饱未敢期，瓢饮已可必。"又有云："刮毛龟背上，何日得成毡。"此句可以发万里一笑也。故以填此空纸。①

尺牍中有自作诗《东坡八首》②的部分诗句。此时，苏轼与王巩之间的文学交流活动貌似已很频繁，尺牍其十二云：

> 某递中领书及新诗，感慰无穷。……重九登栖霞楼，望君凄然，歌《千秋岁》，满坐识与不识，皆怀君。遂作一词云："霜降水痕收。浅碧鳞鳞欲见洲。酒力渐消风力软，飕飕。破帽多情却恋头。佳节若为酬。但把清樽断送秋。万事回头都是梦，休休。明日黄花蝶也愁。"其卒章，则徐州逍遥堂中夜与君和诗也。③

《南乡子·重九涵辉楼呈徐君猷》④词的全文都被写入其中。同样在元丰四年，苏轼写给判官彦正（未详）的《与彦正判官一首》云：

> 试以一偈问之："若言琴上有琴声，放在匣中何不鸣。若言声在指头上，何不于君指上听？"录以奉呈，以发千里一笑也。⑤

《琴诗》⑥全篇被写入。另外，建中靖国元年（1101 年）苏轼在北归途中写给黄寔的《与黄师是五首》其一云：

> 有诗录呈："帘卷窗穿户不扃，隙尘风叶任纵横。幽人睡足谁呼觉，欹枕床前有月明。"一笑，一笑。⑦

---

① 张志烈等主编：《苏轼全集校注》，石家庄：河北人民出版社，2010 年，第 5698 页。另，该书简是写入《与王定国》其十三的"空纸"中的。
② 同上书，第 2242 页。此诗与书简中写入的诗有若干字句的差异。
③ 同上书，第 5693 页。
④ 同上书，第 322 页。此词与书简中写入的词有若干字句的差异。
⑤ 同上书，第 6332 页。
⑥ 同上书，第 2269 页。
⑦ 同上书，第 6367 页。

七言绝句《无题》①被写入。

尺牍中写入的很多诗歌,在之后被编入文集(诗集、词集)的时候都脱离了尺牍,被看作是独立的文学文本。但是由于作品的特质不同,处理的方式也不尽相同。就以上所举尺牍中的三首诗而言,最初的《东坡八首》载于苏轼自编的《东坡集》卷一二,可见苏轼本人认为此诗有很高的价值。之后,此诗在南宋编纂的《集注分类东坡先生诗》(旧王本卷四,新王本卷二四)及《施注苏诗》(卷一九)等诗集中亦有收录。接下来的《琴诗》未被收于《东坡集》和《集注分类东坡先生诗》(旧王本),而被收入新王本卷三〇,也未收于《施注苏诗》(但收于清代编纂的补遗卷)。恐怕此篇在当初作为独立的诗的价值还未得到认可,所以未被收入诗集,此后随着苏轼诗的辑佚工作的推进,才逐渐脱离尺牍而被辑出。此篇在南宋编纂的《东坡外集(重编东坡先生外集)》卷六中题为《题沈琴》,在明代编纂的《东坡续集》卷二中则题为《琴诗》。而最后的《无题》诗,从南宋到明代编纂的各集本均没有收录,直到清代时才从上举尺牍中辑出,收入查慎行编《苏诗补注》卷四八"补遗"及冯应榴所编《苏文忠公诗合注》卷五〇"补编"中。《琴诗》与《无题》二篇,可以说是虽被写入尺牍但最后得以侥幸流传至今的作品。另外,虽然与诗歌的收录途径不同,《南乡子》词也因被收入傅干注本而流传下来。

同样是在书信中写有诗的例子,还有《答范纯夫十一首》其十一。兹举绍圣四年(1097年)春闰三月五日,苏轼在惠州写给范祖禹的书信的开头和末尾部分:

> 丁丑二月十四日,白鹤峰新居成,自嘉祐寺迁入。咏渊明《时运》诗曰:"斯晨斯夕,言息其庐。"似为予发也。长子迈与予别三年,携诸孙万里远至。老朽忧患之余,不能无欣然,乃次其韵:……丁丑闰三月五日。多难畏人,此诗慎勿示人也。②

绍圣四年二月,在惠州的白鹤峰修建新居的苏轼,虽为贬谪之身,却也暂时过上了相对平稳的生活。在谪居的这段时间,苏轼品鉴陶渊明的《时运》诗并次韵陶诗,上面所举书信中省略的部分就是《和陶时运四首》③的全文。此诗起初被收入苏轼晚年(抑或是殁后不久由他人)所编的《和陶诗集》,南宋时又被收入《施注苏诗》卷四一。这里值得注意的一点是,苏轼在尺牍的末尾处写有"此诗慎勿示人"。可以说,这种情形如实地反映了尺牍在传达作为"私密文本"的诗时所发挥的媒介作用。④

---

① 张志烈等主编:《苏轼全集校注》,石家庄:河北人民出版社,2010年,第5569页。
② 同上书,第5445页。另,在明代毛九苞所编《重编东坡先生外集》卷四六中,收录了以"录诗寄范纯夫"为题的题跋,判断该尺牍实际上是《和陶时运四首》所附的题跋。
③ 张志烈等主编:《苏轼全集校注》,石家庄:河北人民出版社,2010年,第4812页。此诗与写入书简的诗歌有若干字句的差异。在引用和陶诗之后,接着引有与范祖禹之书相关的记述。因字句差异和引述内容与本章意旨无关,故割爱不作引用和说明。
④ 该尺牍的前半部分在苏轼诗集中被视为《和陶时运四首》的序文,二者内容几乎一模一样。由此可以窥见,作为私人文本的"尺牍"的话语在转换为公开文本诗集的序文时的轨迹。

综上所述，本章列出的文本，其尺牍部分均是在私人领域内，即在极为亲近的友人间被书写、阅读的。通常来讲，这些文本或许会散佚，不传于世。尽管如此，仍有如此大量的作品流传后世，究其缘故，或许是因为苏轼作为文人学者的声望极高，周围的人即使冒着风险也要不断记录、保存他的作品草稿。① 如此众多的私密文本传存至今，这种现象在苏轼以前几乎看不到。据此，我们也可以认识到苏轼的作品在中国文学史上所具有的划时代意义。

五、墨迹的辑佚

正如上节所举，苏轼尺牍承载的诸多诗歌被收入在其生前或去世后所编的诗文集《东坡集》《东坡后集》《和陶诗集》等中。这些诗在比较早的阶段就在文集中被赋予了位置，被收入了具有公共性质文本载体中。但是苏轼的尺牍中承载、传递的诗歌并非仅仅只有这种类型。还有《与彦正判官》中的《琴诗》，《与黄师是》中的《无题》等诗，文集中并没有它们的位置。后来，到南宋《东坡外集》乃至更晚的清代，这种类型的诗歌才被编辑出来。暂且不论前者《琴诗》，就后者《无题》的情况来说，如果此诗没被写入尺牍，那么在公开的场所也许永远没有它的位置，甚至会消失在历史的黑暗中。

基于以上的考察，在此拟将焦点集中在苏轼亲笔书写的文本即墨迹、石本（石刻拓本）上。这些也是长期没能呈现在历史表面的文本。到南宋时才开始在一定程度上记录这些文本，特别是记录苏轼、黄庭坚的墨迹、石本等相关资料被大量保存流传了下来。②

兹举一例关于黄庭坚诗歌墨迹的记录。元祐之初，黄庭坚作《子瞻继和，复答二首》③。在此之前，黄庭坚作有《有惠江南帐中香者戏答六言二首》，苏轼写《和黄鲁直烧香二首》来唱和。此处所举之诗是黄庭坚对苏轼的和诗所作的再度唱和之作。关于此诗，黄䇓（黄庭坚从孙）所编《山谷年谱》卷一九云：

先生有此诗墨迹题云："有闻帐中香，疑为熬蜡者，辄复戏用前韵。愿勿以示外人，恐

---

① 前文引用的司马迁、杨恽的书简也可以说与此类似，原本都是作为一种"私密文本"，很可能就此消失在黑暗中。但是因为其文本包含极大艺术性和文学价值，所以偶然得以保全留存至今。现如今已经基本看不出书简文本的"私密"性质了，也就是说，其文本的"私密性"在不断弱化。换言之，因为文本得以留存，所以"私密性"在减弱；也因为"私密性"的减弱，所以文本才得以留存。或许可以总结为，"留存"就等同于"私密性的弱化"。
② 关于此现象及其所见文献学、文学史特质见浅见洋二：《由"校勘"到"生成论"——论宋代诗文集的注释特别是苏黄诗注中真迹、石刻的利用》，《东华汉学》2008 年第 8 期，第 1—35 页；浅见洋二：《黄庭坚诗注的形成与黄䇓山谷年谱——以真迹、石刻的利用为中心》，《中山大学学报》2011 年第 2 期，第 24—37 页；浅见洋二：《宋代文本生成论之形成——从欧阳修撰〈集古录跋尾〉到周必大编〈欧阳文忠公集〉》，载杨国安、吴河清主编《第七届宋代文学国际研讨会论文集》，开封：河南大学出版社，2013 年，第 348—359 页。
③ 任渊注，黄宝华点校：《山谷诗集注》，上海：上海古籍出版社，2003 年，第 68 页。

不解事者或以为其言有味也。"因附于此。①

在《子瞻继和，复答二首》的墨迹也就是黄庭坚亲笔原稿中，载有"愿勿以示外人，恐不解事者或以为其言有味也"之句。黄庭坚与苏轼同属旧党，身处不安定的政治环境中，不得不尽力"避言"。这是在当时新旧两党格格不入的微妙的政治局势下生发出的"避言"意识，可谓是私密的、暗地里的言论。如前所述，在苏轼的诗歌和尺牍中也有很多类似的言论。

苏轼的墨迹、石本的流传情况和上述黄庭坚的情况一样，也有相关文献的记载。如南宋施元之、顾禧、施宿的《注东坡先生诗（施注苏诗）》中就有许多。《施注苏诗》中的注释，特别是题下注中参照苏轼"真迹""墨迹"或参考具有同样性质的"石本""碑本"等例颇多（这些题下注被认为是出自施宿之手）。且看绍圣四年（1097年），被贬惠州的苏轼与当地知事方子容（字南圭）、循州知事周彦质（字文之）交流的四首诗所附施注的记载。首先，第一首《次韵惠循二守相会》的题下注（施宿注）云："'阴'字韵四诗墨迹及惠守和篇并藏吴兴秦氏。"之后叙述所举的四首诗墨迹与方子容的和篇均藏于吴兴的秦氏处，又云：

此诗云："轼次韵南圭使君与循州唱酬一首。"……后题云："因见二公唱和之盛，忽破戒作此诗与文之。一阅讫即焚之，慎勿传也。"②

现在流传的苏轼诗集中，本诗的题目记作《次韵惠循二守相会》，而墨迹中的题目是《轼次韵南圭使君与循州倡酬一首》。另外值得注意的是，墨迹中的诗歌之后还附有"因见二公唱和之盛，忽破戒作此诗，与文之。一阅讫即焚之，慎勿传也"句，意谓打破"避言""慎言"的规戒而写此诗赠给周彦质，并希望他阅读后马上焚毁。

第二首《又次韵二守许过新居》的题下注云：

先生真迹云："轼启，叠蒙宠示佳篇，仍许过顾新居，谨依韵上谢，伏望笑览。"集本作"晓窗清快"，墨迹作"明快"。后题云："一阅讫，幸毁之，切告切告。"③

由此可知，墨迹的诗题与诗集中的《又次韵二守许过新居》不一致。苏轼在墨迹中使用"蒙""谨""伏"等字来表达对子容和周彦质的尊敬。而且与第一首诗歌所附墨迹的结尾所述情况一

---

① 曹清华校点：《山谷年谱》，载吴洪泽、尹波主编《宋人年谱丛刊》，成都：四川大学出版社，2003年，第3042页。
② 冯应榴辑注，黄任轲、朱怀春校点：《苏轼诗集合注》，上海：上海古籍出版社，2001年，第2095页。以下四首诗的施注均引自郑骞、严一萍校：《增补足本施顾注苏诗》，台北：艺文印书馆，1980年。
③ 冯应榴辑注，黄任轲、朱怀春校点：《苏轼诗集合注》，上海：上海古籍出版社，2001年，第2096页。另，此注文接着载有"集本与后诗相连，题云《次韵二守同访新居》。以墨迹观之，非也。今析题为二"等语。文中的"新居"是绍圣四年二月于惠州白鹤峰所建的新居。

样,苏轼在此也诉说了希望对方阅读后将文稿焚毁的意愿。

第三首《又次韵二守同访新居》的题下注中亦有:

> 墨迹云:"□□次韵南圭、文之二太守同过白鹤新居之什,伏望采览。"后云:"请一呈文之便毁之,切告切告。"①

与第二首情况相同,墨迹的诗题使用敬语,且有勿示他人,阅后焚毁的请求。

第四首《循守临行,出小鬟,复用前韵》的题下注中载有:

> 石刻云:"请一呈文之便毁之,切告切告。蒙示廿一日别文之后佳句,戏用元韵记别时事为一笑。"后题云:"虽为戏笑,亦告不示人也。"②

可以看到在墨迹文本中,诗歌的题目也附有详细的敬语表现,同时末尾再次提醒、忠告不要传示他人。

以上苏轼与方子容、周彦质交流的诗歌墨迹,传达出这样一个信息:处于言论统制下的苏轼在努力"避言"。施宿在注释第四首时,承接之前一系列墨迹记录,作出了如下评论:"每诗皆丁宁至切,勿以示人。盖公平生以文字招谤蹈祸,虑患益深。然海南之役竟不免焉。吁,可叹哉。"如其所述,这些文本很好地传达了苏轼对"招谤蹈祸"也就是言论镇压的畏惧心理。而正是因为墨迹的文本具有在私人领域内传播的隐秘性特质(私密文本),这些言论才有可能被表达出来。

通过阅读以上所举墨迹文本,我们发现这些墨迹和之前所举尺牍传递着一个相似的信息,即"赠与此诗,并希望读完后焚毁"的意旨。这些墨迹、石本似乎也可以被看作是一种"尺牍"。特别是第二首诗的墨迹中写有"轼启……",完全是写书简时惯用的措辞。也许是因为这些墨迹被看作是附随诗歌的未成熟的文本,所以它们最终没能像独立的尺牍文本那样成为辑佚的对象。③

当时,在文集编纂过程中,一种文本是否能作为辑佚的对象,其标准恐怕并不明确。这些墨迹没有被作为辑佚对象,可能只是一种偶然,也或许是因为当初《施注苏诗》还没有广泛普及。如果南宋和明朝人都阅读《施注苏诗》,那么墨迹或许就可以作为一种尺牍,变成了辑佚的对象,也未尝可知。总之,墨迹和尺牍是处于"公"与"私"的临界领域的文本,这些文本能否被收入文集,就好像能否进入客厅获得自己的一席之地一样,可以说处在一个极其微妙位置上。

---

① 冯应榴辑注,黄任轲、朱怀春校点:《苏轼诗集合注》,上海:上海古籍出版社,2001 年,第 2097 页。
② 同上书,第 2098 页。
③ 此外,苏轼手书墨迹的留存及辑佚者的能力有关。由于墨迹具有与尺牍相似的"私密文本"性质,因此流传不广,难以收集。时代变易后,"私密"解禁,墨迹不断上石,被公开传播,辑佚者才有更多机会接触这些作品。

六、结语

　　综上所述,本文以尺牍及其辑佚过程为着眼点,对苏轼文集编纂问题作了若干考察。如果是其他文人的话,其作品可能会散佚于世,但关于苏轼的作品却保留着众多的文献记录。也正因如此,对于各类文学文本是如何被交换、保存、传承的,是如何被编纂、辑佚的,从苏轼的文集里获得的信息自然比其他文人多。本文通过考察苏轼文集的编纂情况,明确了"书简(尺牍)"这一文体所具备的"私密性文本"特质。此论目前仍极为浅显,有待日后开展更为深入的考察。

"乌台诗案"的审与判
——从审刑院本《乌台诗案》说起

复旦大学中国语言文学系 朱 刚

北宋元丰二年(1079年)七月二十八日,苏轼在湖州知州任上被捕,八月十八日押解至京,拘于御史台,就其诗文谤讪朝政之事加以审讯,十二月二十八日结案,贬官黄州。史称"乌台诗案"。

无论就苏轼的传记研究,还是就北宋文学史、政治史、法制史研究而言,"乌台诗案"都是值得仔细考察的历史事件,故历代学者参与讨论甚多,成果也非常可观。但据笔者的见闻,明刊《重编东坡先生外集》①卷八十六所录有关"乌台诗案"的一卷文本,似从未引起研究者的足够关注,而我以为这是北宋审刑院复核此案后上奏的文本。由于传世的其他记录"诗案"之文本,主要是据御史台的案卷编辑的,相比之下,这个审刑院的文本就显示出它的独特性,对于我们深入了解此案有不小的帮助。所以,我把这个文本叫作"审刑院本《乌台诗案》",以此为根据,重新讨论案件的审判经过。

一、"诗案"的文本:御史台本与审刑院本

今存记录"乌台诗案"的文本,被学者们据以研究此案的,主要有以下三种:①署名"朋九万"的《东坡乌台诗案》一卷;②胡仔《苕溪渔隐丛话》卷四十二至四十五,共四卷;③署名周紫芝的《诗谳》一卷。这三种文本可以确定都是从宋代传下来的,此后当然还有一些根据它们而来的衍生文本,姑且不论。学者们对此三种文本多有考察,而以内山精也《〈东坡乌台诗案〉流传考》、刘德重《关于苏轼"乌台诗案"的几种刊本》②二文最为集中、详尽。据他们的结论,《诗谳》是书商牟利之作,内容简略,且署名出于伪托;胡仔的文本,出于其父胡舜陟从御史台抄录《诗案》原卷的副本,内容当然很可靠,但胡仔对它进行了节录和改编,以符合《苕溪渔隐丛话》全书

---

① 明刊《重编东坡先生外集》,有中国国家图书馆藏本,齐鲁书社《四库全书存目丛书》集部第十一册据浙江图书馆藏本影印。
② 内山精也:《〈东坡乌台诗案〉流传考——围绕北宋末至南宋初士大夫间的苏轼文艺作品收集热》,载《传媒与真相——苏轼及其周围士大夫的文学》,上海:上海古籍出版社,2005年;刘德重《关于苏轼"乌台诗案"的几种刊本》,《上海大学学报》2002年第9期。

的诗话体裁,故已非《诗案》之原貌;"朋九万"的《东坡乌台诗案》早见于南宋书目的记载,曾在南宋前期刊行,虽然"朋"这个姓比较奇怪,但此书是相关文献中最为详尽者,堪称"原案实录",也就是说最接近御史台案卷的原貌。

实际上,"朋九万"《东坡乌台诗案》已经成为现代学者研究"乌台诗案"的最重要史料。考察这个文本,可以发现它虽然将许多内容统编为一卷,但全书的结构仍井然可观,因为各段落前都有小标题,如"监察御史里行何大正札子""御史台检会送到册子""供状""御史台根勘结按状"等,"供状"之下还分出"与王诜往来诗赋""与李清臣写超然台记并诗""次韵章传"等等细目①,条理非常清晰。这些小标题中有的看来不太合适(详下),似非御史台原卷所有,估计是编者加上去的。大体上,我们可以把这个文本区分为三个部分:

① 弹劾奏章和罪证。奏章共有四篇,即监察御史里行何大正②、监察御史舒亶、国子博士李宜之、御史中丞李定的弹劾状;后面一段小标题"御史台检会送到册子",交代"诗案"的主要罪证,是杭州刊版的《元丰续添苏子瞻学士钱塘集》。

② 供状。这部分先概叙了苏轼的简历,然后是针对许多具体作品有无讥讽之意的审讯记录,即"供状",约四十篇,此是全书主体,最后有一段小标题为"中使皇甫遵到湖州勾至御史台"的文字,简叙"诗案"的审讯经过。

③ 结案判词。这部分小标题为"御史台根勘结按状",美国学者蔡涵墨(Charles Hartman)通过细密的解读,推断其主要内容实为大理寺的判词,即根据御史台的审讯材料,由大理寺对此案所作的判决③。

以上三个部分中,最后一部分的小标题不太合适,其内容未必为御史台原卷所有,但看来也不像是大理寺判词的原貌,至少文本中并未以大理寺判词的面目呈现。所以这部分应该出于《东坡乌台诗案》的编者即"朋九万"之手,他杂取了有关资料编辑出这部分文字,用来交代"乌台诗案"的结果,使全书内容显得完整。第二部分最为详细,占了最大篇幅,可以相信是从负责审讯的御史台所存案卷或其副本过录的。至于第一部分的弹劾奏章,我们不能确定是否为御史台原卷所有,但对于全书来说,为了交代"诗案"的起因,它们是必要的。

作为一个记录了案件起诉、审讯、判决之全过程的文本,以"供状"为主要部分,当然是合理的;不过"供状"之所以被过录得如此详尽,还有一个原因,就是它们包含了对涉案诗歌的权威解读,而这正是《东坡乌台诗案》的读者对此书最大的关注点。特殊的机会让苏轼这样一位大诗人必须老老实实地解说自己的作品,这当然比一般的诗话更能引起受众的兴趣,使此书迅速流行。我们由此可以推测,"供状"部分被编者删削的可能性很小,为了满足读者的期待,他应该竭其所有提供全部资料,而这资料的最初来源无疑是御史台。所以,鉴于《东坡乌台诗案》的

---

① 朋九万:《东坡乌台诗案》,上海:商务印书馆,1939年。
② 按史实,弹劾者为何正臣,《东坡乌台诗案》的《函海》本误作"何大正",清代《忏花庵丛书》本校正为"何正臣"。
③ 蔡涵墨:《乌台诗案的审讯:宋代法律施行之个案》,载卞东波编译《中国古典文学研究的新视镜:晚近北美汉学论文选译》,合肥:安徽教育出版社,2016年,第187—212页。

主体部分出自御史台,我们不妨称之为"诗案"的"御史台本",尽管其"供状"之外的部分也可能有别的来源。

与此相比,明刊《重编东坡先生外集》卷八十六就是记录"乌台诗案"的另一种文本,其卷首标题如下:

> 中书门下奏,据审刑院状申,御史台根勘到祠部员外郎直史馆苏某为作诗赋并诸般文字谤讪朝政案款状。

按北宋的制度,审刑院对案件进行复核,其判决意见经由中书门下奏上。标题的文字与此制度相符,可以判断这个文本来自审刑院。其总体篇幅比《东坡乌台诗案》要小,结构上也有异同。开头部分并没有抄录弹劾奏章,而是一段苏轼的简历;接下来,主体部分也是供状,分了"一与王诜干涉事""一与李清臣干涉事""一与章传干涉事"等三十余篇,篇数和每篇的文字都比《东坡乌台诗案》所录"供状"要少,但前后次序是一致的,内容上基本重合,可以认为是御史台提供的"供状"的一个缩写本;值得注意的是最后一部分,与《东坡乌台诗案》的"御史台根勘结按状"有不少相似文字,但看起来更像一篇完整而有条理的结案判词,先简单地引用了御史们弹劾奏章的要点,然后是判决意见,最后根据皇帝圣旨记录判决结果。这样,从"供状"被缩写和结案判词显得整饬的文本特征来看,《外集》这一卷很可能就是审刑院上奏文件的忠实抄录,亦即"乌台诗案"的"审刑院本"。《外集》的最初编辑,一般认为是在南宋时代[①],编者有可能获得审刑院文件的副本。

如上所述,这个"审刑院本"与"御史台本"有所差异,兹将两种文本的异同点列为下表:

表 27-1 "审刑院本"与"御史台本"异同

文本	御史台本("朋九万"本)	审刑院本(《外集》本)
结构	弹劾奏章(全)	弹劾奏章(无,其要点在结案判词中被简单引录)
	审讯供状(详细,接近原貌)	审讯供状(简略,缩写本)
	结案判词(简略、杂乱)	结案判词(相对详细、整饬)
性质	经过编辑的文本	可能是原始文件的抄录

应该说明的是,由于"供状"被缩写,对于把"诗案"当作诗话来看待的读者而言,这个"审刑院本"的意思也许不大,《外集》的这一卷文本历来不太受到关注,估计就是这个原因。但是,如果我们把两种本子的"供状"仔细比对,仍可以发现很有意思的现象,下文再详。更重要的是,"审刑院本"相对详细而且条理整饬的结案判词,可以帮助我们重新考察这个案件的审判情况。

---

① 刘尚荣:《〈东坡外集〉杂考》,载《苏轼著作版本论丛》,成都,巴蜀书社,1988 年。

二、审判程序：鞫谳分司

上文已经提到蔡涵墨对《东坡乌台诗案》中"御史台根勘结按状"部分的解读，其前提是对北宋司法制度的了解。他引述了宫崎市定、徐道邻等专家的结论[①]，确认"鞫谳分司"即审讯和判决由不同官署负责进行的制度，将应用于"乌台诗案"。具体来说，御史台在此案中负责"推勘"（或曰"根勘"），也就是调查审讯，勘明事实，其结果呈现为"供状"；接下来，当由大理寺负责"检法"，即针对苏轼的罪状，找到相应的法律条文，进行判决，其结果便是"判词"。由于所谓"御史台根勘结按状"中包含了判决的内容，因此蔡涵墨认为这些文字应来自大理寺。

蔡涵墨的这项研究，其意义是不言而喻的。与以往的相关论述主要集中于苏轼跟御史台之间的冲突不同，他指出了御史台权力的边界，该机构负责审讯，在判决方面或许可以提出建议，但真正的判决权由别的官署掌握。实际上，我们在《东坡乌台诗案》中也可以看到"差权发运三司度支副使陈睦录问，别无翻异"等文字，这说明连"供状"的定稿也必须由一位与御史台无关的官员来跟苏轼当面确认，如果愿意，苏轼还拥有在此时"翻异"的机会。这当然是北宋在司法程序上比较谨慎、细致的一种设计。历史记录方面，《续资治通鉴长编》在元丰二年十二月庚申苏轼贬黄州条下，回顾"诗案"审理的过程云：

> 初，御史台既以轼具狱，上法寺，当徒二年，会赦当原。于是中丞李定言……[②]

这里的"法寺"就是大理寺，御史台把审讯结果交给大理寺，然后由大理寺作出判决。《长编》的这一回顾虽然十分简单，却可以证实"鞫谳分司"的司法制度确实被应用于"乌台诗案"。当然《长编》并未详细引录大理寺的判决内容，只是概括为两个要点："当徒二年，会赦当原。"不过这个简要的概括与蔡涵墨解读"御史台根勘结按状"的结果也可相印证，故我们有足够的理由信任他对这部分文字来自大理寺的推断。

蔡涵墨没有关注"诗案"的"审刑院本"，但《重编东坡先生外集》所保存的这个文本却能有力地支持他的结论。审刑院的职责是复核案件，通过中书门下奏上判决意见，我们在该文本最后的结案判词的部分，可以看到不少与大理寺判词相似的文字，这说明审刑院重复或者说支持了大理寺的有关判决。就司法领域来说，这已经是"终审"了，当然北宋的司法程序还要给皇帝保留最后"圣裁"的权力。实际上，皇帝的"圣裁"往往包含了法律之外的比如政治影响方面的考虑，当我们从司法角度考察"乌台诗案"时，"审刑院本"提供了该案被如何判决的最终记录。

[①] 宫崎市定：《宋元时代の法制と裁判机构：元典章成立の时代的・社会的背景》，《东方学报》1954年第24集；徐道邻：《鞫谳分司考》，《东方杂志》1971年第5期。
[②] 李焘：《续资治通鉴长编》，上海：上海古籍出版社，1986年，第2829页。

于是,我们现在有了较为充足的条件,还原出"诗案"在审判方面的基本过程,可以分为如下四个环节:

(一) 御史台的审讯

《长编》没有记明御史台把审讯结果提交给大理寺的具体时间,但《东坡乌台诗案》记得很清楚,其"御史台根勘结按状"中有以下文字:

> 御史台根勘所,今根勘苏轼、王诜情罪,于十一月三十日结案具状申奏。差权发运三司度支副使陈睦录问,别无翻异。续据御史台根勘所状称,苏轼说与王诜道……

御史台于元丰二年十一月三十日奏上审讯结果。这也就是说,从苏轼被押至御史台的八月十八日起,直至十一月底,"诗案"都处在审讯即"根勘"阶段。值得注意的是除了苏轼外,还专门提到驸马王诜,他是神宗皇帝的妹夫,属于皇亲国戚。北宋的规矩,不许士大夫跟皇亲国戚交往过于密切,所以御史台把苏轼与王诜相关的诗文当作审讯的重点,"供状"中的第一篇就是"与王诜往来诗赋"("审刑院本"作"一与王诜干涉事")。

审讯的结果就是"供状",值得注意的是"供状"的分篇情况,反映出审讯的特殊方式。每一篇"供状"都具备基本的形态,即"与某人往来诗赋"或"与某人干涉事"等,也就是说,每篇都涉及另一个人(首先是王诜,其他如李清臣、司马光、黄庭坚等),苏轼与之发生了诗文唱和或赠送的关系,这些诗文被列举出来,追问其中是否含有讥讽内容。为什么要采用这样的审讯方式呢?宋人常作反面的理解,说这是李定为首的御史台想要把更多的人牵连进去;但如果从正面理解,恐怕跟这个案件本身的追责范围有关,它要获取的"罪证"必须是苏轼写了给别人传看,从而产生了"不良影响"的作品,换言之,如果仅仅是苏轼自己写了,没有给别人看,就不作为"罪证"。实际上,"供状"并没有包括苏轼在元丰二年以前所写讥讽"新法"的全部诗文,我们现在读《苏轼诗集》《苏轼文集》《东坡乐府》可以发现更多的"讥讽"作品,但它们不属于李定等人追问的范围。如此,成为审讯对象的诗文都要与另一个人相关,故"供状"就以相关人为序,以"与某人干涉事"的形态分列了大约四十篇,而篇幅最大的就是跟王诜相关的第一篇。

然而,如果仔细比对"御史台本"和"审刑院本"的两份"供状",却能发现微妙的差异。"御史台本"的"供状"中有一篇专门就苏轼与苏辙的往来诗歌进行审讯的交代记录,而"审刑院本"把这一篇完全删除了;"御史台本"还涉及了苏轼与参寥子道潜唱和的诗歌,而"审刑院本"简写为"和僧诗",不出现"道潜"这个名字。这说明什么呢?御史台看来什么都审,审出来就当作"罪证"。但审刑院的官员似乎认为,把兄弟之间私下来往的文字当作"罪证"是不合适的,除非他们抄给别人去看;至于僧人,既已离俗出家,就没有必要去写明他的名字了。所以,无论是有意还是无意,审刑院的官员在缩写"供状"的过程中自然地保持了司法官员的专业立场,而这正是审刑院与御史台的不同之处。当然"审刑院本"的"供状"也并非完全不涉及苏辙,苏轼写给苏辙的诗,传ให王诜看,这样的诗就算"罪证",而若只局限在兄弟之间,则在"审刑院本"中不被列入"罪证"。

把御史台的这种审讯方式理解为有意牵连更多人入案,也不是毫无根据。比如跟司马光相关的那篇"供状",视作"罪证"就非常勉强。司马光应该是御史台最想要牵连进去的人,但苏轼自熙宁四年出京外任后,与远居洛阳的司马光并无密切的文字来往,所以御史台只找到一首苏轼寄题其"独乐园"的诗①。此诗原本并未刻在《元丰续添苏子瞻学士钱塘集》中,而且全诗只是赞美司马光,并未明确反对别人。但审讯的结果是,赞美司马光有宰相之器,就是讥讽现任宰相不行。

(二)大理寺的初判

大约从十二月起,"诗案"进入了判决阶段。如果陈睦的"录问"很快完成,交给大理寺,那么大理寺的初判可以被推测在十二月初。

如前所述,《东坡乌台诗案》所谓的"御史台根勘结按状",其实包含了大理寺的判词,其内容已经蔡涵墨详细解读,这里不拟复述。《长编》则将其要点概括为:"当徒二年,会赦当原。"换言之,大理寺官员通过非常专业的"检法"程序,判定苏轼所犯的罪应该得到"徒二年"的惩罚,但因目前朝廷发出的"赦令",他的罪应被赦免,那也就不必惩罚。需要注意的是,这个判决等于将御史台在此案上所下的功夫一笔勾销。

我们从《长编》也可以找到当时的大理寺负责人,此书记载,元丰元年十二月重置大理寺狱,知审刑院崔台符转任大理卿②。那么,次年对"乌台诗案"作出如上初判的大理寺,是在崔台符的领导下。

(三)御史台反对大理寺

大理寺的初判显然令御史台非常不满,乃至有些恼羞成怒,《长编》在叙述了大理寺"当徒二年,会赦当原"的判决后,续以"于是中丞李定言""御史舒亶又言"云云,即御史中丞李定和御史舒亶反对大理寺判决的奏状。他们向皇帝要求对苏轼"特行废绝",强调苏轼犯罪动机的险恶,谓其"所怀如此,顾可置而不诛乎"③?

御史台提出对大理寺初判的反对,大约也在十二月初或稍后。不过李定和舒亶的两份奏

---

① 《苏轼诗集》卷十五题为"司马君实独乐园",《东坡乌台诗案》则称之为"寄题司马君实独乐园";"供状"注明"此诗不系降到册子内",是御史们通过审讯或别的途径获得。
② 李焘:《续资治通鉴长编》,上海:上海古籍出版社,1986年,第2770页。
③ 同上书,第2829—2830页。

状并不包含司法方面的讨论，没有指出大理寺的判词本身存在什么错误，只说其结果不对，起不到惩戒苏轼等"旧党"人物的作用。从上引"御史台根勘结按状"中的那段文字也可以看出，为了增强反对的力度，御史台在"供状"定稿已经提交后，还继续挖掘苏轼的更多"罪状"，尤其是与驸马王诜交往中的"非法"事实。鉴于官员与贵戚交结的危险性，御史台此举的用心不难窥见。

（四）审刑院支持大理寺

在负责审讯的御史台与负责判决的大理寺意见矛盾的情形下，负责复核的审刑院的态度就很重要了。我们从《外集》所载"审刑院本"的结案判词可以看出，审刑院的官员顶住了御史台的压力，非常鲜明地支持了大理寺"当徒二年，会赦当原"的判决，并进一步强调赦令的有效性。对这个结案判词的解读留待后文，此处先考察一下"诗案"发生时审刑院的情况。

据《长编》记载，就在"诗案"正处审理过程之中，元丰二年冬十月甲辰，知审刑院苏寀卒[①]。此后，《长编》并未记载朝廷任命新的审刑院长官，而至次年，即元丰三年八月己亥，审刑院并归刑部[②]，该机构不再独立存在。可见，"乌台诗案"几乎就是北宋审刑院作为独立机构处理的最后案件之一。在"诗案"的"审刑院本"被写成之时，苏寀已卒，新的长官是谁，或者有没有新的长官，都不可知。审刑院在这样的情况下不顾御史台的反对，向朝廷提交了支持大理寺的判词，体现了北宋司法官员值得赞赏的专业精神。也许，我们可以认为当时同属司法系统的大理卿崔台符对此具有影响，在转任大理卿之前，他曾长期担任知审刑院之职。

崔台符（1024—1087）《宋史》有传，评价并不高：

> 崔台符字平叔，蒲阴人，中明法科，为大理详断官……入判大理寺。初，王安石定按问欲举法，举朝以为非，台符独举手加额曰："数百年误用刑名，今乃得正。"安石喜其附己，故用之。历知审刑院、判少府监。复置大理狱，拜右谏议大夫，为大理卿。时中官石得一以皇城侦逻为狱，台符与少卿杨汲辄迎伺其意，所在以锻炼笞掠成之，都人惴栗，至不敢偶语。数年间，丽文法者且万人。官制行，迁刑部侍郎，官至光禄大夫。[③]

从履历来看，他自"明法科"出身，从大理详断官、判大理寺、知审刑院，到大理卿，再到刑部侍郎，一直担任司法官员。虽然据史书的说法，他在政治上似乎属于"新党"，执法方面也显得严苛，但在"乌台诗案"的判决上，他所领导的大理寺和具有影响的审刑院，却能顶住御史台的政治压力，保证苏轼获得合法的处置，并不在法律之外加以重判。

---

① 李焘：《续资治通鉴长编》卷二九五，上海：上海古籍出版社，1986年，第2819页。
② 同上书，第2876页。
③ 脱脱等：《宋史》卷三五五《崔台符传》，北京：中华书局，1985年，第11186页。

遭遇"诗案"当然是苏轼的不幸,但他也不妨庆幸他的时代已具备可称完善的"鞫谳分司"制度,以及这种制度所培养起来的司法官员的专业精神,即便拥有此种精神的人是他的政敌。

三、"诗案"的结果:奉旨"特责"

"审刑院本"的存在,不仅能帮助我们了解"乌台诗案"被判决的过程(以往我们大抵只关注其审讯的阶段,而实际上在元丰二年的最后一个月,"诗案"在总体上已进入判决阶段,虽然御史台为了搜集更多"罪证",还在继续审问苏轼),根据这个文本的最后部分即结案判词,我们还可以对"诗案"的判决结果重新加以认识。传统上,我们习惯于将苏轼遭遇"诗案"以后的结果表述为"以罪贬黄州",但从司法角度来说,这个表述其实是不能成立的,因为判决结果非常明确地显示,他的"罪"已被依法赦免。

参照《长编》等史籍的记载,"审刑院本"的结案判词可以被梳理为三个要点:一是定罪量刑,苏轼所犯的罪"当徒二年";二是强调赦令对苏轼此案有效,"会赦当原",也就是免罪;三是根据皇帝圣旨,对苏轼处以"特责",贬谪黄州。以下逐次展开:

(一)"当徒二年"

这是《长编》对大理寺初判内容的概括,"审刑院本"结案判词,在概叙了御史台弹劾、审讯的过程后,列出三条定罪量刑的文字:

一,到台累次虚妄不实供通。准律,别制下问,报上不实,徒一年,未奏减一等。
一,诗赋等文字讥讽朝政阙失等,到台被问,便因依招通。准敕,作匿名文字,谤讪(讪)朝政及中外臣僚,徒二年。又准《刑统》,犯罪案问欲举,减罪二等,今比附,徒一年。
一,作诗赋寄王诜等,致有镂板印行,讽毁朝政,又谤讪中外臣僚。准敕,犯罪以官当徒,九品以上官当徒一年。准敕,馆阁贴职许为一官。或以官,或以职,临时取旨。

把前两条加起来,大概就得出"徒二年"的结果了。蔡涵墨解读的大理寺判词似乎在细节上比此更复杂一些,但他依据的"御史台根勘结按状"是个看上去较为错乱的文本,对具体细节加以追究颇为困难。要之,从结果来说,大理寺、审刑院在量刑方面保持了一致,与《长编》的概括也相符。

这里还有必要简单复述一下蔡涵墨的相关分析,他指出御史台最初对苏轼的指控是"指斥乘舆",即辱骂皇帝,这在传统上属于"十恶",为不赦之罪,可判死刑;但从实际情况看,对批评皇帝的言论如此定罪,已"有悖于宋代的法律理论与实践"。按照他对大理寺判词的解读,"大理寺的官员明显与御史台的推勘者保持着距离,他们拟定适用的法律",也就是说,司法官员避免了笼统定性的断罪方式,他们根据专业知识,引用"律""敕"和《刑统》的具体条文来进行判决,得出"徒一年""徒二年"之类的具体量刑结果。我们在以上引文中可以看到,审刑院的官员也采取了相同的判决方式。而且,《宋史·崔台符传》中提到的,由王安石所定,被举朝反对,却获得崔台符支持的"案问欲举"法(大意是被审讯时能主动交代,可减罪二等),也被应用于苏轼此案的判决。这也许可以解释"供状"中的某些文字,无论是御史台的记录本,还是审刑院的缩写本"供状",大都记明所涉的苏轼诗文哪些是在"册子"(即作为罪证的《元丰续添苏子瞻学士钱塘集》)内,哪些并非"册子"原载而是犯人主动交代的。

再看上面引文的第三条。这一条文字有些费解,因为其所述苏轼的罪状与第二条基本重复。但后面的主要内容,是"准敕"说明"以官当徒"的方法,这意味着所谓"徒二年"也并不真正施行,而可以用褫夺苏轼官职的方式来抵换。

(二)"会赦当原"

这也是《长编》对大理寺初判内容的概括,但在"朋九万"《东坡乌台诗案》的"御史台根勘结按状",即蔡涵墨认为包含了大理寺判词的部分,我们找不到与此相应的具体表述,而"审刑院本"的判词中却有颇为详细的一段:

> 某人见任祠部员外郎直史馆,并历任太常博士,合追两官,勒停。犯在熙宁四年九月十日明堂赦、七年十一月二十日南郊赦、八年十月十四日赦、十年十一月二十七日南郊赦,所犯事在元丰三[①]年十月十五日德音前,准赦书,官员犯人入己赃不赦,余罪赦除之。其某人合该上项赦恩并德音,原免释放。

此处先确认了"以官当徒"的结果,即追夺两官,以抵换"徒二年",结果是"勒停"即勒令停职。然后,列举了自苏轼有"犯罪事实"以来,朝廷颁发过的四次赦令,以及当年十月十五日新下的德音,认为它们对苏轼一案都是有效的。所以,苏轼的"罪"已全部被赦免,应该"原免释放"。这里难以确定的是,被免罪的苏轼是不是不必再接受用来抵换"徒二年"的"追两官,勒停"之处罚,而可以保留原来的官职;或者官职和赦恩相加才抵换了"徒二年",苏轼依然被"勒停"。无论如何,苏轼被释放时已是无罪之身,这一点应该没有疑问。

在《东坡乌台诗案》的"御史台根勘结按状"中,可以与"审刑院本"的这段文字相对照的,是如下一段:

[①] 这个"三"字应当是"二"字之讹,元丰二年十月庚戌(十五日)的德音,是因太皇太后曹氏病危而发,见《续资治通鉴长编》卷三百:"庚戌,以太皇太后服药,德音降死罪囚,流以下释之。"(李焘:《续资治通鉴长编》,上海:上海古籍出版社,1986年,第2820页。)

> 据苏轼见任祠部员外郎直史馆,并历任太常博士,其苏轼合追两官,勒停,放。

这里的"勒停"后面跟个"放"字,似不相衔接,很可能中间脱去了有关赦令的叙述,而"放"字所属的文句应相当于"审刑院本"中的"原免释放"。这当然只是推测,但大理寺的初判估计是包含了"会赦当原"之内容的,这些内容无助于满足《东坡乌台诗案》的读者对苏诗解读的兴趣,故被编者删略,或者竟是文本流传过程中造成的脱简。根据"审刑院本",我们可以补出这方面的内容。

值得注意的还有"准赦书,官员犯人入己赃不赦,余罪赦除之"一句,它表明前文确认的苏轼所犯"报上不实""谤讪朝政"等"罪"是在可被赦除的范围内,只要苏轼没有"入己赃"即收受赃款赃物,他就没有不赦之"罪"了。这令我们回想到《东坡乌台诗案》所载元丰二年十一月三十日后御史台继续审讯苏轼的内容:

> 续据御史台根勘所状称,苏轼说与王诜道:"你将取佛入涅盘及桃花雀竹等,我待要朱繇、武宗元画鬼神。"王诜允肯言得。
> 熙宁三年已后,至元丰三年十一月十五日德音①前,令王诜送钱与柳秘丞,后留僧思大师画数轴,并就王诜借钱一百贯……

这是在"供状"定本已经提交,乃至大理寺已经作出初判后,御史台对苏轼罪状的继续挖掘。很明显,此时御史台审问的主题不再是某篇诗文是否讽刺朝政,其调查工作聚焦在了苏轼与王诜的钱物来往。这并非"诗案"被起诉的本旨,是不是因为大理寺的判词也引用了"官员犯人入己赃不赦,余罪赦除之"的赦令,所以御史台此后便努力朝"入己赃"的方向去调查取证呢?若果然如此,则为了入苏轼于不赦之罪,御史台亦可谓煞费心机矣。然而,至少负责复核的审刑院并不认为这些钱物来往属于赃款赃物。

"审刑院本"的判词强调了赦令的累积和有效性,给出了"原免释放"这一司法领域内的最终判决。虽然真正的终裁之权还要留给皇帝,但它表明了北宋司法系统从其专业立场出发处理"乌台诗案"的结果。皇帝有权在法外加恩或给予惩罚,法官则明确地守护了依法判决的原则。并不是任何时代所有法官都能做到这一点的,对于北宋神宗时代司法系统的专业精神,我们应予好评,在这个系统长期主持工作的崔台符,史书对他的酷评看来不够公正。

(三)"特责"

"朋九万"编《东坡乌台诗案》的末尾记载了皇帝最后对苏轼的处置:

---

① 此处"元丰三年十一月十五日",亦当作"元丰二年十月十五日",同前注。

> 奉圣旨：苏轼可责授检校水部员外郎，充黄州团练副使，本州岛安置，不得签书公事。

这个处置也被记录在"审刑院本"的末尾，但文字稍有差异：

> 准圣旨牒，奉敕，某人依断，特责授检校水部员外郎，充黄州团练副使，本州岛安置。

虽然后面似乎脱去了"不得签书公事"一句，但前面对圣旨的意思转达得更具体一些，"依断"表明皇帝也认可了司法机构对苏轼"当徒二年，会赦当原"的判决，本应"原免释放"，但也许考虑到此案的政治影响，或者御史台的不满情绪，仍决定将苏轼贬谪黄州，以示惩罚。值得注意的是，在"责授检校水部员外郎"前，"审刑院本"有一个"特"字，透露了在法律之外加以惩罚的意思。《续资治通鉴长编》对此事的表述，也与此相同，在引述了李定、舒亶反对大理寺初判的奏疏后，云"疏奏，轼等皆特责"①。这"特责"意谓特别处分，换言之，将苏轼贬谪黄州并不是一种"合法"的惩罚，它超越了法律范围，而来自皇帝的特权。说得更明白些，这就是神宗皇帝对苏轼的惩罚。

当然，《长编》把宋神宗的这一决定表述为他受到御史台压力的结果，后者本来意图将苏轼置于死地，而神宗使用皇帝的特权，给予他不杀之恩。《宋史·苏轼传》对"乌台诗案"的表述也与此相似：

> 御史李定、舒亶、何正臣摭其表语，并媒蘖所为诗以为讪谤，逮赴台狱，欲置之死，锻炼久之不决。神宗独怜之，以黄州团练副使安置。②

照这个说法，宋神宗对苏轼"独怜之"，给予了特别的宽容，才饶其性命，将他贬谪黄州。类似的表述方式在传统史籍中十分常见，其目的是归恶于臣下而归恩于皇上，经常给我们探讨相关问题带来困惑。其实这种说法本身经不起推敲。固然，与御史台的态度相比，神宗的处置显得宽容；但御史台并非"诗案"的判决机构，既然大理寺、审刑院已依法判其免罪，则神宗的宽容在这里可谓毫无必要。恰恰相反，"审刑院本"使用的"特责"一词，准确地刻画出这一处置的性质，不是特别的宽容，而是特别的惩罚。

---

① 李焘：《续资治通鉴长编》，上海：上海古籍出版社，1986年，第2830页。
② 脱脱等：《宋史》，北京：中华书局，1985年，第10809页。

作为宗教信徒的苏辙
——一个北宋官僚士大夫的信仰轨迹

华中师范大学文学院　林　岩

宋代的官僚士大夫，多与僧人、道士有着广泛的交往，关于这一点，学界大多已有共识。但在现有的研究中，有意或者无意，学者们一般多将兴趣集中在宋代官僚士大夫与佛教（尤其是禅宗）的关系上，而对于他们与道教的关系，则较少给予关注。一般而言，往往又多是选取某一位官僚士大夫，就其与佛教或道教的交涉，进行单一维度的考察，而极少能够进行综合的探讨。这固然是为了研究深入而采取的权宜之计，但也不可避免地影响了我们了解这位官僚士大夫在面对佛教、道教时，到底有着怎样的权衡和取舍，在其心目中哪一种宗教信仰更为重要，以及为何如此。

苏辙（1039—1112），作为一位具有很高声望的宋代官僚士大夫，在信仰方面，他也几乎可以被视为是一位严肃的宗教践行者。在其现存的诗文著述以及笔记当中，他对于自己与佛教、道教接触的过程，有着相当清晰的记述。更为重要的是，他对于自己在宗教实践中所进行的探索、所面临的困惑，尤其是晚年的宗教转向，都提供了极为丰富的细节描述，从而为我们勾勒其信仰轨迹提供了诸多线索。换言之，苏辙本身丰富的宗教体验，为我们了解宋代官僚士大夫如何与佛教、道教发生关系，又如何在两者之间取舍，提供了一个的生动的案例。①

有一点必须予以指出：与此前关于苏辙的思想研究有所不同，本文明确将苏辙的学术著述与其信仰实践区分开来。在笔者看来，前者如《诗集传》《春秋集解》《老子解》《古史》之类，主要是以一种"学问家"的姿态来进行撰述，尽管会有一些个人创见，但主要是秉承传统的著述方式；而后者则是基于其宗教实践的体验、行为，以及他个人的主观感受，并以此作为主要依据，从宗教信徒的角度来探寻苏辙的信仰追求。如果将两者混淆起来，则无法对苏辙的宗教信仰予以准确的把握。②

---

① 关于苏辙宗教信仰的研究见张煜：《苏辙与佛教》，《宗教学研究》2006年第3期；沈如泉：《苏辙养生修道简论》，《乐山师范学院学报》2014年第2期。
② 由于没有能够在苏辙的学术著述与其信仰实践之间做出明确的区分，所以在关于苏辙的思想研究中，经常会出现一种论调，即认为苏辙的思想是以儒家为主，同时兼融佛、道二教，因而是一种三教合一的思想。笔者认为此种论述，在研究路径上存在缺陷。如吴增辉：《从"省之又省"到圆融三教——党争及贬谪与苏辙的思想蜕变》，《西华师范大学学报》2012年第4期。

一、疾病与养生：早年与道教之接触

尽管苏辙在幼年时，曾和兄长苏轼一起在天庆观跟随道士张易简读书，但这显然不能作为他受到道教影响的依据。因为，那不过是跟随道士读书识字，接受启蒙教育而已。① 根据苏辙的自述，他初次接触到道教的修炼之术，大约是在治平三年（1066 年），因父亲苏洵病逝，他和兄长苏轼一起运送灵柩返回四川，在经过三峡时，有仙都山的道士出示《阴真君长生金丹诀》给他看，并告诉他内丹、外丹之说。② 但他似乎并没有就此进行道教修炼的尝试。

熙宁三年（1070 年）正月，朝廷任命张方平做陈州的地方长官（知州），张方平随即征召苏辙担任陈州教授。③ 正是在陈州教授任上，苏辙开始了自己道教修炼的实践。据其所作《服茯苓赋》，其中有一段文字说：

> 余少而多病，夏则脾不胜食，秋则肺不胜寒。治肺则病脾，治脾则病肺。平居服药，殆不复能愈。年三十有二，官于宛丘，或怜而受之以道士服气法，行之期年，二疾良愈。盖自是始有意养生之说。④

根据此段文字所述，苏辙是因为脾、肺有病，服药效果不佳，得人传授道士服气法，自行修炼之后，发现颇有效果，才由此留意道教养生之说。至于何人传授他此种养生术，文中虽未明言，但从他的其他著述中，还是可以找到答案。

在苏辙笔记中的一条记述中，他提及自己在担任陈州教授时，曾结识了一位名叫王江的道人，曾向他请教过养生之术，结果遭到了对方的拒绝。⑤ 但在他别的文字中，却又透露出，正是这位道人王江，向他传授了养生术。如熙宁五年（1072 年），他在一首酬答苏轼的诗作中有如下叙述：

> 先师客陈未尝饱，弟子于今敢言巧。败墙破屋秋雨多，夜视阴精过毕昴。齑盐冷落空杯盘，且依道士修还丹。丹田发火五脏暖，未补漫漫长夜寒。我生疲驽恋笙豆，崔翁游边指北斗。唯有王江亦未归，闭门无客邀沽酒。（自注：宛丘道人王江好饮酒，去冬游沈丘，遂不归。）⑥

---

① 孔凡礼：《苏辙年谱》，北京：学苑出版社，2001 年，第 4 页。
② 苏辙：《龙川略志》，北京：中华书局，1985 年，第 3 页。
③ 孔凡礼：《苏辙年谱》，北京：学苑出版社，2001 年，第 81 页。
④ 苏辙：《栾城集》，北京：中华书局，1989 年，第 332 页。
⑤ 苏辙：《龙川略志》，北京：中华书局，1985 年，第 8 页。
⑥ 苏辙：《栾城集》，北京：中华书局，1989 年，第 79 页。

诗中明确说明,他是从道士那里得到了养生之术,而且在自注中特别提到了道士王江的名字。这就暗示,养生之术极有可能是王江传授给他的。而且,另一个旁证是,在他晚年所作的一首诗中,再次提及了王江的名字:

> 幽居漫尔存三径,燕坐何妨应六窗。老忆旧书时展卷,病封药酒旋开缸。
> 小园摇落黄花尽,古桧飞鸣白鹤双。珍重老卢留种子,养生不复问王江。①

根据这些一再出现的证据,我们可以合理地推断,传授给苏辙养生术的正是道士王江。

苏辙在结束了陈州教授的任期后,熙宁六年(1073年)四月又被征召为齐州掌书记,在今天的山东济南一带做官。② 在他的上司中,有一位叫李常,是黄庭坚的舅舅。也许是通过这层关系,他认识了黄庭坚的兄长黄大临,而黄大临就曾在齐州向他传授过养生术,他后来给黄庭坚的一首诗中提及了此事:

> 病卧江干须带雪,老捻书卷眼生烟。贫如陶令仍耽酒,穷似湘累不问天。令弟近应怜废学,大兄昔许叩延年。比闻蔬茹随僧供,相见能容醉后颠。(自注:鲁直兄旧于齐州以养生见教。)③

此后,在他的齐州掌书记任满之际,熙宁十年(1077年)二月,苏轼被任命为徐州知州。苏辙陪同苏轼一起到徐州上任,在那里他认识了退休官员王仲素,对方也曾向他传授养生术。他在赠给王仲素的一首诗中叙及此事:

> 潜山隐君七十四,绀瞳绿发初谢事。腹中灵液变丹砂,江上幽居连福地。彭城为我驻三日,明月满舟同一醉。丹书细字口传诀,顾我沉迷真弃耳。年来四十发苍苍,始欲求方救憔悴。它年若访潜山居,慎勿逃人改名字。④

苏辙在诗中说,因为自己身体状况不好,年近四十已白发苍苍,所以特别沉迷于养生之术,幸好得到王仲素的指授。在同一时期苏轼写给刘攽的信中,也特别提及了此事,信中说:

> 王寺丞信有所得,亦颇传下至术,有诗赠之,写呈,为一笑。老弟亦稍知此,而子由尤为留意。淡于嗜好,行之有常,此其所得也。吾侪于此事,不患不得其诀及得而不晓,但患

---

① 苏辙:《栾城集》,北京:中华书局,1989年,第1192页。
② 孔凡礼:《苏辙年谱》,北京:学苑出版社,2001年,第102页。
③ 苏辙:《栾城集》,北京:中华书局,1989年,第223页。
④ 同上书,第129页。

守之不坚,而贼之者未净尽耳。①

根据信中所述,显然苏辙对于养生之术颇为着迷,而且严格地遵照实施,以至于苏轼对其坚强的意志也感到佩服。

熙宁十年(1077年)二月,张方平被朝廷任命为南京(应天府)留守,他又征召苏辙担任签书应天府判官。在此期间,通过苏轼与友人的书信,我们看到苏辙正不间断地按照遵照养生术进行修炼。如苏轼在给范景山的信中说:

> 子由在南都,亦多苦事。……近斋居,内观于养生术,似有所得。子由尤为造入。景山有异书秘诀,倘可见教乎?②

又在给王巩的书信中说:

> 子由昨来陈相别,面色殊清润,目光炯然,夜中行气脐腹间,隆隆如雷声。其所行持,亦吾辈所常论者,但此君有志节能力行耳。③

根据信中所述,苏辙一直在坚持养生术的修炼,而且似乎也颇有成效,身体状况大有改观。所以苏轼十分佩服弟弟超出常人的意志。

应当提及的是,苏辙之所以对道教养生术有如此大的热情,也极有可能受到了周围人的影响,其中最可能影响到他的就是张方平。张方平不仅很早就赏识苏氏兄弟的才华,而且他还两度征召苏辙做自己的僚属,两人有着十分密切的私人关系。而张方平本人就热衷于道教养生修炼。如苏辙在应天府做官时,他就发现张方平专门在家里养了一位道士,让其为自己炼丹。苏辙在笔记中记述说:

> 后十余岁,官于南京,张公安道家有一道人,陕人也,为公养金丹。其法用紫金丹砂,费数百千,期年乃成。公喜告予曰:"吾药成,可服矣。"予谓公何以知其药成也。公曰:"《抱朴子》言:药既成,以手握之,如泥出指间者,药真成也。今吾药如是,以是知其成无疑矣。"予为公道仙都所闻,谓公曰:"公自知内丹成,则此药可服,若犹未也,姑俟之若何?"公笑曰:"我姑俟之耶。"④

---

① 苏轼撰,孔凡礼点校:《苏轼文集》,北京:中华书局,1986年,第1465页。
② 同上书,第1794页。
③ 同上书,第1514页。
④ 苏辙:《龙川略志》,北京:中华书局,1985年,第2页。

另外，苏辙在元丰二年（1079年）为张方平生日所作的一首诗歌中，更是明确提及了张方平对于自己道教信仰的直接影响。诗中说：

> 嗟我本俗士，从公十年游。谬闻出世语，俛作笼中囚。俯仰迫忧患，欲去安自由。问公昔年乐，孰与今日优。山中许道士，非复长史俦。腹中生梨枣，结实从今秋。①

诗中的最后一句，采用道教养生修炼的术语，表达了自己意欲效仿张方平，将道教养生修炼坚持下去，直到成功的自我期许。

二、贬逐与求法：谪筠期间的禅林交游与道教修炼

元丰二年（1079年）年八月，苏轼因在诗歌中讥刺新法，被人抓住了把柄，下御史台狱。苏辙为了营救兄长，上书朝廷，表示愿意纳官为苏轼赎罪。十二月，朝廷处分下来，苏轼谪迁黄州团练副使，苏辙则被贬为监筠州盐酒税。苏辙由此开始了自己长达七年的谪居生活，在此期间，由于深入接触禅宗僧人，他的宗教信仰发生了显著的变化。

在贬逐筠州之前，苏辙与禅宗僧人有过一定的接触，但关系似乎并不密切。② 但是到了筠州之后，这里浓厚的宗教气息，却使他与禅宗僧人有了密切交往的机会，同时他的道教养生修炼也在持续进行。对于筠州的宗教氛围，他曾在元丰四年（1081年）文章中有如下叙述：

> 昔东晋太宁之间，道士许逊与其徒十有二人，散居山中，能以术救民疾苦，民尊而化之。至今道士比他州为多，至于妇人孺子，亦喜为道士服。唐仪凤中，六祖以佛法化岭南，再传而马祖兴于江西。于是洞山有价，黄檗有运，真如有愚，九峰有虔，五峰有观。高安虽小邦，而五道场在焉。则诸方游谈之僧接迹于其地，至于以禅名精舍者二十有四。此二者，皆他方之所无，予乃以罪故，得兼而有之。
>
> 余既少而多病，壮而多难，行年四十有二，而视听衰耗，志气消竭。夫多病则与学道者宜，多难则与学禅者宜。既与其徒出入相从，于是吐故纳新，引挽屈伸，而病以少安。照了诸妄，还复本性，而忧以自去，洒然不知网罟之在前与桎梏之在身，孰知夫险远之不为予安，而流徙之不为予幸也哉！③

根据文中所述，筠州当地不仅散居许多道士，而且也有不少禅宗道场，因而当地的宗教气息特

---

① 苏辙：《栾城集》，北京：中华书局，1989年，第165页。
② 同上书，第47、119页。
③ 苏辙：《栾城集》，北京：中华书局，1989年，第401页。

别浓厚。而苏辙本人多病的身体状况,以及在贬逐中的多难处境,则促使他与这些僧人、道士广泛接触,从而使自己的宗教信仰生活变得更加丰富、充实,也减轻了因贬逐而带来的精神苦闷。兹分述之:

(一) 筠州期间的禅林交游

根据苏辙自己的诗文记述,他在谪居筠州期间,交往的禅宗僧人,主要有洞山克文、黄檗道全、圣寿省聪、景城顺长老、石台问长老。正是通过这些禅僧,他对于禅宗修习有了深入了解和亲身实践的机会。对此他在诗文中,有明确说明。如他在给圣寿省聪禅师所撰写的墓碑中说:

> 予元丰中,以罪谪高安,既涉世多难,知佛法之可以为归也。是时洞山有文、黄檗有全、圣寿有聪,是三老人皆具正法眼,超然无累于物。予稍从之游,既久而有见也。居五年,予自高安移宰绩溪。未几而全委化,文去洞山,聪去圣寿。凡十年,予再谪高安,而文住归宗,聪退老黄檗不复出矣。①

同时,他又在另外一首诗中说:

> 身老与世疏,但有世外缘。五年客江西,扫轨谢往还。依依二三老,示我马祖禅。身心忽明旷,不受垢污缠。偶成江东游,欲别空凄然。缘散众亦去,飘若风中烟。(自注:高安三长老,与之甚熟,别后文老去洞山,聪老去圣寿,全老化去。)②

通过这些诗文可知,洞山克文、黄檗道全、圣寿省聪在禅宗修习方面,给了他许多直接的指导,正是在筠州,他接触到了马祖禅,即禅宗的临济宗一派。

关于这些禅僧,通过苏辙的诗歌,可以见出他们相互交往的情形。如他与洞山克文之间,有过多次的往还。他在诗中提及洞山克文与黄檗道全曾在雪天拜访自己:

> 江南气暖冬未回,北风吹雪真快哉。雪中访我二大士,试问此雪从何来。君不见六月赤日起冰雹,又不见腊月幽谷寒花开。纷然变化一弹指,不妨明镜无纤埃。(《雪中洞山黄檗二禅师相访》)

又提及曾与洞山克文一起夜话:

---

① 苏辙:《栾城集》,北京:中华书局,1989年,第1145页。
② 同上书,第264页。

> 山中十月定多寒,才过开炉便出山。堂众久参缘自熟,郡人迎请怪忙还。问公胜法须时见,要我清谈有夜阑。今夕客房应不睡,欲随明月到林间。(《约洞山文老夜话》)

在自己离开筠州时,洞山克文曾与石台问长老一起送行:

> 窜逐深山无友朋,往还但有两三僧。共游渤澥无边处,扶出须弥最上层。未尽俗缘终引去,稍谙真际自虚澄。坐令颠老时奔走,窃比韩公愧未能。(《谢洞山石台远来访别》)

此外,他还曾为洞山克文开堂说法时的禅宗语录写过序言,对其禅法给予了很高的评价:

> 有克文禅师,幼治儒业,弱冠出家求道,得法于黄龙南公,说法于高安诸山。晚居洞山,实继悟本,辩博无碍,徒众自远而至。元丰三年,予以罪来南,一见如旧相识。既而其徒以语录相示,读之纵横放肆,为之茫然自失。盖余虽不能诘,然知其为证正法眼藏,得游戏三昧者也。故题其篇首。[①]

洞山克文是临济宗黄龙派之开创祖师黄龙慧南的弟子,在当时的禅林声誉卓著,故而有众多弟子追随,也因此留下了自己传法的语录。

他与黄檗山的道全禅师,有过交往,但并不频繁,主要的原因大概是道全禅师当时已经生病,身体不适。所以他曾有诗表示慰问:

> 四大俱非五蕴空,身心河岳尽消熔。病根何处容他住,日夜还将药石攻。(《问黄檗长老疾》)

在道全禅师过世之后,苏辙曾为之撰写塔铭,追忆了彼此交往的情形,特别提及道全热心向自己传授禅法:

> 元丰三年,眉山苏辙以罪谪高安,师一见曰:"君静而惠,可以学道。"辙以事不能入山。师每来见,辄语终日不去。六年,师得疾甚苦,从医于市,见我语不离道,曰:"吾病宿业也,殆不复起矣。君无忘道,异时见我,无相忘也。"既而病良愈,还居山中。[②]

根据文中所述,我们还可得知,黄檗道全是洞山克文的弟子,经由后者指点而得悟禅法,所以道

[①] 苏辙:《栾城集》,北京:中华书局,1989年,第430页。
[②] 同上书,第421页。

全禅师也是属于临济宗的黄龙一派。

苏辙与圣寿寺的省聪禅师,显然关系密切得多,他们几乎经常见面,大概是因为圣寿寺接近筠州市区的缘故。苏辙对此在诗也也有描述:

> 朝来卖酒江南市,日暮归为江北人。禅老未嫌参请数,渔舟空怪往来频。每惭菜饭分斋钵,时乞香泉洗病身。世味渐消婚嫁了,幅巾绦褐许相亲。(《余居高安三年,晨入暮出,辄游圣寿访聪长老,谒方子明,浴头笑语,移刻而归,岁月既久,作一诗记之》)

当苏辙离开筠州时,他还曾专门写诗道别:

> 五年依止白莲社,百度追寻丈室游。睡待磨茶长展转,病蒙煎药久迟留。赞公夜宿诗仍作,巽老堂成记许求。回首万源俱一梦,故应此物未沈浮。(《回寄圣寿聪老》)

由此可以见出两人有着深厚的情谊。在一篇介绍省聪法师求法经过的文章中,他也提及了自己向省聪求法的情形:

> 禅师聪公,昔以讲诵为业,晚游净慈本师之室,诵南岳思大和尚口吞三世诸佛语,迷闷不能入。一日为本烧香,本曰:吾畴昔为汝作梦,甚异。汝不悟即死,不可不勉。"师茫然不知所谓,既而礼僧伽像,醒然有觉,知三世可吞无疑也。趋往告本,本曰:"向吾梦汝吞一世界一剃刀,汝今日始从迷悟,是始出家,真吾子也。"乃击鼓升座,为众说此事。聪作礼涕泣而罢。聪住高安圣寿禅院,予尝从之问道。聪曰:"吾师本公未尝以道告人,皆听其自悟,今吾亦无以告子。"予从不告门,久而入道。①

根据文中所述,省聪禅师得法于在当时禅林声誉卓著的净慈宗本禅师,而宗本属于云门宗僧人,所以省聪禅师也是云门宗的禅僧。可见苏辙在筠州期间,与临济宗、云门宗的僧人都有颇为密切的交往。在省聪禅师过世之后,苏辙也为之撰写了塔铭②。

苏辙与景福顺长老的交往颇为特别,因为后者在庐山跟随云门宗僧人圆通居讷学法时,曾与他的父亲苏洵有过交集。这在苏辙写给对方的诗中,特别做了说明:

> 辙幼侍先君,闻尝游庐山,过圆通,见讷禅师,留连久之。元丰五年,以谴居高安,景福顺公不远百里惠然来访,自言昔从讷于圆通,逮与先君游,岁月迁谢,今三十六年矣。二公

---

① 苏辙:《栾城集》,北京:中华书局,1989 年,第 345 页。
② 同上书,第 1145 页。

皆吾里人,讷之化去已十一年,而顺公年七十四,神完气定,聪明了达。对之怅然,怀想畴昔,作二篇赠之……①

更有意思的是,苏辙在向景福顺长老请教禅法时,对方曾以特别的方式予以启发,这给苏辙留下了深刻的印象。他不仅在诗中专门记述此事:

中年闻道觉前非,邂逅仍逢老顺师。摘鼻径参真面目,掉头不受别钳锤。枯藤破衲公何事,白酒青盐我是谁。惭愧东轩残月上,一杯甘露滑如饴。(《景福顺长老夜坐道古人摘鼻语》)

而且还在另一篇文章追忆了此事:

长老顺公,昔居圆通,从先子游数日耳。顷予谪高安,特以先契访予再三。予尝问道于公,以摘鼻为答。予即以偈谢之曰:"摘鼻径参真面目,掉头不受别钳锤。"公领之。绍圣元年,予再谪高安,而公化去已逾年矣。其门人以遗像示予,焚香稽首而赞之……②

此段往事后来成为禅林传法的一段佳话,被收入禅宗灯录《五灯会元》之中,并将苏辙列为景福顺长老的得法弟子之一。③

苏辙与石台问长老的交往,更多是出于同乡之谊,因为问长老本是成都人,后来出家到了江西。他特别精熟《法华经》,不仅自己抄写,而且还反复吟诵,这给苏辙留下了很深的印象④,但是在禅法方面,似乎并没有什么传授。

在谪居筠州的七年间,因为与禅宗僧人有了密切的交往,我们看到,苏辙开始对禅宗典籍有了更多的接触和阅读。如他曾在一首诗中说"老去在家同出家,《楞伽》四卷即生涯"(《试院唱酬十一首·次前韵三首》),这种在家如同出家的心态,以及对于禅宗经典《楞伽经》的深入阅读,恰好体现了禅宗修习对于他心境的影响。而在另一首诗中,也更生动体现了他在谪居期间的生活状态以及心境:

少年高论苦峥嵘,老学寒蝉不复声。目断家山空记路,手披禅册渐忘情。功名久已知前错,婚嫁犹须毕此生。家世读书难便废,漫留案上铁灯檠。(《次韵子瞻与安节夜坐三首·其二》)

---

① 苏辙:《栾城集》,北京:中华书局,1989年,第214页。
② 同上书,第945页。
③ 普济:《五灯会元》,北京:中华书局,1984年,第1176页。
④ 苏辙:《栾城集》,北京:中华书局,1989年,第227页。

从中不难发现,谪居的处境,与禅宗的接触,这些都深刻影响了苏辙的处世态度。

(二) 筠州期间与道士之交往

虽然在筠州期间,苏辙与了禅宗僧人有了颇为密切的交往,对于禅法修习也有了浓厚的兴趣,但是我们发现,他依然在坚持道教养生术的修炼,并不时向道士请教,以求更大进益。如他曾向路过筠州的牢山(即崂山)道士陈瑛请教过养生心得,结果不得要领:

养生尤复要功圆,溜滴南溪石自穿。近见牢山陈道士,微言约我更三年。(自注:牢山陈道士瑛近过此,叩之竟无所云,约三年当再见。)(《再和十首·其五》)

他又曾接触过同样热衷于道教养生修炼的杨腾山人,诗中对于修炼过程,有一段相当细致的描写:

胸中万卷书,不如一囊钱。不见杨夫子,岁晚走道边。夜归空床卧,两手摩涌泉。窗前雪花落,真火中自然。涣然发微润,飞上昆仑颠。霏霏雨甘露,稍稍流丹田。闭目内自视,色如黄金妍。至阳不独凝,当与纯阴坚。一穷百不遂,此事终无缘。君看《抱朴子》,共推古神仙。无钱买丹砂,遗恨盈尘编。归去守茅屋,道成要有年。(《送杨腾山人》)

从这段对于修炼过程的叙述,可见苏辙本人对此已经修习有年,所以才能有如此精微的体会,但诗中也透露出,道教养生修炼需要耗费许多钱财,并非普通人可以承担。

在筠州期间,苏辙接触最多的是一位名叫方子明的道士。也许是因为身处市区的缘故,方子明和圣寿省聪都是苏辙经常交往的对象。因为苏辙与方子明关系甚佳,以至于对方竟然愿意秘密传授炼金术。苏辙在诗中记述了此事:

水银成银利十倍,丹砂为金世无对。此人斯术不肯传,阖户泥墙畏天戒。今子何为与我言,人生贫富宁非天。钳锤橐龠枉心力,斋盐布被随因缘。我来江西晚闻道,一言契我心所好。廓然正若太虚空,平生伎俩都除扫。子言旧事净慈师,未断有为非净慈。此术要将救饥耳,人人有命何忧饥。(《赠方子明道人》)

但苏辙显然对于炼金术毫无兴趣,所以并没有接受其好意。从诗歌中还可得知,这位道士也曾师事过云门宗禅师净慈宗本,所以对于禅法也有所了解,因此两人就有了更多的交谈话题。苏辙在诗中也有记述:

> 纸窗云叶净，香篆细烟青。客到催茶磨，泉声响石瓶。禅关敲每应，丹诀问无经。赠我刀圭药，年来发变星。（《题方子明道人东窗》）
>
> 闭门何所事，毛发日青青。齿折登山屐，尘生贳酒瓶。调心开贝叶，救病读《难经》。定起无人见，寒灯一点星。（《次前韵》）

从这些诗歌中，可以看出方子明是一位略通禅法的道士。

在筠州期间，苏辙还曾遇见一位颇具传奇色彩的人物，一位近似乞丐的有道者。他曾向苏辙传授过道教养生修炼方法，因而给苏辙留下了深刻印象，甚至为之专门撰写了《丐者赵生传》。文中记述了赵生向自己传授养生术的经过：

> 元丰三年，予谪居高安，时见之于途，亦畏其狂，不敢问。是岁岁暮，生来见予。予诘之曰："生未尝求人，今谒我，何也？"生曰："吾意欲见君耳。"既而曰："吾知君好道而不得要，阳不降，阴不升，故肉多而浮，面赤而疮。吾将教君挽水以溉百骸，经旬诸疾可去，经岁不怠，虽度世可也。"予用其说，信然。惟怠不能久，故不能究其妙。①

根据文中所述，苏辙在道教养生术的修炼中，似乎遇到了一些问题，而赵生则传授给他一些修炼的诀窍，但苏辙尝试之后，发现仍然无法领会其中的妙处。关于此事，他在数年后所写的一首诗中重又提及：

> 南方有贫士，狂怪如病风。垢面发如葆，自污屠酒中。导我引河水，上与昆仑通。长箭挽不尽，不中无尤弓。②

诗中虽然没有提及赵生的名字，但从人物形象的描述中，仍可辨别出即赵生其人。而在另外一首诗中，则直接提及了赵生其人：

> 西山学采薇，东坡学煮羹。昔在建成市，岂复衣冠情。朋友日已疏，止接盲赵生。啬智徇所安，元气赖以存。时于星寂中，稍护乱与昏。河流发九地，欲挽升天门。枉用十年力，仅余一灯温。老病竟未除，惊呼欲狂奔。何日新雨余，得就季主论？③

从这些诗文记述中，我们可以看出，苏辙在筠州期间，一直在进行道教养生术的修炼，而且也不断在寻求精进的诀窍。而在同一时期苏轼给友人的书信中，他提及苏辙自述习道颇有所得。

---

① 苏辙：《栾城集》，北京：中华书局，1989 年，第 425 页。
② 同上书，第 880 页。
③ 同上书，第 881—882 页。

苏轼在给李昭玘的信中说：

> 舍弟子由亦云："学道三十（按：应为十三）余年，今始粗闻道。"考其言行，则信与昔者有间矣。①

可见自从在陈州教授任上开始修习道教养生术以来，13年的时间里，苏辙一直坚持不懈，故而自己感觉颇有收获。

三、从朝堂到瘴疠之地：佛、道兼修与身心安顿

元丰八年（1085年）三月，神宗皇帝驾崩，哲宗继位，朝廷政局发生改变，以司马光为首的旧党重新进入权力中心。由此苏轼兄弟也迎来了自己命运的转机。当年八月，苏辙先是经由司马光举荐，被任命为秘书省校书郎，两个月后，又被任命为右司谏。此后，在旧党执政的八年时间里，苏辙官运亨通，不断升迁，一直做到了太中大夫、守门下侍郎，相当于次相的官位。②

虽然苏辙在宦途上越来越顺利，但是经历过筠州贬谪之后，他的心态似乎变得平和了许多，功名之念也逐渐消退，但是道教养生术的修炼，却一直坚持了下来。他在元祐七年（1092年）酬和苏轼的二十首组诗中，对此有所描述：

> 世人岂知我，兄弟得我情。少年喜文章，中年慕功名。自从落江湖，一意事养生。富贵非所求，宠辱未免惊。平生不解饮，欲醉何由成。（《次韵子瞻和渊明饮酒二十首·其三》）
>
> 家居简余事，犹读《内景经》。浮尘扫欲尽，火枣行当成。清晨委群动，永夜依寒更。低怖冈重屋，微月流中庭。依松白露上，历坎幽泉鸣。功从猛士得，不取儿女情。（《次韵子瞻和渊明饮酒二十首·其一六》）

尤其是后一首诗，对于道教养生之修炼，表达了坚持到底，一定要有所成就的坚定信念。而在绍圣元年（1094年），在酬和苏轼给他的生日赠诗中，也同样提及了自己修炼道教养生术的心得体会：

> 日月中人照与芬，心虚虑尽气则熏。彤霞点空来群群，精诚上彻天无云。寸田幽阙暖

---

① 苏轼撰，孔凡礼点校：《苏轼文集》，北京：中华书局，1986年，第1439页。
② 关于苏辙在元祐年间的官位升迁，可参看孔凡礼《苏辙年谱》的相关记载。

> 不焚,眇视中外绛锦纹。冥然物我无复分,不出不入常氤氲。道师东西指示君,乘此飞仙勿留纹。茅山隐居有遗文,世人心动随虮蚊。不信成功如所云,蚤夜宾饯同华勋。尔来仅能破魔军,我经生日当益勤。公禀正气饮不醺,梨枣未实要锄耘。日云暮矣收桑枌,西还闭门止纷纷。忧愁真能散凄焄,万事过耳今不闻。(自注:《登真隐诀》云:日中青帝,日照龙韬,其夫人日芬艳婴。)(《次韵子瞻生日见寄》)

诗中不仅提及自己参照道教典籍《登真隐诀》进行修炼的心得、体验,而且还劝勉兄长苏轼一起进行修炼。

随着朝廷政局的变化,旧党再次失势,新党重新上台执政,作为旧党阵营中代表人物的苏氏兄弟,又一次遭遇了贬逐的命运。绍圣元年(1094 年)七月,苏辙被贬谪到了江西筠州,而苏轼则被贬谪到了广东惠州。由此开始了他们长达数年之久的谪居生活。

当苏辙再次来到筠州的时候,他当年密切交往过的禅僧有些已经去世(如黄檗山的道全禅师),有些已经远离(如洞山克文),唯一还保持较多联系的只有省聪禅师,不过他也已经离开了市区的圣寿寺,去了较为偏远的逍遥禅寺,无法再经常见面了。所以,苏辙此次谪居筠州期间,并不再像以前那样与禅僧有密切的交往,反而更多是采取了自修的方式。根据苏辙此期所作的诗歌,我们可以发现,在谪居筠州期间,苏辙基本上采取了一种佛、道兼修的方式,这在他寄给苏轼的诗中有所体现。其一是:

> 除却灵明一一空,年来丹灶漫施功。掌中定有庵摩在,云际悬知雾雨蒙。已赖信心留掣电,要须净戒拂昏铜。谁言逐客江南岸,身世虽穷心不穷。(《劝子瞻修无生法》)

这是劝慰身处惠州贬所的苏轼,希望他能从佛教的教理中寻得精神慰藉。而在另一首诗中,则又劝兄长坚持修炼道教养生术:

> 山连上帝朱明府,心是南宗无尽灯。过此歃危空比梦,年来瘴毒冷如冰。图书一笑宁劳客,音信频来尚有僧。梨枣功夫三岁办,不缘忧患亦何曾。(《和子瞻新居欲成二首·其二》)

诗中希望苏轼在惠州这样的瘴疠之地,一方面能以禅宗的修习来安顿精神,另一方面则通过道教养生术的修炼,来抵抗恶劣的生存环境。一边以禅宗来慰藉心理苦闷,一边以道教养生术来维持身体状况,这似乎已经成为苏辙在谪居生活中安顿身心的应对之道。

有意思的是,这时远在惠州的苏轼,也时常将一些道教养生术的修炼方式,通过书信的方式来告知苏辙。根据孔凡礼先生的考证,绍圣二年(1095 年)正月,苏轼写了一篇《龙虎铅汞说》寄给苏辙,随后在八月份,又通过书信,告知苏辙养生的三种方式,即食茯法、胎息法、藏丹砂法①。这说明,苏氏兄弟在谪居生活中,也时常交换彼此修炼道教养生术的心得。而在此一时期苏轼给朋友的信中,也透露出苏辙在道教养生术修炼上颇有所得。如苏轼在给王巩的书信中说"子由不住得书,极自适,道气有成矣"②;又在给张耒的书信中说"子由在筠,甚自适,养气存神,几于有成,吾侪殆不如也"③。这或许可以表明,在道教养生术的修炼方面,苏辙投入了更多的精力,意志也更为坚定,较之苏轼成效也更为显著。

绍圣四年(1097年)二月,苏辙被贬到雷州,而苏轼则被贬到了海南岛,也就是说,兄弟二人都被放逐到了生存环境更为恶劣的地方。他们五月在藤州会面,相聚同行一个月后,苏辙抵达雷州,而苏轼则渡海到了海南岛,从此兄弟二人隔海相望。在这样一个更糟糕的生活环境中,我们看到,苏辙主要是通过佛、道兼修的方式来安顿身心。这在他此期的诗歌中多有体现,如他在诗中对自己的生活状态有这样的描述:

> 逐客例幽忧,多年不洗沐。予发梳无垢,身垢要须浴。颠隮本天运,愤恨当谁复。茅檐容病躯,稻饭饱枵腹。形骸但癯瘁,气血尚丰足。微阳阅九地,浮彩见双目。枯槁如束薪,坚致比温玉。长斋虽云净,阅月聊一沃。石泉澌巾帨,土釜煮桃竹。南窗日未移,困卧久弥熟。《华严》有余怢,默坐心自读。诸尘忽消尽,法界了无瞩。怳如仰山翁,欲就沩叟卜。犹恐堕声闻,大愿勤自督。(《浴罢》)

值得我们注意的是,诗中他提到自己正在阅读《华严经》,以此来漠视恶劣的自然环境。而在他写给小儿子苏远的诗中,则劝他要读《楞严经》:

> 元明散诸根,外与六尘合。流中积缘气,虚妄无可托。敝陋少空明,妇姑相攘夺。日出暵焦芽,风来动危萚。喜汝因病悟,或免终身着。更须诵《楞严》,从此脱缠缚。(《次远韵齿痛》)

小儿子苏远正因牙痛遭受折磨,苏辙劝他通过阅读《楞严经》来忘记身体感官所引起的苦恼,这从侧面也反映了他自己个人对于身体不适的应对方式。

与此同时,他仍然通过道教养生术的修炼,来应对瘴疠之地可能带来的不良影响。如他在酬和苏轼的一首诗中述说了自己早起养生的习惯:

> 道人鸡鸣起,趺坐存九宫。灵液流下田,伏苓抱长松。颠毛得余润,冉冉欺霜风。俯

---

① 苏轼撰,孔凡礼点校:《苏轼文集》,北京:中华书局,1986年,第2331—2333、2337—2340页。系年考证,参考孔凡礼《苏辙年谱》绍圣二年之相关记载。
② 苏轼撰,孔凡礼点校:《苏轼文集》,北京:中华书局,1986年,第1531页。
③ 同上书,第1538页。

就无数栉,九九为一通。洗沐废已久,徐之勿忽忽。气来自涌泉,至此知几重。近闻西边将,袒裼拥马鬃。归来建赤油,不复侪伍同。笑我守寻尺,求与真源逢。人生各有安,未肯易三公。(《次韵子瞻谪居三适·旦起理发》)

在苏轼给苏辙的诗中,原本是述说自己在儋州的三种养生方式——旦起理发、午窗坐睡、夜卧濯足,而苏辙也就相应地介绍了自己如何养生。这种相互交换养生心得,也许就是患难中的兄弟情谊吧。而在他酬和苏轼的一组诗中,再次提及了自己修炼道教养生术的心得体验:

锄田种紫芝,有根未堪采。逡巡岁月度,太息毛发改。晨朝玉露下,滴沥投沧海。须牙忽长茂,枝叶行可待。夜烧沈水香,持戒勿中悔。(《次韵子瞻和渊明拟古九首·其九》)

诗中不仅有对自己长期修炼养生术的叙述,同时也表达一种坚持到底的信念。从中可以看出,从苏辙32岁开始修炼道教养生术以来,他一直在坚持不懈地进行实践。

四、 弃道入禅:颍昌退居与宗教信仰的转向

元符三年(1100年)正月,哲宗驾崩,徽宗继位。以此为契机,朝廷缓和了对于旧党人物的打击,那些远贬岭海的旧党官僚,得以陆续北还。这年四月,已经历七年放逐生涯的苏辙,离开了广南东路的循州,开始北返。终于在年末的时候,抵达了颍昌府,并从此在那里定居下来,度过了自己的晚年生涯,直至政和二年(1112年)去世。

在苏辙退居颍昌的晚年生活中,尤其在精神层面上,他投注了最大心力的事情,也许就是对宗教的实践。而且在此过程中,他还经历了一次意义重大的转变,即放弃了自己对于道教的信仰,转而全身心投入禅宗的怀抱,这可谓是苏辙晚年信仰生活中的一件大事。

自苏辙32岁开始,他就一直坚持不懈地进行道教养生术的修炼,一直到大观元年(1107年)的春天,他都还保持了这种对于道教的信仰,起码他相信道教和佛教是可以相互兼容的两种宗教实践。如他在崇宁二年(1103年)的诗中说"道成款玉晨,跪乞五色丸,肝心化黄金,齿发何足言"(《白须》),又在次年的诗中说"道士为我言,婴儿出歌舞"(《与儿侄唱酬次韵五首·其三》),这些都表现出他对于道教可以长生观念的信仰。甚至他在给自己写真画像所写的赞语中有这样的自我描述:

心是道士,身是农夫。误入廊庙,还居里闾。秋稼登场,社酒盈壶。颓然一醉,终日如愚。[①]

[①] 苏辙:《栾城集》,北京:中华书局,1989年,第945页。

而在大观元年自己生日(二月二十日)那天所作的诗歌中,他甚至表示出了佛、道可以兼容的思想。他在诗中说:

> 老聃本吾师,妙语初自明。至哉希夷微,不受外物婴。非三亦非一,了了无形形。迎随俱不见,睢盱谓无生。湛然琉璃内,宝月长盈盈。(《丁亥生日》)

也就是说,在这年的春天,他的精神世界里,道教与佛教还是可以兼容并包的宗教信仰。但是奇妙的是,也就在这年的冬天,他在读了《传灯录》之后,思想上发生了变化,开始向禅宗倾斜。

其实这种微妙的变化,最初发生于崇宁二年(1103年),当时他为了避祸,一度从颍昌府迁居蔡州,先后生活了大约一年的时间。在这种身处异乡的孤独苦闷中,他开始反复阅读《楞严经》,结果对于佛教义理突然有了深刻的领悟。据他自述说:

> 予自十年来,于佛法中渐有所悟,经历忧患,皆世所稀有,而真心不乱,每得安乐。崇宁癸未,自许迁蔡,杜门幽坐,取《楞严经》翻覆熟读,乃知诸佛涅槃正路,从六根入。每趺坐燕安,觉外尘引起六根,根若随去,即堕生死道中。根若不随,返流全一,中中流入,即是涅槃真际。观照既久,如净玻璃,内含宝月,稽首十方三世一切佛菩萨罗汉僧,慈悲哀愍,惠我无生法忍,无漏胜果,誓愿心心护持,勿令退失。①

因为有了这样的领悟,所以他还一度将其心得以偈颂的方式,送呈附近资福寺的谕长老寻求印证。在诗前的引言中,他自述说:

> 予读《楞严》,至"尘既不缘,根无所偶,反流全一,六用不行",释然而笑曰:"吾得入涅槃路矣。"然孤坐终日,犹苦念不能寂,复取《楞严》读之。至其论意根曰:"见闻逆流,流不及地,名觉知性。"乃叹曰:"虽知返流,未及如来法海,而为意所留,随识分别不得,名无知觉明,岂所谓返流全一也哉。"乃作颂以示谕老。②

而在他崇宁五年(1106年)所写的《颍滨遗老传》中,则确信自己已经找到了佛教义理的真谛。他在文中说:

> 昔予年四十有二,始居高安,与一二衲僧游,听其言,知万法皆空,惟有此心不生不灭。以此居富贵、处贫贱二十余年,而心未尝动,然犹未睹夫实相也。及读《楞严》,以六求一,

---

① 苏辙:《栾城集》,北京:中华书局,1989年,第1113页。
② 同上书,第917—918页。

> 以一除六,至于一六兼忘,虽践诸相,皆无所碍。①

后来到了大观元年(1107年)的冬天,他又读到了《景德传灯录》,这使他思想发生了根本性的变化,开始完全被禅宗思想所吸引。在写于大观二年(1104年)二月十三日的《书传灯录后》一文中,他有这样的自述:

> 予久习佛乘,知是出世第一妙理,然终未了所从入路。顷居淮西,观《楞严经》,见如来诸大弟子多从六根入,至返流全一,六用不行,混入性海,虽凡夫可以直造佛地。心知此事,数年于兹矣,而道久不进。去年冬,读《传灯录》,究观祖师悟入之理,心有所契,必手录之,置之坐隅。②

很明显,自从读了《传灯录》之后,他的思想产生了某种巨大的变化。例如,他不仅专门写了一首《读传灯录示诸子》,其中有诗句云"从今父子俱清净,共说无生或似庞",而且此后他开始在诗歌中频繁使用《传灯录》中的传法典故,例如:

> 自见老卢真面目,平生事业有无中。(《初成遗老斋待月轩藏书室三首·其三》)
> 法传心地初投种,两过花开不待春。(《戊子正旦》)
> 近听老卢亲下种,满田宿草费锄耰。(《七十吟》)

诗中所说的"老卢",即指六祖慧能,因他本姓卢;所谓"真面目",乃是六祖慧能开示悟道者的话头;而"花开""下种",则是禅宗祖师付法时的偈语。这些都表明苏辙在思想上开始向禅宗倾斜。

到了大观四年(1110年),苏辙72岁的时候,我们看到他明确宣告了对于道教信仰的放弃。这年冬天,他写下一首诗歌,表白了自己的宗教立场:

> 少年读书目力耗,老怯灯光睡常早。一阳来复夜正长,城上鼓声寒考考。老僧劝我习禅定,跏趺正坐推不倒。一心无着徐自静,六尘消尽何曾扫?湛然已似须陀洹,久尔不负瞿昙老。回看尘劳但微笑,欲度群迷先自了。平生误与道士游,妄意交梨求火枣。知有毗卢一径通,信脚直前无别巧。(《夜坐》)

在诗中,他叙述了自己修习禅定的体验,认为找到了摆脱迷误的法门。而在诗的末尾,他宣称

---

① 苏辙:《栾城集》,北京:中华书局,1989年,第1041页。
② 同上书,第1231页。

自己以往信仰道教、追求长生,完全是走入歧途,而现在他要全心投身于禅宗,放弃对于道教的信仰。这样明确宣示自己宗教立场的转变,对苏辙而言,不啻是找到了最终的精神归宿。

特别是在苏辙生命的最后两年,他在诗歌中,透露出一种对于修习禅宗的执着与热忱,这表现在他写诗时频繁地使用《传灯录》中的传法典故:

老卢下种法,从古无此妙。根生花辄开,得者自不少。要须海底行,更问药山老。(《早睡》)

珍重老卢留种子,养生不复问王江。(《十月二十九日雪四首·其三》)

下种已迟空怅望,无心犹幸省工夫。虚明对面谁知我,宠辱当前莫问渠。(《白须》)

老知下种功力新,开花结子当有辰。(《溽暑》)

笔者认为,如此频繁使用禅宗典故,且基本是同一话头,更多地是苏辙在记录自己的习禅心得,而不仅仅是为了写诗而已。在笔者看来,苏辙晚年放弃道教、倾心禅宗这一宗教立场的转变,很能反映北宋官僚士大夫在精神世界里的严肃追求和探索;而且它也直接表明,直至北宋末年,道学运动的影响力远没有那么大,宗教实践(或者说禅宗)对于官僚士大夫仍有巨大的吸引力。

五、 结语

虽然苏辙作为古文家,被列入"唐宋八大家"之一,但我们绝不能简单地认为他就是儒家学说的坚定追随者,有着对于异端学说坚决排斥的决绝立场。事实上,通过对其信仰生活的全面考察,我们发现,以他对于道教养生术的长期修炼,以及最后对于禅宗思想的笃信,苏辙已经完全可以被视为一位坚定的宗教信徒。

回顾他的信仰轨迹,大体有如下的一个嬗变过程——大约在32岁的时候,在陈州教授任上,他因长期患有肺病的缘故,开始从一个名叫王江的道士那里,接受了道教养生修炼的指点,主要是一种内丹式的服气法。他之所以会接受道教养生术的影响,也许与一直提携、观照他的张方平有着直接关系,因为后者也同样热衷于道教养生术的修炼,甚至专门有道士为之炼丹。在其后,他在齐州掌书记、应天府判官任上,也都一直在进行道教养生术的修炼,并不时从别人那里寻求指点。

因为营救兄长苏轼的缘故,他被贬谪到了筠州。在五年左右的时间里,他接触了不少禅宗僧人,其中既有临济宗僧人,也有云门宗僧人,而在禅法上给予他较多指点的则是洞山克文、黄檗道全、圣寿省聪三人。尽管如此,他仍然坚持道教养生术的修炼,并与一些道士有过接触,尤其是从一位近似乞丐的赵生那里,他又得到了一些道教养生术的指点。经过十余年坚持不懈的修炼,他感觉在这方面已经获得不少进益。

元祐年间,他虽然仕宦顺利,不断升迁,但他仍坚持道教养生术的修炼。绍圣、元符年间,他和兄长苏轼再次被贬,甚至被贬逐到雷州、循州这些自然环境极其恶劣的地方,但他已经学会一方面以禅宗思想来慰藉精神的苦闷,另一方面又通过道教养生术的修炼来保持身体康健。

徽宗继位后,苏辙回到颍昌府定居,在最后12年的岁月中,他通过对《楞严经》《传灯录》的深入阅读,信仰方面发生了巨大的转变,最终他宣告放弃道教养生术的修炼,而全身心地投入到了禅宗的怀抱中。

通过对苏辙信仰轨迹的考察,或许可以让我们重新去思考宋代古文家与宗教信仰之间的关系,并进而去探寻宋代的官僚士大夫为何会出现如此强烈的宗教气质,而这又与宋代社会的宗教氛围具有怎样的交互关系。希望今后可以进行更深入的讨论。

《集杜诗》：三重文本张力下的"诗史"建构

复旦大学中国语言文学系　侯体健

元至元十七年（1280 年）二月，文天祥囚禁大都，狱中因有感于杜甫诗歌"凡吾意所欲言者，子美先为代言之"[①]，而集杜甫五言，以成 200 首绝句《集杜诗》。至元十九年（1282 年）文天祥殁后，乡人张毅甫（号千载心）将此集与其他遗物带回家乡庐陵，这部古今无两的奇作由此得以流传世间。文天祥在自序中，特别提及"昔人评杜诗为诗史，盖其以咏歌之辞，寓纪载之实，而抑扬褒贬之意，灿然于其中，谓之史可也"，赞誉杜甫以诗纪实的"诗史"精神；接着又说"予所集杜诗，自余颠沛以来，世变人事，概见于此矣，是非有意于为诗者也。后之良史，尚庶几有考焉"，显然把继承发扬杜甫的"诗史"精神，作为这组集句作品的核心价值所在，无怪乎后人径将此集颜曰《文山诗史》[②]。

《集杜诗》被视为"诗史"，既是对文天祥集句创作的肯定，也是对"诗史"命题的丰富[③]，因为在此之前还未出现将带有强烈游戏色彩的集句诗与反映重大历史事件的"诗史"称呼联系起来的先例，此后也不再有如此典型的作品。这 200 首集杜诗，艺术地反映出以文天祥为代表的宋季士大夫群体的亡国之痛与战乱之苦，是诗艺传统与时事书写的结合体，具有丰富的内涵。学界早已注意到《集杜诗》在集句诗史上的特殊意义，强调它专集一家（杜甫）和专集一体（五言）相结合的特色；而且《集杜诗》善于利用小序记录历史事件，也让其成为宋末史料的重要补充；又由此可追索文天祥对杜甫"诗史"精神的承袭，以及他的诗歌学杜历程。这些认识角度，是当前《集杜诗》研究的主要方面。[④] 不过，如果只注意其中一端，而不留意文本内部形成的特殊张力和彼此勾连的内在关系，则不能揭示此集动人心魄之关键。深入分析此集脉络纹理，我们可以发现，它是将文字游戏与宏大主题、史实叙事与情感抒发、诗歌经典与自我创造三重冲

[①] 文天祥：《集杜诗》，载《文天祥全集》，北京：中国书店，1985 年，第 397 页。
[②] "文山诗史"之称当自明代刘定之（1409—1469）始，其作有《文山诗史序》。清末东吴范祎丽诲堂本《文山别集四种》（宣统二年东雅社铅印本）则称此集为《诗史集杜》，其名亦凸显"诗史"性质。
[③] 关于"诗史"内涵的探讨，学界成果甚夥，如专著即有张晖《中国"诗史"传统》，重要论文如孙之梅《明清人对"诗史"观念的探讨》、项念东《"诗史"说再思》等，也多有发明。本文所言"诗史"，乃取传统意义上的诗歌记录、反映重大历史事件之意，特别强调文天祥认为"诗史"应有的记载、褒贬两个质素。
[④] 关于《集杜诗》的研究，也有丰富成果，张福清《20 世纪以来文天祥〈集杜诗〉研究综述》已有梳理，可以参考，本文从略。此后像王妍卓《文天祥诗史观与性情观初探——以〈文山诗史〉为例》等文，也有所讨论。但从文本角度切入探讨此集者，尚不多见。

突有机融合一体,是"一人之史"与"一国之史"的艺术再现,从而构成了充满多种紧张感的历史画卷与文学文本。那么这三重张力是如何体现于文本之中,它们又是怎么相互交织,并且建构起具有"诗史"特征的集句组诗的呢?这是本文试图阐述的问题。

一、"集句"与"诗史":文字游戏如何转向宏大主题

如所周知,集句是我国诗歌史上出现的特殊创作类型,它以一个诗句而非字词作为作品的基本构建单位,由此排列组合以成新作,并获得与诗句原作不一样的审美效果和表意指向。集句诗自西晋开始出现,到了宋代异军突起、蔚成大观,特别是第一流诗人王安石的大量实践(作有集句诗 69 首),不但让"荆公体"成为集句诗的代称[①],引起了众多作者的写作兴趣,而且也使得宋代集句诗达到了前所未有的艺术高度[②]。诗人们在创作集句时,大多是游戏心态,典籍所录集句诗本事,常有"集句嘲之"的表达;一些诗人在集句诗的标题中,亦多"戏作""戏赠""戏答""戏集"之目。在文学批评家看来,这也只是文字游戏,聊备一格而已。如《宋文》卷二十九"杂体"列有集句一体,与药名诗、建除体、藏头诗、回文诗等并置,将其视为文字游戏的立场非常明显。在文天祥之前,诗人们集句之作即使要表达消极的情绪,饱蘸苦闷与幽怨的笔墨,也多带有戏谑的成分,展现的是作者优裕的才学和游刃有余的诗歌技巧,比如王安石的《胡笳十八拍》。这组集句作品感慨蔡文姬的一生遭遇,所述所叹,"如蔡文姬肺腑间流出"[③],浑然天成,委曲入情,动人心弦,然该作并没有寄寓王安石太多的现实感慨,只是一类特殊的"代言体",创作的情感指向自然仍是游戏。他在其中集了自己诗句 9 次之多,而且所集最晚近的句子是比他小 25 岁的晁端礼的《浣溪沙》词,就从一个侧面反映出王安石创作《胡笳十八拍》虽然态度认真,但意义指向并不算严肃。宋代创作集句诗最多的是释绍嵩,他的《江浙纪行集句》多达 376 首,在自序中,他也借人之口,说"谈禅则禅,谈诗则诗,是皆游戏,师何愧乎"[④],虽含"感物寓意"之旨,亦必兼"是皆游戏"之趣。

在这样一种戏谑游戏的集句传统下,我们再来审视《集杜诗》,就不得不惊愕于文天祥的创作动机与创作目的。他亲历国家飘摇颠沛,直至崖山一战,流尸漂血,半生奔波,付与海鱼,家国之丧,其痛也可知。如此关系民族存亡的重大历史事件,文天祥在《指南录》《指南后录》《吟啸集》中已经有了大量的书写、感发,他为何再选择集句来表达,又是通过什么机制让集句在文字游戏的轨道上瞬间转向,寓史笔与沉思于其中?严肃的题材与戏谑的形式既融为一体,又形

---

① 刘成国:《"荆公体"别解》,《文学遗产》2006 年第 4 期。
② 关于宋代集句诗的研究,张明华近年陆续推出《集句诗嬗变研究》《集句诗文献研究》《文化视域中的集句诗研究》等书,对宋代集句诗多有讨论;张福清也有《宋代集句诗校注》《宋代集句诗研究》两书,全面呈现宋代集句诗的成绩,可以参考。
③ 严羽著,张健校笺:《沧浪诗话校笺(下)》,上海:上海古籍出版社,2012 年,第 636 页。
④ 绍嵩:《江浙纪行集句》,载陈起编《江湖小集》,《文渊阁四库全书》本。

成强烈冲突,这组矛盾如何化解？张力如何呈现？要讨论这些问题,还得先从《集杜诗》自序中所透露的文天祥"诗史"观念入手。

黄宗羲在讨论易代之际的诗歌时说"史亡然后诗作"[1],这和孟子的"《诗》亡然后《春秋》作"之说看似相反,实则都强调了诗歌具备记录历史的功用。黄氏认为,板荡之际,朝廷原有史官功能丧失,倘若没有诗人们发挥诗歌的实录精神,重大事件就可能缺席于文献,乃至消逝于历史长河,其所举事例,就包括文天祥《集杜诗》:"景炎、祥兴,《宋史》且不为之立本纪,非《指南》《集杜》,何由知闽广之兴废？……可不谓之史乎？"[2]这种看法,与文天祥《集杜诗》自序中所言一脉相承。文天祥说杜诗是"诗史",而他集杜诗,也是为良史提供材料。"诗史"的质素,在文天祥看来有两点,一是"以咏歌之辞,寓纪载之实",二是"抑扬褒贬之意,灿然于其中"。简言之,诗歌要成为"诗史",须具有纪实与褒贬两重功能。这种理念,在《集杜诗》中体现得很充分。

先说纪实。《集杜诗》与《指南录》都有强烈的纪实性质,但是就创作的心态来说,两者的纪实又有区别。《指南录》是即时性的记录,随逃随记,呈现了许多细节与过程,没有经过太多的沉淀与反思,比如《指南录》有《天下赵》一首,小序记云:

予至真,苗守再成为予言:"近有樵人破一树,树中有生成三字,曰'天下赵'。"亟取木视之,果然。木一丈,二尺围,其字青而深。半树解扬州,半树留真州。三字了然,不可磨也。以此知我朝中兴,天必将全复故疆。真州号迎銮,艺祖发迹于此,非在天之灵所为乎！[3]

这段祥瑞的记录,表达的是一个历经磨难的忠臣怀有的美好愿望而已,是在逃亡过程中才可能出现的文字,绝不可能出现在监狱撰成的《集杜诗》之中。这里不仅仅是时间和处境的区别,更是心态与姿态的大异其趣。

与《指南录》相较,《集杜诗》的纪实是文天祥"反刍"后的理性表达,是对苦难历程带有宏观性的自觉梳理,记载细节偏少,而大节居多。如《集杜诗》所列"祥兴"8首(第三十二至三十九),几乎是崖山行朝简史,从"祥兴登极",到张世杰摆长蛇阵对抗,再到行朝覆灭,列述甚明。因为是经过思索后的表达,所以《集杜诗》的记录就不仅有史料的价值,还带有史评的意味,《祥兴第三十六》就说:

初,行朝有船千余艘,内大船极多。张元帅大小船五百,而二百舟失道,久而不至。北人乍登舟,呕晕,执弓矢不支持,又水道生疏,舟工进退失据。使虏初至,行朝乘其未集,击

---

[1] 黄宗羲:《万履安先生诗序》,载《黄宗羲全集(第10册)》,杭州:浙江古籍出版社,2005年,第49页。
[2] 同上。
[3] 文天祥:《文天祥全集》,北京:中国书店,1985年,第328页。

之，蒇不胜矣。行朝依山作一字阵，帮缚不可复动，于是不可以攻人，而专受攻矣。先是，行朝以游舟数出，得小捷，他船皆闽浙水手，其心莫不欲南向，若南船摧锋直前，闽浙水手在北舟中必为变，则有尽歼之理。惜世杰不知合变，专守常法。呜呼，岂非天哉。①

且不管文天祥的"事后诸葛"是否符合实际，这段叙述与评论，显然是他经历崖山海战之后，痛定思痛的理性思考所得。故而《集杜诗》中的史笔就显得更具有思辨色彩，兼具纪实与褒贬两重性。

再说褒贬。文天祥不但在《集杜诗》的小序中明确抑扬时事，像上文所言对张世杰军事战略的评价，即是其例，而且还巧妙利用集句的功能予以褒贬抒发。比如《襄阳第五》一首，没有小序，也没有在标题中表露情感，但所集四句，态度鲜明：

十年杀气盛，百万攻一城。贼臣表逆节，胡骑忽纵横。②

从诗题中我们可以推断，该诗乃痛指吕文焕，虽为集杜，而能字字落实，技艺不可谓不高超，真是"但觉为吾诗，忘其为子美诗也"（自序）。吕文焕坚守襄阳六年余，"十年杀气盛"最终抵不过蒙古军"百万攻一城"的强力围攻，只得投降蒙古，在文天祥看来已堕入"贼臣"之列；不但如此，吕文焕投降后转而"表逆节"成为攻宋急先锋，蒙古大兵势如破竹。这里的褒贬之意，完全依赖杜甫的诗句来完成，比用标题、小序来表达，更能彰显集句内在的杜甫"诗史"精神。

文天祥的"诗史"观，是他后期诗歌创作的重要指导思想。史之观念，在狱中的文天祥脑海里，已经占据了核心地位，其所著《系年录》就是典型表现。而其诗作，无论《指南录》《吟啸集》还是《集杜诗》，也都是在这样的观念下创作出来的。故而，与前两者相比，《集杜诗》的"诗史"内涵特殊之处，恐怕还不在纪实与褒贬，而在独特的形式。

据统计，杜诗现存约1 450首，其中各类五言诗共约1 050首，《集杜诗》采源380余首，占杜诗总数的三分之一强，而采集率前五名依次是《八哀诗》(45次)、《北征》(20次)、《遣兴五首》(18次)、《自京赴奉先县咏怀五百字》(13次)、《后出塞五首》(13次)。这些作品都是意兴浑茫、朴拙有力的五言古诗，集中表现出"沉郁顿挫"的杜诗格调，在内容上也颇具"诗史"意蕴。考虑到《八哀诗》《遣兴五首》和《后出塞五首》都是组诗，文天祥所集非出于一首，若仅以首为单位计，那么高居榜首的当数《北征》。这篇作品是杜诗中融叙述与议论为一体的杰构，或称其"书一代之事，以与《国风》《雅》《颂》相为表里"③，或誉之"如太史公纪传"④，或言"似骚似史，似

---

① 文天祥：《文天祥全集》，北京：中国书店，1985年，第405页。
② 同上书，第398页。
③ 胡仔：《苕溪渔隐丛话前集（卷一二）》，北京：人民文学出版社，1962年，第78页。
④ 叶梦得著，逯铭昕校注：《石林诗话校注》，北京：人民文学出版社，2011年，第47页。

记似碑"①,都突出了该诗具有史传意味的叙事性,是杜甫"诗史"作品的代表。可见,文天祥采诗集中于此,并不是偶然现象,而在于《集杜诗》的旨趣与杜诗某些诗篇内在精神的契合。前文已及,集句诗的基本构建单位,就是句子。诗句本已具有的字面意义与美学风格,在很大程度上制约与影响着集句作者的表达意图和集句作品的文本呈现。集句作者必须主题先行,并设置相应的美学标准,才能在海量的备选诗歌中找到合适风格与合适意义的句子;而另一方面,选取的句子又必定对作者预设的主题,产生一定的反作用。也就是说,要表达的主题与选取的句子之间,是互相作用的双向关系。杜甫诗歌风格多样,即以五言诗而论,也绝非单一的朴拙简质、沉郁矫健,还有清新明快、绮丽精工,乃至俚俗浅切诸格。假设文天祥选取的若是杜甫诗中偏于绮靡流丽风格的句子,那么它所呈现出来的总体风格将会如何,能否与要表达的主题和谐一体?答案是明显的。试看王质的一首集杜五律:

>   田舍清江曲,柴扉扫径开。野花干更落,水鸟去仍回。渺渺春风见,冥冥细雨来。幽栖身懒动,坐稳兴悠哉。②

诗题《集杜子美句赋所居》,与《集杜诗》相较,虽同是五言,但因主题不同,所重在于自然之景与悠然之态,故而作者选取的杜诗诗句偏向清丽一格,整体所呈现的美学意蕴自然与《集杜诗》所要呈现的亡国之痛相迥。从这一点来说,文天祥所采杜诗"母文本"的整体风格与价值旨趣,是《集杜诗》由文字游戏最终转向宏大主题的先决条件。

除了作为最小结构单元的诗句,《集杜诗》的组织构架也为其整体呈现重大历史事件做好了铺垫。刘定之述此集结构"首述其国,次述其身,次述其友,次述其家,而终以写本心、叹世道"③。全书始于社稷宗庙,止于思怀家山,其中又以国家与自身的事、行、人、情四类相杂,彼此关联而互有分工,秩序井然,有条不紊,可谓不能擅移一首。我们完全有理由相信,文天祥作此集必定是先有整体框架、主题设定,才开始集杜诗以明志、以记史的,他的创作应该不是遵循情感,而是遵循理性的结果。有了理智的总体框架设定,他对这段史实的梳理才得以借集句而完整呈现。我们可以将《集杜诗》所列《出使第五十六》至《行府之败第七十四》19首诗的内容,与《指南录》相对照。二者叙述起止时间基本一致,事件大体也相呼应,但《指南录》收诗非常丰富,是原生态的纪行之作,记录的是作为诗人的文天祥在战乱中的所思、所感、所遇,是大变局背景下的诗人历险记;而《集杜诗》这19首诗则更多地呈现出宏大历史背景下,个人与国家的关系,隐藏的是细节,凸显的是作为战士的文天祥追随流亡政府的斗争历程,是个人眼中的历史大变局。《指南录》是个人经历之片断,《集杜诗》因为有了理性的结构安排,便是首尾完具的

---

① 黄周星评选:《唐诗快》,清康熙年间刊本。
② 王质:《集杜子美句赋所居二首》,载北京大学古文献研究所编《全宋诗》,北京:北京大学出版社,1998年,第28828页。
③ 刘定之:《文山诗史序》,载薛熙纂《明文在》,上海:商务印书馆,1936年,第400页。

南宋行朝覆灭史了。这种纲目了然而叙事密集的组诗结构,将本来纤巧的集句艺术引向了广阔而悲壮的历史图景。

可以说,正是文天祥"诗史"观念的强力灌注、"母文本"来源的价值旨趣以及组诗的整体性结构,让《集杜诗》的游戏色彩淡化,而被浓厚的历史精神与深沉情感所笼罩,具备了为严肃的宏大主题服务的条件。当然,这些条件还依赖一个更关键、更核心的因素,才能最终完成集句的"诗史"转向——那就是以每篇集句前的小序为主体的"副文本"。

二、谁是"副文本":抒情与叙事冲突下的《集杜诗》

所谓"副文本"[①],简单来说即是指围绕在文本周边的依附性文本,它蕴藏着许多正文本没有的信息,这些信息为读者理解文本提供了阐释路径和意义指向。在《集杜诗》中,一般所言的副文本包括四个部分:自序(也可称书前"大序")、标题、小序、注文。正是因为这些副文本的存在,让我们能够充分理解文天祥的《集杜诗》意义所在。试想,倘若没有文天祥在自序中阐述他的集杜动机、交代创作环境,没有标题指明每一首集句的主题,也没有小序说明每一首的历史背景或人物履历,那么《集杜诗》就将沦为一堆纯粹展示文天祥集句艺术技巧的封闭文本,其中的历史意蕴、士人精神乃至意义指向都将是空洞苍白的。毫不夸张地说,《集杜诗》的精神价值完全依赖副文本而有,文字游戏向"诗史"的转变,副文本是最关键的因素。文天祥在《集杜诗》之后,又曾集杜以成《胡笳曲》,我们只要将二者略加比较,即可见出副文本的"魔力"。

同在元至元十七年(1280年),琴师汪元量于中秋日探望狱中的文天祥,援琴奏《胡笳十八拍》,并索胡笳诗,两个月后,文天祥集杜甫句成《胡笳曲》18首。这组作品在集句艺术上毫不逊色于《集杜诗》,甚至就某些具体作品来看,其巧妙浑融之处还在《集杜诗》之上,但它绝无"诗史"之名实。和《集杜诗》一样,《胡笳曲》也是以组诗形式专集杜甫诗句而成,共集160句,以七言为主(148句),五言为辅(12句),单首的篇幅多则14句,少则8句,亦可谓集句之鸿篇。与冠名蔡文姬的《胡笳十八拍》原作不同,也和王安石集句《胡笳十八拍》相异的是,文天祥此作看似写蔡文姬,实则仅仅是借蔡、杜的躯壳,抒发自己的怀抱,全诗从口吻到情感和蔡文姬、杜甫都是若即若离的关系,并不那么密切。《颐山诗话》就指出:"文文山亦有《十八拍》集句,意不逮荆公,其体制、声气,俱非文姬口中语。"[②]《胡笳曲》组诗也很讲究结构,大体而言一至六拍写遭乱被掳,七至十一拍写异域怀乡,十二至十七拍写思子之情,第十八拍总结全诗。脉络与蔡文

---

① 这一概念由法国结构主义批评家热拉尔·热奈特(Gérard Genette)提出,在氏著《隐迹稿本》中,热奈特提出了五种跨文本关系,其中之一即"副文本",认为:"副文本如标题、副标题、互联型标题;前言、跋、告读者、前边的话等;插图;请予刊登类插页、磁带、护封以及其他许多附属标志,包括作者亲笔留下的还是他人留下的标志,它们为文本提供了一种(变化的)氛围,有时甚至提供了一种官方或半官方的评论。"(热奈特著,史忠义译:《热奈特论文选》,开封:河南大学出版社,2009年,第58页。)
② 安盘:《颐山诗话》,载周维德集校《全明诗话》,济南:齐鲁书社,2005年,第811页。

姬原作基本一致,与文天祥自己的身份处境也颇相合。但是倘若深究一下,诗歌的指向性就显得不太明了,比如第四拍:

> 黄河北岸海西军,翻身向天仰射云。胡马长鸣不知数,衣冠南渡多崩奔。山木惨惨天欲雨,前有毒蛇后猛虎。欲问长安无使来,终日戚戚忍羁旅。①

《胡笳曲》的篇幅都较《集杜诗》长,四联八句的七言诗,信息容量比五绝扩大了好几倍,此诗最后一句透露了主旨,乃是伤羁旅。由此再回看全诗,第一联是泛写蒙古军队,第二联是写蒙军攻宋,第三联似是写自己逃亡,第四联写囚禁异邦。这种解读总体自然不错,可是,若问文天祥经历战事无数,这首诗中究竟是指哪一次"胡马长鸣",恐怕就无法坐实了。因为文天祥没有任何其他信息透露此诗所指,有叙述意义的副文本(小序)是缺席的,我们仅凭所集杜诗,根本无法推断其具体指向,只能笼统言之。

然在《集杜诗》中,同样的情形,所指却是非常确切的。《镇江之战第十八》云:

> 海潮舶千艘,肉食三十万。江平不肯流,到今有遗恨。②

如果仅看文本,我们只能推测这是一次水战(有"舶"之意象),失败方败得很惨烈(所谓"肉食三十万"),作者的立场是在失败一方的(所谓"遗恨")。但小标题已指明,这是写"镇江之战",标题指引了集句诗的意义方向。若仅有标题,或许我们通过其他史料记载,也能够推测解读这首集句。不过,更清楚的是,此诗有小序:

> 张世杰率舟师趋金山,约殿帅张彦自常州陆出京口,扬州兵出瓜洲,三路交进,同日用事。既而,扬州失期,先出取败;常州竟不出。世杰多海舟,无风不能动。江水平,虏以水哨马,往来如飞,遂以溃败。呜呼!岂非天哉。③

由此序再结合标题,我们不但知晓了诗歌所指是镇江之战,还了解了此役具体经过。特别对"江平不肯流,到今有遗恨"有了更深切的认识,原来"江平不肯流"一句并非泛泛集来,而是真正反映出当时"世杰多海舟,无风不能动"的现实情况。有此小序,事件的经过得以清晰呈现,文天祥的"遗恨",也更能引起读者的共鸣了。因小序而明了全诗意蕴所在的情况,在《集杜诗》中俯仰皆是,成为此集不同于其他集句组诗的最大特点。

以上的对比充分说明,小序在《集杜诗》的整体意义构建中,占据了核心的位置。没有小序

---

① 文天祥:《文天祥全集》,北京:中国书店,1985年,第370页。
② 同上书,第401页。
③ 同上。

的《集杜诗》，充其量是另一风貌的《胡笳曲》而已，虽情感指向明确，但事实指向暧昧，更不可能完成"集句"向"诗史"的转变。不过，我们也应当指出200首《集杜诗》中，配有小序仅有105首，所占比例一半多一点点，尚有95首作品是无小序的。然而分析这95首无序之作，会发现它们带有一定的共性，除了少部分是同一主题承前省略（如《南海第七十五》有长序，《南海第七十六》即承前省略了）外，绝大多数（不是所有）无序之作是纯感叹性质的作品，比如《第一百五十九》"人生无家别，亲故伤老丑。剪纸招我魂，何时一樽酒"，全诗都是感慨之言，无本事可叙，连标题也只是统摄于一百五十六下的"思故乡"主题下。这也就能够解释，为什么无序之作多集中在《集杜诗》的后两部分，因为后两部分是文天祥怀恋家乡、感叹世道之作，集中抒发的就是内心感受，并不指向具体事件。质言之，无序的作品基本都是停留在较为单纯的抒情层面的作品。这样，一个核心问题也就浮现出来，那就是集句文本内在地倾向于抒情，其功能也是长于抒情。也就是说，我们如果把所有的序文全部拿掉，《集杜诗》就只是一部感叹集而已，叙事因素变得可以忽略不计，抒情因素占据了绝对中心的位置。正是因为集句是倾向于抒情的，所以作为副文本的小序才承担起叙事的功能。如果文本本身就是叙述性较强的作品，现实指向明确，能融纪事、议论、抒情为一体，那么副文本的意义就要大打折扣了。比如杜甫的《北征》，即使它取名"无题"，也丝毫不影响我们通过此作去理解杜甫的想法以及它反映的那个时代。所以，当我们充分肯定《集杜诗》序言、标题的重大作用的同时，其实也就从一个反面说明了无法准确叙事是集句诗天然的缺陷所在。

如果承认以上推论，那么，转换视角，回到文天祥自序所言"后之良史，庶几有考"的目的，单纯从"史"的角度来看，作为"副文本"的小序才是文天祥真正要传递的内容。换言之，从抒情或艺术的角度看，《集杜诗》自然是以集句诗为中心文本；但从历史记录的角度看，我们不得不将小序看作此集的中心文本，集句诗由此也就从中心走向了边缘，变成了点缀。中心与边缘因为视角的不同，而互换位置，谁是谁的"副文本"，边界变得模糊起来。甚至可以说，一种新型的跨文本关系，在《集杜诗》中有趣地表现出来。叙事与抒情的紧张感，也就成为我们理解《集杜诗》文本张力的重要维度。

我们不妨试看一例。《南海第七十五》完整的小序与诗：

> 予被执后，即服脑子约二两，昏眩久之，竟不能死。及至张元帅所，众胁之跪拜，誓死不屈。张遂以客礼见，寻置海船中，守护甚谨。至厓山，令作书招张世杰，手写诗一首复命，末句云："人生自古谁无死，留取声名照汗青。"张不强而止。厓山之败，亲所目击，痛苦酷罚，无以胜堪。时日夕谋蹈海，而防闲不可出矣。失此一死，困苦至于今日，可胜恨哉。
> 开帆驾洪涛，血战乾坤赤。风雨闻号呼，流涕洒丹极。①

---

① 文天祥：《文天祥全集》，北京：中国书店，1985年，第415—416页。

此诗写文天祥被捕后的遭遇,是其一生中最为关键的时刻。序言详细铺叙了自己被捕后的反应,以及被张世杰带上船,亲历崖山海战、目睹行朝覆灭的感想,并特别提到了他那首著名的《过零丁洋》中的句子。"后之良史,庶几有考",所能考者,自然在此序提供的具体历史信息;而在读者,此序较之《指南录》所叙同一经历,尽管少了一些惊心动魄的情节,但仍是我们真切贴近文天祥的历史遭遇与内心感受的重要文本。阅读此序此诗,序才是获得史实、感受心灵的主要(甚至可以说是唯一)载体。而集句之诗,虽然妙巧无痕,从"血战乾坤赤"的战事写到"流涕洒丹极"的情感,更多也只是提升了表达的艺术性,唤起了读者对文天祥遭遇更强烈的同情之感而已。从这个意义上说,我们与其将《集杜诗》看作是一部集句诗集,不如将其看作是文天祥的一部诗文合集。小序作为单篇文章的艺术价值与史料价值,在《集杜诗》中都展示出引人注目的独特性和独立性。

《集杜诗》中的小序,描述性语言偏少,概述性语言较多,与《指南录》的小序比较,生动性固然缺乏,但叙述的节奏感却很强,明白洗练,言简意深,表现出史传文字特有的节制、冷静的美学特质。比如从《去镇江第五十八》到《自淮归浙东第六十一》的四篇小序,所叙述的内容连缀起来就是《指南录》卷三、卷四两卷近 130 首诗歌所记录的历程。在《指南录》中,文天祥的历险与磨难,展现得生动翔实而真切可感,荡气回肠的场景如在眼前,情感非常强烈,特别是"定计难"到"入城难"一段,真可谓波澜起伏而九死一生。然在《集杜诗》中的小序中,此段所叙不过聊聊数笔,我们能够明显体味到文天祥在小序中表达的克制感,字字血泪的沉重被有意地安排在短小的篇幅中,所谓"余时日夜在死亡中,惊惴危惧,饥饿无聊。人生逆境有如此者,哀哉"(《行淮东第六十》小序)。事后的抒写比起事中细大不捐、感慨万端的记录,更蕴含着一股一字褒贬的历史精神和书写力量。

《集杜诗》的小序有不少堪称是"简而有法"的史传,除了记叙历史事件,还为专人立传 43 篇,近似正史中的纪传体,姓名确凿者 36 位(亲人除外),后人就从中读出了文天祥特有的史笔[①]。如明人钟越曾评点《集杜诗》,其中评《赵太监时赏第一百一十九》小序就颇有意味。据《宋史》文天祥本传记载赵时赏曾冒充文天祥,以吸引蒙军,掩护文天祥逃脱——"至空坑,军士皆溃,天祥妻妾子女皆见执。时赏坐肩舆,后兵问谓谁,时赏曰'我姓文',众以为天祥,禽之而归,天祥以此得逸去"[②]。叙述生动,如是亲见。而在《集杜诗》中也有《赵太监时赏第一百一十九》小序,则记其人云:

> 直宝章阁、军器太监、督府参议官、江西招讨副使赵时赏,宗室,有志气。首宰旌德,以一县抗虏,数有功。京师陷,入闽。行朝擢知邵武军,以弃城罪去。自余开督,随府典兵,数将偏师,以当一面。神采隽,议论慷慨。空坑之败,走之吴溪,寻被执,于隆兴遇害。

[①] 今人也已经注意到此点,如焦斌、崔思鹏《文天祥〈集杜诗〉对〈宋史〉的补阙——从"人物列传"的角度探析》一文就完全从史料角度来看《集杜诗》的价值。
[②] 脱脱等:《宋史》,北京:中华书局,1977 年,第 12537—12538 页。

哀哉！①

文天祥此段小序只字不提赵时赏掩护自己逃脱一事，以至钟越怀疑《宋史》之谬，评曰："空坑之败，时赏走吴溪被执耳，可见史传之谬。若公以时赏故得脱，此必叙出。"②在钟越看来，文天祥在《集杜诗》中的史笔，是有《春秋》般之意味的，其序不及掩护一事，《宋史》所言便很可疑，《集杜诗》的真实性远胜于《宋史》。我们检视钟越批点《集杜诗》，其评语约60则，除了《祥兴第三十八》"借他人口，写自己兄，天成妙句"，《张制置珏第十五》"先生有心，子美言之；先生重义，子美道之"，《自淮归浙东第六十一》"颠离惨苦，子美先为写出"等少数几则是感慨文天祥集句之妙外，绝大多数都是批点评论小序所记史实。如此而言，在钟越这样的读者这里，《集杜诗》的集句艺术并非关心重点，所述史实更能引起他们的兴趣，而这样的读者想必不在少数。

综上可见，许多时候《集杜诗》中叙事小序的吸引力已经胜过抒情的集句，集句成为了小序的附庸，似乎只是将序文之事诗意化的路径而已。一般意义上的"副文本"——小序，变成了读者阅读《集杜诗》的中心文本，《集杜诗》也就从倾向于抒情的集句诗集变成了一个记录历史事实的叙事文集。这种奇妙的转化，充分体现出叙事与抒情两大因素在《集杜诗》中的张力。

三、 重叠的"互文"：杜甫的句子与文天祥的精神重塑

在《集杜诗》的副文本中，还有一个特殊的存在，那就是注文。这些注文准确地标示了每一句诗在杜集中的原标题（长题则缩写）③。从创作的角度看，这种标注自然展示了文天祥内心世界与杜甫诗歌的对应关系。而在读者来说，它一方面是于事实层面指明了集句的来源，另一方面则是不停地在提醒读者《集杜诗》文本与杜诗的高度关联性。集句即使再怎么浑融一体，都会因了注文的明确标示，而不得不让读者清晰认识到它的集句性质，强调着杜甫的永远在场，从而让两种声音在读者耳边交互回响，一个是500年前的杜甫，一个是眼前的文天祥；特别是熟悉杜诗的读者，更可能在注文密集的提示下，穿梭于两个不同的历史时空，感受到两种力量的激荡。正因为如此，我们便不得不指出《集杜诗》中另一个文本张力，即所集之句与杜甫原诗的复杂关系，以及这种关系背后所包蕴的杜、文两人在精神上的呼应。

法国符号学家朱丽亚·克里斯蒂娃（Julia Kristeva）曾提出"互文性"概念，指出："任何文本的建构都是引言的镶嵌组合，任何文本都是对其他文本的吸收与转化。"④她的理论被广泛接收并多有发展，法国作家菲力普·索莱尔斯（Philippe Sollers）即阐释说："每一篇文本都联

---

① 文天祥：《文天祥全集》，北京：中国书店，1985年，第424页。
② 钟越评点，内村笃棐校：《文天祥集杜诗》，明治五年刊本。
③ 从现有的文献传承来看，没有证据表明这些注文乃后人所加，故应看作文天祥的手笔。
④ 克里斯蒂娃：《词语、对话和小说》，载《符号学：符义分析探索集》，上海：复旦大学出版社，2015年，第87页。

系着若干篇文本,并且对这些文本起着复读、强调、浓缩、转移和深化的作用。"①"互文性"理论如今已被广泛运用在各类文学研究之中,而集句诗的存在简直就是这一理论极为典型而生动的脚注。《集杜诗》与杜甫原诗之间的关系,恰好就是在"镶嵌组合"的基础上,反复、强调,乃至转移、深化的特殊关系,集句文本和源文本的互文性展露无遗。从杜甫的诗句到文天祥的集句,这些句子因为重新拼接镶嵌,从而完成了意义的转移和改变,举其大端而言,可以有三种关系:

第一种是顺承语境,移植旧义。这种关系在《集杜诗》中占据了大多数,文天祥能够准确地剪辑、拼接杜诗相应的句子,以和自己需要表达的意思合为一体,所集诗句在新作中的语境和在原作中大体相近。如前文所述《襄阳第五》就是很好的例证,而这样的例证在《集杜诗》中可谓触目皆是,不胜枚举。比如《怀旧第一百六》"访旧半为鬼"、《二女第一百四十四》"床前两小女,各在天一涯"、《弟第一百五十一》"兄弟分离苦"、《第一百七十》"天长眺东南"、《第一百八十四》"读书破万卷,许身一何愚"等等,都能准确达意,似从文天祥肺腑间流出,又与杜诗原作语境和语义颇相吻合。这种关系应该较好理解,此不赘述。

第二种是改变语境,转移诗义。杜甫是诗歌艺术的泰山北斗,他的诗句很多时候本就充满多层、多义的内涵,文天祥将他们截取组合,形成不同语境,诗句所取意义自然也会有相应改变。如《入狱第一百一》"行行见羁束,斯人独憔悴。欲觉闻晨钟,青灯死分翳",诗句"斯人独憔悴"在杜甫原诗《梦李白二首》中,乃是用来惋惜李白的遭遇,"冠盖满京华,斯人独憔悴"的"斯人"代指对象是李白,而在集句诗中"斯人"变成了文天祥的自称,憔悴者正是囚牢中的诗人自己,这个句子因了集句全诗语境的变化,而改变了具体所指。又如《入狱第一百二》"劳生共乾坤,何时有终极。灯影照无睡,今夕复何夕",诗句"今夕复何夕"在杜甫原诗《赠卫八处士》中,是用来感叹今日相聚时光的难得,"今夕复何夕,共此灯烛光",这样的故人重逢之夜充满了温馨,而在集句诗中,"今夕复何夕"虽然字面意义依然,但感慨所系,乃在于眼前囚禁之苦,实在凄楚难禁,无法入眠。同一句诗,从原来的语境中切换过来,与其他诗句合成了新的语境,字面不变,甚至感叹如旧,但是内涵已经发生了迁移。

第三种是切断语境,重赋新义。这一情况,较之"改变语境,转移诗义",诗句的意义改变更大,甚至与原语境已毫无关联,杜诗意涵发生了重大变动,被文天祥赋予了新的内涵。比如《驻潮第七十二》"寒城朝烟淡,江沫拥春沙。群盗乱豺虎,回首白日斜",这首集句诗乃写流亡政府驻兵潮阳,序云"稍平群盗,人心翕然",全诗少了一些战争的紧张感,末句"回首白日斜"是由白日而指向时光,表达的是对战乱何时可以平息的期待。而在杜甫原诗《喜晴》中"顾惭昧所适,回首白日斜",要表达的则是与此并不相关的另一层意思,蔡梦弼即言:"甫自愧昧于所适,不能脱身晦迹,回首自愧,恨年已老矣。"②在杜甫原诗中"白日斜"是写自己年龄益增而事无所成,

---

① 萨莫瓦约著:《互文性研究》,邵炜译,天津:天津人民出版社,2003年,第5页。
② 蔡梦弼:《杜工部草堂诗笺》,日本内阁文库藏元大德年间刊本。

显然与文天祥所要表达的意思很不相同。又如《吉州第八十一》"泊舟沧江岸,身轻一鸟过。请为父老歌,歌长击樽破",诗句"身轻一鸟过",是杜甫五言排律《送蔡希鲁都尉还陇右因寄高三十五书记》诗中用来夸赞蔡希鲁"蔡子勇成癖"的,杜甫笔下的"身轻一鸟过,枪急万人呼",将一个功夫了得的武将形象刻画得栩栩如生;而在文天祥的这首集句中,写的是自己被俘北上的所闻所感,吉州乃诗人的家乡,俘虏过此,心中不免思绪万千,"请为父老歌,歌长击樽破"是十分沉痛的表达。所以,这里的"身轻一鸟过"绝非形容勇猛迅捷的武将,而是由景起兴,写自己泊船家乡,却如小鸟飞过,并无痕迹。身之轻,已经不是动作的敏捷如飞,而是指地位的沉沦、身份的卑微——落为敌营阶下囚。和杜甫原诗相比,"身轻一鸟过"的句子在新语境下有了崭新的意义。这种互文关系,看似最不符合集句的要求,文天祥已经改变了杜诗原句意涵,是"断章取义"之举;实则不然,倘若没有对杜诗的万分熟稔,"断章取义"的集句之法,是最难实行的,或者可以说,文天祥在这里对杜诗的故意"误读",才是真正的艺术张力所在,在剪接拼贴之中蕴藏了作者创造性的表达。

以上三种关系,是《集杜诗》与杜诗原作互文性的三个作用方向,集句对于原句来说产生了意义的承续和变异。这种承续与变异,一方面让原作衍生出新的意义,丰富了杜诗的阐释空间;另一方面,也展现出文天祥对杜甫诗句的理解与把握,是着上了文天祥色彩的杜诗。集句诗这种引文密集镶嵌之法,赋予了它和原作之间特有的跨文本关系。当然,不管以上哪一种关系,在《集杜诗》中最终指向的仍然都是精神的一致性。也就是说,在诗句的互文背后,还有两位异代知音在精神层面的互文贯穿始终,文天祥截取了杜甫的精神文本,镶入了自己的生命之中,重塑了精神世界。

杜甫是宋代诗人普遍尊崇的诗学典范,学杜是宋诗特色形成的重要源头。不过,在文天祥早期的诗歌创作中,杜甫的意义并不显得特殊。钱锺书先生已经指出,以率兵勤王为界限,"这位抵抗元兵侵略的烈士留下来的诗歌绝然分成前后两期"[1],前期风格沉浸于晚宋江湖诗风之中,某些诗句虽也有杜诗的影子,但只停留在"形"而未得"神";后期风格陡然变化,悲痛沉郁的色彩顿浓,与杜甫在精神上的共鸣,更是加深了诗作学杜的痕迹,尤以被俘北上途中所作《六歌》(约作于1279年9月)为典型标志。这组作品仿《乾元中寓居同谷县作歌七首》而作,从句式、篇章到情感脉络,皆相步武。明代谢榛《四溟诗话》即指出:"杜子美《七歌》本于《十八拍》,文天祥《六歌》与杜异世同悲。"[2]仇兆鳌甚至认为,由于文天祥比杜甫的遭遇更艰辛,所以《六歌》的情感也更悲痛:"宋元词人多仿《同谷歌》体,唯文丞相居先……少陵当天宝乱后,间关入蜀,流离琐尾,而作《七歌》,其词凄以楚。文山当南宋讫箓,絷身赴燕,家国破亡而作《六歌》,其词哀以迫。少陵犹是英雄落魄之常,文山所处,则糜躯湛族而终无可济也,不更大可痛乎?"[3]翁方纲持

---

[1] 钱锺书:《宋诗选注》,北京:生活·读书·新知三联书店,2002年,第456页。
[2] 谢榛:《四溟诗话》,北京:人民文学出版社,1961年,第47页。
[3] 仇兆鳌:《杜诗详注》,北京:中华书局,1979年,第701页。

论亦同:"文信国《乱离六歌》迫切悲哀,又甚于杜陵矣。"①从率兵勤王到镇江脱险,从五坡岭被俘到目睹崖门亡国,文天祥奔波颠沛,似乎并无时间检视自己的人生,更无暇顾及500年前的那个漂泊诗圣,直到国家破灭,求死不能,被俘北上,他才开始认真地思索起目睹安史之乱的杜甫来。《六歌》的创作,引爆了文天祥与杜甫精神世界的强烈共鸣,职是之故,四个月后便有《集杜诗》的诞生。

文天祥与杜甫都经历了国家的动乱,个人的苦难都与国家命运紧密相关;但相异之处也很明显,杜甫只是政局动荡的局外人,是一个清醒的旁观者,文天祥却是这幕悲剧的主角,经受的苦难程度自不相同。可贵的是,被俘的文天祥从诗圣那里看到了文字之于精神安顿的力量,所以他一方面感慨老杜"偏是文章被折磨",一方面也说"千年夔峡有诗在",《集杜诗》成为了这种精神的典型映射。文天祥被俘后的心态十分复杂,心知自己不得不死,却又速死不成,折磨纠缠,不可名状②。在他生命的晚期,"唯求一死"的意愿愈为强烈,《集杜诗》的出现意味着他已经完成了对其所处历史以及精神嬗变的自觉梳理,系统地检视了自我与现实、自我与内心、自我与亲人的关系,《集杜诗》独特的结构与小序也一再表明这是一组精心安排的文天祥的一生自传。文天祥向杜诗再三致敬,是他出于现实洗礼后精神升华的需要。

让我们再一次回到《集杜诗》的自序,他说:

> 凡吾意所欲言者,子美先为代言之。日玩之不置,但觉为吾诗,忘其为子美诗也。乃知子美非能自为诗,诗句自是人情性中语,烦子美道耳。子美于吾隔数百年,而其言语为吾用,非情性同哉。③

就此时的文天祥来说,与杜甫的"情性同"绝非一般意义上的情感共鸣,而是已经将杜甫的生命感受内化为自我人生的一段文本,完成了精神世界的一次重塑。如同裁剪融化杜诗而为自己的诗歌那般,杜甫的那段特殊经历,以及由此生发的忧世报国、百折不挠的精神,也成为了文天祥生命中的重要组成。因"性情同"而"言语为吾用",因"言语为吾用"而更显"性情同",一个巨大的精神互文网络,在两位伟大诗人之间蔓延。从这个意义上说,《集杜诗》的作者已不是一个人,而是两个人,是文天祥和杜甫的合作。诗句互文与精神世界互文由此彼此重叠,真正让《集杜诗》脱离了一般的文字游戏,杜甫"流离陇蜀,毕陈于诗,推见至隐,殆无遗事"(孟启《本事诗》)的"诗史"精神得以贯穿于集句之中,饱含文天祥人生苦难和历史思考的集杜典范得以完成。

总之,《集杜诗》的多重文本张力,赋予了该作特有的艺术价值与史料价值,形成了震撼人

---

① 翁方纲:《石洲诗话》,北京:人民文学出版社,1984年,第147页。
② 文天祥对待死的态度,除了"速死",尚有更丰富的指向。见温海清:《文天祥之死与元对故宋问题处置之相关史事释证》,《文史》2015年第1期。
③ 文天祥:《文天祥全集》,北京:中国书店,1985年,第397页。

心的易代"诗史",成为了文学史上引人注目的独特风景;特别是它所承载的宝贵的民族精神,凛然肃迈,彪炳史册,堪称我国文化之瑰宝。最后,笔者以两首集文诗向这位宁死不屈的诗人报以崇高的敬意:

无限斜阳故国愁(《立春》),忠魂多少暗荒丘(《有感》)。千年夔峡有诗在(《读杜诗》),前代风流不肯休(《遣兴其一》)。

杜鹃声破洛阳烟(《遣兴其二》),志士忠臣泪彻泉(《出真州》)。自入燕关人世隔(《宫籍监》),风吹诗史落西川(《送人往湖南》)。

批评与课士：晚明馆课评点的特色与文化意义①

东吴大学中国文学系　连文萍

一、前言

馆课是明代翰林院教习庶吉士的诗、文考课，沈一贯（1531—1615）《增定馆课叙》谓"馆课者，录秘馆教习士日课也"②，陈文烛（1525—？）《经世宏辞序》追溯汉、唐、宋历朝翰林院渊源，谓"至我朝而其选更精，自庶吉士以读中秘书，特命阁臣教之，今所传馆课是也"③。庶吉士系由二、三甲进士考选，一科约取二三十人，得与鼎甲进士在翰林院"读中秘书"，以备日后大用，故被视为"储相"④。朝廷择取阁臣为馆师、阁师，平日有诗、文的考课，进行方式有二：一为"馆试"，又称"课"，由馆师命题批阅；一为"阁试"，又称"试"，由阁师命题批阅，并加以排名。教习时间约二到三年，学成散馆时，由内阁考试，成绩优秀者可与鼎甲进士一起留任翰林院编修、检讨，成为天子词臣，其余则分发台省、部郎。故馆课是庶吉士等政治精英立朝始进的作品，属于馆阁文学之一。⑤

评点是对文本的阅读与批评，明代评点风气盛行，遍及各式典籍，郑振铎（1898—1985）《西谛书跋》即谓："明人批点文章之习气，自八股文之墨卷始，渐及于古文，及于《史》《汉》，最后乃

---

① 本论文为台湾"科技部"补助专题研究计划（项目编号：MOST104－2410－H－031－051－MY2）的部分研究成果。
② 王锡爵等编：《增定国朝馆课经世宏辞》，明万历庚寅金陵周氏万卷楼刻本，第5页。
③ 陈文烛，嘉靖四十四年（1565年）进士，此序写于万历十九年（1591年），万历十八年周日校万卷楼刊刻的《增定皇明馆课经世宏辞》未收，见于王锡爵等编《经世宏辞》。见王锡爵等编：《经世宏辞》，万历十八年刊清康熙癸卯周在浚刊本，第3页。
④ 张廷玉等：《明史》，台北：鼎文书局，1979年，第457页。按，庶吉士与鼎甲进士一起在翰林院"进学"，故馆课作者包括庶吉士及鼎甲进士。
⑤ 学界对馆课的讨论，如王淳庆《清华之选——明代庶吉士考选与教习馆课变迁考》、张婷婷《明代翰林馆课卷研究》，讨论翰林院庶吉士教习制度、馆课集的纂刊等；简锦松《明代文学批评研究》、叶晔《明代中央文官制度与文学》、何诗海《明代庶吉士与台阁体》等，论及馆课对明代文学的影响。笔者有《明代翰林院的诗歌馆课研究》《进士再教育——王锡爵〈皇明馆课经世宏辞〉的相关考察》《明代翰林馆课与儒家经世实政——以王锡爵〈国朝馆课经世宏辞〉为中心》，讨论馆课相关问题，可参考。

遍及经、子诸古作。"①馆课是评点的文本,特别是在万历年间通过馆课汇编的出版传播,馆课评点进入公众视野,与墨卷、古文、经史等的评点互相争鸣,成为晚明文化的一环。目前明代评点颇受学界重视,研究成绩甚丰,馆课评点则甚少专论。②馆课评点是明代评点的重要成果,不仅是文章的阅读与批评,还牵涉科举抡才、政治精英培育选任等制度运作,评点者及批评角度亦有独特处。本论文通过晚明馆课汇编的著录,以馆课文为考察重点③,分就评点形式与体例、评点原则与馆阁情境、评点目的与士习世道、品评风格与著录问题加以讨论,期能增添明代馆课评点、馆阁文学及科举文化等的相关论述。

二、评点形式与体例

馆课评点针对单篇馆课品评,形式颇为随兴,主要为眉批细评,有的会于篇前第一则眉批注明评点者并总评全文,有的则于篇末以尾批进行总评。如署名王锡爵(1534—1610)、沈一贯等编《皇明馆课经世宏辞续集》所录陶望龄(1562—1609)《议国计疏》,此文是以皇帝下诏广征群臣建言为情境,故上疏擘画国家大计,由管仲(前725—前645)之言切入,分就边事、宗藩、内供、外费四端立论,归结出重边帅、议宗藩、节内供、革冗费四个论点,借以竭诚输忠。评点共十二则:"许阁师颍阳公评:言言皆国家大计,忠赤所发,遂尔剀切,异日黄扉事业,为子预卜矣","其思深,其虑远,其洛阳之悲乎","言边事恳切","巧于驭虏","此一段仑边事","此一段仑宗藩","擘画甚善","责成君相,尤得要领","此一段仑内供","此一段仑外费","浑化刘陶铸钱疏中语","收煞矫健"。④陶望龄是万历十七年(1589年)己丑科鼎甲探花,此疏题目下署"万历己丑馆试"。评点者"许颍阳"即许国(1527—1596),时任次辅,为庶吉士的阁师,故以老师的口吻预卜陶望龄未来必能位居要津。其下眉批说明段落重点,也点出文中"瓦砾为金",系化用汉代刘陶《铸钱疏》"使当今沙砾化为南金,瓦石变为和玉"⑤二语,提示笔法之妙。

署名张位(1538—1605)编《皇明馆课标奇》亦录此疏,评点共十四则:"三代而下,理财之法,毋逾管子,即用其言,筹之熟者","弊极而不可反者,卖鬻是也","边事宗藩,所当亟为而不

---

① 郑振铎:《西谛书跋》,北京:文物出版社,1998年,第5页。
② 以评点史为角度的研究,有孙琴安《中国评点文学史》、章培恒主编《中国文学评点研究论集》等。专论明代评点者,如杨玉成《阅读世情——崇祯本〈金瓶梅〉评点》、朱万曙《明代戏曲评点研究》、王瑷玲《曲尽真情,由乎自然——论李贽〈琵琶记〉评点之哲学视野与批评意识》、陈美朱《钟、谭评点与钱笺对清初杜诗阐释的开启》、解国旺《明代古诗选本与评点批评——以钟惺、谭元春的〈古诗归〉为例》、侯美珍《晚明诗经评点之学研究》等,值得参考。专论馆课评点者较少,笔者有《明代馆课评点与庶吉士培育——〈增定国朝馆课经世宏辞〉的评点初探》,本文是进一步的探讨。
③ 馆课诗的评点别有特色,将另写作专文讨论。
④ 王锡爵等编:《皇明馆课经世宏辞集》,北京:北京出版社,2000年。按,引文中"论"边事、"论"宗藩等,皆作"仑"。
⑤ 姚文蔚编:《右编补》,明万历辛亥原刊本,第22页。

敢为者","此论边事","虏得我利,有甚于割地之费","边事果不亟为,祸不旋踵","此论宗藩","习四民之业,最为可久之道","内外供费,所当亟已而不敢已者","此论内供当减","婉而切","此论外费当除","激而奋",文末尾批为"评:利害具陈,经国实学"。① 以上评点亦以段落大意为主,并评议笔法,文末总评强调此疏能直指国家财政败坏因由,故许以"经国实学"。此文收于第四卷,卷首下署"太史公喜闻刘先生评点",即万历二十年(1592年)壬辰科进士刘孔当,选为庶吉士,为陶望龄的后辈,此文属于后辈对前辈馆课的评论。晚明馆课汇编的评点者多署为翰林名公,即所谓"太史公"者,然真伪颇为复杂,署为"刘孔当"之评即多,下文将予以讨论。

许多馆课汇编会在卷前以"凡例"说明体例,而凡例详略不一,有的会说明评点细节或注出评点者,如《增定国朝馆课经世宏辞》的凡例第六则云:

> 先辈评林,臧否精核,其出自某某者,特书某批,标之上方。中多细评,不缀姓氏,或出前披,或由手定,则余与荆石公所参酌云。②

由"先辈评林"可知此书汇集前辈评语,并注出名氏,但文中细评不注出评点者,而谓"余与荆石公所参酌",意即由"余"与王锡爵参酌入录。但"余"为何人?考察书前王锡爵《经世宏辞序》谓:

> 圣天子难师臣之选,乃诏召蛟门少宰于四明山中,而以钟台宗伯副之。两君者素挺儒流之宗,秉人伦之鉴,犹惴惴焉,以不称是惧。因检天禄石渠所藏历朝馆课选而编之,以程多士,乃就正于予。顾予谫劣,何能为役,遂与两君往复裁订,勒成一书。③

序中,"蛟门少宰"即沈一贯,"钟台宗伯"为田一俊(1540—1591),二人担任馆师,沈一贯为主,田一俊副之,为教习庶吉士所需,乃倡编此书,并与王锡爵往复商订,"以程多士"。王锡爵时任内阁次辅,是此科的阁师,此书为教习庶吉士的教材,与之商订是必要的。考察沈一贯《增定馆课叙》亦谓:"因检中秘书,得前代诸公馆试日课,就荆石先生镌评删定。"④故"余"即沈一贯,主导此书体例、评点内容等,王锡爵则"镌评删定"。但考察沈一贯《喙鸣文集》、王锡爵《王文肃公文集》⑤,未见二篇序文,也未有从事评点的更多纪录,故参与编评的程度如何,是否有门客或书商的参与,实难考知。清初四库馆臣著录此书,视为"明沈一贯编",并谓:"一贯曾以吏部侍

---

① 张位编:《皇明馆课标奇》,载《中国古籍珍本丛刊·天津图书馆卷》,北京:国家图书馆出版社,2013年,第5—9页。
② 王锡爵等编:《增定国朝馆课经世宏辞》,明万历庚寅金陵周氏万卷楼刻本,第11页。
③ 同上书,第3页。按,序文中"裁订"作"财订"。
④ 同上书,第6—7页。
⑤ 沈一贯:《喙鸣文集》,载《续修四库全书》,上海:上海古籍出版社,2002年;王锡爵:《王文肃公文集》,北京:北京出版社,2000年。

郎加太子宾客假归，复特起教习庶吉士，因检列朝馆课诸作，自诏疏以迄诗赋，分类选录，名曰'增定馆课'，就正于大学士王锡爵，遂以'经世宏辞'题其端，且为序而刊行之。"①清康熙二年（1663年）周在浚重刊《经世宏辞》，亦谓："是书为王荆石、沈蛟门两先生所选辑。"②可见清人视是书出于沈一贯、王锡爵之手。

要说明的是，王锡爵在万历十九年（1591年）秋己丑科庶吉士散馆之后，又编有《皇明馆课经世宏辞续集》，卷前署名"太原王锡爵元驭父续补，秣陵焦竑弱侯父参订，邑子陆翀之飞卿父纂辑，绣谷周曰校应贤父督刊"，故此书为王锡爵主导，当科状元焦竑参与商订，实际编纂者为陆翀之，由周曰校刊行，而沈一贯当时因父丧假归，未参与编评。王锡爵序谓："乃以辛秋散馆后，哀其著述之雅驯，及前刻所未罄者，合而编之，为《宏辞续集》。"③故此书为《增定国朝馆课经世宏辞》的续编，乃汇集刚散馆庶吉士的佳作和前刻未及入录的馆课而成，亦是"以程多士"之用，其编纂过程较为明确可考。

许多馆课汇编会加入圈点，以对应眉批，并在凡例说明体例。如《增定国朝馆课经世宏辞》卷前凡例第九则：

> 圈点。如○者精华，、者文采，◎者眼目照应，｜者关键主意，●者点缀，△者字法，—者一篇小截，⌐者一篇大截也。各有深意，观者毋忽。④

此书以各式圈点符号标志出精华、文采、文眼、字法、章法等文章精要处，与眉批相对应，使之具体易懂，以利读者学习写作，而"各有深意，观者毋忽"的叮嘱，则强调圈点辅助阅读与写作的功能。如前文引述《皇明馆课经世宏辞续集》所录陶望龄《议国计疏》，许国评曰"其思深，其虑远，其洛阳之悲乎"，内文即有◎圈点"今天下事有当亟为而不敢为者，有当亟已而不敢已者，二者臣所谓大蠹也"诸句，以示文眼所在；许国评曰"责成君相，尤得要领"，内文则有○圈出"君相当为百世计虑，何委何待，而直以旦夕为事"诸句⑤，指示"尤得要领"之处。

此类圈点在当日甚为通用，如万历时黄士京《古文鸿藻凡例》谓"文之有圈点，点以嘉其秀丽而苍劲，圈以表其骨力与识神，即未能一一尽当，然而注意凝精，较之泛然侈观者，不无径庭矣"⑥，强调圈点可以表出文章精彩处，提示阅读重点。汤宾尹（1567—？）《易经脉凡例》谓"作者之神脉，自有专注。观者之耳目，妙在醒发，则圈点固不可少。有单点者，其断句也。

---

① 永瑢等：《四库全书总目》，台北：艺文印书馆，1979年，第48页。
② 王锡爵等：《经世宏辞》，明万历十八年刊清康熙癸卯周在浚刊本，第1页。
③ 王锡爵等编：《皇明馆课经世宏辞续集》，北京：北京出版社，2000年，第3页。按，陆翀之生平不详，周曰校为金陵万卷楼书商。关于是书编刊，笔者有《进士再教育——王锡爵〈皇明馆课经世宏辞〉的相关考察》，可参考。
④ 王锡爵等编：《增定国朝馆课经世宏辞》，明万历庚寅金陵周氏万卷楼刻本，第12页。
⑤ 王锡爵等编：《皇明馆课经世宏辞续集》，北京：北京出版社，2000年，第21、22页。
⑥ 黄士京编：《合诸名家点评古文鸿藻》，载《中国古籍珍本丛刊·河南大学图书馆卷》，北京：国家图书馆出版社，2016年，第3页。

若文意畅达,则密点。旨意精实,则单圈。关键紧要,照应转旋,则密圈。寻形逐影,虽蹄释经之筌蹄,点铁成金,庶几缀文之陆海"①,表出圈点体例,以醒发读者耳目。又如署为归有光(1506—1571)所评《诸子汇函》,凡例第九条谓"提纲处━,紧要处═,界域处—,结案处∟,眼目处○○,逗句处…,叙事处ヽヽヽ,用字处⊙⊙"②,说明圈点符号的意义,便利揣摩拟写。以此对照前引《增定国朝馆课经世宏辞》凡例所言,显然馆课圈点的体例与功能,和古文、墨卷等的圈点并无二致,但是否沈一贯、王锡爵编选时即予圈点,还是由书商所加,并无更多证据。

综观馆课评点形式与圈点体例,实乃晚明评点盛行下的产物,用以配合读者阅读及摹写习惯,有助于应举及任官之需,故馆课汇编也被视为科举用书之一。③ 要注意的是,鼎甲三位进士为同科进士之翘楚,庶吉士亦是翰林院馆选的胜出者,所作馆课被视为馆阁宏文,以"经世宏辞"为标榜,且有馆阁名公的评点,实可谓胜出中的胜出,其招揽读者的诉求与命意远较一般科举用书为高。

三、 评点原则与馆阁情境

馆课评点立足于馆阁情境,为翰林院师生教学互动的重要内容,此乃与古文、墨卷、经史等评点的不同处。翰林院教习制度有其深意,万历三十二年(1604年)甲辰科状元杨守勤(1570—1620)《馆阁录章叙》即谓:

> 其课于阁为试,试于馆为课。试刻日而成,以征其蕴蓄。课程时而集,以资其讨论。试有名序而无榜揭,以别于校阅之凡。课有批评而无次第,以潜抑好胜之私,阴消竞进之隙,而预养协恭和德之美,盖莫不有深意焉。④

故馆课基于培育、选任文官的需求,对庶吉士文笔、学识、胸次多方检视与塑造,有其严肃的政治功能与目的。而馆课发之以文词,命题范围很广,不论抒怀言志、考述名物、尚论古今、擘画国计,均须言之有物,尤要求兼擅诗文众体,以应文学侍从之要务,成绩优秀者声名远播,尤影响散馆之后的分发任官。顾尔行(1536—1611)《皇明馆课全编序》强调"文词之与勋烈,匪二涂也"⑤,馆课成为多数庶吉士在政坛起步时的"勋烈",是名声、前途的竞争与展示。

---

① 汤宾尹:《鼎镌睡庵汤太史易经脉》,载《天津图书馆孤本秘籍丛书(第1册)》,北京:全国图书馆文献缩微复制中心,1999年,第2页。
② 归有光:《诸子汇函》,载《四库全书存目丛书(第126册)》,台南:庄严出版公司,1995年,第6页。
③ 沈俊平:《明中晚期坊刻制举用书的出版及朝野人士的反应》,《汉学研究》2009年第1期,第152页。
④ 杨守勤:《宁澹斋全集》,载《四库禁毁书丛刊(第65册)》,北京:北京出版社,2000年,第9页。
⑤ 陈经邦等编:《皇明馆课》,载《四库禁毁书丛刊(第48册)》,北京:北京出版社,2000年,第2页。

馆师和阁师的考评,除了被赋予的教习权力,还要有基本的批评原则,方能服于众人。此原则来自馆阁传统,以文体明辨为基础,以文章应世功能为衡量,即所谓"台阁体""台阁规模"。其辨识度甚高,如申时行(1535—1614)《进圣祖御笔奏》评点即谓"台阁规模,启口自别"①,又如杨守勤《姜仲讱馆阁试草序》谓:

> 余惟馆阁之制,与他艺文稍异,他文体无定裁,辞无定质,云谲波诡,惟所纵恣,取快心而止。馆阁之体主严,词主达,其命篇也,动□□礼大猷储国至计,故体裁极昌以博,而一切纵横宕轶、幽僻险异之观,不足以犯其规,错语极闳以邕,而自非经史理性家,凡稍溢于尔雅,微涉于驳怪者,不足点其牙管,故其合作也难,中程也亦不易。②

文中将馆课与其他文体比较,强调体严、词达、攸关经国大计等特色,不惟展现学力才识,还须掌握风格分际,显见馆课有其明确的文本特征与实际功能。"姜仲讱"即姜逢元,万历四十一年(1613年)庶吉士,杨守勤称赞他深有领会,每课试常居前,声名卓起,故散馆时辑所作《馆阁试草》刊行。若由馆课汇编的选录来观察,《增定国朝馆课经世宏辞》凡例第一则谓:

> 先诏、诰、玺书者,代王言也。次奏、疏、表、笺者,述臣职也。次檄、露布者,宣主德、扬天威也。其他序、记、碑、策,纲提胪列。论、议、说、解,缕析条分。赋、颂、箴、铭,雁行鳞次。诗歌古律,璧合珠联,以便含华咀英者采焉。③

此则凡例反映馆课的应世特色、庶吉士教习目的与理想,所谓"代王言""述臣职""宣主德""扬天威",即诏、诰、玺书、奏、疏、表、笺等文体特征与功能,庶吉士务必随题辨体,掌握撰写原则,文词内容俱须恰如其分地发挥,方可获致佳评。

如《皇明馆课经世宏辞续集》所录万历五年(1577年)丁丑科阁试冯琦(1558—1603)《总督蓟辽太子少保兵部尚书兼都察院右副都御史诰》,属于"代王言"之题,为四六骈体文,代君王发布军事任命。附有眉批三则,署为阁师张四维(1526—1585)评"雄伟激烈,白面书生公能作壮士之语乎","一联太子少保总督蓟辽,一联兵部尚书右副都御史","得策励臣邻之体",即就文词风格、结构布置、文体命意等角度,嘉许此文气势雄壮,对臣下有所策励,得体适切。文中以○圈出"锁壮北门,式重节旄之寄。羽仪东府,尤隆保傅之尊。戎曹枢筦之司,缉熙九法。宪台纪纲之职,董正百僚",以示"雄伟激烈"之处;以◎圈点"飞将发射雕之弓,洞胸贯脾。勇士激斩蛟之剑,喋血横尸""听鼓鼙则有将士之思,方深眷宠。执干戈则有社稷之卫,尚赖保厘",以示

---

① 王锡爵等编:《增定国朝馆课经世宏辞》,明万历庚寅金陵周氏万卷楼刻本,第11页。
② 杨守勤:《宁澹斋全集》,载《四库禁毁书丛刊(第65册)》,北京:北京出版社,2000年,第21、22页。
③ 王锡爵等编:《增定国朝馆课经世宏辞》,明万历庚寅金陵周氏万卷楼刻本,第10页。

眼目照应;文末以、表出结尾"终伫奇勋,用恢远驭"二句,以示期勉得宜。①

署为沈一贯所编《新刊国朝历科翰林文选馆课经济宏猷》,亦收冯琦此文,书内卷首下署"建极殿大学士蛟门沈一贯删定,东阁大学士金庭朱赓校正,翰林院修撰兰嵎朱之蕃评阅",朱之蕃(1546—1624)为万历三十二年(1604 年)甲辰科状元,深富时名,为冯琦的后辈,眉批仅有二则:"典雅不浮,更多色泽","有斟酌之谈,字字着实"。文中有○圈出"通铃匮之奇书,负璋珪之远器""原燎方扬,妖氛不敛""飞将发射雕之弓,洞胸贯脾。勇士激斩蛟之剑,喋血横尸""听鼓鼙则有将士之思,方深眷宠。执干戈则有社稷之卫,尚赖保厘。终伫奇勋,用恢远驭"诸句②,有引读文词精华的功能。然此二则眉批用语泛泛,只如习套,未能彰显此文军事任命的特色。

馆课评点以台阁体、台阁规模为基本准则,不同文体有各自侧重的评点角度。如"致语"是用于宫廷节庆宴席的祝颂之词,属于韵文,内容歌功颂德,是翰林词臣的写作任务之一,批评重点在文辞的华美斑斓,能写出宫廷气象。《增定国朝馆课经世宏辞》收录隆庆二年(1568 年)戊辰科馆课陈于陛(1545—1596)所写《庆成宴致语》,乃拟写祭祀礼毕之时,庆贺成功宴席所用的颂词,故极力描绘"珍分玉食香生座,醉听仙韶乐在悬"君臣同乐情状,因深感荣宠而致以祝愿:"幸沐恩波何以颂,皇图帝寿万斯年。"沈一贯评曰:"秾郁光华,五色蔚然,金马玉堂之上有才如此,可以笙簧王、骆矣","词分云锦之章,响出钧天之奏,葩藻缤纷,光华烂熳,一字一句,令人魂飞色艳,所谓吐白凤、吞金龟者耶"。总评:"浑厚博大,有台阁体。"③即称赞文辞气象之壮美,并借唐代王勃(648—675)、骆宾王(?—684)加以奖誉,以提高其身价。而此处之评论用语很是夸张骈丽,与陈于陛之文字颇相辉映,予人炫才之感。

又如"表",为四六骈体,讲究文词表现,但因属于"述臣职"之题,务须言之有物。《皇明馆课经世宏辞续集》收录嘉靖四十四年(1565 年)乙丑科庶吉士周子义(1529—1586)阁试所写《承天大志表》,其命题背景乃明世宗朱厚熜(1507—1567)即位后,将原本藩居之地湖广安陆州升级为承天府,并在嘉靖四十四年五月命阁臣修《承天大志》④,故阁试即以此件朝廷大事为题,要求庶吉士拟写《承天大志》书成上表。周子义《承天大志表》,紧扣承天府的背景由来,以"旧邦开新命"为文眼,凸显明世宗对父亲睿宗兴献王朱祐杬(1476—1519)的"圣孝尊亲",进而歌颂明世宗"宸虑渊深,超轶前古。睿谟宏远,迥出百王",而谦称臣等纂修乃"才非班、马,偶厕纂修",使尊卑分明。此文附有眉批四则,署为唐顺之(1507—1560)所评:"起联用'旧邦新命'四字甚切,而中间词致亦多骈丽可观""阐扬世庙功德殆尽""博大庄严,有台阁体""玉润珠圆,

---

① 王锡爵等编:《皇明馆课经世宏辞续集》,北京:北京出版社,2000 年,第 13 页。
② 沈一贯编:《新刊国朝历科翰林文选馆课经济宏猷》,载《四库禁毁书丛刊(第 153 册)》,北京:北京出版社,2000 年,16 页。
③ 王锡爵等编:《增定国朝馆课经世宏辞》,明万历庚寅金陵周氏万卷楼刻本,第 55 页。
④ 徐阶等纂:《明世宗实录(卷一二九)》,台北:"中研院"历史语言研究所,1966 年,第 5 页;徐阶等纂:《明世宗实录(卷五四六)》,台北:"中研院"历史语言研究所,1966 年,第 5 页。

四六中妙品"。① 这些评点虽不能确知是否出于唐顺之,但能凸显此文笔法精妙及竭力输忠,也点出当日馆阁风尚。因为明世宗喜爱青词、祝文之类四六文,形成举朝的竞写,此文被视为妙品,所以周子义能胜任日后四六应制的任务,是可以想见的。

有趣的是,《皇明馆课经世宏辞续集》亦收录张居正《进承天大志表》,但此文并非馆课,而是实际书成上表之作②。所附王锡爵的评语谓:"此公不满人意在立朝事业,若论文章,当是名家。只如此表,从容步骤,复自方整,非经生掇拾者可窥其藩篱也。"③此书编于万历十九年(1591年),颇能照看"后张居正时代"的朝廷情势,如果确实为王锡爵亲自评点,则扬其文、贬其政,颇有借题发挥的较劲意味。

因为"台阁体"标志鲜明,庶吉士写作难脱窠臼,如能出以新意,可在评点被彰显。如万历十七年(1589年)己丑科阁试,陶望龄所写《拟宋崇政殿说书赵师民进劝讲箴表》,以古喻今,能连结明神宗朱翊钧(1563—1620)废讲废学的时事,摹写劝讲箴,随表上进。文中"顷者西偏告病,小丑阻兵。属军旅之未宁,致简编之暂废",暗寓明神宗称病废讲;而"吴越尚兴于卧侧,桴鼓未寝于师中。然犹时披九五之文,朝登隐德。日览三篇之益,院辟崇文。况兹燕燕之期,可忘新新之益",则为国家远虑,强调即使承平时局,人主亦应勤于进学。署为阁师王锡爵的评语曰"以奏、疏之忠言,入表、笺之骈俪,意既剀切,词复精工"④,表彰此表之佳胜在于兼融奏、疏、表、笺的写作特色,用以劝讲,剀切输忠,意旨深远,而文词亦能精工。

又如万历十七年(1589年)己丑科阁试,黄辉(1559—1621)所写《克己复礼乾道主敬行恕坤道何如》,属于"论"之命题,重在条分缕析、阐明事理。此题出自孔子对仁的不同推阐,颜渊问仁,孔子曰克己复礼为仁,其告仲弓则以主敬行恕为仁。朱熹阐释之,以为克己复礼、主敬行恕,即乾道、坤道之别。黄辉之文推演朱熹之说,以为"论仁而及于乾坤,引类甚远,蓄旨甚富",其下分述并补益其说,提出"乾道、坤道之说,吾姑以状为仁者耳,非所以名仁也",成为全文亮点。所附阁师许国之评点曰"精微之致,深湛之思,切寔之见,古文、理学两得之矣""乾道、坤道状为仁者,非所以名仁,是异见,真道人所不道者"⑤,就文章与思想并论,赞许其发明理学,立论新颖,言人所不能言。由此可见馆课创作务须掌握文体特色,文词、结构均要稳妥,还可出以新意,展现才学识见与忠忱,以应不同评点者的阅读角度。

除了文词、命意等的综合展示,"经世致用"尤为馆阁教习庶吉士的目的所在,特别是在万历时期,通过标榜"经世""经济"的馆课汇编刊行,成为馆阁文化的特色。如署为陈经邦

---

① 王锡爵等编:《皇明馆课经世宏辞续集》,北京:北京出版社,2000年,第47页。
② 徐阶等纂:《明世宗实录(卷五四七)》,台北:"中研院"历史语言研究所,1966年,第4页;徐阶等纂:《明世宗实录(卷五五三)》,台北:"中研院"历史语言研究所,1966年,第6页。
③ 王锡爵等编:《皇明馆课经世宏辞续集》,北京:北京出版社,2000年,第45页。
④ 同上书,第69—70页。
⑤ 同上书,第58—59页。

(1537—1615)等编《皇明馆课》的凡例谓：

> 诏、诰、玺书、韵语，诠为首卷，代王言也。次奏、疏、表、笺，以述臣职。次檄、露布，以扬天威。其他序、记、碑、策、论、议、考、评、说、书、辨、解、题跋、杂著等篇，则撷典坟丘索之奥，而扬榷今古得失之林。致语、赋、颂、赞、箴、铭、乐府、古风、近体，则绎风雅骚选之遗，而抒为激羽流商之韵。体裁互异，品格殊途，麟次其篇，令摛辞之士，知先君后臣，综核经世，摅为性灵，各有旨云。①

文中细说编纂次第及要旨，"代王言""述臣职""扬天威"诸语，明辨各种文体的政治功能，强调经世实用的价值。《新刊国朝历科翰林文选馆课经济宏猷》的凡例亦云："是编则采自国初迄于今日，凡有关世教、切世务者，什中选一，不致一题多篇，取芸窗目厌。"②可见"关世教、切世务"已成为馆阁共识，故不论时间递嬗、馆师阁师更迭，都足以用为品评原则。

探究馆课汇编对经世致用的标举，主要是测试庶吉士对政务的熟习及用世之能，作为散馆之后分发任官的参考。就其思想内涵来看，一乃儒家学而优则仕的思维，士人以科举求售，国家举才以襄助治理、推动政务；一乃彰显馆阁之理想，亦即对儒家经世济民思想的实践，如"先君后臣""直言谔论"乃忠君之道，"综核经世""关世教、切世务"即"外王"的理想，"摅为性灵"则为"内圣"之所发。朱之蕃《翰林经济宏猷序》即谓：

> 夫经济之学，盖其难哉。语曰：经术，经世务也。又曰：穷经以致用也。故学违谟典，奚以云经。经不识时，奚以云世。经世而不达权，奚以云济。尔尔皆无益王猷也者，又奚宏猷之足云。③

经济之学养成不易，庶吉士通过科举抡选，复经馆选擢拔，即应"穷经致用"，发为馆课皆须有裨经世，此乃明代馆阁育才之理想，也是馆课选录与评点准则。故该书所录王家植（万历三十二年庶吉士）《代问臣条议马政状》，获评曰"条陈马政，重革今日之弊，端复先日之旧制，非洞见孳息之利病，不能道此"，赞其能由"识时"而"革弊"；许国《处内外官久任之法疏》，获评曰"经济之谈，一一皆切实可用"，即以为所论切合实际，可以付诸施行；沈一贯《闽广善后事宜议》提出海寇荡平后，朝廷屯兵用兵的六种措施，获评为"言言经济"④，即侧重其策略有裨于武备与民生，符合经济理想。

---

① 陈经邦等编：《皇明馆课》，载《四库禁毁书丛刊（第48册）》，北京：北京出版社，2000年，第1页。
② 沈一贯编：《新刊国朝历科翰林文选馆课经济宏猷》，明万历建业广庆堂刊本，第2页。
③ 同上书，第1页。
④ 沈一贯编：《新刊国朝历科翰林文选馆课经济宏猷》，载《四库禁毁书丛刊（第153册）》，北京：北京出版社，2000年，第10、62、30页。

《增定国朝馆课经世宏辞》的评点亦以经世为重,如嘉靖五年(1526年)丙戌科馆课,袁褧(1502—1547)所写《惩胡议》,获评"永之少年即有经世之志,中遭坎壈,不究其蕴,发之著述,元为经国吁谟,至其笔力高古,词锋精炼,又剩技已",赞其夙志及经国方略,文笔词锋则为剩技而已。该书所录隆庆五年(1571年)辛未科馆课,黄洪宪(1541—1600)《拟圣驾再祀山陵尽蠲昌平州今年田租守臣谢表》,为四六骈俪之文,署为王锡爵之评曰"巧不纤,丽不靡,中多经济之谈,尤四六之绝胜者"①,可见四六文的点评亦以经济为贵。

《皇明馆课标奇》所录万历十七年(1589年)己丑科馆课,徐彦登《防河议》,署为刘孔当之评"词源辨博,笔势纵横,悉从探讨中来,无一剿说,经世之文也";又有傅新德(1569—1611)《防边议》,获评"策边事不失尺寸,而待制七议,直经济实才,不独以文章名世也"②,都是以经世致用为角度品评。而前文引述陶望龄《议国计疏》,获评"利害具陈,经国实学",皆可谓评价甚高。从另一个角度而言,馆课的本质在于课士测试之用,故虽以经世致用为品评准则,庶吉士亦极力展现擘画及前瞻之才,仍只为纸上之谈,难以付诸实政或上呈天听。此外,馆课为庶吉士初入朝之作,尚无实际政务历练,所提政策不一定具体,所以考评重点在考察其襟抱学识、文才笔力,给予鼓励。而所谓"经世致用"的襟抱才具,其实颇为幽微,系于字里行间,有待评点者慧眼耙掘表出。

四、评点目的与士习世道

尽管馆课用以课士,与实际匡世济民仍有距离,但基于为朝廷培育栋梁之才,以及操天下文柄之责,馆师与阁师仍借馆课评点达到一定的政治目的,尤对士习世道有所评论与纠举。以下分就为国课士育才、引导文体文风、端正士风世道三端讨论:

(一) 为国课士育才

为国家培育政治精英,乃馆课施行的基本目的,评点即用以鉴别、批评与奖拔。如万历五年(1577年)丁丑科阁试,当科状元沈懋学(1539—1582)《议处京操班军疏》,署为张居正(1525—1582)评点谓:"兵贵有用,有用在核实,核实在黜老弱、稽庸懦、省工役,种种胜算,留在异日借箸。"③"京操班军"乃明成祖定都北京,垂意军政,在首都禁军之外,取山东、河南等处之军,分班迭进,在京师操练,以保卫京师。此制行之已久,至万历初年因承平日久而弊端丛生。沈懋学之文指出班军的由来,以及更番入隶、不令懈息的优点,尤针对弊端提出"黜

---

① 王锡爵等编:《增定国朝馆课经世宏辞》,明万历庚寅金陵周氏万卷楼刻本,第19、42页。
② 张位:《皇明馆课标奇》,载《中国古籍珍本丛刊·天津图书馆卷》,北京:国家图书馆出版社,2013年,第75、88、89页。
③ 王锡爵等编:《皇明馆课经世宏辞续集》,北京:北京出版社,2000年,第48页。

老弱、稽庸懦、省工役"三个整顿办法,获得张居正嘉许,"种种胜算,留在异日借箸",直言日后当予重用。

另有庶吉士何洛书(1540—？)所写《议处京操班军疏》,针对班军之流弊,提出三点兴革:一为"申法",落实执法,避免员额虚冒、衣粮银钱侵吞扣减诸事;一为"简师",强调人员之精择;一为"除劳役",主张班军应专力武备,不应被用于宫府山陵之劳役。此文亦获张居正佳评:"国家军政之弊极矣,子灼见班军弊习,历历如指诸掌,而三议尤确,是抱忧天之志者,吾当转而闻之上。"①

这两篇阁试之文,笔法不同,看法则近似,可见积弊已久,人所共睹,而朝廷的兴革作用显然不彰。张居正当时身为阁师,又为首辅,确实有评点之责,署其名是很合理的,只是难以考知是否托名,此为研究晚明评点常会面临的问题。惟评语能由张居正的角度出发,带动馆课评点课士育才的目的,嘉勉沈懋学、何洛书对国家军政的熟悉及军事管理的谋略才识,希望能重用其人、实行其法,也带出自己对班军积弊的意见,使得此则评点显得十分个性化,可谓巧妙之评。

馆课识拔、教习人才,即所谓"得士",嘉靖四十四年(1565年)乙丑科馆课,庶吉士许国所写《重爵赏疏》,获阁师李春芳(1510—1584)评曰:"字字精新,擘画扬榷处,晁、贾当为敛衽,奇抱如子,真为国家得士庆。"②日后许国担任阁师,亦为得士而庆,如前文引述陶望龄《议国计疏》,许国评曰"异日黄扉事业,为子预卜矣"。又如万历十一年(1583年)癸未科馆试,王萱(1555—1586)所写《士君子行己立身法度论》,许国亦深表激赏:"持论甚正,是有志于法度者,卜子异日矣。"③细究"得士""卜子异日"诸语,应为馆阁奖掖的习用套语,所以频繁出现,馆师及阁师给予如此佳评,既见举才得士之喜,亦是寻求与自己理念相通的后进,这种赏识带来更为亲密的师生关系,可以壮大政治势力,巩固施政,成就政治事功,以是之故,庶吉士是"异日黄扉事业",馆师与阁师则可能是"今日"事功。

馆课课士育才与黄扉事业之间的分际微妙,牵动着政坛人事,对政局发展深有影响。如李东阳(1447—1516)为明代最知名的阁师之一,何乔远(1558—1632)赞其"平生善奖才隽,朝罢海内名流毕集其家"④,但霍韬(1487—1540)却以其"笼翰林为属官,中书为门吏"⑤。又如张居正以馆选笼络天下名士,劝诱汤显祖(1550—1617),"意欲要之入幕,酬以馆选,而率不应"⑥,已写入传记。至如编有馆课教材的著名阁师王锡爵,亦被攻讦援引门生,联结朋党⑦。

---

① 王锡爵等编:《皇明馆课经世宏辞续集》,北京:北京出版社,2000年,第50页。
② 同上书,第38页。按,许国为嘉靖四十四年(1565年)乙丑科庶吉士,同卷页36著录许国《拟处内外官久任之法疏》,下署"嘉靖乙丑阁试",此文则署为"隆庆丁卯馆试",著录可能有误。
③ 同上书,第13页。
④ 何乔远:《名山藏》,载《四库禁毁书丛刊(第47册)》,北京:北京出版社,1991年,第35页。
⑤ 张廷玉等:《明史》,台北:鼎文书局,1979年,第1405页。
⑥ 过庭训:《明分省人物考》,台北:明文书局,1991年,第62页。
⑦ 连文萍:《一甲不预,则望馆选——王肯堂的科名与万历科举世风》,《成大中文学报》2017年第58期,第59—100页。

是故,馆课教习与政治权力关系密切,特别是阁师的教习举才,可谓阁权的延伸,不论馆选擢拔、阁试排名、馆课评阅等都引人注目,甚至引发交结朋党的负评,是值得注意的政治现象。

(二)引导文体文风

馆师与阁师为翰林院阁臣,有操持天下文柄之权责,故借馆课命题与批阅指出弊病,以端正文体文风。如万历十一年(1583年)癸未科阁试《正文体议》,《增定国朝馆课经世宏辞》收录朱国祚(1558—1624)、李廷机(1542—1616)、王萱、杨元祥(1565—1592)所作四篇,其中朱国祚为当科状元,其文揭示"今天下之文竞趋于奇矣",乃因鄙薄简易与平淡,故杂取玄异奇衺之说,晦暗其辞,令人三四读亦不能通晓,视为深长之思。文章竞奇来自世道之病,古圣贤之文皆和平雅畅,因此朱国祚主张由圣天子"重雅返淳"做起,专责于督学"令士必以通经学古为高,壹切禁绝所谓诸不在六艺之科、孔子之术者",国家科举取士则"悉取大雅,勿使奇诡者与其间,而诸所录以献之,务粹然一出之正,明操进退赏罚之权,以振刷之,则天下士未有不瞿然顾化、竭蹙而从风者也"。王锡爵总评谓"折衷文体,归于明白正大。中和雅邕,本之自得,不为彼言",其他眉批则谓"讥评时病,切中膏肓""议论正大""气昌而笔健"①,以奖拔其立论超群。

李廷机(1542—1616)为此科榜眼,所作《正文体议》,首揭"惟馆阁诸巨公哲匠,主持雅道,经纬国家,文体称正脉焉",所谓正脉在于四端:以理为本、以气为干、以意为脉、以辞为枝叶。而人心与世道攸关,近之世道浇漓,人心狡伪,文章亦艰深诡谲以希世取宠,或是"道家守玄希夷,佛家息心了性,各驰其荒唐之说",故其主张督令各地督学使者崇平正、端士习,使士心皆归于正,无暇于邪,"心和平则文坦易,心忠悫则文剀切,心端方则文正直,心纯粹则文细腻"。本文获评:"以理为本、以气为干、以意为脉、以辞为枝叶,真谈文真谛也",并评论所提方法切当,"督学使者乃一方之文衡也,故以正文体一事责之,甚当","辟玄关、祛大乘,则邪说息而正道自兴","文章原系心声,故正心者又正文体之本"。②

王萱之作,提出当世"争罕喻以标奇""争繁缛以侈富""争幽奥以极深""争僻诡以逞异""兢胜于奇""不务情理"等六弊,而正之以"附圣以居宗""依经以作则""遂理而信心""易辞以显旨""佩实而衔华""度体以定势"六策。王锡爵总评谓:"首叙六经,次及两汉唐宋,迄于我朝,以至今日,中间文体代变,考论详明,而六弊六策尤为不朽之议。"③

杨元祥之作,揭示文体系人心、关世运,不可不正,再分述欲正文体当祛弊习,欲祛弊习当拔真才,欲拔真才当先定品。获评曰:"文章小技也,壮夫□之,然而系人心、关世运,岂细故哉,

---

① 王锡爵等编:《增定国朝馆课经世宏辞》,明万历庚寅金陵周氏万卷楼刻本,第11—12页。
② 同上书,第13—14页。
③ 同上书,第16—17页。

是乌容以不正。"①

除上述四篇,《皇明馆课经世宏辞续集》亦收同科阁试刘应秋(1547—1620)、邹德溥(1549—1619)所作《正文体议》。刘应秋为此科探花,其《正文体议》获评:"读此文似与子长、孟坚酬伍,要自肥肠满脑中发之,数百年无此物矣","讥评时病,切中膏肓","兑阳此论,岂有志于作今日之韩、欧耶"。② 此评署为赵用贤(1535—1596),以司马迁、班固、韩愈、欧阳修类比,是馆课评点惯见手法,此处援引古人特别多,在夸张溢美的推崇中,寄寓着隐微的涵意,亦即推高明代庶吉士的才学,使之可比并汉、唐前贤。

邹德溥《正文体议》由评价李、杜诗入手,以为李白所作犹谓纤浓,不如杜甫之朴雅,文何其不然。进而论述时弊,直谓李攀龙(1514—1570)之文"乍见一斑,亦自可喜,至累牍而厌心作矣",王维桢(1507—1555)之文"家诵户习",却有"窃化书"之嫌,从而提出"禁高论""慎取士"二端,以导正文体。此文获得署为陈于陛(1545—1596)之评:"以诗论文,品骘精当","评骘历下,始足骇闻,久当论定","讥弹允宁,亦属定论","二端深得正文体之要"。③

这则评点的手法很值得注意,与前一则比拟汉唐前贤司马迁、班固、韩愈相反,是借由鄙薄当世文坛名公李攀龙、王维桢,以树立馆阁的威信。因为"正文体"之议,主要是正、奇的对峙交锋,也是馆阁文学势力的维系关键,从嘉靖年间开始,到万历时期仍未止息,是晚明深受注目的论争。④ 从上述二部馆课汇编所收万历癸未科阁试《正文体议》六篇,就可看出此议题的延续性,亦可见出翰林院意欲宣示掌握"文柄"的积极作为:一在通过馆课,宣示官方"正文体"立场,要求庶吉士写作台阁文章,必须比并汉唐前贤、依循经传、典雅明白、经世实用,以具体践行作为天下表率;一在要求庶吉士加入正文体的行列,指摘时弊所在,提出祛除弊习的方略;一在责成庶吉士散馆后,不论从事督学、典试等职务,都要达成正文体的使命。而馆课评点即以馆阁教习之权责,鉴别所论,评论其法,以彰显文体与人心、世运攸关,区别正道与邪说之殊途,甚至直谓"评骘历下,始足骇闻,久当论定""讥弹允宁,亦属定论",已涉及人身攻击,可见翰林院以"正文体"为急务,馆课评点亦刻意凸显这个问题。

除了积极纠举导正文风,馆课评语亦有从正面引导写作。如许国《拟进重修大明会典表》,署为韩世能(1528—1598)评曰:"腴郁典雅,绝不道一艰险语,使一深僻意。试朗诵一二过,若大醉后浇以清泉,泠然一道风生矣","矢口纵笔,无心而文,天下之至文也"。⑤ 是则所谓"至文",即"腴郁典雅"、不艰险、不深僻,此即文体之"正"的具体表现。

文体之"正"尤以复古为依归,以通经学古、重雅返淳为标榜。如万历十七年(1589年)

---

① 王锡爵等编:《增定国朝馆课经世宏辞》,明万历庚寅金陵周氏万卷楼刻本,第18—19页。
② 王锡爵等编:《皇明馆课经世宏辞续集》,北京:北京出版社,2000年,第14—15页。
③ 同上书,第16—17页。
④ 荆清珍:《正文体考论》,硕士学位论文,西南大学,2009年。
⑤ 王锡爵等编:《增定国朝馆课经世宏辞》,明万历庚寅金陵周氏万卷楼刻本,第27页。

己丑科馆课黄辉(1559—1621)的《毛颖陈玄石泓褚素传》,此乃为文房四宝立传,"毛颖"即笔,"陈玄"为墨,"石泓"即砚,"褚素"即纸。馆课以之命题,并非游戏笔墨,而是承自韩愈《毛颖传》,取效《史记》笔法,假想其人、述其逸闻,用以影射人事。署为邹德溥的评点:"神运之妙,即马迁秉笔,未必乃尔","字字逼古,而意趣委婉周洽","妙在影切世人事,而圆通遒劲,诸文家宜寻一通座右"。文末总评有二则:"古貌古心,不离不即","通篇倏忽变幻,起伏纵横,即四君子亦不能自尽,而吾儒持身涉世之道,于此可以悟矣"。① 指出其特色一在字字逼古、古貌古心,一在以古喻今,影切持身涉世之道。然谓"诸文家宜寻一通座右",好似脱离了馆阁评阅的实境,以商业传销口吻,广泛对有意学习写作的"文家"提出建议,也反映着崇古、复古的文风走向。

馆课评点标榜以古为范,尤以先秦两汉之古雅庄严及唐宋的条畅洞达为衡量。如唐文献(1549—1605),《拟京房上考功课吏疏》,有署为申时行之批语:"庄整,类西京语","气味苍然,不作汉人已后语"。② 即以汉文作比。黄辉《辽东殊捷恭上圣武颂》,获署为邹德溥的称许"游意先秦,铸词两汉,字字庄严,语语奇拔"③,以其出入先秦、汉、宋而游刃有余,获得胜出的评价。萧良有(1550—1602)《拟朝鲜国谢赐敕昭雪宗系表》,获署为冯梦祯(1546—1605)之评谓"每阅唐、宋表,其神情流宕洞达,不徒以采摭故实为尚。近来寒促晦涩,古风寥寥矣。此篇气舒而骨不露,叙致条达,颇有宋人风,故录之"④,馆课评点以复古为风尚,不惟器重其文,也在提高明代馆阁文章之地位与价值。

(三) 端正士风世道

万历时期士风不佳⑤,而士风之正邪,小则反映在文体文风,大则关乎世道人心,彼此环环相扣,不容小觑。馆师与阁师为朝廷阁臣,为天下士人之表率,故借督学、典试等任务,由导正文体文风,进而力图导正士风世道。而馆课命题与批阅能凸显此问题,要求庶吉士正视并研拟方法。

如万历十一年(1583年)癸未科阁试,以《辟邪说以崇圣学惩弊习以正士风议》命题,叶向高(1559—1627)之作指出天下之大弊有二,一为当世儒者好佛老异端之说,一为士竞于厚利高名,世习颓靡,其高者入于玄虚,下者争于功利,将导致"仁义为蚀,纲常为戮,则忧在道统"。获评曰:"今日伪学,尧言跖行,以讲性命道德为终南快捷方式,愚诚私心恨之。读此议,大快人意。"⑥此评语署为阁师余有丁(1527—1584),用语直露,斥责伪学,"愚诚私心恨之"之情绪语,

---

① 张位编:《皇明馆课标奇》,载《中国古籍珍本丛刊·天津图书馆卷》,北京:国家图书馆出版社,2013年,第11—13页。
② 王锡爵等编:《增定国朝馆课经世宏辞》,明万历庚寅金陵周氏万卷楼刻本,第27页。按,此处"以后"作"已后"。
③ 张位编:《皇明馆课标奇》,载《中国古籍珍本丛刊·天津图书馆卷》,北京:国家图书馆出版社,2013年,第25页。
④ 王锡爵等编:《增定国朝馆课经世宏辞》,明万历庚寅金陵周氏万卷楼刻本,第50页。
⑤ 刘春玲:《论晚明士风的嬗变》,《阴山学刊》2003年第4期,第25—28页。
⑥ 王锡爵等编:《皇明馆课经世宏辞续集》,北京:北京出版社,2000年,第4页。

形诸评点笔端,在馆阁庙堂较为少见。

此科又有邹德溥所作《崇圣学正士风议》,主张"圣道本明也,而邪说乱之;士风本淳也,而敝习污之。故兴学莫如诇邪,维风莫如祛弊",进而指出圣学之蠹有三——虚无之说、奇诡之谈、师心之说,士风之蠹亦有三——机巧之习、侈靡之习、和同之习,强调应当"反经",即归反本经,辟除圣学之蠹;以"用贤",即重用贤能,来惩除士风之蠹。因为此文内容具体,条理分明,获得署为王锡爵的总评:"论圣学有三蠹,士风有三蠹,俱极切中,而古雅庄洁又其剩技矣。"①

万历十七年(1589年)己丑科馆课亦有《正士风议》之题,《皇明馆课标奇》录有王肯堂之作,其点出问题的重要性,主张士风之正邪,系于世道之隆污,为天下之治的基石,因此针对当世士风之弊,提出正名分、务本实、振颓靡、抑奔竞四法以提振之。署为刘孔当之点评有谓:"四事穷弊植本,正当今士风定论","历诋时弊,痛切其词,无亦抱当世之忧,而廑反正之虑者乎","读此而浮沉首鼠之士,汗淫淫浃踵矣","欲正士风,端自上始,而分任责成,当是庙堂石画","专其责于督学者,此成周取士先养士之说",文末总评曰:"缅缅摛词,自协矩矱,神色气象,杼轴韩、苏,末复出以不可磨灭之见,尤有遗音。"②此评语层层表出段落重点,并以韩愈、苏轼相比,推高其人与其文,而"不可磨灭之见",亦属夸语。此文亦见《增定国朝馆课经世宏辞》收录,所附评点署为刘元震(1540—1620),看法别有不同,既有称许全文"士风极敝,正之甚难,篇中四议,深得肯綮,末重君卿,尤是提纲挈领之要,有旨哉",也有就所提办法商榷,以为"正名分之说,似迂","务本实,论虽正当,然经人道过,亦少心得"③。

万历十七年(1589年)己丑科另有《士风吏治议》之题,要求将士风与吏治合而阐述。傅新德(1569—1611)之作以"制驭宇宙,广励人群者有二道焉:方其未用,在有以培之;及其既用,在有以振之。所谓培之者,正士风之谓也;所谓振之者,兴吏治之谓也"点题立论,其下推演明初士风吏治,以对照万历时期玩法弄权、巧伪奔竞等积弊,强调宜"简梏廉贪,量入为出",劝农桑、敛时赋、厚储蓄等多方提振,"使四海无忧财竭,以佐陛下庞仁骏泽于无穷,有不如令者,坐如律勿贷,如此则主恩不格于上,民隐不阻于下"。本文的评点者不详,但深致激赏,以为"非深于《周官》者,不能为此谈","言简意切,足当救时药石",眉批的称许看似切重经世实用,但文末总评却由文章高古着眼,评为"似汉人手笔,政不必雕刻艳丽为奇"④,仍是以文学角度点评,故"救时药石"也只能形诸纸上而已。

由上述诸篇馆课所论,可见士风不仅与世道相因相生,还牵涉吏治清浊,攸关学术走向,并

---

① 王锡爵等编:《增定国朝馆课经世宏辞》,明万历庚寅金陵周氏万卷楼刻本,第1页。
② 张位:《皇明馆课标奇》,载《中国古籍珍本丛刊·天津图书馆卷》,北京:国家图书出版社,2013年,第58—61页。
③ 王锡爵等编:《增定国朝馆课经世宏辞》,明万历庚寅金陵周氏万卷楼刻本,第5—8页。按,此书将此文作者名误署为"王萱",王萱为万历十一年(1583年)癸未科庶吉士,作有《辟邪说以崇圣学惩弊习以正士风议》,收入《皇明馆课经世宏辞续集》卷四。
④ 张位编:《皇明馆课标奇》,载《中国古籍珍本丛刊·天津图书馆卷》,北京:国家图书出版社,2013年,第53页。

可能撼动国家根本,而万历时期积弊之深,甚至有评点者谓"私心恨之"。此类命题可见"正士风"乃晚明翰林院的政治要务,故要求庶吉士正视积习流弊,提出振衰起蔽的解决之道。诸篇虽洞见时弊,但所提方略"反经""用贤""正名分""务本实""振颓靡"等多为原则宣示,与落实执行有距离,而评点多就文章表现而论,溢美夸赞之词居多,虽有"似迂""少心得"之评,实际拟策政务的提示或纠举根本不足,是否有助于提升庶吉士经国济民的能力,仍不无疑问。①

五、评点者的品评风格与著录问题

馆课评点有趋于一致的原则与立场,但能否呈现个性化的用语行文风格,可以再加深究。以下由《皇明馆课经世宏辞续集》择取署为高拱(1512—1578)、李春芳、张四维(1526—1585)、申时行、余有丁、赵用贤的评点,将之列表,以便观览。此书为王锡爵等编,用来"以程多士",编纂过程较为明确可征,已见前文讨论。

表 30-1 馆课评点选

馆师阁师	馆课试别	篇名(卷次、页码)	作者	评语
高拱	嘉靖四十四年馆试	拟册立东宫册文(卷一页14上)	严用和	(总评)朗畅。且辨志数语尤得圣功之要,佳哉 (眉批)庄重有体
高拱	嘉靖四十四年馆试	刊五经白文序(卷七页7上)	许国	(总评)时有入心处,便觉咫尺玄门 (眉批)一篇大主意在五经、非他二句 (眉批)切中时弊 (眉批)应前心字 (眉批)此喻甚切 (眉批)正与吾心故物句相应
李春芳	隆庆二年阁试	拟贡禹节俭疏(卷一页40—41)	沈一贯	(总评)忠悃之辞、謇谔之论,即贾太傅痛哭流涕,何以加焉,无问贡光禄矣 (眉批)直言谠论 (眉批)论骄奢之过,言言恳切 (眉批)世知武帝虚耗,而不知文帝虚耗,此亦微显阐幽之道 (眉批)此论贫民当业,吏俸当厚,则节俭者正欲缩彼以赢此耳 (眉批)引古道以明节俭 (眉批)此论汉之非礼,正由于不俭 (眉批)宁俭句接一礼字甚妙

---

① 明代即有士人质疑馆课教习功能,笔者论文《明代翰林院的诗歌馆课研究》有述及,可参考。

续表

馆师阁师	馆课试别	篇名（卷次、页码）	作者	评语
李春芳	隆庆二年阁试	经筵赋（卷一二页 14—15）	沈一贯	（总评）肃肃、习习、隐隐、麟麟，是大官仪从 （眉批）叙炎帝以至迄汉唐好学之工，斐亹有致 （眉批）以上叙历代之学，俊逸轻扬，妙品 （眉批）文华、白虎俱殿名 （眉批）经定之仪起于英宗九龄嗣位□□□阁，其讲筵礼仪则杨士奇等定之 （眉批）铺张经筵之仪，若游帝庭而聆钧天，□心洞目 （眉批）按经筵仪注，侯伯一人领将军侍卫，即所谓鱼丽雁行者也。翰林春坊国子等官进讲，即所谓麟游凤仪者也。御史给事中各一员侍讲，即所谓象简霜列者也。司礼监官陈经史置一员，即所谓整肃礼度者也。展书官诣御案跪呈讲官进讲，即所谓捧琼编揽用签者也 （眉批）此一段详陈进讲之书燕沃之义 （眉批）此叙讲毕命赐宴，则光禄寺设宴于左顺门，宴罢叩头 （眉批）颂不忘规，得献晋之道 （眉批）气豪语隽 （眉批）韵语宏练
张四维	万历五年阁试	总督蓟辽太子少保兵部尚书兼都察院右副都御史诰（卷一页 13）	冯琦	（总评）雄伟激烈，白面书生公能作壮士语乎 （眉批）一联太子少保总督蓟辽，一联兵部尚书右副都御史 （眉批）得策励臣邻之体
张四维	万历五年阁试	拟总督蓟辽太子少保兵部尚书兼都察院右副都御史诰（卷一页 14）	杨德政	（总评）灿乎淹六朝之华，烂乎拟万花之谷，雄乎迈两御之富，汪乎似千顷之波。信李白之心皆锦，而江淹之笔生花矣 （眉批）典则富丽，音韵铿锵
申时行	万历十一年馆试	拟匡衡治性正家疏（卷一页 69）	方从哲	（总评）元帝优柔不断，而匡衡浮以儒说进，失之矣。此独陈刚克之旨、明人伦之统，惜乎衡之见不及此也 （眉批）论正家之道，不昵私恩，因病而药之者
申时行	万历十一年馆试	拟匡衡论治性正家疏（卷一页 70—71）	周应宾	（总评）论治性正家，井井有条，足神匡氏之不逮矣 （眉批）此段论治性 （眉批）此下论正家 （眉批）一事权，察奸萌，岂独正家，即正天下以之矣
申时行	万历十一年阁试	重刻唐文苑英华序（卷七页 23）	李廷机	（总评）才气纵横，意味隽永，读之令人口爽，如食哀家梨 （眉批）唐人文章虽亚周秦，然其闳邃雄浑不可废也。此作议论甚正，而藻词足以达之
余有丁	万历十一年阁试	治安要务疏（卷一页 58—60）	朱国祚	（总评）篇中大议，足民强兵之道备矣，执此以往，于致治安何有 （眉批）此一篇大纲目 （眉批）此段论修农政 （眉批）此段论禁侈风 （眉批）此段论缓征赋 （眉批）有关键 （眉批）此段论简将帅 （眉批）此段论振士卒 （眉批）此段论明赏罚 （眉批）有关键

续 表

馆师阁师	馆课试别	篇名（卷次、页码）	作者	评语
余有丁	万历十一年馆试	训录明赏罚赞（卷一二页60上）	李廷机	（总评）古辞矫健
余有丁	万历十一年馆试	训录去奸邪赞（卷一二页61上）	王萱	（总评）赞甚简
赵用贤	万历二十年馆选	纪纲法度论（卷五页70—71）	李名芳	（总评）此茂材初送馆作也。茂材于垂髫时，则已读左氏传及太史公书，数年来文益奇，而群居恂恂，务晦匿，不使人窥。职方殷开美亟称之，有以也 （眉批）起于玩愒，成于因循，终于延袭，三段文甚闳爽 （眉批）此一段是经画 （眉批）词澜可观

上表所列的馆课，作者、试别、评语均较详，所署评点者亦明确，虽不能断定是否出于托名，但仍可解读馆课评点运作与风格的问题。首先，他们多为翰林出身，有接受馆阁教习的经验。如高拱为嘉靖二十年(1541年)辛丑科庶吉士、李春芳是嘉靖二十六年(1547年)丁未科状元、张四维为嘉靖三十二年(1553年)癸丑科庶吉士、申时行为嘉靖四十一年(1562年)壬戌科状元、余有丁为嘉靖四十一年(1562年)壬戌科探花、赵用贤出身隆庆五年(1571年)辛未科庶吉士，他们由受教者晋身馆师、阁师，能把握馆课的教习目的、文本特征与实际功能，提出符合馆阁要求的品评意见。此外，高拱、李春芳、张四维、申时行、余有丁都曾进入内阁，实际参与施政，此可见明代庶吉士教习制度的原始设计命意，重视择选师资，强调其出身与馆阁受教经验，兼重实政经验之传承，希望多管齐下地对庶吉士有所提领。

其次，上述评点内容颇具个性化，能展现个人风格。如署为高拱的评语直截有力，直指重点，庄重得体。署为李春芳的评语甚为入细，如"宁俭句接一礼字甚妙"，能深入一句一字作评论，又如细腻推演明代经筵起源及进行礼制，借品评说解经筵相关史事与知识，与其立朝"恭慎"[1]形象颇能相合。而张四维的评点或着眼内容，或针对文词音韵，用语风格多变，可见文采。申时行的评论则明畅平稳，用语风格较趋一致，显现保守务实的性格。署为余有丁的评语，较为精简明快，不多赘词，前文引述其评论叶向高《辟邪说以崇圣学惩弊习以正士风议》谓"今日伪学，尧言跖行，以讲性命道德为终南快捷方式，愚诚私心恨之，读此议，大快人意"，可见其"平生不设城府，与人多可少怪，言辄披肺腑相示"[2]的直率性格。赵用贤的评点，叙述庶吉士李名芳(1565—1593)的生平行事作风，又引"殷开美"殷都(万历十一年进士)对他的识拔[3]，

---

① 张廷玉等：《明史》，台北：鼎文书局，1979年，第1381页。
② 许国：《光禄大夫少傅兼太子太傅户部尚书建极殿大学士赠太保谥文敏同麓余公有丁墓志铭》，载焦竑《国朝献征录》，台北：明文书局，1991年，第142页。
③ 关于赵用贤、李名芳、殷都的馆阁因缘见连文萍：《晚明嘉定进士李名芳的翰林馆课考述》，《科举学论丛》2015年第1辑，第1—10页。

能记录馆阁师生的互动,也使此则评语呈现真实感,非书商可以托名作伪而来。整体而言,评点者各有领略解析文本的角度,彼此轩轾又相得益彰,使得明代馆阁课士文化显得多元。

要注意的是,论述评点的内容或风格,皆须立足于精确的文本,但现今所见馆课汇编评点者的著录,杂有许多张冠李戴、虚实难辨的情形。如《增定国朝馆课经世宏辞》所录解缙(1369—1415)《立皇后诏》,下署胡广(1370—1418)评谓:"议论昌大,笔势雄浑,得诏诰之体。"①此则评语在清康熙时周在浚的重刊本中,却署为沈一贯所评②,不知孰是。

又如《皇明馆课经世宏辞续集》所录隆庆二年(1568年)戊辰科阁试王家屏(1536—1603)《拟汉谕防秋边将玺书》,有眉批三则,署为阁师许国所评:"君臣交警,赏罚兼行,深得谕将防边之旨","义正词严,足寒边将之胆","天语叮咛,谕戒谆切,读之令人起干城之思"。③ 但许国于嘉靖四十四年(1565年)乙丑科中进士,改庶吉士,隆庆元年(1567年)授翰林检讨,奉诏出使朝鲜④,当时并未成为阁师教习庶吉士,此评点亦有疑问。

又如署名张位所编的《皇明馆课标奇》,各卷的评点者不同,卷四下署"太史公喜闻刘先生评点",即为刘孔当所评。但此卷之中却收录刘孔当自作《拟正人心定国是疏》,题下注明为"癸巳四月朔阁试第一",有眉批九则:"因治乱而定轻重","引尼父诛正卯立论,正大可观","媚而多忌,狡而失实、鄙而多饰、周而不淑、直而不衷五者,谕今日人心之邪至此","营名标异,比比然矣","以因循操切之极流而为激弛,为人心不克正之由","镇静核实,寔正人心之本","以事责功,探黜陟之柄,则毁誉潜消","正人心之本,寔在圣躬","一正君而国定,子舆氏岂欺我哉"。文末总评:"千炼成句,百炼成字,经济、积学两见之矣。"⑤ 刘孔当是万历二十年(1592年)壬辰科庶吉士,"癸巳"是万历二十一年,确实是其在翰林院进学期间,但评点出于何人?刘孔当自评己作?颇生疑窦。

无独有偶,是书卷七署为"太史公喜闻刘先生评点",亦著录刘孔当之作《经略平倭露布》,附眉批八则,文末总评谓:"意充词实,台阁规模"。卷十五署为"太史公四山邹先生评点",即邹德溥所评,卷中收录邹德溥之作《萧曹魏丙相业评》,附眉批六则,文末总评:"它日相业可卜。"⑥以上皆是自写自评的情形,而自评己作谓"它日相业可卜",更予人错愕之感。

若进一步考察其他馆课汇编的著录,万历二十年(1592年)壬辰科馆课有《新刻壬辰翰林馆课》的刊行,此书又名《刻壬辰翰林馆课纂》,署为刘孔当所编。他是此科庶吉士,以在馆阁接受教习之便,抄写纂辑同馆所作,以广为传播,此事甚为合理。全书共收十六人的馆课,每人各编成一帙,编辑手法颇具新意,首帙为当科状元翁正春(1553—1626)之作,第四帙即刘孔当自

---

① 王锡爵等编:《增定国朝馆课经世宏辞》,明万历庚寅金陵周氏万卷楼刻本,第3页。按,此篇写于永乐元年(1403)。
② 王锡爵等编:《经世宏辞》,清康熙周在浚刊本,第1页。
③ 王锡爵等编:《皇明馆课经世宏辞续集》,北京:北京出版社,2000年,第16页。
④ 王家屏:《明故光禄大夫柱国少傅兼太子太师吏部尚书建极殿大学士赠太保谥文穆颍阳许公墓志铭》,载许国《许文穆公集》,明万历辛亥新安许氏家刊本,第4页。
⑤ 张位:《皇明馆课标奇》,载《中国古籍珍本丛刊·天津图书馆卷》,北京:国家图书馆出版社,2013年,第26—30页。
⑥ 同上书,第9、20页。按,邹德溥是万历十一年(1583年)癸未科进士,选庶吉士。

己的馆课,《拟正人心定国是疏》《经略平倭露布》皆在其中,显见二文确实为壬辰科馆课之作。

细察此书第四帙所收刘孔当《拟正人心定国是疏》,篇题下署"癸巳四月朔日阁试",日期、试别俱明确,文中有眉批十则:"阁批:端雅人心","吏□识雅","阁批:驾驭","刘中允批:雄姿俊骨,奇而不谲","冯少詹批:通达世情,调更铮铮有响","李洗马批:出以匠心,自中矩度","余庶子批:因循与操切,皆非故体,而归之镇静核实,可为吏箴","萧谕德批:新警,不道人口吻","阁批:真谙练之识","孙少詹批:直言以规,回顾有法",文末有总评"阁批:津津名理,浸淫秦汉"。① 此处著录"阁批",但未注出阁师名氏,眉批皆出自馆阁名公,"刘中允"即刘应秋,"冯少詹"为冯琦,"李洗马"是李廷机,"余庶子"乃余继登,"萧谕德"即萧良有,"孙少詹"为孙继皋(1550—1610)②。六位名公共同评点一篇馆课,可谓非比寻常,但此书各卷的评点皆是如此,形成多人共评一篇的特色,且其评语简短、多见套语,未如前文表格所列评点较能呈现个性化,使得其真实性令人存疑。进一步翻查此书,卷前附有《前言》:

> 馆选诸公,月有试,旬有课,序有次,裁拟于馆师,甄定于元辅,精矣。刘喜闻太史请告过西湖,重加校订,手授嘉梓。本坊一遵原抄京本,人自成帙,不敢混淆,致失初意云。③

此文篇幅很短,是书商的出版说明,语气小心敬慎,强调此书是"刘喜闻太史"告归时路经杭州西湖,重加校订并亲授。"裁拟""甄定"是指馆师阁师的评点,视为"精矣",显示书商或读者的眼中,评点出自"馆师""元辅",襄赞、光耀着馆课,增添其珍贵性。而"一遵原抄京本"之语,透露出杭州书坊对来自京师第一手文献的珍摄与标榜,然对于是否抄自京师已刊行之本,语意十分模糊。

此书卷前又有刘孔当所撰《镌壬辰新馆课题辞》,说明纂编校定此书的动机:一在馆课的价值与代表性,"雄文丽藻,霞蔚云蒸,发千古之英华,宣一代之鸿烈";一在馆课的罕传难见,"顾其□閟在石渠,罕所传览,学士大夫不无三致憾焉";一在馆课乃馆阁勋业当广传四海,"吾侪之业","遭际明盛,遨游木天","不胫而走四海"。④ 是故此书的刊刻,强调由刘孔当亲授,他是当朝翰林属官,亦是接受馆阁教习的当事人,可谓第一手秘阁馆课。但每篇馆课皆集评众说,名流荟萃,犹如"评林",是否出自其抄写纂编?或有"京本"前刻?还是出自书商所为,以增诠评的多样性与分量?所以,对照《皇明馆课标奇》《新刻壬辰翰林馆课》,并未解答何以出现自写自评,反而益见晚明馆课评点的随意托名与争胜斗奇。

再翻查另一部单科馆课汇编《馆课新刻评林纂》,此书又名《镌馆阁新课评林纂》,收录万历

---

① 刘孔当编:《新刻壬辰翰林馆课》,明万历间刊本,第1—5页。
② 六人俱为馆阁培育之精英,刘应秋为万历十一年(1583)癸未科进士,冯琦、余继登为万历五年(1577)丁丑科庶吉士,李廷机为万历十一年癸未科会元、萧良有为万历八年(1580)庚辰科榜眼,孙继皋为万历二年(1574)甲戌科状元。
③ 刘孔当编:《新刻壬辰翰林馆课》,明万历间刊本,第1页。
④ 同上书,第2—3页。

十七年(1589年)己丑科馆课,以"新课"标榜,全书二十卷,多有佚失。由台北"国家图书馆"所藏残卷五卷来看,每卷卷首各署编纂与评点者:第一卷署为冯梦祯所纂辑,旁署"武林文学李葆素质先父评";第二卷署为沈一贯纂,旁署"武林文学张仲纾韦仲父评";第三卷缺卷首;第四卷署为冯有经纂,"武林文学王元寿伯彭父评";第五卷署为朱国桢纂,"武林文学王元功无功父评"。四位编者皆为出身庶吉士的馆阁赫赫名公①,其中,李葆素为万历二十九年(1601年)辛丑科进士,但未选为庶吉士,没有翰林经历;张仲纾的生平不详;王元寿为明传奇作家②,为王元功之兄,兄弟二人皆参与此书评点。有趣的是,前文引述《皇明馆课标奇》所录王肯堂《正士风议》、傅新德《士风吏治议》、徐彦登《防河议》③,均见录于此书第一卷,内文及评点悉同,而评点者并非《皇明馆课标奇》所署名的刘孔当,而是李葆素。④ 除了上述三篇馆课,此书与《皇明馆课标奇》选文、评点相同者颇多,显见二书内容多有因袭。是则《皇明馆课标奇》署名"刘孔当"评点,并出现自评己作的情形,应是出于书商随意托名所致。

总体而言,馆课汇编虽标榜馆阁名公所编或亲授,实则不无因袭前刻或重作分合之情形,而馆课评点的著录虚实难辨,但可确知评点者不尽是当科的馆师阁师,也可能是告归退休阁臣、馆阁后辈、书商或一般文士等等。他们的评论立场不是课士育才,与端正士风文体等使命无关,与庶吉士的关系亦非政坛上的师生相承,反而可能是不相干的读者,故此类馆课评点并非翰林院教习制度的本意,而是晚明出版市场勃兴之下的产物。然而尽管并非馆师阁师,他们既握有评点之权责,仍是站上了较高的位置,标举着台阁体、台阁规模,揣摩馆师阁师的口吻,以经世济民为量度,赏析不同馆课的立意、内容、结构和文采,指引读者深入抉发与品味,以增进应举写作技能。若换个角度看,馆课评点的真伪,可能不是读者最为在意的事,他们也未必有能力考辨,反而是作为科举胜出、选入翰林的顶级功名象征,以及得到馆阁名公评点奖拔的荣耀,这才是读者接受的所在。

六、 结论

馆课评点乃翰林院为国课士育才的一环,经由前文讨论,可以分就四端总结其特色与文化意义。

就评点者而言,馆课评点为馆师、阁师的权责,他们受命主持庶吉士教习,须秉持儒家内圣外王、经世济民的理想,以天下文柄、士风表率自任,加以论列可否。其评点主要从文体、内容、

---

① 冯梦祯为万历五年(1577年)丁丑科会元,选为庶吉士。沈一贯为隆庆二年(1568年)戊辰科庶吉士。冯有经、朱国桢为万历十七年(1589年)己丑科庶吉士。
② 王娟:《王元寿研究》,硕士学位论文,西北大学,2016年。
③ 张位:《皇明馆课标奇》,载《中国古籍珍本丛刊·天津图书馆卷》,北京:国家图书馆出版社,2013年,第58—61、53—54、75—77页。
④ 冯梦祯等编选:《馆课新刻评林纂》,明万历间刊本,第1—2、6—9、25—28页。

结构等文学角度批评，要求庶吉士多元写作，适应日后词臣之务，对于实际拟策施政能力的提领，较难彰显效能。但馆课评点的政治意义多方：一方面辨识庶吉士表现，影响着他们的政声与前途；一方面借以申明自我对朝政的意见，寻求理念相通的后进，进行亲密的师生结盟；一方面揭示馆阁理想，端正士习文风，欲使人心与世道亦归之于正。晚明馆课汇编纂刊颇盛，所署评点者真伪间杂，托名的评点仍标举着台阁规模，揣摩馆师阁师口吻，但已非翰林院教习制度本意。

就晚明评点文化而言，不论馆课评点是否出自馆师阁师之手，其所呈现的阅读及写作指导，与当世的古文、墨卷、经史等评点相似，随兴而发，点到即止，不成理论体系。但相较于古文、小说、戏曲等文本时有名家精彩评点，馆课评点虽不无个性化的用语与立论，但仍须臣服于为国课士育才的政治功能，进行文词鉴赏、段落分析的制式批阅，以台阁规模、经世实用论列衡量，整体而言，侧重于应用读写的品评指示功能，庄重平稳有余，精彩和深刻程度不足。

就馆阁文化而言，明代馆课用于课士，兼具涵养身心、才具、德望，贯彻忠君思想等积极的教习功能，虽然其本质为命题写作，与实际政务有距离，但馆课仍被世人视为尊贵的表征。而馆课评点彰显馆课之尊贵，引导向慕与摹习，也借由揭诸复古的理想，将馆课与先秦两汉唐宋之文相比，将庶吉士与司马迁、班固、韩愈、苏轼等并论，提高明代朝廷得才育才的高度，也提升馆阁文化的光耀，得以追摹前代之盛。

就科举文化而言，馆课出于科举胜出者，是他们释褐入仕的光荣起步，可谓优质的写作范例，同时标志着科举文化的最高端——由举人、进士、庶吉士的登科之路。晚明刊行的各式馆课汇编，即依循、擘画这个理想，所附加的馆课评点，特意注明馆阁名公，标榜指导阅读写作的层级之高，尤在于强化举子的应举心态，以馆阁名公的教习与评阅，塑造馆阁"实境"的想象，吸引他们埋首揣摩和拟写，一次次重整旗鼓，以待登入馆阁，获得名公奖拔之荣。是则馆课评点既来自翰林院教习制度，也是明代应举教育的重要环节，以顶级功名的冠冕，襄赞着科举文化的源远流长。

层累的文本与越界的权力
——明诗总集删改原作的考察

华中师范大学文学院　李　程

明代编选总集的风气很盛,对于本朝诗人诗作的收集和编纂,明人投入了很大的热情,相当数量的明诗总集在明代编纂成书。至明末清初,文人学者开始有意识地从文献保存和诗学批评的高度对明诗文献进行收集和整理,几部在后世流传广泛、影响深远的明诗总集如陈子龙《皇明诗选》、王夫之《明诗评选》、钱谦益《列朝诗集》、朱彝尊《明诗综》、沈德潜《明诗别裁集》等均成书于此时。

对于总集的编纂者而言,自己的诗学批评观念可以通过对于诗人、诗作的选择去取以及有意识地辑录前代或同时代批评家的批评话语、附录自撰诗话、诗评等文本形式得以体现。然而,很多的总集编选者在编纂过程中并未满足于"采辑者"和"批评家"的角色,还做了不少"加工者"的工作,亲自动手,对选入的部分诗作进行文本删改,使之符合或贴近自己的诗学审美观念,原作的面貌因此而发生改变。周勋初先生《李白诗原貌之考索》一文专以李白诗作的文本变貌为例,指出李白诗在明清选本中出现混乱的原由:"因为这一时期的文人每自负能诗,喜以己意改诗。"[1]擅自改窜原作造成字句有异。

总集的文本删改活动,编选者很多时候并未专门注解说明,如若未与原作对读,很容易让读者误以为删改后的诗作即为诗作的原貌,越是名家编纂的总集,其传播的范围和产生的影响就越大。删改原作的现象,在明诗总集编纂中颇为常见,既有同一诗作在多部总集中的层层累积的文本变貌,又有编纂者诗学趣味的细微表达。而清代学者们围绕删改原作现象的评价,则提示我们思考一个问题:如何限定总集编纂者的权力边界?[2]

---

[1] 周勋初:《李白诗原貌之考索》,《文学遗产》2007年第1期。
[2] 对于文本编纂和存录方式造成的文本变貌现象,林晓光《论〈艺文类聚〉存录方式造成的六朝文学变貌》等论文已经对于类书存录方式和六朝文学文本给予了启发性的思考。

一、层层累积的文本变貌

顾颉刚在史学研究领域有一个为大家所熟知的著名观点,即"古史是层累地造成的"①。以此观照明诗总集的编纂,明末清初先后成书的几部重要明诗总集同样存在原作经过层层累积形成的文本变貌。高启《忆昨行寄吴中诸故人》与郭登《送岳季方还京》两首诗作可以作为典型样本。

一般而言,总集选诗以诗人别集作为文献采撷基础乃是最佳,别集具备相对的文本可靠性,最为接近诗人诗歌创作的实际情况,同时,别集为编选者提供了整片的"森林"而不是零散的"树木",使编选者不至于一叶障目。然而,在实际的编纂工作中,尤其是对于规模较大的总集,编纂者往往无法尽览诗人别集,前人已编总集便成为重要的文献来源和选诗参考。在明诗总集编纂中,选诗多有直接采撷于前人所编总集的情况,编纂者或直接照搬,或加以删改,原作由此形成文本变貌。

明初著名诗人高启作有七言古诗《忆昨行寄吴中诸故人》,见于《高太史大全集》卷八:

> 忆昨结交豪侠客,意气相倾无促戚。十年离乱如不知,日费黄金出游剧。狐裘蒙茸欺北风,霹雳应手鸣雕弓。桓王墓下沙草白,仿佛地似辽东城。马行雪中四蹄热,流影欲追飞隼灭。归来笑学曹景宗,生击黄獐饮其血。皋桥泰娘双翠娥,唤来尊前为我歌,白日欲没奈愁何。回潭水绿春始波,此中夜游乐更多。月出东山白云里,照见船中笛声起。惊鸥飞过片片轻,有似梅花落江水。天峰最高明日登,手接飞鸟攀危藤。龙门路黑不可上,松风吹灭岩中灯。众客欲归我不能,更度前岭绿崚嶒。远携茗器下相候,喜有白首楞伽僧。馆娃离宫已为寺,香径无人欲愁思。醉题高壁墨如鸦,一半欹斜不成字。夫差城南天下稀,狂游累日忘却归。座中争起劝我酒,但道饮此无相违。自从飘零各江海,故旧如今几人在。荒烟落日野乌啼,寂寞青山颜亦改。须知少年乐事偏,当饮岂得言无钱。我今自算虽未老,豪健已觉难如前。去日已去不可止,来日方来犹可喜。古来达士有名言,只说人生行乐耳。②

这首诗颇能代表高启诗歌的创作风格,因此多部明诗总集皆有选入,然而文本面貌却各有不同。

成书于明末的陈子龙《皇明诗选》卷五"七言古诗"选入此诗,然而对比文本文字,可知《皇

---

① 顾颉刚:《古史辨》,上海:上海古籍出版社,1982年,第52页。
② 高启:《高太史大全集》,《四部丛刊》景印明景泰刊本。

明诗选》删诗中十二句"天峰最高明日登,手接飞鸟攀危藤。龙门路黑不可上,松风吹灭岩中灯。众客欲归我不能,更度前岭绿崚嶒。远携茗器下相候,喜有白首楞伽僧。馆娃离宫已为寺,香径无人欲愁思。醉题高壁墨如鸦,一半欹斜不成字",又删诗末六句"我今自算虽未老,豪健已觉难如前。去日已去不可止,来日方来犹可喜。古来达士有名言,只说人生行乐耳"①。这一删改的幅度之大,着实让人惊讶。其后,钱谦益《列朝诗集》甲集卷四上选入高启此诗②,悉依诗作原貌,未作改动。朱彝尊《明诗综》卷八亦选入高启此诗③,删诗末六句,诗后附陈子龙、李雯在《皇明诗选》此诗之后的评语。由此可见,朱彝尊对于高启此诗的选入和删改,一定程度上受到了《皇明诗选》的影响。沈德潜《明诗别裁集》对此诗亦有删改,删诗中十二句。诗后附其评曰:"跌踢淋漓,神来之候。结处颇近率易,故陈卧子选节去后六句,然终似神气未舒,故仍从原本。"④沈氏所谓"仍从原本",只是诗末六句恢复原本,与原作相校,仍然删去了诗中的十二句。一首诗作在四部重要明诗总集中呈现出四种文本面貌,其中,《皇明诗选》成书最早,删改的幅度也最大;《列朝诗集》忠于原作,未作改动;《明诗综》一定程度上受到了《皇明诗选》影响,然而改动幅度稍小;《明诗别裁集》虽谓"仍从原本",其实仍然对原作有所删改。

《皇明诗选》卷一三"七言绝句"选有郭登《甘州》一诗,全诗文本如下:"甘州城西河水流,甘州城北胡云愁。玉关人老貂裘敝,苦忆平生马少游。"⑤《列朝诗集》乙集卷四选入郭登《送岳季方还京》:

> 登高楼,望明月,明月秋来几圆缺。多情只照绮罗筵,莫照天涯远行客。天涯行客离家久,见月思乡搔白首。年年尝是送行人,折尽边城路傍柳。东望秦川一雁飞,可怜同住不同归。身留塞北空弹铗,梦绕江南未拂衣。君归复喜登台阁,风裁棱棱尚如昨。但令四海歌升平,我在甘州贫亦乐。甘州城西黑水流,甘州城北胡云愁。玉关人老貂裘敝,苦忆平生马少游。⑥

两相对照,《皇明诗选》所选《甘州》显然是郭登《送岳季方还京》删改后只存诗末四句的面貌,本来篇幅颇长的古体诗被删改为一首七言绝句。《明诗综》对于《皇明诗选》的删改表示了认同,卷二〇郭登此诗亦题为《甘州》,同样以删改后的七言绝句的面貌出现:"甘州城西河水流,甘州城北黄云愁。玉关人老貂裘敝,苦忆平生马少游。"诗后附朱彝尊注,对此进行了说明:"集本题作《送岳季方还京》,前云:'登高楼,望明月,明月秋来几圆缺。多情只照绮罗筵,莫照天涯远行客。天涯行客离乡久,见月思乡搔白首。年年长自送行人,折尽边城路傍柳。东望秦川一雁

---

① 陈子龙:《皇明诗选》,上海:华东师范大学出版社,1991年,第279—281页。
② 钱谦益:《列朝诗集》,清顺治九年毛氏汲古阁刻本。
③ 朱彝尊:《明诗综》,北京:中华书局,2007年,第326—327页。
④ 沈德潜:《明诗别裁集》,上海:上海古籍出版社,1979年,第15—16页。
⑤ 陈子龙:《皇明诗选》,上海:华东师范大学出版社,1991年,第875页。
⑥ 钱谦益:《列朝诗集》,清顺治九年毛氏汲古阁刻本。

飞,可怜同住不同归。身留塞北空弹铗,梦绕江南未拂衣。君归复喜登台阁,风裁棱棱尚如昨。但令四海歌升平,我在甘州贫亦乐。'下文云云。"① 可见朱彝尊是见到了郭登诗作文本的别集本,但却表示出对于《皇明诗选》删句和改题的认同。《明诗别裁集》卷三亦选入郭登《送岳季方还京》②,文本文字与《列朝诗集》完全一致。经过编纂者的删改,郭登《送岳季方还京》在四部明诗总集中呈现出两种差异较大的文本面貌,《列朝诗集》和《明诗别裁集》仍用原本,未作删改,此诗为篇幅较长的古体诗作;而《皇明诗选》则只取其诗末四句删改为一首七言绝句,且改其题,《明诗综》认同《皇明诗选》所作删改,存录此诗的文本面貌与之全同。

二、 删改中的诗学趣味

总集体现着编纂者的诗学批评趣味,其中,编纂者在诗人、诗作之后所附自撰诗话、诗评的表达最为直接和充分;次之,所辑和所引前代或同时诸批评家的评语与编纂者本人的评语形成对照,呈现出认同或者批判的观念关联;对于原作的删改,则在文本的细微层面映照出编纂者本人的审美旨向和诗学趣味。

以陈子龙、李雯、宋征舆为代表的云间派诗学强调诗歌的抒情言志功能,主张性情与格调的统一,《皇明诗选》是其诗学观念的重要文本体现。《皇明诗选》卷五高启《忆昨行寄吴中诸故人》诗后附李雯、宋征舆、陈子龙三人评语。李雯评语:"神似太白,遂为本朝七言古之前茅。"宋征舆评语:"太白佳处,在回荡转折,如不经意而景物俱在天际,使人百思。此作具得三昧。"陈子龙评语:"跌宕淋漓。"③足见三位编纂者对此诗评价之高,然而,既有如此评价,为何还要删去诗中十二句与诗末六句?《皇明诗选》卷二陈子龙对于高启的诗歌创作有一总体评价:"季迪诗如渥洼生驹,神骏可爱。特未合和鸾之度耳。"④"未合和鸾之度"所言之"度",即诗歌创作的法度。就古体诗的创作而言,云间派推崇汉魏古诗的清简、朴质的风雅格调,陈子龙《宣城蔡大美古诗序》指出:"夫文采日富,清音更邈,声响愈雄,雅奏弥失,此唐以后古诗所以益离也。"⑤高启此首七言古诗,虽"神似太白","跌宕淋漓",然而如此风格带来的铺排与藻饰,在陈子龙等云间派诸子看来,则是需要剪裁删改的,以使之合"度"。郭登《送岳季方还京》本为篇幅颇长的古体诗,亦是铺排敷衍,纡徐往复,这在云间派诸子看来,显然也是不合古体之"度"的,因此摇落删改为七绝四句,题目改为《甘州》。诗后附宋征舆评语:"真意气语,从摇落中见之。"⑥与编纂者的诗学趣味一致,以彼之"度"视之,如此清简、真意,方为汉魏古诗正统。

---

① 朱彝尊:《明诗综》,北京:中华书局,2007年,第1043页。
② 沈德潜:《明诗别裁集》,上海:上海古籍出版社,1979年,第70—71页。
③ 陈子龙:《皇明诗选》,上海:华东师范大学出版社,1991年,第281页。
④ 同上书,第105页。
⑤ 陈子龙:《安雅堂稿》,载《续修四库全书》,上海:上海古籍出版社,1995年。
⑥ 陈子龙:《皇明诗选》,上海:华东师范大学出版社,1991年,第876页。

钱谦益论诗主张性情优先,反对随意剪裁剪削:"古人之诗,以天真烂漫、自然而然者为工,若以剪削为工,非工于诗者也。"①反映在总集编纂上,《列朝诗集》选入诗作文本很少进行删改。同时,高启古体诗铺排跌宕的创作风格,亦与其所推崇提倡的"铺陈终始,排比声律"②的主张相一致。郭登《送岳季方还京》的铺排纡徐,亦应是钱谦益所称赏的。因此,二诗选入《列朝诗集》皆能保持原作的文本面貌。

在诗学批评趣味上,朱彝尊对于云间派的观念表现出较多的认同与肯定。就明诗批评而言,《明诗综》常常引用陈子龙、李雯、宋征舆等人的评诗话语,《明诗综》删改原作亦与《皇明诗选》多有一致。朱彝尊《明诗综》卷八选入高启《忆昨行寄吴中诸故人》,删诗末六句,诗后附陈子龙、李雯在《皇明诗选》此诗之后的评语,陈子龙评语"跌宕淋漓",李雯评语"神似太白"③。与《皇明诗选》删诗中十二句与诗末六句相比,《明诗综》的删改幅度略小,但可以看出《皇明诗选》删改的影响。《皇明诗选》卷十三郭登《甘州》是其篇幅颇长的古体诗《送岳季方还京》删改后只存诗末四句的面貌,《明诗综》在能够见到集本原作文本的情况下,仍然对于《皇明诗选》的大幅度删改表示了认同,卷二〇选入郭登此诗,亦题为《甘州》④,同样以删改后的七言绝句的面貌出现。

沈德潜《明诗别裁集》成书于雍正三年,相较《皇明诗选》《列朝诗集》《明诗综》诸集后出,因此能够综合此前各家编纂与批评之短长⑤,理论色彩浓厚,编纂者的诗学趣味也体现得较为明显。《明诗别裁集》卷一选入高启《忆昨行寄吴中故人》,删诗中十二句。诗后附其评曰:"跌踢淋漓,神来之候。结处颇近率易,故陈卧子选节去后六句,然终似神气未舒,故仍从原本。"⑥其中,"跌宕淋漓"为《皇明诗选》陈子龙评语,沈德潜持认同之意,故亦删去诗中十二句,删繁就简,以见跌宕淋漓之势,而对于陈子龙删诗末六句,虽然认为结处率易,但是以全诗神气而观,应当有此六句。沈德潜论诗主要有四个层面:宗旨、体裁、音节、神韵。他在《七子诗选序》中说:"予惟诗之为道,古今作者不一,然揽其大端,始则审宗旨,继则标风格,终则辨神韵。"⑦又于《重订唐诗别裁集序》中指出:"先审宗旨,继论体裁,继论音节,继论神韵,而一归于中正和平。"⑧"神气未舒"即是其从神韵层面作出的诗歌审美趣味的判别,故仍从原诗保留诗末六句。沈德潜在《说诗晬语》中专论七言古诗的结语:"诗篇结局为难,七言古尤难。前路层波叠浪而来,略无收应,成何章法?支离其词,亦嫌烦碎。作手于两言或四言中,层层照管,而又能作神龙掉尾之势,神乎技矣。"⑨《明诗别裁集》卷三选入郭登古体诗《送岳季方还京》,诗后附沈德潜

---

① 钱谦益:《题交芦言怨集》,载《牧斋有学集》,上海:上海古籍出版社,1996年。
② 钱谦益:《刘司空诗集序》,载《牧斋初学集》,上海:上海古籍出版社,2009年。
③ 朱彝尊:《明诗综》,北京:中华书局,2007年,第326—327页。
④ 同上书,第1043页。
⑤ 沈德潜:《明诗别裁集》,上海:上海古籍出版社,1979年,第1页。
⑥ 同上书,第15—16页。
⑦ 沈德潜:《归愚文钞》,载《沈德潜诗文集》,北京:人民文学出版社,2011年。
⑧ 沈德潜:《唐诗别裁集》,上海:上海古籍出版社,1979年。
⑨ 沈德潜:《说诗晬语》,北京:人民文学出版社,1979年,第209页。

注:"《皇明诗选》裁末四语作断句,《明诗综》因之。然通体缠绵有情,不迂不促,故仍用原本。"①沈德潜之所以"仍用原本",而未采用《皇明诗选》和《明诗综》删为七言绝句的做法,跟他本人对于诗歌体裁的审美趣味是相关的:"一首有一首章法,一题数首,又合数首为章法。有起,有结,有伦序,有照应,若阙一不得,增一不得,乃见体裁。"②

三、编纂者的权力越界

《四库全书总目》集部总集类小序言:"文集日兴,散无统纪,于是总集作焉。一则网罗放佚,使零章残什并有所归;一则删汰繁芜,使莠稗咸除,菁华毕出。是固文章之衡鉴,著作之渊薮矣。"③四库馆臣的这段话指出了总集编纂的两个主要旨向:网罗放佚与删汰繁芜。对于总集编纂者而言,固然有保存文献的意识,然而,更多则是意图通过总集编纂呈现自己的文学观念。面对大量的文本,编纂者自然有权力"删汰繁芜",根据审美趣味决定作者、作品的去取,其中亦有刻意突出称扬或者贬抑作者的表现,同时,以自撰诗话或辑录、引用其他批评家的话语等文本形式作为呼应,这些都在编纂者的权力范围之内。

沈德潜在《明诗别裁集》序中曾对《皇明诗选》《列朝诗集》《明诗综》三部明诗总集的编纂进行评述,且对自己与周准合编《明诗别裁集》的选诗旨趣有所说明:

> 编明诗者,陈黄门卧子《皇明诗选》,正德以前,殊能持择,嘉靖以下,形体徒存。尚书钱牧斋《列朝诗选》,于青邱、茶陵外,若北地、信阳、济南、娄东,概为指斥,且藏其所长,录其所短,以资排击。而于二百七十余年中,独推程孟阳一人。而孟阳之诗,纤词浮语,只堪争胜于陈仲醇诸家,此犹舍丹砂而珍溲勃,贵筝琶而贱清琴,不必大匠国工,始知其诬妄也。国朝朱太史竹垞《明诗综》,所收三千四百余家,泯门户之见,存是非之公,比之牧斋,用心判别。然备一代之掌故,匪示六义之指归,良楛正闰,杂出错陈,学者将问道以亲风雅,其何道之由?
>
> 余与周子钦莱,夙有同心,慨焉决择,合群公选本,暨前贤名稿,别而裁之:于洪、永之诗,删其轻靡,于弘、正、嘉、隆之诗,汰其形似,万历、天启以下,遂寥寥焉。而胜国遗老,广为搜罗,比宋逸民《谷音》之选。得诗十二卷,凡一千一十余篇,皆深造浑厚,和平渊雅,合于言志永言之旨,而雷同沿袭,浮艳淫靡,凡无当于美刺者屏焉。有明之诗,诚见其陵宋跻元而上追前古也。至杨廉夫、倪元镇诸公,归诸元人,钱牧斋、吴梅村诸公,归诸国朝人。

---

① 沈德潜:《明诗别裁集》,上海:上海古籍出版社,1979年,第71页。
② 沈德潜:《说诗晬语》,北京:人民文学出版社,1979年,第247页。
③ 永瑢等:《钦定四库全书总目》,北京:中华书局,1997年,第2598页。

编诗之中,微具国史之义。其他前后七子,或存或删,理学诸子,古文名家,与夫党锢殉国诸贤,有及有不及。因诗存人,不因人存诗也。①

从沈德潜的这段文字,可知总集编纂者在编纂总集时所拥有的诸多权力与观念表达。

然而,总集编纂者的权力边界究竟如何限定?总集编纂者有没有权力按照自己的审美趣味对原作的文本进行删改呢?围绕朱彝尊《明诗综》删改原作的现象,清代诸多文人学者对此话题有所讨论。

朱彝尊本人对于删改原作文本的做法觉得甚为自然,他在《明诗综》自撰诗话或是诗作后的小注中时常有所说明,如卷十一沈贞《诗话》:"集五十卷,惜不传,从陈编中搜得《乐神曲》一十三首,不无冗长,且多阙文;因汰其六,稍为删易补缀。颇觉奇古。"②卷二八陈霆诗选三首后所附《诗话》言:"水南博洽著闻,留心风教,诗不苟作,予录其三篇,稍加删汰。"③卷三八石麟《诗话》:"永也《白果歌》,载《龙眠风雅》,未免冗长,予为芟汰存之。"④这是编纂者的态度。

朱彝尊的曝书亭藏书散佚之后,被采入四库馆者共三十二种,其中有一部分明人别集即是《明诗综》编撰所据版本,这些文本留下了明确的其删改原诗的证据。《四库全书总目》卷一七一杭淮《双溪集》提要:

> 《双溪集》八卷浙江朱彝尊家曝书亭藏本
>
> 明杭淮撰。淮字东卿,宜兴人。弘治乙未进士,官至南京总督粮储右副都御史,与兄济并负诗名,与李梦阳、徐祯卿、王守仁、陆深诸人递相唱和,其诗格清体健,在弘治、正德之际,不高谈古调,亦不沿袭陈言,颇谐中道。此本乃其弟洵所编,为朱彝尊曝书亭旧藏。卷末有彝尊手题两行,称:康熙辛巳九月十九日,竹垞老人读一过,选入《诗综》一十四首。各诗内亦多圈点甲乙之处,盖其辑《明诗综》时所评骘。今《诗综》本内所录淮诗篇数,并与自记相同。中如《打牛坪诗》第三联,原本作"碧障自云生",而彝尊改作"蔓草自春生";《王思槐过访诗》第三联,原本作"野竹过墙初挺秀",而彝尊改作"挺拔",亦间有所点定,皆较原本为善。且称其诗"遒炼如茧丝抽自梭肠,似涩而有条理,五言尤擅场",持论亦属允惬云。⑤

《明诗综》的这一问题自然引起了馆臣探究的兴趣,《四库全书总目》卷一七六《节爱汪府君诗集》、卷一七七《严文靖公集》、卷一七八《石门诗集》等提要中,均有对于《明诗综》删改集本情况

---

① 沈德潜:《明诗别裁集》,上海:上海古籍出版社,1979 年,第 1—2 页。
② 朱彝尊:《明诗综》,北京:中华书局,2007 年,第 445 页。
③ 同上书,第 1441 页。
④ 同上书,第 1872 页。
⑤ 永瑢等:《钦定四库全书总目》,北京:中华书局,1997 年,第 2311—2312 页。

的校勘与考订。《四库全书总目》明人别集和总集的提要文字较多引用了《明诗综》对于明代诗人诗作的评述,馆臣在诗学观念方面是较为认同朱彝尊的。因此,对于朱彝尊删改原作的做法,馆臣自然是不以为然。而且,《四库全书》在编纂过程中,编者亦有大量的删改原作的行为,这也是研究《四库全书》的学者早已指出过的,馆臣认为朱彝尊删改"较原本为善"也是情理之中。

对于朱彝尊删改原诗的做法,清代学者多有持批评意见的。如张为儒《虫荻轩笔记》言:

> 朱竹垞先生选《明诗综》,喜删改前人之句,然有大失作者之旨者。即如《亭林集》中《禹陵二十韵》前半"大禹南巡守,相传此地崩"十韵叙禹陵,后半"往者三光降,江干一障承"八韵叙乙酉鲁王监国事,而末四句总结之曰:"望古频搔首,嗟今更拊膺,会稽山色好,凄恻独攀登。"《诗综》芟去中间"往者"十六句,则所谓"嗟今更拊膺"者竟不知何所指。竹垞选此书,意欲备一代文献,宜其持择矜慎。况生平又与亭林交好,没后录其遗诗,似不应卤莽至此也。①

原作经过删改,"大失作者之旨"亦非虚言,以张为儒所举朱彝尊删改顾炎武《禹陵十二韵》为例,删去诗中十六句,原诗的主旨已难以辨知。用清初潘耒原刻本《亭林诗集》进行校勘,朱彝尊删改顾炎武原作,还有《孝陵图四十韵》《常熟耿侯橘水利书》《嵩山》等多首诗作。总集具有文学批评的旨趣,可以带有编纂者个人的主观风格,然而,朱彝尊编纂《明诗综》,本有"庶几成一代之书,窃取国史之义",又"期不失作者之旨",意欲保存有明一代诗歌文献②,从总集编纂的原则上来讲,删改原作确实已经越出了编纂者的权力边界。

傅增湘在《藏园群书题记·明诗综书后》中说:

> 竹垞当日所选诗,凡遗民故老思旧愤叹之词酌加删润,以免触犯时忌,亦理所宜然。如《孝陵图》序之不存,《天寿山》《禹陵》诸诗之节去数联以至十数联,声情激越,词旨显露,删落自非得已。然若《嵩山》《耿侯》二诗,辞尚隐约,酌易数字,正自无妨,而亦不顾前后文义,一例芟除,则又何说?且不特此也,其余晚明诸家,余取原集核之,亦多有歧异。……然此第就耳目所及粗举百一,倘有好事者综全书而校其异同,斯得失之数釐然可以共见,张氏所议好改前人之诗,大失作者本意,其言宁为苛论哉!③

傅增湘同意张为儒对于朱彝尊删改原作的批评,认为并非苛论。《明诗综》的删改原作现象,并

---

① 吴寿旸:《拜经楼藏书题跋记》,上海:上海古籍出版社,2007年,第195页。
② 朱彝尊:《明诗综》,北京:中华书局,2007年。
③ 傅增湘:《藏园群书题记》,上海:上海古籍出版社,1989年,第977页。

非一家或数家,而是多家,仅以现存明人诗集相校勘,即知其中文字异同及朱彝尊删改之多①。其中多为出于编纂者本人的诗歌审美观念,确有"不顾前后文义,一例芟除"者。

作为清初成书的一部大型明诗总集,《明诗综》直接影响了其后明诗总集的编纂,《明诗别裁集》《山左明诗钞》《明诗纪事》等在编纂中都多有以《明诗综》所选诗作文本而非以诗人诗集原本为据的情况。因此,经过朱彝尊删改后的诗作,很有可能会让多数读者误以为即为原作。总集编纂者的权力越界,湮没了原作文本的本来面貌,以严谨的总集编纂体例和科学的文献保存意识而言,总集编纂者确实应对自己的权力范围加以自觉约束,张为儒、傅增湘等人对《明诗综》删改原作的批评是有一定道理的。

删改原作的现象,并非仅见于明诗总集的编纂,如类书编纂就常常删改原作以合体例,词总集、文总集等各类总集亦有删改原作。其中,既有原作经过删改后层层累积形成的文本变貌,又有编纂者有意识的诗学趣味的表达,体现出编纂者的权力。

---

① 李程:《朱彝尊〈明诗综〉研究》,武汉:华中师范大学,2014 年。

明清"诗史"说与诗纪事著述的价值建构

湖北大学文学院 邹福清

南宋计有功编撰《唐诗纪事》"因诗存人,因人存诗,甚有功于'诗'与'史'。论述唐代之诗史者,自当以此书为不祧之祖"①。尽管王象之《舆地纪胜》曾引《唐诗纪事》十余条,《唐诗纪事》还被节选编成《全唐诗话》,但总的来说,《唐诗纪事》在南宋似乎没有引起足够的关注,直到明代中后期才受到文人的重视。正如有学者指出:"'诗纪事类'的著作,自宋计有功首创,此后被冷淡了数百年,入清以后在实学思潮的影响下又盛行起来。"②事实上,《唐诗纪事》从明代嘉靖年间开始,就先后四次被刻印,并受到孔天胤、王思任、毛晋、胡震亨等的高度评价,其中,胡震亨称《唐诗纪事》"收采之博,考据之详,有功于唐诗不细"③。明末清初至现代,出现一批以"纪事"命名的著述,如厉鹗辑《宋诗纪事》、陆心源编撰《宋诗纪事补遗》、陈田辑撰《明诗纪事》、陈衍辑撰《辽诗纪事》《金诗纪事》《元诗纪事》、邓之诚撰《清诗纪事初编》,还有散佚的毛晋编《明诗纪事》、钱大昕《元诗纪事》、罗以智《宋诗纪事补遗》;词、文等纪事体著述也陆续得以编纂,直至现当代,此类著述依然层出不穷。明清文人在"诗史"论争的语境中逐渐发现并建构了《唐诗纪事》等诗纪事著述的价值,清代"诗史"观及由其产生的采诗庀史的实践主张进一步张扬了诗纪事著述的价值,并直接影响了一批诗纪事著述的编撰。明清对于诗纪事著述价值的建构与张扬反映了对诗、史的本质以及二者关系等问题的思考与认识。

一、"诗史"论争,明人建构诗纪事价值的语境

《唐诗纪事》价值在明代被发现不是一个孤立的现象,而是受到当时辨体思潮的影响,也是对该思潮的回应,而当时辨体思潮的集中体现就是"诗史"之论争。

"诗史"最早由唐代孟棨《本事诗》提出,即:

---

① 郑振铎:《西谛书跋》,北京:文物出版社,1998年,第327页。
② 刘明今:《中国古代文学理论体系·方法论》,上海:复旦大学出版社,2000年,第414页。
③ 胡震亨:《唐音癸签》,上海:上海古籍出版社,1981年,第323页。

> 杜所赠二十韵,备叙其(李白)事。读其文,尽得其故迹。杜逢禄山之难,流离陇蜀,毕陈于诗,推见至隐,殆无遗事,故当时号为诗史。①

唐代仅见此一处"诗史"用例,是指杜诗对诗人于安史之乱中经历的记载。"诗史"作为一个文学批评话语的内涵是由宋人赋予的,只是自宋代始,分歧就很大。张晖《中国"诗史"传统》系统梳理了历代"诗史"的内涵,达十七种之多。② 宋人阐述"诗史"说自然是以孟棨的说法为起点展开的,但是,他们对于孟棨的观点有不同的解读,对杜诗的"诗史"特质有不同的解读,后来还逐渐溢出杜诗批评的范围。大致说来,宋人是使用"诗史"一语称赞杜诗"善陈时事"③的实录精神来建构起其"诗史"观的,这种实录精神既指杜诗对重大政治事件和日常生活经历的记录,也涵盖诗人流露出的情怀和做出的评价,如胡宗愈《成都草堂先生诗碑序》云:

> 先生(杜甫)以诗鸣于唐,凡出处去就、动息劳佚、悲欢忧乐、忠愤感激、好贤恶恶,一见于诗,读之可以知其世,学士大夫谓之诗史。④

据刘攽《中山诗话》,宋人还有以杜诗记录酒价⑤而誉其为"诗史"的,这颇能说明记录日常生活及情感也是宋代诗史说的应有之义,只是后来在强调政治事件和政治情怀时逐渐遗落了日常生活和日常情感,如文天祥《集杜诗自序》说:"昔人评杜诗为诗史,盖其以咏歌之辞,寓纪载之实,而抑扬褒贬之意,灿然于其中,虽谓之史可也。"⑥"抑扬褒贬"显然是由政治事件而兴发的情感。

明代在辨体思潮大背景下从本体层面讨论了诗与史的异同,杨慎、王世贞、许学夷等很多大家都参与了讨论。起初,明人基本沿用宋人的"诗史"说,"高棅在《唐诗品汇》中屡次引用前人的'诗史'说,显然并不反对将杜诗视作'诗史'"⑦。李东阳也多次称引"诗史",如《徐中书挽诗序》:"惟诗之用与史通,而昔之人或有所谓诗史者。"⑧至杨慎开始对"诗史"说发难,其《升庵诗话》载:"宋人以杜子美能以韵语记时事,谓之'诗史',鄙哉宋人之见,不足以论诗也。"⑨后来,王世贞、郝敬、许学夷等也先后加入讨论"诗史"说的行列,并对杨慎的观点有所补充与校正。明人对"诗史"说的讨论逐渐溢出宋人的讨论范围,讨论的实质是如何认识诗的特质和如何评价杜诗的纪事。臧懋循《冒伯麟诗引》曾表达对宋人以"诗史"赞许杜诗的不解:"夫诗之不

---

① 丁福保:《历代诗话续编》,北京:中华书局,2002年,第15页。
② 张晖:《中国"诗史"传统》,北京:生活·读书·新知三联书店,2012年,第263—264页。
③ 欧阳修、宋祁:《新唐书》,北京:中华书局,1975年,第5738页。
④ 仇兆鳌:《杜诗详注》,北京:中华书局,1979年,第2242页。
⑤ 何文焕:《历代诗话》,北京:中华书局,1981年,第289页。
⑥ 文天祥:《文天祥全集》,北京:中国书店,1985年,第397页。
⑦ 张晖:《中国"诗史"传统》,北京:生活·读书·新知三联书店,2012年,第79页。
⑧ 李东阳:《怀麓堂集》,载永瑢、纪昀等纂修《景印文渊阁四库全书(第1250册)》,台北:台湾商务印书馆,1983年,第12页。
⑨ 丁福保:《历代诗话续编》,北京:中华书局,2002年,第868页。

可为史,犹史之不可为诗。世顾以此称少陵大家,此予所未解也。"①这就是明人面临的问题。

明人论诗注重对于诗的特质的阐发,如高棅引《诗法源流》称"古诗径叙情实,去三百篇近。律诗牵于对偶,去三百篇为远。此诗体之正变也"②,李东阳认为诗"贵情思而轻事实"③,李梦阳认为"古诗妙在形容之耳,所谓水月镜花,所谓人外之人、言外之言"④,王廷相认为"夫诗贵意象透莹,不喜事实粘著,古谓水中之月,镜中之影,可以目睹,难以实求是也"⑤。这都是对诗的特质的思考。

杨慎"诗史"观的基本前提是诗、史之辨,《升庵诗话》载:

> 夫六经各有体,《易》以道阴阳,《书》以道政事,《诗》以道性情,《春秋》以道名分。后世所谓史者,左记言,右记事,古之《尚书》《春秋》也。若《诗》者,其体其旨,与《易》《书》《春秋》判然矣。……如诗可兼史,则《尚书》、《春秋》可以并省。⑥

其实,杨慎在主张诗、史之辨时还讨论了两个子话题——其一,诗如何抒情。他反对直接抒情,主张含蓄:"三百篇皆约情合性而归之道德也,然未尝有道德字也,未尝有道德性情句也。二南者,修身齐家其旨也,然其言琴瑟钟鼓、荇菜茎苢、夭桃秾李、雀角鼠牙,何尝有修身齐家字耶?皆意在言外,使人自悟。"⑦其二,诗如何纪事。他反对直陈时事:"至于直陈时事,类于讪讦,乃其下乘末脚。"⑧但到底该如何纪事,他没有展开讨论。总的说来,杨慎提出了"含蓄"的标准来导正诗的抒情与纪事。

王世贞、郝敬、许学夷等在诗、史之辨这一点上与杨慎并没有分歧。王世贞《艺苑卮言》认为:

> 杨用修驳宋人"诗史"之说而讥少陵云……。其言甚辩而核,然不知向所称皆兴比耳。《诗》固有赋,以述情切事为快,不尽含蓄也。语荒而曰"周余黎民,靡有孑遗",劝乐而曰"宛其死也,它人入室",讥失仪而曰"人而无礼,胡不遄死",怨谗而曰"豺虎不受,投畀有昊",若使出少陵口,不知用修何如贬剥也。且"慎莫近前丞相嗔",乐府雅语,用修乌足知之。⑨

---

① 臧懋循:《负苞堂集》,上海:古典文学出版社,1958年,第61页。
② 高棅:《唐诗品汇》,上海:上海古籍出版社,1982年,第13页。
③ 丁福保:《历代诗话续编》,北京:中华书局,2002年,1375页。
④ 李梦阳:《空同集》,载永瑢、纪昀等纂修《景印文渊阁四库全书(第1262册)》,台北:台湾商务印书馆,1983年,第7页。
⑤ 王廷相:《王廷相集》,北京:中华书局,1989年,第502页。
⑥ 丁福保:《历代诗话续编》,北京:中华书局,2002年,第868页。
⑦ 同上。
⑧ 同上。
⑨ 同上书,第1010页。

其实，王世贞是以含蓄为上，只是对"不尽含蓄"持包容态度，他赞许杨慎对杜诗不够含蓄的批评是"辩而甚核"，只是补充说杨慎没有看出其所举杜诗的例子是兴比。实际上，王世贞另外提出了一个评价标准——"述情切事"，即评价诗不在于含蓄与否，更重要的是情与事的配合，从其对《诗》的解读来看，意思是抒情可以直露，只要有感而发，这就是所谓的"乐府雅语"。

郝敬认为杨慎与王世贞"二家之说，各有攸当，含蓄切直，唯其所宜"，即认同王世贞的诗可含蓄也可直露的观点，并注意到了王世贞"述情切事"的观点，只是补充说《诗》中"述情切事"的赋其实兼比兴，但王世贞称其"不尽含蓄"是不对的，即"宗城谓赋主切事，不尽含蓄，非也。夫诗虽六义，经可离，纬不可离也。赋何尝离比兴？比兴何尝非赋？"①

许学夷对于诗、史之辨的态度鲜明："夫诗与史，其体、其旨，固不待辩而明矣。"②他沿着杨慎对于诗如何纪事、如何抒情两个方面的思考进行了全面论述，同时在一定程度了受到了王世贞的启发。他认为：

> 杜之《石壕吏》《新安吏》《新婚别》《垂老别》《无家别》《哀王孙》《哀江头》等，虽若有意纪时事，而抑扬讽刺，悉合《诗》体，安得以史目之？至于含蓄蕴藉虽子美所长，而感伤乱离、耳目所及，以述情切事为快，是亦变雅之类耳，不足为子美累也。③

意思是诗之纪事并不在于直陈与否，只要归于抑扬讽刺，诗之抒情并不在于含蓄与否，只要源于经历闻见，只要情不离事，事不离情，就是诗。

诗、史本有分工，诗的源头是《诗》，史的源头是《春秋》，这是杨慎、王世贞、许学夷等关于"诗史"论争达成的基本共识。他们关于诗纪事的分歧不在于诗能否纪事，而在于诗如何纪事。起初杨慎提出"含蓄蕴藉"是诗之本质，"直陈"则有违诗的本质，并对宋人的"诗史"说发难，其实不是不赞同诗歌可以纪事，只是要求纪事须达到"含蓄蕴藉"的效果，他曾使用"诗史"来称赞刘因《书事绝句》、宋子虚《咏王安石》"二诗皆言宋祚之亡由于安石，而含蓄不露，可谓诗史矣"④就充分说明这一点。王世贞、许学夷都在校正和补充杨慎的观点，在诗可以纪事这一点上是有共识的，在诗如何纪事的问题上则从不同的侧面进行了讨论，是相互补充的。

以当时所持关于诗的特质的认识，明人对于杜诗纪事的评价与宋人渐见分歧，即使对杜诗之纪事持包容态度，也评价不高。起初，高棅、李东阳对于杜甫之纪事和宋人一样持赞赏态度，前"七子"以宗杜为普遍追求⑤，在学杜过程中也开始思索如何对待宋人称许的杜诗之纪事，如王廷相云：

---

① 吴文治主编：《明诗话全编》，南京：凤凰出版社，1997年，第5933页。
② 许学夷：《诗源辨体》，北京：人民文学出版社，1987年，第221页。
③ 同上。
④ 丁福保：《历代诗话续编》，北京：中华书局，2002年，第862页。
⑤ 罗宗强：《明代文学思想史》，北京：中华书局，2013年，第289页。

> 若夫子美《北征》之篇，昌黎《南山》之作，玉川《月蚀》之词，微之《阳城》之什，漫敷繁叙，填事委实，言多趁帖，情出附辏，此则诗人之变体，骚坛之旁轨也。①

同时，郑善夫《批点杜诗》云：

> 诗之妙处，正在不必说到尽，不必写到真，而其欲说欲写者，宛然可想。虽可想而又不可道，斯得风人之旨。杜公往往要到真处、尽处，所以失之。②

所谓"填事委实""说到尽""写到真"都是批评杜诗纪事过于实、过于繁。杨慎批评宋人"诗史"说时指出：

> 杜诗之含蓄蕴藉者，盖亦多矣，宋人不能学之。至于直陈时事，类于讪讦，乃其下乘末脚，而宋人拾以为己宝。③

也是轻杜诗之质实而重其含蓄，与王廷相、郑善夫等是一致的。许学夷虽认为杜诗之纪事类作品虽合诗体，但不以其为上，因而称其为"变雅"。与许学夷同时的谢肇淛还批评杜诗纪事穿插了太多议论：

> 诗不可太着议论，议论多则史断也。不可太述时政，时政多则制策也……故子美《北征》、退之《南山》、乐天《琵琶》《长恨》、微之《连昌》，皆体之变，未可以为法也。④

许学夷虽极力主张诗、史之辨，但诗与史到底该如何区别？他虽进行了追根溯源，其实没有说透，倒是谢肇淛对此问题进行了辨析：

> 少陵以史为诗，已非风雅本色，然出于忧时悯俗，牢骚呻吟之声犹不失三百篇遗意焉。至胡曾辈之咏史，直以史断为诗矣。李西淮之乐府，直以史断为乐矣。以史断为诗，读之不过呕哕；以史断为乐，何以合之管弦？野狐恶道，莫此为甚。⑤

这是以议论与否作为诗、史的界限，当然，仅止于此是不够的。

---

① 王廷相：《王廷相集》，北京：中华书局，1989 年，第 503 页。
② 焦竑：《焦氏笔乘》，上海：上海古籍出版社，1986 年，第 83 页。
③ 丁福保：《历代诗话续编》，北京：中华书局，2002 年，第 868 页。
④ 吴文治主编：《明诗话全编》，南京：凤凰出版社，1997 年，第 6669 页。
⑤ 同上书，第 6679 页。

"诗史"论争中,尽管到底该如何评价杜诗之纪事及其价值,明人只是提出了问题却并没有从理论上完全解决,但是,对于杜诗纪事的批评终于导向对于诗如何纪事,以及情、事关系等问题的思考。就在"诗史"成为热烈讨论的话题时,明人对于如何认识诗纪事著述的价值也走上了情、事关系的思考方向。那些编撰者、刻印者在称赞诗纪事著述时必须解决诗纪事的合理性,为此,自然无法回避对诗与史、情与事等的关系的回答。

二、 在事为诗,明人孔天胤对诗纪事价值的阐述

在诗言志这个古老的诗歌本体论的语境里,明代学者是如何思考诗纪事著述的价值呢?明代理学家、藏书家孔天胤曾为嘉靖钱塘洪氏本《唐诗纪事》撰序并全面回应情、事关系问题,以阐发诗纪事著述的价值,其逻辑包括如下三个方面:

其一,追本溯源,从《诗》那里寻找诗纪事的依据。许学夷曾认为杜诗纪时事无伤诗之本体,并将诗歌纪时事溯源至《诗》,认为杜甫"三吏""三别"之类的作品"悉合《诗》体"。此前,孔天胤称赞《唐诗纪事》时已经将诗纪事溯源至《诗》:

《诗》从删后,岂展无之,顾大雅虽阙,然歌咏之事,可考而绎焉。①

意即《诗》也是纪事之作,而且,所纪之事可以考证,另外,《毛传》就是对《诗》所咏之事的发掘:

《诗》三百篇,《毛传》盖其纪事,今为考亭所绌,然欲究遗经,当必考之。②

后来的纪事体著述编纂者往往沿着这个思路强调诗纪事的价值,如清代陆以谦为《词林纪事》撰序称:"纪事者何?……窃惟词源于诗,诗源于三百篇,三百篇无非事者。"③钱仲联主编《清诗纪事》将这种思路推到了极致,该著《前言》称:"诗歌之有'纪事',早滥觞于《尚书》有关虞廷《赓歌》、夏《五子之歌》的记载,《左传》所记《祭公谋父》《狐裘歌》《宋城者讴》《泽门之皙讴》《野人歌》《莱人歌》《齐人歌》《南蒯歌》,《吕氏春秋》记《塗山》《龙蛇歌》等,《穆天子传》之述《黄竹》,以及《诗三百篇》毛序、毛传所述。"④

其二,承认情为诗之本体的同时强调事对于情的感发兴起功能。汉代儒家诗学就强调事

---

① 王仲镛:《唐诗纪事校笺》,北京:中华书局,2007年,第2592页。
② 同上书,第2593页。
③ 张宗橚辑:《词林纪事》,成都:成都古籍书店,1982年版,第1—2页。
④ 钱仲联主编:《清诗纪事》,南京:江苏古籍出版社,1987年,第1页。

对情的作用,《诗大序》说"是以一国之事,系一人之本,谓之风"[1],"事"指政事,"本"指性情。一方面,情缘于事,事对情有感发兴起作用;另一方面,人的性情应该关乎世变之情。《汉书·艺文志》云:"自孝武立乐府而采歌谣,于是有代赵之讴,秦楚之风,皆感于哀乐,缘事而发,亦可以观风俗,知薄厚云。"[2]即汉乐府的哀乐之情是缘事而发。这里的"事"是时事,是"系于天下国家之大事"[3]。正是基于此,王世贞以"述情切事"之作为"乐府雅语"。提出诗史说的唐人孟棨也强调了事对情的感发兴起作用:"诗者,情动于中而形于言。故怨思悲愁,常多感慨。抒怀佳作,讽刺雅言,虽著于群书,盈厨溢阁,其间触事兴咏,尤所钟情,不有发挥,孰明厥义?"[4]可见,事对情的感发兴起作用很早就得到强调。孔天胤专门讨论了情、事的关系:

> 夫诗以道情,畴弗恒言之哉;然而必有事焉,则情之所繇起也,辞之所为综也。故观于其诗者,得事则可以识情,得情则可以达辞。譬诸水木,事其源委于本末乎,辞其津涉林丛乎,情其为流为邑乎,是故可以观已。[5]

孔天胤认为在创作、批评两个环节,事都是逻辑起点,并把事比作源,把情比作流,从而从发生学的角度和本体论的高度论证了诗纪事的合理性。他还进一步指出唐诗的成就恰在情与事的融合:

> 唐俗尚书,号专盛,至其摛藻命章,逐境纡翰,皆情感事而发抒,辞缘情而绮丽,即情事之合一,讵观览之可偏。[6]

因此,他高度评价《唐诗纪事》,"善其纪事之意"。鉴于此,他还对宋儒重理,明人重格调、声律的思潮进行了批评与反驳:

> 宋兴理学,儒者偏鄙薄词华,覆又推杜甫等,而以格调声律为品裁,然但言理而不及事,岂与古人说诗之旨同哉。今高材切慕其成说,竟依凭其篱下,掇拾其绪余,及博讨唐篇,如穷水木,或不喻其时代与人物,是既不晓事,又安识所谓道情者与? 夫所谓声调者,亦亵言也已。[7]

---

[1] 孔颖达疏:《毛诗注疏》,上海:上海古籍出版社,2013年,第20页。
[2] 班固:《汉书》,北京:中华书局,1964年,第1756页。
[3] 韩经太:《"在事为诗"申论——对中国早期政治诗学现象的思想文化分析》,《中国文化研究》2000年第3期。
[4] 丁福保:《历代诗话续编》,北京:中华书局,2002年,第2页。
[5] 王仲镛:《唐诗纪事校笺》,北京:中华书局,2007年,第2592页。
[6] 同上书,第2593页。
[7] 同上。

他认为宋儒言理而不及事,流风所及,至于明代,文人既不晓事,也不识情。

孔天胤指出重理的宋儒、重声律的明人在唐诗批评中"不喻其时代和人物",此话透露出了他的理论动机。追溯一下其所谓"事"的内涵,其理论动机也就昭然若揭了。孔天胤认为文学批评就是对"情之所繇起"之"事"的探寻,其心目中的"事"具体指哪些呢?孔天胤说:

> 君子曰:在事为诗。又曰:国史明乎得失之迹。夫谓诗为事,以史为诗,其义憮哉。①

"在事为诗"出自《春秋纬·春秋说题辞》:"在事为诗,未发为谋,恬澹为心,思虑为志,故《诗》之为言志也。"②即诗言志之"志"的前身就是诗人思虑的"事"。"国史明乎得失之迹"出自《诗大序》,即"至于王道衰,礼义废,政教失,国异政,家殊俗,而变风、变雅作矣。国史明乎得失之迹,伤人伦之废,哀刑政之苛,吟咏情性,以风其上。达于事变而怀其旧俗者也。"③由此可知,孔天胤所谓"事"是得失兴废之时政,变风、变雅所载即是,只是变风、变雅所载为衰世之政事。孔天胤说:

> 孔父言知,在于格物;孟子诵诗,必论其世。且如虞有《卿云》之歌,弗稽《大传》,曷知其为禅夏;汉盛五篇之诗,非考《两都》,又焉得其鸿典也。④

孔天胤所举"《卿云》之歌""五篇之诗"分别是舜禅位于夏、光武中兴两件盛世之政事,都与政权更迭有关。至此,就可以明白孔天胤为什么对性情说也表达了不满:

> 自性情之说拘,而狂简或遂略于事,则犹不穷水木,而徒迷鹜乎津涉,蔽亏乎林丛,其于流彻,亦已疏矣。⑤

显然,他是在批评性情说对于政治的疏离。

其三,认为诗纪事兼具文学史与社会政治史的双重价值。孔天胤持"在事为诗"的诗歌本体论,自然就回到了关注作品社会、政治内容的思路上来,并从社会、政治的层面来思考诗纪事的价值,再考虑到诗纪事著述以时间为序的编排体例,《唐诗纪事》在其心目中也就成为有唐之文学的历史和社会政治的历史。应该说,孔天胤只是明确了表达了《唐诗纪事》为有唐之文学的历史的观点,即:

---

① 王仲镛:《唐诗纪事校笺》,北京:中华书局,2007年,第2592页。
② 赵在翰辑:《七纬》,北京:中华书局,2012年,第623页。
③ 孔颖达疏:《毛诗注疏》,上海:上海古籍出版社,2013年,第17—19页。
④ 王仲镛:《唐诗纪事校笺》,北京:中华书局,2007年,第2592页。
⑤ 同上。

> 《纪事》一书,其艺流之源委,文苑之本末,利涉之方航,发蒙之朗若者矣。①

虽然没有明确表达《唐诗纪事》是有唐之社会政治的历史的观点,但考虑到他批评宋儒、明人的唐诗批评"不喻其时代和人物",由此推论,《唐诗纪事》自然就是其心目中有唐一代关于时代变迁与人物起伏的社会政治史。其实,早在宋代,王禧校雠并刊刻《唐诗纪事》时曾明确道出该著就是一部唐代文学史和社会政治史的观点,即:

> 世之君子,欲观唐三百年文章、人物、风俗之污隆邪正,则是书不为无助。②

这个观点得到广泛认同,明代学者为几种《唐诗纪事》刻本作序时或强调其文学史价值,或强调其社会政治史价值,或兼而言之。张子立于嘉靖二十四年校对并出资刊刻《唐诗纪事》还撰序说:

> 余校《唐诗纪事》已,叹曰:嗟乎,兹其为唐风也哉。论人者考其世,观风者尚其声,贯调以擅节,标格而著变,雅道之选也。③

张子立视《唐诗纪事》为"唐风",由其可以论人,也可以观风,《唐诗纪事》当然就是文学史兼社会政治史了。王思任为崇祯年间毛晋刊刻汲古阁本《唐诗纪事》撰序时说:

> 宋临邛计有功……取唐诗姓氏一千一百五十余家,胪列其人,悉传其事,使后之读诗者,恍然如见三百年中之须眉美恶,此亦唐诗之轩镜禹图矣。④

这是强调《唐诗纪事》作为社会政治史的一面。李毅为崇祯年间重刻的汲古阁本《唐诗纪事》撰序对其兼具文学史与社会政治史的特质进行了较为深入的阐发,其结论是:

> 有唐二百八十九年间,作者不知几何人,其篇章之流传于人间者,不知几千万,求之君臣朋友,时序庶物,徵邪得失之故,犁然具在,无若《纪事》一书。美哉,诵其诗,知其人,庶几其可矣。⑤

---

① 王仲镛:《唐诗纪事校笺》,北京:中华书局,2007年,第2593页。
② 同上书,第2591页。
③ 同上书,第2594—2595页。
④ 同上书,第2597页。
⑤ 同上书,第2598页。

因此，这些学者在强调《唐诗纪事》是对一代盛衰世变的记录时，主张文学批评就是采用知人论世的方法发掘这些政治内容。这既是对宋人的回归与超越，又是对当时辨体思潮的反驳。

焦竑《清溪山人诗集序》曾批评当时杜集的编纂"昧者取其编，门分类析，而因诗以论世之义日晦"，他倾向于以编年为序的体例，并将这种体例溯源至《毛诗序》、郑玄《诗谱》。① 崇祯年间，毛晋为其刻印《唐诗纪事》所撰"识语"称唐集"分类分体，尤为可恨"，而称赞《唐诗纪事》为"匡鼎"②之作。胡震亨认为《唐诗纪事》"诗与事迹、评论俱载"，"收采之博，考据之详，有功于唐诗不细"。这都是强调别集、总集的编撰要回归凸现政治价值的道路上来。他们重视知人论世的论诗方法，重视诗人行迹、时政等构成的语境对于解读作品、追索作者之志的作用。诗纪事著述体例的优点恰在于作家小传的编写、诗歌本事的追寻、基本以时序编排的体例，能够体现世运的变迁，世运变化影响所及又是文坛趋尚的变化。这种价值被后来诗纪事著述的编撰者发挥得淋漓尽致。

三、采诗庀史，清初以来诗纪事的衍化及价值张扬

明末清初，"诗史"说再度成为一个被热烈讨论的命题，但是，文人不再关心明代讨论的诗能不能纪事、如何纪事等本体论问题，而是力主诗、史同源的观点。如钱谦益《胡致果诗序》说：

> 《春秋》未作以前之《诗》，皆国史也。人知夫子之删《诗》，不知其为定史；人知夫子之作《春秋》，不知其为续《诗》。《诗》也，《书》也，《春秋》也，首尾为一书，离而三者也。三代以降，史自史，诗自诗，而诗之义不能不本于史。③

此所谓诗史同源的观点，吴伟业《且朴斋诗稿序》④、黄宗羲《姚江逸诗序》⑤、李邺嗣《万季野新乐府序》⑥、屈大均《东莞诗集序》⑦等都有类似的表述，可见，这是明末清初文人极其普遍的看法。明代关于"诗史"的论争是在诗、史有别的前提下，从文体的角度讨论诗的本质。清初"诗史"思潮的本质是从起源的角度论证诗通于史，以为诗承担史的功能来张目。如吴伟业《且朴斋诗稿序》说：

---

① 焦竑：《青溪山人诗集序》，载《澹然集》，北京：中华书局，1999年，第172页。
② 王仲镛：《唐诗纪事校笺》，北京：中华书局，2007年，第2594页。
③ 钱谦益：《牧斋有学集》，上海：上海古籍出版社，1996年，第800页。
④ 吴伟业：《吴梅村全集》，上海：上海古籍出版社，1990年，第1205页。
⑤ 黄宗羲：《黄宗羲全集（第10册）》，杭州：浙江古籍出版社，1993年，第10页。
⑥ 李邺嗣：《杲堂诗文钞》，杭州：浙江古籍出版社，1988年，第432页。
⑦ 屈大均：《翁山文钞》，载《四库禁毁书丛刊（第120册）》，北京：北京出版社，1997年，第133页。

> 古者诗与史通,故天子采诗,其有关世运升降、时政得失者,虽野夫游女之诗,必宣付史馆,不必其为士大夫之诗也;太史陈诗,其有关世运升降、时政得失者,虽野夫游女之诗,必入贡天子,不必其为朝廷邦国之史也。①

可见,所谓"诗与史通"就是诗也可以纪载关乎"世运升降、时政得失"的时事,因此,诗可以为史、可以正史、可以补史,也就自然可以承担史的功能。至于诗、史纪时事的方式有无差异,诗、史各自的特质是什么等问题,明末清初的文人没有兴趣深入讨论。

考察以钱谦益为代表的"诗史"观的理论动机是一个颇有意味也更重要的问题。《列朝诗集》是钱谦益"诗史"理论的实践②,该著的编撰显然受到同样经历过代际剧变的元好问的启发,钱氏引程嘉燧的话说:"元氏之集诗也,以诗系人,以人系传。中州之诗,亦金源之史也。吾将效而为之。吾以采诗,予以庀史,不亦可乎?"③又说:"余撰此集,仿元好问中州故事,用为正史发端,搜摭考订,颇有次第。"④既然如此,先来考察一下元好问《中州集》的编纂动机。曾感叹辽事埋灭的元好问在金朝覆亡之际意识到金代之事可能面临同样的危险,便尽可能为"死而可书者""志其墓"⑤,意在为以后的著史者多留存材料。面临金代史事湮灭的危机,元好问"晚年尤以著作自任,以金源氏有天下,典章法度几及汉、唐,国亡史作,已所当任"⑥。但是,元好问为金代著史的愿望没有办法实现,除其自称为野史的《壬辰杂编》,他将满腔的著史热忱转移到金代诗人诗作的收录上,编撰有金一代之诗就成为其挽救金文化的一种努力。其《中州集自序》说:"念百年以来,诗人为多,苦心之士,积日力之久,故其诗往往可传。兵火散亡,计所存者才什一耳,不总萃之,则将湮灭而无闻,为可惜也。"⑦元好问视《中州集》为金源一代之史,其《自题中州集后》五首其五"平世何曾有稗官,乱来史笔亦烧残。百年遗稿天留在,抱向空山掩泪看"⑧透露了他的真实心迹。四库馆臣指出《中州集》"大致主于借诗以存史"⑨。王士禛称:"元裕山撰《中州集》,其小传足备金源一代故实。"⑩陈衍也指出:"遗山为拓跋苗裔,野史一亭,原以金源文献自任。史既未成,聊都此集,表章百年来文人。"⑪正如余英时《评关于钱谦益的诗史研究》指出,《列朝诗集》"以元遗山《中州集》为祖构,在牧斋之意,自是欲通过有明一代之'诗'以观有明一代之'史'"⑫。可见,钱谦益《列朝诗集》和《中州集》一样是著史未成退而求其

---

① 吴伟业:《吴梅村全集》,上海:上海古籍出版社,1990年,第1205页。
② 蒋寅:《清代诗学史(第一卷)》,北京:中国社会科学出版社,2012年,第166—184页。
③ 钱谦益:《列朝诗集》,载《四库禁毁书丛刊(第95册)》,北京:北京出版社,1997年,第1页。
④ 钱谦益:《列朝诗集小传》,上海:上海古籍出版社,2008年,第158页。
⑤ 元好问:《元好问全集》,太原:山西古籍出版社,2004年,第649—650页。
⑥ 脱脱等:《金史》,北京:中华书局,1975年,第2742页。
⑦ 元好问:《中州集》,北京:中华书局,1959年,第1页。
⑧ 元好问:《元好问全集》,太原:山西古籍出版社,2004年,第398页。
⑨ 永瑢等:《四库全书总目》,北京:中华书局,1965年,第1706页。
⑩ 王士禛著:《池北偶谈》,北京:中华书局,1982年,第262页。
⑪ 钱仲联编校:《陈衍诗论合集》,福州:福建人民出版社,1999年,第1179页。
⑫ 余英时:《余英时文集(第九卷)》,桂林:广西师范大学出版社,2006年,第51—52页。

次的结果,采诗的目的在于庀史,是将诗作当成史料加以保存,以一代之诗存一代之史。

然而,保存一代之事,诗未必如史。问题在于,前朝历史为新朝所著,往往不能尽信,元好问就指出其所见辽史"多敌国诽谤之辞"①;亡国之人物及其事迹往往无法入史,如钱谦益指出"新史盛行,空坑、崖山之故事,与遗民旧老,灰飞烟灭"②;还有种种原因导致许多优秀的人物及其事迹失载于史的情况。鉴于此,明清易代之际的文人往往强调以诗为史、以诗正史、以诗补史的"诗史"观。如杜濬说:

> 世称杜子美为诗史,非谓其诗之可□为史,而谓其诗可以正史之伪也。③

黄宗羲《万履安先生诗序》指出诗补史比证史更有价值,即:

> 今之称杜诗者以为诗史,亦信然矣。然注杜者但见以史证诗,未闻以诗补史之阙,虽曰诗史,史固无藉乎诗也。④

可以说,以诗为史、正史之误、补史之阙的"诗史"观是有感而发的,具有现实的针对性,其直接动机就是倡导对遗民事迹与诗作的保存。杜濬《程子穆倩放歌序》、黄宗羲《万履安先生诗序》、李邺嗣《万季野新乐府序》、吴伟业《且朴斋诗稿序》等都是在为遗民诗人作序时表达以诗为史、以诗正史、以诗补史的"诗史"观。由此可见,以钱谦益为代表的"诗史"观及由此形成的采诗庀史的实践主张,背后还深藏着文化失坠的焦虑。钱氏《胡致果诗序》曾对宋代遗民诗人记录的史事因为不为新朝史著所载可能面临湮灭的危险表示担忧,即:

> 宋之亡也,其诗称盛,皋羽之恸西台,玉泉之悲竺国,水云之苕歌,《谷音》之越吟,如穷冬沍寒,风高气慄,悲噫怒号,万籁杂作,古今之诗莫变于此时,亦莫盛于此时。至今新史盛行,空坑、厓山之故事,与遗民旧老,灰飞烟灭……⑤

深受钱谦益影响的黄宗羲在其《姚江逸诗序》中曾评价,钱氏《列朝诗集》仿《中州集》"以史为纲,以诗为目",做出了"一代之人物赖以不坠"⑥的贡献。他还在为明遗民万泰的诗集作诗序时专门谈及遗民诗人对保存一代之史,延续文化方面的独特价值,清晰地表达了文化失坠的焦虑。

---

① 元好问:《元好问全集》,太原:山西古籍出版社,2004年,第649—650页。
② 钱谦益:《牧斋有学集》,上海:上海古籍出版社,1996年,第800页。
③ 杜濬:《变雅堂遗集》,载《续修四库丛书(第1394册)》,上海:上海古籍出版社,2002年,第15页。
④ 黄宗羲:《黄宗羲全集(第10册)》,杭州:浙江古籍出版社,1993年,第47页。
⑤ 钱谦益:《牧斋有学集》,上海:上海古籍出版社,1996年,第800页。
⑥ 黄宗羲:《黄宗羲全集(第10册)》,杭州:浙江古籍出版社,1993年,第10页。

> 逮夫流极之运,东观、兰台但记事功,而天地之所以不坠,名教之所以仅存者,多在亡国之人物,血心流注,朝露同晞,史于是而亡矣。犹幸野制遥传,苦语难销,此耿耿者明灭于烂纸昏墨之余,九原可作,地起泥香,庸讵知史亡而后诗作乎?是故景炎、祥兴,宋史且不为之立本纪,非指南、集杜,何有知闽广之兴废?非水云之诗,何由知亡国之惨?非白石、晞发,何由知竺国之双经?陈宜中之契阔,心史亮其苦心;黄东发之野死,室幢志其所处,可不谓之史诗乎?元之亡也,渡海乞援之事,见于九灵之诗,而铁崖之乐府,鹤年、席帽之痛哭,犹然金版之出地也,皆非史之所能尽也。①

在他看来,"亡国之人物"及其事迹失载于史著,意味着文化的断层。因此,《宋史》《元史》对于宋末、元末一些重要人物及事件的忽视,特别明之"从亡之士"黄道周、吴钟峦、钱萧乐、张煌言、方以智等的事迹面临堙灭的境地,对他而言是极其沉痛的事情。余英时曾指出,钱谦益《列朝诗集序》"引龚开《桑海遗录》与杜本《谷音集》为比,其遗民心态跃然纸上"②。

遗民心态既表现为出于对旧朝的眷恋而产生的保存旧朝之史的责任感,更重要的是文化失坠的焦虑感。陈寅恪认为"凡一种文化值衰弱之时,为此文化所化之人,必感苦痛,其表现在此文化之程量愈宏,则其受之苦痛愈甚"③,并说元朝遗民元好问、明朝遗民钱谦益,以及参与修撰《元史》的元遗民危素、拒仕清朝而以布衣身份参与修撰《明史》的明遗民万斯同等人"心意中有一共同观念,即国可亡,而史不可灭"④。这些可以作为这种文化焦虑的注脚。文化失坠的焦虑几乎是每一次政权更迭之际的时代思潮,明清之际也不例外。

当以诗为史、以诗正史、以诗补史的"诗史"观几乎成为学界共识时,纪事体著述的编撰自然深受影响,其编撰也随之达到高潮。清代纪事体著述的编撰包括钱大昕《元诗纪事》、厉鹗辑《宋诗纪事》、陆心源编撰《宋诗纪事补遗》、罗以智《宋诗纪事补遗》、陈田辑撰《明诗纪事》、张宗楠辑《词林纪事》、陈鸿墀纂《全唐文纪事》,后来至近代又有陈衍辑撰《辽诗纪事》《金诗纪事》《元诗纪事》等。清代以来的诗纪事编撰者都声称效仿《唐诗纪事》,建构了一个以《唐诗纪事》为首创的诗纪事系谱。厉鹗称《宋诗纪事》"效计有功搜括而甄录之"⑤;陈衍则将纪事体著述归为一个序列,一度为辽金元诗纪事的阙如感到遗憾⑥;邓之诚称其《清诗纪事初编》是"继计有功、厉鹗、陈田而作"⑦。再加上钱仲联主编《清诗纪事》,诗歌纪事体著述从唐、宋、辽、金、元,至明、清,基本形成了一个完整的序列,这些著作"前后衔接,自成体系,构成古籍中的一个

---

① 黄宗羲:《黄宗羲全集(第10册)》,杭州:浙江古籍出版社,1993年,第47页。
② 余英时:《余英时文集(第九卷)》,桂林:广西师范大学出版社,2006年,第51—52页。
③ 陈寅恪:《诗集》,北京:生活·读书·新知三联书店,2001年,第12页。
④ 陈寅恪:《金明馆丛刊二编》,北京:生活·读书·新知三联书店,2001年,第362页。
⑤ 厉鹗:《宋诗纪事》,上海:上海古籍出版社,1981年,第1页。
⑥ 钱仲联编校:《陈衍诗论合集》,福州:福建人民出版社,1999年,第1131页。
⑦ 厉鹗:《宋诗纪事》,上海:上海古籍出版社,1981年,第2页。

小类别"①。然而,清代以来的诗纪事与《唐诗纪事》的体例存在极大差异,如邓之诚《清诗纪事初编》不录本事而着力于诗人小传,陈衍因对入主中原的异族的重视而编纂辽金元诗纪事。更重要的是,编纂观念也发生了巨大的变化。特别值得注意的是,陈衍、邓之诚固然以《唐诗纪事》为典范,又屡屡提及《中州集》和《列朝诗集》。陈衍编纂《金诗纪事》不能无视元好问《中州集》,自然要论及该著,但是,邓之诚编《清诗纪事初编》应该与《列朝诗集》没有什么关联,然而,他称《清诗纪事初编》"小传摹《列朝诗集》而作"②。这个转变与明末清初以来以诗为史、以诗正史、以诗补史的"诗史"观及由此产生的采诗庀史的实践主张关系密切。

　　清代的诗纪事著述的编撰或多或少受到采诗庀史的主张的影响:其一,有的诗纪事著述与史著关系密切。据《国朝汉学师承记》,钱大昕"因搜罗元人诗文集、小说、笔记、金石碑版,重修元史,后恐有违功令,改为《元诗纪事》"③。陈衍接过元好问、钱谦益、黄宗羲等的衣钵,其辽金元诗纪事多次提及元好问《中州集》,并明确提出"国可亡,史不可亡,即诗不可亡。有事之诗,尤不可亡"④,还将钱氏对前朝文化失坠的焦虑泛化为中华文化失坠的焦虑,不认同"异族而主中国,则其国之诗可听其亡"⑤的观点,极力主张"辽、金虽偏安,同为异族主中国者。当其恃强华夏,固一世之雄也",并为"脱脱二史,罕有过而问者"⑥感到遗憾。于是,他带着强烈的著史冲动,编纂辽、金、元三代诗纪事,并将其纳入《唐诗纪事》《宋诗纪事》《明诗纪事》的序列。其二,重视诗人小传的编写。《唐诗纪事》已开此类著述为作家编撰小传的先河,但清人称许这一做法时往往援引《中州集》《列朝诗集》为例,一部分纪事体著述的诗人小传也以其为典范,如邓之诚明确表示《清诗纪事初编》"小传摹《列朝诗集》而作"。因为《列朝诗集》的诗人小传与《唐诗纪事》迥然不同,《唐诗纪事》之诗人小传仅提供作品的创作语境,而《列朝诗集》的诗人小传几乎是明代诗人的史传。其三,注重收录与时政相关的诗作。陈衍《辽金元诗纪事》"总叙"云:"诗纪事之体,专采一代有本事之诗,殆古人所谓诗史也。"⑦其《元诗纪事》"原叙"也特别强调纪事之体"不宜复收寻常无事之诗"⑧。陈衍心目中的本事是哪些呢?其《金诗纪事》将元好问诗作"关系宗社存亡,身世危苦,凡一切未入《元诗纪事》者,悉为编入"⑨,由此即见一斑。因此,陈衍批评《中州集》所录诗作"写景咏物之作居多,无大关系者"⑩。邓之诚编纂《清诗纪事初编》选录诗作的标准是"读其诗而时事大略可睹"⑪。其所谓时事是什么呢?即"此八十年

---

① 钱仲联主编:《清诗纪事》,南京:江苏古籍出版社,1987年,第2页。
② 邓之诚:《清诗纪事初编》,上海:上海古籍出版社,1965年,第3页。
③ 江藩:《国朝汉学师承记》,北京:中华书局,1983年,第50页。
④ 钱仲联编校:《陈衍诗论合集》,福州:福建人民出版社,1999年,第1131页。
⑤ 同上。
⑥ 同上书,第1132页。
⑦ 同上书,第1131页。
⑧ 同上书,第1134页。
⑨ 同上书,第1181页。
⑩ 同上书,第1179页。
⑪ 邓之诚:《清诗纪事初编》,上海:上海古籍出版社,1965年,第3页。

间,南明弘光、隆武、永历相继支柱者十八年,台湾郑氏至康熙二十二年始绝,其间若李赤心、若交山、若其他连仆继起者,更仆难数。康熙中叶以后,复用兵西北,盖兵革之事,未尝一日或息,党争则满汉有争,南北有争,废太子之争,几亘三十年。当玄黄未判之际,为商遗殷顽者,不能无恢复之望,因以事、以文字获罪死徒者多矣。……又值通海,梯航远至,西学西器,渐入中土"①。邓之诚还批评《唐诗纪事》《宋诗纪事》《明诗纪事》"名为纪事,而诗多泛采,无事可纪"②,显然,邓之诚是指这些著述采录的作品无关乎时政。至此,重视诗作的历史价值、政治价值几乎成为诗纪事编纂者的普遍观念。这种观念至今依然存在,周建江《南北朝隋诗文纪事》只收录正史中的相关本事材料,并强调其目的是"现其时政文章之风貌"③。

《清诗纪事初编》只编有诗人小传却并未在诗后附相关本事,虽以"纪事"命名,采用的不是《唐诗纪事》的体例而是《中州集》《列朝诗集》的体例。邓之诚的真正意图在于录诗作为史著的补充与参考,其所录诗作涉及的时事"出于亲述,视后人纪载为有别","有异于史,或为史所无"④,可以正史之误,补史之阙。正如钱仲联指出,邓之诚《清诗纪事初编》"同张应昌《国朝诗铎》一类叙事诗的选本基本无别"⑤。清陈田撰《明诗纪事》也表现出重视那些涉及时政之作的倾向,该著"收录和评论部分反映明代重大历史事件的长诗,纪事材料间有诗话、笔记中未备者,则由陈田加案语叙说,这就为后世提供了有明一代的诗史。这样通过文学研究历史,往往能裨补史乘之缺漏"⑥。这些诗纪事与开山之作《唐诗纪事》不一样,与清代厉鹗《宋诗纪事》也不一样,它们在很大程度上已经皈依《中州集》《列朝诗集》等新的典范。

---

① 邓之诚:《清诗纪事初编》,上海:上海古籍出版社,1965年,第3页。
② 同上书,第2页。
③ 周建江辑校:《南北朝隋诗文纪事》,郑州:中州古籍出版社,2001年,第1页。
④ 邓之诚:《清诗纪事初编》,上海:上海古籍出版社,1965年,第1页。
⑤ 钱仲联主编:《清诗纪事》,南京:江苏古籍出版社,1987年,第3页。
⑥ 同上书,第2页。

孔尚任《桃花扇》东传朝鲜王朝考述①

武汉大学文学院　程　芸

孔尚任（1648—1718）《桃花扇》传奇曾屡付剞劂，综合各种书目和各家论说，《桃花扇》的版本源流及国内典藏信息，可大略弄清楚，不过，其在国外的典藏情况，迄未见我国学者有系统的揭示。综合韩国学者全寅初主编的《韩国所藏中国汉籍总目》（韩国学古房2005年版）以及闵宽东教授所撰《中国戏曲（弹词鼓词）的流入与受容》（韩国学古房2010年版）的相关统计，韩国所藏孔尚任《桃花扇》木刻本、石印本，目前可知的至少有六部，虽不算很多，却居于该国所藏中国古典戏曲文献的前列，仅次于《西厢记》《琵琶记》，甚至超过了《牡丹亭》。

事实上，《桃花扇》作为一部敷演明清易代故事的悲剧，虽然在20世纪之前的朝鲜半岛不如《西厢记》故事流传得那么广泛，但由于中朝之间特殊的历史因缘，特别是宗藩关系的变化，也曾折射出两国特定的社会文化心理，值得深入考究。本文勾辑古代朝鲜王朝《燕行录》和文人文集中的相关资料，略作考述。

一

目力所及，朝鲜李朝时代最早对孔尚任《桃花扇》做出反应的，是一个叫李麟祥（1710—1760）的文人。李麟祥是李朝英祖十一年（1735年）进士，据黄景源（1709—1787）《江汉集》卷十七《李元灵墓志铭》（见后文），他长期官位不显，后因触忤上司而弃官，悠游山水之间。李麟祥《凌壶集》卷四中一篇《桃花扇识》有云：

　　《桃花扇》一书，演稗说作优戏本，供儿女笑噱，而明季事有可考者。其所谓作者云亭山人，似若发蕴而心存者耶？然扮其兄曰老赞礼，无名氏也，扮其旧君曰弘光帝，小生也，貌像丑怪，自灭伦理，而曰此书有关于天下后世者，何耶？其《漫述》曰："每当演戏，笙歌靡

---

① 本文为国家哲学社会科学基金项目"古代朝鲜燕行文献所存明清文学史料的整理与研究"（项目编号：13BZW088）和教育部人文社会科学研究一般项目"韩国汉籍中的中国戏曲史料辑录与研究"（项目编号：11YJA751007）阶段性成果。

丽之中,或有掩袂独坐者,则故臣遗老也。灯炧酒烂,唏嘘而散。"其《小引》曰:"旨趣本于《三百篇》,而义则《春秋》。"又曰:"一字一句,抉心呕成。"又曰:"识焦桐者,岂无中郎?余姑俟之。""俟之"何意欤?余意,《桃花扇》似若借优戏以鼓动遗民悲愤之心者耶?其《骂筵》一场,插入钱谦益、王铎与阮奸一滚说。其《截矶》一场,评曰:"宁南此死,泰山耶?鸿毛耶?千古不解。"其《劫宝》一场,曰:"明朝天下,送在黄得功之手。"俱有所见。而其末评曰:"南朝三忠,史阁部心在明朝,左宁南心在崇祯,黄靖南心在弘光。心不相同,故力不相协。明朝之亡,非亡于流寇,实亡于四镇。而责尤在黄。"其意,若谓并力则天下事犹复可为耶?呜呼!

余看此书,窃有痛于左良玉举兵一事。夫弘光失德,天下至今悲愤。而以其君臣大伦,则崇祯、弘光何分焉。奸臣虽起大狱,太子不辨真假,而东林余人尽歼,寇迫门庭,而为将臣者不思赴难,乃倒戈而攻,曰"将除君侧之恶",可谓忠乎?《明史》载良玉檄书,引胡濙事暴扬祖宗过失,尤无臣分,而特以论列奸臣之罪甚悉,故天下快之。然良玉一叛,南朝兵力分而大事遂去。余谓明朝之亡,非亡于建虏,实亡于良玉之手。尝见邹漪《启祯野乘》,论左帅非叛,而牧斋"深旨"其言云。噫!钱谦益辱身败节,反愧马士英内应一疏之死,而乃又护良玉之叛,灭君臣之伦,何其无忌惮之甚耶。明季史论多谬,如邹漪所述,反有愧于《桃花扇》矣。偶书志感。①

《桃花扇识》中提到的"漫述",其实是指孔尚任为《桃花扇》所写的《本末》,原署"云亭山人漫述";而所谓"小引",当即题署"康熙己卯三月云亭山人偶笔"的《小引》,一般也视为孔尚任所撰②。文中又引录的《骂筵》《截矶》《劫宝》三出的评语,则出自《桃花扇》的批语,关于其作者,学界尚有争议,但孔尚任曾在《桃花扇·本末》中指出"皆借读者信笔书之,纵横满纸,已不记出自谁手",又称赞说"忖度予心,百不失一",故很可能与孔尚任关系密切,甚至可能就出自孔尚任之手。而从《桃花扇识》的语意来推究,李麟祥显然认为,这些批语准确地发掘到了作者的真实意图。

《桃花扇识》的写作时间题署"丙子",即清乾隆二十一年、李朝英祖三十二年(1756年),距孔尚任去世不到40年。此时,《桃花扇》已出现的主要版刻有:介安堂初刻本(康熙乙卯年或稍后)、西园刻本(康熙年间)和乾隆七年(1742年)泰州沈氏刻本。鉴于《桃花扇识》的信息有限,难以论定李麟祥读到的是哪一种《桃花扇》,不过依常理,似乎乾隆七年泰州沈氏刻本的可能性更大,毕竟时间并不久远,当更容易获得。

李麟祥未曾去过中国,《凌壶集》中也没有他接触《桃花扇》的其他信息,然可以肯定,这本

---

① 李麟祥:《凌壶集》,载《韩国文集丛刊(第225辑)》,首尔:韩国民族文化推进会,1999年,第533页。
② 孔尚任《桃花扇小引》与徐旭旦《桃花扇题辞》高度雷同,两篇文章之间的关系学界曾有争议,后黄强、申玲燕撰《徐旭旦〈世经堂初集〉抄袭之作述考》(黄强、申玲燕:《徐旭旦〈世经堂初集〉抄袭之作述考》,《文学遗产》2012年第1期)一文,论断后者乃抄袭之作,可称的论。

《桃花扇》传入朝鲜半岛的时间,显然是在丙子年(1756 年)之前。

考虑到这一时期中朝之间的书籍往来形式,主要是燕行使者的购买和携带,而李朝王室对所求书籍更会有特定要求,《桃花扇》不至于成为官方采书的目标,我们有理由推测,《桃花扇》的东传,也是借由某位燕行文人的特别兴趣。《凌壶集》中明确留下李麟祥和燕行使者交往的记录,有的即与书籍流播有关。如卷一《送金进士日进益谦游燕》七首之第一首云:"负剑携书多苦情,怜君岁暮入长城。可怜季子观周路,易水前头吊庆卿。"① 这位携带书籍进入中国的李朝文人金日进(益谦),或许就是李秉渊(1671—1751)《槎川诗抄》卷末所附洪乐纯《槎川诗抄跋》中提到的同一人,有云:"门徒金益谦尝挟公所手抄一卷入燕,江南文士见之,叹曰讽之大雅。"②

李麟祥《桃花扇识》的后半部又有云"《明史》载(左)良玉檄书",这值得细究。清朝自顺治年间开馆直至乾隆时期《明史》纂成,又改订、录入《四库全书》,历经一百四十余年,其间朝鲜王朝一直密切关注,英祖十五年(清乾隆四年,1739 年)十一月更命前往清朝的冬至使团购进《明史》全轶,其间过程较为复杂,可谓一波三折。清修《明史》传入朝鲜后,曾被抄录、刊行,李麟祥或许也有机会读到。然而,查张廷玉等撰《明史》卷二七三《左良玉传》,虽然提到左良玉"反意乃决,传檄讨马士英"③,却并未载录这篇檄文,李麟祥"引胡淡事暴扬祖宗过失"云云,不知何据。这篇檄文,也不见于谷应泰的《明史纪事本末》、万斯同的《明史稿》,反倒收录于清初几种杂史笔记。如计六奇的《明季南略》卷七载有《左良玉参马士英八罪疏》《左良玉讨马士英檄》《又檄》,张岱的《石匮书后集》中也有前一檄文,第二篇则又见于《明季甲乙汇编》《明朝通纪会纂》《明季甲乙两年汇略》等。这里,李麟祥或有可能是在写《桃花扇识》时,"窜入"了他曾经阅读过某些杂史笔记的记忆,而不及查阅清修《明史》原文。

《桃花扇识》的末尾,又提到邹漪《启祯野乘》"论左帅非叛"的观点,以及著名文人钱谦益的呼应,相关文字见于《启祯野乘二集》(清康熙十八年金阊存仁堂素政堂刻本)卷二《左宁南传》,有云:"余不识左将军,闻将军目不知书,性通晓,解文义,勇略亚于黔彭。惜遭权奸将兴大狱,不得已举兵东下。予尝序《遗闻》,有云'左将军迅扫群奸而称为叛',钱牧斋先生深旨予言。呜呼!知人论世如先生者,夫岂阿私所好哉。"这就进一步表明,李麟祥的明清易代知识的获得,除了借助于《明史》东传,显然还受益于清初人撰写的某些杂史笔记。

与李麟祥约略同时代的黄景源(1709—1787),在他的《江汉集》卷十七中留下一篇《李元灵墓志铭》,有助于我们了解李麟祥的家世、思想和经历,以及《桃花扇识》的写作背景。节录大略于下:

> 君讳麟祥,字符灵,姓李氏,议政府领议政文贞公讳敬舆之玄孙也。文贞公为明先帝

---

① 李麟祥:《凌壶集》,载《韩国文集丛刊(第 225 辑)》,首尔:韩国民族文化推进会,1999 年,第 462 页。
② 李秉渊:《槎川诗抄》,载《韩国文集丛刊续(第 57 辑)》,首尔:韩国民族文化推进会,2007 年,第 278 页。
③ 张廷玉等:《明史》,北京:中华书局,1974 年,第 6997 页。

守大义,尝自伤曰:"亡国大夫,不死苟耳。"君少读文贞公书,为之叹曰:"弘光,吾先帝也;隆武、永历,亦吾先帝也。明虽已亡,吾岂忘吾祖之仇哉!"……君平居,傲世独立,纵观山水,为文章以泄其愤。见士大夫有过恶,往往讥骂,旁若无人,士大夫皆不悦也。……成甫尝夜携醇酒,饮于洪氏清远观,君亦欣然而从之,夜将半,成甫操琴弹商声,君愀然仰天而叹曰:"明,吾父母之国也。今天下左衽久矣,吾不能复父母之仇,虽苟生,何所乐哉!"因与成甫升松坛,吹洞箫,终夜烦冤,不能寐也。……君为人刚介寡合,不肯媚世为进取。与人言,庄毅峭直,有法守,人皆敬服也。所为文,俯仰恻怛,有弘光遗士之风。又尝作《桃花扇识》,曰:"明室之亡,非亡于建虏,实亡于宁南伯左良玉之手。呜呼,良玉不叛,则明室终能不亡邪。"①

明清易代给17世纪朝鲜半岛的李朝带来了巨大的冲击,一方面迫于清朝的强势,他们不得不觍颜称臣,改行大清年号;另一方面,又对曾为父母之邦的明朝充满了留念,只认明朝为中华正统,反视新的宗主国清朝为"犬羊夷狄"。李麟祥的高祖父李敬舆就是这其中的一个代表人物。李朝仁祖十四年(明崇祯九年,1636年)爆发了皇太极入侵朝鲜的"丙子虏乱",朝鲜战败称臣,确定了两国之间的宗藩关系,而李敬舆则和昭显世子李溰、凤林大君李淏等人一起,被质押于沈阳,待心存"复明"理想的李淏继位后,他受到重用,担任过领议政。显然,对于李敬舆而言,"为明先帝守大义"是合乎情感逻辑和伦理标准的一个选择。

然而,到了李麟祥步入仕途的英祖十一年(清雍正十三年,1735年)之后,朝鲜王朝从上到下都不得不重新正视一个强大的清朝的存在,李麟祥却依然拾掇起先祖的这份荣耀,坚持"复仇之义",甚至以此来切责那些奉命去清廷朝贡的燕行使者,如他的《凌壶集》卷三《答泉洞书》(作于丙寅年,1746年)有云:

郿藏书帖,实寓苦心。谨取孝庙在沈阳时手书一幅置卷首,下附斥和死义诸臣笔迹,及先祖文贞公归自沈阳以后书仅十余幅,以遗子孙,无忘沈阳之耻,无负先王先祖之心。虽为负旗之卒,而知有复仇之义,其意可悲也。……而近世一种议论,以为以弱事强,太王之所不免,属国与中华臣民有间,后王后臣不必世讲复仇之义,而蹈覆亡之机;或曰诛夷狄之君主,中华则犹有名,而皇明之泽则已斩。此论一行,虽当时扶义诸臣之子孙,间有阴附者,余甚悲之。②

黄景源的《李元灵墓志铭》所呈现的,也正是这种坚持传统"华夷之辨"的历史观念在一个家族中是如何传承下来的。当然,这种"复仇之义"在英祖时代虽然不切实际,但已根深蒂固、不乏

---

① 黄景源:《江汉集》,载《韩国文集丛刊(第224辑)》,首尔:韩国民族文化推进会,1999年,第364页。
② 李麟祥:《凌壶集》,载《韩国文集丛刊(第225辑)》,首尔:韩国民族文化推进会,1999年,第313、314页。

知音,甚至还能获得一种道德上的优越感。

我们注意到,《凌壶集》卷三恰好有一封为黄景源而作的赠序《送黄参判赴燕序》,不但透露出李、黄二人更为密切的关系,也为解读前文提及的《桃花扇识》和《李元灵墓志铭》提供了进一步的线索。有云:

> 念自弘光南渡以后,天下不复秉义。有以八闽两粤存其年而不称帝者,曰天命靡常;有以丁丑死义诸臣为近名者,曰时既往矣,不必世讲复仇之义。自中州薄于海外,未闻有一士以大义自任者,甚至乐赴房庭,托往役之义而不之耻,岂不悲哉。尚记十年以前,与数三朋友,潜讲大义,以俟天下之一治。黄公叔子著《南明纪》,以存甲申以后十九年皇统,著《陪臣传》,以明小邦秉忠之节,其道劳苦,而义明而文正。盖将退而潜其名,而进而行其志焉。及公为大夫,未能以此义为去就。世之讥之者曰:"黄叔子为大夫而不言也。"爱之者曰:"黄叔子为大夫而不言也。"夫讥之者,未必能达圣人之权;爱之者,未必能知圣人之道。是可谓明于时义者欤?噫!君子之道,劳苦而公,固不能潜其名矣。公能委蛇其迹,而终保令名,使所著之书,信之天下后世,而有以见其志则庶不得罪于仲连之门,而于九合一匡之义,几矣乎哉。余窃俟之,公以朝命使房庭,而不敢辞。余悲其行,书此以赠之。①

这篇赠序的作年题署乙亥年(1755年),而据朝鲜王朝《同文汇考》等文献可知,本年十月黄景源以吏曹判书的身份,担任了进贺兼谢恩使团的副使,其使命是"贺尊号皇太后及讨平准格尔、谢颁诏"②,这个年份恰好是李麟祥写作《桃花扇识》的前一年。同时我们还注意到,李麟祥这里特别提到了黄景源所作的《南明纪》和《陪臣传》,而这两种著述,则是黄氏因不满清修《明史》有关南明一朝史事的处理方式而愤然有作的,其初衷正是试图维护南明弘光、永历两代政权的正统性。

至此,我们有理由做这样一种推测:李麟祥所读到的《桃花扇》,很有可能就是黄景源所在使团中的某人(或有可能就是黄氏本人)前一年燕行时从中国带回来的。

而联系相关背景,李麟祥《桃花扇识》一文,可以视为《明史》东传之后李朝针砭、补益、重修《明史》的这一大合唱中一个同声相应的小音符,它既折射了朝野上下一种广泛的文化心理、价值观念,即所谓"尊周攘夷"、尊明反清③,也承担了李麟祥对其祖先光辉过往的追怀与发扬。

二

李麟祥认为,《桃花扇》能"鼓动遗民悲愤之心",而作者则"发蕴而心存",显然,他对孔尚任

---

① 李麟祥:《凌壶集》,载《韩国文集丛刊(第225辑)》,首尔:韩国民族文化推进会,1999年,第518页。
② 杨雨蕾:《燕行与中朝文化关系研究》,上海:上海辞书出版社,2011年,第287页。
③ 孙卫国:《大明旗号与小中华意识:朝鲜王朝宗周思明问题研究》,北京:商务印书馆,2007年。

的生平完全缺乏了解。不过,这并非李氏个人的疏忽,事实上,"孔尚任""桃花扇传奇"对于他这个时代的朝鲜文人而言,可能都是极其陌生的。我们注意到,张伯伟教授主编的《朝鲜时代书目丛刊》(中华书局 2004 年版)中,就没有孔尚任戏曲作品《桃花扇》《小忽雷》的信息,甚至孔氏其他著述,如《湖海集》《岸堂稿》《长留集》《享金簿摘抄》《节序同风录》《出山异数记》《石门山集》《圣门礼志乐志》《画林雁塔》等,也都没有留下被著录的痕迹。

然而,另一个事实是,随着乾隆以后清朝统治的全面稳固,以及中朝两国宗藩关系的进一步强化,接触到孔尚任诗文及《桃花扇》的李朝文人在增多,其接受与反应的情况也呈现出多样化的特征。这其间,既有前往中国朝贡的燕行使者,也有足迹未尝走出半岛的文人;既有阅读原书的记载,也有观看演出的经历;既有简单的著录,也有对孔氏之文思或侯(朝宗)李(香君)故事的进一步体会、发挥与用典。

这其中,曾经担任燕行使书状官的申纬(1769—1845),尤其明显地表现出对孔尚任、《桃花扇》的浓烈兴趣。申氏《警修堂全稿》册一《奏请行卷》中一首《贝勒丹巴多尔济求余扇诗》有云:

  风飘法曲度华茵,万岁声长放鸽辰。仙侣逶迤同荡桨,御厨络绎几分珍。贪欢偶值佳公子,饱德何安远道人。最是西园飞盖夜,镜天花海梦中身。(宴筵,丹贝勒向余款厚。每克食之,颁手封羊,调酩以劝之。及宴罢,邀过海淀别墅,引至后堂。前有歌舞之楼,榜曰《镜天花海》。为余演剧,至《桃花扇》,音调悲艳动人。)①

清嘉庆十七年(李朝纯祖十二年,1812 年)七月,李朝因请求册封世子等事,派出陈奏兼奏请使团,时任司朴寺正的申纬担任书状官,随正使李时秀、副使金铣等来到中国,同年十二月回国,这首诗显然作于他滞留北京期间。诗中所称"贝勒丹巴多尔济",指蒙古喀喇沁左旗第九任扎萨克,乾隆四十八年(1783 年)七月以固山贝子袭职,嘉庆皇帝时救驾有功擢为御前大臣,深受宠信。② 蒙古王府演出《桃花扇》,这恐是不多见的记载,且出之于域外汉籍,弥足珍贵。

此次观看《桃花扇》,给申纬留下了深刻的印象,可能也激发了他阅读孔尚任著述的兴趣。我们注意到,此后他的诗文中一再使用《桃花扇》、侯李爱情作为典故,有的诗句则脱胎于孔尚任。试举其例:

其一,《警修堂全稿》册四《戊寅录》有诗《象山歌妓桃花仙入籍水部以余旧守过访》云:

  忽遘佳人锦瑟边,愁眉顿下一轩然。偏怜蕙质风尘老,不翅桃花卉木仙。湖上归来陈述古,江南惆怅李龟年。新腔谱出香君扇,可待侯生誓墨笺。③

---

① 申纬:《警修堂全稿》,载《韩国文集丛刊(第 291 辑)》,首尔:韩国民族文化推进会,2002 年,第 19 页。
② 姜念思:《丹巴多尔济小考》,《故宫博物院院刊》2001 年第 1 期。
③ 申纬:《警修堂全稿》,载《韩国文集丛刊(第 291 辑)》,首尔:韩国民族文化推进会,2002 年,第 88 页。

戊寅年为李朝纯祖十八年、清嘉庆二十三年（1818年），已是申纬燕行归国六年以后，这里"新腔谱出"云云，透露出一个事实：当时的朝鲜艺人已经能够采用本民族表演艺术形式，来重新演绎《桃花扇》中的侯李爱情传奇。

其二，《警修堂全稿》册十一《花径剩墨》有《东湖》六首，其第一首云：

> 东湖赵李证幽期，总是江南丁继之。词客揩青秋水眼，佳人扫翠远山眉。即闻缸面侵新熟，早有篷窗候月支。丝肉横陈愁一涤，西曹读律已多时。①

这里"赵"指赵奎瑞，据《警修堂全稿》相关篇目可知，即赵相胤，"愤世嫉俗而隐于渔，盖卓然不羁士也"，申纬曾与他有所唱和；"李"则指李汝心（李寅协），未知其详，不过，据该诗颈联来猜测，当是一能歌的美貌青楼女子。第二句"总是江南丁继之"，则值得玩味。明末清初江南著名唱曲家丁胤的生平行迹在余怀（1616—1696）的《板桥杂记》中多有记载，江南一带的名士、遗民乃至显宦，多有与其交游者。孔尚任则多次把丁继之写入《桃花扇》，如第八出《闹榭》，就写到癸未年（1643年）五月，侯朝宗、李香君与陈贞慧、吴应箕、柳敬亭、苏昆生等人在丁继之的水榭雅集。申纬"东湖赵李证幽期"云云，或正受此一出关目的启发。

其三，《警修堂全稿》册十三《脚气集》有一首《李香君荐卷》云："知否相思入骨深，扬尘沧海到如今。桂花香卷《桃花扇》，一样侯公子苦心。"诗后另有小注云：

> 乾隆壬申河南乡试，无锡杨潮观为同考官。将发榜矣，搜落卷，惓而假寐。梦有女子揭帐低语曰："拜托使君'桂花香'一卷，千万留心相助。"杨惊醒，偶阅一卷，有"杏花时节桂花香"之句，大惊，加意翻阅。适正主试钱少司农东麓命各房搜索，杨即以"桂花香"卷荐上。折卷填榜，乃商丘贡生侯元标，其祖侯朝宗也。方疑女子来托者，即李香君。②

《脚气集》作于乙酉（1825年）秋至丙戌（1826年）夏，申纬时在朝鲜境内。而戏曲家杨潮观所遭遇的这个神异故事则见于袁枚的《子不语》卷三，虽出于杨氏的自述，然未免于怪力乱神，可见申纬的阅读兴趣较为广泛。

其四，《警修堂全稿》册二十六《覆瓿集》有《新收明无名氏古画二帧各系一绝句》，其中第一首《仕女读书图》云：

> 金钗斜坠凤凰翎，是李香君是小青。非绪非情苔石畔，抛书一卷牡丹亭。③

---

① 申纬：《警修堂全稿》，载《韩国文集丛刊（第291辑）》，首尔：韩国民族文化推进会，2002年，第246页。
② 同上书，第293页。
③ 同上书，第574页。

此诗约作于宪宗五年(1839年)五月至七月,第二句明用"侯李故事",暗用与汤显祖《牡丹亭》流播密切相关的小青传说,全诗足堪玩味。

其五,《警修堂全稿》册二十七《覆瓿集》有一首《题所藏高蔚生三潭印月图》云:

> 高叶金陵号八家,启祯年号护云霞。三潭印月图收弃,堪向张庚眼福夸。①

诗题中的高蔚生,即清初著名画家、"金陵八家"之一的高岑(1621—1691),孔尚任在扬州督视河工时,曾与他有过交往。第二句诗又有小注曰:"孔东塘赠樊圻诗,有'标题半是启祯年'之句。"显然,申纬曾经阅读过孔尚任的诗文。孔尚任这首赠诗原题《赠樊会公》,全诗作:"叉头挑出古云烟,混入时流乞画钱。内府收藏君总在,标题半是启祯年。"此诗见于孔氏《湖海集》卷七。

类似的诗句、诗意,还见于《警修堂全稿》册二十五《祝圣九稿》之《再题三潭印月图》,有云:"流寓金陵称八子,乞钱混迹画桃叉。启祯年事休回首,太半烟云属内家。"②这里第三句,也是化用孔尚任《赠樊会公》诗句。

综合上述例证,显然,相比于几十年前的李麟祥,申纬是幸运的,他对孔尚任、《桃花扇》有更全面的接触,然而,他对《桃花扇》的解读,却与李麟祥明显异趣,完全没有从中捕捉到任何"遗民"思想的端绪。印刻在李麟祥脑海中的,仅仅是一个男欢女爱、两情相悦的风月传奇,类乎《牡丹亭》故事一样;而李香君,更没有《桃花扇》传奇中的英雄气节,她不过就像是《牡丹亭》的著名读者冯小青一样,情感虽深挚,形象则未免单薄。

三

《桃花扇》"以儿女之情,写兴亡之感",是否隐含着孔尚任的"遗民"情怀,或许可以继续讨论。然而,读者在阅读《桃花扇》时要无视其中的"家国情怀",则几乎不可能,这不仅仅因为题材、故事本身的限定或暗示,而且,其文本形态也对读者发出了这种接受效果的召唤。有研究者指出:"从介安堂原刊本到暖红室刻本《桃花扇》,卷首都有梁溪孟鹤居士《桃花扇序》、田雯等友人的题词、小引、凡例和纲领等资料;卷后附录有砌末、考据、小识、诸家跋语、本末和后序。它们大多出自孔尚任之手,提供了许多非常有价值的材料。"③套用现在的文学理论,或许可以说,彰显孔尚任写作意图和友朋辈、刊行者等人的各类序跋,因附着于《桃花扇》版刻,它们与正文形成了明确的可相互阐释、说明或补充的"互文性关系"。

---

① 申纬:《警修堂全稿》,载《韩国文集丛刊(第291辑)》,首尔:韩国民族文化推进会,2002年,第599页。
② 同上书,第561页。
③ 吴书荫:《〈桃花扇〉的影印本和整理本》,《中国文化研究》2002年第2期。

那么，为何对《桃花扇》情有独钟的申纬，却只为其中的"儿女风月"而触动？或许，申纬并没有接触到《桃花扇》文本，因其文集中并没有阅读《桃花扇》的痕迹；而他在蒙古丹巴多尔济王府中所看到的《桃花扇》演出，也恰是男欢女爱的某些场景，因为很难想象蒙古王公会以有"兴亡之感"的相关段落来招待李朝使者。

申纬《警修堂全稿》册十三《脚气集》中还有一首《史阁部》，有助于理解为什么他对《桃花扇》故事做出了选择性的解读。有云："一代兴亡归气数，千秋庙貌傍江山。欲将慷慨灰盘句，补入南都史传看。"诗后小注则又云：

> 扬州谢启昆太守扶乩灰盘，书《正气歌》数句。太守疑为文山先生，整冠肃拜。问神姓名，曰："亡国庸臣史可法。"时太守正修葺史公祠墓，环植梅松，因问："为公修祠墓，公知之乎？"曰："知之，此守土者之责也。然亦非俗吏所能为。"问自己官阶。批曰："不患无位，患所以立。"谢无子，问："将来得有子否？"批曰："与其有子而名灭，不如无子而名存。太守勉旃。"书毕，索长纸一幅，问："何用？"曰："吾欲自题对联。"与之纸，题曰："一代兴亡归气数，千秋庙貌傍江山。"笔力苍劲。谢公为双钩之，悬于庙中。①

以上文字，其实出自袁枚《子不语》之《史阁部降乩》，几乎完整移录。显然，申纬对于明清易代那段历史的追忆、理解，已经褪去了李麟祥基于"华夷之辨"的强烈义愤。将明清之际惨烈的改朝换代，归结为人力不能抗逆的"气数"，不再去推究其间各种人物的功过得失，也无意于总结历史经验，更遑论所谓"复仇之义"。这对于承平时代的中国文人袁枚和李朝文人申纬而言，都是非常自然的选择。

申纬之后的李朝文人，也有一些接触到《桃花扇》文本或看过《桃花扇》演出的，其反应更显得多样化了。试举几例：

其一，李圭景（1788—1856）《五洲衍文长笺散稿》"诗文篇"之"小说辨证说"中，就专门提到了《桃花扇》，有云："有《桃花扇》《红楼梦》《续红楼梦》《续水浒志》《列国志》《封神演义》《东游记》。其他为小说者，不可胜记。"②将戏曲作品视为"小说"的论述物件，这是因为近代西方文学观念传入之前，李朝文人与中国文人曾共享着一种近似乃至类同的知识传承体系。

其二，池圭植（生卒年未详）在他的《荷斋日记》中，记载壬辰年（1892年）燕行时曾三次读《桃花扇》传奇，有云："九月二日……朴判书大监，授《桃花扇》六卷，曰：'此是传奇中奇文也，览玩后还来也。为教故受来。'出税所看之。"又云："九月三日……晚出税所，看《桃花扇》。"又有云："九月十三日，晴，出牛川，看《桃花扇》。"③语气之冷静，叙述之无动于衷，不免令人诧异。

其三，金允植（1835—1922）《云养集》卷四《沔阳行吟集二》中《与紫泉、蕉亭、菱石赋梅花三

---

① 申纬：《警修堂全稿》，载《韩国文集丛刊（第291辑）》，首尔：韩国民族文化推进会，2002年，第296页。
② 李圭景：《五洲衍文长笺散稿》，首尔：东国文化社，1959年。
③ 池圭植：《荷斋日记》，据韩国古典综合DB：http://db.itkc.or.kr/。

十首以次拈平声韵》之五有云:

> 风流蕴藉秀而文,摹画谁能状七分? 倍觉精英经小雨,似将凝睇怨斜曛。容姿不是争为媚,性格自然超出群。慷慨都无脂粉气,不羞却奁李香君。

末句尾小注又云:"用明末《桃花扇》演本故事。"①金允植是李朝末期著名的"开化派"领袖,高宗十八年(清光绪七年,1881年)曾以领选使身份率团赴天津学习洋务,主张维持中朝之间的宗藩关系,甲午战争之后又主张亲和日本。《桃花扇》第七出《却奁》写李香君拒绝接受阉党阮大铖的嫁妆,金允植此诗则作于他丁亥(1888年)至壬辰(1892年)流配沔川郡期间,字面上是歌咏梅花的高洁,细推究,其后或有自励、自诩的含义,但也读不出前人对于明清易代的价值判断。

其四,尹喜求(1867—1926)《于堂文钞》卷下一篇《读〈桃花扇〉》有云:

> 侯朝宗为李姬作传,然其实未必有无。秦淮万里,余未尝一至其处,而读《桃花扇》传奇,不能不悲。夫社稷未始坏也,而为一二宵人辈坏之;儿女子未(末)始有辜,而亦为此辈离之。况于异世之下,令人涕泪之无从者,亦此辈为之也,呜呼其庹矣! 然朝宗丈夫也,岂有一儿女子者哉? 余未暇为朝宗解。外若东林一百八人死于风采,范、史诸公死于地,马、阮辈亦富贵博一死,一切无足悲者,余独悲作者之心耳。吾闻朝宗名家子,文章空一世,落落卒不偶,又逢丧乱,年几四十矣,尝自言终日行阴山中,仰天无色,口噤不能言,作《桃花扇》者,盖其流亚云。②

尹喜求年辈虽晚于金允植,但两人大抵处于同一个历史时代,即中朝宗藩体制因日本的强势崛起和西方势力侵入而逐渐动摇以至崩溃之际。因此,当他们阅读《桃花扇》时,就有可能留意其中的政治性内容。遭遇贬谪的金允植咏梅,或许是借李香君的"却奁"来自诩、自励,而尹喜求更直接地从《桃花扇》中读到了明清之际的历史,只是他这里说侯朝宗作《桃花扇》,不知何所据。

关于现今韩国所藏《桃花扇》,全寅初主编的《韩国藏中国汉籍总目》"集部"只著录了一种,而闵宽东教授在其《中国戏曲(弹词鼓词)的流入与受容》中,又增加了五种。限于资料、信息,恐难以详细考察这六种《桃花扇》东传朝鲜半岛的具体情况。然而,正如笔者撰文讨论汤显祖《牡丹亭》③、龙继栋《烈女记》东传时所注意的,其间都有一个特殊的群体,即李朝燕行文人,他们在其中扮演着中介者的角色。

---

① 金允植:《云养集》,载《韩国文集丛刊(第328辑)》,首尔:韩国民族文化推进会,2004年,第291页。
② 尹喜求:《于堂文钞》,载《韩国历代文集丛书(第2810册)》,坡州:景仁文化社,2000年,第407—408页。
③ 程芸:《〈牡丹亭〉东传朝鲜王朝考述》,《文学遗产》2016年第3期。

借由东亚各国之间的"人员往来"和"书籍之路",中国古典戏曲典籍流播到了同属于汉字文化圈的东亚诸国,可以想见,因这些文本内容、思想的差异,以及东传诸国读者对于中华文化、戏曲文学不同的理解,以及所在国自身独特的文学、文化传统,相关传播与接受的情况也必定有别。然而,我们今天通过目录、书志,能够较准确了解到的只是作为传播和接受结果的典藏信息,对其背后的过程、细节、生态,则难以获得真切的体认。戏剧又承载着一个民族的心灵秘史,其域外传播与接受更具有一定的象征意义。李朝两位燕行文人李麟祥和申纬对《桃花扇》有着截然不同的接受态度,以后的读者对《桃花扇》的接受更显示出多样化的情形。这种多样性的变化,折射了明清中朝宗藩关系的微妙走向,也隐含着文化认同的撕裂与重构,值得进一步深入发掘。[①]

[①] 葛兆光:《想象异域——读李朝朝鲜汉文燕行文献札记》,北京:中华书局,2014年。

论胡应麟的小说观念

华中师范大学文学院 王 炜

"小说"一词用来指称特定类型的知识要素始于汉代,胡应麟(1551—1602)生活在千余年之后的明代。从汉代到明代,人们的小说观念处于不断演化、嬗变之中,同时,也生成了连续性和延续性。我们可以从小说这一概念及其指称的知识要素的历时性流变入手,梳理胡应麟如何接纳并调整了《汉书·艺文志》给定的小说的层级定位和统序归属,如何面对和确认小说这一概念笼括的知识要素在魏晋南北朝以及隋唐以后展现的动态性,又是如何在明代中后期特定的情势下厘定和更新"小说"的质性特征。

一

中国古代的知识体系经历了从七略到四部的转型与转换,要考察胡应麟的小说观念,我们有必要深入到中国本土的、特定的知识构架之中。我们要关注的首要问题是,胡应麟身处四部分类法的构架之下,他如何面对、如何处理七略分类法下人们关于小说的认知和态度。通过剖析胡应麟有关小说的论述,我们可以看到,一方面,胡应麟认为,到了明代,"小说"在层级定位、素材来源等各个向度上,都与《汉书·艺文志》中诸子略下的小说家保持着一定的连贯性;另一方面,他也坦然地承认,《汉书·艺文志》诸子略小说家下著录的书籍大多无法与后世的小说观念相互契合。

胡应麟不否认七略分类法下小说观念的合理性和有效性。他从"小说"这一类目在知识体系中的构型层次入手,赓续《汉书·艺文志》以来小说在知识统序中的定位。胡应麟认为,小说从属于诸子略或子部之下,是与儒家、农家、道家等并行的二级类目。

在中国知识体系建构的过程中,"小说"作为一个概念与特定类型的知识要素形成对应关系,起于汉代刘向、刘歆的《七略》。后,班固著《汉书·艺文志》延续了七略分类法,诸子略之下收录的十家中包含着小说一家。隋唐时期,七略分类法转型成为四部分类法,小说作为独立的二级类目,仍旧归属于子部之下。到了明代中后期,胡应麟依然赞同并坚持小说的这种归类方式,他认为"小说,子书流也"①。胡应麟将小说置于子部的结构框架之内,这正承续了《汉书·艺文志》以来人们对于"小说"的归类方式。

胡应麟还试图巩固并强化小说在子部中的位置,他明确地表示,自己要"更定九流"②,即对《汉书·艺文志》以来诸子略或子部之下收录的诸家进行改造。胡应麟的目的并不是要将小说剔除于子部之外,而是有意识地强化小说与子部之间的从属关系,固化小说在子部中的层级定位。《汉书·艺文志》诸子略下收录"小说十五家"③,从位置排序上看,小说在诸子略的序列中居于末位;从价值衡定上看,小说家虽入诸子略,却被排除在九流之外。据《汉书·艺文志》,"诸子十家,其可观者九家而已"④。之后,人们于诸子十家取小说以外的儒、道、农等九家,称为九流。胡应麟也谈到,在《汉书·艺文志》以后的很长时间里,小说在子部中的定位情况是:

> 子之为类,略有十家。昔人所取凡九,而其一小说弗与焉。⑤

同时,胡应麟也清醒地看到小说这一类目自身发展的实际情况是,小说笼括的知识要素、知识类型不断地调整、更新、扩容,逐渐发展成为子部最重要的类目之一。胡应麟依据知识类目具体的发展情势,重新划定了九流。胡应麟认定,九流应该是:

> 一曰儒,二曰杂,三曰兵,四曰农,五曰术,六曰艺,七曰说,八曰道,九曰释。⑥

胡应麟说,到了明代,七略分类法下诸子略中的"名、墨、纵横业皆渐泯",阴阳家"事率浅猥"⑦。因此,他将名、墨诸家排除在九流之外。小说与名、墨等家,甚至与儒、杂各家相比,这一类目之下知识要素的数量迅猛增长、类型日渐扩充。小说在子部中所占的分量越来越重,并稳步进入九流之内。更重要的是,胡应麟不仅将小说这一类目列入九流之内,而且将之置于道家、释家之前,在子部之下居第七位,而不再是诸子十家中的最末位。这样,胡应麟"更定九流"巩固、强化了小说作为诸子略或子部之下的二级类目的层级定位。

明代中后期,中国的知识体系酝酿着重构和更新。重新确认小说的层级定位,衡估小说的价值与意义,是学者关注的重要问题。正当胡应麟坚持小说归属于子部这种原初定位时,也有学者阐明了小说这个概念及其指称的实体与诗、文等位于集部的知识要素之间的对接关系。

---

① 胡应麟:《少室山房笔丛》,北京:中华书局,1958年,第374页。
② 同上书,第345页。
③ 班固:《汉书》,北京:中华书局,1964年,第1745页。
④ 同上书,第1746页。
⑤ 胡应麟:《少室山房笔丛》,北京:中华书局,1958年,第374页。
⑥ 同上书,第345页。
⑦ 同上书,第344、345页。

如王世贞整理自己的文集,"撰定前后诗、赋、文、说为《四部稿》"①,把小说与诗文等整合于一体。胡应麟与王世贞交往密切,他对王世贞拜服有加。他谈到《弇州山人四部稿》及《续稿》时说,"弇州之造为不易"②,充分肯定了王世贞将说部与诗部、赋部、文部组合于一体的创造性。但是,胡应麟在《少室山房笔丛》中论及小说,确认小说的类别归属时,他仍坚持承续《汉书·艺文志》以来官方史志目录的做法。在胡应麟看来,小说是,而且一直是植根于子部的二级类目,这一类目始终与儒家、道家、农家等保持着并行、共生的关系。

胡应麟不仅坚持《汉书·艺文志》确认的小说的层级秩序,而且也认同《汉书·艺文志》给定的关于小说素材来源的本质规定性。《汉书·艺文志》判定,诸子略下小说家系"街谈巷语,道听途说者之所造",是"闾里小知者之所及"③。胡应麟也认定,小说的特质之一是,这类知识要素出自"闾阎耳目"④。

自汉代开始,"小说"作为一个特定的概念,它与"街谈巷语"一直保持着稳定的对应关系。胡应麟在论及小说时,他从"街谈巷语"这一特质入手,对《汉书·艺文志》诸子略小说家下罗列的典型范例进行了细致的辨析和区分。胡应麟指出,《汉书·艺文志》诸子略小说家下收录书籍"十五家,千三百八十篇"⑤,其中《伊尹说》《黄帝说》《务成子》《青史子》等八家"概举修身治国之术"⑥,或"动依圣哲",或"杂论治道"。这些书籍与"后世所谓小说"迥然相异,不符合胡应麟等人对"街谈巷语"的理解,不应该归入小说的范畴之内。胡应麟谈道:

> 《伊尹》二十七篇,《黄帝》四十篇,《成汤》三篇,立义命名,动依圣哲,岂后世所谓小说乎?又《务成子》一篇,注称尧问;《宋子》十八篇,注言黄老;臣饶二十五篇,注言心述;安成一篇,注言养生,皆非后世所谓小说也。……又《青史子》五十七篇,杨用修所引数条皆杂论治道,殊不类今小说。⑦

从汉代到明代中后期,"小说"作为一个概念,它所指称的知识要素已经完成了整体性的更新和置换。《汉书·艺文志》中罗列《伊尹说》《黄帝说》等作为小说的典型范例,与胡应麟等明代人认定的"街谈巷语"之间存在着巨大的断裂。但是,断裂只是表明不同时代人们在认知上存在着差异,这并不必然推导出汉代人对《伊尹说》《青史子》等定位的非理性、无逻辑性。事实上,汉代人厘定的诸子略小说家自有其在特定时代的合理性。胡应麟尊重中国知识体系原生的分类方式,他并没有完全否定《汉书·艺文志》以"街谈巷语"为标尺确认的原初的小说序列。胡

---

① 钱大昕:《弇州山人年谱》,南京:江苏古籍出版社,1997年,第625页。
② 胡应麟:《少室山房集》,上海:上海古籍出版社,1993年,第826页。
③ 班固:《汉书》,北京:中华书局,1964年,第1745页。
④ 胡应麟:《少室山房笔丛》,北京:中华书局,1958年,第535页。
⑤ 班固:《汉书》,北京:中华书局,1964年,第1745页。
⑥ 胡应麟:《少室山房笔丛》,北京:中华书局,1958年,第371页。
⑦ 同上书,第371—372页。

应麟认为,《汉书·艺文志》把"街谈巷语"作为小说核心特质,这种定位是非常明晰的。后世关于小说的认知与汉代的小说观念之间存在着重叠、相合之处。《汉书·艺文志》收录的《虞初周说》《鬻子说》具有明显的"街说巷语"的性质,这些文本与后世的"小说"观念有着内在的一致性。胡应麟谈到《虞初周说》言:

> 七略所称小说,惟此当与后世同。①

胡应麟在《少室山房笔丛·九流绪论》中论及《汉书·艺文志》著录的小说家的作品时,他将《虞初周说》作为小说家的典型范例,并且仅列《虞初周说》这一部作品。他说:"汉子书见于七略者……小说家则《虞初周说》九百四十三篇。"②胡应麟还认为,《汉书·艺文志》著录的《鬻子说》也大体符合后世的小说观念。他还细致了辨析了"今传《鬻子》,为小说而非道家"③。

小说这一概念以"街谈巷语"为原初特质和核心特征,聚拢、吸纳了诸多的知识要素。胡应麟谈到《汉书·艺文志》罗列的小说诸家,以及魏晋南北朝大量涌现的博物体、志怪体作品说:

> 汉《艺文志》所谓小说,虽曰街谈巷语,实与后世博物、志怪等书迥别。④

这里,胡应麟的本意是申明汉代人们认定的小说范例与"后世博物、志怪"作品之间的区别。但是,在这一论断中,我们也可以看到,胡应麟是以"街谈巷语"为根本的标准和基本的尺度,衡量、评定《汉书·艺文志》著录的作品以及后世的书籍。胡应麟认为,张华的《博物志》、干宝的《搜神记》等后世的作品与《汉书·艺文志》诸子略小说家中罗列的诸书籍在体式、内容上有着根本的区别;但是,它们都统摄于小说这一概念之下。这些作品有着共同的质性特征,它们均来自"街谈巷语"。魏晋以后,小说源自"街谈巷语"这一原初特质在历时性的过程中不断重复。"街谈巷语"作为小说的核心特征,它的有效性不断强化,"街谈巷语"与小说之间的关联进而演化、生成了特定的规范性。胡应麟以"街谈巷语"为标尺确认、界定、区画隋唐及后世的小说作品。他认为,《酉阳杂俎》等的特点是收录"穷山、僻裔、委巷之谈"⑤。胡应麟还谈到,宋元明时期的白话作品《大宋宣和遗事》《三国演义》《水浒传》等也具有"街谈巷语"、市井俗说的性质:

> 世所传《宣和遗事》极鄙俚,然亦是胜国时间阎俗说。⑥

---

① 胡应麟:《少室山房笔丛》,北京:中华书局,1958 年,第 376 页。
② 同上书,第 360 页。
③ 同上书,第 371 页。
④ 同上。
⑤ 同上书,第 473 页。
⑥ 同上书,第 573 页。

> 今世传街谈巷语有所谓演义者……元人武林施某所编《水浒传》特为盛行,世率以其凿空无据,要不尽尔。……其门人罗某亦效之为《三国志演义》。①
>
> 秦琼用简,与尉迟斗鞭,乃委巷小说平话中事。②

他还谈到《读宋史李全传》说,"市井小说《宣和遗事》《水浒》等传埒亦可征"③。对于胡应麟等明代人来说,"小说"这一概念及其指称的知识要素与"街谈巷语"这一质性特征之间的关系在历时性的维度中不断被重复。小说系"街谈巷语"这种判定不仅在《汉书·艺文志》中具有特定的合理性,随着时间的推延,这一命题的有效性也不断强化。基于"街谈巷语"这一核心特质,魏晋南北朝的志怪、唐代的笔记和传奇,以及明代的白话小说被纳入共同的框架范畴之内,形成了特定的连续体、统一体。

胡应麟认定小说系"街谈巷语",这并不意味着他就此否定这类知识要素的意义与价值。对胡应麟来说,小说家出自"街谈巷语",这是小说天然的素材来源;无补于世道,这是小说原生的功能特征。据《汉书·艺文志》,儒家、道家、农家等知识的生产者皆"股肱之材",习得、会通这些知识有可能"通万方之略"④。胡应麟也谈道,《汉书·艺文志》之下罗列的儒、道等家"有补于世道","意皆将举其术措之家国天下"。相比之下,小说来自"街谈巷语",这些知识要素内容驳杂,体式繁乱,还没有建构起稳定的形态,也尚未具备特定的功能。因此,"刘向《七略》叙诸子凡十家,班氏取其有补世道者九,而诎其一小说家"⑤。胡应麟承续了《汉书·艺文志》对小说家来源、功能的判定,但是,他并不低估,更没有否认小说这类知识的价值与意义。胡应麟认为,来自街谈巷语的小说与"祖述尧舜,宪章文武,宗师仲尼"⑥的儒家等一样,也包含着"至道之精"。他说:

> 班氏所称街谈巷议,道听途说,其言之尤迩者。乃秕穅瓦砾,至道之精,奚弗具焉。⑦

在胡应麟看来,小说源自于"闾阎耳目"不仅不会削减这些知识要素的价值,反而成为小说与儒、道等子部的其他二级类目区分开来的重要界限,突显出小说自身的独特性。

从汉代到明代,"小说"这个概念及其指称的知识要素以七略分类法下的小说家为基础,在建构逻辑、内在规律性等层面完成了更新与置换;同时,"小说"在知识统序中的层级定位、质态特征又保持着内在的稳定性。胡应麟坚持小说隶属于子部,认定小说与儒家、农家之间平行

---

① 胡应麟:《少室山房笔丛》,北京:中华书局,1958年,第571页。
② 同上书,第112页。
③ 胡应麟:《少室山房集》,上海:上海古籍出版社,1993年,第739页。
④ 班固:《汉书》,北京:中华书局,1964年,第1746页。
⑤ 胡应麟:《少室山房笔丛》,北京:中华书局,1958年,第344页。
⑥ 阮元校刻:《十三经注疏·尔雅注疏》,北京:中华书局,2009年,第5581页。
⑦ 胡应麟:《少室山房笔丛》,北京:中华书局,1958年,第535页。

的、共生的关系,重申了小说所具有的"街谈巷语"的质性特征,并肯定了《虞初周说》等作为小说的典型范例的合理性。胡应麟理性地认同"小说"这一概念从《汉书·艺文志》到"当下"的相容性、连贯性,这并不是要消弥古今之间的差异,也不是要固守汉代人对小说家的归类逻辑。胡应麟的目的在于,以这种相容性为基本的、稳定的平台,进一步深入地思考"小说"这一概念及其指称的对象在时间的延续中形成的历时性以及历史性的差异。

二

魏晋至隋唐时期,中国的知识体系经历了重大的转型。从层级定位上看,小说没有受到这次转型的影响,仍平稳地居于子类之下;但是,从这一概念指称的知识实体上看,小说完成了演化和嬗变的过程。小说作为一套知识实体,它的数量、规模迅速地增容和扩充,形态、类型不断地重组和重构。胡应麟尊重魏晋以后小说实体衍生、变化的实际情势,他试图在历时态以及共时态的双重构架下辨核小说的典型范例,厘清小说的源流升降,区分小说的层级类型,确认小说这一类目的深层结构和内在秩序。

小说作为知识体系下的二级类目,它并非抽象的概念。小说是,而且首先是由无量数的、实体形态的知识要素组构而成的聚合体。胡应麟谈到小说,他关注的是作为实体存在的小说文本,以及小说这一知识聚合体的动态性。他申明知识要素"增减乘除"的态势说:

> 盖后人著述,日益繁兴,则前代流传,浸微浸灭。增减乘除,适得此数。理势之自然也。①

在中国知识体系的架构下,小说也始终处于"增减乘除"、不断变化的态势之中。小说这一概念范畴笼括的知识要素有一部分"日益繁兴",不断地积累并迅速地衍生、扩容;同时,也有一些知识要素"浸微浸灭",持续地沉淀并逐渐被替代、覆盖。胡应麟着眼于魏晋以后中国知识体系建构的动态性、复杂性,从多重向度出发确认小说的典范作品以及层级建构。

首先,胡应麟从知识要素的积累、知识统序的转型入手,重申并进一步强化《隋书·经籍志》等官私书目认定的小说类例的合理性和有效性。

隋唐时期,七略分类法转型成为四部分类法。在这次转型过程中,小说作为一个类目,它在知识体系中的定位是稳固的,仍旧与儒家、道家等一同归属于子类。但是,这个概念指称的知识要素则发生了根本的变化,《燕丹子》《世说新语》等成为小说的典型范例,替换、覆盖了《汉

---

① 胡应麟:《少室山房笔丛》,北京:中华书局,1958 年,第 4 页。

书·艺文志》著录的《虞初周说》《鬻子说》《青史子》等。《燕丹子》"《汉志》所无"①,这部书的"著录始自隋《经籍志》"②。《隋书·经籍志》子部小说类下首列"《燕丹子》一卷"③。《隋书·经籍志》将《燕丹子》等纳入小说的范畴,这重新构建了小说的基质。到了元明两朝,这一基质仍保持着足够的有效性和稳定性。元人修《宋史·艺文志》,子部小说类下首列"《燕丹子》三卷"④。之后,胡应麟承续《隋书·经籍志》《宋史·艺文志》对《燕丹子》的归类方式。他论及《燕丹子》的基本情况说,《燕丹子》系"汉末文士……掇拾前人遗轶"而成,"《汉志》有《荆轲论》五篇,《燕丹》必据此增损成书者"⑤。胡应麟认为,自《隋书·经籍志》以后,《燕丹子》代替了《汉书·艺文志》著录的《虞初周说》等诸家作品,成为小说的典型范例。作为小说的典型范例与具备小说的要素是相关但并不等同的两个问题,《虞初周说》只是具备了小说的某些要素,相比之下,《燕丹子》才是小说这一类目之下的典范作品。胡应麟还进而将《燕丹子》认定为小说的起源,他谈到《燕丹子》这部书在小说这一类目架构下的位序说:

  《燕丹子》三卷,当是古今小说杂传之祖。⑥

  胡应麟认为,要确认小说的起始点,应该越过《汉书·艺文志》小说家下著录的书籍,将小说的源头追溯到《隋书·经籍志》子部小说类著录的《燕丹子》。

  胡应麟的判定是对《隋书·经籍志》《宋史·艺文志》中的小说观念的再次确认。这种确认看似重复了《隋书·经籍志》提出的相关命题,但事实上,它们之间并不是完全等值的。《隋书·经籍志》《宋史·艺文志》都将《燕丹子》置于小说这一类目的起首之处,但这些史志书目只是对相关书籍的罗列。《燕丹子》《世说新语》等零散地置放在子部之内,这些书籍之间尚未建构明晰的、紧密的、有序的逻辑关联。胡应麟则清楚地确认了《燕丹子》在小说这一类目中所具有的源头性意义。胡应麟的判定彰显了《燕丹子》在小说这套知识架构下特有的意义与价值,同时,也申明了小说作为一套知识序列内在诸要素之间的连续性和延续性。胡应麟在确认《燕丹子》系小说的源头地位的基础上,进而勾勒了这部作品与其他文本一同构成的稳定的知识场域,厘定小说的源流变迁情况。胡应麟说:

  小说昉自《燕丹》,东方朔、郭宪浸盛,至洪迈《夷坚志》四百二十卷而极矣。⑦

---

① 胡应麟:《少室山房笔丛》,北京:中华书局,1958年,第415页。
② 姚振宗:《隋书经籍志考证》,载《续修四库全书(第915册)》,上海:上海古籍出版社,1995年,第496页。
③ 魏徵等:《隋书》,北京:中华书局,1973年,第1011页。
④ 脱脱等:《宋史》,北京:中华书局,1977年,第5219页。
⑤ 胡应麟:《少室山房笔丛》,北京:中华书局,1958年,第415页。
⑥ 同上。
⑦ 同上书,第28页。

《燕丹子》是小说生发的源头和基点,这一命题不仅在隋唐时期确立的知识框架中具有特定的有效性,即使在宋元时期小说的数量急速扩充,小说的文本形态多次衍化转型之后,《燕丹子》仍然是小说这一序列的起始与本源,并且与郭宪的《洞冥记》等其他作品一道成为后世小说观念建构的基础和基石。

其次,胡应麟试图重新归置既有的知识要素,将原本归属于其他类目的知识要素移植到小说这一界域范畴之内,重构小说的统序源流。

知识体系的整体构架具有稳定性,但是,这并不意味着知识统序笼括下的要素和实体是僵滞的。事实上,知识要素就像"制药冶金"的材料一样,可以"随其熔范,形依手变,性与物从,神明变化"①。小说的构型要素也是如此。各个独立的文本在知识构架下处于不断演化、变动的流程之中,具有多重归类的可能性。胡应麟认可但并不亦步亦趋地固守《隋书·经籍志》建构的小说统序。他在确认小说的典型范例时,依据小说这一类目的基本范型和知识要素的独立特性,立足于知识的留存、变动以及被重新发现、重新认定的实际情况,归置既有的知识要素,将原本归属于其他类目下的知识要素移植到小说这一界域范畴之内。

胡应麟认为,小说的源头还可以由《燕丹子》进而追溯至更为古远的《山海经》,后世的许多小说作品都是以《山海经》为基本的范型:

> 《山海经》,古今语怪之祖。②
> 《古岳渎经》第八卷,李公佐元和九年,泛洞庭……此文出唐小说,盖即六朝人踵《山海经》体而赝作者。③

《山海经》在《汉书·艺文志》中入数术略下的形法家,在《隋书·经籍志》中入史部地理类。刘知几著《史通》,将《山海经》与《搜神记》《世说新语》归拢于一体,称为"偏记小说"。之后,官私书目如《旧唐书·艺文志》《新唐书·艺文志》、晁公武的《郡斋读书志》以及明代高儒的《百川书志》、焦竑的《国史经籍志》等都承继《隋书·经籍志》的做法,将《山海经》置于史部地理类。胡应麟在爬梳中国知识体系的演化,清理小说的源流变迁时,他不否认《隋书·经籍志》对《山海经》的定位具有合理性。胡应麟谈道,"地志昉自《山海》"④,"《山海经》……实周末都邑簿"⑤。同时,他也接续刘知几的小说观念,将《山海经》从史部地理类中提取出来,作为小说的源头与起点。

胡应麟还认为,《穆天子传》也可以视为小说之滥觞。《穆天子传》记载周穆王巡游之事,

---

① 钱基博:《韩愈志》,北京:华夏出版社,2010年,第5页。
② 胡应麟:《少室山房笔丛》,北京:中华书局,1958年,第412页。
③ 同上书,第414—415页。
④ 同上书,第28页。
⑤ 同上书,第169页。

"至晋始出"①。《隋书·经籍志》史部起居注类首列"《穆天子传》六卷"②。胡应麟不否认这一观点,"《穆天子》,起居注也"③,他同时也认定,《穆天子传》中的内容具有小说的特质。他说:

  (《穆天子》)六卷载淑人盛姬葬哭事……三代前叙事之详,无若此者。然颇为小说滥觞矣。④

《隋书·经籍志》认定,《穆天子传》与《山海经》一样,同归属于史部。胡应麟在建构小说的统序时,则将这些作品移植到子部的小说类之下。清代以后,人们逐渐认同《山海经》《穆天子传》是小说最初始的形态。

  通过胡应麟对小说典型类例、源流变迁的梳理,我们可以看到,小说这套知识类目的起始和渊源并不是固化的、恒定不变的。小说是一套具有历史性和历时性,处于持续地调整、变化之中的知识序列。

  又次,胡应麟试图将历时性生发而出的小说范型、小说观念并置、整合在共时性的框架之内,将小说这套统序建构成为有着内在秩序规则、特定结构原则的知识统一体。

  小说这一知识类目之下包含着诸多独立的要素。从产生的时间点上看,这些知识要素的生产有先后之分,它们之间具有历时态的接续关系;从各部文本在小说这一概念范畴之内存续的状态来看,这些知识要素之间又形成了共存、并置的态势,生成了共时性,建构起重叠交错、相互映照的共生关系。面对不同时期产生出的多重质性、多种形态的知识要素,胡应麟在确认小说典型范例的基础上,他还试图对这些知识要素进行归整,在共时态的构架下细化小说这一知识序列的内在层级结构。他说:

  小说家一类,又自分数种。一曰志怪,《搜神》《述异》《宣室》《酉阳》之类是也。一曰传奇,《飞燕》《太真》《崔莺》《霍玉》之类是也。一曰杂录,《世说》《语林》《琐言》《因话》之类是也。一曰丛谈,《容斋》《梦溪》《东谷》《道山》之类是也。一曰辨订,《鼠璞》《鸡肋》《资暇》《辨疑》之类是也。一曰箴规,《家训》《世范》《劝善》《省心》之类是也。⑤

胡应麟认为,小说这一概念所包含的知识要素可以继续进行层级区画。他在子部小说这个二级类目之下进而建构起第三级类目,小说被区分、细化为志怪、传奇、杂录、丛谈、辨订、箴规等六种类型。

---

① 胡应麟:《少室山房笔丛》,北京:中华书局,1958年,第412页。
② 魏徵等:《隋书》,北京:中华书局,1973年,第964页。
③ 胡应麟:《少室山房笔丛》,北京:中华书局,1958年,第169页。
④ 同上书,第456页。
⑤ 同上书,第374页。

胡应麟对小说文本进行再分类,这实际上是将原生性的、历时性的知识要素安置于衍生性的、共时性的体系框架之内,重新发现、确认小说这一知识类目的内在结构。从隋唐一直到元明时期,小说的数量和规模急剧增长、扩充。《搜神记》《霍小玉传》等无量数的文本在小说这一概念架构下逐步确认了彼此共同存在的界域,同时,这些要素也产生了在类型上进一步细化的要求。胡应麟从知识要素实体的实存情况入手,对历代的小说观念进行整合,确认小说这一类目之下的知识要素建构而成的多重层级、多种类型。如,胡应麟认定的杂录、箴规这两种类型,实是承续了《隋书·经籍志》确认的小说观念,《隋书·经籍志》子部小说类下收录了《世说新语》《杂语》,以及与包含着箴规性质的《座右方》《座右法》等书籍。另如,胡应麟拎出《搜神记》这部作品,并将之归入志怪一类,这是在《新唐书·艺文志》的归类基础上的延续与延伸。《搜神记》在《隋书·经籍志》《旧唐书·经籍志》中归属于史部杂传类,宋人修撰的《新唐书·艺文志》将《搜神记》移植到子部小说类。胡应麟承续《新唐书·艺文志》的归类方式,确定了《搜神记》等在小说这一统序架构内的位置。此外,胡应麟还对唐代以后出现的知识要素和知识类型进行确认。《莺莺传》《霍小玉传》,以及《容斋随笔》《梦溪笔谈》是唐宋时期产生的全新的文本形态,这些知识要素尚未正式进入宋元时期官修史志书目建构的统序之中。到了明代,高儒的《百川书志》将《霍小玉传》归入史部传记类,晁瑮的《晁氏宝文堂书目》将《容斋随笔》《梦溪笔谈》收入子部杂家类,祁承爜的《澹生堂书目》将这两部书收入子部类家。胡应麟则果断地将这些不同类型的知识要素一同归于子部小说之内,并区分出传奇、丛谈等类型。

胡应麟还在典型范本、知识类型以及时间流程等多重维度下思考小说这一类目的内在结构。胡应麟谈道,子部小说之下的第三级类目也可以确定各自的源流演变:

《飞燕》,《传奇》之首也;《洞冥》,《杂俎》之源也;《搜神》,《玄怪》之先也;《博物》,《杜阳》之祖也。①

胡应麟确认了小说的多重类型以及不同类型的源流发展,这样,小说类型成为基本的构型单元,无量数的知识要素分别封装在不同的知识单元之中,进而有序地统纳到小说这一概念范畴之下。小说的类型化、层级化清晰地建构了同质态的文本之间相互衔接的关系,不同形态的文本之间相互映照的关系。借助于这种有序的层级划分和统序建构,无量数的知识要素在小说这个概念之下确证了彼此之间的相关性、连续性,并发现了相互之间的连接逻辑和关联形态。这样,各个知识要素就不再仅仅简单地并置于小说这一概念范畴之下,也不再仅仅具有概念上的一致性,而是成为一套稳固的知识统一体,具备了逻辑上的融贯性以及结构上的不可拆分性。

当然,小说包括,但并不等同于《燕丹子》《搜神记》《莺莺传》等典型范例。小说实际上是无

---

① 胡应麟:《少室山房笔丛》,北京:中华书局,1958年,第375页。

量数的要素组构而成的知识连续体、知识统一体。胡应麟论及小说,并不是仅仅着眼于个别的典范作品,同时,他也从规模化、整体性的小说序列入手,梳理了汉代以后小说文本留存、累积的总体情况。胡应麟谈道,《汉书·艺文志》著录的小说大多散佚无存,而"汉、唐、六代诸小说几于无不传者"①。他还将小说置于不同层级的参照系中考察这一类目的知识要素的生产、留存情况。胡应麟立足于子部这一类目之内,他谈道,魏晋以后,小说与儒家、杂家并行发展,相比之下,阴阳家、名家等日渐衰歇。他说,"后世……小说曰繇……小说杂家,几半九流"②。胡应麟还以史部诸要素为参照,他说,《春秋》等正史类型的知识要素"今传者百无一二。而偏记小史,若《越绝》《世说》等书,辄十传六七"③。他还将小说的流存、传播置于经史子集整个知识框架中进行考察。他说,"经则十三家注疏外,丁孟、夏侯传授仅著空名,其余六代以还流传绝少,惟宋儒诸说盛行海内。大概存者十三。史则……大概存者十五"④,相比之下,居于子部的"汉唐宋诸小说纷然毕出,传者殆十之八"⑤。在这种多重参照下,胡应麟得出的结论是,"古今著述,小说家特盛;而古今书籍,小说家独传"⑥。

从《汉书·艺文志》确认的诸子略小说家到明代中后期胡应麟谈到的子部小说类,"小说"笼括的知识要素已经从根本上完成了替换和重构。胡应麟接纳并顺应小说这一统序不断变化、持续更新的具体情势,他力图在知识体系动态的、不断演化的流程中,统理小说的基本类型和类例,申明这一知识次系统的多层次性,确认知识要素、知识实体之间结构性的关联。通过胡应麟有关小说的思考,我们可以看到,小说这一类目之下的知识要素不仅是在时间流程中线性的连续体,也是在内部结构上相互投射、相互衍嗣的共生体,同时也是在数量上日渐规模化的集合体。

三

谈到小说,我们既要关注这一类目在中国知识体系中的统序归属,阐明这一概念指称的知识要素内在的结构秩序,同时,我们还要细致地剖析这套知识统序的属性特征。胡应麟在确认小说的属性特质时,他立足于明代中后期这一特定的时间点,尊重小说属性的兼容性、衍生性、动态性等特点。胡应麟一方面认同历代官方史志书目确认的小说在素材来源、功能作用等方面的属性;另一方面,他也有效地整合了人们在日常写作、日常阅读中展现的小说观念,试图归纳小说文本在内容、题材等方面呈现出全新的属性特征。

---

① 胡应麟:《少室山房笔丛》,北京:中华书局,1958年,第376页。
② 同上书,第29页。
③ 同上书,第40页。
④ 胡应麟:《少室山房集》,上海:上海古籍出版社,1993年,第605页。
⑤ 同上。
⑥ 胡应麟:《少室山房笔丛》,北京:中华书局,1958年,第374页。

胡应麟在《少室山房笔丛》中谈道,小说呈现的特质是"怪""诡怪"。如《山海经》的特质是:

《山海经》偏好语怪,所记人物,率禽兽其形,以骇庸俗。①
《山海经》专以古人陈迹,附会怪神。②
盖是书也,其用意一根于怪。所载人物、灵祇非一,而其形则皆魑魅魍魉之属也。③

《燕丹子》在内容上也具有"怪诞"的特点,胡应麟谈到《燕丹子》成书的情况说,"盖汉末文士,因《太史庆卿传》,增益怪诞为此书"④。魏晋南北朝时期的作品,以及宋代官修的《太平广记》、洪迈的《夷坚志》等都具有搜奇记异的性质。胡应麟说:

晋、梁隐怪之谭,好事之所掇拾。⑤
《广记》五百卷所辑上自三皇,下迄五季,宜灵怪充斥简编。⑥
志怪之书甚夥,至番阳《夷坚志》出,则尽超之。⑦

胡应麟本人在评判、辑录小说作品时,他也把"怪""怪诞"作为基本的标尺。胡应麟"尝戏辑诸小说,为《百家异苑》"⑧。《百家异苑》"实收六十家……所收自汉至宋各个朝代的志怪小说"⑨。胡应麟还"欲取宋太平兴国后,及辽金元氏,以迄于明,凡小说涉怪者,分门析类,续成《广记》之书"⑩。胡应麟以"怪"为标准,编定有小说集《甲乙剩言》,辑录有《百家异苑》《虞初统集》等。考虑到明代后期人们常以"奇"为标准衡定文言小说以及白话小说,胡应麟把"怪""诡怪"作为小说的核心属性,这显然不是偶然的现象。

要理解和把握胡应麟等明代学者确认小说"怪""奇""诡怪"等属性的内在逻辑脉络,我们必须要明确的问题主要有三个。

首先,小说是在历时性的过程中生成的知识类目,它的性质特征并不是唯一的,而是具有多样性的。这些不同的质性之间可能会形成断裂,如胡应麟等明代学者认定小说的特质是"怪""奇""诡怪",这与《汉书·艺文志》建构的小说观念之间存在着巨大的差异。但是,这些不

---

① 胡应麟:《少室山房笔丛》,北京:中华书局,1958年,第451页。
② 同上书,第463页。
③ 同上书,第414页。
④ 同上书,第415页。
⑤ 同上书,第54页。
⑥ 胡应麟:《少室山房集》,上海:上海古籍出版社,1993年,第757页。
⑦ 胡应麟:《少室山房笔丛》,北京:中华书局,1958年,第378页。
⑧ 同上书,第476页。
⑨ 陈卫星:《胡应麟的小说整理及小说创作》,载陈文新、余来明主编《明代文学与科举文化》,北京:中国社会科学出版社,2011年,第324页。
⑩ 胡应麟:《少室山房笔丛》,北京:中华书局,1958年,第476页。

同的质性特征之间并不是相互矛盾、相互对立的,而是形成了共生性、兼容性。

从汉代到明代的千余年间,小说作为知识实体,它的数量、规模持续增长,类型不断演化,人们观察知识要素质性特征的视阈也不断推移。《汉书·艺文志》作为官方史志,收录"小说十五家,千三百八十篇"①。班固等主要从素材来源、功能效用等层面上着眼,认定这些知识要素源自于"街谈巷语"。到了明代,胡应麟谈道,小说的情况是"好者弥多,传者弥众,传者日众,则作者日繁"②。这些"好者""传者",即小说的阅读者、传播者,他们关心的显然不是知识要素的素材来源,而是文本内容的趣味性、题材的丰富性。胡应麟谈道,从"好者""传者"阅读的视角来看,"子之浮夸而难究者,莫大于众说"③。"浮夸"并不带有任何的贬义,只是对事实的判断。"浮夸而难究"是指小说中的内容"怪""怪诞",超出了日常生活的理性和逻辑。如胡应麟谈到唐代的《古岳渎经》说,这部作品"颇诡异,故后世或喜道之"④。胡应麟从读者的阅读体验、文本的内容特质入手,确认了小说"怪""怪诞"的特质与这类文本的流传、流行之间的因果关联,并将这种因果关联普泛化。他说,自魏晋以后,"小说家独传。何以故哉?怪力乱神,俗流喜道"⑤。在确认小说的属性时,胡应麟的立场与《汉书·艺文志》形成了根本的区别,《汉书·艺文志》是从主流知识体系架构的视角出发,而胡应麟等明代人则是从"俗流",即读者的日常阅读趣味出发思考小说的特质。

胡应麟对小说质性特征的判定与《汉书·艺文志》呈现的小说观念之间形成了差异,原因还在于,他们各自将小说置于不同的关系系统之中。任何一个知识要素往往具有诸多特点,且处于多重关系构架之下,这种特性和关系的有机组合,就构成了知识要素确认自身属性的基础。小说这类知识要素也是如此。在《汉书·艺文志》中,小说是而且只是被置于诸子略的构架下,儒、道等家构成了小说这类知识要素确认自身质性特征的关系系统。在儒、道等家的参照下,小说呈现的特点是,这类知识要素来自"街谈巷语",以传"小道"⑥。隋唐时期,四部分类法定型。在四部分类法的体系结构中,小说在统序归属上仍隶属于子部,依旧与儒、道等家形成相互照应的关系;同时,人们在日常语境中论及小说时,这一概念指称的知识要素也开始在子部、史部之间犹疑、徘徊。胡应麟在论及小说时,他不仅在子部的体系架构内思考这一类目的特质,同时,也将小说与史部的正史相互参较。在这种新的关系系统中,小说这类知识要素在内容、题材等层面上的特质得到突显,小说呈现出"怪""奇""怪诞"的特点。

从胡应麟对小说属性的判定,我们可以看到,小说这一概念指称着无量数的、丛杂的知识实体,这些知识实体在不同的视阈之中、不同的关系架构之下呈现的特质往往是多重的、复杂的、动态性的。小说"怪""怪诞"这一新的质性浮现之后,它成为这类知识要素的显性特征,在

---

① 班固:《汉书》,北京:中华书局,1964年,第1745页。
② 胡应麟:《少室山房笔丛》,北京:中华书局,1958年,第374页。
③ 同上书,第502页。
④ 同上书,第415页。
⑤ 同上书,第374页。
⑥ 班固:《汉书》,北京:中华书局,1964年,第1745页。

一定程度上遮蔽了既有的特征，或者使既有的特性转化为隐性的存在。但是，从根本上看，"怪""奇""怪诞"这种新生的质性与旧有的质性特征"街谈巷语"之间是共存的、兼容的，它并不会完全覆盖、替代，更没有驱逐、剔除既有的质性特征。

其次，小说的属性并不具有先验性，而是作为概念的"小说"与作为实体的知识要素在建构映射关系的过程中呈现的。在小说这个概念与相关的知识实体不断重组、封装的过程中，到了明代，胡应麟等人确认小说的特质是"怪""奇""怪诞"，这一命题具有衍生性的特点，同时，也生成了规范性，用以重新划定小说实体所在的界域。

胡应麟等人确认的小说"怪""奇""怪诞"的质性特征并不是臆造的，而是在赓续"街谈巷语"这一属性的基础上延伸、生长出来的次生属性，是唐代以来小说观念、逻辑的演化和嬗变。据《隋书·经籍志》，"小说者，街说巷语之说也"①，史部的杂史、杂传等也系"委巷之说"②。这样，从素材来源的质性特征上看，小说这一类目与史部的杂史、杂传具有一致性，它们之间形成了毗邻关系，甚至进而建构了紧密的亲缘关系。《隋书·经籍志》还谈道，杂史、杂传在内容、题材上呈现的特性是"体制不经"③，"杂以虚诞怪妄之说"④。随后，"不经""虚诞"这样的评价指标也逐渐移植到小说这一类目之中。《隋书·经籍志》子部小说类下收录《小说》十卷，梁武帝敕安右长史殷芸撰⑤，殷芸的《小说》收录的大多是"不经"之事。刘知几说："刘敬叔《异苑》称晋武库失火，汉高祖斩蛇剑穿屋而飞。其言不经，故梁武帝令殷芸编诸《小说》。"⑥胡应麟承续刘知几对《小说》等文本的性质的认定，他虽然不否认小说"街谈巷语"的特点，但是，他更多地以"不经""不根""不可尽信"等为基本标尺考察小说这一类目。如，胡应麟谈道：

(《琐语》)诡诞不根。⑦

唐人小说，如《柳毅传》书洞庭事，极鄙诞不根。⑧

《小说》《琐语》以及唐代的小说文本在内容上"不根""鄙诞"，超出了日常生活的逻辑，呈现出"怪""奇""怪诞"等特点。到了胡应麟生活的时代，"不经""诡诞""怪诞"这种原本从"街谈巷语"演化而来的衍生属性、次生属性，逐渐居为小说这类知识要素的主导属性。

"怪""奇""怪诞""不经"这一次生属性在历时性的过程中被反复确认之后，它还进而生成

---

① 魏徵等：《隋书》，北京：中华书局，1973年，第1012页。
② 同上书，第962页。
③ 同上。
④ 同上书，第982页。
⑤ 同上书，第1011页。
⑥ 刘知几著，浦起龙释：《史通通释》，上海：上海古籍出版社，1978年，第480页。
⑦ 胡应麟：《少室山房笔丛》，北京：中华书局，1958年，第474页。
⑧ 同上书，第485页。

了特定的规范性,成为某些知识实体集拢于一体的根本的内聚力,将原本从属于其他类目的文本吸纳进入小说这一范畴之内。

小说作为一套知识类目,它涵括的知识要素并不具备必然的同质性,也不是天然的同一体。从《山海经》到魏晋时期的志怪、唐代的传奇,再到宋明两朝的《夷坚志》《剪灯新话》等,这些知识要素形态多样、内容各异、体例不一,它们之间的同一性和统一性是逐渐被建构、被发现、被确认的。在明代,"怪""怪诞"这种属性特征就是"小说"这一概念吸纳无量数的知识实体进入自身范畴,将无量数的知识要素封装于一体的重要内驱力。胡应麟确认《山海经》为小说的源头,认定志怪、传奇是小说这一构架下特定的知识类型,正是基于这些文本"怪诞"的美学风貌,以及小说这一概念与"怪""奇""怪诞"之间生成的稳定的对应关系。《山海经》自问世起,就有人谈到它所具有的"怪""奇"的特点。司马迁说,《山海经》主要"言怪物"[①]。晋代,郭璞说,《山海经》"闳诞迂夸,多奇怪俶傥之言"[②]。宋代,薛季宣谈道,《山海经》多"神怪荒唐之说"[③]。魏晋南北朝时期,很多书籍直接命名为"志怪",如祖台之的《志怪》、曹毗的《志怪》、孔约的《孔氏志怪》等。在《隋书·经籍志》《旧唐书·经籍志》中,书籍的题材、内容尚未成为知识分类的基本依据,《山海经》以及以"志怪"命名的书籍分别被置于史部的地理类、杂传类。到了宋代,"怪""异"这种内容层面上出现的特征逐渐与小说这一概念建构起关联关系。如欧阳修等撰《新唐书·艺文志》,把《志怪》等从史部杂传类移植到子部小说类。再如,洪迈编撰《夷坚志》,"颛以鸠异崇怪"[④]。另外,宋人还将唐人创作的《传奇》等纳入小说的范畴之内。据《说文解字注》,"怪,异也"[⑤],"奇,异也。不群之谓"[⑥]。到了明代,胡应麟结合前代相关的评论以及阅读体验,正式确认了小说这一概念与"怪""奇""怪诞"等质性特征之间稳定的关联。他认定,《山海经》是"语怪之祖",志怪、传奇是小说这一类目之下的重要文本类型。这样,"怪""奇""怪诞"等原本是在知识要素聚合的过程中逐渐衍生而成的属性,反过来又对知识实体的聚合产生了能动作用。在明代,小说"怪""奇""怪诞"的属性不仅可以保持既有知识实体作为一个系统所具有的通用性,而且能够有效地吸摄相关的知识要素,推动小说最终完成名、例、类的并置和封装。

最后,小说这一概念指称的具体的类例处于持续的变动之中,这些类例的质性特征也呈现出动态性的特点。我们永远无法穷尽、无法明指"小说"这套知识类目全部的质性特征。小说的"怪""异"内容属性,与它曾经显露出的"街谈巷语"的功能属性一样,既处于持续增值的状态之中,同时,也处于不断隐匿的过程之中。胡应麟等人在判定小说的特质时,他们从"怪""诞"

[①] 司马迁:《史记》,北京:中华书局,1959年,第3179页。
[②] 郭璞:《山海经序》,载丁锡根编著《中国历代小说序跋集》,北京:人民文学出版社,1996年,第5页。
[③] 薛季宣:《浪语集卷》,载永瑢、纪昀等纂修《景印文渊阁四库全书(第1159册)》,台北:台湾商务印书馆,1983年,第476页。
[④] 洪迈:《夷坚丙志序》,载丁锡根编著《中国历代小说序跋集》,北京:人民文学出版社,1996年,第95页。
[⑤] 许慎撰,段玉裁注:《说文解字注》,杭州:浙江古籍出版社,1998年,第509页。
[⑥] 同上书,第204页。

"不根"出发提出全新的判断和命题,进而确认了小说的"幻""玄虚"等质性特征。

在明代,"怪""怪诞"是"小说"显性的性质特征。但是,它并没有包含"小说"全部的质态。小说的边界在以"怪""怪诞"为标准被划定、被确认的同时,也蕴藏着突破这种界限、属性的可能性。胡应麟谈道,小说在内容上"诡诞错陈",因此,"其言淫诡而失实"①。他谈道,"至郭宪、王嘉,全构虚词,亡征实学"②。之后,唐代的小说在魏晋南北朝"变异之谈"的基础上继续铺扬,进而发展为"尽幻设语"。胡应麟说,"变异之谈盛于六朝,然多是传录舛讹,未必尽幻设语。至唐人乃作意好奇,假小说以寄笔端"③。到了明代,小说仍保持着"幻设"的特点。胡应麟谈到《剪灯新话》《剪灯余话》的特质说,"本朝新余等话,本出名流,以皆幻设,而时益以俚俗"④,"新余二话,本皆幻设……缘他多虚妄"⑤。他还谈道,"余谷居孔暇,稍稍据《广记》校定之……其为说至诡诞不可尽信"⑥。

使用"失实"或者"虚""诞"等词语标识某些文本的特点,这种做法并不始于胡应麟。事实上,自唐代起,刘知几就谈道,"郭子横之《洞冥》、王子年之《拾遗》,全构虚辞"⑦。但是,胡应麟与刘知几的立场不同。刘知几是以史部正史类诸要素为参照,论及《洞冥》记等文本"构虚辞"的特点,这样,"构虚辞"只是《洞冥记》等文本呈现的特点,尚未定型成为小说这类知识要素整体性的质性特征。到了明代,胡应麟则立足于小说自身的界域之内,以小说的"奇""奇诞"为基本依据,推导出从《山海经》到魏晋南北朝的志怪,再到唐传奇,最终到明代的《剪灯新话》这套知识序列的同一性,那就是"虚""幻"的特质,他还将"虚"与"实"整合成为异质同构的概念系统,作为判定小说质性的标准。这样,胡应麟在谈到小说的质性特征时,"街谈巷语"与"怪""奇""诡诞",再与"虚""诞""幻"等就以小说这套知识实体为中心,形成了一个垂直的、从属的关系序列。

从胡应麟有关小说的论述中,我们可以看到,小说的属性处于不断演化、变迁之中,既有的属性不断沉积,新生的属性渐渐突显。小说这一概念笼括的要素并没有超越既有的属性设定的范围,但是,在新生的属性定型后,既有的属性就不再作为规范小说这一序列的显性标尺,而是转化成为隐性的规则。从某种意义上,到了 20 世纪初,在四部分类法向近现代学术体系转型的过程中,人们认定小说作为一种特定的文体具有"虚构"的性质,其实质是胡应麟等明代学者认定的小说"怪""诞""奇"等属性的隐性化,"虚""幻""诞"等质性特征的显性化。

---

① 胡应麟:《少室山房笔丛》,北京:中华书局,1958 年,第 346 页。
② 同上书,第 502 页。
③ 同上书,第 486 页。
④ 同上。
⑤ 同上书,第 569 页。
⑥ 胡应麟:《少室山房集》,上海:上海古籍出版社,1993 年,第 600 页。
⑦ 刘知几著,浦起龙释:《史通通释》,上海:上海古籍出版社,1978 年,第 275 页。

四、结语

  小说的实质是,小说这个"名"、无量数的知识要素这套"例",以及"例"构成的"类"的属性之间建构起的对应关系。在中国知识体系建构的过程中,稳定不变的不是小说的层级归属,不是知识要素的数量、形态,也不是这些知识要素呈现的质性特征,而是小说的名、例、类之间的对应关系。胡应麟尊重小说名、例、类之间形成的历时性的、动态的关联关系,立足于明代中后期这一特定的时间点,确认小说的层级定位,将无量数的知识要素结构化、秩序化、抽象化,把散为万殊的知识实体浑凝成为一个稳定且具有开放性的整体。通过剖析胡应麟的小说观念,我们可以看到,小说作为诸子略或子部之下的二级类目,在中国古代知识体系的架构下不断延伸、生长,小说的统序归属、结构类型以及属性特征等形成了特定的、本土化的建构方式和发展逻辑。

李兆洛对骈文的重构及其影响①

湖南师范大学文学院　吕双伟

骈文是中国古代一种特殊的文章体类,它追求句式骈偶,但长期以来有实无名。正如民初王文濡指出:"骈文乃相比相并之文也,其名虽定于后,其义已见于前。"②先秦经子著述中,骈语已经较多。秦汉时,文章更趋于排偶,藻饰色彩更浓。东汉魏晋,骈体初步形成。齐梁时,对偶趋于工整且喜用隔对,隶事丰富,讲究声律和辞藻,骈文趋于鼎盛。骆鸿凯先生以《文选》中所选李斯、邹阳、王褒、曹植、陆机、颜延之、王融、沈约的作品为例,从裁对、隶事、色采、声律等的演变出发,说明骈文文体形成的过程性:"骈文之成,先之以调整句度,是曰裁对。继之以铺张典故,是曰隶事。进之以煊染色泽,是曰敷藻。终之以协谐音律,是曰调声。持此四者,可以考迹斯体演进之序,右举《文选》诸篇,乃绝佳之佐证矣。"③骆先生概括的这四个特征,确实是齐梁陈隋时代骈文的主要特征,也是唐宋元明"四六"的主要特征,因而成为骈文体裁独立的标志性属性,也成为民初以来的学人研究骈文的重要参考。然而,从体裁的角度来说,"骈文""骈体文"之名到清代才出现。清代骈文复兴,超宋迈唐,民初王文濡甚至说:"要之清之文学,突过前朝,而骈文之集其大成,自可陋六朝而卑唐宋,非所谓一变至道者耶?"④清初陈维崧、吴兆骞、吴绮、章藻功、陆圻等江南文人的骈文,属于骈文成熟后的齐梁初唐风格。他们的骈文形式工整,四六隔对特征明显,有意追求裁对、隶事、敷藻和声律等。但在嘉道以来骈散不分的文章思潮影响下,清人通过理论与创作对前代"四六"及清初"俪体文"概念进行了重构。在这一过程中,常州骈文群体,如邵齐焘、洪亮吉、孙星衍、李兆洛对骈文重构所起的作用最大。这里拟对李兆洛的重构活动及其影响加以探讨。

---

① 本文为国家社科基金项目"晚清骈文研究"(项目编号:14BZW077)成果。
② 王承治:《骈体文作法》,载余祖坤《历代文话续编》,南京:凤凰出版社,2013年,第1171页。
③ 骆鸿凯:《文选学》,北京:中华书局,2015年,第209页。
④ 王承治:《骈体文作法》,载余祖坤《历代文话续编》,南京:凤凰出版社,2013年,第1179—1180页。

一、李兆洛对"齐梁体"骈文的排斥

面对前代丰富的文学遗产,清人多以摹拟为创新,在诗、词、骈文、古文等传统文体上都强调学习前代,在批评中也多以前代风貌为依据。对于"骈体文""骈文",他们也作了全面深入思考,远超唐宋元明"四六"批评。康雍乾时的李绂(1675—1750)就从声律、对偶、句式等方面,较早将前代骈文分为"六朝体""唐人体""宋人体"三类:"四六骈体,其派别有三种:平仄不必尽合,属对不必尽工,貌拙而气古者,六朝体也;音韵无不合,对仗无不工,句不过七字,偶不过二句者,唐人体也;参以虚字,衍以长句,萧散而流转者,宋人体也。"①清初的诗文作者,大部分属于明代遗民。易代之悲、兴亡之感郁结于心,加上晚明四六兴盛培育了一批骈体作家等,康熙年间骈文复兴。陈维崧、吴绮、章藻功、陆圻等江南文人模仿徐庾、初唐四杰创作了大量骈文,这些骈文情感丰富真挚,句式整齐,特别是四六隔对使用频繁,风格哀感顽艳,属于成熟的齐梁初唐体骈文②。在这样的现实背景下,李绂没有对"六朝体"加以细分,其实前期魏晋与后期齐梁风格迥异,前期符合其所讲的平仄、属对特征,后期则不一致。但这种骈文三分思想,反映了清初至乾隆时期的骈坛的主流观念。直到嘉道以后重视汉魏体骈文,这一观念才有所改变。

相对于清人多笼统地将六朝骈文视为一体,推崇齐梁文风,李兆洛较早认识到先秦两汉、魏晋、齐梁文风的不同,明确推崇汉魏,排斥齐梁,以实现骈文的尊体。其《答汤子垕》曰:

> 襄与彦文(方履籛)论骈体,以为齐梁绮丽,都非正声,末学竞趋,由纤入俗,纵或类兔,终远大雅,施之制作,益乖其方,文章之家,遂相诟病。窃谓导源《国语》及先秦诸子,而归之张(衡)、蔡(邕)、二陆(机、云),辅之以子建(曹植)、蔚宗(范晔),庶几风骨高严,文质相附。要之,此事雅有实诣,非可貌袭。学不博则不足以综蓄变之理,词不备则不足以达蕴结之情,思不极则不足以振风云之气。阁下近作,涉兴无浅,言情必遥,已足祧六朝,追魏晋矣。深之以学,则士衡、子建,何必远人?③

他认为齐梁骈文绮靡华丽,藻饰过度,不是"正声"。不善学者,争相模仿,导致为文纤细俚俗,即使类似齐梁,也终究远离大雅,因而遭到文章家的指责或嘲骂。为了使骈文由俗入雅,由纤入正,李兆洛强调骈文创作应该以《国语》及先秦诸子为渊源,以张衡、蔡邕、陆机、陆云为指归,以曹植、范晔为辅助,即以这种骈散不分、骈散合一的"汉魏体"骈文为"正声",才有可能达到"风骨高严,文质相附"的境界。同时,骈文创作不能貌袭,浮在表面,应该要落到实处。这种实

---

① 李绂:《秋山论文》,载王水照编《历代文话》,上海:复旦大学出版社,2007年,第4002—4003页。
② 吕双伟:《陈维崧骈文经典地位的形成与消解》,《文学遗产》2018年第1期。
③ 李兆洛:《养一斋文集》,载《续修四库全书(第1495册)》,上海:上海古籍出版社,2002年,第126—127页。

处,主要包含博学以综理、遣词以达情和深思以振气,这样才能摆脱纤俗品格。他还以方履籛骈文为例,指出其善于兴寄,言情遥深,成就可以承继六朝,追攀魏晋。在这里,"魏晋"骈体地位明显高于"六朝"。在《跋方彦闻隶书》中,李兆洛也借方履籛骈文宗尚的转变表达了对"齐梁体""初唐体"的不满,有曰:"其为骈体也,初爱北江洪先生,效齐梁之体,绮隽相逮矣。已而曰:'此不足以尽笔势。'则改为初唐人,规格雄肆,亦复逮之。自以为未成也。"①"自以为未成"虽是方履籛的看法,但其实也代表了李兆洛的态度,上文《答汤子垕》就是对此最好的注脚。

在代好友庄绶甲为自己编的《骈体文钞》作序时,李兆洛既批评了当时古文家排斥骈文,将孤行一意、空所依傍、不求工、不使事、不隶词的文章视为古文,非是则谓之"骈",将古文与骈文截然对立,是丹非素的现象;又对骈文家推崇齐梁体表示不满:

> 然则今之所为文,毋乃开蒙古而便枵腹矣乎!业此者既畏"骈"之名而避之,或又甘乎"骈"之名而遂以齐梁为宗。夫文果有二宗乎?②

李兆洛主张取消骈体与散体(古文)之分,强调骈文出于古文,两者本来同源,秦汉古文也离不开骈体,从而使为文回到秦汉骈散不分、骈散合一的状态去。然而,李兆洛虽主观上没有认为秦汉散句单行、杂有骈偶和排比的文章就是"骈体",自己只是因流溯源,凸显"骈体"不值得也不应该被轻视,才将《古文辞类纂》所选录的大量秦汉古文选入,但客观上造成了时人以及后人将这些骈散不分但有较多骈句的文章视为骈体文。此外,好友吴育为《骈体文钞》作序时,较好地把握了李兆洛的推尊汉魏、贬抑齐梁体骈文的思想,有曰:

> 至枚乘、司马长卿出而其体大备,有《书》之昭明,《诗》之讽谏,《礼》之博物,《左》之华腴。故其文典,其音和,盛世之文也。后生祖述,际齐、梁而益工,玄黄错采,丹青昭烂,可谓美矣,然不能有古人之意。其荡者为之,或跌宕靡丽,浮而无实,放而不收,至萧氏父子而其流斯极。然其间如任昉、沈约、丘迟、徐陵、庾信之徒为之,莫不渊渊乎文有其质焉。惜也囿于俗,而不能进厥体,故君子有自邻无讥焉。③

在吴育看来,汉代枚乘、司马相如的骈文文典音和,是盛世之音;齐梁体虽然美丽,但缺乏古人之意,有的甚至跌宕靡丽、华而不实、放而不收,至萧衍、萧绎、萧纲达到极点。任沈、徐庾等虽文质兼有可采,但也囿于时俗,没有提升骈文的文体品格。随着《骈体文钞》的广泛流传,这种推尊汉魏、贬抑齐梁体骈文的思想深刻影响了晚清的骈文批评和骈文创作。

---

① 李兆洛:《养一斋文集》,载《续修四库全书(第1495册)》,上海:上海古籍出版社,2002年,第111页。
② 同上书,第119页。
③ 吴育:《骈体文钞序》,载李兆洛《骈体文钞》,上海:上海古籍出版社,2001年,第16页。

光绪元年（1875 年），张之洞的《国朝著述诸家姓名略总目》"骈体文家"条目认为清朝："诸家流别不一，有汉魏体、有晋宋体、有齐梁至初唐体。然亦间有出入，不复分列。至中晚唐体、北宋体，各有独至之处，特诸家无宗尚之者。彭元瑞《恩余堂经进稿》用宋法，今人《示朴斋骈文》用唐法。"①同年，其《輶轩语》叙述"古文骈体文"时指出："国朝讲骈文者，名家如林。虽无标目宗派，大要最高者，多学晋宋体。此派较齐梁派、唐派、宋派为胜，为其朴雅遒逸耳。"②对李绂的骈文三体之分进一步细化，其中明确指出"晋宋体"，当包含"汉魏体"，风格朴雅遒逸，为清代骈文体格最高者。张之洞本身就是清末骈文名家，其说较为可信。晚清朱一新在广州学海堂讲学时，针对学生提问"骈文导源汉魏，固不规规于声律对偶。百三家时有工拙，惟徐、庾能华而不靡，质而不腐。取法贵上，似当以风骨为主"，回答曰："骈文萌芽于周秦，具体于汉魏。"所谓"具体"，即体裁形成于汉魏。他还进一步指出不同时代骈文特征的不同：

> 周秦诸子之书，骈散互用，间多协韵，六经亦然。西京扬马诸作，多用骈偶，皆已开其先声。顾时代递降，体制亦复略殊。同一骈偶也，魏晋与齐梁异，齐梁与初唐异。同一初唐、齐梁也，徐庾与任沈异，四杰与燕许异。③

骈文不是一蹴而就，而是逐渐形成的。成体之后，随着文体自身演变和时代风尚的变化，不同时代、不同名家的"体制"也有不同。光绪间，胡念修进一步将"耦文"分为四种："盖国朝文学大昌，无体不具。学奇之文，其名有四，曰周秦，曰两汉，曰唐，曰宋；学耦之文，其名亦四，曰汉魏，曰齐梁，曰唐，曰宋。"④更是明确将清代骈文分为四类，"汉魏"与"齐梁"并驾齐驱。可见，在晚清骈文批评中，"汉魏体"骈文备受重视，地位显赫。在创作中，晚清骈文，特别是以王闿运、阎镇珩、皮锡瑞为首的湖湘骈文，主要体现了骈散不分、骈散交融的汉魏文章风貌。民初郭象升《文学研究法》说道："骈文衰于齐梁，由于玄言不振也。魏晋作者，根极道理，其言表里莹澈，视散文家或反过之，何得谓骈文无与于性道哉？"⑤这些都与李兆洛对"齐梁体"的排斥和对汉魏体的推崇导致骈文宗尚在晚清发生转向有关。

二、《骈体文钞》对"骈体文"指向的扩容

李兆洛不仅在理论上排斥齐梁骈体，而且在选本中凸显汉魏甚至先秦"骈体"之文，扩大骈

---

① 张之洞撰，范希曾补正：《书目答问补正》，上海：上海古籍出版社，2001 年，第 270 页。
② 张之洞撰，程方平编校：《劝学篇》，北京：北京师范大学出版社，2014 年，第 134 页。
③ 朱一新著，吕鸿儒、张长法点校：《无邪堂答问》，北京：中华书局，2000 年，第 89—90 页。
④ 胡念修：《国朝骈体文家小传叙》，载王水照编《历代文话》，上海：复旦大学出版社，2007 年，第 6249 页。
⑤ 余祖坤：《历代文话续编》，南京：凤凰出版社，2013 年，第 1957 页。

文涵摄文类的范围。道光元年(1821年),他编选的《骈体文钞》刊行。该书改变骈文选本选文始于魏晋的惯例,辑录先秦两汉文章多篇,如李斯、司马迁等人的文章;又打破宋元明四六选本不收颂赞、箴铭、哀祭等韵文的常规,对之加以选录;还通过相关序跋、书信指出学习两汉文章非自骈体入手不可,推崇实际上骈散不分的汉魏"骈体文"。这一方面扩大了骈文指向,解构了旧有的以齐梁、初唐骈体为"正声"的倾向,建构了一种新的骈文概念;另一方面,又弱化了骈文的文体特征,强化了骈文的类别属性,客观上导致嘉道以来骈文内涵更加宽泛,文体属性更加模糊,从而削弱了骈文文体的独立性与自足性。

《骈体文钞》所选文章,有些并不是时人所认可的骈文。如卷一"铭刻类"中收录李斯刻石类文章七篇,这些文章句式主要是四言单句连用,上下两句辞、意皆不对偶,意义不是并列或互补,而是前后递进,上下连贯,一气流传,更不必说使用四六隔对了。且这些铭文多是三句一韵,以三句为一个语意单位,与齐梁以后的骈文多两两相对完全不同。如《泰山刻石》全文曰:

> 皇帝临位,作制明法,臣下修饬。二十有六年,初并天下,罔不宾服。亲巡远方黎民,登兹泰山,周览东极。从臣思迹,本原事业,祗诵功德。治道运行,诸产得宜,皆有法式。大义休明,垂于后世,顺承勿革。皇帝躬圣,既平天下,不懈于治。夙兴夜寐,建设长利,专隆教诲。训经宣达,远近毕理,咸承圣志。贵贱分明,男女礼顺,慎遵职事。昭隔内外,靡不清净,施于后嗣。化及无穷,遵奉遗诏,永承重戒。①

全文歌颂秦始皇的功德,基本为四言句式,都是三句一韵,每韵围绕一事叙述,具有排比文意的特征,但和后世具有裁对、隶事、敷藻和声律等特征的骈文差距较大。

前人明确视为"散文"的一些表文,李兆洛也选入。明代沈懋孝论述"表"文时曰:"自东汉马伏波之式铜马也,有进表;吴陆士衡之谢平原内史也,有谢表;晋羊叔子之让开府也,有辞表;刘越石之劝进中宗以系人望也,有贺表。乃若诸葛孔明之《出师》,李令伯之《陈情》,又出四体之外,直抒己志,精忠孝感,垂之到今矣。然皆散文也。骈体兴于宋齐梁,而唐初则骆义乌以四六擅场。"②沈懋孝站在骈体兴起于宋齐梁的立场,自然将诸《出师表》《陈情表》等视为"散文"。但这里提到的六篇表文,除了马援的外,其他都入选《骈体文钞》。此外,李斯的《谏逐客令》、司马迁《报任安书》等传统散体文,虽使用了较多排比和对偶,但很少使用四六隔对,对偶不工,隶事较少,且多用古文虚词和句法,也被选入。这自然引起名不副实的感觉,好友庄绶甲因而建议改名。对此,李兆洛专门写信加以解释:

---

① 李兆洛:《骈体文钞》,上海:上海古籍出版社,2001年,第2页。
② 沈懋孝:《论四六骈体》,载《文渊阁四库全书补遗(第10册)》,北京:北京图书馆出版社,1997年,第686—687页。

> 吾弟谓《骈体文钞》当改名,吾弟未阅兆洛前序耶?未阅所代作之序耶?自亦未之深思耶?若以为《报任安》等书不当入,则岂惟此二篇,自晋以前,皆不宜入也。如此,则《四六法海》等选本足矣,何事洛之为此哓哓乎?洛之意,颇不满于今之古文家但言宗唐宋,而不敢言宗两汉。所谓宗唐宋者,又止宗其轻浅薄弱之作,一挑一剔,一含一咏,口牙小慧,谢陋庸词,稍可上口,已足标异。于是家家有集,人人著书,其于古则未敢知,而于文则已难言之矣。窃以为欲宗两汉,非自骈体入不可。今日之所谓骈体者,以为不美之名也。而不知秦汉子书,无不骈体也。窃不欲人避骈体之名,故因流以溯其源,岂第屈司马、诸葛以为骈而已,将推而至《老子》《管子》《韩非子》等,皆骈之也。今试指《老子》《管子》为骈,人必不能辞也。而乃欲为司马、诸葛避骈之名哉?《报任安书》,谢朓、江淹诸书之蓝本也;《出师表》,晋宋诸奏疏之蓝本也,皆从流溯源之所不能不及焉者也。其余所收秦汉诸文,大率皆如此,可篇篇以此意求之者也。①

庄绶甲循名责实,以文体定选文,认为既然是"骈体文钞",就应该收录骈文,不能收录传统散体文。即从骈文、散文对举的角度,指出李兆洛选文的不当。其实,李兆洛深知骈文内涵,曾指出时人将骈文分为六朝、唐和宋三体,"自秦迄隋,其体递变,而文无异名。自唐以来,始有古文之目,而目六朝之文为骈俪。而为其学者,亦自以为与古文殊路。既歧奇与偶为二,而于偶之中,又歧六朝与唐与宋为三。夫苟第较其字句,猎其影响而已,则岂徒二焉三焉而已,以为万有不同可也"②。但他编选骈文选本的目的,就是要打破骈文、古文割裂对举的常规思维,也要打破骈文分为三体的通常观念,主张骈散同源,骈散不分,骈文是古文的自然发展。所以,他指出诸葛亮、司马迁的文章和《老子》《管子》《韩非子》等子书中都有骈体现象的存在。这种骈体现象正是齐梁成熟骈文的重要渊源,从流溯源,自然可以将某些秦汉文章选入。他借此说明骈文存在的合理性,想推尊骈体,方法却是将骈体消泯于古文中。可见,李兆洛不是不知骈文的内涵及发展历史,而是故意打破骈散对立,倡导骈散不分,回归到汉魏文章骈散交融的自然状态。这种做法,无疑是对历代"骈体"概念的解构,也是对当时骈文概念的建构。

《骈体文钞》不仅将骈文溯源秦汉,甚至先秦诸子,延伸了骈文发展的时间长度,还在空间范围上,拓展了宋代四六别集和四六话主要由制诰、表启、上梁文、乐语组成,明代四六选本主要由表启组成的局面,将数量众多的文类收入其中。如汉代以来的颂赞、箴铭、哀祭,都属于韵文,晚明至清初的骈文选本一般不予录入,《骈体文钞》却将之收入,从而名正言顺地扩大了骈文范围。《骈体文钞》包括上中下三编共三十一卷。上编包括铭刻、颂、杂扬颂、箴、谥诔哀策、诏书、策命、告祭、教令、策对、奏事、驳议、劝进、贺庆、荐达、陈谢、檄移、弹劾共十八卷;中编包

---

① 李兆洛:《养一斋文集》,载《续修四库全书(第 1495 册)》,上海:上海古籍出版社,2002 年,第 119 页。
② 同上书,第 77 页。

括书、论、序、杂颂赞箴铭、碑记、墓碑、志状、诔祭共八卷；下编包括设辞、七、连珠、笺牍、杂文共五卷。虽然分类有些芜杂，没有像姚鼐将"古文辞"分为十三类那样清晰明了，但实际上除了辞赋、赠序和传没有收录外，该书包含的文类与姚鼐的《古文辞类纂》几乎相同。这也充分说明，"骈体文"像"古文辞"一样包罗万象，功能齐备。古文家所谓骈体多无用，散体多有用之说，就不攻自破。

《骈体文钞》能够在骈文内涵及包含文类上实现扩容，当与李兆洛反对当时古文家轻视骈体的思想有关。"李氏之为《骈体文钞》，欲以合姚氏《类纂》，使世人明其同出一源之义而作为此书。嘉庆末，合河康绍镛氏在粤东取吴山子所藏《类纂》本校阅付梓，李氏时为康客，因而谓唐以下始有古文之称，而别对偶之文曰骈体，乃更选先秦两汉下及于隋为是《钞》，以便学者沿流而溯源，故蒋氏《年谱》特著之，今人鲜有知其为姚书而作者。其主暨阴书院，示诸生必以《史》、《汉》、董、管、荀、吕、商、韩、贾诸文为宗，盖犹前志，此骈散合一一派明统之法也。"①正如曹虹先生指出："他在对姚鼐的'懋学淳诣'深怀敬意的同时，却并不妨碍他在文学观念上的创造与突破。事实上，《骈体文钞》一书的选编，就隐然有与姚鼐《古文辞类纂》对垒的意图。"②《骈体文钞》在道光元年（1821年）刊刻后，影响极大。涌现了道光间诵芬阁本、同治六年娄江徐氏精刻本、光绪七年四川存古书局重刻本、光绪七年四川尊经书局刻本、光绪八年上海合河康氏重刻本、光绪三十四年苏州振兴书社刻本等近十种；还有陈澧、翁同书、李慈铭、谭献、平步青、杨佩瑷等人的评点本。③ 此外，还有民国十七年（1928年）上海中华书局铅印本、民国二十三年（1934年）上海中华书局铅印本等。无疑，《骈体文钞》是中国古代刊刻次数最多、影响最大的骈文选本。通过所选作品时间和文类的"越界"，他的骈散不分、推崇汉魏文章的观念广泛流传，从而实现了对骈文的扩容和对骈文史的重构。

三、身体力行的"汉魏体"骈文创作

李兆洛排斥齐梁，推崇汉魏骈体，不仅体现在理论批评上，还表现在创作中。受到历代序跋骈俪色彩浓郁的影响，在清代骈文文类中，序跋最为常见，数量最多，骈俪化程度也最高。李兆洛本人并没有以"骈体""骈文"命名自己文集，但其中有骈俪色彩较重的文章。

光绪七年（1881年），张寿荣编选的《后八家四六文钞》八卷刊行。"后八家"指张惠言、乐钧、王昙、王衍梅、刘开、董祐诚、李兆洛和金应麟，都为嘉道年间骈文家。张寿荣是浙江镇海人，所选八家来自江、浙、皖、赣四地。该书所选骈文家地域、作品数量和排序

---

① 王葆心：《古文词通义》，载王水照编《历代文话》，上海：复旦大学出版社，2007年，第7293—7294页。
② 曹虹：《阳湖文派研究》，北京：中华书局，1996年，第97页。
③ 钟涛、彭蕾：《李兆洛〈骈体文钞〉成书和版本考述》，《励耘学刊》2015年第1期，第250—253页。

如下：

表 34-1 "后八家"概况

地域	秀水	临川	阳湖	会稽	阳湖	仁和	桐城	武进
作家	王昙	乐钧	董祐诚	王衍梅	李兆洛	金应麟	刘开	张惠言
篇数	20	18	16	16	12	12	10	9
排序	1	2	3	3	5	5	7	8

"后八家"中，无疑以李兆洛在骈文史上的影响最大，但入选篇数排在第五，可见在张看来，李兆洛的骈文创作地位并不算太高。12 篇入选文章为《皇朝文典序》《南汉记序》《姚石甫文集序》《爱石图题辞续编序》《跋汪桐生汉印偶存》《陶云汀中丞蜀輶日记书后》《重修元妙观碑记》《赵收庵先生诔辞》《萧母吴太宜人诔》《江苏学史辛筠谷先生诔》《答陶巡抚书》《连珠十五首》，其中序跋、连珠的骈俪色彩较浓，其他诔、记、书则是骈散结合，以散为主。

光绪十四年（1888 年），张鸣珂编选的《国朝骈体正宗续编》刊行。张鸣珂是浙江嘉兴人，他以嘉道至光绪初年的骈文家为对象，除了江南地区外，广东、湖南的骈文家谭莹、易顺鼎等也入选，从而比《后八家四六文钞》更有代表性。该书选录 56 位作家文 149 篇，其中 4 篇以上的作家 14 位，李兆洛入选 3 篇，排在第 15 位，地位并不高。这 3 篇骈文都是从《后八家四六文钞》所选 12 篇四六中挑选出来的，分别是《皇朝文典序》《爱石图题辞续编序》《陶云汀中丞蜀輶日记书后》。可以说，在李兆洛《养一斋文集》中，这 3 篇最能代表李兆洛文章的骈俪化程度，从中可以看出他骈散不分、骈散兼容的创作风貌。3 篇都不是长篇大论，篇幅较短；句式较少骈四俪六与隔句为对，多用叙述性而不是铺陈性的四言；隶事雅洁且不多，文词自然，文气流畅，不像齐梁至初唐那种精致绮靡的四六骈体。

其《皇朝文典序》全文曰：

大圜不言，星云烂然。实代之言，大方无纪。河岳迤逦，以为之纪。其在于人，精者曰文。下挟河岳，上昭星云。所以经纬宇宙，炳朗丝纶者也。其儒墨之训，雕瑑之词，畸人术流之驰说，春女秋士之抽思，皆一花一叶，一翾一蚑，各有可观，而非其至者矣。拘学之士，闭门距跃，高指月窟，卑诠虫天，囿于所习，得少自足。或服习卿云，扬榷燕许，只袭优冠，竞陈刍狗。于朝家宝书鸿典，曾未或窥。是犹不睹建章宫之千门万户，而妄意蓬室为璇台；不闻钧天广乐之洞心骇目，而拊掌巴渝以轩舞也。曩厕庶常，窃抱此愧。间搜司存，冀有采获。旋出宰邑，斯业废然。罢官多暇，忆之耿耿。比游维扬，闻此土前辈先有纂集，亟求而观，巨帙充几，登悬圃而案玉，入鲛渊而数珠矣。就其辑录，小有乖紊。遂加厘次，以类相从，都若干篇，为七十四卷。罗列务尽，非有取舍。其所未备，俟诸博求。卷之大小不齐，盖留编续之地焉。其于掌故，以当中郎独断；资之遣翰，或同伯厚指南。岂戴圜履方之伦,夸于创见;庶大雅宏达之彦,遂其乃心云尔。①

全文意在为时人提供典范性的文章选本,文词简洁,骈中有散,堪称风骨高严,文质兼备。句式整齐中见骈俪,但以散化的四言句式为主,较少使用四六隔对,毫无繁缛绮靡之弊,是典型的"汉魏体"骈文风貌。屠寄评李兆洛的骈文为"翰藻之美,张蔡是宪"②,确为当行评价。

《爱石图题辞续编序》是李兆洛应王国栋之邀,为其父亲王学愚的《爱石图》相关题辞所作序。该文首先感慨人生短暂,一闪即逝,虽然留有图画默写嗜好,有题词叙述功德,但终究令人悲伤。接着叙述王学愚的高尚品行与闲居生活,感慨世事沧桑,人事无常:"嗟乎!逝景遥遥,百年短短。壑舟一运,石火犹迟。虽复追嗜好于平生,寄音容于模写,抽毫述德,越世论交,其为周旋,抑已悕矣。学愚王君,珞珞自异,硁硁守中,居闲怀砺齿之风,敷衽尽他山之益。爱以高尘之赏,图其置壑之欢。当其高斋客来,胜友辈集,衔杯晏笑,解带舒怀。或矜冰雪之思,或动龙蛇之笔。传玩既习,篇章日增。宛然在焉,思之如昨。乃日月代谢,存亡奄乖。一时同游,相继沦丧。"③最后从王国栋虔诚守护《爱石图》、编选《题辞续编》之仁及诸位友人题辞之谊等来赞扬王学愚的贞白之雅、磊落之襟足以流传后世。全文同样以四言为主,叙述清晰,文风雅洁,文气流畅。文字看似简洁,但堪称句句有来历,特别是紧扣"石"之典故,将之与叙述对象融合起来,浑然一体。如"逝景"来自王僧达《答颜延年》"欢此乘日暇,忽忘逝景侵",说明光阴飞逝;"壑舟"来自《庄子·大宗师》"夫藏舟于壑,藏山于泽,谓之固矣。然而夜半有力者负之而走,昧者不知也",比喻事物在不知不觉中变化;"石火"形容短暂,潘岳《河阳县作二首》有"颎如槁石火,瞥若截道飙";"越世"指超越世俗,来自《世说新语·赏誉下》;"周旋"出自《左传·僖公二十三年》"若不获命,其左执鞭弭,右属櫜鞬,以与君周旋";"珞珞"来自《老子》"不欲琭琭如玉,珞珞如石";"硁硁"来自《论语·宪问》"鄙哉,硁硁乎!莫己知也,斯已而已矣";"砺齿",刷牙去垢,表示清高,刘义庆《世说新语·排调》有"所以漱石,欲砺其齿";"敷衽",解开襟衽,表示坦诚,《楚辞·离骚》有"跪敷衽以陈辞兮,耿吾既得此中正";"他山"来自《诗经·小雅·鹤鸣》"他山之石,可以攻玉";"高尘",崇高的风范,沈约《与何胤敕》有"吾虽不学,颇好博古,尚想高尘,每怀击节"。这些典故雅洁精炼而不繁缛生硬,化用无痕,体现了作者深厚的学识与过人的才华。文章整体风格也是运散于骈,句式整齐而不工致,代表了骈文初成时的形态。

此外,陶澍典试四川时撰写了《蜀轺日记》,记叙沿途所经地区的山川地理、建制沿革和历史古迹等。道光七年(1837年),李兆洛写下了《陶云汀中丞蜀轺日记书后》。该文风格与上两篇相似,从中还可以看出李兆洛有意追求通脱的思想。"夫耳目所构,皆关性灵;语言所抒,惟资神理。而研词者骋诡丽,侈博者矜远奥,考据者逐细碎,夸论者耽新奇,骛于一途,通之则窒。

---

① 张鸣珂:《国朝骈体正宗续编》,载《续修四库全书(第1668册)》,上海:上海古籍出版社,2002年,第225页。
② 屠寄:《国朝常州骈体文录》,载《续修四库全书(第1693册)》,上海:上海古籍出版社,2002年。
③ 张鸣珂:《国朝骈体正宗续编》,载《续修四库全书(第1668册)》,上海:上海古籍出版社,2002年,第226页。

固才力之偏至,实神明之寡要耳。"①对于偏执一端,相轻所短,李兆洛不以为然,提出应该"通之",但一般人才力偏至,难以做到。陶澍的《蜀輶日记》:"苞广谷大川之气势,宣政治弛张之所当,究古今成败之所原。又探本禹迹,疏通桑郦。经生之所聚讼,形家之所揣摩,片言洞微,万结立解。词表纤旨,经百思而愈深;言中鸿律,俟千载而不惑,此岂与夫鹫声钩世者同日语哉!"虽有夸饰,但该书确实体现了陶澍经纬彝宪、陶甄群生、因俗成化和开物成务的主要措施,因而本文较有现实针对性,堪称李兆洛骈文中的代表作。

  清代常州是骈文最为发达的地域,涌现了大批骈文名家。"乾嘉间,阳湖工偶体文者,以洪稚存、孙渊如、赵味辛、刘芙初为最。彦闻与董子诜、董方立兄弟联镳继起,以称雄于世。"②李兆洛在理论批评上声名显赫,但根据晚清的主要骈文选本和对李兆洛文本的分析,可知他的骈文创作成就和地位都不高。民初郭象升在《文学研究法》中说到:"申耆选《骈体文钞》,修词者奉为指南;而平生如此,似非专家。抑且不名一体,就其善者,雅近崔、蔡。碑板之文,所擅长也。"③"似非专家"及"不名一体",正说出了李兆洛对工致骈文的疏离。

  光绪十六年(1890 年),武进人屠寄(1856—1921)选编的《国朝常州骈体文录》刊行。该书收录 43 家 569 篇骈文,李兆洛入选达 65 篇,仅次于洪亮吉的 79 篇,远超清初骈文大家陈维崧的 21 篇及乾嘉道的其他常州骈文名家如赵怀玉、刘嗣绾、杨芳灿、董基诚、董祐诚等。其实,这是屠寄对乡贤李兆洛的偏爱。该书所选李兆洛文章,大部分为骈散相间之文。正如曹虹先生所言,李兆洛"不拘于文体,或骈或散,称心而言,而归于气骨深厚。屠寄《常州文体文录》录李兆洛文六十五首,比阳湖派其他人士为多,其中如《姚石甫文集序》等文,虽被张寿荣选入《后八家四六文钞》,但与其说是四六文,不如说是骈散相间之文更合适"④。然而,这种骈散兼行之文在晚清被视为骈文,本身就与李兆洛对骈散不分的汉魏体骈文的推崇密切相关。嘉道以来,清代文章界流行骈散合一、骈散不分的思潮。晚清湖湘骈文创作和批评崛起,曾国藩及其追随者也倡导骈散交融,骈散并尊。⑤ 清末民初,这种思想更加流行,民初郑好事甚至在《骈文丛话》中,"打破'古文''骈文'的对立,'骈文'也可纳入'古文'范畴"⑥。这些都是晚清骈散通融思潮的发展的表现。

四、结语

  李兆洛以其骈文批评与创作,给清代骈文史留下了浓墨重彩的一笔。在晚清重要的骈文

---

① 张鸣珂:《国朝骈体正宗续编》,载《续修四库全书(第 1668 册)》,上海:上海古籍出版社,2002 年,第 226 页。
② 王树楠:《万善花室文稿叙录》,载《丛书集成初编》,北京:中华书局,1985 年。
③ 余祖坤:《历代文话续编》,南京:凤凰出版社,2013 年,第 2020 页。
④ 曹虹:《阳湖文派研究》,北京:中华书局,1996 年,第 212 页。
⑤ 吕双伟:《曾国藩与晚清湖湘骈文批评的崛起》,《文学评论》2017 年第 6 期。
⑥ 蔡德龙:《〈骈文丛话〉:"骈文学"的初步构建与骈文特征的系统总结》,《中国文学研究》2017 年第 4 期,第 41 页。

选本和骈文批评中，多以李兆洛为重点效法对象。可见，李兆洛对晚清骈文的发展与演变，具有重要的启发作用。通过理论阐释与选本批评等，李兆洛主观上想融通骈散，消弭骈散之争，突出六朝骈文为秦汉骈散不分之文的自然发展，因而选择秦汉文录入骈体，但这客观上建构了骈文成体的时间，扩大了骈文包含的文类范围，因而重构了骈文史。这一建构同时也解构了骈文文体的"四六"指向，即以四六、六四隔对为主行文，文风绮丽，句式工致的齐梁体骈文特征，使得骈散不分的汉魏体骈文，严格来说是"骈散文"，在晚清非常流行。

通过这种建构与解构，李兆洛客观上消解了自晚唐李商隐至晚明的"四六"文体含义，泛化了骈体内涵，弱化了骈文的自足性和独立性。建构是李兆洛主动为之，有意改变当时文坛古文家轻视骈体的痼疾；解构则是他以古文为准，推尊骈体而无心导致的客观效果。无论建构还是解构，都显示了李兆洛给晚清文坛带来的重大影响，对骈文学建构所起到的重要作用。

近代民族国家建构与"中国文学"观念的兴起

武汉大学中国传统文化研究中心 余来明

"中国"观念的逐渐凸显可回溯至宋代,而其真正形成则在近代以后。① 晚清中国对现代"国家"的追求,是在一种外向汲取与内在建构的互动框架中展开的。反顾其时,"皇朝"成为"国家","中国"由"天下之中"退远为"万国"之一,由"中央"之国成为"世界"一隅,"知有天下而不知有国家"②的天朝迷梦被打破,知识界逐渐开始在"一身""朝廷""外族"和"世界"等层面展开关于"国家"的论述③,并由此形成了日渐明晰的世界意识和现代民族国家观念④。在那个被视作"过渡时代"⑤的特殊时期,旧传统的改造,新观念的输入,都无一例外被作为民族国家建构的思想因子。"中国"与"文学"的结合,即在此背景下展开。正如有学者所指出的:"清末文人的文学观,已渐脱离前此的中土本位建构。面对外来冲击,是舍是得,均使文学生产进入一国际的(未必平等的)对话的情境。'国家'兴起,'天下'失去,'文学'也从此不再是放诸四海的艺文表征,而成为一时一地一'国'的政教资产了。"⑥文学至近代已融汇成为民族国家不可分割的内在肌质,是其精神展现的重要载体。

民族国家文学观念在19、20世纪之交中国的兴起,既包含对几千年悠久文明传统的想象,亦是出于对彼时西方思想、文化观念笼罩下"中国"之存在的建构。纵观中国几千年的文明历程,与"文学"相结合的是"天下""皇朝"而不是"国家",见于论述的均为"某代文学"或"某朝文学"。在彼时士人心目中,既然唯我"中华"为文明之邦,作为"蛮夷"的四裔自然也就没有资格称作"文章",更无从奢谈"学术"。然而时至晚清,国门打开之后,中国士人方知在重洋之外,有一个并不输于中华的西方文明存在,并以其远胜于中国的科学技术,而在近代全球化过程中处

---

① 葛兆光:《宅兹中国:重建有关"中国"的历史论述》,北京:中华书局,2011年。
② 梁启超:《新民说》,载《梁启超全集(第3卷)》,北京:北京出版社,1999年,第665页。
③ 同上书,第663页。
④ 金观涛、刘青峰:《从"天下""万国"到"世界"——兼谈中国民族主义的起源》,载《观念史研究:中国现代重要政治术语的形成》,香港:香港中文大学,2008年,第221—245页。
⑤ 梁启超:《过渡时代论》,载《梁启超全集(第2卷)》,北京:北京出版社,1999年,第464页。
⑥ 王德威:《被压抑的现代性:没有晚清,何来"五四"?》,载《想像中国的方法:历史·小说·叙事》,北京:生活·读书·新知三联书店,1998年,第7页。

于优越地位。① 由此引发中国士人对传统的全面检讨,不断推动着向西方及效仿西方的日本学习的风潮。从19世纪最后几年开始,当欧美、日本的国家文学作为其国家观念的一部分输入中国,部分知识分子试图从民族国家建构之理想出发,在"国家"与"学术"之间、"中国"与"文学"之间寻求共构,最终促成了"中国文学"观念的兴起,并由此出发建构中国文学的历史图像。

一、"文学"与"国家"

清民之际将"文学"与民族国家建构相联系,既与传统的文学、国家观念一脉相承,又是在特定时代背景下形成的思想景观。中国古代很早就有将文学艺术与王朝盛衰相联系的观点,如《礼记·乐记》有"治世之音安以乐""乱世之音怨以怒""亡国之音哀以思"之说,所说虽是"声音之道",但与文学有相通之处。此后历代的文学批评中,都有关于文学与时代盛衰关系的论述。而但凡改朝换代,多提倡一种与盛世相匹配的文学风尚。

现代意义的"国家"一词,较早见于清末士人对西方的绍介当中。如张德彝光绪三年(1877年)的《随使日记》,将royal译为"国家":"先至官钱局,英名洛亚敏特。译:洛亚者,国家也;敏特者,钱局也。"② 郭嵩焘在同年2月的日记中,也将nation、government译为"国家":"其官阀曰明拍阿甫拍来森科非尔敏得。科非尔敏得者,国家也;明拍者,官员也;阿甫,语词;拍来森,犹言现在也。洋语倒文,所谓'国家现在的官员'也","便过画楼一观,洋语曰纳慎阿尔毕觉尔嘎剌里。纳慎者,国家也;阿尔,语辞;毕觉尔,画也;嘎剌里,楼也"③。然而类似概念的使用还只是停留在词语的对译上,并未作为一种思想观念进入知识领域。而至1900年,梁启超已开始明确在现代民族国家的立场上讨论"国"的内涵:"夫国也者何物也?有土地,有人民,以居于其土地之人民,而治其所居之土之事,自制法律而自守之;有主权,有服从,人人皆主权者,人人皆服从者。夫如是,斯谓之完全成立之国。"以此观念考量历史上的中国,梁氏认为:"且我中国畴昔,岂尝有国家哉?不过有朝廷耳。"④ 进入20世纪以后,随着民族、民族主义、国民、国家、国家主义等概念的频繁使用,现代民族国家观念在中西对比的视野中日益凸显,逐渐成为知识分子用以对抗西方知识输入的方式之一,亦是欲使中西学知识实现对接的现实途径。晚清西学兴盛,各种学说竞相登场,国人也纷纷以提倡西学为时代之潮流。尤其到了戊戌变法之

---

① 明末清初虽有西方耶稣会士将当时欧洲的科学技术输入中国,但仅为少数士人所接受,并未成为正统知识谱系的组成部分。如其时对西方知识体系进行详细介绍的《西学凡》一书,在当时对之予以关注的多为与耶稣会士有着密切关系的士人,如杨廷筠、毕拱辰、徐光启、李之藻、李祖白等,未被作为新知而受到广泛肯定,更在清代被纪昀斥为"所格之物皆器数之末,所穷之理又支离怪诞而不可诘"的"异学",未能成为中国引入近代西方学术分科体系的先声。乾隆时期编纂《四库全书》,采用的仍是中国传统的经史子集四部分类法,明清之际的汉文西书被分别划入四部之中。
② 王锡祺辑:《小方壶斋舆地丛钞(第11帙)》,上海:著易堂,1891年,第27页。
③ 郭嵩焘:《伦敦与巴黎日记(卷五)》,长沙:岳麓书社,1984年,第151、149页。
④ 梁启超:《少年中国说》,载《饮冰室合集(第1册)》,北京:中华书局,1989年,第9页。

后,中学渐处于弱势地位,"国粹"一变而成为"国渣"。鲁迅曾以揶揄的口吻说:"从清朝末年,直到现在,常常听人说'保存国粹'这一句话。……什么叫'国粹'?照字面看来,必是一国独有,他国所无的事物了。换一句话,便是特别的东西。但特别未定是好,何以应该保存?譬如一个人,脸上长了一个瘤,额上肿出一颗疮,的确是与众不同,显出他特别的样子,可以算他的'粹'。然而据我看来,还不如将这'粹'割去了,同别人一样的好。"①调侃之中,可以看出其时对待传统的一种态度。胡适则认为中国传统既有"国粹",又有"国渣",因而要"整理国故",去其"渣"而存其"粹"。清末民初关于"国学"的思想论争,反映的即是这一历史时期关于学术与民族国家存亡和发展问题的探讨。②

清末民初知识分子对民族国家精神的呼唤,既对"文学"与"国家"形成共构起重要促进作用,又是其题中应有之义。周作人说:"今夫聚一族之民,立国大地之上,化成发达,特秉殊采,伟美庄严,历劫靡变,有别异于昏凡,得自成美大之国民(nation 义与臣民有别)者,有二要素焉:一曰质体,一曰精神。……若夫精神之存,斯犹众生之有魂气。……故又可字曰国魂。"在他看来,"国魂"之铸造,不能只依靠科学技术之输入,"比者,海内之士震于西欧国势之盛,又相牵率,竞言维新,图保国矣。其言非不甚美,然夷考其实,又不外实利之遗宗,辗转未尝蜕古者也。谬种始自富强之说,而大昌于近今。立国事业,期诸工商,感发噭腾,将焉致意?而又尽斥玄义,谓不屑为,似将尽毕生之力倾注于数数方术中即为再造宗邦之奥援者。……实利之祸吾中国,既千百年矣。巨浸稽天,民胡所宅?为今之计,窃欲以虚灵之物为上古至方舟焉。虽矫枉过直,有所不辞,矧其未必尔耶?"而是应当改变过去视"文章"为"小道"的旧习,认为并非只有"训诂典章"才能承担起"经世"之职责,作为艺术的"文章"于民族国家之建构同样功莫大焉。周作人在文中取美国学者宏德(Hunt)之说,将文章的使命归结为四点:其一,"裁铸高义鸿思,汇合阐发之";其二,"阐释时代精神,的然无误";其三,"阐释人情以示世";其四,"发扬神思,趣人心以进于高尚"③。由此可以看出他对"文学"之于民族国家精神谱系建构意义的认识。

近代以降,自林则徐、魏源等人提倡"师夷长技以制夷",到洋务运动对西方科学技术的学习与效仿,以及各种实务学堂的兴起,等等,晚清较长一段时间内西学的输入,都是以应用知识和技术为主,以此补"中学"重"道"而轻"艺"之不足。如1887年由英美新教传教士创立的广学会,曾自述其宗旨说:"以西国之学,广中国之学;以西国之新学,广中国之旧学。"④陶曾佑也指出:"挽近以来,由简趋繁,贡献千枝万叶,茫茫学业,逐渐昌明,质与文分,两相对峙。而一般论者,咸谓研求质学,为自强独立之原因,务实捐虚,其损益固显然易烛。虽然,仅攻质学,亦未足为得计也。如教化之陵夷,人权之放失,公德之堕落,团体之涣离,通质学者或熟视而无所

---

① 唐俟:《随感录》,《新青年》1918年11月15日。
② 罗志田:《国家与学术:清季民初关于"国学"的思想论争》,北京:生活·读书·新知三联书店,2003年。
③ 独应:《论文章之意义暨其使命因及中国近时论文之失》,载张枬、王忍之编《辛亥革命前十年间时论选集(第3卷)》,北京:生活·读书·新知三联书店,1977年,第306、311—312、318页。
④ 《戊戌变法(第3册)》,上海:神州国光社,1953年,第214页。

睹。"①所谓"质学",即"格致之学",也就是清末输入的科学技术之学,在晚清前五十年被认为是实现民富国强的根本支撑。

然而自甲午战争以后,不少士人开始认识到仅凭科技、工艺不能使中国走上富强之路,于是借力日本,兴起了一股思想文化改革的潮流。马君武概述其中的变化说:"中国之言改革也,四十年以来矣。于甲省立一船政局,于乙省立一枪炮厂;今日筹数百万以买铁甲船,明日筹数百万金以建坚固炮台。是军械上之改革也,卒之遇敌辄败,一败之后,亡失无所余。以是言改革,则犹之执规以画方,南辕而北其辙也。甲午之后,士大夫乃稍变其议论,知欲存中国必至革政始。"②在此背景下,"文学"开始逐渐被赋予建构民族国家的功能:"当此时期,倘思撼醒沉酣,革新积习,使教化日隆,人权日保,公德日厚,团体日坚,则除恃文学为群治之萌芽,诚未闻别有善良之方法。"具体又可以从国家与社会两个层面发挥功用——文学作用于国家层面,"一国之盛衰,系于一国之学术;而学术之程度,恒视其著述之多少与良楛为差","文学之关系于国家,至重大且至密切,故得之则存,舍之则亡,注意则兴,捐弃则废",有着"绝后空前"、令人生畏的"魔力",日本明治维新、近代德国的崛起,均是"注重文学之足以兴国"的例子,而英国入侵印度、斯拉夫侵略波兰,则反映了"捐弃文学之足以亡国"的事实。文学作用于社会层面,则可以清末西学流行的情形见其一斑,"近世青年,竞尚西文,侈谈东籍,率多推敲韵调,剿袭皮毛,而或于祖国固有之文明,排斥不遗余力;虽两界中之翰墨,固亦各有所长,而其恶劣芜杂,不堪游目者,实占一大部分。噫!矛天戟地,森然逼人;莽莽中原,如痴如醉;灾梨耗楮,流毒无涯;半开化之支那几不能建国于地球之上,所由是炎黄特质竟退化于无形也。盖文学之关系于社会,较他物尤为普及"。由此引申,"文学"被视为"立国""新民"的根基:"无文学不足以立国,无文学不足以新民。"③在救亡图存、富民强国的时代背景下,文学不能仅仅关注韵调、辞采等审美层面的内容,而应承载更加宏阔的历史内涵,其中之一即为民族国家之精神谱系。

不论是清末民初以新观念解释旧传统的做法,还是这一时期对中国传统的历史建构,其指向都是要在近代知识转型中为旧学寻找位置,建构新的知识和观念谱系。"文学"作为知识的类型之一,被作为民族国家建构的重要载体。陶曾佑曾慷慨地表示:"尝闻立国地球,则必有其立国之特别精神焉,虽震撼搀杂而不可任其澌灭者也;称雄万世,亦必有其称雄之天然资格焉,虽俗猾繁稽而不可漠然恝置者也。噫!其特别之精神惟何?其天然之资格惟何?则文学是。'文字收功日,全球改革潮。'同胞!同胞!亦知此文学较他种学科为最优,实有绝大之势力,膺有至美之名誉,含有无量之关系,而又独能占世界极高之位置否乎?……祖国之文明,首推文学。"④又在《论文学之势力及其关系》一文中极力宣扬文学对民族国家建构的重要作用:"其最

---

① 陶曾佑:《论文学之势力及其关系》,《著作林》1907年第14期。
② 马君武:《论中国国民道德颓落之原因及其救治之法》,载莫世祥编《马君武集》,武汉:华中师范大学出版社,1991年,第128—129页。
③ 陶曾佑:《论文学之势力及其关系》,《著作林》1907年第14期。
④ 陶曾佑:《中国文学之概观》,《著作林》1907年第13期。

高尚最尊乐最特别之名词,曰文学。彼西哲所谓形上之学者,非此文学乎?倍根曰:'文学者,以三原素而成,即道理、快乐、装饰各一分是也。'洛里斯曰:'文学者,世界进化之母也。'和图和士曰:'文学者,善良清洁之一世界也。'然则,诸哲之于此文学,志意拳拳,其故安在?盖载道明德纪政察民,蓄于此文是赖;含融万汇,左右群情,而吐焉纳焉臧焉否焉生焉灭焉,惟兹文学始独有此能力。"①王国维曾具体从"去毒(鸦片)"的角度出发,论述"文学"之于改造国民的重要价值,认为应当为"言教育者所不可不大注意":"夫人之心力,不寄于此则寄于彼,不寄于高尚之嗜好,则卑劣之嗜好所不能免矣。而雕刻、绘画、音乐、文学等,彼等果有解之之能力,则所以慰藉彼者,世固无以过之。何则?吾人对宗教之兴味存于未来,而对美术之兴味存于现在,故宗教之慰藉理想的,而美术之慰藉现实的也。而美术之慰藉中,尤以文学为尤大。何则?雕刻、图画等,其物既不易得,而好之之误则留意于物之弊,固所不能免也。若文学者,则求之书籍而已无不足,其普通便利,决非他美术所能及也。故此后中学校以上宜大用力于古典一科,虽美术上之天才不能由此养成之,然使有解文学之能力、爱文学之嗜好,则其所以慰空虚之苦痛而防卑劣之嗜好者,其益固已多矣。"②此处所谓"美术",即现代所说的"艺术",而将文学作为"美术"的一种,亦可见其视文学为改变国民精神的重要媒介。

在清末民初民族国家建构的历史背景下,对"文学"的认识多带有明显的民族国家思想色彩。张之纯界定"文学"的性质说:"文学者,宣布吾感情,发抒吾理想,代表吾语言,使文字互相联属而成篇章,于以觇国家之进化者也。"③又将中国文学的历史置于民族国家观念之下:"吾国文学之历史,孰先孰后,秩序井然。迄于今日,一以开通民智为主,事事务求其实际。虽俚辞俗谚,剧本山谣,不敢废置。彼磔格奥衍,不能适用于社会者,虽古人传作,亦所不取。……有现在必先有过去,历代演进之成绩,皆足以供学人之研究,而亦一般国民应有之知识也。"④曾毅也说:"文学之变迁升降,尝与其时代精神相表里。学术为文学之根柢,思想为文学之源泉,政治为文学之滋补品。本篇于此三者,皆力加阐发,使阅者得知盛衰变迁之所由。"⑤胡蕴玉指出:"一代之兴,即有一代之治;一代之治,即有一代之学;一代之学,即有一代之书。……文学者,一代之治之学之所系焉者也。"⑥发掘中国文学中的民族文化精神,为当下的民族国家建构提供想象和资源,是此一时期撰述文学史的意图之一,由此也赋予了"文学"不一般的含义。

"文学"作为民族精神的体现,不能一味以西方标准为法则,提倡的根本目的,是要建构以民族文学为核心的民族精神,由文明的自觉而实现民族国家的崛起。白葭说:"吸彼欧美之灵

---

① 陶曾佑:《论文学之势力及其关系》,《著作林》1907年第14期。
② 王国维:《去毒篇——鸦片烟之根本治疗法及将来教育上之注意》,载谢维扬、房鑫亮主编《王国维全集(第14卷)》,杭州:浙江教育出版社,2009年,第66页。
③ 张之纯:《中国文学史》,上海:商务印书馆,1915年,第1页。
④ 同上书,第1—2页。
⑤ 曾毅:《中国文学史》,上海:泰东图书局,1915年,第1—2页。
⑥ 胡蕴玉:《中国文学史序》,载舒芜等编选《近代文论选(下册)》,北京:人民文学出版社,1959年,第469页。

魂,淬我国民之心志,则陈琳之檄,杜老之诗,读之有不病魔退舍,睡狮勃醒者乎!"①陶曾佑也呼吁说:"慎毋数典忘祖,徒欢迎晳种之唾余。舍己芸人,尽捐弃神州之特质。其抒怀旧之蓄念,发思古之幽情,力挽文澜,保存国学;泄牢骚于兔管,表意见于蛮笺;震东岛而压倒西欧,由理想而直趋实际;永佚神明裔胄,灌输美满之源泉,从兹老大病夫,洗涤野蛮之名号。"②黄人从更广阔的意义上指示文学的意义说:"文学之范围力量,尤较大于他学。他学不能代表文学,而文学则可以代表一切学。纵尽时间,横尽空间,其借以传万物之形象,作万事之记号,结万理之契约者,文学也。人类之所以超于一切下等动物者,言语为一大别;文明人之所以胜于野蛮半化者,文学为一大别。"③从另一个方面来说,清民之际"国学""国文""国粹"等概念的广泛使用,即体现出在西方知识背景下建构"中国"知识系谱的强烈意识,对中国这样一个有着几千年文明传统的帝国来说尤其如此。正如彼时有人所指出的,"民国以还,竞尚欧美,继今以往,不患外国文学之不输入,惟患本国文学之日趋衰落。国于天地,必有所以立之特质,所谓国性也,国情也,皆史之说也"④。而"五四"前后兴起的以"改造国民性"为主旨的新文学创作,从某种程度上来说是"文学"与"国家"的结盟在现代民族国家叙述话语中的延续和发展。缘于此,有学者将现代中国文学称为"民族国家文学"⑤。从晚清以降文学与国家之关系而言,其说不无道理。

二、不一样的"中国":"中国文学"观念的兴起

地理学层面"中国"意识的肇兴,可以追溯到明清之际入华耶稣会士输入的世界地图与地理书,至晚清新教传教士著译史地著述予以推广,并渐为国人所接纳。思想文化领域"中国"观念产生于何时虽难以确定,但在甲午以后蓬勃而兴则属人所共知,而其中尤以梁启超提倡最力。梁启超1896年作《变法通议》,论变法之所必行与当行,即放眼于世界,时时存一"西方""日本"于心目中,处处可见立足于"中国""国家"的言说,以变法为"保国""保种""保教"的必由之径,视之为"四万万人之所同"的"天下公理"。所言虽都是政制、教育之事,亦可见出鲜明的民族国家观念。此后的诸多篇章,如《论中国宜讲求法律之学》《论中国积弱由于防弊》《论中国之将强》《论中国人种之将来》《论近世国民竞争之大势及中国前途》《论中国与欧洲国体异同》《少年中国说》《中国积弱溯源论》《论今日各国待中国之善法》《中国史叙论》《论中国学术思想变迁之大势》《中国专制政治进化史论》《中国地理大势论》《论中国国民之品格》等,

---

① 白葭:《十五小豪杰序》,载舒芜等编选《近代文论选(上册)》,北京:人民文学出版社,1959年,第238页。
② 陶曾佑:《中国文学之概观》,《著作林》1907年第13期。
③ 黄人:《中国文学史》,载《黄人集(一七)》,上海:上海文化出版社,2001年,第323页。
④ 葛存悫:《中国文学史略》,上海:大同出版社,1948年,第2页。
⑤ 刘禾:《文本、批评与民族国家文学》,载《语际书写:现代思想史写作批判纲要》,上海:上海三联书店,1999年,第191—216页。

以"中国"为言说对象的论述,屡形诸笔端。梁启超一生着力于一"新"字,"新民""新学""新政治""新小说""新中国"……其关于"中国"的论说,亦是在清末由西方输入的近代民族国家观念上展开。

清末兴盛的各种变革运动,在某种程度上均带有明显的"西方化"痕迹。对此,鲁迅批评说:"中国既以自尊大昭闻天下,善诋諆者,或谓之顽固;且将抱守残阙,以底于灭亡。近世人士,稍稍耳新学之语,则亦引以为愧,翻然思变,言非同西方之理弗道,事非合西方之术弗行,掊击旧物,惟恐不力,曰将以革前缪而图富强也。"面对晚清时局的变化,他一方面肯定"变"的必要性——"中国在今,内密既发,四邻竞集而迫拶,情状自不能无所变迁。夫安弱守雌,笃于旧习,固无以争存于天下";但同时又反对简单遵从西方的法则——"顾若而人者,当其号召张皇,盖蔑弗托近世文明为后盾,有佛戾其说者起,辄谥之曰野人,谓为辱国害群,罪当甚于流放。第不知彼所谓文明者,将已立准则,慎施去取,指善美而可行诸中国之文明乎?抑成事旧章,咸弃捐不顾,独指西方文化而为言乎?"以致造成"所以匡救之者,缪而失正,则虽日易故常,哭泣叫号之不已,于忧患又何补矣"的局面。由此出发,他希望能有"明哲之士","洞达世界之大势,权衡校量,去其偏颇,得其神明",并且能够"施之国中,翕合无间",由此创造符合本民族文明发展的独特路径,既"不后于世界之思潮",又"弗失固有之血脉",形成一种介于借鉴与创造之间的全新模式,"取今复古,别立新宗"。在他看来,每一种文明最后能够立于世界之林,乃在于精神而不是物质,"物质也,众数也,十九世纪末叶文明之一面或在兹,而论者不以为有当。盖今所成就,无一不绳前时之遗迹,则文明必日有其迁流,又或抗往代之大潮,则文明亦不能无偏至。诚若为今立计,所当稽求既往,相度方来,掊物质而张灵明,任个人而排众数。人既发扬踔厉矣,则邦国亦以兴起"①。在此意之下,建构中华文明的历史渊源以寻求与世界先进文明同等的地位,实为晚清士人"中国"言说的重要内容之一。

对于清末"中国文学"观念的兴起,日本学者长泽规矩也《中国学术文艺史讲话》开篇的一段话颇值得注意:

> 关于中国民族及文化的起源,向来没有人怀疑过,深信他是在中国本部。对于古来的种种传说,也全盘接受,率为史实。但自西人东渐后,他们却提出异议,认为发源于西方。而创议的人,却并不以确凿的事实为根据,不过由于一种传统的偏见,以为文明只有白种人才能创造,理应发源于西方。同时反对此说的中国学者,在最初也犯同样的弊病,坚持旧说,不过是一种意气作用,无法提出证据。②

所说虽然只是近代对于中国民族文化起源认识的变迁,实则蕴藏了清末民初思想文化领域"中

---

① 鲁迅:《文化偏至论》,载《鲁迅全集(第1卷)》,北京:人民文学出版社,2005年,第45、47、57页。
② 长泽规矩也著,胡锡年译:《中国学术文艺史讲话(一)》,上海:世界书局,1943年,第1页。

国"言说兴起的潜在因素:为中华文明的悠久历史自我作证,以对抗西方文化思想观念输入带来的压迫感。在此背景下,以"中国文学"概括自先秦以来"中国"的文学演变,或许也包藏着与欧美文明进行比照的含意。正如有论者所说的:"尽管文学古已有之,古人却没有'中国文学'的概念。原因是中国自古关门生活,不关心他国及他国文学,对自己自然也感受不到一种'中国文学'的意味。及至近代,西方入侵,国家的概念显现出来,'中国文学'的概念便缘此而生。"文章进而指出:"'中国文学'这概念一产生,就先天地充满着政治历史与政治现实。'中国文学'的概念不是单独存在的,反过来它影响和作用着中国文学的实质。尤其近世中国,东西方冲突的一边倒给中国人带来了心理的失衡,使得'中国文学'一直充斥着'保守与激进''国粹与洋奴''西方化与民族化'等等这些思想政治的思辨,连艺术探索也被纠缠不清。"①在晚清中国,任何与"中国"有关的叙说,都不可避免地会与"西方"(包括日本)存在某种紧张关系,"中国文学"概念已不仅仅只是描述中国文学总体的知识名词,而是与西方文学处于同一话语结构当中,相互间形成复杂的对立。

近代民族国家观念的兴起,使其时的学人在论及"中国文学"时,都自然地将其与"中国"相联系,发掘"文学"在民族国家建构之义层面的特殊价值。在《新民丛报》第 14 号为"中国唯一之文学报"《新小说》刊登的广告语中,有如下一段话:"本报所登载各篇,著译各半,但一切精心结撰,务求不损中国文学之名誉。"②此处之"中国文学"一词,在含义上更接近于"中国的文学",与后来以"中国文学"指先秦以至近代所有文学创作的总体概念仍有所不同。但它从"中国"层面定位"文学"的方法,已开近代在民族国家意义上使用"中国文学"概念之端。

而在刊于《新小说》第 7 号的《小说丛话》中,梁启超开始从历史进化的角度论述"中国文学"的历史:"文学之进化有一大关键,即由古语之文学变为俗语之文学是也。各国文学史之开展,靡不循此轨道。……寻常论者多谓宋元以降,为中国文学退化时代。余曰不然。夫六朝之文,靡靡不足道矣。即如唐代韩柳诸贤,自谓起八代之衰,要其文能在文学史上有价值者几何?昌黎谓非三代两汉之书不敢观,余以为此即其受病之源也。自宋以后,实为祖国文学之大进化。何以故?俗语文学大发达故。"③此观点值得注意,后来"五四"时期提倡白话文学,其思路亦已见于此。而他以进化论的观点论述"中国文学"演进的做法,对 20 世纪前期的文学史书写又有深远影响。清末以后关于"中国文学"观念更直接的表述,集中反映在 20 世纪初兴起的关于中国文学历史的讲述和书写当中。林传甲自 1904 年开始讲授的"中国文学史"课程讲义,即视"我中国文学"为"国民教育之根本"④,而不仅仅只是讲述关于"中国文学"的历史。胡蕴玉也将自己书写"中国文学"历史放在时代学术风尚的背景下展开:"今也后生入学,束书不观,风

---

① 冯骥才:《关于"中国文学"的概念》,《文学自由谈》1996 年第 4 期。
② 《新民丛报》1902 年 8 月 18 日。
③ 梁启超:《小说丛话》,《新小说》1903 年第 7 号,第 166 页。
④ 林传甲:《中国文学史》,杭州:武林谋新室,1910 年,第 24 页。

气所趋,诮文无用。户肄大秦之书,家习佉卢之字。三仓之典籍,舶载而东;六艺之精言,人谁过问。呜呼! 斯文已丧,谁为继起之人;古学沦亡,能无胥溺之惧。此吾之所以著文学史而不觉歔欷不已也。"①刘师培则将"无复识其源流"视为"中国文学之厄":"近岁已来,作文者多师龚、魏,则以文不中律,便于放言,然袭其貌而遗其神。其墨守桐城文派者,亦囿于义法,未能神明变化。故文学之衰,至近岁而极。文学既衰,故日本文体,因之输入于中国。其始也,译书撰报,据文直译,以存其真。后生小子,厌故喜新,竞相效法。夫东籍之文,冗芜空衍,无文法之可言,乃时势所趋,相习成风,而前贤之文派,无复识其源流,谓非中国文学之厄欤?"②通过提倡"中国文学",与近代输入的"东籍之文"抗衡。近代学人来裕恂 1905 年始撰于浙江海宁中学堂授课期间的《中国文学史稿》,有感于当时"东西洋文明入中国,科学日见发展,国学日觉衰落",而将讲授中国文学的历史看作是"焕我国华,保我国粹"③之举。黄人则认为,以"中国文学"为书写对象的"文学史",不能仅仅是作为"文学家之参考","保存文学,实无异保存一切国粹,而文学史之能动人爱国、保种之感情,亦无异于国史焉","示之以文学史,俾后生小子知吾家故物,不止青毡,庶不至有田舍翁之诮,而奋起其继述之志,且知其虽优而不可深恃"④。希望借助"中国文学"背后所展现的"中国"几千年文明的脉络,来激发彼时知识分子接武前贤、推动文明进步的意气。葛遵礼编《中国文学史》,也是因为有感于"文学日就陵夷,几有忘祖之虑"的境况,"欲使高小中学生粗知我文学之源流"⑤。同样是意在通过提倡"中国文学",在知识和思想意识领域建构一个不一样的"中国"。

　　清末以后随着西学知识的输入,中国文学已不能如旧时一样在一个自足的体系中演绎生成、衰变的历史过程,必然要在"世界"的格局下反观自身。清末民初,与西方文学进行比照,成了凸显"中国文学"价值的一种常见方式。黄人从总体上强调说:"以吾国文学之雄奇奥衍,假馨其累世之储蓄,良足执英、法、德、美坛坫之牛耳。"⑥而具体作品的比照在文学评论中更为普遍。赵景深将《离骚》比作但丁的《神曲》,将宋玉视同善于制造幽默的 Swift 的《海外轩渠录》⑦;顾实认为《诗经·商颂》五篇,与"印度富夏察(Uyara)之摩诃婆罗多(Mahabharata),希腊荷马尔(Homeros)之伊利亚特(Ilida)等,略占同一之位置"⑧;陈介白称赞《史记》"其伟大非希腊罗马史家所能及",认为陶渊明的《闲情赋》"极似丁尼生(Tennyson)的磨坊主人的女儿(The Miller's Daughter)诗","是极流利而不板滞的美文"⑨。虽然都只是简单的比附,却可见出其时知识界力图将中国文学置于世界文学之林的努力和尝试。类似上述做法,在晚清学人

---

① 胡蕴玉:《中国文学史序》,载舒芜等编选《近代文论选(下册)》,北京:人民文学出版社,1959 年,第 476—477 页。
② 刘师培:《论近世文学之变迁》,《国粹学报》1907 年第 26 期。
③ 来裕恂:《萧山来氏中国文学史稿》,长沙:岳麓书社,2008 年,第 1 页。
④ 黄人:《中国文学史》,载《黄人集(一七)》,上海:上海文化出版社,2001 年,第 325、327 页。
⑤ 葛遵礼:《中国文学史》,上海:会文堂书局,1921 年,第 1 页。
⑥ 黄人:《清文汇序》,载舒芜等编选《近代文论选(下册)》,北京:人民文学出版社,1959 年,第 495 页。
⑦ 赵景深:《中国文学小史》,上海:光华书局,1926 年。
⑧ 顾实:《中国文学史大纲》,上海:商务印书馆,1933 年,第 37 页。
⑨ 陈介白:《中国文学史概要》,国立北京大学文学院,第 18、25 页。

讨论中国小说时曾被经常使用。如天僇生(王无生)将施耐庵与柏拉图、巴枯宁、托尔斯泰、狄更斯相提并论,把《水浒传》称为"社会主义之小说""虚无党之小说"和"政治小说";侠人将《镜花缘》《荡寇志》《西游记》等看作是与西方"科学小说"相同的类型;黄人将《水浒传》视作社会主义小说,将《金瓶梅》视作家庭小说进行讨论,将《三国演义》《隋唐演义》与哈葛德的小说相提并论,称其为历史小说的典范;平子《小说丛话》认为《金瓶梅》是"描写当时社会情状"的"社会小说";浴血生将《镜花缘》视作提倡女权主义的小说;阿阁老人《说小说》把《西游记》将西游故事比附为出洋留学以图强国保种的维新运动;定一《小说丛话》认为《水浒传》是一部表现"民主、民权之萌芽"的小说;王钟麒《论小说与改良社会主义之关系》认为《水浒传》是一部"社会主义之小说";燕南尚生《水浒传命名释义》认为《水浒传》的创作,是因为施耐庵"生在专制国里,俯仰社会情状,抱一肚子不平之气,想着发明公理,主张宪政,使全国统有施治权,统居于被治的一方面,平等自由,成一个永治无乱的国家"。这些论述显然都已经超越了明清章回小说产生的时代背景,而带有浓厚的近代思想意识。

然而此种观点也有可能走向另一个极端,陷入"西方主义"的泥潭而不自知——"中国文艺界上可怕的现象,是在尽先输入名词,而并不绍介这名词的函义。于是各各以意为之。看见作品上多讲自己,便称之为表现主义;多讲别人,是写实主义;见女郎小腿肚作诗,是浪漫主义;见女郎小腿肚不准作诗,是古典主义;天下掉下一颗头,头上站着一头牛,爱呀,海中央的青霹雳呀……是未来主义……"①话虽略显"刻薄",却并非只是"杞人忧天"。对以西方理论研究中国文学的人来说,仍不失警醒意义。

按照西方学者本尼迪克特·安德森(Benedict R. O'Gorman Anderson)的说法,近代以来形成的民族国家,只是一个想象的共同体。"中国"的历史同一性因此也受到质疑。② 而在清末民初的历史叙述中,"中国"并非只是想象中的存在,在绝大多数知识分子那里,是不以王朝、族群、信仰、语言、领土等历史的变化而转移的真实认识。表现在"文学"观念上,几乎没有人对"中国文学"未将某一民族的文学纳入其中而提出质疑,也鲜有学者因为历史上领土空间的变化、区域文化的发展而否认"中国"的文学存在。缘于此,有学者提出,"中国文学"概念应该在"中国观"上加以探讨。③ 也有学者认为,"中国文学"概念是现代人从民族国家观念出发,运用现代文学的标准,对古代文化遗产进行分割、选择、重组的结果,由此也造成了一系列的矛盾与悖论。④ 事实上,无论对"中国文学"概念的内涵及由此发展形成的文学史研究持何种态度,此一概念在清末民初的兴起,自有其产生的历史语境和学术史意义。至于其合理性及是否能涵括整个"中国"的文学,则属另一层面的问题。

---

① 鲁迅:《扁》,载《鲁迅全集(第 4 卷)》,北京:人民文学出版社,2005 年,第 88 页。
② 葛兆光:《宅兹中国:重建有关"中国"的历史论述》,北京:中华书局,2011 年。
③ 张未民:《何谓"中国文学"?——对"中国文学"概念及其相关问题的探讨》,《文艺研究》2009 年第 9 期。
④ 吴泽泉:《错位与困境:一份关于"中国文学"的知识考古学报告》,《文学评论》2009 年第 3 期。

三、 中国"文学"与文学"中国":作为历史知识与想象的"中国文学"

清末面对西学输入的大势,黄人虽自豪地表示中国的"文学"历史之悠久,非近代新兴的民族国家所能比拟,"今之英、法、德、美,虽以文物睥睨全球,而在千百年前,方为森林中攫噬之图腾,乌有所谓文学者?"但也不得不面对中国的文学"势处于至危"的现实。又因"吾国之文学,精微浩瀚,外人骤难窥其底蕴,故不至如矿产、路权遽加剥夺"而暗自庆幸,认为"欲谋世界文明之进步者,不数既往,不能知将来,不求远因,不能明近果"①,希望通过历史书写建构文学的"中国"。

甲午战争以后面对大量涌入的西方政治、经济、法律、哲学等思想,很自然就会让人产生一种关乎民族国家危亡的"存在的焦虑",整体国家的知识和观念体系都受到西方观念的巨大冲击,"中国"之所以存在的思想文化基础都面临崩塌的危险。在此境况之下,标举"中国"或"祖国"的"文学"以建构民族国家想象,成为不少知识分子的共同思路。曼殊(梁启勋)对自己曾以"泰西小说"之标准否定"祖国之小说"感到"大谬不然",认为"吾祖国之政治、法律,虽多不如人,至于文学与理想,吾雅不欲以彼族加吾华胄也"②。侠人也宣称:"吾祖国之文学,在五大洲万国中,真可以自豪也。"③均体现出在"中国文学"观念上的民族国家意识。

然而即便是中国的"文学",在清末多数西方人眼中也未必就值得称赞,"中"不如"西"似乎已成为无可回避的事实。曾朴在给胡适的信中曾援引陈季同 1900 年前后的看法说:"我们在这个时代,不但科学,非奋力前进,不能竞存,就是文学,也不可妄自尊大,自命为独一无二的文学之邦;殊不知人家的进步,和别的学问一样的一日千里,论到文学的统系来,就没有拿我们算在数内,比日本都不如哩。我在法国最久,法国人也接触得最多,往往听到他们对中国的论调,活活把你气死。"④虽然其中一部分原因是出于理解的偏见,但过去那种在学术之"道"层面的自信,至 20 世纪初年也确实已荡然无存。周作人在 1908 年所作的文章中即感叹:"今言中国国民思想,就文章一面,测其情状,准学者之公言,更取舍以自见,则可先为二语曰:中国之思想,类皆拘囚蜷屈,莫得自展。而文运所至,又多从风会为转移,其能自作时世者,殆鲜见也。"⑤立于清末民初的立场和时代语境,有此见解者远非周氏一人。

在此背景下,类似如黄人一样希望借中国文学历史书写建构民族国家想象的做法,在清末民初兴起的中国文学史书写热潮中实属常态。曾毅论中国"文学史上之特色",指出:"世称坤

---

① 黄人:《中国文学史》,载《黄人集(一七)》,上海:上海文化出版社,2001 年,第 325—327 页。
② 梁启勋:《小说丛话》,《新小说》1904 年第 11 号。
③ 侠人:《小说丛话》,《新小说》1905 年第 1 号。
④ 胡适:《胡适文存三集》,上海:上海书店,1989 年,第 1129 页。
⑤ 独应:《论文章之意义暨其使命因及中国近时论文之失》,载张枬、王忍之编《辛亥革命前十年间时论选集(第 3 卷)》,北京:生活·读书·新知三联书店,第 310 页。

舆文化之发源地有三,曰印度,曰希腊,曰中华。顾希腊早并于罗马,印度亦见灭于英伦,惟中华屹然独存。希腊、印度之幅员,均极狭小,而中华并其时独领有广大之土地。以今言之,中国文学史上,诚负此二大特色已。"①其一,"中国,世界之故国也",文明历史悠久,"实东洋文明之母国";其二,"中国,世界之大国",人口众多,幅员广袤,"以发见于文心诗品者,故亦无美不备"。缘于此,形成了"文学数量之繁富,在世界无与比伦"的景况,更何况"中国故以文立国",因而所谓"文学者,可谓为中国之生命,四千余年之国华,四百余州志声采"②。在曾毅《中国文学史》第6版上,印有"本世界之眼光,立正确之评判"的广告语。王文濡1918年为谢无量《中国大文学史》作序,也标举"文学"为文明之渊薮,视之为民族国家的精神谱系:"我国为文明最古之国,而所以代表其文明者,佥曰文学。盖其发源至远也,分类至伙也,应用又至繁也。浏览全史,文苑、儒林代有其人,燕书郢说人有其箸,而文字之孳乳,体格之区别,宗派之流衍,虽散见于各家著述中,而独无一系统之书,为之析其源流,明其体用,揭其分合沿革之前因后果。后生小子望洋兴叹,蹙额而无自问津。此文学之所以陆沉忧世者,骎骎乎有用夷变夏之思焉。"③从某个方面来说,"文学"既然包含了维系民族国家的精神谱系,书写中国文学的历史,也就成了民族国家认同和精神传承的题中应有之义,中国文学中之"中国"也能由此而得以凸显。

近代大学教育的兴起,文学史开始作为一种知识进入课堂,客观历史研究的方法被逐渐提倡,中国文学史作为知识的属性开始逐渐占据上风。刘师培说文学史的研究,是"所以考历代文学之变迁也",认为"古代之书,莫备于晋之挚虞。虞之所作,一曰《文章志》,一曰《文章流别》。志者,以人为纲者也;流别者,以文体为纲者也。今挚氏之书久亡,而文学史又无完善课本,似宜仿挚氏之例,编纂《文章志》《文章流别》二书,以为全国文学史课本,兼为通史文学传之资"④。陈虞裳对于"什么叫文学史"的表述是:"过去种种,存留在书籍,或古迹,古物里头的,叫做史料;把他整理出来,叙述出来,叫做历史。关于文学方面的,叫做文学史。"同时他还指出,研究文学史的态度,与"文学革命者"的态度截然两样,在革命者,"中国文学"是打倒的对象,而对文学史研究者来说,"不能不把感情放下,把主观的见解扫除净尽,用客观的方法平心静气的去讨论,一一的考其前因,明其后果,判其价值。适合于现代的白话文学,平民文学,固然要研究;不适合现代的古典文学,贵族文学,也应该去研究"⑤。容肇祖撰写《中国文学史大纲》也说:"我们研究中国文学史,是要知道我国各种文学的发生及其发展。我们不是尊古,不是为要摹仿古人的作品而用的。古人的时代已经过去,古人的崇高的精神与不朽的情绪或存在他们的文学之中。我们可以解释,赏玩,与批评,但是不容我们反时代的精神去模仿的。文

---

① 曾毅:《中国文学史》,上海:泰东图书局,1918年,第1页。
② 同上书,第1—2页。
③ 谢无量:《中国大文学史》,北京:中华书局,1940年,第1页。
④ 刘师培:《蒐集文章志材料方法(自汉迄隋)》,《国故》1919年第3期。
⑤ 陈虞裳:《中国文学史概论》,成都:岷江大学,1929年,第3、6页。

学脱离了时代的精神便站不住。文学史上的老例摆在我们之前。我们研究文学史的态度,只有和一般历史家的态度一样,我们是客观的,叙述的,或者是批评的。"①类似胡小石所说"研究文学史应注意事实的变迁,而不应注重价值的估定。所应具有的态度,应与研究任何史的应具的一般"②,在民国前期的中国文学历史书写中并非个例。

文学史虽是作为一种历史知识,却也可能因为其反映民族文化精神而具有建构民族国家想象的功能:"一国之文学,乃其民族生活之写照,文学之进展,则与其民族文化同为升降。故欲深明一代之史迹者,不可不熟习其时代之文学,以确定其民族文化之程度。"③因而即便时代的印记逐渐褪去,蕴藏于"中国文学"之下的民族国家意识却并未就此被遗忘。即使到民国后期,仍不乏汲汲于将文学史作为民族国家精神谱系的例子。葛存念20世纪40年代后期在北京铁道管理学院讲授中国文学史,即存此意:"好学诸同学尝问治国学途径于余,余已示以国文程刍言,今又授以中国文学史略,使其涉猎而思惟,举一而反三,数典而弗忘厥祖,庶几有得焉。于是进诸同学而告之曰:国文者,一国精神之所寄,而各学科之公母也。"由此认识出发,他将中国文学视作几千年文明的汇聚,民族精神传承的载体:"我人立于五洲之最大洲,而为其洲之最大国。人口居全球三分之一,四千余年之历史,未尝中断。有四百五十兆公用之语言文学,而又有三十世纪前传来之古书,俱为并世莫及。譬诸货殖,资产不可为不厚。世界文明之祖有五,曰中华,曰印度,曰安息,曰埃及,曰墨西哥。然彼四者,其国亡,其文明与之俱亡,维我中华,继继绳绳,巍然独存,增进光大,以迄于今。今后大同之说日昌,且将汇万流而归海,合一炉以冶之。则我同学于国学之研究,文学之造诣,可不撷之英,咀其华,融会而贯通焉,淬厉而增长焉。"④注重中国文学蕴含的精神思想内涵,始终都潜藏于中国文学历史书写之下,又不断地因时代机缘的触发而浮见于文字之间,其间虽少连篇累牍的大声疾呼,却也不乏以史为鉴、古今映照的微言大义。

清末民初中西两种"文学"观念的碰撞,以西方思想为准绳检讨中国之历史与现状虽成一时之风尚,执守传统以自立者也大有人在。钱基博指出:"民国肇造,国体更新,而文学亦言革命,与之俱新。尚有老成人,湛深古学,亦既如荼如火,尽罗吾国三四千年变动不居之文学,以缩演诸民国之二三十年间,而欧洲思潮又适以时澎湃东渐,入主出奴,聚讼盈庭,一哄之市,莫衷其是。榷而为论,其蔽有二:一曰执古,二曰惊外。"⑤而其中"惊外"在"五四"以后又体现得更为突出:"欧化之东,浅识或自菲薄,衡政论学,必准诸欧;文学有作,势亦从同,以为:'欧美文学不异话言,家喻户晓,故平民化。太炎、畏庐,今之作者;然文必典则,出于尔雅;若衡诸欧,嫌非平民。'又谓:'西洋文学,诗歌、小说、戏剧而已。唐宋八家,自古称文宗焉,倘准则于欧美,当

---

① 容肇祖:《中国文学史大纲》,北京:朴社,1935年,第3页。
② 胡小石:《中国文学史讲稿》,人文社股份有限公司,1930年,第24—25页。
③ 穆济波:《中国文学史》,上海:乐群书店,1930年,第1页。
④ 葛存念:《中国文学史略》,上海:大同出版社,1948年,第1、2页。
⑤ 钱基博:《中国文学史》,北京:中华书局,1993年,第9—10页。

摈不与斯文.'如斯之类,今之所谓美谈,它无谬巧,不过轻其家丘,震惊欧化,降服焉耳。"究其弊端,在于缺乏对中国文学"民族性"的深刻认识与"同情之了解","不知川谷异制,民生异俗。文学之作,根于民性",若是无视"欧亚别俗"而"宁可强同",就难免会有"李戴张冠""削足适履"之弊。① 由此出发,建构中国文学历史的民族精神谱系,也就成了对抗西方化的必然途径。

郑振铎的《插图本中国文学史》在论述"文学"作为历史知识和民族国家精神谱系两方面都有充分展开。他在该书绪论中论述了文学史的性质、特征等之后,郑重提出:"但他(即文学史)还有一个更伟大的目的!在'时'的与'地'的乃至'种族的特性'的色彩,虽然深深的印染在文学的作品上,然而超出于这一切的因素之外,人类的情思却是很可惊奇的相同;易言之,即不管时与地、种与族的歧异,人类的最崇高的情思,却竟是能够互相了解的。"由此出发,郑氏认为:"文学虽受时与地、人种的深切的影响,其内在的精神却是不朽的,一贯的,无古今之分,无中外之别。最野蛮的民族与最高贵的作家,其情绪的成就是未必相差得很远的。我们要了解一个时代,一个民族,一个国家,不能不先了解其文学。"郑振铎眼中的中国文学史,也因此成了"一部使一般人能够了解我们往哲的伟大的精神的重要书册","一方面,给我们自己以策励与对于先民的生活的充分的明了,一方面也给我们的邻邦以对于我们的往昔与今日的充分的了解"②。在此意下,中国文学史书写便具有了作为历史知识和民族国家想象的双重特征。

朱湘的认识与郑振铎有相似之处:"文学是文化形成中的一种要素——就古代的文化说来,如同中国的,希腊的,文学简直就是文化的代名词。我们不要作已经开化的人,那便罢了,如其要作,文学我们便要读。生为一个中国人,如其,只是就诗来说罢,不曾读过《诗经》里的《国风》,屈原的《离骚》,李白的长短句,杜甫的时事诗,那便枉费其为一个中国人。"③其中的意思非常清楚,中国的"文学"既作为文学本身而存在,是中国人必须了解的历史知识,又具有超出文学之外的历史含量,是传承几千年中华文明的文化载体,凝聚了民族国家思想内涵的精神系谱,展现出一个文学的"中国"。

近代中外的交通从某种程度上打破了地域的界限,作为知识主体的"中国"虽然存在,也仍然构成一个自足的系统,但同时又不能置身于包含了所有文明形态的"世界"之外。在此视野下,"中国"的文学就必须发掘其可以成为"世界"的文学之一部分的普遍性特征,在更广阔的背景下建构中国"文学"的历史面貌。早在1900年前后,陈季同就曾提出:"我们现在要勉力的,第一不要局于一国的文学,嚣然自足,该推广而参加世界的文学;既要参加世界的文学,入手的方法,先要去隔膜,免误会。要去隔膜,非提倡大规模的翻译不可,不但他们的名作要多译进来,我们的重要作品,也须全译出去。要免误会,非把我们文学上相传的习惯改革不可,不但成见要破除,连方式都要变换,以求一致。然要实现这两种主意的总关键,却全在乎多读他们的

---

① 钱基博:《史国文学史》,北京:中华书局,1993年,第10页。
② 郑振铎:《插图本中国文学史》,北京:朴社,1932年,第6—8页。
③ 朱湘:《文学闲谈》,北京:北新书局,1934年,第1—2页。

书。"①中国文学史的兴起虽未必是缘于自立于"世界"的时代诉求,但在历史演变中体现出文学史书写的世界意识,却是建构中国文学历史的题中之义。郑振铎强调说:"文学乃是人类最崇高的最不朽的情思的出品,也便是人类的最可征信,最能被了解的'活的历史'。这个人类最崇高的精神,虽在不同的民族时代与环境中变异着,在文学技术的进展里演化着,然而却原是一个而且是永久继续着的。"同时认为文学史的主要目的,是"在于将这个人类最崇高的创造物文学在某一个环境、时代、人种之下的一切变异与进展表示出来;并表示出:人类的最崇高的精神与情绪的表现,原是无古今中外的膈膜的;其外型虽时时不同,其内在的情思却是永永的不朽的在感动着一切时代与一切地域与一切民族的人类的。"由此出发所建构的"世界性",就不仅是清末以来居于文化高势位的"西方性",也应当包含"中国性":"一部世界的文学史是记载人类各族的文学的成就之总簿,而一部某国的文学史,便是表达这一国的民族的精神上最崇高的成就的总簿。读了某一国的文学史,较之读了某一国的百十部的一般历史书,当更容易于明了他们。"②有意淡化"中国"而只讲"文学",潜在的目的是将文学的"中国"融入于"世界"之中,从而使中国的"文学"成为世界文明的有机组成部分,而不是将"中国文学"局限在清末民初与世界其他民族国家文学对抗的狭小空间当中。

四、余论

20世纪80年代,由周扬、刘再复署名撰写的《中国大百科全书·中国文学卷》"中国文学"条目,对该词的界定是:

> 中国文学,即称中华民族的文学。中华民族,是汉民族和蒙、回、藏、壮、维吾尔等五十五个少数民族的集合体。中国文学,是以汉民族文学为主干部分的各民族文学的共同体。③

在"中国文学"观念兴起过程中,基本上都是以汉语文学为言说对象,其他民族文学未被包含于"中国"之下,而被冠以"少数民族文学"之名,也因此才会招致学者批评:"直到现在为止,所有的中国文学史都实际不过是中国汉语文学史,不过是汉族文学再加上一部分少数民族作家用汉语写出的文学的历史。"认为这样的文学史被冠以"中国之名",实际上则"名实不完全相符合"④。

---

① 胡适:《胡适文存三集》,上海:上海书店,1989年,第1131页。
② 郑振铎:《插图本中国文学史》,北京:朴社,1932年,第7页。
③ 《中国大百科全书·中国文学》,北京:中国大百科全书出版社,1986年,第1页。
④ 何其芳:《少数民族文学史编写中的问题——一九六一年四月十七日在中国科学院文学研究所召开的少数民族文学史讨论会上的发言》,《文学评论》1961年第5期,第67页。

这一说法的产生虽受特定历史环境的影响,但"中国文学"以"汉族中国"为中心的"中国"论述,因为缺少"民族"的视野而存在诸多不足也是事实。《中国大百科全书》以"中华民族"取代"中国"作为"文学"的主体,虽然与"中国文学"初生、形成时的观念内涵相比已发生很大变化,但从"中国"观念的演变来看,却也是符合历史的合理更易。

近代民族国家观念的兴起,知识界在思想、制度、文化等方面的见解与认识,无不以"中国"为言说的对象和主体。近代作为"文学"主要分类的诗歌、小说、戏剧,也是在此过程中被赋予建构民族国家的重要内涵,同时也反过来促成各种文体的独立。正如有论者指出:"文学作为一个独立的精神本体、独立的精神对象、独立的学科,是与现代民族国家意识觉醒、高扬,并最终成为民族的公共精神财富的过程分不开的。"认为:"只有强调了这一点(即文学的独立价值),才能看到文学在'立人''立国'中可以改变国民精神的性能,看到拜伦、雪莱、裴多菲等摩罗诗人有'争天抗俗'、振奋国民精神的力量。只有确立了这种文学观念,王国维的《宋元戏曲史》、鲁迅的《中国小说史略》才能在'自来无史'的地方开拓文学史的新天地,胡适的《白话文学史》才能把眼光投向口语的'活文学'和它的民间起源。"[①]从某种程度上来说,正是缘于现代民族国家观念与新的"文学"观念的结合,对中国文学历史的认识才开始体现出有别于传统的新视野,并由此想象与建构一种包含于"中国文学"观念之下的新的文学史图像。日本学者柄谷行人在讨论日本现代文学的起源时指出,日本"现代文学"在民族国家建构中起到了十分重要的作用,"正是在这种意义上,'小说'在民族形成过程中起到了核心作用,而非边缘的存在。'现代文学'造就了国家机构、血缘、地缘性的纽带绝对无法提供的'想象的共同体'"[②]。清末民初"中国文学"观念的兴起,在生成机制上与日本有诸多相似之处。

也有论者指出,"中国文学"观念的确立与"中国文学"成为教育体系中的学科设置有密切关系,其中包含了多重话语的交互作用,是在"国文"与"国学"合流的历史语境中形成的。"学制酝酿期各种'蒙学读本'的文体意识相继萌发,同时也意味着语言文字成为独立学科意识的浮现,最终成为'国文'学科及教科书兴起的一支重要资源。然而,有别于民间教育实践者致力的初学启蒙,几乎此同时,在学制、学程设计的较高层次,就如何继承传统小学与词章之学的遗产,另一种关于'国文'言说亦正在'国粹''国学'等新鲜话语的激发下兴起。上下两股'国文'潮流想汇合,才最终确立了清末官定学制中层次复杂的'中国文字''中国文学'学科。"[③]在"国"之名义下综括"文"(语言文字)与"学"(文学知识)两层含义,确能反映"中国文学"观念的基本内涵。

面对"五四"以来中国文化学术弃旧取新的大势,钱穆晚年曾发出如下疑问:"试问此五千年抟成之一中华大民族,此下当何由而维系于不坏?若谓民族当由国家来维系,此国家则又从何而建立?若谓此一国家不建立于民族精神,而惟建立于民主自由。所谓民,则仅是一国家之

[①] 杨义:《文学史研究与中华民族的精神谱系》,《徐州师范大学学报》2008年第1期。
[②] 柄谷行人:《日本现代文学的起源》,赵京华译,北京:生活·读书·新知三联书店,2003年,第221页。
[③] 陆胤:《清末"蒙学读本"的文体意识与"国文"学科之建构》,《文学遗产》2013年第3期,第136页。

公民,政府在上,民在下,无民族精神可言,则试问西方国家之建立其亦然乎?抑否乎?"[①]晚清民初"中国文学"观念的兴起,或有钱穆所说之含意在,至于对其在思想形态上的表现及构建形成的具体面貌作何观感,则又属于另一层面的论题。

[①] 钱穆:《现代中国学术论衡》,北京:生活·读书·新知三联书店,2001年,第5页。

图书在版编目(CIP)数据

文本世界的内与外:多重视域下的中国古典文学研究国际学术研讨会论文集/戴建业,张三夕主编. —上海:复旦大学出版社,2020.11
ISBN 978-7-309-14918-0

Ⅰ.①文… Ⅱ.①戴… ②张… Ⅲ.①中国文学-古典文学研究-国际学术会议-文集
Ⅳ.①I206.2-53

中国版本图书馆 CIP 数据核字(2020)第 063047 号

文本世界的内与外:多重视域下的中国古典文学研究国际学术研讨会论文集
戴建业　张三夕　主编
责任编辑/宋文涛　高　原

复旦大学出版社有限公司出版发行
上海市国权路 579 号　邮编:200433
网址:fupnet@fudanpress.com　http://www.fudanpress.com
门市零售:86-21-65102580　团体订购:86-21-65104505
外埠邮购:86-21-65642846　出版部电话:86-21-65642845
上海春秋印刷厂

开本 787×1092　1/16　印张 34　字数 740 千
2020 年 11 月第 1 版第 1 次印刷

ISBN 978-7-309-14918-0/I·1215
定价:128.00 元

如有印装质量问题,请向复旦大学出版社有限公司出版部调换。
版权所有　侵权必究